Robin Hobb
Diener der alten Macht

Die Chronik der Weitseher von Robin Hobb bei Penhaligon:
1. Die Gabe der Könige
2. Der Bruder des Wolfs
3. Der Erbe der Schatten

Das Erbe der Weitseher von Robin Hobb bei Penhaligon:
1. Diener der alten Macht
2. Prophet der sechs Provinzen
3. Beschützer der Drachen

Robin Hobb

Diener der alten Macht

Das Erbe der Weitseher 1

Roman

Deutsch von Eva Bauche-Eppers

penhaligon

Die Originalausgabe erschien 2001 unter dem Titel
»Fool's Errand (Tawny Man 1)« bei Spectra, New York.

Dieses Buch ist bereits unter dem Titel »Der lohfarbene Mann«
im Bastei-Lübbe Verlag erschienen.

MIX
Papier | Fördert gute Waldnutzung
FSC® C083411

Penguin Random House Verlagsgruppe FSC® N001967

3. Auflage

in der Penguin Random House Verlagsgruppe GmbH,
Neumarkter Straße 28, 81673 München
produktsicherheit@penguinrandomhouse.de
(Vorstehende Angaben sind zugleich
Pflichtinformationen nach GPSR.)

Redaktion: Alexander Groß
Umschlaggestaltung und Artwork: Isabelle Hirtz, Inkcraft
Karte: © Andreas Hancock
HK · Herstellung: sam
Satz: Vornehm Mediengestaltung GmbH, München
Druck und Bindung: CPI books GmbH, Leck
Printed in the EU
ISBN 978-3-7645-3203-1

www.penhaligon.de

Für Ruth und ihre getreuen Stubentiger,
Alexander und Crusades

Kapitel 1

CHADE IRRSTERN

Ist Zeit das Rad, das sich dreht, oder die Spur, die es in die Erde gräbt?
KELSTARS RÄTSEL

Er kam in einem späten, verregneten Frühling und brachte mir die große weite Welt zurück. Ich war fünfunddreißig in jenem Jahr. Mit zwanzig wäre mir ein Mann in meinem jetzigen Alter als Greis erschienen, verbraucht, nur mehr einen Schritt vom Rand des Grabes entfernt. Dieser Tage empfinde ich mich weder als jung noch als alt, sondern wie in der Schwebe dazwischen. Man kann sich nicht länger mit jugendlicher Einfalt entschuldigen und sich noch nicht auf die Torheit des Alters berufen. In vielerlei Hinsicht wusste ich nicht mehr genau, welches Bild ich von mir selbst haben sollte. Manchmal kam es mir vor, als ob mein Leben allmählich hinter mir verblasste wie Fußspuren im Regen, bis ich womöglich schon immer dieser stille Mann gewesen war, der in einer Hütte zwischen dem Wald und dem Meer ein nicht weiter bemerkenswertes Dasein fristete.

Ich lag im Bett an dem fraglichen Morgen und lauschte auf die kleinen Geräusche, die manchmal die Macht hatten, mir innere Ruhe zu schenken. Der Wolf atmete gleichmäßig vor dem leise knisternden Herdfeuer. Ich spürte mit der uns beiden eigenen Gabe nach ihm und berührte sacht sein schlummerndes Bewusstsein. Er träumte davon, mit einem Rudel über schneebedeckte, wellige Hügel zu laufen. Für Nachtauge war es eine Vision aus Stille, Kälte und Bewegung. Behutsam zog ich mich zurück und überließ ihn der Harmonie seines Traumgesichts.

Vor meinem kleinen Fenster schmetterten die zurückgekehrten Zugvögel sich ihre Herausforderungen entgegen. Es wehte ein leichter Wind, und jedes Mal, wenn er durch die Zweige strich, prasselte ein losgeschüttelter Tropfenhagel des Regens der vergangenen Nacht auf die durchweichte Erde. Die Bäume waren Silberbirken, vier an der Zahl. Als ich sie einpflanzte, vor Jahren, waren sie kaum mehr als Stecklinge gewesen, und nun warf ihr zartes Laub einen angenehmen, luftigen Schatten um das Fenster meiner Schlafkammer. Ich schloss die Augen und glaubte das Lichtgeflimmer auf den Lidern zu spüren. Noch etwas liegen bleiben, nur eine kleine Weile.

Ich hatte einen schlimmen Abend gehabt, eine schlimme Nacht, und mich ohne Beistand hindurchkämpfen müssen. Mein Ziehsohn, Harm, war vor fast drei Wochen mit Merle auf die fröhliche Walz gegangen und noch nicht wiedergekommen. Ich konnte es ihm nicht verdenken. Mein ruhiges, zurückgezogenes Leben lag beengend um seine jungen Schultern. Merles Geschichten vom Leben auf der Bocksburg, ausgemalt mit aller Kunst der fahrenden Sängerin, schufen Bilder in seiner Fantasie, deren bunte Verlockung ihn überwältigte. Also hatte ich zögernd eingewilligt, dass er sie nach Bocksburg begleitete, sodass er dort das Frühlingsfest mitfeiern, einen mit Carrissamen bestreuten Kuchen essen, dem Puppenspieler zusehen und vielleicht, wenn er Glück hatte, ein Mädchen küssen konnte. Harm war dem Alter entwachsen, wo regelmäßige Mahlzeiten und eine warme Schlafstatt genügten, um ihn zufriedenzustellen. Schon länger hatte ich mir gesagt, es wäre an der Zeit, ihn ziehen zu lassen, ihn bei einem tüchtigen Tischler oder Zimmermann in die Lehre zu geben. Er zeigte Geschick im Arbeiten mit Holz, und je früher man ein Gewerbe angeht, desto besser lernt man es. Doch noch war ich nicht bereit, auf ihn zu verzichten. Wie auch immer, vorerst durfte ich einen Monat der Ruhe und Einsamkeit genießen und mich bequemen, Dinge selbst zu tun, die sonst für mich getan wurden. Nachtauge und ich hatten einander zur Gesellschaft. Was brauchten wir mehr?

Doch kaum waren sie fort, da schien mir das kleine Haus zu still. Die Begeisterung des Jungen beim Aufbruch hatte mir lebhaft die Frühlingsfeste meiner eigenen Jugend ins Gedächtnis gerufen. Puppentheater und Carrissamenkuchen und Mädchen zum Küssen weckten Erinnerungen, die ich begraben geglaubt hatte. Vielleicht waren die quälenden Träume eine Folge davon. Zweimal war ich schweißgebadet und zitternd erwacht, mit verkrampften Gliedern. Lange war ich von diesen Heimsuchungen verschont geblieben, doch in den letzten vier Jahren war mein altes Übel wieder aufgelebt, kam und ging ohne erkennbares Muster, fast, als hätte die Gabe sich plötzlich meiner erinnert und griffe nach mir, um mich aus meiner friedlichen Idylle zu reißen. Tage, die glatt und gleichförmig einander gefolgt waren wie Perlen auf einer Schnur, wurden nun von ihrem Drängen gestört. Manchmal fraß der Gabenhunger an mir, wie ein Geschwür gesundes Fleisch verzehrt. Dann wieder erschöpfte er sich in ein paar Nächten mit sehnsuchtsvollen, lebendigen Träumen. Mit Harm als Ablenkung und Gesellschaft wäre es mir vielleicht möglich gewesen, dem unablässigen Drängen der Gabe zu widerstehen, doch allein, ohne

Ablenkung, hatte ich am gestrigen Abend dem ungestillten Verlangen nachgegeben, das von solchen Träumen aufgestört wurde. Ich war hinuntergegangen zu den Klippen am Meer, hatte mich auf die Bank gesetzt, von Harm für mich gezimmert, und die Gabe wie eine suchende Hand über die Wellen gestreckt. Der Wolf hatte eine Zeitlang neben mir gesessen, einen alten Vorwurf im Blick. Ich bemühte mich, ihn zu ignorieren. »Auch nicht schlimmer als deine Marotte, Stachelschweine zu ärgern«, gab ich ihm zu bedenken.

Nur, dass man deren Stacheln herausziehen kann. Was dich sticht, bohrt sich immer tiefer hinein und eitert. Seine wachen Augen schauten an meinen vorbei, während er mir ohne falsche Rücksicht seine Meinung übermittelte.

Warum gehst du nicht Kaninchen jagen?

Du hast den Jungen und seinen Bogen fortgeschickt.

Du könntest selbst eins fangen. Wie früher.

Früher haben wir gemeinsam gejagt. Warum tun wir nicht das, statt dieses fruchtlosen Suchens? Wann wirst du begreifen, dass da draußen keiner ist, der dich hören kann?

Ich muss es eben ... versuchen.

Warum? Genügt dir meine Gesellschaft nicht?

Doch, sie genügt mir bei weitem. Sie hat mir immer genügt. Ich öffnete mich weiter der Alten Macht, die wir beide teilten, und versuchte ihn fühlen zu lassen, wie die Gabe an mir zerrte. *Es ist die Magie, die will, dass ich sie gebrauche, nicht ich.*

Tu es weg. Ich will das nicht sehen. Und als ich diesen Teil meines Selbst vor ihm verschlossen hatte, fragte er bekümmert: *Wird sie uns nie in Ruhe lassen?*

Ich konnte ihm keine Antwort geben. Nach einer Weile legte der Wolf sich hin, bettete den großen Schädel auf seine Pfoten und machte die Augen zu. Ich wusste, er würde bei mir bleiben, weil er Angst um mich hatte. Zweimal im vorletzten Winter hatte ich im Übermaß von der Gabe Gebrauch gemacht und in diesem mentalen Prozess die Kraft meines Körpers verbrannt, bis ich nicht einmal mehr in der Lage gewesen war, mich zum Haus zurückzuschleppen. Beide Male hatte Nachtauge Harm holen müssen. Diesmal waren wir allein.

Dabei wusste ich, mein Tun war dumm und sinnlos. Wusste gleichzeitig, ich konnte es nicht lassen. Wie ein Hungers Sterbender, der Gras isst, um die heulende Leere in seinem Bauch zu füllen, so griff ich mit der Gabe hinaus, berührte die Leben innerhalb meiner Reichweite. Ich konnte ihre Gedanken spüren und vorübergehend das mächtige Verlangen stillen, meine Leere füllen. Ich hatte Teil am Tun der Fischersfamilie, die draußen auf dem Meer bei starkem Wind ihre Netze auswarf. Ich teilte flüchtig die Bedenken eines Kapitäns, dessen Fracht um ein Weniges schwerer war, als sein Schiff gefahrlos tragen konnte. Die Maatin auf demselben Schiff sorgte sich wegen des Mannes, den ihre Tochter heiraten wollte; ein Nichtsnutz war er, trotz seiner schönen Worte. Der Schiffsjunge verfluchte sein Pech, dass sie wieder einmal zu spät nach Burgstadt kamen, um beim Frühlingsfest mitzufeiern. Wenn sie endlich einliefen, war der Spaß vorbei, und in der Gosse lagen nur noch welke Girlanden. *Immer* passierte ihm das.

Diese Erfahrungen aus zweiter Hand stellten eine kümmerliche Ablenkung dar. Sie machten mir bewusst, dass die Welt größer war als die vier Wände meines Hauses, größer sogar als die Fläche meines Gartens, doch es war nicht dasselbe wie der wahre Gebrauch der Gabe, in keiner Weise vergleichbar mit diesem Augenblick des Einsseins, wenn Bewusstseine verschmolzen und man die Welt als ein großes Ganzes erfuhr, in welchem der eigene Körper nicht mehr war als ein Körnchen Staub.

Die energischen Zähne des Wolfs am Handgelenk brachten mich jäh zurück von meinem Nachspüren in der Ferne. *Komm jetzt. Das ist genug. Wenn dich hier unten die Kräfte verlassen, hast du eine feuchte Nacht vor dir. Ich bin nicht der Junge, dass ich dich auf die Füße stellen kann. Also komm jetzt.*

Als ich aufstand, wurde mir für einen Moment schwarz vor Augen. Diese Schwärze verging wieder, nicht aber der Schatten auf meiner Seele. Ich war hinter dem Wolf durch die tiefer werdende Dunkelheit unter den tropfenden Bäumen gestapft, zurück zum Haus, wo das Feuer im Kamin niedergebrannt war und die Kerzen auf dem Tisch dem Erlöschen entgegenflackerten. Ich braute mir Tee aus Elfenrinde, schwarz und gallenbitter. Er würde meinen Geist noch mehr verdüstern, doch er linderte auch die wütenden Schmerzen in meinem Kopf. Ich hatte die aufputschende Wirkung der Elfenrinde zur Arbeit an einer Beschreibung des Steinespiels und seiner Spielregeln genutzt. Es war nicht mein erster Versuch, und jedes Mal hatte ich das Unterfangen als hoffnungslos aufgegeben. Man kann es nur lernen, indem man es spielt, sagte ich mir. Diesmal ergänzte ich den Text um eine Reihe von Zeichnungen, die veranschaulichen sollten, wie ein typisches Spiel sich entwickelte. Als ich kurz vor dem Morgengrauen die Blätter beiseiteschob, erschien mir das Geleistete wie der dümmste meiner jüngsten Versuche. Man konnte nicht mehr sagen, ich ging spät zu Bett, es war eher früh.

Als ich erwachte, war bereits der halbe Vormittag um. In der hinteren Ecke des Hofes scharrten und gackerten die Hühner. Der Hahn krähte einmal. Ich stöhnte. Die Arbeit rief. Mein Gewissen sagte mir, es war Zeit, die Eier einzusammeln und eine Handvoll Körner auszustreuen, um das Federvieh bei Laune zu halten. Im Garten grünte alles um die Wette; das Unkraut schrie danach, gejätet zu werden. Und hatte ich mir nicht vorgenommen, die Reihe Fesk nachzusäen, die die Schnecken gefressen hatten, und noch einen Vorrat Purpurbanner zu sammeln, solange es blühte? Mein letzter Versuch, Tinte daraus herzustellen, war fehlgeschlagen, aber ich wollte es noch einmal probieren. Holz wartete darauf, gehackt und gestapelt zu werden, Haferbrei wollte gekocht sein, der Kamin gefegt. Zu guter Letzt war da die Esche neben dem Hühnerhaus, wo der geknickte Ast abgesägt werden musste, bevor er beim nächsten Sturm auf den Stall genau darunter fiel.

Und wir sollten zum Bach hinuntergehen und schauen, ob die Fische schon wandern. Frischer Fisch wäre gut. Nachtauge fügte seine eigenen Pläne meiner gedanklichen Liste von Erledigungen hinzu.

Letztes Jahr wärst du an verdorbenem Fisch fast gestorben.

Erst recht ein Grund, sich jetzt an ihnen zu laben, wo sie frisch sind und springen. Du könntest den Speer des Jungen nehmen.

Und triefnass werden und frieren.

Lieber triefnass und durchgefroren als hungrig.

Ich drehte mich auf die andere Seite und schlief wieder ein. Na und? Gönnte ich mir eben einen faulen Tag. Wer merkte und wen kümmerte es? Die Hühner? Ich konnte gerade erst die Augen zugemacht haben, als seine Gedanken mich anstießen.

Wach auf, Bruder. Ein fremdes Pferd kommt.

Augenblicklich war ich munter. Am Winkel der Lichtstrahlen, die ins Zimmer fielen, konnte ich erkennen, dass Stunden vergangen waren. Ich stand auf, zog mir den Kittel über, legte den Gürtel um und schlüpfte in meine Sommerschuhe: eigentlich nur Ledersohlen mit ein paar Riemen, um sie an den Füßen zu halten. Ich strich mir das Haar aus dem Gesicht und rieb mir die brennenden Augen. »Sieh nach, wer es ist«, forderte ich den Wolf auf.

Nicht mehr nötig. Er ist fast an der Tür.

Ich erwartete niemanden. Merle kam drei- oder viermal im Jahr auf einige Tage zu Besuch und brachte mir Neuigkeiten, feines Schreibpapier und guten Wein, aber sie und Harm würden nicht jetzt schon, so bald, von der Bocksburg zurückkehren. Andere Besucher waren rar. Es gab Baylor mit seiner Kate und seinen Schweinen im Nachbartal, aber er besaß kein Pferd. Jedes halbe Jahr kam ein Kesselflicker. Beim ersten Mal hatte er sich buchstäblich zu mir verirrt, in einem Gewitter, als sein Pferd anfing zu lahmen und er mein Licht zwischen den Bäumen hindurchschimmern sah. Seither fanden öfter Reisende ähnlicher Art den Weg zu mir. Der Kesselflicker hatte eine zusammengerollte Katze, das Symbol für ein gastliches Haus, in einen Baum neben dem Pfad zu meiner Hütte geritzt. Ich hatte das Zeichen entdeckt, aber belassen, denn ein Besucher ab und an war durchaus willkommen.

Vermutlich war auch dieser Fremde ein verirrter Reisender oder ein wegmüder Händler. Ich sagte mir, ein neues Gesicht und ein wenig Unterhaltung wären nicht schlecht, konnte mich aber selbst nicht recht überzeugen.

Ich hörte das Pferd draußen stehen bleiben und die leisen Geräusche eines Reiters, der aus dem Sattel stieg.

Es ist der Graue. Der Wolf knurrte.

Fast blieb mir das Herz stehen. Ich öffnete langsam die Tür, gerade als der alte Mann die Hand hob, um anzuklopfen. Er schaute mich an, dann brach sein Lächeln hervor. »Fitz, mein Junge. Ach, Fitz!«

Er streckte die Arme aus. Einen Moment lang war ich wie gelähmt, unfähig, mich zu rühren. Ich wusste nicht, was ich fühlte. Dass der alte Mann mich aufgespürt hatte, nach all den Jahren, war erschreckend. Er musste einen Grund haben, etwas anderes als nur den Wunsch, mich wiederzusehen. Doch ich spürte auch eine Regung der alten Vertrautheit, das Aufflackern von Neugier, das Chade von jeher in mir ausgelöst hatte. Als ich ein Knabe auf der Bocksburg gewesen war, kam sein verstohlener Ruf des Nachts und forderte mich auf, die geheime Treppe zu seinem Reich in dem Turm über meiner Kammer hinaufzusteigen. Dort mischte er seine Gifte und lehrte mich das Geschäft des Meuchelmörders und machte mich unwiderruflich zu seinem Geschöpf. Stets hatte mein Herz schneller geklopft, wenn die geheime Tür aufsprang. Trotz der vielen Jahre und der Schmerzen an Leib und Seele hatte er immer noch diese Wirkung auf mich. Geheimnisse und die Aussicht auf Abenteuer umgaben ihn.

So konnte es nicht anders sein, als dass ich seine gebeugten Schultern umfasste und ihn an mich zog. Haut und Knochen. Der alte Mann war nur noch Haut und Knochen, fast so mager wie in meiner Erinnerung an unsere erste Begegnung. Diesmal aber war ich der Eremit in dem zerschlissenen Gewand aus grauer Wolle. Ihn hingegen schmückten eine königsblaue Hose und ein Wams in der gleichen Farbe, aber mit unterfütterten Schlitzen in einem Grün, das seinen Augen Tiefe verlieh. Seine Reitstiefel waren aus schwarzem Leder, die weichen Handschuhe ebenfalls. Der grüne Umhang hatte die Farbe der Einsätze in seinem Wams und war mit Pelz verbrämt. An Kragen und Manschetten schäumten weiße Spitzen. Die vielen Narben, die ihn einst dazu gebracht hatten, sich schamvoll vor den Augen der Welt zu verbergen, waren zu hellen Flecken in seinem wettergegerbten Gesicht verblasst. Das weiße Haar hing offen auf seine Schultern und war oberhalb der Stirn zu Locken gedreht. Seine Ohrringe waren mit Smaragden besetzt, und ein einzelner Stein blinkte in der Mitte des Goldreifs an seinem Hals.

Mit einem ironischen Lächeln ließ der alte Assassine meine Musterung über sich ergehen. »Schon gut, Fitz, aber ein Ratgeber der Königin muss seiner Stellung entsprechend auftreten, wenn ihm der Respekt entgegengebracht werden soll, der einem Kanzler Ihrer Majestät gebührt.«

»Aha.« Ich besann mich auf meine Pflichten als Gastgeber. »Tritt ein, tritt ein. Ich fürchte, mein Heim ist ein wenig bescheidener als das, woran du dich gewöhnt zu haben scheinst, aber dennoch bist du von Herzen willkommen.«

»Ich bin nicht hier, um an deinem Zuhause herumzukritteln, Junge, ich bin hier, um dich zu sehen.«

»Junge?«, fragte ich lächelnd und ließ ihn an mir vorbei durch die Tür treten.

»Nun ja. Für mich immer, wahrscheinlich. Es ist einer der Vorteile des Alters, dass ich jedermann anreden kann, wie es mir beliebt, und keiner wagt, sich zu beschweren. Ach, da ist immer noch der Wolf, wie ich sehe. Nachtauge, richtig? Etwas in die Jahre gekommen, an das Weiß um die Schnauze erinnere ich mich nicht. Komm her, du bist ein braver Bursche. Fitz, macht es dir etwas aus, mein Pferd zu versorgen? Ich habe den ganzen Vormittag im Sattel gesessen, und mein Quartier letzte Nacht war einfach scheußlich. Ich bin ein wenig steif. Und bring bitte die Satteltaschen mit, sei so gut.«

Er bückte sich, um den Wolf zu kraulen, mit dem Rücken zu mir, überzeugt, dass ich seiner Bitte nachkommen würde. Und ich grinste und tat es. Die Rappstute, die er ritt, war ein großartiges Tier, freundlich und fügsam. Es macht immer Vergnügen, sich um ein Tier dieser Klasse zu kümmern. Ich gab ihr Wasser, eine Portion vom Körnerfutter für die Hühner und brachte sie auf die verwaiste Koppel des Ponys. Die Satteltaschen, mit denen ich zum Haus zurückging, waren schwer, und eine gluckerte vielversprechend.

Ich fand Chade in meiner Klause, an meinem Schreibtisch, wo er in meinen Papieren stöberte, als wären es seine.

»Ah, du hast sie mitgebracht. Dank dir, Fitz. Das hier, das ist eine Anleitung für das Steinspiel, richtig? Das Krähe dir beigebracht hat, um deine Gedanken von der Gabenstraße abzulenken? Faszinierend. Ich würde sie gern haben, wenn du damit fertig bist.«

»Wenn du Wert darauf legst.« Mich überkam ein flüchtiges Unbehagen. Er warf mit Worten und Namen um sich, die ich begraben hatte, um nie wieder daran zu rühren. Krähe. Die Gabenstraße. Ich schob sie zurück in die Vergangenheit. »Der Name ist nicht mehr Fitz«, sagte ich leichthin. »Hier bin ich Tom Dachsenbless.«

»Ach ja?«

Ich zwirbelte die weiße Haarsträhne über der Narbe an meiner Stirn. »Deswegen. Die Leute merken sich den Namen. Ich erzähle ihnen, ich hätte die weiße Strähne von Geburt an, und meine Eltern hätten mich danach benannt.«

»Verstehe«, erwiderte er ausdruckslos. »Nun, es entbehrt nicht einer gewissen Logik und scheint vernünftig.« Er lehnte sich zurück. Der alte Holzstuhl knarrte. »Ich habe etwas Seelentrost mitgebracht, wenn du die Becher spendierst. Außerdem ein paar von Saras Ingwerkuchen … Ich wette, du hast nicht erwartet, dass ich noch weiß, wie du dahinterher gewesen bist. Wahrscheinlich sind sie etwas zerdrückt, aber das tut dem Geschmack keinen Abbruch.« Nachtauge hatte sich bereits aufgerichtet. Er kam heran und legte die Nase auf die Tischkante. Sie zeigte schnurstracks auf die Satteltaschen.

»Dann ist Sara immer noch Köchin auf Bocksburg?«, fragte ich, während ich nach zwei vorzeigbaren Bechern suchte. Eigentlich störte mich angeschlagenes Geschirr nicht, aber plötzlich war es mir peinlich, Chade so etwas hinzustellen.

Chade stand vom Schreibtisch auf und kam zu mir in die Küche. »Nur sporadisch. Ihre alten Füße schmerzen, wenn sie zu lange steht. Sie hat sich einen großen Polsterstuhl auf ein Podium in einer Ecke der Küche stellen lassen. Von dort führt sie das Regiment. Sie bereitet die Speisen zu, an denen sie Spaß hat, die raffinierten Pasteten, die Gewürzkuchen und das Konfekt. Ein junger Mann namens Flammeri erledigt den Großteil der alltäglichen Kocherei.« Beim Reden packte er die Satteltaschen aus. Er stellte zwei Flaschen mit dem Siegel der Brennereien aus Sandsegge auf den Tisch. Ich konnte mich nicht erinnern, wann mir das letzte Mal ein so guter Tropfen durch die Kehle geronnen war. Die Ingwerkuchen – etwas zerdrückt, wie prophezeit – kamen zum Vorschein. Aus dem Leinentuch, in das sie eingeschlagen waren, rieselten Krümel. Der Wolf schnaufte tief, dann fing er an zu sabbern. »Auch sein Lieblingsgebäck, wie ich sehe«, bemerkte Chade trocken und warf ihm einen der Kuchen zu. Der Wolf fing ihn geschickt mit den Zähnen auf und trug ihn zum Kaminvorleger, um ihn dort in Ruhe zu verspeisen.

Die Satteltaschen gaben in schneller Folge ihre übrigen Schätze preis. Ein Paket feinstes Schreibpapier, Fässchen mit blauen, roten und grünen Tinten. Eine dicke Ingwerwurzel mit knospenden Trieben, genau richtig, um für den Sommer eingetopft zu werden. Päckchen mit Kräutern. Ein seltener Luxus für mich: ein runder, reifer Käse. Und in einer hölzernen Schatulle andere Kleinigkeiten, bestürzend fremd in ihrer Vertrautheit. Habseligkeiten von einst, mit deren Verlust ich mich abgefunden hatte. Der Ring von Prinz Rurisk aus dem Königreich in den Bergen. Die Pfeilspitze, die des Prinzen Brust durchbohrt und ihn beinahe getötet hatte. Ein kleiner geschnitzter Kasten, vor vielen Jahren von mir selbst gefertigt, als Behälter für meine Gifte. Ich machte ihn auf. Er war leer. Ich klappte den Deckel wieder zu und stellte ihn auf den Tisch. Darüber hinweg musterte ich Chade. Er war nicht einfach ein alter Mann, der kam, um mich zu besuchen. Er zog meine gesamte Vergangenheit hinter sich her, wie die bestickte Schleppe einer Dame in den Tanzsaal folgt. Als ich ihm die Tür öffnete, hatte ich meine alte Welt mit eingelassen.

»Warum?«, fragte ich leise. »Warum, nach so vielen Jahren, hast du mich gesucht?«

»Nun ja …« Chade zog einen Stuhl heran und ließ sich seufzend darauf nieder. Er entkorkte eine Flasche und schenkte uns ein. »Aus vielerlei Gründen. Ich sah Merle mit deinem Zögling. Ich wusste sofort, wer er war. Nicht dass er dir ähnlich sieht, ebenso wenig wie Nessel Burrich ähnelt. Doch er hat dein Gehabe, deine Art zu zögern und sich eine Sache zu betrachten, den Kopf ein wenig zur Seite geneigt, bevor er beschließt, ob er sich darauf einlassen will. Er hat mich so sehr an dich erinnert, als du in seinem Alter warst, dass …«

»Du hast Nessel gesehen«, unterbrach ich ihn ruhig. Es war keine Frage.

»Selbstverständlich«, antwortete er ebenso ruhig. »Soll ich dir von ihr erzählen?«

Ich wagte nicht zu sprechen. Vorsicht, mir zur zweiten Natur geworden, warnte mich davor, ein zu großes Interesse an ihr zu bekunden. Dem entgegen sagte mir eine Ahnung, dass Nessel, meine Tochter, die ich nie gesehen hatte, außer in Visionen, der Anlass war, der Chade zu mir führte. Ich senkte den Blick auf meinen Becher und erwog die Vorzüge von Branntwein zum Frühstück. Dann dachte ich wieder an Nessel, Bastardtochter eines Bastards, die ich gegen meinen Willen schon vor ihrer Geburt im Stich gelassen hatte. Ich nahm einen Schluck. Ich hatte vergessen, wie weich der Odevie aus Sandsegge war. Seine Wärme durchströmte mich so schnell und süß wie jugendliche Lust.

Chade ließ Gnade walten und zwang mich nicht, meinen

Wunsch auszusprechen. »Sie sieht dir sehr ähnlich, auf eine schlaksige, mädchenhafte Art«, sagte er und lächelte, als er sah, wie ich das Gesicht verzog. »Merkwürdigerweise hat sie noch mehr Ähnlichkeit mit Burrich. Bei ihr finden sich mehr von seinen typischen Gesten und seiner Art zu sprechen als bei irgendeinem seiner fünf Söhne.«

»Fünf!«, entfuhr es mir überrascht.

Chade grinste. »Fünf Jungen, und alle begegnen ihrem Vater mit so viel Respekt und Ehrerbietung, wie ein Mann es sich nur wünschen kann. Ganz anders als Nessel. Sie gibt Burrich seinen eigenen finsteren Blick zurück, wenn er ihr gegenüber den strengen Vater herauskehrt. Was selten vorkommt. Ich will nicht sagen, dass sie sein Liebling ist, aber sie erobert sich einen größeren Platz in seinem Herzen, indem sie ihm die Stirn bietet, als die Buben mit ihrem achtungsvollen Gehorsam. Sie hat Burrichs Ungeduld und seinen untrüglichen Sinn für Recht und Unrecht. Zudem deine ganze Sturheit, aber vielleicht hat sie die ebenfalls von Burrich gelernt.«

»Dann hast du auch mit Burrich gesprochen?« Er hatte mich großgezogen, und nun wuchs meine Tochter bei ihm auf wie sein eigenes Kind. Ihm zur Seite stand die Frau, die ich, so musste es nach außen erscheinen, im Stich gelassen hatte. Beide hielten mich für tot. Ihr Leben war ohne mich weitergegangen. Von ihnen zu hören vermischte Schmerz mit Zärtlichkeit. Ich spülte den Geschmack mit einem Schluck Sandsegger hinunter.

»Es ist unmöglich, Nessel zu sehen ohne Burrich als Dreingabe. Er wacht über sie, nun ja, wie ihr Vater. Es geht ihm gut. Sein Hinken ist mit den Jahren nicht besser geworden, doch er ist selten zu Fuß unterwegs, daher scheint es ihn nicht sehr zu stören. Seine Leidenschaft sind Pferde, immer Pferde, wie von jeher.« Er räusperte sich. »Du weißt, dass die

Königin und ich veranlasst haben, dass ihm die Fohlen von Rötel und Rußflocke übergeben wurden? Mit diesen beiden hat er sich seine Existenz aufgebaut. Die Stute, die du abgesattelt hast, Glosel, habe ich von ihm bekommen. Er züchtet nicht nur, sondern bildet Pferde aus. Er wird nie ein reicher Mann sein, denn sobald er einen Kuranten übrig hat, gibt er ihn für ein neues Pferd oder eine neue Parzelle Weideland aus. Doch als ich ihn fragte, wie er zurechtkommt, antwortete er: ›Wir sind zufrieden.‹«

»Und was hat Burrich zu deinem Besuch gemeint?«, erkundigte ich mich. Ich war stolz darauf, dass meiner Stimme nichts von meinem inneren Aufruhr anzumerken war.

Chade grinste wieder, aber ein wenig schief diesmal. »Nachdem er den ersten Schock überwunden hatte, war er höchst liebenswürdig und gastfreundlich. Als er mich am nächsten Morgen zu meinem Pferd hinausbegleitete, das einer der Zwillinge, Nim, glaube ich, für mich gesattelt hatte, versicherte er mir in aller Freundschaft, dass er mich töten würde, bevor er irgendeine Einmischung bei Nessel duldete. Ich zweifelte nicht an dem Ernst seiner Worte, also brauche ich sie nicht noch einmal aus deinem Mund zu hören.«

»Weiß sie, dass Burrich nicht ihr Vater ist? Weiß sie von mir? Dass es mich gibt?« Fragen über Fragen drängten sich mir auf die Zunge; ich schluckte sie hinunter. Ich hasste den Eifer, mit dem ich diese beiden gestellt hatte, aber ich konnte nichts dafür. Es war wie der Gabenhunger, diese Gier zu wissen, diese Dinge endlich zu *wissen,* nach all der langen Zeit.

Chade schaute mich von der Seite an und nippte an seinem Becher. »Ich weiß nicht. Sie nennt ihn Papa. Sie liebt ihn mit aller Inbrunst, ohne Wenn und Aber. Oh, sie streiten auch, aber dabei handelt es sich mehr um die üblichen Meinungsverschiedenheiten als um Burrich selbst. Ich fürchte, die Beziehung zu ihrer Mutter ist um einiges stürmischer. Nessel zeigt kein Interesse an Bienen oder Kerzen; Molly sähe aber gern, dass die Tochter bei ihr in die Lehre geht. Dickköpfig wie Nessel ist, glaube ich, dass Molly sich stattdessen mit einem Sohn oder zweien als Nachfolgern wird zufriedengeben müssen.« Er richtete den Blick aus dem Fenster. »Dein Name wurde in Nessels Beisein nicht erwähnt.«

Ich drehte den Becher zwischen den Händen. »Was für Dinge interessieren sie?«

»Pferde. Falken. Schwerter. Bei einem Mädchen von fünfzehn Jahren hätte ich ein wenig Geschnatter über junge Männer erwartet, aber dafür scheint sie nichts übrigzuhaben. Mag sein, die Frau in ihr ist noch nicht erwacht, oder sie hat zu viele Brüder, um sich irgendwelchen romantischen Illusionen über das Mannsvolk hinzugeben. Am liebsten würde sie ausreißen und nach Bocksburg gehen und in eins der Gardebataillone eintreten. Sie weiß, dass Burrich dort früher Stallmeister gewesen ist. Einer der Gründe, weshalb ich ihn aufgesucht habe, war, ihm diesen Posten wieder anzubieten. Burrich hat abgelehnt. Nessel versteht nicht, weshalb.«

»Ich schon.«

»Ich ebenfalls. Davon abgesehen habe ich die Gelegenheit genutzt, ihm zu sagen, ich könnte in Bocksburg einen Platz für Nessel finden, selbst wenn er sich entschließen sollte, nicht auf seinen alten Posten zurückzukehren. Zur Not könnte sie mein Page sein, obwohl ich überzeugt bin, dass Königin Kettricken entzückt wäre, sie unter ihre Fittiche zu nehmen. Gib ihr die Möglichkeit zu sehen, wie es in einer Burg und in einer Stadt zugeht, lass sie die Luft bei Hofe schnuppern, sagte ich zu ihm. Burrich lehnte ab, bevor ich ganz ausgesprochen hatte, und schien mein Angebot fast als Kränkung zu empfinden.«

Unwillkürlich atmete ich erleichtert auf.

Chade nahm noch einen Schluck Sandsegger und beobachtete mich. Wartete. Er wusste so gut wie ich, welches meine nächste Frage sein würde. Warum? Warum besuchte er Burrich, weshalb bot er ihm an, Nessel nach Bocksburg mitzunehmen? Auch ich trank und machte mir meine Gedanken über den alten Mann. Alt. Ja, aber nicht, wie die meisten Menschen altern. Sein Haar war schneeweiß, doch das Grün seiner Augen funkelte umso strahlender unter diesen hellen Locken. Ich fragte mich, wie hart er gegen seinen Körper war, um zu verhindern, dass die Jahre nicht nur auf seinen Schultern lasteten, sondern auch seinen Rücken beugten, welche Mittel er einnahm, um seine Lebenskraft zu erhalten, und womit er in anderer Hinsicht dafür bezahlte. Er war älter als König Listenreich, und Listenreich lag nun schon seit vielen Jahren in seinem Grab. Ein königlicher Bastard aus derselben Linie wie ich, schien er bei Intrigen und Zwist prächtig zu gedeihen, was mir nicht gelungen war. Ich hatte dem Hof den Rücken gekehrt und allem, was damit zusammenhing. Chade hatte beschlossen zu bleiben und sich der nächsten Generation von Weitsehern unentbehrlich zu machen.

»So, so. Und wie geht es Philia dieser Tage?« Ich wählte die Frage mit Bedacht. Neuigkeiten von meines Vaters Gemahlin waren meilenweit entfernt von dem, was ich wirklich in Erfahrung bringen wollte, aber ich konnte seine Antwort als Trittstein benutzen, um mich näher heranzutasten.

»Prinzessin Philia? Es ist einige Monate her, seit ich sie gesprochen habe. Ein ganzes Jahr, wenn ich mich recht entsinne. Sie residiert in Fierant, musst du wissen. Sie führt dort das Zepter, und zwar gut. Ein Kuriosum, genau betrachtet. Als sie in der Tat Königin war und mit deinem Vater vermählt, hat sie sich stets im Hintergrund gehalten. Als Witwe war sie's zufrieden, die exzentrische Philia zu sein. Aber als alle anderen flohen, wurde sie – ohne Titel zwar, doch nach Verdienst – Königin von Bocksburg. Kettricken war gut beraten, ihr eine eigene Grafschaft zu geben, denn sie hätte niemals wieder als Untertan in Bocksburg leben können.«

»Und Prinz Pflichtgetreu?«

»Seinem Vater so ähnlich wie nur möglich.« Chade schüttelte den Kopf. Ich beobachtete ihn genau. Wie war diese Bemerkung gemeint? Wie viel wusste der alte Mann? Er runzelte die Stirn, als er fortfuhr. »Die Königin sollte ihn etwas mehr an der langen Leine laufen lassen. Im Volk spricht man von Pflichtgetreu wie von Chivalric. ›Prinz Stocksteif‹ nennen sie ihn und haben beinahe recht damit, fürchte ich.«

Die kaum merkliche Veränderung seines Tonfalls entging mir nicht.

»Beinahe?«, fragte ich.

Chade bedachte mich mit einem fast entschuldigenden Lächeln. »In letzter Zeit ist der Junge nicht mehr er selbst gewesen. Er war von jeher ein Einzelgänger, aber das ist eine Folge seiner Stellung als einziger Prinz und Thronfolger. Er hat immer bedenken müssen, wer er ist, musste sich hüten, dass er nicht den einen oder anderen Gefährten bevorzugte. Dadurch hat er sich in sich selbst zurückgezogen. Doch letzthin hat sein Gemüt sich weiter verdüstert. Er ist geistesabwesend und mürrisch, dermaßen in sich gekehrt, dass ihm gar nicht bewusst zu sein scheint, was in den Menschen um ihn herum vorgeht. Er ist nicht unhöflich oder gleichgültig, wenigstens nicht absichtlich, aber …«

»Wie alt ist er, vierzehn?«, warf ich ein. »Das klingt mir sehr nach Harm in letzter Zeit. Ich habe mir fast die gleichen Gedanken seinetwegen gemacht – dass er sich den Wind um die Nase wehen lassen sollte. Es ist Zeit, dass er auszieht und etwas Neues lernt, von einem anderen als von mir.«

Chade nickte. »Sehr richtig. Königin Kettricken und ich sind in Bezug auf Prinz Pflichtgetreu zu dem gleichen Schluss gekommen.«

Die Art, wie er es sagte, weckte in mir die böse Ahnung, dass ich soeben unwissentlich den Kopf in eine Schlinge gesteckt hatte. »Ach ja?«, sagte ich zurückhaltend.

»Ach ja?«, äffte Chade mich nach und griff nach der Flasche, um sich nachzuschenken. Sein Grinsen verriet, dass das Katz-und-Maus-Spiel vorbei war. »Ja. Bestimmt hast du es erraten. Wir würden gern sehen, dass du nach Bocksburg zurückkehrst und den Prinzen in der Gabe unterrichtest. Und Nessel auch, falls man Burrich überreden kann, sie gehen zu lassen, und falls sie das Geschick dazu hat.«

»Nein.« Ich sagte es schnell, um nicht der Verlockung zu erliegen. Ich bin nicht sicher, wie entschieden es klang. Chade hatte kaum ausgesprochen, da drängte es mich mit jeder Faser, die Einladung anzunehmen. Es war die Lösung, die so naheliegende Lösung, nach all den Jahren. Eine neue Kordiale von Gabenkundigen heranziehen. Ich wusste, Chade hatte die Schriften und Tabellen für den Unterricht in seinem Besitz. Gabenmeister Galen und nach ihm Prinz Edel hatten sie uns seinerzeit böswillig vorenthalten. Doch jetzt könnte ich sie studieren, ich könnte mein Wissen vervollständigen, und ich könnte andere unterweisen, nicht wie Galen es getan hatte, sondern wie es richtig war. Prinz Pflichtgetreu würde eine Kordiale haben, zu seinem Beistand und Schutz, und ich wäre nicht mehr einsam. Es würde jemand da sein, um mir zu antworten, wenn ich mit der Gabe rief.

Und meine beiden Kinder würden mich kennen, wenn nicht als ihren Vater, so doch als eine wichtige Person in ihrem Leben.

Chade war immer noch der alte schlaue Fuchs. Er musste

meinen inneren Zwiespalt gespürt haben, denn mein Nein blieb nackt und bloß zwischen uns in der Luft hängen.

Er hielt seinen Becher mit beiden Händen umschlossen und ließ wie auf der Suche nach Erkenntnis den Blick hineinsinken, was mich schmerzlich an Veritas erinnerte. Dann hob er wieder den Kopf, seine grünen Augen schauten ruhig in die meinen. Er fragte nicht, er drängte nicht. Er brauchte nichts weiter zu tun als warten.

Dass ich seine Taktik durchschaute, machte mich nicht immun dagegen. »Du weißt, das kann ich nicht tun. Du kennst sämtliche Gründe, weshalb ich es nicht tun sollte.«

Er schüttelte leicht den Kopf. »Eigentlich nicht. Weshalb sollte Prinz Pflichtgetreu sein Geburtsrecht als Weitseher vorenthalten bleiben?« Leiser fügte er hinzu: »Oder Nessel?«

»Geburtsrecht?« Ich bemühte mich um ein bitteres Auflachen. »Es ist mehr eine Erbkrankheit, Chade. Es ist ein Hunger, und wenn man lernt, ihn zu befriedigen, entwickelt er sich zur Sucht. Eine Sucht, die mit der Zeit so stark werden kann, dass sie dich zwingt, die Straße zu betreten, die über das Bergreich hinausführt. Du weißt, was aus Veritas geworden ist. Die Gabe hat ihn aufgezehrt. Er hat sie benutzt, um sich seinen Wunsch zu erfüllen; er hat seinen Drachen erschaffen und wurde eins mit ihm. Er hat die Sechs Provinzen gerettet. Doch auch ohne die Bedrohung durch die Roten Korsaren wäre Veritas zu guter Letzt in die Berge gegangen. Jener Ort hat ihn gerufen. Es ist das vorherbestimmte Ende für jeden der Gabenkundigen.«

»Ich verstehe deine Befürchtungen.« Es klang aufrichtig. »Aber ich glaube nicht, dass es so ist, wie du sagst. Ich bin überzeugt, dass Galen dir bewusst diese Ängste eingeimpft hat. Er lehrte dich nur, was er wollte, das du weißt, und er hat durch wohlberechnete Grausamkeiten in dir Blockaden errichtet. Aber ich habe die Gabenschriften studiert. Ich konnte nicht alles enträtseln, was darin enthalten ist, aber ich weiß, die Gabe ist unendlich viel mehr als nur die Fähigkeit, über weite Entfernungen zu kommunizieren. Mit der Gabe kann ein Mensch sein Leben und seine Gesundheit länger erhalten. Sie verleiht einem Redner größere Überzeugungskraft. Deine Ausbildung – ich weiß nicht, wie gründlich sie war, aber ich wette, Galen hat dir so wenig beigebracht wie nur möglich.« Ich hörte die wachsende Erregung in der Stimme des alten Mannes, als spräche er von einem geheimen Schatz. »Die Gabe hat so viele Facetten, so viele. In den Schriften finden sich Hinweise, dass die Gabe als Werkzeug zur Heilung verwendet werden kann, nicht nur, um genau herauszufinden, was einem verwundeten Soldaten fehlt, sondern auch, um die eigentliche Genesung zu fördern. Jemand mit starker Gabe kann durch die Augen eines anderen sehen, hören, was jener andere hört und fühlt. Und ...«

»Chade.« Mein halblauter Einwurf ließ ihn innehalten. Einen Moment hatte ich zornig werden wollen, als er zugab, die Schriften gelesen zu haben. Es stand ihm nicht zu. Andererseits, wenn seine Königin sie ihm zum Studium übergab, hatte er so gut das Recht dazu wie jeder andere. Wer sonst sollte sie lesen? Ein Gabenmeister existierte nicht mehr. Diese Linie war ausgestorben. Nein. Ich hatte sie ausgerottet. Ausgemerzt, einen nach dem anderen, die letzten geschulten Gabenkundigen, die letzte je in Bocksburg geschaffene Kordiale. Sie waren des Verrats an ihrem König schuldig, deshalb hatte ich sie getilgt und die Magie mit ihnen. Der vernünftig denkende Teil von mir wusste, dass es eine Magie war, die besser nie wieder erweckt werden sollte. »Ich bin kein Gabenmeister, Chade. Nicht nur, dass mein Wissen über die Gabe unvollständig ist, mein Talent war unbeständig. Gewiss hast du beim Studium der Schriften herausgefunden oder von Kettricken erfahren, dass Elfenrinde das Schädlichste ist, was ein Gabenkundiger zu sich nehmen kann. Sie unterdrückt die Gabe oder tötet sie ab. Ich habe mich bemüht, ohne sie auszukommen. Was sie mir antut, gefällt mir nicht. Aber selbst die Niedergeschlagenheit, die sie bewirkt, ist besser als der Gabenhunger. Manchmal habe ich den Tee tagelang getrunken, wenn das Verlangen besonders schlimm war.« Ich wandte den Blick von seiner besorgten Miene ab. »Was immer ich an Talent besessen haben mag, ist wahrscheinlich inzwischen bis zur Unkenntlichkeit verstümmelt.«

Seine Stimme klang bedrückt, als er sagte: »Mir will scheinen, dass die immer wiederkehrenden Anfälle für das Gegenteil sprechen, Fitz. Es betrübt mich zu hören, dass du leiden musstest; wir hatten wirklich keine Ahnung. Ich nahm an, der Gabenhunger sei vergleichbar mit dem Verlangen nach Alkohol oder Rauchkraut und dass nach einer Zeit erzwungener Abstinenz das Bedürfnis nachlassen würde.«

»Nein. Das tut es nicht. Manchmal ruht es. Über Monate, Jahre sogar. Dann, ohne erkennbaren Anlass, erwacht es wieder.« Ich kniff für einen Moment die Augen zusammen. Darüber zu sprechen, daran zu denken, war wie das Stochern in einem Geschwür. »Chade, ich weiß, du bist aus diesem Grund den weiten Weg zu mir gekommen. Und du hast meine Antwort gehört. Können wir jetzt von etwas anderem reden? Dieses Gespräch … bereitet mir Schmerzen.«

Er schwieg eine Zeitlang, dann sagte er mit aufgesetzter Munterkeit: »Aber natürlich. Wechseln wir das Thema. Ich habe Kettricken gewarnt, dass du dich aller Wahrscheinlichkeit nach für unseren Plan nicht würdest begeistern können.« Er stieß einen kurzen Seufzer aus. »Dann werde ich also sehen müssen, was ich mit den Kenntnissen, die ich aus den Schriften gewonnen habe, ausrichten kann. Lassen wir das. Was soll ich dir jetzt erzählen? Was möchtest du wissen?«

»Du kannst nicht meinen, dass du Pflichtgetreu mit dem Wissen unterrichten willst, das du aus irgendwelchen alten Schriftrollen zusammengeklaubt hast?« Ärger regte sich in mir.

»Du lässt mir keine andere Wahl«, bedeutete er mir ohne den geringsten Vorwurf in der Stimme.

»Hast du eine Vorstellung davon, welcher Gefahr du ihn aussetzt? Die Gabe versucht den, der sie besitzt, zu beherrschen. Sie zieht an Verstand und Herz wie ein Magnet. Er wird eins mit ihr werden wollen. Wenn der Prinz dieser Verlockung nur für einen Augenblick nachgibt, während er noch ein Schüler ist, ist er verloren. Und es wird kein Kundiger zur Stelle sein, um ihm zu folgen und ihn der Strömung zu entreißen.«

Chades Mienenspiel verriet mir, dass er keine Ahnung hatte, wovon ich redete. Er erwiderte starrsinnig: »Aus den Schriften weiß ich, dass es gefährlich ist, einen, in welchem die Gabe stark ist, ohne Schulung zu lassen. In manchen Fällen haben solche Uneingeweihten fast instinktiv begonnen, von der Gabe Gebrauch zu machen, doch ohne Vorstellung von der Gefahr oder wie man sie beherrscht. Nach meiner Meinung dürfte selbst eine lückenhafte Ausbildung besser sein, als den Prinzen in völliger Unwissenheit zu lassen.«

Ich setzte zum Sprechen an, dann ließ ich es bleiben, holte stattdessen tief Atem und stieß ihn langsam wieder aus. »Ich lasse mich da nicht hineinziehen, Chade. Ich bleibe bei meinem Nein. Vor Jahren habe ich mir selbst ein Versprechen gegeben. Ich saß neben Will und sah zu, wie er starb. Ich habe ihn nicht getötet. Weil ich mir geschworen hatte, dass ich nicht länger ein Meuchelmörder sein wollte und kein Werkzeug mehr. Ich lasse mich nicht manipulieren, und ich lasse mich nicht benutzen. Ich habe genug Opfer gebracht. Ich finde, ich habe mir diesen Ruhestand verdient. Und falls ihr – du und Kettricken – gegenteiliger Meinung seid und keine Lust mehr habt, mir eine Rente zu zahlen, nun, auch damit kann ich leben.«

Gut, das einmal ausgesprochen zu haben. Als ich zum ersten Mal nach einem Besuch von Merle einen Beutel mit Münzen neben meinem Bett fand, war ich beleidigt gewesen. Ich hätschelte den Groll monatelang, bis sie mich wieder besuchte. Sie hatte nur gelacht und erklärt, es handele sich nicht etwa um eine Vergütung von ihr für meine Dienste, sondern um eine von den Sechs Provinzen an mich gezahlte Rente. Das war der Moment, in welchem mir klar wurde, dass alles, was Merle von mir wusste, auch Chade erfuhr. Er war auch der Spender des Schreibpapiers und der Tinten, die sie manchmal mitbrachte. Wahrscheinlich erstattete sie ihm jedes Mal nach ihrer Rückkehr Bericht. Ich hatte mir vorgemacht, dass es mich nicht störte, doch heute fragte ich mich, ob während all der Jahre der Beobachtung aus der Ferne Chade auf den Tag gewartet hatte, an dem ich wieder von Nutzen sein konnte. Mein Gesicht muss ihm verraten haben, was mir durch den Kopf ging.

»Fitz, Fitz, beruhige dich.« Der alte Mann beugte sich vor und tätschelte beschwichtigend meine Hand. »Davon kann überhaupt nicht die Rede sein. Wir sind uns beide vollauf bewusst, was nicht nur wir dir schulden, sondern was das ganze Reich dir schuldig ist. Solange du lebst, werden die Sechs Provinzen für dein Auskommen sorgen. Was die Ausbildung des Prinzen angeht, so denk nicht mehr daran. Es ist im Grunde nicht dein Problem.«

Wieder einmal fragte ich mich voller Unbehagen, wie viel

er wusste. Dann nahm ich mich zusammen. »Wie du sagst, es ist im Grunde nicht mein Problem. Ich kann nichts weiter tun, als dich bitten, vorsichtig zu sein.«

»Ach, Fitz, hast du mich je anders erlebt?« Über den Rand des Bechers lächelten seine Augen mich an.

Ich bemühte mich redlich, nicht mehr an seinen Vorschlag zu denken, doch es war, als versuchte man, einen Baum mit den Wurzeln auszureißen. Zum Teil bewegte mich Sorge, dass Chades laienhafte Unterweisung des jungen Prinzen ein böses Ende nehmen könnte. Doch der wahre Reiz des Gedankens, eine neue Kordiale auszubilden, lag darin, dass es mich in die Lage versetzen würde, mein eigenes Verlangen zu stillen. Nachdem ich mir dessen bewusst war, konnte ich nicht guten Gewissens eine neue Generation mit dieser Sucht infizieren.

Chade hielt sein Versprechen. Die Gabe und ihre Wissenschaft wurden mit keinem Wort mehr erwähnt. Stattdessen schwatzten wir stundenlang über all die Leute, die ich früher in Bockburg gekannt hatte und was aus ihnen geworden war. Klinge war Großvater geworden. Litzel litt unter schmerzenden Gelenken, die sie gezwungen hatten, mit ihrer endlosen Spitzenknüpferei aufzuhören. Flink war jetzt Stallmeister auf der Burg. Er hatte eine Frau aus dem Landesinneren genommen, mit flammend rotem Haar und dem entsprechenden Temperament. Alle ihre Kinder waren rothaarig. Sie hielt Flink an der kurzen Leine, und Chade behauptete, er sei glücklich dabei. Neuerdings bedrängte sie ihn, mit ihr nach Farrow zurückzukehren, woher sie gebürtig war, und er schien ihr nachgeben zu wollen. Deshalb hatte Chade die Reise zu Burrich mit dem Angebot verbunden, seine alte Stellung wieder einzunehmen. Schicht um Schicht löste er die Verhornungen von meinen Erinnerungen und rief mir die Gesichter von früher ins Gedächtnis zurück. Die Sehnsucht nach Bocksburg erwachte in mir, und ich konnte nicht anders, als weiterzufragen. Nachdem wir sämtliche alten Bekannten durchgegangen waren, führte ich ihn herum, als wären wir zwei alte Tanten, die sich gegenseitig besuchten. Ich zeigte ihm meine Hühner und meine Birken, meinen Garten und meine Spazierwege. Ich zeigte ihm meine Werkstatt, wo ich die Farben und Tinten herstellte, die Harm für mich zum Markt brachte. Letztere wenigstens versetzten ihn in Erstaunen. »Ich habe dir Tinten aus Bocksburg mitgebracht, aber jetzt frage ich mich, ob deine nicht von besserer Qualität sind.« Er klopfte mir auf die Schulter, genau wie früher, wenn mir die Mischung eines neuen Giftes gelungen war, und die alte heiße Freude über das Lob meines Lehrers stieg in mir hoch.

Wahrscheinlich zeigte ich ihm viel mehr, als meine Absicht war. Beim Betrachten meiner Kräuterbeete musste ihm der übermäßig große Anteil an Pflanzen mit beruhigender oder schmerzlindernder Wirkung aufgefallen sein. Als ich ihm meine Ruhebank auf den Klippen über dem Meer zeigte, bemerkte er sogar: »Ja, das hätte Veritas gefallen.« Doch trotz allem, was er sah oder vermutete, kam er nicht wieder auf die Gabe zu sprechen.

Wir blieben lange auf, und ich lehrte ihn die Grundlagen von Krähes Steinespiel. Nachtauge langweilte unser endloses Gerede, und er ging auf die Jagd. Ich spürte die aufkeimende Eifersucht des Wolfs, beschloss aber, das später mit ihm ins Lot zu bringen. Nachdem wir das Spiel beiseitegeschoben hatten, lenkte ich die Unterhaltung auf Chade selbst, sein Tun und Treiben. Verschmitzt lächelnd gestand er, dass er die Rückkehr an den Hof und in die höfische Gesellschaft genoss, und erzählte mir – was er selten getan hatte – von seiner Jugend. Er hatte ein lustiges Leben geführt, bevor der unachtsame Umgang mit einem explosiven

Gebräu sein Gesicht mit Narben entstellte und er sich aus Scham in ein geheimes Schattendasein als Meuchelmörder des Königs zurückzog. In diesen späten Jahren schien er das Leben des Jünglings von einst wieder aufgenommen zu haben, der gern tanzte und eine Vorliebe für intime Abendessen mit geistreichen Damen hegte. Ich freute mich für ihn, und es war nicht ganz ernst gemeint, als ich fragte: »Und wie findest du bei all diesen anderen Verpflichtungen und Lustbarkeiten Zeit für deine geheime Arbeit im Dienst der Krone?«

Er antwortete frei heraus. »Ich komme zurecht. Und mein derzeitiger Adept ist sowohl flink als auch geschickt. Es wird nicht lange dauern, bis ich diese alten Pflichten vollkommen in jüngere Hände legen kann.«

Ich fühlte einen beunruhigenden Stich der Eifersucht, weil er nach mir einen neuen Lehrling genommen hatte. Im nächsten Moment wurde mir klar, wie dumm dieses Gefühl war. Das Haus der Weitseher würde immer jemanden brauchen, der in der diskreten Diplomatie des Stiletts versiert war. Ich hatte erklärt, dass ich nicht länger königlicher Meuchelmörder sein wollte, und daraus folgte keineswegs, dass es keinen Bedarf für einen solchen mehr gab. Ich versuchte, meine Betroffenheit zu überspielen. »Dann ist der Turm immer noch Schauplatz der alten Experimente und Lektionen?«

Er nickte einmal und gewichtig. »Allerdings. In dem Zusammenhang ...« Er stand auf. Aus wiedererwachter langer Gewohnheit hatten wir unsere Konstellation von früher eingenommen, er im Sessel vor dem Kamin und ich zu seinen Füßen. Ich merkte es erst jetzt und staunte, wie selbstverständlich es mir vorgekommen war. Ich schüttelte über mich selbst den Kopf, während Chade am Tisch in seinen Satteltaschen kramte. Er zog eine fleckige Flasche aus hartem Leder heraus. »Ich habe das hier mitgebracht, um es dir zu zeigen. Jetzt hätte ich es über unseren Gesprächen fast vergessen. Du erinnerst dich an meine Faszination für unnatürliche Feuer, Explosionsstoffe und so weiter?«

Ich verdrehte die Augen. Seine »Faszination« hatte uns beide mehr als einmal versengt und wie Mohren geschwärzt. An das letzte Mal, als ich Zeuge seiner Pyromagie gewesen war, mochte ich nicht denken: In der Nacht, als Prinz Edel sich unrechtmäßig zum Erben der Krone der Weitseher erklärte, hatten durch seine Künste die Fackeln zischend und Funken sprühend mit geisterhaft blauer Flamme gebrannt. In derselben Nacht war König Listenreich ermordet worden, und mich hatte man als seinen Mörder verhaftet.

Falls auch Chade daran dachte, ließ er es sich nicht anmerken. Er kam voller Elan mit der Flasche zurück zum Kamin. »Hast du ein Stück Papier? Ich habe keins mitgebracht.«

Ich gab ihm das Gewünschte und verfolgte skeptisch, wie er einen langen Streifen abriss, ihn der Länge nach auf die Hälfte kniffte und dann eine gewisse Menge Pulver in die Furche rieseln ließ. Sorgfältig faltete er den Streifen darüber, faltete ihn nochmals und drehte ihn spiralförmig zusammen. »Und jetzt schau her!«, forderte er mich lebhaft auf.

Ich beobachtete mit einem unguten Gefühl, wie er den Fidibus ins Feuer legte. Doch was immer dieser erwartungsgemäß tun sollte – explodieren, Funken sprühen oder Qualm produzieren –, es geschah nicht. Das Papier färbte sich braun, flammte auf und verbrannte. Leichter Schwefelgeruch breitete sich aus. Das war alles. Ich blickte Chade an und hob eine Augenbraue.

»Es hat nicht funktioniert!«, verteidigte er sich aufgeregt. Eilig präparierte er eine zweite Papierspirale, diesmal mit einer größeren Menge des Pulvers aus der kleinen Flasche, und platzierte sie im heißesten Bereich des Feuers. Ich beugte mich nach hinten, zur Sicherheit, doch es passierte wieder nichts. Ich rieb mir den Mund, um mein Feixen über sein maßlos enttäuschtes Gesicht zu verbergen.

»Man könnte glauben, ich verstünde mein Handwerk nicht mehr!«, rief er aus.

»Nie und nimmer«, widersprach ich, aber es fiel mir schwer, ernst zu bleiben. Diesmal hatte die Kartusche, die er herstellte, Ähnlichkeit mit einer dicken Wurst, und Pulver rieselte heraus, als er sie zusammendrehte. Ich stand auf und trat ein paar Schritte zurück, als er sie in die Flammen legte. Doch wie zuvor verbrannte das Päckchen sang- und klanglos.

Er schnaubte zornig. Er lugte in den Hals der kleinen Flasche, schüttelte sie, fluchte und drehte den Korken hinein. »Feucht geworden, irgendwie. Tja, das war's dann. Heute keine Vorstellung.« Damit warf er die Flasche ins Feuer, bei Chade ein Zeichen höchsten Unmuts.

Nachdem wir uns wieder hingesetzt hatten, konnte ich spüren, wie sehr ihm der Fehlschlag zu schaffen machte, und versuchte ihn aufzuheitern. »Das erinnert mich an damals, als ich das Rauchpulver mit der gemahlenen Speerwurzel verwechselt hatte. Erinnerst du dich? Mir haben noch Stunden später die Augen getränt.«

Er stieß ein kurzes Lachen aus. »Und ob.« Danach schwieg er eine Weile und lächelte in sich hinein. Ich wusste, seine Gedanken wanderten zurück zu unserer gemeinsamen Zeit. Dann beugte er sich vor und legte mir die Hand auf die Schulter. »Fitz«, sagte er ernst und schaute mir mit einem zwingenden Blick in die Augen, »ich habe dich nie getäuscht, oder? Ich war aufrichtig. Ich habe dir gesagt, welches Handwerk du bei mir lernst, von Anfang an.«

Da erkannte ich das Narbengewebe über alten Wunden. Ich legte meine Hand auf die seine. Die Knöchel waren spitz, die Haut papierdünn. Ich hielt den Blick ins Feuer gerichtet, während ich sprach. »Du warst immer ehrlich zu mir, Chade. Wenn irgendjemand mich getäuscht hat, dann ich mich selbst. Wir haben beide unserem König gedient und getan, was getan werden musste, zum Nutzen des Reichs. Dass ich nicht nach Bocksburg zurückkomme, hat nichts mit dir zu tun, sondern liegt einzig daran, dass ich nicht mehr der bin, der ich war. Ich trage dir nichts nach, gar nichts.« Ich wandte den Kopf, um ihn anzusehen. Sein Gesicht war sehr ernst, und ich las in seinen Augen, was er nicht ausgesprochen hatte. Er vermisste mich. Nicht nur aus politischen Gründen, auch um seiner selbst willen versuchte er mich zur Rückkehr nach Bocksburg zu bewegen. Balsam für meine Seele. Ich wurde immer noch geliebt, von Chade wenigstens. Rührung überkam mich, die Kehle wurde mir eng. Ich versuchte, die Stimmung aufzulockern. »Du hast nie behauptet, als dein Adept hätte ich ein ruhiges, sicheres Leben ...«

Wie um meine Worte zu unterstreichen, schoss ein Blitz aus dem Kamin. Ein krachender Donnerschlag machte mich taub. Schwelende Holzstücke und Funken flogen herum, und das Feuer brüllte plötzlich wie ein wütender Löwe. Wir sprangen auf und brachten schleunigst einigen Abstand zwischen uns und den Kamin. Im nächsten Augenblick löschte eine Rußlawine aus meinem vernachlässigten Schornstein den größten Teil des Feuers. Chade und ich tanzten durchs Zimmer, traten die Funken aus und beförderten Stücke der kokelnden Flasche zurück auf den gemauerten Platz vor dem Kamin, bevor der Holzboden anfing zu schmoren. Die Tür flog krachend auf. Nachtauge kam hereingeschlittert, scharrte mit den Krallen nach einem Halt.

»Alles in Ordnung, mir fehlt nichts«, versicherte ich ihm und merkte, dass ich schrie, um das Klingeln in meinen Ohren zu übertönen. Mit einem angewiderten Schnauben tat Nachtauge seine Meinung über den beißenden Gestank im Zimmer kund. Ohne auch nur einen Gedanken in meine Richtung stelzte er wieder hinaus in die Dunkelheit.

Plötzlich schlug mir Chade ein paar Mal kräftig auf die Schulter. »Funken ausschlagen«, erklärte er überlaut. Wir brauchten einige Zeit, um Ordnung zu schaffen und wieder ein Feuer an dafür vorgesehener Stelle in Gang zu bringen. Dessen ungeachtet stellte Chade seinen Stuhl ein Stück nach hinten, und ich setzte mich nicht wieder direkt vor den Kamin. »War das der Effekt, auf den du es abgesehen hattest?«, erkundigte ich mich verspätet, nachdem wir es uns mit frisch gefüllten Bechern gemütlich gemacht hatten.

»Nein! Bei Els Eiern, Junge, glaubst du, ich würde mit Absicht ein solches Feuerwerk in deinem Kamin veranstalten? Wenn ich es bisher ausprobiert habe, gab es nur einen grellen Blitz aus weißem Licht. Das Pulver hätte nicht so explodieren dürfen. Hm. Ich frage mich, wieso ... Was war anders als vorher? Verdammt! Wenn ich mich nur erinnern könnte, was vorher in der Flasche gewesen ist.« Mit zusammengezogenen Brauen starrte er konzentriert in die Flammen, und ich wusste, sein neuer Adept würde das zweifelhafte Vergnügen haben auszutüfteln, was der Auslöser dieser Explosion gewesen sein könnte. Ich beneidete ihn nicht um die Reihe von Experimenten, die er würde durchführen müssen.

Chade blieb über Nacht und schlief in meinem Bett, während ich auf Harms Lagerstatt umsiedelte. Als wir am nächsten Morgen erwachten, wussten wir beide, dass der Besuch zu Ende war. Plötzlich schien es kein Gesprächsthema mehr zu geben, überhaupt nichts, worüber sich zu reden lohnte. Ein Gefühl der Sinnlosigkeit ergriff von mir Besitz. Weshalb sollte ich mich nach Leuten erkundigen, die ich nie mehr wiedersehen würde; weshalb sollte er von den aktuellen politischen Kabalen berichten, die doch überhaupt keine

Auswirkungen auf mein Dasein hier hatten? Für einen langen Nachmittag und Abend hatten unsere Leben sich wieder verzahnt, aber nun, als der graue Tag heraufdämmerte, schaute er mir stumm bei der Verrichtung meiner häuslichen Pflichten zu: Wasser holen, Hühner füttern, Frühstück zubereiten, das Geschirr abwaschen.

Mit jedem Schweigen, das lang und lastend den wenigen dürren Worten folgte, zu denen wir uns aufraffen konnten, schienen wir uns weiter voneinander zu entfernen. Fast begann ich zu wünschen, er wäre nicht gekommen.

Nach dem Frühstück wollte er aufbrechen, und ich hielt ihn nicht zurück. Ich versprach ihm, dass er die Anleitung für das Spiel bekäme, sobald sie ausgearbeitet war. Ich gab ihm einige Aufzeichnungen über die Dosierung von Beruhigungstees mit und Wurzeln für die eigene Kultivierung der wenigen Kräuter in meinem Garten, die er nicht bereits kannte. Ich schenkte ihm Flakons mit verschiedenfarbigen Tinten. Schwer zu sagen, ob es ein Versuch war, mich doch noch umzustimmen, als er bemerkte, in Burgstadt gäbe es einen besseren Markt für derlei Waren. Ich nickte nur und sagte, vielleicht würde ich Harm irgendwann hinschicken. Dann sattelte und zäumte ich die schöne Stute und führte sie vors Haus. Zum Abschied umarmte er mich, dann stieg er auf und ritt davon. Ich blickte ihm nach, wie er den Pfad entlangtrabte. Nachtauge schob seinen Kopf unter meine herabhängende Hand.

Bereust du es?

Ich bereue vieles. Aber ich weiß, wenn ich mit ihm ginge und täte, was er will, würde ich das irgendwann noch mehr bereuen.

Trotzdem konnte ich mich nicht abwenden und an meine Arbeit gehen. Noch war es nicht zu spät, führte ich mich selbst in Versuchung. Ein Ruf, und er würde kehrtmachen und zurückkommen. Ich biss die Zähne zusammen.

Nachtauge stieß mit der Nase gegen meine Hand. *Komm. Gehen wir jagen. Kein Junge, kein Bogen. Nur du und ich.*

»Klingt gut«, hörte ich mich sagen. Und wir taten es und fingen sogar ein dralles Frühlingskarnickel. Es tat gut, die Muskeln zu strecken und mir zu beweisen, dass ich noch immer Kraft und Ausdauer besaß. Ich war noch kein alter Mann, und genau wie Harm stünde es mir gut an, in die Welt hinauszugehen und etwas Neues zu beginnen. Etwas Neues zu lernen. Das war immer Philias Rezept gegen Langeweile gewesen. Als ich an diesem Abend den Blick durch meine Behausung wandern ließ, erschien sie mir eher beengend als gemütlich. Was mir noch vor ein paar Tagen vertraut und heimelig vorgekommen war, wirkte jetzt abgewohnt und schäbig. Ich wusste, es lag an dem Kontrast zwischen Chades Erzählungen von Bocksburg und meinem eigenen ländlichen Dasein. Doch Rastlosigkeit, einmal geweckt, lässt sich nur schwer wieder zur Ruhe bringen.

Ich versuchte mich zu erinnern, wann ich das letzte Mal in einem anderen als meinem eigenen Bett geschlafen hatte. Ich führte ein sehr geregeltes Leben. Jedes Jahr zur Erntezeit ging ich für einen Monat auf Wanderschaft, verdingte mich auf den Heuwiesen oder als Apfelpflücker. Das zusätzliche Bargeld konnten wir gut brauchen.

Früher war ich zweimal im Jahr nach Stundenbucht gereist, um meine Tinten und Stofffarben gegen Kleidung und Töpfe und Ähnliches einzutauschen. Die letzten zwei Jahre hatte ich Harm auf unserem dicken alten Pony Vierklee losgeschickt. Mein Leben verlief so glatt in eingefahrenen Gleisen, dass ich es nicht einmal bemerkt hatte.

Aha. Und was willst du dagegen tun? Nachtauge gähnte und streckte sich resigniert.

Ich weiß nicht, musste ich zugeben. *Etwas anderes. Wie würde es dir gefallen, eine Zeitlang umherzuziehen?*

Für eine Weile zog er sich in den Teil seines Bewusstseins zurück, der ihm allein gehörte. Dann fragte er, etwas gereizt: *Zu Fuß? Alle beide? Oder wird von mir erwartet, den ganzen Tag mit einem Pferd Schritt zu halten?*

Eine gute Frage. Wenn wir beide zu Fuß gehen?

Wenn es sein muss, willigte er widerstrebend ein. *Du denkst an diesen Ort oben in den Bergen, nicht wahr?*

Die alte Stadt? Ja.

Er erhob keine Einwände. *Nehmen wir den Jungen mit?*

Ich denke, es wird Harm guttun, wenn er eine Weile auf sich allein gestellt zurechtkommen muss. Außerdem muss sich jemand um die Hühner kümmern.

Dann nehme ich an, dass wir nicht aufbrechen, bevor der Junge wieder hier ist?

Ich nickte. Ich fragte mich, ob ich völlig den Verstand verloren hatte.

Ich fragte mich, ob wir je wieder hierher zurückkehren würden.

Kapitel 2

MERLE

Merle Vogelsang, Menestrelle an Königin Kettrickens Hof, ist selbst Heldin ebenso vieler Lieder, wie sie geschrieben hat. Berühmt geworden als der Königin Weggefährtin bei deren Queste, um die Hilfe der Alten gegen die Schiffe der Roten Korsaren zu erbitten, stellte sie sich während des Wiederaufbaus der Sechs Provinzen für Jahrzehnte in den Dienst des Hauses Weitseher.

Als jemand mit der Fähigkeit, sich ungezwungen überall und in jedweder Gesellschaft zu bewegen, war sie der Königin unentbehrlich in den unruhigen Jahren nach der Reinigung der Bocksmarken. Nicht nur Verträge und Abmachungen zwischen Fürsten wurden der Menestrelle anvertraut, sondern sie reiste auch zu Räuberbanden und Schmugglerfamilien, um ihnen unter gewissen Bedingungen Straffreiheit anzubieten. Sie selbst besang viele dieser Fahrten, doch man darf als sicher annehmen, dass es andere Unternehmungen gab, geheime Missionen im Dienst der Krone, und viel zu gefährlich, um in Verse gefasst zu werden.

Volle zwei Monate blieb Merle mit Harm weg. Meine anfängliche Belustigung über seine lange Abwesenheit verwandelte sich erst in Missmut und dann in Verärgerung.

Der Ärger richtete sich hauptsächlich gegen mich selbst. Ich hatte nicht geahnt, wie abhängig ich von dem starken Rücken des Jungen geworden war, bis ich meine eigenen Knochen zu den Arbeiten bequemen musste, die sonst er verrichtete. Doch es waren nicht nur Harms alltägliche Pflichten, die ich während seiner Abwesenheit erledigte. Chades Besuch hatte etwas in mir angestoßen. Ich konnte es nicht benennen, aber ich empfand es wie einen Dämon, der an mir nagte und mir jedes schäbige Detail meines kleinen Anwesens ins Auge springen ließ. Der Frieden meines abgeschiedenen Heims hatte plötzlich das Gesicht müßiger Selbstzufriedenheit. War es tatsächlich schon ein Jahr her, seit ich den Stein unter die eingebrochene Verandastufe geschoben und mir vorgenommen hatte, sie später zu reparieren? Nein, eher schon anderthalb Jahre.

Ich brachte den Vorbau in Ordnung, und anschließend schaufelte ich den Hühnerstall leer, reinigte ihn mit Lauge und legte den Boden mit frischen Binsen aus. Ich besserte das undichte Dach der Werkstatt aus und setzte endlich das Fenster aus geöltem Pergament ein, das ich mir schon lange versprochen hatte. Ich ließ der Hütte einen gründlicheren Frühjahrsputz angedeihen, als sie seit Jahren erlebt hatte. Ich sägte den geknickten Ast ab, und er fiel akkurat auf das Dach des frisch gereinigten Hühnerstalls. Ich setzte ein neues Dach auf den Hühnerstall. Mit dieser Arbeit war ich gerade fertig, als Nachtauge meldete, es kämen Reiter. Ich stieg nach unten, hob mein Hemd auf und ging nach vorn, um Merle und Harm zu empfangen, die auf das Haus zuhielten.

Ich weiß nicht, ob es an der Trennung lag oder an meiner jüngst erwachten Rastlosigkeit, aber ich sah Harm und Merle plötzlich, als wären sie Fremde. Es war nicht nur Harms neue Kleidung, obwohl sie seine langen Beine und seine breiter werdenden Schultern betonte. Er sah komisch aus auf dem Rücken des dicken alten Ponys, eine Tatsache, derer er sich zweifellos bewusst war. Das Reittier war dem heranwachsenden Jüngling ebenso wenig angemessen wie das Kinderbett in meiner Hütte und mein gesetzter Lebensstil. Mir kam der Gedanke, dass ich nicht das Recht hatte, von ihm zu verlangen, sich hier zu vergraben und auf die Hühner aufzupassen, während ich auf Abenteuer auszog. Mehr noch, wenn ich ihn nicht bald wegschickte, um sein Glück zu suchen, würde die schwelende Verdrossenheit, die ich bei dieser Heimkehr aus der großen Welt in seinen verschieden gefärbten Augen erkannte, bald zu bitterer Enttäuschung über sein enges Leben werden. Harm war mir ein guter Gefährte gewesen, vielleicht ebenso mein Retter wie ich der seine, als Merle mir seinerzeit den Findling brachte. Ich tat gut daran, ihn auf seinen Weg ins Leben zu schicken, solange wir einander noch zugetan waren, statt zu warten, bis ich zu einer mühevollen Last für seine jungen Schultern wurde.

Nicht nur Harm hatte sich in meinen Augen verändert. Merle war heiter wie immer, lächelte mir entgegen, schwang ein Bein über den Pferderücken und glitt aus dem Sattel. Doch als sie mit weit ausgebreiteten Armen auf mich zukam, wurde mir klar, wie wenig ich von ihrem jetzigen Leben wusste. Ich blickte in ihre strahlenden dunklen Augen und bemerkte zum ersten Mal die beginnenden Krähenfüße in den äußeren Winkeln. Im Lauf der Jahre war ihre Kleidung reicher geworden, die Rasse ihrer Pferde edler und ihr Schmuck kostbarer. Heute trug sie ihr dickes schwarzes Haar mit einer Spange aus schwerem Silber zusammengefasst. Offensichtlich fehlte es ihr an nichts. Drei- oder viermal im Jahr brach sie über mich herein, blieb ein paar Tage und brachte mit ihren Geschichten und Balladen frischen

Wind in mein ruhiges Dasein. Wenn sie da war, bestand sie darauf, das Essen nach ihrem Geschmack zu würzen, belagerte meinen Tisch und Schreibtisch mit einer Schicht ihrer Habseligkeiten, und mein Bett war nicht länger ein Ort, den ich aufsuchte, um zu ruhen. Die Tage unmittelbar nach ihrer Abreise gemahnten mich jedes Mal an eine Landstraße, über der noch die Staubwolke einer abziehenden Gauklertruppe hing. Es war das gleiche Gefühl von Atemnot und verschleierter Sicht, bis ich schließlich in meinen Alltagstrott zurückfand.

Ich erwiderte ihre Umarmung herzlich, roch Staub und Parfum in ihrem Haar. Sie trat einen Schritt zurück, blickte in mein Gesicht und verlangte sofort zu wissen: »Was ist los? Etwas ist anders als sonst.«

Ich lächelte entschuldigend. »Später«, vertröstete ich sie, und wir wussten beide, es würde eins unserer Mitternachtsgespräche werden.

»Geh und wasch dich, du riechst wie mein Pferd.« Sie gab mir einen leichten Schubs, und ich wandte mich ab, um Harm zu begrüßen.

»Nun, Kleiner, wie ist es gewesen? War das Frühlingsfest so gut wie in Merles Geschichten?«

»Es war in Ordnung«, antwortete er gleichgültig. Für einen kurzen Moment schaute er mir direkt ins Gesicht, und seine verschiedenfarbigen Augen, eins braun, eins blau, waren voller Seelenqual.

»Harm?« Ich trat auf ihn zu, doch er drehte sich weg, bevor ich ihm die Hand auf die Schulter legen konnte.

Er machte Anstalten, sich wortlos in die Büsche zu schlagen, dann aber schien ihn wegen der mürrischen Begrüßung sein Gewissen zu plagen, denn er verkündete mit gepresster Stimme, als müsse er sich die Worte abringen: »Ich gehe runter zum Bach, um mich zu waschen. Ich bin voller Staub.«

Geh mit ihm. Ich weiß nicht, was er hat, aber er braucht einen Freund.

Vorzugsweise einen, der keine Fragen stellen kann, kommentierte Nachtauge. Mit hängendem Kopf und gestreckter Rute trottete er hinter dem Jungen her. Auf seine Weise liebte er Harm genauso wie ich und hatte ebenso großen Anteil an seiner Erziehung.

Sobald sie außer Hörweite waren, wandte ich mich an Merle. »Hast du eine Ahnung, was ihm für eine Laus über die Leber gelaufen ist?«

Sie zuckte die Achseln und lächelte schief. »Er ist fünfzehn. Braucht man in diesem Alter einen Grund, um eine verdrossene Miene zur Schau zu tragen? Mach dir keine Gedanken. Es kann alles Mögliche sein: Ein Kuss verwehrt oder – Schreck! – ein Kuss gewährt. Bocksburg verlassen müssen oder nach Hause kommen. Ein verdorbenes Würstchen zum Frühstück. Lass ihn in Ruhe. Er beruhigt sich wieder.«

Ich schaute ihm nach, als er und der Wolf zwischen den Bäumen verschwanden. »Vielleicht ist meine Erinnerung an diesen Lebensabschnitt anders als deine«, äußerte ich.

Während Merle ins Haus ging, versorgte ich ihr Pferd und das Pony Vierklee. Dabei fiel mir ein, dass Burrich mir ungeachtet meiner Laune und Befindlichkeit befohlen hätte, mich um mein Pferd zu kümmern, bevor ich mich davonmachte, um zu schmollen. Nun, ich war nicht Burrich. Ich hätte gern gewusst, ob er Nessel und Chivalric und Nim in genauso strenger Zucht hielt wie seinerzeit mich. Warum war mir nicht der Gedanke gekommen, Chade nach den Namen der übrigen Geschwister zu fragen? Als ich schließlich das Koppelgatter hinter mir schloss, war ich so weit, dass ich mir wünschte, Chade wäre nicht gekommen. Sein Besuch hatte zu viele alte Erinnerungen aufgewühlt. Entschlossen schob ich sie beiseite. Das waren fünfzehn Jahre alte Knochen, hätte der Wolf mich belehrt. Ich spürte kurz zu ihm hin. Harm hatte sich etwas Wasser ins Gesicht gespritzt und war in den Wald gestapft, redete mit sich selbst und fuhrwerkte durchs Unterholz, dass der Lärm auf Meilen im Umkreis alles Wild verscheuchte. Ich seufzte tief und ging ins Haus.

Merle hatte den Inhalt ihrer Satteltaschen auf dem Tisch ausgebreitet. Ihre Stiefel lagen kreuz und quer auf der Schwelle, ihr Umhang garnierte einen Stuhl. Das Wasser im Kessel fing eben an zu sieden. Sie stand auf einem Hocker vor meinem Küchenschrank. Als ich eintrat, streckte sie mir einen kleinen braunen Tontopf hin. »Ist der Tee noch gut? Er riecht komisch.«

»Er ist ausgezeichnet, wenn es mir schlecht genug geht, um ihn hinunterzuwürgen. Komm runter da.« Ich legte die Hände um ihre Taille und hob sie mühelos hoch, obwohl die alte Narbe an meinem Rücken zwickte, als ich sie auf den Boden stellte. »Setz dich hin. Ich mache den Tee. Erzähl mir vom Frühlingsfest.«

Das tat sie, während ich mein weniges Geschirr zusammensuchte, Scheiben von dem letzten Laib Brot herunterschnitt und das Kaninchenragout zum Wärmen ans Feuer rückte. Ihre Geschichten aus Bocksburg waren so, wie ich sie von ihr zu hören gewohnt war: Sie schilderte die gelungenen oder blamablen Auftritte von Musikern und Sängern, schwatzte von adligen Damen und Herren, deren Namen ich nicht kannte, und schmähte oder lobte die Speisen an der Tafel verschiedener Fürsten, bei denen sie zu Gast gewesen war. Sie erzählte mit Schwung und Laune, brachte mich zum Lachen oder dazu, den Kopf zu schütteln, je nachdem. Das alles tat sie ohne eine Spur von dem Herzschmerz, den Chade in mir geweckt hatte. Vielleicht lag es daran, dass er von den Menschen aus unser beider Vergangenheit berichtete und seine Geschichten diese Vertrautheit widerspiegelten. Es war nicht Bocksburg an sich oder das Stadtleben, wonach ich mich sehnte, sondern die Tage meiner Kindheit, die Freunde von damals. Eine gefahrlose Sehnsucht, denn die Zeit ließ sich nicht zurückdrehen. Nur wenige dieser alten Bekannten wussten, dass ich noch lebte, und genau so wollte ich es haben. Ich äußerte mich in diesem Sinne zu Merle: »Manchmal wünsche ich mir bei deinen Geschichten, ich könnte nach Bocksburg zurückkehren. Aber das ist eine Welt, die mir verschlossen bleiben muss.«

Sie schaute mich stirnrunzelnd an. »Warum?«

Ich musste laut lachen. »Glaubst du nicht, man würde staunen, den Totgeglaubten quicklebendig durchs Tor marschieren zu sehen?«

Sie neigte den Kopf zur Seite und musterte mich kritisch. »Ich glaube, nur wenige, selbst von deinen alten Freunden, würden dich wiedererkennen. In ihrer Erinnerung bist du ein rosiger Jüngling. Die gebrochene Nase, die Narbe im Gesicht, sogar die weiße Strähne in deinem Haar könnten für sich genommen schon als Tarnung ausreichen. Damals hast du dich gekleidet wie der Sohn eines Prinzen, heute trägst du den Kittel eines Bauern. Damals bewegtest du dich mit der Anmut eines Kriegers. Heute, nun ja, morgens oder an einem kalten Tag, bewegst du dich mit der Vorsicht eines alten Mannes.« Sie schüttelte mitleidig den Kopf, als sie hinzufügte: »Du hast nicht auf dein Äußeres geachtet, und die Jahre sind nicht gnädig mit dir umgesprungen. Du könntest dich fünf oder sogar zehn Jahre älter machen, und niemand würde es bezweifeln.«

Diese nüchterne Einschätzung aus dem Mund meiner Geliebten tat weh. »Nun, das ist gut zu wissen«, erwiderte ich trocken. Ich nahm den Kessel vom Feuer, um ihrem Blick nicht begegnen zu müssen.

Sie missdeutete meine Worte und den Tonfall. »Genau. Und wenn du hinzunimmst, dass die Menschen sehen, was sie zu sehen erwarten, und dass sie nicht erwarten, dich lebendig zu sehen … Ich denke, du könntest es wagen. Überlegst du denn, nach Bocksburg zurückzukehren?«

»Nein.« Ich hörte selbst, wie schroff es klang, aber mir fiel nichts ein, was ich abmildernd hätte hinzufügen können. Sie schien sich nicht daran zu stören.

»Schade. Dir entgeht so viel, hier in deiner Einsiedelei.« Sofort begann sie mit einer neuen Anekdote vom Tanz in den Frühling. Trotz meiner bedrückten Stimmung musste ich lächeln, als sie schilderte, wie Chade von einer Verehrerin von zarten sechzehn Lenzen auf die Tanzfläche gelockt wurde. Sie hatte recht. Ich wäre zu gern dabei gewesen.

Während ich Abendessen für uns alle zubereitete, ertappte ich mich dabei, wie meine Gedanken zu dem alten, quälenden Was-wäre-wenn zurückkehrten. Was, wenn ich mit meiner Königin und Merle nach Bocksburg zurückgekehrt wäre? Was, wenn ich heimgekommen wäre zu Molly und unserem Kind? Immer, wie ich es auch drehte und wendete, endete es in einer Katastrophe. Wäre ich nach Bocksburg zurückgekehrt, während alle mich tot und begraben glaubten, hingerichtet wegen erwiesener Ausübung der Alten Macht, hätte ich nur Zwist bewirkt zu einer Zeit, in der Kettricken sich bemühte, das Reich zu einen. Es hätte sich eine Fraktion gebildet, die lieber mich statt ihrer auf dem Thron sehen wollte, denn obschon Bastard, floss in meinen Adern das Blut der Weitseher, während sie nur durch Heirat regierte. Eine noch stärkere Fraktion hätte sich dafür ausgesprochen, mich nochmals zu exekutieren, diesmal gründlicher.

Und wenn ich zu Molly und dem Kind zurückgekehrt wäre, um sie beide mit mir zu nehmen? Jemand, der seine eigenen Wünsche über das Glück aller anderen stellte, hätte es vielleicht getan. Sie und Burrich hielten mich beide für tot. Die Frau, die meine Gemahlin gewesen war, in allem, bis auf den Namen, und der Mann, der mich großgezogen und mir seine Freundschaft geschenkt hatte, hatten sich einander zugewandt. Er hatte dafür gesorgt, dass Molly ein Dach über dem Kopf, zu essen und es warm hatte, während mein Kind in ihrem Leib heranwuchs. Mit seinen eigenen Händen hatte er meinem Bastard auf die Welt geholfen. Gemeinsam hatten sie Nessel vor Edels Schergen beschützt. Burrich hatte die Frau und das Kind in seine Obhut genommen, nicht nur, um sie zu beschützen, sondern um sie zu lieben. Durch mein Auftauchen hätte ich sie beide in ihren eigenen Augen zu Verrätern gemacht. Ich hätte ihrem Bund das Mal der Schande aufgedrückt. Burrich hätte mir Molly und Nessel überlassen. Sein striktes Ehrgefühl hätte ihm keine andere Handlungsweise erlaubt. Und den Rest meiner Tage hätte ich mich gefragt, ob sie mich mit ihm verglich, ob die Liebe zwischen ihnen stärker und ehrlicher gewesen war als …

»Du lässt das Essen anbrennen«, schalt Merle vom Tisch her.

Sie hatte recht. Ich schöpfte uns das Obere aus dem Topf auf die Teller und setzte mich zu ihr. Ich schob alle Vergangenheiten, wirkliche wie eingebildete, beiseite. Merle war da, um sich mit mir zu unterhalten. Wie üblich war ich der Zuhörer, und sie übernahm das Reden. Sie begann einen langen Monolog über einen Aufschneider von einem Vaganten, der sich beim Frühlingsfest erdreistet hatte, *ihre* Lieder vorzutragen, mit nur ganz wenigen Änderungen, und sie als seine Werke auszugeben. Sie gestikulierte mit ihrem Stück Brot, während sie sprach, und beinahe gelang es ihr, mich mit der Geschichte zu fesseln, doch immer wieder drängten sich Erinnerungen an selbst erlebte Frühlingsfeste in den Vordergrund. Wo war meine Zufriedenheit hin, mit dem einfachen Dasein, das ich mir geschaffen hatte? Der Junge und der Wolf waren mir viele Jahre lang genug gewesen. Welcher Dämon ritt mich jetzt?

Von dort war es nicht weit bis zum nächsten beunruhigenden Gedanken. Wo steckte Harm? Ich hatte Tee für drei aufgegossen und auch für drei Personen Essen hingestellt. Harm kam immer hungrig von einer Arbeit oder einer Reise nach Hause. Es machte mir Sorgen, dass er seine Verstimmung nicht überwinden konnte, um mitzuessen. Während Merle weiterredete, wanderten meine Augen immer wieder zu seiner unberührten Schüssel. Sie bemerkte es.

»Hör auf, dich verrückt zu machen«, sagte sie beinahe unwirsch. »Er ist ein Junge, mit dem Trotzkopf eines Jungen. Wenn sein Hunger groß genug ist, wird er schon kommen.«

Oder er verdirbt schönen frischen Fisch, indem er ihn über einem Feuer verbrennt. Der Gedanke des Wolfs antwortete meinem unwillkürlichen Spüren nach ihm. Sie waren unten am Bach. Harm hatte sich aus einem heruntergefallenen Ast einen behelfsmäßigen Speer zurechtgemacht, und der Wolf war ins Wasser gesprungen, um längs des überhängenden Ufers zu jagen. Wenn die Fische in Schwärmen zogen, war es nicht schwer für ihn, einen dort in die Enge zu treiben und zu packen. Das kalte Wasser war schlecht für seine Gelenke, aber bald konnte er sich am Feuer des Jungen wärmen. *Uns geht es gut. Mach dir keine Sorgen.*

Eitler Rat, aber ich tat, als würde ich ihn annehmen. Wir aßen fertig, und ich räumte den Tisch ab. Während ich Ordnung machte, saß Merle am Kamin vor dem Abendfeuer und zupfte die Harfe, bis die vereinzelten Töne zu dem alten Lied von des Müllers Tochter zusammenliefen. Als das Geschirr gespült und weggeräumt war, gesellte ich mich zu ihr, mit einem Becher des von Chade spendierten Lebenswassers für jeden von uns. Ich saß im Sessel, sie auf dem Boden, den Rücken an meine Beine gelehnt, während sie spielte. Ich beobachtete ihre Hände auf den Saiten; mein Blick blieb an den verkrümmten zwei letzten Fingern ihrer linken Hand hängen, die ich zu verantworten hatte. Damals, auf dem Weg ins Bergreich, um Veritas zu finden, hatte man sie ihr gebrochen, auf Burls Befehl, um mich einzuschüchtern. Als das Lied zu Ende war, beugte ich mich hinunter und küsste sie. Sie erwiderte den Kuss, legte die Harfe zur Seite und widmete sich der Sache mit Nachdruck.

Dann stand sie auf und ergriff meine beiden Hände, um mich aus dem Sessel zu ziehen. Als ich ihr in die Schlafkammer folgte, bemerkte sie: »Du bist angespannt heute Abend.«

Ich brummte zustimmend. Zuzugeben, dass sie vorhin meine Gefühle verletzt hatte, wäre kindisch und kleingeistig gewesen. Wollte ich, dass sie mich belog, mir vormachte, ich sei immer noch jung und ansehnlich, wenn der Augenschein dagegen sprach? Die Zeit hatte ihren Tribut von mir gefordert, das war alles und ganz natürlich. Und trotzdem kam sie immer wieder. War das nicht eine Art Kompliment?

»Du wolltest mir etwas erzählen«, erinnerte sie mich.

»Nachher.« Die Vergangenheit griff nach mir, aber ich schob ihren kalten Griff beiseite, entschlossen, mich an den warmen Händen der Gegenwart zu erfreuen. Dieses neue Leben war nicht so übel. Es war einfach und übersichtlich, ohne Konflikte. War es nicht das Leben, von dem ich früher geträumt hatte? Ein Leben, in dem ich meine eigenen Entscheidungen traf? Und ich war nicht allein. Ich hatte Nachtauge und Harm – und Merle, wenn sie mich besuchte. Ich öffnete ihre Weste, dann ihre Bluse und entblößte ihre Brüste, während sie die Bänder an meinem Hemd öffnete. Sie schmiegte sich an mich, rieb sich an mir mit der schamlosen

Hingabe einer schnurrenden Katze. Ich legte die Arme um sie und senkte den Kopf, um ihren Scheitel zu küssen. Auch dies waren einfache Freuden, deshalb umso süßer. Meine Matratze war tief und duftend wie das Wiesenheu und die Kräuter, mit denen ich sie frisch gefüllt hatte. Wir sanken hinein. Für eine Weile hörte ich auf zu denken und bemühte mich, uns beide zu überzeugen, dass ich ungeachtet des äußeren Anscheins noch immer ein junger Mann war.

Einige Zeit später trieb ich schwerelos im Vorhof des Schlafs. Manchmal denke ich, es findet sich mehr Erholung an jenem Ort zwischen Wachen und Schlafen als im wirklichen Schlummer. Das Bewusstsein wandert im Zwielicht beider Seiten und findet die Wahrheiten, die sowohl Tageslicht als auch Träume verschleiern. Dinge, die wir nicht zur Kenntnis nehmen wollen, lauern dort, warten auf diesen Zustand der Wehrlosigkeit.

Ich erwachte. Meine Augen waren offen und musterten die Einzelheiten der dunklen Kammer, bevor mein Gehirn gewahr wurde, dass ich nicht mehr schlief. Merles ausgestreckter Arm lag über meiner Brust. Sie hatte im Schlaf die Decke von uns beiden heruntergestrampelt. Die Nacht barg ihre achtlose Nacktheit, hüllte sie in Schatten. Ich lag still, lauschte auf ihre Atemzüge, roch ihren Schweiß vermischt mit Parfum und versuchte herauszufinden, was mich geweckt hatte. Es ließ sich nicht greifen, aber einschlafen konnte ich auch nicht mehr. Ich wand mich unter ihrem Arm hervor, stand auf, suchte im Dunkeln nach Hemd und Hose und tappte aus der Kammer.

Die Glut des Kaminfeuers erfüllte die Stube mit einem gedämpften rötlichen Schein, aber ich hielt mich dort nicht lange auf. Stattdessen schlüpfte ich in meine Kleider, öffnete die Tür und trat barfuß in die milde Frühlingsnacht hinaus. Einen Moment verharrte ich auf der Schwelle, gab meinen

Augen Zeit, sich umzugewöhnen, und ging dann durch den Garten hinunter zum Bachufer. Unter meinen nackten Fußsohlen spürte ich die kühle, harte Erde, festgetreten von meinen täglichen Gängen zum Wasserholen. Oben bildeten die Baumkronen ein geschlossenes Dach, und es gab keinen Mond, aber meine Füße und meine Nase kannten den Weg so gut wie meine Augen. Ich brauchte nichts weiter zu tun, als mich von den Schwingungen der Alten Macht zu meinem Wolf führen zu lassen.

Bald entdeckte ich den orangefarbenen Schein von Harms heruntergebranntem Feuer und roch den Duft von gebratenem Fisch.

Sie schliefen neben der Feuerstelle, der Wolf zusammengerollt und Harm an ihn geschmiegt, die Arme um Nachtauges Hals. Nachtauge öffnete bei meinem Näherkommen die Lider einen schmalen Spalt, rührte sich aber nicht. *Ich habe dir gesagt, du brauchst dir keine Sorgen zu machen.*

Ich mache mir keine Sorgen. Ich bin nur hier. Harm hatte ein paar trockene Zweige in Reichweite bereitgelegt. Ich warf sie auf die Glut, setzte mich hin und schaute zu, wie die Flammen daran entlangzüngelten. Die Helligkeit wuchs mit der Wärme. Ich wusste, dass der Junge wach war. Man kann nicht mit einem Wolf aufwachsen, ohne sich etwas von dessen Wachsamkeit anzueignen. Ich wartete darauf, dass er den Mund aufmachte.

»Es ist nicht wegen dir. Wenigstens nicht nur.«

Ich schaute ihn nicht an. Manche Dinge lassen sich besser im Dunkeln aussprechen. Ich wartete. Schweigen kann alle Fragen stellen, wohingegen die Zunge leicht genau das Falsche fragt.

»Ich muss es wissen«, platzte er plötzlich heraus. Mein Herz zog sich in Erwartung der kommenden Frage zusammen. In einem Winkel meiner Seele hatte ich mich immer vor diesem Augenblick gefürchtet. Ich hätte ihn nicht zum Frühlingsfest gehen lassen dürfen, schoss es mir durch den Sinn. Wenn ich ihn hierbehalten hätte, wäre mein Geheimnis unentdeckt geblieben.

Aber das war nicht die Frage, die er stellte.

»Hast du gewusst, dass Merle verheiratet ist?«

Da schaute ich ihn an, und mein Gesicht muss für mich geantwortet haben.

Er schloss mitfühlend die Augen. »Tut mir leid«, murmelte er. »Ich hätte mir denken können, dass du es nicht weißt. Ich hätte einen besseren Weg finden sollen, es dir zu sagen.«

Und das einfache Glück einer Frau, die in meine Arme kam, wann und weil sie es gern wollte, und die verzauberten Abende mit Gesprächen und Musik und ihren dunklen Augen, die in meine schauten, das alles war plötzlich schuldbeladen und Betrug und unehrenhaft. Ich war so ein einfältiger Tropf wie eh und je, nein, schlimmer, denn die Arglosigkeit des Jünglings ist Torheit bei einem Mann. Verheiratet. Merle verheiratet. Sie hatte geglaubt, kein Mann würde sie je zum Weib nehmen wollen, denn sie war unfruchtbar. Sie hatte mir gesagt, sie würde ihr eigenes Auskommen suchen müssen, mit ihrer Musik, denn nie würde es einen Mann geben, der für sie sorgte, keine Kinder als Stütze ihres Alters. Zu der Zeit, als wir darüber sprachen, war sie vermutlich von der Wahrheit ihrer Worte überzeugt. Meine Torheit bestand darin, diese Wahrheit für unabänderlich zu halten.

Nachtauge hatte sich erhoben und streckte sich mit knackenden Gelenken. Er kam näher heran und legte sich neben mich. Dann bettete er den Kopf auf mein Knie. *Ich verstehe nicht. Bist du krank?*

Nein. Nur dumm.

Aha. Also nichts Neues. Nun, bis jetzt hat es dich nicht umgebracht.

Aber manchmal war es nahe dran. Ich holte tief Atem. »Erzähl mir davon.« Eigentlich wollte ich nichts hören, nichts wissen, aber Harm musste sich die Last von der Seele reden. Warum es also nicht gleich hinter mich bringen?

Harm seufzte und setzte sich auf Nachtauges andere Seite. Er hob einen Zweig auf und stocherte damit im Feuer herum. »Ich glaube, sie hat nicht damit gerechnet, dass es herauskommen könnte. Ihr Gemahl lebt nicht in der Burg. Er kam angereist, um sie zu überraschen und das Frühlingsfest mit ihr zu feiern.« Der Zweig fing Feuer. Er warf ihn in die Flammen. Seine Finger durchkämmten Nachtauges Fell.

Ich stellte mir einen ehrsamen älteren Bauersmann vor, vielleicht mit erwachsenen Kindern aus einer früheren Ehe. Offenbar liebte er sie, wenn er die Reise nach Bocksburg unternahm, um sie zu überraschen. Das Frühlingsfest war traditionell ein Fest der Liebenden, alter wie junger.

»Sein Name ist Dewin«, fuhr Harm fort, »und er ist irgendwie mit Prinz Pflichtgetreu verwandt. Er ist ein großer Mann und sehr vornehm gekleidet. Sein Umhang war doppelt so weit, wie er sein müsste, mit einem Pelzkragen. An beiden Armen trägt er silberne Reifen. Er ist auch stark. Beim Tanz hat er Merle hochgehoben und herumgeschwenkt, und alle Leute sind zurückgetreten, um ihnen zuzusehen.« Harm ließ mich nicht aus den Augen, während er sprach. Ich glaube, er fand meine offensichtliche Bestürzung tröstlich. »Ich hätte mir denken können, dass du es nicht weißt. Du würdest einen so vornehmen Mann nicht zum Hahnrei machen.«

»Ich würde keinen Mann zum Hahnrei machen«, fand ich die Kraft zu sagen. »Nicht wissentlich.«

Er seufzte, als wäre ihm ein Stein vom Herzen gefallen. »So, wie du es mich gelehrt hast.« Nach Jungenart wandten sich seine Gedanken sofort seinem eigenen Befinden zu – wie ihn dieser Vorfall berührt hatte. »Es war komisch, als ich gesehen habe, wie sie sich küssen. Ich habe noch nie gesehen, dass Leute sich auf diese Art küssen, außer bei dir und Merle. Erst dachte ich, dass sie dich betrügt, und dann, als ich hörte, dass er als ihr Gemahl vorgestellt wurde …« Er legte den Kopf schräg. »Das war wirklich schlimm für mich. Ich dachte, dass du es weißt und dass es dir egal ist. Ich dachte, du hättest mich vielleicht all diese Jahre das eine gelehrt und das andere getan. Ich fragte mich, ob du mich für so dumm gehalten hast, dass ich es nie merken würde, ob du und Merle über mich gelacht habt, dass ich so einfältig bin. Es hat mir keine Ruhe gelassen, bis ich anfing, an allem zu zweifeln, was du mir je beigebracht hast.« Er richtete den Blick in die Flammen. »Es war scheußlich, sich so hintergangen zu fühlen.«

Ich war froh zu hören, dass er sich auf diese Weise mit dem Vorfall auseinandersetzte. Viel besser, als wenn er anfing zu grübeln, wie es in mir aussehen mochte. Sollte er seinen Gedanken ihren Lauf lassen. Meine eigenen Gedanken bewegten sich in eine andere Richtung, knarrend wie ein alter Karren, der nach dem Winter für die Frühjahrsarbeit aus dem Schuppen gezogen wird. Ich stemmte mich gegen die Drehung der Räder, die mich zu einer unausweichlichen Erkenntnis führte. Merle war verheiratet. Warum nicht? Sie hatte nichts zu verlieren und alles zu gewinnen. Ein wohl ausgestattetes Heim mit ihrem vornehmen, wahrscheinlich adeligen Gemahl, Reichtum und Sicherheit für ihre alten Tage. Und für ihn eine hübsche und charmante Gemahlin, eine gefeierte Menestrelle. Er konnte sich in ihrem Ruhm sonnen und in dem Neid anderer Männer.

Und wenn sie Urlaub von ihm brauchte, nun, dann zog sie hinaus, wie es die Vaganten taten, und kam zu mir und vergnügte sich, und weder er noch ich wussten um unser Geweih. Er und ich? Konnte man glauben, dass es nur uns beide gab?

»Hast du gedacht, du wärst der Einzige, mit dem sie Umgang hat?«

Immer frei heraus, mein Harm. Mit welchen Fragen hatte er Merle wohl auf dem Heimritt bedrängt?

»Ich habe mir überhaupt keine Gedanken darüber gemacht«, gab ich zu. So viele Dinge im Leben waren einfacher, wenn man nicht zu viele Gedanken daran verschwendete. Vermutlich hätte ich wissen müssen, dass Merle sich anderen Männern hingab. Sie war eine Vagantin, und die Vaganten waren ein lockeres Völkchen. Damit hatte ich unser Verhältnis vor mir selbst gerechtfertigt und indirekt auch vor Harm. Sie sprach nie darüber, und ich fragte nicht, und so blieben ihre anderen Liebhaber hypothetische Wesen, gesichts- und körperlos. Jedenfalls waren es keine Ehemänner. Merle war ihm durch ein Gelöbnis verbunden und er ihr. Das war für mich der entscheidende Unterschied.

»Was wirst du jetzt tun?«

Eine ausgezeichnete Frage. Eine, der ich sorgsam ausgewichen war. »Ich weiß noch nicht«, log ich.

»Merle sagte, es ginge mich nichts an und dass es niemandem schadet. Sie sagte, wenn ich es dir erzähle, bin ich derjenige, der grausam ist, und dass ich dir wehtue und nicht ihr. Sie sagte, dass sie immer dafür gesorgt hat, dir keine Schmerzen zuzufügen, dass du in deinem Leben genug gelitten hättest. Als ich sagte, du hättest das Recht, Bescheid zu wissen, behauptete sie, du hättest ein größeres Recht, nicht Bescheid zu wissen.«

Merles goldene Zunge. Sie hatte ihn in eine moralische Zwickmühle manövriert.

Harm schaute mich mit dem Blick eines treuen Hundes an und wartete auf meinen Urteilsspruch. Ich sagte ihm, was ich wirklich fühlte. »Mir ist es lieber, dass du mir die Wahrheit gesagt hast, als dass du zusiehst, wie man mich betrügt.«

»Dann habe ich dir wehgetan?«

Ich schüttelte langsam den Kopf. »Ich habe mir das alles selbst zuzuschreiben.« Und so war es. Ich war kein Vagant, und ich hatte kein Recht, wie ein Vagant zu leben. Jene, die ihr Brot mit Sang und Spiel verdienen, sind vielleicht aus härterem Stoff gemacht als wir anderen. »Eher erbarmt sich ein Wolf des Lammes, als dass ein Vagant die Treue hält«, sagt das Sprichwort. Ob Merles Ehemann es kannte?

»Ich hatte Angst, du würdest zornig werden. Sie warnte mich, du könntest so wütend werden, dass du ihr etwas antust.«

»Und das hast du geglaubt?« Dass er mich dessen für fähig hielt, traf mich ebenso hart wie die Enthüllung über Merle.

Er sog scharf den Atem ein, zögerte und sprudelte dann hervor: »Du bist aufbrausend. Und ich musste dir bisher nie etwas wirklich Schlimmes sagen. Etwas, wobei du glaubst, man hätte dich zum Narren gemacht.«

Kluges Bürschchen. Hellsichtiger, als ich gedacht hatte. »Ich *bin* wütend, Harm. Ich bin wütend auf mich selbst.«

Er blickte ins Feuer. »Ich komme mir selbstsüchtig vor, weil ich mich jetzt besser fühle.«

»Aber ich bin froh, dass es dir besser geht. Ich bin froh, dass wir uns wieder verstehen. Nun aber, vergiss das alles und erzähl mir vom Rest des Frühlingsfestes. Wie findest du Burgstadt?«

Er redete, und ich hörte zu. Er hatte die Bocksburg und das Fest mit den Augen eines Halbwüchsigen gesehen, und im Lauf seines Berichts wurde mir bewusst, wie sehr die Burg und auch die Stadt sich während meiner Tage dort verändert hatten. Die Stadt hatte Platz gefunden, um zu wachsen, die steilen Klippen empor und auf Pfählen ins Meer hinaus. Er beschrieb schwimmende Tavernen und Kontore. Er berichtete auch von Kaufleuten aus Bingstadt und von den

Ennets sowie von den Äußeren Inseln. Burgstadt hatte sich zu einem Handelshafen von Bedeutung entwickelt. Als er von der Großen Halle oben in der Burg erzählte und seinem Quartier als Merles Gast, begriff ich, dass sich auch dort eine Menge verändert hatte. Teppiche und Springbrunnen kamen in seiner Schilderung vor, Tapisserien an jeder Mauer und Polsterstühle und glitzernde Kronleuchter. Ich fühlte mich mehr an Edels prunkvolle Residenz in Fierant erinnert als an die Trutzburg, wo ich zu Hause gewesen war. Chades Einfluss ebenso wie Kettrickens, vermutete ich. Der alte Assassine hatte immer eine Vorliebe für schöne Dinge gehabt, erst recht für Bequemlichkeit. Hatte ich nicht erst kürzlich ihm gegenüber noch einmal meinen Entschluss bekräftigt, nie mehr nach Bocksburg zurückzukehren? Weshalb war es dann so niederschmetternd zu erfahren, dass der Ort aus meiner Erinnerung, die schroffe Festung aus schwarzem Stein, nicht mehr so existierte, wie ich sie gekannt hatte?

Harm hatte noch mehr zu berichten, von den Dörfern und Weilern, durch die sie auf dem Hin- und Rückweg gekommen waren. Eine der Geschichten legte sich wie eine kalte Hand um mein Herz. »An einem Morgen in Hardins Höft habe ich Todesangst gehabt«, fing er an, und ich stutzte, denn der Name des Ortes sagte mir nichts. Ich hatte mitbekommen, am Rande, dass viele der Menschen, die während der Jahre der Korsarenüberfälle ihre Dörfer verlassen hatten, zurückgekehrt waren und neue Siedlungen gründeten, nicht immer auf den Ruinen der alten. Ich nickte aber, als wüsste ich Bescheid. Als ich das letzte Mal durchgekommen war, war Hardins Höft vermutlich nur eine Ausweichstelle an der Straße gewesen. Bei seiner Erzählung waren Harms Augen groß, und ich wusste, Merles Verrat war für den Moment in Vergessenheit geraten.

»Es war auf dem Weg zum Frühlingsfest. Wir waren in

der Herberge dort eingekehrt; Merle sang für unser Essen und die Schlafstatt, und alle waren so nett und freundlich zu uns, dass ich fand, Hardins Höft wäre ein wirklich angenehmer Ort. Im Gastraum, wenn Merle nicht sang, hörte ich zorniges Reden über eine Zwiehafte, die man in Gewahrsam genommen hatte, weil sie die Kühe verhexte, sodass sie keine Milch mehr gaben, aber ich achtete nicht darauf. Es hörte sich an wie eine Übertreibung nach zu viel Bier. Der Wirt gab uns eine Kammer unter dem Dach. Ich war früh wach, viel zu früh für Merle, aber ich konnte nicht mehr einschlafen, also setzte ich mich ans Fenster und beobachtete das Kommen und Gehen unten in den Gassen. Auf dem Marktplatz strömten Leute zusammen. Ich dachte, es wäre Markttag, aber dann haben sie eine Frau angeschleppt; sie war schlimm zugerichtet und blutete. Sie banden sie an den Schandpfahl, und ich glaubte, sie sollte ausgepeitscht werden. Dann sah ich, dass einige Leute Körbe mit Steinen mitgebracht hatten. Ich weckte Merle und fragte sie, was das zu bedeuten hätte, aber sie sagte, ich solle still sein, es gäbe nichts, was einer von uns tun könnte. Sie befahl mir, vom Fenster wegzugehen, aber ich konnte nicht, ich musste zusehen. Ich konnte nicht glauben, dass es wirklich passierte; ich wartete darauf, dass jemand erschien und ihnen sagte, sie sollten damit aufhören. Ein Mann kam mit einer Schriftrolle und las etwas vor. Dann trat er zurück, und sie fingen an, die Frau mit Steinen zu bewerfen.«

Er verstummte. Harm wusste, dass in den Dörfern drakonische Strafen für Diebe und Mörder üblich waren. Er hatte von Auspeitschungen gehört und dass man Verbrecher aufgehängt hatte, aber er war noch nie dabei gewesen. In der Stille hörte ich, wie er schluckte. Kälte rieselte durch meine Adern. Nachtauge winselte, und ich legte ihm die Hand auf den Nacken.

Das hättest auch du sein können.

Ich weiß.

Harm holte tief Atem. »Ich wollte hinlaufen, ich dachte, irgendjemand müsste etwas tun, aber ich hatte zu große Angst. Ich schämte mich, dass ich so ein Feigling war, aber ich konnte mich nicht bewegen. Ich stand nur da und schaute, und die Steine trafen die Frau. Sie versuchte, ihren Kopf zwischen den Armen zu bergen. Mir wurde schlecht. Dann hörte ich ein Geräusch, wie ich es nie zuvor gehört hatte, als ob ein Fluss durch die Luft brauste. Der Himmel wurde dunkel, wie von Sturmwolken, aber es ging kein Wind. Es waren Krähen, Tom, unzählig viele schwarze Vögel. Ich habe nie so viele auf einem Haufen gesehen, sie krächzten und zeterten, wie sie es tun, wenn sie einen Adler oder Falken gesichtet haben und aufsteigen, um ihn zu vertreiben. Nur hatten sie es nicht auf einen Adler abgesehen. Sie stiegen aus den Hügeln hinter dem Dorf und füllten den Himmel wie ein schwarzes Laken, das an der Wäscheleine flattert. Dann stürzten sie sich unter lautem Geschrei auf die Menge. Ich sah, wie eine auf dem Kopf einer Frau landete und mit dem Schnabel nach ihren Augen hackte. Die Menschen liefen nach allen Seiten auseinander, brüllten und schlugen nach den Vögeln. Ein Pferdegespann ging durch und schleppte den Wagen mitten durch das Getümmel. Es gab einen Lärm, als ginge die Welt unter. Sogar Merle stand auf und kam ans Fenster. Bald waren die Straßen leer, bis auf die Vögel. Sie saßen überall, auf Dächern und Fenstersimsen, die Äste der Bäume bogen sich unter ihrem Gewicht. Die Frau, die gesteinigt werden sollte, die Zwiehafte, sie war weg. Nur die blutigen Stricke hingen noch an dem Pfahl. Dann erhoben sich auf einmal auch die Vögel und flogen davon und wurden nicht mehr gesehen.« Seine Stimme sank zu einem Flüstern herab. »Später am Vormittag sagte der Wirt, seiner Meinung nach hätte sie sich ebenfalls in einen Vogel verwandelt und wäre mit den anderen davongeflogen.«

Später, sagte ich mir. Später würde ich ihm erklären, es sei möglich, dass sie vielleicht die Vögel herbeigerufen hatte, als Helfer bei der Flucht, aber dass nicht einmal die mit der Alten Macht einfach eine andere Gestalt annehmen konnten. Später würde ich ihm erklären, dass er nicht fürchten musste, ein Feigling zu sein, weil er der Frau nicht zu Hilfe gekommen war; man hätte ihn nur mit ihr zusammen gesteinigt. Später. Sein Redestrom jetzt war heilsam, wie Gift, das aus einer Wunde läuft. Der gute Arzt lässt es ungehindert abfließen.

Ich hörte ihm weiter zu.

»… und sie nennen sich selbst Altes Blut. Der Wirt erzählte, sie hätten hochfliegende Ideen. Sie würden gern wieder an die Macht gelangen, wie in den Tagen des Gescheckten Prinzen. Aber wenn es dazu kommt, werden sie sich an uns allen rächen. Solche, die nicht über die Alte Macht gebieten, werden ihre Sklaven sein. Und wer sich ihnen entgegenstellt, wird den Geschwistertieren der Zwiehaften zum Fraß vorgeworfen.« Seine Stimme erstarb. Er räusperte sich. »Merle hat mir gesagt, das wäre dummes Zeug, die Zwiehaften wären nicht so. Sie sagte, die meisten von ihnen wollten nichts weiter, als in Ruhe gelassen werden, um in Frieden zu leben.«

Ich war überrascht von der heißen Dankbarkeit, die ich für Merle empfand. »Nun ja. Sie ist eine Vagantin. Vaganten begegnen allen möglichen Leuten und kennen sich aus in der Welt. Du kannst ruhig glauben, was sie dir gesagt hat.«

Er hatte mir viel Stoff zum Nachdenken gegeben. Ich konnte mich kaum noch auf den Rest seiner Erlebnisse beim Frühlingsfest konzentrieren. Er war fasziniert von einer wilden Mär, dass man in Bingstadt Dracheneier ausbrütete und dass schon bald Städte einen Bingstadt-Drachen als Wächter und Verteidiger haben würden. Ich versicherte ihm, ich hätte echte Drachen gesehen, und diese Geschichten wären hanebüchener Unfug. Wirklichkeitsnäher waren die Gerüchte, dass Bingstadts Krieg mit Chalced sich in die Sechs Provinzen ausweiten könnte. »Kann der Krieg auch bis hierher kommen?«, wollte er wissen. Jung wie er war, hatte er nur vage, aber beunruhigende Erinnerungen an unseren Krieg mit den Roten Schiffen. Trotzdem, er war ein Junge, und ein Krieg hatte für ihn ebenso viel Reiz wie ein Frühlingsfest.

»›Früher oder später ist immer Krieg mit Chalced‹«, zitierte ich das alte Sprichwort. »Selbst wenn wir nicht im Krieg mit Chalced liegen, gibt es immer Scharmützel an der Grenze, Piraterie und Raubzüge. Kein Grund zur Beunruhigung. Shoaks und Rippon fangen das meiste davon ab, mit Vergnügen. Dem Herzog von Shoaks wäre nichts lieber, als sich noch ein großes Stück von Chalced einzuverleiben.«

Danach wandte sich das Gespräch den unverfänglicheren Höhepunkten seines ersten Frühlingsfestes zu. Er schwärmte von Gauklern, die brennende Keulen und blanke Klingen von einer Hand in die andere warfen, wiederholte die besten Scherze aus einer derben Posse der Puppenspieler und erzählte von einer hübschen Krudhexe mit Namen Jinna, die ihm einen Talisman gegen Langfinger verkauft und versprochen hatte, uns einmal hier draußen zu besuchen. Ich lachte laut auf, als er mir beichtete, dass ihm noch in der nämlichen Stunde der Talisman von einem Taschendieb entwendet worden war. Er hatte Sauerfisch probiert und sehr schmackhaft gefunden, bis er an einem Abend zu viel Wein trank und die ganze Mahlzeit wieder ausspuckte. Er schwor, der Geschmack wäre ihm jetzt auf ewig zuwider. Ich ließ ihn reden und war froh, dass er endlich Freude daran hatte, seine Erlebnisse mit mir zu teilen. Und doch, jede Episode, die er schilderte, führte mir deutlicher vor Augen, dass Harm meinem einfachen Leben entwachsen war. Höchste Zeit, dass ich für ihn eine Lehrstelle fand und er sich auf eigene Füße stellte.

Einen Moment lang fühlte ich mich wie am Rand eines Abgrunds. Ich musste Harm in die Hände eines Meisters geben, der ihn ein ordentliches Handwerk lehrte, und ich musste Merle aus meinem Leben streichen. Mir war klar, wenn ich sie nicht mehr in meinem Bett haben wollte, würde sie sich nicht dazu erniedrigen, mich als Freundin weiter zu besuchen. Die ganze behagliche Gemeinschaft der letzten Jahre wäre ausgelöscht. Harms Stimme plätscherte weiter, die Worte fielen um mich herum wie ein sanfter Regen. Der Junge würde mir fehlen.

Nachtauge legte den Kopf auf mein Knie. Er blickte unverwandt ins Feuer. *Früher hast du davon geträumt, dass wir allein wären, du und ich.*

Eine Verschwisterung durch die Alte Macht lässt wenig Raum für höfliche Täuschung. *Ich hätte nie gedacht, dass ich mich so sehr nach Gesellschaft meiner eigenen Art sehnen könnte,* gestand ich.

Ein kurzes phosphoreszierendes Leuchten aus seinen unergründlichen Augen. *Nur wir sind unsere eigene Art. Das war stets das Hindernis bei den Bindungen, die wir mit anderen einzugehen versuchten. Sie waren Wölfe, oder sie waren Menschen. Aber sie waren nie von unserer Art. Nicht einmal jene, die sagen, sie wären vom alten Stamm, sind so eng verbunden wie wir.*

Natürlich hatte er recht. Ich legte die Hand auf seinen breiten Schädel und zog geistesabwesend sein Ohr durch meine Finger. Ich dachte an gar nichts.

Er konnte es nicht auf sich beruhen lassen. *Wandel kündigt sich an, Wandler. Ich spüre es am Rand des Horizonts, ich kann es wittern. Es ist, wie wenn ein großer Räuber in unser Jagdrevier eindringt. Spürst du es nicht?*

Ich spüre nichts.

Doch er bemerkte die Lüge. Sein schweres Schnaufen klang wie ein Seufzer.

Kapitel 3

ABSCHIEDE

Die Alte Macht ist eine unreine Magie und zeigt sich in den meisten Fällen bei den Kindern eines liederlichen Haushalts. Obwohl es heißt, sie stamme von den Tieren, gibt es andere Wege, sich mit dieser gemeinen Magie zu besudeln. Kluge Eltern werden ihrem Kind nicht erlauben, mit Jungen von Hund oder Katze zu spielen, die noch bei der Mutter trinken, noch gestatten, dass sie schlafen, wo ein Tier sein Lager hat. Eines Kindes schlafender Sinn ist in besonderem Maße wehrlos gegenüber den ihn bedrängenden Träumen von Tieren, und daher ist es in Gefahr, die Sprache eines Tieres zur Sprache seines Herzens zu machen. Oft wird diese verwerfliche Magie aufgrund ungebührlichen Lebenswandels Generationen einer Familie befallen, doch ist es vorgekommen, dass ein solcher Bankert plötzlich in Familien untadeligster Abkunft hineingeboren wird. Wenn dies geschieht, müssen die Eltern ihr Herz verhärten und tun, was erforderlich ist, um der anderen Kinder willen. Sie sollten sich auch unter ihren Dienern und Knechten umtun, auf dass sie erkennen, wessen Bosheit oder Nachlässigkeit der Quell dieser Ansteckung ist, und mit dem Schuldigen entsprechend verfahren.

SARCOGIN: »KRANKHEITEN UND MALAISEN«

Kurz bevor die ersten Vögel anfingen zu zwitschern, schlummerte Harm ein. Ich blieb noch eine Zeitlang am Feuer sitzen und betrachtete ihn. Der Schatten war von seinen Zügen getilgt. Harm war ein ruhiger, gradliniger Junge, niemals aufsässig. Er ergötzte sich nicht daran, Geheimnisse zu hüten. Ich war froh, dass er mir von Merle erzählt und seinen Seelenfrieden wiedergefunden hatte. Mein eigener Pfad zu innerem Frieden würde steiniger sein.

Ich ließ ihn im Morgensonnenschein neben dem ersterbenden Feuer weiterschlafen. »Pass auf ihn auf«, sagte ich zu Nachtauge. Ich spürte den dumpfen Schmerz in den Hüften des Wolfs, das Gegenstück zu den Stichen in der alten Pfeilwunde an meinem Rücken. Nächte im Freien waren für uns beide nicht mehr das Wahre. Trotzdem, ich hätte mich lieber auf die taufeuchte kalte Erde gebettet, statt zurück zur Hütte zu gehen und Merle gegenüberzutreten. Doch Unangenehmes sollte man nicht auf die lange Bank schieben. Langsam und schwerfällig wie ein sehr alter Mann machte ich mich auf den Rückweg.

Ich ging am Hühnerhaus vorbei, um Eier fürs Frühstück einzusammeln. Mein Völkchen war schon wach und scharrte. Der Hahn flog auf den First des neuen Dachs, schlug zweimal mit den Flügeln und krähte lustig. Morgen. Ja. Ein Morgen, vor dem mir graute.

Im Haus schürte ich das Feuer und setzte die Eier auf. Ich holte meinen letzten Laib Brot heraus, den Käse, den Chade mitgebracht hatte, und Teeblätter. Merle war von jeher eine Langschläferin gewesen. Ich hatte reichlich Muße, mir zu überlegen, was ich sagen würde und was nicht. Während ich aufräumte, also hauptsächlich ihre verstreut herumliegenden Siebensachen aufhob, verlor ich mich in Erinnerungen. Mehr als ein Jahrzehnt kannten wir uns nun. *Glaubte* ich, sie zu kennen. Nein, ich wollte mir nichts vormachen. Ich kannte sie. Ich nahm ihren hingeworfenen Umhang vom Stuhl. Ihr Duft hing in dem feinen Wollstoff. Eine ausgezeichnete Qualität. Ihrem Gemahl schien für sein Weib das Beste gerade gut genug zu sein. Ich kannte sie, denn ihre Handlungsweise überraschte mich nicht. Beschämend für mich, dass ich ein Ereignis wie dieses nicht vorhergesehen hatte.

Nach der Säuberung der Bocksmarken war ich sechs Jahre allein durch die Welt gezogen. Alle Verbindungen zu früher hatte ich abgebrochen. Mein Leben als ein Weitseher, als Prinz Chivalrics Bastard, als Chades Nachfolger im Amt des königlichen Assassinen war vorbei. Ich wurde Tom Dachsenbless und richtete mich vorbehaltlos in diesem neuen Dasein ein. Wie ich es mir lange gewünscht hatte, unternahm ich weite Reisen, und nur mein Wolf hatte Anteil an meinen Entscheidungen. Ich fand eine Art von Frieden in mir selbst. Das soll nicht heißen, dass ich nicht die vermisste, die ich in Bocksburg geliebt hatte. Sie fehlten mir, manchmal so sehr, dass es schmerzte. Doch indem ich sie vermisste, erfuhr ich auch die Befreiung von meiner Vergangenheit. Ein hungriger Mann mag sich nach Braten und Kuchen sehnen und wird doch nicht den einfachen Genuss von Brot und Käse verschmähen. Ich baute mir ein Leben nach meinem Sinn, und obwohl ihm vieles mangelte, was mein altes Leben an Vorzügen zu bieten gehabt hatte, schenkte es mir schlichte Freuden, die mir lange versagt geblieben waren. Ich war zufrieden gewesen.

Dann, eines nebligen Morgens, ungefähr ein Jahr nachdem ich mich in dieser Hütte nahe dem zerstörten Barren eingerichtet hatte, kehrten der Wolf und ich von einer nächtlichen Jagd zurück und stellten fest, dass die Heimkehr eine Überraschung für uns bereithielt. Ein Jährlingsbock lag schwer über meinen Schultern, meine alte Pfeilwunde stach und zwickte. Ich beschäftigte mich damit, in Gedanken die

Wohltat eines ausgiebigen Aalens in heißem Wasser gegen die zusätzliche Mühe des Eimerschleppens abzuwägen, nicht zu vergessen das lange Warten, bis das Wasser heiß war, als ein unverkennbares Geräusch an mein Ohr drang: Hufeisen auf Stein. Ich ließ die Jagdbeute zu Boden gleiten, dann schlichen Nachtauge und ich in einem weiten Kreis um die Hütte. Es gab nichts zu sehen, außer einem Pferd, das gesattelt an einem Baum in der Nähe meiner Tür angebunden war. Der Reiter befand sich wahrscheinlich im Innern unserer Behausung. Das Pferd drehte die Ohren, als wir uns näherten, wachsam, aber noch nicht beunruhigt.

Bleib zurück, Bruder. Wenn das Pferd deine Witterung aufnimmt, wird es Lärm machen. Vielleicht kann ich nahe genug herankommen, um einen Blick nach drinnen zu werfen.

Lautlos wie der Nebel, der uns beide einhüllte, verschmolz Nachtauge mit den grauen wallenden Schwaden. Ich schlug einen Bogen zur Rückseite der Hütte. Ein Dieb? Ich hörte das Klappern von Geschirr und Wasserplätschern. Das Rumpeln klang nach einem Scheit, das ins Feuer geworfen wurde. Ich runzelte verwirrt die Brauen. Wer immer der ungebetene Gast sein mochte, er schien sich häuslich einzurichten. Einen Augenblick später hörte ich eine Frauenstimme den Refrain eines alten Liedes anstimmen, und mein Herz setzte einen Schlag aus. Trotz der Jahre, die vergangen waren, erkannte ich Merle sofort.

Die jaulende Hündin, bestätigte Nachtauge. Er hatte ihre Witterung aufgenommen. Wie immer zuckte ich bei seinem unverhohlenen Ausdruck des Missfallens gegenüber der Vagantin zusammen.

Lass mich vorgehen. Obwohl ich nun wusste, wer es war, näherte ich mich meiner eigenen Tür mit Vorsicht. Ihr Auftauchen war kein Zufall. Sie hatte mich gesucht. Warum? Was wollte sie von mir?

»Merle«, sagte ich, als ich die Tür aufstieß.

Sie fuhr zu mir herum, die Teekanne in der Hand. Ihr Blick flog über meine Gestalt, hoch zu meinen Augen. »Fitz!«, rief sie jubelnd aus und sprang auf mich zu. Sie warf die Arme um mich, und nach einem kurzen Zögern erwiderte ich die Umarmung. Sie drückte mich fest. Wie die meisten Frauen aus den Marken war sie klein und dunkel, aber ich spürte die drahtige Kraft in ihrem Körper.

»Hallo«, sagte ich unsicher und schaute hinunter auf ihren Scheitel.

Sie hob das Gesicht zu mir empor. »Hallo?«, fragte sie ungläubig. Sie lachte laut über meinen Gesichtsausdruck. »Hallo?« Sie neigte sich nach hinten, um die Teekanne auf den Tisch zu stellen, dann hob sie die Arme, nahm mein Gesicht zwischen die Hände und zog meinen Kopf nach unten, um mich zu küssen. Ich war eben aus der Feuchtigkeit und der Kälte hereingekommen, und der plötzliche warme Mund auf dem meinen war überwältigend, ebenso überwältigend wie das Gefühl, eine Frau in den Armen zu halten. Sie drückte mich an sich, und es war, als ob das Leben selbst mich wieder umarmte. Eine Hitzewelle durchströmte mich, und mein Herz raste. Ich löste meinen Mund von ihrem. »Merle …«, wollte ich anfangen.

»Nein«, sagte sie entschieden. Sie schaute über meine Schulter, dann ergriff sie meine Hände und zog mich zu der Schlafkammer neben dem Wohnraum. Mit weichen Knien stolperte ich hinter ihr her. Vor meinem Bett blieb sie stehen und knöpfte ihre Bluse auf. Als ich sie nur töricht angaffte, lachte sie und fing an, die Bänder meines Hemdes aufzuziehen. »Nicht reden«, befahl sie mir. Sie nahm meine kalte Hand und legte sie auf eine ihrer nackten Brüste.

In diesem Moment stieß Nachtauge die Tür auf und kam hereingetrottet. Kälte wogte wie Dunst in den warmen

Raum. Eine Sekunde lang schaute er uns nur an. Dann schüttelte er sich die Feuchtigkeit aus dem Fell. Merle erstarrte. »Der Wolf. Ich hatte ihn fast vergessen – er ist immer noch bei dir?«

»Wir sind immer noch zusammen. Natürlich.« Ich wollte die Hand wegziehen, aber sie hielt sie fest.

»Es macht mir nichts aus. Glaube ich.« Ihre Miene verriet Unbehagen. »Aber muss er … hier drin sein?«

Nachtauge schüttelte sich wieder. Er blickte Merle an und dann zur Seite. Die Kälte im Raum kam nicht allein von der offen stehenden Tür. *Das Fleisch wird kalt und steif, wenn ich auf dich warte.*

Dann warte nicht, erwiderte ich pikiert.

Er trottete nach draußen, zurück in den Nebel. Ich spürte, wie er sein Bewusstsein gegen uns verschloss. Eifersucht oder Taktgefühl?, fragte ich mich. Ich ging hin und schloss die Tür, blieb stehen, die Hand auf der Klinke, beunruhigt von Nachtauges Reaktion. Merles Arme schlossen sich von hinten um mich, und als ich mich zu ihr umdrehte, fand ich sie nackt und bereit. Ich traf keine Entscheidung. Unsere Vereinigung geschah mehr oder weniger auf dieselbe Art, wie die Nacht hereinbricht.

Rückblickend fragte ich mich, ob sie es so geplant hatte. Nein. Merle hatte diesen Bereich meines Lebens vereinnahmt, wie sie gedankenlos am Wegesrand die süßen Beeren pflückte. Sie sind da, sie sind süß, weshalb sie nicht genießen? Wir waren Liebende geworden, ohne von Liebe zu sprechen, als wäre unser gemeinsames Lager unvermeidlich. Liebte ich sie, selbst jetzt noch, nach all den Jahren des Kommens und Gehens in meinem Leben?

Diese Gedanken zu denken war ebenso gespenstisch wie die Beschäftigung mit den Relikten aus meinem alten Dasein, die Chade mitgebracht hatte. Früher einmal waren solche Überlegungen mir so wichtig vorgekommen. Ich liebte Molly, liebte Molly mich? Liebte ich sie mehr, als ich meinen König liebte, war sie mir wichtiger als meine Pflicht? Als Jüngling hatte ich mich mit diesen Fragen gequält, aber mit Merle hatte ich gar nicht in solchen Bahnen gedacht. Bis jetzt.

Doch wie immer waren die Antworten vielschichtig. Ich liebte sie nicht als jemanden, den ich mit Bedacht ausgewählt hatte, um mein Leben zu teilen, sondern als vertrautes Detail meines Daseins. Sie zu verlieren war, als ob ich auf die Feuerstelle im Zimmer verzichten sollte. Ich war abhängig geworden von ihrer sporadischen Wärme. Mir war klar, ich musste ihr sagen, dass ich nicht weitermachen konnte wie bisher. Das bange Gefühl, das ich empfand, erinnerte mich daran, wie die Minuten geschlichen waren, während ich die Schranken meiner Seele gegen die Heilerin verschloss, als sie die Pfeilspitze aus meinem Rücken entfernte. Heute versteifte ich mich fast genauso in Erwartung bevorstehender großer Schmerzen.

Ein Rascheln von der Bettstatt her sagte mir, dass sie erwachte. Ihre bloßen Füße tappten über die Dielen. Ich schüttete das kochende Wasser über die Teeblätter und schaute mich nicht um. Es war mir unmöglich, sie anzusehen. Trotzdem kam sie nicht näher oder streckte die Hand aus, um mich zu berühren. Nach einer Weile brach sie das Schweigen.

»Harm hat es dir gesagt.«

»Ja.«

»Und du hast beschlossen, deshalb alles zwischen uns kaputtzumachen.«

Darauf schien es keine Antwort zu geben.

Ärger schlich sich in ihre Stimme. »Du hast deinen Namen geändert, aber nach all diesen Jahren nicht deinen Charakter. Tom Dachsenbless ist ein ebenso engstirniger Tugendbold, wie Fitz-Chivalric Weitseher es war.«

»Vorsicht«, warnte ich sie, nicht wegen ihres Tons, sondern wegen des Namens. Wir hatten immer sorgsam darauf geachtet, dass Harm mich nur als Tom kannte. Ich wusste, es war kein Zufall, dass sie jetzt diesen Namen laut aussprach, sondern eine Mahnung daran, dass sie mein Geheimnis kannte.

»Keine Sorge«, beruhigte sie mich, aber ich hatte den halb gezückten Dolch blinken sehen. »Ich weise dich nur darauf hin, dass du zwei Leben führst, und du kommst damit sehr gut zurecht. Weshalb gestehst du mir nicht das Gleiche zu?«

»Ich sehe das anders. Dies ist das einzige Leben, das ich habe. Und ich versuche nur, mich deinem Gemahl gegenüber so zu verhalten, wie ich mir wünschen würde, dass sich ein anderer Mann in einer ähnlichen Situation mir gegenüber verhält. Oder willst du mir erzählen, er weiß Bescheid, und es stört ihn nicht?«

»Umgekehrt. Es weiß nichts, und deshalb stört es ihn nicht. Wenn du richtig darüber nachdenkst, wirst du merken, dass es auf das Gleiche hinausläuft.«

»Nicht für mich.«

»Nun, eine Zeitlang war es dir gleich. Bis Harm glaubte, es zerstören zu müssen. Du hast deine sturen Moralvorstellungen einem weiteren jungen Mann aufgepfropft. Ich hoffe, du bist stolz darauf, noch einen selbstgerechten Besserwisser herangezogen zu haben.«

Ihre Worte trafen mich wie Ohrfeigen, während sie zornig im Zimmer herumrumorte und ihre Sachen zusammensuchte. Endlich drehte ich mich zu ihr herum. Ihr Gesicht war hochrot, die Haare vom Schlaf zerzaust. Sie hatte nur mein Hemd an, dessen Saum ihr knapp bis zu den Oberschenkeln reichte. Sie hielt inne, als sie merkte, dass ich sie ansah, und stellte sich herausfordernd meinem Blick, hoch aufgerichtet, wie um mir vor Augen zu führen, was ich im Begriff war zu verschmähen. »Wem tut es weh?«, fragte sie.

»Deinem Gemahl, wenn er es erfahren sollte«, antwortete ich ruhig. »Harm hat mir zu verstehen gegeben, dass er von Adel ist. Einem solchen Mann können Gerüchte mehr schaden als ein Dolch. Denk an seine Ehre, die Ehre seines Hauses. Lass ihn nicht dastehen wie einen alten Narren, der seine ungebärdige junge Frau nicht zügeln kann …«

»Ein alter Narr?« Sie machte ein verdutztes Gesicht. »Hat Harm dir erzählt, er wäre alt?«

Sie hatte mich aus dem Konzept gebracht. »Er sagte, er wäre sehr vornehm.«

»Vornehm schon, aber doch nicht alt. Ganz im Gegenteil.« Sie lächelte seltsam, halb stolz, halb verlegen. »Fitz, er ist vierundzwanzig. Ein ausgezeichneter Tänzer und stark wie ein junger Bulle. Was hast du geglaubt, ich hätte mich dazu hergegeben, einem alten Mann das Bett zu wärmen?«

Genau das. »Ich dachte …«

Sie hob trotzig das Kinn, als fühlte sie sich von mir abgewertet. »Er ist hübsch, und er ist charmant, und er könnte unter vielen Frauen wählen. Er wählte mich. Und auf meine Art liebe ich ihn aufrichtig. Bei ihm fühle ich mich jung und begehrenswert und als wäre ich wahrer Leidenschaft fähig.«

»Und wie hast du dich bei mir gefühlt?« Die Worte waren heraus, bevor der Verstand sie einholte. Ich wusste, es war dumme Selbstquälerei, aber ich konnte nicht an mich halten.

Sie musste überlegen. »Geborgen«, sagte sie schließlich, ohne daran zu denken, ob sie mich mit ihrer Offenheit vielleicht verletzte. »Akzeptiert und geschätzt.« Ein Lächeln trat auf ihr Gesicht, und es versetzte mir einen Stich. »Großzügig, weil ich dir gebe, was niemand dir sonst geben würde.

Welterfahren und kühn. Wie ein bunter Singvogel, der einen Zaunkönig besucht.«

»Das bist du gewesen.« Ich wandte den Blick von ihr ab und sah zum Fenster. »Aber das ist aus und vorbei. In deinen Augen mag mein Dasein armselig sein, aber es gehört mir. Ich stehle nicht die Brosamen von eines anderen Mannes Tisch. Ein Rest von Stolz ist mir schon noch geblieben.«

»Den Stolz kannst du dir nicht leisten«, entgegnete sie brutal. Sie strich sich das Haar aus dem Gesicht. »Schau dich um, Fitz. Ein Dutzend Jahre auf dich allein gestellt, und was hast du vorzuweisen? Eine Hütte im Wald und eine Handvoll Hühner. Was hast du an Glanz oder Freude? Nur mich. Vielleicht sind es bloß hie und da ein, zwei Tage aus meinem Leben, aber ich bin die einzige wirkliche Person in deinem Eremitendasein.« Ihre Stimme bekam einen härteren Klang. »Brosamen von eines anderen Mannes Tisch sind besser als gar nichts. Du brauchst mich.«

»Harm. Nachtauge«, hielt ich ihr entgegen.

Sie winkte ab. »Ein Waisenjunge, den *ich* dir gebracht habe, und ein räudiger Wolf.«

Dass sie diese beiden dermaßen verächtlich abtat, kränkte mich nicht nur, es zwang mich zu erkennen, wie wenig wir tatsächlich gemein hatten. Ich nehme an, wenn wir zusammengelebt hätten, tagein, tagaus, wären Unstimmigkeiten dieser Art längst zutage getreten, aber unsere kurzen gemeinsamen Zwischenspiele hatten wir nicht mit philosophischen Diskussionen oder auch nur praktischen Erwägungen vertändelt. Wann es ihr beliebte, waren wir zusammengekommen, um mein Bett und meinen Tisch zu teilen. Sie hatte geschlafen und gesungen und mir bei meinen Verrichtungen in einem Leben zugesehen, welches nicht das ihre war.

Die kleineren Missverständnisse, die sich ergaben, gerieten zwischen einem Besuch und dem nächsten in Vergessenheit. Sie hatte mir Harm gebracht, als wäre er ein streunendes Kätzchen, und nie darüber nachgedacht, wie unser Verhältnis sich im Lauf der Jahre entwickelt haben könnte. Dieser Streit zog nicht nur einen Schlussstrich unter das, was wir geteilt hatten, sondern enthüllte auch, dass es in Wirklichkeit nur sehr wenig gewesen war. Ich fühlte mich doppelt niedergeschmettert. Bittere Worte aus einem vergangenen Leben kamen mir in den Sinn. Der Narr, der mich warnte: »Sie empfindet keine echte Zuneigung für dich, Fitz. Sie will nur irgendwann einmal sagen können, ich kannte Fitz-Chivalric.« Vielleicht, trotz all der Jahre, die wir uns kannten, hatte diese Einschätzung immer noch Gültigkeit.

Ich schwieg, aus Angst vor dem, was ich sagen könnte; sie schien zu glauben, ich wäre in meinem Entschluss schwankend geworden. Sie holte tief Atem und schenkte mir ein abgeklärtes Lächeln. »Ach Fitz, wir brauchen einander, auch wenn wir es uns nicht gern eingestehen.« Sie stieß einen kleinen Seufzer aus. »Mach Frühstück. Ich werde mich anziehen. Am Morgen und auf leeren Magen sehen die Dinge immer schlimmer aus, als sie sind.« Sie ging hinaus.

Eine fatalistische Gelassenheit überkam mich. Ich deckte den Tisch, während sie in ihre Kleider schlüpfte. Ich war ruhig, weil mein Entschluss feststand. Es war, als hätten Harms Worte letzte Nacht eine Kerze in meinem Innern ausgelöscht. Meine Gefühle für Merle waren schlagartig erstorben. Wir saßen zusammen am Tisch, und sie bemühte sich, den Anschein zu erwecken, alles wäre wie zuvor, aber ich konnte nicht aufhören zu denken: Dies ist wahrscheinlich das letzte Mal, dass ich zuschaue, wie sie ihren Tee im Becher schwenkt, um ihn abzukühlen, oder wie sie beim Reden mit dem angebissenen Brot gestikuliert. Ich ließ sie erzählen, und sie hielt sich an belanglose Themen, wo sie als Nächstes Station machen wollte oder was Fürstin Liebenswert bei irgendeiner Gelegenheit getragen hatte. Je mehr sie redete, desto weiter schien sie sich von mir zu entfernen. Während ich sie beobachtete, war mir, als hätte ich etwas vergessen, übersehen.

Eine plötzliche Erkenntnis rieselte mir wie ein Tropfen kalten Wassers den Rücken hinunter. Ich fiel ihr ins Wort. »Du hast gewusst, dass Chade mich besuchen wollte.«

Sie hob erstaunt die Augenbrauen – den Bruchteil einer Sekunde zu spät. »Chade? Hier?«

Für mich selbst überraschend, manifestierte sich eine Art zu denken, die ich längst vergessen geglaubt hatte. Die Fähigkeit, Gedankenketten zu bilden, wurde mir in den Jahren meiner Jugend von einem erfahrenen Mentor mit unerbittlicher Akribie eingedrillt. Es war eine Methode, Fakten zu sieben und zusammenzusetzen, ein mentales Training, welches dem Gehirn ermöglichte, blitzschnell zu Schlüssen zu gelangen, die nicht Vermutungen waren, sondern logisch untermauert. Beginne mit einer einfachen Beobachtung. Merle hatte nichts zu dem Käse gesagt. Jeder Käse war Luxus für den Jungen und mich, erst recht ein schöner reifer Käse wie dieser. Eigentlich hätte sie überrascht sein müssen, ihn auf meinem Tisch zu sehen, aber sie war es nicht. Auch über den Sandsegger gestern Abend hatte sie kein Wort verloren. Weil weder das eine noch das andere für sie verwunderlich gewesen war. Ich merkte, zugleich erstaunt, erfreut und mit Grausen, wie flink mein Verstand von Punkt zu Punkt eilte, bis mir plötzlich das vollständige Muster vor Augen stand. »Bisher hast du Harm niemals angeboten, dich irgendwohin zu begleiten. Du hast den Jungen nach Bocksburg mitgenommen, um Chade Gelegenheit zu geben, allein mit mir zu sprechen.« Die sich daraus ergebende Schlussfolgerung jagte mir einen kalten Schauer über den Rücken. »Für den Fall, dass er mich töten müsste. Es gäbe keine Zeugen.«

»Fitz!«, empörte sie sich.

Ich hörte es kaum. Nachdem die Kieselsteine der Gedanken einmal ins Rollen gekommen waren, setzte sich eine ganze Lawine unausweichlicher Schlussfolgerungen in Bewegung. »All die Jahre. All deine Besuche. Du hast mich für ihn im Auge behalten, stimmt's? Sag mir, schaust du auch mehrmals im Jahr bei Burrich und Nessel vorbei, um ihm über ihr Tun und Treiben Bericht zu erstatten?«

Sie blickte mich kalt an und leugnete nichts. »Ich musste sie aufsuchen. Um Burrich die Pferde zu bringen. Du selbst hattest mich gebeten, das zu tun.«

Sie hatte recht. Meine Gedanken jagten sich. Die Pferde wären eine perfekte Einführung gewesen. Jede andere Gabe hätte Burrich abgelehnt, aber Rötel war sein rechtmäßiges Eigentum, ein Geschenk von Veritas. Und Merle hatte ihm wahrscheinlich erzählt, nach dem Willen der Königin solle auch Rußflocke ihm gehören, als Belohnung für die dem Haus Weitseher geleisteten Dienste. Ich schaute sie an und wartete auf den Rest. Sie war eine Vagantin. Sie liebte es zu reden. Ich brauchte nur das Schweigen beizusteuern.

Sie legte das Brot hin. »Wenn ich in der Gegend bin, besuche ich sie, allerdings. Und wenn ich nach Bocksburg zurückkomme und Chade weiß, dass ich bei ihnen gewesen bin, erkundigt er sich nach ihnen. Genau wie er sich nach dir erkundigt.«

»Und der Narr? Weißt du auch über seinen Verbleib Bescheid?«

»Nein.« Die Antwort kam prompt, und ich war geneigt, ihr zu glauben. Doch sie war eine Vagantin, und für sie bestand der Reiz eines Geheimnisses darin, dass man es weitererzählte. Sie konnte nicht anders, als hinzuzufügen: »Aber ich glaube, Burrich weiß es. Ein- oder zweimal, als ich da war, habe ich Spielzeug herumliegen sehen, wie Burrich es sich für Nessel nie und nimmer leisten könnte. Eine Puppe erinnerte mich sehr an die Marionetten des Narren. Ein andermal war da eine Kette aus Holzperlen, und jede einzelne Perle war geschnitzt wie ein kleines Gesicht.«

Das war interessant, aber ich ließ es mir nicht anmerken, stattdessen stellte ich ohne Umschweife die Frage, die mir auf der Zunge brannte. »Weshalb sollte Chade mich als eine Bedrohung für das Haus Weitseher betrachten? Das ist der einzige Grund, den ich mir vorstellen kann, der ihn zu der Überzeugung bringen könnte, dass er mich aus dem Weg räumen muss.«

Etwas wie Mitleid zeichnete sich auf ihrem Gesicht ab. »Das glaubst du wirklich, ja? Dass Chade dich ermorden könnte? Und dass ich dabei helfen würde, indem ich den Jungen weglocke?«

»Ich kenne Chade.«

»Und er kennt dich.« Es klang fast wie eine Beschuldigung. »Er hat mir einmal erzählt, du wärst unfähig, jemandem rückhaltlos zu vertrauen. Dass der Wunsch zu vertrauen und die Angst davor immer ein Zwiespalt in deiner Seele sein würden. Nein. Ich denke, der alte Mann wollte nichts weiter, als dich allein zu treffen, um frei sprechen zu können. Um dich für sich zu haben und sich mit eigenen Augen zu überzeugen, wie es dir geht, nach all den Jahren deines Schweigens.«

Als Vagantin verstand sie sich auf den Gebrauch von Worten und Tonfall. Es hörte sich an, als wäre mein Wegbleiben von Bocksburg grausam und rücksichtslos gegenüber meinen Freunden, während ich in Wahrheit keine andere Wahl gehabt hatte, wenn ich überleben wollte.

»Über was hat Chade mit dir geredet?«, erkundigte sie sich etwas zu beiläufig.

Ich blickte ihr ruhig in die Augen. »Hat er dich nicht eingeweiht?«

Ihr Gesichtsausdruck veränderte sich, und ich konnte sehen, wie ihr Verstand arbeitete. Aha. Chade hatte sie nicht über den Zweck seiner Mission aufgeklärt. Wie auch immer, sie war scharfsinnig und verfügte über viele der Mosaiksteine.

»Altes Blut«, sagte sie schließlich. »Die Bedrohung durch die Gescheckten.«

Schon oft in meinem Leben war ich zutiefst erschüttert gewesen und durfte mir nichts anmerken lassen. Dieses Mal fiel es mir vielleicht am schwersten. Als sie weitersprach, beobachtete sie aufmerksam mein Gesicht. »Es ist eine Eiterbeule, die schon seit einiger Zeit schwärt und jetzt aufzubrechen droht. Beim Sängerwettstreit am Frühlingsfest, wo alle Vaganten sich danach drängen, vor ihrem Souverän aufzutreten, trug ein Sänger die alte Ballade vom Gescheckten Prinzen vor. Erinnerst du dich?«

Allerdings. Die Ballade erzählte von einer Prinzessin, die von einem Zwiehaften in Gestalt eines gescheckten Hengstes davongetragen wird. Sobald sie allein sind, nimmt er Menschengestalt an und wohnt ihr bei. Sie bringt einen Bastardsohn zur Welt, weiß und schwarz gefleckt, wie sein Vater es gewesen war. Durch Verrat und Intrigen gelangt der Bastard auf den Thron und führt ein Schreckensregiment mit Hilfe seiner ebenfalls der Alten Macht teilhaftigen Handlanger. Das ganze Königreich leidet, bis, so die Ballade, sein Vetter, von reinem Weitseherblut, die Söhne von sechs Edlen des Reichs als Verbündete gewinnen kann. Am Tag der Sommersonnenwende, zur Mittagsstunde, wenn die Kraft des Gescheckten am geringsten ist, stürzen sie sich auf ihn und erschlagen ihn. Sie hängen ihn auf, hacken ihn in Stücke und verbrennen die Stücke über fließendem Wasser, um seine Seele weit in die Ferne zu spülen, auf dass sie nicht in den Leib eines Tieres fahre und dort eine neue

Heimat finde. Die in der Ballade beschriebene Weise, den Gescheckten Prinzen unschädlich zu machen, war zur traditionellen Methode geworden, mit Zwiehaften zu verfahren. Edel war zutiefst enttäuscht gewesen, dass er in Bezug auf mich dieser Tradition nicht hatte huldigen können.

»Nicht gerade mein Lieblingslied«, sagte ich ausdruckslos.

»Verständlich. Dennoch, Sleks Vortrag war ansprechend und trug ihm viel Beifall ein, mehr, als seine Stimme eigentlich rechtfertigt. Er hat dieses Tremolo am Ausklang der Töne, das manche sehr gefühlvoll finden, obwohl es in Wirklichkeit das Zeichen einer schlecht geführten Stimme ist …« Sie merkte, dass sie vom Thema abkam. »In letzter Zeit sind die mit der Alten Macht verhasster denn je. Sie sind aufsässig geworden; es kommen einem die wildesten Gerüchte zu Ohren. Ich habe gehört, dass in einem Dorf, wo ein Zwiehafter gehängt und verbrannt wurde, vier Tage darauf sämtliche Schafe gestorben sind. Einfach auf der Weide tot umgefallen. Die Leute sagen, es war die Rache seiner Familie, aber als man es ihnen heimzahlen wollte, waren sie schon über alle Berge. An der Tür ihres Hauses war ein Papier angeschlagen, worauf stand: ›Ihr habt es nicht anders verdient.‹ Und das war nicht der einzige Vorfall dieser Art.«

»Das hat Harm mir berichtet.«

Sie nickte kurz, dann stand sie auf und trat in die Mitte des Zimmers. Eine Vagantin durch und durch, brauchte sie eine Bühne für die Geschichte, die sie zu erzählen hatte. »Nun gut. Nachdem Slek ›Der Gescheckte Prinz‹ gesungen hatte, trat ein anderer Sänger vor. Er war sehr jung, und vielleicht war er deshalb so töricht. Er zog seine Kappe vor der Königin und erklärte dann, er werde nach dem ›Gescheckten Prinzen‹ ein weiteres Lied ähnlichen Inhalts zum Vortrag bringen, aus jüngerer Zeit. Als er sagte, er hätte es zuerst in einem Weiler derer mit der Alten Macht vernommen, lief ein Raunen durch die Menge. Überall wird von solchen Orten gemunkelt, aber ich habe noch nie erlebt, wie einer behauptete, er wäre dort gewesen. Als das Gemurmel erstarb, hub er mit einem Lied an, das mir völlig unbekannt war. Die Melodie war die Abwandlung einer volkstümlichen Weise, aber die Verse waren neu, ebenso ungeschliffen wie seine Stimme.« Sie neigte den Kopf zur Seite und musterte mich forschend. »Er sang von Chivalrics Bastard, was er getan hatte, bevor seine Besudelung durch die Alte Macht offenbar wurde. Er entblödete sich nicht, eine Zeile oder zwei aus meiner Ballade ›Turm der Geweihinsel‹ zu stehlen, eine Unverschämtheit. Weiter hieß es, dass dieser ›Weitseher-Spross, des Alten Bluts teilhaftig, königlich gezeugt, treu und wahrhaftig‹, nicht in des Anmaßers Kerker gestorben war. Wenn man dem Lied glauben wollte, hatte der Bastard überlebt und sich der Familie seines Vaters würdig erwiesen. Der Sänger berichtete, wie König Veritas auszog, um die Uralten zu suchen, und der Bastard aus seinem Grab aufstand, um seinem rechtmäßigen König zu Hilfe zu eilen. Er schilderte überaus dramatisch, wie der Bastard König Veritas dazu brachte, durch das Tor des Todes in die Welt der Lebenden zurückzukehren, und ihm einen Garten mit steinernen Drachen zeigte, die geweckt werden konnten, um die Not der Sechs Provinzen zu beenden. Das hörte sich an, als wüsste er, was er sagte. Ich jedenfalls wurde nachdenklich, auch wenn er sich inzwischen heiser gesungen hatte.« Sie machte eine Pause und wartete auf einen Kommentar von mir, aber ich war sprachlos. Schließlich zuckte sie die Achseln und bemerkte sarkastisch: »Wenn dir daran gelegen war, dieses Ereignis besingen zu lassen, hättest du vor allen anderen an mich denken können. Ich war dabei, falls du dich erinnerst. Um genau zu sein, es war der Grund, weshalb ich das alles auf mich genommen hatte. Und ich bin eine erheblich bessere Sängerin als dieser grüne Junge.«

»Ich habe nichts zu tun mit diesem Lied, wie du dir vermutlich denken kannst. Ich wünschte, keiner hätte es je gehört.«

»Nun, da hast du wenig zu befürchten.« Sie sagte es im Ton tiefer Befriedigung. »Ich habe es vor diesem Tag nie gehört und auch seither nie wieder. Es war höchstens mittelmäßig, die Melodie entsprach nicht dem Inhalt, die Verse ermangelten jeder poetischen Kraft, die ...«

»Merle.«

»Schon gut. Er gab dem Lied das traditionelle heroische Ende. Wenn je die Krone der Weitseher in Gefahr sei, käme der wohlgesinnte Bastard mit der Alten Macht zurück, um das Reich zu schützen. Als er endete, schleuderte jemand aus der Menge ihm Flüche entgegen, und ein anderer brüllte, wahrscheinlich wäre er selbst einer von dieser Brut der Zwiehaften und gehörte verbrannt. Königin Kettricken befahl ihnen zu schweigen, doch zum Ende des Wettstreits gab sie ihm kein Preisgeld wie den anderen Sängern.«

Ich schwieg.

Als sie merkte, dass ich den Köder nicht schluckte, fügte sie hinzu: »Weil er verschwunden war, als sie sich erhob, um diejenigen zu belohnen, die ihr wohlgefällig gewesen waren. Sie rief seinen Namen als ersten, doch niemand wusste, wohin er gegangen war. Ich glaube nicht, dass ich seinen Namen schon einmal gehört habe. Pinnessohn.«

Sohn von Pinne, Sohnessohn von Zänker, hätte ich ihr sagen können. Beide, Zänker wie Pinne, hatten in Veritas' Leibgarde gedient. Meine Gedanken wanderten zurück, um in der Vergangenheit Pinnes Gesicht zu finden, als er im Garten der Steine Veritas zu Füßen fiel, vor dem Tor des Todes. Ja, so musste es für ihn ausgesehen haben. Veritas, der aus dem pechschwarzen Gabenpfeiler heraustrat, angeleuchtet vom zuckenden Schein ersterbender Flammen. Pinne erkannte seinen König, mochte dieser auch nach der langen Zeit der Prüfungen und Entbehrungen nur noch ein Schatten seiner selbst sein. Er hatte ihm gehuldigt, und Veritas hatte ihm aufgetragen, nach Bocksburg zu gehen und allen zu verkünden, der rechtmäßige König werde zurückkehren. (Ich war fast sicher, dass Veritas vor dem Sendboten in Bocksburg angelangt war. Fliegende Drachen sind um einiges schneller als ein Mann zu Fuß.)

Keinen Augenblick war mir der Gedanke gekommen, dass Pinne auch mich erkannt haben könnte. Wer hätte ahnen sollen, dass er seine Erlebnisse in der Familie weitererzählte, und erst recht, dass er einen Sänger zum Sohn haben würde?

»Ich sehe, dass du ihn kennst«, äußerte Merle vielsagend.

Ich schaute zu ihr hin und merkte, dass ihre Augen gierig in meinem Gesicht zu lesen versuchten. Ich seufzte. »Nein. Der Name ist mir fremd. Ich musste an etwas denken, was du vorhin gesagt hast. Die Zwiehaften sind aufsässig geworden. Warum?«

Sie zog die Augenbrauen in die Stirn. »Müsstest du das nicht besser wissen als ich?«

»Ich führe hier ein abgeschiedenes Leben, Merle, wie dir bekannt sein dürfte. Neuigkeiten über die Vorgänge in der Welt draußen dringen nicht bis zu mir, nur das, was du mir mitbringst.« Nun versuchte ich, in ihrem Gesicht zu lesen. »Und diese Information hast du mir vorenthalten.«

Sie wandte den Kopf zur Seite, und ich fragte mich: War es Absicht gewesen? Hatte Chade ihr befohlen, mir nichts davon zu sagen? Oder hatte sie es einfach vergessen, über ihren Histörchen und Schwänken und Berichten von ihren sängerischen Triumphen? »Es ist keine lustige Geschichte.

Ich glaube, es begann vor anderthalb Jahren, vielleicht sind es auch zwei. Mir kam es vor, als ob man immer häufiger von Zwiehaften hörte, die aufgespürt und in den Kerker geworfen worden waren. Oder hingerichtet. Du weißt, wie die Menschen sind, Fitz. Nach dem Krieg gegen die Roten Schiffe hatten sie für geraume Zeit genug von Morden und Blutvergießen, doch wenn der Feind endlich besiegt und vertrieben ist, dein Haus aufgebaut, die Äcker bestellt und das Vieh fruchtbar, nun, dann wird es Zeit, wieder einen scheelen Blick auf den Nachbarn zu werfen. Ich denke, Edel weckte mit seinen blutigen Kampfspielen und Gottesurteilen die Lust an der Grausamkeit in den Sechs Provinzen. Vielleicht werden wir diese Hinterlassenschaft niemals wieder los.«

Sie rührte an einen Albtraum. Des Königs Rund in Fierant, die eingesperrten Tiere, der Geruch nach geronnenem Blut, Gerechtigkeit durch Zweikampf auf Leben und Tod – die Erinnerung hinterließ ein Gefühl der Übelkeit.

»Vor zwei Jahren – richtig«, fuhr Merle fort. Sie ging im Zimmer auf und ab. »Das war, als der alte Hass auf die mit der Alten Macht von neuem aufflammte. Die Königin verurteilte öffentlich jegliche Ausschreitungen und Übergriffe. Deinetwegen, nehme ich an. Sie ist beliebt im Volk, und sie hat während ihrer Regierung zahlreiche Veränderungen bewirkt, aber was die Zwiehaften angeht, sind Misstrauen und Groll zu tief verwurzelt. Die Leute im Dorf denken: Was kann sie von unseren Sitten und Gebräuchen wissen, wo sie doch aus dem Bergreich kommt? Also, obwohl Königin Kettricken es nicht guthieß, ging die Jagd auf die Zwiehaften weiter wie seit jeher. Dann kam es in Trenury in Farrow vor ungefähr anderthalb Jahren zu einem entsetzlichen Vorfall. Anscheinend war es so, dass ein Mädchen mit der Alten Macht einen Fuchs als Geschwistertier hatte, und es kümmerte sie nicht, wo er jagte, solange in jeder Nacht Blut floss.«

Ich unterbrach sie. »Ein Fuchs als Haustier?«

»Ziemlich ungewöhnlich. Überdies war das Mädchen, welches den Fuchs besaß, weder von Adel noch reich. Was hatte eine Bauerstochter mit solch einem Tier zu schaffen? Es gab Gerede. Die Hühnerställe der Weiler rings um Trenury wurden am ärgsten heimgesucht, aber dann brach etwas in Fürst Dolpins Aviarium ein und labte sich an seinen Singvögeln und importiertem Geflügel aus der Regenwildnis, und das war der Tropfen, der das Fass zum Überlaufen brachte. Er schickte seine Jäger nach dem Mädchen und dem Fuchs, die angeblich die Wurzel des Übels sein sollten, und sie wurden gejagt und gefangen und vor Fürst Dolpin gebracht. Sie beteuerte, ihr Fuchs hätte nichts damit zu tun; sie schwor hoch und heilig, sie wäre keine Zwiehafte, doch als man den Fuchs mit heißen Eisen traktierte, soll sie ebenso laut geschrien haben wie das Tier. Dann, zur Gegenprobe, ließ Dolpin dem Mädchen die Nägel an Fingern und Zehen ausreißen, und der Fuchs schrie mit ihr.«

»Genug.« Mir wurde übel. Aufgrund eigener Erfahrungen hatte ich keine Mühe, mir die Szene lebhaft vorzustellen.

»Ich mache es kurz. Sie wurden zu Tode gebracht, langsam. Doch in der nächsten Nacht starben noch mehr von Fürst Dolpins Singvögeln, und ein alter Jägersmann sagte, es wäre ein Wiesel gewesen, kein Fuchs, denn ein Wiesel trinkt das Blut seiner Beute, während der Fuchs die Vögel in Stücke gerissen hätte. Somit hatte Dolpin eine Unschuldige getötet, und das auf entsetzlich grausame Art, und zog den Zorn der Zwiehaften auf sich. Am folgenden Tag versuchte sein eigener Hund, ihn zu beißen. Dolpin ließ sowohl den Hund als auch den Hundeburschen töten. Er behauptete, wenn er durch die Stallungen ging, würden die Pferde wild, legten die Ohren zurück und keilten gegen die Boxenwände. Er ließ zwei Stallknechte über fließendem Wasser hängen und verbrennen. Als Nächstes klagte er, seine Küche würde von Fliegenschwärmen belagert, sodass er täglich welche tot in seinem Essen fand, und dass …«

Ich schüttelte den Kopf. »Das sind die Ausgeburten eines schuldbeladenen Gewissens, nicht Auswirkungen der Alten Macht, wie ich sie kenne.«

Merle zuckte die Achseln. »Jedenfalls schrien seine Untertanen nach Gerechtigkeit, nachdem mehr als ein Dutzend seiner gemeinen Knechte gefoltert oder getötet worden waren. Und die Königin schickte Chade zu ihm.«

Ich lehnte mich zurück und verschränkte die Arme vor der Brust. Aha. Der im Dienst ergraute Assassine fungierte nach wie vor als verlängerter Arm der königlichen Gerichtsbarkeit. Ich fragte mich, wer ihn begleitet hatte, um die diskrete Arbeit zu tun. »Was ist geschehen?«, fragte ich, als ob ich es nicht wüsste.

»Chade fand eine simple Lösung. Im Namen der Königin untersagte er Dolpin, fürderhin Ross, Falke oder Hund auf seinem Besitz zu halten. Er kann nicht ausreiten, auf die Jagd gehen oder sonst wie Waidwerk betreiben. Chade hat zudem ihm und jedem, der in seiner Burg wohnt, auferlegt, für ein ganzes Jahr weder Fisch noch Fleisch zu verzehren.«

»Demnach dürfte es bei ihm ziemlich trostlos zugehen.«

»Unter den Vaganten heißt es, dass keiner ohne Not bei Dolpin als Gast weilt und dass er sein Ansehen bei den anderen Edelleuten eingebüßt hat, seit bei ihm Schmalhans Küchenmeister ist. Darüber hinaus hat Chade ihn gezwungen, Wergeld zu zahlen, nicht allein den Familien der getöteten Knechte, sondern auch der Familie des Fuchsmädchens.«

»Haben sie es angenommen?«

»Die Familien der Dienstboten, ja. Die Familie des Fuchsmädchens war unauffindbar, tot oder geflohen, niemand konnte oder wollte es sagen. Auf Chades Gebot wurde das Wergeld für sie dem Kämmerer der Königin übergeben, um verwahrt zu werden, bis jemand gefunden wird, dem es zusteht.« Sie zuckte die Achseln. »Damit hätte die Sache aus der Welt sein sollen, aber seither haben sich solche Vorfälle gehäuft. Nicht nur, dass man überall im Land die Zwiehaften verfolgt, sondern auch, dass die Zwiehaften ihrerseits Vergeltung an ihren Verfolgern üben.«

Ich runzelte die Stirn. »Ich verstehe nicht, wie daraus weiterer Aufruhr unter den Zwiehaften erwachsen konnte. Nach meiner Meinung wurde Dolpin angemessen bestraft.«

»Nach Meinung anderer fiel die Strafe härter aus als nötig, aber Chade war unerbittlich. Und er ließ es nicht dabei bewenden. Kurz darauf erging ein Gebot von Königin Kettricken, worin es hieß, der Alten Macht teilhaftig zu sein wäre kein Verbrechen, sofern nicht ein Zwiehafter seine Kräfte anwendete, um Böses zu tun. Sie befahl den Herzögen, sie müssten ihren Baronen und Edelleuten verbieten, Zwiehafte hinzurichten, wenn ihre Schuld nicht ebenso umstößlich bewiesen sei wie die eines gewöhnlichen Verbrechers. Das Edikt wurde nicht gut aufgenommen, wie du dir denken kannst. Wo es nicht vollständig missachtet wird, gibt es nach dem Tod eines Mannes immer reichlich Beweise für seine Schuld. Statt die Wogen zu glätten, hat das Wort der Königin die schwelende Glut der alten Feindseligkeit gegen die Zwiehaften zur hellen Flamme geschürt. Jene mit der Alten Macht aber hat es veranlasst zurückzuschlagen. Sie lassen sich keinen der ihren ohne Kampf entreißen. Manchmal beschränken sie sich darauf, den Betreffenden zu befreien, bevor er hingerichtet werden kann, doch häufig üben sie Rache nach ihrer Weise. Fast immer, wenn ein

Zwiehafter getötet wurde, befällt alsbald irgendein Übel die Verantwortlichen. Ihr Vieh verendet, oder ihre Kinder werden von tollwütigen Ratten gebissen. Immer sind Tiere im Spiel. In einem Dorf fand in dem fraglichen Jahr die Fischwanderung nicht statt, auf die man dort angewiesen ist. Die Netze blieben leer, und die Menschen mussten hungern.«

»Lächerlich. Man verwechselt Zufall mit böser Absicht. Die Zwiehaften verfügen nicht über Kräfte, wie du sie beschreibst.« Ich sprach im Brustton der Überzeugung.

Sie maß mich mit einem nachsichtigen Blick. »Und weshalb übernehmen die Gescheckten die Verantwortung für diese Taten, wenn sie nicht ihr Werk sind?«

»Die Gescheckten? Wer sind die Gescheckten?«

Sie hob eine Schulter und ließ sie wieder fallen. »Niemand weiß es. Sie geben sich nicht offen zu erkennen. Sie heften Manifeste an Herbergstüren oder Bäume und senden den Edelleuten Briefe. Immer das gleiche Lied: ›Soundso wurde zu Unrecht getötet; er war keines anderen Verbrechens schuldig, als der Alten Macht teilhaftig zu sein. Nun spürt unseren Zorn. Wenn der Gescheckte Prinz zurückkehrt, wird er kein Erbarmen mit euch haben.‹ Unterzeichnet sind sie nicht mit einem Namen, sondern mit dem Bild eines gescheckten Hengstes. Das Volk wird dadurch noch mehr erzürnt. Die Königin hat sich geweigert, ihre Garde zu schicken, um die Pest der Zwiehaften auszumerzen. Unter den Edlen wird gemunkelt, die Königin selbst trüge die Schuld für die vermehrten Exekutionen, denn mit ihrer Bestrafung von Fürst Dolpin hätte sie bei den Zwiehaften den Eindruck erweckt, sie hätten das Recht, ihre unreinen Zauberkünste auszuüben.« Als Merle meine finstere Miene bemerkte, erinnerte sie mich: »Ein Vagant wiederholt nur, was er gehört hat. Weder erfinde ich Gerüchte, noch lege ich den Menschen Worte in den Mund, die sie nicht gesagt haben.«

Sie trat von hinten an mich heran und legte mir die Hände auf die Schultern. »Nach all den Jahren, die wir uns kennen, solltest du wissen, dass ich dich nicht für unrein halte.« Sie beugte sich herab und gab mir einen Kuss auf die Wange.

Über unserem Gespräch hatte ich fast meinen Entschluss vergessen. Beinahe hätte ich die Zärtlichkeit erwidert; stattdessen erhob ich mich ungeschickt, denn sie stand dicht hinter meinem Stuhl. Als sie versuchte, mich zu umarmen, verhärtete ich mein Herz. Ich hielt sie auf Armeslänge von mir weg. »Du gehörst nicht mir«, sagte ich.

»Ebenso wenig gehöre ich ihm!«, brauste sie auf. Ihre dunklen Augen blitzten zornig. »Ich gehöre mir selbst, und ich entscheide, wem ich meinen Körper gebe. Es gereicht keinem zum Schaden, wenn ich mit euch beiden zusammen bin. Schwanger kann ich nicht werden. Wenn es einem Mann möglich wäre, mich zu schwängern, wäre es längst geschehen. Was macht es also aus, wessen Bett ich teile?«

Sie war klug und um vieles redegewandter als ich. Mir wollten keine stichhaltigen Einwände einfallen, deshalb bediente ich mich ihrer eigenen Worte: »Auch ich gehöre mir selbst und entscheide, wem ich meinen Körper gebe. Und ich gebe ihn nicht dem Weib eines anderen Mannes.«

Da endlich glaubte sie es. Ich hatte ihre Habseligkeiten fein säuberlich neben dem Kamin aufgestapelt. Sie warf sich davor auf die Knie, riss ihre Satteltaschen zu sich heran und begann sie wütend vollzustopfen. »Ich weiß nicht, weshalb ich mich je mit dir abgegeben habe«, fauchte sie.

Ausgerechnet in diesem Moment kam Harm von draußen herein, als hätten wir drinnen nicht bereits genug Probleme, den Wolf hinter sich. Beim Anblick von Merles grimmiger Miene wandte er sich an mich. »Soll ich wieder gehen?«, fragte er geradeheraus.

»Nein.« Merle spuckte das Wort aus. »Du kannst bleiben.

Ich bin diejenige, die er hinauswirft. Dank deiner Einmischung. Vielleicht denkst du einen oder zwei Augenblicke darüber nach, Harm, was aus dir geworden wäre, wenn ich dich in diesem Dorf gelassen hätte, um weiter in den Müllhaufen herumzustochern. Ich hätte Dank von dir verdient, nicht Verrat.«

Die Augen des Jungen weiteten sich. Nichts anderes, was sie je getan hatte, nicht einmal ihre letzte Täuschung mir gegenüber, nahm ich ihr so übel, wie mit ansehen zu müssen, wie sie ihm seelische Wunden schlug. Er schaute mich an, erschüttert, als rechnete er damit, dass auch ich mich gegen ihn wandte. Dann rannte er aus der Tür. Nachtauge warf mir einen schiefen Blick zu und trabte hinter ihm her.

Ich komme gleich nach. Lass mich erst das hier zu Ende bringen.

Du hättest es nie beginnen sollen.

Ich ließ den Vorwurf in der Luft hängen, denn mir fiel keine gute Antwort ein. Merle schaute trotzig zu mir auf, doch als ich unter zusammengezogenen Brauen ihren Blick erwiderte, sah ich etwas wie Angst über ihre Züge huschen. Ich verschränkte die Arme vor der Brust. »Du solltest jetzt aufbrechen«, sagte ich gepresst. Der wachsame Ausdruck in ihren Augen schmerzte mich fast so sehr wie die Gemeinheit, die sie Harm an den Kopf geworfen hatte. Ich ging hinaus, um ihr Pferd zu holen. Ein prachtvolles Tier und ein prachtvoller Sattel, beides zweifellos Liebesgaben von einem prachtvollen jungen Mann. Die Stute spürte meinen inneren Aufruhr und tänzelte ruhelos, während ich sie sattelte. Ich atmete tief ein, nahm mich zusammen und legte ihr die flache Hand an den Hals. Ich vermittelte ihr Ruhe und wurde dadurch selbst ruhig. Ich strich an ihrem schlanken Hals entlang. Sie wandte den Kopf, um ihre Nase an mein Hemd zu drücken. Ich seufzte. »Gib auf sie Acht, ja? Weil sie manchmal vergisst, auf sich selbst zu achten.«

Ich war nicht verschwistert mit diesem Tier, und meine Worte waren nur beruhigende Geräusche. Als Erwiderung spürte ich von ihr Anerkennung meiner Dominanz. Ich führte sie zur Vorderseite der Hütte und wartete. Gleich darauf trat Merle ins Freie.

»Du kannst es nicht erwarten, mich loszuwerden, stimmt's?«, fragte sie bitter. Sie warf ihren Packen über den Sattel und machte das Pferd wieder unruhig.

»Das ist nicht wahr, und du weißt es.« Ich bemühte mich, meiner Stimme einen gleichmütigen Klang zu geben. Der Schmerz, den ich unterdrückt hatte, wühlte sich durch die erniedrigende Erkenntnis, wie leicht ich zu täuschen gewesen war, und den Zorn darüber, wie sie mich benutzt hatte. Unsere Beziehung war keine zarte, tief empfundene Liebe gewesen, vielmehr eine Art Schicksalsgemeinschaft, die die Vereinigung unserer Körper einschloss und das Vertrauen, in den Armen des anderen zu schlafen. Der Verrat eines Freundes unterscheidet sich von der Untreue Liebender nur im Grad des Schmerzes, nicht in der Beschaffenheit. Plötzlich wusste ich, dass ich sie eben belogen hatte: Ich wollte nichts lieber, als dass sie verschwand. Ihre Gegenwart war wie der Pfeil in einer Wunde; die Heilung kann erst beginnen, wenn er herausgeschnitten ist.

Trotz allem suchte ich nach Worten zum Abschied, etwas, um das Gute an dem, was wir gehabt hatten, zu bewahren, aber mir fiel nichts ein, und am Ende stand ich stumm daneben, als sie mir die Zügel aus der Hand riss und aufstieg. Sie schaute vom Rücken des Tieres auf mich herab. Ich bin überzeugt, auch sie empfand Kummer über den Bruch zwischen uns, doch auf ihrem Gesicht zeigte sich nur der Unmut darüber, dass ich trotz ihrer Überzeugungsversuche standhaft geblieben war.

Sie schüttelte den Kopf. »Du hättest es zu etwas bringen

können. Trotz deiner Herkunft hat man dir jede Chance gegeben, etwas aus dir zu machen. Du hättest eine bedeutende Persönlichkeit sein können. Denk daran. Du hast es so gewollt.«

Sie zog den Kopf der Stute herum, nicht so roh, dass sie sie im Maul verletzt hätte, aber heftiger, als nötig gewesen wäre. Dann stieß sie ihr die Hacken in die Weichen und trabte fort von mir. Ich schaute ihr nach. Sie blickte nicht zurück. Trotz meines Herzschmerzes empfand ich nicht das Bedauern über ein Ende, sondern die Vorahnung eines Anfangs. Ein Schauer überlief mich, als stünde der Narr neben mir und flüsterte mir ins Ohr: »Spürst du es nicht? Ein Kreuzweg, ein Vertex, ein Scheitelpunkt. Von diesem Punkt an ändern sich alle Wege.«

Ich drehte mich um, aber da war niemand. Ich blickte zum Himmel. Von Süden eilten schwarze Wolken heran, schon beugten sich die Wipfel der Bäume unter den ersten Windböen. Merle ritt mitten in ein gehöriges Unwetter hinein. Ich versicherte mir, dass ich keine Genugtuung deswegen empfand, und machte mich auf die Suche nach Harm.

Kapitel 4

DIE KRUDHEXE

Es wohnte dort aber eine Krudhexe, Silva Nesselschön mit Namen, deren Amulette solche Kraft hatten, dass ihre Wirkung nicht nur von Jahr zu Jahr andauerte, sondern ihre Besitzer über Generationen hinweg schützte. Es heißt, dass sie für Baldric Weitseher ein wunderbares Sieb machte, welches alle Flüssigkeiten läuterte, die hindurchliefen. Dieser Besitz war ein großer Segen für einen König, der ständig fürchtete, vergiftet zu werden.

Über das Tor der ummauerten Stadt Eklse hängte sie ein Amulett gegen Pestilenz, und viele Jahre lang waren die Kornspeicher frei von Ratten, und in den Ställen gab es weder Flöhe noch anderes Ungeziefer. Die Stadt blühte auf unter diesem Schutz, bis die Stadtoberen in großer Unvernunft ein zweites Tor in die Mauer brachen, um den Handel zu fördern. Dies öffnete einen Weg, auf dem die Pestilenz in die Stadt eindringen konnte, und alle dort wurden von der zweiten Welle der Blutpest dahingerafft.

SELKIN: »REISEN IN DEN SECHS PROVINZEN«

Der Hochsommer fand Harm und mich, wie er uns schon in den vergangenen sieben Jahren gefunden hatte. Der Garten musste bestellt, die Hühner versorgt werden, es waren für den Winter Fische zu salzen und zu räuchern. Ein Tag folgte auf den anderen in einem Kreislauf aus Arbeit und Mahlzeiten, Schlafen und Wachen. Die Trennung von Merle schien wirkungsvoll die von Chade geweckte Rastlosigkeit erstickt zu haben. Harm gegenüber hatte ich beiläufig die Sache mit der Lehrstelle zur Sprache gebracht. Mit einer Begeisterung, die mich überraschte, berichtete er von einem Möbeltischler in Burgstadt, dessen Arbeit er sehr bewundert hatte. Ich wehrte ab, denn es hätte mich große Überwindung gekostet, mit ihm nach Burgstadt zu gehen. Vermutlich glaubte Harm, ich hätte nicht die Mittel, das hohe Lehrgeld aufzubringen, das ein Meister wie Gindast verlangen konnte. Ganz falsch war die Vermutung nicht. Als ich ihn fragte, ob ihm noch andere Zimmerleute aufgefallen waren, bei denen er sich vorstellen könnte zu lernen, antwortete er tapfer, es gäbe einen Bootsbauer in Hammerby, dessen Arbeit man loben hörte. Vielleicht konnten wir es dort versuchen. Das war ein erheblich bescheidenerer Lehrmeister als der Tischler in Burgstadt. Ich fragte mich innerlich seufzend, ob der Junge seine Träume nach dem Inhalt meiner Taschen ausrichtete. Eine Lehre war bestimmend für seinen ganzen Lebenslauf. Ich wollte nicht, dass mein Mangel an Bargeld ihn zu einem Handwerk verurteilte, das er nur notgedrungen ausübte.

Doch ungeachtet des Interesses, das der Junge an den Tag legte, blieb die Lehre ein Thema für abendliche Gespräche am Kamin und wenig mehr. Zumindest legte ich die kleine Geldreserve, die ich noch hatte, für den Zweck beiseite. Ich schlug dem Jungen vor, den gluckigen Hühnern einige Eier zum Brüten unterzulegen. Für Hühner gab es immer einen Markt, und was er dafür erlöste, konnte er für die Lehre sparen. Trotz allem fragte ich mich bang, ob es reichen würde, um ihm einen guten Platz zu kaufen. Willige Hände und ein starker Rücken konnten einem jungen Burschen eine

Lehrstelle verschaffen, aber die Meister des gehobenen Handwerks verlangten gewöhnlich eine bestimmte Summe, bevor sie einen Lehrling in ihre Werkstatt nahmen. So war es Brauch in den Bocksmarken. Die Berufsgeheimnisse eines Mannes und das gute Auskommen, welches sie ihm sicherten, sollten nicht achtlos an Fremde weitergegeben werden. Eltern, die ihre Kinder liebten, lehrten sie entweder ihr eigenes Gewerbe oder zahlten gut, um sie bei Meistern unterzubringen, die sich in einem anderen Fach einen guten Ruf erworben hatten. Ungeachtet unserer bescheidenen Mittel war ich entschlossen, Harm eine gute Ausbildung zu ermöglichen. Das war der Grund, sagte ich mir, weshalb ich die Entscheidung hinausschob: um erst mehr Geld anzusammeln. Nicht etwa, weil ich die Trennung fürchtete. Nur weil ich ihn gut versorgt wissen wollte.

Der Wolf fragte nicht nach der Reise, die ich vor einiger Zeit vorgeschlagen hatte. Ich glaube, insgeheim war er froh, dass nicht mehr die Rede davon war. Es gab Tage, da war mir zumute, als hätten Merles Worte einen alten Mann aus mir gemacht. Was bei mir nur ein Gefühl war, hatten die Jahre Nachtauge in Wirklichkeit angetan. Für einen Wolf war er sicher sehr alt, obwohl ich keine Ahnung hatte, welche Lebensspanne seinen wilden Verwandten gewöhnlich zugemessen war. Manchmal dachte ich darüber nach, ob unsere Verschwisterung ihm ein unnatürlich langes Leben schenkte. Einmal kam mir sogar der Gedanke, dass er vielleicht von meinen Jahren zehrte, um seine eigene Spanne zu verlängern. Diese Vorstellung war jedoch nicht mit Unmut darüber verbunden, dass er mir etwas wegnahm, sondern mit der Hoffnung, dass uns beiden noch eine lange gemeinsame Zeit beschieden sein möge. Denn war der Junge erst bei einem Meister untergebracht, wen sonst hatte ich auf der Welt, außer Nachtauge?

Eine Zeitlang wartete ich darauf, dass Chade vielleicht noch einmal zu Besuch kam, da er nun den Weg kannte, aber die langen Tage des Sommers verdämmerten einer nach dem anderen, und der Pfad zu unserer Hütte blieb leer. Zweimal fuhr ich mit Harm zum Markt, um Junghennen, Tinten und Farben feilzubieten, Wurzeln und Kräuter, von denen ich annahm, dass sie dort als selten und ungewöhnlich galten. Nachtauge zog es vor, zu Hause zu bleiben; ihm missfiel nicht allein der lange Marsch, sondern Staub, Lärm und Gedränge des viel besuchten Marktes. Ich teilte seine Abneigung, zwang mich aber trotzdem hinzugehen. Wir machten nicht so gute Geschäfte wie erhofft, denn die meist ländliche Kundschaft war es gewohnt, in Naturalien zu zahlen, nicht in klingender Münze. Davon abgesehen war es für mich eine angenehme Überraschung, wie viele Leute sich an Tom Dachsenbless erinnerten und sich freuten, dass ich wieder einmal auf den Markt kam.

Beim zweiten Mal ergab es sich, dass wir Harms Krudhexe aus Burgstadt trafen. Wir hatten unsere Waren hinten auf dem Ponywagen aufgebaut. Der Vormittag war halb um, als sie auftauchte und Harm freudig begrüßte. Ich stand stumm ein paar Schritte abseits und schaute zu, wie sie sich unterhielten. Er hatte mir erzählt, Jinna wäre hübsch, und das war sie auch, doch ich muss zugeben, es erstaunte mich zu sehen, dass sie im Alter eher zu mir passte als zu Harm. Ich hatte angenommen, es handle sich um ein Mädchen, das ihm beim Frühlingsfest den Kopf verdreht hatte. Stattdessen war sie eine Frau nahe den mittleren Jahren, mit haselnussbraunen Augen, vereinzelten Sommersprossen und lockigem, rötlich braun schimmerndem Haar. Sie hatte die gerundete, wohlgeformte Gestalt einer reifen Frau. Als er ihr beichtete, dass man ihm das Amulett gegen Taschendiebe gestohlen hatte, ehe der Tag zu Ende war, lachte sie laut –

ein offenes, herzhaftes Lachen. Dann erklärte sie ihm, das sei die beabsichtigte Wirkung des Amuletts. Schließlich wäre seine Börse verschont geblieben, als der Dieb statt ihrer das Amulett entwendete.

Endlich fiel es Harm ein, zu mir herzuschauen, um mich in die Unterhaltung einzubeziehen, aber ihr Blick hatte mich bereits gefunden. Sie musterte mich mit der Miene, die Eltern sich gewöhnlich für verdächtig aussehende Fremde vorbehalten, die ihren Kindern gefährlich werden könnten. Als ich zu Harms Vorstellung lächelte und nickte und ihr einen guten Tag wünschte, lösten sich ihre Züge, und sie erwiderte das Lächeln herzlich. Dabei trat sie näher, ließ ihre Augen forschend über mein Gesicht wandern, und ich merkte, dass sie ein wenig kurzsichtig war.

Im Schatten unseres Wagens breitete sie ihre Matte aus. Harm half ihr, die Amulette und Glücksbringer ansprechend auszulegen, und danach machten die beiden den Marktbesuch zum Vergnügen und erzählten sich, was seit dem Frühlingsfest passiert war. Ich hörte zu, wie Harm von seinen Zukunftsplänen erzählte. Jinna gegenüber machte er kaum einen Hehl daraus, wie sehr er sich den Möbeltischler in Burgstadt wünschte statt des Bootsbauers in Hammerby. Ich grübelte, ob es nicht doch vielleicht irgendeinen Weg gab, nicht nur das höhere Lehrgeld aufzubringen, sondern jemanden zu finden, der an meiner statt mit dem Meister verhandelte. Ob Chade sich überreden ließ, mir in dieser Sache behilflich zu sein? Und was würde er als Gegenleistung verlangen? Ich war tief in Gedanken versunken, als Harms Rippenstoß mich unsanft in die Gegenwart zurückholte.

»Tom!«, sagte er vorwurfsvoll. Ich begriff sofort, dass ich ihn in irgendeiner Weise in Verlegenheit gebracht hatte. Jinna schaute uns beide erwartungsvoll an.

»Ja?«

»Siehst du? Ich habe dir gesagt, dass er nichts dagegen hat«, jauchzte Harm.

»Dann danke ich dir, solange es ganz bestimmt keine Umstände macht«, erwiderte Jinna. »Es ist ein langer Weg, und die Herbergen liegen zum einen weit auseinander und sind zum anderen sehr teuer für jemanden wie mich.«

Ich nickte zu ihren Worten, und als die Unterhaltung weiterging, wurde mir klar, dass Harm ihr angeboten hatte, bei uns einzukehren, wenn sie das nächste Mal in unsere Gegend kam. Ich seufzte lautlos. Harm freute sich über die Abwechslung, die Gäste, selten wie sie waren, in unser Leben brachten. Ich hingegen betrachtete jeden Fremden als mögliche Gefahr. Ich fragte mich, wie lange ich wohl leben musste, bis meine Geheimnisse so alt waren, dass sie niemanden mehr interessierten.

Ich lächelte und nickte, während sie schwatzten, trug aber sonst kaum etwas zu der Unterhaltung bei. Stattdessen studierte ich Jinna auf die Art, die Chade mich gelehrt hatte, doch nichts gab Anlass zu der Vermutung, sie könnte etwas anderes sein als die Krudhexe, die sie zu sein behauptete.

Damit war sie für mich ein Rätselwesen. Krudhexen und -hexer trifft man auf jedem Markt, Jahrmarkt und Dorffest. Anders als die Gabe ist für die einfachen Leute Krudmagie nichts, dem man mit Ehrfurcht oder Angst begegnen muss. Anders als die Alte Macht ist sie kein Makel, für den man hingerichtet wird. Die meisten Menschen betrachten sie mit einer Mischung aus Duldung und Skepsis. Manche der Leute, die sich mit ihren Kräften brüsten, sind absolute und schamlose Scharlatane von der Sorte, die den Leichtgläubigen Eier aus den Ohren hervorzaubern, Milchmädchen Reichtum und eine vornehme Heirat prophezeien, Liebespülverchen aus Lavendel und Kamille verkaufen und Talismane aus Körperteilen von Kaninchen anpreisen. Ich hielt sie für harmlos.

Jinna gehörte nicht zu dieser Kategorie. Sie versuchte weder, mit einem unaufhörlichen schmeichelnden Redeschwall die Vorübergehenden zum Kaufen zu bewegen, noch trug sie die bunten Schleier und falschen Juwelen, mit denen diese Betrüger sich schmücken. Sie war so schlicht gekleidet wie ein Waldläufer, in einen grünen Kittel über rehbrauner Hose, dazu weiche Schuhe. Die Amulette, die sie ausgelegt hatte, steckten in den traditionellen Beutelchen aus farbigem Stoff: Rosa für Liebeszauber, Rot, um erkaltende Leidenschaft zu beflügeln, Grün für reiche Ernte und andere Farben, deren Bedeutung ich nicht kannte. Sie verkaufte auch Päckchen mit getrockneten Kräutern. Die meisten kannte ich, und sie waren korrekt beschriftet: Rotulmenrinde gegen Halsentzündung, Himbeerblätter gegen morgendliche Übelkeit und so weiter. Unter die Kräuter waren feine Kristalle gemischt, von denen Jinna behauptete, dass sie die Wirkung verstärkten. Ich vermutete Salz oder Zucker. In Tonschalen lagen polierte Scheiben aus Jade, Jaspis und Elfenbein, mit eingeschnittenen Runen für Glück, Fruchtbarkeit oder Seelenfrieden. Diese kosteten weniger als die zusammengesetzten Amulette, denn es waren nur allgemeine gute Wünsche, obwohl der Käufer für einen zusätzlichen Heller oder zwei den Stein seinen Bedürfnissen entsprechend »prägen« lassen konnte.

Ihre Geschäfte gingen nicht schlecht. Mehrere Leute erkundigten sich nach den Amuletten im Beutel, und wenigstens drei bezahlten mit blankem Silber. Falls den Dingen, die sie verkaufte, tatsächlich Magie innewohnte, war sie von einer Art, die ich weder mit der Gabe noch mit der Alten Macht erspüren konnte. Ich erhaschte einen kurzen Blick auf eins der Amulette; es war ein kompliziertes Gebinde aus glitzernden

Perlen, kleinen Holzstäbchen und, dachte ich, einem Federflaum. Sie verkaufte es einem Mann, der Glück für sich selbst und sein Heim wünschte, denn er hatte vor, auf Brautschau zu gehen. Er war untersetzt, muskulös wie ein Pflüger und unscheinbar wie ein Sodendach. Er schien in meinem Alter zu sein, und ich wünschte ihm stumm Erfolg bei der Suche.

Der Markttag war in vollem Gange, als Baylor eintraf. Er kam mit seinem Ochsenkarren und sechs schlachtreifen Ferkeln. Ich kannte den Mann nicht besonders gut, ungeachtet der Tatsache, dass er mein und Harms nächster Nachbar war. Er wohnte im Tal hinter dem Hügel und züchtete Schweine. Ich sah ihn nur selten. Im Herbst machten wir manchmal einen Tauschhandel, ein Ferkel gegen ein paar Hühner oder Hilfe bei der Arbeit oder geräucherten Fisch. Baylor war ein kleiner Mann, mager, aber kräftig und unheilbar misstrauisch gegen alles und jeden. Er bedachte uns zur Begrüßung mit einem finsteren Blick. Dann, obwohl der Platz kaum reichte, hatte er nichts Besseres zu tun, als seinen Karren neben unseren zu zwängen. Mir war seine Gesellschaft alles andere als willkommen. Die Alte Macht verleiht eine empathische Wahrnehmung für andere Geschöpfe. Ich habe gelernt, mich dagegen abzuschirmen, leider nicht vollständig. Ich wusste, dass sein Ochse von dem schlecht sitzenden Geschirr wundgescheuert war, und spürte die Panik und das Leiden der gefesselten und in der prallen Sonne schmachtenden Ferkel.

Deshalb war es ebenso Selbstverteidigung wie Freundlichkeit von mir, ihn zu begrüßen. »Schön, dich zu sehen, Baylor. Prächtige Ferkel. Wenn du ihnen Wasser gibst, damit sie lebhafter aussehen, könnten sie einen guten Preis erzielen.«

Er warf einen gleichgültigen Blick über die Schulter. »Wozu sie unruhig machen oder riskieren, dass sie ausreißen? Die hängen am Haken, bevor der Tag zu Ende ist.«

Ich holte tief Atem und biss die Zähne zusammen. Die Alte Macht ist eher ein Fluch als ein Geschenk, denke ich manchmal. Vielleicht die ärgste Begleiterscheinung ist, so vollkommen wehrlos die beiläufige Brutalität mancher Menschen erleben zu müssen. Man spricht von der »Bestialität« der Tiere. Ich ziehe diese jederzeit der Gedankenlosigkeit vieler Menschen Tieren gegenüber vor.

Ich hätte unserem Gespräch gern an diesem Punkt ein Ende gemacht, doch er kam herüber, um unsere Waren zu inspizieren. Er stieß ein kurzes, abfälliges Knurren aus, als wundere ihn, wozu wir uns überhaupt die Mühe gemacht hatten, damit zum Markt zu kommen. Dann schaute er mich von unten herauf an und sagte gedehnt: »Das sind ordentliche Ferkel, aber es waren noch drei mehr in dem Wurf. Eins war größer als die hier.«

Er verstummte, abwartend. Seine Augen hingen an meinem Gesicht. Ich wusste nicht, worauf er hinauswollte, deshalb rettete ich mich in eine unverbindliche Antwort. »Scheint ein stattlicher Wurf gewesen zu sein.«

»War so. Bis die drei verschwunden sind.«

»Bedauerlich.« Als er fortfuhr, mich anzustarren, fügte ich hinzu: »Sind wohl verloren gegangen, während sie mit der Alten draußen waren?«

Er nickte. »An einem Tag waren es zehn. Am nächsten nur noch sieben.«

Ich schüttelte den Kopf. »Traurig.«

Er trat einen Schritt näher an mich heran. »Du und der Junge, ihr habt sie nicht zufällig gesehen? Ich weiß, dass die Sau manchmal bis zu eurem Bach wandert.«

»Leider nicht.« Ich wandte mich an Harm. Die Miene des Jungen war angespannt. Jinna und ihr Kunde waren verstummt; Baylors herausfordernder Tonfall hatte ihre Aufmerksamkeit erregt. Ich verabscheute es, der Mittelpunkt einer solchen Szene zu sein. Mein Blut geriet in Wallung, trotzdem zeigte ich mich gutwillig und fragte Harm: »Hast du Baylors drei Ferkel gesehen?«

»Nicht einmal Spuren oder Dung«, antwortete er ernsthaft. Er hielt sich sehr still, als könnte eine unbedachte Bewegung Gewalttätigkeiten auslösen.

Ich wandte mich wieder an Baylor. »Tut mir leid.«

»Tja«, sagte er schleppend, »das ist merkwürdig, nicht wahr? Ich weiß, du und dein Junge und dieser Köter von euch, ihr seid dauernd in den Hügeln oben unterwegs. Eigentlich sollte man meinen, ihr müsstet was gesehen haben.« Er sprach mit vielsagender Betonung. »Und wenn ihr sie gesehen hättet, hättet ihr gewusst, dass sie mir gehören. Ihr hättet gewusst, dass sie nicht herrenlos sind und man sie nicht einfach mitnehmen kann.« Er wandte den Blick nicht von meinem Gesicht ab.

Ich zuckte die Achseln und bemühte mich, ruhig Blut zu bewahren. Immer mehr Leute ließen ihre Beschäftigung ruhen, um sich uns zuzuwenden.

Baylors Augen flogen über die Zuschauer, kehrten zu mir zurück. »Du bist sicher, du hast die Ferkel nicht gesehen? Nicht eins gefunden in der Klemme irgendwo oder verletzt? Tot vielleicht ... und es als Hundefutter genommen?«

Jetzt schaute ich in die Runde. Harms Gesicht war rot angelaufen. Jinna schien sich äußerst unbehaglich zu fühlen. Mir kam die Galle hoch, dass dieser Kerl es wagte, mich des Diebstahls zu bezichtigen, und sei es noch so verdeckt. Ich holte tief Atem und brachte es fertig, mich zu beherrschen. Mit gesenkter, schneidend höflicher Stimme erwiderte ich: »Ich habe deine Ferkel nicht gesehen, Baylor.«

»Ganz sicher nicht?« Er rückte noch einen Schritt näher, offenbar hielt er meine Zurückhaltung für Zaghaftigkeit. »Weil es mir seltsam vorkommt, dass gleich drei verschwinden. Eins könnte sich der Wolf geholt haben, die Alte könnte eines verlieren, aber nicht drei auf einen Streich. Du hast sie wirklich nicht gesehen?«

Ich hatte am Heckbrett des Wagens gelehnt, doch jetzt richtete ich mich zu voller Höhe auf und stellte die Füße auseinander, um im Fall des Falles festen Stand zu haben. Ungeachtet meines Ringens um Beherrschung spürte ich, wie der Zorn mir Brust und Hals zusammenschnürte.

In meinem früheren Leben, vor langer Zeit, hatte ich dulden müssen, dass man mich fast zu Tode prügelte. Man scheint auf solche Erfahrungen auf zweierlei Art zu reagieren. Entweder man zerbricht daran und wagt niemals wieder, die Hand gegen einen Beleidiger zu heben. So war es mir ergangen, eine Zeitlang, aber das Leben hatte mich gezwungen, dieses Verhalten zu ändern und eine neue Lektion zu lernen. Der Mann, der zuerst bereit ist, sich mit Gewalt durchzusetzen, ist aller Wahrscheinlichkeit nach der Mann, der als Letzter noch aufrecht steht. Ich hatte gelernt, dieser Mann zu sein. »Ich habe die Frage jetzt oft genug gehört«, warnte ich ihn knurrend.

Inmitten des Markttreibens standen wir in einem Kreis der Stille. Nicht nur Jinna und ihr Kunde schwiegen, auch der Käser gegenüber starrte zu uns her, und ein Bäckerjunge mit einem Tablett voll frischer Ware war stehen geblieben und gaffte. Harm rührte sich nicht, seine Augen waren groß, das Gesicht weiß und rot gefleckt. Doch am deutlichsten war die Veränderung in Baylors Mienenspiel. Hätte ein Bär sich zähnefletschend aus dem Nichts vor ihm aufgerichtet, hätte er nicht erschrockener aussehen können. Er wich einen Schritt zurück, schaute erst zur Seite, dann zu Boden. »Gut, gut. Selbstverständlich, wenn du sagst, du hast sie nicht gesehen, dann …«

»Ich habe sie nicht gesehen«, schnitt ich ihm mit Nachdruck das Wort ab. Die Geräusche des Marktes waren zu einem fernen Summen verschwommen. Ich sah nur Baylor. Er ging rückwärts, und ich folgte ihm.

»Nun …« Er huschte um den Ochsen herum, sodass sich das Tier zwischen uns befand. »Natürlich habe ich nicht angenommen, dass sie dir über den Weg gelaufen sind. Du hättest sie zurückgescheucht, zurück auf mein Land, keine Frage. Aber ich wollte dir Bescheid sagen. Seltsam, nicht wahr, dass drei auf einmal verschwinden, spurlos? Ich wollte, dass du gewarnt bist, falls plötzlich welche von deinen Hühnern fehlen.« Er senkte verschwörerisch die Stimme. »Wahrscheinlich haben sich welche mit der Alten Macht bei uns herumgetrieben und meine Tiere gestohlen, mit ihren schmutzigen Tricks. Sie brauchen ihnen nicht nachzulaufen, sie verhexen einfach die Sau und die Ferkel und machen sich mit ihnen davon. Jeder weiß, dass sie so etwas tun können. Wahrscheinlich …«

Mein Geduldsfaden war nahe daran zu reißen, aber ich hatte mich so weit in der Hand, dass ich mir mit Worten Luft machen konnte. Ich sprach ganz ruhig, machte nach jedem Wort eine kleine Pause. »Wahrscheinlich sind deine Ferkel eine Böschung hinuntergefallen, in den Bach, und von der Strömung weggeschwemmt worden, oder sie haben das Muttertier verloren. Es gibt Füchse, Wildkatzen und Wölfe in den Hügeln. Wenn du Verluste vermeiden willst, musst du besser auf dein Vieh aufpassen.«

»Mir ist in diesem Frühjahr eine Kuh abhandengekommen«, meldete sich plötzlich der Käser zu Wort. »Die Kuh ist trächtig abgewandert und kam zwei Tage später wieder, leer wie ein hohles Fass.« Er schüttelte den Kopf. »Keine Spur von dem Kalb. Aber ich habe eine Stelle gefunden, wo jemand ein großes Feuer gemacht hat.«

»Zwiehafte«, verkündete der Bäckerjunge mit seiner hellen Stimme. »Vor ein paar Tagen haben sie drüben in Hardins Höft eine von denen geschnappt, aber sie ist entkommen. Kein Mensch weiß, wo sie ist!« Das Vergnügen an der Sensation leuchtete in seinen Augen.

»Na, das erklärt einiges«, rief Baylor aus. Er schoss einen triumphierenden Blick in meine Richtung, aber mein Mienenspiel schien ihm nicht zu behagen, denn hastig wandte er sich wieder ab. »Nichts für ungut, Tom Dachsenbless. Und ich wollte dich nur warnen, wie gute Nachbarn es einander schuldig sind. Hab ein Auge auf deine Hühner.« Er nickte bekräftigend, und der Käser gegenüber nickte ebenfalls.

»Mein Vetter ist da gewesen, in Hardins Höft. Er hat gesehen, wie der Metze Flügel gewachsen sind und sie davonflog. Die Stricke fielen von ihr ab, und weg war sie.«

Ich schaute mich nicht einmal nach dem Sprecher um. Das normale Markttreiben rings um uns nahm seinen Fortgang, aber jetzt war das Stimmengewirr gefärbt von lustvollem Hass auf die Zwiehaften.

Ich stand allein, die heiße Sommersonne brannte auf meinen Kopf wie auf die unglücklichen Ferkel in Baylors Karren. Mein Herzschlag bebte durch meinen Körper. Der Augenblick, in dem ich bereit gewesen war, ihn zu töten, war vorübergegangen wie eine Fieberwelle. Ich sah, dass Harm sich den Schweiß von der Stirn wischte. Jinna legte ihm die Hand auf die Schulter und sagte leise etwas zu ihm. Er schüttelte den Kopf, seine Lippen waren weiß. Dann schaute er mit einem zittrigen Lächeln zu mir. Es war überstanden.

Aber ringsumher waren jetzt die Heimtücke und angeblichen Untaten der Zwiehaften in aller Munde; man fühlte sich wohlig geeint von der Aussicht auf einen gemeinsamen Gegner. Es verursachte mir ein mulmiges Gefühl, und ich kam mir klein und schäbig vor, weil ich nicht die Stimme erhob, um gegen die Ungerechtigkeit dieser Hetzkampagne zu wettern. Stattdessen nahm ich Vierklees Halfterstrick. »Achte du auf die Waren, Harm. Ich bringe das Pony zur Tränke.«

Harm, immer noch ernst und still, nickte. Ich spürte seine Augen im Rücken, während ich Vierklee zum Brunnen führte. Ich ließ mir viel Zeit mit dem Tränken, und als ich zurückkam, gebärdete Baylor sich überaus freundlich, lächelte und winkte. Alles, wozu ich mich überwinden konnte, war ein Kopfnicken. Es war eine Erlösung, als ein Schlachter alle sechs Ferkel kaufte, unter der Bedingung, dass Baylor sie ihm bis vor die Tür lieferte. Sobald der wundgescheuerte Ochse und die halb verschmachteten Ferkel sich entfernten, atmete ich auf. Mein Rücken schmerzte von der stundenlangen Anspannung.

»Liebenswerter Zeitgenosse«, bemerkte Jinna trocken. Harm lachte laut auf, und selbst ich musste lächeln, wenn auch gequält. Später teilten wir unseren Proviant – hartgekochte Eier, Brot und Pökelfisch – mit ihr. Sie steuerte Dörräpfel und Räucherwurst bei. Wir machten ein Picknick daraus, und als ich über einen Scherz von Harm lachte, stürzte sie mich in Verlegenheit, indem sie sagte: »Du siehst aus wie jemand, vor dem man sich in Acht nehmen sollte, Tom Dachsenbless, wenn du die Stirn runzelst. Und wenn du die Fäuste ballst, möchte ich nicht dein Feind sein. Doch wenn du lächelst oder lachst, strafen deine Augen diesen Eindruck Lügen.«

Harm kicherte, als er mich erröten sah, und der Rest des Tages verging in guter Stimmung und mit freundschaftlichem Geplauder. Als der Markttag sich dem Ende zuneigte, hatte Jinna gute Geschäfte gemacht. Ihr Vorrat an Amuletten war erheblich geschrumpft.

»Bald ist es Zeit, nach Burgstadt zurückzugehen und neue anzufertigen. Das macht mir mehr Spaß als das Verkaufen, obwohl es mir gefällt, herumzuwandern und neue Menschen kennen zu lernen«, erzählte sie, als sie ihre Sachen zusammenpackte.

Harm und ich hatten den größten Teil unserer Waren gegen Dinge eingetauscht, die zu Hause gebraucht wurden, aber nur wenig an barer Münze eingenommen, um es seinem Lehrgeld hinzuzufügen. Er versuchte, sich seine Enttäuschung nicht anmerken zu lassen, aber ich sah den Schatten der Bangigkeit in seinen Augen. Was, wenn unser Geld nicht ausreichte, nicht einmal für den Bootsbauer? Was wurde dann aus seiner Zukunft? Die Frage ließ auch mich nicht ruhen.

Doch weder er noch ich sprachen es aus. Wir nächtigten in unserem Karren, um die Ausgabe für die Herberge zu sparen, und brachen am nächsten Morgen nach Hause auf. Jinna kam vorbei, um sich zu verabschieden, und Harm erinnerte sie an die Einladung, uns zu besuchen. Sie versicherte ihm, sie würde daran denken, aber dabei suchten ihre Augen die meinen, als zweifelte sie, ob sie auch wirklich willkommen wäre. Mir blieb nichts anderes übrig, als zu lächeln und zu nicken und ebenfalls zu erklären, dass ich hoffte, sie bald bei uns zu sehen.

Wir hatten schönes Wetter für die Heimreise. Hohe Wolken und ein leichter Wind machten die Sommerhitze erträglich. Wir knabberten an der Honigwabe, die Harm für eines seiner Hühner bekommen hatte, und schwatzten über Nichtigkeiten: dass der Markt sich vergrößert hatte, seit ich das erste Mal dort gewesen war, und das Dorf ebenfalls, dass auf der Straße mehr Verkehr herrschte als im letzten Jahr. Baylor wurde nicht erwähnt. Wir passierten die Gabelung, deren einer Zweig den Reisenden früher einmal nach Barren gebracht hätte. Der Weg war mit Gras überwachsen. Harm fragte, ob ich glaubte, dass sich je wieder Menschen dort ansiedeln würden. Ich antwortete, ich hoffte es nicht, dass aber die Erzgruben dort ein starker Anreiz wären für Leute mit einem kurzen Gedächtnis. Unweigerlich kamen wir auf das zu sprechen, was in Barren geschehen war, und die schweren Zeiten der Korsarenkriege. Ich berichtete über die Ereignisse, als hätte ich alles von Dritten gehört, nicht, weil es mir Freude machte, in den Schrecknissen von damals zu schwelgen, sondern weil auch das ein Teil der Geschichte der Sechs Provinzen war, über die der Junge Bescheid wissen sollte, die *jeder* in den Sechs Provinzen für alle Zeit im Gedächtnis behalten sollte, und wieder nahm ich mir vor, eine Chronik jener Jahre zu verfassen. Ich dachte an meine vielen mutigen Anfänge, an die Schriftrollen, die sich auf dem Regal über meinem Schreibtisch stapelten, und fragte mich, ob ich je damit zu Ende kommen würde.

Eine plötzliche Frage von Harm riss mich aus meinen Gedanken.

»Bin ich ein Bastard der Roten Korsaren?«

Im ersten Moment war ich sprachlos. Mein ganzer alter Schmerz über dieses Wort stand frisch in Harms verschiedenfarbigen Augen. Harm, so hatte seine Mutter ihn genannt. Merle hatte ihn gefunden, einen zerlumpten, halb verhungerten Waisenjungen, den keiner im Dorf aufnehmen und durchfüttern wollte. Mehr wusste ich nicht von ihm. Ich zwang mich zu einer ehrlichen Antwort. »Ich weiß es nicht. Du könntest von einem der Korsaren gezeugt worden sein.«

Er blickte starr geradeaus, während er neben dem Karren herging. »Merle hat mir gesagt, ich wäre einer. Ich bin im richtigen Alter, und vielleicht wollte mich deswegen keiner in seinem Haus haben. Ich würde es gern wissen. Ich wüsste gern, wer ich bin.«

»Oh«, sagte ich schließlich in die lastende Stille hinein.

Er nickte ruckartig, zweimal. Seine Stimme klang gepresst, als er hinzufügte: »Als ich sagte, ich müsste dir das erzählen, mit ihrem Ehegemahl, da sagte Merle, ich hätte das gleiche kalte Herz wie der Vergewaltiger, aus dessen Samen ich entstanden sei.«

Ich wünschte mir plötzlich, er wäre noch ein Knabe, den ich einfach hochheben und an mich drücken konnte. Stattdessen legte ich ihm den Arm um die Schultern und zwang ihn stehen zu bleiben. Das Pony trottete ohne uns weiter. Ich schaute ihm nicht in die Augen und bemühte mich, meiner Stimme einen aufmunternden Klang zu geben. »Ich werde dir ein Geschenk machen, Sohn. Um zu der folgenden Erkenntnis zu gelangen, habe ich zwanzig Jahre gebraucht, also halte sie in Ehren. Ich gebe sie an dich weiter, solange du jung bist.« Ich holte tief Atem. »Es kommt nicht so sehr darauf an, wer eines Mannes Vater ist. Deine Eltern haben ein Kind gezeugt, doch es liegt bei dir, daraus den Mann zu machen, der du sein willst.« Ich hielt seinen Blick einen Moment lang fest, dann, bevor es peinlich werden konnte, sagte ich: »Komm. Gehen wir nach Hause.«

Wir setzten unseren Weg fort. Nach einer Weile nahm ich den Arm von seinen Schultern und ließ ihn allein weiterwandern, damit er ungestört seinen Gedanken nachhängen konnte. Meine Gedanken beschäftigten sich mit Merle, auf eine Art, dass ihr, wo immer sie jetzt sein mochte, wahrscheinlich die Ohren dröhnten.

Die Dunkelheit brach herein, bevor wir zu Hause waren, aber der Mond schien, und wir kannten beide den Weg. Das alte Pony trabte stillvergnügt die Straße entlang; das Pochen der Hufe und das Knarren des zweirädrigen Karrens ergab eine seltsame, melancholische Musik. Ein Sommerregen setzte ein, schlug den Staub nieder und brachte Erfrischung. Irgendwann gesellte sich Nachtauge zu uns, nonchalant, als hätte reiner Zufall ihn des Weges geführt. Gemeinsam wanderten wir das letzte Stück, der Junge schweigend, der Wolf und ich in dem mühelosen Gedankenaustausch der Alten Macht. Wir nahmen die Erlebnisse des anderen an diesem Tag auf wie einen Atemzug. Er vermochte meine Sorgen um die Zukunft des Jungen nicht zu begreifen.

Er kann jagen, und er kann fischen. Was muss er sonst noch wissen? Weshalb einen der Unseren zu einem anderen Rudel schicken, damit er ihre Bräuche lernt? Wir werden geschwächt durch den Verlust seiner Kraft. Wir werden nicht jünger, du und ich.

Bruder, das ist vielleicht der triftigste Grund, weshalb er fortgehen sollte. Er muss anfangen, auf eigenen Füßen zu stehen, damit er, wenn für ihn die Zeit kommt, eine Gefährtin nehmen, für sie und seine Kinder sorgen kann.

Was ist mit dir und mir? Werden wir ihm nicht helfen? Werden wir nicht die Welpen bewachen, während er jagt, oder unsere Beute zum Bau bringen, um mit ihm zu teilen? Sind wir nicht verbunden mit ihm?

Im Menschenrudel ist es so Brauch. Es war eine Antwort, die ich ihm in unseren gemeinsamen Jahren schon oft gegeben hatte. Ich wusste, was er davon hielt. Es war ein Menschenbrauch und reiner Unfug und obendrein Zeitverschwendung, ihn begreifen zu wollen.

Was wird aus uns, wenn er fort ist?

Ich habe es dir gesagt. Vielleicht gehen wir wieder auf Wanderschaft.

Ach ja. Einen gemütlichen Bau und gute Jagd im Stich lassen. Das ist ebenso sinnvoll, wie den Jungen wegzuschicken.

Ich ließ diesen Gedanken unbeantwortet, denn er hatte recht. Vielleicht war die Ruhelosigkeit, die Chade in mir geweckt hatte, das letzte Aufwallen meiner entschwindenden Jugend gewesen. Vielleicht hätte ich Jinna eins von diesen Brautschauamuletten abkaufen sollen. Von Zeit zu Zeit hatte ich mit dem Gedanken gespielt, eine Frau zu suchen, doch es schien mir ein gar zu pragmatischer Weg, eine Lebensgefährtin zu wählen. Manche taten es, suchten lediglich eine Frau oder einen Mann mit ähnlichen Plänen und ohne übermäßig ärgerliche Gewohnheiten. Paare, die sich auf diese Weise fanden, entwickelten oft Zuneigung und Wertschätzung füreinander. Doch nachdem ich einmal den süßen Rausch wirklicher Liebe erlebt hatte, glaubte ich nicht, je mit weniger zufrieden sein zu können. Es wäre nicht gerecht, einer anderen Frau zuzumuten, in Mollys Schatten zu leben. In all den Jahren, die Merle mit Unterbrechungen mit mir geteilt hatte, hatte ich nie daran gedacht, sie zu bitten, mich zu heiraten. Ich stutzte einen Moment: Hatte Merle je gehofft, dass ich um ihre Hand anhielt? Dann lächelte ich grimmig vor mich hin. Nein. Merle hätte ein solches Ansinnen wunderlich gefunden, wenn nicht sogar albern.

Die letzte Etappe unserer Heimkehr bewältigten wir im Stockfinstern, denn der Pfad zu unserer Hütte war schmal und von Bäumen überschattet. Regen tröpfelte von den Blättern. Der Karren holperte über hervorstehende Wurzeln. »Wir hätten eine Laterne mitnehmen sollen«, sagte Harm, und ich brummte zustimmend. Unsere Hütte war ein schwarzer Buckel in der mit Schatten gefüllten Mulde, die wir unser Zuhause nannten.

Ich ging hinein, machte Feuer und räumte unsere eingetauschten Güter weg. Harm nahm eine Lampe und versorgte das Pony. Nachtauge streckte sich schnaufend vor dem Kamin aus, so dicht am Feuer wie möglich, ohne sich den Pelz zu versengen. Ich setzte den Kessel auf und tat die paar Münzen, die wir eingenommen hatten, zu Harms kleinem Schatz. Zu wenig, viel zu wenig, musste ich mir widerwillig eingestehen. Auch wenn Harm und ich uns für den Rest des Sommers als Tagelöhner verdingten, würde es nicht reichen. Und wir konnten nicht beide weggehen, wenn wir nicht Garten und Hühner verwildern lassen wollten. Wenn aber nur einer sich verdingte, ging möglicherweise ein weiteres Jahr oder mehr ins Land, ehe wir eine angemessene Summe beisammenhatten.

»Ich hätte schon vor Jahren anfangen müssen, für diesen Zweck zu sparen«, bemerkte ich trübsinnig, als Harm von draußen hereinkam. Er stellte die Laterne auf das Bord und ließ sich auf den anderen Stuhl fallen. Ich deutete mit dem Kopf auf die Teekanne, und er goss sich einen Becher ein. Die auf dem Tisch gestapelten Münzen bildeten eine kümmerliche Mauer zwischen uns.

»Zu spät, um sich deswegen Vorwürfe zu machen«, meinte er und blies in den Becher. »Wir müssen mit dem wirtschaften, was wir haben.«

»Genau. Was glaubst du, könntet ihr, du und Nachtauge, hier allein zurechtkommen, während ich draußen versuche, etwas zu verdienen?«

Der Blick, mit dem er mich ansah, war der ruhige Blick eines Erwachsenen. »Weshalb solltest du derjenige sein, der auf Arbeitssuche geht? Das Geld wäre für *meine* Lehrstelle.«

Mir widerfuhr eine seltsame kleine Verschiebung der Perspektive. Der Satz, *weil ich größer bin und stärker und mehr verdienen kann,* traf nicht mehr zu. Seine Schultern waren reichlich so breit wie meine, und in einem Wettstreit der Ausdauer erwies sein junger Rücken sich wahrscheinlich als haltbarer. Er grinste mitfühlend, als er in meinem Gesicht las, dass mir dämmerte, was er längst wusste. »Vielleicht weil es etwas ist, das ich dir gern geben möchte«, antwortete ich, und er nickte. Er verstand, was ich damit sagen wollte.

»Du hast mir bereits mehr gegeben, als ich je wiedergutmachen kann. Eingeschlossen die Fähigkeit, selbst für mein Fortkommen zu sorgen.«

Das waren die Worte, die ich mit ins Bett nahm, und ich lächelte, als ich die Augen schloss. Der Stolz auf unsere Kinder ist im Grunde nichts weiter als schnöde Eitelkeit. Ich hatte bei Harm keine bewusste Erziehung betrieben, mir nie viel Gedanken darüber gemacht, was ich ihm für sein Leben mitgab und was ich womöglich versäumte. Dann, eines schönen Abends, sieht mir ein junger Mann in die Augen und sagt mir, er könne für sich selbst sorgen, wenn es sein muss, und mich durchströmt das warme Glücksgefühl des Erfolgs. Der Junge hat sich selbst zum Mann geformt, dämpfte ich meine Selbstzufriedenheit, trotzdem sank ich mit einem Lächeln auf dem Gesicht in den Schlaf.

Vielleicht machte meine frohe Stimmung mich empfänglicher als sonst, denn in dieser Nacht hatte ich einen Gabentraum. Hin und wieder kam es vor, dass solche Nachtgesichte mich heimsuchten, meinen Hunger eher verschärften denn stillten, denn es waren unbeeinflussbare Visionen, kurze Blicke ohne die Befriedigung eines echten Kontakts. Dieser Traum aber lockte mit einem Versprechen, denn ich hatte das Gefühl, dass ich mit einem individuellen Bewusstsein verbunden war, statt nur die umherschwirrenden Gedanken einer Menschenmenge aufzuschnappen.

Beinahe fühlte ich mich als Gast in einer Erinnerung an früher. In dem Traum geisterte ich durch die Große Halle in Bocksburg. Scharen vornehmer Menschen, angetan mit ihren prunkvollsten Gewändern, füllten den Saal. Musik schwebte in der Luft, und ich sah tanzende Paare, bewegte mich aber zwischen Leuten hindurch, die plaudernd in Gruppen beisammenstanden. Einige drehten sich um und grüßten, wenn ich vorbeiging, und ich erwiderte mit gemurmelten Floskeln den Gruß, aber mein Blick fand keinen Halt an ihren Gesichtern. Ich wollte nicht hier sein, dies alles hätte mir nicht gleichgültiger sein können. Für einen

Moment fesselte eine Flut glänzender bronzebrauner Haare meine Aufmerksamkeit. Die junge Dame stand mit dem Rücken zu mir. Mehrere Ringe schmückten ihre schmale Hand, die sich hob, um nervös den Kragen zurechtzuzupfen. Als hätte sie meinen Blick gespürt, drehte sie sich um. Eine Blutwelle überflutete ihr Gesicht, und sie sank in einen tiefen Hofknicks. Ich verneigte mich, grüßte und setzte meinen Weg fort. Ich konnte fühlen, dass sie mir nachschaute; es ärgerte mich.

Noch ärgerlicher war es, Chade zu sehen, stattlich und elegant, wie er auf dem Podium neben und einen halben Schritt hinter dem Sessel der Königin stand. Auch er hatte mich beobachtet. Jetzt bückte er sich, um ihr etwas ins Ohr zu flüstern, und sein Blick flog pfeilgerade in mein Gesicht. Mit einer kleinen Handbewegung winkte sie mich heran. Ich spürte die unsichtbare Fessel. Würde ich nie frei über meine Zeit verfügen dürfen? Um zu tun, was mir beliebte? Lustlos und langsam folgte ich der Aufforderung.

Dann veränderte sich der Traum, wie Träume es an sich haben. Ich lag auf einer Decke vor einem Kamin. Ich langweilte mich. Es war gemein. Unten tanzten sie und schmausten, und ich … Ein Wellenschlag. Nein. Nicht gelangweilt, nur momentan nicht beschäftigt mit etwas Bestimmtem. Müßig schob ich meine Krallen hervor und inspizierte sie. Unter einer haftete ein Hauch Federflaum. Ich entfernte ihn und säuberte gründlich die ganze Pfote, um dann vor dem Feuer einzudösen.

Was war das? Belustigung durchspielte den schläfrigen Gedanken von Nachtauge, doch ihm zu antworten hätte größere Anstrengung erfordert, als ich im Moment aufzubringen gewillt war. Ich drehte mich brummend auf die andere Seite und wühlte mich zurück in den Schlaf.

Am Morgen dachte ich nur kurz an meinen Traum, tat ihn

ab als eine Mischung aus suchender Gabe und Kindheitserinnerungen an Bocksburg, durch meine Ambitionen für Harm aus dem Gedächtnis emporgestiegen. Bei der Erledigung meiner morgendlichen Pflichten fiel mein Blick auf den schrumpfenden Brennholzvorrat. Er musste aufgefüllt werden, nicht nur wegen des Kochens und der abendlichen Behaglichkeit in diesem Sommer, sondern um für die eisige Winterkälte vorzusorgen. Mit dem festen Vorsatz, mich heute darum zu kümmern, ging ich hinein zum Frühstück.

Harms ordentlich gepackter Schnappsack stand neben der Tür. Der Bursche selbst sah frisch gewaschen und gekämmt aus. Er grinste mich an, freudig und aufgeregt, während er Haferbrei in die Schüsseln klackste. Ich setzte mich auf meinen Stuhl, er sich auf seinen angestammten Platz mir gegenüber. »Heute?«, fragte ich mit einer Stimme, der man, wie ich hoffte, nicht anhörte, wie ungern ich ihn ziehen ließ.

»Je früher, desto besser«, antwortete er munter. »Auf dem Markt habe ich gehört, dass bei Cormen die Mahd ansteht. Cormen ist nur einen Tagesmarsch von hier.«

Ich nickte bedächtig. Was sollte ich dazu sagen? Er hatte recht. Mehr als recht, er konnte es kaum abwarten. Lass ihn gehen, ermahnte ich mich und schluckte meine Einwände hinunter. »Wahrscheinlich hat es keinen Sinn, es auf die lange Bank zu schieben«, brachte ich heraus. Er nahm meine Worte als Ermutigung und Ansporn. Beim Essen stellte er Überlegungen an, dass er in Cormen beim Heuen helfen konnte, um dann eventuell nach Divden weiterzuziehen, wo es vielleicht noch mehr Arbeit für ihn gab.

»Divden?«

»Drei Tage hinter Cormen. Jinna hat uns davon erzählt, erinnerst du dich? Sie sagte, wenn der Wind darüberstreicht, sähen die Roggenfelder aus wie ein Ozean. Deshalb dachte ich, ich könnte es dort versuchen.«

»Klingt vielversprechend«, stimmte ich zu. »Und dann kommst du wieder nach Hause?«

Er nickte langsam. »Außer ich finde noch mehr Arbeit.«

»Natürlich. Außer du findest noch mehr Arbeit.«

Nach ein paar kurzen Stunden war Harm fort. Ich hatte ihm zusätzlichen Proviant aufgedrängt und eine Summe Geld für den äußersten Notfall. Meine Vorsicht machte ihn ungeduldig. Er wollte am Straßenrand schlafen, sagte er, nicht in Gasthöfen. Er erinnerte mich daran, dass es seit den von Königin Kettricken befohlenen Patrouillen kaum mehr Straßenräuber gab und dass Wegelagerer sich nicht an einem Habenichts wie ihm vergreifen würden. Er versicherte mir, er würde schon zurechtkommen. Weil Nachtauge darauf bestand, fragte ich ihn, ob er den Wolf mitnehmen wolle. Er lächelte nachsichtig und blieb bei der Tür stehen, um Nachtauge die Ohren zu kraulen. »Es könnte ein bisschen viel werden für den alten Burschen«, meinte er sanft. »Ich lasse ihn lieber hier, wo ihr zwei aufeinander aufpassen könnt, bis ich wiederkomme.«

Während wir nebeneinanderstanden und unserem Ziehsohn nachschauten, wie er den Pfad hinunter zur Straße wanderte, fragte ich mich, ob ich je so unerträglich jung und selbstsicher gewesen war, aber mein Herzweh wurde gemildert von warmer Dankbarkeit und Stolz.

Mit dem Rest des Tages wusste ich nichts Rechtes anzufangen. Manche Arbeit wartete darauf, getan zu werden, aber ich konnte mich zu nichts aufraffen. Mehrmals ertappte ich mich dabei, wie ich einfach dastand und ins Leere starrte. Zweimal ging ich zu den Klippen, zu keinem anderen Zweck als dem, aufs Meer hinauszuschauen, und einmal zum Ende unseres Zuwegs, um die Straße hinauf- und hinunterzuspähen. Nicht einmal Staub hing in der Luft, alles war still und leer, so weit das Auge reichte. Der Wolf trabte niedergeschlagen hinter mir her. Ich fing ein halbes Dutzend Tätigkeiten an und ließ sie alle halb fertig liegen. Ich lauschte und wartete, ohne zu wissen, worauf. Mitten im Spalten von Feuerholz hielt ich inne. Ich verdrängte jeden Gedanken daran, was ich tat, und schlug die Axt in den Hauklotz, hob mein Hemd auf, hängte es mir um die Schultern und machte mich auf den Weg zu den Klippen.

Wie aus dem Boden gewachsen stand Nachtauge vor mir.

Was hast du vor?

Ich mache eine Pause.

Das ist nicht wahr. Du gehst zu den Klippen, um hinauszuspüren.

Ich rieb mir die Handflächen an den Hosenbeinen ab. Meine Gedanken waren formlos. »Ich gehe nur hin wegen der kühlen Brise.«

Wenn du erst da bist, wirst du versuchen, von der Gabe Gebrauch zu machen. Ich weiß es. Ich spüre deinen Hunger so deutlich wie du selbst. Bitte, mein Bruder. Bitte tu das nicht.

Ein klägliches Winseln begleitete seine Gedanken. Nie zuvor hatte ich ihn so verzweifelt bemüht erlebt, mich vom Gebrauch der Gabe abzuhalten. Ich wunderte mich. »Nun gut, wenn es dich so beunruhigt, lasse ich es sein.«

Ich hebelte die Axt aus dem Klotz und ging wieder an die Arbeit. Nach einer Weile wurde mir bewusst, dass ich die Kloben mit einer Brachialgewalt anging, als gälte es, feindliche Schädel zu spalten. Auf das Hacken folgte die ermüdende Arbeit, die Scheite so aufzustapeln, dass sie trockneten und gleichzeitig den Regen ablaufen ließen. Als ich auch damit fertig war, nahm ich mein Hemd, und ohne zu überlegen, wandte ich mich wieder in Richtung der Klippen. Sofort versperrte der Wolf mir den Weg.

Tu es nicht, Bruder.

Ich habe dir vorhin schon gesagt, dass du dir keine Sorgen zu machen brauchst.

Ich kehrte um, tat so, als ob es mir gar nichts ausmachte. Ich jätete den Garten. Ich schleppte Wasser vom Bach heran, um den Bottich in der Küche aufzufüllen. Ich hob eine neue Grube aus, versetzte den Abort und füllte die alte Grube mit sauberer Erde. Kurz gesagt, ich fraß mich durch die Arbeit wie ein Lauffeuer durch eine Sommerwiese. Rücken und Arme taten mir weh, nicht nur vor Müdigkeit, denn sämtliche alten Blessuren meldeten sich, und immer noch wagte ich nicht zu ruhen. Der Gabenhunger zerrte an mir, wollte sich nicht verdrängen lassen.

In der Dämmerung gingen der Wolf und ich zum Bach, um unser Abendessen zu fangen. Für eine Person zu kochen erschien mir unsinnig, doch ich zwang mich, eine ordentliche Mahlzeit zu bereiten und zu verzehren. Ich räumte auf und setzte mich anschließend hin. Die langen Stunden des Abends dehnten sich vor mir. Ich holte Pergament und Tinte heraus, war aber nicht imstande, etwas zu schreiben. Meine Gedanken ließen sich nicht ordnen. Schließlich nahm ich den Flickkorb und begann verbissen, alles zu stopfen, zu säumen und auszubessern, was es irgendwie nötig hatte.

Zu guter Letzt, als mir die Stiche vor den Augen verschwammen, ging ich zu Bett. Ich lag auf dem Rücken, den Arm über den Augen und bemühte mich, die spitzen Angelhaken zu ignorieren, die an meiner Seele zupften. Nachtauge streckte sich schnaufend neben meinem Bett aus. Ich ließ den anderen Arm über die Bettkante hängen und legte die Hand auf seinen Kopf. Ich fragte mich, wann wir die Grenze vom Alleinsein zur Einsamkeit überschritten hatten.

Es ist nicht Einsamkeit, die an dir frisst.

Dazu gab es nichts zu sagen. Ich verbrachte eine schwierige Nacht. Kurz nach Tagesanbruch zwang ich mich aufzustehen. In den nächsten Tagen schnitt ich Erlenzweige für das Räucherhaus, und an den Nachmittagen fing ich Fische zum Räuchern. Der Wolf schlug sich den Bauch mit Innereien voll, schaute aber trotzdem gierig zu, wie ich die ausgenommenen Fische salzte und an Haken über das schwelende Feuer hängte. Ich warf grüne Zweige darauf, um mehr Rauch zu erzeugen, und verschloss fest die Tür. Eines späten Nachmittags stand ich an der Regentonne und wusch mir Schleim und Schuppen und Salz von den Händen, als Nachtauge den Kopf wandte und zum Pfad schaute.

Jemand kommt.

Harm? Hoffnung durchflutete mich.

Nein.

Das Ausmaß meiner Enttäuschung überraschte mich. Von Nachtauge spürte ich eine vergleichbare Empfindung. Wir beide beobachteten den schattigen Pfad, als Jinna auftauchte. Sie blieb stehen, möglicherweise bestürzt oder erschreckt über unser Starren, dann hob sie grüßend die Hand. »Hallo, Tom Dachsenbless! Ich komme, um die angebotene Gastfreundschaft in Anspruch zu nehmen.«

Eine Freundin von Harm, erklärte ich Nachtauge, doch er blieb trotzdem zurück und behielt sie wachsam im Auge, als ich ihr entgegenging, um sie zu begrüßen.

»Willkommen. Ich habe nicht erwartet, dass wir uns so bald wiedersehen«, sagte ich und bemerkte zu spät, dass ich mich unglücklich ausgedrückt hatte. »Eine unerwartete Freude ist immer die größte Freude«, versuchte ich den Patzer wiedergutzumachen und hätte mir wegen der hohlen Floskel am liebsten auf die Zunge gebissen. Hatte ich den Umgang mit Menschen vollkommen verlernt?

Doch Jinnas Lächeln ließ keine Befangenheit aufkommen. »Selten bin ich mit so herzlicher und wohlgesetzter Rede empfangen worden, Tom Dachsenbless. Ist das Wasser kühl?«

Ohne eine Antwort abzuwarten, trat sie zu der Regentonne und nahm dabei ihr Halstuch ab. Sie schritt aus wie jemand, der an das Reisen auf Schusters Rappen gewöhnt ist, rechtschaffen müde nach einem langen Marsch, aber nicht übermäßig erschöpft. Das klobige Bündel auf ihrem Rücken wirkte, als wäre es ein natürlicher Teil von ihr. Sie feuchtete das Tuch an und wischte sich den Staub von Gesicht und Händen, tauchte es erneut ein und rieb es tropfnass über Nacken und Kehle. »Ah, das ist besser«, seufzte sie dankbar. Dann drehte sie sich zu mir um, Lachfältchen in den Augenwinkeln. »Wenn ich den ganzen Tag unterwegs gewesen bin, beneide ich Leute wie dich mit einem geregelten Leben und eigenem Heim und Herd.«

»Du kannst mir glauben, Leute wie ich fragen sich genauso oft, ob das Leben nicht bunter wäre, wenn man in der Welt herumkäme, statt auf einem Fleck zu sitzen. Willst du nicht hereinkommen und ausruhen? Ich wollte gerade Abendessen machen.«

»Sehr gern. Danke.« Nachtauge folgte uns in diskretem Abstand, als ich mit ihr zur Tür ging. Ohne sich umzudrehen oder in seine Richtung zu schauen, bemerkte sie: »Etwas ungewöhnlich, ein Wolf als Wachhund.«

Meistens belog ich Fremde und behauptete, Nachtauge wäre ein Hund, der nur aussähe wie ein Wolf. Ein Gefühl sagte mir, Jinna damit abspeisen zu wollen wäre eine Beleidigung, deshalb sagte ich ihr die Wahrheit. »Ich habe ihn als Welpen zu mir genommen. Er ist mir seit vielen Jahren ein guter Kamerad.«

»Das hat Harm mir erzählt. Auch dass er es nicht mag, von Fremden angestarrt zu werden, sondern von allein zu mir kommen wird, wenn er sich über mich eine Meinung gebildet hat. Und wie meistens fange ich bei einer Geschichte in der Mitte an. Vor ein paar Tagen bin ich unterwegs mit Harm zusammengetroffen. Er war frohgemut und voller Zuversicht, dass er Arbeit finden und ein Stück Geld verdienen wird. Ich glaube auch, dass es ihm wohl ergehen wird; der Junge hat so ein sympathisches, gefälliges Wesen, dass ich mir nicht vorstellen kann, dass jemand ihn abweist, wenn er um Beschäftigung nachsucht. Er versicherte mir erneut, dass ich hier freundliche Aufnahme finden würde, und er hat wahrhaftig nicht zu viel versprochen.«

Sie folgte mir ins Haus. In der Stube ließ sie den Sack zu Boden gleiten und lehnte ihn gegen die Mauer, richtete sich dann auf und streckte mit einem erleichterten Ächzen den Rücken. »Nun, was soll es zu essen geben? Du brauchst nicht zu versuchen, mich daran zu hindern, dir zu helfen, ich kann in einer Küche nicht stillsitzen. Fisch? Oh, ich habe ein wunderbares Gewürz für Fisch. Hast du einen schweren Topf mit einem gut schließenden Deckel?«

Mit der Leichtigkeit des von Natur aus geselligen Menschen übernahm sie eine Hälfte der Essenszubereitung. Seit meinem Jahr bei denen mit der Alten Macht hatte ich die Küchenarbeit nicht mehr mit einer Frau geteilt, und selbst dort war Holly eine sehr schweigsame Gefährtin gewesen. Jinna schwatzte, klapperte mit Töpfen und Pfannen und füllte mein kleines Heim mit ihrer Geschäftigkeit und liebenswürdigem Geplauder. Sie besaß das seltene Talent, in mein Territorium einzudringen und mit meinen Besitztümern zu hantieren, ohne dass ich mir entmachtet oder überrumpelt vorkam. Meine Gemütsverfassung teilte sich Nachtauge mit. Bald kam er hereingetrabt und nahm in seiner gewohnten wachsamen Haltung neben dem Tisch Platz. Sie ließ sich von seinem unverwandten Blick nicht aus der Ruhe bringen und nickte nur anerkennend zu seiner Geschicklichkeit beim Aufschnappen der Fischabfälle, die sie ihm zuwarf. Bald schon schmorte der Fisch mit ihren Kräutern in einem Topf. Ich holte junge Möhren und frisches Grünzeug aus dem Garten, während sie dicke Brotscheiben in Schweineschmalz briet.

Das Abendessen erschien wie durch Zauberei auf dem Tisch. Auch für den Wolf war eine Scheibe Brot vorgesehen, obwohl ich glaube, Nachtauge verspeiste sie mehr aus Gefälligkeit denn aus Hunger. Der gedämpfte Fisch war saftig und köstlich im Geschmack, von ihrer Unterhaltung nicht weniger gewürzt als von ihren Kräutern. Es war nicht so, dass sie pausenlos schwatzte, sondern was sie sagte, ermunterte zu antworten, und sie lauschte mit der gleichen Aufmerksamkeit, wie sie sie dem Essen widmete. Ab- und aufgeräumt war anschließend ebenso schnell. Als ich den Sandsegger hervorholte, rief sie erfreut aus: »Oh, das ist der perfekte Abschluss eines guten Mahls.«

Sie nahm ihren Becher mit zum Kamin. Unser Kochfeuer war heruntergebrannt. Sie legte ein Stück Holz nach, nicht so sehr der Wärme wegen, sondern wegen der Helligkeit, und ließ sich neben dem Wolf auf dem Boden nieder. Nachtauge zuckte nicht einmal mit dem Ohr. Sie nippte an dem Schnaps, seufzte anerkennend, dann wies sie mit dem Becher zur offenen Tür meiner Klause, durch die man den von Schriftrollen übersäten Schreibtisch sehen konnte. »Ich wusste, dass du Tinten und Farben herstellst, aber anscheinend auch zu eigenem Gebrauch. Bist du ein Schreiber oder so etwas?«

Ich hob kurz die Achseln. »Bescheidener Art. Ich versuche mich nicht an blumigen Illustrationen, wohl aber fertige ich einfache Zeichnungen an. Meine Schrift ist gerade so passabel. Für mich liegt die Befriedigung darin, Wissen auf Papier zu übertragen, wo es jedem zugänglich ist.«

»Jedem, der lesen kann«, schränkte sie ein.

»Das stimmt.«

Sie musterte mich mit zur Seite geneigtem Kopf und lächelte. »Ich glaube, ich kann das nicht gutheißen.«

Ich war überrascht, nicht allein wegen der Kritik, sondern

weil sie imstande war, diese mit solcher Liebenswürdigkeit zu äußern. »Warum nicht?«

»Vielleicht sollte Wissen nicht jedermann zugänglich sein. Vielleicht sollte es erworben werden, nur vom Lehrer an den würdigsten Schüler weitergegeben, statt auf Papier niedergeschrieben zu sein, wo jeder es sich aus müßiger Neugier aneignen kann.«

»Ich gebe zu, ich hatte ganz ähnliche Bedenken«, erwiderte ich und dachte an die Gabenschriften, die Chade zurzeit studierte. »Andererseits habe ich von Fällen gehört, wo ein Meister unerwartet starb, und alles, was er wusste, starb mit ihm, bevor er es an einen ausersehenen Nachfolger weitergeben konnte. Generationenlang gehortetes Wissen war mit seinem Tod unwiederbringlich dahin.«

Sie schwieg eine Weile. »Tragisch«, sagte sie schließlich. »Denn auch wenn Meister eines Fachs einen großen Teil des Wissens gemeinsam haben, hütet doch jeder seine besonderen Geheimnisse, die ausschließlich für die eigenen Famuli bestimmt sind.«

»Nimm jemanden wie dich zum Beispiel«, fuhr ich fort, meinen Vorteil ausnutzend. »Du praktizierst ein Gewerbe, welches auch eine Kunst ist, bestehend aus Kenntnissen und Fertigkeiten, die nur von anderen der Krudmagie Kundigen geteilt werden. Du hast keine Schülerin, soweit ich sehen kann. Ich möchte wetten, es gibt Teile deiner Magie, die nur dir allein gehören und die mit dir sterben werden, sollte dir heute Nacht etwas zustoßen.«

Sie musterte mich einen stillen Moment lang, dann nahm sie noch einen Schluck aus ihrem Becher. »Das ist kein schöner Gedanke vor dem Schlafengehen«, meinte sie trocken. »Aber da ist noch etwas anderes, Tom. Ich bin des Schreibens unkundig. Ich könnte mein Wissen nicht in dieser Form niederlegen, außer jemand wie du hilft mir dabei. Und dann wäre ich nie sicher, dass du wirklich hingeschrieben hast, was ich weiß, oder was du glaubst, verstanden zu haben. Das ist das Wichtigste bei der Ausbildung einer Schülerin: dafür zu sorgen, dass die Junge lernt, was man gesagt hat, und nicht, was ihre Gedanken daraus gemacht haben.«

»Da hast du recht.« Wie oft war ich überzeugt gewesen, ich hätte Chades Anweisungen genau verstanden, und erlebte dann eine Katastrophe, wenn ich versuchte, das fragliche Gemisch auf eigene Faust herzustellen. Ich spürte eine Regung leisen Unbehagens, als ich mir Chade vorstellte, der entschlossen war, Prinz Pflichtgetreu allein nach dem geschriebenen Wort in der Gabe zu unterweisen. Würde er lehren, was ein vergessener Gabenmeister dem Pergament anvertraut hatte oder was er daraus zu entnehmen glaubte? Was ging es mich an? Ich war ihnen nicht verpflichtet. Ich hatte ihn gewarnt, mehr konnte ich nicht tun.

Danach schleppte sich die Unterhaltung nur noch schwerfällig dahin, und bald legte Jinna sich in Harms Bett schlafen. Nachtauge und ich gingen hinaus, um das Hühnerhaus zu verschließen und den allabendlichen Rundgang zu machen. Alles war ruhig und friedlich in der lauen Sommernacht. Ich warf einen langen, sehnsüchtigen Blick in Richtung der Klippen. Die Wellen würden silberne Spitzensäume haben heute Nacht. Ich widerstand der Versuchung und spürte Nachtauges Erleichterung. Wir warfen noch einmal grüne Zweige auf das Schwelfeuer im Räucherhaus. »Schlafenszeit«, verkündete ich.

In Nächten wie dieser sind wir früher auf die Jagd gegangen.

Ja, du hast recht. Es wäre eine gute Nacht zum Jagen. Der Mond macht das Wild unruhig, sodass es leicht zu entdecken ist.

Dennoch schloss er sich mir an, als ich zurück zur Hütte ging. Mochte die Erinnerung noch so lockend sein, wir waren beide nicht mehr die jungen Jäger von einst. Unsere Bäuche waren gefüllt, das Kaminfeuer warm, und Ruhe linderte vielleicht den dumpfen Schmerz in Nachtauges Gelenken. Wir würden uns mit Träumen von früheren Jagden begnügen.

Ich erwachte von morgenmunterem Werkeln und Klappern. Als ich in die Küche trat, hatte Jinna bereits das Feuer geschürt und den Wasserkessel darübergehängt. Sie schnitt Brot und blickte über die Schulter, als sie meine Schritte hörte. »Ich hoffe, du findest nicht, ich hätte mir zu viele Eigenmächtigkeiten angemaßt?«, fragte sie entschuldigend.

»Ganz und gar nicht«, antwortete ich, aber es war schon ein merkwürdiges Gefühl. Als ich nach den Tieren gesehen hatte und mit der Ausbeute an Eiern wiederkam, dampfte ein warmes Frühstück auf dem Tisch. Nachdem wir gegessen hatten, half sie beim Abwaschen und Aufräumen.

Sie dankte mir für die erwiesene Gastfreundschaft und fügte hinzu: »Bevor ich aufbreche, könnten wir vielleicht ein kleines Geschäft machen. Würdest du ein Amulett oder zwei aus meinem Bestand im Tausch für etwas gelbe und blaue Tinte annehmen?«

Ich freute mich, dass sie noch kurz bleiben wollte, nicht nur wegen ihrer angenehmen Gesellschaft, sondern auch, weil ich schon immer von Krudmagie fasziniert gewesen war. Hier bot sich möglicherweise die Gelegenheit für einen näheren Blick auf diese besondere Form der Zauberei. Wir gingen zu meiner Werkbank im Schuppen, wo ich gelbe, blaue und ein kleines Maß rote Tinte für sie abfüllte. Während ich die Fläschchen mit Holzstopfen und Wachs versiegelte, erklärte sie mir, dass der Gebrauch von Farben bei einigen ihrer Amulette die Wirkung zu verstärken schien, aber das wäre ein Gebiet, auf dem sie erst noch Erfahrungen sammeln musste. Ich nickte zu ihren Worten, doch trotz brennender Neugier fragte ich nicht nach Einzelheiten. Es erschien mir taktlos.

Ins Haus zurückgekehrt, stellte sie die Tintenfläschchen hin und schnürte ihr Bündel auf. Sie legte eine Auswahl der farbigen Stoffbeutelchen auf den Tisch. »Was möchtest du haben, Tom Dachsenbless?«, fragte sie mit einem Lächeln. »Ich habe Amulette für den fruchtbaren Garten, für Jagdglück, für gesunde Kinder – damit kannst du wenig anfangen, lassen wir das weg. Aha. Hier ist eins, das dir nützlich sein könnte.«

Kaum hatte sie das Amulett aus der Hülle gezogen, da stieß Nachtauge ein kehliges Grollen aus. Mit gesträubtem Nackenfell ging er steifbeinig zur Tür und drückte sie mit der Nase auf. Ich selbst wich vor dem enthüllten Gebilde zurück. Kurze Holzstäbchen mit schroffen schwarzen Symbolen waren kreuz und quer zusammengebunden, bedrohlich durchsetzt mit unheilvollen Perlen. Einige gequälte Büschel Fell, zusammengedreht und aufgespießt, sträubten sich dazwischen. Der Gegenstand beleidigte mich und verursachte mir Gänsehaut. Ich wäre geflohen, wenn ich gewagt hätte, den Blick davon abzuwenden. Plötzlich stieß ich mit dem Rücken gegen die Wand. Ich drückte mich dagegen, unfähig, einen besseren Fluchtweg zu finden.

»Ich bitte um Entschuldigung.« Jinnas sanfte Worte erreichten mich aus großer Entfernung. Ich zwinkerte, und das *Ding* war verschwunden, in seiner Stoffhülle meinen Blicken entzogen. Draußen vor der Tür steigerte Nachtauges Grollen sich zu einem pfeifenden Winseln und erstarb. Ich fühlte mich wie aus tiefem Wasser aufgetaucht. »Das war gedankenlos von mir«, sagte sie, während sie das Amulett tief in ihrem Beutel verstaute. »Es soll Raubtiere von Hühnerställen und Schafpferchen fernhalten.«

Meine Brust war wieder frei, ich atmete tief. Sie mied meinen Blick. Spannung hing wie Qualm zwischen uns. Ich war einer von denen mit der Alten Macht, und sie wusste das.

Was würde sie mit diesem Wissen anfangen? Fühlte sie sich abgestoßen? Hatte sie Angst? So große Angst, dass sie mich anzeigen würde? Ich malte mir aus, wie Harm zu einer niedergebrannten Hütte zurückkehrte.

Plötzlich hob Jinna den Kopf und blickte mir in die Augen, als hätte sie meine Gedanken belauscht. »Ein Mensch ist so, wie er gemacht ist. Der Mensch kann nichts dafür, wie er gemacht ist.«

»So ist es«, murmelte ich und schämte mich wegen des riesigen Steins, der mir vom Herzen fiel. Ich fand die Kraft, mich von der Wand zu lösen und wieder an den Tisch zu treten. Sie kramte in ihrer Tasche, als hätte es den Zwischenfall nicht gegeben.

»Nun denn, suchen wir etwas Passenderes für dich.« Sie sortierte die Beutelchen, befühlte das ein oder andere, um sich den Inhalt in Erinnerung zu rufen. Schließlich nahm sie ein grünes und legte es auf den Tisch. »Wie wäre es mit einem Amulett, um es in der Nähe deines Gartens aufzuhängen, damit es deine Pflanzen anregt zu gedeihen?«

Ich nickte stumm, denn der Schreck steckte mir noch in den Gliedern. Vorhin hatte ich an der Wirksamkeit ihrer Amulette gezweifelt, inzwischen fürchtete ich ihre Macht. Sie zog das Gartenamulett aus dem Säckchen, und unwillkürlich biss ich die Zähne zusammen, aber es geschah nichts. Ich fing ihren Blick auf und las Mitgefühl in ihren Augen. Ihr freundliches Lächeln war beruhigend.

»Du musst mir deine Hand geben, damit ich es auf dich abstimmen kann. Anschließend gehen wir damit nach draußen, und ich richte es für deinen Garten ein. Dieses Amulett ist zur Hälfte für den Garten und zur Hälfte für den Gärtner. Was sich zwischen einem Gärtner und seinem Stückchen Erde abspielt, macht den Garten. Gib mir deine Hände.«

Sie ließ sich an meinem Tisch nieder und streckte mir die nach oben gekehrten offenen Hände entgegen. Ich nahm den Stuhl ihr gegenüber, und nach einem befangenen Zögern legte ich meine Handflächen auf die ihren.

»Nicht so. Eines Menschen Leben und Gewohnheiten stehen in der Innenfläche seiner Hände geschrieben, nicht auf dem Handrücken.«

Gehorsam drehte ich meine Hände um. Als Chades Adept hatte ich gelernt, in Händen zu lesen, nicht die Zukunft, sondern die Vergangenheit. Die Schwielen vom Gebrauch eines Schwertes sahen anders aus als die von der Feder eines Schreibers oder der Sense eines Landmanns. Sie beugte sich tief über meine Hände, betrachtete sie konzentriert. Ich fragte mich, ob ihre Augen die Kriegsaxt erkennen würden, die ich einst geschwungen hatte, oder meine Arbeit am Ruder der *Rurisk.* Sie studierte erst meine rechte Hand, runzelte die Stirn und wandte sich der linken zu. Als sie aufschaute, hatte ihr Gesicht einen sinnenden Ausdruck; sie lächelte mitleidig.

»Du bist ein merkwürdiger Geselle, Tom, so viel steht fest! Säßen sie nicht beide am Ende deiner Arme, ich würde sagen, dies sind die Hände von zwei verschiedenen Männern. Es heißt, dass die linke Hand sagt, wie man geboren wurde, und die rechte, was man aus sich gemacht hat, aber dennoch, solche Unterschiede in den zwei Händen eines Menschen habe ich selten gesehen. Hier in der Fläche der linken Hand, da sehe ich einen gefühlvollen Knaben. Einen empfindsamen Jüngling. Und dann ... Die Lebenslinie bricht unvermittelt ab.« Sie ließ meine rechte Hand los, setzte den Zeigefinger in den linken Handteller, und ihr Nagel zog eine kribbelnde Spur bis dorthin, wo mein Leben endete. »Wärst du in Harms Alter, ich müsste fürchten, dass vor mir ein junger Mann sitzt, der bald sterben wird. Da du aber hier bist und deine rechte Hand eine schöne lange Lebenslinie aufweist, werden wir uns danach richten, ja?« Sie nahm meine Rechte in ihre beiden Hände.

»Warum nicht …« Ich fühlte mich unbehaglich. Es waren nicht nur ihre Worte, die mich aus der Ruhe brachten. Der einfache warme Druck ihrer Hände brachte mir plötzlich ihre Weiblichkeit zu Bewusstsein, und ich erlebte eine sehr jünglingshafte Reaktion darauf. Ich rückte auf meinem Stuhl herum. Das wissende Lächeln, das um ihre Mundwinkel huschte, steigerte meine Verlegenheit noch.

»So. Ein leidenschaftlicher Gärtner, wie ich sehe, einer, der viele Kräuter kennt und ihre Wirkung.«

Ich brummte. Sie hatte meinen Garten gesehen und konnte aus dem, was dort wuchs, ihre Schlüsse ziehen. Wieder versenkte sie sich in den Anblick meiner rechten Handfläche, strich mit dem Daumen darüber, um die feineren Linien zu glätten, legte dann ihre Finger unter meine und bog sie ein wenig nach oben, sodass die Falten sich vertieften. »Links oder rechts, darin zu lesen ist nicht einfach, Tom.« Stirnrunzelnd betrachtete sie beide abwechselnd. »Nach deiner linken Hand würde ich sagen, du hattest eine süße und wahre Liebe in deinem Leben. Eine Liebe, der nur durch deinen Tod ein Ende bereitet wurde. Doch hier in deiner rechten Hand sehe ich getreuliche Liebe, die sich, einmal nah, einmal fern, durch all die vielen dir bestimmten Jahre zieht. Auch wenn du sie jetzt vermisst, wird sie bald zu dir zurückkehren.« Sie hob ihre klaren haselnussbraunen Augen zu meinem Gesicht, um zu sehen, ob sie richtig gedeutet hatte. Ich zuckte mit einer Schulter. Hatte Harm ihr von Merle erzählt? Getreuliche Liebe konnte man sicher nicht nennen, was uns verbunden hatte. Als ich schwieg, wandte sie sich wieder meinen Händen zu, ließ den Blick zwischen ihnen hin und her wandern. Eine Furche grub sich zwischen ihre Brauen. »Schau her. Siehst du das? Zorn und Furcht, verknüpft zu einer dunklen Kette – sie folgt deiner Lebenslinie wie ein schwarzer Schatten.«

Wider besseres Wissen überkam mich bei diesen Worten ein mulmiges Gefühl. Ich beugte mich vor, um in meine eigene Hand zu schauen. »Wahrscheinlich nur etwas Dreck«, sagte ich.

Sie stieß ein kleines belustigtes Prusten aus und schüttelte den Kopf, ließ es aber genug sein mit der Schicksalsdeutung. Stattdessen deckte sie ihre Hand über die meine und schaute mir in die Augen. »Niemals habe ich zwei derart grundverschiedene Handflächen bei ein und demselben Mann gesehen. Wahrscheinlich fragst du dich manchmal, ob du selbst weißt, wer du bist.«

»Ich bin sicher, jeder Mensch fragt sich das von Zeit zu Zeit.« Aus irgendeinem Grund war es schwierig, ihrem kurzsichtigen Blick standzuhalten.

»Hm. Aber du hast vielleicht triftigere Gründe als andere, dich das zu fragen.«

Sie ließ meine Hände los, ich zog sie zurück und rieb sie unter dem Tisch aneinander, um das Prickeln ihrer Berührung auszulöschen. Sie nahm das Amulett, wendete es hin und her und knotete dann eine der Schnüre auf. Sie veränderte die Reihenfolge der Perlen und fügte eine braune Perle aus ihrem Vorrat hinzu. Dann knotete sie die Schnur wieder fest und nahm das Fläschchen mit der gelben Tinte, die sie von mir eingetauscht hatte. Sie tauchte einen feinen Pinsel ein und zeichnete, tief über ihre Arbeit gebeugt, mit Gelb die schwarzen Runen auf einer der Troddeln nach. »Wenn ich das nächste Mal zu Besuch komme, erwarte ich, dass du mir berichtest, dies wäre dein bestes Jahr gewesen für alle Pflanzen, die ihre Früchte über der Erde tragen, wo sie in der Sonne reifen.« Sie blies auf das Amulett, um die Tinte zu trocknen, dann packte sie Fläschchen und Pinsel ein. »Komm, jetzt müssen wir es für deinen Garten einrichten.«

Draußen schickte sie mich los, um einen gegabelten Ast zu suchen, der mindestens so lang sein sollte wie ich. Als ich damit wiederkam, hatte sie in der Südostecke meines Gartens ein Loch gegraben. Ich stellte den Ast hinein, richtete ihn nach ihren Anweisungen aus und füllte ringsum die Erde wieder ein. Sie hängte das Amulett an die rechte Zinke der Gabelung. Wenn der Wind sie bewegte, klapperten die Perlen leise, und ein kleines Glöckchen bimmelte. Sie tippte mit der Fingerspitze dagegen. »Das schreckt manche Vögel ab.«

»Ich danke dir.«

»Gern geschehen. Dies ist ein guter Platz für eins meiner Amulette. Es freut mich, es hier zu wissen. Und wenn ich das nächste Mal komme, bin ich gespannt zu erfahren, wie gut es für dich gewirkt hat.«

Zum zweiten Mal erwähnte sie einen nächsten Besuch. Ich besann mich auf meine guten Manieren. »Und wenn du wiederkommst, wirst du ebenso willkommen sein wie dieses Mal. Ich freue mich auf deinen Besuch.«

Das Lächeln, das sie mir schenkte, vertiefte die Grübchen in ihren Wangen. »Ich danke dir, Tom. Ich komme ganz bestimmt wieder.« Sie neigte den Kopf ein wenig zur Seite und fügte mit plötzlicher Offenheit hinzu: »Ich weiß, du bist ein einsamer Mann, Tom. Das wird nicht immer so sein. Ich konnte merken, dass du anfangs an der Kraft meiner Amulette gezweifelt hast. Du zweifelst immer noch an der Wahrheit dessen, was ich in der Hand eines Menschen lese. Ich aber weiß es genau. Deine wahre und einzige Liebe ist in den Lauf deines Lebens eingeflochten. Die Liebe wird zu dir zurückkehren. Zweifle nicht daran.«

Ihre haselnussbraunen Augen blickten mit solchem Ernst in meine, dass ich weder über sie lachen noch die Stirn runzeln konnte. Also nickte ich stumm. Ich schaute ihr nach, als sie schwer bepackt den Pfad hinunterging. Was sie gesagt hatte, arbeitete in mir, und Hoffnungen, lange unterdrückt, drängten ans Licht. Ich schob sie von mir weg. Molly gehörte jetzt zu Burrich und er zu ihr. Es gab keinen Platz für mich in ihrem Leben.

Ich straffte die Schultern. Arbeit wartete. Holz war zu stapeln, Fisch zu räuchern, Schindeln zu schneiden. Heute war wieder ein schöner Sommertag. Man musste das gute Wetter nutzen, solange es dauerte. Hinter dem Lächeln des Sommers dräut immer schon der grimmige Winter.

Kapitel 5

LEUENFARB

In den frühesten Berichten über die Territorien, aus denen später die Sechs Provinzen wurden, finden sich Hinweise, dass die Alte Macht nicht von jeher eine verpönte Magie gewesen ist. Diese Aufzeichnungen sind bruchstückhaft, und die Übersetzungen der alten Schriftrollen werden häufig angezweifelt, aber die meisten Schriftgelehrten stimmen darin überein, dass es zu einer früheren Zeit Siedlungen gab, in denen die Mehrzahl der Einwohner mit der Alten Macht geboren wurde und davon auch Gebrauch machte. Aus manchen der Aufzeichnungen glaubt man entnehmen zu können, dass es sich bei diesen Menschen um die ursprünglichen Bewohner der Gegend handelte. Das könnte der Ursprung des Namens sein, mit dem die Zwiehaften sich selbst bezeichnen: Altes Blut.

In jenen Zeiten war das Land noch nicht so dicht besiedelt. Die Menschen ernährten sich von der Jagd und dem Sammeln von Pflanzen und Beeren in Wald und Flur anstatt vom Ackerbau. Damals erschien vielleicht eine Verschwisterung zwischen Mensch und Tier weniger widernatürlich, weil die Menschen nicht viel anders lebten als die wilden Geschöpfe.

Selbst in der jüngeren Geschichtsschreibung sind Berichte darüber, dass Zwiehafte wegen ihrer magischen Kräfte ver-

folgt wurden, selten. Dass diese Exekutionen überhaupt aufgezeichnet wurden, scheint darauf hinzudeuten, dass sie ungewöhnlich waren und deshalb bemerkenswert. Erst nach dem kurzen Regime von König Kämpfer, dem so genannten Gescheckten Prinzen, stellt man fest, dass die Alte Macht mit Abscheu betrachtet wird, und es gibt Tendenzen, dass ihre Ausübung mit dem Tod bestraft werden sollte. Aus der Zeit nach seiner Herrschaft gibt es Berichte über weit verbreitete Gemetzel unter den Zwiehaften. In einigen Fällen wurden ganze Dörfer ausgelöscht. Nach dieser Periode der blutigen Verfolgung waren jene vom Alten Blut entweder nahezu ausgerottet oder zu vorsichtig, um sich zu ihrem Erbe zu bekennen.

Herrliche Sommertage folgten, einer auf den anderen, wie blaue und grüne Perlen auf einer Schnur. Mein Leben war ebenso wunderbar. Ich arbeitete in meinem Garten, ich beendete die Reparaturen an meiner lange vernachlässigten Behausung, und am frühen Morgen und im Zwielicht der milden Abende ging ich mit dem Wolf auf die Jagd. Ich erfüllte die Stunden mit guten und einfachen Dingen. Das Wetter blieb schön. Ich spürte bei der Arbeit die Sonne auf den Schultern, den kühlen Wind auf den Wangen, wenn ich abends an den Klippen entlangspazierte, und die reiche Schwere der Erde in meinem Garten. Ich hatte alles, um wunschlos glücklich zu sein. Der Fehler lag bei mir, da ich mich so dagegen sträubte.

An manchen Tagen erreichte ich es fast. Der Garten war eine Pracht, die Erbsen wurden dick und prall, die Bohnen rankten sich in Windeseile am Spalier hinauf. Es gab Fleisch für den täglichen Bedarf und für den Vorrat, und das Haus wurde von Tag zu Tag sauberer und wohnlicher. Ich war stolz auf das Geleistete. Dennoch ertappte ich mich gelegentlich, wie ich im Garten bei Jinnas Amulett herumstand, müßig mit den Perlen spielte und den Pfad entlangschaute. Das Warten auf Harms Rückkehr war nicht so schlimm gewesen, als ich das Warten noch nicht spürte, doch nach und nach wurde das Warten auf den Jungen zu einem Sinnbild für mein ganzes Leben. Wenn er wieder hier war, was dann? Das war die Frage, die ich mir stellen musste. Wenn er Erfolg gehabt und sein Lehrgeld zusammenbekommen hatte, dann kehrte er nur heim, um wieder fortzugehen. Als jemand, der sein Bestes wollte, musste ich mir das wünschen. Kam er mit leeren Händen oder nur wenigen Groschen, musste ich überlegen, welche andere Möglichkeit es noch gab, die fehlende Summe aufzubringen. Und während der ganzen Zeit hieß es für mich warten. Nach dem Warten, dass Harm nach Hause kam, folgte das Warten darauf, dass er wieder fortging. Und dann? Dann … etwas anderes, sagte mein Herz, dann war es Zeit für etwas anderes als dies hier, aber ich konnte nicht greifen, was die Unruhe in mir schürte. In solchen Augenblicken, wenn ich mir dieser Unschlüssigkeit, dieses Schwebezustands bewusst wurde, war mir mein ganzes Leben ein Gefängnis. Dann erhob sich der Wolf mit einem Seufzen und kam zu mir, lehnte sich an mich und schob seinen breiten Schädel unter meine Hand.

Hör auf, dich zu sehnen. Du vergiftest das Heute mit deinem Verlangen nach dem Morgen. Der Junge kommt heim, wenn er heimkommt. Welchen Grund gibt es, sich deswegen zu sorgen? Uns beiden geht es gut. Morgen kommt früh genug, so oder so.

Ich wusste, er hatte recht, und meistens schüttelte ich die Stimmung ab und machte weiter mit meiner Arbeit. Einmal, ich gebe es zu, ging ich zu meiner Bank am Rand der Klippen, aber ich tat nichts weiter, als mich hinzusetzen und aufs Meer zu schauen. Ich versuchte nicht, von der Gabe Gebrauch zu machen. Vielleicht hatte ich nach all den vielen Jahren endlich gelernt, dass in diesem Hinausgreifen kein Trost lag für meine Einsamkeit.

Das Wetter blieb auch weiterhin schön, jeder Morgen ein kühles, frisches Geschenk. Die Abende, überlegte ich, während ich das Räucherhaus ausräumte, waren als Geschenke noch kostbarer. Sie waren verdientes Ausruhen nach erfüllter Pflicht. Sie brachten Zufriedenheit, wenn ich es zuließ. Der Fisch war so geworden, wie ich ihn gern hatte: außen glänzend rot und fest, innen noch saftig und würzig. Ich ließ den letzten in einen Netzbeutel fallen. Vier solcher Netze hingen bereits an den Dachbalken im Haus. Mit diesem hier hatten wir, das wusste ich aus Erfahrung, ausreichend Vorrat für den Winter. Der Wolf folgte mir nach drinnen und schaute zu, wie ich auf den Tisch stieg, um den Beutel zu den anderen zu hängen. Ich fragte über die Schulter: »Sollen wir morgen ganz früh aufstehen und sehen, ob wir ein Wildschwein finden?«

Ich habe kein Wildschwein verloren. Du etwa?

Ich blickte verdutzt zu ihm hinunter. Es war ein Nein, humorvoll verpackt, aber ein Nein. Ich hatte wilde Begeisterung erwartet. Um der Wahrheit die Ehre zu geben, ich selbst hatte wenig Lust auf die Strapazen einer Wildschweinjagd. Ich hatte Nachtauge einen Gefallen tun wollen. In letzter Zeit war mir eine gewisse Lustlosigkeit bei ihm aufgefallen, und ich vermutete, dass er Harm vermisste. Der Junge war ihm ein allzeit bereiter Jagdgefährte gewesen, und im Vergleich dazu fürchtete ich, dass er sich mit mir langweilte. Er spürte meine Frage, als ich ihn musterte, doch er hatte sich in die innere Kammer seines Bewusstseins zurückgezogen, und ich traf nur auf einen vagen Schleier von Gedanken.

»Geht es dir nicht gut?«, fragte ich besorgt.

Er wandte ruckartig den Kopf zur Tür.

Jemand kommt.

»Harm?« Ich sprang vom Tisch.

Ein Pferd.

Ich hatte die Tür offen stehen lassen. Er ging hin und spähte nach draußen, die Ohren gespitzt. Ich stellte mich zu ihm. Eine Minute verging, dann hörte ich den Hufschlag eines Schritt gehenden Pferdes. *Merle?*

Nicht die heulende Hündin. Seine unverhohlene Erleichterung versetzte mir einen Stich. Erst in letzter Zeit hatte ich erkannt, wie groß seine Abneigung gegen sie gewesen war. Ich sagte nichts, dachte auch nicht zu ihm hin, aber er wusste es. Nach einem entschuldigenden Blick huschte er aus der Tür.

Ich trat auf die Veranda und wartete lauschend. Ein gutes Pferd. Auch spät am Tag war der Schritt noch federnd. Als Ross und Reiter in Sicht kamen, holte ich beim Anblick des Tieres tief Atem. Eine reinweiße Stute. Jede ihrer Linien verriet Rasse und edelstes Blut. Schneeige Mähne und Schweif wehten seidig, wie eben erst gebürstet. Schwarze Seidentroddeln in der Mähne passten zu Schwarz und Silber des Zaumzeugs. Klein und zierlich, lag trotzdem Feuer in der Art, wie sie ein wissendes Auge und wachsames Ohr dem Wolf zuwandte, der neben ihr durchs Unterholz lief. Sie hob die Hufe etwas höher, wie um Nachtauge zu versichern, dass sie noch genug Kraft hatte, um entweder zu kämpfen oder zu fliehen.

Der Reiter war seines Pferdes in jeder Weise würdig. Er saß gut im Sattel, man spürte einen Mann im Einklang mit seinem Tier. Seine Kleidung war schwarz, mit Silber verbrämt, wie auch die Stiefel. Es wäre ein Trauergewand gewesen, hätte nicht silberne Stickerei in verspielter Üppigkeit seinen Sommerumhang gesäumt und Silber die weiße Spitze an Hals und Handgelenken eingefasst. Silber hielt das blonde Haar aus der hohen Stirn. Feine schwarze Handschuhe umschlossen seine Finger wie eine zweite Haut. Er war ein schlanker Jüngling, doch ebenso wie der leichte Bau seines Pferdes Schnelligkeit nahelegte, vermittelte seine grazile Gestalt eher den Eindruck von Behändigkeit denn von Zerbrechlichkeit. Seine Haut hatte eine Färbung wie von der Sonne geküsstes Gold, ebenso sein Haar, das die feingeschnittenen Züge umrahmte. Der lohfarbene Mann näherte sich geräuschlos, bis auf das rhythmische Klingen der Pferdehufe. Als er herangekommen war, brachte er sein Tier mit einer Berührung zum Stehen und schaute mit seinen bernsteinfarbenen Augen vom Sattel auf mich hinunter. Er lächelte.

Mein Herzschlag setzte aus.

Ich befeuchtete die Lippen, fand aber keine Worte und auch nicht den Atem, etwas auszusprechen. Mein Herz sagte mir, was der Verstand leugnete.

Langsam erlosch das Lächeln in seinem Gesicht und in seinen Augen. Stille legte sich über seine Züge. Als er mich ansprach, war seine Stimme leise, die Worte ausdruckslos. »Willst du mich nicht begrüßen, Fitz?«

Ich machte den Mund auf, dann warf ich stumm und hilflos die Arme auseinander. Bei dieser Gebärde, die alles ausdrückte, wozu mir die Worte fehlten, hellte sich auch seine Miene wieder auf. Er strahlte, als wäre in ihm ein Licht entzündet worden. Statt abzusteigen, warf er sich mir vom Pferd herunter entgegen, ein von Nachtauge, der aus dem Wald gestürmt kam, zusätzlich beflügeltes Unterfangen. Das Pferd ging erschrocken mit steifen Beinen und rundem Buckel in die Luft. Der Narr trennte sich mit größerem Schwung als beabsichtigt von seinem Sattel, doch akrobatisch wie immer landete er auf den Füßen. Das Pferd tänzelte zur Seite, aber keiner von uns achtete darauf. Mit einem Schritt war ich bei ihm. Ich schloss ihn in die Arme, während der Wolf um uns herumhüpfte wie ein Welpe.

»Alter Freund«, sagte ich erstickt. »Es ist unmöglich, und doch bist du's. Und mich kümmert nicht, wie ich es erklären soll.«

Er warf die Arme um meinen Hals, umschlang mich mit aller Kraft; Burrichs Ohrring bohrte sich kalt in meinen Hals. Einen langen Moment klammerte er sich an mich wie eine Liebende, bis der Wolf sich energisch zwischen uns drängte. Der Narr fiel auf ein Knie nieder, in den Staub, ungeachtet seiner feinen Kleidung, als er den Wolf umarmte. »Nachtauge!«, flüsterte er überwältigt. »Ich hatte nicht geglaubt, dich wiederzusehen. Welch große Freude, alter Freund.« Er vergrub das Gesicht im Nackenfell des Wolfs, ließ seine Tränen hineinfallen. Ich achtete ihn deswegen nicht geringer; auch mir liefen die Augen über.

Er erhob sich mit fließender Anmut, jede Nuance seiner Bewegungen war mir so vertraut wie das Atmen. Die Hände an meinem Hinterkopf verschränkt, drückte er wie früher seine Stirn gegen meine. Sein Atem roch nach Honig und Aprikosenschnaps. Hatte er sich für dieses Wiedersehen stärken müssen? Nach einem Moment neigte er sich zurück, doch ließ er die Hände auf meinen Schultern liegen. Er betrachtete mich, seine Augen berührten die weiße Strähne in meinem Haar, wanderten vertraut über die Narben in meinem Gesicht. Ich erwiderte die Musterung nicht weniger fasziniert, staunte, wie er sich verändert hatte, und noch mehr, wie er sich nicht verändert hatte. Er sah ebenso jung aus wie damals, als wir uns vor nahezu fünfzehn Jahren getrennt hatten. Keine Falte zeichnete sein Gesicht.

Er räusperte sich. »Nun? Willst du mich nicht hereinbitten?«, fragte er.

»Selbstverständlich. Sobald wir dein Pferd versorgt haben«, antwortete ich heiser.

Das breite Grinsen, das sein Gesicht erhellte, löschte alle Jahre und Entfernung zwischen uns aus. »Du hast dich kein bisschen verändert, Fitz. Zuerst die Pferde, wie schon immer.«

»Nicht verändert?« Ich schüttelte den Kopf. »Du bist derjenige, der nicht einen Tag gealtert zu sein scheint. Doch alles andere …« Ich bewegte mich behutsam einen Schritt auf die Schimmelstute zu. Sie wich aus, hielt immer den gleichen Abstand zu mir bei. »Du bist golden geworden, Narr. Und du kleidest dich so reich wie früher Edel. Als ich dich eben sah, habe ich dich zuerst nicht erkannt.«

Er stieß einen Seufzer der Erleichterung aus, der ein halbes Lachen war. »Dann war es nicht, wie ich fürchtete, dass du dich überwinden musstest, mich zu begrüßen?«

Diese Frage war so unsinnig, dass sie keine Antwort verdiente. Ich überhörte sie und unternahm erneut einen Annäherungsversuch an die weiße Stute. Sie wandte den Kopf ab, sodass ich die Zügel nicht greifen konnte, und behielt stets den Wolf im Auge. Ich konnte spüren, wie der Narr das Schauspiel amüsiert beobachtete. »Nachtauge, du machst es mir mit Absicht schwer!«, rief ich ärgerlich. Der Wolf senkte den Kopf und warf mir einen wissenden Blick zu, hörte aber auf, das Pferd zu umschleichen.

Ich könnte es selbst in den Schuppen bringen, wenn du mich nur lässt.

Der Narr neigte den Kopf ein wenig zur Seite und musterte uns fragend. Ich empfing etwas von ihm: einen spinnwebfeinen Silberfaden gemeinsamer Wahrnehmung. Beinahe vergaß ich das Pferd. Unwillkürlich berührte ich das

Mal, welches er mir vor so langer Zeit aufgedrückt hatte, die silbernen Abdrücke seiner Finger an meinem Handgelenk, längst verblasst zu schattengrau. Ein Lächeln trat auf sein Gesicht; er streckte eine behandschuhte Hand aus, als wollte er nach mir greifen und die Berührung erneuern.

»Während all der Jahre«, sagte er, und seine Stimme war golden wie seine Haut, »bist du bei mir gewesen, zum Greifen nah, obwohl doch Zeit und Raum uns trennten. Dein Fluidum erreichte mich gleich dem Summen einer gezupften Saite oder wie ein Duft, vom Wind herangetragen. Hast du es nicht so empfunden?«

Ich zögerte, in der Furcht, meine Antwort könnte ihn verletzen. »Nein. Ich wünschte, es wäre so gewesen. Zu oft habe ich mich einsam gefühlt, verlassen, allein, bis auf Nachtauge. Zu oft habe ich am Rand der Klippen gesessen und hinausgegriffen nach irgendjemandem irgendwo, doch ich habe nie gespürt, dass einer versuchte, mich zu berühren.«

Er schüttelte den Kopf. »Besäße ich die Gabe wirklich, so hättest du gefühlt, dass ich da bin. Zum Greifen nah, aber stumm.«

Mir wurde seltsam leicht ums Herz bei seinen Worten, ohne dass ich recht gewusst hätte, warum. Er stieß einen merkwürdigen Laut aus, ein Mittelding zwischen einem Glucksen und einem Zwitschern, und sofort kam die Stute zu ihm und schnupperte an seiner ausgestreckten Hand. Er reichte mir die Zügel, denn er wusste, dass ich es kaum abwarten konnte, mich mit dem edlen Tier zu befassen. »Hier. Reite sie den Pfad hinunter bis zur Straße und zurück. Ich wette, du hast nie ein Pferd ihrer Klasse unter dem Sattel gehabt.«

Sobald ich die Zügel in der Hand hielt, kam die Stute zu mir. Sie drückte die Nase gegen meine Brust und atmete mit geweiteten Nüstern meinen Geruch ein. Dann hob sie den Kopf und versetzte mir einen leichten Stüber unter das Kinn, als wollte sie mich ermuntern, das Angebot des Narren anzunehmen. »Weißt du, wie lange es her ist, seit ich überhaupt auf einem Pferd gesessen habe?«, fragte ich beide.

»Zu lange. Worauf wartest du noch?« Es war die Art eines Knaben, dieses spontane Teilhabenlassen an einem kostbaren Besitz, und mein Herz antwortete, sagte mir, dass, ganz gleich wie lange wir getrennt gewesen waren, durch wie viele Länder und Meere, sich nichts Grundlegendes zwischen uns geändert hatte.

Ein drittes Mal ließ ich mich nicht bitten. Ich setzte den Fuß in den Steigbügel und schwang mich in den Sattel, und obwohl es so lange her war, spürte ich sofort den Unterschied zwischen dieser Stute und meinem früheren Pferd, Rußflocke. Sie war kleiner, feingliedriger, schmaler zwischen den Schenkeln. Ich kam mir plump und schwerhändig vor, als ich sie ein paar Schritte gehen ließ, dann wendete ich sie fast mit dem Gedanken allein. Ich verlagerte mein Gewicht, nahm die Zügel kürzer, und sie trat ohne Zögern rückwärts. Ein törichtes Grinsen breitete sich über mein Gesicht. »Sie hätte es mit Bocksburgs besten Rössern aufnehmen können, als Burrich noch das edelste Blut in seinen Ställen hütete.« Ich legte die Hand auf ihren Widerrist und spürte die tanzende kleine Flamme ihres hellwachen Geistes. Es war keine Anspannung zu fühlen, nur Neugier. Der Wolf saß auf dem Vorbau und beobachtete mich ernst.

»Los, den Pfad hinunter«, forderte der Narr mich auf. Sein Grinsen war das Spiegelbild des meinen. »Und gib ihr den Kopf frei. Sie soll dir zeigen, was sie kann.«

»Wie heißt sie?«

»Malta. Den Namen hat sie von mir. Ich habe sie in Shoaks gekauft, auf dem Weg hierher.«

Ich nickte. In Shoaks züchteten sie kleine, leichte Pferde für ihre weiten, windgepeitschten Ebenen. Demnach war sie ein genügsames Tier und konnte bei wenig Futter große Strecken zurücklegen. Ich beugte mich ein wenig vor. »Malta«, sagte ich, und sie verstand die Aufforderung in meinem Tonfall. Sie bekam Flügel.

Falls der Tagesritt zu meiner Hütte sie ermüdet hatte, war es ihr nicht anzumerken. Eher kam es mir vor, als wäre sie nach den Stunden in gemäßigtem Trab oder Schritt froh über die Gelegenheit, die Glieder zu strecken. Wir flogen unter den überhängenden Bäumen hindurch, und der Trommelwirbel ihres Hufschlags auf dem festgetretenen Pfad weckte ein Echo in meinem Herzen.

Wo mein Pfad in die Landstraße mündete, parierte ich behutsam durch. Die Stute atmete nicht einmal schneller, beugte nur den Nacken und gab mir mit einem winzigen Ruck am Zügel zu verstehen, dass sie gern bereit war weiterzulaufen. Ich hielt sie am Platz und schaute nach links und rechts. Im Sattel dieses edlen Tieres erschien die Straße wie ein vor mir ausgerolltes Band. Ich blinzelte in das weiche Licht des zu Ende gehenden Tages, entdeckte die blauen Hügel und die Berge vor dem abendlichen Horizont. Das Pferd zwischen meinen Schenkeln brachte die Welt näher an meine Tür. Ich saß still im Sattel und ließ meine Augen eine Straße entlangwandern, die mich früher oder später zurück nach Bocksburg bringen würde oder an jeden anderen beliebigen Ort meiner Wahl. Das abgeschiedene Leben in meiner Hütte mit Harm erschien mir plötzlich so eng und beengend wie eine ausgewachsene Haut. Ich wollte mich herauswinden wie eine Schlange und sie abwerfen, um neu und glänzend in eine größere Zukunft hinauszutreten.

Malta schüttelte den Kopf, dass Mähne und Troddeln flogen, und machte mir bewusst, wie lange ich meinen Gedanken nachgehangen hatte. Die Sonne berührte den Horizont. Die Stute ertrotzte sich ein, zwei Schritte gegen meinen anstehenden Zügel. Sie hatte ihren eigenen Kopf und war gleich willens, mich im Galopp die Straße entlangzutragen oder gemächlich zurück zu meiner Hütte. Also schlossen wir einen Kompromiss: Wir nahmen den Pfad zur Hütte, aber ich überließ es ihr, die Gangart zu wählen, einen rhythmischen Kanter.

Als ich sie vor der Hütte zum Stehen brachte, steckte der Narr den Kopf aus der Tür. »Der Kessel ist aufgesetzt«, rief er. »Bring meine Satteltasche mit, sei so gut. Ich habe Kaffeebohnen dabei, aus Bingstadt.«

Ich brachte Malta neben dem Pony unter, gab ihr frisches Wasser und was an Heu da war – nicht viel, denn das Pony konnte sich gut selbst versorgen und begnügte sich mit der kargen Weide am Hang hinter der Hütte. Das kostbare Zaumzeug des Narren wirkte an der rohen Bretterwand fehl am Platz. Ich warf mir die Taschen über die Schulter und ging durch die tiefer werdende Sommerabenddämmerung zum Haus. Die Fenster waren erleuchtet, Kochtöpfe klapperten einladend. Als ich eintrat und die Taschen auf den Tisch legte, sah ich den Wolf sich vor dem Kamin räkeln, um sein feuchtes Fell zu trocknen, und den Narren, wie er einen Bogen um ihn machte, um einen Kessel über das Feuer zu hängen. Ich zwinkerte, und für die Dauer eines Lidschlags war ich wieder im Haus des Narren in den Bergen und genas von meiner alten Wunde, während er sich zwischen mich und die Welt stellte, damit ich in Ruhe zu Kräften kommen konnte. Damals wie heute schuf er eine Wirklichkeit um sich herum, ein Eiland aus warmem Feuerschein und dem einladenden Geruch von backenden Brotfladen.

Er richtete die hellen Augen auf mich, und ihr Gold spiegelte den Flammenschein. Licht floss über seine Wangenknochen, spielte in seinem Haar. Ich schüttelte leicht den Kopf. »In der Spanne eines Sonnenuntergangs zeigst du mir die ganze Welt vom Rücken eines Pferdes und die Seele der Welt in meinen eigenen vier Wänden.«

»Oh, mein Freund«, sagte er halblaut. Mehr als das brauchte es nicht als Antwort.

Wir sind ganz.

Der Narr legte den Kopf schräg, als hätte er weit entfernt etwas gehört, oder wie ein Mann, der versucht, sich an etwas Wichtiges zu erinnern. Ich tauschte einen Blick mit dem Wolf. Er hatte recht. Wie die Stücke eines zerbrochenen Gefäßes, die so genau zusammengefügt werden, dass der Riss nicht mehr zu sehen ist, gesellte der Narr sich zu uns und machte uns vollständig. Wo Chades Besuch mich mit Fragen und Wünschen erfüllt hatte, war die Gegenwart des Narren in sich selbst eine Antwort und eine Befriedigung.

Er hatte sich aus meinem Garten und meiner Vorratskammer bedient. Neue Kartoffeln und Möhren und purpurne und weiße Rübchen dünsteten in einem Topf. Frischer Fisch mit einer Lage Basilikum blies kleine Dampfwolken unter dem klappernden Deckel hervor. Als ich mit einem Blick darauf die Brauen hob, bemerkte der Narr trocken: »Der Wolf scheint sich meine Vorliebe für Flossentiere gemerkt zu haben.« Nachtauge legte die Ohren zurück und rollte demonstrativ die Zunge aus dem Maul. Herdfladen und Blaubeermarmelade sollten das Schlemmermahl abrunden. Er hatte meinen Sandsegger aufgespürt. Die Flasche wartete auf dem Tisch.

Er kramte in seinen Taschen und förderte ein Stoffsäckchen prallvoll mit ölig schimmernden schwarzen Bohnen zutage. »Riech mal«, forderte er mich auf, und dann musste ich die Bohnen zerstoßen, während er meinen letzten verfügbaren Topf mit Wasser füllte und ans Feuer setzte. Wir sprachen kaum ein Wort. Er summte vor sich hin, und das Feuer knisterte, während Topfdeckel klapperten und gelegentliche Spritzer im Feuer verzischten. Der Stößel im Mörser machte ein heimeliges Geräusch, als ich die aromatischen Bohnen zermalmte. Wir bewegten uns in Wolfszeit, in der Zufriedenheit des Augenblicks, unbeschwert von dem, was war und was sein könnte. Jener Abend bleibt für mich immer ein kostbarer Moment, den ich bewahre, golden und duftend wie Weinbrand in kristallenen Gläsern.

Mit einem Geschick, welches mir abgeht, brachte der Narr es zuwege, dass alle Gerichte gleichzeitig fertig waren, sodass der tiefbraune Kaffee dampfend neben dem Fisch und dem Gemüse stand, mit einem Stapel warmer Herdfladen unter einem sauberen Leinentuch. Wir setzten uns gemeinsam zu Tisch. Der Narr teilte dem Wolf eine Portion von dem zarten Fisch zu, und Nachtauge verspeiste sie pflichtschuldig, obwohl er ihm roh und kalt lieber gewesen wäre. Die Hüttentür öffnete sich in eine sternenklare Nacht, und die Glückseligkeit einer Mahlzeit unter Freunden an einem angenehm lauen Sommerabend erfüllte das Haus bis unter das Dach.

Wir stellten das schmutzige Geschirr zusammen und gingen mit einem zweiten Becher Kaffee nach draußen auf die Veranda. Es war meine erste Kostprobe von dem fremdländischen Getränk. Die heiße braune Flüssigkeit duftete besser, als sie schmeckte, aber sie machte Kopf und Gedanken angenehm klar. Irgendwie kam es so, dass wir den Trampelpfad zum Bach hinunterschlenderten, die Becher als Wärmespender zwischen den Händen. Der Wolf nahm dort einen ausgiebigen Trunk, dann spazierten wir zurück und blieben am Rand meines Gartens stehen. Der Narr drehte die Perlen an Jinnas Amulett, während ich ihm von ihr erzählte. Er tippte mit einer langen Fingerspitze gegen das Glöckchen, und ein silberner Ton stieg sich ausbreitend in die Nacht. Wir statteten Malta einen Besuch ab, und ich schloss die Tür zum Hühnerhaus, damit das Federvieh vor nächtlichen Räubern geschützt war. Wir kehrten zur Hütte zurück, und ich setzte mich auf die Kante des Vorbaus. Wortlos nahm der Narr meinen leeren Becher mit ins Haus.

Als er ihn wiederbrachte, war er randvoll mit Sandsegger. Er setzte sich neben mich, und der Wolf ließ sich auf meiner anderen Seite nieder und legte den Kopf auf mein Knie. Ich nahm einen Schluck, ließ die Ohren des Wolfs durch meine Finger gleiten und wartete.

Der Narr stieß einen leisen Seufzer aus. »Ich bin dir ferngeblieben, solange ich konnte.« Er sprach es aus wie eine Entschuldigung.

Ich zog eine Augenbraue hoch. »Kein Besuch von dir wäre zu früh gewesen. Ich habe mich oft gefragt, was aus dir geworden ist.«

Er nickte ernst. »Ich habe mich ferngehalten, weil ich hoffte, du würdest endlich ein gewisses Maß an Ruhe und Zufriedenheit finden.«

»Das habe ich«, versicherte ich ihm. »Das habe ich.«

»Und nun bin ich hier, um es dir wieder wegzunehmen.« Statt mich anzusehen, richtete er den Blick in die Nacht hinaus, in die Dunkelheit unter den Bäumen am Waldrand. Er baumelte mit den Beinen wie ein Kind und nahm dann einen Schluck von seinem Weinbrand.

Mein Herz sank. Ich hatte geglaubt, er wäre meinetwegen gekommen. Tastend fragte ich: »Dann hat Chade dich geschickt? Um mich zu bitten, dass ich nach Bocksburg zurückkehre? Ich habe ihm meine Antwort bereits gegeben, und sie gilt immer noch.«

»Hast du? Aha.« Er ließ den Schnaps im Becher kreisen. »Ich hätte mir denken können, dass er schon hier war. Nein, mein Freund, ich habe Chade in all den Jahren nicht gesehen, aber dass er dich aufgesucht hat, bestätigt meine Befürchtungen. Die Zeit ist gekommen, da der Weiße Prophet seinen Katalyst wieder ins Spiel bringen muss. Glaub mir, wenn es einen anderen Weg gäbe, wenn ich dich in Frieden lassen könnte, würde ich es tun.«

»Was willst du von mir?«, fragte ich beklommen. Doch er verstand sich heute ebenso wenig darauf, eine klare Antwort zu geben wie damals, als er König Listenreichs Hofnarr gewesen war und ich des Königs Sohnessohn, allerdings auf der falschen Seite des Ehebetts gezeugt.

»Ich will, was ich immer von dir gewollt habe, seit ich entdeckte, dass es dich gibt. Wenn ich den Lauf der Geschichte ändern soll, wenn es mir gelingen soll, die Welt auf eine andere, bessere Bahn zu lenken, dann brauche ich dich. Dein Leben ist der Keil, den ich benutze, um die Zukunft aus dem Gleis zu hebeln.« Er schaute in mein langes Gesicht und lachte laut. »Ich bemühe mich, Fitz, ich bemühe mich wirklich. Ich spreche so deutlich, wie ich kann, nur wollen deine Ohren nicht glauben, was sie hören. Vor vielen, vielen Jahren bin ich an König Listenreichs Hof gekommen, um einen Weg zu suchen, eine Katastrophe abzuwenden. Ich wusste nicht, wie, nur dass ich es tun musste. Und was finde ich? Dich. Ein Bastard, aber nichtsdestoweniger ein Spross aus dem Blut der Weitseher. In keiner Zukunft, in die ich blickte, hatte ich dich gesehen, doch wenn ich mir alles in Erinnerung rief, was ich von den Prophezeiungen meines Volkes wusste, entdeckte ich dich, wieder und wieder. Aus Nebensätzen schautest du mich an, aus versteckten Andeutungen. Deshalb tat ich, was in meiner Macht stand, um dich am Leben zu erhalten, und die schwerste Arbeit war, dich zu ermuntern, dass du dich selbst am Leben hältst. Ich tastete mich durch den Nebel, geleitet nur von einer Ahnung, die an die glitzernde Kriechspur einer Schnecke erinnerte. Ich handelte auf der Grundlage dessen, was verhindert werden musste, statt gemäß dem, was ich bewirken sollte. Wir umgingen all die anderen möglichen Zukunftspfade. Ich stürzte dich in Gefahr und entriss dich dem Rachen des Todes, ohne Rücksicht darauf, was es dich an Schmerzen, Narben und unerfüllten Träumen kostete. Allen Hindernissen zum Trotz hast du überlebt, und als die Wehen der Reinigung der Bocksmarken überstanden waren, gab es einen legitimen Erben des Hauses Weitseher. Durch dich. Und plötzlich war es, als stünde ich auf einem hohen Berg über einem von Nebel erfüllten Tal. Ich behaupte nicht, dass meine Augen den Nebel durchdringen können, nur dass ich darüber stehe und in weiter Ferne die Gipfel einer neuen möglichen Zukunft erkenne. Einer Zukunft, gegründet auf dich.«

Er blickte mich an mit seinen goldenen Augen; sie schillerten in dem schwachen Lichtschein aus der offenen Tür. Er blickte mich nur an, und plötzlich fühlte ich mich alt, und die alte Pfeilwunde neben meiner Wirbelsäule meldete sich mit einem derart stechenden Schmerz, dass mir für einen Moment der Atem stockte. Der Schmerz ging über in ein Pochen, wie eine düsterrote Vorahnung. Ich sagte mir, ich hätte zu lange in einer unbequemen Haltung stillgesessen, weiter nichts.

»Nun?«, fragte er drängend. Sein Blick forschte beinahe gierig in meinem Gesicht.

»Ich glaube, ich brauche noch einen Schluck«, gestand ich. Irgendwie war mein Becher leer geworden.

Er trank aus, stand auf und nahm mir den Becher aus der Hand. Der Wolf und ich erhoben uns ebenfalls. Wir folgten ihm in die Hütte. Er wühlte in seinem Bündel und zog eine Flasche heraus. Man konnte sehen, dass etwa ein Viertel am Inhalt fehlte, also hatte er sich für unser Wiedersehen gestärkt. Ich fragte mich, vor welchem Aspekt der Begegnung mit mir ihm bange gewesen war. Er zog den Korken heraus und schenkte uns beiden nach. Die Stühle von Harm und mir standen vor dem Kamin, aber schließlich saßen wir alle drei auf dem Boden, dicht am ersterbenden Feuer. Mit einem tiefen Schnaufen streckte der Wolf sich zwischen uns aus, den Kopf in meinem Schoß. Ich streichelte seinen Nacken und empfing ein plötzliches Aufzucken von Schmerz. Ich strich mit der Hand an seinem Rücken entlang zu den Hüftgelenken und massierte sie behutsam. Er ächzte leise, als der Schmerz nachließ.

Wie schlimm ist es?

Kümmere dich um deine eigenen Angelegenheiten.

Du bist meine Angelegenheit.

Geteilter Schmerz ist nicht immer halber Schmerz.

Da bin ich mir nicht so sicher.

»Er wird alt«, unterbrach der Narr unseren Gedankenaustausch.

»Ich ebenfalls«, erwiderte ich. »Du hingegen siehst so jung aus wie immer.«

»Doch bin ich erheblich älter als ihr beide zusammen. Und heute Abend spüre ich jedes einzelne meiner Jahre.« Wie um seine eigenen Worte zu widerlegen, zog er geschmeidig die Beine an die Brust, schlang die Arme darum und stützte das Kinn auf die Knie.

Ein Schluck Weidenrindentee könnte dir helfen.

Bleib mir weg mit deinem Gebräu und knete weiter.

Ein kleines Lächeln krümmte die Mundwinkel des Narren. »Fast kann ich euch zwei hören. Es ist wie das Summen einer Mücke dicht am Ohr oder das Kribbeln von etwas Vergessenem, das nicht aus dem Gedächtnis auftauchen will. Oder als versuchte man sich den Geschmack einer erlesenen Speise in Erinnerung zu rufen, nachdem einem ein Hauch ihres Aromas in die Nase gestiegen ist.« Seine goldenen Augen tauchten in meine. »Ich fühle mich einsam dabei.«

»Tut mir leid«, sagte ich, das Einzige, was mir einfiel. Dass Nachtauge und ich uns auf diese Weise verständigten, geschah nicht in der Absicht, ihn auszuschließen. Die Verschwisterung durch die Alte Macht war so eng, dass wir sie nicht mit einem Dritten teilen konnten.

Einmal haben wir es getan, erinnerte mich Nachtauge. *Einmal haben wir es getan, und es war gut.*

Ich glaube nicht, dass mein unwillkürlicher Blick den Narren aufmerksam machte, aber vielleicht waren wir uns näher, als er ahnte, denn er hob die Hand und zog den feinen Stoffhandschuh ab. Vor langer Zeit streiften bei einer achtlosen Bewegung seine Finger Veritas' von der Gabe durchdrungenen Hände. Davon wurden seine Fingerspitzen silbern, und fortan erkannte er die Geschichte von Dingen einfach dadurch, dass er sie berührte. Ich betrachtete die Innenseite meines Handgelenks, wo verschwommene graue Abdrücke von einer solchen Berührung zeugten. Eine Zeitlang waren wir auf geistiger Ebene verbunden gewesen, fast als bildeten er und Nachtauge und ich eine echte Gabenkordiale. Aber das Silber an seinen Fingerspitzen war verblasst, ebenso wie die Spuren an meinem Handgelenk und das Band zwischen uns.

Er hob den Zeigefinger, wie zur Warnung. Dann drehte er seine Hand um und hielt sie mir hin, als offerierte er an den ausgestreckten Fingerspitzen ein unsichtbares Geschenk. Ich schloss die Augen, um mich gegen die Versuchung abzuschirmen. »Es wäre nicht weise«, sagte ich mit belegter Stimme.

»Erwartet man von einem Narren, dass er weise ist?«

»Du bist immer das weiseste Geschöpf gewesen, das ich kenne.« Ich hob die Lider und begegnete seinem ernsten

Blick. »Es drängt mich danach, wie es mich drängt zu atmen. Nimm die Hand weg, ich bitte dich.«

»Wenn du sicher bist – nein, genug des grausamen Spiels. Schau her, die Gefahr ist gebannt.« Er streifte den Handschuh über, hob die Hand, um sie mir zu zeigen, und umfasste sie dann mit der unverhüllten linken.

»Ich danke dir.« Ich nahm einen großen Schluck aus meinem Becher und schmeckte einen Sommergarten und summende Bienen im warmen Sonnenschein über den reifen, herabgefallenen Früchten. Honig und Aprikosen umschmeichelten meine Zunge. Ein lasterhaft guter Tropfen. »Etwas so Erlesenes habe ich noch nie gekostet«, bemerkte ich, froh, das Thema wechseln zu können.

»Ach ja. Ich fürchte, ich habe mich verwöhnt, seit ich mir von allem das Beste leisten kann. Eine stattliche Ladung davon wartet in Bingstadt auf Nachricht von mir, wohin man sie verschiffen soll.«

Ich neigte den Kopf zur Seite, versuchte zu ergründen, ob er mich vielleicht auf den Arm nehmen wollte. Langsam dämmerte mir, dass er die Wahrheit sprach. Die kostbaren Kleider, der Vollblüter, exotischer Kaffee und jetzt dies … »Du bist reich?«, folgerte ich messerscharf.

»Die Vokabel wird der Wahrheit nicht ganz gerecht.« Seine bernsteinfarbenen Wangen bekamen einen rosigen Schimmer. Fast schien ihm die Tatsache peinlich zu sein.

»Erzähl!«, verlangte ich gespannt.

Er schüttelte den Kopf. »Eine viel zu lange Geschichte. Nun, ich will sie für dich kurz zusammenfassen. Freunde bestanden darauf, einen unerwarteten Reichtum mit mir zu teilen. Ich bezweifle, dass sie selbst den vollen Wert all dessen überblickten, was sie mir aufdrängten. Eine Freundin in einer Handelsstadt verkauft die exquisiten Stücke nach und nach für einen angemessenen Preis und schickt mir die

Kreditbriefe nach Bingstadt.« Er hob ein wenig hilflos die Hände. »Ganz gleich, wie ich es verschwende, es scheint immer noch mehr Geld da zu sein.«

»Ich freue mich für dich«, sagte ich aufrichtig.

Er lächelte. »Ich wusste, du gönnst mir das Glück. Das Merkwürdigste daran ist, dass es nichts ändert. Ob ich auf gesponnenem Gold schlafe oder auf Stroh, mein Schicksal bleibt dasselbe. Wie auch das deine.«

Also waren wir wieder beim Thema angelangt. Ich sammelte all meine Kraft und Entschlossenheit. »Nein«, sagte ich fest, »ich lasse mich nicht wieder in politische Machenschaften hineinziehen. Ich habe jetzt ein eigenes Leben, und das ist hier.«

Er neigte den Kopf zur Schulter, und ein Schatten seines alten Schelmenlächelns spielte um seine Lippen. »Ach Fitz, du hast immer schon ein eigenes Leben gehabt. Genau genommen ist das dein Problem. Du hast von Geburt an eine Bestimmung gehabt. Und ob sie nun hier ist ...« Er warf einen Blick durch die Stube. »*Hier,* das ist nichts weiter als die Stelle, wo man gerade steht. Oder sitzt.« Er holte tief Atem. »Ich bin nicht gekommen, um dich in irgendetwas hineinzuziehen, Fitz. Die Zeitläufte haben mich hergeführt. Und dich. Genau wie sie Chade hergebracht haben und andere Wendungen deines Schicksals letzthin bewirkten. Habe ich recht?«

Er hatte recht. Der ganze Sommer war ein einziger großer Knick in meinem ebenmäßigen Dasein gewesen. Ich antwortete nicht, aber das war auch nicht nötig. Er lehnte sich zurück und streckte die langen Beine aus. Wir schwiegen beide. Er nagte nachdenklich an seinem nicht behandschuhten Daumen, dann legte er den Kopf an die Stuhllehne und schloss die Augen.

»Einmal habe ich von dir geträumt.« Ich hatte nicht vorgehabt, davon zu sprechen.

Er öffnete ein katzengelbes Auge. »Ich glaube, das Gespräch hatten wir bereits. Vor langer Zeit.«

»Nein. Dieses Mal war es anders. Ich wusste nicht, dass du es warst, bis eben jetzt. Oder vielleicht wusste ich es doch.« Es war eine unruhige Nacht gewesen, Jahre her, und als ich aufwachte, blieb der Traum in meinem Kopf haften wie Pech an den Händen. Ich hatte geahnt, dass er etwas bedeutete, aber das Bruchstück, das zu sehen mir vergönnt gewesen war, ergab so wenig Sinn, dass ich nichts damit anfangen konnte. »Ich wusste nicht, dass du golden geworden warst. Doch eben, als du dich zurückgelehnt hast, mit geschlossenen Augen … Du – oder sonst jemand – lagst auf einem rohen Bretterboden. Deine Augen waren geschlossen, du sahst aus, als wärst du krank oder verwundet. Ein Mann beugte sich über dich. Ich spürte, er hatte nichts Gutes im Sinn. Deshalb habe ich …«

Ich hatte mich gegen ihn *gestemmt,* die Alte Macht auf eine Weise gebraucht wie seit Jahren nicht mehr. Ein heftiger Rammstoß animalischen Willens, um ihn zurückzuschleudern, ihn zu bezwingen auf eine Art, die er nicht begriff, aber hasste. Der Hass war ebenso groß gewesen wie sein Erschrecken. Der Narr wartete schweigend darauf, dass ich fortfuhr.

»Ich habe ihn von dir weggeschoben. Er war voller Wut, wollte dich töten. Doch ich erlegte ihm einen Zwang auf, dass er gehen und für dich Hilfe holen müsse. Er wollte nicht, doch er hatte keine andere Wahl, als zu gehorchen.«

»Weil du es ihm mit der Gabe eingebrannt hast«, sagte der Narr ruhig.

»Vielleicht«, gab ich widerwillig zu. In der Tat war der nächste Tag eine lange Qual gewesen, Kopfschmerzen und

Gabenhunger. Daran zu denken war unangenehm. Ich hatte mir vorgemacht, ich könnte die Gabe nicht auf diese Weise gebrauchen. Bestimmte andere Erinnerungen krochen aus dunklen Winkeln in meinem Gehirn. Ich drängte sie zurück. Nein, versicherte ich mir, sie hatten nichts damit zu tun.

»Es war das Deck eines Schiffes«, erklärte er bedächtig. »Und sehr wahrscheinlich hast du mir das Leben gerettet.« Er spitzte die Lippen. »Ich hatte eine Ahnung, dass etwas dergleichen geschehen sein könnte. Mir war immer rätselhaft, weshalb er nicht die Gelegenheit genutzt hatte, sich meiner zu entledigen. Manchmal, wenn ich sehr allein war, verspottete ich mich selbst, dass ich mich an eine solche Hoffnung klammerte. Dass ich mir einbildete, ich wäre so wichtig für einen anderen Menschen, dass er in seinen Träumen herbeieilte, um mich zu beschützen.«

»Du hättest es besser wissen müssen«, sagte ich.

»Hätte ich?« Dies brachte er im Ton einer Herausforderung hervor und er fing meinen Blick ein und hielt ihn fest, statt auszuweichen, wie es sonst seine Art war. Ich konnte den Schmerz nicht verstehen, den ich in seinen Augen las, und auch nicht die Hoffnung. Er brauchte etwas von mir, aber ich wusste nicht genau, was. Ich versuchte, Worte zu finden, aber dann war der Moment vorbei. Er wandte den Blick ab und erlöste mich von seiner stummen Bitte. Als er mich wieder ansah, hatte er sowohl eine andere Miene aufgesetzt als auch das Thema gewechselt.

»Nun gut, was hast du angefangen, nachdem ich weggeflogen war?«

Die Frage verwirrte mich. »Ich dachte ... Aber wenn du Chade seit Jahren nicht gesehen hast, wie du sagst, wie konntest du mich dann finden?«

Als Antwort schloss er die Augen und führte den linken und den rechten Zeigefinger vor seinem Gesicht zusammen. Er hob die Lider und lächelte mich an. Ich wusste, eine bessere Antwort würde ich von ihm nicht bekommen.

»Ich weiß gar nicht, wie ich anfangen soll.«

»Aber ich. Mit noch einem Marill.«

Er erhob sich mit tänzerischer Anmut. Ich überließ ihm meinen leeren Becher, blieb sitzen und legte eine Hand auf Nachtauges Kopf, spürte, wie er zwischen Schlaf und Wachen schwebte. Falls seine Gelenke ihn noch peinigten, verbarg er es gut. Überhaupt lernte er besser und besser, sich gegen mich abzuschirmen. Ich fragte mich, weshalb er seine Schmerzen vor mir verheimlichte.

Hast du Lust, deinen wehen Rücken mit mir zu bejammern? Lass mich in Ruhe und hör auf, die Last der ganzen Welt auf deinen Schultern tragen zu wollen und dir die Sorgen anderer zu eigen zu machen. Er hob den Kopf von meinem Knie und machte sich mit einem tiefen Schnaufen vor dem Kamin lang. Es war, als fiele ein Vorhang zwischen uns nieder, hinter dem er verschwand.

Ich erhob mich langsam, eine Hand ins Kreuz gestemmt, um meinen eigenen Schmerz zu bändigen. Der Wolf hatte recht. Manchmal machte das Teilen einen Schmerz nicht leichter erträglich. Der Narr schenkte uns einen weiteren Trunk von seinem Nektar ein. Ich setzte mich an den Tisch, und er schob mir meinen Becher hin, während er seinen auf einen Rundgang durch die Stube mitnahm. Er blieb vor Veritas' halb fertiger Karte der Sechs Provinzen stehen, die ich aufgehängt hatte, warf einen Blick in Harms Alkoven und beugte sich über die Schwelle meiner Schlafkammer. Nachdem ich Harm seinerzeit zu mir genommen hatte, hatte ich einen weiteren Raum angebaut, meine Klause, mit einem eigenen kleinen Kamin, einem Schreibtisch und einem Regal für Schriftrollen. Der Narr zögerte an der Tür, dann trat er kühn ein. Ich beobachtete ihn. Sein Verhalten gemahnte an eine Katze, die ein fremdes Revier erkundet. Er fasste nichts an, doch seine Augen bemerkten alles.

»Eine Menge Schriftrollen«, sagte er.

Ich erhob die Stimme, damit er mich im Nebenraum verstehen konnte. »Ich habe versucht, eine Chronik der Sechs Provinzen zu verfassen. Philia und Fedwren haben mich vor Jahren, als ich noch ein Junge war, darum gebeten. Eine Beschäftigung an den langen Abenden.«

»Aha. Darf ich?«

Ich nickte. Er ließ sich an meinem Schreibtisch nieder und entrollte das Pergament über das Steinspiel. »Ach ja. Ich erinnere mich daran.«

»Chade will es haben, wenn ich damit fertig bin. Ich habe ihm von Zeit zu Zeit Dinge geschickt, durch Merle. Doch erst vor ungefähr einem Monat habe ich ihn wiedergesehen, zum ersten Mal seit damals.«

»Hm. Aber Merle hast du öfter gesehen.« Er saß mit dem Rücken zu mir, und so konnte ich den Ausdruck auf seinem Gesicht nicht sehen. Der Narr und die Vagantin waren sich von Anfang an spinnefeind gewesen. Eine Zeitlang hatten sie eine halbherzige Waffenruhe geschlossen, doch blieb ich ein Zankapfel zwischen ihnen. Der Narr war nie mit meiner Freundschaft zu Merle einverstanden gewesen, hatte nie geglaubt, dass ihr wirklich etwas an mir lag. Umso peinlicher, eingestehen zu müssen, dass er recht behalten hatte.

»Merle ist hin und wieder zu Besuch gekommen. Sie war es, die mir Harm gebracht hat, vor ungefähr sieben Jahren. Er ist gerade fünfzehn geworden. Zurzeit ist er nicht hier, er verdingt sich draußen bei den Bauern, um sich das Geld für seine Lehre zu verdienen. Er will Möbeltischler werden. Er versteht sich gut aufs Arbeiten mit Holz, für seine Jugend; den Schreibtisch und das Regal hat er gemacht. Doch ich weiß nicht, ob er die Geduld für die Feinheiten des Handwerks aufbringt. Wie dem auch sei, das hat er sich in den Kopf gesetzt und will bei einem Meister in Burgstadt in die Lehre gehen. Gindast ist sein Name, und er ist einer der Besten. Sogar ich habe ihn rühmen gehört. Wenn ich geahnt hätte, dass der Junge so hoch hinauswill, hätte ich früher angefangen, etwas auf die hohe Kante zu legen. Aber …«

»Merle?« Die Frage des Narren unterbrach meinen Redeschwall über die Zukunft des Jungen.

Es kam mir nur schwer über die Lippen. »Sie ist verheiratet. Ich weiß nicht, seit wann. Harm hat es herausgefunden, als er mit ihr zum Frühlingsfest in Bocksburg war. Er kam nach Hause und hat es mir erzählt.« Ich zog eine Schulter hoch und ließ sie fallen. »Ich musste mit ihr brechen. Sie wusste, dass es so kommen würde, wenn ich von ihrer Ehe erfuhr, trotzdem sind wir im Streit auseinandergegangen. Sie konnte nicht verstehen, weshalb es mir unmöglich sein sollte, weiterzumachen wie bisher, solange ihr Gemahl keinen Wind davon bekommt.«

»Typisch Merle.« Er sagte es in einem Ton, als drücke er mir sein Beileid für Frostschäden an den Stangenbohnen aus. Er drehte sich auf dem Stuhl um und schaute über die Schulter zu mir her. »Und, bist du darüber hinweg?«

Ich räusperte mich. »Ich habe viel gearbeitet. Und mich bemüht, nicht daran zu denken.«

»Weil sie kein Schamgefühl hat, glaubst du, du musst dich geißeln. Menschen wie sie haben ein Talent, anderen ihre Schuld aufzubürden. Diese rote Tinte ist herrlich. Wo hast du sie her?«

»Selbst gemacht.«

»Tatsächlich?« Neugierig wie ein Kind entkorkte er eins der Fläschchen auf meinem Schreibtisch und steckte den kleinen Finger hinein. Als er ihn wieder herauszog, war die Spitze leuchtend rot. Er betrachtete sie sinnend. »Ich habe

Burrichs Ohrring behalten«, verkündete er plötzlich, »statt ihn Molly zu geben.«

»Das habe ich gesehen. Ich bin froh darüber. Es ist besser, wenn keiner von beiden weiß, dass ich noch lebe.«

»Hm. Eine weitere Frage beantwortet.« Er brachte ein blütenweißes Taschentuch zum Vorschein und verschandelte es, indem er sich damit die Tinte vom Finger wischte. »So weit, so gut. Erzählst du mir nun die ganze Mär in chronologischer Reihenfolge, oder muss ich dir alles einzeln aus der Nase ziehen?«

Ich seufzte. Mir graute davor, die Vergangenheit wieder lebendig werden zu lassen. Chade hatte sich mit einem Rapport über die Ereignisse begnügt, die das Haus Weitseher betrafen. Der Narr würde sich nicht damit zufriedengeben, und so gern ich abgewinkt hätte, ich konnte mich der Einsicht nicht verschließen, dass ich ihm einen ausführlichen Bericht schuldig war. »Ich werde mein Bestes tun. Aber ich bin müde, und wir haben viel zu viel getrunken, und die Geschichte ist zu lang, um sie an einem Abend zu erzählen.«

Er beugte sich rücklings über die Stuhllehne. »Hast du erwartet, dass ich morgen abreise?«

»Ich dachte es.« Ich beobachtete sein Mienenspiel, als ich hinzufügte: »Gehofft habe ich es nicht.«

Er nahm mich beim Wort. »Dein Glück, denn du hättest vergeblich gehofft. Zu Bett mit dir, Fitz. Ich schlafe auf der Pritsche des Jungen. Morgen ist früh genug, um einen Brückenschlag über fünfzehn Jahre in Angriff zu nehmen.«

Der Marill des Narren war stärker als der Sandsegger, oder vielleicht war ich einfach erschöpfter als sonst. Ich schwankte in meine Kammer, zerrte mir das Hemd vom Leib und fiel ins Bett. Dort lag ich, fühlte mich wie auf einem Floß in leichter Dünung und horchte auf die leisen Schritte des Narren, der in der Stube hin und her ging, Kerzen löschte und den Riegel vorschob. Wahrscheinlich hätte außer mir keiner die leichte Unsicherheit in seinen Bewegungen wahrgenommen. Dann setzte er sich auf meinen Stuhl vor dem Kamin und streckte die Beine aus. Zu seinen Füßen brummte der Wolf und regte sich im Schlaf. Ich spürte behutsam zu ihm hin; er schlummerte tief und fest und verströmte Zufriedenheit.

Ich machte die Augen zu, doch sofort begann sich alles um mich zu drehen, und mir wurde übel. Ich öffnete die Lider einen Spalt und schaute zu dem Narren. Er blickte sehr still ins Feuer, aber die tanzenden Flammen liehen seinen Zügen ihre Bewegung. Die Umrisse seines Gesichts veränderten sich im Spiel von Licht und Schatten. Das Gold von Haut und Augen hätte vom Widerschein des Feuers stammen können, aber ich wusste es besser.

Es war schwer, sich klarzumachen, dass er nicht länger der Schabernack treibende Hofnarr war, der viele Jahre lang König Listenreich gedient und beschützt hatte. Sein Körper hatte sich nicht verändert, außer in der Farbe. Die anmutigen, langfingrigen Hände hingen über die Armlehnen des Stuhls. Sein Haar, früher hell und flaumig wie Pusteblumen, wurde nun von einem silbernen Band aus dem Gesicht gehalten und war im Nacken zu einem Zopf geflochten. Er schloss die Augen und lehnte den Kopf an die Stuhllehne. Feuerschein tönte sein aristokratisches Profil bronzefarben. Die vornehmen Kleider von heute mochten an sein winterliches Narrengewand in Schwarz und Weiß erinnern, doch ich war überzeugt, er würde nie wieder Schellen und Bänder tragen und ein rattenköpfiges Narrenzepter. Sein rascher Witz und seine scharfe Zunge beeinflussten nicht länger den Kurs politischer Ereignisse. Er lebte sein eigenes Leben. Ich versuchte, ihn mir als vermögenden Weltmann vorzustellen, der reiste und selbst über sein Tun und Lassen bestimmte. Ein plötzlicher Gedanke rüttelte mich aus dem Halbschlaf.

»Narr?«, rief ich laut in die dunkelnde Stube.

»Was?« Seine Augen blieben geschlossen, aber die prompte Antwort zeigte, dass er noch hellwach war.

»Ein Narr bist du nicht mehr. Wie nennt man dich neuerdings?«

Ein träges Lächeln krümmte den für mich sichtbaren Mundwinkel. »Wie nennt mich wer wann?«

Das war wieder der keck-herausfordernde Ton des Hofnarren Seiner Majestät. Wenn ich auf diese Frage einging, würde er mich in verbale Akrobatik verwickeln, bis ich es aufgab, ihm eine vernünftige Antwort entlocken zu wollen. Statt auf sein Spiel einzugehen, formulierte ich meine Frage neu: »Es scheint mir nicht mehr angemessen, dich mit Narr anzureden. Wie möchtest du, dass ich dich nenne?«

»Ah, wie möchte ich, dass *du* mich nennst? Ich verstehe. Eine ganz und gar andere Frage.« Sein Tonfall war ein spöttischer Singsang.

Ich holte tief Atem und versuchte mein Glück ein drittes Mal. »Wie lautet dein Name, dein wirklicher Name?«

»Oh.« Plötzlich tiefernst. »Mein Name. Den meine Mutter mir bei der Geburt gegeben hat, meinst du?«

»Ja.« Und dann hielt ich den Atem an. Er sprach selten von seiner Kindheit. Plötzlich begriff ich die Ungeheuerlichkeit meines Ansinnens. Es war die alte Namensmagie: Kenne ich deinen wahren Namen, habe ich Macht über dich. Verrate ich dir meinen Namen, gebe ich dir diese Macht. Wie bei allen direkten Fragen, die ich dem Narren je gestellt hatte, hoffte ich auf eine Antwort und fürchtete sie zugleich.

»Und wenn ich ihn dir sage, wirst du mich bei diesem Namen nennen?« Sein Tonfall warnte mich, nicht vorschnell zu antworten.

Ich überlegte. Sein Name gehörte ihm, und ich hatte nicht das Recht, damit hausieren zu gehen. Aber: »Nur unter vier Augen. Und nur, wenn du es möchtest«, antwortete ich gewichtig. Für mich war es ein Schwur.

»Aha.« Er drehte sich um und schaute mich an. Sein Gesicht leuchtete. »Aber ja, ich möchte es«, versicherte er mir.

»Also?« Plötzlich überfiel mich die dunkle Ahnung, dass ich ihm wieder auf den Leim gegangen war.

»Der Name, den meine Mutter mir gegeben hat, du sollst ihn wissen, damit du mich so nennen kannst, wenn wir allein sind.« Mit einem tiefen Atemzug wandte er sich wieder dem Feuer zu. Er schloss die Augen, aber sein Grinsen wurde noch breiter. »Herzlieb. Sie nannte mich immer nur ›Herzlieb‹.«

»Narr!«

Er lachte. Ein kehliges, sattes Kichern reinen Vergnügens. »Es stimmt.«

»Narr, ich meine es ernst.« Die Kammer begann sich wieder langsam um mich zu drehen. Wenn ich nicht bald einschlief, würde ich mich übergeben müssen.

»Und du glaubst, ich nicht?« Er seufzte theatralisch. »Nun, wenn du mich nicht ›Herzlieb‹ nennen willst, dann schlage ich vor, dass wir bei ›Narr‹ bleiben. Bin ich doch immer der Narr für dich, wie du mein Firlefitz.«

»Tom Dachsenbless.«

»Wie?«

»Ich bin jetzt Tom Dachsenbless. So werde ich hier genannt.«

Er schwieg eine Weile. »Nicht von mir«, sagte er dann entschieden. »Wenn du darauf bestehst, dass wir beide andere Namen haben sollen, dann will ich dich ›Herzlieb‹ nennen. Und wann immer ich das tue, darfst du ›Narr‹ zu mir sagen.« Er hob die Lider und rollte den Kopf herum, sodass er mich ansehen konnte. Er verzog das Gesicht zu einem süßlichen, liebeskranken Lächeln, dann stieß er einen abgrundtiefen Seufzer aus. »Gute Nacht, Herzlieb. Wir sind viel zu lange getrennt gewesen.«

Ich kapitulierte. Wenn er in dieser Laune war, konnte man nicht vernünftig mit ihm reden. »Gute Nacht, Narr.« Ich drehte mich auf die Seite und schloss die Augen. Falls er noch antwortete, war ich schon eingeschlafen und hörte es nicht.

Kapitel 6

DIE RUHIGEN JAHRE

Von Geburt bin ich ein Bastard. Die ersten sechs Jahre wohnte ich mit meiner Mutter irgendwo im Bergreich. Ich habe keine klare Erinnerung an diese Zeit. Als ich sechs war, brachte mich mein Großvater zur Zitadelle in Mondesauge und übergab mich meinem Oheim väterlicherseits, Veritas Weitseher. In meiner Person manifestierte sich nun für aller Augen sichtbar der politische und persönliche Fehltritt, der meinen Vater veranlasste, seinen Anspruch auf den Thron aufzugeben und sich vollkommen vom Hof zurückzuziehen. Mich gab man in die Obhut von Burrich, dem Stallmeister in Bocksburg. Später hielt König Listenreich es für angebracht, sich meiner Loyalität zu versichern, und gab mich bei seinem bestallten Meuchelmörder in die Lehre. Nach dem Tod Listenreichs, durch die Machenschaften seines jüngsten Sohnes, Edel, gehörte meine Treue König Veritas. Ihm folgte und diente ich bis zu dem Augenblick, als er sein Leben und seine Seele in einen steinernen Drachen einfließen ließ. Veritas-als-Drache erhob sich in die Lüfte und führte die Uralten in Gestalt von Drachen gegen die Roten Korsaren, die unser Land heimsuchten und verwüsteten. Nachdem ich meinem König bis zuletzt gedient hatte, zog ich mich, verwundet an Leib und Seele, vom Hof zurück und lebte fünfzehn Jahre als Einsiedler fern der menschlichen Gesellschaft. Ich glaubte, ich würde nie zurückkehren.

In jenen Jahren unternahm ich es, eine Chronik der Sechs Provinzen zu verfassen und die Geschichte meines eigenen Lebens niederzuschreiben. Außerdem beschaffte ich mir Schriftrollen und Aufzeichnungen über eine Vielzahl unterschiedlicher Themen und studierte sie. Beide Vorhaben dienten dem Zweck, der Wahrheit auf die Spur zu kommen, die Einflüsse und Kräfte zu entdecken und zu analysieren, die dafür verantwortlich waren, dass mein Leben diesen Verlauf genommen hatte. Doch je mehr Wissen ich zusammentrug und je mehr ich meine Gedanken dem Papier anvertraute, desto hartnäckiger entzog sich mir die Wahrheit, die ich zu fassen suchte. Was das Leben mich in den Jahren des freiwilligen Exils lehrte, ist, dass kein Mensch jemals die ganze Wahrheit von etwas kennt. Auf all meine Erfahrungen und das Bild von mir selbst warf die Zeit ein neues Licht. Was grell beleuchtet erschien, versank in Schatten, Kleinigkeiten, für unwichtig gehalten, traten in den Vordergrund.

Burrich, der Stallmeister und der Mann, bei dem ich aufwuchs, warnte mich einmal: »Wenn du mir nur einen Teil der Wahrheit erzählst, um nicht wie ein Narr auszusehen, dann hörst du dich stattdessen an wie ein Dummkopf.«

Aus eigener Erfahrung kann ich heute sagen, dass er recht hatte. Doch auch der verantwortungsvolle und genaue Chronist ist nicht davor gefeit, Jahre nachdem er nach bestem Wissen und Gewissen von einem Vorfall berichtet hat, als Lügner zu erscheinen. Solche Verfehlungen sind nicht die Folge bösen Willens, sondern einzig der Unkenntnis bestimmter Fakten zur Zeit der Niederschrift oder weil die Bedeutung trivialer Ereignisse nicht abzusehen war. Niemand erkennt gern, dass ihm ein solcher Fehler unterlaufen ist, doch wer behauptet, ihm sei das nie passiert, setzte nur eine Lüge auf die andere.

Meine Versuche, eine Chronik der Sechs Provinzen zu verfassen, basierten auf mündlicher Überlieferung und den alten Quellen, zu denen ich Zugang hatte. Als ich die Feder zur Hand nahm, wusste ich, dass ich Gefahr lief, die Irrtümer anderer zu verewigen. Hingegen hatte ich nicht geahnt, dass meine autobiographischen Bemühungen den gleichen Gesetzmäßigkeiten unterworfen sein könnten. Die Wahrheit, entdeckte ich, ist ein Baum, der wächst, während ein Mensch Erfahrungen sammelt. Ein Kind sieht das Samenkorn seines täglichen Lebens, der Mann aber blickt zurück auf den Eichbaum.

Einmal der Kinderzeit entwachsen, bleibt die Tür dorthin unwiderruflich verschlossen, doch es gibt Phasen im Leben eines Menschen, wo er sich noch einmal in dem Glauben wiegen darf, dass die Welt vergibt und er unsterblich ist. Meiner Meinung nach ist das die Essenz des Kindseins: die Überzeugung, dass alle Fehler verzeihlich und wiedergutzumachen sind. Der Narr lockte diesen alten Optimismus in mir hervor, und selbst der Wolf gebärdete sich ausgelassen und übermütig während seines Aufenthalts.

Der Narr war keine Störung in unserem Leben. Wir brauchten keine Zugeständnisse zu machen. Er war einfach da, passte sich unserem Tagesablauf an und machte meine Pflichten zu den seinen. Regelmäßig war er vor mir auf. Wenn ich morgens erwachte, standen die Türen meiner Schlafkammer und meiner Klause offen, die Haustür meistens ebenfalls. Von meinem Bett aus sah ich ihn im Schneidersitz auf meinem Stuhl vor dem Schreibtisch sitzen. Er war stets gewaschen und vollständig angekleidet. Die vornehmen Gewänder waren nach dem Tag seiner Ankunft verschwunden, und an ihre Stelle traten schlichte Kittel und Hosen oder die abendliche Bequemlichkeit eines Hausmantels. Im selben Moment, wenn ich die Augen aufschlug, wusste er, dass ich wach war, und schaute zu mir her. Immer las er, entweder die Schriftrollen oder Pergamente, die ich zusammengetragen hatte, oder er stöberte in meinen eigenen Manuskripten. Bei Letzteren handelte es sich um meine gescheiterten Versuche an einer Chronik der Sechs Provinzen sowie meine bruchstückhaften Bemühungen, einen Sinn in meinem Leben zu erkennen, indem ich es auf Papier bannte. Er hob eine Augenbraue und legte das betreffende Schriftstück sorgsam wieder an die Stelle zurück, wo er es weggenommen hatte. Wäre es seine Absicht gewesen, hätte ich von seiner Beschäftigung mit meinen Aufzeichnungen nichts bemerkt.

Stattdessen erwies er mir insofern Respekt, dass er nie Fragen über das Gelesene stellte. Die privaten Gedanken, die ich dem Papier anvertraut hatte, blieben privat, meine Geheimnisse versiegelt hinter den Lippen des Narren.

Er fügte sich mühelos in mein Leben, füllte eine Leere, die ich vorher nicht gespürt hatte. Während er bei uns war, vergaß ich fast, Harm zu vermissen, außer dass ich Lust hatte, mit dem Jungen vor ihm zu prahlen. Ich weiß, dass ich viel von ihm erzählt habe. Manchmal arbeitete der Narr mit mir im Garten oder wenn ich die Umfriedung der Koppel aus Feldsteinen und Holz ausbesserte. Wenn es nur Arbeit für einen war, wie zum Beispiel das Ausheben der Pfostenlöcher, setzte er sich daneben und schaute zu. Die Unterhaltung dabei drehte sich um die Tätigkeit, die gerade anlag, oder wir flachsten auf die Art von Männern, die ihre Knabenzeit miteinander verbracht haben. Sobald sich ein ernsterer Ton einschlich, lenkte er mich mit seinen Possen davon ab. Wir ritten abwechselnd auf Malta, denn der Narr brüstete sich, sie könne jedes Hindernis überspringen, und eine Reihe improvisierter Ricks quer über meinen Zuweg bewiesen, dass er nicht zu viel versprochen hatte. Die lebhafte kleine Stute schien diese Prüfung ihrer Fähigkeiten ebenso zu genießen wie wir.

Nach dem Abendessen unternahmen wir manchmal einen Spaziergang an den Klippen entlang oder stiegen hinunter, um bei Ebbe über den Strand zu schlendern. In der Dämmerung gingen wir mit dem Wolf auf Kaninchenjagd und machten bei der Heimkehr nur der Behaglichkeit wegen ein Feuer, denn die Nächte waren lau. Der Narr hatte mehr als nur eine Flasche von seinem süß-feurigen Marill mitgebracht, und seine Stimme war so melodisch wie eh und je. Die Abende waren seine Zeit, um zu singen und zu plaudern, Geschichten zu erzählen, wundersame wie lustige. Manche schienen selbst erlebt zu sein, bei anderen handelte es sich offenbar um Märchen aus dem Volk, die er unterwegs aufgeschnappt hatte. Seine anmutigen Handbewegungen waren ausdrucksvoller als die Marionetten, die er früher geschnitzt hatte, und sein wandlungsfähiges Gesicht konnte jeden Charakter in den Geschichten darstellen.

Erst in den späten Abendstunden, wenn das Feuer heruntergebrannt und sein Gesicht mehr Schatten als Form war, lenkte er die Unterhaltung auf Dinge, die ihm wichtig erschienen. An jenem ersten Abend, mit einer vom Marill samtigen Stimme, begann er: »Hast du eine Ahnung, wie schwer es mir fiel, mit Mädchen-auf-einem-Drachen davonzufliegen und dich zurückzulassen? Ich musste mich zwingen zu glauben, dass die Räder sich drehten und es dir irgendwie gelingen würde, am Leben zu bleiben. Es stellte mein Vertrauen in mich selbst auf eine unglaublich harte Probe, wegzufliegen und dich dir selbst zu überlassen.«

»Dein Vertrauen in dich selbst?«, fragte ich mit gespielter Gekränktheit. »Hattest du kein Vertrauen zu mir?« Der Narr hatte Harms Bettzeug vor dem Kamin ausgebreitet, und statt auf den harten Stühlen machten wir es uns darauf gemütlich. Der Wolf döste, die Nase auf den Pfoten, an meiner linken Seite, rechts lag der Narr mit aufgestützten Ellbogen, das Kinn in die Hände geschmiegt. Er blickte ins Feuer und wedelte müßig mit den Füßen durch die Luft.

Die ersterbenden Flammen tanzten diabolisch in seinen Augen. »Zu dir? Hm. Nur so viel sei gesagt, dass es mir ein großer Trost war, den Wolf an deiner Seite zu wissen.«

Was das angeht, war das Vertrauen gerechtfertigt, bemerkte der Wolf trocken.

Ich dachte, du schläfst.

Ich versuche es.

Mit fast träumerischer Stimme fuhr der Narr fort: »Du hattest jede Katastrophe überlebt, die für dich in den Sternen stand. Also überließ ich dich deinem Schicksal und redete mir ein, vor dir läge eine Zeit der Ruhe. Vielleicht sogar eine Zeit des Friedens.«

»So war es auch. In gewisser Weise.« Ich atmete tief ein. Fast hätte ich ihm von meiner Totenwache bei Will berichtet. Wie ich mit der Gabe durch den Sterbenden hindurch nach Edel gegriffen, mich seiner bemächtigt, ihn meinem Willen unterworfen hatte. Ich stieß den Atem aus. Für ihn war es nicht wichtig, und ich war nicht erpicht darauf, die Erinnerung aus der Versenkung zu holen. »Ich habe Frieden gefunden. Nach und nach. Frieden hienieden.« Ich grinste töricht. Bemerkenswert, was man alles lustig findet, wenn man genug getrunken hat.

Ich merkte, dass ich von meinem Jahr in den Bergen

erzählte. Ich berichtete davon, wie wir in das Tal der heißen Quellen zurückgekehrt waren, und von der einfachen Hütte, die ich für uns gebaut hatte, um darin dem Winter zu trotzen. In den Bergen erfolgt der Wechsel der Jahreszeiten gefährlich schnell. Eines Morgens sind die Blätter der Birken gelb geädert, und das Laub der Erlen hat sich über Nacht rot gefärbt. Noch ein paar Nächte, und es sind kahle Zweige, die sich in einen kalten blauen Himmel recken. Die Nadelbäume ducken sich vor dem nahenden Winter. Dann kommt der Schnee und überzieht die Welt mit gnädigem Weiß.

Ich schilderte ihm, wie ich mit Jagen die Tage verbrachte, Nachtauge als einzigen Gefährten. Heilung und Seelenfrieden waren das Wild, welches sich mir am hartnäckigsten entzog. Unser Dasein war das von Raubtieren, ohne Verpflichtung, außer füreinander. Die vollkommene Einsamkeit war der beste Balsam für die Wunden, die ich sowohl am Körper als auch an der Seele davongetragen hatte. Verletzungen dieser Art heilen niemals ganz, aber ich lernte mit den Narben zu leben, so wie seinerzeit Burrich gelernt hatte, mit seinem lahmen Bein zu leben.

Wir jagten Rehe und Kaninchen. Ich akzeptierte, dass ich aus dem Leben geschieden war, wenn nicht körperlich, so doch in jeder anderen Hinsicht. Winterstürme umtosten unsere kleine Behausung, und ich begriff, dass Molly nicht länger mein war. Kurz waren die Wintertage, Zwischenspiele aus Sonnenstrahlen auf glitzerndem weißem Schnee, bevor die Dämmerung zurückkehrte, um mit ihren blauen Fingern die schwarze Nacht über uns zu breiten. Ich lernte, mich über das Verlorene hinwegzutrösten, indem ich mir sagte, dass meine kleine Tochter im Schutz von Burrichs starkem rechtem Arm aufwachsen würde, genau wie einst ihr Vater.

Ich hatte versucht, mich von meinen Erinnerungen an Molly zu befreien. Der heiße Schmerz, wenn ich daran dachte, wie oft ich ihr Vertrauen missbraucht hatte, war der hellste Stein in einer glitzernden Kette beschämender Erinnerungen. Sosehr ich mich früher danach gesehnt hatte, meiner Pflichten und Verpflichtungen ledig zu sein, nachdem es nun so weit war, fühlte ich mich anfangs eher beraubt als erlöst. Während die kurzen Wintertage sich mit den langen, frostklirrenden Nächten abwechselten, zählte ich die Menschen, die ich verloren hatte. Diejenigen, die wussten, dass ich noch lebte, waren weniger als die Finger an einer Hand. Der Narr, Königin Kettricken, die Vagantin Merle und, durch diese drei, Chade, das waren die vier Eingeweihten. Einige andere hatten mich lebend gesehen, unter ihnen Flink, der neue Stallmeister, und Pinne Zänkerssohn, ein verdienter Soldat der Leibgarde, doch die Umstände dieser kurzen Begegnungen waren derart, dass man ihnen, wenn sie davon erzählten, schwerlich glauben würde.

Alle anderen, die mich gekannt hatten, oder sogar gekannt und geliebt, hielten mich für tot. Und ich konnte nicht zurückkehren, um ihnen zu zeigen, dass es nicht so war. Ich war als einer von denen mit der Alten Macht hingerichtet worden. Wenn ich wieder auftauchte, lief ich Gefahr, dass man es sich diesmal angelegen sein ließ, bei einer neuerlichen Exekution gründlicher zu verfahren. Doch selbst wenn man meinen Namen von dem Makel der unreinen Magie befreite, konnte ich Geschehenes nicht ungeschehen machen. Einmal vorausgesetzt, Molly wäre bereit, meine Tiermagie hinzunehmen und meine vielen Unaufrichtigkeiten zu verzeihen, wie sollte man ihre inzwischen geschlossene Verbindung mit Burrich lösen? Und Burrich mit der Tatsache zu konfrontieren, dass er einem anderen Mann, seinem Ziehsohn, Frau und Kind *gestohlen* hatte – es würde ihn zerstören. Konnte ich darauf eine glückliche Zukunft errichten? Konnte Molly es?

»Ich versuchte mich mit dem Gedanken zu trösten, dass sie in guter Hut und glücklich waren.«

»Konntest du nicht mit der Gabe hinausgreifen und dich davon überzeugen?«

Die Schatten im Raum waren tiefer geworden; der Narr hielt den Blick unverwandt in die Glut gerichtet. Es war, als ob ich zu mir selbst redete.

»Ich könnte behaupten, dass ich lernte, mich zu beherrschen und ihr Privatleben zu respektieren, doch wenn ich ehrlich bin, muss ich zugeben, dass ich fürchtete, es könnte mich um den Verstand bringen, sie in ihrer Zweisamkeit zu belauschen.«

Auch ich blickte in die Glut, während ich von diesen Tagen erzählte, dennoch spürte ich, wie der Blick des Narren sich auf mich richtete. Ich schaute ihn nicht an. Ich wollte kein Mitleid in seinen Augen sehen. Ich brauchte niemandes Mitleid mehr.

»Ich habe Frieden gefunden«, sprach ich weiter. »Es war ein langwieriger Prozess, doch allmählich wurde es besser. Da war zum Beispiel der Morgen, als Nachtauge und ich von einem Jagdausflug in der grauen Stunde vor Tagesanbruch zurückkehrten. Wir hatten Erfolg gehabt und ein Bergschaf erlegt, das nach den heftigen Schneefällen auf der Suche nach Weide talwärts gewandert war. Der Hang war steil, das Wildbret lag schwer über meinen Schultern, und die Haut in meinem Gesicht war von der Kälte, die vom klaren blauen Himmel brannte, zu einer Maske erstarrt. Ich sah einen dünnen Rauchfaden aus meinem Schornstein steigen und dicht hinter der Hütte die Dunstschleier über den nahe gelegenen heißen Quellen. Auf dem Kamm der letzten Anhöhe machte ich Halt, um zu verschnaufen und meinen Rücken zu strecken.«

Ich sah es vor mir, klar und deutlich. Nachtauge stand neben mir, er hechelte Wolken. Mir war der Umhangzipfel, den ich um Mund und Kinn geschlungen hatte, fast am Bart angefroren. Ich schaute ins Tal und wusste, wir hatten Fleisch für mehrere Tage, unsere Hütte war eine feste Burg gegen die Unbilden des Winters, und wir waren fast zu Hause. Obwohl durchgefroren bis ins Mark und müde, empfand ich eine große Zufriedenheit. Ich schulterte das Schaf. *Fast zu Hause,* dachte ich zu Nachtauge hin.

Fast zu Hause, hatte er wiederholt. Und in diesem gemeinsamen Gedanken spürte ich eine Bedeutungsschwere, die das gesprochene Wort niemals hätte vermitteln können. Zu Hause. Daheim. Eine Endgültigkeit. Ein Ort, wo man hingehört. Die bescheidene Hütte war nun mein Zuhause, ein tröstliches Ziel, wo ich erwartete, alles zu finden, was ich brauchte.

Während ich noch dastand und auf diese Oase inmitten der kalten Weiße hinunterschaute, spürte ich eine Regung meines Gewissens, wie von einer vergessenen Verpflichtung. Es dauerte einen Moment, bis mir klar wurde, was fehlte. Eine ganze Nacht war vergangen, und ich hatte nicht einmal an Molly gedacht. Was war aus meiner Sehnsucht, meinem gebrochenen Herzen geworden? Was war ich für ein oberflächlicher Schuft, über einer Jagd meinen Kummer zu vergessen? Bewusst richtete ich meine Gedanken auf den Ort und die Menschen, die einst ZUHAUSE gewesen waren.

Wenn ich mich in einem Stück Aas wälze, um mir den Geschmack in Erinnerung zu rufen, schimpfst du.

Ich schaute Nachtauge an, doch er tat, als bemerke er es nicht. Er saß im Schnee, die Ohren in Richtung der Hütte gespitzt. Der böige Eiswind wühlte in seinem dicken Pelz, konnte aber nicht bis auf seine Haut dringen.

Soll heißen?, hakte ich nach, obwohl ich doch genau wusste, was er mir sagen wollte.

Du solltest aufhören, an dem Kadaver deines vergangenen Lebens zu nagen, Bruder. Vielleicht genießt du niemals endenden Schmerz. Ich nicht. Es ist keine Schande, sich von alten Knochen abzuwenden, Wandler. Jetzt drehte er den Kopf, um mich aus seinen tiefliegenden Augen anzusehen. *Auch zeugt es nicht von großer Klugheit, sich wieder und wieder selbst zu verletzen. Welche Treue schuldest du diesem Schmerz? Ihn ruhen zu lassen macht dich nicht geringer.*

Damit hatte er sich erhoben, den Schnee abgeschüttelt und war zielstrebig den Hang hinuntergetrabt. Ich war ihm gefolgt, nicht allein beschwert vom Gewicht der Jagdbeute, sondern auch von vielen Gedanken.

Ich wandte den Kopf und begegnete dem Blick des Narren, doch in der Dunkelheit konnte ich nicht in seinen Augen lesen. »Ich denke, das war die erste Ahnung von Frieden, die mir zuteilwurde. Nicht dass ich es selbst gemerkt hätte. Nachtauge musste mich mit der Nase darauf stoßen. Für einen anderen Menschen wäre es vielleicht offensichtlich gewesen. Vergangene Schmerzen soll man ruhen lassen. Wenn sie aufhören, dich zu besuchen, sollst du sie nicht einladen.«

»Über einen Schmerz hinwegzukommen ist nicht unehrenhaft. Manchmal findet man Frieden einfach dadurch, dass man aufhört, ihm auszuweichen.« Die Stimme des Narren raunte durch den fast dunklen Raum. Ich hörte es rascheln, als er sich bewegte. »Und du hast nie wieder eine ganze Nacht wachgelegen, ins Dunkel gestarrt und an früher gedacht?«

Ich stieß ein kurzes Hohnlachen aus. »Schön wär's. Leider kann ich nur sagen, dass ich aufhörte, mich absichtlich in meinen Weltschmerz zu versenken. Als endlich der Sommer kam und wir weiterzogen, war mir, als ließe ich eine alte, abgestreifte Haut zurück.«

Eine Weile schwiegen wir beide.

»Dann hast du die Berge verlassen und kamst zurück in die Bocksmarken.« Der Narr wusste, dass es nicht so gewesen war; er wollte mich nur dazu bringen, dass ich weitersprach.

»Erst später. Nachtauge war dagegen, aber ich hatte das Gefühl, ich könnte die Berge nicht verlassen, ohne den Schauplätzen unserer Queste einen Besuch abgestattet zu haben. Wir kehrten in den Steinbruch zurück, wo Veritas seinen Drachen erschaffen hatte. Ich stand dort, und es war nichts als ein flacher, öder Kessel unter einem schiefergrauen Himmel. Keine Spur von dem, was sich dort zugetragen hatte, nur Steinsplitter in Haufen und ein paar abgenutzte Werkzeuge. Ich wanderte über unseren Lagerplatz. Ich wusste, dass die zusammengefallenen Zelte und die verstreut herumliegenden Habseligkeiten uns gehört hatten, aber das meiste davon war seiner Bedeutung entkleidet. Graue Lumpen, durchnässt und formlos. Ich fand ein paar kleine Dinge, die ich mitnahm, die Steine für Krähes Brettspiel unter anderem.« Ich atmete tief ein. »Und ich bin zu der Stelle gegangen, wo Carrod gestorben ist. Seine Leiche lag noch da, fast gänzlich verwest, nur noch Knochen und ein paar modernde Kleidungsstücke. Alles von Raubtieren unberührt. Sie meiden die Gabenstraße, wie du weißt.«

»Ja, ich weiß«, erwiderte er leise. Es war, als hätte er mit mir den Rundgang durch den verlassenen Steinbruch gemacht.

»Ich habe lange dagestanden und diese Knochen betrachtet. Ich versuchte, mich an Carrod zu erinnern, wie er ausgesehen, wie er geredet hatte, als wir uns zum ersten Mal begegneten, aber sein Bild war verschwunden. Doch seine Überreste anzusehen war eine Bestätigung. Es war alles wirklich passiert, und es war wirklich vorbei. Die Ereignisse und der Ort, ich konnte beidem den Rücken kehren. Ich konnte es hinter mir lassen, und es konnte nicht aufstehen und mir folgen.«

Nachtauge ächzte im Schlaf. Ich legte eine Hand auf seine Flanke. Es tat gut, ihn so dicht bei mir zu haben, in Körper und Geist. Er war nicht davon angetan gewesen, dass ich in den Steinbruch zurückkehrte. Ihm gefiel es nicht, auf der Gabenstraße zu wandern, obwohl ich inzwischen besser gerüstet war, ihrem Sirenengesang zu widerstehen. Er machte kein Hehl aus seinem Verdruss, als ich darauf bestand, auch dem Steingarten einen Besuch abzustatten.

Ein leises Geräusch unterbrach die Stille, das Klirren des Flaschenhalses gegen den Becherrand, als der Narr nachschenkte. Sein Schweigen war eine Aufforderung an mich fortzufahren.

»Die Drachen waren dorthin zurückgekehrt, wo wir sie gefunden hatten. Ich schaute sie mir an. Allmählich eroberte der Wald sie zurück, das Gras stand hoch, Ranken überwucherten die steinernen Leiber. Sie waren ebenso wunderschön und geheimnisvoll wie damals. Und ebenso starr.«

Als sie seinerzeit aus ihrem Schlummer erwachten und sich in die Lüfte erhoben, um für die Bocksmarken zu kämpfen, hatten sie Löcher in das Dach des Waldes gerissen. Ihre Rückkehr war nicht behutsamer gewesen, und folglich fielen Sonnenstrahlen gebündelt durch die lichteren Stellen des üppigen Grüns, und jeder einzelne Drache lag in einem Teich aus Gold. Ich ging von einem zum anderen, und wie zuvor spürte ich den Atem der Alten Macht tief, tief im Innern der schlummernden Steinbilder. Ich fand König Weises

Hirschdrachen und wagte es, meine bloße Hand auf seine Schulter zu legen. Ich fühlte nur die fein polierten Schuppen, kalt und hart wie der Stein, aus welchem sie gemeißelt waren. Sie waren alle da: der Eberdrache, die geflügelte Katze, sowohl die von Uralten als auch die von Gabenkordialen geschaffenen fantasievollen Formen.

»Ich habe auch Mädchen-auf-einem-Drachen gesehen.« Ich lächelte in die Flammen. »Sie schläft ruhig. Ihr Oberkörper ist nach vorn gesunken, die Arme schlingt sie liebevoll um den Hals des Drachen, den sie reitet.« Sie scheute sich, mich anzufassen, denn allzu lebhaft erinnerte ich mich an ihre Gier nach Erinnerungen und wie sie sich an den meinen labte. Vielleicht fürchtete ich auch zurückzubekommen, was ich einst bereitwillig hingegeben hatte. Schweigend setzte ich meinen Weg fort, aber Nachtauge stakte mit gesträubtem Fell an ihr vorbei und zeigte unter hochgezogenen Lefzen knurrend jeden einzelnen weißen Zahn. Der Wolf hatte gewusst, wem meine Suche eigentlich galt.

»Veritas«, sagte der Narr leise, wie als Bestätigung meines unausgesprochenen Gedankens.

»Veritas«, sagte ich und nickte. »Meinem König.« Seufzend nahm ich den Faden wieder auf.

Und ich hatte ihn gefunden. Als wir Veritas' türkisfarbene Haut im flimmernden Laubschatten schimmern sahen, setzte Nachtauge sich hin und ringelte seinen Schwanz fein säuberlich um die Vorderpfoten. Er wollte nicht näher herangehen. Ich spürte die Stille seiner Gedanken, als er mich bewusst in meinem Kopf allein ließ.

Schritt für Schritt näherte ich mich Veritas-als-Drache, und das Herz schlug mir bis zum Hals. Dort, in einem aus Stein und der Gabe geformten Körper, schlief der Mann, der mein König gewesen war. Für ihn hatte ich mir Wunden schlagen lassen, dass sowohl meine Seele als auch mein Fleisch die

Narben tragen würden bis an mein Lebensende. Doch als ich vor der reglosen Gestalt stand, brannten Tränen in meinen Augen, und ich spürte nur die Sehnsucht nach seiner vertrauten Stimme.

»Veritas?«, fragte ich heiser. Mein Herz strebte zu ihm hin; Sprache, Alte Macht und Gabe suchten meinen König zu erreichen, fanden ihn nicht. Ich legte die Hände flach auf seine kalte Schulter, presste die Stirn an den harten Stein und spürte nach ihm, mit aller Kraft. Fern, ganz fern konnte ich ihn ahnen, aber es war nur ein schwacher Funke seines einstigen Selbst. Ebenso gut könnte man Waldschatten in der hohlen Hand fangen und sagen, man habe die Sonne berührt. »Veritas, bitte«, flehte ich ihn an und versuchte mit jedem Quäntchen der Gabe, das in mir war, ihn zu berühren.

Als ich wieder zur Besinnung kam, lag ich neben dem Drachen im hohen Gras. Nachtauge hatte sich nicht von der Stelle gerührt. »Er ist fort«, sagte ich zu ihm, der es längst wusste. »Veritas ist fort.«

Ich neigte den Kopf auf die Knie und weinte, trauerte um meinen König, wie ich es nicht getan hatte an jenem Tag, als sein menschlicher Körper in der Gestalt des Drachen aufgegangen war.

An dieser Stelle unterbrach ich meinen Bericht, um mich zu räuspern und einen Schluck Marill zu trinken. Als ich den Becher hinstellte, begegnete ich dem Blick des Narren. Er war näher gerückt, um meine leiser und rau gewordene Stimme besser verstehen zu können. Der Flammenschein vergoldete seine Haut, konnte aber nicht enthüllen, was in seinen Augen verborgen lag.

»Ich glaube, das war der Moment, in welchem ich mir eingestand, dass mein Leben zu Asche geworden war. Hätte ich Veritas noch erreichen können, wäre er nah genug gewesen, mir mit der Gabe zu antworten, so hätte ein Teil von mir sich gewünscht, Fitz-Chivalric Weitseher bleiben zu dürfen. Doch er war von uns gegangen. Das Ende meines Königs war auch ein Ende für mich. Als ich aufstand und aus dem Steingarten ging, wusste ich, dass mir zuteilgeworden war, was ich mir lange gewünscht hatte: die Chance herauszufinden, wer ich war, und die Freiheit, mein Leben nach meinem Willen zu leben. Von nun an traf ich allein die Entscheidung über mein Tun und Lassen.«

Fast allein, stellte der Wolf richtig.

Ich gab ihm keine Antwort, sondern erzählte weiter. »Wir besuchten noch einen weiteren Ort, bevor wir die Berge verließen. Du wirst dich daran erinnern. Der Pfeiler, wo ich sah, wie du dich verwandelt hast.«

Er nickte stumm, und ich fuhr fort.

Als wir zu der Stelle kamen, wo an einer Wegkreuzung ein Gabenpfeiler aufragte, erlag ich der Versuchung und blieb stehen. Erinnerungen brachen über mich herein. Das erste Mal war ich mit Merle und Krähe hier gewesen, mit dem Narren und Königin Kettricken, auf unserer Suche nach König Veritas. Hier hatten wir gerastet, und in einer blitzartigen Vision sah ich anstelle des grünen Waldes einen von Menschen wimmelnden Marktplatz. Wo der Narr auf einem Pfeiler posiert hatte, stand eine Frau, wie er mit milchweißer Haut und nahezu farblosen Augen. An jenem anderen Ort in der Zeit trug sie eine hölzerne Krone mit geschnitzten Hahnenköpfen und geschmückt mit den Schwanzfedern von Hähnen. Ganz nach Art des Narren brachte sie mit ihren Possen die Menge zum Lachen. All das war das Bild eines Lidschlags, wie ein kurzer Blick durch das Fenster zu einer anderen Welt. Dann, von einem Atemzug zum anderen, war alles wieder wie vorher, und ich sah den Narren besinnungslos von seinem Sockel stürzen. Dennoch schien er das Gleiche gesehen zu haben wie ich.

Das Geheimnis jenes Augenblicks war es, was mich zur Rückkehr dorthin bewog. Der schwarze Monolith in der Mitte des runden gepflasterten Platzes, gefeit gegen Moos und Flechten, lockte mich mit den Glyphen an seinen Flanken zu unbekannten Zielen. Heute wusste ich, was es damit auf sich hatte, im Gegensatz zu damals, als ich das erste Mal vor einem der Gabentore stand. Ich ging langsam um ihn herum. Da war das Symbol, das mich zurück in den Steinbruch versetzen würde. Ein anderes, ich war fast sicher, brachte den Reisenden in die verlassene Stadt der Uralten. Ohne zu überlegen, hob ich einen Finger, um die Rune nachzuzeichnen.

Seiner Größe zum Trotz vermag Nachtauge sich schnell und fast lautlos zu bewegen. Mit einem Satz war er zwischen mir und dem Obelisken und hatte mein Handgelenk zwischen den Kiefern. Ich ließ mich mit ihm fallen, damit seine Zähne mir nicht den Arm aufrissen, und lag auf dem Rücken, während er neben oder fast über mir stand, immer noch mein Handgelenk im Maul. *Das wirst du nicht tun.*

»Ich hatte nicht vor, den Stein zu benutzen. Ich wollte ihn nur anfassen.«

Er ist tückisch. Ich bin durch die Schwärze in seinem Innern gegangen. Wenn ich dir noch einmal dort hinein folgen muss, weil dein Leben in Gefahr ist, dann werde ich es tun. Aber verlange nicht, dass ich dir folge, bloß um schnöder Neugier willen.

Und wenn ich nur ganz kurz hingehe, allein?

Allein? Du weißt, es gibt kein wirkliches allein mehr für uns.

Ich habe dich allein zu einem Wolfsrudel gehen lassen, damit du bei deinesgleichen sein kannst.

Das ist nicht dasselbe, und das weißt du.

Wieder einmal hatte er recht. Ich stand auf und klopfte mich ab. Das ist einer der besten Aspekte der Alten Macht. Keine langen, gewundenen Debatten, um sicher zu sein, dass man versteht, was der andere meint. Einmal, vor Jahren, hatte er mich verlassen, um sich seiner eigenen Art anzuschließen. Als er zurückkehrte, war es das stillschweigende Eingeständnis, dass seine Verbindung zu mir stärker war als die zu seinem Rudel. In den Jahren seither waren wir noch enger zusammengewachsen. Wie er mir einmal vor Augen geführt hatte, war ich nicht mehr ausschließlich ein Mensch noch er ausschließlich ein Wolf. Wir waren keine separaten Individuen mehr. Auch in diesem Fall verhielt es sich nicht so, dass er mir gegenüber seinen Willen durchsetzen wollte, vielmehr war es, als führte man ein Zwiegespräch mit sich selbst. Doch diese kleine Konfrontation machte uns bewusst, was wir bisher verdrängt hatten. Unser Bund wurde enger und komplizierter. Keiner von uns wusste so recht, wie wir damit umgehen sollten.

Der Wolf hob den Kopf von den Pfoten. Seine tiefen Augen schauten in meine. Wir hatten das gleiche ungute Gefühl, doch er überließ mir die Entscheidung.

Sollte ich dem Narren erzählen, wo wir als Nächstes hingegangen waren und was wir erfahren hatten? Waren meine Erlebnisse bei denen mit der Alten Macht mein ausschließlicher Besitz, den ich teilen durfte? Die Geheimnisse, die ich bewahrte, schützten das Leben vieler. Ich persönlich hätte bedenkenlos mein Wohl und Wehe in die Hände des Narren gelegt, aber durfte ich arkanes Wissen, in das man mich als einen der Ihren eingeweiht hatte, an einen Unberufenen weitergeben, sodass sie ihm ausgeliefert waren?

Ich weiß nicht, wie der Narr mein Zögern deutete. Vermutlich sah er etwas anderes darin als nur ein Zeichen von Unsicherheit.

»Du hast recht«, verkündete er plötzlich. Er nahm den letzten Schluck von seinem Marill, stellte den leeren Becher entschieden auf den Boden und bedeutete mir mit einer eleganten Drehung der Hand und erhobenem Zeigefinger: *Warte.*

Als würde er wie eine Marionette an Fäden hängend vom Boden hochgezogen, schraubte er sich in die Höhe. Die Stube lag im Dunkeln, doch fand er unbeirrt den Weg zu seinen Satteltaschen. Ich hörte ihn raschelnd darin herumsuchen. Eine Minute später kam er mit einem Leinenbeutel zum Kamin zurück. Dicht neben mir ließ er sich nieder, als ginge es um ein Geheimnis, bei dessen Enthüllung nicht einmal die Dunkelheit Zeuge sein dürfte. Der Beutel auf seinem Schoß war fadenscheinig und fleckig, er zog ihn auf und nahm einen in ein prachtvolles Tuch verpackten Gegenstand heraus. Ich hielt den Atem an, als er es auseinanderschlug. Der Stoff floss über seine Hände wie schillerndes Öl; selbst im gedämpften Licht des erlöschenden Feuers strahlte das Rot und schimmerte das Gelb. Mit diesem Stück Tuch hätte er sich die Gunst eines jeden Fürsten erwerben können.

Doch war dieser köstliche Stoff nicht das, was er mir zeigen wollte. Er wickelte ihn von dem Gegenstand ab, den er bewahrte, und achtete nicht darauf, wie er sich auf dem rauen Bretterboden zu einem pfauenbunten Teich sammelte. Ich beugte mich vor, mit angehaltenem Atem und gespannt, welch noch größeres Wunder zum Vorschein kommen mochte. Die letzte Elle Tuch schlüpfte von seinem Schoß. Ich machte große Augen.

»Ich dachte, das hätte ich geträumt«, sagte ich schließlich.

»Das hast du. *Wir* haben es geträumt.«

Die hölzerne Krone in seinen Händen zeigte die Gebrauchsspuren vieler Jahre. Verschwunden die bunten Federn und Farben, die sie einst geschmückt hatten. Ohne diese war es nur ein schlichter geschnitzter Holzreif, kunstvoll gearbeitet, aber von einer asketischen Schönheit.

»Du hast sie anfertigen lassen?«

»Ich habe sie gefunden.« Der Narr zögerte einen Moment, dann sagte er mit schwankender Stimme: »Oder vielleicht hat sie mich gefunden.«

Ich wartete darauf, dass er dem letzten Satz etwas hinzufügte, eine Erklärung, aber er schwieg. Als ich die Hand ausstreckte, um die Krone zu berühren, machte er eine kleine Bewegung, wie um sie schützend an sich zu drücken, doch sofort besann er sich und hielt sie mir hin. Mir war bewusst, dass er mir damit ein Stück von sich darbot, ein noch größerer Freundschafts- und Vertrauensbeweis als sein kostbares Pferd, das ich reiten durfte. Ich drehte das altehrwürdige Artefakt in den Händen und entdeckte Reste der einstigen Bemalung an den geschnitzten Hahnenköpfen. Zwei davon besaßen noch ihre glitzernden Edelsteinaugen. Löcher im oberen Rand der Krone ließen erkennen, wo die Schmuckfedern hingehörten. Das Holz, aus dem sie geschnitzt war, kannte ich nicht. Leicht und doch hart, schien es unter meinen Fingern zu raunen, zischelnde Geheimnisse in einer mir fremden Sprache.

Ich gab ihm die Krone zurück. »Setz sie auf.«

Er hielt sie in den ausgestreckten Händen. Ich sah, wie er schluckte. »Meinst du wirklich? Ich habe es einmal probiert, ich gebe es zu. Nichts ist passiert. Doch in Gegenwart von uns beiden, dem Weißen Propheten und seinem Katalysten … Fitz, es könnte sein, dass wir Kräfte wecken, die keiner von uns versteht. Wieder und wieder habe ich mein Gedächtnis durchforscht, doch in keiner Prophezeiung findet sich ein Hinweis auf diese Krone. Ich habe keine Ahnung, was sie bedeutet oder ob sie überhaupt etwas bedeutet. Du erinnerst dich an die Vision, die du von mir gehabt hast. Ich habe nur ein verschwommenes Bild davon, der Schmetterling eines Traums, zu zerbrechlich, um ihn einzufangen, doch bezaubernd schön in seinem Flug.«

Ich sagte nichts. Seine Hände, golden, wie sie einst weiß gewesen waren, hielten die Krone umfasst. Stumm forderten wir uns selbst zur Mutprobe heraus, Neugierde im Widerstreit mit Vorsicht. Zuletzt, da wir waren, die wir waren, konnte es nur einen Ausgang geben. Ein verwegenes Grinsen breitete sich langsam über sein Gesicht. Genauso, erinnerte ich mich, hatte er in der Nacht gelächelt, als er seine von der Gabe silbern gefärbten Finger an den gemeißelten Leib von Mädchen-auf-einem-Drachen legte. Eingedenk der Schmerzen, die wir damals unwillentlich verursacht hatten, war mir einen Moment bang zumute. Doch ehe ich etwas sagen konnte, hob er die Krone hoch und setzte sie sich auf den Kopf. Ich hielt den Atem an. Nichts geschah.

Ich gaffte ihn an, teils erleichtert, teils enttäuscht. Für einen Augenblick hielt das atemlose Schweigen, dann fing er an zu glucksen, und gleich darauf brachen wir beide in helles Gelächter aus und lachten, bis uns die Tränen über die Wangen liefen. Als der Heiterkeitsausbruch sich gelegt hatte, schaute ich den Narren an, auch mit dem Holzreif auf dem Kopf immer noch mein Freund, so, wie er gewesen war. Er wischte sich die Lachtränen aus den Augen.

»Letzten Monat hat mein Hahn bei einer Rauferei mit einem Wiesel die meisten seiner Schwanzfedern eingebüßt. Harm hat sie eingesammelt. Sollen wir die Krone damit schmücken?«

Er nahm sie vom Kopf und musterte sie mit gespieltem Bedauern. »Morgen vielleicht. Und vielleicht borge ich mir ein paar Tropfen von deiner Tinte und versuche die Bemalung wiederherzustellen. Kannst du dich noch an die Farben erinnern?«

Ich zuckte die Achseln. »Da vertraue ich auf dein Auge. Du hattest stets einen Blick für solche Dinge.«

Er neigte mit ernsthafter Übertreibung dankend den Kopf,

nahm das Tuch vom Boden und begann, die Krone wieder darin einzuhüllen. Das Feuer, zu einem Glutnest heruntergebrannt, übergoss uns beide mit rötlichem Schein. Ich schaute ihn lange an. In diesem Licht konnte man glauben, seine Farbe hätte sich nicht geändert, er wäre immer noch der albinoweiße Possenreißer meiner Knabenjahre und ich folglich so jung wie er. Er wandte den Kopf, fing meinen Blick auf und erwiderte ihn, unverwandt, einen rätselhaften Ausdruck von Erwartung in den goldenen Augen. So durchdringend war sein Blick, dass ich zur Seite schaute. Er brach das Schweigen.

»Also. Nach den Bergen ging es …?«

Ich griff nach meinem Becher. Schon wieder leer. Ich versuchte, mich zu erinnern, wie viel ich getrunken hatte, und kam zu dem Schluss, dass es für einen Abend reichte. »Morgen, alter Freund, morgen. Gib mir eine Nacht, um darüber zu schlafen und zu überlegen, wie ich die Geschichte am besten erzähle.«

Lange, anmutige Finger schlossen sich wie aus dem Nichts um mein Handgelenk. »Überlege, Fitz. Aber dabei vergiss nicht …« Ihm schienen die Worte zu fehlen. Er senkte seinen Blick in meine Augen, und als er weitersprach, geschah es im Tonfall einer inständigen Bitte. »Erzähl mir alles, was dir guten Gewissens möglich ist. Weiß ich doch niemals im Vorhinein, was ich hören muss, bis ich es gehört habe.«

Wieder verstörte mich die Eindringlichkeit seines forschenden Blicks. »Rätsel«, spöttelte ich, um zu der heiteren Stimmung von eben zurückzufinden, aber das Wort, kaum heraus, war wie das vorweggenommene Echo seiner Erwiderung.

»Rätsel«, sagte er und nickte. »Rätsel, auf die wir die Antwort sind, wenn wir nur die Fragen erkennen können.«

Er richtete die Augen auf seine Hand an meinem Arm und ließ mich los, dann erhob er sich geschmeidig und reckte sich, eine schlangengleiche Bewegung, die aussah, als löste er die Knochen aus seinen Gelenken und setzte sie dann wieder zusammen. Er schaute freundlich auf mich hinunter. »Geh zu Bett, Fitz«, sagte er, als wäre ich ein Kind. »Ruh dich aus, solange du kannst. Ich habe das Bedürfnis, noch etwas aufzubleiben und nachzudenken. Falls ich dazu imstande bin. Der Marill ist mir ziemlich zu Kopfe gestiegen.«

»Mir ebenso«, stöhnte ich. Er streckte mir die Hand hin, ich griff danach, und er zog mich mühelos vom Boden hoch und auf die Füße. Wie schon früher erstaunte mich die große Kraft in seinem schmächtigen Körper. Ich torkelte einen Schritt zur Seite, und er folgte meiner Bewegung, fasste nach meinem Ellbogen und hielt mich fest.

»Wagen wir ein Tänzchen?«, spaßte ich matt.

»Das tun wir schon«, antwortete er, beinahe ernst und neigte sich, ganz wie bei einem Hofball, mit einer galanten Verneigung über meine Hand, die ich ihm flugs entzog. »Träume von mir«, wünschte er feierlich.

»Gute Nacht«, erwiderte ich stoisch, entschlossen, mich nicht veralbern zu lassen. Als ich mich auf den Weg in meine Kammer machte, erhob der Wolf sich ächzend und tappte hinter mir her. Er schlief nur selten weiter als eine Armeslänge von mir entfernt. Ich ließ meine Kleider fallen, wo ich stand, kroch in mein Nachthemd und plumpste ins Bett. Der Wolf hatte sich bereits auf seinem angestammten Platz daneben ausgestreckt. Ich schloss die Augen und ließ den Arm über die Kante hängen, sodass meine Fingerspitzen sein Nackenfell berührten.

»Schlaf gut, Fitz«, sagte der Narr. Ich öffnete die Lider einen Spalt. Er hatte sich wieder auf dem Stuhl vor dem Kamin niedergelassen und lächelte mich durch die offene Tür zwischen uns an. »Ich halte Wache«, verkündete er dramatisch.

Ich schüttelte den Kopf über seine Blödeleien und schwenkte eine Hand in seine Richtung. Der Abgrund des Schlafs verschluckte mich.

Kapitel 7

DAS HERZ EINES WOLFS

Einer der größten Irrtümer über das Wesen der Alten Macht ist der, dass sie einem Menschen gegeben ist, um damit Tiere seinem Willen gefügig zu machen. In so gut wie allen zur Warnung vor der Alten Macht dienenden Märchen kommt ein böser Held vor, der seine Gewalt über vierfüßige Tiere oder Vögel missbraucht, um seinen Mitmenschen zu schaden. Natürlich findet der Unhold sein gerechtes Ende, indem seine tierischen Sklaven sich gegen ihn erheben. Er selbst wird als den Tieren zugehörig entblößt und dadurch jenen kenntlich, denen er übelgewollt hat.

In Wirklichkeit sind in der Alten Macht beide Teile eines verschwisterten Paares gleichberechtigt. Nicht alle Menschen entwickeln die Fähigkeit, sich mit einem Tier zu verschwistern. Ebenso wenig besitzt jedes Tier die Eignung für einen solchen Bund. Von jenen, bei denen die Eignung vorhanden ist, haben nur wenige den Wunsch, sich mit einem Menschen zu befreunden. Eine Verschwisterung kommt nur bei gleicher Neigung auf beiden Seiten zustande. Bei Familien von Zwiehaften ist es Brauch, dass Sohn oder Tochter, wenn sie das entsprechende Alter erreichen, fortgeschickt werden, auf eine Art von Suche, um ein Geschwistertier zu finden. Dabei ist es nicht so, dass man ein Tier mit der entsprechenden Fähigkeit auswählt und es sich wie einen

Tanzbären dienstbar macht. Vielmehr geht die Hoffnung dahin, dass der Suchende einem gleichgesinnten Tier begegnen wird, sei es ein Wild- oder Haustier, welches gewillt ist, eine Verschwisterung einzugehen. Einfach ausgedrückt, muss das Tier, damit ein solcher Bund geschlossen werden kann, im gleichen Maß der Alten Macht teilhaftig sein wie der Mensch. Obwohl ein Zwiehafter sich bis zu einem bestimmten Grad mit jedem Tier ins Einvernehmen setzen kann, wird keine Verschwisterung zustande kommen, wenn das Tier nicht über ebenbürtige Fähigkeiten verfügt und dem Menschen zugeneigt ist.

Doch jede Beziehung birgt die Gefahr des Missbrauchs. Wie es vorkommt, dass ein Ehemann sein Weib prügelt oder die Frau durch verächtliche Rede und Geringschätzung die Seele des Mannes zerstört, so geschieht es auch, dass ein Mensch sein Geschwistertier unterdrückt. Am häufigsten geschieht dies, wenn ein zwiehafter Mensch sich ein Geschwistertier erwählt, welches noch zu jung ist, um das Ausmaß dieser Entscheidung fürs Leben zu begreifen. Seltener sind solche Fälle, wo Tiere ihre verschwisterten Menschen demütigen oder knechten, aber man hat davon gehört. Zum Beispiel soll die volkstümliche Ballade von Strabanz Grausohn auf dem Schicksal eines Mannes beruhen, der so töricht war, sich mit einem wilden Ganter zu verschwistern. Hernach verbrachte er sein ganzes Leben damit, den Jahreszeiten zu folgen, wie sein Geschwistertier es tat.

DACHSENBLESS' »GESCHICHTEN VON DER ALTEN MACHT«

Es war der dritte Tag von des Narren Besuch, und der Morgen dämmerte zu hell und zu früh. Der Narr war vor mir auf, und falls das Gelage der letzten Nacht für ihn Folgen hatte, ließ er sich nichts anmerken. Schon jetzt versprach es, ein heißer Tag zu werden, deshalb hatte er nur ein kleines Kochfeuer angezündet, gerade ausreichend, um den Haferbrei fürs Frühstück zu kochen. Ich ließ derweil die Hühner hinaus und brachte Vierklee und die Stute des Narren zu einem Wiesenhang am Meer. Das Pony ließ ich frei grasen, bei Malta hielt ich es für besser, sie anzupflocken. Sie bedachte mich dafür mit einem vorwurfsvollen Blick, begann dann aber zu grasen, als wäre die karge Weide genau das, worauf sie jetzt Lust hatte. Ich blieb eine Zeitlang stehen und schaute auf die unruhige See. Sie lag unter der hellen Morgensonne wie gehämmertes blaues Metall. Eine leichte Brise wehte landeinwärts und strich durch mein Haar. Mir war, als hätte jemand laut zu mir gesprochen, und ich wiederholte die Worte: »Zeit für eine Veränderung.«

Eine Zeit der Veränderung, hörte ich den Wolf wie ein Echo. Es war nicht genau das, was ich gesagt hatte, doch es erschien mir zutreffender. Ich reckte mich, rollte die Schultern und ließ mir von dem tändelnden Lüftchen die Kopfschmerzen wegblasen. Ich hob meine Hände und betrachtete sie, lange und forschend. Es waren die Hände eines Bauern, grob und schwielig, dunkel gegerbt von Erde und Wetter. Ich kratzte meine stoppeligen Wangen; seit Tagen hatte ich mir nicht mehr die Mühe gemacht, mich zu rasieren. Meine Kleider waren solide und sauber, doch wie meine Hände trugen sie die Spuren meiner täglichen Arbeit und waren überdies geflickt. Alles, was eben noch richtig und bequem gewesen war, schien plötzlich eine Verkleidung zu sein, eine Maskerade, um mich in der Ruhezeit einer Metamorphose zu schützen. Plötzlich verlangte es mich danach, aus meinem Leben auszubrechen und ... nicht Fitz zu sein, der ich gewesen war, sondern Fitz, wie er hätte werden können, wenn er nicht für die Welt gestorben wäre. Ein seltsamer

Schauer überlief mich. Aus heiterem Himmel fiel mir ein Sommermorgen aus meiner Kindheit ein, als ich beobachtete, wie ein Schmetterling sich unter Mühen aus seiner Puppenhülle befreite. Hatte es ihn dazu getrieben, weil er spürte, dass die Starre und Undurchsichtigkeit, die ihn so lange geschützt hatten, zu beengend geworden waren, um sie noch länger zu ertragen?

Ich holte tief Atem, hielt ihn an und stieß ihn seufzend aus. Meine plötzliche Unzufriedenheit sollte damit verschwinden, und das tat sie, aber nicht vollständig. Eine Zeit der Veränderung, hatte der Wolf gesagt. »Nun gut. Und zu was verändern wir uns?«

Du? Das weiß ich nicht. Ich weiß nur, dass du dich veränderst, und manchmal macht es mir Angst. Was mich angeht, die Veränderung ist leichter zu erklären. Ich werde alt.

Ich schaute ihn an. »Das werde ich auch.«

Nein. Du wirst älter, aber du wirst nicht alt, wie ich alt werde. Das ist so, und wir beide wissen es.

Es zu leugnen wäre Heuchelei gewesen. »Und folglich?«, fragte ich herausfordernd, um den Stier bei den Hörnern zu packen und mein aufkeimendes Unbehagen zu überspielen.

Folglich nähern wir uns einer Zeit der Entscheidung. Und es sollte unsere Entscheidung sein, nicht etwas, das von außen kommt und uns zwingt, dieses oder jenes zu tun. Ich denke, du solltest dem Narren von unserer Zeit bei denen mit der Alten Macht erzählen. Nicht weil er für uns entscheiden kann oder will, sondern weil wir beide besser denken können, wenn wir unsere Gedanken mit ihm teilen.

Dies war eine sehr sorgfältig aufgebaute Überlegung des Wolfs, eine fast allzu menschliche Logik von dem Teil von mir, der auf vier Beinen lief. Ich warf mich neben ihm auf die Knie und schlang die Arme um seinen Nacken. Von einer Bangigkeit erfüllt, über deren Ursachen ich mir nicht Rechenschaft abzulegen wagte, drückte ich ihn fest an mich, als könnte ich ihn in meine Brust hineinschieben und dort für ewig bewahren. Er duldete es einen Moment lang, dann senkte er den Kopf und wand sich aus meiner Umschlingung. Ein paar Sprünge von mir entfernt blieb er stehen, schüttelte sein zerzaustes Fell zurecht und blickte dann mit schmalen Augen unverwandt aufs Meer hinaus, als erkunde er ein neues Jagdrevier. Ich seufzte. »Ich erzähle es ihm. Heute Abend.«

Er schaute mich über die Schulter hinweg an, die Nase tief, die Ohren nach vorn gespitzt. Ein Funke des alten Schalks irrlichterte in seinen Augen. *Ich weiß, das wirst du, kleiner Bruder. Keine Bange.*

Dann, mit einem Satz, der seine Hundejahre Lügen strafte, schnellte er davon und wurde zu einem grauen Strich, der blitzartig zwischen Strauchwerk und Grasinseln verschwand. Meine Augen konnten ihm nicht folgen, so geschickt war er, doch mein Herz begleitete ihn, wie stets. Mein Herz, dessen war ich gewiss, würde ihn immer aufspüren können, würde immer einen Ort finden, an dem wir uns trafen und eins waren. Ich schickte diesen Gedanken hinter ihm her, doch ich erhielt keine Antwort.

Nach einem Umweg über den Hühnerstall, wo ich die Eierausbeute des Tages einsammelte, kehrte ich in die Hütte zurück. Der Narr garte Eier in der Glut, während ich Tee aufbrühte. Wir nahmen unser Frühstück mit nach draußen in den blauen Morgen und machten es uns auf der Veranda gemütlich. Der Wind vom Meer drang nicht bis in mein kleines Tal. Die Blätter der Bäume hingen still an den Zweigen. Nur die Hühner waren rege, gackerten und scharrten auf dem staubigen Hof.

Mir war nicht bewusst, wie lange mein Schweigen schon währte, bis der Narr es brach. »Schön ist es hier«, bemerkte er und zeigte mit dem Löffel auf die Baumreihen. »Der Bach, der Wald, das Meer nahebei. Ich verstehe, dass du lieber hier sein willst als in Bocksburg.«

Er hatte immer ein Talent gehabt, meine Gedanken auf den Kopf zu stellen. »Ich weiß nicht, ob man sagen kann, dass ich lieber hier sein will«, erwiderte ich langsam. »Ich habe nicht den einen Ort mit dem anderen verglichen und mich dann für diesen entschieden. Es hat sich so gefügt, dass wir in einem Winter vor Jahren in dieser Gegend in einen bösen Sturm geraten sind, und als wir unter den Bäumen Schutz suchten, stießen wir auf alte Karrengleise. Sie führten uns zu einer verlassenen Hütte – dieser hier –, und wir gingen hinein.« Ich zuckte die Achseln. »Und sind geblieben.«

Er legte den Kopf schräg. »Obwohl dir die ganze weite Welt offen stand, um irgendwo ein neues Zuhause zu wählen, hast du nicht gewählt. Du hast einfach eines Tages aufgehört zu wandern.«

»Offensichtlich.« Die nächsten Worte, die mir auf die Lippen drängten, hätte ich fast hinuntergeschluckt, denn sie schienen mir nicht zum Thema zu gehören. »Barren liegt nicht weit von hier.«

»Deshalb hat es dich hergezogen?«

»Das glaube ich nicht. Ich bin dort gewesen, habe mir die Ruinen angesehen und mich erinnert. Eine Geisterstadt. Normalerweise zieht ein verlassener Ort Leute an, die alles noch Brauchbare wegschleppen. Aber nicht Barren.«

»Zu viele böse Erinnerungen«, sagte der Narr. »Barren war nur der Anfang, doch was dort geschehen ist, hat sich den Menschen unauslöschlich eingeprägt. Dort gab es die ersten Entfremdeten. Ich wüsste gern, wie viele es insgesamt gewesen sind, in all den Jahren.«

Ich rückte unbehaglich hin und her, dann stand ich auf und nahm den leeren Teller des Narren. Selbst heute dachte ich nicht gern an jene Zeit zurück. Jahrelang hatten die Roten Korsaren unsere Küsten heimgesucht, geplündert und gebrandschatzt. Doch erst als sie anfingen, den Menschen ihre Seele zu rauben, hatten wir uns mit vereinter Macht gegen sie erhoben. Begonnen hatten sie mit ihrem schändlichen Tun in Barren. Sie schleppten Männer, Frauen und Kinder mit sich und schickten sie lebendig zwar und doch wie Untote stumpf und leer zurück, ihres Menschseins beraubt. Der Volksmund prägte für sie den zutreffenden Begriff »Entfremdete«.

Damals war es meine Aufgabe gewesen, Entfremdete aufzuspüren und zu töten, eine von vielen geheimen, hässlichen Arbeiten für des Königs Meuchelmörder. Aber das war viele Jahre her, sagte ich mir. Jenen Fitz gab es nicht mehr.

»Das ist lange her«, sagte ich auch dem Narren. »Vorbei und erledigt.«

»Manche würden dir zustimmen. Andere sind anderer Ansicht. Manche halten an ihrem Hass gegen die Fernholmer fest und behaupten, dass sogar die Drachen, die wir gegen sie schickten, noch zu gnädig waren. Dann gibt es die Partei derer, die sagen, wir sollten Vergangenes vergangen sein lassen. Das Verhältnis zwischen den Sechs Provinzen und den Fernholmern habe von jeher zwischen Handel und Händel geschwankt. Auf meiner Reise hierher hörte ich in den Schänken munkeln, Königin Kettricken wolle sich sowohl Frieden als auch ein Handelsabkommen mit den Fernholmern erkaufen. Es heißt, sie wird Prinz Pflichtgetreu mit einer Narcheska von den Äußeren Inseln vermählen, zur Besiegelung eines Freundschaftspakts, den sie vorgeschlagen hat.«

»Narcheska?«

Er hob die Augenbrauen. »Eine Art Prinzessin, nehme ich an. Zumindest die Tochter eines mächtigen Fürsten.«

»Ach so. Ja.« Ich bemühte mich, mir meine Betroffenheit nicht anmerken zu lassen. »Wäre nicht das erste Mal, dass man diplomatische Erfolge auf diese Weise untermauert. Man braucht nur daran zu denken, wie es kam, dass Kettricken Veritas' Gemahlin wurde. Unsere Allianz mit dem Bergreich zu festigen war der Zweck dieser Verbindung. Doch es wurde viel mehr daraus.«

»In der Tat«, stimmte der Narr höflich zu, und gerade das machte mich nachdenklich.

Ich nahm unsere Teller mit nach drinnen und spülte sie ab. Ich fragte mich, was Pflichtgetreu darüber dachte, dass man ihn als Pfand für ein Friedensabkommen benutzte, aber dann sagte ich mir, das wäre nicht meine Sorge. Unzweifelhaft hatte Kettricken ihren Sohn in der Tradition der Herrscher aus dem Bergreich erzogen, die sich als Diener ihres Volkes betrachteten. Pflichtgetreu würde, nun, eben pflichtgetreu sein und sich der Staatsräson beugen, ganz so, wie Kettricken in ihre politische Heirat mit Veritas eingewilligt hatte.

Ich merkte, dass das Wasserfass beinahe leer war. Der Narr pflegte, seit ich ihn kannte, ausschweifenden Waschorgien zu huldigen und verbrauchte dreimal so viel Wasser wie andere Menschen. Ich nahm die Eimer und ging nach draußen. »Ich hole Wasser.«

Er federte in die Höhe. »Ich komme mit.«

Also folgte er mir den von Sonnenflecken übersäten Pfad zum Bach hinunter und zu der Stelle, die ich ausgehoben und mit Steinen abgegrenzt hatte, um meine Eimer leichter füllen zu können. Er ergriff die Gelegenheit, seine Hände zu waschen und von dem kalten, süßen Wasser zu trinken. Als er sich wieder aufrichtete, blickte er sich plötzlich nach allen Seiten um. »Wo ist Nachtauge?«

Ich stand mit den Eimern auf; sie waren schwer, aber links

und rechts das gleiche Gewicht ließ sich verhältnismäßig gut tragen. »Oh, manchmal streunt er gern allein durch die Gegend. Er …«

Schmerz. Ich ließ die randvollen Eimer fallen und umklammerte mit der Hand meinen Hals, bis ich merkte, dass es nicht meine Schmerzen waren. Der Narr starrte mich an, seine goldene Haut war blass geworden, als ob er meine heiße Angst mitfühlen könnte. Ich spürte nach Nachtauge, fand ihn und stürmte los.

Es gab keinen Pfad; Sträucher und Dornenzweige zerrten an mir, versuchten mich aufzuhalten, aber ich brach hindurch ohne Rücksicht auf Kleider und Haut. Der Wolf konnte nicht atmen, sein qualvolles Röcheln verhöhnte mein wildes Japsen nach Luft. Ich bemühte mich zu verhindern, dass seine Panik auf mich übergriff. Im Laufen zog ich mein Messer, um mich auf seine Angreifer zu stürzen, wer oder was es auch sei. Doch als ich unter den Bäumen hervor auf die Lichtung am Biberteich stürmte, sah ich nur ihn am Ufer. Mit einer Pfote wischte er nach seinem weit aufgesperrten Maul. Ein großer Fisch, halb gefressen, lag neben ihm. Er ging steifbeinig rückwärts im Kreis, schwenkte den Kopf von einer Seite zur anderen, um den Brocken loszuwerden, der ihm im Hals stecken geblieben war.

Ich warf mich neben ihm auf die Knie. »Lass mich das machen!«, beschwor ich ihn, doch ich konnte ihn nicht erreichen. Panik machte ihn blind und taub und unempfänglich für mein Denken. Ich versuchte, einen Arm um ihn zu legen, um ihn zu stützen, aber er riss sich los. Er schüttelte heftig den Kopf und würgte. Ich warf mich gegen ihn, stieß ihn um, fiel mit ihm und landete seitlich auf seinem Brustkorb. Was eigentlich meine Ungeschicklichkeit gewesen war, rettete ihm das Leben. Der Aufprall katapultierte den Fisch aus seiner Luftröhre nach oben in sein Maul. Ohne an das scharfe

Raubtiergebiss zu denken, steckte ich Nachtauge die Finger in den Rachen, zog den Brocken heraus und warf ihn weit weg. Ich hörte, wie er rasselnd Luft in die Lunge sog, und richtete mich auf, um seine Atmung nicht zu behindern. Taumelnd rappelte er sich vom Boden hoch. Ich für meinen Teil bezweifelte, dass meine Beine die Kraft hatten, mich zu tragen.

»An einem Stück Fisch ersticken!«, schimpfte ich mit zitternder Stimme. »Ausgerechnet! Das wird dich lehren, immer so gierig zu schlingen!«

Ich holte selbst tief und schnaufend Atem, unsäglich erleichtert, dass alles gut gegangen war. Doch meine Erleichterung war nur von kurzer Dauer. Der Wolf tat zwei unsichere Schritte, dann kippte er kraftlos zur Seite. Das kam nicht mehr von dem Stück Fisch, das er in den falschen Hals bekommen hatte; Schmerz pulsierte rot in seiner Brust.

»Was hat er? Was ist los mit ihm?«, hörte ich den Narren hinter mir fragen. Ich hatte gar nicht gemerkt, dass er mir gefolgt war, und konnte mich jetzt nicht um ihn kümmern. Auf allen vieren krabbelte ich zu meinem Gefährten hin, legte die Hand auf sein Fell und spürte, wie die Berührung das Band zwischen uns verstärkte.

Der Schmerz lag wie rot glühendes Eisen um seine Brust, schnürte ihm den Atem ab. Der stolpernde Herzschlag dröhnte in seinen Ohren. Zwischen den spaltbreit geöffneten Lidern glänzte das Weiß der Augen. Die Zunge hing ihm schlaff aus dem Maul.

»Nachtauge! Bruder!« Ich schrie ihn an, obwohl ich wusste, in seinem Todeskampf konnte er mich nicht hören. Ich kämpfte darum, ihn zu erreichen, sandte ihm meine Stärke und spürte etwas Unglaubliches. Er wich mir aus, zog sich zurück, verweigerte, soweit seine schwindenden Kräfte es erlaubten, die Verbindung, die so lange zwischen uns bestanden hatte. Ausgeschlossen aus seinen Gedanken, musste ich fühlen, wie er mir entglitt, in ein Grau, welches ich nicht zu durchdringen vermochte.

Es durfte nicht sein!

»Nein!«, heulte ich auf und schleuderte mein Bewusstsein gegen die Barriere, die uns trennte. Als sie vor der Alten Macht nicht weichen wollte, wühlte ich mich mit der Gabe hindurch, setzte rückhaltlos und instinktiv jede Form von Magie ein, über die ich gebot, um zu ihm vorzudringen. Und ich erreichte ihn. Plötzlich war ich eins mit ihm, mein Bewusstsein enger mit seinem verquickt als je zuvor. Sein Körper war auch der meine.

Vor vielen Jahren, von Edels Folterknechten an den Rand des Todes gebracht, hatte ich die zerschundene Hülle meines eigenen Fleisches verlassen und bei Nachtauge Zuflucht gesucht. Ich wohnte mit dem Wolf in seinem Leib, dachte seine Gedanken, sah die Welt durch seine Augen. Alle Wege war ich mit ihm gegangen, ein Passagier in seinem Leben. Dann endlich hatten Burrich und Chade uns beide zu meinem Grab gerufen und mich gezwungen, in mein kaltes Fleisch zurückzukehren.

Dies war anders. Ich hatte seinen Körper usurpiert, mein menschliches Bewusstsein verdrängte das Tier. Ich ergriff von ihm Besitz und zwang ihn, der sich heftig aufbäumte, stillzuliegen. Ich ignorierte seinen Abscheu vor dem, was ich tat; es musste sein, sagte ich ihm. Wenn ich nicht handelte, war er dem Tod geweiht. Er hörte auf, sich gegen mich zu sträuben, doch es war kein Zeichen des Einverständnisses, sondern ein verachtungsvolles Aufgeben dessen, was ich ihm abgerungen hatte. Später konnte ich versuchen, ihn zu versöhnen; seine Gefühle zu verletzen war jetzt die geringste meiner Sorgen. In seinem Körper zu sein war ein merkwürdiges Gefühl, als hätte man eines anderen Mannes Kleider angezogen. Ich war mir jeder Kleinigkeit von ihm bewusst, von den Zehennägeln bis zur Schwanzspitze. Luft strich fremd über meine Zunge, und selbst in meiner Not sprachen die Gerüche des Tages zu mir. Ich roch den Schweiß meines menschlichen Körpers nahebei und war mir schwach des Narren bewusst, der sich über diesen Körper beugte und ihn schüttelte.

Keine Zeit, darauf zu achten. Ich hatte den Ursprung der Schmerzen entdeckt. Sie strahlten von seinem/meinem krampfhaft zuckenden Herzen aus. Dass ich den Wolf zur Ruhe gezwungen hatte, half bereits, aber das hinkende, unregelmäßige Pulsieren des Blutstroms verkündete die düstere Botschaft von einem ernsthaften Schaden.

In einen Brunnenschacht hinabzuschauen ist etwas ganz anderes, als tatsächlich nach unten zu steigen und sich umzusehen. Ein unzulänglicher Vergleich, aber der beste, den ich anbieten kann. Statt das Herz des Wolfs zu spüren, *war* ich das Herz. Ich weiß nicht, wie ich es bewerkstelligte; in Bildern ausgedrückt war es, als stemmte ich mich verzweifelt gegen eine verschlossene Tür. Ich wusste, dahinter lag die Rettung, und plötzlich gab die Tür nach. Ich war sein Herz und kannte meine Funktion in seinem Körper und wusste auch, meine Funktion war beeinträchtigt. Muskeln waren im Dienst vieler Jahre erlahmt. Als Herz bemühte ich mich, ruhiger zu schlagen. Nachdem ich das erreicht hatte, ließ der schmerzhafte Druck nach, und ich ging ans Werk.

Nachtauge hatte sich in einen hinteren Winkel unseres Bewusstseins zurückgezogen. Ich ließ ihn dort schmollen und konzentrierte mich auf meine Aufgabe. Womit kann ich vergleichen, was ich tat? Weben? Bauen, Stein auf Stein? Vielleicht war es mehr wie Strümpfe stopfen. Ich besserte aus und verstärkte, was schwach und fadenscheinig geworden war. Nicht ich, Fitz, bewirkte das, sondern als Teil von Nachtauges Körper leitete ich diesen Körper durch eine vertraute Prozedur. Von mir gelenkt und angetrieben, tat er seine Arbeit schneller als gewöhnlich. Weiter war nichts dabei, sagte ich mir beklommen, doch ich ahnte, dass irgendwo irgendjemand für diese Beschleunigung eines Heilungsprozesses würde büßen müssen.

Als die Arbeit getan war, zog ich mich zurück. Ich war nicht länger »Herz«, doch fühlte ich mit Stolz dessen neue Kraft und Stetigkeit. Gleichzeitig mit der Erleichterung durchzuckte mich eine plötzliche Angst. Ich befand mich nicht in meinem eigenen Körper, ich hatte keine Ahnung, was mit meinem Körper geschehen war, während ich versuchte, Nachtauges Leben zu retten. Ich hatte nicht einmal eine Vorstellung davon, wie viel Zeit vergangen sein könnte. Verwirrt griff ich nach Nachtauge, doch er stieß mich zurück.

Ich habe das nur getan, um dir zu helfen, verteidigte ich mich.

Er schwieg. Seine Gedanken konnte ich nicht klar erkennen, seine Gefühle jedoch waren eindeutig. So gekränkt und beleidigt hatte ich ihn noch nie erlebt.

Nun gut, gab ich ihm frostig zu verstehen. *Ganz wie du willst.* Verärgert überließ ich ihn sich selbst.

Plötzlich war alles sehr verwirrend. Ich wusste, ich musste irgendwohin gehen, aber »irgendwohin« und »gehen« waren Vorstellungen, die nicht zu passen schienen. In gewisser Weise fühlte ich mich daran erinnert, wie es gewesen war, unvorbereitet in die reißende Strömung des Gabenflusses zu geraten. Dieser Fluss aus reiner Magie konnte das Selbst eines unerfahrenen Gabenkundigen zerschleißen, konnte eines Menschen Bewusstsein in seinen Fluten auflösen, bis er nichts mehr von sich wusste. Mein jetziger Zustand jedoch war anders insofern, dass ich nicht das Gefühl hatte zu vergehen, sondern als ob ich hilflos in der Strömung dümpelte, ohne einen Halt, außer in Nachtauges Körper. Ich konnte den Narren meinen Namen rufen hören, aber das half nichts, denn ich hörte seine Stimme mit Nachtauges Ohren.

Siehst du?, bemerkte er kummervoll. *Siehst du, was du uns angetan hast? Ich habe versucht, dich zu warnen, ich habe versucht, dich zu hindern.*

Ich finde eine Lösung, es gibt einen Ausweg, antwortete ich heftig. Wir wussten beide, dass ich nicht log, sondern mit aller Kraft danach strebte, die Behauptung wahr zu machen.

Ich löste mich von seinem Körper. Ich verschloss mich seinen Sinneseindrücken, Fühlen, Hören, Sehen, weigerte mich, den Staub auf der Zunge zu schmecken, die Ausdünstung meines in der Nähe liegenden Körpers zu wittern. Ich löste meine Wahrnehmungen von den seinen, dann aber hing ich in der Schwebe zwischen nicht hier und nicht dort. Ich wusste nicht, wie ich den Weg in meinen eigenen Körper zurückfinden sollte.

Dann glaubte ich, etwas zu spüren, ein leichtes Zupfen, noch zarter, als wenn mir jemand einen Fussel vom Hemd gepflückt hätte. Danach zu greifen war, als versuchte man einen Sonnenstrahl zu fassen. Ich sank verzweifelt zurück in mein formloses Selbst, überzeugt, dass mein grobes Haschen den schwachen Strahl zerstört hatte. Ich hielt mein Bewusstsein klein und still, lauerte wie eine Katze vor dem Mauseloch. Das Zupfen kam wieder, zart wie Mondschein durch Blätter. Ich zwang mich stillzuhalten, abzuwarten, mich finden zu lassen. Wie ein feiner Goldfaden berührte es mich schließlich, prüfte mich, und als es sich überzeugt hatte, dass ich der Gesuchte war, machte es sich an mir fest und zog mich, einmal kräftiger, einmal schwächer, zu sich heran. Der Zug war beharrlich, aber nicht stärker als von einem Haar. Ich konnte nichts tun, um den Übergang zu beschleunigen. Im Nichts hängend, voller Angst, der Spinnwebfaden könnte zerreißen, musste ich geduldig warten, während ich von Nachtauge weg- und zu meinem Körper hingezogen wurde. Dann ging es plötzlich leichter, und ich konnte aus eigener Kraft weiterfließen.

Endlich erkannte ich meine regungslose Gestalt. Ich strömte in mich selbst hinein und erschrak darüber, wie kalt und steif die fleischliche Hülle meiner Seele geworden war. Meine Augen fühlten sich klebrig und trocken an, weil sie so lange starr offen gestanden hatten. Zuerst konnte ich nichts sehen. Konnte auch nicht sprechen, denn mein Mund und Hals waren ausgedörrt wie Leder. Ich versuchte, mich umzudrehen, aber meine Muskeln waren verkrampft und hart und erlaubten mir nur kleinste Bewegungen. Doch selbst Schmerzen zu fühlen war herrlich, denn es war mein Schmerz, Signale meines eigenen Körpers an mein Gehirn. Ich stieß ein heiseres Krächzen der Erleichterung aus.

Aus den schüsselartig zusammengelegten Händen des Narren rieselte Wasser über meine Lippen und fand den Weg in meinen Schlund. Mein Sehvermögen kehrte zurück, verschwommen erst noch, aber ich konnte erkennen, dass die Sonne weit jenseits des Zenits stand. Ich war etliche Stunden außerhalb meines Körpers gewesen. Nach einer Weile fand ich die Kraft, mich aufzurichten. Sofort spürte ich nach Nachtauge. Er lag immer noch lang ausgestreckt neben mir, nicht schlafend, sondern in einem Zustand tiefer Bewusstlosigkeit. Als ich ihn berührte, nahm ich ihn als winzigen Funken wahr, tief in Schwärze begraben. Das stetige Pochen seines Pulsschlags erfüllte mich mit einer ungeheuren Freude. Ich versuchte, ihn zu erreichen.

Geh weg! Er war noch immer zornig auf mich. Ich ließ mir die Stimmung davon nicht verderben. Seine Lunge arbeitete, sein Herz schlug einen regelmäßigen Takt. Dass er jetzt erschöpft war – wie auch meine Angst, den Weg zurück nicht zu finden –, erschien mir ein geringer Preis für die Rettung seines Lebens.

Etwas später wurde ich mir der Gegenwart des Narren bewusst. Er kniete neben mir, den Arm um meine Schultern gelegt. Ich hatte nicht gemerkt, dass er mich stützte. Wacklig drehte ich den Kopf, um ihn anzusehen. Sein Gesicht war eingefallen, die Stirn schmerzlich gefurcht, doch er brachte ein schiefes Lächeln zustande. »Ich wusste nicht, ob ich es tun konnte. Aber mir ist kein anderes Mittel eingefallen, um dir zu helfen.«

Nach einer Minute schwerfälligen Grübelns begriff ich, was er mir sagen wollte. Ich richtete den Blick auf mein Handgelenk. Die Abdrücke seiner Finger waren deutlicher, nicht silbern wie damals, als er mich das erste Mal mit der Gabe berührte, aber von einem dunkleren Grau als in den letzten Jahren. Das Band geistiger Verbundenheit zwischen uns war um einen Spinnwebfaden dichter geworden. Ich war empört über das, was er sich zu tun erdreistet hatte.

»Wahrscheinlich muss ich mich bei dir bedanken.« Ich hörte selbst, dass es feindselig klang, aber ich fühlte mich – vergewaltigt. Es war mir zuwider, dass er mich auf diese Weise berührt hatte, ohne meine Zustimmung. Kindisch, aber ich hatte nicht die Kraft, vernünftig zu sein.

Er lachte laut, aber ich hörte den hysterischen Unterton darin. »Ich habe nicht angenommen, dass es dir gefallen würde. Trotzdem, mein Freund, ich konnte nicht anders. Ich musste es tun.« Er holte schwer Atem. Mit weicherer Stimme fügte er hinzu. »Und schon fängt es wieder an. Kaum zwei Tage bin ich hier, und schon greift das Schicksal nach dir. Wird das immer der Preis sein? Muss ich dich immer in die Nähe des Todes bringen bei meinen Bemühungen, die Welt auf einen besseren Weg zu führen?« Sein Griff um meine

Schultern wurde fester. »Ach Fitz, wie kannst du mir immer wieder vergeben, was ich dir antue?«

Das kann ich nicht, sagte es in mir, aber ich sprach es nicht aus. Ich wich seinem Blick aus. »Ich möchte einen Augenblick allein sein. Bitte.«

Er schwieg fast greifbar. »Selbstverständlich.« Er ließ den Arm von meinen Schultern sinken, stand auf und entfernte sich ein paar Schritte. Es war eine Erleichterung. Seine Berührung hatte den Gabenbund zwischen uns verstärkt, und ich fühlte mich angreifbar. Der Narr wusste nicht, wie er ihn benutzen konnte, um meinen Verstand zu plündern, aber das machte meine Angst nicht geringer. Jedes Messer an meiner Kehle war eine Bedrohung, mochte die Hand, die es hielt, auch die besten Absichten haben.

Andererseits hatte der Narr keine Ahnung, wie wehrlos er gegen einen Lauschangriff von meiner Seite war. Das Wissen führte mich in Versuchung, lockte mich, eine engere Verbindung herzustellen. Ich brauchte ihn nur zu bitten, noch einmal mein Handgelenk zu umfassen. Mehr war nicht notwendig. Dann hätte ich in ihn eindringen, all seine Geheimnisse erforschen, ihm seine Kraft rauben können. Ich hätte seinen Körper zu einem zusätzlichen Glied meines eigenen machen können, sein Leben und seine Zeit für meine Zwecke missbrauchen können.

Es war ein schändliches Verlangen. Ich hatte gesehen, was aus denen wurde, die ihm nachgaben. Wie konnte ich ihm verzeihen, dass er diesen Hunger in mir geweckt hatte?

In meinem Schädel hämmerte der vertraute, vom Gebrauch der Gabe ausgelöste Schmerz, während mein Körper sich wund und matt anfühlte wie nach einer Schlacht. Mir war, als hätte man mich inwendig roh und blutig geschunden, und selbst die Berührung eines Freundes tat weh. Ich erhob mich mühsam und stolperte mit weichen Knien zum Bachufer, wo ich versuchte, mich hinzuknien. Es war leichter, bäuchlings liegend zu trinken. Nachdem mein Durst gestillt war, warf ich mir mit vollen Händen Wasser ins Gesicht, rieb es in die Haare und über die Augen, bis sie tränten. Die Feuchtigkeit tat wohl, und ich konnte wieder deutlich sehen.

Ich schaute auf den schlaffen Körper meines Wolfs und richtete dann den Blick auf den Narren.

Er stand gebeugt da, mit hängenden Schultern und zusammengepressten Lippen. Ich hatte ihn verletzt. Mir schlug das Gewissen. Ich verdankte ihm, dass mein Körper und Geist wieder eins waren, und doch, mit einem verstockten Teil meines Herzens wollte ich ihm immer noch nicht verzeihen, was er getan hatte. Ich suchte nach irgendeiner Rechtfertigung, um an dieser Albernheit festhalten zu können. Es gab keine. Doch leider hilft das Wissen, dass man kein Recht hat, sich zu ärgern, nicht immer, den Ärger restlos zu überwinden. »So ist es besser«, sagte ich und schüttelte mir das Wasser aus den Haaren, als könnte ich uns beide überzeugen, dass nur der Durst mich reizbar gemacht hatte. Der Narr gab keine Antwort.

Ich schöpfte mit beiden Händen Wasser, trug es zu Nachtauge hinüber, setzte mich neben ihn und ließ es über seine immer noch heraushängende Zunge rieseln. Nach einer Weile regte er sich matt und zog die Zunge zurück ins Maul.

Ich unternahm einen zweiten Versuch, meine Unfreundlichkeit wiedergutzumachen. »Ich weiß, dass du nur versucht hast, mir das Leben zu retten. Danke.«

Er hat unser beider Leben gerettet. Er hat uns erspart, auf eine Weise leben zu müssen, die für uns beide schrecklich gewesen wäre. Die Gedankenstimme des Wolfs war kräftig und sehr bestimmt.

Aber was er getan hat …

War schlimmer, als was du mit mir getan hast?

Was sollte ich antworten? Ich konnte nicht bereuen, dass ich ihm das Leben gerettet hatte. Und doch …

Es war einfacher, mit dem Narren zu sprechen, als diesen Gedanken zu Ende zu denken. »Du hast Nachtauge und mir das Leben gerettet. Ich war … ich war irgendwie in Nachtauges Körper gelangt, durch das Wirken der Gabe, glaube ich.« Eine plötzliche Eingebung ließ mich verstummen. War es das, was Chade gemeint hatte, als er zu mir sagte, die Gabe könne dazu dienen, Wunden und Krankheiten zu heilen? Mich schauderte. Ich hatte mir darunter vorgestellt, dass man dem Kranken von der eigenen Kraft abgab, doch was mit Nachtauge geschehen war … Ich wollte nicht daran denken. »Ich musste versuchen, ihn zu retten. Und ich habe ihm geholfen. Aber dann konnte ich nicht wieder aus ihm herausfinden. Wenn du mich nicht zurückgeholt hättest …« Ich ließ den Satz in der Luft hängen. Mit wenigen Worten ließ sich nicht erklären, vor welchem Schicksal er uns bewahrt hatte. Dafür beschloss ich, ihm von unserem Jahr bei denen mit der Alten Macht zu erzählen. »Gehen wir zurück zum Haus. Ich habe Elfenrinde da, für Tee. Und ich muss mich ebenso dringend ausruhen wie Nachtauge.«

»Ich auch«, sagte der Narr schwach.

Ich betrachtete ihn genauer. Sein Gesicht war grau, seine Stirn tief gefurcht. Schuldbewusstsein überfiel mich. Ohne darin geschult zu sein, ohne Hilfe, hatte er von der Gabe Gebrauch gemacht, um mich in meinen eigenen Körper zurückzuholen. Ihm lag die Magie nicht im Blut wie mir, er war nicht mit der Veranlagung geboren. Alles, was ihm zur Verfügung gestanden hatte, waren die verblassten Spuren der Gabe an seinen Fingern, das Memento an seine zufällige Berührung von Veritas' silbernen Händen. Das und die schwache, durch diese Berührung ermöglichte Verbindung zwischen uns waren seine einzigen Werkzeuge gewesen, als er sein eigenes Selbst in die Waagschale geworfen hatte, um mich zu retten. Weder Furcht noch Unwissenheit hatten ihn davon abgehalten, es zu versuchen. Dass er das wahre Ausmaß der Gefahr nicht kannte – war seine Tat deswegen mehr oder weniger heldenhaft? Und was hatte ich getan? Ihm Vorwürfe gemacht.

Ich erinnerte mich noch gut an das erste Mal, als Veritas meine Kraft angezapft hatte, um seine eigene Gabe zu stärken. Ich war vor Schwäche zusammengebrochen. Der Narr jedoch hielt sich auf den Beinen, schwankend zwar, doch er stand aufrecht. Und er klagte mit keinem Wort über den Schmerz, der wie Fanfarenklänge durch seinen Kopf tönen musste. Wieder staunte ich über die Zähigkeit in seinem schmächtigen Körper. Er spürte meinen Blick, hob den Kopf und schaute mich an. Ich versuchte ein Lächeln. Er beantwortete es mit einer gequälten Grimasse.

Nachtauge wälzte sich auf den Bauch, stemmte die Vorderläufe gegen den Boden und erhob sich taumelnd. Staksig wie ein neugeborenes Füllen wankte er zum Wasser und trank. Nachdem er seinen Durst gestillt hatte, ging es uns beiden besser, doch immer noch zitterten meine Beine vor Schwäche.

»Das wird ein langer Weg zurück zur Hütte«, bemerkte ich.

Die Stimme des Narren klang sachlich und fast, als wäre nichts gewesen. »Wirst du es schaffen?«

»Mit etwas Hilfe.« Ich streckte die Hand aus, und er kam, griff danach und zog mich vom Boden hoch. Untergehakt gingen wir nebeneinanderher, aber wenn ich mich recht entsinne, stützte er sich mehr auf mich als ich mich auf ihn. Der Wolf tappte schwerfällig hinter uns drein. Ich biss die Zähne zusammen und beherrschte mich und machte keinen

Gebrauch von der Gabenbrücke zwischen uns. Ich konnte der Versuchung widerstehen, sagte ich mir. Veritas hatte es gekonnt. Also auch ich.

Der Narr durchbrach die sonnenflirrende Stille unter den Bäumen. »Erst dachte ich, es wäre einer dieser Krampfanfälle, unter denen du früher zu leiden hattest. Aber dann hast du dich überhaupt nicht mehr gerührt, einfach dagelegen, mit offenen Augen. Ich konnte keinen Puls fühlen, doch ab und zu hast du gezuckt und nach Luft geschnappt.« Er machte eine Pause. »Ich habe alles Mögliche versucht, um dich zu wecken, aber du warst wie tot. Schließlich wusste ich mir nicht mehr anders zu helfen, als dass ich versuche, dir zu folgen.«

Was er sagte, erschreckte mich. Ich wollte ganz und gar nicht wissen, was mein Körper tat, wenn ich nicht da war, um ihn zu lenken. »Es war vermutlich der einzige Weg, mein Leben zu retten.«

»Und meins«, sagte er ruhig. »Denn ganz gleich, was es uns beide kostet, ich muss dich am Leben halten. Du bist der Hebel, den ich brauche, Fitz. Und das bedaure ich mehr, als ich es sagen kann.«

Bei dem letzten Satz schaute er mich an. Der offene goldene Blick heftete sich an das Band zwischen uns, Gold und Silber verquickt. Ich erkannte und leugnete eine Wahrheit, die ich nicht wahrhaben wollte.

Hinter uns trottete mit hängendem Kopf der Wolf.

Kapitel 8

ALTES BLUT

»… Und ich hoffe, die Hunde erreichen dich mit diesem Schreiben bei guter Gesundheit. Andernfalls mögest du mir einen Botenvogel senden, damit ich dir raten kann, wie man sie kuriert. Abschließend ersuche ich dich, Prinz Chivalric Weitseher meine respektvollen Grüße zu übermitteln. Berichte ihm in meinem Namen, dass das Hengstfohlen, welches er in meiner Obhut gelassen hat, immer noch unter der plötzlichen Trennung von seiner Mutter leidet. Sein Wesen zeigt sich launisch und argwöhnisch, doch steht zu hoffen, dass Freundlichkeit und Geduld in Verbindung mit einer festen Hand bewirken werden, dass es dieses Verhalten ablegt. Es neigt außerdem zur Bockigkeit, was die Geduld seines Ausbilders auf eine harte Probe stellt, aber das, glaube ich, können wir dem ähnlichen Temperament seines Erzeugers zuschreiben. Disziplin könnte die Unart zu Charakterstärke wandeln. Ich verbleibe, wie stets, sein zutiefst ergebener Diener.

Meine besten Wünsche auch an deinen Ehegemahl, Langmann, und die Kinder, und ich freue mich, wenn dich der Weg das nächste Mal nach Bocksburg führt, unsere Wette auszutragen, nämlich, welcher Hund die größere Beharrlichkeit auf der Pirsch zeigt, meine Hexe oder dein Dockstert.«

BURRICH, STALLMEISTER ZU BOCKSBURG

Auf dem letzten Stück Weg zur Hütte wogten schwarze Schleier vor meinen Augen. Ich legte dem Narren die Hand auf die schmale Schulter und bugsierte ihn zur Tür. Er stolperte die Verandastufen hinauf. Der Wolf folgte uns. Ich schob den Narren zu einem Stuhl, und er sank darauf nieder. Nachtauge begab sich stracks in meine Schlafkammer und kletterte auf mein Bett. Er machte kraftlos Anstalten, die Decken zusammenzuscharren, dann rollte er sich hinein und sank in einen totenähnlichen Schlaf. Ich spürte mit der Alten Macht nach ihm, doch er hatte sich gegen mich verschlossen. Es musste mir genügen, das rhythmische Heben und Senken seines Brustkorbs zu beobachten, während ich das Feuer schürte und den Wasserkessel darüberhängte. Jeder Schritt dieser einfachen Verrichtungen erforderte meine volle Konzentration. Das Dröhnen in meinem Schädel wollte mich zwingen, alles sein zu lassen und mich in mein Elend zu ergeben, aber das konnte ich mir jetzt nicht erlauben.

Der Narr, am Tisch sitzend, hatte den Kopf auf die verschränkten Arme gebettet, ein Bild des Jammers. Als ich die Dose mit Elfenrinde vom Bord nahm, drehte er den Kopf und beobachtete mich. Sein Gesicht verzog sich bei der Erinnerung an die schwarze getrocknete Borke. »Du hast wohl immer einen Vorrat parat?« Seine Stimme war ein Krächzen.

»Stimmt.« Ich maß die benötigte Menge ab und fing an, sie im Mörser zu zerstoßen. Sobald etwas Pulver entstanden war, tauchte ich den Finger hinein und rieb ihn über den Rand meiner Zunge. Ich spürte eine flüchtige Linderung der Schmerzen.

»Und gönnst du dir häufiger ein Tässchen davon?«

»Nur wenn es sein muss.«

Er atmete tief ein und aus, dann erhob er sich mit vorsichtigen Bewegungen und holte zwei Becher. Als das Wasser kochte, goss ich eine Kanne Rindentee auf.

Die Droge linderte die Kopfschmerzen vom Gebrauch der Gabe, doch man tauschte dafür eine ziellose Unruhe und düsteren Weltschmerz ein. Es gab Gerüchte, wonach man in Chalced den Sklaven von dem Tee zu trinken gab, damit sie zum einen länger und schwerer arbeiten konnten und zum anderen keine Lust mehr hatten zu fliehen, weil es ihnen aussichtslos erschien. Elfenrinde soll angeblich süchtig machen, aber das kann ich nicht bestätigen. Mag sein, dass die zwangsweise Verabreichung über einen längeren Zeitraum zur Abhängigkeit führt, aber ich selbst habe den Tee immer nur als Medizin getrunken. Man sagt auch, dass er bei jungen Menschen die Veranlagung für die Gabe auslöscht und bei älteren Gabenkundigen ihr Erstarken hemmt. Letzteres wäre mir willkommen gewesen, doch nach meiner Erfahrung lähmt Elfenrinde zwar die Fähigkeit, von der Gabe Gebrauch zu machen, tötet aber nicht das Verlangen, es zu tun.

Ich ließ den Tee ziehen, dann goss ich zwei Becher voll und süßte ihn mit Honig. Sollte ich um Minze in den Garten gehen? Viel zu weit. Viel zu anstrengend. Ich stellte dem Narren einen Becher hin und setzte mich ihm gegenüber an den Tisch.

Er hob in einem Anflug von Galgenhumor seinen Becher zu einem Trinkspruch. »Auf den Weißen Propheten und seinen Katalysten.«

»Der Narr und der Bastard«, stimmte ich ein und stieß mit ihm an.

Ich nahm einen Schluck. Der bittere Geschmack der Elfenrinde erfüllte meinen ganzen Mund, und mein Hals zog sich zusammen. Der Narr beobachtete mich, dann nahm er selbst einen Mundvoll, schluckte und zog eine Grimasse, doch fast sofort glättete sich seine tief gefurchte Stirn ein wenig. Er schaute kritisch in den Becher. »Gibt es keine

Möglichkeit, auf etwas angenehmere Weise in den Genuss der Wirkung zu kommen?«

Ich grinste schief. »Einmal, ein einziges Mal, war ich verzweifelt genug, die Rinde einfach zu kauen. Nachher waren die Innenseiten meiner Wangen zerfressen, und mein Mund war so zusammengeschrumpft, dass ich kaum einen Schluck Wasser hinunterbringen konnte, um den Geschmack loszuwerden.«

»Aha.« Er kleckste noch einen Löffel Honig in seinen Becher, trank und verdrehte die Augen.

Schweigen hing zwischen uns. Ein Rest der Unstimmigkeit von vorhin wollte sich nicht verflüchtigen. Wenn eine Entschuldigung nicht half, dann vielleicht eine Erklärung. Ich warf einen Blick auf den schlafenden Wolf in meinem Bett. Ich räusperte mich.

»Nun gut. Nachdem wir das Bergreich verlassen hatten, wanderten wir zurück zur Grenze der Bocksmarken.«

Der Narr hob die Augen zu meinem Gesicht. Das Kinn in die hohle Hand gestützt, aufmerksam und stumm, wartete er, während ich nach Worten suchte. Es fiel mir schwer. Stockend setzte ich für ihn die Chronik jener Tage zusammen.

Nachtauge und ich hatten uns Zeit gelassen auf unserer Reise. Fast ein Jahr dauerte der Umweg durch die Berge und über die weiten Ebenen Farrows, bis wir uns schließlich in der Gegend von Kräheneck in den Bocksmarken wiederfanden. Die ersten Vorboten des Herbstes machten sich langsam bemerkbar, als wir die in einen bewaldeten Hang hineingebaute Hütte aus Stein und Holz erreichten. Die hohen Tannen trotzten den Wetterunbilden, aber erste Fröste hatten das Laub der kleinen Büsche und Pflanzen gestreift, die auf dem bemoosten Dach siedelten, einige mit Gold gesäumt, andere erröten lassen. Die überbreite Tür stand offen, und ein fast durchsichtiger Rauchfaden kräuselte sich aus dem gedrungenen Kamin. Wir brauchten nicht zu klopfen oder zu rufen. Die mit der Alten Macht im Innern der Hütte wussten von unserer Anwesenheit, ebenso wie ich spüren konnte, dass Rolf und Holly sich drinnen befanden. Und tatsächlich erschien der schwarze Rolf auf der Schwelle. Er stand in dem höhlenartigen Halbdunkel seiner Behausung und schaute finster zu uns heraus.

»Also habt ihr endlich begriffen, dass es klug wäre zu lernen, was ich euch lehren kann«, begrüßte er uns. Die Bärenwitterung, die in der Luft hing, verursachte sowohl mir als auch Nachtauge Unbehagen. Trotzdem nickte ich.

Er lachte laut auf, und sein Willkommenslächeln teilte den schwarzen Bartwald. Ich hatte die hünenhafte Gestalt des Mannes vergessen. Er kam heran und drückte mich an seine mächtige Brust, dass mir die Rippen knackten. Ganz fern spürte ich den Gedankenruf, den er an Hilda sandte, die Bärin, sein Geschwistertier.

»Altes Blut grüßt Altes Blut.« Holly kam heraus, um uns zu begrüßen, ernst, wie es ihre Art war. Rolfs Hausfrau war noch so rank und still, wie ich mich an sie erinnerte. Ihr Geschwistertier, Terzel, saß auf ihrem Handgelenk. Er fixierte mich mit einem glitzernden Auge und schwang sich, als sie zu uns trat, in die Luft. Lächelnd und kopfschüttelnd schaute sie ihm nach, als er davonflog. Ihr Willkommen war zurückhaltender als Rolfs, aber dafür wärmer. »Es ist schön, dass ihr wieder den Weg zu uns gefunden habt«, sagte sie, drehte dabei vogelgleich ein wenig den Kopf und schenkte uns einen Seitenblick aus ihren dunklen Augen, begleitet von einem rasch aufblühenden und sofort in einer Wendung des Gesichts wieder verborgenen Lächeln. Sie stand neben Rolf, so schmal wie er breit, und strich sich das kurze, glatte Haar aus dem Gesicht. »Kommt herein und setzt euch mit uns zu Tisch.«

»Und dann werden wir einen Spaziergang machen, einen guten Platz für euer Heim suchen und anfangen zu bauen«, fügte Rolf hinzu, wie immer geradeheraus und praktisch. Er schaute durch die Lücken im Laubdach zum bewölkten Himmel. »Der Winter ist nah. Es war dumm von euch, erst so spät zu kommen.«

So einfach wurden wir zu einem Teil der Gemeinschaft der Zwiehaften, die in der Umgebung von Kräheneck lebten. Sie hausten im Wald und gingen nur für solche Dinge in die Stadt, die sie nicht selbst herstellen konnten. Ihre magischen Fähigkeiten hielten sie vor den Stadtleuten verborgen, denn ein Zwiehafter zu sein bedeutete ständige Gefahr, dem Sensenmann zu begegnen. Zwar bezeichneten Rolf und Holly oder die anderen sich selbst nicht als Zwiehafte. Dieses Wort war von jenen geprägt, die die Tiermagie hassten und fürchteten; ein Wort wie ein Schandmal. Untereinander sprachen sie von sich als jene vom Alten Blut und bedauerten die ihnen geborenen Kinder, die nicht die Fähigkeit besaßen, sich mit Verstand und Seele einem Tier zu verschwistern, geradeso wie man anderswo ein Kind bedauert, welches blind oder taub zur Welt kommt.

Sie waren nicht viele, fünf Familien, weit verstreut in den Wäldern um Kräheneck. Verfolgung hatte sie gelehrt, nicht zu nah beieinanderzuwohnen. Man wusste voneinander, und das genügte ihnen als Gemeinschaft. Zumeist betrieben sie eigenbrötlerische Gewerbe, die ihnen erlaubten, abseits von ihren Mitmenschen zu leben und doch nah genug, um Handel treiben zu können und die Annehmlichkeiten einer Ortschaft zu genießen. Sie waren Holzfäller und Pelztierjäger und Ähnliches. Eine Familie lebte mit ihren Ottern in der Nähe eines Hanges aus Tonerde und stellte außergewöhnlich schöne Keramikwaren her. Ein alter Mann, verschwistert mit einem Eber, lebte gut von dem Geld, das die

Wohlhabenderen ihm für die Trüffeln zahlten, die er zu finden verstand. Im Großen und Ganzen waren sie ein friedliebendes Völkchen, Menschen, die ohne Murren ihren Platz und ihre Rolle in der Natur akzeptierten. Man konnte nicht behaupten, dass sie über den Rest der Menschheit eine ebenso gute Meinung hatten. Ich hörte und spürte bei ihnen große Missbilligung für Leute, die zusammengepfercht in den Städten lebten und Tiere als ihre Diener ansahen oder als kuschelige Hausgenossen, als dumme, stumme Geschöpfe. Sie verachteten auch solche von ihresgleichen, die unter den Nicht-Zwiehaften lebten und ihre Magie verleugneten, um keinen Anstoß zu erregen. Häufig begegnete ich der Annahme, ich entstammte einer solchen Familie, und es war schwierig, diese Vermutung zu zerstreuen, ohne allzu viel von der Wahrheit preiszugeben.

»Und ist es dir gelungen?«, erkundigte sich der Narr.

Ich hatte das ungute Gefühl, dass er die Antwort bereits kannte. »Es war schwierig, ein Tanz auf dünnem Eis. Je länger ich bei ihnen war, desto häufiger fragte ich mich, ob wir nicht einen großen Fehler gemacht hatten, zu ihnen zurückzukehren. Vor Jahren, als ich sie kennen lernte, hatten Rolf und Holly gewusst, dass mein Name Fitz war. Sie wussten auch von meinem Hass auf Edel. Von da war es nur ein kleiner Schritt zu der Erkenntnis, dass ich Fitz der Bastard sein musste, mit dem Makel der Alten Macht behaftet. Rolf hatte die richtige Schlussfolgerung gezogen, denn eines Tages versuchte er, mit mir darüber zu sprechen. Ich beschied ihn kurz und bündig, dass er sich irrte, es handle sich um eine unglückliche Übereinstimmung sowohl von Namen als auch Brudertier, die mich schon häufig in große Schwierigkeiten gebracht hätte. Ich war so eisern in diesem Punkt, dass selbst dieser Mann des offenen Wortes bald erkannte, er würde mich nie dazu bringen können, etwas anderes zuzugeben. Ich log, und er wusste, dass ich log, aber ich ließ keinen Zweifel daran, dass es zwischen uns als Wahrheit gelten musste, und so beließen wir es dabei. Holly, dessen bin ich sicher, wusste ebenfalls Bescheid, verlor aber nie ein Wort darüber. Bei den anderen hatte ich nicht das Gefühl, dass sie etwas argwöhnten. Ich stellte mich als Tom vor, und so nannten mich alle, auch Holly und Rolf. Fitz, hoffte ich, würde tot und begraben bleiben.«

»Dann haben sie es also gewusst.« Der Narr fand bestätigt, was er vermutet hatte. »Diese Leute wenigstens wussten, dass Fitz, Chivalrics Bastard, nicht gestorben war.«

Innerlich zuckte ich zusammen. Erstaunlich, dass der alte Schandname immer noch schmerzte, selbst aus seinem Mund. Ich hatte geglaubt, darüber hinweg zu sein. Früher einmal war ich auch in meinen eigenen Augen der »Bastard« gewesen, aber das hatte ich seit langem überwunden und erkannt, dass ein Mann sich selber macht und nicht derjenige bleiben muss, als der er geboren wurde. Plötzlich erinnerte ich mich daran, wie die Krudhexe sich über meine unterschiedlichen Handflächen gewundert hatte. Ich widerstand dem Impuls, meine Hände zu betrachten, und schenkte uns stattdessen noch einmal von dem Rindentee ein. Dann stand ich auf, um im Vorratsschrank nach etwas zu suchen, was den bitteren Geschmack aus dem Mund vertreiben könnte. Ich nahm die Flasche mit dem Sandsegger, stellte sie jedoch entschlossen wieder zurück. Da war der Rest Käse, etwas hart geworden, aber immer noch köstlich im Geschmack, und ein halber Laib Brot. Wir hatten seit dem Frühstück nichts mehr gegessen. Je mehr die Kopfschmerzen abflauten, desto stärker machte sich mein leerer Magen bemerkbar. Dem Narren schien es ebenso zu ergehen, denn während ich den Käse aufschnitt, säbelte er dicke Scheiben von dem Brot herunter.

Meine Geschichte hing unbeendet zwischen uns in der Luft. Ich seufzte. »Mir blieb nichts anderes übrig, als zu leugnen. Nachtauge und ich mussten von ihnen lernen. Nur sie konnten uns lehren, was wir wissen mussten.«

Er nickte und stapelte Käse auf sein Brot, bevor er hineinbiss. Er wartete darauf, dass ich fortfuhr.

Wieder musste ich erst nach Worten suchen. Ich dachte nicht gern an jenes Jahr zurück, obwohl ich viel gelernt hatte, nicht allein durch Rolfs Unterweisung, sondern einfach dadurch, dass ich mit anderen vom Alten Blut Umgang hatte. »Rolf war nicht der beste Lehrer. Er war ungeduldig und jähzornig, besonders kurz vor den Mahlzeiten, knuffte und brummte und brüllte manchmal seine Enttäuschung über einen begriffsstutzigen Schüler heraus. Er konnte einfach nicht fassen, dass ich nicht die mindeste Ahnung hatte von den Sitten und Gebräuchen derer mit der Alten Macht. Wahrscheinlich kam ich ihm vor wie ein absichtlich ungezogenes Kind. Meine ›lauten‹ Verständigungen mit dem Wolf verdarben anderen verschwisterten Paaren die Jagd. Woher sollte ich wissen, dass es sich gehörte, unsere Anwesenheit kundzutun, wenn wir in ein anderes Revier wechselten? Während meiner Tage in Bocksburg hatte ich nicht geahnt, dass eine Gemeinschaft derer mit der Alten Macht existierte, geschweige denn, dass sie eigene Regeln besaßen.«

»Warte«, unterbrach mich der Narr. »Soll das heißen, die Zwiehaften können mit ihren Gedanken zueinander sprechen, genauso wie man mit der Gabe zu einem anderen hindenken kann?« Er schien sehr aufgeregt zu sein von der Vorstellung.

»Nein.« Ich schüttelte den Kopf. »Die beiden Arten der Kommunikation lassen sich nicht vergleichen. Ich kann es bemerken, wenn ein anderer Zwiehafter mit seinem Geschwistertier spricht – sofern sie sorglos und offen in ihrer

Unterhaltung sind, wie Nachtauge und ich es waren. Ich spüre die Schwingungen der Alten Macht, auch wenn mir der Inhalt der Gedanken, die zwischen ihnen hin und her gehen, verborgen bleibt. Es ist wie das Summen einer Harfensaite.« Ich lächelte schief. »Auf diese Weise hat Burrich mich überwacht, um sicher zu sein, dass ich nicht von der Alten Macht Gebrauch machte, nachdem er wusste, dass ich sie besaß. Er selbst verleugnete sie bei sich. Er machte keinen Gebrauch davon und war bemüht, sich gegen Tiere abzuschirmen, die damit nach ihm spürten. Deshalb merkte er lange nichts von meinem Tun. Er hatte Mauern um sich gebaut, ähnlich den Gabenmauern, die zu errichten Veritas mich gelehrt hatte. Doch sobald er wusste, dass ich mit dem ›Makel‹ der Alten Macht behaftet war, öffnete er sie ein wenig, um mich zu beobachten.« Ich bemerkte die verwirrte Miene des Narren. »Verstehst du, was ich meine?«

»Mehr oder weniger. Aber – kannst du das Geschwistertier eines Zwiehaften belauschen, wenn es zu seinem Gefährten spricht?«

Ich schüttelte wiederum den Kopf, dann musste ich mir ein Lachen über sein verzweifeltes Gesicht verkneifen. »Für mich ist es so selbstverständlich, dass ich Mühe habe, es zu erklären.« Ich überlegte. »Nimm an, du und ich, wir hätten eine eigene Sprache, die keiner außer uns versteht.«

»Vielleicht ist es so«, sagte er lächelnd.

Ohne darauf einzugehen, fuhr ich fort: »Die Gedanken, die Nachtauge und ich austauschen, sind unsere Gedanken und größtenteils unverständlich für jemanden, der uns mit der Alten Macht belauscht. Diese Sprache ist immer unsere ganz eigene gewesen, aber Rolf hat uns beigebracht, unsere Gedanken genau aufeinander auszurichten, statt sie einfach breit in die Welt hinauszustreuen. Ein anderer mit der Alten Macht könnte uns vernehmen, wenn er bewusst auf uns horcht, doch im Allgemeinen vermischen sich unsere Äußerungen mit dem Raunen der Alten Macht in der übrigen Welt.«

Der Narr kräuselte die Stirn. »Folglich kann nur Nachtauge zu dir sprechen?«

»Nachtauge spricht am deutlichsten zu mir. Manchmal kommt es vor, dass ein anderes Tier versucht, mit mir zu kommunizieren, aber die Verständigung ist schwierig, als ob du mit jemandem redest, der eine fremde, aber verwandte Sprache spricht. Du weißt schon: Die Stimme wird immer lauter, man fuchtelt, gestikuliert. Man begreift den Sinn des Gesagten, aber nicht die Feinheiten.« Ich dachte nach. »Es ist leichter, wenn das Tier bereits mit einem anderen Menschen verschwistert ist. Rolfs Bärin hat einmal mit mir gesprochen. Und ein Frettchen. Dann zwischen Nachtauge und Burrich ... es muss für Burrich ziemlich demütigend gewesen sein, doch er gestattete Nachtauge, zu ihm zu sprechen, als ich in Edels Kerker saß. Sie konnten sich immerhin gut genug verständigen, um gemeinsam einen Plan zu meiner Rettung zu schmieden.«

Eine Weile überließ ich mich der Erinnerung, dann kehrte ich zu meiner Geschichte zurück. »Rolf lehrte mich die grundlegende Etikette derer mit der Alten Macht, doch er lehrte nur mit der Peitsche, ganz ohne Zuckerbrot, sparte nicht mit Tadel, noch bevor wir uns unserer Fehler bewusst waren. Nachtauge entwickelte mehr Duldsamkeit ihm gegenüber als ich, vielleicht weil er mehr an die Hierarchie innerhalb eines Rudels gewöhnt ist. Für mich war es schwieriger, seine Art widerspruchslos zu ertragen, weil ich inzwischen erwartete, dass man mir ein gewisses Maß an Respekt entgegenbringt. Wäre ich in jungen Jahren sein Schüler geworden, hätte ich seine grobe Manier möglicherweise hingenommen. Meine Erfahrungen der vorangegangenen Jahre haben dazu geführt, dass ich äußerst heftig reagiere, wenn man sich mir gegenüber aggressiv zeigt. Ich glaube, das erste Mal, als ich ihn anknurrte, nachdem er mich wegen irgendeines Fehlers abgekanzelt hatte, war er zutiefst betroffen. Den ganzen Rest des Tages behandelte er mich äußerst kalt und distanziert, und ich begriff, dass ich mich seiner Holzhammermethode beugen musste, wenn ich von ihm profitieren wollte. Ich gab mir Mühe, doch es war, als müsste ich ganz von neuem lernen, mein Temperament zu zügeln. Oft fiel es mir sehr schwer, ihm nicht an die Gurgel zu gehen. Seine Ungeduld mit meinen langsamen Fortschritten frustrierte mich ebenso, wie ihn mein ›menschliches Denken‹ irritierte. An seinen schlechten Tagen erinnerte er mich an Gabenmeister Galen. Er war engstirnig und grausam, wenn er sich darüber ausließ, wie schlecht ich bei den Nicht-Zwiehaften erzogen worden war. Es passte mir nicht, dass er sich erdreistete, verächtlich über Menschen zu reden, denen ich mich zugehörig betrachtete. Mir war auch bewusst, dass er mich für einen argwöhnischen und mundfaulen Kerl hielt, der sich ihm niemals gänzlich öffnete.

Ich verschwieg ihm vieles, das ist wahr. Er wollte wissen, wo ich herstammte, was ich über meine Eltern wusste, wann ich zum ersten Mal eine Regung der Alten Macht gespürt hatte. Keine der einsilbigen Antworten, die ich ihm gab, stellte ihn zufrieden, und doch konnte ich nicht mehr sagen, ohne preiszugeben, wer und was ich gewesen war. Das Wenige, was ich ihm verriet, brachte ihn dermaßen in Rage, dass ich überzeugt bin, die ganze Wahrheit wäre ihm ein Gräuel gewesen. Auch wenn er Burrich lobte, dass er mich daran gehindert hatte, zu früh eine Verschwisterung einzugehen, fanden die Gründe dafür keine Gnade vor seinen Augen. Dass es mir trotz Burrichs Wachsamkeit gelungen war, mich mit Fäustel zu verschwistern, überzeugte ihn von meinem verschlagenen Charakter. Wiederholt kam er auf meine Kindheit als die Wurzel meiner Probleme beim Verständnis der Alten Macht zurück. Wieder erinnerte er mich an Galen, der den Bastard verhöhnte, den Kretin, der sich anmaßte, die Gabe beherrschen zu wollen, die Magie der Könige. Inmitten einer Gemeinschaft, in der ich gehofft hatte, anerkannt zu werden, musste ich erfahren, dass ich wieder einmal weder Fisch noch Fleisch war. Wenn ich mich bei Nachtauge beklagte, herrschte Rolf mich an, ich solle aufhören, mich bei meinem Wolf auszuheulen, und lieber einen etwas größeren Lerneifer an den Tag legen.

Nachtauge lernte schneller, und oft war er derjenige, der mir begreiflich machte, was Rolf mir nicht hatte vermitteln können. Nachtauge spürte auch deutlicher als ich, dass Rolf ihn bedauerte, und war nicht erfreut darüber, denn Rolfs Mitleid basierte auf der Vorstellung, dass ich Nachtauge nicht so gut behandelte, wie es sich gehörte. Er fand es tadelnswert, dass ich zum Zeitpunkt der Verschwisterung fast ein erwachsener Mann gewesen war und Nachtauge kaum mehr als ein Welpe. Wieder und wieder hielt Rolf mir vor, dass ich Nachtauge nicht als gleichgestellt betrachtete – eine Behauptung, der wir beide nicht zustimmen konnten.

Unseren ersten Zusammenstoß deswegen hatten Rolf und ich, als es darum ging, unsere Winterbehausung zu bauen. Wir entschieden uns für einen Platz in der Nähe von Rolfs und Hollys Heim, doch weit genug entfernt, dass wir uns nicht gegenseitig störten. An jenem ersten Tag nahm ich den Bau der Hütte in Angriff, während Nachtauge auf die Jagd ging. Als Rolf vorbeikam, machte er mir Vorhaltungen, weil ich Nachtauge zwang, in der Behausung eines Menschen zu leben. Rolfs Haus war vor eine natürliche Höhle im Berg gebaut und teils Bärenlager, teils Wohnstatt von Menschen. Er bestand darauf, dass Nachtauge für sich eine Wohnung in den Berghang grub und ich meine Hütte danach plante. Als ich mit Nachtauge darüber sprach, lautete seine Erwiderung, er sei von je an menschliche Behausungen gewöhnt und sähe keinen Grund, weshalb nicht ich es übernehmen sollte, nach meinen Vorstellungen ein behagliches Heim für uns beide zu schaffen. Als ich Rolf davon in Kenntnis setzte, ließ er ein Donnerwetter los und belehrte Nachtauge, er fände nichts Amüsantes daran, dass er seine Natur der selbstsüchtigen Interessen seines Partners wegen verleugnete. Sein Standpunkt war so weit entfernt von unseren Gefühlen in dieser Sache, dass wir um ein Haar Kräheneck stehenden Fußes verlassen hätten. Nachtauge war derjenige, der entschied, wir müssten ausharren und lernen. Wir fügten uns also Rolfs Anweisungen: Nachtauge wühlte sich lustlos eine Höhle in den Hang, und ich setzte meine Hütte davor. Allerdings verbrachte der Wolf nur sehr wenig Zeit in seiner Wolfshöhle und gab der Wärme meines Herdfeuers den Vorzug, aber das blieb Rolf verborgen.

Die meisten meiner Unstimmigkeiten mit Rolf hatten den gleichen Ursprung. Ihm war Nachtauge zu sehr vermenschlicht, hingegen sah er zu wenig vom Wolf in mir. Gleichzeitig warnte er uns beide, dass wir uns zu eng verbunden hatten, dass er keine Stelle finden konnte, wo er nur einen von uns spürte und nicht auch den anderen. Vielleicht das Wichtigste, was wir von Rolf lernten, war, wie wir es anstellen konnten, uns gegeneinander abzugrenzen. Durch mich vermittelte er Nachtauge die Vorstellung, dass jeder von uns seinen privaten Bereich brauchte, zum Beispiel in Liebesdingen oder um zu trauern. Mir war es nie gelungen, den Wolf zu überzeugen, dass die Notwendigkeit für eine solche Abgrenzung bestand. Wieder lernte Nachtauge die Lektion schneller und besser als ich. Wenn er wollte, konnte er sich für meine Wahrnehmung vollkommen unsichtbar machen.

Mir gefiel es nicht, mich so … *halbiert* zu fühlen, und doch erkannten wir beide die Weisheit darin und bemühten uns, unsere Fertigkeiten auf diesem Gebiet zu vervollkommnen. Aber sosehr wir selbst mit unseren Fortschritten zufrieden sein mochten, Rolf blieb dabei, dass wir nicht imstande waren, uns wirklich zu vereinzeln. Als ich die Achseln zuckte und meinte, das sei nicht so wichtig, geriet er beinahe außer sich.

›Und wenn einer von euch stirbt, was dann? Der Tod kommt zu uns allen, früher oder später, und man kann ihn nicht betrügen. Zwei Seelen können nicht lange in einem Körper existieren, ohne dass eine die Kontrolle übernimmt und die andere zu einem Schatten verblasst. Es ist eine Grausamkeit, wer auch immer die Oberhand gewinnt. Deshalb verurteilen alle, denen die Tradition heilig ist, solches gieriges Festhalten am Leben.‹ Hier musterte Rolf mich finsterer denn je. Argwöhnte er, dass ich schon einmal dem Tod auf diese Art ein Schnippchen geschlagen hatte? Unmöglich. Treuherzig erwiderte ich seinen Blick.

Er runzelte die schwarzen Brauen. ›Wenn ein Leben zu Ende ist, ist es zu Ende. Es über dieses Ende hinaus verlängern zu wollen ist widernatürlich. Doch allein wir mit der Alten Macht kennen das wahre Ausmaß des Schmerzes, wenn zwei Seelen, die verschwistert sind, vom Tod auseinandergerissen werden. Es muss sein. Ihr müsst fähig sein, euch in euch selbst zurückzuziehen, wenn dieser Zeitpunkt kommt.‹ Während er sprach, blickte er bedeutungsvoll von einem zum anderen. Nachtauge und ich wurden still, als wir darüber nachdachten. Sogar Rolf schien endlich zu merken, wie sehr uns die Vorstellung erschreckte. Seine Stimme wurde brummiger, aber auch freundlicher. ›Unser Brauch ist nicht grausam, wenigstens nicht grausamer als notwendig. Es gibt einen Weg, die Erinnerung an all das, was man geteilt hat, zu erhalten. Einen Weg, die Stimme der Weisheit des anderen zu bewahren und die Liebe seines Herzens.‹

›Sodass ein Partner in dem anderen weiterlebt?‹, fragte ich verwirrt.

Rolf bedachte mich mit einem grimmigen Blick. ›Nein. Habe ich nicht eben erklärt, dass solches Tun bei uns verpönt ist? Wenn deine Zeit zu sterben kommt, gebieten Anstand und Würde, dass du dich von deinem Partner löst und davongehst und nicht versuchst, als Schmarotzer in ihm weiterzubestehen.‹

Nachtauge stieß ein hohes, pfeifendes Winseln aus. Er war ebenso ratlos wie ich. Rolf schien einzusehen, dass diese Lektion schwer verständlich war, denn er schwieg und kratzte sich geräuschvoll am Bart. ›Ihr müsst euch das so vorstellen: Meine Mutter ist seit langem tot. Trotzdem erinnere ich mich immer noch an den Klang ihrer Stimme, wenn sie mir Wiegenlieder vorsang, und höre ihre Ermahnungen, wenn ich im Begriff war, eine Dummheit zu begehen. Du weißt, was ich meine?‹

›Ich denke schon.‹ Das war ein weiterer Streitpunkt zwischen mir und Rolf. Er konnte nicht glauben, dass ich mich nicht an meine leibliche Mutter erinnerte, obwohl ich die ersten sechs Jahre meines Lebens bei ihr verbracht hatte. Bei meiner halbherzigen Erwiderung bekam er schmale Augen.

›So geht es den meisten Leuten‹, fuhr er mit erhobener Stimme fort, als könnte Lautstärke zu seiner Überzeugungskraft beitragen. ›Und das wird auch dir bleiben, wenn Nachtauge von dir gegangen ist. Oder umgekehrt.‹

›Erinnerungen.‹ Ich nickte. Die bloße Erwähnung der Möglichkeit von Nachtauges Tod verstörte mich zutiefst.

›Nein!‹ Rolf warf verzweifelt die Arme in die Höhe. ›Nicht bloß Erinnerungen. Jeder kann Erinnerungen haben. Was ein Verschwisterter seinem Gefährten hinterlässt, ist tiefer und reicher als Erinnerungen. Es ist eine Anwesenheit. Nicht als ob man im Bewusstsein des anderen weiterlebt, kein Teilen von Gedanken, Entscheidungen, Erfahrungen. Nur einfach – da sein. Im Hintergrund. Jetzt habt ihr es verstanden‹, schloss er gewichtig.

Nein, wollte ich sagen, aber Nachtauge lehnte sich schwer gegen mein Bein, sodass ich nur einen Laut ausstieß, den Rolf als Zustimmung deuten konnte.

Während des nächsten Monats übte Rolf mit uns auf seine bärbeißige Art, befahl uns, dass wir uns voneinander lösen sollten, und dann durften wir wieder zusammenkommen, doch nur auf eine hauchfeine, ätherische Art, die ich äußerst unbefriedigend fand. Ich war überzeugt, dass wir etwas falsch machten – dies konnten nicht der Trost und die Nähe sein, die Rolf gemeint hatte. Als ich Rolf gegenüber meine Zweifel äußerte, gab er mir zu meiner Verwunderung recht, erklärte dann aber, dass wir immer noch viel zu eng verbunden waren, dass der Wolf und ich uns noch deutlicher vereinzeln müssten. Wir hörten auf ihn und gaben uns ernsthaft Mühe, behielten uns jedoch vor, nach unserem eigenen Gutdünken zu handeln, wenn einer von uns zu sterben käme.

Natürlich sprachen wir nicht davon, aber ich bin überzeugt, dass Rolf wusste, er hatte uns nicht bekehrt. Er gab sich große Mühe, uns zu ›beweisen‹, dass wir im Unrecht waren, und die Beispiele, die er uns zeigte, stimmten in der Tat nachdenklich. Eine Familie mit der Alten Macht hatte leichtsinnig Schwalben unter dem Dach nisten lassen, wo ihr kleiner Sohn nicht nur das heimelige Zwitschern der Vögel hören konnte, sondern auch ihr Kommen und Gehen beobachtete. Und das war alles, was er auch heute noch tat, als erwachsener Mann von dreißig Jahren. In Burgstadt hätten die Leute ihn einfältig genannt, und das war er, doch als Rolf uns aufforderte, mit der Alten Macht nach ihm zu spüren, erkannten wir beide den Grund. Der Junge hatte sich verschwistert, nicht nur mit einer Schwalbe, sondern mit allen Schwalben. In seinem Kopf war er ein Vogel, und das Kneten mit Lehm und Flattern mit den Händen und Schnappen nach Insekten waren Handlungen, die sein Vogelverstand ihm eingab.

›Das kommt davon, wenn man sich zu jung verschwistert‹, erklärte Rolf bedeutungsschwer.

Er zeigte uns noch ein weiteres Paar, aber nur aus der Ferne. An einem frühen Morgen, Nebel wogte noch dicht in den Tälern, lagen wir bäuchlings am Rand einer Senke und machten kein Geräusch, dachten keinen Gedanken vom einen zum anderen. Eine weiße Hirschkuh glitt durch den Nebel zu einem Tümpel; sie bewegte sich nicht mit der wachsamen Scheu des Wildtiers, sondern mit der erotischen Anmut einer Frau. Ihr Verschwisterter musste ganz in der Nähe sein, verborgen im Dunst. Die Hirschin senkte den Kopf zum Wasser und trank in langen Zügen von dem kühlen Nass. Dann hob sie langsam den Kopf, die großen Ohren drehten sich lauschend nach vorn. Ein behutsames Spüren nach uns machte sich bemerkbar. Ich zwinkerte, versuchte meine Wahrnehmung auf sie auszurichten, während der Wolf ein kehliges, fragendes Winseln ausstieß.

Plötzlich stand Rolf auf und zeigte Verachtung. Kalt wies er den Kontakt zurück. Ich spürte seinen Widerwillen, als er sich mit großen Schritten entfernte, wir aber blieben liegen und schauten zu dem Tier hinunter. Vielleicht spürte sie unsere Neugier und Faszination, denn sie beobachtete uns mit einer für Wildtiere völlig uncharakteristischen Dreistigkeit. Ihr Bild schien zu verschwimmen. Ich kniff die Augen zusammen, bemühte mich, in der einen Gestalt dort unten die zwei zu erkennen, von denen die Alte Macht mir sagte, dass sie da waren.

Als ich noch Chades Lehrling war, hatte er mir verschiedene Übungen aufgegeben, die mich lehren sollten zu sehen, was wirklich vorhanden war, und nicht, was mein Verstand erwartete zu sehen. Die meisten waren dazu gedacht, das Augenmerk zu schärfen: ein Seilgeschlinge anzuschauen und zu erkennen, ob es verknotet war oder einfach hingeworfen. Oder nach einem kurzen Blick auf ein buntes Durcheinander von Handschuhen festzustellen, zu welchem das Gegenstück fehlte. Ein raffinierter Trick, den er mir zeigte, bestand darin, den Namen einer Farbe in einer ihr nicht entsprechenden Tinte zu schreiben; zum Beispiel das Wort *Rot* in leuchtend blauen Lettern. Eine ganze Liste solcher Widersprüche vorzulesen und dabei die geschriebene Farbe zu nennen statt der benutzten erforderte größere Konzentration, als ich gedacht hatte.

Und so rieb ich mir die Augen und schaute noch einmal hin, und diesmal sah ich nur eine Hirschkuh. Die Frau war eine Projektion meines Verstandes gewesen, erzeugt von der Alten Macht. In greifbarer Gestalt war sie nicht vorhanden. Ihre Anwesenheit in der Hirschin verzerrte meine Wahrnehmung des Tieres. Diese widernatürliche Zwieheit ließ mich schaudern. Rolf war bereits ein gutes Stück entfernt; Nachtauge und ich beeilten uns, ihn einzuholen. Einige Zeit und ein Wegstück später fragte ich ihn: ›Was war das?‹

Er fuhr zu mir herum, erbost über meine Ignoranz. ›Was das war? Du könntest das sein, in ein paar Jahren, wenn du dein Verhalten nicht änderst. Du hast ihre Augen gesehen. Das war keine Hirschkuh dort unten, das war eine Frau in der Haut eines Hirsches. Ich wollte, dass ihr das seht. Die schändliche Tat. Den Missbrauch einer Bindung, die von Vertrauen und Respekt geprägt sein sollte.‹

Ich schaute ihn an, abwartend.

Wahrscheinlich hatte er erwartet, dass ich ihm beipflichtete, denn er stieß ein grämliches Brummen aus. ›Das war Delayna, die vor zwei Wintern auf dem Marpelteich ins Eis einbrach und ertrank. Sie hätte sterben sollen, aber nein, sie klammerte sich an Parela. Die Hirschkuh hatte entweder nicht das Herz oder nicht die Kraft, sich zu widersetzen, und da sind sie nun, eine Hirschkuh mit dem Herz und dem Verstand einer Frau, und Parela selbst ist so gut wie ausgelöscht. Es ist wider die Natur. Solche wie Delayna sind der Anlass für all die hässlichen Gerüchte, die über uns vom Alten Blut im Schwange sind. Sie ist der Grund, weshalb sie uns aufhängen und verbrennen wollen. *Sie* hätte es verdient!‹

Ich wandte den Blick ab. Ich selbst war diesem Los nur um Haaresbreite entgangen, und ich glaubte nicht mehr, es wäre ein verdientes Ende für irgendjemanden. Mehrere Tage hatte mein Körper kalt im Grab gelegen, während ich Nachtauges Leib und Leben teilte. Ich war überzeugt, dass Rolf einen diesbezüglichen Verdacht gegen mich hegte, und fragte mich, was ihn bewog, mich zu unterweisen, wo er mich so verabscheute.

Als hätte er einen Widerhall meiner Gedanken aufgefangen, fügte er brummig hinzu: ›Jeder, der es nicht besser weiß, kann einen Fehler machen. Doch nachdem man ihn gelehrt hat, die Dinge auf richtige Weise zu tun, gibt es für ihn keine Entschuldigung mehr, den Fehler zu wiederholen. Keine.‹ Er drehte sich um und ging weiter.

Wir folgten ihm in einigem Abstand, trotzdem konnten wir sein brummelndes Selbstgespräch hören. ›Delaynas Lebensgier hat beide unglücklich gemacht. Parela kann nicht nach ihrer Natur leben. Kein Gefährte, keine Kitze; wenn sie stirbt, wird sie einfach aufhören zu sein und Delayna mit ihr. Delayna wollte als Mensch nicht vom Leben lassen, doch ein Leben als Tier gefällt ihr auch nicht. Wenn die Hirsche brunsten, lässt sie Parela nicht antworten. Wahrscheinlich denkt sie, sie müsste ihrem Ehemann die Treue halten oder irgend so einen Unfug. Wenn Parela stirbt und Delayna mit ihr, was haben beide gewonnen, außer ein paar für beide unerfüllte Jahre?‹

Ich hatte geschwiegen. Der Abscheu vor der widernatürlichen Verschwisterung machte mich frösteln. ›Dennoch …‹«

Es kostete mich Überwindung, meine Zweifel auszusprechen, selbst dem Narren gegenüber. »Dennoch, insgeheim fragte ich mich, ob wirklich jemand außer den beiden selbst beurteilen konnte, was sie getan hatten. Ob es nicht möglicherweise, ganz gleich wie es uns erscheinen mochte, für sie gut und richtig war.«

Ich schwieg eine Weile. Das Schicksal der beiden hatte mir seit damals keine Ruhe gelassen. Wäre es Burrich nicht gelungen, mich aus dem Wolf heraus- und in meinen eigenen Körper zurückzuführen, wären wir geworden wie sie? Wäre der Narr heute nicht bei uns gewesen, würden Nachtauge und ich auf ewig in einem Körper gefangen sein? Ich sprach es nicht aus; ich wusste, der Narr hatte bereits die naheliegenden Schlussfolgerungen gezogen. Ich räusperte mich.

»Rolf lehrte uns viel in dem Jahr, das wir bei ihm waren, doch alle Gepflogenheiten derer vom Alten Blut machten Nachtauge und ich uns nicht zu eigen. Das geheime Wissen, das man uns zugänglich machte, darauf hatten wir ein Recht, allein aufgrund unserer Geburt. Dennoch fühlte ich mich nicht verpflichtet, mich den Gesetzen zu beugen, die Rolf uns aufzwingen wollte. Vielleicht wäre es klüger gewesen, sich zu verstellen, aber ich war der Täuschungen überdrüssig und der Netze aus Lügen, die man weben musste, um die Wahrheit dahinter zu verbergen. Deshalb wahrte ich Abstand von dieser Welt und Nachtauge mit mir. Wir beobachteten ihr Zusammenleben, doch wurden wir nie ein Teil der Gemeinschaft derer vom Alten Blut.«

»Und auch Nachtauge wollte sich ihnen nicht anschließen?« Der Narr stellte die Frage behutsam. Ich bemühte mich, keinen Vorwurf darin zu vermuten: ob ich derjenige gewesen war, der ihn daran gehindert hatte, aus Selbstsucht.

»Er dachte wie ich. Das Wissen über den Umgang mit der Magie, die wir in uns trugen, das schuldeten sie uns. Und als Rolf es uns als Köder vor die Nase hielt, als eine Belohnung, die wir uns damit verdienen mussten, dass wir uns dem Joch seiner Regeln beugten – nun, das empfinde ich als eine Form schnöder Ausgrenzung.« Ich schaute zu dem Wolf in seinem Deckennest auf dem Bett. Er schlief wie tot; er zahlte den Preis für mein Eingreifen in den natürlichen Lauf der Dinge.

»Hat keiner euch dort die Hand zur Freundschaft gereicht?« Die Frage des Narren brachte mich wieder auf meine Geschichte. Ich dachte nach.

»Holly hat es versucht. Ich glaube, sie bedauerte mich. Sie war von Natur aus scheu und einzelgängerisch, etwas, was wir gemeinsam hatten. Terzel und sein Weibchen hatten ihr Nest in einem hohen Baum am Hang über Rolfs Haus, und Holly selbst verbrachte viele Stunden des Tages auf einer geflochtenen Plattform nicht weit unterhalb von Terzels Nest. Sie redete nicht viel mit mir, doch erwies sie mir viele kleine Freundlichkeiten – unter anderem schenkte sie mir ein Federbett, Nebenprodukt von Terzels Jagderfolgen.« Ich lächelte in mich hinein. »Außerdem unterwies sie mich in den vielen kleinen Kunstfertigkeiten, die man beherrschen sollte, wenn man allein lebt, und die ich in meiner Zeit in Bocksburg nie gelernt hatte, wo andere sich um meine alltäglichen Bedürfnisse kümmerten. Es ist ein wirkliches Vergnügen, Brot aus Sauerteig zu backen, und sie brachte mir Kochen bei, Anspruchsvolleres als Burrichs Lagerfeuereinerlei und Haferbreivariationen. Als ich zu ihnen kam, war ich abgerissen und zerlumpt. Sie ließ sich meine sämtlichen Kleider geben, nicht um sie zu flicken, sondern um mir zu zeigen, wie man sie in Ordnung hält. Ich saß mit ihr am Feuer und lernte Socken stopfen ohne Wülste und wie man Manschetten umsäumt, bevor sie hoffnungslos ausgefranst sind …« Ich schüttelte den Kopf und lächelte über die Erinnerungen.

»Und zweifellos war Rolf beglückt zu sehen, wie eure Köpfe sich zueinanderneigten, so innig und so oft?« Der Tonfall des Narren stellte die eigentliche Frage. Hatte ich Rolf Grund gegeben, eifersüchtig und misstrauisch zu sein?

Ich trank den lauwarmen Rest Tee und lehnte mich zurück. Die vertraute Melancholie schlich sich in mein Gemüt. »So ist es nicht gewesen. Du magst lachen, wenn du willst, aber sie war eher wie eine Mutter für mich. Nicht den Jahren nach, aber mit ihrer Sanftmut und der Bereitschaft, mich zu nehmen, wie ich war, und in der Art, wie sie es immer gut mit mir meinte. Aber« – ich räusperte mich – »du hast recht. Rolf war eifersüchtig, auch wenn er es nie offen aussprach. Wenn er nach Hause kam, fand er Nachtauge vor seinem Feuer liegen und meine Hände voll mit Garn für eine von Hollys kunstvollen Nadelarbeiten, und auf der Stelle fand er etwas, das sie für ihn tun sollte. Ich will nicht sagen, dass er sie schlecht behandelte, doch er gab sich große Mühe, keinen Zweifel daran aufkommen zu lassen, dass sie *seine* Frau war. Holly sprach mir gegenüber nicht darüber, doch in gewisser Weise, denke ich, tat sie es mit Absicht, um ihm zu zeigen, dass sie, auch nach den vielen Jahren ihres Zusammenseins, immer noch ein eigenes Leben und einen eigenen Willen hatte. Tatsächlich unternahm sie während des ganzen Winters Anstrengungen, mich zu einem Mitglied der Gemeinschaft derer vom Alten Blut zu machen. Sie lud Freunde ein und ließ es sich angelegen sein, mich mit allen bekannt zu machen. Etliche Familien hatten Töchter im heiratsfähigen Alter, und diese, bildete ich mir ein, schauten immer dann vorbei, wenn auch ich bei Rolf und Holly zu Tisch geladen war. Rolf trank und lachte und wurde redselig, wenn Gäste kamen, und man merkte, dass er es genoss. Mehr als einmal äußerte er laut, dies sei der vergnüglichste Winter seit vielen Jahren, woraus ich folgerte, dass Holly gewöhnlich keine solchen Festivitäten veranstaltete. Doch ihre Bemühungen, mich zu verkuppeln, waren niemals plump. Eindeutig hielt sie Vita für die beste Wahl. Sie war nur wenige Jahre älter als ich, groß und dunkelhaarig, mit tiefblauen Augen. Ihr Geschwistertier war eine Krähe, ebenso heiter und schalkhaft wie sie selbst. Wir wurden Freunde, aber mein Herz war noch nicht bereit für mehr als das. Allem Anschein nach ärgerte ihr Vater sich mehr über meinen mangelnden Eifer bei der Brautwerbung als Vita selbst, denn er sparte nicht mit deutlichen Anspielungen darauf, dass eine Frau nicht ewig wartet. Vita, hatte ich den Eindruck, war weit weniger erpicht darauf, einen Ehemann zu finden, als ihre Eltern vermuteten. Wir blieben Freunde auch über den Frühling und bis in den Sommer hinein. Ollie, Vitas Vater, der Rolf gegenüber sein Mundwerk nicht zügeln konnte, beschleunigte meinen Abschied von der Gemeinschaft derer vom Alten Blut in Kräheneck. Offenbar hatte er seiner Tochter gesagt, sie müsse entweder aufhören, sich mit mir zu treffen, oder dafür sorgen, dass ich mich endlich erklärte. Daraufhin hatte Vita in aller Deutlichkeit ihre eigene Absicht erklärt, nämlich dass sie nicht willens war, jemanden zum Manne zu nehmen, der ihr nicht gefiel, schon gar nicht ›einen, der so viel jünger ist als ich, sowohl an Jahren als auch im Herzen. Nur um Enkelkinder zu haben, willst du, dass ich Beilager halte mit einem, der bei den Nicht-Zwiehaften aufgewachsen ist und den Makel der Weitseher in seinem Blut trägt.‹ Ihre Worte wurden mir zugetragen, nicht von Rolf, sondern von Holly. Sie erzählte es mir leise, die Augen niedergeschlagen, als schäme sie sich, ein solches Gerücht weiterzugeben. Doch als sie den Blick zu meinem Gesicht hob und so ruhig und vertrauensvoll darauf wartete, dass ich den Verdacht von mir wies, erstarben mir die Lügen auf den Lippen. Ich dankte ihr ernst, dass sie mich über Vitas Gefühle in Kenntnis gesetzt hatte, und sagte, ich müsse jetzt erst einmal mit mir ins Reine kommen. Rolf war nicht zu Hause. Eigentlich war ich vorbeigekommen, um mir seinen Spalthammer zu borgen, denn der Sommer ist die Zeit, um das Feuerholz für den Winter zu schlagen. Ich ging, ohne danach gefragt zu haben; sowohl Nachtauge als auch ich wussten, dass wir nicht bei der Gemeinschaft überwintern würden. Als in dieser Nacht der Mond aufging, hatten der Wolf und ich wieder einmal die Bocksmarken hinter uns gelassen. Ich hoffte, man würde unseren grußlosen Abschied als den Rückzug eines glücklosen Freiers betrachten, statt an den Bastard zu denken, der floh, weil man ihn erkannt hatte.«

Stille trat ein. Ich glaube, der Narr wusste, dass ich ihm gegenüber meine größte Furcht ausgesprochen hatte. Die vom Alten Blut wussten, wer ich war, und kannten meinen Namen und hatten dadurch Macht über mich. Was ich vor Merle niemals zugegeben hätte, offenbarte ich dem Narren ohne Zögern. Solche Macht über einen Menschen sollte niemals jenen gegeben sein, die ihn nicht lieben. Doch es war so, und ich konnte es nicht ändern. Ich lebte allein und abseits von denen mit der Alten Macht, doch nicht eine Minute verging, in der ich mir nicht unterschwellig der Bedrohung bewusst gewesen wäre, die von ihnen ausging. Kurz überlegte ich, ihm zu erzählen, was Merle von den Vaganten beim Frühlingsfest berichtet hatte. Später, nahm ich mir vor. Später. Als ob die Gefahr nicht mehr da wäre, wenn ich die Augen davor verschloss. Plötzlich fühlte ich mich bedrückt und niedergeschlagen. Ich hob den Blick und merkte, dass der Narr mich musterte.

»Elfenrinde«, sagte er philosophisch.

»Elfenrinde«, stimmte ich zu, doch ich konnte mich nicht davon überzeugen, dass die dumpfe Hoffnungslosigkeit, die mich durchströmte, einzig auf die Nebenwirkungen der Droge zurückzuführen war. Erwuchs sie nicht zu einem Teil auch aus der Sinnlosigkeit meines derzeitigen Daseins?

Der Narr stand auf und wanderte ruhelos durch die Stube. Zweimal ging er von der Tür zum Kamin zum Fenster und machte dann eine scharfe Wendung zum Schrank. Mit dem Marill und zwei Bechern kam er zum Tisch zurück. Warum nicht?, dachte ich und schaute zu, wie er einschenkte.

Ich erinnere mich, dass wir den ganzen Abend tranken, bis spät in die Nacht hinein. Der Narr übernahm die Unterhaltung. Wahrscheinlich bemühte er sich, lustig zu sein und mich aufzuheitern, doch er war ebenso melancholisch gestimmt wie ich. Von Anekdoten über die Kaufleute in Bingstadt kam er auf eine abstruse Geschichte von Seeschlangen, die sich verpuppten und als Drachen aus ihren Kokons schlüpften. Als ich wissen wollte, weshalb ich nie einen dieser Drachen gesehen hatte, schüttelte er den Kopf. »Verkrüppelt«, sagte er traurig. »Sie schlüpfen im Spätfrühling, schwach und dünn wie frühgeborene Kätzchen. Mag sein, dass sie noch groß und mächtig werden, aber vorläufig schämen sich die bedauernswerten Kreaturen ihrer Schwäche. Sie sind nicht einmal imstande, selbst ihre Beute zu erjagen.« Ich erinnere mich an seinen großäugigen Blick voller Gewissensnot. Seine goldenen Augen bohrten sich in meine. »Könnte es meine Schuld sein?«, fragte er am Ende der Geschichte halblaut ins Leere. »Habe ich mich an die falsche Person gebunden?« Dann goss er sich wieder ein und stürzte den Becher mit einer Todesverachtung hinunter, die mich an Burrich in einer seiner düsteren Stimmungen gemahnte.

Ich könnte nicht mehr genau sagen, wie ich in jener Nacht ins Bett gekommen bin, aber ich weiß noch, wie ich dort lag, einen Arm über den Wolf gelegt, und schläfrig den Narren beobachtete.

Er hatte ein komisches kleines Instrument hervorgeholt, eine Art Laute mit nur drei Saiten. Er saß vor dem Feuer und zupfte disharmonische Töne zu den Worten eines schwermütigen Liedes in einer mir gänzlich unbekannten Sprache. Ich umfasste mein eigenes Handgelenk. In der Dunkelheit konnte ich ihn spüren. Er drehte sich nicht zu mir um, aber ein Bewusstsein von Nähe prickelte zwischen uns. Seine Stimme schien klangvoller zu werden, und ich wusste, er sang die Klage eines Verbannten, der sich nach der Heimat sehnt.

Kapitel 9

SPÄTE REUE

Von der Gabe wird behauptet, sie sei die erbliche Magie des Hauses Weitseher, und in der Tat scheint sie sich am zuverlässigsten bei Mitgliedern dieser Familie zu zeigen, doch ist es keineswegs ungewöhnlich, dass die Gabe als latente Veranlagung irgendwo in den Sechs Provinzen auftritt. Unter früheren Herrschern gehörte es zu den Pflichten des Gabenmeisters am Hofe, Kinder zu besuchen, die ein Potenzial für die Gabe hatten erkennen lassen. Sie wurden nach Bocksburg gebracht, bei ausreichender Eignung in der Gabe unterwiesen und ermutigt, Kordialen zu formen: in gegenseitigem Einvernehmen gebildete Gruppen aus je sechs Gabenkundigen, die dem regierenden Monarchen zur Seite standen. Obwohl es einen großen Mangel an Informationen über die Kordialen gibt, fast als wären die diesbezüglichen Aufzeichnungen absichtlich vernichtet worden, geht aus der mündlichen Überlieferung hervor, dass es nie mehr als zwei oder drei Kordialen gleichzeitig gegeben hat und dass Gabenkundige mit großem Potenzial zu allen Zeiten rar gewesen sind. Das Prozedere der Gabenmeister zur Prüfung potenzieller Kandidaten ist in Vergessenheit geraten. König Wohlgesinnt, Vater von König Listenreich, schaffte die Institution der Kordialen ab, vielleicht weil er glaubte, wenn das Wissen und der Gebrauch der Gabe ausschließlich auf die

Prinzen und Prinzessinnen beschränkt blieben, würden die Macht und der Mythos des Königshauses vergrößert. Deshalb konnte es geschehen, dass, als unter König Listenreich die Küsten der Sechs Provinzen mit Krieg überzogen wurden, es keine Gabenkordialen gab, um bei der Verteidigung des Reichs zu helfen.

Mitten in der Nacht fuhr ich aus dem Schlaf. Malta. Ich hatte die Schimmelstute angepflockt draußen auf der Weide gelassen. Vierklee war nach alter Gewohnheit wahrscheinlich von allein nach Hause getrottet und stand längst an seinem Platz in der Scheune, aber die Stute musste warten, bis ich sie erlöste, und sie hatte den ganzen Tag kein Wasser gehabt.

Da gab es nur eins. Ich erhob mich leise und verließ die Hütte; die Tür ließ ich angelehnt, um den Narren nicht durch das Schnappen des Riegels zu wecken. Nicht einmal Nachtauge erwachte, als ich in die Dunkelheit hinaustrat. Wie vermutet, war Vierklee heimgekommen. Ich spürte sanft zu ihm hin. Er schlief, und ich störte ihn nicht.

Ich stieg den Hang hinauf zu der Stelle, wo ich die Stute angepflockt hatte. Zum Glück war es sternenklar, und der Vollmond leuchtete mir den Weg, aber dennoch half mir meine Vertrautheit mit dem Gelände mehr als meine Augen. Malta begrüßte mich mit einem vorwurfsvollen Schnauben. Ich machte sie los und ging mit ihr zurück zum Haus. Wo der Bach auf seinem Lauf zum Meer unseren Pfad kreuzte, blieb ich stehen und ließ sie trinken.

Es war eine herrliche Sommernacht. Die Luft war ambrosisch. Das Zirpen der Nachtinsekten durchzitterte die Stille, untermalt vom Gluckern des Wassers und dem Prusten und Hufestampfen des Pferdes. Ich ließ den Blick schweifen, nahm die Nacht mit ihren Bildern, Gerüchen und Lauten in mich auf. Das Mondlicht laugte die Farbe aus dem Gras und den Bäumen, dafür verliehen die düsteren Grau- und Schwarzschattierungen der Landschaft ein mystisches Aussehen. Die Feuchtigkeit der Nachtkühle weckte all die Sommerdüfte, die in der Hitze des Tages geschlummert hatten. Mit offenem Mund sog ich einen tiefen Atemzug ein, genoss die Aromen der Nacht. Ich ergab mich meinen Sinnen, ließ meine menschlichen Sorgen fahren, nahm dieses Jetzt und dehnte es zur Ewigkeit. Die Alte Macht entfaltete sich um mich, und ich wurde eins mit der atmenden Natur.

Die Alte Macht birgt in sich eine natürliche Euphorie. Sie ist der Gabe ähnlich und doch wieder ganz anders. Mit der Alten Macht ist man sich der ganzen Fülle und Vielfalt des Lebens bewusst und dass man Teil davon ist. Ich spürte nicht nur die Wärme des Pferdekörpers neben mir. Ich kannte die Gestalt der Myriaden Insekten im Gras und fühlte die Aura der ehrwürdigen Eiche, die zwischen mir und dem Mond ihre Glieder ausbreitete. Ein Stück weiter oben am Hang duckte sich ein Kaninchen regungslos ins duftende Sommergras. Ich nahm es wahr, nicht als einen Funken Leben an einem bestimmten Ort, sondern wie man im Gedränge und Lärm eines Wochenmarkts manchmal den Klang einer einzelnen Stimme vernimmt. Doch vor allem empfand ich eine innige Verwandtschaft mit der Gesamtheit allen Lebens in der Welt. Ich hatte ein Recht zu existieren. Ich war ebenso Teil dieser Sommernacht wie die Insekten oder der murmelnde Bach vor meinen Füßen. Nach meinem Glauben bezieht die Alte Macht einen Großteil ihrer Kraft aus dieser Erkenntnis: dass wir Teil der Welt sind, nicht mehr, aber auch keinesfalls weniger als das Kaninchen.

Die Richtigkeit dieses Einsseins durchflutete mich, reinigte mich von dem Rückstand des Gabenhungers, der vorher meine Seele gequält hatte. Ich nahm noch einen tiefen Atemzug und stieß ihn aus, als wäre es mein letzter, um inwendig wie außen ein Teil dieser guten klaren Nacht zu sein.

Das Bild vor meinen Augen trübte sich, zerfloss, wurde wieder klar. Für einen zeitlosen Augenblick war ich nicht ich selbst, stand nicht auf dem sommerlichen Wiesenhang dicht bei meiner Hütte, und ich war nicht allein.

Ich war wieder ein halbwüchsiger Knabe, entkommen den steinernen Mauern und erstickenden Laken. Ich lief leichtfüßig über eine Schafweide, gespickt mit verschmähten Grasbüscheln, und vermochte doch nicht Schritt zu halten mit meiner Gefährtin. Sie war so schön wie die sternengesprenkelte Nacht, das lohfarbene Fell durchzogen von Schwärze, und glitt ebenso lautlos über die Erde, wie die Wolkenschleier oben über den Himmel zogen. Ich folgte ihr, nicht mit meinen Menschenaugen, sondern mit dem Band der Alten Macht zwischen uns. Ich war trunken vor Liebe zu ihr und trunken von dieser Nacht, berauscht von dem süßen Nektar der Freiheit. Trotzdem wusste ich, ich musste zurück sein, bevor die Sonne aufging. Und sie wusste, dass wir nicht zurückkehren würden, dass es keinen besseren Augenblick gab als diesen, um unsere Flucht zu bewerkstelligen.

Mit dem nächsten Atemzug war dieses Wissen aus mir getilgt. Wie vorher prangte und lockte die Nacht ringsum, doch ich war ein erwachsener Mann, nicht ein vom Wunder der ersten Verschwisterung seliger Junge. Ich wusste nicht, wen ich belauscht hatte, wo sie waren, noch wie es kam, dass wir für diesen kurzen Moment so vollkommen ineinander aufgegangen waren. Ob er mich wahrgenommen hatte wie ich ihn? Unwichtig. Wer und wo sie sein mochten, ich wünschte ihnen Glück bei ihrer nächtlichen Jagd. Ihr Bund sollte lange währen und sie bis ins Mark durchdringen.

Ich spürte einen fragenden Ruck an der Leine. Malta hatte

ihren Durst gelöscht und wollte nicht stillstehen, während die Mücken sich über sie hermachten. Auch mein eigener warmer Körper hatte einen Schwarm kleiner Plagegeister angelockt. Die Stute schlug mit dem Schweif, und ich wedelte mit der Hand vor meinem Gesicht, um die Blutsauger zu verjagen, bevor wir unseren Weg hangabwärts fortsetzten. Nachdem ich sie für die Nacht versorgt hatte, schlüpfte ich zurück in die Hütte, um mich wieder schlafen zu legen. Nachtauge hatte sich ausgestreckt und beanspruchte den größten Teil des Bettes für sich, aber das störte mich nicht. Ich machte mich neben ihm lang und legte eine Hand leicht auf seine Rippen. Das gleichmäßige Schlagen seines Herzens und das Ein und Aus seiner Atemzüge waren beruhigender als jedes Wiegenlied. Als ich die Augen schloss, fühlte ich mich zufrieden wie seit Wochen nicht mehr.

Am nächsten Morgen erwachte ich früh und ausgeruht. Mein nächtlicher Ausflug schien für mich erholsamer gewesen zu sein als Schlaf. Dem Wolf war keine solche Wohltat widerfahren, er lag da wie tot, nur dass seine Flanken sich atmend hoben und senkten. Mir schlug das Gewissen, aber dann sagte ich mir, dass ich keinen Grund hatte, mich schuldig zu fühlen. Auch wenn mein Eingreifen in die Vorgänge seines Körpers für diese tiefe Erschöpfung verantwortlich war – hätte ich ihn sterben lassen sollen? Ich überließ ihm das Bett, ohne den Versuch gemacht zu haben, ihn zu wecken.

Die halb offene Haustür sagte mir, dass der Narr nach draußen gegangen war. Ich brachte ein kleines Feuer in Gang, setzte den Kessel auf und nahm mir dann die Zeit, mich zu waschen und zu rasieren. Ich hatte mir eben das Haar hinter die Ohren gestrichen, als ich die Schritte des Narren auf der Veranda hörte. Mit einem Korb voller Eier trat er in die Stube. Als ich das Handtuch vom Gesicht nahm und den Kopf hob, blieb er wie angewurzelt stehen. Sein Mund verzog sich zu einem breiten Grinsen.

»Sieh an, es ist Fitz! Ein bisschen älter, ein bisschen fadenscheinig hie und da, aber immer noch unser guter Firlefitz. Ich war die ganze Zeit schon neugierig, wie du unter dem Haarwald aussehen mochtest.«

Ich warf einen Blick in den Spiegel. »Wohl wahr, dass ich mein Äußeres sträflich vernachlässigt habe.« Ich schnitt meinem Spiegelbild eine Grimasse, dann tupfte ich mir mit dem Handtuchzipfel einen Blutstropfen von der Wange. Wie gewöhnlich hatte das Rasiermesser die alte Narbe geritzt, die aus meiner Zeit im Kerker der Bocksburg stammte. Vielen Dank, Onkel Edel. »Merle hat behauptet, ich sähe älter aus, als ich bin. Dass ich nach Burgstadt zurückkehren könnte und nicht fürchten müsste, dass mich jemand erkennt.«

Mit einem missbilligenden Schnalzen stellte der Narr den Korb auf den Tisch. »Merle hat wie üblich unrecht, in beiden Punkten. Für die Anzahl von Jahren und Leben, die du gelebt hast, siehst du erstaunlich jung aus. Es stimmt, dass Erfahrung und die Unbilden des Schicksals deine Züge verändert haben; wer sich an Fitz, den Knaben, erinnert, wird ihn in dem gereiften Mann nicht erkennen. Doch einige von uns, mein Freund, würden dich immer erkennen – sogar frisch gehäutet und lichterloh in Flammen stehend.«

»Na, das ist ja mal ein tröstlicher Gedanke.« Ich legte den Spiegel hin und befasste mich mit der Zubereitung des Frühstücks. »Die Farbe deiner Haut, von Haar und Augen hat sich verändert«, bemerkte ich, während ich die Eier in eine Schüssel schlug. »Aber du selbst siehst keinen Tag älter aus als damals, als unsere Wege sich trennten.«

Der Narr goss das kochende Wasser in die Teekanne. »So ist das bei meinem Volk. Uns ist eine längere Spanne Leben zugemessen, deshalb sind meine Jahre andere als deine.

Ich habe mich verändert, Fitz, auch wenn du nur die Farbe meiner Haut siehst. Damals stand ich noch am Anfang des Erwachsenwerdens. Alle möglichen neuen Empfindungen und Ideen brodelten in mir, so viele, dass ich mich kaum darauf besinnen konnte, was meine Pflichten waren. Wenn ich daran zurückdenke, wie ich mich aufgeführt habe, nun, dann bin sogar ich selbst peinlich berührt. Jetzt, sei versichert, bin ich sehr viel reifer. Ich weiß heute, es gibt eine Zeit und einen Ort für alles, und das, was mir zu tun bestimmt ist, muss Vorrang haben vor allem, was ich vielleicht zu meinem eigenen Vergnügen zu tun Lust hätte.«

Ich goss die gequirlten Eier in die Pfanne und stellte sie an den Rand des Feuers. »Wenn du orakelst, macht es mich rasend. Wenn du aber offen über dich sprichst, macht es mir Angst.«

»Umso mehr ein Grund, nicht über mich zu sprechen«, verkündete er mit aufgesetzter Munterkeit. »Nun. Was steht für heute auf dem Plan?«

»Ich weiß nicht.« Dabei rührte ich die Eier um und rückte die Pfanne dichter ans Feuer.

Der veränderte Ton in meiner Stimme ließ ihn aufhorchen. »Fitz? Stimmt irgendetwas nicht?«

Ich konnte mir meinen plötzlichen Katzenjammer selbst nicht erklären. »Mir kommt alles so sinnlos vor. In den vergangenen Jahren, wenn ich wusste, dass Harm über den Winter hier sein würde, habe ich dafür gesorgt, dass die Vorratskammer gefüllt war. Bevor er zu mir kam, war mein Garten nur ein Viertel so groß, und Nachtauge und ich gingen jeden Tag für unser Fleisch auf die Jagd. Machten wir Beute – gut. Gingen wir ein, zwei Tage leer aus – auch gut. Heute schaue ich mir an, was ich bereits eingelagert habe, und denke, falls der Junge nicht hier sein sollte, falls Harm bei seinem Lehrmeister überwintert, nun, dann reicht es längst für Nachtauge und mich. Manchmal kommt es mir vor, als hätte das ganze Schaffen keinen Sinn. Und dann frage ich mich, ob mein Leben überhaupt einen Sinn hat.«

Eine Falte grub sich zwischen die Augenbrauen des Narren. »Das klingt nach Weltschmerz. Oder ist es noch die Bitterkeit der Elfenrinde?«

»Nein.« Ich nahm die Pfanne mit Rührei und trug sie zum Tisch. Fast war es eine Erleichterung auszusprechen, was ich so lange verdrängt hatte. »Ich glaube, das war der Grund, weshalb Merle Harm zu mir gebracht hat. Sie muss gesehen haben, dass ich ohne Ziel und Zweck vor mich hinlebte, und brachte mir jemanden, um meiner Zeit Gestalt zu geben.«

Der Narr stellte die Teller knallend auf den Tisch und klackste mit zornigem Schwung das Essen darauf. »Wenn du meine Meinung hören willst, hältst du sie für viel zu selbstlos. Ich vermute, sie fühlte sich spontan bemüßigt, den Jungen aufzugabeln, und als er ihr lästig wurde, hat sie sich seiner elegant entledigt und ihn bei dir abgeladen. Reines Glück, dass es für euch beide ein Gewinn war.«

Ich sagte nichts. Die Stärke seiner Abneigung gegen Merle erstaunte mich. Ich setzte mich hin und fing an zu essen, doch er war noch nicht fertig.

»Falls Merle dachte, jemand müsste deiner Zeit Gestalt geben, dann war nach ihrer Überzeugung dieser Jemand sie selbst. Ich bezweifle, dass ihr je der Gedanke gekommen ist, du könntest noch anderer Gesellschaft bedürfen als der ihren.«

Mich beschlich die unangenehme Ahnung, er könnte recht haben, besonders wenn ich daran dachte, wie geringschätzig sie bei ihrem letzten Besuch von Harm und Nachtauge gesprochen hatte. »Nun, was immer sie gedacht oder nicht gedacht haben mag, ist jetzt nicht mehr von Belang. Ich bin jedenfalls entschlossen, Harm bei einem guten Lehrmeister unterzubringen. Aber danach ...«

»Danach bist du frei, dein eigenes Leben wieder aufzunehmen. Ich habe das Gefühl, es wird dich zurück zur Bocksburg führen.«

»Du hast ein ›Gefühl‹?«, fragte ich ironisch. »Das Gefühl eines Narren oder das Gefühl eines Weißen Propheten?«

»Da du meinen Prophezeiungen niemals Glauben geschenkt hast, was kümmert's dich?« Er lächelte verschmitzt und machte sich über sein Rührei her.

»Ein- oder zweimal sah es aus, als würden deine Vorhersagen eintreffen. Obwohl sie immer so nebulös waren, dass sie auf jedes Ereignis gepasst hätten.«

Er schluckte einen Bissen hinunter. »Nicht meine Prophezeiungen waren nebulös, sondern dein Verständnis davon. Bei meiner Ankunft habe ich dich gewarnt, dass ich wieder in dein Leben trete, nicht weil ich es will, sondern weil das Schicksal mich zwingt. Das soll nicht heißen, dass ich nicht den Wunsch hatte, dich wiederzusehen. Ich meinte nur, wenn ich dir irgendwie ersparen könnte, tun zu müssen, was wir tun müssen, würde ich es tun.«

»Und was ist das genau, *was wir tun müssen*?«

»Genau?«, fragte er mit hochgezogenen Augenbrauen.

»Genau. Exakt. Präzise.«

»Nun ja, wenn du darauf bestehst. Also genau, exakt und präzise, was wir tun müssen. Wir müssen die Welt retten, du und ich. Wieder einmal.« Er lehnte sich zurück und balancierte den Stuhl auf den Hinterbeinen, und dabei blickte er mich aus großen Unschuldsaugen an.

Ich drückte verzweifelt die Handballen an die Stirn, doch er grinste wie ein Honigkuchenpferd, und schließlich konnte ich mein eigenes Lächeln nicht mehr unterdrücken.

»Wieder einmal? Ich kann mich nicht erinnern, dass wir es ein erstes Mal getan hätten.«

»Aber ja doch! Du bist am Leben, etwa nicht? Und es gibt einen Erben für den Thron der Weitseher. Folglich haben wir den Lauf der Zukunft geändert. In dem ausgefahrenen Gleis des Schicksals warst du der Stein, mein lieber Fitz. Du hast das malmende Rad aus der Spur gehoben und auf eine neue Bahn gebracht. Nun müssen wir natürlich dafür sorgen, dass es dort bleibt, und das könnte schwieriger sein als alles andere.«

»Und was, genau, exakt und präzise, müssten wir tun, um das zu erreichen?« Ich wusste, ich war in Gefahr, wieder Opfer einer seiner Narrenpossen zu werden, doch wie stets konnte ich mir die Frage nicht verkneifen.

»Ganz einfach.« Er aß einen Löffel Ei und genoss meine Ungeduld. »Sehr einfach, genau genommen.« Er schob die Eier auf dem Teller herum, aß noch einen Happen und legte den Löffel hin. Als er den Kopf hob und mich anschaute, war das Lächeln verblasst. Seine Stimme klang ernst. »Ich muss nur dafür sorgen, dass du am Leben bleibst. Wieder einmal. Und du musst dafür sorgen, dass der junge Weitseher den Thron besteigt.«

»Und der Gedanke, dass ich am Leben bleibe, macht dich traurig?«, forschte ich perplex.

»Aber nein, nicht doch. Der Gedanke, was du wirst durchmachen müssen, um am Leben zu bleiben, macht mir das Herz schwer.«

Ich schob meinen Teller weg; mir war der Appetit vergangen. »Du sprichst in Rätseln.«

»Keineswegs. Das behauptest du nur, weil es dann leichter ist, für uns beide. Aber diesmal, mein Freund, werde ich dir alles haarklein auseinandersetzen. Denk zurück an unser letztes Abenteuer. Gab es nicht Augenblicke, da der

Tod leichter und weniger qualvoll gewesen wäre als das Leben?«

Seine Worte bohrten sich wie Splitter aus Eis in meinen Magen, aber ich bot ihm Paroli. »Ja und? Ist es nicht eigentlich immer so?«

Nur sehr wenige Male in meinem Leben ist es mir gelungen, den Narren sprachlos zu machen. Dies war eine dieser raren Gelegenheiten. Er starrte mich an, seine fremdartigen Augen wurden größer und größer. Dann strahlte ein breites Grinsen über sein Gesicht. Er stand so abrupt auf, dass er fast den Stuhl umgeworfen hätte, sprang auf mich zu und umarmte mich heftig. »Aber natürlich ist es so«, flüsterte er mir ins Ohr. Und dann, so laut, dass mir fast die Trommelfelle platzten: »Aber natürlich ist es so!«

Bevor ich mich aus seiner erstickenden Umarmung befreien konnte, sprang er zurück, schlug einen Purzelbaum, dass seine Alltagskleider flatterten wie früher sein Narrengewand, und schnellte leichtfüßig auf den Tisch hinauf. Dort stellte er sich in Positur und warf die Arme weit auseinander, als stünde er noch einmal vor König Listenreichs versammeltem Hofstaat und nicht vor einem Publikum aus nur einer Person. »Der Tod ist immer einfacher und weniger schmerzhaft als das Leben. Bravo, Firlefitz, du hast es erkannt! Und doch entscheiden wir uns, vor die Wahl gestellt, gemeinhin nicht für den Tod. Denn genau betrachtet ist der Tod nicht das Gegenteil von Leben, sondern das Gegenteil der Freiheit zu wählen. Tod ist, was einem zuteilwird, wenn man keine andere Wahl mehr hat. Hab ich recht?«

Ansteckend wie seine überdrehte Laune war, brachte ich es dennoch fertig, den Kopf zu schütteln. »Das kann ich nicht beurteilen.«

»Dann nimm mein Wort dafür. Ich habe recht. Denn bin ich nicht der Weiße Prophet? Und bist du nicht der, der kommt, um das Gesicht der Zukunft zu verändern? Nicht der Held, nein. Katalyst. Wandler. Derjenige, der durch seine Existenz den anderen die Möglichkeit gibt, Helden zu sein. Ach Fitz, teurer Fitz, wir sind, was wir sind und immer sein müssen. Und wenn ich mutlos bin, wenn ich sagen möchte: ›Weshalb kann ich ihn nicht hierlassen, um in Frieden seine Tage zu beschließen?‹, dann, man höre und staune, sprichst du mit der Stimme des Wandlers und veränderst mein Bild von dem, was ich tue. Und befähigst mich, wieder zu sein, was ich sein muss. Der Weiße Prophet.«

Ich schaute zu ihm auf. Trotz aller Anstrengung, ernst zu bleiben, verzog sich mein Mund zu einem Lächeln. »Ich dachte, ich versetze andere in die Lage, Helden zu sein. Nicht Propheten.«

»Lirum, larum.« Er sprang federleicht zu Boden. »Einige von uns müssen beides sein, fürchte ich.« Er schüttelte sich, zog sein Wams glatt, und der Übermut fiel von ihm ab. »Um wieder auf meine ursprüngliche Frage zurückzukommen. Was gibt es heute zu tun? Ich will es übernehmen, dir die Antwort zu geben. Unsere wichtigste Aufgabe heute ist, nicht an morgen zu denken.«

Ich befolgte seinen Rat, wenigstens diesen einen Tag lang. Ich befasste mich mit Dingen, die ich mir seit langem versagt hatte, denn es waren nicht die wichtigen Arbeiten in Haus und Hof, sondern kleine Tändeleien zu meinem Vergnügen. Zum Beispiel beschäftigte ich mich mit meinen Tinten, nicht mit dem Ziel, sie auf dem Markt zu verkaufen, sondern nur, um Neues zu probieren. Es kam nicht viel dabei heraus. Sämtliche Rotnuancen verfärbten sich beim Trocknen zu Braun, trotzdem verschafften mir die Experimente Befriedigung. Der Narr vertrieb sich unterdessen die Zeit mit Schnitzereien an meinen Möbeln. Ich hob den Kopf, als ich hörte, wie mein Küchenmesser sich ins Holz grub.

Er merkte, dass ich zu ihm hinsah. »Entschuldigung«, sagte er sofort. Er hielt das Messer mit zwei Fingern hoch: *Schau her, nichts passiert,* und legte es behutsam hin, stand auf und ging zu seinen Satteltaschen hinüber. Nach kurzem Suchen nahm er eine Tuchrolle mit feinen Schnitzmessern heraus. Vor sich hin summend kehrte er damit zum Tisch zurück und machte sich über die Stühle her. Vorher zog er den dünnen Handschuh aus, der seine von der Gabe berührte Hand umhüllte. Im Lauf des Tages wuchsen üppig belaubte Ranken an meinen schlichten Stühlen hinauf, hie und da lugten kleine Gesichter aus dem Blattwerk.

Als ich am späten Nachmittag von meiner Arbeit aufblickte, sah ich ihn mit trockenen Scheiten von meinem Holzstapel hereinkommen. Ich lehnte mich zurück und beobachtete ihn, wie er jedes einzelne drehte und wendete und mit seinen Gabenfingern der Maserung nachspürte, als könnte er die innersten Geheimnisse des Holzes erfühlen, die meinem Auge verborgen blieben. Zu guter Letzt wählte er ein Scheit aus und machte sich ans Werk. Er summte bei der Arbeit vor sich hin, und ich ließ ihn.

Einmal im Lauf des Tages wachte Nachtauge auf. Er ließ sich schwerfällig vom Bett plumpsen und wankte nach draußen. Als er zurückkam, bot ich ihm etwas zu fressen an, doch er verschmähte es naserümpfend. Er hatte Wasser getrunken, so viel in den Bauch hineinging, legte sich mit einem Seufzer auf den kühlen Boden der Hütte und schlief wieder ein, aber nicht so tief und fest wie zuvor.

Und so verbrachte ich diesen Tag auf angenehme Weise, das heißt mit Arbeiten, zu denen ich Lust hatte, statt mit solchen, zu denen man von der Pflicht genötigt wird. Zwischendurch kam mir immer wieder Chade in den Sinn, und zwar machte ich mir Gedanken darüber, wie bisher nur selten, auf welche Weise sich der alte Assassine die langen Stunden und Tage oben in seinem einsamen Turmgemach vertrieben hatte, bevor ich sein Adept wurde. Dann schüttelte ich den Kopf über dieses Bild, das ich von ihm hatte. Lange bevor ich in sein Leben trat, war Chade der Assassine des Königs gewesen und übte in dessen Auftrag die Diplomatie des Stiletts, wo immer es nötig war. Die große Schriftensammlung in seinen Räumen und seine endlosen Experimente mit Giften und ausgeklügelten Mordinstrumenten waren der Beweis dafür, dass er keine Mühe gehabt hatte, seine Zeit auszufüllen. Und seine Sorge um das Wohl des Hauses Weitseher gab seinem Leben einen Sinn.

Früher einmal hatte auch ich darin meinen Daseinszweck gesehen, dann aber damit abgeschlossen, um meinen eigenen Weg zu finden. Ironie des Schicksals, dass ich es dabei fertiggebracht hatte, mich des Lebens zu berauben, von dem ich glaubte, es sei das meine. Um ein Dasein nach eigenem Gutdünken führen zu können, brach ich alle Brücken hinter mir ab, durchschnitt das Band zu allen, die mich geliebt hatten und die mir teuer gewesen waren.

Das war nicht die ganze Wahrheit, aber die triste Färbung passte zu meiner augenblicklichen Stimmung, auch wenn mir bewusst war, dass ich mich in Selbstmitleid suhlte. Meine letzten drei Versuche, eine purpurne Tinte herzustellen, färbten sich wie die vorigen beim Trocknen bräunlich, in einem Fall allerdings mit einem sehr aparten Rotton. Ich legte diesen Zettel mit dem Rezept zur späteren Verwendung beiseite. Die Farbe eignete sich ausgezeichnet für botanische Illustrationen.

Ich erhob mich steif und reckte die Glieder. Der Narr hob den Blick von seiner Schnitzarbeit. »Hunger?«, erkundigte ich mich.

Er überlegte. »Sagen wir Appetit. Lass mich das Kochen

übernehmen. Was du auf den Tisch bringst, füllt den Magen, doch ohne den Gaumen auch nur zu kitzeln.«

Er legte die Figur hin, an der er gearbeitet hatte. Als er sah, dass mein Blick darauf ruhte, deckte er rasch, fast eifersüchtig, ein Tuch darüber. »Sobald sie fertig ist«, versprach er und begann mit einer zielstrebigen Durchforstung meiner Schränke und Regale. Während er die mangelnde Vielfalt meines Sortiments an Gewürzen beklagte, verließ ich die Hütte zu einem Spaziergang. Ich sprang über den Bachlauf, der einen bequemen Weg nach unten zum Strand vorgab. Statt ihm zu folgen, wanderte ich gemächlich den Hang hinauf, vorbei an Vierklee und der Stute, die beide frei grasten. Auf dem Kamm des Hügels spazierte ich langsam weiter zu meiner Bank. Ich setzte mich. Wenige Schritte vor mir brach die grüne Wiese jäh ab, und Schieferklippen stürzten senkrecht zu einem felsigen Uferstreifen hinab. Von der Bank aus sah ich nichts als die weite Fläche des Ozeans bis zum Horizont. Die schmerzhafte Rastlosigkeit meldete sich zurück. Ich dachte an meinen Traum von dem Jungen und der jagenden Katze draußen in der Nacht und lächelte in mich hinein. Weglaufen, alles hinter sich lassen, hatte die Katze den Jungen gelockt, und der Gedanke hatte auch für mich seinen Reiz.

Aber – vor Jahren hatte ich genau das getan, und hier war ich nun. Frieden und Selbstgenügsamkeit, ein Dasein, mit dem ich hätte glücklich sein müssen, und ich sehnte mich fort davon.

Einige Zeit darauf kam der Narr, um mir Gesellschaft zu leisten. Nachtauge war bei ihm und ließ sich mit einem leidenden Seufzer zu meinen Füßen nieder. »Quält dich der Gabenhunger?«, erkundigte sich der Narr teilnahmsvoll.

»Nein.« Fast hätte ich aufgelacht. Der Hunger, den er, ohne es zu ahnen, gestern in mir geweckt hatte, war von dem Elfenrindentee nicht gestillt, aber betäubt worden.

Auch wenn ich mir wünschte, mit der Gabe hinauszugreifen, jemanden zu berühren – vorläufig war ich dazu nicht in der Lage.

»Unser Abendessen gart auf kleiner Flamme, also besteht kein Grund zur Eile. Wir haben reichlich Zeit.« Nach einer Pause fragte er behutsam: »Und nachdem ihr die Gemeinschaft derer vom Alten Blut verlassen hattet, wohin seid ihr gegangen?«

Ich seufzte. Der Wolf hatte recht gehabt. Mit dem Narren zu sprechen half mir beim Nachdenken. Andererseits, womöglich brachte er mich dazu, zu viel nachzudenken. Ich richtete den Blick in die Vergangenheit und knüpfte mit meinem Bericht dort wieder an, wo ich aufgehört hatte.

»Immer der Nase nach. Wir hatten kein Ziel. Wir haben uns treiben lassen.« Ich schaute übers Wasser. »Vier Jahre lang zogen wir umher, durch alle Sechs Provinzen. Ich habe Tilth im Winter erlebt, wenn der Wind den Schnee in Fahnen über die Ebenen treibt und die Kälte bis ins Mark der ihrer Kleider beraubten Erde dringt. Wir durchquerten ganz Farrow, um nach Rippon zu gelangen, und wanderten dann weiter bis zur Küste. Manchmal nahm ich als Mensch Arbeit an und kaufte Brot, und manchmal jagten wir beide als Wölfe und aßen unser Fleisch blutwarm.«

Ich warf einen Blick auf den Narren. Er lauschte gespannt. Falls er ein Urteil über mich fällte, war es ihm nicht anzusehen.

»Nachdem wir die Küste erreicht hatten, schifften wir uns nach Norden ein, obwohl Nachtauge das nicht vertrug. Mitten im Winter statteten wir dem Herzogtum Bearns einen Besuch ab.«

»Bearns?« Er überlegte. »Du warst seinerzeit Zelerita von Bearns versprochen.« Seine Miene stellte die Frage, nicht seine Stimme.

»Nicht auf meinen Wunsch, falls du dich erinnerst. Mein Besuch galt nicht Zelerita. Allerdings erhaschte ich einen Blick auf Fidea, Herzogin von Bearns, als sie auf dem Weg zur Burg Sturm hinauf durch die Straßen ritt. Sie sah mich nicht, und selbst wenn, hätte sie in dem zerlumpten Vagabunden nicht Fitz-Chivalric erkannt. Ich hörte, dass Zelerita sich vermählt hat, reich sowohl an Liebe als auch an Ländereien, und heute die Herrin von Eistürmen in der Nähe von Frosten ist.«

»Das freut mich für sie«, sagte der Narr ernst.

»Mich ebenfalls. Auch wenn ich sie nicht liebte, habe ich doch ihren Mut bewundert und mochte sie gern. Ich gönne ihr alles Glück dieser Welt.«

»Und im Anschluss an Bearns? Wohin dann?«

»Reisten wir zu den Nahen Inseln. Von dort wollte ich mich zu den Äußeren Inseln einschiffen, um mir die Heimat des Volkes anzusehen, welches durch die Jahrhunderte immer wieder eine Geißel der Sechs Provinzen gewesen ist, aber Nachtauge wollte eine so lange Seereise nicht einmal in Erwägung ziehen. Also kehrten wir zum Festland zurück und nahmen den Weg nach Süden. Den größten Teil der Strecke bewältigten wir zu Fuß, nur an Bocksburg fuhren wir mit dem Schiff vorbei, ohne dort anzulegen. Wir wanderten an der Küste von Rippon und Shoaks entlang und weiter über die Grenzen der Sechs Provinzen hinaus. Chalced gefiel mir nicht. Wir suchten uns ein Schiff, das zum Auslaufen bereitlag, um nicht länger als nötig bleiben zu müssen.«

»Bis wohin seid ihr gekommen?«, drängte der Narr, als ich nicht gleich weitersprach.

Ich spürte, wie mein Mund sich zu einem breiten Grinsen verzog. »Bis nach Bingstadt«, prahlte ich.

»Ach ja?« Er war sehr interessiert. »Und wie hat es dir dort gefallen?«

»Es war lebendig. Umtriebig. Es erinnerte mich an Fierant. Die Leute sehr mondän und diese schmucken Villen mit Glasscheiben in allen Fenstern. Bücher verkauft man an Ständen unter freiem Himmel, und in einer Straße ihres Basars bietet jeder Laden eine spezielle Art von Magie. Allein dort entlangzugehen machte mich benommen. Ich könnte dir nicht sagen, was für eine Magie es war, aber sie bedrängte meine Sinne, benebelte mich wie zu starkes Parfum …« Ich schüttelte den Kopf. »Ich kam mir vor wie ein Hinterwäldler, und zweifellos sah man mich als solchen an, in meinen derben Kleidern und einen Wolf an der Seite. Doch trotz allem Bemerkenswerten, das ich dort sah, wurde die Stadt ihrem eigenen Mythos nicht gerecht. Wie pflegt man zu sagen? Was immer die Fantasie hervorbringen mag, ist in Bingstadt feil. Nun, ich habe dort vieles gesehen, was weit über mein Vorstellungsvermögen hinausging, ohne dass es mich gelüstete, es zu kaufen. Es gab auch viel Hässliches. Von einem Kahn trieb man Sklaven herunter, mit großen Geschwüren an den Knöcheln von ihren Ketten. Wir sahen auch eins ihrer sprechenden Schiffe. Ich hatte immer geglaubt, sie wären nur ein Märchen.«

Ich überlegte, wie ich beschreiben sollte, was Nachtauge und ich von dieser düsteren Magie gespürt hatten. »Es war eine Art Zauberei, mit der ich mich niemals anfreunden könnte«, sagte ich schließlich.

Die schiere Masse an Menschen in der Stadt hatte den Wolf erdrückt, und als ich vorschlug weiterzuziehen, konnte er nicht schnell genug aufbrechen. Ich fühlte mich kleiner nach meinem Besuch dort, gleichzeitig wusste ich wieder die Wildheit und Einsamkeit der Küste der Bocksmarken zu schätzen, die raue, militärische Atmosphäre auf der Königsburg.

Früher einmal hatte ich Burg und Stadt für den Mittelpunkt der Zivilisation gehalten, doch in Bingstadt nennen sie uns barbarisch und roh. Die verächtlichen Bemerkungen, die ich hörte, waren wie Nadelstiche, und doch konnte ich ihre Wahrheit nicht leugnen. Ich verließ Bingstadt beschämt und entschlossen, meine Bildung zu vervollständigen und die ganze Weite der Welt zu erforschen. Bei der Erinnerung schüttelte ich den Kopf. Hatte ich meinen Entschluss je in die Tat umgesetzt?

»Wir hatten nicht das Geld für eine Schiffspassage, auch wenn Nachtauge sich dazu hätte überwinden können. Wir beschlossen, den Weg auf eigenen Füßen zurückzulegen.«

Der Narr starrte mich ungläubig an. »Aber das ist unmöglich!«

»Das sagten alle. Ich dachte, es wäre Städtergeschwätz, Gerede von Leuten, die noch nie bei Wind und Wetter auf ungebahnten Pfaden unterwegs gewesen sind. Aber die Warner hatten recht.«

Taub für alle guten Ratschläge, hatten wir das Wagnis unternommen, zu Fuß an der Küste entlangzuwandern. In der Wildnis außerhalb von Bingstadt begegneten wir Merkwürdigkeiten, die alles in den Schatten stellten, was wir jenseits des Bergreichs gefunden hatten. Zu Recht nennt man diese Küste die Nachtmarschen. Mich peinigten gestaltlose Träume und manchmal auch im Wachen verzerrte, gar bedrohliche Truggesichte. Nachtauge hatte Sorge, dass ich dem Wahnsinn anheimfallen könnte. Ich weiß nicht, was diese Zustände verursachte. Weder hatte ich Fieber, noch zeigten sich bei mir Symptome einer der Krankheiten, die eines Menschen Verstand verwirren können, und dennoch war ich nicht ich selbst auf dem Weg durch diese raue und unwirtliche Gegend. Lebhafte Träume von Veritas und unseren Drachen bedrängten mich. Tagsüber geißelte ich mich endlos mit Vorwürfen über vergangene Torheiten und

Irrtümer und dachte oft daran, meinem Leben mit eigener Hand ein Ende zu setzen. Nur die tröstliche Gesellschaft Nachtauges hielt mich davon ab. Zurückblickend erinnere ich mich an diese Zeit nicht als eine Folge von Tagen und Nächten, sondern einen steten Wechsel zwischen lichten Momenten und verstörenden Visionen. Wie bei meiner ersten Reise auf der Gabenstraße hatte ich das Gefühl, nicht mehr Herr in meinem eigenen Kopf zu sein. Eine Erfahrung, die ich freiwillig nicht noch einmal wiederholen möchte.

Niemals, nicht vorher und nicht danach, habe ich eine Gegend gesehen, die so menschenfeindlich wirkte, ja, als habe sie tatsächlich noch nie eines Menschen Fuß betreten. Selbst die dort heimischen Tiere berührten meine Wahrnehmung schrill und fremd. Die Geländebeschaffenheit war nicht weniger befremdlich als die Atmosphäre. Es gab Sümpfe, aus denen übelriechende Gase aufstiegen, die in der Nase brannten, und grüne Marschen, wo das üppig wuchernde pflanzliche Leben entstellt und verwachsen aussah. Wir gelangten an den Regenfluss, den die Bürger von Bingstadt den Wilden nennen. Ich kann nicht sagen, welcher Anflug von Irrsinn mich bewog, seinem Lauf landeinwärts folgen zu wollen, aber ich versuchte es. Morastige Ufer, dichter Urwald und Albträume zwangen uns bald zur Umkehr. Ein Gift in der Erde zerfraß Nachtauges Pfoten und sogar meine Stiefel aus zähem Leder, bis sie fast auseinanderfielen. Wir gaben uns geschlagen, begingen dann aber eine noch größere Dummheit, indem wir junge Bäume fällten und ein Floß bauten. Nachtauges Nase hatte uns gewarnt, nicht aus dem Fluss zu trinken, dennoch unterschätzte ich die Gefahr. Unser improvisierter schwimmender Untersatz brachte uns mit Mühe und Not zurück zur Flussmündung, bevor er sich in seine Einzelteile auflöste, und wir bekamen beide entzündete Geschwüre von der Berührung mit dem Wasser.

Wir waren heilfroh, das Gift im Meer abwaschen zu können. Das Salzwasser brannte, aber es heilte unsere Wunden.

Obwohl Chalced seit langem Besitzansprüche auf den Landstrich bis hinauf zum Regenfluss erhebt und nicht müde wird zu verkünden, dass auch Bingstadt innerhalb seiner Grenzen liegt, sahen wir auf dem ganzen Weg nicht die geringsten Spuren menschlicher Besiedelung. Drei Tagesmärsche über den Regenfluss hinaus schien es mit den Gaukelbildern besser zu werden, doch wir waren noch weitere zehn Tage unterwegs, bevor wir an einen Ort gelangten, wo Menschen wohnten. Durch regelmäßiges Baden im Meer waren unsere Blessuren fast abgeheilt, trotzdem müssen wir einen wenig Vertrauen erweckenden Anblick geboten haben, ein zerlumpter Bettler mit seinem mageren Hund. Man nahm uns nicht mit offenen Armen auf.

Auf dem entbehrungsreichen Marsch nach Norden, von einem Ende Chalceds zum anderen, kam ich zu der Überzeugung, dass die Menschen dort, was Unfreundlichkeit angeht, auf der ganzen Welt nicht ihresgleichen haben können. Ich fühlte mich dort so unwohl, wie Burrich es seinerzeit prophezeit hatte. Auch die prachtvollen Städte versöhnten mich nicht. Die viel gerühmte Architektur Chalceds und die Errungenschaften seiner Zivilisation stehen auf einem Fundament menschlichen Elends. Die dort übliche Sklaverei widerte mich an.

Unwillkürlich richtete sich mein Blick auf den Freiheitsring im Ohr des Narren. Er hatte Burrichs Großmutter gehört, ihre schwer errungene Belohnung, das Kennzeichen des freigelassenen Sklaven. Der Narr tippte ihn mit der Fingerspitze an. Die von Silberfäden umsponnene blaue Perle hing als Blickfang zwischen anderen, aus Holz geschnitzten Ohrringen.

»Burrich«, sagte der Narr leise. »Und Molly. Ich frage dich diesmal ohne Umschweife: Hast du nach ihnen gesucht?«

Ich senkte den Kopf und betrachtete angelegentlich die Maserung der Tischplatte. »Ja«, gestand ich endlich. »Ich habe versucht, sie zu finden. Seltsam, dass du gerade jetzt fragst, denn während ich in Chalced unterwegs war, ergriff mich, aus heiterem Himmel, das Verlangen, sie zu suchen.«

Eines Abends, wir lagerten ein gutes Stück neben der Straße, drängte sich ein ungemein echt wirkender Traum in meinen Schlummer. Vielleicht erreichten mich die Bilder, weil sie in einem Winkel ihres Herzens immer noch mein Andenken bewahrte. Doch ich träumte nicht von Molly, wie ein Liebender von der Geliebten träumt. Ich träumte von mir selbst, kam es mir vor, ein Kind und fiebrig und sterbenskrank. Es war ein schwarzer Traum, ein Traum nur aus Empfindungen, ohne Bilder. Ich lag zusammengerollt an Burrich geschmiegt, und seine Nähe und sein Geruch waren der einzige Trost in meinem Elend. Dann berührten unerträglich kalte Hände meine fieberheiße Haut. Sie wollten mich aufheben und wegnehmen, aber ich sträubte mich und schrie und klammerte mich an ihn. Burrichs starker Arm umfing mich. »Lass sie hier«, befahl er heiser.

Aus einiger Entfernung hörte ich Mollys Stimme, bebend und verzerrt. »Burrich, du bist genauso krank wie sie. Du kannst nicht für sie sorgen. Gib sie mir, damit du zur Ruhe kommst.«

»Nein. Lass sie mir. Kümmere dich um Chiv und dich selbst.«

»Deinem Sohn geht es gut. Wir beide sind nicht krank. Nur du und Nessel. Gib sie mir, Burrich.«

»Nein«, hörte ich ihn ächzen. Seine Hand legte sich schützend auf mich. »Genauso hat die Blutpest angefangen, als ich ein Junge war. Sie hat alle getötet, die ich liebte. Ich könnte es nicht ertragen, wenn du sie mir wegnimmst und sie stirbt. Lass sie hier bei mir.«

»Damit ihr zusammen sterben könnt?« Ihre erschöpfte Stimme wurde schrill.

Seine Antwort klang schicksalsergeben. »Wenn es so bestimmt ist. Der Tod ist kälter, wenn er dich allein findet. Ich werde sie in den Armen halten bis zuletzt.«

Er redete im Fieberwahn, und ich spürte sowohl Mollys Zorn als auch ihre Angst um ihn. Sie brachte ihm Wasser, und ich wurde unruhig, als sie seinen Oberkörper beim Trinken stützte. Ich bemühte mich, aus der Tasse zu trinken, die sie mir an den Mund hielt, aber meine Lippen waren aufgesprungen, und mein Kopf tat schrecklich weh, und das Licht war zu grell. Als ich die Tasse wegstieß, schwappte Wasser auf meine Brust, eisig kalt, und ich schrie auf und begann zu weinen. »Nessel, mein Herz, still doch, sei still«, wollte sie mich beruhigen, aber ihre Hände waren wie Eis, als sie mich anfasste. Ich wollte nichts mit meiner Mutter zu tun haben, nicht in diesem Moment, und ich spürte einen Schatten von Nessels Eifersucht, dass nun ein anderes Kind den Thron von Mollys Schoß für sich beanspruchte. Ich klammerte mich an Burrichs Hemd fest, und er drückte mich an sich und summte leise mit seiner tiefen Stimme. Ich vergrub mein Gesicht an seiner Brust, wo das Licht meine Augen nicht erreichen konnte, und versuchte zu schlafen.

So krampfhaft bemühte ich mich, in Schlaf zu fallen, dass ich mich ins Wachsein hineinsteigerte. Ich hörte mich stöhnend ein- und ausatmen und schlug die Augen auf. Obwohl ich schweißgebadet war, konnte ich die Enge meiner heißen, trockenen Haut in dem Traum nicht vergessen.

Beim Hinlegen hatte ich mich in meinen Umhang gewickelt, jetzt befreite ich mich fast panisch daraus. Unser Lagerplatz befand sich an einem Bachufer; ich stolperte zum Wasser und trank durstig. Als ich den Kopf hob, sah ich, dass der Wolf sehr aufrecht dasaß und mich beobachtete, die Rute hübsch ordentlich um alle vier Pfoten gelegt.

»Er wusste, was die Stunde geschlagen hatte. Noch in derselben Nacht brachen wir auf.«

»Dann hattest du einen Anhaltspunkt, wo sie zu finden sein könnten?«

Ich schüttelte den Kopf. »Nein, ich hatte gar nichts. Ich erinnerte mich nur aus einem Gabentraum, dass sie sich, nachdem sie aus Bocksburg weggegangen waren, in einer Ortschaft namens Kapelan niedergelassen hatten. Und ich hatte, nun ja, eine gefühlsmäßige Ahnung der Gegend, in der sie jetzt wohnten. Nur mit diesem wenigen ausgerüstet, machten wir uns auf den Weg. Nach Jahren des Vagabundierens war es merkwürdig, ein Ziel zu haben und Eile. Ich stellte mich taub gegen die Stimme der Vernunft, die mir sagte, mein Vorhaben sei töricht, zum Scheitern verurteilt. Die Entfernung war zu groß. Ich konnte keinesfalls rechtzeitig zu ihnen gelangen. Wenn ich sie endlich aufgespürt hätte, würden sie entweder tot oder genesen sein. Doch nachdem der Stein einmal ins Rollen gekommen war, gab es kein Zurück mehr. Jahrelang hatte ich jeden Menschen gemieden, von dem zu befürchten stand, er könnte mich wiedererkennen, und jetzt war ich plötzlich bereit, wie dem Grabe entstiegen bei Molly und Burrich aufzutauchen? Ich weigerte mich, darüber nachzudenken. Ich setzte einfach einen Fuß vor den anderen.«

Der Narr nickte verständnisvoll. Ich fürchtete, dass er weit mehr erriet, als ich bewusst preisgab.

Jahrelang hatte ich der Verlockung der Gabe widerstanden, nun öffnete ich mich ihr. Die Sucht ergriff von mir Besitz, und ich ließ es zu. Es war erschreckend, mit welcher Gewalt sie mich überfiel, doch ich wehrte mich nicht. Trotz der lähmenden Kopfschmerzen, die unweigerlich mit dem

Gebrauch der Gabe einhergingen, griff ich fast jeden Abend hinaus nach Molly und Burrich. Mit wenig ermutigendem Erfolg. Keine andere Lust lässt sich mit dem rauschhaften Glücksgefühl vergleichen, wenn zwei in der Gabe geschulte Bewusstseine sich treffen. Doch mit der Gabe zu *sehen* ist etwas völlig anderes. Darin war ich nie unterwiesen worden, und ich konnte nur auf das zurückgreifen, was ich aus eigenen Fehlern gelernt hatte. Mein Vater hatte Burrich für die Gabe unempfänglich gemacht, damit, wer ihm feindlich gesinnt war, nicht den Freund und Vertrauten als Medium missbrauchen konnte, um ihn zu belauschen oder Schlimmeres. Und Molly besaß meines Wissens nicht die Veranlagung für die Gabe. Wenn ich sie mit der Gabe beobachtete, konnte es keine echte Verbindung geben, nur ein ohnmächtiges Schauen, ohne die Möglichkeit, sie auf mich aufmerksam zu machen. Bald musste ich feststellen, dass ich nicht einmal das zuverlässig zu bewirken vermochte. Meine Fähigkeiten waren durch den langen Nichtgebrauch eingerostet. Bereits nach einer geringen Anstrengung war ich erschöpft und vor Schmerzen zu nichts mehr fähig, trotzdem konnte ich nicht anders, als es immer wieder zu versuchen. Ich kämpfte um diese kurzen Einblicke und durchforstete sie akribisch nach Anhaltspunkten. Eine verschwommen sichtbare Bergkette hinter dem Anwesen, der Salzgeruch des Meeres, schwarzgesichtige Schafe auf der Weide am Hang – ich prägte mir jedes Detail der Umgebung ein und hoffte, dass es genügte, um mich zu ihnen zu führen. Ich konnte mir nicht aussuchen, was ich sehen wollte. Oft fügte es sich so, dass ich die Arbeiten im und um das Haus beobachtete: die alltägliche Mühsal des Wäschewaschens, das Sammeln von Kräutern und, ja, die Pflege der Bienenvölker. Blicke auf einen Säugling, den Molly Chiv nannte und dessen Gesicht Burrichs Züge ahnen ließ, erfüllten mich sowohl mit Eifersucht als auch Staunen.

Zu guter Letzt machten wir das Dorf Kapelan ausfindig. Wir fanden die verlassene Hütte, in der meine Tochter zur Welt gekommen war. Nach ihnen hatten andere Leute dort gewohnt, und für mich waren keine Spuren mehr von den Gesuchten erkennbar, aber Nachtauge hatte schärfere Sinne. Dennoch, Molly und Burrich waren vor langer Zeit fortgezogen, und ich wusste nicht, wohin. Einfach im Ort zu fragen wagte ich nicht, falls jemand sich verpflichtet fühlte, Burrich oder Molly die Nachricht zukommen zu lassen, dass da jemand nach ihnen forschte. Monatelang zogen wir umher. In jedem Dorf, durch das wir kamen, sah ich frische Gräber. Was immer es für eine Krankheit gewesen war, sie hatte sich schnell und weit ausgebreitet und viele Opfer gefordert. In keiner von meinen Visionen hatte ich Nessel gesehen – war auch sie dahingerafft worden?

Von Kapelan ausgehend suchte ich in immer größeren Kreisen, ging in die Schänken und Herbergen der umliegenden Weiler. Dort spielte ich den etwas einfältigen Fremden auf Reisen, einen Bienenzüchter aus Passion und felsenfest überzeugt, alles zu wissen, was es über dieses Gewerbe zu wissen gab. Ich führte große Reden, gab mich stur und rechthaberisch, damit andere mich berichtigten und zum Beweis ihrer Behauptungen Imker nannten, die sie möglicherweise kannten. Doch all meine Bemühungen, Molly zu finden, blieben fruchtlos, bis ich eines späten Nachmittags auf einem schmalen Pfad zum Kamm eines Hügels hinaufstieg und ein Eichenwäldchen mir bekannt vorkam.

Augenblicklich bog ich vom Weg ab in den Wald hinein. Nachtauge folgte mir, ohne zu fragen, er forschte nicht einmal mit der Alten Macht in meinen Gedanken, während ich der Fährte meines früheren Lebens folgte. Am frühen Abend schauten wir von einer Anhöhe auf das Heim von Burrich und Molly hinunter. Es war ein wohlgeordnetes und blühendes Anwesen. Hühner scharrten im Gehege, auf der Wiese dahinter standen drei strohgeflochtene Bienenkörbe. Es gab einen gut gepflegten Gemüsegarten. Hinter dem Haus befanden sich eine verhältnismäßig neue Scheune und mehrere kleine Paddocks mit Koppelzäunen. Ich roch Pferde. Burrich hatte gut für seine Familie gesorgt. Ich saß in der Dunkelheit und beobachtete, wie das einzige Fenster golden leuchtete und dann schwarz wurde, als man drinnen die Kerze löschte. Der Wolf jagte allein in dieser Nacht, während ich Wache hielt. Ich konnte nicht zu ihnen hinuntergehen, und ich konnte mich nicht abkehren. Ich war gefangen, wo ich saß, ein Blatt am Rand ihres Strudels. Auf einmal verstand ich die Geschichten von Geistern, die bis in alle Ewigkeit an einem Ort spuken müssen. Ganz gleich, wohin mein Weg mich in Zukunft führte, ein Teil von mir würde immer hier sein.

Bei Tagesanbruch trat Burrich aus der Tür. Sein Hinken war schlimmer geworden, die weiße Strähne in seinem Haar breiter und auffallender. Er hob das Gesicht in den neuen Tag und sog tief den Atem ein, und für einen wölfischen Augenblick fürchtete ich, er könnte mich wittern. Doch er ging nur zum Brunnen, zog einen Eimer Wasser herauf und trug ihn ins Haus. Einen Moment später kam er wieder heraus, um den Hühnern Futter hinzustreuen.

Rauch stieg aus dem Kamin. Aha. Also war auch Molly auf und tätig. Burrich verschwand in der Scheune. Auch ohne es zu sehen, kannte ich jeden einzelnen Schritt, den er dort tat. Sobald er sich vergewissert hatte, dass jedes Tier die Nacht gut überstanden hatte, würde er wieder herauskommen. Richtig. Er füllte am Brunnen Eimer um Eimer und trug das Wasser in die Scheune.

Meine Stimme brach. Dann musste ich laut lachen. Meine Augen schwammen in Tränen, aber ich achtete nicht darauf.

»Ich schwöre dir, da wäre ich um ein Haar zu ihm hinuntergelaufen. Es kam mir unnatürlich vor zuzuschauen, wie Burrich arbeitete, und nicht selbst mit anzupacken.«

Der Narr nickte, schweigend, gebannt.

»Als er wieder herauskam, führte er einen kastanienbraunen Hengst. Ich wunderte mich. Edelstes Bocksburger Blut sprach aus jeder Linie seines Körpers. Der stolz gebogene Nacken verriet Feuer, die Schultern und Fesseln große Kraft. Der Anblick eines solchen Tieres wärmte mein Herz, und zu wissen, dass Burrich es in seiner Obhut hatte, machte mich glücklich. Er brachte das Pferd in einen Paddock und füllte den Trog mit Wasser. Als er anschließend Rötel herausbrachte, war das Rätsel gelöst. Jetzt wusste ich, dass Merle ihn gefunden und dafür gesorgt hatte, dass ihm sowohl sein Reitpferd als auch Rußflockes Fohlen übergeben wurden. Es war gut, Mann und Ross wieder vereint zu sehen. Rötel schien mir mit den Jahren zu einer gutmütigen Gelassenheit gefunden zu haben, trotzdem brachte Burrich ihn nicht auf die Koppel neben dem jungen Hengst, sondern in die am weitesten entfernte. Auch dort füllte er die Tränke, versetzte Rötel dann einen freundschaftlichen Klaps und ging zurück ins Haus. Und dann kam Molly heraus.«

Ich holte tief Atem und hielt ihn an. Mein Blick war starr aufs Meer gerichtet, doch ich sah es nicht. Sie stand vor meinen Augen, die mein Weib gewesen war in allem, außer dem Namen. Ihr schwarzes Haar, früher offen und wild, war geflochten und züchtig am Hinterkopf zu einer Krone gesteckt. Ein kleiner Junge wackelte hinter ihr her. Am Arm einen Korb, schritt sie mit ruhiger Anmut dem Garten zu. Die weiße Schürze bedeckte den von einer neuen Schwangerschaft geschwellten Leib. Das flinke, gertenschlanke Mädchen von früher war fort, doch ich fand diese reife Frau nicht weniger begehrenswert. Mein Herz sehnte sich nach ihr und allem, was sie bedeutete: das warme Herdfeuer und das behagliche Heim, die traute Gemeinschaft der kommenden Jahre, während sie das Haus ihres Gatten mit Kindern und Wärme erfüllte.

Ich flüsterte ihren Namen vor mich hin, und seltsam, sie hob plötzlich den Kopf, und für einen bangen Moment glaubte ich, sie hätte meine Nähe gespürt. Doch statt zum Hügelkamm hinaufzuschauen, lachte sie laut auf und rief: »Chivalric, nein! Nicht essen!« Sie bückte sich und nahm dem Kind die Erbsenblüten aus dem Mund, die es abgerissen hatte, um sie zu probieren. Mit sichtlicher Mühe hob sie den Kleinen hoch und rief zum Haus hinüber: »Schatz, komm bitte und hol deinen Sohn, bevor er den ganzen Garten aberntet. Und Nessel soll herkommen und für mich ein paar Rüben ausgraben.«

Dann hörte ich Burrich antworten: »Komme gleich!« Er erschien im Türrahmen und rief über die Schulter: »Lass den Abwasch, Nessel. Hilf erst deiner Mutter.« Ich beobachtete, wie er mit wenigen großen Schritten den Hof überquerte und Molly das Kind abnahm. Der Junge quietschte begeistert, als er ihn durch die Luft schwenkte und sich ihn dann auf die Schulter setzte. Molly, eine Hand auf ihren Bauch gelegt, lachte mit ihnen, und ihre Augen, als sie die beiden anschaute, ihren Gatten und ihren Sohn, glänzten.

Meine Stimme versagte. Tränen blendeten mich, ich sah das Meer wie durch einen Nebelschleier.

Ich fühlte die Hand des Narren auf meiner Schulter. »Du bist nicht zu ihnen hinuntergegangen, habe ich recht?«

Ich schüttelte stumm den Kopf.

Ich war geflohen. Geflohen vor dem plötzlichen Neid, der mir das Herz abdrückte, und geflohen aus Angst, wenn ich meine Tochter sähe, könnte ich nicht länger widerstehen und müsste hingehen zu ihr. Dort unten gab es keinen Platz für mich, nicht einmal am äußersten Rand ihrer Welt. Ich wusste es. Hatte es gewusst, als ich erfuhr, dass sie sich einander anvertrauen wollten. Wenn ich auf ihre Schwelle trat, brachte ich Kummer und Leid über sie alle.

Ich bin nicht besser als jeder andere Mensch. Ich war voller Bitterkeit und Zorn auf sie beide und empfand wie einen Dolchstoß die Ungerechtigkeit des Schicksals, welches uns alle schnöde betrogen hatte. Ich konnte ihnen nicht zum Vorwurf machen, dass sie sich einander zugewandt hatten. Ebenso wenig hatte ich einen Grund, mich schuldig zu fühlen, weil es mich schmerzte, dass sie mich damit auf ewig aus ihrem Leben hinausgedrängt hatten. Es war geschehen und unabänderlich und sich deswegen zu quälen sinnlos. Die Toten, sagte ich mir, haben ihre Ansprüche an die Lebenden verwirkt. Das Einzige, was ich mir zugutehalten kann, ist, dass ich die Kraft fand wegzugehen. Ich vergiftete ihr Glück nicht mit meinem Schmerz und vergällte meiner Tochter nicht ihr Zuhause. So viel Größe besaß ich immerhin.

Ich holte tief Atem und fand meine Stimme wieder. »Das ist das Ende meiner Geschichte. Der nächste Winter überfiel uns hier in dieser Gegend. Wir fanden diese Hütte und richteten uns darin ein. Und hier sind wir all die Jahre geblieben.« Ich atmete seufzend aus und überdachte noch einmal, was ich erzählt hatte. Im Nachhinein erschien es mir kaum bemerkenswert.

Was er dann sagte, schreckte mich auf. »Und dein anderes Kind?«, fragte er behutsam.

»Mein anderes Kind?«

»Pflichtgetreu. Hast du ihn besucht? Ist er nicht dein Sohn, so wie Nessel deine Tochter ist?«

»Ich … nein. Nein, das ist er nicht. Und ich habe ihn nie gesehen. Er ist Kettrickens Sohn und Veritas' Erbe. Ich bin sicher, das ist der Sachverhalt, an den sich auch Kettricken erinnert.« Mein Gesicht wurde heiß vor Verlegenheit, dass der Narr dieses dunkle Geheimnis ans Licht gezerrt hatte. Ich legte ihm die Hand auf die Schulter. »Mein Freund, nur du und ich wissen, in welcher Weise Veritas mich benutzt hat – meinen Körper. Als er mich um meine Erlaubnis bat, missverstand ich sein Anliegen. Ich selbst habe keine Erinnerung daran, wie Pflichtgetreu gezeugt wurde. Du weißt sicherlich noch; ich war bei dir, gefangen in Veritas' geschundenem Fleisch. Mein König tat, was er tun musste, um dem Thron einen Erben zu verschaffen. Ich verüble es ihm nicht, aber ich mag auch nicht daran erinnert werden.«

»Merle weiß es nicht? Und auch Kettricken nicht?«

»Merle schlief tief und fest in jener Nacht. Glaub mir, wenn sie auch nur den Hauch einer Ahnung gehabt hätte, hätte die Welt inzwischen davon erfahren. Kein Vagant könnte der Versuchung widerstehen, solche Geschehnisse laut und lange zu besingen, und wenn er damit sich selbst oder ein ganzes Land ins Unglück stürzte. Und Kettricken, nun, die Gabe brannte in Veritas wie die Sonne. Sie sah nur ihren König in ihrem Bett in jener Nacht. Niemals hätte sie sonst geduldet …« Ich seufzte. »Ich schäme mich, an dieser Täuschung beteiligt gewesen zu sein. Es steht mir nicht zu, die Klugheit von Veritas' Entscheidung in Frage zu stellen, aber dennoch …« Ich ließ den Rest unausgesprochen. Nicht einmal dem Narren gegenüber konnte ich meine Neugier gestehen, was Pflichtgetreu anging. Ein Sohn, mein und doch nicht mein. Und wie mein Vater an mir gehandelt hatte, so hatte ich an ihm getan. Ihn nicht kennen, ihn unwissend lassen, um ihn zu schützen.

Der Narr legte seine Hand auf die meine und drückte sie fest. »Ich habe zu niemandem darüber gesprochen. Und werde es auch künftig nicht tun.« Seine Brust weitete sich unter einem tiefen Atemzug. »Gut. Dann hat der Zufall dich hierher verschlagen, und du gedachtest, hier in edler Einfalt und stiller Größe deine Tage zu vollenden? Dies ist wahrhaftig das Ende deiner Irrfahrten?«

Das Ende meiner Irrfahrten. Seit wir uns damals, vor langer Zeit, getrennt hatten, war ich hauptsächlich damit beschäftigt gewesen, wegzulaufen oder mich zu verstecken. Diese Hütte war mein Zufluchtsort aus reiner Selbstsucht. In diesem Sinne antwortete ich dem Narren.

»Ich möchte bezweifeln, dass Harm es so sehen würde«, erwiderte er sanft. »Und die meisten Menschen würden meinen, einmal im Leben die Welt zu retten müsste genügen, um sich einen friedlichen Ruhestand verdient zu haben. Da ich aber sehe, dass du es gar nicht abwarten kannst, dich wieder in den Kampf zu stürzen, werde ich sehen, was ich tun kann, um dir eine zweite Runde zu ermöglichen.« Er hob einladend die Augenbrauen.

Ich lachte, aber nicht leichten Herzens. »Mich gelüstet es nicht danach, ein Held zu sein. Ich wäre zufrieden, wenn ich glauben könnte, dass mein Tun Tag für Tag noch für jemanden außer mir von Wichtigkeit ist.«

Er lehnte sich zurück und musterte mich ernst. Dann hob er eine Schulter und ließ sie fallen. »Das lässt sich ohne Weiteres bewerkstelligen. Sobald Harm seine Lehrstelle angetreten hat, komm zu mir nach Bocksburg. Ich garantiere dir, du wirst wichtig sein.«

»Oder tot, falls man mich erkennt. Hast du nicht gehört, wie groß neuerdings der Hass auf Zwiehafte ist?«

»Nein. Ich hatte keine Ahnung. Aber es überrascht mich nicht, ganz und gar nicht. Aber dich erkennen? Du hast schon einmal von dieser Gefahr gesprochen, jedoch vor einem anderen Hintergrund. Jetzt sehe ich mich gezwungen, Merle recht zu geben. Nur wenige würden bei deinem Anblick nachdenklich werden. Du hast in der Tat nur noch sehr wenig Ähnlichkeit mit dem Fitz-Chivalric von ehedem. Die Züge des Hauses Weitseher sind in deinem Gesicht zu finden, wenn man danach sucht, aber Inzucht ist am Hof gang und gäbe. Manch ein edler Herr oder eine edle Dame trägt einen Schuss des gleichen Blutes in den Adern. Und mit was sollte ein zufälliger Betrachter dich vergleichen, einem verblassten Porträt in einer düsteren Ahnengalerie? Du weilst als einziger erwachsener Mann deiner Familie noch unter den Lebenden. Listenreich ist vor vielen Jahren gestorben, nach langem Siechtum, dein Vater hatte sich schon einige Zeit vor seinem Tod nach Weidenhag zurückgezogen, und Veritas war alt über seine Jahre hinaus. Ich weiß, wer du bist, und deshalb sehe ich die Ähnlichkeit, doch glaube ich nicht, dass ein flüchtiger Blick eines Höflings deine Tarnung gefährden könnte.« Er schwieg einen Moment, dann fragte er in einem Ton, als wäre es sein voller Ernst: »Abgemacht? Ich sehe dich in Bocksburg, bevor der erste Schnee fällt?«

»Vielleicht«, antwortete ich ausweichend. Ich war weniger überzeugt als er, dass es dazu kommen würde, aber gewitzt genug, mich nicht auf eine Diskussion mit ihm einzulassen.

»Ganz gewiss«, berichtigte er und schlug mir dann auf die Schulter. »Gehen wir zurück. Das Essen wird gar sein. Und ich will mit meiner Schnitzarbeit fortfahren.«

Kapitel 10

EIN SCHWERT UND EINE BOTSCHAFT

Wahrscheinlich hat jedes Königreich seine Sage von einem geheimnisvollen und mächtigen Beschützer, einem schlummernden Helden, der da kommen wird in Zeiten großer Not, um das Land zu erretten. Auf den Äußeren Inseln ist es Eisloh, ein Wesen, welches tief im Innern des Gletscherpanzers lebt, der die Insel Aslevjal bedeckt. Die Menschen dort glauben, wenn Erdbeben das Eiland erschüttern, es wäre Eisloh, der sich tief in seinem ewigen Heim in unruhigen Träumen wälzt. In den Märchen und Sagen der Sechs Provinzen war von den Uralten die Rede, einer mächtigen, seit langem im Dunkel der Geschichte versunkenen Rasse, die irgendwo hinter dem Reich in den Bergen wohnte und ehemals mit uns verbündet war. Nur ein Herrscher, der sich wie König-zur-Rechten Veritas Weitseher keinen anderen Rat mehr wusste, konnte diesen Mythen Glauben schenken, sein Reich in der Obhut des siechen Vaters und seiner aus einem fremden Land stammenden Königin lassen und sich aufmachen, die Uralten zu suchen. Vielleicht war es dieser verzweifelte Glaube, der ihm nicht nur die Kraft verlieh, die von den Uralten geschaffenen steinernen Drachen zu wecken, auf dass sie den Sechs Provinzen zu Hilfe kämen, sondern auch für sich selbst einen Drachen aus dem lebenden Fels zu meißeln und ihnen in dieser Gestalt voranzufliegen in die Schlacht.

Der Narr blieb noch einige Tage, doch vermied er während dieser Zeit bewusst jedes ernste Gesprächsthema. Ich fürchte, ich folgte seinem Beispiel. Ihm von meinen ruhigen Jahren zu erzählen schien die Geister der Vergangenheit zu bannen. Ich hätte zufrieden wieder in meinen alten Tagesablauf zurückfallen müssen, stattdessen spürte ich den Stachel einer neuen Ruhelosigkeit. Eine Zeit der Veränderung, eine Zeit, sich zu verändern. Wandler. Der Katalyst. Die Begriffe und ihre Zusammenhänge wanden sich durch meine Tage und beschwerten des Nachts meine Träume. Nicht die Vergangenheit quälte mich mehr, sondern die Zukunft lockte. Wenn ich zurückblickte, auf meine eigene Jugend und was ich daraus gemacht hatte, überfiel mich die Sorge, wie Harm im Leben zurechtkommen würde. Verloren die Jahre, mit nichtigem Tun hingebracht, die ich hätte nutzen sollen, um den Jungen darauf vorzubereiten, eines Tages auf eigenen Füßen zu stehen. Er war ein gutherziger junger Mann, und ich hatte keine Bedenken wegen seines Charakters, doch ich musste mir vorwerfen, dass er bei mir nur das Notwendigste gelernt hatte, was man an Fertigkeiten brauchte, um auf einem einsamen Waldbauerngehöft zu leben und sich hauptsächlich von der Jagd zu ernähren. Aber in der großen weiten Welt, in die ich ihn entließ, würde er sich da behaupten können? Die zwingende Erfordernis, ihn bei einem guten Lehrmeister unterzubringen, begann mir den Schlaf zu rauben.

Falls der Narr davon etwas merkte, zeigte er es nicht. Seine unermüdlichen Schnitzwerkzeuge arbeiteten sich durch mein Heim, ließen Weinlaubgerank an meinem Kaminsims wuchern. Eidechsen lugten vom Türsturz herunter. In den Ecken von Schranktüren und am Rand der Verandastufen feixten kleine Koboldgesichter. Kein Stück Holz war sicher vor seinen scharfen Messern und geschickten Fingern. Die Umtriebe der Wassernixen an meinem Regenfass hätten selbst einen altgedienten Soldaten erröten lassen.

Ich suchte mir ebenfalls ruhige Beschäftigungen und arbeitete ebenso viel drinnen wie draußen, trotz des schönen Wetters, teils weil ich in Ruhe nachdenken wollte, doch hauptsächlich deshalb, weil der Wolf nur langsam wieder zu Kräften kam. Natürlich beschleunigte es den Genesungsprozess nicht, wenn ich – bildlich gesprochen – die ganze Zeit bei ihm auf der Bettkante saß, aber die Angst um ihn ließ mich, einmal geweckt, nicht wieder los. Wenn ich mit der Alten Macht nach ihm spürte, begegnete mir ein tiefgründiges Schweigen, wie ich es von meinem Freund und Weggefährten nicht kannte. Manchmal hob ich den Kopf von meiner Arbeit und merkte, dass er mich unverwandt anschaute, grüblerisch. Ich fragte ihn nicht, was er dachte; hätte er mich daran teilhaben lassen wollen, wäre sein Bewusstsein für mich offen gewesen.

Nach und nach nahm er seine Gewohnheiten wieder auf, doch ohne den früheren Schwung. Er schonte sich, vermied unnötige Anstrengungen. Bei meinen Verrichtungen um das Haus herum folgte er mir nicht, sondern lag auf der Veranda und beobachtete mein Kommen und Gehen. Wie früher jagten wir zusammen, doch ließen wir es langsamer angehen und taten beide so, als wäre es der Narr, auf den wir Rücksicht nehmen mussten. Oft war Nachtauge damit zufrieden, mir das Wild zu zeigen und dann zu warten, dass ich es mit Pfeil und Bogen erlegte, statt es selbst zu töten. Diese Veränderungen beunruhigten mich, doch ich schwieg. Alles, was er brauchte, war Zeit, um völlig gesund zu werden, und überdies war der Hochsommer nie seine beste Zeit gewesen. Sobald der Herbst kühleres Wetter brachte, würde er wieder ganz der Alte sein.

Wir drei verfielen in einen gemütlichen Trott. Abends

wurde in Erinnerungen gekramt, wurden Geschichten erzählt. Irgendwann ging der Marill zur Neige, aber die Gespräche flossen trotzdem weich und herzerwärmend wie der Trunk. Ich berichtete dem Narren, was Harm in Hardins Höft erlebt hatte und von dem Gerede über die Zwiehaften auf dem Markt. Anschließend erzählte ich ihm, was ich von Merle über die Vaganten beim Frühlingsfest gehört hatte und was Chade von Prinz Pflichtgetreu argwöhnte, und dass er von mir erwartete, den Jungen in der Gabe zu unterweisen. All die Informationen nahm der Narr in sich auf, wie ein Weber verschiedene Fäden nimmt, um daraus einen Teppich zu knüpfen.

An einem Abend nahmen wir uns die Krone und die Hahnenfedern vor, aber die Kiele waren zu dünn für die Löcher, und die Federn kippten kreuz und quer durcheinander. Ohne es auszusprechen, wussten wir, dass zu dieser Krone die Federn eines anderen Vogels gehörten. Ein andermal stellte der Narr die Krone auf den Tisch und nahm sich Pinsel und Farben aus meinen Beständen. Ich rückte mir einen Stuhl zurecht, um ihm zuzuschauen. Er stellte die Utensilien vor sich hin, tauchte einen Pinsel in blaue Tinte und zögerte. Das Schweigen dauerte so lange, dass das Knistern des Feuers meine ganze Wahrnehmung ausfüllte. Schließlich legte er den Pinsel hin. »Nein«, sagte er, »das Gefühl stimmt nicht. Es ist nicht der richtige Zeitpunkt.« Er wickelte die Krone wieder ein und verstaute sie in seinem Bündel. Dann, eines Abends, als ich mir gerade nach dem letzten Vers einer derben Ballade die Lachtränen aus den Augen wischte, stellte er die Harfe hin und verkündete: »Morgen breche ich auf.«

Ich fiel aus allen Wolken. »Warum?«

»Ja nun«, antwortete er von oben herab, »so geht's im Leben eines Weißen Propheten. Ich habe die Zukunft zu verkünden, die Welt vor dem Untergang zu bewahren – all dieser Kleinkram, um den unsereiner sich so kümmern muss. Davon abgesehen, du hast keine Möbel mehr, an denen ich noch mein Messer wetzen könnte.«

»Sei ernst! Kannst du nicht noch ein paar Tage bleiben? Wenigstens bis Harm wiederkommt. Du musst den Jungen kennen lernen.«

Er seufzte. »Um ehrlich zu sein, ich bin schon viel länger geblieben, als ich sollte. Erst recht angesichts der Tatsache, dass du behauptest, du könntest nicht mitkommen nach Bocksburg. Außer?« Er richtete sich hoffnungsvoll auf. »Außer du hast deine Meinung geändert?«

Ich schüttelte den Kopf. »Nein, das habe ich nicht. Ich kann nicht einfach weggehen und hier alles im Stich lassen. Ich muss da sein, wenn Harm nach Hause kommt.«

»Oh, selbstverständlich.« Er sank zurück. »Seine Ausbildung. Und du hast Hühner, die ohne dich verloren wären.«

Die Ironie in seiner Stimme traf mich. »In deinen Augen mag das alles hier belanglos sein, aber es ist mein Leben«, hielt ich ihm entgegen.

Er grinste, weil es ihm gelungen war, mich in Harnisch zu bringen. »Ich bin nicht Merle, mein Lieber. Ich mokiere mich nicht darüber, wie andere ihr Leben gestalten. Bedenke meines und sage mir, von welchem hohen Ross ich herunterschauen sollte. Nein. Ich mache mich an die Erfüllung meiner eigenen Pflichten, mögen sie auch öde und langweilig erscheinen für jemanden, der eine ganze Hühnerschar zu beaufsichtigen hat und Stangenbohnen zu ernten. Was ich tun muss, ist ebenso wichtig. Mit Chade einen Haufen erntefrischer Gerüchte durchgehen und bei Hofe reihenweise neue Bekanntschaften pflegen.«

Ich spürte einen Anflug von Neid. »Bestimmt werden sie alle beglückt sein, dich wieder in ihrer Mitte begrüßen zu können.«

Er zuckte die Achseln. »Einige schon, nehme ich an. Andere waren ebenso beglückt, mich von hinten zu sehen. Und vielen dürfte ich aus dem Gedächtnis entschwunden sein. Den meisten, nahezu allen, wenn ich es klug anfange.« Abrupt stand er auf. »Ich wünschte, ich könnte einfach hierbleiben«, gestand er seufzend. »Ich wünschte, ich könnte glauben, wie du es anscheinend tust, dass ich allein über mein Leben bestimme. Unglücklicherweise weiß ich, dass es für uns beide eine Illusion ist.« Er ging zur offenen Tür und blickte in den lauen Sommerabend hinaus. Einmal holte er Luft, als wollte er etwas sagen, dann atmete er seufzend aus. Er blieb noch eine Weile stehen, dann straffte er entschlossen die Schultern und drehte sich wieder zu mir um. Um seine Lippen spielte ein grimmiges Lächeln. »Nein, es ist am besten, wenn ich morgen aufbreche. Du wirst mir schon bald folgen, auch ohne mein Zutun.«

»Verlass dich nicht darauf.«

»Oh, aber das muss ich. Die Zeiten verlangen es. Von uns beiden.«

»Ach, soll diesmal jemand anders die Welt retten. Bestimmt gibt es irgendwo noch einen zweiten Weißen Propheten.« Ich meinte es scherzhaft, aber die Augen des Narren weiteten sich, und ich hörte, wie er stockend Atem holte.

»Sprich nicht von dieser Zukunft. Es ist ein schlechtes Omen für mich, dass ein solcher Gedanke auch nur als Saatkorn in deinem Bewusstsein vorhanden ist. Denn wirklich gibt es eine andere, die gern den Mantel des Weißen Propheten tragen und den Lauf der Welt in die Richtung wenden würde, die sie in ihren Visionen sieht. Von Anfang an habe ich mich gegen ihren Sog gestemmt. Doch in dieser Phase des Weltenlaufs nimmt ihre Macht zu. Nun weißt du, weshalb ich mich scheute, offener zu sprechen. Ich werde deiner Kraft bedürfen, mein Freund. Wir beide vereint könnten stark genug sein, ihr Widerstand zu bieten. Denn manchmal braucht es nur einen kleinen Stein auf dem Weg, damit ein Rad aus dem Gleis springt.«

»Hm. Hört sich nicht an, als wäre es eine angenehme Erfahrung für den Stein.«

Er wandte mir seine Augen zu. Wo sie einst durchsichtig, beinahe farblos gewesen waren, leuchteten sie nun golden und reflektierten den Lampenschein. Seine Stimme klang herzlich, aber auch müde. »Keine Bange, du wirst es überleben. Denn du *musst* überleben. Und deshalb richte ich all meine Kräfte auf dieses Ziel. Dich heil durch alle Fährnisse zu bringen.«

»Und du sagst zu mir, ich soll keine Angst haben?« Ich spielte den Verzweifelten.

Er nickte, und auch seine Miene war bedrückt.

Ich versuchte das Thema zu wechseln. »Wer ist diese Frau, von der du sprichst? Kenne ich sie?«

Er kam zurück und setzte sich wieder an den Tisch. »Nein, du kennst sie nicht. Aber ich kannte sie, früher. Oder vielmehr, ich wusste von ihr, denn sie war eine erwachsene Frau und verließ uns, als ich noch ein Kind war ...« Sein Blick kehrte aus einer unbestimmten Ferne zu mir zurück. »Es ist jetzt lange her, da habe ich dir einige Dinge über mich erzählt, erinnerst du dich?« Er wartete nicht auf eine Antwort. »Ich wurde weit, weit im Süden geboren, als Kind ganz normaler Leute. Sofern es ganz normale Leute überhaupt gibt. Ich hatte eine liebevolle Mutter, und meine Väter waren zwei Brüder, wie es dort Sitte ist. Doch von dem Augenblick an, als ich den Leib meiner Mutter verließ, war offenbar, dass das alte Erbe sich in mir manifestierte. In einer fernen Vergangenheit hatte ein Weißer sein Blut in meine Ahnenreihe gemischt, und ich wurde geboren, um die Arbeit jenes mythischen Volkes fortzuführen. Sosehr meine Eltern mich liebten und umsorgten, sie wussten, dass es nicht mein Schicksal war, bei ihnen zu bleiben oder eines ihrer Gewerbe zu lernen. Stattdessen wurde ich fortgeschickt, an einen fernen Ort, um dort ausgebildet und auf meine Pflichten vorbereitet zu werden. Man behandelte mich gut, mehr als gut. Auch dort liebte man mich, auf eigene Art. Jeden Morgen wurde ich befragt, was ich geträumt hatte, und jede Kleinigkeit, an die ich mich erinnern konnte, wurde aufgeschrieben, und weise Männer zerbrachen sich darüber den Kopf. Als ich älter wurde und immer häufiger Wachträume mich heimsuchten, lehrte man mich die Kunst der Feder, um meine Visionen selbst festzuhalten, denn keine Hand schreibt so ehrlich wie die, die zu dem Auge gehört, welches gesehen hat.« Er lachte verlegen und schüttelte über sich selbst missbilligend den Kopf. »Was für eine Art, ein Kind zu erziehen! Meine geringsten Äußerungen galten als Weisheit. Doch trotz meiner Abstammung war ich nicht anders als andere Kinder. Wenn ich Lust hatte, fabulierte ich von fliegenden Ebern und majestätischen Schemengestalten. Eine hanebüchene Spinnerei war absurder als die davor, aber ich entdeckte etwas Merkwürdiges. Ganz gleich, welche verschlungenen, unsinnigen Pfade ich meine Zunge laufen ließ, in meinem Schnurren war stets ein wahrer Kern enthalten.«

Er schielte in meine Richtung, als erwartete er einen Einwand. Ich schwieg.

Er senkte den Blick und betrachtete die Tischplatte. »Natürlich war es allein meine eigene Schuld, dass, als schließlich die größte Wahrheit von allen in meinem Herzen Gestalt annahm und sich nicht verleugnen ließ, niemand mir Glauben schenken wollte. An dem Tag, als ich verkündete, ich sei der Weiße Prophet, den dieses Zeitalter erwartete, geboten meine Lehrer mir zu schweigen. ›Zügle deinen maßlosen Ehrgeiz‹, ermahnten sie mich. Als ob irgendjemand aus freiem Willen eine solche Bürde auf sich nehmen würde! Eine andere, sagten sie mir, trüge bereits den Mantel. Sie war vor mir hinausgegangen, um nach ihren Visionen die Zukunft der Welt zu formen. In jedem Zeitalter gibt es nur einen Weißen Propheten. Jedermann weiß das. Selbst ich wusste es. Doch wer war dann ich?, fragte ich sie. Und sie konnten mir nicht sagen, wer ich war, doch sie wussten genau, wer ich nicht war. Ich war nicht der Weiße Prophet. Sie hatte man bereits vorbereitet und ausgesandt.«

Er schwieg, wie es mir vorkam, lange Zeit. Endlich zuckte er die Achseln.

»Ich wusste, sie irrten. Wusste es so bestimmt, wie ich wusste, wer ich war. Sie versuchten, mich mit meinem Dasein bei ihnen zu versöhnen. Ich glaube nicht, dass sie auch nur im Traum daran dachten, ich könnte ihnen zuwiderhandeln. Doch ich tat es. Ich lief weg. Und ich gelangte in den Norden, auf Wegen und Weisen, für die ich keine Worte fände, sollte ich versuchen, sie zu beschreiben. Allen Widerständen zum Trotz wanderte ich weiter nordwärts, bis ich zum Hofe von König Listenreich Weitseher gelangte. Und sein Leibeigener wurde, nicht viel anders als du. Meine Ergebenheit für seinen Schutz. Und kaum einen Sommer war ich dort, als das Gerücht von deinem Kommen den Hof in Aufruhr versetzte. Ein Bastard. Ein Kind, mit dem keiner gerechnet hatte, ein Weitseher-Spross, doch nicht anerkannt. Oh, wie überrascht alle waren. Alle außer mir. Denn ich hatte im Traum bereits dein Gesicht geschaut und wusste, ich musste dich finden, obwohl meine Hüter mir versicherten, dass es dich nicht gab, nicht geben konnte.«

Unvermittelt beugte er sich vor und schloss seine behandschuhten Finger um meinen Unterarm. Unsere Haut berührte sich nicht, und doch spürte ich in diesem Augenblick ein blitzartiges Einssein. Ich kann es nicht anders beschreiben. Es war nicht die Gabe, es war nicht die Alte Macht. Es war überhaupt keine Form von Magie, wie ich sie kannte, vielmehr empfand ich es wie diesen Schauder des Wiedererkennens, der einen plötzlich an einem fremden Ort überfällt. Mir war, als hätten wir schon einmal genau so zusammengesessen, hätten dieselben Worte gesprochen, und jedes Mal wurde das Gesagte mit dieser kurzen Berührung besiegelt. Ich wandte den Blick ab und begegnete den dunklen Augen des Wolfs, die sich in meine bohrten.

Ich hustete und knüpfte bei einem früheren Punkt des Gesprächs wieder an. »Du sagst, du kanntest sie. Dann hat sie einen Namen?«

»Keinen, den du je gehört haben dürftest. Aber du hast *von* ihr gehört. Erinnerst du dich, dass wir während der Piratenkriege als ihren Anführer nur Kebal Raubart kannten?«

Ich nickte bestätigend. Kebal Raubart war ein Stammeshäuptling der Fernholmer gewesen. Er war zu raschem, blutigem Ruhm gelangt und nach dem Erwecken unserer Drachen ebenso schnell wieder vom Gipfel der Macht herabgestürzt. In einigen Moritaten hieß es, Veritas' Drache hätte ihn verschlungen, andere behaupteten, er wäre ertrunken.

»Ist dir je zu Ohren gekommen, dass er einen Berater zur Seite hatte? Eine Fahle Frau?«

Etwas regte sich in meiner Erinnerung. Ja. Es hatte ein Gerücht gegeben, aber nicht mehr als das. Wieder nickte ich.

»Nun«, der Narr lehnte sich zurück, »das war sie. Und ich will dir noch etwas sagen. Nicht nur ist sie überzeugt, der Weiße Prophet zu sein, sie glaubt auch, Kebal Raubart wäre ihr Katalyst.«

»Er, der kommt, um andere zu Helden zu machen?«

Er schüttelte den Kopf. »Nicht dieser. Ihr Katalyst kommt,

um Helden zu stürzen. Um Menschen die Möglichkeit zu geben, weniger zu sein, als sie sein könnten. Dort, wo ich aufbauen will, will sie zerstören, wo ich versöhnen will, will sie entzweien.« Er schüttelte erneut den Kopf. »Sie glaubt, erst muss alles enden, bevor es einen neuen Anfang geben kann.«

Ich wartete darauf, dass er sich genauer dazu äußerte, doch er schwieg. Schließlich gab ich ihm einen Anstoß. »Und was glaubst du?«

Ein langsames Lächeln zog über sein Gesicht. »Ich glaube an dich. Du bist mein neuer Anfang.«

Darauf wusste ich nichts zu sagen. Stille senkte sich herab.

Bedächtig hob er die Hand zum Ohr. »Dies trage ich, seit wir uns damals getrennt haben, aber ich denke, ich sollte es dir jetzt zurückgeben. Wo ich hingehe, darf ich diesen Schmuck nicht zeigen. Er ist zu ungewöhnlich. Die Leute könnten sich daran erinnern, einen Ohrring wie diesen bei dir gesehen zu haben. Oder bei Burrich. Oder bei deinem Vater. Schlafende Hunde soll man nicht wecken.«

Ich schaute zu, wie er sich mit dem Verschluss abmühte. Der Ohrschmuck bestand aus einem silbernen Netz mit einem blauen Edelstein darin. Burrich hatte ihn meinem Vater gegeben. Ich war der Nächste gewesen, der ihn trug, und hatte ihn dem Narren anvertraut, der ihn nach meinem Tod Molly bringen sollte, als letzten Gruß. In seiner Weisheit hatte er es nicht getan. Und jetzt?

»Warte«, sagte ich. »Lass es sein.«

Er sah mich verwundert an.

»Gib ihm ein anderes Aussehen, wenn du es für nötig hältst. Aber trag ihn, bitte.«

Zögernd ließ er die Hände sinken. »Bist du sicher?«

»Ja«, bestätigte ich und wusste, so war es richtig.

Als ich am nächsten Morgen aufstand, fand ich den Narren bereits gestiefelt und gespornt. Seine Satteltaschen standen fertig gepackt auf dem Tisch. All seine Habseligkeiten, die nach und nach einen Platz in meiner Stube gefunden hatten, waren verschwunden. Er trug die gleichen vornehmen Kleider wie am Tag seiner Ankunft. Der kostbare Aufzug bildete einen krassen Gegensatz zu der bescheidenen Tätigkeit des Rührens in einem Topf mit Haferbrei, der er sich hingebungsvoll widmete.

»Dann willst du tatsächlich heute aufbrechen?«, fragte ich überflüssigerweise.

»Gleich nach dem Frühstück.«

Wir sollten mit ihm gehen.

Es war seit Tagen der erste direkte Gedanke, den der Wolf mir sandte. Überrascht schaute ich zu ihm hin, der Narr ebenfalls.

»Und was wird aus Harm?«, fragte ich.

Nachtauge sah mich an, als müsste ich mir diese Frage selbst beantworten können.

Konnte ich aber nicht. »Ich kann hier nicht weg«, sagte ich zu beiden. Sie sahen nicht überzeugt aus. Ich kam mir kleingeistig vor und unbeweglich und mochte mich selbst nicht leiden. »Ich habe Verpflichtungen hier«, verteidigte ich mich gereizt. »Ich kann nicht einfach weggehen, und der Junge findet das Haus leer, wenn er kommt.«

»Nein, das geht natürlich nicht«, pflichtete der Narr mir bereitwillig bei, aber auch das ging mir gegen den Strich, als hätte er es nur gesagt, um mich zu beschwichtigen. Von einem Moment zum anderen war meine Morgenlaune verdorben. Das Frühstück verlief in mürrischem Schweigen, und als wir uns vom Tisch erhoben, hasste ich auf einmal die klebrigen Schüsseln und den Breitopf. Der Gedanke an meine täglichen, ewig gleichen Besorgungen erschien mir unerträglich.

»Ich werde dann gehen und dein Pferd satteln«, sagte ich missmutig. »Es wäre zu schade, wenn das feine Wams einen Fleck bekäme.«

Er sagte nichts, als ich polternd meinen Stuhl zurückstieß, aufstand und hinausging.

Malta schien zu spüren, dass es auf die Reise gehen sollte, denn sie war nervös, wenn auch nicht widerborstig. Ich ließ mir Zeit, sodass, als sie fertig war, ihr Fell glänzte wie ihr Lederzeug. Fast hatte mein innerer Aufruhr sich gelegt, doch als ich sie hinausführte und den Narren vor der Veranda stehen sah, eine Hand auf Nachtauges Rücken, wallte die Unzufriedenheit von neuem in mir auf, und trotzig gab ich ihm die Schuld. Wäre er nicht hier aufgetaucht, hätte ich nie gemerkt, wie sehr er mir fehlte. Ich hätte mich weiterhin nach der Vergangenheit gesehnt, aber nicht wie jetzt nach einer Zukunft.

Ich fühlte mich verbittert und alt, als er kam, um mich zum Abschied in die Arme zu schließen. Dass ich wusste, meine Haltung war kindisch und ungerecht, machte es nicht besser. Ich stand steif in seiner Umarmung, erwiderte sie kaum. Ich dachte, er würde es dabei bewenden lassen, doch als sein Mund dicht an meinem Ohr war, flüsterte er säuselnd: »Leb wohl, Herzlieb.«

Trotz allem musste ich lächeln. Ich drückte ihn kurz und trat zurück. »Glück auf den Weg, alter Freund«, sagte ich brummig.

»Dir ebenfalls«, erwiderte er ernst und schwang sich in den Sattel. Ich schaute zu ihm auf. Der aristokratische junge Mann auf dem edlen Ross erinnerte in nichts an den Narren, den ich als Junge gekannt hatte. Erst als unsere Blicke sich trafen, erkannte ich in seinen Augen wieder den Freund von einst. Eine Zeitlang blickten wir uns wortlos an. Dann ließ er die Stute mit einer leichten Zügelhilfe und einer Gewichtsverlagerung eine halbe Drehung vollführen. Sie warf den Kopf hoch, forderte einen langen Zügel. Er tat ihr den Willen, und sie verfiel in einen federnden Kanter. Ihr seidiger Schweif flatterte wie eine Fahne. Ich blickte ihm nach und, als er nicht mehr zu sehen war, dem Staub, der über dem Weg in der Luft hing.

In die Hütte zurückgekehrt, stellte ich fest, dass er das Geschirr und den Topf abgewaschen und weggeräumt hatte. In der Mitte der Tischplatte, vorhin von seinem Bündel verdeckt, war das Wappentier der Weitseher ins Holz geschnitzt, ein Hirschbock mit angriffslustig gesenktem Gehörn. Ich ließ die Finger über die Schnitzerei wandern, und mir wurde schwer ums Herz. »Was willst du von mir?«, fragte ich in die Stille.

Die Zeit schritt fort, aber für mich in bleiernen Schuhen; ein Tag wie der andere und die Abende kleine, einförmige Ewigkeiten. Es gab Arbeit, um die Stunden auszufüllen, und ich tat sie, doch merkte ich auch, dass eine Arbeit immer nur die nächste zeugt. Eine Mahlzeit wollte nicht nur zubereitet sein, sondern nachher musste abgewaschen werden, und ein in die Erde gelegtes Samenkorn bedeutete bis zur Ernte Jäten und Gießen. Das einfache Leben bereitete mir keine Befriedigung mehr.

Ich vermisste den Narren und merkte, er hatte mir schon lange gefehlt. Es war wie eine alte Wunde, die wieder zu schmerzen beginnt. Nachtauge war mir keine Hilfe. Er war sehr still und grüblerisch geworden, und die Abende verbrachten wir oft jeder für sich in seine Gedanken versunken. Einmal, ich war damit beschäftigt, bei Kerzenschein ein Hemd auszubessern, kam Nachtauge zu mir und legte mir mit einem Schnaufer den Kopf aufs Knie. Ich knuddelte seine Ohren und kraulte ihn. »Ist alles in Ordnung?«, fragte ich ihn.

Allein sein täte dir nicht gut. Ich bin froh, dass der Geruchlose zu uns zurückgekehrt ist. Ich bin froh, dass du weißt, wo er zu finden ist.

Dann wandte er sich ächzend ab und rollte sich vor der Veranda auf dem kühlen Erdboden zusammen.

Die Hitze lag wie eine erstickende Decke über allem. Schwitzend schleppte ich zweimal täglich Wasser für den Garten herbei. Die Hühner hörten auf zu legen. Alles Leben war wie erstorben. Dann, mitten in diesem Sommer meines Missvergnügens, kehrte Harm zurück. Ich hatte nicht damit gerechnet, ihn vor Ende der Erntezeit wiederzusehen, doch eines Abends hob Nachtauge ruckartig den Kopf von den Pfoten, erhob sich steif, ging zur Tür und spähte den Pfad hinunter. Nach einem Moment legte ich das Messer weg, dessen Klinge ich schärfte, und trat neben ihn. »Was ist?«

Der Junge kommt.

So früh? Doch schon während ich es dachte, wusste ich, es war überhaupt nicht früh. Die Monate, die er mit Merle auf der Walz gewesen war, hatten den Frühling aufgezehrt. Den Hochsommer hatte er bei mir verbracht, aber den ganzen Heuet und einen Teil des Ernting war er auf Arbeitssuche gewesen. Nur ein Monat und ein halber, und wie unendlich lange war es mir vorgekommen.

Wo der Weg zwischen den Bäumen hervortrat, tauchte ein Wanderer auf. Nachtauge und ich liefen ihm entgegen. Als Harm uns bemerkte, fiel er in einen müden Laufschritt, und auf halber Strecke trafen wir uns. Sofort als ich ihn in die Arme schloss, merkte ich, er war gewachsen. Und dünn geworden. Und als ich ihn losließ und auf Armeslänge von mir weghielt, sah ich in seinen Augen Scham und Enttäuschung. »Willkommen zu Hause«, begrüßte ich ihn, doch er zuckte nur mutlos die Achseln.

»Ich komme als Besiegter«, sagte er und kniete sich hin,

um Nachtauge zu umarmen. »Liebe Güte, er ist ja nur noch Haut und Knochen!«, rief er bestürzt aus.

»Er ist krank gewesen, aber jetzt geht es ihm wieder besser«, erklärte ich. Ich bemühte mich, meiner Stimme einen zuversichtlichen Klang zu geben und mir nichts von der Angst anmerken zu lassen, die heiß in mir aufwallte. »Das Gleiche, nur noch Haut und Knochen, könnte man auch von dir sagen«, fügte ich hinzu. »Im Haus habe ich Brot und Fleisch. Komm und iss, und dann kannst du uns berichten, wie es dir ergangen ist in der großen weiten Welt.«

»Das lässt sich auf dem kurzen Weg zur Tür erzählen, mit ganz wenigen Worten«, erwiderte er, während wir langsam auf das Haus zugingen. Seine Stimme war tief wie die eines Mannes und die Bitterkeit darin ebenfalls. »Schlecht ist es mir ergangen. Die Ernte war gut, doch wohin ich auch kam, stets wurde ich als Letzter genommen, denn immer wollten sie erst ihren Vetter dingen oder die Freunde ihres Vetters. Immer war ich der Fremde, dem man die schwersten und niedrigsten Arbeiten zuschiebt. Ich habe geschuftet wie ein Ochse, aber bezahlt haben sie mich wie eine Maus, mit Brosamen und Kupferlingen. Und sie trauten mir nicht. Sie wollten nicht, dass ich in der Scheune übernachte oder mit ihren Töchtern rede. Und zwischendurch musste ich essen, und alles war viel teurer, als ich für gerechtfertigt hielt. Ich bin bei meiner Heimkehr nur um eine magere Handvoll Münzen reicher als bei meinem Weggang. Ich war ein Dummkopf. Ich hätte ebenso viel verdient, wäre ich daheimgeblieben, um Räucherfisch und Junghennen zum Markt zu bringen.«

Ich hatte seinem atemlosen Wortschwall zugehört, ohne ihn zu unterbrechen. Er musste seiner Enttäuschung Luft machen.

Vor der Tür angekommen, steckte er den Kopf in das Wasserfass, das ich gefüllt hatte, um später den Garten zu gießen. Ich ging hinein, um den Tisch zu decken. Er trat ins Haus und schaute sich um, und ohne dass er etwas sagen musste, wusste ich, in seinen Augen war es kleiner geworden. »Gut, wieder daheim zu sein«, sagte er und im selben Atemzug: »Aber ich weiß jetzt nicht mehr, wie ich das Lehrgeld zusammenbekommen soll. Wenn ich mich noch ein Jahr verdinge, könnte man glauben, ich sei schon zu alt, um ein Handwerk vernünftig zu lernen. Ein Mann, den ich unterwegs getroffen habe, hat mir gesagt, er kennt keinen Handwerksmeister, der nicht spätestens mit zwölf Jahren in der Lehre war. Ist das Honig?«

»Ja.« Ich stellte das Krüglein auf den Tisch, das Brot und das kalte Fleisch, und Harm stürzte sich darauf, als hätte er seit Tagen nichts gegessen. Ich goss Tee auf, setzte mich dann zu dem Jungen und ließ ihn essen. Ausgehungert, wie er war, fütterte er trotzdem den Wolf unter seinem Stuhl mit Fleischstücken. Und Nachtauge fraß, nicht mit Appetit, aber um dem Jungen eine Freude zu machen, und zum anderen, weil es darum ging, mit einem Mitglied des Rudels die Beute zu teilen. Als von dem Vogel nur noch das Gerippe übrig war und daran nicht einmal mehr genug Fleisch für eine Suppe, lehnte er sich seufzend zurück, doch nur um sich sogleich wieder vorzubeugen und mit dem Finger den in die Tischplatte geschnitzten Hirschbock nachzuzeichnen. »Das ist prachtvoll! Wann hast du gelernt, so meisterhaft mit dem Schnitzmesser umzugehen?«

»Gar nicht. Ein alter Freund ist zu Besuch gekommen und hat sich zwischendurch die Zeit damit vertrieben, unsere Behausung zu verschönern.« Ich schmunzelte. »Wenn du einen Moment übrig hast, dann wirf mal einen Blick auf die Regentonne.«

»Ein alter Freund? Ich dachte, du hättest keine Freunde außer Merle.«

Er wollte mich nicht verletzen, aber die Worte schmerzten dennoch. Wieder tasteten seine Finger über das Relief. Einst hatte Fitz-Chivalric Weitseher diesen Hirsch als Wappen getragen. »O doch, ich habe ein paar. Ich höre nur nicht oft von ihnen.«

»Aha. Und wie steht's mit neuen Freunden? Hat Jinna auf dem Weg nach Burgstadt bei dir vorbeigeschaut?«

»Allerdings. Und hat uns zum Dank für die Bewirtung ein Amulett hiergelassen, für gutes Gedeihen in unserem Garten.«

Er schielte zu mir hin. »Dann ist sie über Nacht geblieben? Sie ist nett, nicht wahr?«

»Ja, das ist sie.« Er wartete darauf, dass ich noch etwas sagte, aber ich tat ihm den Gefallen nicht. Er senkte den Kopf und versteckte sein Grinsen hinter der vorgehaltenen Hand. Ich gab ihm einen freundschaftlichen Knuff.

Er wehrte ihn ab, dann griff er plötzlich nach meiner Hand und hielt sie fest. Das Lächeln gerann, stattdessen malte sich bange Sorge auf seinem Gesicht. »Tom, Tom, was soll ich nur tun? Ich hatte es mir ganz leicht vorgestellt, aber es war furchtbar. Dabei war ich bereit, für guten Lohn gute Arbeit zu tun, und ich war höflich und drückte mich nicht, und trotzdem hat man mich schäbig behandelt. Was soll ich tun? Ich kann nicht mein ganzes Leben hier am Ende der Welt verbringen. Ich kann nicht!«

»Nein. Das kannst du nicht.« In diesem Moment begriff ich zwei Dinge. Erstens, dass mein Eremitendasein den Jungen höchst mangelhaft darauf vorbereitet hatte, auf eigenen Füßen durch die Welt zu kommen. Zweitens, dass Chade so ähnlich zumute gewesen sein musste wie mir jetzt, als ich ihm verkündete, ich wolle kein Assassine sein. Es ist bitter zu erkennen, dass man, indem man versuchte, einem jungen Menschen zu vermitteln, was für einen selbst gut und passend scheint, ihm in Wirklichkeit einen Bärendienst erwiesen hat. Unter seinem flehenden Blick fühlte ich mich klein und schäbig. Ich hätte besser für ihn sorgen müssen. Zu spät. Jetzt konnte ich nur noch versuchen zu retten, was zu retten war. Ich hörte mich die Worte aussprechen, bevor ich wusste, dass ich sie gedacht hatte. »Ich habe in Bocksburg alte Freunde. Ich kann das Geld für deine Lehre borgen.« Bei der Vorstellung der möglichen Zinsen für einen solchen Kredit wurde mir flau, doch ich biss die Zähne zusammen. Zuerst würde ich zu Chade gehen, und wenn er zu viel verlangte, blieb mir als zweite Möglichkeit der Narr. Es würde mir nicht leichtfallen, ihn demütig um ein Darlehen zu bitten, aber …

»Das würdest du tun? Für mich? Aber ich bin nicht einmal wirklich dein Sohn.« Harm starrte mich ungläubig an.

Ich erwiderte seinen Händedruck. »Das würde ich tun. Weil du das bist, was für mich einem Sohn am nächsten kommt.«

»Ich werde dir helfen, die Schuld abzutragen, ich schwör's.«

»Nein, das wirst du nicht. Es wird meine Verpflichtung sein, die ich freiwillig eingehe. Ich erwarte von dir, dass du auf deinen Meister hörst und dir Mühe gibst, dein Handwerk gut zu lernen.«

»Das werde ich, Tom, das werde ich. Und glaub mir, wenn du einmal alt bist, soll es dir an nichts fehlen.« Er gab dieses Versprechen mit dem tiefen Ernst der blauäugigen Jugend. Ich nahm die Worte, wie sie gemeint waren, und ignorierte das belustigte Glimmen in Nachtauges Blick.

Siehst du, wie erbaulich es ist, wenn jemand von dir annimmt, dass du schon am Rande des Grabes stehst?

Ich habe nie gesagt, dass du am Rande des Grabes stehst.

Nein, aber du behandelst mich, als wäre ich mürbe wie alte Hühnerknochen.

Bist du's nicht?

Nein. Meine Kraft kehrt zurück. Warte, bis die Blätter fallen und es kühler wird. Ich werde dich müde laufen, bis du umfällst. Wie immer.

Und wenn ich früher aufbrechen muss?

Der Wolf bettete schnaufend den Kopf auf die ausgestreckten Vorderpfoten. *Und was, wenn man nach der Kehle des Hirschbocks springt und fehlt? Es hat keinen Sinn, sich über etwas Gedanken zu machen, bevor es geschieht.*

»Denkst du das Gleiche wie ich?« Harm durchbrach zaghaft die scheinbare Stille im Zimmer.

»Möglich. Was hast du gedacht?«

Er zögerte. »Ich habe gedacht, je eher du mit deinen Freunden sprichst, desto früher wissen wir, wie es weitergeht.«

»Noch ein Winter hier würde dir nicht gefallen?«, fragte ich.

»Nein.« Er hatte von jeher das Herz auf der Zunge getragen, doch sogleich bemühte er sich, die schroffe Ablehnung zu mildern. »Nicht dass es mir hier nicht gefallen würde, mit dir und Nachtauge. Es ist nur, dass …« Er suchte nach Worten. »Ist dir je so gewesen, als könntest du wahrhaftig spüren, wie die Zeit an dir vorbeifließt, und du bist in einem Altwasser gefangen, mit toten Fischen und dürrem Holz?«

Der tote Fisch bist du. Ich bin das dürre Holz.

Ich ignorierte Nachtauges Einwurf. »Wenn mich nicht alles täuscht, kann ich mich erinnern, ein solches Gefühl gehabt zu haben, ein- oder zweimal.« Mein Blick flog zu Veritas' unvollendet gebliebener Karte der Sechs Provinzen. Ich atmete mit einem Ruck aus, damit es nicht wie ein Seufzen klang. »Ich werde mich so bald wie möglich auf den Weg machen.«

»Von mir aus kann es morgen früh losgehen. Einmal ordentlich ausschlafen, dann bin ich …«

»Nein.« Freundlich, aber bestimmt schnitt ich ihm das Wort ab. Beinahe wäre mir entschlüpft, dass ich die Leute, um die es ging, unter vier Augen sprechen musste, aber ich besann mich, bevor ich ihm Anlass gab, sich zu wundern und nachdenklich zu werden. Ich deutete mit dem Kopf auf Nachtauge. »Haus und Garten können nicht unbeaufsichtigt bleiben. Ich lasse alles in deiner Obhut, während ich fort bin.«

Schlagartig erlosch das Leuchten auf seinen Zügen. Es sprach für seinen Charakter, dass er tief Atem holte, die Schultern straffte und nickte.

Neben dem Tisch rollte Nachtauge sich auf die Seite und dann auf den Rücken. *Hier liegt der tote Wolf. Eigentlich könnte man ihn begraben, er taugt zu nichts mehr, außer in einem staubigen Hof zu dösen und Federvieh zu beobachten, das er nicht fressen darf.* Er ruderte kraftlos mit den Pfoten durch die Luft.

Dummkopf. Das Federvieh ist der Grund, weshalb der Junge hierbleibt, nicht du …

Ach nein? Wenn du also morgen aufwachst, und die Hühner sind alle tot, dann könnten wir gemeinsam aufbrechen?

Untersteh dich!, warnte ich ihn.

Er öffnete das Maul und ließ seitlich die Zunge heraushängen. Der Junge schaute liebevoll auf ihn hinunter. »Ich finde immer, es sieht aus, als ob er lacht, wenn er das tut.«

Am nächsten Morgen war ich lange vor dem Jungen auf den Beinen. Ich holte meine guten Kleider aus dem Schrank. Sie waren muffig, weil lange nicht getragen, und ich hängte sie zum Lüften ins Freie. Der Leinenstoff des Hemdes war vergilbt. Ein Geschenk von Merle, vor langer Zeit. Wenn ich nicht irrte, hatte ich es ein einziges Mal angehabt, und zwar an dem Tag, als sie es mir gab. Ich musterte es kritisch und dachte, dass Chade pikiert sein würde und der Narr belustigt. Nun, wie so viele andere Dinge ließ es sich nicht ändern.

Da war auch noch ein Kasten, vor Jahren angefertigt und im Dachgebälk des Schuppens verstaut. Ich angelte ihn herunter und klappte ihn auf. Trotz der ölgetränkten Tücher, in die sie eingewickelt war, hatte Veritas' Klinge an Schärfe und Glanz verloren. Als ich den Gürtel mit der Scheide umlegte, stellte ich fest, dass ich ein neues Loch in die Lasche stechen musste, wenn er bequem passen sollte. Ich zog den Bauch ein und schnallte ihn zu. Dann wischte ich mit einem öligen Lappen über die Klinge und ließ das Schwert in die Scheide gleiten. Als ich es probeweise herauszog, lag es mir schwer in der Hand, aber so wunderbar ausbalanciert wie eh und je. Ich überlegte, ob ich es tragen sollte. Immerhin bestand die Gefahr, dass jemand die Waffe wiedererkannte und unangenehme Fragen stellte. Andererseits war auch die Gefahr nicht zu unterschätzen, dass mir jemand die Kehle durchschnitt, weil ich kein Schwert hatte, um mich zu verteidigen.

Ich löste das Problem, indem ich das edelsteinbesetzte Heft mit Lederriemen umwickelte. Die Scheide selbst war abgewetzt, aber heil und passte zu jemandem wie mir. Ich zog noch einmal blank, machte einen Ausfall und überdehnte Muskeln, die an eine solche Beanspruchung nicht mehr gewöhnt waren. Ich nahm wieder die Ausgangsstellung ein und schlug ein paar Kreuzhiebe.

Belustigung. *Nimm lieber eine Axt.*

Ich habe keine mehr. Veritas selbst hatte mir dieses Schwert verliehen. Doch sowohl er als auch Burrich hatten mir erklärt, dass für meine Art zu kämpfen eher die derbe Axt in Frage kam statt des mit Geschick und Überlegung zu führenden Schwertes. Ich versuchte eine Attacke, Parade, Attacke. Mein Gehirn erinnerte sich an Meisterin Hods Lektionen, aber mein Körper hatte Schwierigkeiten, die Bewegungen auszuführen.

Du hackst Holz mit einer.

Das ist keine Kriegsaxt. Mit dem Beil würde ich mich lächerlich machen. Ich schob das Schwert in die Scheide, drehte mich um und schaute, wo er war.

Nachtauge saß in der Tür des Schuppens, die Rute ordentlich um die Pfoten gelegt. Seine dunklen Augen glitzerten spöttisch. Er wandte den Kopf, blickte unschuldig in die Ferne. *Ich glaube, eins der Hühner ist heute Nacht gestorben. Zu traurig. Armes altes Ding. Früher oder später kommt der Tod zu uns allen.*

Er log natürlich, doch er hatte die Befriedigung zu sehen, wie ich das Schwert vergaß und mich beeilte nachzusehen, ob es sich tatsächlich so verhielt. Alle meine sechs Hühner gackerten stillvergnügt vor sich hin und nahmen Staubbäder in der Sonne. Der Hahn thronte auf einem Zaunpfahl und hatte ein wachsames Auge auf seinen Harem.

Merkwürdig. Ich hätte schwören können, die fette weiße Henne da wäre gestern ein wenig blass um den Kamm gewesen. Ich werde mich hier in den Schatten legen und auf sie aufpassen. Er ließ dem Gedanken die Tat folgen und machte sich im flirrenden Schatten der Birken lang, ohne den Blick von den Hühnern abzuwenden. Ich ließ ihm das Vergnügen und kehrte in die Hütte zurück.

Harm wachte auf, als ich gerade dabei war, ein neues Loch in die Lasche des Schwertgurts zu bohren. Schlaftrunken kam er zum Tisch, um zu sehen, womit ich beschäftigt war. Als sein Blick auf das Schwert fiel, war er mit einem Schlag hellwach. »Wo kommt das denn her?«

»Ich besitze es schon lange.«

»Ich habe es nie an dir gesehen, wenn wir zum Markt gingen. Du hast immer nur dein Gürtelmesser getragen.«

»Eine Reise nach Bocksburg ist etwas anderes als der Weg zum Markt.« Seine Frage veranlasste mich, mir über meine

Motive, das Schwert wieder in Gebrauch zu nehmen, Gedanken zu machen. Als ich damals von Bocksburg Abschied nahm, gab es viele Menschen, die mir den Tod wünschten. Für den Fall, dass mir einer davon – oder mehrere – über den Weg lief, wollte ich gerüstet sein. »In einer Hafenstadt treiben sich erheblich mehr Schurken und Totschläger herum als auf einem kleinen Bauernmarkt.«

Ich war fertig mit dem Gürtel und probierte ihn an. Besser. Ich zog das Schwert und hörte Harms scharfes Einatmen. Selbst mit dem lederumwickelten Griff konnte man es nicht für eine Alltagswaffe halten. Dies war eine von einem Meister geschmiedete Klinge.

»Kann ich es einmal halten?«

Ich nickte, und er nahm es ehrfürchtig entgegen. Gleich darauf warf er sich in die schlechte Nachahmung einer Fechterpose. Ich hatte nie daran gedacht, Harm den Umgang mit einem Schwert üben zu lassen. Einen Moment lang fragte ich mich, ob diese Unterlassung möglicherweise böse Folgen haben könnte. Ich hatte gehofft, er würde Fertigkeiten dieser Art nie benötigen, aber dass er nicht mit dem Schwert umzugehen verstand, bewahrte ihn nicht davor, von anderen herausgefordert zu werden.

Und ich hatte das gleiche Versäumnis noch einmal begangen, als ich mich weigerte, Pflichtgetreu in der Gabe zu unterweisen.

Ich hieß mein schlechtes Gewissen schweigen und sah zu, wie Harm das Schwert durch die Luft schwang. Nach wenigen Minuten war seine Kraft verbraucht. Die harten Muskeln eines Landarbeiters waren nicht das, was man brauchte, um ein Schwert zu führen. Die erforderliche Stärke und Ausdauer ließen sich nur durch überlegtes Training erwerben und durch ständiges Üben aufrechterhalten. Er legte die Waffe hin und schaute mich schweigend an.

»Morgen früh, sobald es hell wird, breche ich auf. Bis dahin muss ich noch das Schwert polieren, die Stiefel fetten, Kleider und Proviant packen …«

»Und dein Haar schneiden«, warf Harm ein.

»Hm.« Ich durchquerte die Stube und nahm meinen kleinen Spiegel heraus. Bisher hatte ich es so gehalten, dass Merle mir bei ihren Besuchen das Haar schnitt. Ich staunte, wie lang es geworden war. Dann, zum ersten Mal seit Jahren, strich ich es nach hinten und fasste es im Nacken zu einem Kriegerzopf zusammen. Harm betrachtete mich, äußerte sich aber nicht zu meinem veränderten Aussehen.

Lange vor Anbruch der Abenddämmerung war alles getan, was ich mir vorgenommen hatte. Ich widmete mich Haus und Garten, hielt mich selbst und den Jungen mit letzten Verrichtungen auf Trab, um sicher sein zu können, dass während meiner Abwesenheit alles ordentlich weiterlief. Als wir uns zum Abendessen hinsetzten, waren wir mit allen denkbaren Vorkehrungen weit vor der Zeit fertig. Harm versprach, regelmäßig zu gießen und den Rest Erbsen zu pflücken. Die letzte Partie Feuerholz zu spalten und zu stapeln. Ich merkte, dass ich ihm Dinge ans Herz legte, die er längst wusste, die seit Jahren sein Tagewerk waren, und hielt endlich den Mund. Er lächelte über meine Besorgnis.

»Ich habe auf der Wanderschaft überlebt, Tom. Ich werde auch hier daheim zurechtkommen. Ich wünschte nur, ich könnte dich begleiten.«

»Wenn alles glückt und ich wieder hier bin, schließen wir das Haus ab und gehen zusammen nach Bocksburg.«

Nachtauge setzte sich ruckartig auf und spitzte die Ohren. *Pferde.*

Mit dem Wolf an meiner Seite ging ich zur Tür. Nach einer Minute hörte auch ich den Hufschlag. Zwei Pferde näherten sich in stetigem Trab. Ich ging zu der Stelle, von der aus man hinter die Biegung des Pfades sehen konnte, und erspähte den Reiter.

Es war nicht wie erhofft der Narr, sondern ein völlig Fremder. Er ritt einen sehnigen Braunen und führte ein zweites Pferd am Zügel. Staub haftete dick an den Schweißbahnen am Widerrist des Braunen. Während ich dem Reiter entgegensah, stieg eine Vorahnung in mir auf. Der Wolf teilte meine Unruhe. Das Fell sträubte sich ihm im Nacken und längs der Wirbelsäule, und sein kehliges Knurren rief Harm zu uns an die Tür. »Wer ist es?«

»Ich weiß nicht. Aber kein zufällig vorbeikommender Wandersmann oder Höker.«

Sobald er meiner ansichtig wurde, zügelte der Fremde sein Pferd. Er hob grüßend die Hand, dann ließ er die Tiere im Schritt weitergehen. Beide spitzten die Ohren, als ihnen der Wolfsgeruch entgegenwehte; ich spürte ihre Angst, aber auch die Gier nach dem Wasser, das sie ebenfalls wittern konnten.

»Habt Ihr Euch verirrt, Fremder?«, sprach ich den Mann aus sicherer Entfernung an.

Ohne zu antworten, kam er näher. Das Knurren des Wolfs schwoll an. Der Reiter schien von der deutlicher werdenden Warnung nichts zu merken.

Warte noch, bat ich Nachtauge.

Wir blieben stehen, während der Mann herangeritten kam. Das Handpferd trug Sattel und Zaumzeug. Ich fragte mich, ob er einen Begleiter verloren oder den Gaul irgendwo gestohlen hatte.

»Nicht weiter!«, warnte ich ihn schließlich. »Was wollt Ihr hier?«

Sein Blick hing unverwandt an meinem Gesicht. Er hielt auf meine Worte hin nicht an, sondern deutete im Weiterreiten erst auf seine Ohren, dann auf seinen Mund. Ich hob wieder die Hand, um ihm Halt zu gebieten. »Nicht näher!«, warnte ich, und diesmal verstand er und gehorchte. Er griff in die Kuriertasche, die er an einem Gurt vor der Brust trug, zog eine Schriftrolle heraus und hielt sie mir hin.

Halt dich bereit, forderte ich Nachtauge auf, als ich vortrat, um sie zu nehmen. Dann erkannte ich das Siegel, mein eigener Hirschbock, in dickes rotes Wachs geprägt. Eine neue Angst durchströmte mich. Ich starrte auf das Schreiben in meiner Hand, dann winkte ich dem taubstummen Boten abzusteigen. Zu Harm sagte ich mit angestrengt ruhiger Stimme: »Führ ihn hinein und gib ihm zu essen und zu trinken. Auch seinen Pferden. Bitte.«

Und zu Nachtauge: *Behalt ihn im Auge, Bruder, während ich die Nachricht lese.*

Nachtauge hörte auf zu knurren, doch er folgte dem Boten dicht auf den Fersen, als ein verwirrter Harm mit ihm ins Haus ging. Die erschöpften Pferde rührten sich nicht von der Stelle. Ein paar Augenblicke später kam Harm wieder heraus und führte sie zur Tränke. Währenddessen stand ich allein draußen und starrte auf das zusammengerollte Pergament. Endlich brach ich das Siegel und studierte im Abendzwielicht die Zeilen in Chades rechtsgeneigter Schrift.

Lieber Vetter,
Familienangelegenheiten erfordern deine
Anwesenheit.
Zögere nicht mit deiner Rückkehr.
Du weißt, ich würde dich nicht rufen,
wäre es nicht dringend.

Ein unleserlicher Namenszug. Es war nicht Chades Unterschrift. Die wirkliche Botschaft bestand aus dem Siegel. Er würde es nicht benutzt haben, wenn es nicht *wirklich* wichtig wäre. Ich rollte das Pergament wieder zusammen und richtete den Blick in die untergehende Sonne.

Als ich ins Haus trat, sprang der Kurier vom Stuhl auf. Kauend wischte er sich mit dem Handrücken über den Mund und gab zu verstehen, er wäre bereit, umgehend aufzubrechen. Ich nahm an, dass er von Chade eindeutige Anweisungen erhalten hatte. Keine Zeit, um Mensch und Tier etwas Ruhe zu gönnen. Ich bedeutete ihm, er solle sich hinsetzen und aufessen. Wie gut es sich traf, dass mein Rucksack schon gepackt war!

»Ich habe die Pferde abgesattelt und trockengerieben«, berichtete Harm, der zur Tür hereinkam. »Sie sehen aus, als hätten sie einen weiten Weg zurückgelegt.«

Ich nickte. »Leg die Sättel wieder auf. Sobald unser Freund hier sich gestärkt hat, brechen wir auf.«

Der Junge stand da wie vom Donner gerührt. Schließlich fragte er mit kleinlauter Stimme: »Wohin gehst du?«

Ich hoffte, dass mein Lächeln überzeugend wirkte. »Nach Bocksburg. Und früher, als ich dachte.« Ich überlegte. Unmöglich zu sagen, wann ich zurückkommen würde. Oder ob ich überhaupt je hierher zurückkam. Ein Notruf wie dieser von Chade bedeutete, dass es sich um eine Angelegenheit handelte, bei der es um Kopf und Kragen ging. Ich war selbst überrascht, wie leicht es mir fiel, eine Entscheidung zu treffen. »Nachtauge und du, ihr folgt mir, sobald es hell wird. Spann den Wagen an, damit er nicht die ganze Strecke laufen muss.«

Harm starrte mich an, als wäre ich verrückt geworden. »Und die Hühner? Und was ich alles tun sollte, während du fort bist?«

»Die Hühner werden sehen müssen, wie sie zurechtkommen. Nein. Nach ein paar Tagen hätte ein Wiesel ihnen allen den Garaus gemacht. Bring sie zu Baylor. Er wird sich um sie kümmern, der Eier wegen. Nimm dir einen Tag Zeit, alles zu richten, und schließ das Haus gut ab. Es könnte sein, dass wir so bald nicht wiederkommen.« Ich wandte mich ab, weil seine verständnislose Miene mir ins Herz schnitt.

»Aber …« Bei dem angstvollen Ton seiner Stimme drehte ich mich wieder zu ihm um. Er schaute mich an, als wäre ich plötzlich ein Fremder. »Wo soll ich hingehen, wenn ich in Burgstadt bin? Treffen wir uns dort irgendwo?« Ich hörte die Bangigkeit des verstoßenen Kindes in seinen Fragen.

Ich ging in der Erinnerung fünfzehn Jahre zurück und versuchte, den Namen einer anständigen Herberge aus meinem Gedächtnis zu kramen.

Bevor ich fündig wurde, warf er hoffnungsvoll ein: »Ich weiß, wo Jinna und ihre Nichte wohnen. Jinna hat mich eingeladen, sie zu Hause zu besuchen, wenn ich wieder einmal nach Burgstadt komme. An ihrem Haus ist das Schild einer Krudhexe, eine Hand mit eingezeichneten Schicksalslinien. Dort könnten wir uns treffen.«

»Gut. Abgemacht.«

Erleichterung malte sich auf seinem Gesicht. Er wusste nun, wohin es ging. Ich freute mich für ihn, dass er diese Sicherheit hatte – mir war sie nicht vergönnt. Doch trotz meiner Unruhe erfüllte mich ein seltsames Hochgefühl. Chades alter Zauber wirkte. Geheimnisse und Abenteuer. Ich spürte, wie der Wolf mich anstieß.

Eine Zeit der Veränderung. Dann, brummig: *Ich könnte versuchen, mit den Pferden Schritt zu halten. Bocksburg ist nicht so weit.*

Ich weiß nicht, was sich hinter dieser Nachricht verbirgt, Bruder. Und bis ich es herausgefunden habe, wäre ich ruhiger, dich an Harms Seite zu wissen.

Soll das meinen verletzten Stolz lindern?

Nein. Es soll mir zur Beruhigung dienen.

Ich werde ihn heil und gesund nach Bocksburg bringen. Doch anschließend jage ich wieder mit dir zusammen.

Selbstverständlich. Immer.

Ehe die Sonne den Horizont berührte, saß ich auf dem unauffälligen grauen Wallach. Veritas' getarntes Schwert hing an meiner Hüfte, und mein Packen war sicher hinten am Sattel festgeschnürt. Ich folgte meinem stummen Begleiter, der mir zügig auf dem Weg nach Bocksburg voranritt.

Kapitel 11

CHADES TURM

Zwischen den Sechs Provinzen und den Äußeren Inseln gibt es ebenso viel Blutsverwandtschaft wie Blutvergießen. Ungeachtet der Gräuel der Piratenkriege und der Jahre sporadischer Raubzüge vorher, räumt nahezu jede Familie in den Küstenprovinzen ein, einen Vetter auf den Äußeren Inseln zu haben. Niemand leugnet, dass die Bevölkerung an der Küste gemischter Abstammung ist. Aufzeichnungen in großer Zahl belegen, dass die ersten Herrscher des Hauses Weitseher aller Wahrscheinlichkeit nach Piraten von den Äußeren Inseln waren, die kamen, um zu rauben, und sich stattdessen das Land nahmen und anfingen, zu säen und zu ernten.

Genau wie die Geschichte der Sechs Provinzen von den geographischen Gegebenheiten geprägt ist, so auch die Chronik der Äußeren Inseln. Ihre Heimat ist rauer als unsere; sommers wie winters bedeckt Eis die gebirgigen Eilande, die unwirtlichen Gestade sind von tiefen Fjorden gekerbt. Die Inseln mögen uns riesig erscheinen, aber die Vorherrschaft der Gletscher lässt den Menschen lediglich einen schmalen Küstenstreifen als Lebensraum, und der wenige urbare Boden ist karg und bringt nur geringen Ertrag. Aufgrund dessen entstanden keine Städte und nur wenige größere Ortschaften. Die Menschen, getrennt durch lebensfeindliche Eis- und Felswüsten und andere natürliche Barrieren, leben in autonomen Siedlungen und Stadtstaaten. In früheren Zeiten waren sie Piraten, sowohl aus wirtschaftlicher Not wie auch aus Neigung, und beraubten ihre Nachbarn ebenso, wie sie die Küsten der Sechs Provinzen heimsuchten. Es stimmt, dass es während der Piratenkriege Kebal Raubart gelang, eine kurze Allianz der einzelnen Stämme zu erzwingen und auf dieser Grundlage eine mächtige Piratenflotte zu schaffen. Nur die von den Drachen der Sechs Provinzen auf ihrem Vergeltungsflug angerichteten Verheerungen konnten seiner Schreckensherrschaft über das eigene Volk ein Ende machen.

Nachdem ihnen einmal die Möglichkeiten einer solchen Allianz vor Augen geführt worden war, erkannten die Oberhäupter der einzelnen Clans, dass diese vereinte Macht auch zu anderen Zwecken als der Kriegsführung benutzt werden konnte. In den Jahren des Wiederaufbaus, die dem Krieg der Roten Schiffe folgten, entstand der Hetgurd. Dieser Zusammenschluss von Kleinkönigen stand auf unsicheren Füßen. Anfangs bemühte man sich um Handelsabkommen zwischen einzelnen Hetgurden, anstatt sich Notwendiges nach alter Sitte durch Raubzüge zu beschaffen. Arkon Blutschwert war der erste Fürst, der die anderen darauf hinwies, dass der Hetgurd seine vereinte Macht einsetzen konnte, um die Handelsbeziehungen zu den Sechs Provinzen zu festigen.

BRAWNKENNER: »CHRONIKEN DER ÄUSSEREN INSELN«

Wie immer hatte Chade alles bestens organisiert und seinem stummen Boten genaueste Instruktionen gegeben. Vor Mittag des nächsten Tages hatten wir bei einem heruntergekommenen Bauernhaus unsere erschöpften Pferde gegen frische eingetauscht. Wir ritten über braune, sommerdürre Hügel und ließen diese Pferde wieder bei der Hütte eines

Fischers stehen. Ein kleines Schiff wartete auf uns, und die griesgrämige Mannschaft segelte uns bei gutem Wind die Küste hinauf zu einem kleinen Handelshafen, wo im Stall einer schäbigen Spelunke wieder zwei Pferde für uns bereitstanden. Ich blieb ebenso stumm wie mein Führer, und niemand stellte uns irgendwelche Fragen. Falls Geld den Besitzer wechselte, merkte ich nichts davon. Manchmal ist es klug, den Blick von Dingen abzuwenden, die man nicht sehen soll. Die Pferde trugen uns zu einem weiteren wartenden Schiff, an Deck glitzerten Schuppen, und es roch nach Fisch. Man konnte nicht sagen, dass wir uns Bocksburg auf dem kürzesten Weg näherten, aber vermutlich auf dem am wenigsten wahrscheinlichen. Falls jemand auf den Straßen nach Bocksburg nach mir Ausschau hielt, stand ihm eine Enttäuschung bevor.

Die Burg steht an einem unwirtlichen Punkt der Küste. Sie scheint hoch und schwarz aus den Felsen hervorzuwachsen und blickt düster auf die Mündung des Bocksflusses hinunter. Das war der Grund, weshalb die Erbauer diesen Platz wählten. Wer immer im Besitz der Burg ist, beherrscht den Flusshandel. Die Unwägbarkeiten der Geschichte bestimmten sie zur Residenz der Herrscher des Hauses Weitseher. Unterhalb der Burg klebt die aus kleinen Anfängen entstandene Siedlung an den Klippen wie Moos an Steinen. Teile der Unterstadt sind auf Stegen und Molen ins Meer gebaut. Als Junge hatte ich geglaubt, der Ort könne nicht größer werden, weil einfach kein Platz da sei, um zu wachsen, doch an dem Nachmittag, als wir in den Hafen einliefen, erkannte ich, dass ich mich geirrt hatte. Menschlicher Erfindungsgeist triumphierte über die abweisende Natur. Hängende Pfade zogen sich girlandengleich über das Angesicht der Klippen, winzige Häuser und Läden wurzelten im Fels. Die Behausungen erinnerten mich an die Nester von Mauerseglern, und ich stellte mir schaudernd vor, wie es sich darin leben mochte, wenn die Winterstürme sie umtosten. An den Stränden, wo ich mit Molly und den anderen Kindern gespielt hatte, waren auf Pfählen lange Molen ins Meer hinausgewachsen, als Fundament für Warenlager und Schänken. Bei Flut konnte man direkt an der Türschwelle der Häuser festmachen. Das tat auch unser Fischerboot, und ich folgte meinem stummen Führer »an Land«, das heißt auf einen Plankensteg.

Während das kleine Schiff die Leinen losmachte und wieder aufs Meer zurücklief, schaute ich mich gaffend um, ein Tölpel vom Lande, der zum ersten Mal in die große Stadt kommt. Die vielen neu hinzugekommenen Bauten und der lebhafte Verkehr auf dem Wasser ließen keinen Zweifel daran, dass Burgstadt blühte und gedieh, doch war ich nicht glücklich darüber. Die letzten Spuren meiner Kindheit ausgelöscht. Der Ort, an den zurückzukehren ich mich einerseits gesehnt, andererseits gefürchtet hatte, bis zur Unkenntlichkeit verändert. Als ich mich nach meinem Führer umsah, war er verschwunden. Ich wartete noch eine Weile, obwohl ich ziemlich sicher war, dass er nicht wieder auftauchen würde. Er hatte mich nach Burgstadt gebracht. Von hier aus brauchte ich keinen Führer mehr. Chade hatte von jeher dafür gesorgt, dass seine Agenten nicht jeden Abschnitt der verschlungenen Pfade kannten, auf denen sie zu ihm gelangten. Ich schulterte meinen kleinen Rucksack und machte mich auf den Weg in mein altes Zuhause.

Vielleicht, überlegte ich, während ich durch Burgstadts steile und enge Straßen wanderte, hatte Chade sich sogar gedacht, dass ich auf der letzten Etappe der Reise in meine Vergangenheit lieber allein sein wollte. Ich ließ mir Zeit. Mit Chade konnte ich erst nach Einbruch der Dunkelheit Kontakt aufnehmen. In den einst vertrauten Gassen war nichts mehr so ganz wie damals. Jedes Haus, auf das man ein zweites Stockwerk setzen konnte, hatte ein solches bekommen; in einigen der schmaleren Gassen trafen sich von links und rechts fast die Balkone, sodass man wie durch einen halbdunklen Hohlweg ging. Ich fand Schänken, in denen ich getrunken, Läden, in denen ich eingekauft hatte, und erspähte hie und da sogar die Gesichter alter Bekannter, verändert durch die Spuren der Erfahrungen von fünfzehn Jahren. Doch keiner bekundete seine Überraschung oder Freude, mich wiederzusehen; als ein Fremder war ich nur für die Jungen sichtbar, die auf der Straße heiße Pasteten feilhielten. Um den Preis von einem Kupferling kaufte ich eine und aß sie im Gehen. Der Geschmack der pfeffrigen Sauce mit den Stücken Flussfisch war der Geschmack von Burgstadt.

Das Kerzengeschäft, das damals Mollys Vater gehört hatte, war nun ein Schneiderladen. Ich ging nicht hinein, stattdessen trat ich in die Schänke, in der wir einst Stammgäste gewesen waren. Sie war noch genauso düster, verqualmt und voll wie in meiner Erinnerung. Der schwere Tisch in der Ecke trug die Spuren von Kerrys müßiger Schnitzerei. Der Schankbube, der mir das Bier brachte, war zu jung, um mich gekannt zu haben, doch in den Linien von Stirn und Brauen verriet sich der Vater, und ich freute mich, dass das Geschäft in der Familie geblieben war. Aus einem Bier wurden zwei, dann drei, und das vierte war getrunken, bevor die Abenddämmerung auf leisen Sohlen durch die Gassen schlich. Man hatte den mürrisch aussehenden Fremden in der Ecke unbehelligt gelassen, dafür lauschte ich umso aufmerksamer auf das, was gesprochen wurde. Welcher Notfall Chade auch veranlasst haben mochte, mich aus dem Exil zu rufen, in der Bevölkerung wusste man nichts davon. Man zerriss sich das Maul über die Verlobung des Prinzen, klagte, dass der Krieg zwischen Bingstadt und Chalced dem Handel schadete, und erregte sich über die äußerst merkwürdigen Launen des Wetters heutzutage. Aus einem klaren und friedvollen Nachthimmel war der Blitz in einen ungenutzten Werkzeugschuppen im äußeren Burgbezirk gefahren und hatte das Dach weggesprengt. Ich schüttelte den Kopf über die Geschichte, legte für den Schankbuben einen Kupferling extra auf den Tisch und schulterte meinen Packen.

Das letzte Mal hatte ich die Burg in einem Sarg verlassen. Jetzt konnte ich diese Methode kaum anwenden, andererseits hatte ich Bedenken, am Haupttor Einlass zu begehren. Früher war ich in den Wachstuben wohlbekannt gewesen. Auch wenn ich mich seither verändert hatte, ich wollte nicht das Risiko eingehen, erkannt zu werden. Also begab ich mich zu einem Platz, den Chade und ich beide kannten, ein geheimer Durchschlupf zum Burggelände, den Nachtauge ausgekundschaftet hatte, als er noch ein Welpe war. Durch diese kleine Bresche im Mauerring der Burg waren Königin Kettricken und der Narr seinerzeit König Edels Häschern entkommen. Heute Abend gedachte ich, auf diesem Weg unbemerkt meine Rückkehr zu bewerkstelligen.

Doch als ich mich der Stelle näherte, bemerkte ich, dass man das Schlupfloch entdeckt und geschlossen hatte – schon vor geraumer Zeit, denn hohes Distelgestrüpp wucherte dort, wo es gewesen war. Ein kleines Stück davon entfernt saß auf einem großen bestickten Polster mit untergeschlagenen Beinen ein goldhaariger Jüngling von unverkennbar edler Abkunft und spielte mit großer Kunstfertigkeit auf einer Rohrflöte. Bei meinem Näherkommen beendete er die Melodie mit einem virtuosen Triller und legte die Flöte zur Seite.

»Narr«, begrüßte ich ihn freundschaftlich und ohne sonderliche Überraschung.

Er neigte den Kopf zur Seite und spitzte die Lippen wie

zu einem Kuss. »Herzlieb«, säuselte er. Dann sprang er feixend auf und schob die Flöte in sein mit Bändern besetztes Hemd. Er zeigte auf sein Kissen. »Ich bin froh, dass ich das mitgenommen habe. Mir schwante, dass du versucht sein könntest, im Ort unten nostalgischen Betrachtungen zu frönen, aber ich hatte nicht damit gerechnet, so lange warten zu müssen.«

»Es hat sich verändert«, sagte ich niedergeschlagen.

»Haben wir uns nicht alle verändert?«, erwiderte er, und ein Hauch von Pathos schwang in seiner Stimme mit. Dann glättete er mit einer gekünstelten Bewegung sein glänzendes Haar und zupfte sich ein Blatt vom Strumpf. Wieder zeigte er auf sein Kissen. »Nehm Er das und folg Er mir, hopphopp. Man erwartet uns.« Es war in Gebärde und Tonfall die perfekte Nachahmung eines geckenhaften Edelmanns. Er zog ein Taschentuch aus dem Ärmel und tupfte sich imaginäre Schweißperlen von der Oberlippe.

Ich musste grinsen. Wie mühelos und überzeugend er in diese Rolle schlüpfte. »Wie kommen wir in die Burg hinein?«

»Durch das Haupttor selbstverständlich. Keine Bange. Ich habe ausstreuen lassen, dass Fürst Leuenfarb durchaus unzufrieden mit der Qualität der hiesigen Dienstboten ist. Keiner der unmanierlichen Lümmel hat Gnade vor seinen Augen gefunden. Heute jedoch erwartet er das Einlaufen eines Schiffes, welches ihm einen braven Burschen bringen soll, anstellig, wenn auch ein wenig hinterwäldlerisch, aber immerhin mit einer Empfehlung vom Kammerdiener meines Vetters zweiten Grades. Heißen tut er Tom Dachsenbless.«

Er ging vor mir her. Ich hob das Kissen auf und folgte. »Dann soll ich also deinen Lakaien spielen?«, fragte ich im Ton ironischer Belustigung.

»Natürlich. Die perfekte Tarnung. Du wirst für die blaublütigen Herrschaften im Palas so gut wie unsichtbar sein. Nur das Gesinde wird mit dir sprechen, aber da ich mir ausgedacht habe, dass du der geknechtete, überarbeitete, ärmlich gekleidete Sklave eines arroganten, aufgeblasenen und dünkelhaften jungen Edelmanns sein sollst, wirst du nicht viel Muße haben, Freundschaften zu schließen.« Er blieb stehen und schaute sich nach mir um. Mit einer langen, schmalen Hand hielt er sein Kinn umfasst, als er mich von oben herab musterte. Seine hellen Brauen schoben sich zusammen, die bernsteinfarbenen Augen wurden schmal, und aus heiterem Himmel fuhr er mich an: »Und wag Er es nicht, den Blick zu mir aufzuheben, Kanaille! Ich dulde keine Aufsässigkeit. Er soll sich gerade halten, Bescheidenheit üben und den Mund halten, wenn Er nicht gefragt ist. Hat Er das verstanden?«

»Jedes Wort.« Ich grinste ihn an.

Seine Miene und Haltung blieben unverändert, dann plötzlich wich der strenge Ausdruck und machte kopfschüttelnder Verzweiflung Platz. »Fitz-Chivalric, das Spiel ist verloren, wenn du deine Rolle nicht spielen kannst, *glaubwürdig* spielen kannst. Nicht nur, wenn wir im großen Saal der Burg stehen, sondern in jeder einzelnen Minute, zu jeder Tages- und Nachtzeit, solange die entfernteste Möglichkeit besteht, dass man uns beobachtet. Ich bin als Fürst Leuenfarb bei Hofe eingeführt, aber ich bin immer noch der Neuling in diesem illustren Kreis, und die Leute werden gaffen. Chade und Königin Kettricken haben alles ihnen Mögliche getan, um mir bei dieser Täuschung zu helfen; Chade, weil er glaubt, dass ich ein nützliches Werkzeug sein könnte, und die Königin, weil sie aufrichtig der Meinung ist, dass ich es verdiene, als Edelmann behandelt zu werden.«

»Und niemand hat dich wiedererkannt?« Ich konnte es nicht glauben.

Er legte den Kopf schief. »Was sollten sie wiedererkennen, Fitz? Meine leichenweiße Haut und die farblosen Augen? Mein Narrengewand, das geschminkte Gesicht? Meine Kapriolen und Kehrreime?«

»Ich habe dich sofort wiedererkannt.«

Er lächelte warm. »So, wie ich dich erkannte und dich erkennen würde, wenn ich dich nach einem Dutzend gelebter Leben zum ersten Mal wiedersähe. Aber nur wenige sonst sind so klarsichtig. Chade, mit dem scharfen Auge eines Meisters des heimlichen Todes, erspähte mich und arrangierte eine Privataudienz, bei der ich mich der Königin offenbarte. Ein paar andere haben mir von Zeit zu Zeit neugierige Blicke zugeworfen, doch keiner würde sich erdreisten, an Fürst Leuenfarb heranzutreten und ihn zu fragen, ob er nicht an diesem selben Hof vor fünfzehn Jahren zu König Listenreichs Belustigung als Narr Kobolz geschossen hat. Mein Alter passt ihnen nicht zu dieser Vorstellung, wie auch meine Hautfarbe, mein Auftreten, mein Reichtum.«

»Wie können sie dermaßen blind sein?«

Er schüttelte über meine Einfalt lächelnd den Kopf. »Fitz, Fitz. Schon damals haben sie mich nicht wirklich wahrgenommen. Sie sahen nur einen lustigen Zwerg und Schabernackler. Mit Absicht gab ich mir keinen Namen, als ich hier eintraf. Für die meisten der Edelleute und Damen am Hof war ich schlicht der Narr. Sie belachten meine dreisten Reden und beklatschten meine Luftsprünge, aber sie sahen nicht mich.« Er seufzte leise, dann schaute er mich sinnend an. »Du hast einen Namen daraus gemacht. *Der Narr.* Und du hast mich wahrgenommen. Du hast mir in die Augen gesehen, wenn andere unsicher den Blick abwandten.« Für den Bruchteil einer Sekunde sah ich seine Zungenspitze zwischen den leicht geöffneten Lippen. »Hast du geahnt, in welche Ängste du mich gestürzt hast? Dass all meine

Spiegelfechtereien die Augen eines kleinen Jungen nicht zu blenden vermochten?«

»Du warst selbst noch ein Kind«, gab ich zu bedenken.

Er zögerte, und mir fiel auf, dass er, als er fortfuhr, weder widersprach noch zustimmte, sondern tat, als hätte ich nichts gesagt. »Sei mein treuer Diener, Fitz. Sei Tom Dachsenbless, jede Sekunde jeden Tages, den du hier in der Burg verbringst. Es ist die einzige Möglichkeit, wie du uns beide schützen kannst. Und die beste Tarnung, um Chade zu helfen.«

»Was genau will Chade von mir?«

»Das sollst du aus seinem eigenen Mund hören, nicht aus meinem. Komm. Es wird dunkel. Nicht nur der Ort hat sich verändert, auch in der Burg ist manches anders als früher. Wenn wir nach Einbruch der Dunkelheit Einlass begehren, kann es sein, dass man uns abweist.«

Tatsächlich war während unseres Gesprächs die Abenddämmerung hereingebrochen. Getreu meiner Rolle folgte ich dem Narren im Abstand von drei Schritten an der Mauer entlang zu der steilen Straße zum Haupttor. Dort wartete er im Schutz der Bäume, bis ein Weinhändler um die Biegung vor uns verschwunden war, und trat erst dann auf die Straße hinaus. Als Fürst Leuenfarb schritt er voran, und sein ergebener Diener Tom Dachsenbless trug ihm, in gebührendem Abstand, sein besticktes Kissen nach.

Am Tor ließ man ihn ohne Anruf passieren, für mich hatte niemand einen Blick. Die Wachen trugen das Blau von Bocksburg und auf dem Koller den Hirsch des Hauses Weitseher. Kleine Dinge wie diese griffen mir unerwartet ans Herz. Ich blinzelte, hustete und rieb mir die Augen. Der Narr bewies Taktgefühl, indem er weiterging, ohne sich nach mir umzusehen.

Die Burg hatte sich wahrhaftig ebenso verändert wie die

Stadt, die sich zu ihren Füßen an die Felsen klammerte. Alles in allem waren es Veränderungen zum Besseren. Wir gingen an neuen und geräumigeren Stallungen vorbei. Die Wege zwischen den Gebäuden waren gepflastert. Obwohl mehr Leute als zu meiner Zeit hier zu leben schienen, wirkte alles reinlicher und gut instand gehalten. Ich fragte mich, ob Kettrickens aus der Heimat mitgebrachte Disziplin sich auf diese Art manifestierte oder ob das die Wirkung der nunmehr fünfzehn Friedensjahre war. Meine Zeit damals in Bocksburg war überschattet von Überfällen der Roten Piraten, die sich schließlich zu einem offenen Krieg auswuchsen. Nach dem Ende des Schreckens war der Handel wieder aufgelebt, und das nicht nur mit den Ländern im Süden der Sechs Provinzen. Unsere Chronik des Handels mit den Äußeren Inseln war ebenso lang wie die Chronik der kriegerischen Auseinandersetzungen. Ich hatte bei meiner Ankunft Handelsschiffe der Fernholmer im Hafen liegen sehen, Segler wie Ruderer.

Wir betraten den Palas durch den Großen Saal, den Fürst Leuenfarb mit aristokratischer Würde durchschritt, während ich niedergeschlagenen Auges hintendreintrabte. Zwei Damen schwebten herbei, um ihn zu begrüßen, und bei dieser Szene kam es mich hart an, meine Rolle als Diener weiterzuspielen. Wo früher der Narr die Menschen mit Unbehagen oder gar unverhohlenem Widerwillen erfüllt hatte, umschmeichelte man Fürst Leuenfarb mit flirrenden Fächern und Augenwimpern. Er bezauberte seine Bewunderinnen mit elegant verschnörkelten Komplimenten über ihre Roben, ihre Frisuren, ihr Parfum. Sie ließen ihn nur ungern ziehen, und er schwor, auch ihm fiele es schwer, sich zu trennen, doch hätte er einen neuen Domestiken in seine Pflichten einzuweisen, und sie wüssten sicherlich, welche Plage das war. Gute Dienstboten waren einfach nicht mehr zu finden, und obwohl dieser mit den besten Empfehlungen kam, hatte er sich bereits als begriffsstutzig und hoffnungslos hinterwäldlerisch erwiesen. Nun, heutzutage musste man das Beste aus dem machen, was man bekam, und er hoffte, morgen wieder die Gesellschaft der Damen genießen zu dürfen. Er hätte sich vorgenommen, nach dem Frühstück ein wenig im Thymiangarten zu lustwandeln – wenn man sich ihm anschließen wolle?

Aber freilich wollte man, mit dem allergrößten Vergnügen, und nach gegenseitigen Versicherungen des Entzückens und der höchsten Wertschätzung durften wir endlich weitergehen.

Man hatte dem Fürsten Leuenfarb Gemächer an der Westseite des Palas zugeteilt. In den Tagen König Listenreichs galten diese als die weniger vornehmen Räume, denn sie blickten auf die Hügel im Hinterland und den Sonnenuntergang statt auf das Meer und den Sonnenaufgang. Das Mobiliar war schlichter als in den besseren Gemächern, und man pflegte sie Gästen aus dem niederen Adel zuzuweisen.

Entweder genossen die Räumlichkeiten inzwischen einen höheren Status, oder der Narr war außerordentlich großzügig mit seinem eigenen Geld gewesen. Auf seinen Wink hin öffnete ich die schwere Eichentür, wartete, bis er eingetreten war, und folgte ihm dann in Gemächer, in denen Reichtum, Geschmack und erlesene Qualität sich ein Stelldichein gaben. Satte Grün- und nuancenreiche Brauntöne dominierten in den dicken Teppichen und schwellenden Polstersesseln. Durch eine offene Tür fiel mein Blick auf ein riesiges Bett, überhäuft mit Kissen und Federdecken und versehen mit schweren Draperien, die selbst im strengsten Winter kein kalter Lufthauch zu durchdringen vermochte. Für den Sommer waren die Vorhänge mit Quastenkordeln zurückgebunden worden, und ringsherum angebrachte

Spitzengardinen hatten die Aufgabe, lästige Insekten von dem Schlafenden fernzuhalten. Geschnitzte Truhen und Kästen standen offen, und die Masse der Gewänder drohte herauszuquellen. Es herrschte eine Atmosphäre üppiger und wohnlicher Unordnung, ein krasser Gegensatz zu dem asketischen Turmzimmer des Narren, an das ich mich von früher erinnerte.

Während ich leise die Tür schloss, warf sich Fürst Leuenfarb in einen der Sessel. Ein letzter Abendsonnenstrahl fiel durch das hohe Fenster und wie zufällig auf seine Gestalt. Er legte die Hände mit den Fingerspitzen aneinander und ließ den Kopf an die gepolsterte Lehne sinken, und plötzlich erkannte ich die ausgeklügelte Absicht hinter dem Sessel genau an diesem Fleck und seiner Pose. Der gesamte Raum war ein Rahmen für seine goldene Schönheit. Jede Farbnuance, das Arrangement der Möbel waren darauf ausgerichtet, den größtmöglichen Effekt zu erzielen. An diesem Platz, zu dieser Tageszeit, badete er im honigfarbenen Leuchten des Sonnenuntergangs. Ich blickte mich um, studierte die Anordnung der Kerzen, den Winkel der Sessel.

»Du trittst in diesen Raum wie eine Figur in ein sorgsam arrangiertes Porträt«, äußerte ich halblaut.

Er lächelte; sein unverhohlenes Vergnügen über mein Kompliment bestätigte meinen Eindruck. Dann erhob er sich mühelos wie eine Katze. Arm und Hand beschrieben in einer eleganten Schnörkelbewegung einen Halbkreis und deuteten der Reihe nach auf die vom Salon abzweigenden Türen. »Mein Schlafgemach. Mein Privatgemach, Betreten verboten.« Diese Tür war geschlossen, wie auch die letzte. »Die Dienstbotenkammer, Tom Dachsenbless.«

Ich fragte nicht nach seinem Privatgemach. Sein Bedürfnis nach Ungestörtheit war mir von früher her noch bekannt. Lieber öffnete ich die Tür zu meinem Quartier. Ich schaute in ein kleines, fensterloses Gelass. Nach und nach, je besser meine Augen sich an die Dunkelheit gewöhnten, erkannte ich eine schmale Pritsche, eine Waschschüssel und eine kleine Truhe. In einem Halter über der Waschschüssel steckte eine Kerze. Das war alles. Ich drehte mich mit fragender Miene zu meinem neuen Herrn um.

»Fürst Leuenfarb«, erklärte er mit einem ironischen Lächeln, »ist ein seichter, eigennütziger Geselle. Er ist witzig und schlagfertig und äußerst charmant gegenüber seinesgleichen, Leute von geringer Herkunft hingegen gelten ihm etwa so viel wie ein Span seiner manikürten Fingernägel. Und deine Unterkunft spiegelt diese Haltung wider.«

»Kein Fenster? Kein Kamin?«

»Nicht anders als in den meisten anderen Dienstbotenunterkünften in diesem Stockwerk. Diese hier besitzt allerdings eine ausgesprochen bemerkenswerte Besonderheit, die in den anderen Zimmern nicht zu finden ist.«

Ich ließ den Blick nochmals durch den zellenähnlichen Raum wandern. »Was immer es ist, ich kann es nicht entdecken.«

»Das ist beabsichtigt. Komm.«

Er zog mich mit in die Kammer und schloss die Tür hinter uns. Schlagartig war es stockfinster. Dicht an meinem Ohr hörte ich ihn sagen: »Denk immer daran, dass die Tür geschlossen sein muss, damit der Trick funktioniert. Hier herüber. Gib mir deine Hand.«

Ich gehorchte, und er führte meine Fingerspitzen über die unverputzten Mauersteine neben der Tür. »Und warum muss es dunkel sein?«, wollte ich wissen.

»Kerzen anzuzünden hätte zu lange gedauert. Außerdem, was ich dir zeigen will, kann man nicht sehen, nur ertasten. Da. Fühlst du das?«

»Ich glaube, ja.« Da war eine leichte Unebenheit im Stein.

»Nimm deine Hand als Maßstab oder was du willst, um dir einzuprägen, wo die Stelle ist.«

Ich befolgte den Rat. Von der Ecke bis zu dem fraglichen Punkt betrug die Entfernung sechs meiner Handspannen; auf der Senkrechten lag er etwa in Höhe meines Kinns. »Was jetzt?«

»Drücken. Vorsichtig. Es braucht nicht viel.«

Tatsächlich fühlte ich schon nach einem leichten Pressen, wie sich der Stein unter meiner Hand bewegte. Ein leises Klicken ertönte, nicht in der Mauer vor mir, sondern von irgendwo hinten im Raum.

»Hier entlang.« Der Narr geleitete mich durch die konturlose Dunkelheit zur hinteren Wand der Kammer. Wieder legte er meine Hand auf die Steine und forderte mich auf, dagegen zu drücken. Die Schwärze geriet in Bewegung, das Mauerwerk war nichts als Fassade, die bei meiner Berührung zurückschwang.

»Kaum ein Geräusch«, bemerkte der Narr lobend. »Er muss sie geölt haben.«

Nach der vollkommenen Dunkelheit schmerzte selbst die schwache Helligkeit, die von hoch oben heruntersickerte, in den Augen. Ich musste blinzeln, und es dauerte einen Moment, bis ich etwas erkennen konnte: eine sehr schmale Stiege, die an der Wand in die Höhe führte. Oben ein Gang, ebenso schmal, der sich in Dunkelheit aufzulösen schien.

»Ich glaube, du wirst erwartet«, verkündete der Narr mit seiner affektierten Hofschranzenstimme. »Wie auch Fürst Leuenfarb, allerdings von einer gänzlich anders gearteten Gesellschaft. Du bist von deinen Pflichten als Leibdiener entbunden, wenigstens für heute Nacht. Du bist beurlaubt, Tom Dachsenbless.«

»Zu gütig, Euer Wohlgeboren«, erwiderte ich sarkastisch. Den Kopf in den Nacken gelegt, schaute ich die Treppe hinauf. Sie war aus Stein, offenbar schon in die Mauer eingefügt, als die Burg erbaut wurde. Die graue Helligkeit, die von oben zu uns herunterdrang, sah eher nach Tageslicht aus als nach Lampenschein.

Die Hand des Narren legte sich kurz auf meine Schulter, hielt mich zurück. Mit einer vollkommen anderen Stimme sagte er: »Ich lasse in der Kammer eine Kerze brennen.« Er drückte freundschaftlich meine Schulter. »Und willkommen daheim, Fitz-Chivalric Weitseher.«

Ich wandte den Kopf und blickte ihn an. »Vielen Dank, alter Freund.« Wir nickten einander zu, ein seltsam förmliches Lebewohl, und ich machte mich daran, die Treppe zu erklimmen. Auf der dritten Stufe hörte ich hinter mir ein leises Knacken und warf einen Blick zurück. Die Tür hatte sich geschlossen.

Es waren viele Stufen. Schließlich machte der Schacht eine Biegung, und ich entdeckte die Quelle der Helligkeit. Die scheidende Sonne tastete mit verblassenden Fühlern durch schmale senkrechte Mauerschlitze, nicht einmal so breit wie Schießscharten. Das Licht wurde schwächer, und ich begriff plötzlich, sobald die Sonne untergegangen war, musste ich den Rest des Weges in völliger Dunkelheit finden. Ich ging rasch weiter und gelangte zu einer Stelle, wo der Korridor sich gabelte. Wahrhaftig, Chades Labyrinth aus Stollen, Treppen und Gängen in den Eingeweiden der Burg war ausgedehnter, als selbst ich geahnt hatte. Ich schloss für einen Moment die Augen und rief mir den Grundriss der Burg in Erinnerung. Nach kurzem Zögern entschied ich mich für eine Richtung und setzte meinen Weg fort. Von Zeit zu Zeit hörte ich Stimmen. Winzige Gucklöcher gewährten mir Einblick in Schlafgemächer und Ankleidezimmer und spendeten schmale Streifen Licht in langen dunklen Abschnitten des Ganges. Ein Holzstuhl, staubig weil lange nicht benutzt, stand in einer Nische. Ich setzte mich und spähte durch einen Schlitz in ein privates Kabinett, das ich aus meiner Zeit in König Listenreichs Diensten kannte. Wenn ich mich recht erinnerte, verbarg das prachtvolle Schnitzwerk, das den Kamin einrahmte, diesen Lauschposten. Nachdem ich nun eine Vorstellung davon hatte, wo ich mich befand, eilte ich weiter.

Schließlich entdeckte ich ein gutes Stück vor mir in dem geheimen Gang einen gelblichen Lichtschimmer. Dort angelangt, fand ich eine Biegung und ein brennendes Windlicht. Wieder ein Stück weiter erspähte ich eine zweite Kerze. Von dem Punkt an führten die kleinen Lichter mich weiter, bis ich eine sehr steile Treppe hinaufstieg und mich oben in einem kleinen gemauerten Raum mit nur einer Tür widerfand. Die Tür schwang auf, als ich dagegendrückte, und ich trat hinter dem Weinregal hervor in Chades mir aus früheren Zeiten wohlbekanntes Turmgemach.

Ich sah den Raum mit neuen Augen. Es war niemand anwesend, doch im Kamin brannte knisternd ein kleines Feuer, und ein gedeckter Tisch verriet mir, dass ich, wie der Narr gesagt hatte, erwartet wurde. Auf der geräumigen Bettstatt häuften sich Decken, Kissen und Pelze, wie früher auch, doch ein ausgedehntes und komplexes Spinnennetz zwischen den staubigen Draperien sprach von Vernachlässigung. Chade benutzte dieses Zimmer noch, doch wohnte er nicht mehr hier.

Ich schlenderte in die dem handwerklichen Teil seines »Berufs« vorbehaltene Hälfte des Gemachs, vorbei an Gestellen voller Schriftrollen und den Borden mit geheimnisvollen Gerätschaften. Manchmal, wenn man an die Schauplätze seiner Kindheit zurückkehrt, kommen einem die Dinge kleiner vor. Was einst geheimnisvoll war und ausschließlich das Reich der Erwachsenen, erscheint einem, wenn man es mit gereiften Augen betrachtet, plötzlich gewöhnlich und banal.

Chades Giftküche hatte ihre Faszination nicht eingebüßt. Die kleinen Töpfe, sorgsam beschriftet, die geschwärzten Kessel und fleckigen Stößel, die verstreuten Kräuter und vielerlei Gerüche wirkten immer noch ihren Zauber. Ich verfügte über die Gabe und die Alte Macht, aber die Alchemie, die Chade praktizierte, war eine Form der Magie, die ich nie wirklich beherrschen gelernt hatte. Hier war ich immer noch der Adept, der nur die Grundlagen der anspruchsvollen Kunst seines Meisters kennt.

Auf meinen Reisen hatte ich einiges gelernt. Eine flache glänzende Schale, abgedeckt mit einem Tuch, war ein Wahrsagebecken. Ich hatte sie bei Zukunftsdeutern auf Märkten in Chalced gesehen. Mir fiel die Nacht ein, als Chade mich aus meinem trunkenen Schlummer riss, um mir zu sagen, Guthaven würde von den Roten Korsaren angegriffen. Damals, in jener Nacht, war keine Zeit gewesen, ihn zu fragen, woher er das wusste. Ich hatte immer angenommen, es wäre ein Botenvogel gewesen. Jetzt allerdings kamen mir Zweifel.

Der Ofen war kalt, aber sauberer als zu meiner Zeit. Ich fragte mich, wer sein neuer Adept war und ob ich ihn kennen lernen würde. Das Geräusch einer Tür, die leise geschlossen wurde, riss mich aus meinen Betrachtungen. Ich drehte mich um und sah Chade Irrstern neben einem Regal stehen. Zum ersten Mal fiel mir auf, dass es in dem ganzen Raum keine sichtbaren Türen gab. Sogar hier noch Tarnung. Er begrüßte mich mit einem warmen, wenn auch müden Lächeln. »Da bist du endlich. Als ich Leuenfarb schwungvoller denn je den Saal betreten sah, wusste ich, dass du mich hier erwartest. O Fitz, du hast keine Ahnung, wie erleichtert ich bin, dich zu sehen.«

Ich feixte. »Selten bin ich mit Worten empfangen worden, die mich weniger Gutes ahnen ließen.«

»Die Zeiten sind nicht gut, mein Junge. Setz dich, iss. Unsere ergiebigsten Gespräche hatten wir immer beim Essen. Ich habe dir viel zu erzählen, und du kannst es dir ebenso gut mit vollem Magen anhören.«

»Dein Bote war in der Tat nicht sehr gesprächig.« Ich setzte mich an den kleinen, aber reich gedeckten Tisch. Verschiedene Sorten Käse lachten mich an, kalter Braten, duftend reifes Obst und gewürztes Brot. An Getränken standen Wein und Odevie bereit, doch Chade bediente sich mit Tee aus einer tönernen Kanne, die am Rand des Feuers warmgestellt war. Als ich nach der Kanne griff, wehrte er mit einer Handbewegung ab.

»Ich gieße dir frischen auf«, sagte er und hängte den Wasserkessel über die Flammen. Ich beobachtete sein Mienenspiel, als er einen Schluck von dem schwarzen Gebräu in seinem Becher nahm. Der reine Genuss schien es nicht zu sein, doch er ließ sich aufseufzend zurücksinken. Ich behielt meine Gedanken für mich.

Während ich mir die Köstlichkeiten auf den Teller lud, bemerkte Chade: »Mein Bote hat dir gesagt, was er wusste, und er wusste nichts. Ich habe größten Wert darauf gelegt, diese Angelegenheit geheim zu halten. Nun, wo fange ich an? Schwer zu entscheiden, da ich nicht weiß, was der Auslöser dieser Krise war.«

Ich biss von meinem Schinkenbrot ab, kaute und schluckte. »Erzähl mir die Hauptsache, und von dort arbeiten wir uns zum Anfang zurück.«

Seine grünen Augen waren umwölkt. »Nun gut.« Er holte Luft, zögerte, schenkte uns beiden einen Odevie ein. Als er mein Glas vor mich hinstellte, sagte er: »Prinz Pflichtgetreu ist verschwunden. Wir glauben, er ist – ausgerissen. Wenn es so ist, muss er Hilfe gehabt haben. Es besteht natürlich auch die Möglichkeit, dass er gegen seinen Willen entführt wurde, aber weder die Königin noch ich halten das für wahrscheinlich. Da hast du's.« Er verschränkte die Arme vor der Brust und sah mich abwartend an.

Ich nahm mir einen Moment Zeit, um meine Gedanken zu ordnen. »Wie konnte das passieren? Wen habt ihr in Verdacht? Wie lange ist es her?«

Chade hob Einhalt gebietend die Hand. »Sechs Tage, sieben Nächte, heute eingerechnet. Ich bezweifle, dass er vor morgen früh wieder auftaucht, obwohl mir ein Stein vom Herzen fallen würde, wenn er es täte. Wie es passieren konnte? Nun … Ich übe keine Kritik an meiner Königin, aber die Sitten, die sie aus ihrer Heimat mitgebracht und hier eingeführt hat, machen mir oft zu schaffen. Von seinem dreizehnten Lebensjahr an war es dem Prinzen gestattet, frei zu kommen und zu gehen, ganz nach seinem Belieben. Sie hielt es für richtig, dass er sich zwischen seinen Untertanen bewegt als einer von ihnen. Zeitweilig hielt ich das für klug, denn das Volk liebte ihn dafür, allerdings war ich der Meinung, er sollte einen Leibwächter haben oder wenigstens einen Tutor von der muskulösen Sorte. Doch Kettricken, wie du dich erinnerst, kann hart sein wie Stein. Es geschah, wie sie es wünschte. Er kam und ging nach Lust und Laune, und die Wachen hatten Order, ihn gewähren zu lassen.«

Das Wasser kochte. Chade hatte seinen Tee noch dort stehen, wo er immer gestanden hatte, und er äußerte sich nicht, als ich aufstand, um mir welchen aufzubrühen. Er schien seine Gedanken zu sammeln, und ich störte ihn nicht, zumal in meinem eigenen Kopf die Tatsachen, Schlussfolgerungen und Vermutungen durcheinanderquirlten wie eine Schafherde, in die der Wolf gefahren ist.

»Er könnte längst tot sein«, hörte ich mich sagen und hätte mir am liebsten die Zunge abgebissen, als ich den gequälten Ausdruck auf Chades Gesicht sah.

»Das ist in Erwägung zu ziehen.« Der greise Assassine nickte. »Er ist ein kühner, kräftiger junger Mann, der keiner Herausforderung aus dem Weg gehen wird. Sein Verschwinden muss kein politisches Komplott sein; er könnte einen ganz normalen Unfall gehabt haben. Ich habe ein, zwei diskrete Leute an der Hand, und sie haben in meinem Auftrag die Klippen am Meer abgesucht und die schluchtenreiche Gegend, wo er vorzugsweise auf Jagd geht. Ich glaube aber, wenn er sich verletzt hätte, wäre seine kleine Jagdkatze zur Burg zurückgekommen. Obwohl das bei Katzen schwer zu sagen ist. Ein Hund würde nach Hause laufen, eine Katze jedoch nimmt vielleicht ihr Leben in der Wildnis wieder auf. Wie auch immer, ich habe nach einem Leichnam suchen lassen. Es wurde keiner gefunden.«

Eine Jagdkatze. Ich stutzte, doch statt der plötzlichen Eingebung nachzugehen, fragte ich: »Du sagst, weggelaufen oder möglicherweise entführt. Was veranlasst dich, das Erstere beziehungsweise das Letztere für wahrscheinlich zu halten?«

»Ersteres weil er ein Jüngling ist, der lernen will, ein Mann zu sein, und das an einem Hof, der ihm weder das eine noch das andere leicht macht. Letzteres weil er ein Prinz ist, seit kurzem einer fremdländischen Prinzessin versprochen und, so wird gemunkelt, einer mit der Alten Macht. Gründe genug, um Interessengruppen auf den Gedanken zu bringen, es könnte ihnen nutzen, wenn sie den Kronprinzen entweder zu ihrer Marionette machen oder ihn ganz aus dem Weg räumen.«

Er gab mir einige Minuten Zeit, um diesen Brocken zu verdauen. Tage hätten nicht gereicht. Ich muss so elend ausgesehen haben, wie ich mich fühlte, denn leise fügte Chade hinzu: »Wir glauben, selbst wenn er entführt worden sein sollte, ist er für seine Entführer lebendig wertvoller als tot.«

Ich atmete gegen das Gewicht auf meiner Brust an, und mein Mund war trocken, als ich fragte: »Hat jemand sich gemeldet und behauptet, dass er ihn in seiner Gewalt hat? Lösegeld gefordert?«

»Nein.«

Ich hieß mich im Stillen einen Idioten und Schafskopf, dass ich es versäumt hatte, mich über die politische Entwicklung in den Sechs Provinzen auf dem Laufenden zu halten. Aber hatte ich nicht geschworen, mich nie wieder in dieses Intrigenspiel hineinziehen zu lassen? Plötzlich erschien mir dieses mir selbst gegebene heilige Versprechen wie der törichte Entschluss eines Kindes, nie wieder vom Regen nass zu werden. Kleinlaut sagte ich: »Du wirst mich auf den neuesten Stand bringen müssen, Chade, kurz und bündig. Was für Interessengruppen? Inwiefern nützt es ihnen, wenn sie Einfluss auf den Prinzen haben? Was für eine fremdländische Prinzessin? Und« – diese letzte Frage blieb mir fast im Hals stecken – »weshalb sollte jemand auf die Idee kommen, Prinz Pflichtgetreu wäre einer mit der Alten Macht?«

»Deinetwegen«, antwortete Chade knapp. Er griff wieder nach der Teekanne und goss sich ein. Diesmal floss der Trank noch schwärzer aus der Tülle, und ich erschnupperte ein melasseartiges, doch bitteres Aroma. Er nahm einen Schluck und spülte sofort mit Odevie nach. Seine grünen Augen bohrten sich in meine. Er wartete. Ich schwieg. Ein paar Geheimnisse gehörten immer noch mir ganz allein. Hoffte ich.

»Du warst einer mit der Alten Macht«, fuhr er fort. »Manche sagten, es müsse von deiner Mutter auf dich gekommen sein, wer immer sie war, und Eda vergebe mir, ich habe diesen Glauben gefördert. Doch andere weisen in die Vergangenheit, auf den Gescheckten Prinzen und sonstige zweifelhafte Gestalten in der Ahnenreihe der Weitseher, und sagen:

›Nein, die Fäulnis sitzt dort, dort an den Wurzeln, und Prinz Pflichtgetreu ist ein Spross dieses Stammes.‹«

»Aber der Gescheckte Prinz starb ohne Nachkommen, Pflichtgetreu gehört nicht zu diesem Zweig der Familie. Was bringt die Leute also auf die Vermutung, der Prinz könnte mit der Alten Macht behaftet sein?«

Chade kniff die Augen zu schmalen Schlitzen zusammen. »Willst du Katz und Maus mit mir spielen, Söhnchen?« Er klammerte die Hände um die Tischkante. Adern und Sehnen sprangen wie Stricke unter der pergamentenen Haut hervor, als er sich vorbeugte und schneidend fragte: »Glaubst du, ich kann nicht mehr eins und eins zusammenzählen, Fitz? Da irrst du dich. Vielleicht werde ich langsam alt, Junge, aber mein Verstand ist scharf wie immer. Darauf gebe ich dir Brief und Siegel!«

Bis zu diesem Moment hatte ich nicht daran gezweifelt, aber dieser Ausbruch war so uncharakteristisch für Chade, dass ich mich unwillkürlich zurücklehnte und ihn besorgt musterte. Offenbar deutete er den Ausdruck meiner Augen richtig, denn auch er lehnte sich zurück und ließ die Hände in den Schoß sinken.

Als er weitersprach, war es mein alter Mentor, den ich reden hörte. »Merle hat dir von dem Sänger beim Frühlingsfest erzählt. Du weißt von der Unruhe unter denen mit der Alten Macht im Land, und du hast von denen gehört, die sich die Gescheckten nennen. Es gibt einen weniger schmeichelhaften Namen für sie: Kult des Bastards.« Er bedachte mich mit einem vielsagenden Blick, ließ mir aber keine Zeit, die Anspielung zu verarbeiten. Mit einer Handbewegung wischte er meine Bestürzung beiseite. »Wie immer sie sich nennen mögen, sie kämpfen seit kurzem mit einer neuen Waffe. Sie prangern Familien an, die – behaupten sie – mit der Alten Macht behaftet sind. Ich weiß nicht, ob sie damit beweisen wollen, dass dieser ›Makel‹ weiter verbreitet ist, als man annimmt, oder ob sie vorhaben, die Leute zu vernichten, die sich ihnen nicht anschließen wollen. An öffentlichen Plätzen tauchen Plakate auf wie: ›Herrin Wohlgelitten ist eine mit der Alten Macht, ihr Geschwistertier ist ihr Falke. Gere, des Gerbers Sohn, ist einer mit der Alten Macht; sein Geschwistertier ist ein falber Hund.‹ Jedes Plakat ist mit ihrem Zeichen versehen, einem gescheckten Pferd. Zu raten, wer ein Zwiehafter sein könnte und wer nicht, ist zu einem beliebten Gesellschaftsspiel bei Hofe geworden. Manche leugnen, andere flüchten auf ihre Landgüter, sofern sie Grundbesitz haben, die weniger Glücklichen unter anderem Namen in ein möglichst entlegenes Dorf. Falls die Anklagen wahr sind, dann besitzen weit mehr Menschen in den Sechs Provinzen diese Tiermagie, als vermutlich selbst du schätzen würdest. Oder«, er neigte den Kopf in meine Richtung, »du weißt mehr von diesem Treiben als ich?«

»Nein«, antwortete ich milde, »weiß ich nicht.« Ich räusperte mich. »Mir war auch nicht bewusst, wie vollständig Merle dir Bericht erstattet hat.«

Er legte die Fingerspitzen unter dem Kinn zusammen. »Ich habe dich gekränkt.«

»Nein«, log ich. »Das ist es nicht, nur …«

»Verflucht, ich bin ein reizbarer alter Mann geworden, sosehr ich mich bemüht habe, das zu vermeiden. Und ich beleidige dich, und du leugnest es, und wo nur du mir helfen kannst, vertreibe ich dich. Mein Urteilsvermögen lässt mich im Stich, ausgerechnet wenn ich es am nötigsten brauche.«

Plötzlich trafen sich unsere Augen, und Grauen spiegelte sich in seinem Blick. Der alte Mann schien zu schrumpfen, seine Stimme sank zu einem brüchigen Flüstern herab. »Fitz, ich habe Angst um den Jungen, schreckliche Angst. Die Beschuldigung wurde nicht öffentlich ausgesprochen, sie kam in einem versiegelten Brief. Er trug keine Unterschrift, nicht einmal das Zeichen der Gescheckten. ›Tut, was richtig ist‹, stand da, ›und keiner muss es je erfahren. Missachtet diese Warnung, und wir werden handeln.‹ Keine konkrete Forderung, nur diese Andeutungen – was also sollten wir tun? Wir taten nichts, wir warteten auf genauere Anweisungen. Und dann war er fort. Die Königin fürchtet – die Königin fürchtet zu viele Dinge, um sie alle aufzuzählen. Ihre größte Angst ist, dass sie ihn ermorden könnten. Was ich fürchte, ist schlimmer als das. Dass sie ihn nicht einfach töten, sondern dass sie aus ihm machen, was … was du gewesen bist, als Burrich und ich dich aus deinem Grab herausholten. Ein Tier im Körper eines Menschen.«

Er sprang auf und entfernte sich ein paar Schritte. Ich weiß nicht, ob er sich schämte, dass die Liebe zu dem jungen Prinzen ihn so schwach machte, oder ob er mir ersparen wollte, mich mit dem, was gewesen war, auseinanderzusetzen. Seine Rücksicht war überflüssig. Ich hatte es seit langem zur Meisterschaft darin gebracht, unliebsame Erinnerungen zu verdrängen.

Eine Weile starrte er blicklos auf einen Wandteppich, dann räusperte er sich, und als er wieder das Wort ergriff, war er ganz der Ratgeber der Königin. »Der Thron der Weitseher geriete ins Wanken, Fitz-Chivalric. Wir sind schon zu lange ohne starken König. Würde bekannt, dass der einzige Thronfolger über die Alte Macht verfügt, nun, selbst das könnte ich so drehen und wenden, dass es in einem anderen Licht erscheint. Doch zeigt man ihn den Fürsten als ein vernunftloses Tier, ist alles verloren, und aus den Sechs Provinzen werden nie Sieben Provinzen werden, sondern sie werden zerfallen in sich befehdende Stadtstaaten und dazwischen Land ohne Gesetz. Kettricken und ich haben einen langen mühsamen Weg der kleinen Schritte zurückgelegt, mein

Junge, in den Jahren, die du nicht hier warst. Weder sie noch ich sind in der Lage, mit der unanfechtbaren Autorität zu handeln, die ein gesalbter Monarch aus dem Geschlecht der Weitseher besäße. Wir lavierten auf einem tückischen Meer aus Allianzen einmal mit diesen Herzögen, dann mit jenen und brachten jedes Mal mit knapper Not eine Mehrheit zusammen, um ein weiteres Jahr zu überstehen. Jetzt sind die Schwierigkeiten beinahe überwunden. Noch zwei Jahre, und Prinz Pflichtgetreu wird nicht mehr Prinz sein, sondern den Titel König-zur-Rechten annehmen. Dann ein weiteres Jahr, und ich bin überzeugt, ich könnte die Herzöge bewegen, ihn als ihren Souverän anzuerkennen. Dann könnten wir uns eine Zeitlang sicher fühlen. Wenn König Eyod vom Bergreich stirbt, erbt Pflichtgetreu auch seinen Mantel. Dadurch haben wir den Rücken frei, und falls diese politische Heirat, die Kettricken mit dem Hetgurd der Äußeren Inseln ausgehandelt hat, tatsächlich zustande kommt, haben wir auch Frieden auf den Meeren im Norden.«

»Hetgurd?«

»Ein Zusammenschluss von Edlen. Man hat dort keinen König, keinen allein herrschenden Monarchen. Kebal Raubart war eine Ausnahme. Dieser Hetgurd setzt sich aus einer Anzahl einflussreicher Männer zusammen, und einer davon, Arkon Blutschwert, hat eine Tochter. Briefe sind hin und her gegangen. Seine Tochter und Pflichtgetreu scheinen füreinander passend. Der Hetgurd hat eine Delegation geschickt, um die Verlobung offiziell zu bestätigen. Sie wird demnächst hier eintreffen. Falls Prinz Pflichtgetreu den Erwartungen der Fernholmer entspricht, wird das Verlöbnis beim nächsten Neumond im Rahmen einer feierlichen Zeremonie besiegelt.« Er drehte sich kopfschüttelnd wieder zu mir um. »Nach meiner Ansicht ist es zu früh für ein derartiges Bündnis. Bearns gefällt es nicht – und auch Rippon nicht. Dort wird man vermutlich von dem wieder auflebenden Handel profitieren, aber die Wunden des Krieges sind noch zu frisch. Ich hielte es für klüger, fünf Jahre zu warten, die Handelsbeziehungen auszubauen und zu festigen, Prinz Pflichtgetreu die Zügel der Sechs Provinzen in die Hand nehmen zu lassen und erst dann durch eine Vermählung den Knoten fester zu knüpfen. Allerdings nicht auf höchster Ebene, sondern man könnte die Tochter eines Herzogs vorschlagen, einen zweitgeborenen Sohn – aber das sind nur meine Gedanken. Ich bin nicht die Königin, und die Königin hat ihren Willen deutlich gemacht. Sie will Frieden haben. Ich fürchte, sie versucht zu viel: die Eingliederung des Bergreichs in die Sechs Provinzen und eine Fernholmerin als Königin auf unserem Thron. Es ist zu viel, zu früh …«

Fast war es, als hätte er meine Anwesenheit vergessen. Er dachte laut in meiner Gegenwart, eine Achtlosigkeit, derer er sich in den Tagen von König Listenreich niemals schuldig gemacht hätte. In jenen Jahren wäre ihm nie ein Wort des Zweifels an den Entscheidungen des Königs über die Lippen gekommen. Ich fragte mich, ob er unsere aus einem fremden Land stammende Königin für fehlbarer ansah oder ob er fand, ich sei nun erwachsen genug, um seine Bedenken anzuhören. Er setzte sich auf den Stuhl mir gegenüber, und unsere Blicke trafen sich.

Ein eisiger Finger strich an meinem Rücken hinauf und hinunter, als mir in diesem Moment bewusst wurde, wie die Dinge standen. Chade war nicht mehr der Mann, der er gewesen war. Er war alt geworden, und auch wenn er es nicht wahrhaben wollte, musste der scharfe Verstand kämpfen, um zwischen den flatternden Vorhängen des Verfalls hindurch sein Licht leuchten zu lassen. Allein sein Spionagenetz, über die Jahre hinweg mit großer Sorgfalt geknüpft, stützte heutigentags seine Macht. Was immer er für Trünke in seiner Teekanne braute, sie waren nicht stark genug, die Risse in der Fassade zu schließen. Schlagartig wurde mir klar, wie schnell und wie tief wir alle fallen konnten.

Ich beugte mich vor und legte meine Hand über die seine, schaute ihm in die Augen und bemühte mich, Kraft und Zuversicht in ihn einströmen zu lassen. »Fang mit der Nacht vor seinem Verschwinden an«, bat ich. »Und lass nichts aus.«

»Du verlangst, dass ich als dein alter Lehrer dir Jungspund Bericht erstatte?« Ich dachte, ich hätte ihn beleidigt, aber dann breitete sich ein Lächeln auf seinem Gesicht aus. »Ach Fitz, ich danke dir. Ich danke dir, mein Junge. Es tut gut, dich wieder an der Seite zu haben, jemanden, dem man vertrauen kann. Die Nacht, bevor der Prinz verschwunden ist. Hm. Lass mich überlegen …«

Für eine Weile blickten die grünen Augen ins Leere. Schon fürchtete ich, dass ich ihn aus dem Konzept gebracht hatte, aber dann sah er wieder mich an, und sein Blick war klar. »Ich werde noch etwas weiter zurückgehen. Wir hatten einen Streit an dem fraglichen Morgen, der Prinz und ich. Nun, keinen richtigen Streit. Pflichtgetreu ist zu wohlerzogen, um mit einem Älteren zu streiten. Doch ich hatte ihn getadelt, und er schmollte, ganz so wie du früher. Manchmal staune ich, wie sehr der Junge mich an dich erinnert.« Er stieß einen kleinen Seufzer aus. »Wie auch immer. Wir hatten eine kleine Auseinandersetzung. Er war zu seiner morgendlichen Lektion in der Gabe erschienen, doch er konnte sich nicht konzentrieren. Er hatte Ringe unter den Augen, und ich wusste, er war wieder einmal bis tief in die Nacht mit seiner Jagdkatze unterwegs gewesen. Ich warnte ihn mit deutlichen Worten, er solle sich zusammennehmen und künftig ausgeruht und frisch zum Unterricht erscheinen, sonst würde es Folgen für ihn haben. Zum Beispiel, dass man die Katze in den Ställen unterbringt, bei den Hunden und Falken, damit der Prinz in den Nächten wieder Ruhe findet. Das gefiel ihm natürlich nicht. Seit ihm diese Katze zum Geschenk gemacht wurde, sind er und das Tier unzertrennlich. Doch er äußerte sich nicht zu der Katze oder seinen nächtlichen Ausflügen, wahrscheinlich weil er glaubte, ich wüsste nichts weiter darüber, stattdessen gab er den Lektionen und seinem Lehrer die Schuld. Er warf mir vor, er hätte kein Talent für die Gabe und würde es nie haben, ob nun ausgeschlafen oder nicht. Ich sagte ihm, er solle kein dummes Zeug reden, er wäre ein Weitseher, und die Gabe läge ihm im Blut. Er besaß die Dreistigkeit, mir zu antworten, ich sei derjenige, der dummes Zeug redete, denn er brauche nur in den Spiegel zu schauen, um zu wissen, dass es einen Weitseher gibt, dem die Gabe nicht in die Wiege gelegt wurde.« Chade hustete und lehnte sich zurück. Erst nach einem Moment der Verwirrung merkte ich, dass er belustigt war, nicht verärgert. »Er kann ein frecher kleiner Welpe sein«, knurrte er, doch hörte ich aus diesem Vorwurf Zuneigung und Stolz auf das Temperament des Jungen heraus. Es belustigte mich auf eine andere Art. Eine sehr viel zurückhaltendere Bemerkung aus meinem Mund, als ich in des Prinzen Alter war, hätte mir eine gehörige Kopfnuss eingetragen. Der alte Mann war weich geworden. Ich hoffte, er würde seine Nachsicht der Keckheit des Jungen gegenüber nicht bereuen müssen. Prinzen, dachte ich bei mir, brauchten eine festere Hand als andere in ihrem Alter, zur Vorbereitung auf ihr späteres Amt.

Ich wechselte das Thema. »Dann hast du angefangen, ihn in der Gabe zu unterweisen?« Mein Tonfall verriet nicht, was ich davon hielt.

»Ich habe es versucht«, brummte Chade, und der seine drückte Resignation aus. »Ich komme mir vor wie ein Maulwurf, der einer Eule von der Sonne erzählt. Ich habe die

Schriftrollen studiert, Fitz, und ich habe mich bemüht, die Meditationen und Übungen nachzuvollziehen, die darin beschrieben werden. Und manchmal – manchmal glaubte ich fast, etwas zu spüren. Aber ich vermag nicht zu sagen, ob es ein Ergebnis der Meditation war oder nur eines alten Mannes Wunschdenken.«

»Ich hatte dich gewarnt. Man lernt die Gabe nicht aus Aufzeichnungen und auch nicht das Lehren der Gabe. Die Meditationen sind eine Vorbereitung, aber dann muss ein Kundiger es dir zeigen.«

»Das ist der Grund, weshalb ich nach dir geschickt habe«, trumpfte er auf. »Nicht nur weil du der Einzige bist, der den Prinzen in der Gabe unterweisen kann, so wie es sein muss, du bist auch der Einzige, der fähig ist, ihn mittels der Gabe aufzuspüren.«

Ich seufzte. »Chade, dazu lässt sich die Gabe nicht gebrauchen. Sie ...«

»Sag lieber, dass man dich nie gelehrt hat, die Gabe zu diesem Zweck zu gebrauchen. In den Schriften steht es, Fitz. Dort steht, dass zwei, die durch die Gabe verbunden sind, damit einen dritten aufzuspüren vermögen. Alle meine anderen Bemühungen, den Prinzen zu finden, sind erfolglos geblieben. Hunde liefen den halben Vormittag eifrig auf seiner Spur, dann rannten sie winselnd im Kreis herum und wussten nicht mehr weiter. Meine besten Spione haben nichts zu berichten, Bestechungen brachten kein Ergebnis. Die Gabe ist das einzige Mittel, welches mir noch bleibt.«

Meine Neugier war geweckt, aber ich beherrschte mich. Ich wollte die Schriftrollen nicht sehen. »Selbst wenn dort geschrieben steht, dass es möglich ist, dann geschieht es doch, wie du sagst, zwischen zwei Personen, die durch die Gabe verbunden sind. Der Prinz und ich haben keine solche.«

»Ich glaube doch.«

Er sagte es in diesem ganz besonderen Ton, der ausdrückt, dass er mehr weiß, als man annimmt, und davor warnt, ihm Lügen auftischen zu wollen. Dieser Ton wirkte unfehlbar dem kleinen Jungen gegenüber, und ich muss zugeben, es war einigermaßen bestürzend, feststellen zu müssen, dass er auch bei dem erwachsenen Mann seine Wirkung nicht verfehlte. Ich öffnete den Mund, doch er antwortete schon, bevor ich die Frage aussprechen konnte.

»Manche Träume, von denen der Prinz mir erzählte, erregten meinen Verdacht. Es begann mit gelegentlichen Nachtgesichten in seiner Kindheit. Er träumte von einem Wolf, der ein Reh niederwarf, und einem Mann, der herbeieilte, um dem Tier den Gnadenstoß zu geben. In diesem Traum war er der Mann, doch konnte er den Mann auch sehen. Jenen ersten Traum fand er überaus aufregend. Tagelang redete von fast nichts anderem und schilderte den Vorfall wie etwas, das er selbst getan hatte.« Chade machte eine Pause. »Pflichtgetreu war damals erst fünf Jahre alt. Die Einzelheiten des Traums gingen weit über seine eigenen Erfahrungen hinaus.«

Ich schwieg weiter.

»Jahre vergingen, bis er einen ähnlichen Traum hatte. Oder vielleicht sollte ich sagen, es dauerte Jahre, bis er mir wieder von einem erzählte. Ihm träumte von einem Mann, der einen Fluss durchfurtete. Die Fluten drohten, ihn mitzureißen, doch schließlich gelang es ihm, das andere Ufer zu erreichen. Er war durchnässt und zu verfroren, um ein Feuer zu machen, sich zu trocknen und die Kälte aus den Gliedern zu vertreiben, und so legte er sich einfach auf die Erde, im Schutz eines umgestürzten Baums. Dann kam ein Wolf, der ihn wärmte. Und wieder erzählte der Prinz das Geschehnis, als hätte er selbst es erlebt. ›Es ist wunderbar‹, sagte er mir,

›als hätte ich noch ein zweites Leben, weit weg von hier und frei von den Verpflichtungen eines Prinzen. Ein Leben, das nur mir gehört und wo ich einen Freund habe, der mir so nahe ist wie meine eigene Haut.‹ Das brachte mich zu der Vermutung, dass er noch mehr dieser Träume gehabt haben musste, ohne mir davon zu berichten.«

Er wartete, und diesmal raffte ich mich auf, mein Schweigen zu brechen.

»Falls ich diese Augenblicke meines Lebens mit dem Prinzen geteilt habe, war ich mir dessen nicht bewusst. Aber ja, es stimmt, diese Ereignisse hat es wirklich gegeben.« Mir wurde flau bei der Vorstellung, welche Momente er noch miterlebt haben mochte. Veritas' Tadel fiel mir ein, dass ich meine Gedanken nicht zu hüten wüsste und meine Träume und Erfahrungen störend in sein Bewusstsein drängten. Ich dachte an mein Beisammensein mit Merle und hoffte, dass ich nicht errötete. Ich hatte mir schon lange nicht mehr die Mühe gemacht, mich abzuschirmen. Offensichtlich war es geraten, wieder damit anzufangen. Dieser Gedanke zog einen anderen nach sich. Anscheinend war mein Gabentalent keineswegs so stark gemindert, wie ich gedacht hatte. Heiße Freude sprudelte in mir hoch. So etwa, sagte ich mir spöttisch, muss sich der Säufer fühlen, der unter dem Bett eine vergessene, noch volle Flasche entdeckt.

»Und, hast du deinerseits Momente aus des Prinzen Leben miterlebt?«, wollte Chade wissen.

»Kann sein. Wahrscheinlich. Ich habe oft lebhafte Träume, und zu träumen, ich wäre ein Junge in Bocksburg, ist nicht weit entfernt von meinen eigenen Erinnerungen. Aber …« Ich zwang mich weiterzusprechen. »Das, worauf es ankommt, ist die Katze, Chade. Wie lange hat er sie schon? Glaubst du, er verfügt über die Alte Macht? Ist er mit dem Tier verschwistert?«

Ich kam mir vor wie ein Heuchler, Fragen zu stellen, auf die ich die Antwort bereits wusste. In Gedanken durchforschte ich die Träume der letzten fünfzehn Jahre, suchte diejenigen heraus, die mir durch ihre besondere Prägnanz im Gedächtnis geblieben waren. Einige davon hätten Episoden aus dem Leben des Prinzen sein können. Andere … Ich stutzte bei der Erinnerung an meinen Fiebertraum von Burrich – Nessel auch? Traumteilen mit Nessel? Dieser neue Aspekt ließ den Traum in einem anderen Licht erscheinen. Ich hatte die Ereignisse ausschließlich aus Nessels Perspektive gesehen. Ich hatte mittels der Gabe an diesem Moment ihres Lebens teilgenommen. Es bestand die Möglichkeit, dass – wie bei Pflichtgetreu – das Mitleben hüben wie drüben stattgefunden hatte. Was ein kostbarer Einblick in ihr Leben gewesen zu sein schien, ein Fenster zu Molly und Burrich, erwies sich nun als eine Ausbeutung von Wehrlosigkeit gegenüber meinem leichtsinnigen Umherschweifen mit der Gabe. Erschrocken verstärkte ich die Mauer um meine Gedanken. Wie hatte ich so unachtsam sein können? Wie viele meiner Geheimnisse hatte ich vor denen ausgebreitet, die besonders empfänglich dafür waren?

»Woher soll ich wissen, ob der Junge die Alte Macht besitzt?«, erwiderte Chade ungehalten. »Ich wusste es auch bei dir nicht, bis du es mir gesagt hast. Selbst dann begriff ich zuerst nicht, was es bedeutete.«

Plötzlich war ich müde, zu müde, um zu lügen. Wen versuchte ich zu schützen? Hatte ich nicht gelernt, dass Lügen niemals lange Bestand hatten? Dass sie zu guter Letzt der größte Riss in eines Mannes Rüstung waren? »Ich bin fast sicher, er besitzt die Alte Macht. Und ist verschwistert mit der Katze. Jedenfalls schließe ich das aus den Träumen, die ich gehabt habe.«

Mein alter Lehrer und Freund verfiel vor meinen Augen. Er

schüttelte wortlos den Kopf und goss uns die Gläser voll. Ich leerte meines in einem Zug, während er bedächtig und gedankenverloren nippte. Als er endlich das Wort ergriff, sagte er: »Ich hasse Ironie. Sie ist eine Fessel, die unsere Träume an unsere Ängste kettet. Ich hoffte, du hättest eine unterschwellige Verbindung mit dem Jungen, ein Band, welches dich in die Lage versetzt, ihn mittels der Gabe aufzuspüren. Und tatsächlich erfüllt sich meine Hoffnung, doch ist ein Pferdefuß dabei, denn gleichzeitig erfahre ich, dass meine schlimmste Befürchtung sich bestätigt: die Alte Macht. Ach Fitz! Ich wünschte, ich könnte in der Zeit zurückgehen und bewirken, dass meine Ängste die Hirngespinste eines alten Mannes sind.«

»Wer hat ihm die Katze gegeben?«

»Einer der Edlen. Es war ein Geschenk. Er bekommt zu viele Geschenke. Alle buhlen um seine Gunst. Kettricken versucht, die besonders wertvollen Gaben zurückzuweisen; sie ist besorgt, dass sein Charakter Schaden nehmen könnte. Aber dies war nur eine kleine Jagdkatze – dennoch könnte sie das Geschenk sein, welches ihn ins Verderben stürzt.«

»Wer hat sie ihm geschenkt?«

»Ich werde in meinen Tagebüchern nachsehen müssen. Du kannst von einem alten Mann nicht erwarten, dass sein Gedächtnis frisch ist wie bei einem jungen. Ich tue mein Bestes, Fitz.« Sein vorwurfsvoller Blick sprach Bände. Wäre ich nach Bocksburg zurückgekehrt und hätte meinen Platz an seiner Seite eingenommen, wüsste ich alle Antworten. Das brachte mich auf eine neue Frage.

»Wo steht überhaupt dein Adept in dieser Angelegenheit?«

Chade musterte mich abwägend. Nach einer Weile sagte er: »Er ist noch nicht bereit für Aufgaben wie diese.«

Ich hielt seinen Blick fest. »Erholt er sich vielleicht von

einem, nun, einem Blitzschlag aus heiterem Himmel? Der einen unbenutzten Lagerschuppen in Brand gesetzt hat?«

Seine Lider zuckten, doch sein Gesicht blieb unbewegt. Sogar seine Stimme klang völlig ruhig. »Nein, Fitz-Chivalric, diese Aufgabe musst du ganz allein bewältigen. Einzig du besitzt die Fähigkeiten, derer es bedarf.«

»Was genau erwartest du von mir?« Die Frage war so gut wie eine Kapitulation. Ich war seinem Ruf gefolgt, ohne Säumen. Er wusste, ich hing immer noch an seinen Fäden. Auch ich wusste es.

»Finde den Prinzen. Bring ihn uns wieder, unauffällig und, so Eda will, unbeschadet. Und tu es, solange die Erklärungen für seine Abwesenheit noch glaubwürdig klingen. Bring ihn zurück nach Hause, ehe die Gesandtschaft der Fernholmer eintrifft, um das Verlöbnis mit ihrer Prinzessin zu besiegeln.«

»Wann wird das sein?«

Er zuckte hilflos die Achseln. »Das hängt vom Wind ab und den Wellen und der Kraft ihrer Ruderer. Sie befinden sich bereits auf hoher See. Ein Botenvogel hat uns davon in Kenntnis gesetzt. Die Zeremonie ist für den nächsten Vollmond angesetzt. Falls sie früher eintreffen, und der Prinz ist nicht da, könnte ich sie hinhalten und ihnen erzählen, er habe sich in ein Refugium zurückgezogen, um vor diesem wichtigen Ereignis in seinem Leben innere Einkehr zu halten. Doch es wäre eine durchsichtige Fassade, die zerbricht, wenn er nicht zu der Feier erscheint.«

Ich stellte eine rasche Überschlagsrechnung an. »Bis dahin sind es noch mehr als vierzehn Tage. Reichlich Zeit, dass ein trotziger Knabe seine Meinung ändert und reumütig nach Hause zurückkehrt.«

Chade musterte mich ernst. »Doch falls der Prinz entführt wurde, ohne dass wir wissen, von wem oder warum, geschweige denn, wie wir ihn befreien sollen, dann sind vierzehn Tage eine sehr kurze Galgenfrist.«

Für einen Moment vergrub ich den Kopf in den Händen. Als ich wieder aufblickte, merkte ich, dass mein alter Lehrer mich immer noch hoffnungsvoll beobachtete. Darauf vertraute, dass ich einen Ausweg entdeckte, den er nicht sah. Ich wünschte mich weit weg. Ich wünschte mir, ich wäre nie in diese Sache hineingezogen worden. Nachdem ich tief eingeatmet hatte, um mich zu beruhigen, machte ich mich daran, seine Gedanken zu ordnen, wie er es früher bei mir getan hatte. »Ich brauche Informationen. Gehe davon aus, dass ich keine Ahnung habe. Zuallererst muss ich wissen, wer ihm die Katze geschenkt hat. Und wie die betreffende Person zu der Alten Macht steht und zur geplanten Verlobung des Prinzen. Das ist unser Ausgangspunkt, von dort aus ziehen wir den Kreis weiter. Wer sind die Feinde dieser Person, wer ihre Freunde? Wer am Hof ist der schärfste Gegner der Alten Macht, wer opponiert gegen die Verlobung, wer befürwortet sie? Welche Edlen sind kürzlich beschuldigt worden, mit der Alten Macht befleckt zu sein? Wer hätte Pflichtgetreu helfen können zu fliehen, falls er geflohen ist? Falls er entführt wurde, wer hatte die Gelegenheit? Wer wusste von seinen nächtlichen Ausflügen?« Jede Frage, die ich aussprach, schien die nächste zu zeugen, doch angesichts dieses Trommelfeuers schien Chade wieder zuversichtlicher zu werden. Dies waren Fragen, die er beantworten konnte, und dass er die Antworten wusste, stärkte sein Vertrauen darauf, dass wir die Krise meistern konnten. Ich hielt inne, um Atem zu schöpfen.

»Und ich habe dir noch nicht alles berichtet, was in den Tagen vorgefallen ist. Allerdings scheinst du zu vergessen, dass die Gabe uns stundenlanges Reden ersparen kann. Lass uns sehen, ob die Schriftrollen dir mehr verraten als mir.«

Ich schaute mich im Zimmer um, doch er schüttelte den Kopf. »Der Prinz kommt nicht hierher. Von diesem Teil der Burg weiß er nichts. Ich bewahre die Schriftrollen in Veritas' altem Turm auf, und dort findet auch der Unterricht statt. Das Gemach ist gründlich gesichert, und Tag und Nacht steht ein zuverlässiger Mann vor der Tür Wache.«

»Und wie komme ich hinein?«

Er neigte den Kopf zur Seite. »Es gibt einen Geheimgang von hier nach dort oben. Er ist lang und eng, mit vielen Treppen, aber du hast junge Beine. Iss auf. Dann zeige ich dir den Weg.«

Kapitel 12

BEZAUBERUNGEN

Kettricken aus dem Königreich in den Bergen wurde, bevor sie ihr zwanzigstes Jahr erreichte, die Gemahlin von König-zur-Rechten Veritas aus den Sechs Provinzen. Es war eine politische Heirat als Teil eines umfangreichen Handels- und Schutzbündnisses zwischen den Sechs Provinzen und dem Bergreich. Der Tod ihres älteren Bruders am Abend ihrer Vermählung brachte den Sechs Provinzen einen unerwarteten Nutzen: Ein Kind aus der Verbindung zwischen ihr und Veritas erbte zu der Krone der Sechs Provinzen auch die des Bergreichs.

Ihre Wandlung von der Bergprinzessin zur Königin der Sechs Provinzen war nicht einfach, doch sie stellte sich dieser Aufgabe mit dem Pflichtbewusstsein, welches den Herrschern aus den Bergen oberstes Gebot ist. Sie kam allein nach Bocksburg, nicht einmal eine Kammerzofe begleitete sie, um ihr in der Fremde beizustehen. Mit sich brachte sie ihren persönlichen Grundsatz, der da hieß, jederzeit und in jeder Weise alles zu tun und alles zu geben, was ihre neue Stellung von ihr verlangte. Denn solches ist im Bergreich die herkömmliche Rolle des Herrschers: Der König ist Opfer für sein Volk.

BEDELS »KÖNIGIN AUS DEM BERGREICH«

Die Nacht ebbte dem Morgen entgegen, ehe ich die geheime Treppe hinunterstieg, um mein Bett aufzusuchen. In meinem Kopf schwirrten Fakten, von denen mir nur wenige in mein Mosaik zu passen schienen. Schlaf, das war es, was ich jetzt brauchte, eine Schonzeit für mein Gehirn, um Ordnung in das Chaos zu bringen.

Ich kam zu dem Paneel, das den geheimen Zugang zu meinem Zimmer darstellte, und blieb stehen. Chade hatte mich sämtliche Vorsichtsmaßnahmen gelehrt, die man in diesen Gängen beachten sollte. Mit angehaltenem Atem lugte ich durch den haarfeinen Ritz zwischen Stein und Stein. Man sah einen schmalen Ausschnitt der Kammer, den Tisch mit einer brennenden Kerze darauf. Ich lauschte, doch es war kein Geräusch zu hören. Behutsam löste ich den Hebel, der bewirkte, dass unsichtbare Gegengewichte sich senkten. Die Tür schwang auf, und ich schlüpfte in meine Dienstbotenkammer. Auf einen leichten Druck meiner Hand glitt die Steintafel zurück und verschloss die Öffnung. Ich starrte auf die blanke Mauer. Die Tür war so unsichtbar wie zuvor.

Mein Herr hatte daran gedacht, die schmale Pritsche in dem stickigen kleinen Gelass mit zwei kratzigen Wolldecken auszustatten, dennoch sah sie auch für jemanden, der zum Umfallen müde war wie ich, wenig einladend aus. Ich könnte ins Turmzimmer zurückkehren und mich in Chades pompöses Bett legen. Er benutzte es nicht mehr. Bei genauerer Betrachtung jedoch vermochte auch diese Vorstellung mich nicht zu locken. Benutzt oder nicht, das Bett dort oben war Chades Schlafstatt. Das Turmgemach, die Landkarten und die Regale mit den Schriftrollen, die Giftküche und die beiden Kamine: All das gehörte Chade, und ich hatte nicht den Wunsch, als sein Nachfolger dort einzuziehen. Dies hier war besser. Das harte Bett und die triste Kammer waren die versöhnliche Erinnerung daran, dass meines Bleibens hier nicht ewig sein sollte. Schon nach einem einzigen Abend voller Geheimnisse und Intrigen war ich des politischen Lebens in Bocksburg herzlich überdrüssig.

Mein Packen und Veritas' Schwert lagen auf der Pritsche. Ich warf den Rucksack auf den Boden, lehnte das Schwert in eine Ecke, beförderte das Häufchen meiner abgelegten Kleidung mit einem Fußtritt unter den Tisch, blies die Kerze aus und tastete mich zum Bett. Pflichtgetreu und die Alte Macht und alles, was damit zusammenhing, sollte bis morgen warten.

Ich rechnete damit, auf der Stelle einzuschlafen, stattdessen lag ich auf dem Rücken und starrte mit offenen Augen in die Dunkelheit. Eigene Sorgen kamen und nagten an mir. Mein Ziehsohn und mein Wolf lagerten heute im Freien, an der Straße nach Bocksburg. Welch ein Gegensatz zu früher, dass ich heute darauf zählte, dass Harm für den alten Wolf sorgte, der immer sein Beschützer gewesen war. Er hatte seinen Bogen und verstand, damit umzugehen. Die beiden konnten auf sich aufpassen. Außer sie wurden von Straßenräubern überfallen. Wenn Harm sich nicht kampflos ergab, sondern einen, vielleicht zwei erledigte, würde das deren Kumpane umso wütender machen. Und Nachtauge würde bis zum Tode kämpfen, ehe er zuließ, dass man Harm etwas antat. Vor meinem inneren Auge sah ich Nachtauge erschlagen im Staub liegen und meinen Ziehsohn in den Händen von rachedurstigen Wegelagerern. Und ich zu weit entfernt, um ihnen beistehen zu können.

Wolldecken jucken unerträglich auf schweißfeuchter Haut. Ich warf mich herum, starrte auf einen anderen Fleck Schwärze. Sinnlose Selbstquälerei, sich Katastrophen auszumalen, während die beiden vermutlich friedlich schlummerten. Widerwillig richtete ich meine Gedanken auf Chades Gabenschriften und das Rätsel des verschwundenen

Prinzen. Ich hatte mit drei oder vier Schriftrollen gerechnet, doch was Chade mir zeigte, waren mehrere Truhen mit Pergamenten in verschiedenen Stadien des Zerfalls. Auch er hatte sie noch nicht alle studiert, meinte aber, es sei ihm gelungen, sie grob nach Themen und Schwierigkeitsgrad zu ordnen. Er führte mich zu einem großen Tisch, auf dem drei geöffnete Rollen lagen. Mir sank der Mut. Die altertümliche Schrift auf zweien der Pergamente konnte ich nur mit Mühe entziffern. Die dritte schien jüngeren Datums zu sein, doch schon nach wenigen Zeilen stolperte ich über Worte und Termini, mit denen ich nichts anzufangen wusste. Eine »antikulare Trance« wurde empfohlen und unter anderem ein stimulierender Aufguss aus einem Kraut namens »Schäferwurz«. Ich hatte nie davon gehört. Des Weiteren warnte mich der Text davor, »meines Partners Selbstbarriere zu spalten«, weil ich damit sein »Anma zerstreuen« könnte. Ich blickte ratlos zu Chade auf. Er seufzte. »Ich dachte, du wüsstest, was das heißt.«

Ich schüttelte den Kopf. »Falls Galen eine Ahnung hatte, was diese Vokabeln bedeuten, hat er mich nicht an seinen Erkenntnissen teilhaben lassen.«

Chade schnaubte geringschätzig. »Ich möchte wetten, dass dieser ›Gabenmeister‹ die Schriften nicht einmal lesen konnte.« Er legte die Stirn in Falten. »Die Hälfte jeder Kunst besteht darin, das Vokabular und Idiom zu verstehen, dessen die Eingeweihten sich bedienen. Mit der Zeit könnten wir die Bedeutung vielleicht ausklamüsern, unter Zuhilfenahme von Hinweisen aus anderen Aufzeichnungen. Aber genau das haben wir nicht – Zeit. Mit jeder Sekunde, die vergeht, besteht die Gefahr, dass der Prinz weiter von Bocksburg weggebracht wird.«

»Oder er ist immer noch hier in der Nähe. Chade, wie oft hast du mich ermahnt, nicht zu handeln, nur um einfach etwas zu tun. Wenn wir blindlings losstürmen, stürmen wir vielleicht in die falsche Richtung. Erst denken, dann handeln.«

Es war mir überaus eigenartig vorgekommen, meinen Lehrer an seine eigenen Lehren zu erinnern. Ich sah ihn widerstrebend nicken. Während er über den altertümlichen Schriften brütete, leise vor sich hinmurmelte und aus seiner Feder eine ordentliche Übersetzung auf das Papier floss, hatte ich den leichteren Text studiert. Ich las ihn einmal, dann ein zweites Mal, in der Hoffnung, er würde sich mir dann besser erschließen. Beim dritten Durchlesen war ich über den krakeligen, verblassten Zeilen eingenickt. Chade hatte sich über den Tisch gebeugt und sanft mein Handgelenk umfasst. »Geh zu Bett, mein Sohn«, befahl er mir. »Müdigkeit macht den Kopf dumm, und für diese Aufgabe brauchst du einen frischen, ausgeruhten Verstand.« Ich hatte mich gefügt, war gegangen und ließ ihn allein zurück, zwischen Staub und Rätseln und brüchigem Pergament.

Ich drehte mich auf den Rücken. Die unzähligen Stufen, die ich heute hinauf- und hinuntergestiegen war, steckten mir in den Beinen. Nun, solange ich keinen Schlaf fand, konnte ich ebenso gut versuchen, dem verschwundenen Prinzen auf die Spur zu kommen.

Ich befreite meinen Verstand von allen eigenen Sorgen und bemühte mich, ausschließlich an meinen letzten Traum von dem Jungen und der Katze zu denken. Ich rief mir ihren Überschwang in Erinnerung, ihre wilde Freude an der Nacht und der Jagd. Ich beschwor die Düfte herauf, die undefinierbare Aura eines Traums, der nicht der meine war. Fast konnte ich hineintauchen, aber nicht das war mein Ziel, sondern ein zerbrechliches Gabenband wiederzubeleben, dessen ich mir seinerzeit nicht bewusst gewesen war.

Prinz Pflichtgetreu. Mein leiblicher Sohn. Diese Bezeichnungen besaßen für mich kein gefühlsmäßiges Gewicht, dennoch störten sie mich bei dem, was ich zu tun versuchte. Mein vorgefasstes Bild von Pflichtgetreu, die idealisierten Vorstellungen, wie ein Spross von meinem Fleisch und Blut beschaffen sein könnte, drängten sich zwischen mich und die hauchfeinen Gabenfühler, die ich zu entwirren suchte. Durch die steinernen Knochen der Burg drang von irgendwo innerhalb der Mauern Musik zu mir. Ich blinzelte in die Dunkelheit. Jedes Zeitgefühl war mir verloren gegangen, um mich herum herrschte tiefe Nacht. Ich hasste diese fensterlose Kammer, abgeschlossen von der lebendigen Welt. Ich hasste dieses Eingesperrtsein. Ich hatte zu lange mit dem Wolf gelebt, um es erträglich zu finden.

Frustriert ließ ich die Gabe sein und spürte mit der Alten Macht nach meinem Gefährten. Ich traf auf die Barrieren, hinter denen er sich in letzter Zeit so oft verbarg. Er schlief, und als ich mich gegen seine Mauern lehnte, fühlte ich das dumpfe Pulsieren von Schmerzen in seinen Hüftgelenken und dem Rücken. Als ich merkte, dass meine Konzentration auf seine Schmerzen diese in den Vordergrund seines Bewusstseins drängte, zog ich mich rasch zurück. Ich hatte keine Angst oder böse Vorahnungen in ihm wahrgenommen, nur Müdigkeit und das Murren alter Knochen. Ich hüllte ihn in meine Gedanken, labte mich dankbar an seinen Sinneseindrücken.

Ich schlafe, tat er mir brummig kund. Dann: *Du machst dir Sorgen wegen irgendetwas?*

Unwichtig. Ich wollte mich nur überzeugen, ob es euch gut geht.

Oh ja, uns geht es ausgezeichnet. Wir hatten einen herrlichen Tag im Staub der Straße. Jetzt liegen wir am Straßenrand und schlafen. Freundlicher fügte er hinzu:

Mach dir keine Gedanken um Dinge, die du nicht ändern kannst. Nicht mehr lange, und ich bin bei dir.

Pass auf Harm auf.

Natürlich. Schlaf jetzt.

Ich roch feuchtes Gras und den verwehenden Rauch des Lagerfeuers und sogar den salzigen Schweiß von Harm, der eine Armeslänge entfernt neben Nachtauge schlief. Ich war beruhigt. In meiner Welt war alles in Ordnung. Ich ließ alles los, außer diesen einfachen Wahrnehmungen, und sank endlich doch noch in Schlaf.

»Wenn ich mich recht entsinne, hatten wir uns geeinigt, dass du mein Diener bist und nicht umgekehrt.«

Die Worte wurden im Tonfall blasierter Häme gesprochen, aber das Lächeln auf dem Gesicht des Narren war das meines alten Freundes. Er trug mehrere Kleidungsstücke über dem Arm, und ich roch den Duft von warmem, parfümiertem Wasser. Er seinerseits war bereits makellos in noch subtilere Schlichtheit gewandet als gestern. Heute waren seine Farben Beige und Elfenbein und Waldgrün, mit einer schmalen goldenen Einfassung an Manschetten und Kragen. Er trug einen neuen Ohrschmuck, eine kleine Kugel aus Goldfiligran. Ich wusste, was sich darinnen verbarg. Er machte einen frischen, hellwachen Eindruck. Ich setzte mich auf und hielt mir mit beiden Händen den schmerzenden Kopf.

»Gabenkater?«, erkundigte er sich mitfühlend.

Ich schüttelte den Kopf, und der Schmerz schlug wie ein Klöppel hin und her. »Das wäre mir lieber.« Ich schaute unter schweren Lidern zu ihm auf. »Ich bin einfach nur müde.«

»Ich dachte, du würdest vielleicht im Turm übernachten.«

»Es kam mir nicht richtig vor.« Ich stand auf und wollte mich recken, aber mein Rücken protestierte mit einem stechenden Schmerz.

Der Narr legte die Kleider über das Fußende der Pritsche und setzte sich dann auf meine zerknüllten Decken. »So. Irgendeine Ahnung, wo unser Ausreißer stecken könnte?«

»Jede Menge. Überall in den Bocksmarken oder mittlerweile jenseits der Grenzen. Es gibt zu viele Fürsten, die ein Interesse daran haben könnten, ihn in die Hand zu bekommen. Wenn er tatsächlich von zu Hause ausgerissen ist, vergrößert sich die Auswahl der Orte, wo er untergeschlüpft sein könnte, noch um einiges.« Das Waschwasser dampfte. Einige Blättchen Zitronenmelisse schwammen in der einfachen Tonschüssel. Ich tunkte dankbar das Gesicht hinein, richtete mich auf und rieb mir das Wasser aus den Augen. Schon fühlte ich mich wacher und unternehmungslustiger. »Ich brauche ein Bad. Existieren die Dampfbäder hinter den Militärbaracken noch?«

»Ja, aber für das Gesinde sind sie nicht erlaubt. Hüte dich davor, in alte Gewohnheiten zurückzufallen. Kammerdiener benutzen das gebrauchte Badewasser ihrer Herrschaft. Oder sie holen sich ihr eigenes aus der Küche.«

Ich warf ihm einen schrägen Blick zu. »Dann werde ich heute Abend Letzteres tun.« Vorläufig zog ich den besten Nutzen aus dem Handwaschbecken, beobachtet von dem Narren auf der Bettkante. Während ich mich rasierte, äußerte er beiläufig: »Morgen wirst du dich zeitiger erheben müssen. In der Küche weiß man, dass ich Frühaufsteher bin.«

Ich zog die Augenbrauen hoch. »Und?«

»Und man erwartet, dass mein Diener herunterkommt, um mein Frühstückstablett zu holen.«

Jetzt dämmerte es mir. Er hatte recht. Ich musste meine Rolle besser spielen, wenn ich etwas Brauchbares in Erfahrung bringen wollte. »Dann gehe ich jetzt«, machte ich mich erbötig.

Er schüttelte den Kopf. »Nicht wie du aussiehst. Fürst Leuenfarb ist ein stolzer und dünkelhafter Mann. Er würde keinen struppigen Burschen wie dich in seinen Diensten dulden. Wir müssen dafür sorgen, dass du in deinem Aussehen deiner Rolle entsprichst. Komm her und setz dich hin.«

Ich folgte ihm in Licht und Luft seines Empfangsraums. Er hatte auf dem Tisch Kamm, Bürste und Schere bereitgelegt und einen großen Spiegel aufgestellt. Ich wappnete mich für das, was mir bevorstand. Vorsorglich ging ich zur Tür, um zu prüfen, ob der Riegel vorgeschoben war, damit nicht jemand ungebeten hereinplatzte. Dann setzte ich mich auf einen Stuhl und wartete darauf, dass der Narr mir den Kurzhaarschnitt eines Dienstmanns verpasste. Er griff nach der Schere, und ich löste meinen Kriegerzopf. Als mein Blick in den prunkvoll gerahmten Spiegel fiel, sah ich dort einen Mann, den ich fast nicht erkannte. Es ist seltsam, mit einem großen Spiegel und plötzlich mit dem eigenen Abbild konfrontiert zu sein. Merle hatte recht gehabt, musste ich mir eingestehen. Ich sah um einiges älter aus, als ich war. Nachdem ich die erste Verblüffung überwunden hatte, musterte ich mich genauer und stellte überrascht fest, wie sehr meine Narbe verblasst war. Sie war immer noch zu erkennen, aber längst nicht mehr so auffallend wie im faltenlosen Antlitz meines jüngeren Ichs.

Der Narr ließ mir Zeit, mich eine Weile schweigend zu betrachten, dann strich er mit beiden Händen mein Haar nach hinten. Ich blickte im Spiegel zu ihm auf. Er hatte die Unterlippe zwischen die Zähne geklemmt. Plötzlich legte er klappernd die Schere zurück auf den Tisch. »Nein«, sagte er mit Nachdruck. »Ich bringe es nicht über mich, das zu tun, und ich denke, es muss auch nicht sein.« Er holte tief Atem und band dann mein Haar wieder im Nacken zusammen. »Probier die Kleider an«, forderte er mich auf. »Ich musste die Größe raten, aber niemand erwartet bei einem Dienstmann Maßgeschneidertes.«

Ich ging zurück in meine Kammer und schaute mir die

Kleidungsstücke an, die am Fußende meiner Pritsche lagen. Sie waren aus dem üblichen blauen Tuch geschneidert, das die Diener in Bocksburg von jeher getragen hatten, gar nicht so verschieden von meinen Kleidern als Kind. Doch als ich sie anzog, den Kittel und die Hose, war es ein anderes Gefühl. Meine Tracht kennzeichnete mich für aller Augen als Knecht. Eine Verkleidung, sagte ich mir. Ich war nicht wirklich jemandes Diener. Mir kam der Gedanke, wie Molly sich gefühlt haben mochte, als sie zum ersten Mal das blaue Gewand einer Dienstmagd anlegte. Bastard oder nicht, ich war eines Prinzen Sohn. Ich hatte nie erwartet, je ein Knechtsgewand tragen zu müssen. Anstelle des Hirschbocks der Weitseher war der Brustlatz mit dem goldenen Fasan des Fürsten Leuenfarb bestickt. Doch Kittel und Hose passten gut, und um der Wahrheit die Ehre zu geben, gestand ich: »So gute Kleider habe ich seit Jahren nicht am Leib gehabt.« Der Narr schob den Kopf um den Türrahmen, um mich in Augenschein zu nehmen, und für eine Sekunde glaubte ich, Besorgnis in seinen Zügen zu lesen. Dann aber grinste er breit und ging langsam um mich herum, seinen neuen Diener.

»So kann man dich unter die Leute lassen, Tom Dachsenbless. Bei der Tür stehen Stiefel, gut drei Fingerbreit länger als mein Fuß und auch breiter. Pack deine Sachen in die Truhe, für den Fall, dass jemand sich bemüßigt fühlt, in unseren Räumen herumzuschnüffeln.«

Ich befolgte eilig seinen Rat, während der Narr rasch sein eigenes Gemach aufräumte. Veritas' Schwert kam unter die Kleider in meiner Truhe. Meine gesamte Garderobe reichte kaum aus, es zuzudecken. Die Stiefel passten so gut, wie man es von neuem Schuhwerk erwarten kann. Sie würden sich mit der Zeit einlaufen.

»Den Weg zur Küche wirst du nicht vergessen haben. Man bringt mir mein Frühmahl gewöhnlich auf einem Tablett in meine Gemächer, und die Küchenjungen werden froh sein, dass du ihnen den Weg abnimmst. Vielleicht ergibt sich dadurch die Gelegenheit zu einem Schwätzchen über den neuesten Klatsch und Tratsch.« Er überlegte. »Sag ihnen, ich hätte gestern Abend kaum etwas zu mir genommen und wäre heute Morgen sehr hungrig. So kannst du genug für uns beide bringen.«

Es war ein merkwürdiges Gefühl, dazustehen und Anweisungen zu bekommen, was man tun sollte, aber ich sagte mir, dass ich mich daran gewöhnen musste. Also verneigte ich mich und sagte: »Sehr wohl, Herr«, bevor ich mich im Rückwärtsgang zur Tür bewegte. Der Narr wollte lächeln, besann sich rechtzeitig, und Fürst Leuenfarb entließ mich mit einem gnädigen Kopfnicken.

Außerhalb seiner Gemächer herrschte in der Burg rege Geschäftigkeit. Dienerscharen waren emsig bei der Arbeit, steckten frische Kerzen auf und fegten schmutzige Binsen zusammen, eilten mit frischem Leinenzeug oder schleppten Eimer mit heißem Wasser zum Bad durch die Gänge. Vielleicht lag es an meinem neuen Blickwinkel, doch wollte mir scheinen, dass es jetzt in der Burg viel mehr dienstbare Geister gab als früher. Nicht nur das hatte sich verändert. Überall machte sich Königin Kettrickens Einfluss bemerkbar. In den Jahren ihrer Regentschaft hatte die Burg eine gründliche Reinigung, Entrümpelung und Umgestaltung erfahren. Eine lichte Einfachheit kennzeichnete die Räume, an denen ich vorüberging, und ersetzte den Überfluss an plüschigem Schnickschnack. Die Tapisserien und Fahnen, die man verschont hatte, waren sauber und frei von Spinnweben.

In der Küche jedoch herrschte nach wie vor Köchin Sara. Ich trat in den Dampf und die Gerüche und fühlte mich in meine Kindheit zurückversetzt. Wie von Chade beschrieben, thronte die hochbetagte Köchin auf einem Sessel und führte von dort das Regiment, statt zwischen Herd und Tisch hin und her zu watscheln, doch offensichtlich wurde in Bocksburg die Kochkunst noch auf die gleiche Art geübt wie früher. Ich löste den Blick von Saras üppiger Gestalt, damit sie nicht aufmerksam wurde und mich womöglich erkannte. Bescheiden zupfte ich am Ärmel eines Küchenjungen, um ihn von Fürst Leuenfarbs Wunsch nach einem Frühstück in Kenntnis zu setzen. Der Junge zeigte auf die Tabletts, das Geschirr und Besteck und wies dann mit einer weit ausholenden Armbewegung auf die Reihe der riesigen Kochherde. »Du bist sein Diener, nicht ich«, beschied er mich frech und widmete sich wieder dem Rübenschnippeln. Ich machte ein böses Gesicht, doch insgeheim war ich ihm dankbar. Im Nu hatte ich ein Tablett reich mit guten Dingen beladen und machte mich auf den Rückweg.

Auf halber Treppe hörte ich eine bekannte Stimme reden, im Gespräch mit anderen. Ich blieb stehen und beugte mich über die Balustrade. Unwillkürlich musste ich lächeln. Königin Kettricken schritt unten einher, und ein halbes Dutzend Hofdamen bemühte sich redlich, mit ihr gleichauf zu bleiben. Ich kannte keine von ihnen, sie waren alle jung, nicht über zwanzig. Als ich Bocksburg den Rücken kehrte, hatten sie noch mit Puppen gespielt. Eine kam mir bekannt vor, aber vielleicht war es die Mutter, die ich in ihren Zügen sah. Mein Blick blieb an der Königin haften.

Wie früher trug Kettricken das reiche goldene Haar geflochten und zu einer Zopfkrone aufgesteckt. Ihr Kleid war braunrot mit einem bestickten gelben Umhang, und ihre Röcke raschelten beim Gehen. Die Damen ahmten ihren schlichten Stil nach, jedoch ohne die gleiche Wirkung, denn es war Kettrickens innere Anmut, die das schmucklose Gewand adelte. Obwohl fünfzehn Jahre älter, war ihre Haltung aufrecht und ihr Schritt federnd. Sie bewegte sich zielstrebig, doch ihre

Miene wirkte geistesabwesend, als wäre sie mit den Gedanken woanders. Wahrscheinlich beschäftigte sie das Schicksal ihres Sohnes, und dennoch erfüllte sie ihre Pflichten als Königin. Mein Herz stand still bei ihrem Anblick. Ich musste denken, wie stolz Veritas auf seine Gemahlin gewesen wäre. »Oh meine Königin«, sagte ich leise vor mich hin.

Ihr Fuß stockte, und beinahe glaubte ich zu hören, wie sie scharf den Atem einsog. Sie schaute sich um und dann nach oben, und über die Entfernung hinweg trafen sich unsere Blicke. Ich konnte es spüren. Für einen Sekundenbruchteil waren wir mit den Augen verbunden, aber ihr Gesicht drückte nur Verwunderung aus, kein Erkennen.

Jemand gab mir eine derbe Kopfnuss. Ich drehte mich zu meinem Angreifer um, eher verdutzt als wütend. Ein Höfling, größer als ich, schaute mit strenger Missbilligung auf mich hinab und fühlte sich berufen, einen barschen Tadel auszusprechen. »Offenbar bist du neu hier am Hof, Bursche. Hier ist den Dienern nicht gestattet, unsere Königin mit unverschämtem Gaffen zu beleidigen. Spute dich und tu deine Arbeit, und vergiss nicht wieder, wo dein Platz ist, oder bald wirst du keinen Platz mehr haben, wo es dir so gut geht wie hier.«

Ich senkte den Blick auf das beladene Frühstückstablett und bemühte mich, meinen Zorn zu beherrschen. Mein Gesicht brannte. Es kostete mich gewaltige Anstrengung, meine Demutshaltung beizubehalten und eilfertig zu nicken. »Vergebung, Herr. Ich werde es nie wieder tun.« Ich hoffte, er würde aus meiner gepressten Stimme Verschüchterung heraushören und nicht Wut.

Mit weißen Knöcheln das Tablett umklammernd, stieg ich weiter die Treppe hinauf, während er hinunterging, und versagte mir einen zweiten Blick über die Balustrade, um zu sehen, ob die Königin mir nachschaute.

Ein Diener. Ein *Diener.* Ich bin ein treuer, gut ausgebildeter Kammerdiener. Ich bin erst kürzlich vom Lande gekommen, doch mit besten Empfehlungen und an Disziplin gewöhnt. Gewöhnt, mich zu bücken, den Blick nicht zu heben. Oder? Als ich hinter Fürst Leuenfarb die Burg betrat, hing Veritas' Klinge in ihrer schmucklosen Scheide an meinem Gürtel. Der ein oder andere musste die Waffe bemerkt haben. Meine wettergegerbte Haut, die schrundigen Hände wiesen mich als jemanden aus, der mehr im Freien lebte als in einer festen Behausung. Wenn ich diese Rolle spielen sollte, dann so, dass sie glaubwürdig wirkte. Dieser neue Diener des Fürsten Leuenfarb musste eine Person sein, mit der ich leben konnte und die ich überzeugend zu spielen vermochte.

Vor des Fürsten Gemächern angelangt, klopfte ich an, wartete einen diskreten Moment und trat ein. Der Narr stand am Fenster und schaute hinaus. Ich machte sorgfältig die Tür hinter mir zu, schloss ab und stellte dann das Tablett auf den Tisch. Während ich aufdeckte, sprach ich zu seinem Rücken. »Ich bin Tom Dachsenbless, Euer Diener. In meinem Empfehlungsschreiben an Euch steht, ich wäre von einem allzu gütigen Herrn über meinem Stand erzogen worden, doch wäre meine Klinge geschliffener als meine Manieren. Ihr habt mich genommen, weil Euch daran gelegen ist, einen Diener zu haben, der gleichzeitig als Leibwächter fungieren kann. Man hat Euch gewarnt, ich sei mürrisch und neigte zum Jähzorn, trotzdem wollt Ihr es mit mir versuchen, um zu sehen, ob ich für Eure Zwecke passe. Ich bin … zweiundvierzig Jahre alt. Meine Narben habe ich mir eingehandelt, als ich meinen letzten Herrn gegen drei – nein sechs – Wegelagerer verteidigte. Ich habe sie alle getötet. Es ist gefährlich, mich zu reizen. Als mein letzter Herr starb, hinterließ er mir ein kleines Legat, welches mir in den letzten Jahren ein bescheidenes Auskommen ermöglicht hat, doch jetzt ist mein Sohn herangewachsen, und seinem Wunsch entsprechend will ich ihn in Bocksburg in die Lehre geben. Ihr habt mich bewogen, in Euren Dienst zu treten, um meine Börse weicher zu polstern.«

Leuenfarb hatte sich ins Zimmer gewandt. Die aristokratischen Hände gefaltet, lauschte er meinem Vortrag. Nachdem ich geendet hatte, nickte er. »Gefällt mir, Tom Dachsenbless. Typisch für unseren Fürsten Leuenfarb, sich einen Diener zu leisten, der ein kleines bisschen gefährlich ist. Wie ich mich damit brüsten werde! Er macht sich, Er macht sich.«

Er trat an den Tisch, und ich rückte ihm den Stuhl zurecht. Er setzte sich und musterte die Frühstückstafel. »Ausgezeichnet. Ganz so, wie ich es mag. Weiter so, und ich werde Seinen Lohn erhöhen müssen.« Er schaute mich an. »Setz dich hin und iss mit«, lud der Narr mich ein.

Ich schüttelte den Kopf. »Ich muss mich in meine Rolle einfinden, Euer Gnaden. Darf ich Euch Tee einschenken?«

Über das Gesicht des Narren flog ein Schatten, dann nahm Fürst Leuenfarb das Mundtuch und betupfte sich die Lippen. »Aber flugs! Worauf wartet Er?«

Ich schenkte ein.

»Dieser Sohn, von dem Er spricht. Ich habe ihn noch nicht kennen gelernt. Er wohnt im Ort unten?«

»Jawohl, Euer Gnaden. Ich habe ihm aufgetragen, dass er nachkommen soll.« Plötzlich wurde mir bewusst, dass ich Harm nur wenig mehr als das gesagt hatte. Er würde hier ankommen mit einem müden alten Pony vor einem klapprigen Wagen, in dem ein alter Wolf lag. Ich war noch nicht bei Jinna gewesen, um sie zu bitten, ihn bei sich aufzunehmen. Was, wenn sie es unverschämt von mir fand, einfach anzunehmen, er könne bei ihr unterschlüpfen? Wie eine haushohe Woge brachen die Forderungen meines anderen

Lebens über mich herein. Ich hatte für Harms Aufenthalt keinerlei Vorkehrungen getroffen. Er kannte niemanden sonst in Burgstadt, außer Merle, und von ihr wusste ich nicht einmal, ob sie sich zurzeit dort aufhielt. Abgesehen davon hatten wir uns im Zorn getrennt, und es war nicht anzunehmen, dass Harm sich an sie um Hilfe wenden würde.

Ich musste bei nächstmöglicher Gelegenheit die Krudhexe aufsuchen und sicherstellen, dass mein Ziehsohn bei ihr Herberge nehmen konnte. Zweitens musste ich für Harm eine Nachricht bei ihr hinterlegen. Und ich musste Chade bitten, wegen der Lehrstelle zu vermitteln. Im Lichte dessen, was ich inzwischen erfahren hatte, sah ich es als »eine Hand wäscht die andere«, aber mir wurde bang bei dem Gedanken an meine Seite des Handels. Als letzter Ausweg blieb mir immer noch, den Narren um das Geld zu bitten, auch wenn es mich sauer ankam. Wie hoch war überhaupt mein Lohn als sein Kammerdiener? Ich nahm mir fest vor zu fragen, aber die Worte wollten mir nicht über die Lippen.

Der Fürst schob seinen Stuhl zurück. »Was schweigt Er sich aus, Dachsenbless? Was Seinen Sohn betrifft, so erwarte ich, dass Er mir den Burschen vorstellt. Für heute sei Ihm der Vormittag zur freien Verfügung gestellt. Räum Er hier auf, dann mach Er sich vertraut mit der Burg und der Umgebung.« Er musterte mich kritisch von Kopf bis Fuß. »Bring Er mir mein Schreibzeug. Ich gebe Ihm einen Kreditbrief mit, für Scrandon, den Schneidermeister.« Der Narr räusperte sich und wechselte den Ton. »Du wirst seine Werkstatt leicht finden, du kennst sie von früher. Mollys Vater hatte dort seine Kerzlerei. Er soll dir Maß nehmen für eine vollständige Ausstattung: Alltagskleider und einen Anzug für solche Gelegenheiten, bei denen ich will, dass du etwas hermachst. Wenn du sowohl Diener als auch Leibwächter sein willst, dann halte ich es für passend, dass du bei Festmahlen hinter meinem Stuhl stehst und mich auf Ausritten begleitest. Und geh auch zu Croy. Er hat einen Verkaufsstand in der Nähe der Straße der Schmiede. Waffen aus zweiter Hand. Schau dir seine Schwerter an und such dir eine Klinge aus, die dir brauchbar erscheint.«

Ich nickte zu jeder seiner Anweisungen, dann begab ich mich zu dem Pult in der Ecke und legte für meinen Herrn Papier und Feder zurecht. Derweil bemerkte hinter mir der Narr halblaut: »Die Wahrscheinlichkeit ist zu groß, dass man sowohl Hods Arbeit als auch Veritas' Klinge wiedererkennt. Ich rate dir, dieses Schwert in Chades Turmgemach aufzubewahren.«

Ohne mich umzudrehen, sagte ich: »Ich werde den Rat befolgen. Und ich werde auch mit dem Waffenmeister sprechen und ihn bitten, mir einen Fechtpartner zuzuteilen. Ich werde vorgeben, meine Fähigkeiten wären ein wenig eingerostet, und mein Herr möchte, dass ich wieder in Schwung komme. Wer war des Prinzen Fechtlehrer?«

Der Narr wusste es. Man konnte sich darauf verlassen, dass er solche Dinge wusste. Er antwortete und nahm auf dem Stuhl vor dem Pult Platz. »Kressbrunn war sein Lehrer. Am häufigsten ließ er ihn gegen eine junge Frau mit Namen Delleree antreten. Leider kannst du nicht ausdrücklich sie verlangen. Hm. Sag ihm, du möchtest mit jemandem fechten, der mit zwei Schwertern kämpft, um deine Paraden zu verfeinern. Ich glaube, das ist ihre Spezialität.«

»Damit versuche ich es. Danke.«

Einige Minuten lang kratzte seine Feder eifrig über das Papier. Ein- oder zweimal hob er den Kopf und musterte mich mit einem abschätzenden Blick, der mich unruhig machte. Ich wanderte zum Fenster hinüber und schaute hinaus. Draußen blaute ein herrlicher Tag. Gern hätte ich ihn für mich gehabt. Bei dem Geruch von erhitztem Wachs drehte ich mich um und sah, wie der Fürst die gefalteten Schriftstücke versiegelte. Er wartete, bis das Wachs hart war, dann hielt er sie mir hin.

»Nun nehm Er die Beine in die Hand und spute sich zum Schneidermeister und zum Waffenhändler. Meine Durchlaucht wird, denke ich, ein wenig durch die Gärten lustwandeln, und danach bin ich bei der Königin zur Audienz …«

»Ich habe sie gesehen – Kettricken.« Ich würgte an einem bitteren Lachen. »Eine Ewigkeit schien es her zu sein, dass wir die steinernen Drachen geweckt haben und so weiter. Und dann geschieht etwas, und plötzlich ist mir, als wäre es gestern gewesen. Als ich Kettricken das letzte Mal sah, saß sie auf dem Rücken von Veritas-als-Drache und wünschte mir Lebwohl. Und dann sehe ich sie heute wieder, und es fällt mir wie Schuppen von den Augen. Seit mehr als einem Jahrzehnt herrscht sie hier als Königin. Ich habe alldem hier den Rücken gekehrt, um meine Wunden heilen zu lassen und weil ich glaubte, ich könne nicht länger Teil davon sein. Nun, da ich zurückgekehrt bin und mich umschaue, drängt sich mir die Erkenntnis auf, dass ich mein Leben verpasst habe. Während ich als Einsiedler meine Tage an mir vorüberziehen ließ, hat sich hier das Rad der Zeit weitergedreht, ohne mich, und ich bin dazu verurteilt, auf ewig ein Fremder im eigenen Haus zu sein.«

»Bedauern ist sinnlos«, erwiderte der Narr. »Dir bleibt nichts anderes übrig, als dein Leben an dem Punkt wiederaufzunehmen, an dem du jetzt stehst. Und wer weiß? Vielleicht stellt sich heraus, dass du aus deinem selbst auferlegten Exil etwas mitbringst, das uns hilfreich sein kann.«

»Und die Zeit läuft uns davon, während wir schwatzen.«

»Er nimmt mir das Wort aus dem Munde.« Fürst Leuenfarb wies auf den Schrank. »Meinen Rock, Dachsenbless. Den grünen.«

Ich öffnete die Schranktüren und befreite das gewünschte Kleidungsstück aus der Enge des drangvollen Kastens, dann drückte ich gegen den Widerstand der schwellenden Stoffmassen die Türen zu. Ich hielt die Jacke, wie ich es bei Charim, Veritas' altem Leibdiener, gesehen hatte, und half meinem Herrn hineinzuschlüpfen. Er streckte mir die Hände hin, und ich zupfte die Manschetten in Form und zog hinten die Schöße stramm. Seine Augen funkelten belustigt. »Brav macht Er das, Dachsenbless«, lobte er, schritt vor mir zur Tür und wartete, dass ich sie ihm öffnete.

Nachdem er hinausgegangen war, legte ich den Riegel vor und machte kurzen Prozess mit den Resten des Frühstücks, anschließend stapelte ich das Geschirr wieder auf das Tablett. Ich warf einen Blick zu der Tür von des Narren Privatgemach, zündete dann eine Kerze an, trat in meine eigene Kammer und schloss hinter mir die Tür. Ohne die Kerze hätte ich nicht die Hand vor Augen gesehen. Erst nach einigem Herumtasten fand ich den Auslöser des Schnappriegels, und erst beim zweiten Versuch drückte ich gegen die richtige Stelle der Wand. Trotz des Muskelkaters in den Beinen stieg ich mit Veritas' Schwert die vielen Stufen zu Chades Turmgemach hinauf und lehnte es in die Ecke neben dem Kamin.

In die Gemächer des Narren zurückgekehrt, räumte ich den Tisch ab. Als ich, das Tablett in den Händen, in den Spiegel schaute, sah ich einen Bediensteten in Weitseherblau, einen von vielen. Ich seufzte, ermahnte mich, den Blick gesenkt zu halten, und verließ das Zimmer.

Hatte ich je befürchtet, dass man mich in meinem alten Zuhause wiedererkennen würde? Man nahm mich überhaupt nicht zur Kenntnis. Ein Blick auf meinen blauen Kittel und die dienstbeflissene Haltung, und ich war vergessen. Einige aus der großen Schar der dienstbaren Geister schauten verstohlen zu mir her, aber zumeist waren sie mit ihren eigenen Pflichten beschäftigt. Einige murmelten einen hastigen Gruß, und ich ließ es mir angelegen sein, ihnen freundlich zu danken. Das waren die Leute, mit denen ich mich gutstellen musste, denn in einem großen Haus begibt sich nur wenig, worüber das Gesinde nicht Bescheid weiß.

Ich lieferte Geschirr und Tablett in der Küche ab und machte mich auf den Weg, meine Aufträge auszuführen. Am Tor ließ man mich ohne Frage nach dem Woher und Wohin passieren, und ich fand mich auf der steilen Straße wieder, die nach Burgstadt hinunterführte. Bei dem freundlichen Wetter waren viele Menschen unterwegs. Die Sonne schien gewillt, ihre Herrschaft noch ein wenig länger zu behaupten. Ich hielt mich hinter einem Trüppchen junger Zofen, die mit dem Einkaufskorb am Arm ins Städtchen hinunterspazierten. Sie schauten sich zweimal argwöhnisch nach mir um und schenkten mir dann keine Beachtung mehr. Ich lauschte auf ihr munteres Geplapper, aber es kreiste lediglich um die bevorstehenden Festlichkeiten anlässlich der Verlobung des Prinzen und wie ihre Herrinnen sich dafür schmücken wollten. Wie durch ein Wunder war es der Königin und Chade gelungen, das Verschwinden des Prinzen vollkommen geheim zu halten.

In Burgstadt unten versäumte ich nicht, meines Herrn Aufträge auszuführen, spitzte aber die Ohren nach jedem Wort, das sich auf Pflichtgetreu beziehen konnte. Ich fand die Schneiderwerkstatt ohne Mühe. Wie Fürst Leuenfarb gesagt hatte, kannte ich das Haus von früher, als sich dort Mollys Kerzlerei befunden hatte. Es war merkwürdig, jetzt wieder über die Schwelle zu treten. Meister Scrandon nahm meinen Kreditbrief bereitwillig an, doch als er las, bis wann die Bestellung fertig sein sollte, schnalzte er mit der Zunge. »Ja nun, er bezahlt mich großzügig, dein Herr, sodass ich mir schon einmal die Nacht für ihn um die Ohren schlagen kann. Morgen wird alles fertig sein.« Aus seinen übrigen Kommentaren konnte ich schließen, dass es nicht der erste Auftrag von Fürst Leuenfarb war. Ich stand stumm auf einem niedrigen Schemel und ließ das Maßnehmen über mich ergehen. Um meine Meinung befragt wurde ich nicht, denn Fürst Leuenfarb hatte in seinem Brief ausführlich dargelegt, wie er seinen Kammerdiener ausstaffiert wünschte. Ich hatte Muße, meinen Gedanken nachzuhängen und mich zu fragen, ob ich die Gerüche von Bienenwachs und Duftkräutern wahrnehmen konnte oder ob mir die Erinnerung einen Streich spielte.

Bevor ich ging, erkundigte ich mich bei Meister Scrandon, ob er in Burgstadt eine Krudhexe kannte; ich wolle mir die Zukunft vorhersagen lassen und ob es mir in meiner neuen Stellung gut gehen würde. Er schüttelte den Kopf über den Aberglauben des einfachen Volkes, gab mir aber den Rat, in der Gegend um die Straße der Schmiede nachzufragen.

Das passte mir gut, denn mein nächster Auftrag führte mich zu Croy. Verwunderlich, dass Fürst Leuenfarb das Gewölbe dieses Mannes überhaupt kannte, denn es war ein Elsternnest, eine bunte Sammlung gebrauchter Waffen und Rüstungsteile. Doch auch hier akzeptierte der Inhaber meinen Kreditbrief ohne Wimpernzucken. Ich ließ mir Zeit mit der Suche nach einem Schwert, dem ich mein Leben anvertrauen konnte. Eine schlichte Waffe, aber von guter Qualität sollte es sein, nur war das natürlich, was jeder wahre Fechter sich wünschte, deshalb war Croy in diesem Segment nur schlecht sortiert. Nachdem er sich bemüht hatte, meine Begeisterung für etliche meisterliche Schwerter zu wecken, mit kunstvollen Scheiden und durchschnittlichen Klingen, gab er auf und ließ mich allein stöbern. Ich meinerseits war bemüht, beim Kramen ein Gespräch aufrechtzuerhalten, und verlieh meiner Verwunderung Ausdruck, wie sehr Bocksburg sich seit meinem letzten Besuch doch verändert hätte. Es war nicht schwer, ihm den gängigen Klatsch zu entlocken und die Rede dann auf Omen und Prophezeiungen zu bringen und die Leute, die damit ihr Brot verdienten. Ich brauchte Jinnas Namen nicht erwähnen, um zu erfahren, wo sie wohnte. Zu guter Letzt entschied ich mich für eine Klinge, die meiner eingerosteten Fähigkeiten buchstäblich würdig war.

Croy spitzte missbilligend die Lippen. »Dein Herr hat Gold im Überfluss, Mann. Nimm dir ein Schwert mit ein bisschen Glanz oder einem Heft, das etwas hermacht.«

Ich schüttelte den Kopf. »Nein, kein Zierrat, der sich in den Kleidern eines Gegners verhakt, wenn es hart auf hart geht. Das hier ist genau richtig. Aber einen Dolch könnte ich noch gebrauchen.«

Ein solcher war bald gefunden, und ich verließ das Gewölbe. Ich schlenderte durch das Getöse und die Hitzeschwaden der Straße der Schmiede. Der vielstimmige Kanon der wetteifernden Hammerschläge bildete einen markanten Kontrapunkt zu der in Wellen herabbrandenden Sonnenglut. In meiner Abgeschiedenheit hatte ich vergessen, dass es in einer größeren Ansiedlung von Menschen kein Entkommen vor dem Lärm gibt. Im Gehen durchforschte ich mein Gedächtnis, versuchte mich zu erinnern, ob etwas, das ich Jinna erzählt hatte, im Widerspruch zu meinem neu entworfenen Lebenslauf stand. Schließlich beschloss ich, es darauf ankommen zu lassen. Falls ihr etwas seltsam vorkam, dann musste sie eben glauben, dass ich ein Lügner war. Zu meinem eigenen Erstaunen merkte ich, wie sehr mir diese Vorstellung gegen den Strich ging.

Meister Croy hatte ein dunkelgrünes Schild beschrieben, mit einer darauf gemalten weißen Hand. Die Schicksalslinien in der Handfläche waren mit roter Farbe eingezeichnet, durchaus kunstvoll. An der Kante des tief herabgezogenen Daches drehten sich klingelnd einige ihrer Amulette im Sonnenschein. Zum Glück für mich schien keins davon zur Abschreckung von Raubtieren gemacht zu sein. Ich spürte schon nach einem Moment, welchem Zweck sie dienten. Willkommen. Sie lockten mich zu dem Haus und der Tür. Nachdem ich angeklopft hatte, musste ich etwas warten, aber dann wurde die obere Hälfte der Tür geöffnet, und Jinna selbst begrüßte mich.

»Tom Dachsenbless!«, rief sie aus, und ich fand es schmeichelhaft, dass weder meine veränderte Haartracht noch meine neuen Kleider sie gehindert hatten, mich gleich zu erkennen. Sofort öffnete sie auch die untere Türhälfte. »Komm herein. Willkommen in Burgstadt. Wirst du mir erlauben, deine Gastfreundschaft zu erwidern? Nun komm doch herein.«

Kaum etwas im Leben ist so beglückend wie aufrichtige Wiedersehensfreude. Sie griff nach meiner Hand und zog mich in das kühle Halbdunkel ihrer Stube wie einen lang ersehnten Gast. Das Zimmer war niedrig und die Einrichtung bescheiden. Es gab einen runden Tisch mit mehreren Stühlen. Auf Wandborden lagerten die Utensilien ihres Handwerks, dazu eine Auswahl fertiger Stücke. Der Tisch war mit Tellern und Schüsseln gedeckt, ich hatte sie beim Essen gestört. Ich blieb stehen; ich fühlte mich befangen. »Ich komme ungelegen.«

»Aber nein! Ganz und gar nicht. Setz dich und iss mit.« Während sie redete, setzte sie sich wieder auf ihren Platz, und mir blieb nichts anderes übrig, als ihrer Einladung Folge zu leisten. »Also. Nun erzähl mir, was führt dich aus deiner Einsamkeit in die große Stadt?« Sie schob mir den Teller mit Marmeladentörtchen, geräuchertem Lachs und Käse hin. Ich nahm ein Törtchen und verschaffte mir so Zeit zum Überlegen. Ihr musste aufgefallen sein, dass ich den Kittel eines Dienstmannes trug, doch sie stellte mir frei, dazu eine Erklärung abzugeben oder auch nicht. Ich rechnete ihr dieses Taktgefühl hoch an.

»Ich habe eine Stellung in der Burg oben angenommen, als Kammerdiener bei Fürst Leuenfarb.« Obwohl ich wusste, es war nur Tarnung, fiel es mir schwer, die Worte auszusprechen. Mir war nie bewusst gewesen, wie viel Ahnenstolz ich besaß, bis alles in mir sich dagegen sträubte, eines anderen Mannes Diener zu spielen. »Ich habe Harm gesagt, er soll nachkommen, sobald er alles geordnet und das Haus abgeschlossen hat. Zu der Zeit wusste ich noch nicht, wie die Dinge sich für mich fügen würden. Ich könnte mir denken, wenn er in die Stadt kommt, wird er dich aufsuchen. Kann ich dich bitten, ihn dann zu mir zu schicken?«

Ich wappnete mich gegen den Schwall der unvermeidlichen Fragen. Warum hatte ich mich plötzlich in Dienst begeben? Warum hatte ich Harm nicht gleich mitgebracht? Woher kannte ich Fürst Leuenfarb? Stattdessen leuchteten ihre Augen auf, und sie rief: »Mit größtem Vergnügen, aber ich habe sogar einen besseren Vorschlag. Wenn Harm kommt, behalte ich ihn hier und lasse dir oben in der Burg Bescheid geben. Hinten steht eine Kammer leer, wo mein Neffe gewohnt hat, bevor er nach der Heirat mit seiner Frau weggezogen ist. Lass dem Jungen ein, zwei Tage in der Stadt; er schien beim Frühlingsfest so viel Spaß zu haben, und deine neuen Pflichten lassen dir vermutlich nicht genug freie Zeit, um ihn selbst herumzuführen.«

»Er wäre begeistert«, hörte ich mich sagen. Für mich war es leichter, meine Rolle als Leuenfarbs Diener zu spielen, wenn ich mich nicht zusätzlich um Harm kümmern musste. »Ich hoffe, in meiner neuen Stellung genug Geld zu verdienen, dass ich ihn bei einem tüchtigen Meister in die Lehre geben kann.«

Komme rauf. Ein stattlicher getigerter Kater kündigte mir seine Absicht an, die er im selben Moment schon ausführte, indem er mir geschmeidig auf den Schoß sprang. Ich starrte ihn verblüfft an. Niemals hatte außer meinen Geschwistertieren ein Geschöpf derart deutlich mit der Stimme der Alten Macht zu mir gesprochen.

»Finkel! Schäm dich, lass das sein. Komm her!« Jinna reckte sich über den Tisch und lupfte den Kater von meinem Schoß, ohne dabei das Gespräch abreißen zu lassen. »Ja, Harm hat mir von seinen Plänen erzählt, und es ist schön, einen jungen Menschen mit Träumen und Hoffnungen zu treffen.«

»Er ist ein guter Junge«, bestätigte ich im Brustton des stolzen Vaters. »Und er soll jede Möglichkeit haben, dass er es im Leben zu etwas bringt. Ich würde alles für ihn tun.«

Finkel stand jetzt auf Jinnas Schoß und starrte mich über den Tisch hinweg mit großen runden Augen an. *Sie mag mich lieber als dich.* Er stibitzte ein Stück Fisch vom Tellerrand.

Sprechen alle Katzen so unhöflich zu Fremden?, tadelte ich ihn.

Er neigte sich nach hinten und rieb mit dem Kopf besitzergreifend an Jinnas Brust. Sein gelbäugiger unverwandter Blick wirkte einschüchternd. *Alle Katzen reden, wie es ihnen beliebt. Mit wem es ihnen beliebt. Du sei still. Ich hab's dir gesagt. Sie mag mich lieber als dich.* Er verdrehte den Kopf, um in Jinnas Gesicht zu schauen. *Mehr Fisch!*

»Das merkt man«, nickte sie. Ich versuchte mich zu erinnern, was ich als Letztes gesagt hatte. Gerade legte Jinna dem Kater einen Happen Fisch an die Tischkante. Ich wusste, Jinna verfügte nicht über die Alte Macht. Hatte der Kater gelogen, als er behauptete, alle Katzen könnten sprechen? Ich hatte keine Ahnung von Katzen. In Burrichs Stall hatte es keine gegeben; dort hielten die Terrier das Ungeziefer in Schach.

Jinna deutete meine Geistesabwesenheit falsch. Sie sah mich mitfühlend an, als sie hinzufügte: »Trotzdem, es muss dich hart angekommen sein, dein Heim und deine Selbstständigkeit aufzugeben und dich in der Stadt zu verdingen, auch wenn Fürst Leuenfarb ein wirklich feiner Mann ist. Ich hoffe, er zeigt sich, was deinen Lohn angeht, ebenso großzügig, wie wenn er in die Stadt hinunterkommt, um Einkäufe zu machen.«

Ich zwang mir ein Lächeln aufs Gesicht. »Dann kennst du Fürst Leuenfarb?«

Sie nickte. »Zufällig war er erst letzten Monat hier in diesem Zimmer. Er wollte ein Amulett gegen Motten in seiner Garderobe. Ich erklärte ihm, so etwas wäre noch nie verlangt worden, aber ich wollte gern versuchen, das Gewünschte herzustellen. So höflich war er für einen so vornehmen Herrn. Er bezahlte mich im Voraus, allein auf mein Wort hin, dass ich es fertigbringen könnte. Anschließend ließ er es sich nicht nehmen, die fertigen Amulette anzuschauen, und kaufte nicht weniger als sechs Stück. Sechs! Eins für süße Träume, eins für unbeschwerten Sinn, ein anderes, um Vögel anzulocken – oh, besonders davon schien er verzaubert zu sein, als sei er selbst ein Vogel. Doch als ich ihn bat, mir seine Hand zu geben, damit ich die Amulette auf ihn abstimmen könne, antwortete er mir, sie wären als Geschenk gedacht. Ich sagte ihm, er könne die betreffenden Personen zu mir schicken, damit ich die Amulette auf jeden persönlich abstimme, aber bis jetzt ist keiner gekommen. Sei's drum, so wie ich sie gemacht habe, dürften sie auch ohne das ihre Wirkung tun. Trotzdem ist es mir wichtig, ein Amulett einzurichten. Das macht den Unterschied zwischen einem nach Schema angefertigten Amulett und dem von einem Meister nach Maß geschaffenen. Und ich betrachte mich als einen Meister meines Fachs – mit Verlaub!«

Die letzten Worte fügte sie mit einem versteckten Lachen in der Stimme hinzu, auf meine hochgezogenen Augenbrauen hin. Wir lachten zusammen, und ich hatte nicht das Recht, mich in ihrer Gesellschaft so wohl zu fühlen, wie ich es tat. »Mir ist jetzt viel leichter ums Herz, seit ich weiß, dass Harm bei dir Aufnahme finden kann«, erklärte ich. »Ich weiß, er ist ein guter Junge und meiner Obhut eigentlich längst entwachsen, doch ich fürchte, ich werde mein Leben lang Sorge haben, ihm könnte ein Unglück geschehen.«

Beachte mich!, forderte Finkel. Er hüpfte auf den Tisch. Jinna setzte ihn zu Boden. Er schmeichelte sich zurück auf ihren Schoß. Sie streichelte ihn geistesabwesend.

»Das gehört dazu, dass man sich Sorgen macht als Vater«, versicherte sie mir. »Oder als Freund.« Ein seltsamer Ausdruck trat auf ihr Gesicht. »Ich neige selbst dazu, mir närrische Sorgen zu machen, sogar in Angelegenheiten, die mich überhaupt nichts angehen.« Sie schaute mich an, auf eine unverhohlen prüfende Art, die mich Böses ahnen ließ. »Nimm es mir nicht übel, wenn ich offen spreche.«

»Nur zu«, forderte ich sie auf, aber im tiefsten Innern wünschte ich mir, sie würde es bleiben lassen.

»Du bist einer von denen mit der Alten Macht«, sagte sie. Es war keine Beschuldigung. Es hörte sich an, als äußere sie sich zu einer unangenehmen Krankheit. »In meinem Gewerbe komme ich viel herum, mehr als du vermutlich in den letzten Jahren. Die Stimmung unter den Leuten gegenüber denen mit der Alten Macht ist umgeschlagen. Argwohn und Hass, Tom, überall, wo ich in letzter Zeit gewesen bin. Ich war nicht dabei, aber ich hörte, dass man in einem Dorf in Farrow die gevierteilten Leichen von Zwiehaften öffentlich zur Schau gestellt haben soll, jedes Teil in einem gesonderten Käfig, damit sie sich nicht wieder zusammenfügen und als Untote umgehen können.«

Ich verzog keine Miene, aber mir war, als würde ich in Eiswasser getaucht. Prinz Pflichtgetreu. Entführt oder weggelaufen, doch in jedem Fall schutzlos. Außerhalb der Burgmauern, unter Menschen, die zu solchen Abscheulichkeiten imstande waren, schwebte der junge Prinz in Lebensgefahr.

»Ich bin eine Krudhexe«, fuhr Jinna leise fort. »Ich weiß, wie es ist, von Geburt an magische Kräfte zu haben. Man kann es nicht ändern, selbst wenn man wollte. Mehr noch, ich weiß, wie es ist, eine Schwester zu haben, die ohne derartige Kräfte geboren wurde. Manchmal erschien sie mir so frei, so unbeschwert. Sie konnte ein Amulett anschauen, das mein Vater gemacht hatte, und für sie waren es nur Hölzchen und Perlen. Niemals sprach es zu ihr, raunend, in ihrem Kopf, drängte, forderte. Die Stunden, die ich bei meinem Vater lernte, waren die Stunden, die sie bei meiner Mutter in der Küche verbrachte. In unserer Kindheit und Mädchenzeit beneideten wir uns gegenseitig, glaubten jede von der anderen, sie habe den besseren Teil bekommen, aber wir waren eine Familie und lernten unsere Verschiedenartigkeit anzunehmen.« Sie lächelte angesichts der Erinnerung, dann schüttelte sie den Kopf, und ihre Miene wurde wieder ernst. »Draußen, in der weiten Welt, ist es anders. Zwar drohen die Menschen mir nicht, mich in Stücke zu reißen oder zu verbrennen, doch aus mehr als einem Augenpaar haben mir Hass und Neid entgegengestarrt. Entweder denken die Leute, es ist nicht gerecht, dass ich etwas besitze, das ihnen vorenthalten ist, oder sie fürchten, ich könnte ihnen mit meinen Kräften Schaden zufügen. Nie machen sie sich die Mühe zu überlegen, dass sie ihrerseits Talente besitzen, die mir versagt sind. Sie sind vielleicht unhöflich zu mir, rempeln mich an oder versuchen, mich von meinem Platz auf dem Markt zu vertreiben, aber sie wollen mir nicht ans Leben. Diese tröstliche Gewissheit hast du nicht. Der kleinste Ausrutscher könnte dein Tod sein. Und wenn jemand dich reizt … Nun, dann wirst du ein ganz anderer Mensch. Ich gestehe, das hat mir seit meinem Besuch bei dir keine Ruhe gelassen. Nun gut, zu meiner eigenen Beruhigung habe ich etwas für dich angefertigt …«

Ich schluckte. »Oh. Vielen Dank.« Ich brachte nicht einmal den Mut auf zu fragen, was es war. Obwohl es in der Stube angenehm kühl war, liefen mir Schweißperlen an der Wirbelsäule hinunter. Es war nicht ihre Absicht, mir zu drohen, aber ihre Worte hatten mir bewusst gemacht, wie verwundbar ich ihr gegenüber war. Die Lektionen meiner Ausbildung zum Meuchelmörder wurzelten tief, stellte ich fest. Töte sie, mahnte dieser Teil von mir. Sie kennt dein Geheimnis und ist eine Gefahr. Töte sie.

Ich faltete die Hände auf der Tischplatte.

»Du musst mich für eine merkwürdige Person halten.« Sie stand auf und ging zu einem Schrank. »Dass ich mich in dein Leben einmische, obwohl wir uns erst zweimal begegnet sind.« Sie war verlegen, doch fest entschlossen, mir das Geschenk zu geben.

»Ich denke, du bist sehr liebenswürdig«, antwortete ich unbeholfen.

Beim Aufstehen hatte sie Finkel entthront. *Da! Kein Schoß mehr! Alles deine Schuld!*

Sie nahm ein Kästchen aus dem Schrank, kam zum Tisch zurück und machte es auf. Drinnen befand sich ein Knäuel aus Perlen und Stäbchen an Lederschnüren. Sie nahm es heraus, schüttelte es, und es war ein Halsband. Ich starrte es an, fühlte aber nichts. »Was bewirkt es?«, fragte ich.

Sie lachte verhalten. »Sehr wenig, fürchte ich. Ich kann

dir nicht dazu verhelfen, dass man dir die Alte Macht nicht anmerkt, ich kann dich auch nicht unverwundbar machen. Ich kann dir nicht einmal etwas geben, das dir hilft, deinen Jähzorn zu beherrschen. Also versuchte ich, etwas anzufertigen, das dich vor feindseligen Gefühlen dir gegenüber warnt, doch es wurde dermaßen groß und klobig, dass es mehr nach einem Brustpanzer aussah als nach einem Amulett. Du musst entschuldigen, wenn ich dir sage, dass mein erster Eindruck von dir nicht besonders günstig war. Hätte Harm nicht so gut von dir gesprochen, hätte ich keinen Moment meiner Zeit an dich verschwendet. Du sahst mir aus wie jemand, mit dem nicht gut Kirschen essen ist. Viele der Leute auf dem Markt dachten das Gleiche. Ein gefährlicher Mann. Und dieser Einschätzung bist du später, offen gesagt, auch gerecht geworden. Ein gefährlicher Mann, aber nicht bösartig, wenn du entschuldigst, dass ich mir ein Urteil über dich erlaube. Die Miene, mit der du der Welt begegnest, zeigt den Menschen diese dunklere Seite deines Wesens. Und jetzt, mit einem Schwert an der Seite und dem Kriegerzopf – nun, das macht es nicht gerade besser. Es ist leichter, einen Menschen zu hassen, den man zuerst gefürchtet hat. Also. Dies ist die Abwandlung eines sehr alten Liebeszaubers. Ich habe ihn so verändert, dass er nicht Liebe weckt, sondern dir deine Mitmenschen zugeneigt macht, vorausgesetzt, er wirkt, wie ich es hoffe. Der Abwandlung eines Grundthemas mangelt es häufig an Kraft. Halt still.«

Sie trat mit dem Halsband hinter meinen Stuhl. Ich sah, wie es sich vor meinem Gesicht nach unten senkte, und neigte unaufgefordert den Kopf, damit sie es im Nacken schließen konnte. Das Amulett vermittelte mir kein besonderes Gefühl, aber die Berührung ihrer Finger jagte mir eine Gänsehaut über den Körper.

Ihre Stimme ertönte hinter mir. »Ich halte es mir zugute,

dass ich die Größe richtig geschätzt habe. Es darf nicht zu weit sein, sonst sieht es unschön aus, und auch nicht so eng, dass man es als lästig empfindet. Lass mich sehen, wie es an dir sitzt. Dreh dich um.«

Ich gehorchte und wandte mich auf dem Stuhl zu ihr um. Sie betrachtete das Halsband, dann mein Gesicht und grinste breit. »Ausgezeichnet. Obwohl du größer bist, als ich mich erinnerte. Ich hätte eine schmalere Perle nehmen sollen. Nun, es geht auch so. Ich hatte damit gerechnet, dass ich es noch anpassen müsste, doch ich fürchte, wenn ich zu viel daran herumbessere, entfaltet es wieder seine ursprüngliche Wirkung. Trag es mit hochgeschlagenem Kragen, sodass es nur eben hervorlugt, und wenn du glaubst, es könnte nützlich sein, dann such einen Vorwand, um den Kragen zu öffnen. Zeig es her, und dein Gegenüber wird alles, was du sagst, als angenehm und überzeugend empfinden. Selbst schweigend wirst du die Herzen gewinnen.«

Sie schaute von oben in mein emporgewandtes Gesicht, während sie den Kragen um das Amulett auseinanderzog. Ich blickte zu ihr auf und spürte, wie mir das Blut heiß in die Wangen stieg. Unsere Blicke tauchten ineinander.

»Es wirkt ganz ausgezeichnet, ich muss mich loben«, sagte sie, senkte ohne falsche Scham den Kopf und bot mir den Mund. Undenkbar, sie nicht zu küssen. Sie drückte ihre warmen Lippen auf die meinen.

Beim Klappern der Türklinke fuhren wir auseinander wie ertappte Sünder. Die Tür ging auf, und die Silhouette einer Frau zeichnete sich vor dem hellen Tageslicht ab. Sie kam herein und drückte die Tür hinter sich ins Schloss. »Puh! Hier drin ist es kühler, Eda sei Dank. Oh. Entschuldige. Warst du bei einer Deutung?«

Sie hatte das gleiche Gewimmel von Sommersprossen auf Nase und Unterarmen und konnte nur Jinnas Nichte sein.

Ich schätzte sie auf um die zwanzig Jahre. Am Arm trug sie einen Korb mit frischen Fischen.

Finkel beeilte sich, sie zu begrüßen, und schlängelte sich um ihre Beine. *Du hast mich lieb. Lieber als alles andere. Nimm mich auf den Arm.*

»Keine Deutung. Ich habe ein Amulett geprüft. Es scheint zu wirken.« Jinnas Tonfall machte uns beide zu Verschwörern, eingeweiht in einen Scherz, den nur wir verstanden. Ihre Nichte blickte zwischen uns hin und her, sie wusste, es war etwas im Gange, wovon sie ausgeschlossen blieb, aber sie nahm es mit Humor. Sie hob Finkel hoch, und er rieb sein Gesicht an ihrer Schulter, um sein Eigentum zu kennzeichnen.

»Leider muss ich jetzt gehen. Ich fürchte, ich habe noch einiges zu besorgen, und sollte mich beeilen.« Eigentlich wäre ich gern noch geblieben, aber dieser Wunsch ließ sich nicht mit dem vereinbaren, was mir in der Stadt zu erledigen aufgetragen worden war. Davon abgesehen hatte ich das deutliche Gefühl, dass ich ein Weilchen für mich sein musste, um herauszufinden, was eben passiert war und was es mir bedeutete.

»Musst du sofort gehen?«, fragte Jinnas Nichte. Sie machte den Eindruck, als wäre sie ehrlich enttäuscht zu sehen, dass ich aufstand, um mich zu verabschieden. »Wir haben genug, falls du bleiben und mit uns essen möchtest.«

Ihre spontane Einladung verblüffte mich, wie auch das Interesse in ihren Augen.

Mein Fisch. Bald in meinem Bauch. Finkel reckte sich nach unten und beäugte erwartungsvoll den Inhalt des Einkaufskorbs.

»Das Amulett wirkt in der Tat ausgezeichnet«, sagte Jinna halblaut. Ich merkte, dass ich unwillkürlich den Kragen vorn am Hals zusammenzog.

»Ich fürchte, ich kann wirklich nicht bleiben, mein Herr erwartet mich zurück. Aber ich danke dir vielmals für die Einladung.«

»Dann vielleicht ein anderes Mal«, erwiderte die Nichte, und Jinna fügte hinzu: »Ganz gewiss ein anderes Mal, Schatz. Bevor er uns verlässt, will ich euch noch schnell bekannt machen. Dies ist Tom Dachsenbless. Er hat mich gebeten, nach seinem Sohn Ausschau zu halten, einem jungen Freund von mir namens Harm. Harm wird möglicherweise ein oder zwei Tage bei uns bleiben. Dann wird Tom uns ganz bestimmt zum Essen die Ehre geben. Tom Dachsenbless, dies ist meine Nichte Miskya.«

»Es ist mir ein Vergnügen«, sagte ich zu der jungen Frau. Ich nahm mir die Zeit, mich freundlich zu verabschieden, bevor ich hinauseilte in die Hitze und den Lärm der Stadt. Auf dem Weg hinauf zur Burg beobachtete ich das Mienenspiel der Leute, die mir entgegenkamen. Mir wollte scheinen, dass ich häufiger als sonst ein Lächeln auf den Gesichtern sah, aber das konnte auch daran liegen, dass ich die Menschen anschaute. Gewöhnlich war ich darauf bedacht, den Blick abgewandt zu halten. Jemand, den man nicht bemerkt, ist jemand, an den man sich nicht erinnert, und übersehen zu werden ist das Bestreben eines jeden Meuchelmörders. Dann rief ich mir ins Gedächtnis, dass ich dieser Zunft nicht mehr angehörte. Trotzdem fasste ich den Entschluss, in meiner Kammer das Halsband abzunehmen. Dass Wildfremde mich ohne Grund wohlwollend anstrahlten, war beunruhigender, als ebenso grundlos mit Misstrauen beäugt zu werden.

Wieder fragte am Burgtor keiner der Wächter nach meinem Woher und Wohin. Die Sonne stand hoch, der Himmel war blau und wolkenlos, und falls von den Menschen, die im Burghof und den Wirtschaftsgebäuden ihrer Arbeit nachgingen, welche Kenntnis vom Verschwinden des Thronerben der Weitseher hatten, merkte man es ihnen nicht an. Vor dem Stall hatten mehrere junge Burschen einen dicklichen Altersgenossen in die Enge getrieben. Sein flaches Gesicht, die kleinen Ohren und der offen hängende Mund verrieten seine Dummheit. Angst dämmerte in seinen kleinen Augen, als die Burschen auseinanderwichen, um ihn einzukreisen. Einer der älteren Stallknechte beobachtete die Szene mit Unwillen.

Nein, nein, nein.

Ich schaute nach dem Ursprung des flüchtigen Gedankens, aber natürlich vergebens. Ein verwehter Musikfetzen lenkte mich ab. Ein Stallbursche, dem man offenbar Beine gemacht hatte, prallte gegen mich, sah mein verdutztes Gesicht und sprudelte eine Entschuldigung hervor. Unwillkürlich war meine Hand an den Schwertgriff gefahren. »Nichts passiert«, versicherte ich ihm und nutzte die Gelegenheit, um zu fragen: »Sag mir, wo kann ich um diese Zeit den Waffenmeister finden?«

Der Junge stutzte, schaute mich genauer an und lächelte. »Unten auf dem Übungsplatz. Gleich hinter dem neuen Falkenhof.« Er zeigte die Richtung.

Ich dankte ihm, und als ich mich abwandte, zog ich den Kragen um meinen Hals zusammen.

Kapitel 13

EINE HAND: …

Zwar kennt man in den Bocksmarken auch Jagdkatzen, doch lange Zeit spielten sie im ausgeführten Waidwerk keine Rolle. Nicht nur ist das Gelände der Marken für die Jagd mit Hunden besser geeignet, sondern es eignen sich Hunde auch besser für das größere Wild, welches gewöhnlich von einer berittenen Jagdgesellschaft als Beute angestrebt wird. Eine lebhafte Meute mit ihrem Gewimmel und Geläut ist eine schöne Verbrämung für eine königliche Hetzjagd. Die Katze hingegen wird allgemein als passender für eine Dame angesehen, eine anmutige Gefährtin auf der Pirsch, die Kaninchen und Vögel zu erbeuten versteht. König Listenreichs erste Gemahlin, Konstanze, besaß eine kleine Jagdkatze, aber mehr zum Vergnügen und zur Gesellschaft als zur Jagd. Ihr Name war Speifauch.

SULINGA: »ÜBER DIE KUNST, MIT TIEREN ZU JAGEN«

»Die Königin wünscht dich zu sprechen.«

»Wann?«, fragte ich überrascht. Es war nicht der Empfang, den ich von Chade erwartet hatte. Ich hatte durch die Geheimtür sein Turmgemach betreten und fand ihn in seinem Sessel vor dem Kamin sitzend, wo er auf mich wartete. Er stand sofort auf.

»Auf der Stelle, selbstverständlich. Sie will wissen, welche Fortschritte wir gemacht haben, und kann es natürlich nicht erwarten zu hören, was du zu berichten hast.«

»Aber ich habe gar nichts vorzuweisen«, wandte ich ein. Der heutige Tag hatte nichts erbracht, worüber sich zu berichten lohnte, und wahrscheinlich stank ich nach Schweiß vom Exerzierplatz.

»Dann will sie das hören«, entgegnete er erbarmungslos. »Komm. Folge mir.« Er öffnete die Tür, und wir verließen das Gemach.

Es war Abend. Ich hatte den Nachmittag damit zugebracht, die Rolle des neuen Dieners zu spielen, der sich mit seinem künftigen Revier vertraut macht. Ich hatte mit Angehörigen des Gesindes geplaudert, mich Waffenmeister Kressbrunn vorgestellt und erreicht, dass er von sich aus vorschlug, ich solle meine Fechtkünste unter der Anleitung von Delleree auffrischen.

Sie erwies sich als eine bemerkenswerte Fechterin, kaum kleiner als ich und sowohl kraftvoll als auch leichtfüßig. Ich war stolz, dass es ihr nicht gelang, meine Deckung zu überwinden, auch wenn mich deren Aufrechterhaltung ziemlich schnell in Atemnot brachte. Ein Versuch, ihre Abwehr zu überwinden, kam für mich vorläufig nicht in Frage. Das Fechttraining, zu dem Meisterin Hod mich seinerzeit gezwungen hatte, kam mir nun gut zustatten, aber mein Körper reagierte trotz besten Willens nicht so schnell wie mein Verstand. Wissen, was man tun muss, ist längst nicht dasselbe, wie es dann auch wirklich zu tun.

Zweimal bat ich um eine Pause, und sie wurde gewährt, mit dem unerträglichen Großmut der Jugend. Doch meine vorsichtigen Fragen nach dem Prinzen führten zu nichts, bis ich während der dritten Atempause den Kragen lockerte, um mich abzukühlen. Ich fühlte mich ein klein wenig schuldig, andererseits kann ich nicht leugnen, dass ich gespannt war, ob das Amulett die junge Frau tatsächlich verführen konnte, mir gegenüber etwas gesprächiger zu sein.

Wahrhaftig. Im Schatten an der Mauer des Zeughauses lehnend, schöpfte ich Atem und schaute ihr dann geradewegs ins Gesicht.

Als unsere Blicke sich trafen, weiteten sich ihre braunen Augen, wie es bei jemandem der Fall ist, der unerwartet etwas Erfreuliches vor sich sieht. Ich stieß meine Frage wie einen Degen durch die Bresche in ihrer Deckung. »Bringst du auch Prinz Pflichtgetreu derart in Bedrängnis, wenn er mit dir trainiert?«

Sie lächelte. »Nein, ich fürchte nicht, denn da muss ich eifrig verhindern, dass er mich in Bedrängnis bringt. Er ist ein talentierter Fechter, erfindungsreich und unberechenbar in seiner Taktik. Kaum habe ich mir eine neue Finte ausgedacht, hat er sie mir schon abgeschaut und wendet sie gegen mich an.«

»Dann liebt er den Schwertkampf.«

Sie zögerte. »Nein. Das ist es nicht. Er ist jemand, der nie etwas nur halbherzig tut. Er strebt danach, in allem, was er beginnt, perfekt zu sein.«

»Ehrgeizig ist er also?« Ich beschäftigte meine Hände damit, mein widerspenstiges Haar aus dem Gesicht zu streichen und neu in den Kriegerzopf zu fassen.

Wieder ließ sie sich Zeit mit der Antwort. »Nein, nicht im üblichen Sinn. Einige von denen, die ich ausbilde, denken nur daran, ihren Gegner zu besiegen. Diese Besessenheit kann man ausnutzen, um sie zu unvorsichtigen Manövern zu verleiten. Doch ich habe nicht den Eindruck, dass es dem Prinzen darauf ankommt, als Sieger aus unseren Treffen hervorzugehen. Er will keine Fehler machen. Es sieht nicht aus, als ob er sich an meinen Fähigkeiten misst, er …« Sie ließ den Satz in der Luft hängen, während sie überlegte und nach Worten suchte.

»Er misst sich an sich selbst, an einer Idealvorstellung seiner selbst.«

Erst schaute sie überrascht, dann erschien ein Lächeln auf ihrem Gesicht. »Ganz genau. Du kennst ihn also?«

»Bisher noch nicht«, gestand ich. »Aber ich habe viel von ihm gehört und freue mich darauf, ihm persönlich zu begegnen.«

»Oh, das kann lange dauern«, sagte sie arglos. »Er hat in manchen Dingen die Art seiner Mutter aus den Bergen. Oft hält er sich eine ganze Weile vom Hof fern, nur um nachzudenken. Er begibt sich in Klausur in einem der Türme. Manche behaupten, dass er in dieser Zeit fastet, aber davon habe ich nichts gemerkt, wenn er wieder zum Training erschien.«

»Aber was tut er dann?«, fragte ich beherzt.

»Ich habe keine Ahnung.«

»Du hast ihn nie gefragt?«

Sie schenkte mir einen befremdeten Blick, und als sie antwortete, war ihr Ton merklich kühler. »Ich bin nur sein Fechtpartner, nicht seine Vertraute. Ich bin eine Soldatin der Garde, und er ist der Prinz. Wie sollte ich mir anmaßen, meinen Prinzen zu fragen, wie es ihm beliebt, seine Zeit zu verbringen? Er ist, wie alle hier wissen, ein verschlossener Mensch, der das Alleinsein braucht.«

Ich hatte sie zu sehr bedrängt, auch Jinnas Magie vermochte daran nichts zu ändern. Ich lächelte, entwaffnend, wie ich hoffte, und richtete mich ächzend auf. »Nun, als Trainingspartner kannst du es mit jedem aufnehmen, den ich je gehabt habe. Der Prinz kann sich glücklich schätzen, jemanden wie dich zu haben, der ihm hilft, sich in der Fechtkunst zu vervollkommnen. Ich jedenfalls weiß es zu schätzen.«

»Vielen Dank. Und ich hoffe, es ergibt sich die Gelegenheit, dass wir noch einmal die Klingen kreuzen.«

Ich beließ es dabei. Bei den anderen Dienstboten, mit denen ich ins Gespräch kam, hatte ich ähnlich bescheidenen Erfolg. Nicht dass die Leute sich zugeknöpft gegeben hätten, im Gegenteil, sie verbreiteten sich gern und ausführlich über Fürst Leuenfarb und Fürstin Elegantsa, nur über den Prinzen schien es keinerlei Klatsch und Tratsch zu geben. Das Bild, das ich von Pflichtgetreu bekam, war das eines jungen Mannes, der zwar keinen Anlass gab, ihm zu grollen, jedoch fremd blieb, abgesondert, nicht nur aufgrund seiner Stellung, sondern auch durch sein Wesen. Für mich eine wenig ermutigende Erkenntnis. Wenn er einfach beschlossen hatte, aus der Enge seines Lebens auszubrechen, hatte er sich bestimmt niemandem anvertraut. Und sein Einzelgängertum machte ihn zu einem idealen Objekt für Entführer.

Meine Gedanken wanderten zu der Nachricht, die die Königin erhalten hatte, dass der Prinz mit der Alten Macht behaftet sei und sie entsprechende Maßnahmen ergreifen solle. Was verstand der Schreiber unter »entsprechende Maßnahmen«? Enthüllen, dass er einer mit der Alten Macht war, und ein Gesetz erlassen, dass solche nicht mehr verfolgt werden dürften? Oder die ehrenwerte Ahnenreihe der Weitseher reinhalten, indem man das Ärgernis ausmerzte? Und hatte der Schreiber sich auch mit dem Prinzen in Verbindung gesetzt?

Auf Chades alter Werkbank fand ich die Diebshaken, die ich für mein Abenteuer zur Mittagsstunde benötigte. Pflichtgetreu bewohnte Prinz Edels ehemalige Prunkgemächer. Das betreffende Türschloss und ich waren alte Bekannte, und ich rechnete damit, es ohne Mühe öffnen zu können. Während man im Palas zu Tisch saß, verfügte ich mich zu den prinzlichen Gemächern. Auch hier merkte man den Einfluss seiner Mutter, denn nicht nur stand keine Wache vor der Tür, sondern diese war zudem unverschlossen. Ich schlüpfte hindurch und drückte sie leise hinter mir zu. Dann schaute ich mich staunend um. Ich hatte in etwa das gleiche Durcheinander erwartet, wie Harm es um sich zu verbreiten pflegte. Stattdessen waren die spärlichen Habseligkeiten des jungen Prinzen dermaßen penibel aufgeräumt, dass der große Raum fast leer wirkte. Vielleicht hatte er einen ordnungsbesessenen Kammerdiener? Andererseits, eingedenk der Art, wie Kettricken aufgewachsen war, fragte ich mich, ob der Junge überhaupt einen persönlichen Diener hatte. Derlei Annehmlichkeiten waren in den Bergen verpönt.

Die Durchsuchung des Zimmers nahm nur sehr wenig Zeit in Anspruch. In den Truhen fand sich ein bescheidenes Sortiment von Kleidungsstücken; ob welche fehlten, konnte ich nicht beurteilen. Seine Reitstiefel waren da, aber Chade hatte mir bereits gesagt, dass des Prinzen Ross noch im Stall stand. Er besaß eine hübsche Garnitur aus Bürste, Kamm, Waschschüssel und Spiegel, alles säuberlich nebeneinander aufgereiht. Im Studierzimmer war das Tintenfass fest verschlossen, und die Tischplatte hatte nie Klecksereien oder andere freche Misshandlungen erdulden müssen. Keine Schriftrollen lagen herum. Sein Schwert hing an der Wand, aber es gab leere Haken, an denen sonstige Waffen gehangen haben könnten. Nirgends persönliche Briefe, keine Bänder oder Haarlocken in einem Winkel des Kleiderkastens, nicht einmal ein klebriges Weinglas oder ein achtlos unter das Bett geworfenes Hemd. Kurz gesagt, ich fühlte mich nicht wie im Schlafgemach eines Jungen im besten Trotz- und Flegelalter.

Dicht beim Kamin stand ein stabiler Weidenkorb mit einem dicken Polster. Die Haare, die an dem Stoff hafteten, waren kurz, aber seidig. Das feste Korbgeflecht trug die Spuren scharfer Krallen. Ich brauchte nicht die Nase des Wolfs, um den Katzengeruch im Zimmer wahrzunehmen. Ich hob das Polster hoch und fand darunter Spielzeug: einen Kaninchenbalg an einer dicken Schnur und ein mit Katzenminze gefülltes Leinenkissen. Ich hob die Augenbrauen über die Entdeckung und fragte mich, ob Jagdkatzen genauso wild darauf waren wie unsere kleineren Mäusefänger.

Sonst waren die Räumlichkeiten unergiebig: kein Tagebuch mit prinzlichen Gedankenergüssen, kein Abschiedsbrief eines trotzigen Knaben an seine Mutter, nichts, was darauf hinwies, dass er gegen seinen Willen weggebracht worden war. Ich ging und hinterließ alles genauso, wie ich es vorgefunden hatte.

Mein Weg führte mich an der Tür meines alten Zimmers vorbei. Ich blieb stehen. Wer bewohnte es jetzt? Der Flur war leer, und ich gab der Versuchung nach. Das Schloss an der Tür hatte ich seinerzeit selbst angebracht, und es bedurfte meiner gesamten eingerosteten Fähigkeiten, um es aufzubringen. Es war so schwergängig, dass sich seit langem kein Schlüssel mehr darin gedreht haben konnte. Ich machte die Tür hinter mir zu und stand still, Staubgeruch in der Nase. Die Läden waren vorgelegt, aber wie schon zu meiner Zeit schlossen sie nur lückenhaft. Durch Ritzen und Spalten sickerte Tageslicht, und nach wenigen Sekunden hatten sich meine Augen an das Halbdunkel gewöhnt. Ich schaute mich um. Meine Bettstatt. Spinnweben schmückten die altvertrauten Vorhänge. Die Kleidertruhe aus Zedernholz am Fußende trug eine dicke Staubschicht. Der Kamin: leer, schwarz, kalt. Darüber der verblasste Wandteppich von König Weise bei Verhandlungen mit den Uralten. Ich betrachtete ihn. Als Junge hatte er mir Albträume beschert. Später hatte sich mir das Rätsel der eigenartig langgezogenen Gestalten gelöst. Die goldenen Uralten blickten hinunter in den leblosen, leeren Raum.

Plötzlich war mir zumute, als hätte ich eine Gruft entweiht. So leise wie ich eingetreten war, ging ich hinaus und verriegelte hinter mir die Tür.

Ich hatte damit gerechnet, meinen Herrn in seinen Gemächern anzutreffen, doch im Salon war er nicht. Ich klopfte diskret an die Tür seines Privatgemachs. »Euer Gnaden?« Ich schwöre, ich habe die Klinke nicht angefasst – allein durch das Anklopfen schwang die Tür nach innen.

Licht strömte mir entgegen. Dieses Nebengemach hatte ein Fenster, und die sinkende Sonne füllte es mit Gold. Es war ein freundlicher, heller Raum, in dem es nach Holzspänen und Farbe roch. In einer Ecke rankte sich eine in einem Behälter wurzelnde Pflanze an einem Spalier hinauf. An den Wänden sah ich Amulette hängen, von gleicher Art, wie Jinna sie anfertigte. Auf dem Arbeitstisch in der Mitte des Raums, zwischen verstreuten Werkzeugen und Farbtöpfen, lagen Stäbchen, Bindfaden und Perlen, als hätte er ein Amulett in seine Einzelteile zerlegt. Ich merkte, dass ich einen Schritt über die Schwelle getan hatte.

Eine Schriftrolle lag von Gewichten beschwert auf dem Tisch ausgebreitet, darauf Abbildungen von Amuletten einer ganz anderen Machart als Jinnas. Schon nach einem Blick verursachten sie mir ein mulmiges Gefühl. Das kommt mir bekannt vor, dachte ich, und dann, auf den zweiten Blick, hätte ich schwören können, dass mir etwas Ähnliches noch nie unter die Augen gekommen war. Ein kalter Schauer lief mir über den Rücken. Die kleinen Perlen hatten Gesichter, die hohlen Stäbchen waren zu Spiralen geschnitzt. Je länger ich hinschaute, desto stärker beunruhigten sie mich. Mir war, als könnte ich nicht richtig atmen, als wollten sie mich in sich hineinziehen.

»Komm weg da«, sagte hinter mir die Stimme des Narren leise. Ich brachte keine Antwort heraus.

Seine Hand auf meiner Schulter brach den Bann. Ich drehte mich um. »Es tut mir leid«, stieß ich hervor. »Die Tür stand offen, und ich …«

»Ich habe dich nicht so früh zurückerwartet, oder sie wäre verschlossen gewesen.«

Das war alles, was er sagte, dann zog er mich aus dem Zimmer und machte die Tür fest zu.

Es war, als hätte er mich vom Rand eines Abgrunds zurückgeholt. Ich holte zitternd Atem. »Was war das?«

»Ein Experiment. Was du mir von Jinnas Amuletten erzählt hast, hat mich neugierig gemacht, also beschloss ich, nach meiner Rückkehr selbst einen Blick darauf zu werfen. Anschließend wollte ich wissen, worauf ihre Wirkung beruhte. Ich wollte herausfinden, ob ein solches Amulett nur von einer Krudhexe angefertigt werden kann oder ob die magische Kraft in der Art der Zusammenstellung steckt. Und ich wollte ausprobieren, ob ich die Wirkung verstärken kann.« Er erzählte all das mit völlig nüchterner Stimme.

»Wie kannst du es ertragen, sie um dich zu haben?«, fragte ich. Noch immer waren meine Nackenhaare aufgestellt.

»Sie sind auf Menschen ausgerichtet. Du vergisst, dass ich ein Weißer bin.«

Diese schlichte Aussage verstörte mich ebenso sehr wie die komplexen kleinen Zeichnungen. Ich schaute den Narren an, und für einen Lidschlag sah ich ihn wie zum ersten Mal. So attraktiv seine Farbe war, ich hatte noch nie jemanden mit diesem Teint, diesen Haaren und Augen gesehen. Es gab weitere Unterschiede, zum Beispiel das Gelenk zwischen Hand und Arm, das plusterige Haar – doch als unsere Blicke sich trafen, war er wieder mein alter Freund seit Kindertagen. Es war ein Gefühl wie nach einem tiefen Sturz der

Aufprall auf den Erdboden. Plötzlich kam mir erneut zu Bewusstsein, was ich getan hatte. »Es tut mir leid, ich wollte nicht … Ich weiß, du legst Wert auf deine Privatsphäre …« Ich schämte mich und fühlte, wie mir das Blut heiß in die Wangen stieg.

Er schwieg einen Moment, dann sagte er ernst: »Als ich in dein Haus kam, hast du nichts vor mir verborgen.« Ich spürte, dass diese Aussage mehr seinen Sinn für Gerechtigkeit widerspiegelte und nicht, was er fühlte.

»Ich werde das Zimmer nie wieder betreten«, versprach ich mit Nachdruck.

Das nötigte ihm ein kleines Lächeln ab. »Nein, bestimmt nicht.«

Ich fand, jetzt sei der Moment gekommen, das Thema zu wechseln, aber das Einzige, was mir einfiel, war: »Ich bin heute bei Jinna gewesen. Sie hat das für mich gemacht.« Ich öffnete den Hemdkragen.

Er schaute mit großen Augen erst auf das Amulett, dann in mein Gesicht. Aus irgendeinem Grund schien es ihm die Sprache verschlagen zu haben. Dann hielt ein törichtes Grinsen auf seinem Gesicht Einzug.

»Angeblich soll es Menschen mir gegenüber freundlich stimmen«, erklärte ich. »Zum Ausgleich für mein grimmiges Äußeres, nehme ich an, obwohl sie zu höflich war, es auszusprechen.«

Er atmete tief ein. »Verbirg es wieder«, bat er glucksend, und während ich den Kragen zusammenzog, wandte er sich ab. Hastig, fast als wäre es eine Flucht, ging er zum Fenster und blickte hinaus. »Jinnas Amulette sind nicht auf mich abgestimmt, aber trotzdem bin ich nicht völlig gefeit gegen ihre Wirkung. Du erinnerst mich oft daran, dass ich in mancher Hinsicht durchaus menschlich bin.«

Ich nahm das Halsband ab und hielt es ihm hin. »Du kannst

es nehmen und untersuchen, wenn du willst. Ich bin mir nicht ganz sicher, ob ich es tragen möchte. Eigentlich ziehe ich es vor zu wissen, was die Leute wirklich von mir halten.«

»Warum nur kann ich das nicht recht glauben«, hörte ich ihn murmeln, doch er wandte sich ins Zimmer zurück und nahm mir das Amulett aus der Hand. Er hielt es in die Höhe, betrachtete es eingehend und schaute dann mich an. »Auf dich abgestimmt?«

Ich nickte.

»Faszinierend. Ich würde es gern behalten, ein, zwei Tage. Ich verspreche, es nicht zu zerpflücken. Danach aber, denke ich, solltest du es tragen. Immer.«

»Ich denke darüber nach«, versprach ich, spürte aber nicht die geringste Lust, es wieder anzulegen.

»Chade wollte dich sprechen, sobald du zurück bist«, sagte er plötzlich, als wäre es ihm in diesem Moment wieder eingefallen.

Damit war die Angelegenheit erledigt, und ich hatte das Gefühl, mir wäre, wenn nicht vergeben, so doch verziehen.

Jetzt, während ich Chade durch den schmalen Korridor folgte, erkundigte ich mich: »Wie wurde all das hier gebaut? Wie lässt sich ein Labyrinth wie dieses, welches sich durch die ganze Burg windet, geheim halten?«

Er hielt im Gehen eine brennende Kerze hoch und antwortete mit gedämpfter Stimme über die Schulter. »Ein Teil davon ist gleichzeitig mit der Burg entstanden. Unsere Vorfahren waren nicht eben vertrauensselig, sie legten Fluchtwege an, für den Fall der Fälle. Manche Bereiche dienten von jeher dem Lauschen und Spähen. Andere Teile waren früher Treppen für das Gesinde; sie entstanden während des Wiederaufbaus nach einem Brand. Noch anderes wurde planvoll hinzugefügt, in der Zeit, als du schon hier gelebt hast. Als Kind, kannst du dich erinnern, wie Listenreich den

Auftrag gab, dass der Kamin in der Wachstube neu gebaut werden sollte?«

»Undeutlich. Damals fand ich das nicht besonders wichtig.«

»Niemand fand es besonders wichtig. Dir ist vielleicht aufgefallen, dass zwei Wände eine hölzerne Verkleidung bekamen?«

»Die Wandschränke? Ich dachte, sie wären Köchin Sara zuliebe eingerichtet worden, als rattensicherer Stauraum für Vorräte. Der Raum wurde kleiner dadurch, aber auch wärmer.«

»Und über den Schränken befindet sich ein Kriechgang mit mehreren Sehschlitzen. Listenreich wollte gern wissen, was die Männer seiner Leibgarde über ihn dachten, was sie fürchteten, was sie erhofften.«

»Aber die Handwerker, die das gebaut haben, mussten doch Bescheid wissen …«

»Man holte Leute von außerhalb und für jeden Abschnitt der Arbeiten eine neue Mannschaft. Ich persönlich habe die Sehschlitze angebracht. Falls der ein oder andere sich wunderte, dass die Decken der Schränke fester als eigentlich notwendig gefügt und abgestützt waren, hielt er den Mund. So, wir sind da. Pst.«

Er hob eine kleine Lederlasche an der Wand und lugte durch das dahinter verborgene Löchlein. Nach einem Augenblick flüsterte er: »Komm.«

Die Tür öffnete sich lautlos in ein Studierzimmer. Wieder spähte Chade durch ein Guckloch, dann klopfte er leise an. »Herein«, antwortete gedämpft Kettrickens Stimme.

Ich trat hinter Chade in ein kleines Zimmer neben dem Schlafgemach der Königin. Die Verbindungstür war geschlossen und ein Riegel vorgelegt. Der Raum war sparsam eingerichtet, in der strengen, aber auch harmonischen

Art der Berge. Dicke parfümierte Kerzen spendeten Wohlgeruch und Licht in der fensterlosen Kammer. Tisch und Stühle bestanden aus hellem, glattem Holz. Der Teppich auf dem Boden und die Wandbehänge waren aus Gras geflochten und zeigten Wasserfälle in einer Berglandschaft. Ich erkannte Kettrickens Handarbeit. Davon abgesehen gab es kein Mobiliar. All das nahm ich nur am Rande wahr, denn meine Königin stand in der Mitte des Zimmers.

Sie erwartete uns. Angetan war sie mit einem schlichten Gewand in dem Blau der Weitseher unter einem Überwurf in Weiß und Gold. Das flachsfarbene Haar lag eng am Kopf, gekrönt von einem glatten Reif aus Silber. Ihre Hände waren leer. Eine andere als sie hätte sich mit einer Nadelarbeit bewaffnet oder eine Platte mit Speisen hinstellen lassen, aber nicht unsere Königin. Sie wartete, doch war ihr keine Ungeduld oder Angst anzumerken. Ich nahm an, dass sie meditiert hatte, denn sie war von einer Aura der Ruhe umgeben. Wir schauten uns an, und die kleinen Falten in den Winkeln von Augen und Mund schienen Lügner, denn in dem Blick, den wir tauschten, war keine Minute vergangen. Der Mut, den ich stets an ihr bewundert hatte, leuchtete noch dort, und ihre Selbstbeherrschung umschloss sie wie ein Panzer. Dennoch: »Oh, Fitz!«, rief sie bei meinem Anblick aus, und in ihrer Stimme schwangen herzliches Willkommen und Erleichterung.

Ich verneigte mich tief und sank dann auf ein Knie nieder. »Meine Königin!«

Sie trat vor und legte die Fingerspitzen auf meinen Scheitel; ich empfand es wie eine Segnung. »Erhebe dich«, befahl sie ernst. »Du hast mir in vielen Prüfungen treu zur Seite gestanden, und ich mag dich nicht vor mir auf den Knien sehen. Und wie ich mich erinnere, hast du mich dereinst Kettricken genannt.«

»Das ist viele Jahre her, Majestät«, sagte ich und erhob mich.

Sie umfasste mit beiden Händen meine Rechte. Wir waren nahezu gleich groß, und ihre blauen Augen blickten tief in meine. »Viel zu viele Jahre, woran ich dir die Schuld gebe, Fitz. Doch Chade hat mir damals erklärt, es sei möglich, dass du fortan ein Leben in Abgeschiedenheit führen möchtest. Du hattest eigene Wünsche und eigenes Glück deiner Pflicht geopfert, und wenn Einsamkeit die Belohnung war, nach der dein Herz verlangte, dann wollte ich sie gern gewähren. Aber ich gebe zu, glücklicher macht es mich, dich zurückkehren zu sehen, besonders in dieser Stunde der Not.«

»Wenn Ihr meiner bedürft, dann bin ich froh, wieder hier zu sein«, erwiderte ich, fast ohne Vorbehalt.

»Es betrübt mich, dass du unter den Menschen in der Burg umhergehst und keiner ahnt, welche Opfer du für ihr Wohl gebracht hast. Man hätte dir einen Empfang bereiten sollen, wie er eines Helden würdig ist, stattdessen verrichtest du Knechtsarbeit und trägst ein Knechtsgewand.« Ihre ernsten blauen Augen forschten in meinem Gesicht.

Ich lächelte. »Vielleicht bin ich zu lange in den Bergen gewesen, wo man weiß, dass der wahre Herrscher seines Volkes erster Diener ist.«

Für eine Sekunde wurden ihre Augen groß. Dann lächelte sie unter Tränen, strahlend wie die Sonne, die durch Sturmwolken bricht. »Ach Fitz, dich solches sagen zu hören ist Balsam für mein Herz. In Wahrheit bist du Opfer für dein Volk gewesen, und ich bewundere dich dafür. Doch aus deinem Munde zu hören, dass du verstehst, es muss so sein, und dass die Erfüllung dieser deiner Pflicht dir Befriedigung schenkt, das bereitet mir große Freude.«

Zwar hatte sie mich da ein wenig falsch verstanden und

hielt mir zu viel zugute, doch will ich nicht leugnen, dass ihr Lob einiges von dem alten Schmerz in mir auslöschte. Ich ersparte es mir, näher darüber nachzudenken.

»Pflichtgetreu«, sagte ich stattdessen. »Er ist der Grund, weshalb ich hier bin, und sosehr ich mich über diese Wiedervereinigung freue, wäre es mir eine noch größere Genugtuung herauszufinden, was mit ihm geschehen ist.«

Die Königin hielt meine Hand fest und zog mich zum Tisch. »Du bist mir von Anfang an ein Freund gewesen, noch ehe ich an diesen Hof kam. Und nun bist du mein Helfer und Beistand in dieser Bedrängnis.« Sie holte tief Atem, und die Ängste und Sorgen einer Mutter brachen sich Bahn, als sie sagte: »Auch wenn ich mir vor den Menschen nichts anmerken lasse – und es bekümmert mich, dass ich mein eigenes Volk täuschen muss –, denke ich doch immer an meinen Sohn. Fitz-Chivalric, ich gebe mir selbst die Schuld für dieses Unglück, aber ich weiß nicht, ob mein Fehler darin bestand, zu viel an Disziplin von ihm zu verlangen oder zu wenig, oder ob ich zu sehr den Prinzen gesehen habe und zu wenig den Knaben, oder …«

»Hoheit, Ihr könnt das Problem nicht aus dieser Richtung angehen. Wir müssen an dem Punkt beginnen, an dem wir jetzt stehen; Schuldzuweisungen bringen uns nicht weiter. Ich gestehe offen, in der kurzen Zeit meines Hierseins habe ich nichts herausfinden können. Von den Leuten, mit denen ich gesprochen habe, schien keiner dem Prinzen übelzuwollen. Keiner ließ anklingen, dass er einen unglücklichen oder unzufriedenen Eindruck gemacht hätte.«

»Dann glaubst du, er ist entführt worden?«

Jemandem ins Wort zu fallen sah Kettricken ganz und gar nicht ähnlich, und endlich begriff ich das Ausmaß ihrer Seelenqual. Ich zog einen Stuhl für sie heran, und als sie sich setzte, blickte ich ihr fest ins Gesicht und sagte so ruhig, wie ich selbst nicht war: »Vorläufig glaube ich überhaupt nichts. Ich habe nicht genügend Fakten, um mir eine Meinung zu bilden.«

Auf einen ungeduldigen Wink von ihr nahmen Chade und ich ebenfalls am Tisch Platz. »Aber was ist mit deiner Gabe?«, forschte sie. »Verrät sie dir nichts über ihn? Chade hat mir gesagt, er vermutet, du und mein Sohn, ihr wärt auf irgendeine Art in euren Träumen verbunden. Ich verstehe nicht, wie so etwas möglich sein kann, doch wenn es sich so verhält, musst du etwas wissen. Was hat er geträumt in diesen letzten Nächten?«

»Meine Antwort wird Euch nicht gefallen, Hoheit, ebenso wenig wie damals auf der Suche nach Veritas. Meine Gabe ist heute, wie sie damals war: launisch und unzuverlässig. Aus dem, was Chade mir berichtet hat, lässt sich unter Umständen der Schluss ziehen, dass ich gelegentlich in einem Traum von Prinz Pflichtgetreu zu Gast gewesen bin, doch falls es so ist, war es mir zu der Zeit nicht bewusst. Auch kann ich nicht nach Belieben in seine Träume eindringen. Wenn er geträumt hat in diesen letzten Nächten, gehörten seine Träume ihm allein.«

Kettricken rang die Hände. »Oder vielleicht hat er gar nicht geträumt. Vielleicht ist er längst tot oder muss Qualen erdulden, sodass er nicht schlafen und nicht träumen kann.«

»Majestät, Ihr malt Euch das Schlimmste aus, und wenn Ihr das tut, kann Euer Verstand sich, vor Schrecken gelähmt, nicht mit der Lösung des Problems befassen.« Chades Tonfall war beinahe streng. Da ich wusste, wie nahe ihm das Verschwinden des Jungen ging, erstaunte mich seine Kälte, bis ich die Reaktion der Königin sah. Kettricken bezog Kraft aus seiner Härte.

»Natürlich. Du hast recht.« Sie richtete sich auf. »Aber wie soll unsere Lösung aussehen? Wir haben nichts herausgefunden, auch Fitz-Chivalric nicht. Du hast mir geraten, des Prinzen Verschwinden geheim zu halten, damit wir nicht das Volk in Unruhe versetzen und uns zu übereilten Handlungen gezwungen sehen. Es gab keine Lösegeldforderungen. Vielleicht sollten wir bekannt machen, dass der Prinz verschwunden ist. Irgendwer muss etwas wissen. Ich bin der Ansicht, wir müssen es verlautbaren und das Volk um Hilfe bitten.«

»Noch nicht«, hörte ich mich selbst sagen. »Ihr habt recht damit, dass irgendwer etwas wissen muss. Und wenn dieser Jemand etwas weiß und sich nicht gemeldet hat, dann hat er einen Grund dafür, und den möchte ich gern erfahren.«

»Was schlägst du dann vor?« Kettricken blickte mich fragend an. »Was bleibt uns noch übrig?«

Auch wenn ich wusste, dass es sie hart ankommen würde, ihre Ungeduld zu zügeln, sprach ich es aus. »Gebt mir etwas mehr Zeit. Einen Tag, höchstens zwei. Damit ich mehr Fragen stellen kann, mich gründlicher umsehen.«

»Aber bis dahin könnte ihm alles Mögliche zugestoßen sein!«

»Ihm könnte längst alles Mögliche zugestoßen sein«, gab ich zu bedenken. Betont ruhig sprach ich sie aus, die grausamen Worte: »Hoheit, falls er entführt wurde, weil man ihn töten wollte, hat man es inzwischen getan. Hat man ihn entführt, weil man plant, ihn zu benutzen, wartet man jetzt auf unseren Zug in diesem Spiel. Falls er weggegangen ist, weil er es wollte, besteht die Möglichkeit, dass er sich besinnt und nach Hause zurückkehrt. Solange wir sein Verschwinden geheim halten, liegt die Initiative bei uns. Wird es bekannt, geben wir sie aus der Hand. Eure sämtlichen Edlen werden landauf, landab jeden Stein umdrehen, um den Prinzen zu finden, und gewiss nicht alle haben dabei allein sein Wohl im Sinn. Einige werden ihn ›retten‹ wollen, um sich die königliche Gunst zu erschleichen, und manche haben es vielleicht darauf abgesehen, einem anderen Wiesel die Beute zu entreißen und selbst einen Nutzen daraus zu schlagen.«

Mit geschlossenen Augen nickte sie widerstrebend zu meinen Worten und schwieg einen Moment lang. Als sie dann sprach, war ihrer Stimme anzuhören, mit welcher Mühe sie sich beherrschte. »Aber du weißt, dass uns die Zeit davonläuft. Chade wird dich davon unterrichtet haben, dass eine Gesandtschaft der Fernholmer auf dem Weg ist, um des Prinzen Verlobung mit der Tochter eines ihrer Edlen zu besiegeln. Bei ihrer Ankunft, mit der in etwa zwei Wochen von heute an zu rechnen ist, muss mein Sohn wieder hier sein, oder wir werden uns nicht nur mit Schande bedeckt haben, sondern man wird es als Kränkung ansehen, und das bedeutet das Ende eines unter vielen Mühen ausgehandelten Waffenstillstands, den ich zu einem dauerhaften Frieden auszubauen hoffte.«

»Erkauft mit Eurem Sohn.«

Sie öffnete die Augen und richtete den Blick in mein Gesicht. »Allerdings. Wie das Bündnis zwischen dem Bergreich und den Sechs Provinzen mit mir erkauft wurde.« Sie hob das Kinn. »Denkst du, es war ein schlechter Handel?«

Die Zurechtweisung war verdient. Ich neigte den Kopf vor meiner Königin. »Nein, Majestät. Ich denke, es war der beste Handel, den die Sechs Provinzen je gemacht haben.«

Sie nickte zu meinem Kompliment, und eine zarte Röte färbte ihre Wangen. »Ich werde deinen Rat befolgen, Fitz. Noch zwei weitere Tage werden wir versuchen, den Prinzen zu finden, bevor wir dem Volk offenbaren, dass er verschwunden ist. In diesen zwei Tagen werden wir jedes uns zur Verfügung stehende Mittel einsetzen, um herauszufinden, was ihm zugestoßen sein könnte. Chade hat dir das geheime Labyrinth zwischen den Mauern der Burg geöffnet. Es gefällt mir nicht, was es über uns verrät – dass wir unser Gesinde und die Edlen des Hofs belauschen. Aber ich gestatte dir, davon Gebrauch zu machen, Fitz-Chivalric. Ich weiß, du wirst es nicht missbrauchen. Nutze es, wie es dir geboten erscheint.«

»Ich danke Euch, Majestät«, erwiderte ich ohne echte Begeisterung. Es behagte mir nicht, dieses Geschenk, der Zugang zu den kleinen, schäbigen Geheimnissen meiner Mitmenschen. Ich wich Chades Blick aus. Was mochte es ihn gekostet haben, nicht nur in die schwerwiegenden Geheimnisse der Regierung eingeweiht zu sein, sondern auch in die schmuddeligen und schändlichen Verfehlungen der Leute, die ihm täglich begegneten? Wie hatte er ihnen in die Augen sehen können?

»... und was immer du tun musst.«

Meine Gedanken waren abgeschweift. Die Königin schaute mich an, einer Äußerung meinerseits harrend. Ich flüchtete mich zu der einzig möglichen Erwiderung. »Selbstverständlich, Majestät.«

Sie stieß einen tiefen Seufzer aus, als hätte sie befürchtet, ich könnte mich weigern. Was zu tun? Oder als fürchtete sie, was sie als Nächstes aussprechen musste. »Dann säume nicht, Fitz-Chivalric, treuer Freund. Ich würde nicht solche Forderungen an dich stellen, ließe es sich vermeiden. Achte darauf, deine Gesundheit zu erhalten. Sei vorsichtig mit den Trünken und Kräutern, denn so genau dein alter Lehrer auch ist, keine Übersetzung ist jemals vollkommen authentisch.« In verändertem Ton fügte sie hinzu: »Falls entweder Chade oder ich dich zu sehr bedrängen, zögere nicht, es zu sagen. Dein Kopf muss mein Mutterherz im Zaum halten. Bewahre mich davor, dass ich mich schämen muss, weil ich mehr von dir verlangt habe als du ...« Sie ließ den Rest unausgesprochen. Ich denke, sie vertraute darauf, dass ich verstand, was sie sagen wollte. Sie wandte das Gesicht ab, als könnte sie verbergen, dass ihre Augen feucht waren. »Du wirst heute Abend beginnen?«, fragte sie mit unnatürlich hoher Stimme.

Nun war mir klar, was ich soeben versprochen hatte. Ich wusste, ich stand am Rand eines Abgrunds.

Ich stürzte mich hinein. »Heute Abend, Majestät.«

Wie soll ich den langen Aufstieg zum Turmgemach beschreiben? Chade ging mir voran auf den geheimen Pfaden der Burg, und ich folgte dem unsteten Kerzenschein. In mir stritten Angst und Erwartung. Mir war, als hätte ich meinen Magen unten zurückgelassen, gleichzeitig wünschte ich mir, er möge sich sputen, mich einzuholen. Erregung durchströmte mich in immer heißeren Wellen, je mehr wir uns der Wonne näherten, die mir so lange verwehrt gewesen war. Von Rechts wegen hätte mein ganzes Sinnen und Trachten dem Prinzen gelten sollen, seiner Rettung, aber die Aussicht, mich der Gabe hingeben zu können, beherrschte all meine Gedanken. Sie erschreckte und lockte mich. Meine Haut fühlte sich eng und lebendig an, meine Sinne sträubten sich gegen das Gefängnis des Fleisches. Am äußersten Rand meiner Wahrnehmung schien Musik in der Luft zu klingen.

Chade öffnete die Geheimtür und bedeutete mir einzutreten. Als ich mich an ihm vorbeischob, bemerkte er: »Du kommst mir aufgeregt vor wie ein Bräutigam, mein Junge.«

Ich räusperte mich. »Es ist seltsam, dass ich mich kopfüber in etwas hineinstürzen soll, das ich unter Qualen gelernt habe zu meiden.«

Während ich mich im Zimmer umschaute, schloss er die Tür hinter uns. Im Kamin brannte ein kleines Feuer. Selbst mitten im Sommer schienen die dicken Mauern Kälte in das

Gemach zu atmen. Veritas' Schwert lehnte noch dort, wo ich es hingestellt hatte, aber die Lederumwicklung am Griff war entfernt worden.

»Du hast Veritas' Klinge erkannt«, sagte ich.

»Wie nicht? Ich bin froh, dass du sie gut bewahrt hast.«

Ich lachte. »Eher hat die Klinge mich vor manchem bewahrt. Gut. Was genau hast du im Sinn?«

»Ich schlage vor, du machst es dir bequem, und dann unternimmst du den Versuch, mittels der Gabe nach dem Prinzen zu spüren. Weiter nichts.«

Ich blickte mich nach einer Sitzgelegenheit um. Die Kaminfliesen kamen nicht in Frage. Doch wie schon immer gab es nur einen bequemen Sessel, und der gehörte Chade. »Und die Trünke und Kräuter, von denen die Königin gesprochen hat?«

Chade schaute mich von der Seite an, und ich glaubte, eine gewisse Vorsicht in seinem Blick zu erkennen. »Ich denke nicht, dass wir etwas davon brauchen werden. Sie bezieht sich auf einige Texte in der Schriftensammlung über die Gabe. Es werden diverse Tees und Tinkturen für Studenten empfohlen, die Schwierigkeiten haben, sich zu öffnen. Wir hatten erwogen, sie bei Prinz Pflichtgetreu anzuwenden, beschlossen dann aber zu warten, bis wir sicher waren, dass es keine andere Möglichkeit gibt.«

»Galen hat uns nie irgendwelche Kräuter verabreicht.« Ich holte von der Werkbank einen hochbeinigen Stuhl, stellte ihn Chades Sessel gegenüber und setzte mich. Er ließ sich auf seinem Platz nieder und merkte dann, dass er nun gezwungen war, zu mir aufzublicken. Ich nehme an, es ärgerte ihn, jedenfalls klang seine Stimme grämlich.

»Galen hat *dir* keine Kräuter verabreicht. Ist dir nie der Gedanke gekommen, die anderen aus der Gruppe könnten eine Sonderbehandlung erfahren haben, von der du ausgeschlossen warst? Mir ist der Verdacht gekommen, aber natürlich werden wir es nie mit Bestimmtheit wissen.«

Ich beschränkte mich darauf, die Achseln zu zucken. Was sollte ich sonst tun? Alles Jahre her und alle tot, einige davon durch meine Hand. Alte Geschichten. Aber die Erinnerung hatte meine alte Abneigung gegen die Gabe neu geweckt. Die prickelnde Erwartung verkehrte sich zu fröstelndem Unbehagen. Ich wechselte das Thema. »Hast du für mich nachgesehen, wessen Geschenk die Katze gewesen ist?«

Einen Moment lang schien er verwirrt zu sein. »Ich ... ja, selbstverständlich. Fürstin Bresinga von Burg Tosen und ihr Sohn Gentil. Es war ein Geburtstagsgeschenk. Die Katze trug ein juwelenbesetztes Geschirr mit Leine. Das Tier war ungefähr zwei Jahre alt, ein hochbeiniges gestreiftes Geschöpf mit einem eher flachen Gesicht und einem fast körperlangen kräftigen Schweif. Soweit ich informiert bin, lassen sich diese Katzen nicht züchten, sondern man muss sie als wild geborenes, noch blindes Jungtier der Mutter wegnehmen, wenn man sie zähmen will. Sie sind exotische Hetzjäger, am besten geeignet für die Einzeljagd. Der Prinz war sofort hellauf begeistert.«

»Wer hat das Jungtier aus dem Geheck genommen?«

»Das weiß ich nicht. Fürstin Bresingas Jagdmeister, nehme ich an.«

»Bekundete die Katze Zuneigung dem Prinzen gegenüber?«

Chade legte die Stirn in Falten. »Darauf habe ich nicht geachtet. Wie ich mich erinnere, näherten sie sich dem Hochsitz; Fürstin Bresinga hielt das Ende der Leine, ihr Sohn trug das Tier auf den Armen. Es wirkte benommen von den vielen Lichtern und dem Lärm des Festes. Ich weiß, dass mir der Verdacht kam, sie könnten es vielleicht betäubt haben, damit es nicht in Panik geriet und zu entkommen versuchte. Doch nachdem sie dem Prinzen ihre Ehrerbietung bezeigt hatten, gab ihm Fürstin Bresinga die Leine in die Hand, und Gentil, ihr Sohn, setzte die Katze zu des Prinzen Füßen nieder.«

»Hat sie versucht zu flüchten? Hat sie an der Leine gezerrt?«

»Nein. Wie gesagt, sie wirkte sehr ruhig, fast unnatürlich ruhig. Ich glaube, sie musterte den Prinzen eine Weile, dann stieß sie mit dem Kopf gegen sein Knie.« Chades Augen bekamen einen fernen Blick, und ich beobachtete, wie sein geschulter Verstand sich die Szene bis ins Detail vergegenwärtigte. »Er bückte sich, um sie zu streicheln, und sie duckte sich zur Seite und schnupperte an seiner Hand. Dann tat sie etwas Merkwürdiges: Sie öffnete das Maul und sog dicht an seiner Hand die Luft ein, als könnte sie seinen Geruch schmecken. Danach schien sie mit ihm einverstanden zu sein. Sie rieb den Kopf an seinem Bein hinauf und hinunter, genau wie es Hauskatzen tun. Als ein Diener sie wegführen wollte, sträubte sie sich, und deshalb erlaubte man ihr, für den Rest des Abends neben dem Sessel des Prinzen liegen zu bleiben. Er schien von dem Geschenk sehr angetan zu sein.«

»Wie bald hat er versucht, mit ihr zu jagen?«

»Ich glaube, er und Gentil haben sie am folgenden Tag mit hinausgenommen. Gentil und der Prinz sind etwa gleichaltrig, und der Prinz war begierig, diese neue Art der Jagd auszuprobieren, wie jeder Jüngling in seinem Alter. Gentil und seine Mutter blieben die ganze Woche am Hof, und ich entsinne mich, dass Gentil und der Prinz jeden Morgen mit der Katze auf die Jagd geritten sind. So hatte Pflichtgetreu Gelegenheit zu lernen, wie man mit einem solchen Tier umgeht, von Leuten, die in dieser Kunst erfahren sind.«

»Und sie haben gut zusammen gejagt?«

»Oh, ich nehme es an. Die Katze schlägt natürlich kein großes Wild, aber sie haben Vögel mitgebracht. Und Hasen.«

»Und sie hat von Anfang an in seinem Zimmer geschlafen?«

»Wie ich es verstehe, muss man diese Geschöpfe in der Nähe von Menschen halten, damit sie zahm bleiben. Und natürlich hätten die Hunde im Zwinger sie nicht in Frieden gelassen. Ja, es stimmt, sie schlief in seinem Gemach und folgte ihm überallhin. Fitz, was vermutest du?«

Ich antwortete ihm aufrichtig. »Das Gleiche wie du. Dass unser zwiehafter Prinz sich mit seiner Katzengefährtin davongemacht hat. Und dass bei dieser ganzen Angelegenheit nichts ein Zufall ist. Nicht das Geschenk, nicht die Verschwisterung, nicht das spurlose Verschwinden. Jemand hat das alles geplant.«

Chade schob die Augenbrauen zusammen, bis über seiner Nasenwurzel eine steile Falte stand. »Die Katze könnte getötet worden sein, als man den Prinzen verschleppt hat. Oder sie ist weggelaufen.«

»Möglicherweise. Aber wenn der Prinz einer mit der Alten Macht ist und die Katze mit ihm verschwistert, wäre sie nicht weggelaufen und hätte ihn im Stich gelassen.« Der Stuhl war unbequem, aber ich blieb stur darauf sitzen. Schloss für einen Moment die Augen. Manchmal, wenn der Körper müde ist, bekommt der Verstand Flügel. Ich ließ meinen Gedanken freien Lauf. »Ich habe mich dreimal verschwistert. Das erste Mal mit Naseweis, dem Welpen, den Burrich mir weggenommen hat. Ein zweites Mal mit Fäustel, da war ich noch ein Junge. Zu guter Letzt mit Nachtauge. Jedes Mal gab es dieses spontane Gefühl der Verbundenheit. Mit Naseweis verschwisterte ich mich, bevor ich überhaupt wusste, was ich tat. Ich vermute, es kam dazu, weil ich einsam war. Denn als Fäustel mich seine Zuneigung spüren ließ, akzeptierte ich sie vorbehaltlos. Und als bei unserer ersten Begegnung der Zorn des Wolfs und der Hass auf seinen engen Käfig so genau meine eigene Stimmung widerspiegelten, vermochte ich nicht, zwischen uns beiden zu unterscheiden.« Ich hob kurz die Lider und erwiderte Chades verwunderten Blick. »Ich hatte keine Mauern.« Ich schaute zur Seite in das niederbrennende Feuer. »Inzwischen habe ich erfahren, dass in Familien mit der Alten Macht die Kinder vor diesen allzu frühen Erfahrungen geschützt werden. Man lehrt sie von Anfang an, sich abzuschirmen. Dann, wenn sie das richtige Alter haben, schickt man sie aus, ein für sie passendes Geschwistertier zu finden, fast wie auf Brautschau.«

»Was willst du damit sagen?«, fragte Chade ruhig.

Ich ließ mich von meinen Gedanken führen. »Die Königin hat, um ein politisches Bündnis zu festigen, für Prinz Pflichtgetreu eine Verlobung arrangiert. Was, wenn eine Familie vom Alten Blut das Gleiche getan hätte?«

Ein langes Schweigen folgte meinen Worten. Ich richtete den Blick wieder auf Chade. Er schaute ins Feuer, und ich konnte sehen, wie sein Verstand arbeitete, um sämtliche Implikationen dessen, was ich gesagt hatte, zu erfassen. »Eine Familie vom Alten Blut sucht planvoll ein Tier aus, mit dem sich der Prinz verschwistern soll. Wir setzen voraus, dass Fürstin Bresinga eine Zwiehafte ist, dass das ganze Geschlecht der Bresinga, wie du es nennst, vom Alten Blut ist. Dass sie wussten oder vermuteten, dass der Prinz ebenfalls über die Alte Macht verfügt.« Er schwieg, spitzte die Lippen und überlegte. »Vielleicht stammt die Nachricht, die den Prinzen beschuldigt, ein Zwiehafter zu sein, von ihnen … Mir ist immer noch nicht klar, in welcher Weise sie davon profitieren könnten.«

»Was gewinnen wir, wenn Pflichtgetreu eine Gemahlin von den Äußeren Inseln nimmt? Eine Allianz, Chade.«

Er zog die Augenbrauen bis in die Stirn. »Die Katze ist irgendwie Teil der Familie Bresinga und vertritt deren Interessen? Die Katze vermag irgendwie die politischen Entscheidungen des Prinzen zu beeinflussen?«

Wie er es ausdrückte, hörte es sich lächerlich an. »Es ist vorläufig bloß ein Gedanke«, gab ich zu, »doch ich halte ihn für gar nicht so abwegig. Selbst wenn sie lediglich die Absicht haben zu beweisen, dass der Kronprinz und Thronerbe des Reiches einer mit der Alten Macht ist und dass man deshalb davon ablassen sollte, andere mit der Alten Macht mit Feuer und Schwert zu verfolgen, nur weil sie sind, wie sie sind. Oder sie wollen die Sympathie des Prinzen für jene mit der Alten Macht gewinnen und durch ihn die der Königin.«

Chade schaute mich von unten herauf an. »Nun, *das* ist ein Motiv, das ich begreifen kann. Es beinhaltet auch die Möglichkeit der Erpressung. Wenn sie erst den Prinzen mit einem Tier verschwistert haben, können sie mit der Drohung, dies öffentlich zu machen, der Königin Zugeständnisse abpressen.« Er richtete den Blick wieder in die ersterbenden Flammen. »Oder versuchen, ihn auf die Ebene eines vernunftlosen Tieres herabzumindern, wenn wir uns ihren Forderungen nicht willfährig zeigen.«

Wie schon immer war Chades Gehirn zu verschlungeneren Gedankengängen fähig als das meine. Es war fast eine Erleichterung zu hören, wie er meinen Denkanstoß weiterentwickelte. Mir graute davor, Zeichen des körperlichen und geistigen Verfalls bei meinem alten Mentor bemerken zu müssen; in mancher Weise stand er nach wie vor als Schild zwischen mir und der Welt. Ich nickte zu seinen Ausführungen.

Plötzlich erhob er sich. »Erst recht ein Grund, unserem Plan gemäß zu verfahren. Komm, nimm meinen Sessel. Du hockst da oben wie ein Papagei auf der Stange, das kann unmöglich bequem sein. Ein Punkt, den alle Schriften betonen, ist, dass der Gabenkundige einen bequemen Verweilplatz finden sollte, solcherart, dass der Leib entspannt ist und dem freien Flug des Geistes kein Hemmnis.«

Ich machte den Mund auf, um einzuwenden, diese Paragraphen müsste unser Instruktor, Gabenmeister Galen, seinerzeit wohl übersprungen haben. Im Gegenteil, er hatte redliche Anstrengungen unternommen, es uns in der Behausung unseres Körpers so ungemütlich zu machen, dass uns der Verstand die einzige Zuflucht schien. Ich klappte den Mund wieder zu, ohne etwas gesagt zu haben. Sinnlos, nach der langen Zeit sich darüber zu ereifern oder ergründen zu wollen, was in Galen vorgegangen war. Der harte, freudlose Mann hatte uns alle gequält, und diejenigen aus unserer Gruppe, bei denen seine brutale Ausbildung anschlug, formte er zu einer hündisch ergebenen Kordiale für Prinz Edel. Vielleicht war das sein Motiv gewesen; vielleicht wollte er den Widerstand des Körpers und die Urteilskraft des Verstandes brechen, um seine Schüler dann zu einer Kordiale machen zu können, die ganz seinen Wünschen entsprach.

Ich sank in Chades Sessel. Die Polsterung bewahrte die Wärme und den Abdruck seines Körpers. Es war ein merkwürdiges Gefühl, in seiner Gegenwart auf seinem Platz zu sitzen. Als ob ich er würde. Er nahm dafür meinen Platz auf dem Stuhl ein und blickte von diesem hohen Sitz auf mich herab, verschränkte die Arme vor der Brust und feixte.

»Fühlst du dich wohl?«, fragte er mich.

»Nein.«

»Geschieht dir recht.« Dann lachte er und stand auf. »Sag mir, was ich tun kann, um dir bei deiner Aufgabe zu helfen.«

»Du willst, dass ich einfach hier sitze und mit der Gabe hinausgreife, in der Hoffnung, dabei den Prinzen zu finden?«

»Ist das so schwierig?« Die Frage war ernst gemeint.

»Ich habe es vergangene Nacht mehrere Stunden lang versucht. Das einzige Ergebnis waren Kopfschmerzen.«

»Oh.« Seine Miene verdüsterte sich, dann sagte er entschlossen: »Wir versuchen es eben noch einmal.« Leiser fügte er hinzu: »Was bleibt uns auch anderes übrig?«

Darauf wusste ich keine Antwort. Ich lehnte mich in die weichen Polster und bemühte mich, meinen Körper zu überreden, dass er sich entspannte. Mein Blick wanderte zum Kaminsims, wo er an einem Obstmesser hängen blieb, welches in den Balken gerammt worden war. Ich hatte das getan, vor vielen Jahren. Jetzt war nicht der Moment, über diesen Vorfall nachzugrübeln, trotzdem hörte ich mich sagen: »Ich habe vorhin einen Blick in mein altes Zimmer geworfen. Es sieht aus, als wäre nach mir niemand mehr dort eingezogen.«

»Da hast du recht. In der Burg ist man überzeugt, dass es darin spukt.«

»Du scherzt!«

»Keineswegs. Denk nach. Der Bastard mit der Alten Macht hat dort gewohnt, der im Burgverlies grausam zu Tode gebracht wurde. Ein wunderbarer Nährboden für eine Spukgeschichte. Hinzu kommt, dass man manchmal nachts durch die Ritzen in den Fensterläden flackernde blaue Lichter sehen kann, und ein Stallbursche schwört Stein und Bein, er habe in einer mondhellen Nacht den Narbenmann an ebenjenem Fenster stehen sehen.«

»Du hast dafür gesorgt, dass das Zimmer leer bleibt.«

»Ich bin nicht ganz frei von sentimentalen Gefühlen. Lange habe ich gehofft, du würdest eines Tages zurückkehren und wieder dort einziehen. Aber genug davon. Wir haben Arbeit zu tun.«

Ich holte tief Luft. »Die Königin hat nichts von dem Brief erwähnt, in dem der Prinz der Alten Macht bezichtigt wird.«

»Nein. Hat sie nicht.«

»Warum nicht? Weißt du's?«

Er zögerte. »Möglicherweise sind manche Dinge derart erschreckend, dass selbst unsere tapfere Königin die Augen davor verschließen möchte.«

»Ich möchte den Brief sehen.«

»Du wirst ihn zu sehen bekommen. Später.« Er schwieg einige Atemzüge lang, dann fragte er ernst: »Fitz? Wirst du dich jetzt zusammennehmen und tun, was getan werden muss, oder weiter Zeit schinden?«

Ich atmete bewusst tief ein und langsam wieder aus und richtete den Blick in das Herz des zusammengesunkenen Feuers. Ich zwang mich, nur das zu sehen und nichts zu denken. Ich öffnete mich der Gabe.

Mein Bewusstsein dehnte sich aus. Im Lauf der Jahre habe ich viel darüber nachgedacht, wie man den Prozess des Hinausgreifens mit der Gabe am besten beschreiben könnte. Keine Metapher wird ihm gerecht. Wie ein vielfach zusammengelegtes Seidentuch entfaltet sich das Bewusstsein, öffnet und öffnet und öffnet sich, wieder und wieder, wird größer und gleichzeitig irgendwie dünner.

Das wäre ein Bild. Ein anderes zeigt die Gabe als einen mächtigen, unsichtbaren Strom, der immer in Bewegung ist. Konzentriert man sich darauf, kann man von der Strömung erfasst und mitgerissen werden. In seinen wilden Wassern berühren sich Bewusstseine und verschmelzen.

Doch keine Worte oder Bilder vermögen das Erlebnis wirklich zu beschreiben, so wenig wie man mit Worten den Duft von frischem Brot oder die Farbe Gelb beschreiben kann. Die Gabe ist die Gabe. Sie ist die erbliche Magie des Geschlechts der Weitseher, doch nicht allein auf das Königshaus beschränkt. Viele Menschen in den Sechs Provinzen besitzen sie in geringerem oder größerem Maße. In manchen wirkt sie stark genug, dass ein Gabenkundiger ihre Gedanken hören, sie unter Umständen sogar beeinflussen kann. Erheblich seltener gibt es solche, die mit der Gabe hinauszugreifen vermögen. Gewöhnlich ist es nicht mehr als ein blindes Tasten, außer das Talent wird geschult und ausgebildet. Ich öffnete mich, lauschte, suchte, doch ohne Hoffnung, jemanden zu erreichen.

Gedankenfäden streiften mich wie Wasserbinsen. »Ich kann es nicht leiden, wie sie meinen Liebsten anschaut.« »Ich wünschte, ich könnte ein letztes Mal mit dir sprechen, Papa.« »Bitte komm schnell wieder nach Hause, ich fühle mich schrecklich elend.« »Du bist wunderschön. Bitte dreh dich noch einmal um, gönn mir wenigstens das.« Die Menschen, von denen diese Gedanken ausstrahlten, waren sich dessen in der Mehrzahl nicht bewusst. Keiner ahnte, dass ich sie belauschte, und meine eigenen Gedanken konnte ich ihnen nicht hörbar machen. Alle riefen in ihrer Taubheit mit Stimmen, von denen sie glaubten, sie wären stumm. Keiner war Prinz Pflichtgetreu. Aus irgendeinem Flügel des Palas drang Musik an meine Ohren, wirkte störend. Ich wehrte sie ab und forschte weiter.

Ich weiß nicht, wie lange ich mich in diesen Gedankenschwärmen bewegte oder wie weit ich bei meiner Suche vordrang. Die Reichweite der Gabe wird beschränkt von der Stärke des Talents, nicht von der Entfernung. Ich hatte kein Maß für meine Kraft, und die Zeit existiert nicht im Gabenstrom. Wieder einmal balancierte ich am Rand der Selbstauflösung, klammerte mich an das Wissen um mein lebendiges Fleisch, trotzte der Verlockung, mich von der Gabe davontragen zu lassen, körperlos.

»Fitz«, murmelte ich, als Antwort auf etwas, und dann hörte ich mich laut »Fitz-Chivalric« sagen. Ein neues Scheit fiel polternd in die Glut im Kamin, das glosende Herz des

Feuers zersprang in tausend Funkensplitter. Eine Zeitlang starrte ich in das rote Wabern, bemühte mich zu begreifen, was ich sah, dann musste ich zwinkern und spürte Chades Hand auf meiner Schulter. Ich roch warmes Essen und drehte langsam den Kopf. Auf einem niedrigen Tisch neben dem Sessel stand ein Tablett. Ich schaute es an, fragte mich, wie es dahingekommen war.

»Fitz?«, wiederholte Chade, und ich versuchte, mich auf seine Frage zu besinnen.

»Ja?«

»Hast du Prinz Pflichtgetreu gefunden?«

Eins nach dem anderen enthüllten mir die Worte ihren Sinn, bis ich die Frage verstand. »Nein.« Eine Welle der Erschöpfung spülte über mich hinweg. »Nein. Ich habe nichts gefunden.« Meine Hände fingen an zu zittern, mein Schädel dröhnte. Ich schloss die Augen, aber das brachte keine Linderung. Grelle Lichtschlangen flackerten in der Schwärze hinter meinen geschlossenen Lidern. Als ich die Augen wieder aufriss, überlagerten sie das Bild des Raums vor mir. Mir war, als flutete zu viel Licht in meinen Kopf. Die Wellen aus Schmerz stürzten mich in einen Strudel der Orientierungslosigkeit.

»Hier. Trink das.«

Chade drückte mir einen heißen Becher in die Hände, und dankbar hob ich ihn an die Lippen. Ich nahm einen Schluck und hätte fast ausgespien. Kein Elfenrindentee gegen die Kopfschmerzen, sondern nur Fleischbrühe. Ich würgte den einen Mundvoll widerwillig hinunter. »Elfenrinde«, beschwerte ich mich. »Das ist es, was ich jetzt brauche. Essen kann ich nichts.«

»Nein, Fitz. Erinnere dich, was du selbst zu mir gesagt hast. Elfenrinde wirkt dämpfend auf die Gabe und stumpft die Sinne ab. Das dürfen wir in unserer derzeitigen Situation nicht riskieren. Iss etwas, das gibt Kraft.«

Gehorsam richtete ich den Blick auf das Tablett. Obstschnitze in Rahm, daneben frisches Brot. Ein Glas Wein und rosafarbene Scheiben Flussfisch. Behutsam stellte ich den Becher neben das ekelerregende Zeug und wandte den Blick ab. Das Feuer loderte um die neue Nahrung, tanzende Flammenzungen, viel zu grell. Ich barg das Gesicht in den Händen, aber auch dort, in der Dunkelheit, flackerten die Lichter vor meinen Augen. Ich sprach in meine Handflächen. »Ich brauche Elfenrinde. So schlimm ist es seit Jahren nicht gewesen, nicht seit damals, als Veritas noch lebte, nicht seit Listenreich sich Kraft von mir genommen hat. Chade, bitte. Ich kann nicht einmal mehr denken.«

Er entfernte sich. Ich saß still da und zählte meine Herzschläge. Jedes Pochen war ein Aufzucken von Schmerz in meinen Schläfen. Ich hörte seine Schritte zurückkehren und hob den Kopf.

»Hier«, brummte er und legte ein kaltes, feuchtes Tuch auf meine Stirn. Es verschlug mir den Atem. Ich drückte es mit beiden Händen an die Schläfen, und das Pochen ließ ein wenig nach. Es roch nach Lavendel.

Durch einen Nebel aus Schmerzen schaute ich zu ihm auf. Seine Hände waren leer. »Der Tee?«, erinnerte ich ihn.

»Nein, Fitz.«

»Chade. Ich flehe dich an. Die Schmerzen sind so schlimm, ich bin fast blind.« Jedes Wort war eine Anstrengung. Meine eigene Stimme tönte mir überlaut in den Ohren.

»Ich weiß«, erwiderte er ruhig. »Ich weiß, mein Junge. Aber du wirst es aushalten müssen. In den Schriften steht, dass der Gebrauch der Gabe unter Umständen diese Schmerzen zur Folge haben kann, aber mit der Zeit und durch ständige Übung lernt man sie beherrschen. Auch was das angeht, ist mein Verständnis unzulänglich, aber es scheint mit der geistigen Anstrengung zusammenzuhängen, dass man einmal versucht, aus sich hinauszugreifen, und sich gleichzeitig krampfhaft bemüht zu verhindern, dass Körper und Geist auseinandergerissen werden. Man muss lernen, diese Spannungen auszugleichen, dann …«

»Chade!« Ich wollte ihn nicht anbrüllen, aber ich tat es. »Ich brauche diesen verdammten Tee. Ich muss ihn haben!« Zähneknirschend riss ich mich zusammen. »Bitte«, beschwor ich ihn versöhnlicher, »bring mir den Tee. Sobald der Schmerz nachgelassen hat, höre ich mir gern deine Vorträge an.«

»Nein, Fitz.«

»Chade.« Ich bekannte meine geheime Furcht. »Diese starken Schmerzen könnten bei mir einen Anfall auslösen, Krämpfe, wie früher.«

Ich entdeckte ein kleines Flackern der Unsicherheit in seinen Augen, aber dann: »Das halte ich für unwahrscheinlich. Außerdem, ich bin bei dir, Junge. Ich passe auf dich auf. Du musst das ohne den Tee durchstehen. Für Pflichtgetreu. Für die Sechs Provinzen.«

Ich war sprachlos. Trotz und Gekränktheit schüttelten mich. »Na gut!« Ich stieß die Worte zwischen zusammengebissenen Zähnen hervor. »Ich habe welchen in meinem Rucksack in der Kammer unten.« Ich sammelte meine Willenskraft, um aus dem Sessel hochzukommen.

Ein Moment des Schweigens. Dann gestand er widerwillig: »Du hattest welchen in deinem Rucksack unten in der Kammer. Er ist weg. Genau wie das Tragmich, das dabei war.«

Ich nahm das Tuch von der Stirn und funkelte ihn an. Die Schmerzen schürten meine Wut. »Dazu hast du kein Recht! Wie kannst du es wagen!«

Er kniff die Lippen zusammen. »Ich wage alles, was die Not verlangt. Und die Not ist groß.« Seine grünen Augen bohrten sich in die meinen. »Der Thron bedarf dieser Fähigkeit, die nur du besitzt. Ich werde nicht zulassen, dass irgendetwas deine Gabe beeinträchtigt.«

Er durchbohrte mich mit seinem Blick, aber ich konnte ihn kaum noch ansehen. Licht umwaberte ihn, stach wie mit Nadeln in mein Gehirn. Nur ein allerletzter Rest Selbstbeherrschung hinderte mich daran, ihm die Kompresse ins Gesicht zu schleudern. Als ahnte er, was in mir vorging, nahm er mir das Tuch ab und hielt mir ein frisches hin. Es war eine kümmerliche Linderung, aber ich legte es mir auf die Stirn und lehnte mich zurück. Ich hätte am liebsten geweint vor Enttäuschung und ohnmächtigem Zorn. Unter der Kompresse hervor sagte ich: »Schmerz. Das bedeutet es für mich, ein Weitseher zu sein. Schmerz, und dass man mich benutzt.«

Er gab keine Antwort. Das war von jeher seine wirksamste Strafe gewesen, das Schweigen, das mich zwang, meinen eigenen Worten nachzuhorchen. Als ich das Tuch von der Stirn nahm, hielt er ein frisches bereit. Während ich es auf meine Augen drückte, sagte er milde: »Schmerz und benutzt zu werden, davon habe ich als Weitseher auch meinen Teil gehabt. Wie Veritas und Chivalric und vor ihnen Listenreich. Aber du weißt, ein Weitseher zu sein bedeutet noch mehr. Wüsstest du es nicht, wärst du nicht hier.«

»Mag sein«, gab ich widerwillig zu. Die Erschöpfung gewann die Oberhand. Ich hatte keinen anderen Wunsch, als mich um den Schmerz zusammenzurollen und zu schlafen, aber ich kämpfte dagegen an. »Mag sein, dass es noch mehr bedeutet, aber nicht genug. Nicht genug als Ausgleich für das hier.«

»Was verlangst du noch, Fitz? Weshalb bist du gekommen, als ich dich gerufen habe?«

Ich wusste, es war eine rhetorische Frage, aber das schlechte Gewissen quälte mich schon zu lange. Die Antwort lag mir auf der Zunge, und die Schmerzen machten mich unvorsichtig. Ich hob eine Ecke des Tuchs, um ihn anzuschauen. »Ich habe mich darauf eingelassen, weil ich eine Zukunft haben will. Nicht für mich, aber für meinen Ziehsohn. Für Harm. Chade, ich habe alles falsch gemacht. Nichts habe ich ihm beigebracht, wie man kämpft nicht und nicht wie man sich seinen Lebensunterhalt verdient. Ich muss für ihn eine Lehrstelle kaufen, bei einem angesehenen Meister. Gindast. Ihn hat er sich ausgesucht. Er möchte Schreiner werden, und ich hätte das vorhersehen und Geld auf die hohe Kante legen müssen, aber ich habe es versäumt. Und da ist er nun, in einem Alter, wo man sich auf eigene Füße stellt, und ich habe ihm nichts mitzugeben. Was ich gespart habe, reicht nicht, um …«

»Ich kann das einrichten«, unterbrach Chade in ruhigem Ton meine Tirade, dann fragte er fast zornig: »Hast du daran gezweifelt, dass ich dir helfen würde?« Etwas in meinem Gesicht muss mich verraten haben, denn er beugte sich vor und fuhr mich an: »Du hast geglaubt, du musst dich uns zur Verfügung stellen, damit du das Recht hast, mich um Hilfe zu bitten?« Er hatte das feuchte Tuch noch in der Hand, jetzt warf er es in einer Aufwallung von Ärger klatschend auf den Boden. »Fitz, du …«, fing er an, dann fehlten ihm die Worte. Er richtete sich auf und kehrte mir den Rücken zu. Ich dachte, er würde aufgebracht hinausstürmen, doch er ging nur in die andere Hälfte des Gemachs mit der Werkbank und dem unbenutzten Kamin. Er wanderte langsam um den Tisch herum, betrachtete die Dinge, die darauflagen, und ließ dann den Blick über die Regale gleiten, als suchte er etwas, das er verlegt hatte. Ich faltete die zweite Kompresse neu und hielt sie mir an die Stirn, dabei beobachtete ich ihn verstohlen unter der Hand hinweg. Eine ganze Weile herrschte Schweigen zwischen uns.

Als er zu mir zurückkehrte, wirkte er gefasst, aber auch auf eine schwer beschreibbare Weise gealtert. Er nahm ein frisches Tuch aus der Tonschale, wrang es aus, faltete es zu einem länglichen Streifen und hielt es mir hin. Während wir die Kompressen tauschten, sagte er beherrscht: »Ich werde dafür sorgen, dass Harm seine Lehrstelle bekommt. Du hättest mich einfach fragen können, als ich bei dir zu Besuch war. Oder schon vor Jahren hättest du den Jungen herbringen können, und es wäre dafür gesorgt worden, dass er eine ordentliche Ausbildung bekommt.«

»Er kann lesen, schreiben und rechnen«, verteidigte ich mich. »Dafür habe ich gesorgt.«

»Gut.« In eisigem Ton. »Ich bin froh zu hören, dass dein Verstand so weit gereicht hat.«

Darauf gab es nichts zu antworten. Die Kopfschmerzen und eine abgrundtiefe Müdigkeit nagten an meiner Widerstandskraft. Ich wusste, dass ich Chade verletzt hatte, doch konnte ich nicht einsehen, dass die Schuld bei mir lag. Woher hätte ich wissen sollen, dass er ohne Weiteres bereit gewesen wäre, mir zu helfen? Trotzdem raffte ich mich zu einer Entschuldigung auf. »Chade, es tut mir leid. Ich hätte mir denken können, dass du mir helfen würdest.«

»Ja«, bestätigte er schonungslos, »das hättest du dir denken können. Und es tut dir leid. Ich bin überzeugt, dass du es ernst meinst, doch entsinne ich mich, dich gewarnt zu haben, vor vielen Jahren, dass diese Worte sich abnutzen, und eines Tages verlieren sie ihre Wirkung. Fitz, es schmerzt mich, dich so zu sehen.«

»Es wird langsam besser«, log ich.

»Es geht nicht um deinen Brummschädel, Hornochse. Es schmerzt mich, dass du immer noch so … immer noch so bist wie früher … Verdammt! Seit man dich deiner Mutter weggenommen hat. Argwöhnisch und unzugänglich und misstrauisch. Trotz allem, was ich … In all diesen Jahren, hast du nie jemandem dein Vertrauen geschenkt?«

Ich schwieg. Ich dachte nach. Molly. Ich hatte sie geliebt, aber nie in meine Geheimnisse eingeweiht. Meine Beziehung zu Chade war für mich so wesentlich wie das Blut in meinen Adern, aber nein, ich hatte nicht geglaubt, dass er für Harm seine Fäden ziehen würde, ohne Gegenleistung einfach nur um der alten Zeiten willen. Burrich. Veritas. Kettricken. Prinzessin Philia. Merle. Nie hatte ich mich ganz geöffnet. »Dem Narren vertraue ich«, antwortete ich schließlich und überlegte dann, ob diese Behauptung tatsächlich der Wahrheit entsprach. Doch, versicherte ich mir. Es gab so gut wie nichts, was er nicht von mir wusste. Das war Vertrauen, oder nicht?

Nach einem Moment sagte Chade: »Nun, das ist schön. Dass du wenigstens einem vertraust.« Er wandte sich ab und blickte ins Feuer. »Du solltest dich zwingen, etwas zu essen. Auch wenn sich dir der Magen umdreht, du weißt, dass du die Nahrung brauchst. Erinnere dich, wie wir Veritas zwingen mussten, etwas zu sich zu nehmen, wenn er von der Gabe Gebrauch machte.«

Der betont nüchterne Tonfall tat fast weh. Mir wurde klar, dass er gehofft hatte, ich würde beteuern, dass natürlich er mein Vertrauen besaß. Es wäre nicht die Wahrheit gewesen, und ich hatte ihn nicht anlügen wollen. Ich kramte in meinem Gedächtnis nach etwas anderem, das ich ihm geben konnte, und sprach es aus, ohne nachzudenken: »Chade, ich liebe dich, glaub mir. Es ist nur, dass …«

Er fuhr zu mir herum. »Lass gut sein, Junge. Sag nichts mehr. Das genügt mir.« Er legte mir die Hand auf die Schulter und drückte so fest, dass es schmerzte. »Ich verlange nicht von dir, was du nicht geben kannst. Du bist, was das Leben aus dir gemacht hat. Und was ich aus dir gemacht habe, Eda sei mir gnädig. Jetzt hör auf mich. Iss etwas. Nase zu und runter damit, wenn es nicht anders geht.«

Es hätte nichts genützt, ihm zu erklären, dass mir allein vom Anblick und Geruch der Speisen speiübel wurde. Ich nahm den Becher mit der Brühe, hielt den Atem an und trank. Die Früchte in Rahm glitschten ekelhaft schleimig durch meinen Mund, der Fisch stank, und das Brot wäre mir fast im Hals stecken geblieben. Ich holte noch einmal tief Luft und goss den Wein hinterher. Als ich das Glas hinstellte, brodelte mein Magen Unheil verkündend, und in meinem Kopf drehte sich alles. Der Wein war stärker, als ich gedacht hatte. Ich hob den Blick zu Chades Gesicht. Seine Kinnlade hing vor Bestürzung herab. »So hatte ich das nicht gemeint«, murmelte er.

Ich zog die Schultern hoch und breitete die Hände aus. Den Mund aufzumachen erschien mir zu gefährlich.

»Du solltest zu Bett gehen.«

Ich nickte und stemmte mich aus dem Sessel. Er machte mir die Tür auf, reichte mir eine brennende Kerze und blieb oben stehen, um mir zu leuchten, bis ich außer Sichtweite war.

Der Weg zu meiner Kammer wollte kein Ende nehmen, doch endlich näherte ich mich der Geheimtür. Ein paar Schritte vorher löschte ich die Kerze und spähte vorsichtig durch das Guckloch, bevor ich den Öffner betätigte. Ich stolperte in die stickige Finsternis und drückte die Tür hinter mir zu. Mit ein paar Schritten war ich bei meiner Pritsche und sank darauf nieder. Mir war heiß, meine Kleider schnürten mich ein wie feuchte Grabtücher, aber ich war zu müde, um daran etwas zu ändern. In der absoluten Schwärze konnte ich nicht sagen, ob meine Augen offen waren oder geschlossen. Wenigstens die flackernden Lichter auf der Innenseite meiner Lider waren erloschen. Ich starrte in die Finsternis und sehnte mich nach dem kühlen Frieden des Waldes.

Die dicken Mauern verschluckten alle Geräusche und sperrten die Nacht aus. Es war ein Gefühl, als wäre man in einer Gruft. Ich schloss meine Augen gegen die Dunkelheit und lauschte auf den Gleichtakt des Pochens in den Schläfen mit meinem Herzschlag. Mein Magen gurgelte unglücklich. Ich atmete tief ein. »Wald«, sagte ich leise zu mir selbst. »Nacht, Bäume, Wiese.« Ich suchte Trost bei den einfachen Dingen der Natur, schuf mir in Gedanken eine Szenerie. Ein leichter Wind, der durch die Baumwipfel streicht. Sterne flimmern zwischen fliegenden Wolkenfetzen. Kühle und der reiche Geruch der Erde. Die Spannung löste sich, nahm die Schmerzen mit. Ich überließ mich der Fantasieidylle. Die festgetretene Erde eines Wildwechsels unter meinen Füßen, und ich lief geräuschlos durch die Dunkelheit, folgte meiner Gefährtin.

Sie bewegte sich lautloser als die Nacht, mit raschen, sicheren Schritten. Sosehr ich mich anstrengte, ich konnte sie nicht einholen. Ich kam ihr nicht einmal nahe genug, um sie zu sehen. Ihr Duft wies mir die Richtung, das Rascheln des Buschwerks den Weg. Meine Katze folgte ihr dichtauf, doch ich war nicht schnell genug. »Wartet!«, rief ich hinter ihnen her.

Warten? Warten, dass du mir die Jagd verdirbst? Nein. Ich warte nicht. Spute dich und sei leise. Hast du nichts von mir gelernt? Flinkfuß bin ich und Nachtfreund und Schattenjäger. Sei du mir gleich und komm, komm, komm, freue dich dieser Nacht mit mir.

Ich lief, ich eilte, trunken von der Nacht und ihrer Nähe, unwiderstehlich angezogen wie die Motte vom Licht. Ihre Augen waren grün. Ich wusste es, denn sie hatte es mir gesagt, und ihre langen Locken waren schwarz. Ich sehnte mich danach, sie zu berühren, aber sie wich mir aus, neckend und lockend, immer weit vor mir, bot sich nie meinem Blick, geschweige denn meiner Hand. Ich konnte nur hinter ihr her durch die Nacht laufen, keuchend, während sie vor mir floh. Ich klagte nicht. Ich würde mich ihrer würdig erweisen und sie gewinnen.

Doch mein Herz schlug wie eine Trommel, und meine Lunge brannte. Auf dem Kamm eines Hügels blieb ich stehen, um Atem zu schöpfen. Zu meinen Füßen breitete sich das Panorama des Flusstales aus, darüber hing rund und gelb der Mond. Waren wir so weit gekommen? In der Dauer einer Nacht? Tief unter mir ballten sich die Mauern von Burg Tosen zu einer gezackten schwarzen Masse am Flussufer. Vereinzelte Fenster im Palas waren erleuchtet. Ich fragte mich, wer so spät noch Kerzen brennen ließ, während der Rest des Haushalts schlummerte.

Willst du in einer stickigen Kammer schlafen, erdrückt von Deckenbergen? So möchtest du eine Nacht wie diese vergeuden? Schlaf ist für die Zeit, wenn die Sonne dir die Glieder wärmt; Schlaf ist für die Zeit, wenn das Wild sich in Höhle und Bau verbirgt. Jetzt ist die Stunde des Jägers! Jage mit mir, mein ungeschickter Liebster. Erweise dich würdig. Lerne eins mit mir zu sein, zu denken wie ich, zu jagen wie ich, oder du wirst mich verlieren.

Ich wollte weiterlaufen, aber meine Gedanken verhakten sich an etwas, hielten mich fest. Da war etwas, das ich tun musste. Gleich. Sofort. Ich musste irgendjemandem irgendetwas sagen, auf der Stelle. Ratlos blieb ich stehen. Eine Hälfte von mir wollte fort, wollte ihr folgen, bevor sie mich für immer hinter sich ließ. Die andere Hälfte aber stand still. Ich musste es ihm sagen. Sofort. Ich löste mich, trennte mich von jener anderen Hälfte, während ich gleichzeitig das Stück Wissen festhielt, das schon flackerte, zu zerfließen drohte wie das sinnleere Gespinst eines verblassenden Traums. Ich packte den Zipfel des Gedankens, ließ alles andere los. Halt ihn fest. Sag es laut. Das Wort. Lass es nicht los, lass es nicht verwehen wie den Rest des Traums.

»Tosen!«

Ich saß aufrecht in meinem Bett in der stickigen Dunkelheit, und das Wort dröhnte in meinen Ohren. Das Hemd klebte mir schweißnass an der Haut, und die Kopfschmerzen vom Gebrauch der Gabe waren mit Pauken und Trompeten zurückgekehrt. Unwichtig. Ich rollte aus dem Bett und tastete mit ausgestreckten Händen nach den unsichtbaren Mauern.

»Tosen«, wiederholte ich laut, damit das Wort mir nicht entschlüpfte. »Prinz Pflichtgetreu jagt in der Nähe von Burg Tosen.«

Kapitel 14

LAUREL

Als Baumaterial erfreute sich bei den Uralten ein besonderer schwarzer Stein, oft von feinen weißen oder silbernen Adern durchzogen, großer Beliebtheit. In den kaum erforschten Gebieten hinter dem Königreich in den Bergen kennt man einen Steinbruch, wo in großem Ausmaß Tagebau betrieben wurde, doch es gilt als sicher, dass weitere Vorkommen existieren. Wie sonst ließe sich erklären, dass man an weit davon entfernten Orten gewaltige Bauten aus diesem Stein findet?

Für die an bestimmten Wegekreuzen von den Uralten aufgerichteten Obelisken lieferten die Steinbrüche riesige Monolithen, und aus der Beschaffenheit der von den Uralten angelegten Straßen kann man schließen, dass auch dabei dieses Gestein, gemahlen oder geschrotet, Verwendung fand.

Wo immer die Uralten bauten, war dieser Stein das bevorzugte Material, und sogar an Orten, die sie nur sporadisch besucht zu haben scheinen, finden sich Monumente daraus. Eine genaue Untersuchung der Zeugensteine von Bocksburg wird den Wissenshungrigen davon überzeugen, dass sie, wenn auch verwittert und möglicherweise von Menschen vergangener Zeiten mutwillig beschädigt, von der gleichen Art sind wie jene Obelisken und Bauwerke. Es gibt Stimmen, die behaupten, dass die Zeugensteine von

Bocksburg und andere »Schwursteine« überall in den Sechs Provinzen ursprünglich zu einem ganz anderen Zweck von den Uralten errichtet wurden.

Ich erwachte in dem großen Pfostenbett in Chades Turmgemach und erlebte einige Augenblicke der Verwirrung, bevor ich entschied, dass es sich nicht um einen neuen Traum handelte. Alles war irgendwie verschwommen; ich konnte mich nur erinnern, dass ich mich für einen Moment auf die Bettkante gesetzt hatte. Bekleidet war ich immer noch mit dem Zeug von gestern.

Ich richtete mich vorsichtig auf. Das dröhnende Hämmern in meinem Kopf hatte sich zu einem monotonen Pochen gemildert. Außer mir war niemand im Raum, aber neben dem Kamin dampfte Waschwasser, und eine kleine, zugedeckte Schüssel mit Haferbrei stand auf der Einfassung warm. Sobald ich diese Dinge entdeckte, machte ich Gebrauch davon. Mein Magen mochte immer noch keine Nahrung annehmen, doch ich aß stoisch die Schüssel leer – es konnte nur besser werden. Ich wusch mich, setzte Teewasser auf und schlenderte dann hinüber zur Werkbank. Eine große Karte der Sechs Provinzen lag darauf ausgebreitet, die Ecken beschwert mit einem Mörser, zwei Stößeln und einem Teebecher. Auf der Karte selbst stand ein umgedrehtes Wasserglas. Als ich es aufhob, entdeckte ich Tosen darunter. Es lag an einem Nebenarm des Bocksflusses, von uns aus gesehen auf dessen anderer Seite und im Nordwesten. Ich war noch nie dort gewesen. Als ich in meinem Gedächtnis nachforschte, was ich über Tosen wusste, war ich schnell fertig. Gar nichts.

Die Alte Macht signalisierte mir Chades Kommen, und ich drehte mich um, als die Geheimtür aufging. Er trat schwungvoll ein. Die obere Hälfte seiner Wangen war morgenrosig, sein weißes Haar glänzte silbern. Nichts belebte diesen gewieften Politikus so sehr wie eine pflückfrische Intrige. »Aha, du bist auf. Wunderbar«, begrüßte er mich. »Ich konnte ein Frühstück unter vier Augen mit Fürst Leuenfarb arrangieren, obgleich sein Diener, der pflichtvergessene Kerl, nicht zu finden war. Seine Gnaden versicherte mir, er könne in wenigen Stunden bereit zum Aufbruch sein. Er hat sich schon einen Vorwand für die Reise ausgedacht.«

»Was?«, fragte ich verständnislos.

Chade lachte laut auf. »Vogelfedern, ausgerechnet. Fürst Leuenfarb pflegt eine Reihe extravaganter Liebhabereien, aber seine jüngste Passion sind Federn. Je größer und bunter, desto besser. Tosen liegt dicht bei einem bewaldeten Hochland, welches berühmt ist für seinen Reichtum an Fasanen, Rebhühnern und Wimpelträgern. Letztere besitzen ein ungewöhnlich farbenprächtiges Gefieder und auffällige Schwanzfedern. Er hat bereits einen Läufer vorausgeschickt, zu Fürstin Bresinga auf Burg Tosen, mit dem Ersuchen um Gastfreundschaft. Man wird nicht ablehnen. Fürst Leuenfarb ist die schillerndste Erscheinung am Hof seit langem; ihn in ihrem Haus willkommen heißen zu dürfen ist für sie ein gesellschaftlicher Coup.«

Er verstummte, aber ich war es, der tief einatmete. Ich schüttelte den Kopf, als könnte ich dadurch mein Denkvermögen in Gang setzen und endlich begreifen, wovon er redete. »Der Narr geht nach Tosen, um Pflichtgetreu zu suchen?«

»Oha!« Chade hob mahnend den Zeigefinger. »Fürst Leuenfarb begibt sich nach Tosen zur Vogeljagd. Sein Diener, Tom Dachsenbless, wird ihn selbstverständlich begleiten. Meine Hoffnung geht dahin, dass es euch beim Stöbern nach bunten Vögeln gelingt, die Fährte des Prinzen aufzunehmen. Aber das ist natürlich unsere geheime Mission.«

»Dann reite ich mit ihm.«

»Selbstverständlich.« Chade musterte mich forschend. »Geht es dir gut, Fitz? Du scheinst heute Morgen etwas schwer von Begriff.«

»Das bin ich auch. Es geht alles so schnell.« Ich sagte ihm nicht, dass ich mich daran gewöhnt hatte, selbst über mein Leben und meine Wege zu bestimmen. Es war ein merkwürdiges Gefühl, plötzlich wieder dem Gebot eines anderen Menschen zu folgen, wie früher. Ich schluckte meinen Protest hinunter. Was hatte ich erwartet? Wenn wir Prinz Pflichtgetreu finden wollten, war dies ein guter Plan. Ich bemühte mich, eine neue Grundlage für meine Vermutungen zu finden. »Hat Fürstin Bresinga eine Tochter?«

Chade dachte nach. »Nein. Nur den einen Sohn, Gentil. Wenn ich mich recht entsinne, lebte eine Zeitlang eine Cousine bei ihnen. Sie ist, hm, sie müsste jetzt dreizehn Jahre alt sein. Seit dem Frühling ist sie wieder zu Hause.«

Ich schüttelte den Kopf, sowohl verneinend als auch vor Staunen. Offenbar hatte Chade sein Wissen die Familie Bresinga betreffend über Nacht aufgefrischt. »Ich habe eine Frau gespürt, nicht ein Kind. Eine reizvolle Frau.« Fast hätte ich gesagt »verführerisch«. Wenn ich an die vergangene Nacht zurückdachte, wurde der Traum wieder lebendig und auch die Erinnerung daran, wie sie mein Blut in Wallung gebracht hatte. Lockend. Erotisch. Ich sah Chade an. Er musterte mein Gesicht mit unverkennbarer Bestürzung. Ich stellte die nächste Frage. »Hat Pflichtgetreu Interesse an einer Frau gezeigt? Könnten sie zusammen weggelaufen sein?«

»Um Edas willen!«, rief Chade inbrünstig aus. »Nein.« Er wehrte diese Vorstellung fast leidenschaftlich ab. »Es gibt keine Frau in Prinz Pflichtgetreus Leben, kein weibliches Wesen, zu dem er sich hingezogen fühlt. Wir haben mit großer Sorgfalt darauf geachtet, dass er keine Gelegenheit hat, zarte Bande zu knüpfen. Vor Jahren haben Kettricken und ich beschlossen, dass es so am besten ist.« Ruhiger fügte er hinzu: »Die Königin wollte nicht, dass ihr Sohn leidet, wie du gelitten hast, zerrissen zwischen Herz und Pflicht. Hast du dich nie gefragt, wie anders alles gekommen wäre ohne deine Liebe zu Molly? Wenn du in die von uns vorgeschlagene Vermählung mit Zelerita eingewilligt hättest?«

»Doch, ich habe es mich gefragt. Aber es wird mir niemals leidtun, Molly geliebt zu haben.«

Ich denke, die Vehemenz in meiner Stimme bewog Chade, dieses Thema nicht weiter zu verfolgen. »Jedenfalls gibt es keine derartige Liebe in Prinz Pflichtgetreus Leben«, erklärte er im Brustton der Überzeugung.

»Es gab sie nicht. Vielleicht gibt es sie jetzt.«

»Dann bete ich darum, dass es sich um eine jugendliche Verwirrung der Sinne handeln möge, eine, die man rasch« – er suchte nach einem passenden Ausdruck – »abwürgen kann.« Sein Gesicht verzog sich, als wäre er selbst über seine Wortwahl erschrocken. »Der Junge ist bereits versprochen. Schau mich nicht so an, Fitz.«

Gehorsam wandte ich den Blick ab. »Ich denke nicht, dass er sie schon lange kennt. Das Geheimnis, das sie umgibt, macht einen Teil ihrer Anziehungskraft aus.«

»Dann müssen wir alles daransetzen, ihn schnellstens wieder nach Hause zu holen, solange der Schaden sich noch in Grenzen hält.«

Die nächste Frage stellte ich nur für mich. »Und wenn er nicht den Wunsch hat, nach Hause zurückzukehren?«

Chade schwieg einen Moment, dann sagte er brutal: »Du musst tun, was du für das Beste hältst.«

Meine Bestürzung muss sich auf meinem Gesicht widergespiegelt haben, denn er lachte laut. »Schließlich hat es wenig Zweck, mir vorzumachen, dass du etwas anderes tust, nicht wahr?« Er holte tief Atem, stieß ihn schnaubend aus. »Fitz, ich bitte dich nur um eins. Dass du in großen Begriffen denkst. Eines Jünglings Herz ist ein kostbar Ding, ebenso wie eines Mannes Leben. Aber das Wohlergehen des gesamten Volkes der Sechs Provinzen und der Äußeren Inseln ist noch viel kostbarer. Also – tu, was du für das Beste hältst. Aber erst wenn du ganz sicher bist, dass du gründlich darüber nachgedacht hast.«

»Ich kann nicht glauben, dass du mir in einem solchen Ausmaß freie Hand lässt.«

»Nein? Nun, vielleicht kenne ich dich besser, als du denkst.«

»Vielleicht.« Doch im Stillen bezweifelte ich, dass er mich wirklich so gut kannte, wie er glaubte.

»Tja, du bist erst vor ein paar Tagen angekommen, und schon muss ich dich wieder wegschicken.« Chade schlug mir auf die Schulter, aber sein Lächeln wirkte gezwungen. »Glaubst du, du kannst in einer Stunde fertig sein?«

»Ich habe nicht viel zu packen. Aber ich muss noch einen Weg hinunter in den Ort machen, um bei Jinna eine Nachricht für Harm zu hinterlassen.«

»Darum kann ich mich kümmern.«

Ich schüttelte den Kopf. »Sie kann nicht lesen, und wenn ich Tom Dachsenbless sein soll, dann lasse ich nicht andere für mich Botengänge tun. Ich gehe selbst.« Ich sagte ihm nicht, dass ich großen Wert darauf legte, selbst zu gehen.

»Wie du willst. Ich schreibe dir einen Brief für den Jungen, den er Meister Gindast geben kann, wenn er wegen der Lehrstelle bei ihm vorspricht. Das Übrige wird diskret in die Wege geleitet, ich verspreche es. Der gute Meister wird glauben, er erwirbt sich die Gunst eines seiner vornehmsten Kunden, wenn er Harm in die Lehre nimmt.« Chade machte eine kurze Pause. »Du weißt, wir können nicht mehr tun, als dem Jungen eine Chance zu geben, sich zu beweisen. Ich kann Gindast nicht zwingen, ihn zu behalten, wenn sich herausstellt, dass Harm zwei linke Hände hat. Oder dass er faul ist.« Er grinste über meinen empörten Gesichtsausdruck. »Obwohl ich überzeugt bin, keins von beiden trifft zu. Gib mir eine Minute, um den Brief zu schreiben.«

Wie nicht anders zu erwarten, dauerte es länger als eine Minute. Als ich das Schreiben endlich in der Hand hielt, musste ich mich sputen, dem enteilenden Morgen auf den Fersen zu bleiben.

Fürst Leuenfarb befand sich in seinen Gemächern. Er schnalzte missbilligend über meinen zerknitterten Aufzug und befahl mir, die neuen Kleider von Meister Scrandon abzuholen, damit ich für die bevorstehende Reise entsprechend ausgestattet war. Er informierte mich, dass wir ohne Begleitung reisen würden. Fürst Leuenfarb genoss bereits eine Reputation für sowohl exzentrisches Verhalten als auch Abenteuerlust. Niemand würde diese spontane Expedition verwunderlich finden. Er teilte mir außerdem mit, er habe höchstpersönlich ein Pferd für mich ausgesucht und Auftrag gegeben, es neu zu beschlagen. Eine Stute. Beim Schmied abzuholen. Da er angenommen hätte, dass ich Sattel und Zaumzeug nach eigenem Augenmaß kaufen wollte – hier, ein Kreditbrief. Er war bei diesem Gespräch in jeder Minute bis zur kleinsten Nuance Fürst Leuenfarb, und ich war sein treuer Diener Tom Dachsenbless. Das waren die Rollen, in die wir uns so schnell wie möglich einleben mussten. Uns durften keine Fehler unterlaufen, wenn wir uns erst in der Öffentlichkeit bewegten. Als ich mich endlich auf den Weg in den Ort hinunter machte, hatte ich ein Dutzend Besorgungen zu erledigen, und die Sonne wanderte viel zu schnell über den Himmel.

Meister Scrandon stahl mir Zeit mit seinem Beharren auf

einer letzten Anprobe, um eventuell erforderliche Nachbesserungen vornehmen zu können. Ich lehnte ab und beleidigte ihn damit, dass ich nicht einmal das Bündel aufschnürte und die Kleidungsstücke begutachtete. Sein ganzes Gehabe ließ erkennen, dass der gute Meister gewohnt war, die Übergabe seiner Kreationen zu zelebrieren, doch ich sagte ihm unumwunden, mein Herr hätte mir befohlen, mich zu sputen. Er schniefte und meinte, in dem Fall müsse er jede Verantwortung ablehnen, wenn die Passform ungenügend sei. Ich versicherte ihm, er hätte von mir keine Reklamationen zu befürchten, und verließ mit dem unangenehm sperrigen Paket seine Werkstatt.

Mein nächster Weg führte mich zu Jinna, aber dort erwartete mich eine Enttäuschung. Sie war nicht zu Hause, und ihre Nichte konnte mir nicht sagen, wann mit ihrer Rückkehr zu rechnen sei. Finkel kam, um mich zu begrüßen. *Du liebst mich. Du weißt, dass du mich liebst. Nimm mich auf den Arm.*

Wie sollte man nicht gehorchen? Ich hob ihn hoch. Er grub die Krallen in meine Schulter, während er hingebungsvoll die Stirn an meinem Wams rieb, um mich zu kennzeichnen.

»Jinna ist gestern Abend in die Hügel gestiegen und hat dort übernachtet, um gleich im ersten Morgengrauen Pilze zu schneiden. Sie könnte jeden Moment wieder hier sein oder aber erst spät am Abend«, erklärte Miskya. »Finkel, sei nicht so ein Quälgeist. Komm her.« Sie nahm mir die Katze aus den Armen und entschuldigte sich für die Schicht aus ockerfarbenem Haar an meinem Wams.

»Das macht nichts. Nicht der Rede wert. Aber verflixt, dass ich zu dumm …« Ich setzte ihr auseinander, dass mein Herr sich aus heiterem Himmel entschlossen hatte, eine Reise zu unternehmen, und ich ihn begleiten musste. Ich vertraute ihr das Empfehlungsschreiben von Chade an, um es Harm zu übergeben, sowie einige erklärende Zeilen von mir. Nachtauge würde nicht erfreut sein, bei seinem Eintreffen festzustellen, dass ich schon wieder fort war. Ebenso wenig würde es ihm gefallen, hierbleiben und auf mich warten zu müssen. Mit einiger Verspätung wurde mir bewusst, dass ich Jinna nicht nur meinen Sohn aufbürdete, sondern dazu einen Wolf, ein Pony und ein Fuhrwerk. Ich hatte kein Geld, um für ihren Unterhalt zu zahlen, und konnte nur immer wieder sagen, wie dankbar ich war, und versprechen, sämtliche Ausgaben zu erstatten, die ihnen durch die Einquartierung entstanden.

»Schon gut, Tom Dachsenbless.« Miskya lächelte mit sanftem Tadel. Geduldig hörte sie sich meinen zerfahrenen Wortschwall an. Finkel, den Kopf unter ihr Kinn geschmiegt, fixierte mich durchdringend. »Dreimal hast du mir nun gesagt, dass du bald wieder hier sein und uns großzügig entschädigen wirst. Mach dir keine Sorgen. Dein Sohn ist willkommen hier und wird gute Aufnahme finden, auch ohne Bezahlung. Bestimmt hast du auch kein Geld von meiner Tante verlangt, als sie bei dir zu Gast war.«

Ihre Worte brachten mir zu Bewusstsein, dass ich mich aufgeführt hatte wie eine besorgte Glucke. Ich biss mir auf die Zunge, um nicht erneut damit anzufangen, wie sehr ich von der Ankündigung der bevorstehenden Reise überrumpelt worden war. Als ich endlich meinen unbeholfenen Dank hervorgestammelt hatte, fühlte ich mich vollkommen konfus und verwirrt. Zerrissen, als wären Stücke von mir in meinem leeren Haus, bei Nachtauge, bei Harm und sogar in dem Turmgemach oben in der Burg. Ich fühlte mich verwundbar und schutzlos. »Also dann. Auf Wiedersehen«, sagte ich zu Miskya.

In der Sonne schlafen ist schöner. Mach ein Nickerchen mit der

Katze, kommentierte Finkel, als Miskya mir eine gute Reise wünschte.

Als ich Jinnas Haus verließ und mich auf den Weg zur Schmiede machte, schlug mir das Gewissen. Ich überließ es Fremden, sich um meine Angelegenheiten zu kümmern. Hingegen leugnete ich rigoros meine Enttäuschung darüber, Jinna nicht angetroffen zu haben. Der Kuss, den sie mir gegeben hatte, hing zwischen uns in der Schwebe, wie ein abgebrochenes Gespräch, doch ich wollte nicht darüber nachdenken, wohin es uns führen könnte. Verworren wie die Dinge waren, brauchte ich als Allerletztes eine zusätzliche Komplikation in meinem Leben. Trotzdem, ich hätte sie gern wiedergesehen, und dass es nicht dazu gekommen war, dämpfte meine Vorfreude auf die Reise.

Denn ich freute mich darauf, unterwegs zu sein. Meine Gewissensbisse, dass ich Harms Wohlergehen in andere Hände gelegt hatte, war das dunkle Spiegelbild des Gefühls der Befreiung, welches ich bei der Aussicht auf das bevorstehende Unternehmen empfand. Ein gemächlicher Ritt bei schönem Wetter, der Narr und ich, Seite an Seite und niemand sonst, für den man sorgen musste. Urlaub, nicht Arbeit. Meine Befürchtungen den Prinzen betreffend waren durch den Traum der vergangenen Nacht weitgehend beschwichtigt worden. Es hatte nicht den Anschein, dass dem jungen Mann ein finsteres Schicksal drohte. Berauscht vom Zauber einer Sommernacht und der Frau, die er verfolgte, drohte Gefahr einzig seinem törichten jungen Herzen, und davor konnte ihn niemand schützen. Ehrlich gesagt erschien mir meine Aufgabe nicht besonders schwierig. Wir wussten, wo wir nach ihm suchen mussten, und auch ohne Nachtauge war ich immer ein guter Fährtenleser gewesen. Falls es Fürst Leuenfarb und mir nicht gleich gelang, das unbotmäßige Prinzlein in Tosen aufzustöbern, dürfte es kein sonderliches Kunststück sein herauszufinden, wo in den umliegenden Bergen er untergeschlüpft war. Unsere Abwesenheit war also gewiss nicht von langer Dauer. Mit diesem Gedanken beruhigte ich mein Gewissen und setzte leichteren Sinnes den Weg zur Hufschmiede fort.

Ich stellte keine sonderlichen Erwartungen an das mir zugedachte Reittier. Im Gegenteil, ich fürchtete, der besondere Humor des Narren könnte in der Entscheidung des Fürsten für ein spezielles vierbeiniges Kuriosum gipfeln. Ich sprach die Gesellin an, die sich mit Wasser aus dem Regenfass erfrischte, und sagte ihr, ich wäre gekommen, um das Pferd abzuholen, welches Fürst Leuenfarb zum Beschlagen hätte bringen lassen. Sie gab mir mit einem Kopfnicken zu verstehen, dass sie Bescheid wusste, und ich wartete, während sie das Pferd holen ging. Draußen war es schon heiß genug, und im Innern der Werkstatt herrschte ein Inferno aus Gluthitze und Lärm, das zu betreten mich nicht gelüstete.

Das Mädchen war schnell wieder zurück, am Strick eine groß gewachsene schwarze Stute. Ich ging prüfend um sie herum und merkte, als ich aufschaute, dass sie mich mit dem gleichen abschätzenden Blick musterte wie ich sie. Dem Augenschein nach war sie gesund und trug keine Spuren schlechter Behandlung. Ich spürte behutsam nach ihr. Sie schnaubte und sah mich nicht an, verweigerte sich der Alten Macht. Ganz eindeutig hatte sie keinerlei Interesse daran, mit einem Menschen Freundschaft zu schließen.

»Ein Rabenaas«, informierte mich der Schmied, der schweißüberströmt aus der Werkstatt trat, mit lauter Stimme. »Nichts von wegen, dass Ihre Gnaden die Hufe hebt, um es unsereinem leichter zu machen. Und sie tritt, wenn sich die Gelegenheit bietet, sieh dich vor. Hat auch nach meiner Jungfer Zupack hier geschnappt. Aber so garstig war sie nur während des Beschlagens, sonst hat sie sich manierlich aufgeführt.«

Ich dankte ihm für die Warnung und überreichte ihm die versprochene Börse. »Weißt du ihren Namen?«, fragte ich ihn.

Der Meister schürzte die Lippen und schüttelte den Kopf. »Ich habe die Stute noch nie vorher gesehen. Wenn sie einen Namen hatte, ist er von einem Händler zum anderen verschüttgegangen. Ruf sie, wie es dir gefällt; möchte wetten, sie hört nicht drauf!«

Ich verschob das Problem des Namens auf später. Das abgewetzte Halfter gehörte zu ihr; ich nahm den Strick und suchte mir einen Sattler. Dort erstand ich einfaches, solides Zaumzeug, und selbst nach langem Handeln empfand ich die Summe, die ich schließlich berappen musste, immer noch als Wucher. Die Miene des Sattlers drückte deutlich aus, dass er mich für einen Pfennigfuchser hielt. Als ich mit meinem Einkauf hinausging, fragte ich mich, ob er womöglich recht hatte. Bisher hatte ich noch nie so etwas kaufen müssen; vielleicht rührte Burrichs pedantisches Ausbessern von schadhaftem Zaumzeug daher, dass er wusste, was diese Dinge kosteten.

Die Stute war beim Anprobieren verschiedener Sättel unruhig geworden, und als ich jetzt aufsitzen wollte, wich sie tänzelnd aus. Sobald ich oben saß, antwortete sie auf Zügel und Hilfen, aber nur so eben. Ich runzelte die Stirn, nahm mir aber vor, geduldig zu sein. Möglicherweise zeigte sie sich williger, wenn wir erst einmal wussten, was wir voneinander zu halten hatten. Und wenn nicht, nun, mit Einfühlungsvermögen ließen sich die Unarten eines jeden Pferdes korrigieren. Während ich sie behutsam die steile Straße zur Burg hinaufritt, überlegte ich, dass ich in meiner Jugend mehr verwöhnt worden war, als ich damals ahnte. Ausgezeichnete Pferde, einwandfreies Sattelzeug, erstklassige Waffen, gute Kleidung, reichlich zu essen: So vieles hatte ich für selbstverständlich gehalten.

Ein Pferd? Ich könnte ein Pferd alles lehren, was es wissen muss. Weshalb brauchst du ein Pferd?

Ich hatte nicht gemerkt, dass Nachtauge meine Gedanken mitdachte, so unauffällig war er in mein Bewusstsein geschlüpft. *Ich gehe auf Reisen. Mit dem Geruchlosen.*

Muss es zu Pferd sein? Er ließ mir keine Zeit zu antworten. Ich spürte seinen Unmut. *Warte auf mich. Ich bin fast da.*

Nachtauge, nein, komm nicht zu mir. Bleib bei Harm. Ich bin bald wieder zurück.

Doch er war fort, und mein Gedanke hing auf halbem Weg zwischen mir und ihm unbeantwortet in der Leere. Ich spürte nach ihm, fand aber nur Nebel. Er wollte nicht mit mir streiten. Wollte nicht hören, wie ich ihn bat, bei Harm zu bleiben.

Die Wächter am Tor schenkten mir kaum einen Blick. Ich runzelte die Stirn und nahm mir vor, mit Chade darüber zu sprechen. Mein bocksblauer Kittel allein sollte nicht als Legitimation genügen, mich nach Belieben ein und aus gehen zu lassen. Ich ritt bis zum Stalltor, stieg ab und blieb wie angewurzelt stehen, während mir das Herz bis zum Hals schlug. Aus dem Innern des Stallgebäudes ertönte die Stimme eines Mannes, der einem anderen wortreich erklärte, wie man einem Pferd die Hufe auskratzte, und zwar richtig. Die Stimme war mit den Jahren tiefer geworden, aber ich erkannte sie dennoch. Flink, mein Freund aus Jugendtagen und heute Stallmeister von Bocksburg, stand gleich hinter den geöffneten Türflügeln. Mein Mund wurde trocken. Bei unserem letzten Zusammentreffen hatte er mich für ein Gespenst oder einen Dämon gehalten und war nach der Wache brüllend davongelaufen.

Das war Jahre her. Ich hatte mich sehr verändert, sagte ich mir, aber mein Vertrauen in die Spuren der Jahre als meine einzige Maske war nicht groß. Sicherer erschien es mir, mich in die Rolle von Tom Dachsenbless zu flüchten.

»Komm her, Junge«, rief ich einen Burschen, der sich vor dem Stall herumdrückte. »Bring die Stute für mich in den Stall. Sie gehört Fürst Leuenfarb, also sorg dafür, dass sie bestens versorgt wird.«

»Ja, Herr«, gab er zur Antwort. »Der Fürst hat uns aufgetragen, nach Tom Dachsenbless und einer schwarzen Stute Ausschau zu halten und sein eigenes Ross zu satteln, sobald Ihr zurückkehrt. Ihr selbst sollt sofort zu ihm in seine Gemächer kommen.« Damit machte er kehrt und entfernte sich mit meinem neuen Pferd.

Voller Stolz auf mich selbst, wie leicht ich diese Hürde genommen hatte, machte ich mich auf den Weg zum Palas. Ich war kaum ein Dutzend Schritte weit gekommen, als ein Mann an mir vorbeieilte, der offenbar dringend etwas zu erledigen hatte. Er gönnte mir keinen Blick, aber ich starrte hinter ihm her. Flink. Er hatte zugenommen, aber ich schließlich auch. Auf dem Kopf war das schwarze Haar lichter geworden, dafür spross es auf den muskulösen Unterarmen umso dicker. Im nächsten Moment bog er um eine Ecke und war verschwunden. Ich stand da und gaffte und fühlte mich wirklich wie ein Gespenst, unsichtbar in seiner Welt. Schließlich schüttelte ich die Lähmung ab und besann mich auf meine eigenen Pflichten. Wir würden uns in den nächsten Wochen unvermeidlich hier und dort über den Weg laufen, überlegte ich im Weitergehen, und wenn es sich einmal ergab, dass wir miteinander zu tun hatten, steckte ich so fest in der Haut von Tom Dachsenbless, dass ihm nicht einfallen würde zu denken, ich könnte ein anderer sein.

Mein Leben als Fitz sah ich wie Fußspuren auf staubigen

Dielen, die nach und nach von neuen Schritten ausgelöscht wurden. In dieser Stimmung empfand ich es nicht erheiternd, dass ich im Flur vor der Tür der Großen Halle Fürst Leuenfarbs laute Stimme hörte. »Ah, Tom Dachsenbless, da ist Er ja! Bitte um Vergebung, meine Damen, da ist er endlich, der Nichtsnutz, auf den ich gewartet habe! Lebt wohl, während ich fort bin!«

Ich schaute zu, wie er sich aus einer Schar edler Damen löste. Sie ließen ihn nur widerstrebend ziehen, umschmeichelten ihn mit Wimperngeklimper und Fächergeschwirr, und eine von ihnen schürzte die Lippen zu einem allerliebsten Schmollmund. Fürst Leuenfarb ließ die Sonne seines Lächelns über ihnen allen strahlen und winkte mit träger Anmut zum Abschied, während er auf mich zukam. »Aufträge erledigt? Ausgezeichnet. Dann werden wir unsere Vorbereitungen beenden und aufbrechen, solange die Sonne noch hoch am Himmel steht.«

Er fegte an mir vorbei, und ich folgte in diskretem Abstand und nickte zu den akribischen Anweisungen, wie die bereitgelegten Sachen in seinem Gepäck unterzubringen seien. Doch als wir in seine Gemächer traten und ich die Tür hinter uns zumachte, sah ich sein prallgefülltes Mantelbündel bereits auf einem Stuhl liegen. Ich hörte, wie der Riegel vorgeschoben wurde, und drehte mich um. Er wies auf meine Kammer, eben als dort die Tür aufging und Chade heraustrat.

»Endlich, nicht eine Minute zu früh. Die Königin hat eure Nachricht erhalten und befiehlt, dass ihr umgehend aufbrecht. Sie wird keine Ruhe finden, bevor der Junge nicht unter dieses Dach zurückgekehrt ist. Und um ehrlich zu sein, ich ebenso wenig.« Er kaute an seiner Unterlippe, dann bemerkte er, an Fürst Leuenfarb gewandt, weniger an mich: »Die Königin hat entschieden, dass Jagdmeisterin Laurel mit euch reitet. Sie macht sich in diesem Moment reisefertig.«

»Wir brauche keinen Dritten im Bunde!«, beschwerte sich Fürst Leuenfarb aufgebracht. »Je weniger Menschen von unserem Unternehmen wissen, desto besser.«

»Sie ist der Königin Leibjägerin und in vielen Dingen ihre Vertraute. Die Familie ihrer Mutter lebt weniger als einen Tagesritt von Tosen entfernt. Sie behauptet, die Gegend dort gut zu kennen, von Aufenthalten als Kind. Eine ortskundige Führerin könnte hilfreich sein. Davon abgesehen ist es Kettrickens ausdrücklicher Wunsch. Ich weiß aus eigener Erfahrung, dass es sinnlos ist, die Königin umstimmen zu wollen, wenn sie einen Entschluss gefasst hat.«

»Ich glaube, mich an ähnliche Erfahrungen erinnern zu können«, bemerkte der Fürst, doch der schmollende Tonfall klang mehr nach dem Narren. Ich fühlte, wie ein Lächeln meine Mundwinkel krümmte. Auch ich wusste, wie es war, den Gletscherblick dieser blauen Augen auf sich zu spüren. Ich fragte mich, wer diese Laurel sein mochte und was sie getan hatte, um das Vertrauen der Königin zu gewinnen. Fühlte ich einen Stich der Eifersucht, dass jemand meinen Platz als Kettrickens Vertrauter am Hof eingenommen hatte? Nun, fünfzehn Jahre waren vergangen, seit ich ihr in dieser Funktion zur Seite gestanden hatte. Kaum zu erwarten, dass sie keinen Nachfolger fand für Fitz, den Weltflüchter.

Fürst Leuenfarb gab sich verdrossen geschlagen. »Nun, wenn es denn sein muss. Aber ich werde ihr nicht aufwarten. Tom, hast du gepackt?«

»Ich bin so gut wie fertig«, erwiderte ich und fügte geistesgegenwärtig hinzu: »Ich brauche nur einen Moment. Viel einzupacken habe ich nicht.«

»Ausgezeichnet. Vergiss nicht deine neue Garderobe. Ich will mich auf Burg Tosen meines Dieners nicht schämen müssen.«

Nach einer gehorsamen Verbeugung ging ich in meine

Kammer. Ich stopfte das Bündel von Meister Scrandon in die neuen Satteltaschen, die ich auf meiner Pritsche vorfand. Sie waren mit Fürst Leuenfarbs Goldfasan bestickt. Für die Nachtarbeit, die in Burg Tosen wahrscheinlich zu tun war, packte ich einige meiner alten Kleidungsstücke ein und schaute mich dann in dem kleinen Gelass um. Mein neues altes Schwert hing bereits am Gürtel. Weiter hatte ich meinem Gepäck nichts hinzuzufügen. Keine Phiolen, keine raffinierten kleinen Mordwerkzeuge. Ich fühlte mich seltsam nackt, obwohl ich doch mit solchen Dingen seit Jahren nichts mehr zu tun gehabt hatte.

Als ich, die Satteltaschen über der Schulter, wieder in das Empfangsgemach trat, bat Chade mich mit erhobener Hand zu warten. »Noch eine Kleinigkeit.« Er reichte mir eine Rolle aus Leder, dabei hielt er den Blick abgewandt. Als ich sie in der Hand wog, wusste ich, ohne nachschauen zu müssen, was sie enthielt. Diebshaken und anderes ausgeklügeltes Gerät unseres verstohlenen Gewerbes. Fürst Leuenfarb blickte angelegentlich zur Decke, während ich die Rolle in meinem Gepäck verschwinden ließ. Früher einmal hatten meine Kleider viele kleine Taschen für derlei Utensilien gehabt. Nun, ich hoffte, mein Schicksal hielt nicht Wendungen bereit, die mich nötigten, zu den alten Gewohnheiten zurückzukehren.

Der Abschied war eilig und merkwürdig. Fürst Leuenfarb wünschte Chade unter Beachtung höfischer Etikette Lebewohl, als hätten wir Zuschauer, vor denen wir uns nicht verraten durften. Ich hielt es für geraten, ihrem Beispiel zu folgen, und verneigte mich respektvoll vor Chade, wie der Diener vor dem Herrn, er aber packte meine Schultern und drückte mich kurz und heftig an sich. »Ich danke dir, mein Junge!«, flüsterte er mir ins Ohr. »Beeil dich und bring unseren Prinzen wohlbehalten nach Hause zurück. Und sei nachsichtig mit dem Jungen. Die Schuld liegt ebenso bei mir wie bei ihm.«

Seine Worte ermutigten mich, ebenfalls offen zu sprechen. »Dann kümmere du dich um meinen Jungen. Und um Nachtauge. Ich hätte nie erwartet, dass ich Jinna meinen gesamten Hausstand aufbürden muss.«

»Ich werde dafür sorgen, dass es ihnen an nichts fehlt«, versprach er, und ich weiß, er las die Dankbarkeit in meinen Augen. Dann beeilte ich mich, meinem Herrn die Tür aufzuhalten, und folgte ihm mit unser beider Gepäck durch die Flure der Burg. Von links und rechts wünschte man ihm gute Reise, und er dankte freundlich, doch ohne sich aufzuhalten.

Falls Fürst Leuenfarb ernsthaft gehofft hatte, sich ohne Laurel davonstehlen zu können, erlebte er eine Enttäuschung. Sie wartete mit den gesattelten Pferden vor dem Stalltor und machte keinen Hehl aus ihrer Ungeduld. Ich schätzte ihr Alter auf Mitte bis Ende zwanzig. Sie war kräftig gebaut, Kettricken nicht unähnlich, und muskulös, dennoch von fraulicher Gestalt. Man sah auf den ersten Blick, dass sie nicht aus den Bocksmarken stammte, denn unsere Frauen sind überwiegend brünett und klein, und Laurel war weder das eine noch das andere. Zwar war sie nicht blond wie Kettricken, aber sie hatte blaue Augen. Das braune Haar war von sonnenhellen Strähnen durchzogen und an den Schläfen fast weiß gebleicht. Gesicht und Hände waren von der Sonne gebräunt. Sie hatte eine schmale, gerade Nase, einen festen Mund und ein energisches Kinn. Bekleidet war sie mit der Ledertracht des Jägers, und ihr Pferd war von der kleinen drahtigen Sorte, die terriergleich über jedes Hindernis setzt und wieselflink durch das dichteste Unterholz schlüpft. Ihre kleine Packrolle war hinter dem Sattel festgeschnürt.

Als wir näher kamen, hob Malta den Kopf und wieherte ihrem Herrn entgegen. Meine Schwarze stand gleichgültig daneben. Ihr mangelndes Interesse an meiner Person war seltsam demütigend.

»Jagdmeisterin Laurel. Bereit zum Aufbruch, wie ich sehe«, begrüßte Fürst Leuenfarb unsere unerwünschte Begleiterin.

»Ja, Euer Gnaden. Wenn es Euch denn beliebt.«

Erst als ich nach diesen Worten zwei Augenpaare auf mich gerichtet sah, besann ich mich auf meine Pflichten als Fürst Leuenfarbs Diener. Ich nahm Maltas Zügel und hielt sie am Platz, während mein Herr in den Sattel stieg, dann schnallte ich seine und meine Satteltaschen auf meine Schwarze, was sie deutlich als Zumutung empfand. Laurel reichte mir die Zügel und bot mir dann lächelnd die Hand. »Laurel aus der Familie vom Venn nahe Grubenhang. Ich bin Ihrer Majestät Leibjägerin.«

»Tom Dachsenbless, Fürst Leuenfarbs Leibdiener«, stellte ich mich vor und beugte mich über ihre Hand.

Fürst Leuenfarb hatte sein Pferd bereits in Bewegung gesetzt, mit der vornehmen Nichtachtung des leuchtenden Hauptgestirns gegenüber seinen bescheidenen Trabanten. Wir beeilten uns aufzusteigen und ihm zu folgen.

»Und woher stammt deine Familie, Tom?«, erkundigte sich Laurel.

»Oh. Aus der Nähe von Barren. Am Brombeerbach.« Brombeerbach hatten Harm und ich ihn genannt; falls der Wasserlauf bei unserer Hütte noch einen anderen Namen hatte, war er mir nie zu Ohren gekommen.

Die spontane Herkunftsangabe schien Laurel zufriedenzustellen. Meine Schwarze ärgerte mich, indem sie am Zügel ruckte und zu Malta aufzuschließen versuchte. Anscheinend war sie es nicht gewohnt, hinter anderen Pferden zu gehen. Auch war ihre Schrittlänge größer als Maltas. Ich hielt sie zurück, doch es war ein ständiger Kampf zweier Willen.

Laurel warf mir einen verständnisvollen Blick zu. »Neues Pferd?«

»Ich habe sie erst seit heute. Auf einer Reise ihr Temperament zu erforschen ist vielleicht nicht die beste Art, sich kennen zu lernen.«

Sie grinste. »Nein, aber wahrscheinlich die schnellste. Außerdem, hast du eine Wahl?«

Wir verließen die Burg durch das Westtor. In meiner Jugend war dieses Tor meistens geschlossen gewesen, der Zuweg kaum mehr als ein Ziegenpfad. Jetzt stand es offen, flankiert von einem bemannten Wachhaus. Man bedeutete uns zu passieren, und wir fanden uns auf einer belebten Straße wieder, die durch die Berge ins Hinterland der Bocksburg führte und schließlich in Serpentinen in die Flussaue hinunter. Neu angelegte Strecken umgingen die steilsten Stellen der alten Trasse, und insgesamt war die Straße breiter ausgebaut worden. Radfurchen deuteten darauf hin, dass Frachtwagen diesen Verkehrsweg benutzten, und als wir uns bergab dem Fluss näherten, erspähte ich unten Hafenanlagen und die Dächer von Lagerschuppen. Mein Erstaunen wuchs, als ich weiter zurück unter den Bäumen Wohnhäuser hervorlugen sah.

»Früher war hier unbewohnte Wildnis.« Ich biss mir auf die Zunge, bevor mir entschlüpfen konnte, dass Prinz Veritas besonders gern in diesen Hügeln gejagt hatte. Jetzt gab es bestimmt nicht mehr viel Wild in der Gegend. Man hatte Bäume gefällt und kleine Gärten angelegt. Esel und Ponys grasten auf strauchigen Weiden.

Laurel nickte zu meiner Überraschung und sagte: »Dann bist du seit dem Ende der Piratenkriege nicht mehr hier gewesen. Das dahinten ist ungefähr in den letzten zehn Jahren gewachsen. Als nach den schweren Zeiten der Handel wieder in Gang kam, wollten mehr Menschen in der Nähe von Stadt und Hafen leben und im Schutz der Burg, für den Fall, dass die Feindseligkeiten wieder aufflammten.«

Mir fiel nichts ein, was ich darauf sagen konnte, um das Gespräch in Gang zu halten, aber diese Ausläufer der Stadt versetzten mich in Erstaunen. Es gab sogar eine Schänke und eine Herberge für Flussschiffer. Wir ritten auf dem Weg zwischen Lagerschuppen und Docks entlang. Eselskarren schienen das bevorzugte Transportmittel zu sein. Stumpfnasige Flusskähne lagen an den Piers, Ladungen aus Farrow und Tilth wurden gelöscht. Wir kamen an einer Schänke vorbei, danach an mehreren primitiven Logierbaracken, wie die Schiffer sie anscheinend gern hatten. Die Straße verlief flussaufwärts. Manchmal war sie breit und sandig, über morastige Stelle hatte man Bohlen gelegt. Malta und Laurels kleiner Wallach nahmen keinen Anstoß an dem veränderten Untergrund, aber meine Schwarze verlangsamte jedes Mal den Schritt und legte die Ohren an. Das hohle Pochen der Hufe auf den Planken behagte ihr nicht. Ich legte ihr die Hand auf den Widerrist und spürte zu ihr hin, vermittelte Beruhigung. Sie wandte den Kopf zur Seite und rollte ein Auge in meine Richtung, blieb aber unzugänglich wie zuvor. Vermutlich hätte sie sich geweigert weiterzugehen, wären nicht die beiden anderen Pferde gewesen. Unübersehbar war sie mehr an ihresgleichen interessiert als daran, sich auf das Freundschaftswerben einen Menschen einzulassen.

Ich konnte mich nicht genug über den Unterschied zwischen ihr und den zutraulichen Pferden in Burrichs Stall wundern. Ob seine Alte Macht die Erklärung war? Wann immer eine Stute ein Fohlen zur Welt brachte, war Burrich bei ihr, und das Neugeborene spürte die Berührung seiner Hand fast gleichzeitig mit dem Lecken der mütterlichen Zunge. Lag es nur an der Gegenwart eines Menschen vom ersten Atemzug an, dass die Pferde in seinem Stall so fügsam waren, oder bewirkte seine Alte Macht, unterdrückt, aber doch vorhanden, dass sie sich mir zuwandten? Die Nachmittagssonne brannte auf uns nieder, und die Strahlen prallten von der weiten, glitzernden Wasserfläche zurück. Der gleichmäßige Hufschlag der Pferde bildete eine angenehme Untermalung meiner Gedankengänge. Burrich hatte die Alte Macht als eine düstere, primitive Magie betrachtet, eine Versuchung, dem Tier in mir die Oberhand zu lassen. Der Volksglaube gab ihm recht und ging noch weiter: Die Alte Macht war ein Werkzeug des Bösen, eine unreine Hexerei, die ihre Anhänger in Schande und Verderben stürzte. Tod und Zerstückelung waren die einzig wirksame Kur für diese Pest. Auf einmal war ich weniger geneigt, Pflichtgetreus Verschwinden auf die leichte Schulter zu nehmen. Richtig, der Junge war nicht entführt worden, sondern eher verführt. Doch auch wenn die Gabe mich zu ihm geleitet hatte, war es doch unzweifelhaft die Alte Macht, derer er sich bei seinen nächtlichen Jagdzügen bediente. Wenn er sich verriet, vor den falschen Leuten, konnte ihm das den Tod bringen. Unter Umständen bewahrte ihn nicht einmal sein Status als Kronprinz und Thronfolger des Reiches vor diesem Schicksal. Immerhin hatte die Alte Macht mich seinerzeit aus der Gunst der Küstenherzöge stracks in Edels Verlies gestürzt.

Kein Wunder, dass Burrich sich jeden Gebrauch der Alten Macht versagt hatte. Kein Wunder, dass er so oft gedroht hatte, das Gift aus mir herauszuprügeln. Und doch bereute ich nicht, sie zu haben. Fluch oder Segen, sie hatte mein Leben so oft gerettet wie in Gefahr gebracht. Und für mich stand fest, dass das tiefe Gefühl der Verbundenheit mit allem, was auf Erden lebt, meine Tage bereicherte. Ich atmete tief ein und ließ meine Alte Macht sich entfalten, behutsam, zu einer uneingeschränkten Wahrnehmung des Lebens um mich herum.

Deutlicher als zuvor war ich mir Maltas und des kleinen Wallachs der Jagdmeisterin neben mir bewusst und spürte, wie auch sie auf mich aufmerksam wurden. Ich spürte Laurel nicht als einen Reiter neben mir, sondern als ein großes, gesundes Lebewesen. Fürst Leuenfarb blieb für die Alte Macht ebenso undurchdringlich, wie der Narr mir stets erschienen war. Selbst vor diesem besonderen, achten Sinn zerfloss er zu etwas nicht Fassbarem, doch in seinem Geheimnis war er mir vertraut. Vögel in den Baumkronen waren helle Funken zwischen den Blättern. Von dem größten der Bäume, an dem wir vorbeiritten, ging ein tiefes grünes Atmen aus, ein pulsierendes Sein, das anders war als die Bewusstheit eines Tieres und doch eine Form von Leben. Es war, als ob mein Tastsinn sich ausgeweitet hätte, über meinen Körper hinaus, um alle anderen Formen von Leben ringsum zu spüren, diese schillernde Vielfalt, und ich ein Teil davon. Dieses Einssein bedauern? Diese allumfassende Wahrnehmung zurückweisen?

»Du bist, scheint's, einer von der schweigsamen Sorte«, bemerkte Laurel. Mit einem Ruck stand sie wieder als Person in meinem Bewusstsein. So tief war ich in Gedanken versunken gewesen, dass ich die Frau neben mir beinahe vergessen hatte. Sie lächelte mich an. Ihre Augen waren hellblau, umschlossen von einem schmalen Ring dunkleren Blaus. In einer Iris, fiel mir auf, gab es einen merkwürdigen, von der Mitte zum Rand verlaufenden grünen Fleck. Was sollte einer von der schweigsamen Sorte darauf antworten? Ich zuckte stumm die Achseln und nickte. Ihr Lächeln wurde breiter.

»Bist du schon lange Leibjägerin Ihrer Majestät?«, fragte ich, einfach nur, um etwas zu sagen.

Laurel blickte vor sich ins Leere, als sie in Gedanken nachrechnete. »Sieben Jahre inzwischen.«

»Aha. Dann kennst du sie gut.« Ich fragte mich, wie weit Kettricken sie über unsere Mission aufgeklärt hatte.

»Gut genug«, erwiderte Laurel nickend, und fast konnte ich in ihrem Gesicht lesen, wie sie sich die gleiche Frage über mich stellte.

Ich räusperte mich. »Fürst Leuenfarb begibt sich zur Vogeljagd nach Burg Tosen. Er hat eine Passion für das Sammeln von Federn.« Es war ein Köder.

Sie musterte mich aus den Augenwinkeln. »Fürst Leuenfarb hat viele Passionen«, bemerkte sie mit gesenkter Stimme. »Und die Mittel, ihnen zu frönen.« Jetzt war ihr Blick direkt, wie eine Herausforderung an mich, meinen Herrn zu verteidigen, doch falls ihre Worte eine Beleidigung enthielten, begriff ich sie nicht. Sie schaute wieder nach vorn, auf die Straße. »Was mich angeht, ich reite mit, um zu sehen, wie es dort um die Jagd bestellt ist. Die Königin geht im Herbst gern auf Federwild. Ich hoffe, in den Wäldern von Tosen die Art zu finden, die sie am liebsten mag.«

»Das hoffen wir alle«, pflichtete ich ihr bei. Ihre Vorsicht gefiel mir. Wir würden gut miteinander auskommen, jedenfalls soweit es mich anging.

»Kennst du den Fürsten schon lange?«, fragte sie mich.

»Eigentlich nicht. Ich hatte gehört, dass er einen Leibdiener sucht, und war froh, als ein Bekannter mich ihm empfahl.«

»Dann warst du vor ihm bei einem anderen Herrn in Dienst?«

»Das ist lange her. In den vergangenen zehn Jahren habe ich ganz zurückgezogen gelebt, allein mit meinem Sohn.

Doch er ist jetzt so weit, dass ich ihn in die Lehre geben will, und dazu braucht es bare Münze. Ich wusste keine schnellere Möglichkeit, Geld zu verdienen.«

»Und seine Mutter?«, erkundigte sie sich beiläufig. »Wird sie sich nicht einsam fühlen, ohne Mann und Sohn?«

»Sie ist seit vielen Jahren nicht mehr bei uns«, sagte ich. Dann fiel mir ein, dass Harm früher oder später den Weg zur Burg hinauffinden würde, und ich beschloss, so dicht wie möglich bei der Wahrheit zu bleiben. »Er ist ein Pflegling, den ich aufgenommen habe. Wer seine Mutter war, weiß ich nicht. Aber ich betrachte ihn als meinen Sohn.«

»Dann bist du nicht verheiratet?«

Die Frage überraschte mich. »Nein, bin ich nicht.«

»Ich auch nicht.« Sie schenkte mir ein kleines Lächeln, das ausdrückte, damit hätten wir viel gemeinsam. »Und, wie gefällt dir Bocksburg bis jetzt?«

»Recht gut. Als Kind habe ich in der Nähe gewohnt. Es hat sich vieles verändert.«

»Ich komme aus Tilth. Im Branedee-Venn bin ich aufgewachsen, obwohl meine Mutter aus den Bocksmarken stammte. Ihre Familie lebte nicht weit von Tosen; ich kenne die Gegend, weil ich als Kind dort herumgestromert bin. Doch meistens lebten wir in der Nähe des Venn, wo mein Vater Jagdmeister bei Fürst Sitzwohl war. Mein Vater lehrte meine beiden Brüder und mich, was ein Jäger können muss. Als er starb, übernahm mein älterer Bruder seinen Posten. Mein jüngerer Bruder zog zu der Familie unserer Mutter. Ich blieb und ritt für Fürst Sitzwohl die Jagdpferde zu. Doch als die Königin und ihr Hofstaat vor Jahren dort zur Jagd weilten, ging ich als Helfer mit hinaus, weil die Gesellschaft so groß war. Die Königin fasste eine Zuneigung zu mir und« – sie lächelte stolz – »seither diene ich ihr als Leibjägerin.«

Ich zerbrach mir den Kopf, was man noch reden könnte,

als der Fürst uns zu sich winkte. Nachdem wir zu ihm aufgeschlossen hatten, verkündete er: »Das waren fürs Erste die letzten Häuser. Ich wollte vermeiden, dass die Leute sagen, wir wären in großer Hast geritten und warum, aber ich möchte auch ungern die letzte Fähre verpassen, die heute Abend von Vierlampen geht. Wohlan, liebe Leute, jetzt wird geritten. Dachsenbless, wir werden sehen, ob deine Schwarze wirklich so schnell ist, wie der Händler sie gerühmt hat. Haltet beide mit, so gut ihr könnt. Ich sage dem Fährmann, er soll auf euch warten.« Damit drückte er Malta die Fersen in die Flanken und gab ihr den Kopf frei. Mehr Ermunterung brauchte sie nicht. Sie zeigte uns die Hufe.

»Mein Weißschopf kann es jederzeit mit ihr aufnehmen!«, rief Laurel und ließ ihrem Wallach die Zügel schießen.

Hinterher, ermunterte ich meine Schwarze und erschrak fast über ihren prompten Gehorsam. Ohne Übergang warf sie sich aus dem Schritt in einen gestreckten Galopp. Die kleineren Pferde hatten bereits einigen Vorsprung. Malta führte, aber nur, weil der Weg schmaler wurde und es Weißschopf verwehrt war, sie zu überholen. Die raumgreifenden Sprünge meiner Schwarzen fraßen den Vorsprung auf, bis wir dicht hinter ihnen waren und uns die von ihren Hufen hochgeschleuderten Erdklumpen um die Ohren flogen. Die Verfolgerin im Nacken spornte sie zu größerer Anstrengung an, und der Abstand wuchs. Doch ich konnte spüren, dass meine Schwarze noch längst nicht alles gegeben hatte. Sie konnte sich noch weiter strecken, und der Rhythmus der Galoppsprünge verriet, dass sie noch nicht ihre größte Schnelligkeit erreicht hatte. Ich wollte sie zurückhalten, um weniger dem Bombardement der Erdklumpen ausgesetzt zu sein, aber sie gehorchte dem Zügel nicht. Kaum dass der Weg etwas breiter wurde, schob sie sich in die Lücke, und mit wenigen Sprüngen hatte sie Malta und Weißschopf hinter sich gelassen. Ich hörte Laurel und den Narren brüllen und ihre Pferde antreiben, und ich glaubte, sie würden uns wieder überholen, aber meine Schwarze streckte sich wie ein Wolfshund auf frischer Fährte, riss noch größere Stücke des Weges heraus und warf sie hinter sich. Einmal wagte ich einen Blick über die Schulter; die Gesichter Laurels und des Narren glühten von der Erregung des Rennens.

Schneller, ermunterte ich meine Schwarze. Ich glaubte nicht wirklich, dass sie noch zulegen konnte, doch wie die Flamme einen trockenen Baum hinauffliegt, schnellte sie vorwärts. Ich lachte laut vor schierer Lust an der Geschwindigkeit und sah, wie ihre Ohren zuckten. Sie versuchte nicht, mich mit einem Gedanken zu berühren, doch ich spürte eine Regung kühler Sympathie. Wir würden uns vertragen.

Und wir erreichten die Fähre von Vierlampen als Erste.

Kapitel 15

TOSEN

Seit den Tagen des Gescheckten Prinzen galt in den Sechs Provinzen die Ausmerzung derer mit der Alten Macht als ebenso selbstverständlich wie Zwangsarbeit als Strafe für zahlungsunfähige Schuldner oder das Auspeitschen von Dieben. So war es eben und damit gut.

Man kann es als eine natürliche Entwicklung ansehen, dass in den Jahren nach den Piratenkriegen die Verfolgung größere Ausmaße annahm. Die Säuberung der Bocksmarken hatte das Land von den Roten Korsaren und der von ihnen geschaffenen Geißel der Entfremdeten befreit. Die anständigen Bürger waren nun darauf bedacht, ganze Arbeit zu leisten und alles Widernatürliche aus den Sechs Provinzen zu tilgen. Es konnte nicht ausbleiben, dass man gelegentlich zu schnell und ohne ausreichende Beweise mit drastischen Strafen bei der Hand war. Eine Zeitlang genügte der Verdacht, einer mit der Alten Macht zu sein, dass der Unglückliche, schuldig oder nicht, um sein Leben bangen musste.

Die selbst ernannten Gescheckten machten sich dieses Klima aus Misstrauen und Gewalt zunutze. Anonym stellten sie prominente Personen, die der Alten Macht teilhaftig waren, öffentlich an den Pranger, protestierten aber niemals gegen die Verfolgung ihrer wehrlosen Gefährten. Es war der erste Versuch derer mit der Alten Macht, als Gruppe politi-

sche Macht auszuüben. Doch bei ihren Aktionen handelte es sich nicht um den Versuch einer diskriminierten Minderheit, sich gegen ungerechte Verfolgung zur Wehr zu setzen, sondern es war die subversive Taktik einer doppelgesichtigen Fraktion, die entschlossen war, alle Mittel einzusetzen, um selbst an die Macht zu kommen. Untereinander kannten sie nicht mehr Loyalität als eine Hundemeute.

DELVIN: »DIE KABALE DER GESCHECKTEN«

Wie sich herausstellte, war mein Sieg bei dem Wettrennen zur Anlegestelle der Fähre für uns von geringem Nutzen. Die Fähre lag festgemacht am Pier, und daran würde sich auch vorläufig nichts ändern, tat mir der Schiffer kund, bis eine avisierte Fracht aus zwei Fuhrwerken mit Meersalz eintraf. Als Fürst Leuenfarb und Laurel die Anlegestelle erreichten – um der Wahrheit die Ehre zu geben, nicht sehr lange nach mir –, hatte der Schiffer für sie keinen anderen Bescheid. Der Fürst bot ihm ein erkleckliches Sümmchen, wenn er uns gleich übersetzte, aber der Mann schüttelte lächelnd den Kopf. »Eure Münzen wären ein einmaliger Segen, und so hübsch sie klimpern mögen, ich könnte sie auch nur einmal ausgeben. Fürstin Bresinga hat mich gebeten, auf die Fuhrwerke zu warten. Ihre Münzen erreichen mich allwöchentlich, und ich werde nichts tun, womit ich mir ihre Gunst verscherzen könnte. Ihr müsst warten, guter Herr, mit Verlaub.«

Fürst Leuenfarb war alles andere als erfreut über die Wendung der Dinge, doch er konnte nichts tun. Er trug mir auf, bei den Pferden zu bleiben, und verfügte sich seinerseits in das Gasthaus am Landungssteg, um sich mit einem Krug Bier die Wartezeit zu verkürzen. Er spielte das Spiel, und ich nahm es ihm nicht übel. Durfte es nicht übel nehmen.

Konnte es nicht übel nehmen. Nahm es nicht übel, nein. Wäre Laurel nicht bei uns gewesen, so hätte er vielleicht eine Möglichkeit gefunden, dass wir einige Zeit miteinander verbringen konnten, ohne Zweifel an unserer Maskerade zu wecken. Ich hatte mich auf den gemeinsamen Ritt gefreut, er und ich als alte Freunde und weitgehend unbeobachtet, sodass wir nicht gezwungen waren, ständig die Fassade von Herr und Knecht aufrechtzuerhalten. Nun, ich fügte mich in das Unvermeidliche, aber eine Spur meines Bedauerns muss sich auf meinem Gesicht widergespiegelt haben, denn Laurel schloss sich mir an, als ich die Pferde zum Abkühlen auf einer nahen Wiese herumführte. »Bedrückt dich etwas?«, forschte sie.

Die Anteilnahme in ihrer Stimme erstaunte mich. »Ich dachte an einen alten Freund, der mir sehr fehlt«, antwortete ich wahrheitsgemäß.

»Aha.« Als ich keine Anstalten machte, mich weiter zu äußern, bemerkte sie: »Du hast einen guten Herrn. Er hat es dir nicht nachgetragen, dass du ihn in dem Wettrennen geschlagen hast. Manch anderer hätte einen Weg gefunden, dich die Dreistigkeit büßen zu lassen.«

Die Vorstellung überraschte mich, nicht als Tom Dachsenbless, sondern als Fitz. Mir war nie der Gedanke gekommen, dass der Narr wegen eines fair gewonnenen Rennens einen Groll gegen mich hegen könnte. Ich hatte mich wahrhaftig noch nicht gut genug in meine Rolle eingelebt. »Du hast vermutlich recht. Anders betrachtet war es auch ein Sieg für ihn. Er hat die Stute für mich ausgesucht, und zuerst war ich von ihr nicht besonders angetan. Aber sie kann laufen, und bei dem Rennen hat sie ein Feuer gezeigt, das ich bei ihr nicht erwartet hatte. Ich denke, ich kann ein gutes Reitpferd aus ihr machen.«

Laurel trat ein Stück zurück, um die Stute kritisch zu begutachten. »Ich kann kein Fehl an ihr entdecken. Weshalb hast du an ihr gezweifelt?«

»Oh.« Ich suchte nach einer Erklärung, die nicht den Verdacht erweckte, ich könnte einer mit der Alten Macht sein. »Ihr fehlt es an Willigkeit. Manche Pferde bemühen sich zu gefallen. Dein Weißschopf ist so eins und Malta auch. Meine Schwarze scheint daran nicht interessiert zu sein. Vielleicht kommt das noch mit der Zeit, wenn wir uns besser kennen lernen.«

»Meine Schwarze? So heißt sie?«

Ich zuckte die Achseln und lächelte. »Warum nicht? Ich habe ihr keinen Namen gegeben, aber es stimmt, so nenne ich sie wohl.«

Sie sah mich schräg an. »Tja, das ist viel besser als *Sägebock* oder *alter Zossen.*«

Ich grinste über ihre Missbilligung. »Ich habe verstanden. Vielleicht bringt sie mich noch auf einen Namen, der besser zu ihr passt, aber vorläufig ist sie ›Meine Schwarze‹.«

Eine Zeitlang gingen wir schweigend nebeneinanderher. Ihr Blick flog immer wieder zur Straße. »Ich wünschte, die Fuhrwerke kämen endlich. Noch ist weit und breit nichts von ihnen zu sehen.«

»Die Gegend hier ist ziemlich hügelig. Sie können jederzeit auf einer Anhöhe auftauchen und plötzlich in Sichtweite sein.«

»Hoffentlich. Ich möchte weiter. Ich hatte gehofft, dass wir Tosen vor dem Dunkelwerden erreichen, sodass ich mich heute schon ein wenig in den Hügeln dort umsehen kann.«

»Nach der Königin liebstem Federwild«, ergänzte ich.

»Ja.« Sie schaute an mir vorbei. Dann, wie um klarzustellen, dass sie keinen Vertrauensbruch beging, erklärte sie freiheraus: »Königin Kettricken hat mir gesagt, sowohl der

Fürst als auch du besäßen ihr uneingeschränktes Vertrauen. Ich könnte euch gegenüber offen sprechen.«

Ich neigte den Kopf. »Das Vertrauen meiner Königin ehrt mich.«

»Warum?«

»Warum?« Ich war verdutzt. »Nun, uneingeschränktes Vertrauen einer regierenden Monarchin gegenüber jemandem wie mir ist ...«

»Unglaublich. Schon gar, wenn du erst vor wenigen Tagen nach Bocksburg gekommen sein willst.«

Kettricken hatte ihre Vertraute gut ausgesucht, doch mit ihrem Scharfsinn konnte sie eine Bedrohung für mich werden. Ich wog ab, wie viel ich preisgeben sollte. Ein kleines Stückchen der Wahrheit, beschloss ich. Dann lief man am wenigsten Gefahr, sich bei einem späteren Gespräch zu verplappern. »Ich kenne Königin Kettricken von früher. Während der Piratenkriege diente ich ihr in verschiedenen vertraulichen Angelegenheiten.«

»Dann bist du eigentlich ihretwegen nach Bocksburg gekommen und nicht wegen der Stellung bei dem Fürsten?«

»Ich denke, man kann mit Fug behaupten, ich kam meinetwegen.«

Schweigen entstand. Zusammen führten wir die Pferde zum Fluss hinunter und ließen sie trinken. Meine Schwarze zeigte keine Angst vor dem Wasser, watete ins Tiefe hinaus und trank ausgiebig. Ich fragte mich, wie sie sich anstellen würde, wenn sie auf die Fähre gehen sollte. Sie war groß, und der Fluss war breit. Falls sie auf die Idee kommen sollte, ihrem Unmut Ausdruck zu verleihen, stand mir eine unangenehme Überfahrt bevor. Ich tauchte mein Halstuch in das kühle Wasser und wischte mir damit übers Gesicht.

»Glaubst du, der Prinz ist einfach nur auf und davon?«

Ich sah sie über das nasse Tuch hinweg verdutzt an. Diese

Frau nahm kein Blatt vor den Mund. Ihr Blick versuchte, in meinem Gesicht zu lesen. Ich schaute mich um, ob irgendjemand hören konnte, was wir redeten. »Ich weiß nicht«, antwortete ich dann ebenso ehrlich. »Meiner Meinung nach ist es wahrscheinlicher, dass er weggelockt wurde, nicht mit Gewalt verschleppt. Aber ich bin sicher, wegzugehen war nicht sein eigener Entschluss, da haben andere die Hände im Spiel gehabt.« Dann biss ich mir auf die Zunge und warf mir vor, mehr gesagt zu haben, als klug war. Wie sollte ich die geäußerte Vermutung begründen? Indem ich zugab, einer mit der Alten Macht zu sein? Ich hatte die alte Regel vergessen, dass zuhören besser ist als reden.

»Dann müssen wir bei unserer Suche nach ihm mit Widerstand rechnen?«

»Die Möglichkeit besteht.«

»Wie kommst du darauf, dass man ihn weggelockt haben könnte?«

»Ach, ich weiß nicht.« Es hörte sich flau an, ich merkte es selbst.

Sie hielt meinen Blick fest. »Nun, ich glaube auch, dass er weggelockt wurde, wenn nicht gar regelrecht entführt. Ich nehme an, dass diejenigen, die es getan haben, nicht mit dem Plan Ihrer Majestät einverstanden waren, ihn mit der Narcheska der Fernholmer zu vermählen.« Sie schaute zur Seite und fügte hinzu: »Ebenso wenig wie ich.«

Oh. Das war eine erste Andeutung, dass sie ihrer Herrin nicht blind ergeben war. Der alte Drill erwachte, als ich unwillkürlich abzuschätzen versuchte, bis zu welchem Ausmaß diese Missbilligung der Politik der Königin ihre Loyalität beeinflusste. Könnte sie etwas mit dem Verschwinden des Prinzen zu tun haben? »Ich weiß auch nicht recht, ob ich es gut finden soll«, bemerkte ich, um sie wenn möglich noch weiter aus der Reserve zu locken.

»Der Prinz ist zu jung, um ihn jetzt schon zu versprechen«, sagte Laurel energisch. »Ich bin nicht der Überzeugung, dass die Fernholmer unsere besten Verbündeten sind, von ihrer Verlässlichkeit gar nicht zu reden. Was können wir von ihnen erwarten? Ihr Reich besteht aus wenig mehr als verstreuten Stadtstaaten und befestigten Siedlungen an den Küsten ungastlicher Eilande. Sie haben keinen gemeinsamen Oberherrn, und ständig liegen sie miteinander in Fehde. Jedes Bündnis, das wir dort eingehen, reißt uns eher in eine ihrer Zwistigkeiten hinein, als dass wir einen Nutzen davon haben.«

Erstaunlich. Offenbar hatte sie über die politische Situation gründlich nachgedacht und mit einer Klarsichtigkeit, die ich von einer Jagdmeisterin nicht erwartet hätte. »Was würdest du denn tun?«

»Läge die Entscheidung bei mir – und ich weiß sehr gut, dass es nicht so ist –, würde ich ihn in der Hinterhand halten, in Reserve sozusagen, bis ich genau überblicken könnte, wie sich die Dinge entwickeln, nicht allein auf den Äußeren Inseln, sondern auch in Chalced und Bingstadt und noch weiter südlich. Da unten gärt es, es gibt Gerüchte von Krieg und andere wilde Geschichten. Drachen wären gesehen worden, erzählt man. Auch wenn ich nicht alles glaube, was ich höre – seit den Piratenkriegen weiß man, dass Drachen mehr sind als nur Hirngespinste. Es gibt sie. Diese Gerüchte hört man zu häufig, um sie als unsinnig abzutun. Vielleicht werden Drachen angelockt von Kriegen und dem Fraß, der dabei für sie abfällt.«

Sie über den wahren Sachverhalt aufzuklären hätte Stunden gedauert. Ich versuchte es erst gar nicht, sondern fragte nur: »Dann würdest du unseren Prinzen lieber mit einem Edelfräulein aus Chalced vermählt sehen oder mit der Tochter eines Kaufherrn aus Bingstadt?«

»Vielleicht wäre es das Beste, wenn er die Tochter eines einheimischen Fürsten zur Gemahlin nähme. Es gibt Stimmen, die sagen, dass die Königin eine Fremde ist und eine zweite Herrscherin aus einem fremden Land den Sechs Provinzen nicht guttäte.«

»Ist das auch deine Meinung?«

Sie zog die Augenbrauen in die Höhe. »Hast du vergessen, dass ich der Königin Leibjägerin bin? Besser eine Fremdländerin wie sie als so manche der Edelfrauen aus Farrow, denen ich in der Vergangenheit gedient habe.«

Danach geriet unsere Unterhaltung ins Stocken. Wir führten die Pferde vom Fluss weg und auf die Wiese. Ich nahm ihnen die Trensen ab und ließ die Tiere grasen. Dabei merkte ich, dass ich ebenfalls Hunger hatte. Als könnte sie meine Gedanken lesen, kramte Laurel in ihrer Satteltasche und holte zwei Äpfel heraus. »Ich habe immer etwas Proviant dabei«, erklärte sie und bot mir einen an. »Manche von den Herrschaften, in deren Dienst ich stand, haben sich um das Befinden ihrer Jäger nicht mehr gekümmert als um das ihrer Pferde und Hunde.«

Ich verkniff es mir, Fürst Leuenfarb gegen einen solchen Vorwurf der Rücksichtslosigkeit zu verteidigen. Sollte der Narr selbst entscheiden, wie er sich darzustellen wünschte. Ich dankte ihr und biss in den Apfel. Er schmeckte angenehm süß-säuerlich. Meine Schwarze hob ruckartig den Kopf und äugte.

Was abhaben?, fragte ich.

Sie ließ verachtungsvoll die Ohren spielen und steckte die Nase wieder ins Gras.

Ein paar Tage ohne mich, und er biedert sich bei Gäulen an. Ich hätte es wissen müssen. Der Wolf bediente sich der Alten Macht ohne Zurückhaltung, überraschte mich und erschreckte die Pferde.

»Nachtauge!« Ich blickte mich suchend um.

»Wie bitte?«

»Mein … Hund. Er muss mir von zu Hause nachgelaufen sein.«

Laurel starrte mich an, als wäre ich übergeschnappt. »Dein Hund? Wo?«

Zum Glück für mich kam der große Wolf soeben aus der Deckung der Bäume hervor. Hechelnd trabte er auf kürzestem Weg zum Flussufer, um zu trinken. Laurel machte große Augen. »Das ist ein Wolf.«

»Er sieht aus wie ein Wolf.« Ich klatschte in die Hände und pfiff. »Hierher, Nachtauge. Guter Hund, komm her.«

Ich trinke, Idiot. Ich habe Durst. Hättest du auch, wenn du den Weg zu Fuß gemacht hättest, statt dich von einem Pferd tragen zu lassen.

»Nein.« Laurel schüttelte den Kopf. »Das ist kein Hund, der aussieht wie ein Wolf. Das ist ein Wolf.«

»Ich habe ihn als Welpe bekommen.« Nachtauge schlabberte immer noch. »Er ist mir stets ein treuer Gefährte gewesen.«

»Fürstin Bresinga wird vielleicht nicht erfreut sein, dass zu Fürst Leuenfarbs Gefolge ein Wolf gehört.«

Nachtauge hob plötzlich den Kopf, witterte und trabte ohne einen Blick in meine Richtung in den Wald zurück. *Bis heute Nacht.*

Ich werde heute Nacht auf der anderen Seite des Flusses sein.

Ich ebenfalls. Vertrau mir. Bis heute Nacht.

Meine Schwarze hatte Nachtauges Witterung aufgefangen. Sie wieherte unruhig. Ich schaute Laurel an und merkte, dass sie mich nachdenklich musterte.

»Anscheinend habe ich mich geirrt. Es war tatsächlich ein Wolf.« *Du hast mich aussehen lassen wie einen Trottel.*

Kein Kunststück.

»Ein sehr ungewöhnliches Verhalten für einen Wolf«, meinte Laurel. Sie spähte zum Waldrand, wo Nachtauge verschwunden war. »Und es ist Jahre her, seit ich in dieser Gegend einen Wolf gesehen habe.«

Ich bot Meine Schwarze das Apfelgehäuse an. Sie bequemte sich, es zu verzehren, und hinterließ zum Dank eine grüne Schleimschicht auf meinem Handteller. Schweigen schien in dieser Lage das Klügste zu sein.

»Dachsenbless! Jagdmeisterin!« Fürst Leuenfarb rief vom Wegrand nach uns. Zutiefst erleichtert stapfte ich mit den Pferden zu ihm hin.

Laurel folgte uns. Ungefähr auf halbem Weg hörte ich von ihr einen leisen, kehligen Laut der Anerkennung. Ich sah verdutzt über die Schulter. Ihre Augen hingen an Fürst Leuenfarb, doch auf meinen fragenden Blick hin krümmten sich ihre Mundwinkel zu einem kleinen Lächeln. Ich schaute wieder nach vorn, zu meinem neuen Herrn und alten Freund.

Er wusste, dass wir ihn beobachteten, und stellte sich in Positur. Ich kannte ihn zu gut, um mich von seinen Tricks täuschen zu lassen. Er wusste, wie der Wind vom Fluss her in seinen goldenen Locken spielte. Seine Farben waren gut gewählt, Blauschattierungen und Weiß, und der Schnitt der eleganten Reisekleidung schmeichelte seiner schlanken Gestalt. Er sah aus wie ein Geschöpf aus Sonne und Himmel. Selbst mit einem Bündel in einer Hand – Proviant in einem weißen Tuch – und einem Krug in der anderen brachte er es fertig, wie das Abbild aristokratischer Größe auszusehen.

»Ich bringe Ihm Essen, damit Er sich nicht versucht fühlt, die Pferde unbeaufsichtigt zu lassen, um selbst nach einer Mahlzeit zu suchen«, erklärte er und reichte mir das Bündel und den beschlagenen Tonkrug. Dann ließ er den Blick über Laurel wandern und schenkte ihr ein anerkennendes Lächeln. »Wenn es unserer anmutigen Jägerin gefällt, wäre es mir ein Vergnügen, einen Imbiss mit ihr einzunehmen, während wir auf diese vermaledeiten Fuhrwerke warten.«

Der kurze Blick, mit dem Laurel mich streifte, sagte alles, war Entschuldigung, dass sie mich im Stich ließ, setzte voraus, dass ich begriff, dass sie eine Einladung wie diese unmöglich ausschlagen konnte.

»Ich bin überzeugt, dass es auch mir ein Vergnügen wäre«, erwiderte sie und neigte den Kopf. Ich nahm Weißschopfs Zügel, noch bevor sie mich darum bitten konnte. Der Fürst bot ihr den Arm, als wäre sie ein Edelfräulein. Nach einem kaum merklichen Zögern legte sie ihre sonnengebräunte Hand auf das helle Blau seines Ärmels. Sofort bedeckte er sie mit seinen langen, graziösen Fingern. Sie hatten sich noch keine drei Schritte von mir entfernt, da befanden sie sich bereits mitten in einer lebhaften Unterhaltung über jagdbare Vögel, Schonzeiten und Federn.

Mir war, ohne dass ich es gemerkt hatte, die Kinnlade heruntergefallen, und erst jetzt dachte ich daran, den Mund wieder zuzuklappen. Die Wirklichkeit pendelte sich wieder ins Lot. Fürst Leuenfarb, begriff ich plötzlich, war in jeder Hinsicht eine ebenso vollständige und »echte« Person wie seinerzeit der Narr. Der Narr war ein albinoweißer kleiner Kobold gewesen, ein boshafter Spottvogel, der bei denen, die ihn kannten, entweder rückhaltlose Zuneigung hervorrief oder Abscheu und Angst. Ich hatte zu denen gehört, die mit König Listenreichs Possenreißer befreundet gewesen waren, und diese Freundschaft als das Wertvollste geschätzt, was zwei Knaben verbinden konnte. Aber die überwiegende Mehrheit der Leute bei Hofe hatte seine scharfe Zunge gefürchtet und fühlte sich abgestoßen von seiner fahlen Haut, den farblosen Augen. Doch gerade eben hatte eine intelligente und, wie ich zugeben musste, attraktive junge Frau die Gesellschaft Fürst Leuenfarbs der meinen vorgezogen.

»Über Geschmack lässt sich nicht streiten«, bemerkte ich zu Weißschopf, der trübsinnig hinter seiner Herrin herschaute.

Was ist in dem Bündel?

Ich dachte mir, dass du noch in der Nähe herumlungerst. Einen Moment Geduld.

Ich pflockte die Pferde mittels des für diesen Zweck umgeänderten Zaumzeugs behelfsmäßig an und ging zu der Stelle, wo die Wiese an ein von Bäumen überragtes Gehölz stieß. Auf einem mächtigen, bemoosten Findling breitete ich das Tuch aus. Der Krug enthielt süßen Apfelmost, wie ich feststellte. In dem Tuch befanden sich zwei Fleischpasteten.

Eine für mich.

Nachtauge blieb im Gebüsch verborgen. Ich warf ihm eine der Pasteten hin und biss sofort in meine. Sie war noch warm, die Füllung saftig und herzhaft. Eine der wunderbaren Eigenschaften der Alten Macht ist die, dass man kauend eine Unterhaltung führen kann, ohne sich zu verschlucken. *Wie hast du mich gefunden? Und weshalb bist du mir überhaupt gefolgt?*, fragte ich ihn.

Ich habe dich gefunden, wie ich jeden Flohstich finden würde. Und warum ich dir gefolgt bin? Was sollte ich sonst tun? Du konntest nicht ernsthaft von mir erwarten, dass ich in Bocksburg bleibe. Bei einer Katze? Ich bitte dich! Schlimm genug, dass du nach diesem Vieh stinkst. Ich hätte es nicht ertragen, mit ihm in einem Raum zu sein.

Harm wird sich Sorgen machen.

Vielleicht, vielleicht auch nicht. Er war begeistert, wieder in der Stadt zu sein. Weshalb jemand darüber glücklich sein sollte, verstehe ich allerdings nicht. Krach, Staub, kein nennenswertes Wild und viel zu viele Menschen auf einem Haufen.

Dann bist du mir wegen der frischen Landluft gefolgt? Nicht etwa weil du Angst um mich hattest?

Wenn du mit dem Geruchlosen auf die Jagd gehst, sollte ich dabei sein. Das ist nur vernünftig. Harm ist ein guter Junge, doch er ist nicht der beste Jäger. Es war besser, ihn in dem Menschenbau zu lassen, wo es ihm gefällt.

Aber wir reisen zu Pferde, und du, mit Verlaub, bist nicht mehr so flink wie früher und hast auch nicht mehr die Ausdauer eines jungen Wolfs. Ich wüsste dich lieber in Burgstadt, wo du darauf achtest, dass unser Harm keine Dummheiten macht.

Oder du gräbst gleich hier ein Loch und wirfst mich hinein.

»Wie bitte?« Die Bitterkeit seines Gedankens entriss mir den Ausruf. Ich verschluckte mich an meinem Apfelwein.

Kleiner Bruder, behandle mich nicht, als wäre ich bereits tot oder dem Tode nahe. Wenn du mich als Sterbenden siehst, dann will ich lieber gleich begraben sein. Du raubst mir das Jetzt, wenn du ständig fürchtest, dass der nächste Atemzug mein letzter sein könnte. Deine Ängste berühren mich wie eine kalte Hand und berauben mich aller Freude an der Wärme des Tages.

Wie schon lange nicht mehr öffnete er alle Schranken zwischen uns, und ich erkannte, was ich nicht hatte sehen wollen. Die schleichende Entfremdung zwischen uns ging nicht allein von ihm aus. Zur Hälfte war ich dafür verantwortlich, mein vor mir selbst verborgener Rückzug von ihm, aus Angst, sein Tod könnte für mich unerträglich schmerzvoll sein. Ich war derjenige, der ihn auf Abstand gehalten hatte, der verbarg, was er dachte, aber es war doch so viel von meinen Gefühlen durch die Mauer gedrungen, dass es ihn verletzte. Ich war im Begriff gewesen, mich von ihm zu lösen. Resignation vor der Tatsache seiner Sterblichkeit. Seit dem Tag, als ich ihn dem Rachen des Todes entrissen hatte, war er für mich nie mehr wirklich lebendig gewesen.

Eine Weile saß ich da und fühlte mich klein und schäbig. Ich brauchte es nicht in Worte zu fassen. Die Alte Macht webt ein Band, das Erklärungen überflüssig macht. Meine

Abbitte sprach ich laut aus: »Harm ist wirklich alt genug, um auf sich selbst aufzupassen. Von nun an bleiben wir zusammen, komme, was da wolle.«

Ich fühlte sein Einverständnis. *Gut. Was ist es für ein Wild, das wir jagen?*

Ein Junge und eine Katze. Prinz Pflichtgetreu.

Aha. Der Knabe und die Katze aus deinem Traum. Nun, wenigstens erkennen wir sie, wenn wir sie sehen. Ich fand es ein wenig bestürzend, dass er ganz mühelos diesen Zusammenhang herstellte und wie selbstverständlich akzeptierte, was ich nicht hatte wahrhaben wollen. Wir waren im Bewusstsein dieser beiden zu Gast gewesen und mehr als ein Mal. Ich verschob das Unbehagen, das mich überkommen wollte, auf später.

Aber wie willst du über den Fluss kommen? Und wie mit den Pferden Schritt halten?

Zerbrich dir darüber nicht den Kopf, kleiner Bruder. Und verrate mich nicht durch Gaffen.

Ich fühlte, dass es ihm Spaß machte, mich im Ungewissen zu lassen, deshalb drang ich nicht weiter in ihn. Nach dem Essen lehnte ich den Rücken gegen den Findling, der mein Tisch gewesen war. Er hatte die Wärme des Tages gespeichert und gab sie jetzt an mich ab. Der Schlafmangel der letzten Tage machte sich bemerkbar; ich fühlte, wie mir die Lider schwer wurden.

Mach ein Schläfchen. Ich passe auf die Pferde auf.

Ich danke dir. Was für eine Erlösung, die Augen schließen und ruhig in Schlaf sinken zu können, ohne mit einem Auge wach bleiben zu müssen. Nachtauge wachte für mich. Die tiefe Verbundenheit zwischen uns war wiederhergestellt, der Bund erneuert, und das bescherte mir tieferen Frieden als ein voller Bauch und Sonnenschein.

Sie kommen.

Ich schlug die Augen auf. Die Pferde grasten friedlich, aber ihr Schatten war lang geworden. Fürst Leuenfarb und Laurel standen am Rain. Ich hob die Hand, um ihnen zu signalisieren, dass ich sie bemerkt hatte, dann stand ich widerwillig auf. Von der unbequemen Lage tat mir der Rücken weh, trotzdem hätte ich liebend gern weitergeschlafen. Später, tröstete ich mich. Als ich den Blick hob, sah ich die Fuhrwerke, die sich der Anlegestelle näherten.

Weißschopf und Malta kamen auf mein Schnalzen herbei, nur Meine Schwarze wich bis zum Ende der Leine aus, und ich musste sie zu mir heranziehen. Sobald ich ihre Zügel in der Hand hatte, fügte sie sich, als hätte sie nie etwas anderes im Sinn gehabt. Ich ging mit allen dreien den anrollenden Wagen entgegen. Als ich unter einem der Fuhrwerke vier graue Wolfsläufe entdeckte, schaute ich woandershin.

Die Fähre war ein großer flacher Lastkahn, durch ein dickes Tau mit beiden Ufern verbunden. Pferdegespanne zogen sie hin und her, aber zusätzlich waren Männer mit Staken an Bord. Erst ließ man die Frachtwagen mit Fürstin Bresingas Salz hinauffahren, dann durften die Passagiere und ihre Reittiere folgen. Ich bildete den Abschluss. Meine Schwarze sträubte sich. Zu guter Letzt ließ sie sich bewegen, an Bord zu gehen, aber, wie ich glaube, eher der Gesellschaft ihrer Artgenossen wegen, als dass mein gutes Zureden sie überzeugt hätte. Die Fähre legte ab und begann ihre schwerfällige Überfahrt. Das Wasser strömte glucksend und gurgelnd an der Bordwand entlang.

In tiefer Nacht machten wir am Nordufer fest. Wir gingen als Erste an Land und warteten dann, bis die Fuhrwerke von der Fähre gerollt waren. Fürst Leuenfarb setzte uns von seinem Entschluss in Kenntnis, den Wagen nach Burg Tosen zu folgen, statt in der Schänke zu übernachten. Die Fuhrknechte kannten den Weg im Schlaf. Sie zündeten

Laternen an, und so konnten wir ihnen ohne Schwierigkeiten folgen.

Der runde Mond schien auf uns herab. Wir hielten ein gutes Stück Abstand, und trotzdem hing der Staub der Fuhrwerke in der Luft und legte sich als juckende Schicht auf unsere Haut. Der lange Ritt war anstrengender gewesen, als ich gedacht hatte. Am schlimmsten tat mir der Rücken weh, die Stelle rings um die alte Pfeilwunde. Plötzlich sehnte ich mich nach einer ruhigen Unterhaltung mit dem Narren, um wieder eine Verbindung herzustellen zu dem gesunden jungen Mann, der ich einmal gewesen war. Aber, rief ich mir in Erinnerung, weder Fitz noch der Narr waren hier. Nur Fürst Leuenfarb und sein Diener Dachsenbless. Je eher ich mir das einprägte, desto besser für uns beide.

Der Fürst und Laurel waren in ein halblautes Gespräch vertieft. Seine Aufmerksamkeit schmeichelte ihr, und sie machte keinen Hehl daraus. Sie schlossen mich nicht aus, trotzdem überließ ich sie lieber sich selbst.

Endlich langten wir in Tosen an. Wir hatten etliche felsige Hügel erklommen und die Eichenwälder in den Tälern dazwischen durchquert, und dann, von der Kuppe einer weiteren Anhöhe, sahen wir unter uns die Lichter einer kleineren Ortschaft. Tosen lag an einem kleinen Nebenarm des Bocksflusses, dem Ästler. Er war zu schmal für größere Lastkähne. Der Großteil der für Tosen bestimmten Waren legte die letzte Etappe der Reise auf Fuhrwerken zurück. Der Ästler spendete Wasser für das Vieh und die Felder und war reiches Fischgewässer für die Menschen an seinen Ufern. Das Wehrgut der Bresingas lag auf einer kleinen Anhöhe über dem Ort. In der Dunkelheit war es unmöglich, die Größe der Anlage zu erkennen, aber die Abstände zwischen den erleuchteten Fenstern überzeugten mich, dass es ein stattlicher Besitz sein musste. Die Fuhrwerke rumpelten durch das Tor in der langen Umfassungsmauer, und wir folgten, ohne dass man uns nach Name und Begehr gefragt hätte. Als die Knechte auf dem Wagenhof neben dem Herrenhaus anhielten, kamen Männer mit Fackeln herbeigelaufen. Es war merkwürdig still, kein Hundegebell. Fürst Leuenfarb ritt uns voran zum Portal des Hauses. Bevor wir auch nur Zeit hatten, den Fuß aus dem Steigbügel zu nehmen, öffneten sich die Türflügel, und Diener strömten heraus, um uns zu empfangen.

Wir wurden erwartet. Mit der Morgenfähre war ein Bote gekommen, der unser Eintreffen angekündigt hatte. Fürstin Bresinga höchstselbst erschien, um uns in ihrem Haus willkommen zu heißen. Die Pferde wurden weggeführt, das Gepäck ins Haus getragen, und ich trat hinter dem Fürsten und der Leibjägerin Ihrer Majestät in die weitläufige Empfangshalle des Herrenhauses der Bresingas. Das imposante Gebäude war aus Eichenholz und Flussstein errichtet. Mächtige Balken und festungsähnliches Mauerwerk fesselten das Auge und ließen die Menschen in der Halle zwergenhaft erscheinen.

Fürst Leuenfarb bildete den Mittelpunkt der allgemeinen Aufmerksamkeit. Fürstin Bresinga, klein und drall, hatte von ihm Besitz ergriffen und blickte, während sie plauderte, schmachtend zu ihm auf. Ihr Lächeln kräuselte die Haut in den Augenwinkeln und spannte die Oberlippe über den Zähnen. Der schlaksige Jüngling neben ihr war höchstwahrscheinlich Gentil Bresinga. Er war größer als Harm, doch im gleichen Alter und trug das schwarze Haar glatt nach hinten gekämmt, was stark ausgeprägte Geheimratsecken sehen ließ. Er streifte mich mit einem merkwürdigen Blick, dann richtete er seine Aufmerksamkeit wieder auf seine Mutter und den vornehmen Gast. Ein ahnungsvolles Frösteln rieselte mir über die Haut. Die Alte Macht. Irgendjemand hier war vom Alten Blut und verbarg es mit allergrößtem

Geschick. Ich dachte den Hauch einer Warnung zu Nachtauge hinaus. *In Deckung bleiben.* Seine Erwiderung war subtiler als der Duft von Nachtblumen, wenn der Tag anbricht, dennoch sah ich Fürstin Bresinga leicht den Kopf wenden, wie um auf ein fernes Geräusch zu lauschen. Noch war es zu früh, um sicher sein zu können, doch mir schwante, dass Chades und mein Verdacht wohl begründet war.

Die Leibjägerin Ihrer Majestät hatte ihren eigenen Kreis von Bewunderern. Der Jagdmeister der Bresingas war schon an ihrer Seite und machte sich erbötig, ihr, sobald sie sich morgen früh erhoben hätte, die besten Reviere für Federwild zu zeigen. Es wäre ihm ein Vergnügen. Seine Helfer standen hinter ihm stramm. Beim Essen würde er Laurels Tischherr sein. Wenn eine Jagdpartie bevorstand, hatten die Leibjäger das Vorrecht, mit den Herrschaften zu speisen.

Inmitten des Begrüßungsrummels schenkte man mir nur wenig Beachtung. Ich hielt mich im Hintergrund, wie es einem guten Diener geziemte, und harrte meiner Anweisungen. Eine Hausmagd kam auf mich zugeeilt. »Ich soll dir die Gemächer zeigen, die wir für deinen Herrn vorbereitet haben, damit du sie nach seinen Vorlieben herrichten kannst. Wird er heute Abend noch ein Bad wünschen?«

»Gewiss.« Ich ging hinter ihr her. »Und einen leichten Imbiss in seinen Gemächern. Gelegentlich bekommt er nachts Appetit.« Das war von mir frei erfunden, damit ich nicht hungern musste. Man erwartete von einem Diener, dass er zuvörderst auf das Wohlergehen seines Herrn bedacht war und dann erst auf sein eigenes.

Das Gemach, welches man für den illustren Gast geöffnet hatte, war so groß wie meine ganze Hütte. Ein riesiges Pfostenbett beherrschte den Raum, überhäuft mit Federdecken und schwellenden Kissen. Armdicke Rosensträuße schwängerten die Luft mit ihrem Parfum, ein ganzer Wald von

Bienenwachskerzen verbreitete Licht und feinen Duft. Die Fenster gingen auf den Fluss und das Tal hinaus, doch für die Nacht hatte man die Läden vorgelegt. Ich öffnete eins, »wegen der frischen Luft«, und setzte dann der jungen Frau auseinander, dass ich das Auspacken schon allein bewerkstelligen könne, wenn sie für das Badewasser sorgen wolle. Ein kleines Vorzimmer war für mich vorgesehen, kaum größer als meine Kammer in Bocksburg, aber nobel eingerichtet, und es gab sogar ein Fenster.

Das Auspacken der Taschen des Fürsten dauerte länger als gedacht. Es war verblüffend, was er alles darin untergebracht hatte, nicht nur Kleidung und Schuhwerk, sondern Geschmeide, Parfums, Schals, Kämme und Bürsten. Ich verräumte alles nach bestem Wissen und Gewissen und musste dabei an Charim denken, Prinz Veritas' Leibdiener. Aus diesem Blickwinkel betrachtet bekam alles, was er getan hatte, ein neues Gesicht. Der gute Mann war stets präsent gewesen und unablässig auf dem Sprung, seinem Herrn die Wünsche von den Augen abzulesen. Ich versuchte mir vorzustellen, was er an meiner Stelle tun würde.

Ich entzündete ein kleines Feuer im Kamin, sodass mein Herr nicht fror, wenn er aus dem Bad stieg, dann deckte ich das Bett auf und breitete sein Nachthemd auf dem Laken aus. Anschließend zog ich mich grinsend in meine eigene Kammer zurück und versuchte mir vorzustellen, wie der Narr diese kleine Szene kommentiert haben würde.

Von meinem eigenen Auspacken hatte ich mir keine Überraschungen erwartet, und wirklich ging es zügig vonstatten, bis ich zu dem Bündel von Schneidermeister Scrandon kam. Kaum dass ich die Schnur aufgeknotet hatte, plusterten die Stoßmassen aus der Umhüllung wie eine aufbrechende Blüte. Der Narr hatte sich nicht an Fürst Leuenfarbs Drohung gehalten, seinen Diener in Lumpen zu hüllen. Ich war als Tom

Dachsenbless fürstlicher ausstaffiert als je als Fitz-Chivalric. Es gab Kittel und Hose in Blau, besser geschnitten als das, was ich jetzt anhatte, und aus feinerem Tuch. Zwei schneeweiße Leinenhemden, die Dienstboten in dieser Qualität gemeinhin nicht zu tragen pflegten. Darunter kam ein tiefblaues Wams zum Vorschein, dazu eine schwarze Hose mit grauen Nadelstreifen und noch ein Wams, in Grün. Ich hielt mir das grüne Wams vor die Brust. Es reichte bis fast zu den Knien – deutlich länger als gewohnt – und war von gelber Stickerei überwuchert. Gelbe Beinlinge. Ich schüttelte den Kopf. Dazu gehörte vermutlich der breite Ledergürtel. Den Brustlatz schmückte Fürst Leuenfarbs goldener Fasanenhahn. Ich schnitt meinem Spiegelbild eine Grimasse. Wahrhaftig, der Narr sprach aus diesen Kleidungsstücken. Gottergeben legte ich sie beiseite. Unzweifelhaft würde er mich bald unter einem Vorwand dazu zwingen, sie anzulegen.

Ich war kaum mit dem Auspacken fertig, als ich schon Schritte im Flur draußen hörte. Ein Klopfen an der Tür verkündete, dass man brachte, was Seine Gnaden zum Bade benötigte. Zwei Pagen schleppten den Zuber herein, drei weitere trugen Eimer mit heißem und kaltem Wasser. Mir oblag es, daraus eine Mischung herzustellen, die meinem Herrn behagte. Dann kam noch ein Page, der duftende Öle brachte, um dem Wasser Wohlgeruch zu verleihen, und noch einer mit einem turmhohen Stapel Handtücher. Zwei Knechte stellten einen bemalten Wandschirm auf, der den Badenden vor Zugluft schützen sollte. Ich bin nicht sehr behände, wenn es darum geht, den gesellschaftlichen Stand eines Menschen zu beurteilen, doch selbst mir dämmerte inzwischen, in welch hohem Ansehen Fürst Leuenfarb hier stand. Einen derart überschwänglichen Empfang bereitete man einem gekrönten Haupt, nicht einem landlosen Edelmann von zweifelhafter Abkunft. Offenbar überstieg seine

Popularität bei Hofe bei weitem das von mir vermutete Maß. Es wurmte mich, dass ich mich so verschätzt haben sollte. Dann fiel es mir wie Schuppen von den Augen.

Ich wusste, wer er war. Ich kannte seine Vergangenheit, oder wenigstens kannte ich sie doch besser als die meisten seiner Bewunderer. Für mich war er nicht der exotische und fabelhaft reiche Edelmann aus dem fernen Jamaillia. Für mich war er der Narr in einer seiner ausgeklügelten Charaden, und jeden Moment rechnete ich damit, dass er aufhörte zu jonglieren und all seine Illusionen scheppernd zu Boden fielen. Doch es gab bei dieser Maskerade nicht den Augenblick der Wahrheit um Mitternacht. Fürst Leuenfarb war so wirklich wie der Narr. Und folglich war der Narr ebenso wirklich gewesen wie Fürst Leuenfarb.

Wer also war diese Person, die ich fast schon mein ganzes Leben kannte?

Eine Ahnung von Wolf, mehr ein Hauch als ein Gedanke, zog mich ans Fenster. Ich schaute hinaus, nicht in die Weite über den Fluss, sondern nach unten, in das Gebüsch am Fuß der Mauer. Nachtauges Bewusstsein berührte mich sacht, mahnte mich, die Alte Macht mit Vorsicht zu gebrauchen. Zwei unergründliche Augen glühten auf, begegneten meinem Blick. *Katzen,* dachte er raunend zu mir hin, ehe ich fragen konnte. *Der Gestank von Katzenpisse an den Ecken des Stallgebäudes und an der Unterseite der Büsche dahinter. Katzendreck vergraben im Rosengarten. Katzen überall.*

Mehr als eine? Pflichtgetreus Katze war ein Geschenk dieser Familie gewesen. Vielleicht gab man ihnen hier als Begleiter bei der Jagd den Vorzug vor Hunden.

Ganz gewiss. Ihr Gestank ist allgegenwärtig. Er verursacht mir Unbehagen. Ich bin nicht erpicht auf eine Begegnung. Alles, was ich von ihnen wissen muss, habe ich an dem Nachmittag gelernt, als Harm vorschlug, ich solle mich mit einer anfreunden. Kaum dass ich die Nase durch die Tür streckte, flog diese orangene Furie mir ins Gesicht, fauchend und kratzend.

Ich weiß auch nicht besser Bescheid als du. Burrich hatte keine Katzen in seinem Stall.

Er war klüger, als wir dachten.

Hinter mir wurde leise eine Tür geschlossen. Ich fuhr herum, aber es war nur Fürst Leuenfarb, der das Gemach betreten hatte. Ob Narr oder Fürst, er gehörte immer noch zu den wenigen in der Welt, die mich überrumpeln konnten. Ich besann mich auf meine Rolle und empfing meinen Herrn mit einer Verbeugung. »Euer Gnaden, alles ist bereit. Euer Bad wartet.«

»Ausgezeichnet, Dachsenbless. Und die Nachtkühle ist erfrischend. Haben wir eine schöne Aussicht?«

»Exquisit, Euer Gnaden. Ein herrlicher Blick auf das Flusstal. Und die Nacht ist lind, mit einem Vollmond, wie ihn die Wölfe anzuheulen lieben.«

»Tatsächlich?« Er trat mit raschen Schritten ans Fenster und schaute zu Nachtauge hinunter. Das Lächeln, das sein Gesicht erhellte, verriet aufrichtige Freude. Er atmete tief und genussvoll ein, als labte er sich an der balsamischen Luft. »Eine wunderbare Nacht, fürwahr. Ihre Kinder werden im Schutz ihres Mantels auf der Jagd sein. Mögen wir bei Tage ebenso erfolgreich jagen wie sie im Dunkel. Schade, dass wir bis morgen warten müssen, aber lassen wir's uns nicht verdrießen. Ich bin zu einem späten Nachtmahl mit Fürstin Bresinga und ihrem Sohn gebeten, doch hat man mir ein wenig Zeit eingeräumt, um den Staub der Reise abzuwaschen. Selbstverständlich wird Er mich zu diesem Essen begleiten.«

»Selbstverständlich, Euer Gnaden.« Meine Stimmung sank. Eigentlich hatte ich gehofft, heimlich aus dem Fenster steigen zu können, um zusammen mit Nachtauge die örtlichen Gegebenheiten auszukundschaften.

Das kann ich besser allein. Ich werde draußen wittern und äugen, du tust drinnen ein Gleiches. Je eher wir diese Mission beendet haben, desto schneller können wir uns wieder auf den Weg nach Hause machen.

Du hast recht, stimmte ich ihm zu, doch im Stillen wunderte ich mich, dass mir das Herz nicht aufging bei der Aussicht, wieder nach Hause zu kommen. Wollte ich etwa nicht so bald wie möglich Bocksburg den Rücken kehren und mein altes Leben wieder aufnehmen? Fand ich etwa Gefallen an meiner Rolle als Leibdiener eines blaublütigen Gecken?

Ich nahm Fürst Leuenfarb den Rock ab und war ihm anschließend behilflich, sich der Stiefel zu entledigen. Wie ich es Charim oft hatte tun sehen, ohne darauf zu achten, bürstete ich den Rock ab, bevor ich ihn aufhängte, und wischte rasch die Stiefel blank. Als der Fürst mir die Arme hinstreckte, nahm ich die Diamantknöpfe aus den Spitzenmanschetten und legte sie behutsam zur Seite. Er ließ sich gegen die hohe Stuhllehne sinken. »Ich gedenke, zum Essen mein blaues Wams zu tragen. Das Leinenhemd mit dem feinen blauen Streifen. Die dunkelblaue Hose, denke ich, und die Schuhe mit der Silberkette als Besatz. Leg Er die Sachen für mich bereit. Dann füll Er die Wanne, Dachsenbless, und sei Er nicht schüchtern mit dem Rosenöl. Oh, und ich möchte Ihn bitten, dass Er einen Krug Wasser mit in Seine Kammer nimmt und fleißig Gebrauch davon macht. Bei Tisch möchte ich mich am Aroma der Speisen erfreuen und nicht an Seinem Körpergeruch. Noch eines: Er wird für den Anlass in sein Dunkelblaues schlüpfen. Das i-Tüpfelchen zu meiner eigenen Toilette. Und leg Er auch dies hier an, doch ich rate Ihm, es verborgen zu halten, bis Er es wirklich zu brauchen meint.« Er zog Jinnas Amulett aus der Tasche; schlangengleich ringelte es sich auf seinem Handteller.

All das verkündete er im Tonfall gut gelaunter Jovialität,

mit der Miene eines Menschen, der außerordentlich mit sich zufrieden ist. Er schwelgte in Vorfreude auf ein festliches Mahl mit angenehmer Konversation und erlesenen Getränken. Ich führte die Aufträge aus und zog mich, sobald alles getan war, mit einer Kanne Wasser und dem Flakon mit Apfelöl in das für mich bestimmte Vorzimmer zurück. Bald hörte ich den Fürsten lustig plantschen und dazu eine Melodie summen, die ich nicht kannte. Meine eigene Waschung fiel etwas bescheidener aus, doch ich empfand sie ebenfalls als Wohltat. Ich beeilte mich, weil ich vorhersah, dass meine Dienste schon bald wieder verlangt werden würden.

Das neue Wams bereitete mir Probleme, weil es enger auf Taille gearbeitet war als das, was ich sonst anhatte. Es bot kaum Spielraum, um Chades Rolle mit Werkzeug zu verstecken, erst recht nicht den kleinen Dolch, auf den ich nicht verzichten wollte. Mit einem Schwert an der Hüfte im Speisesaal zu erscheinen hätte einen schlechten Eindruck gemacht, aber ganz unbewaffnet wollte ich nicht sein. Die Vorsicht des Wolfs beim Gebrauch der Alten Macht heute Abend hatte mich beunruhigt. Ich schnallte den Gürtel zu und fasste dann mein Haar im Nacken zum Kriegerzopf zusammen. Ein paar Tropfen von dem Apfelöl machten es glatt und verliehen Glanz.

Ich bemerkte, dass ich schon seit einer Weile kein Plätschern mehr gehört hatte, und eilte zurück in das Gemach meines Herrn. »Kann ich Euch behilflich sein?«

»Kaum.« Eine Andeutung des Narren verbarg sich in Fürst Leuenfarbs Sarkasmus. Er kam hinter dem Wandschirm hervor, vollkommen angekleidet, und ordnete den Fall der Spitzen an seinen Manschetten. Mit einem kleinen Lächeln der Belustigung darüber, dass es ihm gelungen war, mir zuvorzukommen, blickte er zu mir auf. Das Lächeln erlosch. Eine Zeitlang starrte er mich nur an, mit offenem Mund. Dann leuchteten seine Augen auf. »Perfekt«, hauchte er. »Genau, wie ich gehofft hatte. Fitz, ich war immer überzeugt, dass ich dich herausstaffieren könnte, wie es dir gebührt, wenn ich nur die Gelegenheit hätte. Und nun sieh dich an.«

Dass er mich mit meinem Namen ansprach, war schon erstaunlich genug, aber mehr noch die Art, wie er meine Schultern umfasste und mich vor den mannshohen Spiegel schob. Im ersten Moment schaute ich nur auf sein widergespiegeltes Gesicht über meiner Schulter, das vor Stolz und Befriedigung leuchtete. Dann wanderte mein Blick weiter, und ich starrte auf das Abbild eines Mannes, den ich kaum erkannte.

Die Anweisungen des Narren an Meister Scrandon mussten auf den Zentimeter genau gewesen sein. Das Wams lag eng um meine Schultern und Brust; an Kragen und Ärmeln blitzte das weiße Hemd hervor. Die Farbe des Wamses war Weitseherblau, die Farbe meines Geschlechts, und auch wenn ich sie nun als Diener trug, war das Wams nicht einem Lakaien angepasst, sondern einem Soldaten. Durch den Schnitt wirkten meine Schultern breit und mein Bauch flach. Der weiße Hemdstoff betonte meinen dunklen Teint, die dunklen Augen und Haare. Ich verlor mich staunend in der Betrachtung meines eigenen Gesichts. Die Grelle der Narben war mit meiner Jugend vergangen. Falten hatten sich in meine Stirn gekerbt, nisteten in meinen Augenwinkeln, und durch ihr Vorhandensein milderten sie die Spuren alter Wunden. Mit dem Knick meiner gebrochenen Nase hatte ich mich längst abgefunden. Die weiße Strähne in meinem Haar fiel weniger auf, seit ich es zurückgekämmt und im Nacken zusammengefasst trug. Der Mann, der mich aus dem Spiegel anschaute, erinnerte mich an Veritas, aber mehr noch an das Porträt von König-zur-Rechten Chivalric in der Großen Halle in Bocksburg.

»Ich sehe aus wie mein Vater«, bemerkte ich. Die Erkenntnis freute und erschreckte mich zugleich.

»Nur für jemanden, der nach einer Ähnlichkeit sucht«, erwiderte der Narr. »Nur jemand, der so gut Bescheid weiß, dass er hinter die Narben schaut und die Züge der Weitseher erkennt. Hauptsächlich, mein Freund, siehst du aus wie du selbst, nur mehr als sonst. Du siehst aus wie der Fitz-Chivalric, der immer da war, aber verborgen von Chades Weisheit und seiner meisterhaften Tarnung. Hast du dich nie über den Schnitt deiner Kleidung gewundert, schlicht und fast bäurisch, sodass man in dir eher den Stallburschen vermutete als den Bastard eines königlichen Prinzen? Mamsell Hurtig, die Schneidermeisterin, glaubte immer, ihre Anweisungen kämen von Listenreich. Selbst wenn es ihr erlaubt war, in modischem Schnickschnack zu schwelgen, waren es stets solche Extravaganzen, die um ihrer selbst willen Aufmerksamkeit erregten und darüber von dem Eigentlichen ablenkten, von dir. Aber dies hier, Fitz, dies ist, wie ich dich immer gesehen habe. Und wie du selbst dich nie sehen durftest.«

Ich blickte wieder in den Spiegel. Ich denke, es ist die Wahrheit, wenn ich sage, dass ich nie besonders eitel gewesen bin. Es dauerte einen Moment, bis ich begriffen hatte, dass die vergangenen Jahre eine Zeit der Reifung gewesen waren, nicht der Degeneration. »Ich sehe gar nicht so übel aus«, musste ich zugeben.

Das Lächeln des Narren wurde breiter. »Ach, mein Freund, ich bin an Orten gewesen, wo die Frauen mit Messern um dich gekämpft hätten.« Gedankenverloren rieb er sich das Kinn. »Und ich fürchte, ich muss mich fragen, ob mein kleiner Streich nicht allzu gut gelungen ist. Du wirst nicht mehr umhergehen können, ohne dass man Notiz von dir nimmt. Andererseits – umso besser. Schäkere ein wenig mit den

Mägden in der Küche, und wer weiß, welche Geheimnisse sie dir ins Ohr flüstern.«

Ich zog eine Grimasse. Im Spiegel trafen sich unsere Blicke.

»Nichts dem Auge Wohlgefälligeres als uns beide haben diese hohen Hallen je gesehen«, behauptete er im Brustton der Überzeugung. Er drückte meine Schulter, dann richtete er sich auf, von einem Lidschlag zum anderen wieder Fürst Leuenfarb. »Dachsenbless. Die Tür. Man harrt unseres Erscheinens.«

Ich beeilte mich, den Befehl meines Herrn auszuführen. Dieser kurze Moment der Vertrautheit mit dem Narren hatte meine Bereitschaft, dieses Spiel zu spielen, erneuert. Es fing sogar an, mir Spaß zu machen. Falls Prinz Pflichtgetreu sich hier in Tosen versteckt hielt, wie ich vermutete, würden wir ihn aufgespürt haben, ehe der Morgen graute.

Fürst Leuenfarb schritt aus der Tür, und ich folgte, zwei Schritte hinter und links von ihm, wie es sich für einen guten Leibdiener ziemte.

Kapitel 16

KRALLEN

Die Küstenprovinzen hatten am schwersten unter den Überfällen der Piraten zu leiden. Ererbte Besitztümer gingen verloren, vornehme Geschlechter wurden ausgelöscht, von manch einem stolzen Herrensitz blieben nur geschwärzte Ruinen und von Unkraut überwucherte Höfe. Doch im Gefolge des Krieges, so wie im Frühling nach einem von Blitzschlag entfachten Feuer frisches Grün aus der Erde sprießt, fanden sich zahlreiche Familien des niederen Adels plötzlich in besseren Verhältnissen denn je. Viele der kleineren Landgüter waren der Aufmerksamkeit der Piraten entgangen. Vieh und Ernten blieben verschont, und die bescheidenen Anwesen von früher galten plötzlich als Ort des Überflusses. Die Edlen und Freiherren merkten, dass sie unter den neuen Verhältnissen begehrte Partien für die Erben älterer, aber schwer geprüfter Familien geworden waren, und so geschah es, dass der verwitwete Fürst Bresinga von Burg Tosen eine um vieles jüngere Braut samt einer beträchtlichen Mitgift aus dem Haus Rode-im-Wald von Zwei Zinnen in den Bocksmarken heimführte. Das Geschlecht derer von Rode-im-Wald, obwohl es sich einer langen Ahnenreihe rühmen konnte, hatte durch die Launen des Schicksals an Macht und Ansehen verloren, doch in den Jahren der Piratenkriege blühte ihr verstecktes Tal, und man teilte die Ernte mit den weniger glücklichen Bresingas. Diese Nachbarschaftshilfe zahlte sich aus, als Jaglea von Rode-im-Wald Fürstin Bresinga wurde. Ihr betagter Gemahl durfte noch erleben, dass sie ihm einen Erben, Gentil Bresinga, gebar, kurz bevor er am Fieber starb.

SCHREIBER DUVLEN: »CHRONIK DES HAUSES RODE-IM-WALD«

Fürst Leuenfarb bewegte sich in dem fremden Haus mit der Anmut und Sicherheit, die denen von Adel angeblich im Blut liegt. Wie von einem sechsten Sinn geleitet, führte er mich in ein elegantes Vorzimmer, wo die Hausfrau und ihr Sohn auf das Erscheinen des noblen Gastes warteten. Laurel war dort, angetan mit einer schlichten elfenbeinfarbenen, spitzenverbrämten Tunika. Sie plauderte angelegentlich mit dem Jagdmeister der Bresingas. Ich fand, dieses Gewand kleidete sie nicht so gut wie ihre einfache Jägertracht. Die zarte Spitze am Kragen und den gebauschten Ärmeln vertrug sich schlecht mit der wettergebräunten Haut ihrer Hände und ihres Gesichts. Fürstin Bresinga hatte sich groß herausgeputzt, gefältelte und gerüschte Stoffmassen bauschten die ausladenden Rundungen von Brust und Hüfte.

Drei weitere Gäste waren anwesend: ein Ehepaar mit einer vielleicht siebzehn Jahre alten Tochter, wahrscheinlich benachbarter Landadel. Alle hatten auf Fürst Leuenfarb gewartet.

Ihr Verhalten bei seinem Eintritt entsprach in jeder Weise der Vorhersage des Narren. Fürstin Bresinga drehte sich lächelnd um. Ihre Augen huschten über seine Gestalt, weiteten sich in beifälligem Staunen. »Unser geehrter Gast ist hier«, verkündete sie. Der geehrte Gast wandte leicht den

Kopf und neigte die Wange zur Schulter, ganz arglose Unschuld, als wäre er sich seiner eigenen Schönheit nicht bewusst. Laurels Blick hing an ihm, unverhohlen bewundernd, während Fürstin Bresinga Fürst Leuenfarb mit Fürst und Fürstin Grauling von Lehnsmannsbergen und ihrer Tochter Sydel bekannt machte. Den Namen kannte ich nicht, doch bei Lehnsmannsbergen hatte ich ein winziges Gut in den Vorbergen von Farrow vor Augen. Die Wangen des jungen Fräuleins färbten sich zartrosa; dass Fürst Leuenfarb sich auch vor ihr verneigte, stürzte sie in süße Verwirrung, und sie konnte die Augen nicht von ihm abwenden. Die Augen ihrer Frau Mutter hingegen waren zu mir gewandert, und sie musterte mich dreist auf eine Art, die an Eindeutigkeit nichts zu wünschen übrig ließ. Ich schaute zur Seite und stellte fest, dass Laurel mich mit einem versonnenen Lächeln ansah, als hätte sie vergessen, dass wir schon einen ganzen Tag nebeneinanderher geritten waren. Fast spürte ich des Narren wonnevolle Befriedigung darüber, wie großartig es ihm gelungen war, ihnen allen den Kopf zu verdrehen.

Er bot Fürstin Bresinga den Arm, ihr Sohn Gentil geleitete Sydel zur Tafel, ihnen schlossen sich die Graulings an, danach folgten die beiden Jagdmeister. Ich machte den Abschluss und nahm hinter dem Stuhl meines Herrn Aufstellung, sowohl Diener als auch Leibwächter. Fürstin Bresinga schaute fragend zu mir, aber ich blickte starr über sie hinweg an die Wand. Falls sie sich als Gastgeberin brüskiert fühlte, äußerte sie sich nicht dazu. Ihr Sprössling, Gentil, übte an mir seinen Burgherrenblick, dann tat er meine Anwesenheit mit einem Schulterzucken und einer halblauten Bemerkung zu seiner Tischdame ab. Danach war ich unsichtbar.

Es dürfte der kurioseste Beobachtungsposten gewesen sein, den ich im Lauf meiner Dienste für die Krone je innegehabt habe. Ein Spaß war es nicht. Mir knurrte der Magen, während sich vor mir die Tafel unter der Last der Schüsseln und Teller bog. Die Diener, die auftrugen und abräumten, wanderten mit ihrer aromatisch duftenden Last dicht vor meiner Nase hin und her. Davon abgesehen fühlte ich mich steif und müde von dem langen Ritt, aber ich zwang mich stillzustehen, nicht von einem Fuß auf den anderen zu treten und Augen und Ohren offen zu halten.

Alle Gespräche am Tisch drehten sich um Wild und das edle Waidwerk. Fürst Grauling nebst Gemahlin und Tochter waren leidenschaftliche Jäger und vermutlich deswegen eingeladen worden. Von Anfang an kristallisierte sich noch ein gemeinsames Steckenpferd heraus: Sie jagten nicht mit Hunden, sondern mit Katzen. Fürst Leuenfarb bekannte vollkommene Unwissenheit in dieser Sache und bat um Aufklärung. Man war nur zu gern bereit, ihn ins Bild zu setzen, und bald kreiste die Unterhaltung darum, welche Gattung der Jagdkatzen bei der Vogeljagd überlegen war, und man überbot sich mit Anekdoten über die Tüchtigkeit der einzelnen Arten. Die Bresingas priesen wortreich eine kurzschwänzige Katze, die sie Gluhpard nannten, während Fürst Grauling jede Summe zu wetten bereit war, dass seine Sandelpanther sich als die besseren Jäger erweisen würden, ob es nun auf Vögel oder Hasen ging.

Fürst Leuenfarb war ein außerordentlich aufmerksamer Zuhörer, stellte interessierte Zwischenfragen und äußerte zu den Antworten Erstaunen und Faszination. Die Katzen, brachte er für uns beide in Erfahrung, waren keine Hetzjäger, jedenfalls nicht in der gleichen Manier wie Hunde. Zu jedem Jäger gehörte eine Katze, die auf einem speziellen Polster hinter dem Sattel ihres Herrn ritt. Die größeren Sandelpanther konnte man auf Wild bis zur Größe eines jährigen Bocks hetzen. Sie erjagten ihre Beute in rasend schnellem Lauf und erstickten sie dann mit einem Würgebiss in die Kehle. Den kleineren Gluhpard ließ man im hohen Gras los oder im Buschwerk, wo er das ausgewählte Wild beschlich, bis er es mit einem Satz erreichen konnte, es mit einem flinken Tatzenhieb betäubte und ihm dann Genick oder Rückgrat durchbiss. Es war ein großer Spaß, schwärmte man mit leuchtenden Augen, diese Tiere auf einen Schwarm Haustauben loszulassen und zuzuschauen, wie viele sie zu Boden strecken konnten, bevor der Schwarm federstiebend aufflog. Oft ließ man mehrere Katzen in einem Vogelfangwettstreit gegeneinander antreten, wobei beträchtliche Summen Geldes verwettet wurden. Die Bresingas verkündeten stolz, nicht weniger als zweiundzwanzig Exemplare beider Arten in ihren Gehegen zu haben. Auf Lehnsmannsbergen hielt man ausschließlich Sandelpanther und davon nur sechs, doch Fürstin Bresinga versicherte dem Fürsten, dass ihr guter Freund Grauling sich rühmen durfte, die besten Zuchtpaare zu besitzen, die sie je gesehen hatte.

»Dann werden sie gezüchtet, diese Jagdkatzen? Mir hat man gesagt, dass sie sich nur in Freiheit fortpflanzen und man die Jungen der Mutter rauben muss, wenn man sie zähmen will.« Fürst Leuenfarb wandte sich mit seiner Frage an den Jagdmeister der Bresingas.

»Oh, die Sandelpanther vermehren sich, aber nur wenn man ihnen die Möglichkeit schafft, ihre Paarungskämpfe und gewalttätigen Werbungsrituale ohne Störung auszuführen. Das Gehege, welches Fürst Grauling zu dem Zweck eingerichtet hat, ist groß, und keines Menschen Fuß darf es betreten. Wir können uns glücklich schätzen, dass seine Bemühungen in dieser Hinsicht von Erfolg gekrönt waren. In früheren Zeiten, wie Ihr vielleicht wisst, wurden die Tiere entweder aus Farrow oder Sandsegge eingeführt, mit immensen Unkosten natürlich. In meiner Jugend gab es in dieser Gegend nur wenige Exemplare, doch ich wusste auf den ersten Blick, das waren die Jagdgefährten für mich. Ich hoffe, es klingt nicht anmaßend, wenn ich sage, dass ich einer der Ersten gewesen bin, die auf den Gedanken kamen, dass man versuchen könnte, die einheimischen Gluhparde für denselben Zweck abzurichten. Die Sandelpanther waren so kostspielig. Die Jagd mit dem Gluhpard war in den Bocksmarken unüblich, bis mein Ohm und ich zwei von ihnen einfangen konnten. Den Gluhpard fängt man als erwachsenes Tier, gewöhnlich in Gruben, und richtet ihn darauf ab, bei der Jagd dem Menschen Gefährte zu sein.« Dieser Wortschwall war die Antwort des Jagdmeisters der Bresingas, ein hochgewachsener Mann, der sich beim Sprechen eifrig über den Tisch beugte. Sein Name war Avoin. Das Thema war eindeutig sein Steckenpferd.

Fürst Leuenfarb machte ihm das Kompliment seiner unverwandten Aufmerksamkeit. »Faszinierend. Ich muss mir genau erklären lassen, wie man diese mörderischen kleinen Kreaturen kirre macht. Auch wusste ich nicht, dass es so viele Arten von Jagdkatzen gibt; ich hatte angenommen, es gäbe nur eine. Nun gut, lasst mich überlegen. Man hat mir gesagt, die Katze unseres jungen Prinzen hätte man als Welpe der Mutter weggenommen. Demnach müsste es sich um einen Sandelpanther handeln?«

Avoin tauschte einen Blick mit seiner Herrin, fast als wollte er ihre Genehmigung einholen, bevor er weitersprach. »Diese Katze ist weder ein Sandelpanther noch ein Gluhpard, Euer Gnaden. Sie ist von seltenerer Art als diese beiden. Allgemein kennt man sie unter dem Namen Nebelkatze. Ihr Territorium liegt weiter oben in den Bergen, und man weiß, dass sie sowohl in den Baumkronen ihrer Beute nachstellt als auch auf dem Boden.« Avoin war in den belehrenden Ton des Experten verfallen und würde nun fortfahren zu dozieren, bis die Augen seiner Zuhörer glasig wurden. »Sie wagt sich an Wild, das um etliches größer ist als sie selbst, lässt sich von oben auf Rehe oder wilde Ziegen herunterfallen und reitet entweder auf ihrem Rücken, bis sie nach panischer Flucht erschöpft zusammenbrechen, oder durchbeißt ihnen das Genick. Auf dem Boden ist sie weder so schnell wie der Sandelpanther noch ein so hervorragender Pirschjäger wie der Gluhpard, vereint aber mit gutem Erfolg beider Eigenschaften, um kleineres Wild zu erjagen. Doch was ihre Zähmung angeht, hat man Euch die Wahrheit gesagt. Sie kommt nur als Wildfang in die Obhut des Menschen und muss von Hand aufgezogen werden. Selbst dann kann man nie wissen, ob das Tier sich nicht vielleicht als unberechenbar und launisch erweist, aber wenn es von guter Wesensart ist und man es mit Sorgfalt abrichtet, hat man den treuesten Gefährten, den man sich wünschen kann. Allerdings schließen sie sich nur einem Herrn an. Von Nebelkatzen heißt es: ›Einmal gefunden, ewig gebunden.‹ Was natürlich bedeutet, dass nur der, der klug genug ist, das Lager einer Nebelkatze zu finden, je eine besitzen wird. Sieht man einen Jäger mit einer Nebelkatze, weiß man, dass man einen Meister der Jagd mit Katzen vor sich hat.«

Avoin verstummte plötzlich. Falls es zwischen ihm und seiner Herrin ein Signal gegeben hatte, war es mir entgangen. Konnte der Jagdmeister in die Intrige verstrickt sein, die den Prinzen und die Nebelkatze zusammengebracht hatte?

Leuenfarb ignorierte wohlgemut die Implikationen dessen, was wir eben gehört hatten. »Ein großzügiges Geschenk für unseren Prinzen, fürwahr«, begeisterte er sich. »Doch es vernichtet meine Hoffnung, zur Jagd morgen ein solches Tier an der Seite zu haben. Wird mir wenigstens das Vergnügen zuteilwerden, eines beobachten zu dürfen?«

»Ich fürchte, nein, Fürst«, erwiderte Fürstin Bresinga bedauernd. »Wir haben keine Nebelkatze in unserem Rudel.

Sie sind äußerst selten. Wenn Euch sehr daran liegt, eine jagen zu sehen, werdet Ihr den jungen Prinzen bitten müssen, Euch auf eine seiner Partien mitzunehmen. Ich bin überzeugt, er wird Euch den Wunsch nicht abschlagen.«

Der Fürst schüttelte mit an die Brust gedrücktem Kinn schelmisch den Kopf, als habe man ihm etwas Unerhörtes zugemutet. »O nein, Verehrteste, denn ich habe gehört, dass unser guter Prinz zu Fuß mit seiner Katze auf die Jagd zieht, nachts, bei Wind und Wetter. Viel zu anstrengend für meine delikate Konstitution, fürchte ich. Ganz und gar nicht nach meinem Geschmack, ganz und gar nicht!« Vergnügte Gluckser kullerten aus seinem Mund wie bunte Murmeln. Rings um den Tisch stimmte man in seine Heiterkeit ein.

Klettern.

Ich spürte das Pieksen kleiner Krallen und schaute nach unten. Von irgendwoher war ein kleines getigertes Kätzchen aufgetaucht. Auf den Hinterbeinen stehend, hatte es die Krallen der Vorderpfoten im Stoff meiner Hose verankert. Grüngelbe Augen blickten ernsthaft forschend in mein Gesicht. *Komme rauf!*

Ich verweigerte möglichst unauffällig die Gedankenberührung. An der Tafel hatte Fürst Leuenfarb das Gespräch darauf gelenkt, welche Katzenarten uns morgen begleiten würden und ob zu befürchten stand, dass sie das Gefieder der Vögel ruinierten. Federn, ermahnte er seine Zuhörer, Federn waren die Trophäen, auf die es ihm ankam, obwohl er auch ein Stück Wildgeflügelpastete nicht verschmähte.

Ich bewegte verstohlen das Bein, in der Hoffnung, den kleinen Dornenfuß abzuschütteln. Vergebens. *Klettern!*, beharrte das Tierchen und schnellte eine weitere Körperlänge nach oben. Jetzt hing die Kreatur mit allen vier Pfoten an meinem Bein, und die winzigen Krallen bohrten sich in meine Haut. Meine Reaktion war vollkommen normal. Ich zuckte zusammen und bückte mich dann unauffällig, um den kleinen Quälgeist, ein stachliges Pfötchen nach dem anderen, abzuklauben. Mein Tun wäre vielleicht unbemerkt geblieben, hätte der Winzling nicht herzzerreißend gemaunzt, weil er an seinem Vorhaben gehindert wurde. Ich hatte gehofft, ihn sanft auf den Boden setzen zu können, aber Fürst Leuenfarbs amüsierte Bemerkung: »Zeig Er doch, Dachsenbless, was Er da gepflückt hat«, lenkte alle Blicke auf mich.

»Nur ein Kätzchen, Euer Gnaden. Es hatte sich vorgenommen, an meinem Bein hinaufzuklettern.« Es fühlte sich an, als hielte man eine Pusteblume in der hohlen Hand. Das Volumen des plusterigen Fells kaschierte das zarte Körperchen darunter. Das Katzenkind öffnete das kleine rote Mäulchen und miaute nach seiner Mutter.

»Ach, da bist du ja!« Fürst Graulings Tochter sprang auf und kam, die Etikette missachtend, angelaufen, um mir das zappelnde Kätzchen abzunehmen. Sie hielt es in der Mulde beider Hände und schmiegte es unter ihr Kinn. »Vielen, vielen Dank, dass du es gefunden hast.« Auf dem Weg zurück zu ihrem Platz plapperte sie weiter: »Ich konnte es nicht über mich bringen, sie allein zu Hause zu lassen, aber hier muss sie gleich nach dem Frühstück aus meinem Gemach geschlüpft sein, denn ich habe sie den ganzen Tag nicht mehr gesehen.«

»Und das ist also das Junge einer Jagdkatze?«, fragte Fürst Leuenfarb, als Sydel sich wieder gesetzt hatte.

Das Töchterlein ergriff flugs die Gelegenheit, in aller Schicklichkeit das Wort an den goldhaarigen Ehrengast des Abends zu richten. »O nein, Herr, dies ist meine kleine Freundin Krümchen, mein Schmusekätzchen. Du bist so ein kleiner Flegel, nicht wahr, Herzblatt? Und trotzdem ertrage ich es nicht, von ihr getrennt zu sein. Was ich mir für Sorgen um dich gemacht habe!« Sie gab dem Kätzchen einen

Kuss oben auf den Kopf und setzte es dann auf ihren Schoß. Niemand am Tisch schien ihr Benehmen ungewöhnlich zu finden. Während das Mahl und die Unterhaltung ihren Fortgang nahmen, sah ich den kleinen getigerten Kopf keck über die Tischkante spitzen. *Fisch!*, dachte Krümchen selig. Gleich darauf hielt Gentil ihr ein Stück Fisch hin. Zufall möglicherweise oder aber die unbewusste Reaktion von Menschen, auch ohne die Alte Macht, auf die Bedürfnisse von Tieren, die ihnen vertraut sind. Krümchen holte mit der Pfote aus, angelte sich den Leckerbissen und nahm ihn mit auf den Schoß ihrer Besitzerin, um ihn dort in Ruhe zu verspeisen.

Diener kamen herein, um Speisen und Geschirr abzuräumen, eine zweite Schar folgte mit Süßspeisen und Beerenwein. Fürst Leuenfarb hatte das Gespräch an sich gerissen. Die waidmännischen Anekdoten, die er zum Besten gab, waren entweder haarsträubende Lügengeschichten oder ein Hinweis darauf, dass sein Leben während der letzten zehn Jahre vollkommen anders gewesen war, als ich es mir vorgestellt hatte. Als er schilderte, wie er mit einem von Delphinen gezogenen Jagdschiff mit dem Speer Meeressäuger erlegt hatte, verriet sogar Sydels Miene eine Spur von Skepsis. Doch einem guten Erzähler, mag er auch übertreiben oder gar lügen, dass sich die Balken biegen, hört man immer gern bis zum Ende zu, und so war es auch in diesem Fall. Fürst Leuenfarb schloss mit einem furiosen Finale, und ein verschmitztes Glimmen in seinen Augen ließ ahnen, ob nun Fantasie oder Wahrheit, das würde auf ewig sein Geheimnis bleiben.

Fürstin Bresinga ließ den Odevie bringen, und wieder wurde der Tisch abgeräumt. Der kostbare Trunk erschien in Begleitung von weiteren Häppchen, um längst befriedigte Gaumen zu reizen. Über die vom Wein und der Konversation funkelnden Augen legte sich der Schleier der wunschlosen Glückseligkeit, den guter Odevie nach einem guten Mahl erzeugt. Mir taten Kreuz und Beine weh. Außerdem war ich hungrig und so müde, dass ich, Erlaubnis vorausgesetzt, sogar auf dem harten Fliesenboden sofort eingeschlafen wäre. Ich grub die Fingernägel in die Handflächen, um mich wieder munter zu machen, denn dies war die Stunde, da die Zungen gelöst waren und die Gespräche ausschweiften. Trotz der Art, wie mein Herr sich auf seinem Stuhl räkelte, bezweifelte ich, dass er so trunken war, wie er glauben machen wollte. Die Unterhaltung hatte sich wieder den Katzen und der Jagd zugewandt. Ich fand, ich hatte über das Thema alles erfahren, was ich wissen musste.

Krümchen war es nach sechs vereitelten Versuchen gelungen, auf den Tisch zu klettern. Dort hatte sie sich zusammengerollt und ein Schläfchen gehalten, aber nun tapste sie zwischen den Flaschen und Gläsern hindurch und rieb sich daran, sodass jeden Moment etwas umkippen musste. *Meins. Und meins. Auch meins. Und meins.* Mit der ungetrübten Selbstverständlichkeit der Jugend beanspruchte sie jeden Gegenstand auf dem Tisch als ihr Eigentum. Als Gentil die Hand nach der Karaffe ausstreckte, um sich und seiner Tischdame nachzuschenken, machte der bekrallte Flaumball einen Buckel und hüpfte seitwärts zu ihm hin, um seinen Besitzanspruch durchzusetzen. *Meins!*

»Nein, meins«, widersprach er zärtlich und wehrte Krümchen mit der Rückseite des gebeugten Handgelenks ab. Sydel lachte über die kleine Szene. Eine langsame Erregung stieg in mir auf, doch ich hielt meinen Blick scheinbar stur auf die Schulter meines Herrn gerichtet. Zwiehafte. Er und sie. Kein Zweifel. Und da es innerhalb der Familie weitervererbt wurde …

»Und wer hat nun die Nebelkatze für den Prinzen gefangen?«, fragte Fürst Leuenfarb plötzlich. Die Frage hatte sich ganz natürlich aus dem Gespräch ergeben, aber sie heischte so unverblümt nach Antwort, dass alle am Tisch ihn anschauten. Dem Fürsten entfleuchte ein Schluckauf, der einen diskreten Rülpser nach sich zog. Dieser Fauxpas zusammen mit seinem leicht verschwommenen Blick nahm der Frage die Schärfe. »Ich wette, Ihr wart es, Jagdmeister.« Seine artige Handbewegung machte daraus ein Kompliment für Avoin.

»Nein, ich war es nicht.« Avoin schüttelte den Kopf, benannte aber keinen anderen Kandidaten.

Leuenfarb lehnte sich zurück und tippte sich mit dem Zeigefinger gegen die Lippen, als ginge es um ein geselliges Ratespiel. Er ließ den Blick um den Tisch wandern, kicherte schlau und wies auf Gentil. »Dann seid Ihr's gewesen, junger Mann. Denn ich habe gehört, dass Ihr es wart, der Prinz Pflichtgetreu das Tier übergeben hat.«

Der Blick des Jünglings flog kurz zu seiner Mutter, bevor auch er kopfschüttelnd verneinte. »Ich bin es nicht gewesen.« Und wieder entstand diese ungewöhnliche Stille, schwer wie ein Netz nach einem erfolgreichen Fischzug von vorenthaltenen Informationen. Das war eine festgefügte Front. Die Frage würde unbeantwortet bleiben.

Fürst Leuenfarb rollte den Kopf an der Stuhllehne hin und her, holte tief und schnaufend Atem und stieß ihn seufzend aus. »Verdammt nobles Geschenk«, bemerkte er jovial. »Hätte gern selbst so ein Wundertier, nach all dem, was ich gehört habe. Aber hören ist kein Ersatz für sehen. Glaube fast, ich werde Prinz Flichtertreu doch bitten, dass ich ihn irgendwann begleiten darf.« Mit einem erneuten abgrundtiefen Seufzer ließ er den Kopf auf eine Schulter sinken. »Falls er je aus seinem meditativen Schluffwinkel wieder herauskommt. Nicht normal, wenn man mich fragt, für einen jungen Herrn Milchbart, so lange in einem leeren Kabuff an die Wand zu starren. Überhaupt nicht normal.« Des Fürsten Artikulation verlor bedenklich an Kontur.

Fürstin Bresingas Aussprache hingegen war messerscharf, als sie fragte: »Also hat unser Prinz sich erneut in Klausur begeben, um eine Weile ungestört seinen Gedanken nachzuhängen?«

»Tja ...« Fürst Leuenfarb nickte schwer. »Und beraubt uns diesmal allzu lange seiner Gegenwart. Natürlich hat er viel nachzudenken dieser Tage. Verlobung und all das. Eine Menge Zeug für einen Burschen in seinem Alter. Ich meine, wie wäre Euch zumute, junger Herr?« Er deutete mit einem wackelnden Zeigefinger in Gentils Richtung. »Wie würde es Euch gefallen, mit einer Frau verlobt zu werden, die Ihr vorher noch nie gesehen habt, und sie ist noch nicht mal eine richtige Frau, wie man hört. Mehr eine Knospe als eine Blüte. Elf? So jung. Schrecklich jung, findet Ihr nicht? Und ich sehe die Vorzüge dieser Verbindung nicht. Ich begreife nicht den Nutzen.«

Eine Indiskretion, fast schon unverhohlene Kritik an der Entscheidung der Königin. Rund um den Tisch wurden Blicke gewechselt. Ganz offensichtlich hatte Fürst Leuenfarb mehr Odevie konsumiert, als er folgenlos vertragen konnte, und doch schenkte er sich gerade wieder ein. Seine Tirade hing unbeantwortet in der Luft. Vielleicht versuchte Avoin, ein unverfänglicheres Thema anzuschneiden, als er fragte: »Dann zieht der Prinz sich häufig zur Meditation zurück?«

»Das ist der Brauch in den Bergen«, nickte Fürst Leuenfarb. »Sagt man. Was weiß ich schon? Nur, dass's nich Brauch is bei uns in Jamaillia. Die jungen Fürsten in meiner schönen Heimat sind weltlicher gesinnt. Und darin werden sie ermutigt, jawohl, denn wo könnte ein junger Herr besser lernen, wie's in der Welt zugeht, als mittendrin im prallen Leben?

Euer Prinz täte besser dran, sich mehr unter seine Altersgenossen am Hof zu mischen. Ja, und in der Heimat nach einer passenden Gemahlin auszuschauen.« Ein jamaillianischer Akzent hatte sich in Fürst Leuenfarbs Rede eingeschlichen, als gewänne im Rausch der heimatliche Zungenschlag die Oberhand. Er trank und setzte sein Glas so ungeschickt zurück auf den Tisch, dass eine kleine bernsteinfarbene Welle über den Rand schwappte. Fahrig rieb er sich über Mund und Kinn, wie um die betäubende Wirkung des Alkohols wegzumassieren. Ich vermutete, dass er sich das randvolle Glas lediglich an die Lippen gehalten hatte.

Niemand äußerte sich zu seiner Betrachtung, aber er schien es nicht zu bemerken. »Und diesmal dehnt er seine Abwesenheit länger aus als je zuvor«, ereiferte er sich. »Nichts anderes hört man mehr bei Hofe in letzter Zeit. ›Wo ist Prinz Pflichtgetreu? Was? Immer noch in Klausur? Wann kommt er wieder? Wie, keiner weiß es?‹ Nicht sehr förderlich für die Stimmung, wenn der junge Prinz sich nicht blicken lässt. Könnte wetten, dass's seiner Katze auch nicht gefällt. Was denkt Ihr, Avoin? Vermisst eine Jagdkatze ihren Herrn?«

Avoin schien darüber nachzudenken. »Jemand, der ein Herz für seine Katze hat, würde sie nicht über längere Zeit allein lassen. Die Zuneigung einer Katze ist keineswegs selbstverständlich, sondern muss Tag für Tag aufs Neue erworben werden.«

Avoin schien gesinnt, zu einem weiteren Monolog anzuheben, aber Fürstin Bresinga wusste es geschickt zu vereiteln. »Eins trifft ganz gewiss auf unsere Katzen zu, sie jagen am liebsten in der Morgendämmerung. Wenn wir also Fürst Leuenfarb unsere Schönheiten in bester Jagdlaune präsentieren wollen, sollten wir uns jetzt zu Bett begeben, damit wir, wenn es dämmert, wieder munter sind.« Auf ein kleines

Zeichen von ihr trat ein Diener vor, um den Stuhl zurückzuziehen. Auch alle anderen erhoben sich, der Fürst leicht schwankend. Ich glaubte, ein belustigtes Kichern von der kleinen Baroness Grauling zu hören, aber die junge Dame stand selbst nicht mehr ganz sicher auf den Beinen. Getreu meiner Rolle beeilte ich mich, meinem Herrn einen stützenden Arm zu bieten. Er verschmähte ihn hochmütig und wies mich, stirnrunzelnd über meine Tollpatschigkeit, mit einer herrischen Geste zur Seite. Also hielt ich mich gehorsam im Hintergrund, während die vornehmen Herrschaften sich eine gute Nacht wünschten, und folgte schließlich Fürst Leuenfarb zu seinen Gemächern.

Ich hielt ihm die Tür auf, ließ ihn vorbei und trat hinter ihm ein. Dienstbare Geister waren am Werk gewesen, hatten die Utensilien des Bades weggeräumt, neue Kerzen aufgesteckt und das Fenster geschlossen. Ein Tablett mit kaltem Fleisch, Obst und Pasteten stand auf dem Tisch. Meine erste Handlung nach dem Verriegeln der Tür bestand darin, das Fenster zu öffnen. Obwohl für die Alte Macht kein Hindernis, mochte ich keine Barriere zwischen mir und Nachtauge haben. Ich warf einen Blick nach draußen, konnte ihn aber nicht entdecken. Bestimmt war er unterwegs, die Umgebung auszukundschaften, und ich ging nicht das Risiko ein, nach ihm zu spüren.

Stattdessen unternahm ich einen schnellen Rundgang durch unsere beiden Räume und forschte nach Hinweisen darauf, dass jemand unser Gepäck durchsucht hatte; schaute unter dem Bett und in den Schränken nach heimlichen Lauschern. Die Bresingas und ihre Gäste waren den ganzen Abend über auf der Hut gewesen. Entweder wussten sie, was es mit Fürst Leuenfarbs Besuch bei ihnen auf sich hatte, oder sie rechneten damit, dass jemand auftauchte, um unter dem Deckmantel der Harmlosigkeit nach dem Prinzen zu fahnden.

Doch ich fand keine Spione zwischen den Federbetten, keine Anzeichen, dass man sich an meinen absichtlich achtlos hingeworfenen Kleidungsstücken zu schaffen gemacht hätte. Ich pflegte nie mein Quartier tadellos aufgeräumt zu verlassen. Es ist leicht, einen ordentlichen Raum nach einer Durchsuchung wieder in den ursprünglichen Zustand zu versetzen, dagegen hat es seine Tücken, wenn man sich erinnern will, wie genau die Ärmel eines über die Stuhllehne hängenden Hemdes den Fußboden berührten, bevor man es wegnahm, um die Nähte und Säume nach verborgenen Diebshaken oder Ähnlichem abzutasten.

Ich unterzog Fürst Leuenfarbs Gemach einer ähnlichen Untersuchung, während er schweigend an der Tür wartete. Als ich fertig war, drehte ich mich zu ihm um und nickte. Er ließ sich in einen Sessel plumpsen und schnaufte tief. Das Kinn sank ihm auf die Brust, die Lider wurden schwer. Der reichlich genossene Alkohol hatte Spuren hinterlassen, seine Gesichtszüge wirkten aufgedunsen und schlaff. Ich fluchte stumm. Wie konnte er so leichtsinnig sein, sich zu betrinken? Er streckte erst das linke Bein aus, dann das rechte und ließ jeweils den gestiefelten Fuß mit der Ferse polternd auf den Boden fallen. Gehorsam bückte ich mich, zog ihm die Stiefel herunter und stellte sie zur Seite. »Kannst du stehen?«

»Waschesagt?«

Ich schaute zu ihm auf. »Ich habe gefragt, ob du stehen kannst.«

Er öffnete die Augen einen Spalt, und ein träges Lächeln zog seinen Mund in die Breite. »Ich bin ja so begabt«, gratulierte er sich flüsternd. »Und du gibst ein ungemein befriedigendes Publikum ab, Fitz. Weißt du, wie deprimierend es sein kann, eine Rolle zu spielen, wenn niemand weiß, dass es eine Rolle ist? In einen gänzlich anderen Charakter zu schlüpfen, wenn niemand es zu würdigen versteht, die

Selbstverleugnung, das schauspielerische Talent?« Die Verschmitztheit des Narren funkelte in den bernsteinfarbenen Augen. Der Moment der Heiterkeit ging vorüber, und sein Mund wurde ernst. Er sprach sehr leise. »Selbstverständlich kann ich stehen. Und tanzen und springen, wenn's gewünscht wird. Aber die heutige Nacht ist ernsteren Dingen vorbehalten. Heute Nacht musst du in die Küche hinuntersteigen und Klage führen, wie sehr dir der Magen knurrt. Ansehnlich wie du bist, habe ich keine Zweifel, dass man dir gern zu einer Stärkung verhelfen wird. Dann sieh zu, was unter dem Gesinde geschwatzt wird und in welche Richtung die Gespräche sich lenken lassen. Geh nur, keine Müdigkeit vorschützen. Ich bin durchaus imstande, mich selbst ins Bett zu bringen. Möchtest du, dass das Fenster offen bleibt?«

»Wäre mir lieb.«

Mir ebenfalls. Der Gedanke von Nachtauge war leichter als ein Hauch.

»Dann soll es so sein.«

In der Küche waren auch zu dieser Stunde noch viele fleißige Hände tätig, denn das Ende des Mahls ist nicht das Ende der Arbeit. Tatsächlich schuften nur wenige Menschen schwerer und länger als solche, die für das leibliche Wohl der Bewohner einer Burg zuständig sind, denn gewöhnlich graut, kaum dass Aufräumen und Abwasch von der letzten Mahlzeit getan sind, schon wieder die Stunde, da das Brot für den nächsten Abend zum Gehen angesetzt werden muss, in Tosen nicht anders als in Bocksburg. Ich stellte mich unter die Tür und setzte eine hoffnungsvoll-fragende Miene auf.

Fast sofort wurde eine Frau von Mitleid ergriffen. Ich erkannte in ihr eine der Mägde, die bei Tisch aufgewartet hatten. Fürstin Bresinga hatte sie mit Lebven angesprochen. »Du musst halbtot sein vor Hunger, du Ärmster. Sie haben alle dagesessen und geschmaust und getrunken und dich behandelt, als wärst du Luft. Komm herein. Auch wenn sie ordentlich zugelangt haben, es ist noch reichlich übrig.«

Im Handumdrehen saß ich auf einem hochbeinigen Stuhl an einer Ecke des bemehlten und zernarbten Brottisches. Lebven stellte eine Phalanx von Schüsseln vor mich hin, und genau wie sie gesagt hatte, gab es reichlich von allem. Zum Beispiel einen noch halb vollen Teller mit aufgeschnittenem geräuchertem Wildbret, verziert mit einem Kranz eingelegter Äpfelchen. Mit Honig glasierte Aprikosen saßen wie dicke goldene Kissen in kleinen quadratischen Pasteten, die beim ersten Biss buttrig-mürbe zerkrümelten. Dutzende kleiner Vogellebern mit gehacktem Knoblauch in Öl mariniert waren nicht mein Geschmack, dafür umso mehr die gebratene Entenbrust mit einer Garnitur aus kandierten Ingwerscheiben. Ich schwelgte in kulinarischer Völlerei. Es gab gutes dunkles Brot und einen Würfel Butter, damit es besser rutschte. Lebven brachte einen Humpen mit kaltem Bier und gleich einen Krug dazu, um nachzuschenken. Nachdem sie es, während ich dankend nickte, vor mich hingestellt hatte, trat sie mir gegenüber an den Tisch, streute Mehl aus, nahm einen aufgegangenen Teigklumpen und legte ihn vor sich hin. Sie fing an, ihn zu schlagen und zu wenden, fügte immer wieder eine Handvoll Mehl hinzu und knetete es ein, bis der Teig seidenglatt glänzte.

Eine Zeitlang saß ich nur da und aß und beobachtete und lauschte. Der übliche Klatsch und Tratsch, kleinere Rivalitäten zwischen Knechten, einer spuckte in einen Kübel Milch, der zum Sauerwerden am Herd stand, und die Einteilung der Arbeiten für den nächsten Tag. Die Herrschaften würden sich früh erheben, aber selbstverständlich erwarten, dass ein Frühmahl bereitet war, wenn sie gestiefelt und gespornt herunterkamen, ebenso reichlich und üppig wie das Essen heute Abend. Auch Proviant musste gerichtet werden, dem Auge so angenehm wie dem Gaumen. Ich schaute zu, wie Lebven den Teig ausrollte, ihn mit Butter bestrich, zusammenfaltete, wieder ausrollte, butterte und wieder faltete. Sie spürte meinen Blick, schaute auf und lächelte. »Auf diese Weise entsteht ein Gebäck mit vielen Schichten, blättrig und kross. Aber es ist viel Mühe für etwas, das sie mit zwei Bissen verspeisen werden.«

Hinter ihr stellte ein Knecht einen Deckelkorb auf den Tresen. Er klappte ihn auf, legte ihn mit einem schneeweißen Tuch aus und fing an einzupacken: frische Brötchen, ein Klümpchen Butter, eine Schüssel mit Bratenaufschnitt und einigen der eingelegten Äpfelchen. Ich beobachtete ihn aus den Augenwinkeln, während ich Lebven antwortete. »So ist es wirklich. Die meisten von ihnen verschwenden keinen Gedanken daran, wie viel Mühe es kostet, sie satt zu machen.«

Nach dem zustimmenden Gemurmel allenthalben zu urteilen, hatte ich vielen aus der Seele gesprochen.

»Sieh doch nur dich an«, bekundete Lebven ihrerseits Mitgefühl für meine Situation. »Während des ganzen Mahls auf Wache stehen, als drohte deinem Herrn unter unserem Dach, wo er ein geehrter Gast ist, eine Gefahr. Verquere jamaillianische Denkweise. Sonst hättest du nicht so lange hungern müssen und ein paar Stunden freie Zeit gehabt.«

»Das wäre mir recht gewesen«, erwiderte ich aufrichtig. »Ich hätte mich hier gern etwas umgesehen. Ich bin noch nie in einer Burg gewesen, wo man statt Hunden Katzen hält.«

Der Knecht ging mit dem Korb zur Hintertür und übergab ihn einem Mann, der dort wartete. Von seiner anderen Hand baumelte ein pelziges Etwas. Es drängte mich aufzuspringen und diesem Korb zu folgen, doch Lebven erklärte: »Ach ja. Das ist aber erst seit den letzten zehn Jahren so, seit der alte Herr gestorben ist. Davor hatten wir Hunde und nur ein oder zwei Katzen für die Herrin. Aber der junge Herr hat lieber

Katzen als Hunde, und deshalb hat er die Hunde aussterben lassen. Ich kann nicht sagen, dass mir das Kläffen und Gejaule abgeht, und dass sie einem dauernd zwischen den Füßen herumgelaufen sind. Die großen Katzen bleiben in ihren Gehegen, außer wenn es zur Jagd geht. Und die Kleinen, nun, das sind Zuckerstückchen, keine Frage. Keine Ratte wagt es mehr, die Nase in unsere Küche zu stecken.« Sie warf einen liebevollen Blick auf den gescheckten Kater vor dem offenen Herd. Trotz der sommerlich milden Nacht ließ er sich von dem zusammensinkenden Kochfeuer braten. Lebven war fertig mit dem Falten des Teigs und fing an, ihn zu schlagen, bis er Blasen warf. Es erschwerte das Führen einer Unterhaltung und lieferte mir einen Vorwand zu gehen, ohne beleidigend zu wirken. Ich ging zur Hintertür und schaute hinaus. Der Mann mit dem Korb war nirgends mehr zu sehen.

Lebven rief mir nach: »Wenn du den Abort suchst, da musst du durch die andere Tür gehen und dann um die Ecke. Kurz vor den Kaninchenställen.«

Ich dankte ihr und ging folgsam zur anderen Tür hinaus. Außer mir war niemand unterwegs. Hinter der fraglichen Ecke versperrte mir ein weiterer Gebäudeflügel den Blick. Das Mondlicht zeigte mir eine mehrstöckige Reihe Kaninchenkästen zwischen dem Palas und den Stallungen. Das war also das pelzige Etwas gewesen, das der Mann in der Hand gehabt hatte, ein frisch gewürgtes Kaninchen. Das perfekte Betthupferl für eine Jagdkatze. Doch es war keine Spur mehr von ihm zu finden, und weder durfte ich zu Nachtauge hindenken noch länger aus der Küche wegbleiben, als die angebliche Verrichtung rechtfertigte. Ich knurrte ärgerlich. Jede Wette, dass der Proviantkorb für den Prinzen und seine Katze bestimmt gewesen war. Ich hatte eine Gelegenheit verpasst. Enttäuscht kehrte ich in Wärme und Helligkeit der Küche zurück.

Es war ruhiger geworden. Der große Abwasch war fast bewältigt, und die Spülbuben waren in die Gesindequartiere entwischt. Nur Lebven war noch da und mit ihrem Teig zugange und ein mürrischer Knecht, der auf einen Topf mit Siedefleisch aufpasste. Ich setzte mich wieder auf meinen Platz und schüttete den Rest Bier in meinen Humpen. Die übrige Küchenmannschaft versuchte wahrscheinlich, eine Mütze Schlaf zu ergattern, bevor es wieder aufstehen hieß und das Frühstück bereiten. Der bunte Kater streckte sich ruckartig, stand auf und kam her, um mich zu inspizieren. Ich tat so, als bemerke ich nichts, während er meine Schuhe beschnüffelte und dann mein Bein. Er drehte wie angewidert den Kopf zur Seite und öffnete das Maul, aber ich vermutete, dass er meiner Witterung nachschmeckte. *Stinkt wie dieser Hund draußen.* Ein verachtungsvoller Gedankenkräusel von ihm. Mühelos schnellte er neben mir auf den Tisch und reckte die Nase in Richtung der Platte mit dem Wildbret. Ich wehrte ihn mit dem Handrücken ab. Davon unbeeindruckt, stieg er über meinen Arm hinweg und nahm sich das Fleischstück seiner Wahl.

»Racker, pfui, so ein schlechtes Benehmen vor unserem Gast. Du darfst es ihm nicht übelnehmen, Tom, er ist schrecklich verwöhnt.« Mit bemehlten Händen hob sie ihn hoch und setzte ihn mitsamt seiner Beute auf den Fußboden, wo er sich niederkauerte und mit zur Seite gedrehtem Kopf Bissen von dem Fleischstück nagte. Lebven bedachte er mit einem vorwurfsvollen Blick. *Hunde am Tisch zu füttern ist ungehörig, Frau.* Es war schwer, keine Boshaftigkeit in seinem gelbäugigen, starren Blick zu lesen. In kindischem Trotz starrte ich zurück, weil ich genau wusste, dass die meisten Tiere es hassen, wenn man ihnen groß in die Augen schaut. Racker grollte eine kehlige Drohung, packte das Fleisch und verzog sich damit unter den Tisch.

Langsam trank ich die letzten Schlucke aus meinem Humpen. Der Kater wusste Bescheid. Musste ich daraus schließen, dass der gesamte Haushalt über meine Verbindung zu Nachtauge im Bilde war? Trotz Avoins Vorträgen während des Essens wusste ich immer noch zu wenig über die Natur der Jagdkatzen. Würden sie Nachtauge als einen Eindringling ansehen, den es zu verjagen galt, oder ließ sein Geruch im Burghof sie gleichgültig? Würden sie die Information für so wichtig halten, dass sie sie an die Menschen mit der Alten Macht weitergaben? Nicht alle Verschwisterungen waren so eng wie die zwischen mir und Nachtauge. Seine Eingebundenheit in die menschlichen Belange meines Lebens ging so weit, dass Rolf dagegen gewettert hatte und fast eine Abneigung gegen ihn entwickelte. Möglicherweise verbanden diese Katzen sich den Menschen nur für das Vergnügen der Jagd. Unwahrscheinlich, aber nicht ausgeschlossen.

Nun, ich hatte nicht viel mehr in Erfahrung bringen können, als wir bereits wussten, aber zum Ausgleich ein opulentes Abendessen genossen. Schlaf war die einzige andere Tätigkeit, die für heute Nacht noch übrig blieb. Ich bedankte mich bei Lebven, wünschte ihr gute Nacht und räumte trotz ihrer Beteuerungen, sie würde es gleich selbst tun, mein schmutziges Geschirr in die Spülwanne.

In der Burg war alles still, als ich leise durch die Flure zu den Gastgemächern wanderte. Nur ein schwacher Lichtschein zwängte sich unter der Tür hervor. Ich erwartete, sie verschlossen zu finden, aber sie war es nicht. Die Nerven zum Zerreißen angespannt, schob ich sie behutsam auf. Dann hielt ich den Atem an und erstarrte.

Laurel trug einen langen schwarzen Umhang über ihrem Nachtgewand. Das aufgelöste Haar floss ihr über den Rücken. Fürst Leuenfarb war in einen mit bunten Vögeln bestickten Schlafrock gekleidet. Das Licht des für die Nacht gedämpften Kaminfeuers schimmerte auf den Gold- und Silberfäden der Stickerei an Rücken und Ärmeln seines Mantels und fing sich in den helleren Strähnen von Laurels Haar. An den Fingern trug er Spitzenhandschuhe. Sie standen sehr dicht zusammen vor dem Kamin, die Köpfe vertraulich zueinander geneigt. Ich stand still wie ein verstörtes Kind und fragte mich, ob ich eine Umarmung gestört hatte. Der Fürst schaute über Laurels Schulter zu mir hin und bedeutete mir mit einem kleinen Wink, einzutreten und die Tür zu schließen. Als Laurel sich umdrehte und mich sah, weiteten sich ihre Augen.

»Ich dachte, du wärst in deiner Kammer und schliefest«, sagte sie. Klang es enttäuscht?

»Ich war unten in der Küche und habe etwas gegessen.« Ich erwartete eine Erwiderung von ihr, aber sie schaute mich nur stumm an. Plötzlich verspürte ich den dringenden Wunsch, an einem anderen Ort zu sein als hier. »Aber ich bin zum Sterben müde. Ich werde mich sofort zu Bett begeben. Gute Nacht.« Ich tat einen Schritt in Richtung der Tür zu meiner Kammer, aber Fürst Leuenfarbs Stimme hielt mich zurück.

»Tom. Hast du etwas in Erfahrung bringen können?«

Ich zuckte die Achseln. »Dies und das aus dem Leben des Küchengesindes. Nichts, womit wir etwas anfangen könnten.« Ich war immer noch im Ungewissen, wie offen ich vor Laurel sprechen durfte.

»Nun, Jagdmeisterin Laurel scheint erfolgreicher gewesen zu sein.« Er wandte sich ihr zu, eine Aufforderung zu sprechen. Jede Frau wäre von der goldenen Sonne seiner alleinigen Aufmerksamkeit überwältigt gewesen.

»Prinz Pflichtgetreu ist hier gewesen«, berichtete Laurel in raunendem Flüsterton. »Bevor ich mich zurückzog, bat ich Avoin, mir die Stallungen und das Katzenhaus zu zeigen. Ich sagte, ich wäre neugierig zu sehen, wie die Tiere untergebracht sind.«

»Seine Nebelkatze war da?«, fragte ich ungläubig.

»Nein. So offensichtlich war es nicht. Aber der Prinz hat vom ersten Tag an darauf bestanden, sich selbst um die Bedürfnisse der Katze zu kümmern, und er hat gewisse kleine Eigenheiten, eine bestimmte Art und Weise, Decken und Tücher zu falten oder Gerätschaften zu ordnen. Er ist sehr eigen in solchen Dingen. Im Katzenhaus war ein leerer Zwinger. Auf dem Bord daneben lagen Bürsten und so weiter, ganz exakt nebeneinander. Der Prinz hat sie dort hingelegt, ich bin sicher.«

Ich dachte an die Gemächer des Prinzen in der Burg und war geneigt zu glauben, dass sie recht haben könnte. Dennoch ... »Glaubst du, der Prinz hätte seine kostbare Katze dorthin abgeschoben? Zu Hause schläft das Tier in seinem Gemach.«

»Die Zwinger sind mit allem versehen, was eine Katze braucht, um sich wohlzufühlen: Kratzbäume, die Kräuter, die sie lieben, frisches Grün in Töpfen, Spielzeug, an dem sie ihre Jagdkünste üben können, sogar lebende Beute zu den Mahlzeiten. Die Bresingas halten Kaninchen, sodass ihre Katzen niemals totes Fleisch essen müssen. Die Katzen leben hier selbst wie Prinzen.«

Mir erschien meine nächste Frage logisch: »Ist es möglich, dass der Prinz in den Stallungen genächtigt hat, um näher bei seiner Katze zu sein?« Vielleicht hatte der Proviantkorb keine weite Reise zu machen gehabt.

Laurel hob eine Augenbraue. »Der Prinz übernachtet im Katzenhaus?«

»Er scheint das Tier sehr ins Herz geschlossen zu haben. Vielleicht lässt er es nicht gern allein.« Um ein Haar hätte ich ausgeplaudert, was ich dachte: dass der Prinz ein Zwiehafter war und nicht von seinem Geschwistertier getrennt sein wollte.

Ein kurzes Schweigen entstand, das von Fürst Leuenfarb gebrochen wurde. Seine melodiöse Stimme trug nicht über unseren kleinen Kreis hinaus. »Nun, wenigstens haben wir Gewissheit, dass der Prinz hier gewesen ist. Und morgen erfahren wir vielleicht noch mehr. Die Bresingas spielen Katz und Maus mit uns. Sie wissen, dass der Prinz und seine Katze die Burg verlassen haben. Vielleicht ahnen sie, dass wir auf der Suche nach ihm sind. Spielen wir also unsere Rollen und tanzen hübsch nach der Melodie, die sie uns pfeifen. Wir dürfen nicht verraten, was wir wissen.«

»Ich verabscheue so etwas«, erklärte Laurel unverblümt. »Ich hasse die Falschheit und die gute Miene, die wir zum bösen Spiel machen müssen. Lieber würde ich einfach hingehen und diese Frau wachrütteln und verlangen zu erfahren, wo Prinz Pflichtgetreu ist. Wenn ich daran denke, welchen Kummer sie unserer Königin bereitet … Wäre mir nur eingefallen, vor dem Mahl darum zu bitten, das Katzenhaus besichtigen zu dürfen. Ich hätte andere Fragen gestellt, ganz sicher. Wenigstens bin ich mit meinem Wissen so schnell zu Euch gekommen, wie ich konnte. Die Bresingas haben mir eine Zofe zugeteilt, die darauf bestand, mir zu helfen, mich zu Bett zu begeben, und danach wagte ich nicht, mein Zimmer zu verlassen, ehe ich nicht sicher sein konnte, dass die Burg schläft.«

»Offene Fragen zu stellen steht uns nicht zu. Auch nicht das Schütteln auskunftsunwilliger Gastgeberinnen. Die Königin wünscht, dass ihr Sohn ohne Aufheben nach Hause gebracht wird. Darauf müssen wir Rücksicht nehmen.« Des Fürsten Ermahnung richtete sich auch an mich.

»Ich werde mich bemühen«, sagte Laurel ergeben.

»Gut so. Und jetzt sollten wir alle versuchen, noch etwas zu schlafen, bevor es in der Frühe hinausgeht. Gute Nacht, Tom.«

»Gute Nacht, Euer Gnaden. Jagdmeisterin Laurel.«

Nach ein, zwei abwartenden Momenten fiel es mir auf. Ich hatte erwartet, dass Laurel sich verabschiedete und ging, damit ich hinter ihr abschließen konnte. Anschließend wollte ich dem Narren von dem Proviantkorb und dem erwürgten Kaninchen berichten. Laurel und Fürst Leuenfarb warteten indes ihrerseits darauf, dass ich den Raum verließ. Sie studierte hingebungsvoll eine Tapisserie, die diese Aufmerksamkeit in keiner Weise rechtfertigte, während der Fürst versonnen die glänzende Flut ihres Haars bewunderte.

Ich fragte mich, ob ich ostentativ die Tür zum Flur abschließen sollte, dann fand ich es taktlos. Wenn der Fürst sie verschlossen haben wollte, würde er es selbst tun. »Gute Nacht«, wünschte ich ein zweites Mal und bemühte mich, schläfrig zu klingen und nicht verlegen. Ich nahm eine Kerze, verfügte mich in meine Kammer und schloss hinter mir leise die Verbindungstür. Während ich mich auszog und als ich dann im Bett lag, weigerte ich mich, meine Fantasie über diese Grenze hinauswandern zu lassen. Neid fühlte ich nicht, versicherte ich mir selbst, nur meine Einsamkeit umso bitterer im Angesicht ihrer Vertrautheit. Dann schalt ich mich selbstsüchtig. Der Narr hatte Jahre der Ablehnung und Ausgrenzung ertragen. Missgönnte ich ihm wirklich die sanfte Berührung einer Frauenhand, nun, da er Fürst Leuenfarb war?

Nachtauge? Ich ließ den Gedanken hinauswehen, leicht wie ein dürres Blatt im Wind.

Die Verschmelzung mit seinem Bewusstsein brachte Trost. Ich nahm Eichbäume wahr und den frischen Wind, der über sein Fell strich. Ich war nicht allein. *Schlaf, kleiner Bruder. Ich jage unser Wild, aber ich denke, bis Tagesanbruch werden wir nichts Neues mehr erfahren.*

Er irrte.

Kapitel 17

DIE JAGD

Bei denen vom Alten Blut erzählt man den Kindern Fabeln, die ihnen tugendhaftes Verhalten nahelegen sollen. Sie berichten von Tieren, die eine bewunderungswürdige Eigenschaft verkörpern.

Wer nicht vom Alten Blut ist, mag überrascht sein, dass der Wolf gelobt wird für seine Hingabe an die Familie oder die Maus für ihre Klugheit, in der guten Zeit für den kalten Winter vorzusorgen. Der Ganter, der Wache hält, während der Schwarm weidet, wird für seine Selbstlosigkeit gepriesen und das Stachelschwein für seine Nachsicht, da es nur den verletzt, der es angreift.

Das Attribut der Katze ist Unabhängigkeit. Die Fabel erzählt von einer Frau, die sich mit einer Katze verschwistern will. Die Katze bietet an, es einen oder zwei Tage mit ihr zu versuchen, falls die Frau bereit ist, flink und mit gutem Willen die Arbeiten zu tun, die ihr aufgetragen werden, als da sind, der Katze Fell zu streicheln, sie mit einem Stück Schnur zu belustigen, ein Schälchen Rahm herbeizuholen und was nicht noch. Die Frau fügt sich heiter jeder Arbeit und verrichtet sie gut. Am Ende der Probezeit äußert sie erneut den Wunsch, sich mit der Katze zu verschwistern, denn es sei erwiesen, dass sie gut miteinander auskämen. Die Katze aber lehnt ab und sagt: »Wenn ich mich mit dir verschwistere, würdest du ärmer, weil du verlierst, was du am meisten an mir liebst, denn es ist so, dass ich dich nicht brauche, doch ich dulde deine Gesellschaft.« Und die Moral von der Geschichte ist, sagen die vom Alten Blut, dass man sich nicht ein Geschwistertier aussuchen soll, welches nicht ebenso viel empfangen kann, wie es gibt.

DACHSENBLESS: »GESCHICHTEN DERER VOM ALTEN BLUT«

Lass mich nur einen Blick auf dich werfen.

Das durftest du bereits. Ich habe mich dir gezeigt. Hör auf, mich damit zu quälen, und pass auf. Du hast gesagt, um meinetwillen wirst du dies lernen. Du hast es mir versprochen. Aus diesem Grund habe ich dich hierhergebracht, wo es keine Ablenkung gibt. Sei die Katze.

Es ist zu schwer. Lass mich dich erst mit meinen Augen sehen. Ich flehe dich an.

Sobald du bereit bist. Sobald du ebenso leicht Katze sein kannst wie Mensch. Dann bist du würdig, mich zu erschauen.

Sie war vor mir. Ich quälte mich hinter ihr den Hang hinauf, von jedem Strauch gegeißelt, jede Mulde, jeder Stein eine heimtückische Fußangel. Mein Mund war ausgedörrt. Die Nacht war kühl, doch während ich mich durch das Buschwerk kämpfte, stiegen mir Staub und Pollen in die Nase und machten das Atmen schwer. *Warte!*

Das Wild wartet nicht. Eine Katze sagt nicht dem Wild, welches sie jagt, dass es warten soll. Sei die Katze.

Für einen Sekundenbruchteil glaubte ich, sie sehen zu können, dann schloss sich das hohe Gras um ihre Gestalt, und sie war verschwunden. Nichts regte sich mehr. Alles war still. Ich wusste nicht mehr, welche Richtung ich einschlagen musste. Die Nacht lag schwarz unter dem goldenen Mond, hinter mir waren die Lichter von Tosen in den Hügelfalten verschwunden. Noch einmal atmete ich tief ein und presste dann die Lippen zusammen, entschlossen, lautlos durch die Nase zu atmen, und wenn ich dabei erstickte. Ich setzte mich in Bewegung, ein gleitender Schritt nach dem anderen. Zweige schob ich nicht zur Seite, ich pendelte um sie herum. Meine Füße schmeichelten durch das Gras, statt es niederzutreten. Was hatte sie zu mir gesagt? *Sei die Nacht. Nicht der Wind, der die Zweige schüttelt, auch nicht die Eule mit lautlosem Flügelschlag oder die regungslos geduckte Maus. Sei die Nacht, die alles berührt, ohne gefühlt zu werden. Denn die Nacht ist eine Katze.* Nun gut, dann war ich also die Nacht, glatt und schwarz und lautlos. Unter den schützenden Ästen eines Eichbaums machte ich halt. Die Blätter regten sich nicht. Ich öffnete die Augen, so weit es nur ging, um jedes Quäntchen Licht aufzunehmen. Langsam drehte ich den Kopf hin und her. Ich blähte die Nasenflügel, atmete tief und lautlos durch den geöffneten Mund, um die Luft zu schmecken. Wo war sie, meine Liebste, in welche Richtung hatte sie sich gewandt?

Unwillkürlich ging ich unter einem plötzlichen Gewicht in die Knie, als hätte ein bulliger Mann mir mit beiden Händen kräftig auf die Schultern geschlagen und wäre dann zurückgeschnellt. Ich fuhr herum, aber es war nur Katze. Sie hatte sich auf meinen Rücken fallen lassen und war von dort auf den Boden gesprungen. Im dürren Gras und Laub unter dem Baum kauernd, blickte sie zu mir auf und dann zur Seite. Ich ging vor ihr in die Hocke. »Wo, Katze? Wo ist sie?«

Hier. Sie ist immer hier. Bei mir.

Nach der tiefen, kehligen Stimme meiner Liebsten empfand ich die Gedanken von Katze als ein kratziges Schnurren. Ich hatte sie gern, aber ihre Gedanken zu spüren, während ich mich nach meiner Liebsten sehnte, war kaum zu ertragen. Sanft schob ich sie von mir weg, bemühte mich, ihren gekränkten Protest zu überhören.

»Hier«, raunte ich. »Ich weiß, sie ist in der Nähe. Aber wo?«

Näher, als du denkst. Aber du wirst mich nie erkennen, solange du die Katze ausschließt. Öffne dich der Katze. Sei die Katze. Beweise dich mir.

Katze entfernte sich lautlos von mir, löste sich auf in der Dunkelheit. Ich konnte nicht erkennen, wohin sie verschwunden war. Sie war Nacht, die in Nacht verging, als wollte man das Wasser wiederfinden, das man in einen Fluss gegossen hat. Ich atmete lautlos ein und machte mich bereit, ihr zu folgen, nicht allein mit den Füßen, sondern mit dem Herzen. Ich verweigerte mich der Angst und öffnete mich der Katze.

Plötzlich war sie wieder da, eine sich im Dunkel verdichtende Silhouette. Sie schmiegte sich eng an mein Bein. *Jagd.*

»Ja. Wir jagen, wir jagen sie, meine Liebste.«

Nein. Wir werden gejagt. Etwas wittert uns, etwas folgt Katze-und-Mann durch die Nacht. Höhe. Klettern.

Sie ließ ihren Gedanken sogleich die Tat folgen und huschte an dem Stamm der Eiche hinauf. *Baum zu Baum. Es kann uns da oben nicht wittern. Folge Baum zu Baum.*

Sie erwartete, dass ich es ihr gleichtat. Ich bemühte mich. Ich sprang hoch und warf die Arme um den Stamm, doch er war zu dick für mich, um daran hinaufzuklimmen, und die Rinde bot meinen unbekrallten Fingern wenig Halt. Ich musste aufgeben und rutschte nach unten, Stoff und Haut zerschleißend, umrieselt von Staub und Borkenstückchen.

Ich konnte den Verfolger kommen hören. Es war eine neue Erfahrung, eine, die mir nicht zusagte: der Gejagte zu sein. Ich musste einen für mich geeigneteren Baum finden. Ich setzte mich in Trab, opferte die Deckung zugunsten der

Schnelligkeit, doch ich konnte keinen finden, der mir ersteigbar schien.

Ich beschloss, bergauf mein Heil zu suchen. Manche Raubtiere, Bären zum Beispiel, können bergauf nicht schnell laufen. Falls der Verfolger ein Bär war, gelang es mir vielleicht, ihn abzuschütteln. Ich konnte mir kein anderes Tier vorstellen, das es wagen würde, uns zu folgen. Eine jüngere Eiche, mit tiefer liegenden Ästen, bot sich an. Ich nahm Anlauf, sprang hoch und bekam den untersten Ast zu fassen. Gerade als ich mich hochzog, erreichte mein Verfolger den Fuß des Stammes. Und ich hatte schlecht gewählt. In erreichbarer Nähe gab es keine anderen Bäume, auf die ich springen konnte. Die wenigen, deren Zweige bis zu mir reichten, waren schwankendes, unzuverlässiges Jungholz. Ich saß in der Falle.

Knurrend äugte ich zu meinem Verfolger hinunter. Ich schaute in meine eigenen Augen, die in meine eigenen Augen schauten und in meine eigenen Augen schauten …

Ich fuhr in die Höhe, schlagartig hellwach und nass geschwitzt. Mein Mund war staubtrocken. Ich wälzte mich aus dem Bett und musste mich erst orientieren. Wo war das Fenster, wo die Tür? Dann fiel mir ein, dass ich nicht in meinem eigenen Haus war, sondern in einem fremden Zimmer. Ich stolperte im Dunkeln zum Waschtisch, nahm den Krug und trank das abgestandene Wasser. Die letzten Tropfen goss ich mir in die hohle Hand und wischte mir über das Gesicht. Arbeite, beschwor ich mein schlaftrunkenes Gehirn. Dann wurde es Licht in meinem Kopf. Nachtauge hatte unser Prinzlein irgendwo in den Hügeln hinter Tosen auf einen Baum getrieben und ließ es nicht mehr herunter. Das Wild war gestellt. Doch ich fürchtete, der Prinz könnte auf uns aufmerksam geworden sein. Wie gut wusste er über die Gabe Bescheid? Ahnte er, dass wir in unseren Gedanken verbunden gewesen waren? Dann wurde alles Denken ausgelöscht. Wie Blitz und Donner den Beginn des Unwetters ankündigen, so kündigte der gleißende Lichtstrahl, der durch meine Augen zuckte, den dröhnenden Gabenkopfschmerz an, der mich in die Knie zwang. Und ich hatte nicht ein Stäubchen Elfenrinde bei mir.

Aber der Narr vielleicht.

Nur dieser Gedanke gab mir die Kraft aufzustehen. Meine tastenden Hände fanden die Tür, und ich taumelte in das große Schlafgemach. Ein Nest verglimmender Kohlen im Kamin spendete rötliche Helligkeit, darunter mischte sich der unstete Schein der Nachtfackeln unten im Hof. Ich wankte zu dem großen Pfostenbett. »Narr?«, stieß ich krächzend hervor. »Nachtauge hat Pflichtgetreu in der Falle und ...«

Die Worte erstarben mir auf den Lippen. Der Traum hatte die vorangegangenen Ereignisse des Abends aus meinem Kopf verdrängt. Was, wenn der Hügel unter den Decken nicht von einem Körper stammte, sondern von zweien? Ein Arm warf das Federbett zurück und enthüllte mir eine Gestalt auf der riesigen Bettstatt. Der Narr rollte sich zu mir herum und setzte sich auf. Er runzelte besorgt die Stirn.

»Fitz? Bist du krank?«

Ich ließ mich schwer auf die Bettkante fallen und hielt mir den Kopf, damit er nicht zerplatzte. »Nein. Ja. Es ist die Gabe, aber dafür haben wir jetzt keine Zeit. Ich weiß, wo der Prinz ist. Ich habe ihn geträumt. Er jagte mit seiner Katze in den Hügeln hinter Tosen. Dann hat uns etwas verfolgt, und Katze ist auf einen Baum gesprungen und ich – der Prinz auf einen anderen. Und dann schaute er nach unten, und er sah Nachtauge unter dem Baum. Der Wolf hat ihn in der Falle, irgendwo in diesen Hügeln. Wenn wir uns gleich auf den Weg machen, können wir ihn einfach so vom Ast pflücken.«

»Nein, unmöglich. Benutze deinen Verstand.«

»Das kann ich nicht. Mein Schädel kracht in allen Fugen.«

Ich beugte mich nach vorn, stützte die Ellbogen auf die Knie, den Kopf zwischen beiden Händen. »Weshalb können wir ihn nicht holen?«, fragte ich kläglich.

»Denk nach. Wir kleiden uns an, schleichen uns hinaus, an den Stallknechten vorbei und holen unsere Pferde, reiten bei Nacht durch eine fremde Gegend und finden mit Glück den Ort, wo der Prinz auf einem Baum sitzt, bewacht von einem Wolf. Einer von uns steigt auf den Baum und zwingt den Prinzen herunterzukommen. Dann überreden wir ihn, uns zu begleiten. Fürst Leuenfarb erscheint anderntags wundersamerweise mit einem, möchte ich annehmen, äußerst verstimmten Prinz Pflichtgetreu zum Frühmahl, oder Fürst Leuenfarb und sein Diener sind am Morgen, wenn man nachschaut, grußlos verschwunden, ohne ein Wort der Erklärung. Unweigerlich würde man Fragen stellen, peinliche Fragen, über Fürst Leuenfarb, seinen Diener Tom Dachsenbless und erst recht über Prinz Pflichtgetreu.«

Natürlich. Wir hatten von Anfang an vermutet, dass die Bresingas am Verschwinden des Prinzen beteiligt waren. Ihn nach Burg Tosen zurückzubringen wäre eine verheerende Dummheit. Wir mussten seiner auf eine Weise habhaft werden, die es uns möglich machte, ihn nach Hause zu schaffen, ohne dass jemand etwas bemerkte. Ich presste die Fingerspitzen gegen die Augäpfel. Der Druck im Innern meines Schädels schien sie aus den Höhlen drängen zu wollen. »Was unternehmen wir also?« Eigentlich wollte ich es gar nicht wissen. Ich wollte mich auf die Seite fallen lassen und igelgleich um den Schmerz zusammenrollen.

»Der Wolf bewacht den Prinzen. Morgen, während der Jagd, schicke ich dich zurück, unter dem Vorwand, dass ich etwas vergessen habe und du sollst es holen. Sobald du außer Sichtweite bist, reitest du dorthin, wo der Prinz ist, und überredest ihn, nach Bocksburg zurückzukehren. Ich habe dir ein großes Pferd ausgesucht. Lass ihn hinter dir aufsteigen und reite mit ihm zurück nach Bocksburg. Ich werde eine Ausrede erfinden, um deine Abwesenheit zu erklären.«

»Was für eine?«

»Darüber habe ich noch nicht nachgedacht, aber mir wird etwas einfallen. Sei unbesorgt. Was immer ich ihnen für eine Mär auftische, die Bresingas werden sie schlucken müssen, um Fürst Leuenfarb nicht zu beleidigen.«

Ich zupfte an dem nächstgrößeren Loch in seinem Plan. Es fiel mir schwer, meine Gedanken zu ordnen. »Ich überrede ihn, nach Bocksburg zurückzukehren?«

»Du kannst es«, erwiderte der Narr mit großer Zuversicht. »Du wirst wissen, was du sagen musst.«

Ich war mir dessen weniger sicher, hatte aber nicht die Kraft, Einwände zu erheben. Schmerzhaft grelle Lichter flackerten hinter meinen geschlossenen Lidern. Reiben machte es noch schlimmer. Ich riss die Augen auf, aber auch dann zerschlitzten Lichtdolche das Bild des nachtdunklen Gemachs. »Elfenrinde«, flehte ich tonlos. »Ich brauche Elfenrinde.«

»Nein.«

Mein Verstand konnte es nicht fassen, dieses Nein. »Bitte.« Ich rang es mir ab. »Der Schmerz ist schlimmer, als ich sagen kann.« Manchmal spürte ich, wenn sich ein Krampfanfall ankündigte. Lange war ich verschont geblieben. Bildete ich mir die Unheil verkündende Spannung in Genick und Rücken nur ein?

»Fitz, ich kann es nicht tun. Chade hat mir das Versprechen abgenommen, dir keine Elfenrinde zu geben.« Mit gedämpfter Stimme, als dächte er, was er stattdessen anbot, sei zu wenig, fügte er hinzu: »Ich bleibe bei dir.«

Der Schmerz riss mich in einen brausenden Malstrom. Angst gesellte sich dazu.

Soll ich kommen?

Nein. »Bleib, wo du bist. Pass auf Pflichtgetreu auf.« Ich dachte die Worte und hörte sie mich gleichzeitig laut aussprechen. War das nicht ein Grund, sich Sorgen zu machen? Ach ja. »Ich muss Elfenrindentee haben«, stieß ich zwischen zusammengebissenen Zähnen hervor, »oder ich kann die Schranken nicht aufrechterhalten. Die Alte Macht. Sie werden wissen, dass ich hier bin.«

Das Bett wogte unter mir, als der Narr hinauskletterte, ein Übelkeit erregender Wellengang, bei dem mir das Gehirn gegen die Schädelwände schwappte. Ich hörte seine Schritte zum Waschtisch gehen. Einen Augenblick darauf kam er mit einer feuchten Kompresse wieder. »Leg dich hin.«

»Kann nicht.« Jede Bewegung war die Hölle. Ich wollte zurück in mein eigenes Zimmer, aber mir fehlte die Kraft. Wenn ein Anfall bevorstand, wollte ich nicht vor den Augen des Narren in diesen würdelosen Zustand verfallen.

Das kalte Tuch auf der Stirn war ein Schock. Ich würgte, dann atmete ich hechelnd, um meinen Magen zu beruhigen. Ich fühlte mehr, als dass ich es sah, den Narren vor mir niederknien. Er griff nach meiner Hand, betastete sie, und plötzlich schlossen sich seine Finger wie eine Kneifzange, bohrten sich zwischen den Knochen in mein Fleisch. Ich schrie auf und versuchte mich loszureißen, doch wie immer war er stärker, als ich erwartete.

»Nur einen Augenblick«, murmelte er beschwichtigend. Der Schmerz wurde zu einer sich rapide ausbreitenden Taubheit. Bevor ich aufatmen konnte, umfasste er mit beiden Händen meinen Arm dicht über dem Ellbogen, und wieder tasteten seine Finger, und wieder kniffen sie erbarmungslos zu.

»Hör auf!« Ich wollte von ihm abrücken, doch er folgte mir, und der Schmerz in meinem Kopf war so furchtbar, dass ich nicht fliehen konnte. Weshalb quälte er mich so?

»Sträube dich nicht«, bat er. »Hab Vertrauen. Ich kann dir helfen.« Seine Hände wanderten weiter, zu meiner Schulter hinauf, und wieder stachen seine Fingerspitzen in mein Fleisch. Ich stöhnte, und dann waren die Hände links und rechts an meinem Hals, die Finger drückten zu und nach oben, als wollte er mir den Kopf abreißen. Ich umklammerte seine Handgelenke, aber ich hatte keine Kraft. »Halt aus, nur noch einen Augenblick«, beschwor er mich. »Fitz, Fitz, vertrau mir. Hab Vertrauen.«

Dann brach die Spannung entzwei. Mein Kopf sank pendelnd nach vorn auf die Brust. Der Schmerz war nicht verschwunden, aber bis zu einem erträglichen Grad gemildert. Ich kippte zur Seite, er rollte mich auf den Rücken. »Nun, nun«, sagte er, und sekundenlang starrte ich in wohltuende Schwärze. Dann kamen wieder die marternden Hände, die Daumen auf meiner Stirn, die Spitzen der gespreizten Finger suchten Punkte an meinen Schläfen und den Seiten des Gesichts und pressten gnadenlos, die kleinen Finger bohrten sich in die Höhlung hinter dem Kiefergelenk.

»Atme, Fitz«, hörte ich ihn sagen, und dann merkte ich, dass mir der Atem gestockt hatte. Ich schnappte nach Luft, und plötzlich war alles schwerelos leicht. Ehe ich vor Erleichterung in Tränen ausbrechen konnte, war ich schon in einen tiefen Schlummer gesunken. Ich träumte einen seltsamen Traum. Ich träumte, ich wäre in Sicherheit.

Vor Tagesanbruch erwachte ich benommen. Ich merkte, ich lag im Bett des Narren. Er schien gerade aufgestanden zu sein, ging auf Zehenspitzen durchs Zimmer und suchte seine Garderobe zusammen. Wahrscheinlich spürte er meinen Blick, denn er kam zum Bett zurück. Er berührte meine Stirn, drückte meinen Kopf zurück aufs Kissen. »Schlaf weiter. Du hast noch etwas Zeit, um zu ruhen, und ich glaube, du kannst jede Minute brauchen.« Zwei von Spitzen umhüllte Finger zeichneten eine Doppellinie vom Haaransatz zum Nasenrücken. Ich schlief ein.

Das nächste Mal wachte ich auf, weil er mich sanft schüttelte. »Auf zum fröhlichen Jagen«, sagte er, als ich die Augen aufschlug. »Ich fürchte, du musst dich beeilen.«

Ich bewegte vorsichtig den Kopf. Schmerzen im Genick und die ganze Wirbelsäule hinunter. Steif setzte ich mich auf. Ich fühlte mich wie nach einer Rauferei – oder wie nach einem Anfall. An der Innenseite meiner Wange war eine wunde Stelle, als hätte ich mich gebissen. Mit abgewendetem Gesicht fragte ich: »Habe ich letzte Nacht einen Anfall gehabt?«

Er antwortete nicht gleich. »Einen kleinen vielleicht. Du hast im Schlaf den Kopf herumgeworfen und gezittert. Ich habe dich festgehalten. Es ging vorüber.« Er mochte ebenso wenig darüber sprechen wie ich.

Schwerfällig zog ich mich an. Alle Knochen taten mir weh. Mein linker Arm war von den Fingern des Narren gezeichnet: kleine, dunkel blutunterlaufene Kreise. Also hatte ich mir die Kraft seiner Griffe nicht eingebildet. Er sah, wie ich meinen Arm untersuchte, und verzog mitfühlend das Gesicht. »Die Methode hinterlässt blaue Flecken, aber manchmal scheint sie zu helfen«, war alles, was er mir an Erklärung zuteilwerden ließ.

Der Morgen eines Jagdtages sah auf Burg Tosen nicht viel anders aus als auf der Bocksburg. Verhaltene Erregung hing in der Luft. Das Frühstück wurde stehend im Burghof verspeist, die Bemühungen des Küchenpersonals kaum zur Kenntnis genommen. Ich beschränkte mich auf einen Humpen Bier, mehr wollte ich meinem Magen noch nicht zumuten, allerdings hatte ich die Voraussicht, wie Laurel etwas Mundvorrat in meine Satteltaschen zu packen und mich zu überzeugen, dass meine Wasserflasche frisch gefüllt war. Laurel steckte mitten im Gewimmel. Als ich sie entdeckte, war sie sehr beschäftigt und redete mit mindestens vier Leuten gleichzeitig. Fürst Leuenfarb flanierte durch die Menge, grüßte huldvoll nach links und rechts. Fürst Graulings Tochter wich ihm nicht von der Seite, lächelte und schwatzte ununterbrochen, und der Fürst widmete sich ihr mit galanter Aufmerksamkeit. Schien Jung-Gentil ein wenig vergrätzt zu sein?

Die Pferde wurden herausgeführt, gesattelt und blitzblank geputzt. Meine Schwarze schien von dem Getriebe nicht beeindruckt zu sein, und wieder wunderte ich mich über ihren scheinbaren Mangel an Temperament. Allerdings hatte auch ich das Gefühl, dass in der gewohnten Szenerie ein Element fehlte, und dann musste ich über mich selbst lächeln. Hundegebell. Kein aufgeregtes Hundegebell, das das Herz erfreute, das Blut schneller kreisen ließ und den Pferden in die Beine fuhr. Ich vermisste es. Die Jäger und ihre Helfer stiegen in die Sättel, und dann führte man an Leinen die Katzen heraus.

Es waren schlanke, geschmeidige Geschöpfe mit seltsam in die Länge gezogenen Körpern. Auf den ersten Blick erschien mir im Verhältnis dazu der Kopf zu klein. Das kurzhaarige Fell war lohfarben, doch bei bestimmtem Lichteinfall konnte man eine sonst unsichtbare Fleckenzeichnung erkennen. Der lange, elegante Schweif der Katzen schien über ein eigenes Leben zu verfügen. Sie schritten gelassen zwischen den Pferden hindurch wie ein Hund durch eine Schafherde. Dies waren die Sandelpanther, und sie wussten ganz genau, was dieser Aufmarsch von Menschen und Pferden zu bedeuten hatte. Fast ohne dass es der Ermunterung bedurfte, suchte jede Katze ihren bereits aufgesessenen Herrn. Staunend beobachtete ich, wie die Leinen abgenommen wurden und jedes Tier behände auf seinen Platz auf der Kruppe des jeweiligen Pferdes sprang. Fürstin Bresinga drehte sich im Sattel, um zärtlich mit ihrer Katze zu flüstern, während Gentils Sandelpanther ihm eine breite Tatze auf die Schulter legte, seinen Oberkörper nach hinten zog und den Kopf an seinem rieb. Vergeblich wartete ich auf eine Manifestation der Alten Macht. Ich hätte schwören mögen, dass beide Bresingas sie besaßen, doch wurde sie bis zu einem Grad gezügelt, wie ich es nie für möglich gehalten hätte. Unter diesen Umständen wagte ich nicht, auch wenn ich mich noch so sehr nach der Berührung sehnte, zu Nachtauge hinzuspüren. Er praktizierte mir gegenüber ebenfalls striktes Stillschweigen – es fühlte sich an, als wäre er nicht mehr da. Bald, versprach ich mir, bald.

Wir nahmen den Weg in die Hügel, wo Avoin uns schöne, bodenbewohnende Vögel versprach, die vergnüglich zu jagen wären. Ich ritt im Tross mit den übrigen Dienern und Jagdhelfern und bekam eine Menge Staub ins Gesicht. Der Erdboden hatte eine merkwürdige Beschaffenheit. War in die obere, mürbe Kruste eine Spur gebrochen, verwandelte er sich unter den Hufen der Nachfolgenden in eine Rinne aus mehlfeinem Pulver. Bald wünschte ich mir ein Tuch, um es vor Mund und Nase zu binden, außerdem verhinderten die wabernden Schwaden jedes Gespräch. Der Hufschlag der Pferde wurde von dem tiefen, weichen Boden gedämpft, und da auch das Hundegebell fehlte, ritten wir, fand ich, wie ein Geisterheer durchs Land. Bald kehrten wir dem Flusslauf den Rücken und trabten durch raschelndes graugrünes Gesträuch hügelan. Weiter ging der Weg über wellige Hügel und durch Täler, die sich alle täuschend ähnlich sahen.

Der Trupp der Jäger war uns ein gutes Stück voraus und bewegte sich in stetigem Tempo weiter, als wir auf einem Hügelkamm einen Schwarm Vögel aufscheuchten. Ich glaube, selbst Avoin war überrascht, doch alle reagierten blitzschnell. Ich war zu weit hinten, um sehen zu können, ob die Katzen einen Befehl bekamen oder ob sie sich ihrem natürlichen Instinkt folgend auf das Wild stürzten. Es waren große, plumpe Vögel, die erst mit schlagenden Flügeln eine Strecke laufen mussten, bevor sie sich vom Boden lösen konnten. Einige kamen nicht mehr dazu, sich in die Luft zu retten, und ich sah, wie mindestens zwei im Flug von hochspringenden Panthern aus der Luft geschlagen wurden. Die Schnelligkeit der Katzen war in der Tat atemberaubend. Als wären sie aus Quecksilber, so flüssig bewegten sich ihre Leiber, als sie von den Sattelpolstern herabsetzten und, kaum dass sie den Boden berührten, pfeilgeschwind hinter den flüchtenden Vögeln herschnellten. Eine Katze erbeutete sogar zwei Vögel auf einmal, packte einen zwischen den Kiefern, während sie einen anderen mit den Pfoten an ihre Brust drückte. Zu unserem Tross gehörten vier oder fünf Jungen, die auf Ponys ganz hinten geritten waren. Jetzt kamen sie nach vorn, bewaffnet mit großen Säcken, um die Vögel einzusammeln. Nur ein Panther wollte seine Beute nicht hergeben; wie ich hörte, ein junges Tier und noch nicht fertig abgerichtet.

Man zeigte die Vögel Fürst Leuenfarb, bevor man sie in den Säcken verstaute. Sydel, die neben ihm geritten war, trieb ihr Pferd dicht heran, um die Trophäen zu begutachten und ihrer Begeisterung Ausdruck zu verleihen. Von einigen der Vögel nahm er die Schwanzfedern und rief dann nach mir. Als ich die Federn entgegennahm, sagte er: »Tu Er sie ohne Säumen in die Schatulle, damit sie nicht beschädigt werden.«

»Die Schatulle?«

»Die Federschatulle. Ich habe sie Ihm in Bocksburg gezeigt, damit Er sie einpackt … Bei Sas Mundgeruch, Mann, Er hat sie nicht etwa vergessen? Aha! Nun, dann wird Er umkehren müssen und sie holen. Er weiß doch, welche ich meine? Aus gepunztem rotem Leder, ausgekleidet mit Filz.

Höchstwahrscheinlich befindet sie sich bei meinem Gepäck im Haus unserer Gastgeber, sofern Er sie nicht gar in Bocksburg zurückgelassen hat. Geb Er Jagdmeisterin Laurel die Federn in Verwahrung, bis Er wiederkommt. Nun spute Er sich, Tom Dachsenbless! Ich brauche die Schatulle.« Fürst Leuenfarb machte keinen Hehl aus seiner Verärgerung über die Nachlässigkeit seines Dieners.

Tatsächlich befand sich eine Schatulle wie die beschriebene bei seinen Habseligkeiten in Burg Tosen, doch hatte er mir nie gesagt, sie sei zur Aufbewahrung von Vogelfedern oder dass ich sie mitnehmen solle. Ich brachte es fertig, angemessen zerknirscht auszusehen, während ich zu seinen Anordnungen stumm mit dem Kopf nickte.

So leicht war es ihm gelungen, mich unter einem Vorwand von der Jagdgesellschaft zu entfernen. Gehorsam zog ich Meine Schwarze herum und ließ sie mit einem Schenkeldruck antraben. Ich brachte zwei Hügelwellen zwischen den Trupp und mich, ehe ich behutsam zu Nachtauge hindachte. *Ich komme.*

Besser spät als nie, lautete die unwirsche Erwiderung.

Ich nahm die Zügel kurz und saß regungslos im Sattel. Mein Gefühl sagte mir, dass etwas nicht stimmte. Ich schloss die Augen und sah mit denen des Wolfs. Er befand sich in einer Gegend ohne besondere Merkmale, kein Unterschied zu der Hügellandschaft von heute Vormittag. Eichenbäume in den Senken und staubige Büsche, gelbes Gras auf den Hängen. Doch ein Instinkt sagte mir, wo er war und wie ich reiten musste, um dorthin zu kommen. Wie Nachtauge es auszudrücken pflegte: Wissen, wo es juckt, bevor man kratzt. Ich wusste auch, ohne dass er es mir erklären musste, dass es für sein Schweigen einen Grund gab. Ich spürte nicht mehr zu ihm hin, sondern setzte Meine Schwarze in Galopp und neigte den Oberkörper vor, um ihr das Laufen zu erleichtern. Sie war ein Renner für die Ebene, nicht für dieses hügelige Terrain, aber sie schlug sich wacker. Nicht lange, und ich schaute hinunter in das Tal, wo, wie ich wusste, Nachtauge auf mich wartete.

Ich musste den Impuls beherrschen, sofort zu ihm zu eilen. Sein Schweigen wirkte auf mich so unheilvoll wie summende Fliegen über einer Blutlache. Trotzdem zwang ich mich, einen weiten Bogen zu schlagen, und nahm mir Zeit, die Zeichen auf der Erde zu lesen, prüfte in tiefen Zügen die Luft auf Witterungen. Ich fand die Spuren zweier beschlagener Pferde und kreuzte einen Moment später die gleiche Fährte erneut, diesmal in die entgegengesetzte Richtung laufend. Vor nicht allzu langer Zeit waren zwei Reiter bei der fraglichen Baumgruppe gewesen. Ich konnte mich nicht länger beherrschen. Ich galoppierte hinunter, mit einem Gefühl, als stecke ich den Kopf in eine Schlinge. *Nachtauge?*

Hier. Leise.

Er lag schwer hechelnd im brütenden Schatten der Eichen. Dürres Laub klebte an den blutigen Rissen an Maul und Flanken. Ich warf mich vom Pferd und lief zu ihm hin. Ich legte meine Hände auf seinen Leib, und seine Gedanken strömten in mich ein, die stillstmögliche Ausübung der Alten Macht.

Sie haben mich gemeinsam angegriffen.

Pflichtgetreu und die Katze? Ich wunderte mich, dass er sich wunderte. Der Prinz und die Katze waren verschwistert. Natürlich handelten sie gemeinsam.

Die Katze und der Mann, der die Pferde brachte. Ich hatte unser Vögelchen oben im Baum die ganze Zeit beobachtet. Ich spürte nichts von ihm, nicht einmal dass er die Katze zu Hilfe rief. Doch kurz nachdem es hell wurde, hat mich das verdammte Vieh angegriffen. Ließ sich aus einer Baumkrone auf mich herunterfallen, und ich hatte ihr Kommen nicht einmal bemerkt. Sie muss wie ein Eichhörnchen von Baum zu Baum gesprungen sein. Sie hing an mir wie eine Klette. Ich glaubte, ich hätte die Oberhand gewonnen, als ich sie von mir herunter und auf den Boden schleuderte, aber sie hängte sich mit den Vorderpfoten an mich und versuchte mir mit den Krallen der Hinterfüße den Bauch aufzureißen. Fast wäre es ihr gelungen. Genau in dem Augenblick kam der Mann mit den Pferden. Der Junge stieg vom Baum herab in den Sattel, und wie der Blitz war die Katze hinter ihm auf dem Pferd. Sie galoppierten davon, und ich blieb hier liegen.

Lass mich deinen Bauch sehen.

Erst Wasser, bevor du in mir herumstocherst.

Meine Schwarze ärgerte mich und tänzelte zweimal zur Seite, bevor es mir gelang, ihre Zügel zu fassen. Danach band ich sie fest an einen Strauch und kehrte mit Wasser und meinem Proviant zu Nachtauge zurück. Ich ließ ihn aus meinen zusammengelegten Händen trinken, dann teilten wir das Essen. Ich hätte gern das Blut von den Rissen, soweit ich sie sehen konnte, abgewaschen, aber ich wusste, er würde es nicht dulden. *Die Wunden schließen sich von selbst. Ich habe sie saubergeleckt.*

Ich will wenigstens einen Blick auf deinen Bauch werfen.

Widerwillig ließ er mich gewähren. Die Wunden dort sahen viel hässlicher aus. Offenbar hatte die Katze ihn regelrecht umarmt, und am Bauch fehlte ihm das dicke Fell, das seinem Rücken einen gewissen Schutz geboten hatte. Ich sah zerschlitzte Haut, klaffende Furchen im Fleisch, die anfingen zu nässen. Das einzig Erfreuliche war, dass die Krallen die Bauchdecke nicht ganz aufgerissen hatten. Ich hatte gefürchtet, Eingeweide hervorquellen zu sehen, aber die Verletzungen beschränkten sich auf Haut und Muskelgewebe. Ich verfluchte mich, dass ich keine Wundsalbe bei mir hatte. Zu lange her, dass ich an solche Dinge hatte denken müssen, meine Reisevorbereitungen ließen zu wünschen übrig.

Weshalb hast du nicht nach mir gerufen? Dass ich kommen soll und dir helfen?

Du warst zu weit weg, um rechtzeitig hier sein zu können. Und – Beunruhigung färbte seine Gedanken – *ich hatte das Gefühl, sie wollten, dass ich dich rufe. Der Mann auf dem großen Pferd und die Katze. Sie lauschten, als wäre mein Ruf nach dir ein Wild, welches sie aus der Deckung locken wollten.*

Der Prinz nicht.

Nein. Kleiner Bruder, etwas überaus Merkwürdiges ist hier im Gange. Der Prinz war überrascht, als der Reiter mit dem ledigen Pferd auftauchte. Doch ich spürte, die Katze war nicht überrascht, die Katze erwartete den Mann mit dem Pferd. Der Prinz weiß nicht alles, was sein Geschwistertier tut. Er geht blind in diese Verschwisterung. Die Waage ist nicht im Gleichgewicht. Einer gibt, und der andere nimmt, ohne wiederzugeben. Und die Katze ist – nicht richtig.

Er konnte es mir nicht deutlicher machen. Eine Weile saß ich still neben ihm, die Finger in seinem Fell vergraben, und überlegte, was ich als Nächstes tun sollte. Der Prinz war geflohen. Jemand, den er nicht gerufen hatte, war gekommen, um ihn von Nachtauge wegzuholen, in eben dem Moment, als die Katze durch ihre Attacke den Wolf ablenkte. Um ihn wohin zu bringen?

Ich habe sie eine Strecke verfolgt. Doch es ist, wie du gesagt hast: Ich kann nicht mehr mit einem galoppierenden Pferd Schritt halten.

Konntest du nie.

Nun, du auch nicht. Du konntest nicht einmal mit einem trabenden Wolf mithalten, jedenfalls nicht lange.

Richtig. Das stimmt. Ich strich glättend über sein Fell und versuchte, ein dürres Blatt von einer der verschorften Wunden abzuzupfen.

Lass das! Ich beiße dir die Hand ab! Und er hätte es tun können. Schnell wie eine zustoßende Schlange hatte er nach meinem Handgelenk geschnappt und hielt es zwischen den Kiefern eingeklemmt. Er ließ mich kurz seine Zähne spüren, eine Andeutung dessen, was sein könnte, dann gab er mich frei. *Sie blutet nicht, also lass sie in Ruhe. Hör auf, mich zu bemuttern, und folge dem Wild.*

Um was zu tun?

Vor allem anderen töte die Katze.

Rachsucht sprach aus ihm, nicht Ernst. Er wusste so gut wie ich, welche Folgen es für den Prinzen hatte, wenn wir sein Geschwistertier ermordeten.

Allerdings, ich weiß es. Wie schade, dass er nicht die gleichen Skrupel hatte wie du, als es darum ging, dein Geschwistertier zu töten.

Er weiß nicht, dass du mit mir verschwistert bist.

Sie wussten, ich bin verschwistert mit irgendjemandem, und sie hätten zu gern herausgefunden, mit wem. Dieses Wissen hat sie nicht davon abgehalten, mir Verletzungen zuzufügen. Ich fühlte, wie seine Gedankengänge die meinen überholten, Schlussfolgerungen zogen, bis zu denen ich noch nicht gelangt war. *Sei wachsam, Wandler. Ich erkenne dieses Muster von früher. Du glaubst, es ist eine Art Spiel, mit Grenzen und Regeln. Du willst den Prinzen nach Hause bringen, wie die Wölfin den verirrten Welpen zurück ins Lager trägt. Du hast nicht einmal darüber nachgedacht, dass du vielleicht mit ihm kämpfen musst oder seine Katze töten, um seiner Herr zu werden. Noch ferner ist dir die Vorstellung, dass sie vorhaben könnten, dich zu töten, damit du ihnen den Prinzen nicht entreißen kannst. Deshalb gebe ich dir nun einen anderen Rat. Lass sie ziehen, vorerst. Gib mir Zeit bis heute Abend, um Kräfte zu sammeln. Und wenn wir uns aufmachen, sie zu verfolgen, sollten wir den Geruchlosen mitnehmen. Er ist klug, auf die Art der Menschen.*

Denkst du, der Prinz wäre dazu fähig? Mich zu töten, bevor er duldet, dass ich ihn zu seiner Mutter zurückbringe? Der Gedanke war erschreckend. Andererseits, ich war jünger gewesen als Prinz Pflichtgetreu, als ich auf Chades Befehl hin zum ersten Mal einen Menschen getötet hatte. Ohne Begeisterung, doch über das Gut oder Schlecht hatte ich mir weiter keine Gedanken gemacht. In jenen Jahren fungierte Chade als mein Gewissen, seinem Urteil hatte ich vertraut. Gab es in des Prinzen Leben auch eine solche Person? Jemanden, um dessentwillen er sein eigenes Urteilsvermögen hintanstellte?

Du darfst nicht denken, dass du es mit einem widerspenstigen Prinzlein zu tun hast. Das ist ein Irrtum. Auch die Katze ist es nicht, die wir fürchten müssen. Hier ist etwas Geheimnisvolleres, Größeres am Werk, kleiner Bruder, und wir sollten auf der Hut sein.

Er trank den Rest von meinem Wasser. Dann ließ ich ihn dort unter den Eichen zurück, wenn auch nicht gern. Ich versuchte nicht, der Spur des Prinzen und seiner Verbündeten zu folgen, sondern kehrte zum Wehrgut der Bresingas zurück, fand die Schatulle und begab mich wieder zur Jagdgesellschaft. Sie war inzwischen weitergezogen, aber ihre Fährte war unübersehbar. Als ich Fürst Leuenfarb die Schatulle überreichte, geruhten Seine Gnaden zu bemerken: »Er hat sich Zeit gelassen, Dachsenbless.« Und fügte hinzu, indem er sich zu seinen Jagdgefährten umschaute: »Wenigstens ist es nicht so, wie ich befürchtet hatte. Ich dachte schon, Er hätte meine Worte für bare Münze genommen, dass Er den Kasten, wenn er ihn dort gelassen hat, von der Bocksburg holen muss.« Seinen Worten folgte allgemeines Gelächter über meine vorgebliche Dummheit.

Ich neigte kleinlaut den Kopf. »Vergebung, Euer Gnaden, dass ich so lange gebraucht habe, ihn zu finden. Er war nicht dort, wo ich vermutet hatte.«

Mit einem Kopfnicken nahm er meine Entschuldigung zur Kenntnis und gab mir die Schatulle zurück. »Lass Er sich von Jagdmeisterin Laurel die Federn geben, und ich bitte mir aus, dass Er Sorgfalt walten lässt, wenn Er sie einordnet!«

Laurel hatte ein stattliches Bündel Federn in Verwahrung. Der rote Kasten öffnete sich wie ein Buch. Das Innere war mit Wollfilz ausgekleidet, um die Federn vor Beschädigungen zu schützen. Ich hielt die Schatulle, während sie sorgsam jede Feder einzeln an den dafür vorgesehenen Platz steckte. Die Jagdgesellschaft ritt weiter, scheinbar ohne uns zu beachten. »Die Katzen jagen gut?«, erkundigte ich mich.

»Sehr gut. Es ist ein Erlebnis, sie zu beobachten. Ich durfte den Prinzen und seine Nebelkatze auf der Jagd begleiten, aber dies ist meine erste Begegnung mit Sandelpanthern. Seit du weggeritten bist, hat man die Katzen zweimal auf Vögel und einmal auf Hasen losgelassen.«

»Glaubst du, dass die Jagd noch lange weitergehen wird?«

»Eigentlich nicht. Der Fürst hat angedeutet, dass die Mittagsglut seinem Teint schadet und ihm Kopfschmerzen verursachen könnte. Ich denke, man wird bald umkehren.«

Die anderen waren mittlerweile ein gutes Stück voraus und unterhielten sich lebhaft von Sattel zu Sattel. Laurel schloss den Federkasten und gab ihn mir zurück, dann setzten wir die Pferde in Trab, um zu den anderen aufzuschließen.

Bevor wir uns beim Tross trennten, wandte Laurel sich zu mir um, schaute mir direkt in die Augen und sagte: »Gestern Abend, Tom Dachsenbless, hast du ausgesehen wie ein neuer Mensch. Du solltest mehr auf deine äußere Erscheinung achten. Das Ergebnis ist der Mühe wert.«

Mir verschlug es die Sprache. Sie lächelte über meine Verblüffung, dann spornte sie Weißschopf nach vorn, um neben meinem Herrn weiterzureiten. Ich weiß nicht, ob oder was zwischen ihnen gesprochen wurde, aber bald darauf fasste man den Entschluss, nach Burg Tosen zurückzukehren. Die Waidsäcke waren prall, die Hitze wurde drückend, die Katzen wirkten gereizt und lustlos.

All das bewog die hohen Herrschaften, ihre Pferde zu wenden und ihnen die Sporen zu geben, um möglichst schnell in die willkommene Kühle der dicken Steinmauern der Burg zurückzukehren. Wir Knechte folgten, so schnell wir konnten. Meine Schwarze hielt leicht mit den edlen Jagdrössern Schritt, obwohl wir in deren Staubwolke ritten.

Die Bresingas und ihre Gäste begaben sich umgehend in ihre jeweiligen Gemächer, um den Staub abzuwaschen und sich umzukleiden, während andere ihre nass geschwitzten Pferde und die schlecht gelaunten Katzen versorgten. Ich folgte meinem Herrn, der forsch durch die Korridore schritt, beeilte mich, ihm die Tür aufzuhalten, und verschloss und verriegelte sie, nachdem auch ich eingetreten war.

Als ich mich umdrehte, wusch er sich bereits Gesicht und Arme. »Was gibt es Neues?«, fragte er.

Ich erstattete Bericht.

»Wird er sich erholen?«, erkundigte er sich besorgt.

»Der Prinz? Das kann ich nicht wissen.«

»Unfug! Ich spreche von Nachtauge.«

»Ich bin zuversichtlich. Später werde ich ihm noch mehr Wasser und etwas zu fressen bringen. Er hat Schmerzen, aber ans Leben geht es ihm vermutlich nicht.« Obwohl mir der Anblick der entzündeten Kratzwunden nicht gefallen hatte. Der Narr schien meine Gedanken zu lesen.

»Ich habe eine Salbe, die ihm helfen könnte, sofern er duldet, dass du ihn damit behandelst.«

Ich musste lächeln. »Da habe ich meine Zweifel, aber ich nehme sie trotzdem gern mit.«

»Gut. Dann bleibt mir nur noch, einen Vorwand zu erfinden, damit wir alle drei die Burg gleich nach dem Mittagessen verlassen können. Die Fährte darf nicht kalt werden. Auch halte ich es nicht für wahrscheinlich, dass wir hierher zurückkehren.« Während er sprach, wechselte er das Wams, bürstete sich den Staub von der Hose und wischte mit einem Tuch seine Stiefel blank. Er unterzog sich im Spiegel einer kritischen Musterung, dann fuhr er hastig mit einer Bürste durch sein feines Haar. Die silberblonden Strähnen folgten der Bürste wie fliegende Spinnenfäden im Altweibersommer und blieben daran haften. Der Flaum an seinen Schläfen sträubte sich wie die Schnurrhaare einer Katze. Er stieß einen ärgerlichen Laut aus und schloss die schwere Silberspange, mit der er sein Haar im Nacken zusammenhielt. »So, das muss reichen. Pack Er ein, Dachsenbless. Wir brechen auf, sobald man die Tafel aufgehoben hat.« Damit rauschte er hinaus.

Auf dem Tisch standen vom Abend vorher noch Obst, Käse und Brot. Das Brot schmeckte altbacken, aber ich war so hungrig, dass es mich nicht störte. Ich aß, während ich hastig meine eigenen Habseligkeiten verstaute. Fürst Leuenfarbs Gepäck stellte mich vor größere Probleme. Ich konnte mir nicht mehr vergegenwärtigen, wie er es fertiggebracht hatte, so viel Kleidung und Kram in einem so kleinen Behältnis unterzubringen. Zu guter Letzt hatte ich alles hineingepresst, auch wenn ich mir lieber nicht vorstellen wollte, wie die feinen Hemden aussehen würden, wenn sie wieder zum Vorschein kamen.

Ich war fertig, aber im großen Saal saß man noch zu Tisch. Ich nutzte die Gelegenheit und schlüpfte in die Küche hinunter, wo ich mir einen Imbiss aus kaltem Bier und scharfen Würstchen einverleibte. Ich hatte noch nichts verlernt, denn als ich ging, steckten drei dicke Scheiben von einer gebratenen Keule im Brustlatz meines Kittels.

In unsere Gemächer zurückgekehrt, verbrachte ich kostbare Stunden damit, ungeduldig auf Fürst Leuenfarbs Rückkehr zu warten. Ich sehnte mich danach, zu Nachtauge zu denken, und wagte es nicht. Mit jeder Minute, die verging, entfernte sich der Prinz weiter von uns. Der Nachmittag zerrann mir ungenutzt zwischen den Fingern. Ich warf mich auf mein Bett. Trotz meiner Ungeduld und Sorge musste ich eingenickt sein.

Das Klappen der Tür weckte mich. Ich wälzte mich vom Bett und kam auf die Füße, schlaftrunken, aber doch erpicht, endlich aufzubrechen. Der Narr schloss die Tür hinter sich und sagte in Erwiderung meines erwartungsvollen Blicks vergrätzt: »Es ist einigermaßen schwierig, die Fesseln der hiesigen Gastfreundschaft abzuschütteln. Auch zu diesem Mahl waren Gäste geladen, und nicht nur unsere drei Wiesenvögel. Die Bresingas scheinen fest entschlossen, mich ihren sämtlichen Nachbarn zu präsentieren. Sie haben Abendessen und Teegesellschaften und weitere Jagdpartien arrangiert, unter Einbeziehung sämtlicher Familien im Umkreis von – ich weiß nicht. Es ist mir nicht gelungen, einen Grund zu erfinden, der rechtfertigt, dass wir keine Sekunde länger bleiben können. Verdammt unerfreulich. Ich wünschte, ich könnte zu meiner Schellenkappe zurückkehren und zu einer ehrlicheren Form des Jonglierens und Seiltanzens.«

»Wir reiten nicht?« Mein Verstand war noch vom Schlaf umnebelt.

»Nein. Heute Abend gibt es ein großes Festmahl zu meinen Ehren. Es wäre eine unverzeihliche Kränkung, wenn wir uns vorher davonmachen würden. Und als ich andeutete, ich könnte mich unter Umständen gezwungen sehen, meinen Besuch abzukürzen und morgen früh abzureisen, sagte man mir, Fürst Grias auf der anderen Flussseite hätte eine morgendliche Pirsch für mich geplant und eine Nachmittagsmahlzeit in seinem Landhaus.«

»Man hält dich mit Absicht hier fest. Die Bresingas haben bei dem Verschwinden des Prinzen ihre Finger im Spiel. Ich könnte schwören, dass man gestern Nacht in der Küche Verpflegung für ihn und seine Katze geholt hat. Und Nachtauge ist überzeugt, dass die Katze, die ihn angegriffen hat, wusste, dass er mit jemandem verschwistert ist. Sie versuchten, mich aus der Deckung zu locken.«

»Mag sein. Doch selbst wenn wir dessen ganz sicher wären, könnte ich nicht vor sie hintreten und ihnen Beschuldigungen ins Gesicht schleudern. Und ganz sicher können wir nicht sein. Möglicherweise wollen sie sich nur bei Hof einen großen Namen machen. Oder mir ihre diversen heiratsfähigen Töchter andienen. Ich denke, deshalb war auch diese kleine Baroness Grauling beim Essen gestern dabei.«

»Ich dachte, sie wäre Gentils Verlobte?«

»Sie hat sich heute Vormittag die größte Mühe gegeben, mich zu überzeugen, dass sie nur Kindheitsfreunde sind, ohne ein wie auch immer geartetes romantisches Interesse aneinander.« Seufzend ließ er sich an dem kleinen Tisch nieder. »Sie erzählte mir, dass sie auch Federn sammelt. Heute Abend, nach dem Essen, will sie mir ihre Schätze zeigen. Ich bin mir sicher, das ist eine Ausrede, um mehr Zeit mit mir verbringen zu können.«

Hätte mir nicht selbst die Zeit auf den Nägeln gebrannt, hätte ich über seine missliche Lage grinsen müssen.

»Nun ja, ich werde zusehen, wie ich mich aus der Affäre ziehe. Und vielleicht kann man die Sache sogar zu unserem Vorteil wenden. Ach ja, ich habe einen Auftrag für dich. Wie es scheint, habe ich auf der Jagd eine silberne Kette verloren. Eben beim Mittagessen habe ich es bemerkt. Es ist eins meiner Lieblingsschmuckstücke. Du wirst den Weg von heute Morgen abreiten müssen und danach suchen. Lass dir Zeit.«

Während er redete, zog er eine Halskette aus der Tasche,

wickelte sie in sein Taschentuch und hielt sie mir hin. Ich steckte das Päckchen ein. Er öffnete sein Reisebündel, warf mir einen anklagenden Blick zu, als er des hineingestopften Durcheinanders ansichtig wurde, und kramte herum, bis er einen Topf mit Salbe fand und ihn mir reichte.

»Soll ich Euch die Garderobe für den Abend herauslegen, bevor ich gehe?«

Er verdrehte ironisch die Augen, während er ein zerdrücktes Hemd aus dem Packen fischte. »Ich glaube, Er hat bereits mehr als genug getan, Dachsenbless. Hebe Er sich hinfort.«

Auf dem Weg zur Tür holte seine Stimme mich ein. »Gefällt dir die Stute?«

»Ich bin zufrieden. Ein kräftiges, gesundes Tier und schnell, wie wir festgestellt haben. Du hast gut gewählt.«

»Aber du hättest dir dein Reittier lieber selbst ausgesucht.«

Fast hätte ich ja gesagt. Aber dann, als ich darüber nachdachte, stellte ich fest, es war gar nicht so. Ich hätte nach einem Gefährten Ausschau gehalten, um mich durch die nächsten Jahre zu tragen. Ich hätte Wochen gebraucht, wenn nicht Monate, um ein solches Pferd zu finden. Doch gerade jetzt, wo ich widerstrebend lernte, mich mit Nachtauges Sterblichkeit abzufinden, zögerte ich, mich einem anderen Tier so weit auszuliefern. »Nein«, antwortete ich deshalb aufrichtig, »es war besser, dass du es getan hast. Die Stute ist ein gutes Pferd. Du hast gut gewählt.«

»Vielen Dank«, sagte er leise. Es schien ihm sehr wichtig zu sein.

Hätte Nachtauge nicht gewartet, so wäre ich sicher stutzig geworden.

Kapitel 18

NARRENTREIBEN

Zahlreich sind die Geschichten von solchen mit der Alten Macht, die in Gestalt ihrer Geschwistertiere Angst und Schrecken verbreiten. Die blutrünstigeren Fabeln berichten von Zwiehaften in Wolfsgestalt, die die Familien ihrer Nachbarn zerreißen wie auch deren Herden. Weniger grausam sind die Märchen, die von Zwiehaften berichten, die in der Gestalt von Vögeln, Katzen, sogar Tanzbären im Zuge ihres Liebeswerbens versuchen, sich Zugang zum Schlafgemach der Angebeteten zu verschaffen.

Sämtliche Erzählungen dieser Art sind Unfug, in die Welt gesetzt von solchen, die den Hass auf jene mit der Alten Macht zu schüren versuchen. Obwohl ein Zwiehafter das Bewusstsein seines Geschwistertiers teilen kann und daher auch dessen Sinneswahrnehmungen, vermag er nicht seine menschliche Gestalt in die eines Tieres umzuwandeln. Hingegen entspricht es den Tatsachen, dass manche mit der Alten Macht bis zu einem gewissen Grad die Gebärde ihres Geschwistertiers annehmen, seine Ernährungsgewohnheiten und Verhaltensweisen. Doch ein Mensch, der frisst, haust und riecht wie ein Bär, wird deswegen nicht zu einem Bären. Könnte dieser Mythos des Gestaltwandelns aus der Welt geschafft werden, wäre das ein großer Schritt in die Richtung einer Annäherung zwischen denen mit der Alten Macht und der übrigen Bevölkerung.

DACHSENBLESS: »GESCHICHTEN DERER VOM ALTEN BLUT«

Der Wolf war nicht mehr dort, wo ich ihn zurückgelassen hatte.

Ich bekam einen gehörigen Schreck und vergewisserte mich gründlich, dass ich am richtigen Ort war. Da waren die Blutspritzer auf dem Bett aus altem Herbstlaub, dort im Staub die Mulden der Tropfen, wo er Wasser aus meinen Händen geschlabbert hatte. Er war hier gewesen, und jetzt war er es nicht mehr.

Der Fährte von zwei beschlagenen Pferden mit Reitern zu folgen ist eine Sache – auf trockenem Erdboden die Spur eines Wolfs ausfindig zu machen stellt höhere Anforderungen an die Fähigkeiten eines Fährtenlesers. Er hatte keine sichtbaren Abdrücke hinterlassen, und ich fürchtete mich, zu ihm hinzudenken. Ich folgte den Spuren der Pferde in dem Glauben, dass er wohl das Gleiche getan hatte.

Auf dem Weg durch die in der Sonne brütenden Hügel führten sie mich in eine Senke und durch einen Bach. Dort hatten der Prinz und sein unbekannter Begleiter kurz haltgemacht, um die Pferde trinken zu lassen. Und dort am morastigen Ufer fand ich den Pfotenabdruck eines Wolfs, über die Hufspur geprägt. Demnach hatte ich richtig geraten. Er verfolgte sie.

Drei Hügel später holte ich ihn ein.

Er wusste, dass ich kam, doch wartete er nicht, sondern zockelte weiter. Man konnte es nicht anders bezeichnen. Es war nicht sein gewohnter zielstrebiger Trab, sondern eine Art Schlendern. Meine Schwarze war nicht sonderlich beglückt darüber, dass sie sich in die Nähe eines Wolfs begeben sollte, aber sie widersetzte sich nicht. Als ich ihn fast erreicht hatte, trottete er in den Schatten einer kleinen Baumgruppe und wartete auf mich.

»Ich bringe Fleisch«, sagte ich, als ich aus dem Sattel stieg.

Ich spürte, dass er bei mir war, aber er sandte keinen Gedanken zu mir hin. Es war unheimlich. Ich nahm das Fleisch aus meinem Hemd und gab es ihm. Er schlang es herunter und setzte sich dann neben mich. Ich nahm die Salbe aus meinem Beutel. Er seufzte und legte sich hin.

Die langen Kratzer an seinem Bauch waren geschwollen und entzündet und fühlten sich heiß an. Als ich anfing, die Salbe aufzutragen, wurde der Schmerz zu einer beidseitig geschliffenen Klinge zwischen uns. Ich war so behutsam wie möglich und dabei so gründlich wie nötig. Er duldete die Behandlung, aber nicht gern. Ich blieb eine Zeitlang neben ihm sitzen, eine Hand in seinem Nackenfell vergraben. Er schnüffelte an der Salbe. *Honig und Bärenfett,* ließ ich ihn wissen. Er leckte an dem langen Riss, und ich ließ ihn gewähren. Seine Zunge massierte die Salbe tiefer in die Wunde, und ein Schaden war nicht zu befürchten. Davon abgesehen hatte ich kein Mittel, ihn daran zu hindern. Er wusste bereits, dass ich nach Burg Tosen zurückkehren musste.

Ich hielt es für das Klügste, ihnen zu folgen, auch wenn ich nur langsam vorankomme. Je länger ihr aufgehalten werdet, desto kälter die Spur. Es ist leichter für dich, mich zu finden, als eine verwehte Fährte.

Das kann ich nicht bestreiten. Ich verschwieg meine Sorge, dass er in diesem Zustand weder jagen noch sich verteidigen konnte. Er wusste es, ich wusste es, und er hatte seine Entscheidung getroffen. *Ich werde alles daransetzen, so schnell wie möglich wieder bei dir zu sein.* Er wusste auch das, aber ich konnte nicht anders, als es noch einmal zu bekräftigen.

Mein Bruder, sei auf der Hut vor deinen Träumen heute Nacht.

Ich werde es nicht darauf anlegen, mit ihnen zu träumen.

Ich fürchte, das liegt nicht mehr in deinem Ermessen. Sie werden nach dir suchen.

Ein kalter Schauer lief mir über den Rücken, aber wieder gab es nichts zu sagen. Ich wünschte mir vergeblich, dass man mich als Kind mehr über die Zusammenhänge der Alten Macht gelehrt hätte. Wenn ich die vom Alten Blut besser verstehen könnte, wäre es für uns jetzt leichter abzuschätzen, was wir von ihnen zu erwarten hatten.

Nein, das glaube ich nicht. Was dich mit ihm verbindet, dem Prinzen, ist nicht nur die Gabe. Es ist eine Verquickung deiner magischen Fähigkeiten. Du öffnest die Tür mit der einen und gehst hindurch mit der anderen. So, wie ich mich auf Justin stürzte, nachdem er mit der Gabe eine Brücke zu dir geschlagen hatte. Seine Gabe war die Brücke, aber mein Bund mit dir war der Weg, ihn zu erreichen.

Er hatte diesen Gedanken bewusst mit mir geteilt und an einen wunden Punkt gerührt, der schon seit einiger Zeit in mir schwärte. Hundemagie hatte Justin meine Alte Macht genannt und mir vorgeworfen, dass meine Gabe danach stank. Veritas hatte nie etwas dergleichen erwähnt. Aber Veritas, musste ich widerwillig einschränken, hatte gleich mir nur eine um Wesentliches beschnittene Ausbildung in der Gabe erhalten. Vielleicht hatte er nie eine Besudelung durch die Alte Macht in meinem Gebrauch der Gabe bemerkt oder war vielleicht zu taktvoll gewesen, mir deswegen je einen Vorwurf zu machen. Jetzt war ich in Sorge um Nachtauge. *Halte Abstand zu ihnen. Sie dürfen nicht merken, dass wir ihnen auf den Fersen sind.*

Was fürchtest du? Dass ich eine große Katze und einen halbstarken Jungen zu Pferde angreife? Nein. Der Kampf ist deine Sache. Ich spüre das Wild auf, es zu stellen und zu erlegen ist deine Aufgabe.

Auf dem ganzen Rückweg nach Burg Tosen beschäftigten mich die wenig erfreulichen Gedanken, mit denen er mich angesteckt hatte. Ich war ausgezogen, um einen halbflüggen Königssohn an den heimischen Herd zurückzubefördern, mochte er nun in jugendlichem Leichtsinn in die weite Welt gewandert oder entführt worden sein. Nun hatte ich es plötzlich nicht lediglich mit einem grünen Bürschchen zu tun, das eventuell keine Lust hatte, seinen Ausflug in die Freiheit schon zu beenden, sondern auch mit seinen Kumpanen, gesichtslos und in ihren Absichten undurchschaubar. Wie weit war ich bereit zu gehen, um meine Mission, ihn zurückzubringen, zu erfüllen? Und wie entschlossen war er, das nicht zu dulden?

Hatten seine Helfershelfer irgendwelche Skrupel in Bezug auf das, was sie tun würden, um ihn in ihrer Gewalt zu behalten?

Ich wusste, der Narr handelte klug, indem er unsere Tarnung aufrechterhielt. Sosehr es mich drängte, die Maske fallen zu lassen und den Prinzen zu stellen und auf kürzestem Weg zurück nach Bocksburg zu bringen, war ich doch keineswegs blind für die Konsequenzen solchen Handelns. Falls die Bresingas glaubten, ihr Verdacht sei begründet, dass wir es auf den Prinzen abgesehen hatten, würden sie ihm eine Warnung zukommen lassen. Er würde seine Flucht beschleunigen und sich besser verstecken. Schlimmer noch, sie könnten sich entschließen, gewaltsam eine weitere Verfolgung zu verhindern. Ich hatte nicht den Wunsch, unterwegs eines plötzlichen »Unfalltodes« zu sterben. Wie die Dinge standen, konnten wir immer noch hoffen, unentdeckt des Prinzen habhaft zu werden und ihn ohne öffentliches Aufsehen nach Hause zu schaffen. Er hatte sich von unserer Ankunft aus Burg Tosen vertreiben lassen, war aber in der Nähe geblieben. Jetzt war er wieder in Bewegung, hatte aber immer noch keine Veranlassung, diesen Fürst Leuenfarb mit einer möglichen Verfolgung in Verbindung zu bringen. Wenn es dem Narren gelänge, uns unauffällig aus der Umklammerung von Fürstin Bresingas Gastfreundschaft zu befreien, könnten wir ihm ungestört folgen und hätten bessere Aussichten, ihn einzuholen.

Verschwitzt, staubig und durstig ritt ich durch das Tor von Burg Tosen. Es war nach wie vor ein merkwürdiges Gefühl, mein Pferd einem Stallburschen zu übergeben, damit der es versorgte. Mein Herr hielt in seinem Gemach ein Nickerchen. Wegen der Hitze und der grellen Mittagssonne waren die Vorhänge zugezogen; der Raum lag in einem angenehmen Halbdunkel. Ich ging leise an ihm vorbei in meine Kammer, um mich so gut wie möglich von Staub und Schweiß zu säubern. Mein Hemd hängte ich zum Trocknen und Ausdünsten an den Bettpfosten und warf mir ein frisches um die Schultern.

Die Obstschale im Gemach des Fürsten war aufgefüllt worden. Ich nahm mir eine Pflaume und aß sie, während ich am Fenster stand und durch den Spalt zwischen den Vorhängen in den Garten hinunterspähte. Ich fühlte mich erschöpft und gleichzeitig rastlos. Mir fiel nichts Nützliches zu tun ein, um mir die Zeit zu vertreiben. Sorge und die Ratte der erzwungenen Untätigkeit nagten an mir.

»Hat Er mein Geschmeide gefunden, Dachsenbless?« Fürst Leuenfarbs aristokratisch näselnder Tonfall unterbrach meine Gedanken.

»In der Tat, Euer Gnaden. Genau dort, wo Ihr dachtet, es verloren zu haben.« Ich zog das filigrane Schmuckstück aus der Tasche und ging damit zum Bett, wo er sich in den Kissen räkelte. Er nahm es sichtlich erfreut entgegen, ganz so, als wäre er wirklich ein Edelmann und hätte es tatsächlich verloren geglaubt. Ich senkte die Stimme. »Nachtauge bleibt für uns auf ihrer Fährte. Sobald man uns hier gehen lässt, können wir ohne Umwege und langes Suchen gleich zu ihm reiten.«

»Wie geht es ihm?«

»Er ist steif. Hat Schmerzen. Aber ich denke, er wird wieder gesund werden.«

»Bestens.« Er setzte sich hin und schwang die Beine über die Bettkante. »Ich habe die Garderobe für heute Abend herausgesucht und sie in deine Kammer gelegt. Wirklich, Dachsenbless, Er muss lernen, sorgsamer mit meinem Gepäck umzugehen.«

»Ich werde mich bemühen, Euer Gnaden«, murmelte ich, aber der Spaß am Spiel wollte nicht wieder erwachen. Ich war der ganzen Scharade herzlich überdrüssig. »Hast du dir einen anständigen Grund einfallen lassen, damit man uns gehen lässt?«

»Nein.« Er schlenderte zum Tisch, wo man für den hochedlen Gast Wein hingestellt hatte. Er goss sich ein Glas ein, leerte es in einem Zug, schenkte nach. »Aber einen unanständigen habe ich mir ausgedacht und heute Nachmittag schon den Grundstein für das Spektakel gelegt. Nicht ohne Bedauern – Fürst Leuenfarbs Reputation wird ein paar unansehnliche Flecken bekommen –, andererseits, was ist ein rechter Edelmann ohne den Ruch eines kleinen Skandals. Wahrscheinlich steigert es sogar meine Popularität bei Hofe. Alle werden hören wollen, was ich dazu zu sagen habe, und man wird lange aufs Vergnüglichste flüstern, raunen und munkeln.« Er trank einen Schluck. »Wenn ich mit meinem Plan Erfolg habe, wird Fürstin Bresinga nie und nimmer mehr glauben, dass wir es auf den Prinzen abgesehen haben könnten. Kein geheimer Agent Ihrer Majestät würde sich so schandbar aufführen, wie ich es zu tun beabsichtige.« Er lächelte schief.

»Was hast du getan?«

»Noch nichts. Aber ich wette, morgen früh wird man unseren Abschied so prompt beschleunigen, wie wir es uns nur wünschen können.« Er trank noch einen Schluck. »Manchmal gefällt mir nicht, was ich tun muss«, meinte er wehleidig. Er leerte das Glas, als wappnete er sich für eine besondere Aufgabe.

Mehr an Aufklärung ließ er mir nicht zuteilwerden. Er kleidete sich mit großer Sorgfalt an, und ich sah mich zu der Zumutung des grünen Wamses und der gelben Beinlinge gezwungen.

»Vielleicht eine Winzigkeit zu grell.« Mein gequälter Blick nötigte ihm dieses Eingeständnis ab, doch sein breites Grinsen beraubte die entschuldigenden Worte ihrer Glaubwürdigkeit. Ich wusste nicht, ob schon der Wein seine Wirkung entfaltete oder ihn eine seiner wunderlichen Launen überkommen hatte. »Mach Er nicht ein so finsteres Gesicht, Dachsenbless«, tadelte er und richtete die Manschetten seines Rocks in Tannengrün. »Ich erwarte von meinen Bediensteten, dass sie freundlich in die Welt schauen. Außerdem schmeichelt die Farbe deinem dunklen Teint, Haar, den Augen – deiner ganzen Erscheinung. Der Gesamteindruck gemahnt mich an einen exotischen Papagei. Du magst diese Zurschaustellung deiner Person nicht schätzen, aber die Damen – oho!«

Ihm zu gehorchen stellte mein begrenztes Schauspieltalent auf eine harte Probe. Ich trat hinter ihm in das Gemach, wo man sich vor dem Essen versammelt hatte. Der Kreis war größer als am Abend zuvor, denn Fürstin Bresinga hatte ihre Gastfreundschaft auf benachbarte Familien ausgedehnt, die von gemeinsamen Jagdgesellschaften bekannt und befreundet waren. Was Fürst Leuenfarb anging, hätten sie unsichtbar sein können. Sydel saß mit Jung-Gentil an einem niedrigen Tisch. Eine Auswahl an Federn lag vor ihr auf einem Tuch ausgebreitet, und sie schienen sich darüber zu unterhalten. Offenbar hatte sie die ganze Zeit die Tür im Auge behalten, denn kaum dass Fürst Leuenfarb eintrat, veränderte sich ihr Gesicht. Sie leuchtete wie eine Laterne in der Dunkelheit. Auch die Miene ihres Verehrers veränderte sich, allerdings auf weniger angenehme Weise. Er konnte schwerlich mit einem Gast im Haus seiner Mutter eine Prügelei anfangen, aber sein Gesicht wurde sehr hart und sehr kalt. Mein Magen zog sich zusammen. Nein. Ich wollte mit dem, was sich hier anbahnte, nichts zu tun haben.

Leuenfarb jedoch, lächelnd, strahlend, hielt stracks auf das Paar zu. Seine Begrüßung der übrigen Anwesenden war flüchtig bis zur Unhöflichkeit. Ohne auch nur den Versuch, den Anstand zu wahren, setzte er sich zwischen sie und zwang Gentil, ihm Platz zu machen. Von diesem Augenblick an, als gäbe es niemanden in dem Raum außer ihr und ihm, konzentrierte er seinen geballten Charme auf die kleine Baroness. Dicht beieinander neigten ihre Köpfe sich über die Federn. Jede kleinste seiner Gesten war erotische Verführung. Seine langen Finger streichelten die bunten Federn. Er wählte eine davon aus, legte sie erst an seine eigene Wange und ließ sie dann sanft an Sydels Arm entlanggleiten. Sie kicherte nervös und wich der Berührung aus. Er lächelte. Sie errötete. Er legte die Feder zurück auf das Tuch und drohte dem missbrauchten Ding mit dem Finger, als wäre es unartig gewesen. Dann griff er nach einer ihrer Schwestern, hielt sie kühn an den Ärmel von Sydels Gewand und raunte etwas über die Harmonie der Farben. Er nahm weitere Federn aus der Sammlung und arrangierte sie zu einer Art Bouquet. Mit der Spitze seines Zeigefingers drehte er das Gesicht der kleinen Baroness herum, bis sie ihn anschaute, und dann, mit einem Kniff, den ich nicht sehen konnte, befestigte er die Federn in ihrem Haar, sodass sie in einer anmutigen Rundung der Form ihrer Wange folgten.

Gentil fuhr von seinem Stuhl auf und entfernte sich. Seine Mutter sagte etwas zu einer ihrer Damen, die ihm rasch in den Weg trat, bevor er aus dem Gemach stürmen konnte. Es gab einen mit gedämpfter Stimme geführten Wortwechsel, und der Tonfall des jungen Mannes verriet seine aufgewühlte Gemütsverfassung. Ich konnte nicht verstehen, was er sagte, denn Fürst Leuenfarbs Stimme erhob sich über das Summen der Gespräche im Raum und erklärte: »Hätte ich doch einen Spiegel, in dem Ihr die Wahrheit meiner Worte erkennen könntet, aber so müsst Ihr's zufrieden sein, in meinen Augen zu lesen, wie köstlich dieser Schmuck Euch kleidet.«

Am Vormittag war ich noch empört darüber gewesen, wie keck Sydel sich an Fürst Leuenfarb heranmachte und wie rasch sie bereit war, ihren jungen Verehrer für diesen glamourösen, geheimnisumwitterten Fremden fallen zu lassen. Jetzt tat sie mir beinahe leid. Man hört von Vögeln, die vom Blick einer Schlange gebannt werden, sodass sie ihr nicht entrinnen können, auch wenn ich es mit eigenen Augen noch nicht gesehen hatte. Sydel aber erinnerte mehr an eine Blume, die sich der Sonne zuwendet. Sie trank seine Aufmerksamkeit und erblühte in seiner Wärme. Innerhalb weniger Momente hatte sich ihre mädchenhafte Schwärmerei für einen älteren, reichen Galan zu einem fraulicheren Gefühl gewandelt. Ich wusste mit bedrückender Gewissheit, dass sie sich ihm hingeben würde, wenn er es darauf anlegte. Sollte er heute Nacht an ihre Tür klopfen, würde sie ihn ohne Zögern einlassen.

»Er geht zu weit.« Laurels tonloses Wispern im Vorbeigehen spiegelte meine eigene Bestürzung.

»Darin ist er Meister.« Ich rollte die Schultern im Gefängnis des grellgrünen Wamses. Gut möglich, dass ich heute Nacht beweisen musste, ob ich die Rolle des Leibwächters auch in der Wirklichkeit auszufüllen vermochte. Die Blicke jedenfalls, die Gentil seinem Nebenbuhler zuwarf, sprachen von Mord.

Als Fürstin Bresinga verkündete, es sei angerichtet, zögerte Gentil einen Wimpernschlag zu lange. Ehe er auch nur die Gelegenheit hatte, sich demonstrativ zu weigern, Sydel zu Tisch zu führen, hatte ihr bereits sein Rivale den Arm geboten und die abtrünnige Verlobte ihn genommen. Für Gentil blieb die Pflicht, an der Seite seiner brüskierten Mutter dem illustren Gast und seiner Beute in den Speisesaal zu folgen.

Ich zwang mich, meine Gefühle im Zaum zu halten und ein stoischer Beobachter der Tafelrunde zu sein. Fürst Leuenfarbs Taktik rief aufschlussreiche Reaktionen hervor. Sydels Eltern fühlten sich dem Anschein nach hin- und hergerissen zwischen dem Wunsch, die guten Beziehungen zu Fürstin Bresinga aufrechtzuerhalten und sogar zu festigen, und dem heimlichen Wunsch, ihre Tochter die gesellschaftliche Leiter hinaufsteigen zu sehen. Fürst Leuenfarb war eine bei weitem bessere Partie als Jung-Gentil, andererseits waren sie nicht blind für die Gefahren, die ihrer Tochter drohten. Die Avancen eines Edelmannes einer jungen Dame gegenüber sind nicht gleichbedeutend mit einem Heiratsversprechen. Man musste in Betracht ziehen, dass er möglicherweise nur mit ihr spielte und ihre späteren Aussichten auf dem Heiratsmarkt ruinierte. Eine riskante Gratwanderung für ein junges Mädchen, und die Art, wie Fürstin Grauling ihr Brot auseinanderzupfte, ließ erahnen, dass ihr Mutterherz ernsthaft bezweifelte, ob Sydel diesen Balanceakt beherrschte.

Avoin und Laurel bemühten sich verbissen, ein Gespräch

über den heutigen Jagdausflug in Gang zu bringen, und die Unterhaltung schleppte sich mühsam weiter, aber der Fürst und Sydel waren zu sehr in ihr Liebesgeflüster vertieft, um sich daran zu beteiligen oder die gespannte Atmosphäre wahrzunehmen. Gentil, an Sydels anderer Seite, war Luft für sie beide.

Avoin dozierte über die Verwendung von Weinraute bei der Ausbildung der Katzen, denn wie allgemein bekannt, mache jede Katze einen weiten Bogen um alles, was mit dem Geruch dieser Pflanze behaftet sei. Laurel bemerkte, manchmal würden Zwiebeln zu dem gleichen Zweck verwendet. Fürst Leuenfarb bot Sydel eine Leckerei von seinem eigenen Teller an und beobachtete dann hingerissen, wie sie sie verzehrte. Er trank schnell und viel, ein Glas nach dem anderen, und es sah aus, als ob er den Wein einfach hinunterschüttete. Mir wurde angst und bange. Der Narr war von jeher betrunken unberechenbar und launisch gewesen. Ob Fürst Leuenfarb sich besser in der Gewalt hatte?

Gentils Zorn musste aufgeflammt sein, denn ich spürte ein fragendes Echo von irgendwoher. Den Gedanken konnte ich nicht auffangen, nur die Emotion, die ihn begleitete. Jemand war vollauf bereit, um Gentils willen Fürst Leuenfarb in Stücke zu reißen. Kein Zweifel, dass seine Jagdkatze auch sein Geschwistertier war. Für diesen einen unvorsichtigen Augenblick vibrierte das Band zwischen ihnen vor Mordlust. Es währte nur einen Sekundenbruchteil, aber ein Irrtum war nicht möglich. Der junge Bresinga war ein Zwiehafter. Und Fürstin Bresinga? Ich beobachtete sie, während ich den Blick scheinbar auf einen Punkt hinter ihr gerichtet hielt. Von ihr erreichte mich kein Signal der Alten Macht, aber sie verströmte mütterlichen Unwillen über den Lapsus ihres Sohnes. Weil er jedem, der dafür empfänglich war, sein Altes Blut verraten hatte? Oder weil ihm sein Groll so deutlich anzusehen war? Seine Gefühle unverbrämt zur Schau zu tragen ziemte sich nicht in Adelskreisen.

Ich stand wie am Abend zuvor während der ganzen Mahlzeit hinter dem Stuhl meines Herrn. Aus den Worten, die gewechselt wurden, konnte ich nicht viel entnehmen, aber aus den Blicken. Das skandalöse Benehmen des vornehmen Gastes vom Königshof faszinierte und schockierte die übrigen Anwesenden. Man tauschte geflüsterte Kommentare und kopfschüttelnde Blicke. Einmal saß Fürst Grauling da und atmete stoßweise mit eingekniffenen, vor Zorn weißen Nasenflügeln, während seine Gemahlin leise und beschwörend auf ihn einredete. Sie schien gewillt, die guten Beziehungen zu den Bresingas für die Möglichkeiten einer Einheirat in den Hochadel aufs Spiel zu setzen. Ich suchte derweil Mienenspiele und Gespräche zu deuten, um zu erkennen, wer ein Zwiehafter sein könnte. Die Erkenntnisse ließen sich nicht in Mengenbegriffe fassen, aber als die Tafel aufgehoben wurde, war ich überzeugt, dass sowohl Mutter als auch Sohn Bresinga welche mit der Alten Macht waren. Ihr Jagdmeister nicht. Unter den anderen Gästen gab es zwei, die ich verdächtigte. Eine gewisse Hochdame Jerrit hatte etwas Katzenhaftes in ihrem Benehmen. Möglicherweise war ihr nicht bewusst, wie sie den Geruch jeder Speise einatmete, ehe sie davon aß. Ihr Gemahl, ein kräftiger, jovialer Hüne, biss mit seitwärts gewandtem Kopf in seine Geflügelkeule, als hätte er dort schärfere Zähne, um das Fleisch vom Knochen zu schneiden. Kleinigkeiten, aber verräterisch. Der Prinz war von Bocksburg nach Burg Tosen geflüchtet, in den Schutz solcher mit der Alten Macht. Von dort vertrieben, würde er nach aller Logik wieder bei Zwiehaften Unterschlupf suchen. Die Jerrits wohnten im Süden von hier. Die Spur des Prinzen wies nach Norden, aber was hinderte ihn, einen Bogen zu schlagen?

Noch etwas fiel mir auf. Immer wieder flog Fürstin Bresingas Blick zu mir und blieb auf mir haften, und ich bildete mir nicht ein, dass sie meine farbenfrohe Tracht bewunderte. Sie machte den Eindruck, als versuche sie, sich an etwas zu erinnern. Ich war fast sicher, dass ich sie in meiner Existenz als Fitz-Chivalric nie getroffen hatte, aber eine letzte nagende Ungewissheit blieb. Als Fürstin Bresinga das nächste Mal zu mir hinschaute, begegnete ich ihrem Blick und hielt ihm stand. Ich war nicht so kühn, sie anzulächeln, aber ich öffnete absichtlich weit die Augen und heuchelte erotisches Interesse. Ihre Empörung über den unverschämten Diener des zunehmend impertinenten Fürsten war unübersehbar. Katzengleich ließ sie ihren Blick verschwimmen und schaute durch mich hindurch. Das war der letzte Beweis, den ich noch brauchte. Altes Blut.

Ich fragte mich, ob sie die Frau war, die des Prinzen Begehren erregt hatte. Sie war keineswegs reizlos. Die vollen Lippen deuteten auf Sinnlichkeit hin. Pflichtgetreu wäre nicht der erste Jüngling, der den Verführungskünsten einer erfahrenen älteren Frau erlag. War das ihr Hintergedanke gewesen, als sie ihm die Katze schenkte? Ihn zu verführen und sein junges Herz zu gewinnen, sodass, auch wenn er später vermählt war, sie immer einen Teil seiner Seele besaß? Es würde erklären, weshalb er hierhergekommen war, als er aus Bocksburg verschwand. Aber, überlegte ich, es erklärte nicht seine unerfüllte Leidenschaft. Nein. Wäre es ihr Plan gewesen, sich den Prinzen hörig zu machen, hätte sie nicht gezögert, das Nötige zu tun. Etwas Merkwürdiges war hier im Gange, etwas Geheimnisvolles, wie der Wolf gesagt hatte.

Ein kurzer Wink meines Herrn am Ende des Mahls beurlaubte mich. Ich ging, aber widerstrebend. Ich hätte gern beobachtet, welche Reaktionen sein skandalöses Benehmen im weiteren Verlauf des Abends noch hervorrief. Nach dem Essen würde man sich anderen Lustbarkeiten zuwenden: Musik, Glücksspiel, Konversation. Ich verfügte mich in die Küche, und wieder fütterte man mich mit dem Besten von den Überbleibseln des Festmahls. Heute hatte man Spanferkel aufgetragen, und zwischen den verstreuten Knochen fanden sich noch reichlich zartes Fleisch und knusprige Haut. Auch ein Rest der Sauce aus sauren Äpfeln und Beeren war noch da, und das alles, zusammen mit Brot und weichem Käse und etlichen Humpen Bier, ergab eine mehr als ausreichende Mahlzeit, die mir noch besser gemundet hätte, hätte man sich nicht berufen gefühlt, Fürst Leuenfarbs Diener für das tadelnswerte Benehmen seines Herrn zur Rechenschaft zu ziehen.

Der junge Herr und die Baroness, belehrte mich Lebven in strengem Ton, waren fast vom Tag der Geburt an einander versprochen. Nun, nicht offiziell, aber es galt doch in beiden Häusern als beschlossene Sache, dass sie beizeiten vermählt würden. Die Familien Bresinga und Grauling pflegten seit Menschengedenken freundschaftliche Beziehungen, sie waren direkte Nachbarn. Weshalb sollte nicht Fürst Graulings Tochter von Fürstin Bresingas rapidem gesellschaftlichem Aufstieg profitieren? Was fiel meinem Herrn ein, sich zwischen sie zu drängen? Waren seine Absichten ehrenhaft? Würde er Jung-Gentil die Braut entführen, sie zu höfischem Glanz und Reichtum erheben, weit über ihrem Stand? Zeigte er sich in Bocksburg als übler Blender, spielte er mit ihren Gefühlen? War er ein guter Fechter? Denn Gentil war berüchtigt für sein aufbrausendes Temperament, und Gastfreundschaft hin oder her, er könnte sich dazu hinreißen lassen, den Nebenbuhler zum Duell zu fordern.

Zu alldem stellte ich mich unwissend. Ich stünde erst seit kurzem bei Fürst Leuenfarb in Dienst und wäre auch nicht aus Burgstadt gebürtig, sondern von auswärts. In den wenigen Tagen, die ich für ihn arbeitete, hätte ich noch keine Gelegenheit gehabt, ihn gründlich kennen zu lernen, deshalb könne ich über seinen Charakter und seine Gewohnheiten nichts sagen. Ich wäre ebenso gespannt wie sie, was aus dieser Affäre werden würde. Die von Fürst Leuenfarb ausgelösten Wogen der Erregung gingen dermaßen hoch, dass es mir nicht gelingen wollte, das Gespräch auf Pflichtgetreu oder Altes Blut oder irgendein für mich nützliches Thema zu lenken. Ich hielt mich nur eben lange genug auf, um einen großen Brocken Bratenfleisch zu stibitzen, dann kehrte ich unter Berufung auf meine Pflichten in unsere Gastgemächer zurück, um Neuigkeiten betrogen und in großer Sorge um Fürst Leuenfarbs Wohlergehen. In meiner Kammer schlüpfte ich wieder in mein bescheidenes Weitseherblau. Das gute Essen lag mir schwer im Magen. Wenn er in seiner Rolle übertrieb, fand ich mich vielleicht tatsächlich vor der Spitze von Jung-Gentils Degen wieder. Ich bezweifelte, dass Fürst Leuenfarb eine bessere Klinge schlug als zu seiner Zeit der Narr. Natürlich gab es einen Skandal, wenn das Blut eines Gastes vergossen wurde, aber junge Männer von Adel pflegten sich um derartige Bagatellen kein Kopfzerbrechen zu machen.

Die dunkelsten Stunden der Nacht waren verstrichen, und wir näherten uns den grauen Untiefen der Dämmerung, als es an der Tür klopfte. Eine sauertöpfische Magd teilte mir mit, dass mein Herr meiner bedürfe. Mit klopfendem Herzen folgte ich ihr und entdeckte in einem Salon meinen Herrn sinnlos betrunken auf einer Bank liegend, schlaff wie ein weggeworfenes Kleidungsstück. Falls die übrigen Gäste Zeuge seiner peinlichen Kapitulation vor dem Dämon Alkohol gewesen waren, hatten sie sich inzwischen diskret verabschiedet. Selbst die Magd warf verächtlich den

Kopf zurück, als sie hinausging und mich allein mit ihm zurückließ. Fast erwartete ich, als sie fort war, er würde sich erheben und mir mit einem Augenzwinkern zu verstehen geben, dass er nur schauspielerte. Nichts dergleichen.

Ich stellte ihn auf die Füße, aber selbst das riss ihn nicht aus seiner Starre. Wenn ich ihn in sein Bett schaffen wollte, musste ich ihn entweder tragen oder mir seinen Arm um die Schulter legen und ihn mitschleifen, eine andere Wahl hatte ich nicht. Ich entschloss mich für die würdelose Methode, ihn mir über die Schulter zu werfen und wie einen Mehlsack zurück in sein Gemach zu transportieren. Ich ließ ihn ohne besondere Rücksichtnahme aufs Bett plumpsen und schob erst einmal den Riegel vor die Tür. Dann zerrte ich ihm die Stiefel von den Füßen und schüttelte ihn aus seiner Jacke. Als er zurück aufs Bett fiel, murmelte er: »Ich hab's geschafft, ganz sicher. Morgen werde ich mich entschuldigen, von Reue zerfressen. Dann reiten wir. Alle werden froh sein, uns von hinten zu sehen. Keiner wird uns folgen, keiner wird glauben, dass wir den Prinzen suchen.« Gegen Ende seiner Rede begann er zu lallen. Seine Augen waren immer noch geschlossen. Plötzlich stieß er mit gepresster Stimme hervor: »Ich glaube, ich muss mich übergeben.«

Ich holte die Waschschüssel und stellte sie dicht neben ihm aufs Bett. Er umarmte sie wie eine Puppe. »Was genau hast du getan?«, verlangte ich zu wissen.

»O Eda, mach, dass das Karussell aufhört, sich zu drehen!« Er kniff die Lider zusammen. »Ich habe ihn geküsst. Ich wusste, das würde das Fass zum Überlaufen bringen.«

»Du hast Sydel geküsst? Gentils Braut?«

»Nein«, stieß er ächzend hervor, und für einen Moment war ich erleichtert. »Ich habe Gentil geküsst.«

»Wie bitte?!«

»Ich war hinausgegangen, um zu pinkeln. Als ich zurückkam, wartete er vor dem Salon, wo die anderen dem Glücksspiel frönten. Er packte meinen Arm und zerrte mich grob in einen Nebenraum, wo er auf mich losging. Was für Absichten hatte ich mit Sydel? Warum konnte ich nicht respektieren, dass zwischen ihnen eine Abmachung bestand?«

»Was hast du geantwortet?«

»Ich sagte …« Er presste die Lippen zusammen, und seine Augen wurden rund. Er neigte sich über das Becken, aber nach einem Moment rülpste er nur laut und legte sich mit einem herzzerreißenden Stöhnen wieder hin. »Ich sagte, selbstverständlich respektierte ich ihre Abmachung und hoffte, wir könnten unsererseits zu einer eigenen Verständigung gelangen. Ich fasste nach seiner Hand. Ich sagte, ich sähe keine Schwierigkeit. Dass Sydel ein ebenso bezauberndes Mädchen wäre wie er ein bezaubernder Jüngling und dass ich hoffte, wir drei könnten enge, liebevolle Freunde werden.«

»Und dann hast du ihn geküsst? Ich kann es nicht glauben.«

Fürst Leuenfarb verdrehte die Augen. »Er schien mir ein wenig naiv zu sein. Ich wollte sichergehen, dass er verstand, was ich meinte.«

»El und Eda!«, rief ich aus. Er stöhnte, als ich aufsprang und die weiche Daunenmatratze unter ihm in heftige Schwingungen geriet. Ich ging zum Fenster und schaute hinaus. »Wie konntest du das tun?«

Er atmete schnaufend ein, und gezwungener Spott schlich sich in seine Stimme. »Oh, aber nicht doch, Herzlieb, du musst nicht eifersüchtig sein. Es war der kürzeste und keuscheste Kuss, den man sich vorstellen kann.«

»Narr, hör auf damit!« Auch noch darüber zu spaßen.

»Und nicht einmal auf den Mund. Nur ein warmer Druck meiner Lippen auf seine Handfläche, ein einziges Spitzeln meiner Zunge.« Er lächelte matt. »Er riss die Hand zurück, als hätte ich ihn gebrandmarkt.« Plötzlich hickste er laut und zog dann eine säuerliche Grimasse. »Er ist entlassen, Dachsenbless. Begebe Er sich in Seine Kammer. Ich brauche Ihn bis zum Morgen nicht mehr.«

»Bist du sicher?«

Er nickte, ein ruckartiges, vehementes Auf und Ab des Kopfes. »Geh weg«, sagte er klar und deutlich. »Wenn ich mich übergeben muss, will ich dich nicht dabeihaben.«

Ich verstand seinen Wunsch, den Rest seiner angeschlagenen Würde zu bewahren, zog mich in meine Kammer zurück und schloss die Tür zwischen uns. Um für den frühen Aufbruch gerüstet zu sein, begann ich, meine Siebensachen einzupacken. Als ich ihn kurze Zeit später die gerechte Strafe erdulden hörte, ging ich nicht zu ihm hinüber. Bei manchen Verrichtungen sollte ein Mensch mit sich allein sein dürfen.

Ich schlief nicht gut. Mich verlangte danach, Trost bei Nachtauge zu suchen, aber die Gefahr der Entdeckung war zu groß. Sie mochten notwendig sein, dennoch fühlte ich mich von den politischen Manipulationen des Narren besudelt. Ich sehnte mich danach, das gradlinige, saubere Leben eines Wolfs zu leben. Gegen Morgen weckte mich das Rumoren des Narren, der nebenan in seinem Schlafgemach hin und her ging, aus einem oberflächlichen Schlummer.

Als ich nachschaute, fand ich ihn, von seinen Ausschweifungen gezeichnet, am Tisch sitzend. Die frischen Kleider, die er angelegt hatte, ließen ihn noch grauer und zerknitterter aussehen. Sein Haar war strähnig und wirr. Vor ihm standen ein kleiner Kasten und ein Spiegel. Verwundert schaute ich zu, wie er den Finger in ein Näpfchen tauchte und sich etwas unter die Augen rieb. Er seufzte. »Ich verabscheue mich für das, was ich gestern Nacht getan habe.«

Er brauchte nicht ins Detail zu gehen. Ich versuchte, sein

Gewissen zu beruhigen. »Man kann es auch so betrachten, dass du ihnen einen Gefallen getan hast. Vielleicht ist es besser, dass sie, bevor sie vermählt sind, herausfinden, dass Sydels Herz nicht so beständig ist, wie Gentil glaubt.«

Er verweigerte den Trost mit einem Kopfschütteln. »Hätte ich nicht aufgespielt, hätte sie nicht getanzt. Ihre ersten Anbandelungsversuche waren nichts weiter als unschuldige Koketterie. Ich denke, es liegt in der Natur eines heranwachsenden Mädchens zu tändeln, wie es für Knaben natürlich ist, mit ihren Muskeln und ihrem Wagemut zu prahlen. Mädchen in diesem Alter sind wie kleine Katzen, die nach einem Grashalm springen, um ihre Fähigkeiten zu erproben und zu üben. Sie kennen noch nicht die Bedeutung des Spiels.« Seufzend widmete er sich wieder dem Kästchen mit den farbigen Pulvern.

Ich schaute schweigend zu, wie er sich noch elender schminkte, als er ohnehin schon aussah, und sich obendrein zehn Jahre älter machte, indem er die Linien in seinem Gesicht durch Schattierung hervorhob.

»Hältst du das für notwendig?«, fragte ich, als er den Kasten zuklappte und mir bedeutete, ihn wegzuräumen. Ich verstaute ihn in seinen Taschen, die bereits akkurat gepackt für die Abreise bereitstanden.

»Allerdings. Ich möchte sichergehen, dass der Liebesbann, den ich über Sydel geworfen habe, restlos gebrochen ist, bevor wir abreisen. Sie soll mich als jemanden sehen, der erheblich älter ist als sie und ein zügelloser Wüstling. Sie wird sich fragen, was um Edas willen ihr in den Sinn gekommen ist, und sich zu Gentil flüchten. Ich hoffe, dass er sie wieder nimmt. Es wäre besser, als wenn sie die Jahre ihrer Jugendblüte damit zubringt, sich in Sehnsucht nach mir zu verzehren.« Er stieß einen melodramatischen Seufzer aus, aber ich wusste, der Spott galt ihm selbst. An diesem Morgen zeigte Fürst Leuenfarbs Fassade Risse, und der Narr schimmerte hindurch.

»Ein Liebesbann?«, fragte ich skeptisch.

»Selbstverständlich. Keiner kann mir widerstehen, weder Männlein noch Weiblein, wenn ich es darauf anlege, sie zu verführen. Keiner, das heißt, dich ausgenommen.« Er schaute mich an und rollte liebeskrank die Augen. »Doch habe ich jetzt nicht die Muße, darüber zu trauern. Er muss hingehen und Fürstin Bresinga mitteilen, dass Sein Herr um eine Unterredung unter vier Augen nachsuchen lässt. Dann klopfe Er an Mamsell Laurels Tür und sage ihr, dass wir in Bälde aufbrechen werden.«

Als ich nach Erledigung der zweiten Hälfte meines Auftrags zurückkam, hatte Fürst Leuenfarb das Gemach verlassen, um den Bußgang zu unserer Gastgeberin anzutreten. Es war eine sehr kurze Unterredung, und als er wiederkam, trug er mir auf, sofort das Gepäck in den Hof zu schaffen. Keine Zeit, um zu frühstücken, aber ich hatte bereits den Obstkorb geplündert. Wir würden nicht verhungern, und für ihn war es wahrscheinlich klüger, vorläufig keine Nahrung zu sich zu nehmen.

Man brachte unsere Pferde. Fürstin Bresinga erschien, um uns ein frostiges Lebewohl zu wünschen. Das Gesinde bewies seine Loyalität mit der Herrschaft, indem es von unserer Abreise keinerlei Notiz nahm. Fürst Leuenfarb raffte sich zu einer letzten Bitte um Vergebung auf und schob einen großen Teil seines unverzeihlichen Verhaltens auf die erlesene Qualität der gereichten Tropfen. Falls diese Schmeichelei unsere Gastgeberin versöhnlich stimmen sollte, war sie verschwendet. Wir ritten im Schritt vom Hof, mit Rücksicht auf Fürst Leuenfarb, dessen Befinden eine schnellere Gangart nicht erlaubte. Am Fuß des Hügels nahmen wir die Straße zum Fähranleger. Erst als die Baumreihen uns gegen das Herrenhaus abschirmten, machte er halt und fragte mich: »Welche Richtung?«

Laurel war schweigend, mit versteinerter Miene, hinter uns hergeritten. Ich dachte mir, dass Fürst Leuenfarb sich in ihren Augen nicht nur selbst kompromittiert hatte, sondern seine Schande auch auf sie abfärbte. Jetzt blickte sie schockiert auf, als ich antwortete: »Hier entlang«, und Meine Schwarze von der Straße weg und in das sonnengesprenkelte Halbdunkel des Waldes lenkte.

»Warte nicht auf uns«, befahl er mir brüsk. »Reite so schnell du kannst, um aufzuholen. Wir kommen nach, so gut es eben geht, obwohl mein armer Kopf uns ein Hemmnis sein wird. Die größte Gefahr besteht jetzt darin, dass wir des Prinzen Spur verlieren könnten, hingegen bin ich überzeugt, dass Jagdmeisterin Laurel keine Schwierigkeiten haben wird, der deinen zu folgen. Los jetzt.«

Mehr war nicht nötig. Ich verstand die doppelte Bedeutung des Befehls: Der Narr verhalf mir, indem ich vorausritt, zu der Gelegenheit, allein und unbelauscht mit Nachtauge zu beratschlagen. Ich nickte kurz und setzte Meine Schwarze mit einem Schenkeldruck in Bewegung. Sie sprang willig an, und ich überließ meinem Herzen die Führung. Ohne den Umweg zu dem Platz, wo Nachtauge und ich uns zuletzt getroffen hatten, lenkte ich sie gleich nach Nordosten, dorthin, wo ich ihn zurzeit wusste. Ich sandte einen Gedanken voraus, um ihn wissen zu lassen, dass ich unterwegs war, und spürte seine vorsichtige Bestätigung. Ich ließ Meine Schwarze laufen.

Nachtauge hatte eine erstaunliche Strecke zurückgelegt. Ich verschwendete keinen Gedanken daran, ob Laurel Mühe haben würde, mir zu folgen. Mein Interesse war ausschließlich darauf gerichtet, Nachtauge zu finden und mich zu überzeugen, dass es ihm gut ging, und dann die

Verfolgung des Prinzen wieder aufzunehmen. Meine Angst, er könnte in ernsthafter Gefahr schweben, war stetig gewachsen.

Der Tag war heiß, ein letztes Manifest des scheidenden Sommers, und die Sonne brannte sengend auf uns herab, kaum gefiltert durch das schüttere Laubdach. Die trockene Luft war gesättigt von Staub, der mir den Speichel aus dem Mund saugte und meine Wimpern verklebte. Ich verlor keine Zeit damit, Pfade zu suchen, sondern trieb Meine Schwarze über Stock und Stein, die bewaldeten Hänge hinauf und in die tief eingeschnittenen Täler hinab. Sattes Grün zeigte an, wo bei Regen Bäche flossen, aber zu dieser Jahreszeit war der Wasserpegel unter den Grund gesunken. Zweimal durchfurteten wir breitere Wasserläufe; ich ließ Meine Schwarze saufen und trank mich auch selber satt. Dann setzten wir unseren Ritt fort.

Am frühen Nachmittag fühlte ich plötzlich die unerklärliche Gewissheit, dass Nachtauge ganz nah sein musste. Ehe ich ihn sah oder witterte, war mir, als hätte ich diese Gegend schon einmal gesehen, das Terrain, die Baumgruppe … Ich zügelte Meine Schwarze und ließ den Blick langsam über die Hügel ringsum wandern, doch er kam unter einem Erlengesträuch hervor, kaum einen Steinwurf entfernt. Meine Schwarze scheute und äugte dann mit gespitzten Ohren wachsam zu ihm hin. Ich legte ihr die Hand an den Hals. *Ruhig. Kein Grund zur Aufregung. Ganz ruhig.*

Zu müde und nicht hungrig genug, um dich zu jagen, fügte Nachtauge hilfreich hinzu.

Ich bringe Fleisch.

Ich weiß. Ich rieche es.

Ich hatte es kaum ausgewickelt, da war es schon weg. Gern hätte ich einen Blick auf seinen Bauch geworfen, doch ihn beim Fressen zu stören war nicht ratsam, und anschließend ließ er mir keine Zeit, danach zu fragen. Er schlang den letzten Bissen hinunter und schüttelte sich. *Auf.*

Ich will …

Nein. Heute Abend vielleicht. Aber solange es hell ist, werden sie nicht rasten, und wir dürfen es ebenfalls nicht. Sie haben einen beträchtlichen Vorsprung, und die trockene Erde bewahrt keine Witterung. Wir verlieren sie, wenn wir nicht eilen.

Was die Fährte betraf, hatte er recht. Der staubige Boden nahm weder Hufabdrücke noch Gerüche an. Bis zum frühen Abend waren wir zweimal fast mit unserer Weisheit am Ende gewesen und hatten die Fährte nur wiedergefunden, indem wir weit in die Runde suchten. Die Schatten wurden lang, als Fürst Leuenfarb und Laurel uns endlich einholten.

»Ich sehe, dein Hund ist wieder zu uns gestoßen«, bemerkte sie trocken, und mir fiel nichts ein, was ich darauf hätte erwidern können. »Der Fürst sagt mir, dass du den Prinzen verfolgst, von dem eine Dienstmagd dir erzählt hat, er sei nach Norden geflohen?« In ihrer Stimme lag eine Frage, und ihr Mund war schmal vor Missbilligung. Ich rätselte, ob sie hoffte, Fürst Leuenfarb bei einer Lüge zu ertappen, oder ob man mich verdächtigte, für diese Information die Tugend der besagten Dienstmagd ins Wanken gebracht zu haben.

»Sie wusste nicht, dass es der Prinz war. Sie sprach von einem jungen Mann mit einer Jagdkatze.« Ich bemühte mich, sie abzulenken, bevor sie weiterbohren konnte. »Die Fährte ist schlecht zu sehen. Ich könnte deine Hilfe gebrauchen.«

Es wirkte. Sie erwies sich als gewiefte Fährtenleserin. Während allmählich das Licht aus dem Himmel schwand, entdeckte sie kleine Hinweise, die ich möglicherweise übersehen hätte, und wir konnten unserem Wild bis weit über die Stunde hinaus folgen, wo ich gesagt haben würde, es sei nicht mehr hell genug. Wir gelangten an einen Bach, wo sie haltgemacht hatten, um die Pferde zu tränken. Die Fußabdrücke von zwei Männern, zwei Pferden und der Katze waren deutlich im weichen Grund am Ufer zu sehen. Wir beschlossen, an dieser Stelle zu lagern. »Die Klugheit gebietet aufzuhören, solange man weiß, dass man auf der richtigen Fährte ist, statt weiterzusuchen, bis man im Zweifel ist und über den eigenen Spuren in Verwirrung gerät«, erklärte Laurel.

Wir schlugen ein kärgliches Nachtlager auf, nur ein kleines Feuer und unsere Decken daneben. Zu essen gab es nicht viel, aber wenigstens hatten wir reichlich Wasser. Das Obst, das ich aus Burg Tosen mitgenommen hatte, war warm und zerdrückt, aber willkommen. Laurel hatte nach alter Gewohnheit einige Streifen Trockenfleisch und Hartbrot dabei. Es war nur sehr wenig, und ohne es zu ahnen, erwarb sie sich meine Sympathie, als sie äußerte: »Wir sind weniger auf das Fleisch angewiesen als der Hund. Wir haben Obst und Brot.« Eine andere Frau, dachte ich, hätte möglicherweise den Hunger des Wolfs nicht wichtig genommen und das Fleisch für den nächsten Tag gehortet. Nachtauge bedankte sich, indem er sich von ihr füttern ließ. Und später, als ich darauf bestand, mir seine Verletzungen anzusehen, knurrte er nicht, als sie zu mir trat. Sie war klug und machte nicht den Versuch, ihn anzufassen. Wie erwartet, hatte er den größten Teil der Salbe abgeleckt. Die tiefen Risse waren verschorft, und der umgebende Bereich sah nicht allzu schlimm aus. Ich beschloss, auf die Salbe zu verzichten. Als ich den Topf wieder einpackte, nickte Laurel beifällig. »Eine Wunde heilt besser unter trockenem Schorf, als wenn sie durch zu viel Salbe aufgeweicht wird.«

Der Narr hatte sich bereits auf seiner Decke ausgestreckt. Ich nahm an, dass sowohl Kopf als auch Magen ihn noch mit Nachwehen des vergangenen Abends peinigten. Er hatte, während wir das Lager aufschlugen und unser karges Mahl verzehrten, kaum ein Wort gesprochen. In der tiefer werdenden Dunkelheit konnte ich nicht ausmachen, ob seine Augen geschlossen waren oder ob er in den Himmel schaute.

Ich zeigte mit dem Kopf zu ihm hin. »Ich denke, er tut das Richtige. Früh zu Bett und früh wieder unterwegs. Mit etwas Glück gelingt es uns, sie einzuholen.«

Wahrscheinlich glaubte Laurel, Fürst Leuenfarb wäre bereits eingeschlafen. Sie senkte die Stimme. »Dazu braucht es lange Stunden im Sattel und mehr als nur etwas Glück. Sie reiten mit Zuversicht, weil sie ihr Ziel kennen, während wir Zeit aufwenden müssen, um ihre Spur nicht zu verlieren.« Sie neigte den Kopf zur Seite und musterte mich über das kleine Feuer hinweg. »Woher hast du gewusst, wo du die Straße verlassen musst, um auf ihre Fährte zu stoßen?«

Ich holte tief Luft und sprach die erstbeste Lüge aus, die mir in den Sinn kam. »Reines Glück. Ich hatte so ein Gefühl, sie könnten diese Richtung eingeschlagen haben, und dann fand ich ihre Spur, und mir fiel ein Stein vom Herzen, weil ich gar nicht sicher gewesen war.«

»Und dein Hund hatte auch so ein Gefühl, weshalb er dir vorausgelaufen ist?«

Ich schaute sie nur an. Die Worte drängten sich mir ohne mein Zutun auf die Lippen. »Vielleicht bin ich einer mit der Alten Macht.«

»Aber ja«, antwortete sie sarkastisch. »Und deshalb hat die Königin dich dazu bestimmt, ihren Sohn zurückzuholen. Weil du einer von denen bist, die sie am meisten fürchtet. Du bist kein Zwiehafter, Tom Dachsenbless. Ich habe meine Erfahrungen mit Zwiehaften, ich habe ihre Zurückweisung ertragen und ihren Hochmut gegenüber solchen, die nicht ihrer Magie teilhaftig waren. Wo ich aufgewachsen bin, gab es viele von ihnen, und damals machten sie kein Geheimnis daraus. Du bist ebenso wenig ein Zwiehafter wie ich, dafür aber einer der besten Fährtenleser, mit denen ich je geritten bin.«

Ich dankte ihr nicht für das Kompliment. »Erzähl mir von den Zwiehaften, mit denen du aufgewachsen bist.« Bevor ich mich hinlegte, zog ich meine Decke sorgfältig glatt, dann machte ich mich lang und verschränkte die Arme unter dem Kopf; die Lider schloss ich bis auf einen kleinen Spalt, als wäre ich nur beiläufig an ihrer Geschichte interessiert. Der fast volle Mond schaute durch die Bäume auf uns hinunter. Nachtauge, an der Grenze zwischen Dunkelheit und Feuerschein, leckte mit pedantischer Gründlichkeit sein Fell sauber. Laurel machte sich mit ihrer eigenen Decke zu schaffen, räumte kleine Steine darunter hervor, breitete sie aus und legte sich hin. Auch dann schwieg sie noch, und ich dachte schon, sie würde nicht antworten.

Dann: »Ach, eigentlich waren sie gar nicht so schlimm. Nicht so, wie die Leute erzählen. Sie haben sich nicht bei Vollmond in Bären verwandelt oder Rehe oder Robben, sie aßen kein blutiges Fleisch und raubten keine kleinen Kinder. Trotzdem waren sie schlimm genug.«

»Wieso?«

»Nun ja ...« Sie zögerte. »Es war einfach nicht gerecht«, sagte sie schließlich seufzend. »Wenn du nie sicher sein kannst, dass du wirklich allein bist, denn irgendein kleiner Vogel oder ein Fuchs im Unterholz könnte Aug' und Ohr deines Nachbarn sein. Sie hatten große Vorteile von ihrer Alten Macht, denn ihre Geschwistertiere meldeten ihnen, wo das Wild stand oder wo die ersten Beeren reiften.«

»Derart unverhohlen bedienten sie sich ihrer Magie? Von so einem Ort habe ich nie gehört.«

»Das Schlimmste war nicht, dass sie zeigten, was sie waren, sondern dass sie mich wegstießen, weil ich es nicht war. Kinder sind nicht sehr rücksichtsvoll.«

Die Bitterkeit in ihrer Stimme war bestürzend. Mir fiel ein, wie verächtlich Galens Auserwählte mich behandelt hatten, als es aussah, als würde ich die Kunst, von der Gabe Gebrauch zu machen, nicht meistern können. Ich versuchte, mir auszumalen, wie es sein musste, von Kind an mit diesem Gefühl der Unzulänglichkeit heranzuwachsen. Dann fiel mir noch etwas ein. »Ich dachte, dein Vater wäre Jagdmeister bei Fürst Sitzwohl gewesen. Bist du nicht auf seinen Gütern aufgewachsen?« Ich wollte wissen, wo dieser Ort lag, an dem Zwiehafte so alltäglich waren, dass ihre Kinder die Alte Macht bei ihren Spielgefährten als selbstverständlich voraussetzten.

»Oh. Nun, das war später.«

Ich wusste nicht genau, ob sie jetzt log oder vorher gelogen hatte, nur dass die Unwahrheit greifbar zwischen uns in der Luft hing. Dementsprechend unangenehm war das Schweigen, das ihren Worten folgte. Mein Verstand sprang von einer Möglichkeit zur nächsten. Dass sie selbst eine mit der Alten Macht war oder ein Kind ohne die Alte Macht in einer Familie mit zwiehaften Geschwistern oder Eltern, dass sie die ganze Mär erfunden hatte, dass es in Fürst Sitzwohls Haus von Zwiehaften wimmelte, womöglich der Fürst selbst einer vom Alten Blut war. Diese Spekulationen waren nicht vollkommen müßig. Sie bereiteten das Bewusstsein darauf vor, mögliche weitere Informationen, die sie preisgab, der entsprechenden Alternative zuzuordnen. Ein früheres Gespräch kam mir in den Sinn und darin eine beiläufige Bemerkung, die mir einen kalten Schauer über den Rücken jagte. Sie hatte behauptet, diese Hügel zu kennen wie ihre Handfläche, da sie eine Zeitlang nicht weit entfernt von

Tosen gelebt hatte, bei ihrer Familie mütterlicherseits. Auch Chade hatte etwas Derartiges erwähnt. Ich versuchte, das Gespräch wieder in Gang zu bringen.

»Du scheinst mir nicht zu denen zu gehören, die den zurzeit gepflegten Hass auf die Zwiehaften teilen. Offenbar bist du nicht darauf aus, alle mit der Alten Macht gevierteilt und verbrannt zu sehen.«

»Es ist eine schmutzige Angewohnheit«, erklärte sie, und die Art, wie sie es sagte, hörte sich für mich so an, als dächte sie, Feuer und Schwert wären noch zu gut für diese Unreinen. »Ich finde, Eltern, die ihre Kinder ermutigen, sie auszuüben, sollten ausgepeitscht werden. Diejenigen, die sich entschließen, sie zu praktizieren, sollten nicht heiraten oder Kinder haben. Sie haben schon ein Tier, welches ihr Heim und ihr Leben teilt. Weshalb sollten sie einen Gemahl nehmen und den Mann oder die Frau um ihre Liebe betrügen? Die mit der Alten Macht sollten früh in ihrem Leben entscheiden müssen, wem sie sich verbinden wollen, einem Tier oder einem anderen Menschen. Das ist alles, was ich dazu zu sagen habe.« Ihre Stimme war zum Ende hin immer lauter und heftiger geworden, aber die letzten Worte sprach sie sehr leise, als ob sie sich plötzlich erinnerte, dass der Fürst bereits schlummerte. »Gute Nacht, Tom Dachsenbless«, fügte sie mit Verspätung hinzu. Es klang versöhnlich, dennoch war nicht zu überhören, dass sie unser Gespräch als beendet betrachtete. Wie um den letzten Zweifel zu beseitigen, drehte sie sich herum und wandte mir den Rücken zu.

Nachtauge erhob sich ächzend, kam steifbeinig zu mir herüber und streckte sich seufzend an meiner Seite aus. Ich grub die Hand in sein Nackenfell. Unsere Gedanken strömten so heimlich wie unser Blut.

Sie weiß es.

Dann glaubst du, sie hat die Alte Macht?

Ich glaube, sie weiß, dass du einer von jenen bist, und ich glaube, es gefällt ihr nicht besonders.

Eine Zeitlang wälzte ich diesen Gedanken in meinem Kopf. *Aber sie hat dich gefüttert.*

Mich mag sie. Du bist es, bei dem sie sich nicht ganz sicher ist.

Schlaf jetzt.

Wirst du heute Nacht nach ihnen spüren?

Ich wollte es nicht. Wenn es mir gelang, würde ich dafür mit unerträglichen Kopfschmerzen büßen müssen. Allein der Gedanke an diesen eisernen Ring, der mir den Schädel zusammendrückte, bereitete mir Übelkeit. Doch wenn ich den Prinzen erreichen konnte, brachte ich vielleicht etwas in Erfahrung, das uns half, ihn schneller aufzuspüren. *Ich sollte es versuchen.*

Ich fühlte seine Resignation. *Nun denn, lass dich nicht aufhalten. Ich bin hier bei dir.*

Nachtauge, wenn ich von der Gabe Gebrauch mache und anschließend – musst du die Schmerzen mitleiden?

Nur einen Widerhall. Obwohl es anstrengend ist, mich dagegenzustemmen, kann ich es tun. Aber es erscheint mir feige.

Das hat nichts mit Feigheit zu tun. Welchen Sinn hätte es, wenn wir beide leiden?

Er blieb mir eine Antwort schuldig, aber ich spürte, dass er sich darüber seine eigenen Gedanken machte. Etwas an meiner Frage schien ihn zu amüsieren. Ich löste die Hand aus seinem Fell, legte sie auf meine Brust. Dann schloss ich die Augen, sammelte mich und versuchte, mich in eine Gabentrance zu versenken. Die Angst vor den unvermeidlich folgenden Schmerzen störte mein mühsam hergestelltes inneres Gleichgewicht. Endlich gelang es mir, die Balance zu finden, irgendwo zwischen Träumen und Wachen. Ich griff in die Nacht hinaus.

Und erfuhr, wie seit einer Ewigkeit nicht mehr, die Süße einer vollkommenen Vereinigung. Ich griff hinaus, und es war, als beugte sich mir jemand entgegen und umfasste willkommen heißend meine beiden Hände. Es war ein selbstverständliches Zusammenfinden, beglückend wie die Heimkehr nach langem Weilen in der Fremde. Da war das Verschmelzen mit der Gabe und jemand, der in einem weichen Bett in einer Kammer unter dem Gebälk eines Schindeldaches im Halbschlaf lag. Die heimeligen Geräusche einer Kate umgaben mich, ich roch den Eintopf, den es zum Abendessen gegeben hatte, und das Honigaroma einer Bienenwachskerze, die im Erdgeschoss brannte. Ein Mann und eine Frau unterhielten sich mit gedämpfter Stimme, als wollten sie meinen Schlaf nicht stören. Was sie sagten, konnte ich nicht verstehen, aber ich wusste, ich war zu Hause und geborgen, und nichts Böses konnte mir widerfahren. Während unser Gabenband sich langsam auflöste, sank ich tief in den friedvollsten Schlummer seit vielen Jahren.

Kapitel 19

DIE HERBERGE

Während der Jahre der Piratenkriege, als Prinz Edel, der Anmaßer, sich unrechtmäßig zum König der Sechs Provinzen erklärte, führte er eine Methode der Rechtsfindung ein, die er »Des Königs Rund« nannte.

Gottesurteile waren in den Sechs Provinzen nicht neu. Es hieß, wenn zwei Männer vor den Zeugensteinen miteinander kämpften, schauten die Götter selbst zu und entschieden, wessen Sache gerecht war, indem sie jenem den Sieg schenkten.

Edel führte diese Tradition einen Schritt weiter. In seinen Arenen der Gerechtigkeit stellte man die eines Verbrechens Angeklagten entweder dem Recken des Königs gegenüber oder ließ sie gegen wilde Tiere antreten. Wer überlebte, galt als unschuldig und wurde freigesprochen.

Viele Zwiehafte wurden in des Königs Rund zu Tode gebracht. Doch war das jämmerliche Sterben dort nur die Hälfte des Übels. Mit der Zeit fand man im Volk Geschmack an Gewalt und Blutvergießen und verlangte nach mehr. Die Gerichtstage wurden zum Spektakel für die Massen. Obwohl eine der ersten Handlungen Kettrickens als Königin und Regentin für ihren Sohn darin bestand, dieser Art der Rechtsprechung ein Ende zu bereiten und die Arenen schleifen zu lassen, vermochte kein königlicher Erlass die Lust am Morden auszumerzen, die Edels blutige Tribunale geweckt hatten.

Am nächsten Morgen erwachte ich frisch und ausgeruht und mit einem Gefühl inneren Friedens. Der Frühnebel verdampfte in der Wärme der aufgehenden Sonne, meine Decke war mit glitzernden Tautropfen benetzt. Auf dem Rücken liegend, schaute ich durch das Laubdach der Eichen zum Himmel auf. In meiner augenblicklichen Gemütsverfassung war das runenhafte schwarze Gittermuster auf blauem Grund alles, was ich brauchte. Nach einer Weile, als mein Verstand mich hartnäckig belehrte, es handle sich bei dem Anblick um nichts weiter als Baumzweige unter dem Morgenhimmel, wurde ich mir wieder der schnöden Wirklichkeit bewusst, meiner Umgebung und meiner Aufgabe.

Ich hatte keine Kopfschmerzen. Ohne Weiteres hätte ich mich auf die andere Seite drehen und den größten Teil des Tages verschlafen können, aber ich wusste nicht zu sagen, ob ich wirklich müde war oder einfach nur in die Geborgenheit meines jüngsten Traums zurückkehren wollte. Ich gab mir einen Ruck und setzte mich auf.

Nachtauge war nicht da. Laurel und Fürst Leuenfarb schliefen noch. Ich fachte die Restglut unseres Feuers neu an und legte Holz auf, bis mir einfiel, dass wir nichts hatten, um es darauf zu kochen. Es hieß, den Gürtel enger zu schnallen und mit knurrendem Magen die Verfolgung des Prinzen wieder aufzunehmen. Vielleicht hatten wir Glück, und unterwegs kreuzte etwas Essbares unseren Pfad.

Ich trank aus dem Bach und wusch mir das Gesicht. Auch dieser Tag versprach wieder, heiß zu werden. Nachtauge kam zu mir.

Fleisch?, fragte ich hoffnungsvoll.

Ein Mäusegeheck. Ich habe dir keine übrig gelassen.

Schon gut. So hungrig war ich nicht. Noch nicht.

Er stand neben mir und schlabberte, dann hob er den Kopf. *Wo bist du letzte Nacht hingegangen?*

Ich wusste, was er meinte. *Ich kann es nicht sagen. Aber ich fühlte mich geborgen.*

Es war schön. Ich bin froh, dass du einen solchen Ort hast, an den du gehen kannst.

Wehmut färbte seine Gedanken. Ich musterte ihn prüfend. Für einen Moment sah ich meinen Weggefährten vieler Jahre als das, was er für einen Fremden sein musste. Ein alter Wolf, grau um die Schnauze, mit eingesunkenen Flanken. Der Kampf mit der Jagdkatze hatte ihn geschwächt. Er ignorierte meine Sorge und äugte ins Wasser. *Fische?*

Ich war verdrossen und zeigte es. »Nicht eine Flosse. Dabei sollte es wimmeln. Viele Pflanzen, Mückenschwärme. Von Rechts wegen müssten in diesem Bach Fische sein. Aber nein.«

Ich spürte sein mentales Schulterzucken über die Ungerechtigkeiten dieser Welt. *Weck die anderen. Wir müssen aufbrechen.*

Er legte keinen Wert darauf, meine Sorgen mit mir zu teilen. Es waren nutzlose Ängste, die man nicht ausleben sollte.

Als ich ins Lager zurückkehrte, waren die beiden anderen aufgewacht. Es wurde nicht viel geredet. Fürst Leuenfarb schien sich von seinen Exzessen erholt zu haben. Keiner beschwerte sich, weil es nichts zu essen gab. Klagen und Murren hätten uns auch nicht satt gemacht. Stattdessen saßen wir nach bemerkenswert kurzer Zeit wieder im Sattel und folgten der verblassenden Fährte des Prinzen und seiner Begleiter. Sie führte stetig nach Norden. Gegen Mittag stießen wir auf die kalte Asche eines Lagerfeuers. Im weiten Umkreis war der Boden zertrampelt, als hätten mehrere Leute hier etliche Tage kampiert. Das Rätsel war schnell gelöst. Jemand hatte offenbar hier gewartet. Nachdem der Prinz, die Katze und ihr Begleiter zu ihnen gestoßen waren, hatte man gemeinsam den Weg fortgesetzt. Nordwärts. Laurel und ich diskutierten über die Anzahl der Pferde in dieser neuen Gruppe und einigten uns auf vier. Sie hatten zwei Mann Verstärkung bekommen.

Wir ritten weiter, schneller als vorher, weil die breitere Fährte deutlich zu erkennen war. Dunstschleier zogen über den Himmel, verdichteten sich zu Wolken. Während ich diese Abschirmung gegen die Glutpfeile der Sonne begrüßte, schien sie Nachtauge keine große Erleichterung zu bringen; er hatte schwer zu kämpfen, um mit den Pferden Schritt zu halten. Ich beobachtete ihn mit wachsender Sorge und hätte gern zu ihm hingespürt, um mich zu vergewissern, dass er sich nicht über seine Kräfte hinaus anstrengte, aber wegen Laurels Anwesenheit wagte ich es nicht.

Als die Schatten länger wurden und Abendkühle die Hitze milderte, kamen wir aus dem Wald heraus und schauten von einem Hügelkamm herunter auf das breite gelbe Band einer Straße, die quer zu unserer Richtung verlief. Uns allen sank der Mut. Falls der Prinz und seine Begleiter darauf eingeschwenkt waren, stand uns die mühselige Fleißarbeit bevor, ihre Spuren unter den anderen zu entdecken.

Wir erreichten den Saum der Straße, und wie befürchtet endete die Fährte dort und kam auf der gegenüberliegenden Seite nicht wieder zum Vorschein. Nachtauge schnüffelte ein wenig herum, doch ohne Begeisterung. Die Spur des Prinzen verlor sich in dem dicken, trockenen Straßenstaub zwischen alten Räderfurchen und Fuß- und Hufabdrücken anderer Reisender. Dieser Untergrund war kein dauerhafter Chronist; ein Lüftchen genügte, um jeden Hinweis auf unsere Beute auszutilgen.

»Nun?« Leuenfarb blickte mich mit einer fragend hochgezogenen Augenbraue an.

Ich wusste, was er mir zu verstehen geben wollte. Hatte

Chade mich nicht für genau einen solchen Fall hinter dem Prinzen hergeschickt? Ich schloss die Augen, atmete tief ein und öffnete mich der Gabe, rückhaltlos, ohne an meinen eigenen Schutz zu denken. *Wo bist du?,* verlangte ich von der mich umbrausenden Welt zu erfahren. Hauchzart, wie die Berührung einer Feder, glaubte ich, eine Reaktion zu spüren, doch woher wissen, ob es der Gesuchte war? Nach dem Traum der vergangenen Nacht wusste ich, da draußen gab es noch jemanden, der für mein Spüren empfänglich war. Ich konnte ihn beinahe greifen. Mit einer Willensanstrengung wandte ich mich von diesem lockenden Hafen ab und griff wieder hinaus nach dem Prinzen, doch er und die Katze entzogen sich mir. Ich hatte keinen Anhaltspunkt, um zu beurteilen, wie lange ich auf Meine Schwarze saß und in die weite Welt hinaushorchte. Die Zeit steht still im Fluss der Gabe. Fast konnte ich den Narren fühlen, wie er wartete, nein, ich fühlte ihn wirklich. Ein schimmernder Faden der Gabe zwischen uns ließ mich seine Ungeduld spüren. Seufzend löste ich mich, sowohl von der heimeligen Einladung als auch von dem fruchtlosen Forschen nach dem Prinzen. Es gab nichts, was ich Fürst Leuenfarb sagen konnte.

Ich schlug die Augen auf. »Sie haben sich die ganze Zeit in nördlicher Richtung gehalten. Reiten wir also nach Norden.«

»Die Straße führt eher nach Nordosten als nach Norden«, wandte der Fürst ein.

Ich zuckte mit den Schultern. »Die Alternative wäre Südwesten.«

»Dann auf nach Nordosten.« Auf seinen Schenkeldruck trabte Malta an. Ich folgte ihm, doch nach wenigen Metern schaute ich zurück, um zu sehen, weshalb Laurel zögerte. Ihr Gesicht sah ratlos aus; grübelnd blickte sie von mir zu dem Fürsten. Es dauerte einen Moment, bis sie ihren Wallach in Bewegung setzte und langsam zu uns aufschloss. Ich ließ mir den kurzen Wortwechsel zwischen dem Narren und mir durch den Kopf gehen und hätte uns beiden einen Tritt geben können. Von der Anrede bis zum Tonfall war alles falsch gewesen, und ich, der Knecht, hatte bestimmt, welche Richtung wir einschlagen sollten. Wahrscheinlich war es das Klügste, so zu tun, als sei nichts gewesen, und den Lapsus durch künftigen Diensteifer vergessen zu machen, auch wenn mir diese Vorstellung wie ein Stein im Magen lag und ich mir eingestehen musste, dass ich nach offenen Gesprächen und unverstellter Kameradschaft hungerte.

Solange es hell war, ritten wir weiter, dem Anschein nach von Fürst Leuenfarb geführt, doch in Wirklichkeit folgten wir lediglich der Straße. Bei Einbruch der Dämmerung begann ich, nach einem Lagerplatz Ausschau zu halten. Nachtauge schien meine Absicht zu erkennen, denn er überholte uns und lief einen flachen Hügel hinauf. Als er oben nicht wartete, sondern hinter der Kuppe verschwand, begriff ich, dass wir nachkommen sollten. »Lasst uns noch ein Stück weiterreiten«, schlug ich vor, obwohl es inzwischen allen Ernstes dunkel werden wollte. Auf der Kuppe belohnte uns ein Ausblick auf die verstreuten Lichter des kleinen Weilers im Talgrund. Ein Flüsschen schlängelte sich daran vorbei; ich roch das Wasser und den Rauch der Herdfeuer. Mein Magen erwachte aus seiner verdrossenen Resignation und knurrte laut.

»Ich wette, es gibt eine Herberge dort unten«, verkündete Fürst Leuenfarb begeistert. »Richtige Betten. Und wir können uns für morgen mit Proviant versehen.«

»Ob wir es wagen sollten, uns nach dem Prinzen zu erkundigen?«, fragte Laurel. Unsere müden Pferde schienen zu ahnen, dass der heutige Abend mehr zu bieten haben könnte als hartes Gras und Wasser aus einem Bach, in dem nicht einmal Fische hausen mochten, jedenfalls trabten sie mit neu erwachter Lebhaftigkeit den Hang hinunter und zu den Häusern hin. Von Nachtauge war keine Spur zu sehen, aber das hatte ich auch nicht erwartet.

»Ich werde ein paar diskrete Erkundigungen einziehen«, bot ich an. Ich stellte mir vor, dass Nachtauge bereits damit beschäftigt war, das Terrain zu sondieren. Wenn sie durch dieses Dorf gekommen waren und wenigstens kurz Rast gemacht hatten, würde er die Katze wittern.

Mit untrüglichem Instinkt führte Fürst Leuenfarb uns zur Tür der erhofften Herberge. Der kleine Ort konnte mit einem imposanten Gebäude aufwarten, zweistöckig sogar, aus mächtigen schwarzen Steinquadern erbaut. Das Wirtshausschild jagte mir einen kalten Schauer über den Rücken. Es war der Gescheckte Prinz, geköpft und säuberlich gevierteilt. Nicht zum ersten Mal sah ich ihn auf diese Weise abgebildet – tatsächlich zeigten die meisten Darstellungen das schmachvolle Ende des Unholds, aber diesmal ergriff mich das Gefühl einer bösen Vorahnung. Falls der Narr oder Laurel sich vom Anblick der grellbunten Tafel berührt fühlten, war es ihnen nicht anzumerken. Licht fiel aus der offenen Tür der Schänke, man hörte lustiges Gläserklingen und Stimmengewirr. Es roch nach Küche, Rauchkraut und Bier.

Fürst Leuenfarb stieg ab und trug mir auf, die Pferde in den Stall zu bringen. Laurel trat mit ihm in die lärmerfüllte Schankstube, während ich die Tiere um das Haus herum in den dunklen Wirtschaftshof führte. Gleich flog eine Tür auf, und Licht schnitt einen Streifen aus der Dunkelheit des staubigen Innenhofs. Der Knecht erschien mit einer Laterne, er wischte sich kauend mit dem Handrücken über den Mund. Ich reichte ihm die Zügel, und er verschwand mit den Pferden im Stall. Nachtauge wartete in der tiefen Schwärze an der Hausecke, ich spürte seine Gegenwart. Als ich mich dem

Hintereingang der Schänke näherte, löste sich ein Schatten aus der Dunkelheit und strich an mir vorbei. Diese kurze Berührung genügte, um seine Gedanken zu erkennen.

Sie waren hier. Sei vorsichtig. Ich rieche Menschenblut auf der Erde vor diesem Haus. Und Hunde. Sonst gibt es hier Hunde, aber nicht heute Nacht.

Er war fort, unsichtbar, bevor ich ihn nach Einzelheiten fragen konnte. Ich betrat die Schankstube mit beklommenem Herzen und leerem Magen. Drinnen richtete der Wirt mir aus, dass mein Herr bereits die beste Stube gemietet hätte, und ich solle das Gepäck hinaufbringen. Lustlos machte ich kehrt und ging zurück zum Stall. Zwar musste ich zugeben, dass Fürst Leuenfarb mir sehr geschickt eine unverdächtige Gelegenheit verschafft hatte, mich dort umzusehen, aber ich empfand schlagartig eine bleierne Müdigkeit. Essen und schlafen. Wer brauchte ein Bett? Ich wäre liebend gern umgefallen, wo ich stand.

Der Knecht war noch dabei, unseren Pferden Korn in den Futterkasten zu schütten; aufgrund meiner Anwesenheit bekamen sie wahrscheinlich eine besonders großzügig bemessene Ration. Ansonsten konnte ich nichts Ungewöhnliches entdecken. Da standen drei Zugpferde, wie man sie in den meisten Herbergsställen findet – der Wirt vermietet sie bei Bedarf an Fuhrleute, die zusätzlichen Anspann brauchen oder denen ein Tier ausgefallen ist –, und ein klappriger zweirädriger Karren. Die Kuh in ihrem Bretterverschlag lieferte die Milch für den morgendlichen Haferbrei der Gäste. Dass Hühner im Dachgebälk saßen, missfiel mir. Ihr Kot verschmutzte Futter und Wasser der Pferde, aber dagegen konnte ich nichts tun. Außer den unseren waren noch zwei Reitpferde eingestellt, zu wenig für die Leute, die wir suchten. Keine Jagdkatze in einer freien Box. Nun ja, es wäre vielleicht zu viel des Guten gewesen. Der Knecht schien tüchtig zu sein, aber er war maulfaul und überhaupt nicht neugierig. In seiner Kleidung hing der schale Geruch von Rauchkraut – ich nahm an, der Rauch hatte ihm das Gehirn vernebelt, bis er an der Außenwelt keinen großen Anteil mehr nahm. Ich holte unsere Taschen und machte mich schwer beladen auf den Rückweg zur Schänke.

Die »beste Stube« lag eine Treppe hoch. Oben angekommen, merkte ich erschreckt, wie sehr ich außer Atem war. Ich klopfte an, um mir dann unter Zuhilfenahme des Ellbogens doch selbst zu öffnen. Es war die beste Stube in dem Sinne, dass man es hier oben ungestört und verhältnismäßig bequem hatte. Fürst Leuenfarb thronte auf einem gepolsterten Lehnstuhl am Kopf eines narbigen Tisches. Laurel saß rechts von ihm. Beide hatten Becher vor sich stehen und einen großen Krug. Bier, sagte mir meine Nase. Ich schaffte es, die Taschen neben der Tür abzusetzen, statt sie einfach fallen zu lassen. Mein Herr war so gütig, von seinem getreuen Diener Notiz zu nehmen. »Ich habe ein Abendessen bestellt, Tom Dachsenbless. Und Schlafräume gemietet. Sobald man die Betten gerichtet hat, wird man Ihm zeigen, wo Er das Gepäck hinbringen kann. Bis dahin setz Er sich zu uns, guter Mann. Er hat sich heute seinen Unterhalt redlich verdient, dazu einen kühlen Trunk.«

Er deutete mit einem Kopfnicken auf einen Stuhl zu seiner Linken, und ich setzte mich hin. Jemand hatte mir bereits eingeschenkt. Ich glaube, ich trank diesen ersten Becher in einem Zug, wie ein Lebenselixier. Der Fürst erteilte mir mit einem Wink die Erlaubnis, den restlichen Inhalt des Krugs zu verwalten. Während ich uns allen nachschenkte, kam das Essen. Es gab ein gebratenes Huhn, eine große Schüssel mit Erbsen in Butter, einen Maismehlpudding mit Sahne, gebratene Forelle, Brot, Butter und noch einen Krug Bier. Bevor der Schankbursche wieder verschwand, äußerte

Fürst Leuenfarb noch einen Wunsch. Er hätte sich heute früh eine böse Prellung an der Schulter zugezogen, ob man ein Stück rohes Fleisch bringen könnte, um die Schwellung zu mindern?

Laurel bediente den Fürsten, tat sich selber auf und schob dann mir die Schüsseln und Teller hin. Im Nu war von dem Huhn und dem Fisch nur noch das Gerippe übrig. Fürst Leuenfarb läutete. Ein Bursche und eine Magd kamen, räumten ab und brachten zum Dessert einen Beerenkuchen mit Schlagsahne und noch einen Krug Bier. Auch das rohe Fleisch war nicht vergessen worden. Sobald wir wieder unter uns waren, wickelte Fürst Leuenfarb es flugs in sein Mundtuch und gab es mir. Ich fragte mich, dankbar, aber unsäglich müde, ob man das Verschwinden des Bratenstücks bemerken würde. Bald darauf wurde mir bewusst, dass ich zu viel und zu hastig gegessen und mehr getrunken hatte, als klug war. Ich hatte dieses übersatte Gefühl, das sich einstellt, wenn man nach einem Tag mit leerem Magen endlich etwas zu essen bekommt. Eine große Gleichgültigkeit ergriff von mir Besitz. Ich bemühte mich, mein wiederholtes Gähnen hinter der vorgehaltenen Hand zu verbergen und auf die halblaute Unterhaltung zwischen Laurel und Fürst Leuenfarb zu achten. Ihre Stimmen klangen weit entfernt, wie über einen rauschenden Fluss hinweg.

»Einer von uns sollte sich unauffällig umschauen«, sagte Laurel bestimmt. »Vielleicht bringt man mit ein paar Fragen in der Schankstube in Erfahrung, wohin sie wollten oder ob sie hier in der Gegend bekannt sind. Es könnte sein, dass sie sich ganz in der Nähe aufhalten.«

»Tom?« Fürst Leuenfarb stieß mich an.

»Das habe ich bereits getan«, antwortete ich. Selbst Sprechen war anstrengend. »Sie waren hier. Aber entweder sind sie schon weitergeritten oder in einer anderen Herberge untergekommen. Falls ein Ort dieser Größe eine zweite Herberge besitzt.« Ich ließ mich gegen die Stuhllehne sinken.

»Tom?« Des Fürsten Stimme klang gelinde verärgert. Zu Laurel bemerkte er: »Wahrscheinlich das Rauchkraut. Er hat es noch nie vertragen können. Allein schon der Qualm setzt ihn außer Gefecht.«

Ich zwang mich, die Lider zu heben. »Wie bitte?« Meine Stimme tönte mir dumpf und hohl in den Ohren.

»Woher weißt du, dass sie hier gewesen sind?«, forschte Laurel. Hatte sie die Frage eben schon einmal gestellt?

Ich war zu müde, um mir eine glaubhafte Ausrede auszudenken. »Ich weiß es eben«, blaffte ich in ihre Richtung und wandte mich dann an Fürst Leuenfarb, als wären wir unterbrochen worden. »Auf der Straße vor der Schänke ist Blut vergossen worden. Wir sollten vorsichtig sein.«

Er nickte weise. »Das Klügste wird sein, wenn wir früh zu Bett gehen und beim ersten Hahnenschrei wieder im Sattel sitzen.« Ohne Laurel Zeit für einen Einwand zu lassen, läutete er nach den Bediensteten und erhielt Bescheid, dass die Gemächer bereit waren. Laurel hatte am Ende des Ganges eine Kammer für sich allein. Für den gnädigen Herrn hatte man ein größeres Gemach vorgesehen und eine Pritsche für seinen Leibdiener hineingestellt. Die Magd, die auf das Läuten erschienen war, ließ es sich nicht nehmen, Laurel das Gepäck hinterherzutragen, deshalb sagten wir uns an Ort und Stelle gute Nacht. Ich wich ihrem Blick aus. Mir fehlte die Kraft, unsere Scharade aufrechtzuerhalten, kaum dass ich mich so weit ermannte, unsere Taschen zu nehmen und schlurfend dem Knecht zu Fürst Leuenfarbs Gemach zu folgen. Er selbst blieb noch und verhandelte mit dem Wirt über Proviant für den Weiterritt am nächsten Morgen.

Unsere Kammer lag im hinteren Teil der Schänke, im Erdgeschoss. Ich schleppte unser Gepäck hinein, schloss die

Tür hinter dem sich entfernenden Knecht und riss das Fenster auf. Dann suchte ich ein Nachtgewand aus Fürst Leuenfarbs Gepäck und breitete es auf seinem aufgedeckten Bett aus. Das Fleisch verstaute ich in meinem Hemd, um es später Nachtauge zu bringen. Dann setzte ich mich auf meine Pritsche und erwartete das Erscheinen Seiner Gnaden.

Ich schrak hoch, weil jemand mich am Arm schüttelte. »Fitz? Alles in Ordnung?«

Schlaftrunken befreite ich mich aus meinem Traum. Ich brauchte ein, zwei Augenblicke, um mich zu besinnen, wo ich war. Eben noch war ich in einer anderen Stadt gewesen, einer lebendigen, hell erleuchteten Stadt. Musik, Fackeln, Lampions. Ein Fest. Ich war kein Diener gewesen, sondern … »Vergessen«, gestand ich dem Narren benommen.

Ich hörte ein eigenartiges scharrendes Geräusch und dann einen dumpfen Aufprall – von Nachtauge, der auf den Fenstersims und ins Zimmer gesprungen war. Er schob seine Nase in mein Gesicht. Ich streichelte ihn geistesabwesend. Müde, ich war so müde. Meine Ohren summten.

Der Narr schüttelte mich wieder. »Fitz. Bleib wach und rede mit mir. Was hast du? Liegt es am Rauchkraut?«

»Nichts. Es war nur so friedvoll. Ich möchte gern wieder dorthin zurück.« Schlaf zog an mir wie der Gezeitenstrom, und ich wollte nichts lieber, als mich von ihm gewiegt hinaustragen zu lassen. Nachtauge stieß mich an.

Dummkopf. Es ist der schwarze Stein, wie auf der Straße der Uralten. Du stehst unter seinem Bann. Komm mit nach draußen.

Ich riss die Augen auf. Mein Blick fiel in das besorgte Gesicht des Narren, der sich über mich beugte, und glitt weiter zu den Mauern, die uns umschlossen. Schwarze Steine, durchzogen von silbernen Adern. Natürlich! Um die Herberge zu bauen, hatte man die Ruine eines weit älteren Gebäudes ausgeschlachtet und als wohlfeilen Steinbruch benutzt. Die Quader der inneren Wand waren nahezu fugenlos zusammengesetzt, die Außenmauer verriet gröberes Handwerk. Also hatte ich mich mit meiner ersten Vermutung geirrt. Das ursprüngliche Gebäude war zuerst da gewesen, erbaut, bewohnt, verlassen, verfallen, lange ehe Menschen sich hier ansiedelten und dieser Weiler entstand, und auf dessen Grundmauern hatte man die Herberge errichtet, unter Verwendung der Trümmer, eben der Gedächtnissteine der Uralten.

Ich weiß nicht, was der Narr dachte, als ich schwankend vom Bett aufstand. »Steine. Gedächtnissteine«, versuchte ich zu erklären, während ich zum offenen Fenster stolperte und Hals über Kopf hinaussprang. Sein verblüffter Aufschrei folgte mir, und gleich darauf auch Nachtauge, Letzterer in einem eleganteren Sprung als der meine. Im nächsten Moment verschmolz er mit der Dunkelheit, denn im zweiten Stock beugte sich jemand aus dem Fenster und schnauzte: »Was geht da draußen vor?«

»Es ist nur mein Hornochse von einem Diener«, gab Fürst Leuenfarb entrüstet Bescheid. »Sturzbetrunken, im wahrsten Sinne des Wortes. Will mir das Fenster schließen und fällt hinaus. Soll er da liegen bleiben. Geschieht ihm recht, dem Suffkopf!«

Ich lag regungslos im Staub und fühlte, wie das klebrige Gespinst der Träume um mich zerfiel. Eine Minute noch, dann war ich kräftig genug, aufzustehen und mich aus dem Einflussbereich der Mauern zu entfernen. Nur eine Minute. Die schreckliche, bleierne Müdigkeit, die mich den ganzen Abend gelähmt hatte, schwand allmählich. Ich starrte in den Nachthimmel, und mir war, als könnte ich schwerelos zu den Sternen hinaufschweben. Irgendwo hörte ich zwei Menschen sich streiten, einen Mann und eine Frau. Er klang verzweifelt, doch ihr Ton war fest. Verstehen zu wollen, was sie sagten, war viel zu anstrengend, aber dann kamen sie näher, und ich hörte jedes Wort.

»Ich sollte nach Hause zurückkehren«, sagte er. Die Stimme klang sehr jung. »Zu meiner Mutter. Wäre ich bei ihr geblieben, all dies wäre nicht geschehen. Arno wäre noch am Leben. Und die anderen.«

Sie schob den Kopf unter seinem Arm hindurch und legte ihn an seine Brust. *Das ist wahr. Und wir wären getrennt, du auf ewig an eine andere gebunden. Ist es das, was du willst?*

Sie waren jetzt dicht bei mir. Mit ihm atmete ich ihren erregenden Duft ein, moschusschwer, wild. Er drückte sie an sich. Der Wind fuhr durch meinen Traum von ihnen und verwischte die Konturen. Er streichelte ihr Fell, langes schwarzes Haar glitt durch seine Finger. »Ich will es nicht, aber vielleicht ist es meine Pflicht.«

Du bist deinem Volk verpflichtet. Und mir. Sie legte die Hand um seinen Unterarm; Fingernägel bohrten sich in sein Fleisch wie Krallen. Damit zerrte sie an ihm. *Komm. Es ist Zeit. Wir dürfen nicht säumen, wir müssen reiten.*

Er blickte in ihre grünen Augen. »Mein Herz, ich muss dorthin zurückkehren, wohin ich gehöre. Es wäre für uns alle von Nutzen. Ich könnte unser Fürsprecher sein, ich könnte auf Veränderungen drängen. Ich könnte …«

Wir wären getrennt. Könntest du das ertragen?

»Ich würde einen Weg finden, dass wir zusammen sein können.«

Nein! Sie schlug ihm auf die Wange, ihre Handfläche streifte rau seine Haut. Die Gebärde gemahnte an einen Tatzenhieb. *Nein. Man würde es nicht verstehen, nicht hinnehmen. Man würde uns trennen. Man würde mich töten und dich vielleicht auch. Denk an die Sage vom Gescheckten Prinzen. Seine königliche Abstammung konnte ihn nicht schützen. Deine wäre dir kein Schild.* Eine Pause, dann: *Ich bin die Einzige, die sich aufrichtig um dich sorgt. Nur ich kann dich retten. Aber ich wage nicht, mich dir ganz zu offenbaren, bis du nicht bewiesen hast, dass du zu uns gehörst. Immer weichst du aus. Schämst du dich deines Alten Blutes?*

Nein. Nie und nimmer.

Dann öffne dich. Du weißt, was du bist, also sei es.

Er schwieg lange. »Ich habe eine Pflicht«, erwiderte er schließlich leise. Unendliches Bedauern schwang in seiner Stimme.

»Er soll aufstehen!« Eine tiefe Männerstimme hinter mir. »Wir haben keine Zeit. Wir müssen weg von hier.« Ich wälzte mich herum, suchte nach dem Sprecher, sah aber niemanden.

Grüne Augen schauten ihn an. Ich hätte mich verlieren können in diesen Augen. *Vertrau mir,* beschwor sie ihn, und er musste tun, was sie verlangte. *Später kannst du über diese Dinge nachdenken. Später denke an Pflicht. Jetzt denke an Leben. Und an mich. Steh auf.*

Der Narr griff nach meinem Arm und legte ihn sich um die Schultern. »Hoch mit dir«, ermunterte er mich und zog mich auf die Füße. Er war von Kopf bis Fuß schwarz gekleidet. Offenbar war mehr Zeit vergangen, als ich gemerkt hatte. Noch immer strömten mit dem Licht Stimmengewirr und Lachen aus der Schankstube. Zu meiner Überraschung stellte ich fest, dass meine Beine mich trugen, aber der Narr bestand darauf, mich am Arm zu einer dunklen Ecke des Hofs zu führen. Ich lehnte mich an die rauen Balken der Stallwand und sammelte meine verstreuten Lebensgeister.

»Geht es wieder?«, erkundigte sich der Narr.

»Gleich.« Langsam lichteten sich die Nebel in meinem Hirn. Ich spürte den altbekannten reifenförmigen Druck um den Schädel, als würde eine Schraubzwinge langsam enger gedreht, Vorbote der unvermeidlichen Gabenkopfschmerzen, doch es schien glimpflicher abzugehen als gewöhnlich. Ich atmete tief ein und aus. »Mir geht es gut. Aber ich werde lieber nicht in der Herberge übernachten. Die schwarzen Quader sind Gedächtnissteine. Wie der Schotter der Gabenstraße. Wie der Fels in dem Steinbruch.«

»Wie der Drache, den Veritas geschaffen hat«, ergänzte der Narr.

Ich nickte. Mein Verstand arbeitete wieder schneller. »Er ist vollgesogen mit Erinnerungen. Merkwürdig, diesen Stein hier in den Bocksmarken zu finden. Ich hatte nicht geahnt, dass die Uralten so weit vorgedrungen waren.«

»Aber selbstverständlich. Denk nach. Was glaubst du, was die Zeugensteine sind, wenn nicht Artefakte der Uralten?«

Im ersten Moment fühlte ich mich wie vor den Kopf geschlagen, aber dann war es so offensichtlich, dass ich keine Zeit damit vergeudete, ihm recht zu geben. »Schon, aber Menhire sind nur so etwas wie Marksteine, vielleicht ein Zeichen: *Seht, ich war hier.* Diese Schänke ist die restaurierte Ruine eines Gebäudes der Uralten. Ich wusste nicht, dass die Uralten so tief in den Bocksmarken gesiedelt haben.«

Er schwieg eine Weile. Meine Augen hatten sich an die Dunkelheit gewöhnt, und ich konnte sehen, dass er am Rand seines Daumennagels kaute. Als er merkte, dass ich ihn beobachtete, ließ er wie ein ertappter Sünder rasch die Hand fallen. »Manchmal bin ich so von den kleinen Rätseln in Anspruch genommen, dass ich die Teile des größeren Mosaiks übersehe, die allenthalben verstreut liegen«, sagte er in einem Ton, als gälte es, eine Pflichtvergessenheit zu gestehen. »Wie dem auch sei. Du hast dich erholt?«

»Es wird schon gehen. Ich suche mir im Stall eine freie Box und schlafe dort. Wenn der Stallbursche fragt, werde ich ihm sagen, dass ich in Ungnade gefallen bin.« Ich wandte mich zum Gehen, dann fiel mir etwas ein, und ich fragte über die Schulter: »Wirst du unbemerkt in dein Gemach zurückgelangen? In diesem Aufzug?«

»Nur weil ich gelegentlich die Kleider eines Edelmanns zu tragen beliebe, musst du nicht glauben, ich hätte alle Tricks eines Gauklers verlernt.« Er hörte sich fast gekränkt an. »Ich komme hinein, wie ich herausgekommen bin. Durch das Fenster.«

»Gut. Ich unternehme vielleicht noch einen Gang durch den Ort, um meinen Kopf auszulüften. Und um zu sehen, was es auszukundschaften gibt. Geh du in die Schankstube, wenn sich die Gelegenheit bietet. Wirf ein, zwei Köder aus und halt die Ohren offen, ob jemand etwas von Fremden mit einer Jagdkatze erzählt, die gestern hier durchgekommen sind.« Ich wollte noch etwas über das Blut auf der Straße sagen, ließ es dann aber bleiben. Unwahrscheinlich, dass es mit uns zu tun hatte.

»Ich tue mein Bestes, Fitz. Sei vorsichtig.«

»Das brauchst du mir nicht zu sagen.«

Ich wollte mich entfernen, doch er hielt mich am Arm fest. »Warte. Ich habe den ganzen Tag auf eine Gelegenheit gewartet, ungestört ein paar Worte mit dir zu wechseln.« Er ließ mich los und verschränkte die Arme vor der Brust. »Ich hatte nicht erwartet, dass dieses Rollenspiel mir so schwerfallen würde. Ich habe in meinem Leben schon manche Larve getragen, und eigentlich dachte ich, es müsste Spaß machen, zu deinem Knecht den Herrn zu geben. Aber es ist kein Spaß.«

»Nein. Es ist schwer. Aber ich denke, es ist auch klug.«

»Wir haben zu oft in Laurels Gegenwart nur eine mangelhafte Vorstellung geboten.«

Ich hob die Schultern und ließ sie hilflos wieder sinken. »Das lässt sich jetzt nicht mehr ändern. Sie weiß, dass die Königin persönlich uns beide für diesen Auftrag bestimmt hat. Wir sollten sie ihre eigenen Schlüsse ziehen lassen – möglicherweise fallen sie überzeugender aus als alles, was wir uns ausdenken könnten.«

Er legte den Kopf schief und lächelte. »Ja. Die Taktik gefällt mir. Es bleibt dabei, dass wir heute Nacht Informationen sammeln und morgen in aller Frühe aufbrechen.«

Damit trennten wir uns. Er wich in die Dunkelheit zurück, verschmolz damit, ebenso geschickt wie Nachtauge. Sosehr ich die Augen anstrengte, ich sah ihn erst wieder, als sich ein Schatten durch die dunkle Fensteröffnung schwang, geräuschlos.

Nachtauge lehnte sich schwer gegen mein Bein.

Neuigkeiten?, fragte ich ihn. Unser Gedankenaustausch war ein ebenso lautloses Strömen wie die Wärme seines Körpers in den meinen.

Schlechte. Sei still und folge mir.

Er lief voraus, nicht die Hauptstraße entlang, sondern durch das Gewirr der Gassen in Richtung des Ortsrandes. Ich fragte mich, wo er hinwollte, wagte aber nicht, zu ihm hinzudenken oder mich sonst wie der Alten Macht zu bedienen, obwohl ich mich halb blind und taub fühlte, wenn ich nicht an seinen Sinneseindrücken teilhaben konnte.

Sein Ziel war eine steinige Wiese am Flussufer, an einer Seite von hohen Bäumen begrenzt. Dort war das Gras niedergetrampelt. Der Geruch von geschmortem Fleisch und kalter Asche wehte mir entgegen. Dann erfasste mein Blick das Seilende, das von einem Ast hing, und das erloschene Feuer darunter. Wie angewurzelt blieb ich stehen. Der Nachtwind vom Fluss her spielte mit der Asche, und plötzlich erregte der Bratengeruch mir Übelkeit. Ich legte die Hand auf die ausgeglühten Holzstücke. Nass und kalt. Ein zu einem bestimmten Zweck entzündetes und nach Erfüllung desselben gelöschtes Feuer. Ich stocherte in den Überresten und fühlte die verräterische Schmierigkeit von herabgetropftem Fett. Sie waren mehr als gründlich gewesen. Aufgehängt, gevierteilt, verbrannt und die Überreste in den Fluss geworfen.

Ich kehrte dem Feuer den Rücken und setzte mich zwischen den Bäumen auf einen großen Stein. Der Wolf kam und setzte sich neben mich. Nach einer Weile erinnerte ich mich an sein Fleisch und gab es ihm. Er verschlang es ohne Zeremoniell. Ich saß da, die Hand vor dem Mund, und grübelte. Eiswasser kreiste dort, wo mein Blut gewesen war. Ehrbare Bürger hatten das getan, und jetzt tranken und lachten sie in der Schänke und sangen. Sie hatten diese Gräuel an jemandem begangen, der so war wie ich. Vielleicht an meinem leiblichen Sohn.

Nein. Das Blut hat nicht den richtigen Geruch. Er war es nicht.

Ein magerer Trost. Es bedeutete nur, er war nicht heute gestorben. Hielten die Dörfler ihn irgendwo gefangen? War die ausgelassene Feier in der Schänke Vorfreude auf das nächste Schlachtfest morgen?

Jemand kam. Vom Dorf her, aber nicht auf der Straße. Wer auch immer nahm den Weg durch die Bäume und bewegte sich fast lautlos.

Jägerin.

Laurel trat auf die Wiese. Ich beobachtete, wie sie zielstrebig zu der ausgebrannten Feuerstelle ging. Wie ich es vorhin getan hatte, ging sie in die Hocke, schnupperte und berührte die Asche.

Ich stand auf und verursachte absichtlich einige Geräusche, um sie auf mich aufmerksam zu machen. Sie zuckte zusammen und fuhr zu uns herum.

»Wann?«, fragte ich die Nacht.

Laurel stieß seufzend den Atem aus, als sie mich erkannte. Dann: »Heute Nachmittag«, antwortete sie halblaut.

»Die Magd hat mir davon erzählt, stolzgeschwellt, weil der Bursche, dem sie versprochen ist, tüchtig mitgeholfen hat, den Gescheckten unschädlich zu machen. So nennt man sie in diesem Tal. Gescheckte.«

Der Wind vom Fluss wehte zwischen uns. »Deshalb bist du hergekommen.«

»Um zu sehen, was es noch zu sehen gibt. Was nicht viel ist. Ich fürchtete, es könnte unser Prinz sein, aber ...«

»Nein.« Nachtauge lehnte sich gegen mich, und ich las in ihm, was wir beide vermuteten. »Aber ich glaube, es war einer seiner Begleiter.«

»Wenn du das alles weißt, dann weißt du auch, dass die anderen entkommen sind.«

Entgegen ihrer Annahme hatte ich es nicht gewusst und war beschämend froh, es zu hören. »Hat man sie verfolgt?«

»Allerdings. Und die Männer, die ihnen nachsetzten, sind noch nicht wieder hier. Einige haben die Verfolgung aufgenommen, die anderen sind geblieben, um den zu Tode zu bringen, den man gefangen hatte. Es ist geplant, dass die Henker«, sie trat verächtlich mit der Stiefelspitze gegen den Boden, und Erdbröckchen spritzten in Richtung der Feuerstelle und des Seilendes, »dass die Henker morgen früh der ersten Gruppe folgen. Sie sind in Sorge, weil ihre Freunde noch nicht zurückgekehrt sind. Heute Nacht werden sie sich Mut antrinken und gegenseitig aufhetzen. Morgen werden sie reiten.«

»Dann sollten wir vor ihnen reiten und schneller.«

»Ja.« Ihr Blick wanderte von mir zu Nachtauge und zurück. Beide schauten wir auf das zertrampelte Gras, den baumelnden Strick und die schwarze Feuerstelle. Mir war, als könnten wir nicht einfach so weggehen von diesem Schauplatz eines grausamen Sterbens, als müssten wir etwas tun, aber mir fiel nichts ein.

Stumm wanderten wir zur Schänke zurück. Ich bemerkte ihre schwarze Kleidung und die weichen Schuhe, und wieder dachte ich, dass Königin Kettricken gut gewählt hatte. Ich verunstaltete die Nacht mit einer Frage, deren Beantwortung ich fürchtete. »Hat sie dir Einzelheiten berichtet? Wie oder warum sie angegriffen wurden, ob der Prinz und die Katze bei ihnen waren?«

Laurel nickte. »Der, den sie ermordet haben, war kein Unbekannter für sie. Er war einer von hier, und man verdächtigte ihn schon lange der Tiermagie. Die üblichen banalen Geschichten: Wenn anderen Bauern im Frühjahr die Lämmchen am Umlauf krepierten, blieben seine verschont. Wenn jemand ihn ärgerte, starben danach dieses Mannes Hühner. Heute ist er mit Fremden ins Dorf gekommen. Einer war ein großer Mann auf einem Streitross, ein anderer hatte eine Jagdkatze auf der Kruppe seines Pferdes sitzen. Die anderen bei ihm waren hier ebenfalls bekannt, Söhne von Höfen in der Umgebung. Gewöhnlich sind Hunde in der Schenke. Der Sohn des Wirts züchtet Terrier, und er war eben von der Jagd heimgekommen. Die Hunde waren noch sehr aufgeregt. Beim Anblick der Katze wurden sie wild. Sie umdrängten das Pferd, sprangen hoch, kläfften und schnappten. Der Mann mit der Katze – unser Prinz höchstwahrscheinlich – zog das Schwert, um die Katze zu verteidigen, und schlug nach den Hunden; dabei trennte er einem von ihnen ein Ohr ab. Aber das war nicht alles, was er tat. Er riss den Mund auf und fauchte, fauchte wie eine Katze. Der Lärm lockte weitere Gäste aus der Schankstube. Jemand brüllte: ›Gescheckte!‹ Ein zweiter rief nach einem Strick und einer Fackel. Der Mann auf dem Streitross lachte sie aus und ließ sein Pferd nach Menschen und Hunden ausschlagen. Ein Mann wurde von den Hufen getroffen und zu Boden geschleudert. Der Mob antwortete mit Steinen und Flüchen, und immer mehr Männer stürzten aus der Schänke. Die Gescheckten durchbrachen die Umzingelung und wollten davon, aber ein glücklicher Steinwurf traf einen der Reiter an der Schläfe, und er fiel aus dem Sattel. Er schrie den anderen zu, sie sollten flüchten, während der Mob sich auf ihn stürzte. Die Magd stellte seine Kameraden als Feiglinge hin, weil sie ihn im Stich ließen, aber ich denke, dass der eine, dessen sie habhaft wurden, sich opferte, damit die anderen entkommen konnten.«

»Er erkaufte des Prinzen Leben mit seinem eigenen.«

»So sieht es aus.«

Ich schwieg einen Moment und überdachte die Fakten. Sie hatten nicht geleugnet, wer sie waren. Keiner von ihnen hatte versucht, die aufgebrachte Menge zu beschwichtigen. Sie waren auf Konfrontation aus, ein Vorgeschmack auf künftige Entwicklungen. Einer von ihnen hatte sich geopfert, und die anderen hatten das Opfer angenommen, als notwendig und richtig. Das alles war nicht nur ein Indiz dafür, welchen Wert der Prinz für sie hatte, sondern verriet überdies die bedingungslose Hingabe an ein hehres gemeinsames Ziel. Hatten sie Pflichtgetreu voll und ganz auf ihre Seite gezogen? Ich fragte mich, welche Rolle diese »Gescheckten« unserem Prinzen zugedacht hatten und ob er willens war, sie zu spielen. War Pflichtgetreu einverstanden gewesen, dass der Mann für ihn sterben sollte? Als er mit den anderen weiterritt, hatte er gewusst, dass sie den Mann, den sie zurückließen, einem grausamen Tod auslieferten? Ich hätte viel gegeben, um darauf eine Antwort zu wissen.

»Aber man hat in Pflichtgetreu nicht den Thronfolger erkannt?«

Unter den Bäumen war es finster. Ich ahnte Laurels Kopfschütteln mehr, als ich es sah.

»Folglich werden die Dörfler, wenn sie ihn und seine Begleiter ergreifen, nicht zögern, ihn zu töten.«

»Selbst wenn sie wüssten, dass er der Prinz ist, würde es sie nicht davon abhalten. Der Hass auf das Alte Blut ist in den Menschen dieser Region tief verwurzelt. Sie würden denken, dass sie das Königshaus von einem giftigen Geschwür befreien, nicht dass sie ein Unrecht begehen.«

Ein kleiner Bereich meines Gehirns registrierte, dass sie jetzt von »Altem Blut« sprach. Soweit ich mich entsinnen konnte, hatte sie diesen Ausdruck bisher nicht benutzt. »Unter diesen Umständen ist Eile geboten.«

»Wir sollten heute Nacht noch weiterreiten.«

Allein bei dem Gedanken taten mir alle Knochen weh, und mir wurde klar, ich besaß nicht mehr die Spannkraft der Jugend. In den vergangenen fünfzehn Jahren hatte ich mich an regelmäßige Mahlzeiten und ausreichend Nachtschlaf gewöhnt. Ich war erschöpft, und mir graute vor dem, was uns bevorstand, wenn wir Pflichtgetreu endlich eingeholt hatten. Und Nachtauge war mit seinen Kräften am Ende. Allein ein letztes Aufbäumen vor dem Zusammenbruch hielt ihn aufrecht. Bald würde sein Körper kategorisch Erholung fordern, womöglich ausgerechnet in einer Situation, die ungünstiger nicht sein konnte. Er brauchte Nahrung und Zeit, um zu genesen, nicht die Anstrengung eines nächtlichen Gewaltmarschs.

Ich halte mit euch Schritt. Oder du lässt mich zurück und tust, was getan werden muss.

Sein Fatalismus beschämte mich. Diese Opferbereitschaft hatte zu viel gemein mit dem Handeln des Mannes, der heute sein Leben für das des Prinzen gegeben hatte. Wieder einmal vergeudete ich unser beider Kraft für einen König und eine Sache. Der Wolf schenkte mir seine Lebenszeit für eine Verpflichtung, deren Bedeutung er nicht verstand, nur unter dem Vorzeichen seiner Liebe zu mir. Der schwarze Rolf hatte recht gehabt seinerzeit. Es war falsch von mir, Nachtauge auf diese Weise zu benutzen. Ich gab mir selbst ein Versprechen, wie Kinder es tun, dass ich ihn dafür entschädigen würde, irgendwie. Wir würden hingehen, wo er hingehen wollte, und tun, wozu er Lust hatte.

Unsere Hütte und der Kamin. Das wäre genug für mich.

Es gehört dir.

Ich weiß.

Wir mieden die belebteren Gassen und erreichten die Schänke auf einem Umweg. In der Dunkelheit des Herbergshofs näherte Laurel den Mund meinem Ohr und flüsterte: »Ich schleiche mich nach oben und hole meinen Packen. Du weckst deinen Herrn und sagst ihm, dass wir aufbrechen.«

Sie tauchte in die Schatten um die Hintertür. Ich betrat das Haus durch den Vordereingang und durcheilte die Schankstube mit der griesgrämigen Miene des gescholtenen Dieners. Zu dieser fortgeschrittenen Stunde war die ausgelassene Stimmung umgeschlagen in Weltschmerz und trunkene Melancholie. Keiner der Anwesenden nahm Notiz von mir. Ich hastete zu unserem Gemach. Schon vor der Tür hörte ich erregte Stimmen. Fürst Leuenfarb entrüstete sich mit aristokratischem Igitt: »Wanzen, guter Mann! Scharenweise. Ich habe sehr empfindliche Haut. Ich teile nicht das Lager mit diesen eklen Biestern!«

Unser Wirt, in Nachthemd und -mütze, mit einer brennenden Kerze bewaffnet, war erschüttert. »Bitte, Euer Gnaden, ich kann frisches Bettzeug bringen lassen, wenn Ihr …«

»Nein, nein, nein. Unter keinen Umständen werde ich hier die Nacht verbringen. Mach Er mir auf der Stelle die Rechnung fertig.«

Ich klopfte an. Bei meinem Eintritt wurde ich zur Zielscheibe des fürstlichen Zorns. »Da ist Er ja, nichtsnutziger

Herumtreiber, der Er ist. Streift draußen herum, während ich meine Tasche packen muss und seine noch dazu. Hopp, hopp, mach Er sich wenigstens jetzt noch nützlich! Spute Er sich und klopfe an Jagdmeisterin Laurels Tür und richte ihr aus, dass wir sofort aufbrechen. Dann wecke Er den Stallknecht, damit er unsere Pferde sattelt. Unmöglich kann ich die Nacht in einer Herberge verbringen, in der Ungeziefer der gemeinsten Sorte Wohnung genommen hat!«

Ich eilte hinaus, und hinter mir verklangen die Beteuerungen des unglücklichen Wirts, er führe ein ehrbares, reinliches Haus. In erstaunlich kurzer Zeit standen wir alle drei im Hof, bereit zum Aufbruch. Ich hatte die Pferde selbst gesattelt, da es mir nicht gelungen war, den Knecht zu wecken. Der Wirt war Fürst Leuenfarb in den Hof gefolgt und versicherte ihm, er würde heute Nacht kein anderes Unterkommen finden, aber Seine Gnaden blieb hart. Ohne ein Wort zu uns stieg er auf und ließ Malta vom Hof gehen. Laurel und ich taten es ihm gleich.

Eine Zeitlang ritten wir im Schritt die Straße entlang. Der Mond war aufgegangen, aber die dicht stehenden Häuser bildeten einen Wall gegen sein Licht, und der Lampenschein, der hier und dort durch die Fensterläden sickerte, erhellte uns nicht die Dunkelheit, sondern schuf verwirrende Schatten. Der Fürst begann mit gedämpfter Stimme zu sprechen. »Ich hörte das Gerede in der Schankstube und hielt es für das Beste, dass wir ohne Säumen aufbrechen. Sie sind auf der Straße geflohen.«

»Im Dunkeln laufen wir Gefahr zu übersehen, wo sie die Straße verlassen«, gab ich zu bedenken.

»Ich weiß. Andererseits, wenn wir bis zum Morgen warten, kommen wir möglicherweise zu spät, um mehr zu tun, als seine sterblichen Überreste der Erde zu übergeben. Davon abgesehen, keiner von uns fand Ruhe, um zu schlafen, und auf diese Weise gewinnen wir einen Vorsprung vor denen, die morgen früh losreiten.«

Wie aus dem Nichts tauchte Nachtauge auf und schwenkte neben uns ein. Ich spürte zu ihm hin, und als die Alte Macht zwischen uns wirkte, schien die Dunkelheit heller zu werden. Der von uns aufgewirbelte Staub reizte ihn zum Niesen, er trabte an die Spitze und übernahm die Führung. Unsere Verbundenheit durch die Alte Macht ließ mich spüren, welche Anstrengung es ihn kostete. Die Angst um ihn drückte mir fast das Herz ab, doch akzeptierte ich seine Entscheidung. Mit einem leichten Schenkeldruck ermunterte ich Meine Schwarze, weiter auszuschreiten.

»Unsere Satteltaschen kommen mir praller vor als bei unserer Ankunft in Burg Tosen«, bemerkte ich, als Meine Schwarze gleichauf mit Malta kam.

Fürst Leuenfarb hob lässig eine Schulter. »Decken, Kerzen, Sonstiges, von dem ich dachte, es könnte sich als nützlich erweisen. Ich machte einen Abstecher in die Küche, nachdem ich wusste, dass es nichts werden würde mit der Nacht in einem weichen Bett, deshalb ist auch Brot in der Tasche da. Und Äpfel. Hätte ich mehr genommen, wäre es aufgefallen. Pass auf, dass du die Brotlaibe nicht zerdrückst.«

»Man könnte glauben, Ihr und Euer Diener hättet Übung in derlei Spitzbubereien, Fürst.« Der sarkastische Unterton in Laurels Stimme und die vielsagende Betonung des Titels trafen uns wie ein kalter Wasserguss. Als wir schwiegen, fügte sie hinzu: »Ich halte es nicht für gerecht, dass ich die Risiken dieser Mission mittragen soll und trotzdem wie mit verbundenen Augen zwischen euch reite.«

Fürst Leuenfarb befleißigte sich seines besten aristokratischen Tonfalls. »Ihr habt recht, Jagdmeisterin. Es ist nicht gerecht, dennoch muss es für die nächste Zeit dabei bleiben. Bis uns eine bessere Stunde schlägt, möchte ich vorschlagen, dass wir den Schritt unserer Rosse ein wenig beschleunigen. Wie unser Prinz diesen Ort im Galopp verlassen hat, so wollen auch wir es tun.«

Noch während er sprach, drückte er Malta den Absatz in die Weichen, und sie sprang willig davon, um Meine Schwarze die Führung streitig zu machen. Weißschopf mit Laurel ließ sich ebenfalls nicht zweimal bitten. *Bis später, mein Bruder.* Ich fühlte, wie Nachtauge sich von mir löste, sowohl was seine körperliche Nähe anging als auch unsere geistige Verbindung. Er wusste, dass er mit galoppierenden Pferden nicht Schritt halten konnte, und würde uns in seinem eigenen Tempo folgen, auf seinem eigenen Weg. Die Trennung schmerzte, auch wenn ich mir sagte, es war seine Entscheidung und das Klügste, was er tun konnte. Abgeschnitten von ihm und seiner Nachtsicht beraubt, hörte ich auf, Meine Schwarze zu dirigieren, und überließ mich ihrem Instinkt, während wir zu dritt nebeneinander zwischen den geduckten Häusern hindurchkanterten.

Das Dorf war klein, und bald hatten wir es hinter uns gelassen. Das Band der Straße leuchtete im Schein des Vollmonds silbern. Malta fiel in Galopp, Weißschopf und Meine Schwarze setzten ihr sofort nach. Wir passierten Höfe und Äcker, sowohl abgeerntet als auch in voller Frucht. Ich gab mir Mühe, nach Anzeichen dafür Ausschau zu halten, dass die Gesuchten an diesem Punkt die Straße verlassen hatten, konnte aber nichts entdecken. Wir ließen die Pferde laufen, bis sie von selbst in Schritt fielen, um zu verschnaufen. Sobald Malta am Zügel ruckte, gab Leuenfarb ihr wieder den Kopf frei, und weiter ging es im Galopp. Die beiden waren besser aufeinander eingespielt, als ich gedacht hatte. Sein absolutes Vertrauen gab ihr diese selbstbewusste Keckheit. Wir blieben den Rest der Nacht im Sattel, und Fürst Leuenfarb bestimmte das Tempo.

Als am Horizont grau der Morgen zu dämmern begann, sprach Laurel aus, was ich dachte. »Wenigstens haben wir einen gehörigen Vorsprung vor den Burschen aus dem Dorf, die bei Tagesanbruch ihren Gesellen nachreiten wollten. Und einen klareren Kopf.«

Unausgesprochen ließ sie unser aller Furcht, wir könnten im Dunkeln und in der Eile die Fährte des Prinzen verloren haben. Während der heraufziehende Tag den Mond auslöschte, ritten wir weiter. Manchmal muss man dem Glück vertrauen oder an das Walten des Schicksals glauben, wie der Narr es tat.

Kapitel 20

DIE STEINE

Es gibt Techniken, um willkürlich zugefügtem Schmerz, wie bei der Anwendung der Folter, zu widerstehen. Eine ist zu lernen, den Geist vom Körper zu trennen. Die Pein, die ein geschickter Exekutor zufügt, besteht nicht allein aus dem leiblichen Schmerz, sondern maßgeblich ist auch das Wissen des Gequälten um den seinem Körper zugefügten Schaden. Der Folterknecht muss seine Mittel sehr genau abwägen, wenn er sein Opfer zum Reden bringen will. Führt er die Verletzungen über den Punkt hinaus, bis zu dem eine Heilung möglich scheint, verliert der Gefolterte jeden Ansporn, sein Schweigen aufzugeben. Er wird nur noch den Wunsch haben, möglichst rasch im Tod Erlösung zu finden. Doch gelingt es ihm, mit den Torturen unterhalb dieser Grenze zu bleiben, dann wird das Opfer zu einem Verbündeten des Exekutors bei seiner eigenen hochnotpeinlichen Befragung. Zu der Not des Fleisches gesellt sich verstärkend die Angst, wie lange er in seinem Stillschweigen wird beharren können, ohne dass er seinen Peiniger veranlasst, zu den schärfsten Mitteln zu greifen. Solange der Befragte verstockt bleibt, wird der Folterknecht in der Tortur fortfahren und sich einen Grad um den anderen dem Punkt nähern, jenseits dessen keine Umkehr mehr möglich ist. Ist der Wille eines Menschen einmal durch Schmerz gebrochen, bleibt er für den Rest seiner Tage ein Opfer. Niemals wird er jene Verfinsterung der Seele vergessen können, niemals den Augenblick, da er beschloss, lieber alles aufzugeben, als noch mehr Schmerz zu erdulden. Es ist eine Schmach, die kein Mensch jemals völlig überwindet. Manche versuchen, sich zu befreien, indem sie zu Verursachern ähnlicher Martern werden und ein neues Opfer schaffen, welches für sie jene Schande trägt. Grausamkeit ist eine Wesensart, die man nicht nur durch das Beispiel lernt, sondern auch durch des eigenen Leibes Erfahrung.

AUSZUG AUS VERSAAY: »NUTZVOLLER GEBRAUCH DES SCHMERZES«

Wir ritten weiter, während die Sonne am Himmel hinaufstieg. Bauernhöfe, Äcker und Viehweiden dünnten aus, verschwanden schließlich ganz, und an ihre Stelle traten felsige Hänge und lichter Wald. Meine Sorge galt zugleich, wenn auch nicht zu gleichen Teilen, Nachtauge und meinem jungen Prinzen. Alles in allem hatte ich größeres Vertrauen zu meinem vierbeinigen Gefährten und seiner Fähigkeit zu überleben als zu Pflichtgetreus Geschick in der gleichen Sache. Mit einer Entschlossenheit, die Nachtauges Zustimmung gefunden hätte, verbannte ich ihn aus meinen Gedanken und richtete meine Aufmerksamkeit auf den Rand der Straße. Zu der Tageshitze gesellte sich eine drückende Schwüle. Ich spürte, dass sich ein Unwetter zusammenbraute. Ein Wolkenbruch genügte, um alle Spuren unwiederbringlich auszulöschen. Meine Anspannung wuchs.

Ohne dass es abgesprochen worden wäre, ritt Laurel am linken Rand der Straße und ich am rechten. Wir hielten Ausschau nach Hufabdrücken, die ins Gelände abschwenkten, insbesondere nach Spuren von drei Pferden in schnellem

Lauf. Auf der Flucht vor berittenen Verfolgern wäre mein erster Gedanke gewesen, die gebahnten Wege zu verlassen und mich in die Wälder zu schlagen, wo sich die Möglichkeit zum Untertauchen bot. Ich nahm an, der Prinz und seine Begleiter würden das Gleiche tun.

Meine Angst, dass wir im Dunkeln versehentlich an der entscheidenden Stelle vorbeigeritten waren, wuchs, aber plötzlich rief Laurel, sie hätte sie gefunden. Ein Blick genügte mir, um zu wissen, dass sie recht hatte. Eine Vielzahl beschlagener Hufe, die von der Straße wegführten, und zwar in Eile. Die tellergroßen Abdrücke des Kriegspferdes waren nicht zu verkennen. Ohne Zweifel hatten wir die Stelle gefunden, wo der Prinz mit seinen Begleitern die Straße verlassen hatte und der Mob aus dem Dorf ihnen gefolgt war.

Während die anderen beiden in der neuen Richtung weiterritten, hielt ich an und stieg ab, vorgeblich um meinen Packen besser am Sattel zu befestigen. Ich nutzte die Gelegenheit, am Straßenrand mein Wasser abzuschlagen, denn ich wusste, Nachtauge würde nach einem Hinweis suchen, der ihm sagte, dass ich hier gewesen war.

Bald hatte ich meine Gefährten wieder eingeholt. Am fernen Horizont färbte sich der Himmel schwarz. Donner grollte leise. Der Verfolgertrupp hatte eine breite Fährte hinterlassen, und wir spornten unsere müden Tiere zum Galopp. Es ging über zwei baumlose, nur mit Strauchwerk bewachsene Hügel. Auf dem dritten Hang war auf halbem Weg ein Mischwald aus Eichen und Erlen zu sehen. Dort holten wir die Verfolger ein. Es waren sechs, die im hohen Gras im Schatten der Bäume hingestreckt lagen.

Es war ihnen dort aufgelauert worden, und selbst die Pferde und Hunde waren tot. Auch wenn es aus ihrer Sicht notwendig gewesen sein mochte – Pferde, die reiterlos ins Dorf zurückgelaufen kamen, hätten die halbe Bevölkerung in die Sättel gebracht, um Rache zu üben –, die Tat bereitete mir Übelkeit, zumal sie von Altem Blut begangen worden war. Sie war brutal auf eine Art, die mir Angst einjagte. Die Tiere hatten nichts getan, um den Tod zu verdienen. Was für Menschen waren das, mit denen der Prinz sich da zusammengetan hatte?

Laurel hielt sich die Hand vor Nase und Mund und zog es vor, im Sattel zu bleiben. Fürst Leuenfarb sah ermüdet und angewidert aus, aber er stieg neben mir ab. Zusammen gingen wir zwischen den Toten umher, schauten sie an. Alles junge Männer, genau in dem Alter, in dem man sich auf solch gefährlichen Unfug einlässt. Gestern Nachmittag waren sie auf ihre Pferde gesprungen und losgestürmt, um ein paar Gescheckten eine Lehre zu erteilen. Gestern Abend waren sie gestorben. Wie sie dort lagen, sahen sie nicht grausam aus oder gemein oder dumm. Nur tot.

»In den Bäumen saßen Bogenschützen«, rekonstruierte ich das Szenario. »Sie haben hier gewartet. Ich denke mir, der Trupp des Prinzen ist weitergeritten und hat sich auf die Verbündeten verlassen, die bereits in Stellung standen, um ihnen den Rücken freizuräumen.« Ich hatte nur einen Pfeil gefunden, zerbrochen und weggeworfen. Die anderen hatte man sparsam und kaltblütig aus den toten Leibern gezogen und eingesammelt.

»Das da ist keine Pfeilwunde.« Der Narr wies auf einen abseits liegenden Toten. Seine Kehle war von tiefen Bisswunden gezeichnet, bekrallte Hintertatzen hatten ihm den Leib aufgerissen. Seine Eingeweide führten ein summendes Scheinleben. Fliegentrauben verbargen den Ausdruck des Entsetzens in seinen Augen.

»Sieh dir die Hunde an. Auch sie wurden von Katzen angegriffen. Die erste Gruppe muss umgekehrt sein, und alle zusammen haben sie die Verfolger massakriert.«

»Und danach sind sie weitergeritten.«

»Ja.« Hatte die Jagdkatze des Prinzen diesen Mann zerfleischt? Waren sie im Geist verbunden gewesen, als die Katze tötete?

Laurel war ein kurzes Stück vorausgeritten, vermutlich nicht nur um die neue Fährte zu studieren, sondern auch um dem Anblick und Gestank der aufgeblähten Leiber zu entkommen. Man konnte es ihr nicht verdenken. Nun rief sie mit gedämpfter Stimme: »Es sind mindestens acht, denen wir jetzt folgen.«

»Und folgen müssen wir ihnen«, sagte der Fürst. »Sofort.«

Laurel nickte. »Inzwischen werden die anderen aus dem Dorf sich aufgemacht haben, um nach dem Verbleib ihrer Gevattern zu forschen. Wenn sie die Toten finden, werden sie blindwütig den Mördern nachsetzen. Wir müssen den Prinzen zu uns geholt haben, bevor die beiden Gruppen aufeinanderprallen.«

Wie sie es sagte, hörte es sich einfach an. Ich ging zu Meine Schwarze zurück, die mich ärgerte, indem sie zweimal auswich, bevor es mir gelang, die Zügel zu greifen. Diese Flausen gehörten ihr ausgetrieben, aber jetzt war nicht die Zeit dazu. Ich sagte mir, dass Blutgeruch auch das ruhigste Tier kopfscheu machte und dass Geduld heute sich später auszahlte. »Ein anderer würde dir dafür die Faust zwischen die Ohren setzen«, erklärte ich ihr freundlich, nachdem ich aufgestiegen war. Das nervöse Zucken, das über ihr Fell lief, erstaunte mich. Offenbar empfing sie mehr Signale von mir, als ich ahnte. »Keine Sorge, so eine Behandlung hast du von mir nicht zu befürchten«, fügte ich beruhigend hinzu, aber nach Pferdeart ignorierte sie diese Versicherung meiner lauteren Absichten. Wieder grollte Donner in der Ferne. Sie legte die Ohren an.

Ich glaube, es fiel uns allen schwer, wegzureiten und die

Toten in der Sonne der Verwesung zu überlassen. Nüchtern gesehen war es die einzig vernünftige Entscheidung. Ihre Freunde würden bald hier sein und sie finden, und ihnen sollte die Arbeit zufallen, ein Grab auszuheben. Ihr Zeitverlust war unser Gewinn.

Aber vernünftig oder nicht, es lag mir schwer auf der Seele.

Die Spuren, denen wir jetzt folgten, waren die tiefen Einkerbungen scharf gerittener Pferde – in der unter dem Blätterdach feucht gebliebenen Erde gut zu erkennen. Zuerst war es ihnen darauf angekommen, möglichst schnell eine möglichst große Strecke zurückzulegen, und ein Kind hätte die Fährte nicht verlieren können, doch nach einiger Zeit führte sie hinunter in eine vom Wasser ausgewaschene Schlucht und folgte einem gewundenen Bach. Ich hielt beim Reiten den Blick in die Baumkronen gerichtet und überließ es meinem Pferd, hinter der führenden Malta den besten Weg zu finden, während ich nach einem möglichen Hinterhalt suchte. Irgendetwas ließ mir keine Ruhe. Die Gescheckten, denen der Prinz sich angeschlossen hatte, schienen straff organisiert zu sein, fast militärisch. Dies war der zweite Trupp, der auf den Prinzen gewartet hatte, um ihn dann weiter zu begleiten. Wenigstens einer aus der ersten Gruppe hatte nicht gezögert, sich für die anderen zu opfern, noch hatten sie Skrupel gehabt, alle niederzumachen, die ihnen gefolgt waren. Ihre Kampfbereitschaft und Konsequenz verrieten eiserne Entschlossenheit, den Prinzen zu behalten und zu ihrem unbekannten Ziel mitzunehmen. Ich bezweifelte, dass wir stark genug waren, ihnen den Prinzen zu entreißen, doch fiel mir auch nicht ein, was wir tun konnten, außer ihnen zu folgen. Laurel nach Bocksburg zurückschicken, damit sie die Garde holte? Bis sie mit Verstärkung wieder hier sein könnte, verginge viel zu viel Zeit. Außerdem wäre es dann mit der Geheimhaltung unserer Mission vorbei.

Die Schlucht öffnete sich zu einem engen Tal. Unser Wild verließ den Bachlauf. Bevor wir es ihnen gleichtaten, füllten wir erst unsere Wasserschläuche und verzehrten eine Ration von dem aus Bresingas Küche stibitzten Brot sowie jeder einen Apfel. Mit dem Griebs machte ich mir Meine Schwarze ein wenig gewogener. Anschließend setzten wir sofort unseren Weg fort. Die Stunden des Nachmittags dehnten sich. Keiner von uns hatte Lust zu reden. Es gab nichts zu sagen, außer wir wollten unsere unerfreuliche Lage bejammern. Gefahr drohte vor und hinter uns. Hier wie dort waren wir zahlenmäßig unterlegen, und ich vermisste Nachtauge, meinen erprobten Kampfgefährten.

Die Fährte verließ den Talgrund und wand sich in die Berge hinauf. Der Baumwuchs nahm ab, das Terrain wurde felsig. Die Spur auf dem harten Boden nicht zu verlieren erforderte erhöhte Aufmerksamkeit, dementsprechend langsam kamen wir voran. Wir ritten zwischen den Grundmauern eines kleinen Weilers hindurch, seit langem aufgegeben und verlassen. Wir passierten merkwürdige Erdbuckel, die sich aus dem von Findlingen übersäten Berghang wölbten. Leuenfarb sah, wie ich sie anstarrte, und sagte ruhig: »Gräber.«

»Zu groß«, wandte ich ein.

»Nicht nach den Bräuchen dieser Menschen. Sie bauten Steinkammern für ihre Toten, und oft wurden nach und nach ganze Familien darin beigesetzt.«

Ich schaute neugierig zu ihnen zurück. Hohes gelbes Gras wogte auf den Hügeln. Falls sich unter ihnen ein Gerüst aus Steinen befand, war es gut verborgen. »Woher weißt du das alles?«, fragte ich ihn.

Er sah mich nicht an. »Ich weiß es eben, Dachsenbless.

Halte Er es den Vorzügen einer aristokratischen Erziehung zugute.«

»Ich habe Geschichten von solchen Orten gehört«, warf Laurel mit gedämpfter Stimme ein. »Es heißt, lange, dünne Geister erheben sich manchmal aus diesen Gräbern, um verirrte Kinder zu fangen und … O Eda, sei uns gnädig. Seht. Der ragende Stein aus den gleichen Mythen.«

Ich hob den Blick, um in die Richtung zu schauen, in die ihr ausgestreckter Finger wies. Ein kalter Schauer lief mir über den Rücken.

Doppelt mannshoch war der Stein, schwarz und glänzend, von silbernen Adern durchzogen. Kein Moos, keine Flechte hatte an seinen Flanken Halt gefunden. Die Inlandwinde waren gnädiger gewesen als die salzschweren Stürme, die den Zeugensteinen bei Bocksburg zugesetzt hatten. Aus dieser Entfernung konnte ich nicht erkennen, welche Glyphen in den Stein gemeißelt waren, aber dass sie vorhanden waren, wusste ich. Dieser Steinpfeiler war von der gleichen Art wie die Zeugensteine und der schwarze Obelisk, der mich einst in die Stadt der Uralten versetzt hatte. Ich starrte ihn an und wusste, er entstammte demselben Steinbruch, der Veritas' Drachen hervorgebracht hatte. Hatte Zauberei oder Muskelkraft ihn den ganzen weiten Weg von dort hierhergeschafft?

»Gehören die Gräber und die Steine zusammen?«, fragte ich Fürst Leuenfarb.

»Was nahe beieinanderliegt, muss nicht unbedingt zusammengehören«, antwortete er kryptisch.

Ich wandte mich im Sattel Laurel zu. »Was wissen die Sagen über den Stein zu berichten?«

Sie hob eine Schulter und lächelte, aber ich glaube, mein eindringlicher Ton verursachte ihr Unbehagen. »Die Geschichten sind zahlreich, aber der Kern ist fast immer der gleiche.« Sie holte tief Atem. »Ein verirrtes Kind oder ein müßiger Schafhirte oder ein Liebespaar auf der Flucht vor strengen Eltern kommen zu den Grabhügeln. In den meisten Geschichten setzen sie sich daneben in den Schatten, um auszuruhen. Dann steigen die Geister aus dem Hügel und geleiten sie zu dem ragenden Stein. Und sie folgen dem Geist hinein, in eine andere Welt. In manchen Geschichten heißt es: ›Und sie wurden nimmermehr gesehen‹, in anderen kehren sie zurück, alt und grau, nachdem sie nur eine Nacht fort gewesen sind. Noch andere behaupten das Gegenteil: dass nach hundert Jahren die Liebenden zurückkehren, Hand in Hand, jung wie ehedem, und feststellen, die feindlichen Eltern sind lange tot, und ihrer Vermählung steht nichts mehr im Wege.«

Ich zog es vor, meine eigene Deutung dieser Geschichten für mich zu behalten. Einst war ich durch einen solchen Pfeiler gegangen und hatte mich in einer fernen, toten Stadt wiedergefunden. Einst hatten die schwarzen Mauern jener verlassenen Stadt zu mir gesprochen, und sie war um mich herum zum Leben erwacht. Monolithen und Städte aus schwarzem Stein waren das Werk der Uralten, einer geheimnisvollen, lange untergegangenen Rasse, die vor langer Zeit tief in den Bergen hinter Kettrickens Hohem Reich gewohnt hatte. Zweimal nun hatte ich Beweise dafür gesehen, dass sie auch in diesem Teil der Sechs Provinzen ansässig gewesen waren. Aber vor wie vielen Sommern?

Ich bemühte mich, Fürst Leuenfarbs Blick einzufangen, doch er schaute stur geradeaus, und mir kam es vor, als ob er sein Pferd zu schnellerer Gangart antrieb. Der Zug um seinen Mund verriet mir, dass jede Frage, die ich ihm stellte, mit einer Gegenfrage beantwortet würde oder sonst wie ausweichend. Ich konzentrierte meine Bemühungen auf Laurel.

»Ich finde es merkwürdig, dass man sich in Farrow Geschichten von diesem Ort hier erzählt.«

Wieder das kleine Achselzucken. »Die Geschichten, die ich gehört habe, waren um einen ähnlichen Ort in Farrow angesiedelt. Und du weißt doch, die Familie meiner Mutter war nicht weit von den Besitzungen der Bresingas ansässig. Als sie noch lebte, haben wir sie oft besucht. Davon abgesehen möchte ich wetten, dass die Menschen, die hier wohnen, sich ganz ähnliche Schauergeschichten über jene Hügel und jenen Pfeiler erzählen. Falls hier Menschen wohnen.«

Das wurde im Lauf des Tages immer unwahrscheinlicher. Von Meile zu Meile zeigte sich die Gegend wilder. Am Horizont färbte sich der Himmel schwarz, das Unwetter murmelte Drohungen, verharrte jedoch in der Ferne. Falls diese Täler je den Pflug gekannt oder diese Hänge jemals Rinder genährt hatten, musste es viele, viele Jahre her sein. Die Humusschicht war dünn, Steine wuchsen zwischen dürren Grasbüscheln und Gestrüpp. Insektengezirpe und Vogelrufe waren die einzigen Hinweise auf tierisches Leben. Der felsige Untergrund war nicht unser Freund; oft mussten wir lange nach einem Hinweis suchen, der uns sagte, dass wir noch auf dem richtigen Weg waren. Immer wieder schaute ich über die Schulter. Unsere Spuren auf der Fährte unseres Wildes machten es unseren Verfolgern leicht, uns einzuholen, aber mir fiel nichts ein, um das zu vermeiden.

Linker Hand verstummte auf einen Schlag das Konzert der Insekten. Umso lauter klopfte mein Herz, als ich mich in diese Richtung wandte, doch fast im selben Moment spürte ich die Nähe meines Bruders. Zwei Atemzüge später hatte ich ihn erspäht. Wie immer staunte ich, wie gut der Wolf selbst die spärlichste Deckung auszunutzen verstand. Als er näher kam, schlug meine Freude darüber, ihn zu sehen, in

Bestürzung um. Er trabte verbissen, mit hängendem Kopf, und die Zunge schlenkerte ihm durstig aus dem Maul. Ohne ein Wort zu den anderen hielt ich Meine Schwarze an, stieg ab und nahm meine Wasserflasche vom Sattel. Er kam zu mir und trank aus meinen zusammengelegten Händen.

Wie konntest du uns so schnell einholen?

Ihr folgt Spuren und kommt nur langsam voran. Ich bin meinem Herzen gefolgt. Wo euer Pfad sich wie eine Schlange durch diese Berge windet, führte der meine direkt zu euch, über Gelände, das einem Pferd nicht gefallen würde.

Oh, mein Bruder.

Keine Zeit, mich zu bedauern. Ich bringe eine Warnung. Ihr werdet verfolgt. Ich habe die überholt, die hinter euch reiten. Bei den Toten machten sie halt. Sie waren zornig und veranstalteten ein großes Geschrei. Sie werden einige Zeit brauchen, um sich wieder zu besinnen, aber wenn sie weiterreiten, dann auf den Flügeln der Rache.

Kannst du mit uns Schritt halten?

Ich kann mich verbergen, sehr viel leichter als ihr. Statt daran zu denken, was ich tun werde, solltest du überlegen, was euch zu tun bleibt.

Sehr wenig. Ich stieg auf, trieb Meine Schwarze an und schloss zu den beiden anderen auf. »Wir müssen schneller reiten.«

Laurel warf mir einen Blick zu, sagte aber nichts. Nur eine leichte Veränderung in Fürst Leuenfarbs Haltung verriet, dass er mich gehört hatte, doch Malta reagierte und fiel in Trab. Meine Schwarze war nicht gesinnt, der anderen Stute den Vortritt zu lassen. Sie streckte sich, und nach vier Sprüngen hatten wir uns an die Spitze gesetzt. Ich ließ sie laufen, während ich den Blick auf den Boden gerichtet hielt.

Es sah aus, als hätten der Prinz und seine Begleiter auf den Schutz einer kleinen Baumgruppe zugehalten, ein Entschluss, der meine Billigung fand. Mir war ebenfalls daran gelegen, möglichst schnell in Deckung zu kommen. Ich ermunterte Meine Schwarze zu einem kurzen Galopp und führte uns alle direkt in den Hinterhalt.

Ein gedanklicher Warnruf von Nachtauge veranlasste mich, Meine Schwarze zur Seite zu reißen, und der Pfeil traf Laurel, die mit einem Aufschrei zu Boden stürzte. Eigentlich war ich das Ziel gewesen. Schreck und Wut flammten in mir auf, und ich spornte Meine Schwarze schnurgerade zu der Baumgruppe hin. Zu meinem Glück gab es nur einen Bogenschützen, und der hatte noch keine Gelegenheit gehabt, einen zweiten Pfeil an die Sehne zu legen. Als Meine Schwarze mich unter den tief hängenden Zweigen hindurchtrug, stellte ich mich in die Steigbügel, bekam wundersamerweise gleich einen kräftigen Ast zu fassen und schwang mich hinauf. Der Bogenschütze versuchte, mit dem Pfeil nach mir zu stechen, aber das Gewirr der kleinen Zweige behinderte ihn. Keine Zeit, sich über die Folgen Gedanken zu machen. Ich sprang ihn an, und wir stürzten in einem Knäuel aus zwei Männern und Bogen durch das Geäst. Ein vorstehender Zweig brach mir fast die Schulter, wir drehten uns in der Luft, und bei der Landung kam ich unten zu liegen.

Der Aufprall rammte mir den Atem aus dem Brustkorb. Ich war gelähmt, konnte denken, aber nichts tun, mich nicht einmal von dem Gewicht des verhinderten Attentäters befreien, das auf mir lastete. Nachtauge kam mir zu Hilfe, ein zähnefletschender Wirbelsturm, der den Jüngling von mir herunterfegte. Ich spürte den überraschten Versuch meines Angreifers, sich gegen Nachtauge zu *stemmen,* aber wie es schien, war er zu benommen, um viel Kraft hineinzulegen. Während sie neben mir kämpften, lag ich auf dem Rücken und rang panisch nach Luft. Der Mann schlug mit den Fäusten um sich, aber Nachtauge wich aus und grub die Zähne in seinen Unterarm. Der Gescheckte brüllte und stieß mit den Füßen nach dem Wolf. Ich spürte den heftigen Tritt gegen die Rippen. Nachtauge ließ nicht los, aber seine Kiefer lockerten sich. Als der Mann sein blutendes Handgelenk zwischen den Zähnen des Wolfs hervorriss, hatte ich mich endlich so weit erholt, dass ich eingreifen konnte.

Auf dem Rücken liegend, trat ich ihm mit dem Stiefelabsatz gegen den Kopf, dann warf ich mich herum und auf ihn. Meine Hände schlossen sich um seinen Hals, während Nachtauge sich in seinen rechten Unterschenkel verbiss. Der Mann zappelte und wand sich hin und her, doch gelang es ihm nicht, sich zu befreien. Nachtauge riss und zerrte an seinem Bein. Ich drückte ihm die Kehle zu und ließ nicht nach, bis ich spürte, wie er unter mir erschlaffte. Selbst dann noch ließ ich eine Hand an seiner Gurgel, während ich mit der anderen mein Gürtelmesser zog. Die Welt war für mich zu einem trübroten Kreis geschrumpft, in dem ich sein Gesicht sah.

»… töten! Nicht töten! Tu es nicht!«

Fürst Leuenfarbs Rufe drangen in mein Bewusstsein, als ich dem Gescheckten schon das Messer an die Kehle setzte. Nie hatte ich weniger Lust gehabt, auf ihn zu hören, doch als mein Blick sich wieder klärte, merkte ich, dass ich in das Gesicht eines Jünglings schaute, der nicht viel älter war als Harm. Die blauen Augen quollen ihm aus den Höhlen, vor Todesangst und auch, weil er dem Ersticken nahe war. Irgendetwas hatte ihm bei unserem Sturz eine Seite des Gesichts zerschrammt; Blut stand in feinen Linien, wie mit Tinte gemalt, über den Rissen an seiner Wange. Ich lockerte meinen Würgegriff, und Nachtauge ließ sein Bein los, aber zur Sicherheit blieb ich rittlings auf seinem Oberkörper sitzen, und auch das Messer nahm ich nicht von seinem Hals.

Ich hegte keine sentimentalen Illusionen bezüglich der Unschuld bartloser Jünglinge. Wir hatten bereits ein Beispiel dessen gesehen, was er zu tun bereit war. Wenn sich die Möglichkeit bot, würde er nicht zögern, mich zu ermorden. Ohne den Blick von dem Burschen abzuwenden, fragte ich den Narren: »Ist Laurel tot?«

»Nicht ganz!« Es war ihre Stimme, die mir antwortete, erbost und sehr lebendig. Etwas wacklig kam sie zu uns herüber. Ein kurzer Blick zeigte mir, dass sie mit einer Hand ihre Schulter umklammerte. Blut quoll zwischen ihren Fingern hindurch. Den Pfeil hatte sie bereits herausgezogen.

»Ist die Spitze auch draußen?«, fragte ich sofort.

»Ich hätte die Finger davon gelassen, wenn ich nicht gewusst hätte, dass ich das ganze Ding herauskriege«, blaffte sie. Schmerzen hatten offenkundig keine günstige Auswirkung auf ihr Temperament. Ihr Gesicht war blass, aber auf ihren Wangen brannten zwei rote Flecken. Sie richtete den Blick auf den Jungen, den ich mit meinem Gewicht auf die Erde klemmte, und ihre Augen weiteten sich. Ich hörte, wie sie zwischen den Zähnen hindurch den Atem einsog.

Nachtauge stand hechelnd neben mir. *Wir dürfen hier nicht bleiben.* Der Gedanke war schmerzbeschwert. *Andere könnten kommen. Die uns folgen oder die vor uns sind.* Mir entging nicht, wie der Junge die Stirn runzelte.

Ich musterte Laurel. »Kannst du reiten? Weil wir nicht warten können. Wir müssen ihn verhören, aber nicht jetzt. Hier sitzen wir auf dem Präsentierteller und genau in der Zange zwischen den rachedurstigen Dörflern und seinen Freunden, falls sie umkehren, um nachzusehen, wo er bleibt.«

In ihren Augen konnte ich erkennen, dass sie sich der Antwort auf meine Frage nicht ganz sicher war, aber sie schwindelte tapfer. »Ich kann reiten. Brechen wir auf. Auch ich habe ein paar Fragen, die ich dem Herzchen stellen möchte.« Der

Geschreckte starrte sie an, sichtlich in Angst versetzt ob der vielsagenden Drohung in ihrer Stimme. Plötzlich bäumte er sich unter mir auf, versuchte zu entkommen. Ich schlug ihm mit dem Handrücken ins Gesicht. »Lass das bleiben. Es ist viel einfacher für mich, dich zu töten, als dich mitzuschleppen.«

Er wusste, dass ich die Wahrheit sagte. Sein Blick flog zu Leuenfarb, kehrte über Laurel zu mir zurück. Blut lief aus seiner Nase; er schaute zu mir auf, und ich erkannte den fassungslosen Ausdruck in seinem Gesicht. Dies war ein junger Mann, der zwar getötet hatte, aber nie zuvor in unmittelbarer Gefahr gewesen war, selbst getötet zu werden. Ich fühlte mich unerklärlich qualifiziert, ihm zu dieser Erfahrung zu verhelfen. Unzweifelhaft hatte ich mich früher einmal genau des gleichen Mienenspiels schuldig gemacht.

»Hoch mit dir.« Vor fünfzehn Jahren hätte ich der Aufforderung Nachdruck verliehen, indem ich ihn vom Boden hochriss. Heute begnügte ich mich damit, ihn an der Hemdbrust gepackt zu halten, aber aufstehen musste er schon selbst. Ich war von unserem Handgemenge außer Atem und nicht bereit, meine Reserven für eine Demonstration von Muskelkraft aufzubrauchen. Nachtauge legte sich auf das Moospolster unter dem Baum und hechelte hemmungslos.

Geh in Deckung!, dachte ich zu ihm hin.

Gleich.

Der Gescheckte schaute von mir zu dem Wolf und wieder zu mir, und in seinen Augen spiegelte sich Verwirrung. Ich mied seinen Blick, während ich den Lederriemen durchschnitt, der seinen Hemdkragen zusammenhielt. Er zuckte, als die Klinge ihn mit einem kleinen Ruck zertrennte. Ich zog den Riemen heraus und drehte ihn grob herum. »Deine Hände!« Ohne Sträuben legte er sie auf dem Rücken zusammen, sein Kampfgeist schien erloschen zu sein. Die Bissspuren an seinem Handgelenk bluteten noch, aber ich nahm darauf keine Rücksicht. Als ich von dem letzten Knoten aufblickte, sah ich, wie Laurel meinen Gefangenen finster beäugte. Vielleicht hatte bisher noch niemand versucht, sie zu töten. Das erste Mal ist immer etwas Besonderes.

Fürst Leuenfarb half Laurel aufs Pferd. Wie ich sie kannte, hätte sie seine Hilfe gern zurückgewiesen, wagte es aber nicht. Darum bitten zu müssen, nachdem sie es allein versucht hatte, wäre noch demütigender gewesen. Es sah ganz danach aus, dass Meine Schwarze das Los traf, den Gefangenen und mich zu tragen. Weder die Stute noch ich waren glücklich darüber. Ich hob den Bogen des Gescheckten auf, und nach kurzem Zögern warf ich ihn in die Baumkronen hinauf, wo er sich verhedderte und hängen blieb. Mit etwas Glück würde niemand ihn entdecken. Der Blick, mit dem er ihm nachschaute, sagte mir, dass ihm sein Bogen kostbar gewesen war.

Ich griff nach den Zügeln meines Pferdes. »Ich steige jetzt auf«, erklärte ich dem Gefangenen. »Dann reiche ich dir den Arm hinunter und ziehe dich hinter mir aufs Pferd. Falls du Geschichten machst, verpasse ich dir eins und lasse dich für die anderen liegen. Du weißt schon, welche. Die, mit denen du uns verwechselt hast, die Schlagetots aus dem Dorf.«

Er leckte sich über die Lippen. Die ganze Gesichtshälfte schwoll allmählich an und begann, sich schwarz zu färben. Zum ersten Mal machte er den Mund auf, um zu sprechen. »Ihr gehört nicht zu denen?«

Ich musterte ihn kalt. »War dir das einen Gedanken wert, bevor du auf mich angelegt hast?« Ich stieg in den Sattel.

»Ihr seid unseren Spuren gefolgt«, verteidigte er sich. Er blickte zu Laurel hinüber, die sein Pfeil getroffen hatte, und auf seinem Gesicht malte sich fast so etwas wie Reue. »Ich glaubte, ihr wärt die Dörfler, die kommen, um uns zu töten. Wirklich.«

Ich drängte Meine Schwarze mit dem angelegten Schenkel zu ihm hin und streckte die Hand aus. Nach kurzem Zögern hob er mir die Schulter entgegen, und ich umfasste mit festem Griff seinen Oberarm. Meine Schwarze drehte sich schnaubend und tänzelnd im Kreis, doch nach zwei Hüpfern gelang es ihm, ein Bein über ihren Rücken zu werfen. Ich gab ihm einen Moment Zeit, sich zurechtzusetzen, und sagte dann: »Lass dir keine Dummheiten einfallen. Sie ist ein großes Tier. Wirf dich von ihr hinunter, und du brichst dir mindestens die Schulter.«

Ich schaute in die Richtung, aus der wir gekommen waren. Noch war von unseren Verfolgern nichts zu sehen, aber ein Gefühl sagte mir, dass wir unser Glück nicht übermäßig beanspruchen sollten.

Ich musterte das Gelände. Die Spur der Gescheckten führte bergan, aber ich hatte nicht die Absicht, ihr weiter zu folgen, bis ich aus diesem Burschen alles herausgeholt hatte, was er wusste. Meine Augen konstruierten eine Möglichkeit, die Verfolger in die Irre zu führen: bergab bis dorthin, wo dem Anschein nach im Winter ein Bach floss. Die Hufe der Pferde würden in der feuchten Erde am Fuß des Hanges unübersehbare Abdrücke hinterlassen. In dem alten Bachbett eine Strecke weiterreiten. Dann auf der anderen Seite die Böschung hinauf, einen felsigen Berghang queren und wieder in Deckung. Es könnte gelingen. Unsere Spuren wären frischer als die echte Fährte der Gescheckten, aber möglicherweise glaubten die Dörfler, sie hätten aufgeholt. Möglicherweise glückte es uns, sie von dem Prinzen wegzulocken.

»Da entlang«, verkündete ich also und setzte meinen Plan in die Tat um. Meine Schwarze war nicht einverstanden mit ihrer doppelten Last. Sie setzte sich stelzbeinig in Bewegung, wie um mir vor Augen zu führen, dass ich einen dummen Einfall gehabt hatte.

»Aber die Fährte …«, wandte Laurel ein, als wir von der kaum erkennbaren Linie abbogen, der wir den ganzen Tag gefolgt waren.

»Brauchen wir nicht. Wir haben ihn. Er weiß, wo sie hinwollen.«

Im Rücken spürte ich, wie der Gescheckte tief einatmete. Dann sagte er zwischen zusammengebissenen Zähnen: »Ich werde nicht reden.«

»Aber natürlich wirst du das«, versicherte ich ihm, während ich Meine Schwarze die Stiefelhacken in die Weichen stieß und ihr gleichzeitig mit meiner gesamten Willenskraft zu verstehen gab: *Du wirst mir gehorchen.* Überrumpelt beschleunigte sie ihren Schritt und trug uns beide, als spürte sie das zusätzliche Gewicht nicht. Sie war stark und schnell, aber daran gewöhnt, von diesen Eigenschaften nur nach ihrem eigenen Kopf Gebrauch zu machen. Wir würden in der Sache noch zu einer Einigung kommen müssen.

Ich zwang sie, im Trab den Hang hinunterzulaufen, und trieb sie in dem Bachbett entlang, bis wir zu einer trockenen Rinne kamen, aus der sich nach Regenfällen vermutlich ein Rinnsal in unseren Bach ergoss. Dort bogen wir ein, und als ich nach einiger Zeit einen von Steinen übersäten Hang entdeckte, spornte ich Meine Schwarze hinauf, in ziemlich steilem Winkel, um den Dörflern, falls sie uns tatsächlich folgten, die Spurensuche möglichst unbequem zu machen. Der Gescheckte hinter mir klammerte sich mit den Knien fest. Meine Schwarze meisterte die Herausforderung ohne allzu große Schwierigkeiten, aber ich konnte nur hoffen, dass ich Laurel nicht zu viel zumutete.

Oben angelangt, machte ich halt und wartete auf die anderen. Nachtauge war verschwunden. Ich wusste, er ruhte sich aus, sammelte Kraft, um uns später zu folgen. Er fehlte mir, aber ich wusste, er war allein weniger in Gefahr als hier bei mir. Ich musterte die Umgebung. Es wurde Abend, und ich wollte die Nacht an einem Ort verbringen, an dem wir außer Sicht waren, der sich zur Not verteidigen ließ und einen guten Ausblick bot, sodass man sich uns nicht ungesehen nähern konnte. Das alles fand sich nur weiter oben. Der Hügel, auf dem wir uns befanden, war Teil einer Kette von Erhebungen, die das Land durchzog. Sein Bruder war höher und schroffer, zeigte deutlicher sein Gebein aus Fels.

»Hier entlang«, sagte ich zu den anderen, als wüsste ich, was ich tat, und übernahm wieder die Führung. Erst ging es in eine schütter bewaldete Klamm hinunter, dann dem trockenen Bachbett folgend bergauf. Am nächsten Hang entdeckte ich einen schmalen Wildwechsel, ausgetreten von kleineren und agileren Tieren als Pferden. Für ihre Größe schlug Meine Schwarze sich wacker, aber meinen Gefangenen hörte ich einige Male zischend einatmen. Malta mit ihren zierlichen Hufen würde diesen schwindelerregenden Weg leicht bewältigen, das wusste ich, wagte aber nicht, mich umzuschauen und zu sehen, wie es Laurel ging. Man musste auf Weißschopf vertrauen, dass er sich aus eigenem Antrieb mutig und verlässlich zeigte.

Mein Gefangener überwand sich, mich anzusprechen. »Ich bin vom Alten Blut.« Ein eindringliches Flüstern, als wäre es eine Losung, ein Kennwort unter Gleichgesinnten.

»Ach wirklich?«, erwiderte ich sarkastisch, mit gespielter Überraschung.

»Aber du bist …«

»Schweig still!«, schnitt ich ihm heftig das Wort ab. »Deine Zauberei kümmert mich nicht. Du bist ein Verräter. Mach noch einmal den Mund auf, und ich werfe dich vom Pferd, auf der Stelle.«

Er verfiel in bestürztes Schweigen.

Der Wildwechsel führte höher und höher hinauf, und ich

begann mich zu fragen, ob mein Entschluss richtig gewesen war. Die wenigen Bäume, an denen wir vorbeikamen, waren schmächtig und verwachsen, die Blätter hingen schlaff in der Ruhe vor dem dräuenden Sturm. Die bleichen Knochen aus Stein drangen durch das Fleisch der Erde, verdrängten es mehr und mehr. Ich erkannte meinen Zufluchtsort, als ich ihn sah. Es war keine richtige Höhle, mehr die tiefe Nische unter einem Überhang. Wir mussten absteigen, bevor unsere Pferde sich bereitfanden, über einen letzten steilen Anstieg dort hinaufzuklettern. Ich führte Meine Schwarze unter den Überhang. Es war kühl in der steinernen Nische, und an der hinteren Wand sickerte Wasser aus dem Fels. Vielleicht war es zu manchen Jahreszeiten verantwortlich für die Entstehung des Überhangs gewesen, doch jetzt hinterließ es nur einen schlierigen grünen Streifen auf dem Höhlenboden, bevor es den Hang hinuntertröpfelte und irgendwo versickerte. Es gab kein Futter für die Pferde. Nicht zu ändern. Der Platz bot Sicherheit, und zur Not konnte man sich hier oben gegen Angreifer verschanzen.

»Wir übernachten hier«, tat ich den anderen kund und wischte mir den Schweiß von Stirn und Nacken. Das Unwetter kam näher, die Ahnung von Regen hing schwer und feucht in der Luft. Ich zeigte auf einen Punkt im Hintergrund der Höhle. »Steig ab und setz dich da hin«, befahl ich dem Gescheckten. Er schaute, ohne sich zu rühren, stumm auf mich hinunter. Ich hatte keine Lust, mich zu wiederholen. Ohne weiteres Federlesen packte ich ihn bei der Hemdbrust und zerrte ihn vom Pferd. Wut hat mir schon immer ungeahnte Kräfte verliehen. Kaum dass er auf dem Boden stand, stieß ich ihn von mir weg, sodass er gegen die Rückwand der Höhle flog und daran hinunterrutschte, bis er halb betäubt auf dem Boden saß. »Das ist nur der Anfang«, versprach ich ihm barsch.

Laurel starrte mich an, bleich und mit großen Augen, wahrscheinlich schockiert darüber, dass ich so eindeutig das Kommando an mich gerissen hatte. Ich nahm Weißschopfs Zügel, und der Fürst war ihr beim Absteigen behilflich. Mein Gefangener zeigte momentan keine Neigung, einen Fluchtversuch zu unternehmen, deshalb ignorierte ich ihn, während ich die Pferde absattelte und unser provisorisches Lager herrichtete. Meine Schwarze nibbelte und saugte an der feuchten Stelle im Fels. Ich scharrte den Sand beiseite, um die Mulde am Fuß der Wand zu vertiefen, und als Erfolg meiner Bemühungen füllte sie sich mit Wasser.

Fürst Leuenfarb versorgte Laurels Schulter. Geschickt wie der Narr ehedem hatte er die Kleidung um die Wunde herum aufgeschnitten und zurückgeschlagen. Jetzt drückte er ein angefeuchtetes Tuch darauf. Das Blut auf dem Stoff sah eher dunkel aus als leuchtend rot. Ihre Köpfe waren in halblautem Gespräch zueinander geneigt. Ich trat zu ihnen. »Wie schlimm ist es?«

»Schlimm genug«, antwortete der Fürst knapp, doch es war Laurels Blick, der mich schmerzte. Sie starrte mich an, als wäre ich eine tollwütige Bestie. Doch wohl nicht nur, weil sie sich ärgerte, dass ich unhöflich eine private Unterhaltung unterbrochen hatte? Ich zog mich zurück und überlegte, ob es Scham wegen ihrer entblößten Schulter war, die sie ungehalten machte. Andererseits schien es sie nicht zu stören, dass Fürst Leuenfarb sie berührte. Nun, ich hatte genug zu tun und wollte nicht weiter stören.

Ich musterte den Rest unseres Mundvorrats. Brot und Äpfel. Für drei Personen schon knapp bemessen und nicht genug für vier. Ich beschloss, dass unser Gefangener leer ausgehen würde. Bestimmt hatte er selbst Proviant dabeigehabt und heute besser gegessen als wir. Weil ich gerade an ihn dachte, ging ich hin, um mich von seinem Befinden zu überzeugen. Er saß verkrümmt mit seinen auf den Rücken gefesselten Händen an der Wand und betrachtete die Spuren von Nachtauges Zähnen auf seiner Wade. Auch ich warf einen Blick darauf, enthielt mich aber jeder Äußerung von Mitgefühl. Stumm stand ich neben ihm, bis er sich entschloss, den Mund aufzumachen.

»Kann ich etwas Wasser haben?«

»Dreh dich um«, befahl ich und schaute ungerührt zu, wie er sich abmühte zu gehorchen. Ich band seine Hände los; dabei entfuhr ihm ein leiser Schmerzenslaut, als ich den Lederriemen von den Blutkrusten losriss. Langsam nahm er die Hände nach vorn. »Du kannst dir da drüben Wasser holen, sobald die Pferde sich satt getrunken haben.«

Er nickte. Ich konnte mir gut vorstellen, wie seine Schultern schmerzten. Meine eigene klopfte von dem Zusammenstoß mit dem Ast. Eine Wange war fast schwarz und dick verschorft, eins seiner Augen blutunterlaufen. Irgendwie sah er durch seine Blessuren noch jünger aus. Er studierte das Handgelenk, das Nachtauge malträtiert hatte. Daran, wie seine Kiefer mahlten, konnte ich erkennen, dass er Angst hatte, die Wunde auch nur zu berühren. Langsam hob er die Augen zu meinem Gesicht und schaute dann an mir vorbei.

»Wo ist dein Wolf?«, fragte er.

Fast hätte ich ihm eine Maulschelle verpasst. Er sah den Ansatz der Bewegung und zuckte zusammen. »Du bist hier nicht derjenige, der Fragen stellt«, belehrte ich ihn kalt. »Du bist derjenige, der sie beantwortet. Wohin bringt man den Prinzen?«

Seine Miene spiegelte Verständnislosigkeit, und ich verfluchte mein eigenes Ungeschick. Vielleicht hatte er nicht gewusst, dass es sich bei dem Fremden, der mit ihnen ritt, um den Thronfolger des Reiches handelte. Nun, zu spät, um die Worte zurückzuholen. Wahrscheinlich würde ich ihn ohnehin töten müssen. Ich erkannte diesen Gedanken als von Chade stammend und schob ihn beiseite. »Der Junge mit der Jagdkatze«, erklärte ich. »Wo bringen sie ihn hin?«

Er schluckte trocken. »Ich weiß es nicht.«

Es juckte mich in den Fingern, ihn zu würgen und zu schütteln, bis er mit der Wahrheit herausrückte. Er war in zu vieler Hinsicht eine Bedrohung für mich. Ich stand auf, bevor ich mich nicht mehr beherrschen konnte. »Doch, du weißt es. Ich gebe dir etwas Zeit, um darüber nachzudenken, was ich alles tun könnte, damit du es mir verrätst. Dann komme ich wieder.« Ich entfernte mich ein paar Schritte, bevor ich ein Grinsen auf mein Gesicht zwang und mich noch einmal umdrehte. »Übrigens, solltest du glauben, dies wäre eine gute Gelegenheit, dich auf und davon zu machen – zwei oder drei Schritte nach draußen, und du wirst dich nicht mehr fragen, wo mein Wolf ist.«

Ein weißer Lichtblitz zuckte in unseren Unterschlupf. Die Pferde schrien gellend, und ein Donnerschlag ließ den Berg bis in seine Grundfesten erbeben. Ich zwinkerte geblendet, dann stürzte draußen vor dem Höhleneingang der Regen nieder, als hätte jemand einen Eimer umgestoßen. Es wurde dunkel. Ein Windstoß peitschte Regen unter den Überhang, die Wärme des Tages wurde weggewaschen.

Ich brachte meinen beiden Gefährten ihre Ration vom Abendessen. Laurel machte einen etwas benommenen Eindruck. Leuenfarb hatte aus ihrem Sattel und einer Decke eine Rückenlehne gebaut, damit sie bequemer sitzen konnte. Sie hielt den verletzten Arm ruhig, die Hand lag wie ein kleines totes Tier in ihrem Schoß; Blut war zwischen den Fingern verkrustet, hatte die Nägel schwarz umrahmt. Offenbar war die Wunde schlimmer, als ich vermutet hatte. Fürst Leuenfarb nahm das Brot und die Äpfel für sie beide entgegen.

Ich schaute in den Wolkenbruch hinaus und schüttelte den Kopf. »Dieses Unwetter wird alle Spuren austilgen, restlos. Das einzig Gute daran ist, dass die Dörfler sich vielleicht damit zufriedengeben, ihre Toten zu nehmen und umzukehren. Das Schlechte ist, dass wir auch die Fährte des Prinzen verlieren. Wenn wir ihn finden wollen, müssen wir unseren Freund hier zum Reden bringen. Darum kümmere ich mich, wenn ich zurück bin.« Ich nahm mein Schwert vom Gürtel und hielt es den beiden hin. Als keiner Anstalten machte, es zu nehmen, zog ich es aus der Scheide und legte es neben ihnen auf den Boden. Ich senkte die Stimme. »Möglicherweise müsst ihr Gebrauch davon machen. Falls es dazu kommt, zögert nicht. Tötet ihn. Wenn er entkommt und es ihm gelingt, seine Freunde zu warnen, haben wir keine Chance mehr. Ich gebe ihm etwas Zeit zum Nachdenken; derweil werde ich versuchen, etwas halbwegs trockenes Holz zu finden, damit wir ein Feuer machen können. Dabei kann ich mich auch umschauen, ob uns jemand folgt.«

Laurel legte sich die gesunde Hand über den Mund. Plötzlich sah sie sehr elend aus. Fürst Leuenfarbs Blick flog erst zu dem Gefangenen, dann zu mir zurück. Er war beunruhigt, aber er musste doch verstehen, dass ich mir um Nachtauge Sorgen machte. »Nimm meinen Umhang«, bat er.

»Er würde genauso nass wie ich. Wenn ich zurückkomme, ziehe ich etwas Trockenes an.«

Er ermahnte mich nicht, vorsichtig zu sein, aber es sprach aus seinem Blick. Ich nickte, wappnete mich und trat hinaus in den strömenden Regen.

Der genauso kalt und scheußlich auf mich niederprasselte, wie ich es erwartet hatte. Ich blieb einen Moment stehen, den Kopf zwischen die Schultern gezogen, und spähte mit zusammengekniffenen Augen in die grauen Nässeschwaden hinaus. Dann holte ich tief Atem und änderte rigoros meine Einstellung. Wie der schwarze Rolf mir einst erklärt hatte, entsteht vielfaches Ungemach aus den Ansprüchen des Menschen. Als Mensch erwarte ich, dass ich es nach Wunsch warm und trocken haben kann. Tiere kennen solche Vorstellungen nicht. Es regnet, na gut. Der Wolf in mir konnte das akzeptieren. Regen bedeutete, man wurde nass und fror. Nachdem ich mich damit abgefunden und aufgehört hatte, den tatsächlichen Zustand mit dem meiner Wünsche zu vergleichen, war das Wetter viel leichter zu ertragen. Ich machte mich auf den Weg hangabwärts.

Der Regen hatte den Pfad zur Höhle in einen milchigen Sturzbach verwandelt. Ich bewegte mich mit größter Vorsicht. Obwohl ich wusste, dass unsere Spuren vorhanden waren, konnte ich sie nur mit Mühe ausmachen. Ich gestattete mir die Hoffnung, dass Regen und Dunkelheit und die schwindende Aussicht, die Spur der Gescheckten je wiederzufinden, unsere Verfolger zur Rückkehr in ihr Dorf bewegen würden. Einige hatte man vermutlich schon am Ort des Gemetzels zurückgeschickt, um den Daheimgebliebenen die traurige Nachricht zu bringen. Oder hatte man vielleicht beschlossen, gemeinsam die Toten nach Hause zu geleiten und von einer weiteren Verfolgung abzulassen, die womöglich noch mehr Leben kostete? Letzteres wäre fast des Guten zu viel.

Am Fuß des Abhangs blieb ich stehen und spürte vorsichtig in die Runde. *Wo bist du?*

Keine Antwort. Blitze zuckten in der Ferne, Donner grollte. Brüllend ergoss sich eine neue Regenflut vom Himmel. Ich dachte an meinen Wolf, wie ich ihn zuletzt gesehen hatte, zerschunden, müde und alt. Ich warf alle Vorsicht über Bord und heulte meine Angst in die Welt hinaus. *Nachtauge!*

Gib Ruhe. Ich komme schon. Er ärgerte sich über mich, als wäre ich ein plärrender Welpe. Ich verstummte, aber mir fiel ein Stein vom Herzen. Wenn er so ungehalten mit mir sein konnte, dann ging es ihm nicht so schlecht wie befürchtet.

Nach einigem Suchen fand ich etwas halbwegs trockenes Holz im Schutz eines vor langer Zeit umgestürzten Baums. Ich grub Mulm aus dem morschen Stamm und brach tote Äste in Stücke von handlicher Länge, dann zog ich das Hemd aus und bündelte Holz und Zunder hinein, damit unsere Hoffnung auf Licht und Wärme nicht gänzlich vom Regen zunichtegemacht würde. Als ich den Hang wieder hinaufkletterte, hörte der Regen so plötzlich auf, wie er eingesetzt hatte. Das Rieseln der Tropfen von den Baumzweigen und das Murmeln von Rinnsalen auf dem Weg unter die Erde erfüllten den Abend. Ganz in der Nähe sang ein Nachtvogel zwei schüchterne Töne.

»Ich bin's«, sagte ich leise, als ich mich dem Überhang näherte. Meine Schwarze schnaubte zur Antwort. Erst konnte ich im Dunkel des Höhleninnern nichts erkennen, aber nach ein paar Sekunden hatten meine Augen sich umgewöhnt. Fürst Leuenfarb hatte meine Zunderbüchse bereitgestellt. Das Glück war mir hold, und binnen kurzem brannte ein kleines Feuer im hinteren Teil der Höhle. Der Rauch kroch unter der Felsendecke entlang, bis er den Weg nach draußen fand. Ich ging hinaus, um mich zu vergewissern, dass er vom Fuß des Abhangs nicht allzu deutlich zu sehen war. Zufrieden kehrte ich zurück, um mehr Holz aufzulegen und die Flamme höher zu schüren.

Laurel richtete sich auf und rückte an die Wärme und das Licht heran. Sie schien sich etwas erholt zu haben, aber man konnte ihr noch immer ansehen, dass sie Schmerzen litt. Mir entging nicht, dass sie aus den Augenwinkeln zu dem Gescheckten hinschaute. Ein Vorwurf lag in ihrem Blick, aber auch unangebrachtes Mitleid. Ich hoffte, sie würde sich nicht in das einmischen, was ich zu tun beabsichtigte.

Fürst Leuenfarb wühlte in seinem Bündel, zog einen meiner blauen Kittel heraus und gab ihn mir. Ich brummte einen Dank. Am Rand des Feuerscheins hockte zusammengesunken mein Gefangener. Ich bemerkte die kunstgerechten Verbände an seinem Unterschenkel und Handgelenk und erkannte die Knoten des Narren. Nun, ich hatte ihn nicht gebeten, sich von dem Gefangenen fernzuhalten, und natürlich konnte er nicht anders, als ihn zu verarzten. Ich ließ mein durchgeweichtes Hemd auf den Boden fallen. Als ich den Kittel ausschüttelte, um hineinzuschlüpfen, hörte ich Laurels leise Stimme.

»Das ist eine große Narbe.«

»Welche?«, fragte ich, ohne nachzudenken.

»Mitten auf deinem Rücken.«

»Ach die.« Ich bemühte mich um einen leichten Tonfall. »Das war ein Pfeil, dessen Kopf nicht mit dem Schaft herausgekommen ist.«

»Deshalb also deine Besorgnis vorhin. Danke.« Sie lächelte mich an.

Es war fast eine Entschuldigung. Mir fiel keine Antwort ein, ihre Worte und das freundliche Lächeln machten mich verlegen. Dann merkte ich, dass Jinnas Amulett nicht mehr vom Hemdkragen verdeckt war. Aha. Ich schloss die Bänder an dem Kittel, dann nahm ich die Beinlinge, die der Fürst mir reichte, und zog mich in den Schatten hinter den Pferden zurück, um sie anzulegen. Das Wassergetröpfel die Felswand hinunter war inzwischen zu einem stetigen silbernen Faden angeschwollen; ein Bächlein lief jetzt an den Pferden vorbei über die Schwelle des Höhleneingangs und suchte sich draußen ein Bett. Nun, wenigstens mussten sie nicht dürsten, wenn es schon nichts zu fressen gab. Ich schöpfte eine Handvoll und probierte. Es schmeckte moderig, aber durchaus genießbar.

Beim Feuer reichte Fürst Leuenfarb mir ein Stück Brot und einen Apfel. Erst als ich den ersten Bissen nahm, merkte ich, wie hungrig ich war. Die ganze Portion hätte mich nicht satt gemacht, aber ich aß nur den Apfel und die Hälfte des Brotes. Leider war ich nach dem letzten Bissen noch genauso hungrig wie nach dem ersten. Ich ignorierte das hohle Gefühl in meinem Magen wie davor den Regen. Noch so eine menschliche Erwartung, dass man ein Recht auf regelmäßige Mahlzeiten hat. Regelmäßige Mahlzeiten sind eine nette Annehmlichkeit, aber nicht unbedingt überlebensnotwendig. Diesen Satz sagte ich mir im Stillen einige Male vor. Als ich vom Feuer aufschaute, begegnete ich dem Blick des Fürsten. Laurel hatte eine Decke über sich gezogen und war eingeschlummert. Ich fragte mit gedämpfter Stimme: »Hat er etwas gesagt, während du ihn verbunden hast?«

Fürst Leuenfarb überlegte, und schließlich durchbrach ein Lächeln die aristokratische Fassade. »Aua?«, meinte er.

Ich erwiderte das Grinsen, dann zwang ich mich, unserer derzeitigen Lage ins Auge zu sehen. Obwohl Laurel fest zu schlafen schien, senkte ich die Stimme. »Ich muss alles erfahren, was er über die Pläne seiner Leute weiß. Sie sind organisiert, und sie sind fanatisch. Hier geht es nicht nur darum, dass welche vom Alten Blut einem aufmüpfigen Königssohn helfen, von zu Hause auszureißen. Ich muss ihn dazu bringen, dass er uns verrät, wo sie unseren Prinzen hingebracht haben.«

Das Lächeln auf den Zügen des Narren erlosch, allerdings ohne dass er wieder Fürst Leuenfarbs blasierte Miene aufsetzte. »Wie?«, fragte er ahnungsvoll.

»Mit allen Mitteln«, antwortete ich kalt. Ich spürte einen dumpfen Unmut, dass er mir die Sache unnötig schwer machen würde. Der Prinz und sein Wohlergehen – nur das zählte. Nicht des Narren Zimperlichkeit, nicht das Leben des jungen Burschen dahinten. Nicht einmal meine eigenen Gefühle waren wichtig. Ich tat dies für Chade, für meine Königin, für das Haus Weitseher, für den Prinzen. Für solche schmutzigen kleinen Dienste hatte man mich ausgebildet, es war ein Teil der »lautlosen Arbeit« eines Meuchelmörders. Mein Magen krampfte sich zusammen. Ich verhärtete mich gegen den besorgten Blick des Narren und stand auf. Bring es hinter dich. Lockere ihm die Zunge. Dann töte ihn. Wir konnten nicht wagen, ihn laufen zu lassen, und erst recht nicht konnten wir ihn als Klotz am Bein mitschleppen. Es war nicht das erste Mal, dass ich im Auftrag der Weitseher tötete. Zwar hatte ich bislang noch nie zuvor aus meinem Opfer irgendwelche Informationen herausprügeln müssen, aber auch das beherrschte ich. Meine diesbezüglichen Lektionen hatte ich in Edels Kerker gelernt. Ich wünschte mir nur, es wäre mir erspart geblieben, das Gelernte einmal anzuwenden.

Ich wandte mich vom Feuer ab und ging nach hinten, wo der Junge auf seine Stunde wartete. Er saß auf dem Boden, den Rücken an die Felswand gelehnt. Eine Zeitlang blieb ich einfach vor ihm stehen, schaute auf ihn hinunter und hoffte, seine Angst vor dem Kommenden wäre genauso groß wie die meine. Als er sich endlich nicht mehr beherrschen konnte und aufblickte, fragte ich in meinem drohendsten Ton: »Wo bringen sie ihn hin?«

»Ich weiß es nicht«, antwortete er, doch ohne jede Überzeugungskraft.

Meine Stiefelspitze traf ihn mit kalkulierter Wucht unter dem Rippenbogen, hart genug, um ihm den Atem zu nehmen, ohne dauerhaften Schaden zu verursachen. So weit waren wir noch nicht. Mit einem schrillen Japsen krümmte er sich zusammen. Ich bückte mich, krallte die Finger in seine Hemdbrust, riss ihn hoch und hielt ihn halb in der

Schwebe, sodass nur seine Zehenspitzen den Boden berührten. Auf diese Weise befanden sich unsere Augen auf gleicher Höhe, obwohl er kleiner war als ich. Er umklammerte meine Handgelenke. Sein Atem ging pfeifend.

»Wohin?«, wiederholte ich ausdrucklos. Draußen erneuerte das Unwetter seine Wut und Regenmassen.

»Sie ... haben es ... nicht gesagt«, stieß er hervor, und mein Gewissen beschwor mich, ihm zu glauben. Doch es stand zu viel auf dem Spiel. Ich stieß ihn, ohne loszulassen, heftig von mir; sein Kopf flog nach hinten und knallte gegen den Fels. Meine geprellte Schulter protestierte mit einem scharfen Stich – ich war selbst nicht in der besten Verfassung für solche Gewalttätigkeiten. Hinter mir hörte ich einen erstickten Laut von Laurel, drehte mich aber nicht um.

»Du kannst es mir jetzt sagen oder später«, warnte ich, während ich ihn gegen die Wand drückte. Ich verabscheute, was ich tat, doch seine unvernünftige Verstocktheit machte mich auch wütend. Ich schürte diese Wut, benutzte sie als Ansporn, um mit meinem Tun fortfahren zu können. Je konsequenter, desto gnädiger. Je eher er redete, desto schneller hatte er es hinter sich. Er war selbst schuld. Er war ein Hochverräter und im Bunde mit denen, die Kettrickens Sohn von ihr weggelockt hatten. Der zukünftige König der Sechs Provinzen schwebte möglicherweise in Lebensgefahr, und was dieser Gescheckte wusste, konnte mir helfen, ihn zu retten. Was immer ich ihm antat, er hatte es selbst verschuldet.

Ein fast kindliches Schluchzen schüttelte den Jungen. Er atmete mühsam. »Bitte«, sagte er leise.

Ich hieß mein Gewissen schweigen und machte mich bereit zuzuschlagen.

Aber du hast es geschworen. Niemals wieder. Niemals wieder das Töten, welches nicht um der Nahrung willen geschieht und das Herz zu Stein macht. Nachtauge war erschüttert.

Misch dich nicht ein, mein Bruder. Dies ist etwas, was ich tun muss.

Nein. Du musst nicht. Ich komme. Ich komme, so schnell ich kann. Warte auf mich, mein Bruder, ich bitte dich. Warte.

Ich verschloss mich gegen die Gedanken des Wolfs. Zeit, ein Ende zu machen. Den Willen dieses Gescheckten zu brechen. Aber der gefährliche Hochverräter sah aus wie ein Knabe, der verzweifelt bemüht war, sein Geheimnis zu bewahren. Tränen zogen helle Bahnen durch den Schmutz auf seinen Wangen. Die Einmischung des Wolfs hatte meinen Vorsatz geschwächt; ohne dass ich es merkte, hatte ich die Arme sinken lassen und den Jungen auf die Füße gestellt. Mir waren Beschäftigungen dieser Art immer zuwider gewesen. Einige Männer, die ich kannte, hatten Vergnügen daran, den Willen eines Menschen zu brechen, aber die Qualen, die ich in Edels Kerker erduldet hatte, hatten mich für immer als Opfer gebrandmarkt. Was ich diesem jungen Burschen antat, würde ich spüren. Schlimmer, ich würde mich sehen, wie er mich sah, und Kujon, meinen alten Peiniger, in mir erkennen. Ich wandte den Blick ab, bevor er in meinen Augen lesen konnte, was ich um jeden Preis verbergen wollte, aber es nützte mir nichts, denn der Narr stand nur eine Armeslänge entfernt neben mir, und alles Grauen, welches ich zu unterdrücken versuchte, lag in seinem Blick. Mitleid mischte sich mit Entsetzen und brannte wie Gift. Er sah. Er sah, trotz all der vielen Jahre, die vergangen waren, den misshandelten Knaben, der sich in mir verbarg und immer da sein würde. In einem Winkel meines Wesens würde ich mich ein Leben lang ducken, auf immer verstümmelt, entmannt von dem, was man mir angetan hatte. Es war mir unerträglich, dass jemand davon wusste. Auch wenn es der Narr war, mein Freund. Erst recht, wenn es der Narr war, mein Freund.

»Misch dich nicht ein«, fuhr ich ihn an, mit einer Stimme, von der ich nicht gewusst hatte, dass ich sie besaß. »Kümmere dich um die Jagdmeisterin.«

Die Wirkung war fast so, als hätte ich ihn geschlagen. Sein Mund ging auf, aber kein Ton kam heraus. Ich schaute weg, richtete den Blick auf den Jungen. Ich verdrängte jedes menschliche Fühlen. Langsam ballte ich meine Hand an seinem Kragen zur Faust. Ich konnte fühlen, wie er sich krampfhaft bemühte zu schlucken, dann begann er zu röcheln. Seine blauen Augen huschten über meine Narbe und die gebrochene Nase. Mein Gesicht war nicht das Gesicht eines Menschen, von dem Schonung zu erwarten war. Verräter, erinnerte ich mich, während ich ihn musterte. Du verrätst deinen Prinzen, genau wie Edel Veritas verraten hat. Wie oft hatte ich mir ausgemalt, was ich mit Edel tun würde, falls er mir je in die Hände fiel. Und dieses Bürschchen verdiente das Gleiche. Indem er sich weigerte preiszugeben, was er wusste, war er vielleicht schuld am Erlöschen des Hauses Weitseher. Ich stierte in sein Gesicht und ließ diese Gedanken alles andere verdrängen, konnte fühlen, wie sie den Zug um meine Augen und den Mund veränderten. Mein Entschluss stand fest. Zeit, ein Ende zu machen, so oder so. »Letzte Chance«, warnte ich schroff und zog mein Messer. Ich beobachtete meine Hände, als ob sie jemand anders gehörten. Ich setzte die Spitze der blanken Klinge an das untere Lid seines linken Auges, ließ sie eine Winzigkeit in die Haut eindringen. Er kniff die Lider zusammen, aber wir wussten beide, dass er sich damit nicht schützen konnte. »Wohin?«

»Befehlt ihm, dass er aufhört, Euer Gnaden«, bat Laurel mit schwankender Stimme. »Ihr müsst es verbieten.« Ich konnte fühlen, wie der Junge in meinem Griff anfing zu zittern. Wie maßlos erschreckend es für ihn sein musste, dass selbst meinen Gefährten vor mir graute. Ein Lächeln ergriff von meinem Gesicht Besitz und erstarrte zur Grimasse.

»Tom Dachsenbless!«, ermahnte der Fürst mich in gebieterischem Ton. Ich blickte mich nicht einmal um. Er hatte zusammen mit Chade und Kettricken die schlafenden Hunde geweckt. Alles Weitere war unvermeidlich. Sollte er sich anschauen, wozu er den Anstoß gegeben hatte. Wenn es ihm nicht gefiel, konnte er die Augen zumachen. Ich konnte es nicht. Ich musste es durchleben.

Nein, das musst du nicht. Und ich weigere mich, daran teilzuhaben. Ich werde es nicht dulden.

Ich fühlte ihn, bevor ich ihn sah. Einen Moment später zeichnete sich am äußersten Rand des Feuerscheins seine Silhouette ab, und dann wankte mein Wolf in die Höhle. Er war triefend nass, das Deckhaar seines Fells flach an den Leib geregnet. Er kam ein Stück ins Trockene, dann blieb er stehen und schüttelte sich. Die Berührung seines Bewusstseins glich einer festen Hand auf meiner Schulter. Er bewirkte, dass meine Gedanken sich ihm zuwandten, uns, und alle anderen Dinge in den Hintergrund rückten. *Mein Bruder. Wandler. Ich bin müde. Ich bin nass und friere. Ich brauche deine Hilfe.* Er kam näher, dann lehnte er sich gegen mein Bein und fragte still: *Futter?* Mit der körperlichen Berührung verdrängte er eine Finsternis, von der ich nicht gewusst hatte, dass sie in meiner Seele hauste, und erfüllte mich mit seinem Wolfsein und dem Jetzt.

Ich ließ meinen Gefangenen los, und er sank in sich zusammen, seine Knie gaben nach, und mit einem Ruck saß er auf dem Boden. Sein Kopf fiel ihm auf die Brust, und ich glaubte, ein ersticktes Schluchzen zu hören. Ich scherte mich nicht darum. Ich schob jenen Fitz-Chivalric Weitseher beiseite, um meines Wolfes Bruder zu sein.

Ein tiefer Atemzug weitete meine Brust. Ich war schwach

vor Erleichterung, Nachtauge bei mir zu haben. Ich klammerte mich an sein Wesen und fühlte, wie es mich zu mir zurückführte. *Ich habe dir ein Stück Brot aufgehoben.*

Besser als nichts.

So dicht neben mir, dass wir uns berührten, bugsierte er mich zurück zum Feuer und seiner gesegneten Wärme. Er wartete geduldig, während ich den Brotkanten suchte. Ich setzte mich dicht neben ihm auf den Boden, ohne mich an seinem nassen Fell zu stören, und reichte ihm das Brot Bissen für Bissen. Als er alles aufgefressen hatte, strich ich ihm mit der Hand über den Rücken und streifte die grobe Nässe ab. Der Regen war ihm nicht bis auf die Haut gedrungen, aber ich spürte seine Schmerzen und seine Erschöpfung. Und doch war es seine große Liebe zu mir, die mich einhüllte und heilte.

Ich fand einen Gedanken, den zu teilen sich lohnte. *Wie heilen deine Wunden?*

Langsam.

Ich ließ meine Hand unter seinen Bauch gleiten. Hochspritzender Matsch hatte die geschwollenen Risse entzündet, sie fühlten sich heiß an. Sie schwärten. Fürst Leuenfarbs Topf mit Salbe steckte noch in meiner Satteltasche. Ich holte ihn, und zu meinem Erstaunen gestattete Nachtauge mir, sie auf die langen wulstigen Schmarren zu streichen. Honig, das wusste ich, war ein Mittel, das Gifte aus Wunden sog, vielleicht half er auch gegen diese Entzündung. Plötzlich wurde mir bewusst, dass der Narr zu uns getreten war. Er kniete sich hin, legte Nachtauge beide Hände wie segnend auf den Kopf und sagte, während er ihm tief in die Augen schaute: »Ich bin so froh, dich wiederzusehen, alter Freund.« Seine Stimme klang erstickt von zurückgehaltenen Tränen. An mich hingegen wandte er sich in einem Ton, als gälte es, eine reißende Bestie zu besänftigen: »Wenn du mit der

Salbe fertig bist, könnte ich etwas davon für Laurels Schulter haben?«

»Selbstverständlich.« Ich strich eine letzte Schicht auf Nachtauges Wunden und reichte ihm den Topf. Als er sich vorbeugte, um ihn zu nehmen, raunte er: »Ich habe noch nie in meinem Leben solche Angst gehabt. Und ich konnte nichts tun. Ich glaube, nur er konnte dich zurückholen.«

Im Aufstehen streifte sein Handrücken meine Wange. Ich wusste nicht, ob er sich selbst beruhigen wollte oder mich. Einen Moment lang empfand ich abgrundtiefes Bedauern für uns beide. Der Schrecken war nicht vorbei, er war nur aufgeschoben.

Nachtauge streckte sich schnaufend neben mir aus. Er legte seinen Kopf auf mein Bein und richtete den Blick durch den Höhleneingang nach draußen. *Doch, es ist vorbei. Ich verbiete es, Wandler.*

Ich muss den Prinzen finden. Er dort weiß, wo er ist. Es gibt keinen anderen Weg.

Ich bin dein anderer Weg. Vertrau mir. Ich spüre den Prinzen für dich auf.

Ich fürchte, dieses Unwetter hat keine Spuren übrig gelassen, denen wir folgen könnten.

Hab Vertrauen. Ich finde ihn, ich verspreche es. Nur vergieße nicht dieses Blut.

Nachtauge, ich kann ihn nicht leben lassen. Er weiß zu viel.

Er überging diesen Einwand. Stattdessen warnte er: *Ehe du ihn tötest, bedenke, was du ihm nimmst. Bedenke, was es heißt zu leben.*

Schon hatte er mich in seinen Sinnen gefangen und in sein Jetzt hinübergezogen. Fitz-Chivalric Weitseher und alles, was ihn bewegte, blieb zurück. Wir schauten in die schwarze Nacht vor dem Höhleneingang. Der Regen hatte die Gerüche der Hügel geweckt, und er deutete sie für mich.

Der Regen war ein beständiges Rauschen, das alle anderen Geräusche überdeckte. Das Feuer vor uns brannte nieder. Am Rande war ich mir der Gegenwart des Narren bewusst, der es fütterte, sparsam, damit unser kleiner Holzvorrat bis zum Morgen reichte. Ich roch den Qualm, die Pferde, die anderen Menschen …

Es war seine Absicht, mich aus meiner Menschenwelt herauszuführen, zurück zum Dasein eines Wolfs. Darin war er erfolgreicher als geplant. Vielleicht war Nachtauge erschöpfter, als er wusste, oder der gleichförmig rauschende Regen lullte uns in die Vertrautheit von Welpen, die keine Begrenzung kennt. Ich trieb in ihn hinein, in seinen Verstand, in sein Bewusstsein und schließlich in seinen Körper.

Er hatte keine Reserven mehr. Die Müdigkeit in ihm war so groß, dass sie alles verdrängte. Er schrumpfte wie das Feuer, nahm Nahrung in sich auf und wurde doch immer kleiner.

Leben ist Balance. Wir vergessen diese Wahrheit, während wir gedankenlos von einem Tag zum anderen leben. Wir essen und trinken und schlafen und nehmen an, dass wir uns ein ums andere Mal am Morgen erheben werden, neu gestärkt. Selbst wenn wir geplagt sind mit Wunden, die nur langsam heilen, mit Schmerzen, die bei Tag gelindert scheinen, um abends mit ganzer Macht wieder aufzuflammen, selbst wenn Schlaf nicht mehr Erquickung bringt, selbst dann erwarten wir noch, dass irgendwie morgen alles wieder im Lot sein wird und wir weitermachen können wie bisher. An irgendeinem Punkt sind die Waagschalen aus dem Gleichgewicht geraten, und all unseren panischen Bemühungen zum Trotz finden wir uns auf der abschüssigen Bahn des langsamen Verfalls, von dem Körper, der sich selbst erneuert, zu dem, der mit verzweifelter Zähigkeit darum ringt zu erhalten, was einmal war.

Ich starrte in die Dunkelheit. Plötzlich kam es mir vor, als wäre jedes Ausatmen des Wolfs länger als das Einatmen. Wie ein untergehendes Schiff sank er jeden Tag tiefer in ein fatalistisches Dulden von Gewohnheit gewordenem Schmerz und schwindender Lebenskraft.

Jetzt schlief er tief und fest, alle Mühsal vergessen, den breiten Schädel auf meinem Schoß. Ich atmete verstohlen tief ein und legte dann behutsam die flache Hand auf seine Stirn.

Als Knabe war ich für Veritas ein Lebensspender gewesen. Er hatte die Hand auf meine Schulter gelegt und sich mittels der Gabe von mir die Kraft genommen, die er so verzweifelt brauchte, um die Roten Schiffe zu bekämpfen. Ich dachte zurück an den Tag am Bachufer bei meiner Hütte und was ich getan hatte, um Nachtauges Leben zu retten. Erreicht hatte ich ihn mit der Alten Macht, aber geheilt mit der Gabe. Schon vorher hatte ich gewusst, dass man diese beiden Formen der Magie mischen konnte, fürchtete sogar, dass mein Gebrauch der Gabe immer von der Alten Macht verunreinigt sein würde. Nun wurde die Furcht zur Hoffnung, dass ich die beiden Fähigkeiten vereint nutzen konnte, für meinen Wolf. Denn mittels der Gabe konnte man nicht nur Kraft nehmen, sondern auch geben.

Ich schloss die Augen und bemühte mich, gleichmäßig ein- und auszuatmen. Die Schutzwehren des Wolfs waren offen, meine Beschwernisse als ein Weitseher aus meinen Gedanken getilgt. Nur Nachtauge war von Bedeutung. Ich öffnete mich weit und lenkte meine Kraft, meine Energie, die Tage meines Lebens zu ihm hin. Es war wie ein langes Ausatmen, ein Strom von Leben, der meinen Körper verließ und in ihn hineinfloss. Mir wurde schwindlig, dafür spürte ich bei ihm ein Erstarken, vergleichbar einer dem Erlöschen nahen Flamme, die neue Nahrung bekommt. Ich sandte einen zweiten Atemstrom zu ihm hin, der in mir eine Leere hinterließ, die sich mit Schwäche füllte. Unwichtig. Was ich ihm bis jetzt gegeben hatte, war das Mindeste gewesen, das ihn erquickte, aber nicht wirklich kräftigte. Er brauchte mehr. Ich konnte später essen und schlafen und mich erholen. In diesem Moment war er bedürftiger.

Dann erwachte sein Bewusstsein wie eine aufschießende Stichflamme, und *NEIN!* begehrte er auf und riss sich von mir los, Körper und Geist, verschanzte sich hinter Barrieren, die es mir fast unmöglich machten, ihn zu erreichen. *Versuchst du jemals wieder, das zu tun, werde ich dich verlassen. In jeder Weise und für immer. Du wirst mich nicht sehen, du wirst nicht meine Gedanken spüren, du wirst nicht meine Witterung an deiner Fährte entdecken. Verstehst du mich?*

Ich fühlte mich wie ein Welpe, geschüttelt und beiseitegeschleudert. Von der gewaltsam unterbrochenen Verbindung war ich betäubt, verwirrt, alles drehte sich um mich. »Warum?«, fragte ich matt.

Warum? Er schien zu staunen, dass ich fragen konnte.

In diesem Moment hörte ich das leise Knirschen von Sand unter einem vorsichtig aufgesetzten Fuß. Ich fuhr herum und sah meinen Gefangenen aus dem Höhleneingang huschen. Im Nu war ich aufgesprungen und stürmte hinter ihm her. Blind in Dunkelheit und Regen prallte ich gegen ihn, und wir rollten uns überschlagend den steinigen Hang hinunter. Er stieß einen Schrei aus, als wir hinfielen, dann hatte ich ihn gepackt und ließ nicht wieder los, bis wir schließlich zwischen Gestrüpp und Geröll zum Halten kamen. Zerschlagen und benommen lagen wir nebeneinander, während losgerissene Steine an uns vorbeihüpften. Mein Messer war unter mir eingeklemmt, das Heft bohrte sich in meine Hüfte. Ich packte den Gescheckten an der Gurgel.

»Ich sollte dich töten, gleich hier«, knurrte ich ihn an. Von oben tönten fragende Stimmen herab. »Ruhe!«, schrie ich zu ihnen hinauf, und augenblicklich herrschte Stille. Ich wandte mich wieder an meinen Gefangenen. »Hoch mit dir!«

»Ich kann nicht.« Es hörte sich kläglich an.

»Hoch mit dir!« Ich rappelte mich auf, ohne ihn loszulassen, und hievte ihn dann fast auf die Beine. »Beweg dich. Den Hang hinauf, zurück zur Höhle. Versuch noch einmal zu fliehen, und ich schlage dich grün und blau.«

Er glaubte mir. In Wirklichkeit hatte meine Spende an Nachtauge mich völlig entkräftet. Ich vermochte kaum, mit ihm Schritt zu halten, als wir zum Teil auf allen vieren den Hang hinaufkletterten. Die unvermeidlichen Kopfschmerzen nach dem Gebrauch der Gabe malten grelle Blitze auf die Innenseiten meiner Lider. Oben angelangt, waren wir beide von oben bis unten nass und verdreckt. Ich ignorierte Fürst Leuenfarbs besorgte Miene und Laurels Fragen, fesselte dem Gefangenen die Hände auf den Rücken und schnürte ihm außerdem die Füße zusammen. Mein Schädel dröhnte; ich wollte fertig werden und ging nicht eben behutsam mit ihm um, dabei spürte ich die Blicke des Narren und Laurels im Rücken. Es machte mich wütend, und gleichzeitig schämte ich mich für meine Unbeherrschtheit. »Schlaf gut«, zischte ich ihm ins Gesicht, als ich fertig war, trat einen Schritt zurück und zog mein Messer aus der Gürtelscheide. Laurel stöhnte auf, und dem Gescheckten entfuhr ein ersticktes Schluchzen. Doch ich ging nur zu dem Rinnsal, um den Schmutz von Klinge und Scheide abzuspülen. Dann wusch ich mir die Hände und rieb mir mit dem kalten Wasser das Gesicht sauber. Bei dem Gerangel mit dem Gefangenen hatte ich mir den Rücken gezerrt. Nachtauge winselte mitfühlend. Ich biss die Zähne zusammen und versuchte, den Schmerz vor ihm zu verbergen.

Als ich mich aufrichtete, meldete der Gescheckte sich zu Wort. »Du bist ein Verräter an deinesgleichen.« Die Todesangst verlieh dem Jungen einen verzweifelten Mut. Er schleuderte mir die Worte entgegen, doch ich gönnte ihm nicht einen Blick. Sein Wortschwall steigerte sich zu schriller Anklage. »Was haben sie dir bezahlt, damit du uns in den Rücken fällst? Welche Belohnung erwartet dich und deinen Wolf, wenn du den Prinzen zurückbringst? Haben sie eine Geisel in ihrer Gewalt? Deine Mutter? Deine Schwester? Haben sie versprochen, dass sie dich und deine Familie am Leben lassen, wenn du die Drecksarbeit für sie verrichtest? Sie lügen, sage ich dir. Sie lügen immer.« Seine schwankende Stimme gewann an Kraft. »Altes Blut jagt Altes Blut, und wofür? Damit die Weitseher vertuschen können, dass das Blut des Gescheckten Prinzen in ihren Adern fließt? Oder arbeitest du für jene, die die Königin und ihren Sohn hassen? Willst du ihn zurückbringen, damit man ihn als einen vom Alten Blut anklagt und die Weitseher von denen gestürzt werden, die wähnen, sie passten besser auf den Thron der Sechs Provinzen?«

Ich hätte besser darauf achten sollen, was er über die Weitseher sagte, aber ich hörte nur, was mich anging. Er sprach mit Überzeugung. Er wusste Bescheid. Ich versuchte zu parieren, obwohl ich wusste, es war dumm, den Köder zu schlucken und mich auf ein Gespräch mit ihm einzulassen. »Deine wilden Beschuldigungen sind Hirngespinste. Ich bin ein Vasall der Weitseher, ich diene meiner Königin. Ich werde den Prinzen retten, ganz gleich, in wessen Hand er ist oder in welcher Beziehung zu mir die Entführer stehen …«

»Retten? Ha! Ihn zurückschleppen in die Sklaverei, meinst du wohl.« Der Gescheckte richtete den Blick auf Laurel, als wollte er besonders sie überzeugen. »Der Knabe mit der Katze reitet mit uns dorthin, wo er in Sicherheit ist, nicht als Gefangener, sondern als einer, der heimkehrt zu seinesgleichen. Besser ein freier Gescheckter als ein Prinz in einem Käfig. Also verrätst du ihn doppelt, denn er ist ein Weitseher, dem zu dienen du geschworen hast, und vom Alten Blut, so gewiss wie du es bist. Wirst du ihn zurückschleppen, damit er gehängt, gevierteilt und verbrannt wird, wie schon so viele von uns? Wie mein Bruder vor zwei Tagen?« Seine Stimme brach. »Arno war erst siebzehn. Er selbst hatte nicht einmal die Alte Macht, doch er war Blut von Altem Blut und beschloss, auf unserer Seite zu kämpfen, sogar sein Leben für uns zu opfern. Er war einer von uns, auch wenn er die Magie nicht geerbt hatte.« Er sah wieder mich an. »Du aber stehst da, ebenso einer mit der Alten Macht wie ich, du und dein Wolfsbruder neben dir, und machst Jagd auf uns. Du magst lügen und leugnen, doch vergrößerst du nur deine eigene Schande. Glaubst du, ich merke nicht, wie du mit ihm sprichst?«

Ich starrte ihn an. Mein pochender Schädel bemühte sich zu ermessen, was er mir soeben angetan hatte. Indem er mich vor Laurel bloßstellte, hatte er nicht nur mein Leben in Gefahr gebracht, sondern mir auch Bocksburg weggenommen, zum zweiten Mal. Ich konnte nie wieder dorthin zurückkehren, nachdem Laurel nun wusste, was ich war. Alle Farbe war aus ihrem Gesicht gewichen. Sie sah aus, als würde ihr übel. Ich bemerkte eine Veränderung in ihren Augen, als ich sie anblickte, eine neue Einschätzung meiner Person. Das Gesicht des Narren war völlig leer, als ob er sich bemühte, so viele Gefühle zu unterdrücken, dass seine Miene überhaupt nichts verriet. Hatte er bereits erkannt, was ich tun musste? Es war wie ein schleichendes Gift. Sie wussten, ich war ein Zwiehafter. Nun war es nicht allein der Gescheckte, den ich töten musste, sondern auch Laurel. Tat ich es nicht, blieb sie auf ewig ein Dolch an meiner Kehle.

Doch wenn ich es tat, zerstörte ich alles, was zwischen

dem Narren und mir war, Freundschaft, tiefe Verbundenheit. Der Ausweg des Meuchelmörders aus diesem Dilemma bestand darin, auch ihn zu töten, damit er mich nie wieder mit diesen Morden in den Augen anschauen konnte.

Und dann tötest du mich, und zu guter Letzt tötest du dich, und niemand wird je erfahren, wie wir verbunden gewesen sind. Es bliebe unser schäbiges Geheimnis, mit uns ins Grab gesunken. Töte uns. Lieber tot, als frei bekennen, was wir sind.

Zielsicher wie ein eiskalter deutender Finger traf dieser Gedanke mitten in die furchtbare Zerrissenheit, die mich quälte, seit wir den jungen Gescheckten gefangen genommen hatten – nein, seit ich erkannt hatte, dass ich, um meinen den Weitsehern geleisteten Vasalleneid zu halten, mich gegen die vom Alten Blut stellen musste und gegen den Wunsch des Prinzen nach einem eigenen Leben.

»*Bist* du ein Zwiehafter?«, fragte Laurel tonlos. Ihre Stimme war leise, aber die Worte gellten mir in den Ohren.

Ich stand im Brennpunkt abwartender, durchbohrender Blicke. Ich griff nach der Lüge, konnte sie aber nicht über die Lippen bringen. Sie auszusprechen hieß, den Wolf zu verleugnen. Ich war denen vom Alten Blut entfremdet, dennoch waren wir von einer Art, und es bestand eine Verbundenheit, die tiefer reichte als erlernte Loyalität. Vielleicht führte ich mein Leben nicht wie einer vom Alten Blut, aber die Gefahr, getötet zu werden für das, was wir waren, drohte uns allen gleich.

Demgegenüber hatte ich den Weitsehern den Treueeid geleistet, und sie waren mir blutsverwandt.

Was soll ich tun?

Was richtig ist. Sei, was du bist, Weitseher und Altes Blut. Selbst wenn es uns den Tod bringen sollte, es wäre leichter als dieses ewige Verstecken. Ich will lieber sterben, als unsere Verschwisterung mit dauernder Lüge zu beschmutzen.

Es war, als würde meine Seele aus einem ausweglosen Labyrinth befreit.

Mein Kopfschmerz war schlagartig gelindert; dass ich endlich den Mut gefunden hatte, eine Entscheidung zu treffen, schien mich von einem bösen Geist befreit zu haben. Die Worte kamen auf einmal wie von selbst.

»Ich bin vom Alten Blut«, bekannte ich ruhig und fest. »Und ich bin ein Vasall des Hauses Weitseher. Ich diene meiner Königin. Und meinem Prinzen, auch wenn er es jetzt noch nicht begreifen mag. Ich werde tun, was immer ich tun muss, um meinem Vasalleneid gerecht zu werden.« Ich schaute den Gescheckten mit Wolfsaugen an und sprach aus, was wir beide wussten. »Die vom Alten Blut haben den Prinzen nicht entführt, weil sein Wohl ihnen am Herzen liegt. Sie wollten ihn nicht ›befreien‹. Sie haben ihn zu sich gelockt, weil er als Thronfolger von unschätzbarem Wert für sie ist. Sie werden ihn benutzen, ohne Rücksicht auf seinen Willen oder seine Wünsche. Aber ich werde nicht zulassen, dass man ihn so missbraucht. Ich werde ihn um jeden Preis vor diesem Schicksal bewahren. Ich werde herausfinden, wo man ihn versteckt hält, und ich werde ihn nach Hause bringen. Ungeachtet dessen, was es mich kostet.«

Ich sah den Jüngling erbleichen. »Ich bin ein Gescheckter«, erklärte er mit schwankender Stimme. »Weißt du, was das bedeutet? Es bedeutet, ich schäme mich nicht meines Alten Blutes. Ich bekenne mich dazu und fordere das Recht, von meinen besonderen Fähigkeiten Gebrauch zu machen. Es bedeutet außerdem, ich werde meine Gefährten nicht verraten, auch nicht, wenn ich dafür sterben muss.« Erzählte er mir das, um mich zu überzeugen, dass seine Entschlossenheit so unerschütterlich war wie die meine? Dann irrte er sich. Offenbar hatte er meine Worte als Drohung verstanden. Ein weiterer Irrtum. Sei's drum. Ich hatte keine Lust, das Missverständnis aufzuklären. Eine Nacht der Angst würde ihn nicht umbringen und hatte vielleicht sogar die Wirkung, dass er sich morgen früh meinen Fragen zugänglicher zeigte. Wenn nicht, würden Nachtauge und ich den Prinzen aufspüren.

»Spar dir den Sermon«, riet ich ihm. »Schlaf, solange du noch kannst.« Ich schaute die anderen an, die unseren Wortwechsel gespannt verfolgten. Laurels Miene spiegelte Abscheu und Unglauben. Die scharfen Linien im Gesicht des Narren machten ihn alt. Sein Mund war schmal und hart, sein Schweigen eine Anklage. Ich verschloss mein Herz dagegen. »Wir alle sollten uns schlafen legen, die Nacht ist nur mehr kurz.«

Ich hatte kaum ausgesprochen, da brach die Müdigkeit über mich herein wie eine schwarze Woge. Nachtauge war zu mir gekommen und hatte sich hingesetzt. Er lehnte sich gegen mich, und die abgrundtiefe Mattigkeit, die er empfand, ergriff auch von mir Besitz. Ich setzte mich, dreckig und nass wie ich war, auf den sandigen Boden der Höhle. Mir war kalt, aber schließlich war es eine Nacht, in der man mit Kälte rechnen musste. Und mein Bruder war bei mir, sodass wir uns gegenseitig wärmen konnten. Ich streckte mich aus, legte den Arm über ihn und atmete seufzend aus. Nur einen Moment ausruhen, bevor ich die erste Wache übernahm. Doch schon zog der Wolf mich mit sich in die Tiefe und hüllte mich in seinen Schlaf.

Kapitel 21

PFLICHTGETREU

Es war einmal, da lebte in Chaky eine alte Frau, die war weit und breit berühmt für ihre Kunstfertigkeit als Weberin. An einem Tag brachte sie fertig, wozu andere eine Woche brauchten, und ein Stück war wunderbarer als das andere. Nicht ein falscher Stich, den sie tat, und der Faden, den sie für ihre besten Tapisserien spann, war so stark, dass man ihn nicht mit den Zähnen durchbeißen konnte, sondern ihn mit dem Messer schneiden musste. Sie wohnte allein und abseits, und obschon Geld genug im Kasten klingelte, Lohn ihrer Arbeit, führte sie ein bescheidenes Leben. Als es sich nun begab, dass sie ein zweites Mal nicht zum Wochenmarkt kam, unternahm es eine Edelfrau, die auf den ihr zugesagten Mantel wartete, zu ihrer Kate hinauszureiten, um zu sehen, ob ihr etwas zugestoßen sei. Da saß die alte Frau an ihrem Webstuhl, den Kopf über die Arbeit geneigt, aber ihre Hände waren müßig, und sie rührte sich nicht, als die Besucherin an den Türstock klopfte. Deshalb ging der Leibdiener der Edelfrau hinein, um die Alte anzustoßen, denn gewiss war sie eingeschlummert. Doch als er es tat, sank sie vom Schemel, mausetot, und lag ihm zu Füßen. Und aus ihrem Busen sprang eine dicke, fette Spinne, groß wie eine Männerfaust, krabbelte über den Webstuhl und zog dabei einen dicken Faden hinter sich her. Da war das Geheimnis ihrer Webkunst offenbar. Ihr toter Leib wurde in vier Teile geschnitten und verbrannt, und mit ihr verbrannte man alles gewebte Zeug, von dem man wusste, dass sie es gemacht hatte, und dann die Kate und den Webstuhl selbst.

DACHSENBLESS: »GESCHICHTEN DERER VOM ALTEN BLUT«

Ich erwachte vor Morgengrauen mit dem quälenden Gefühl, etwas vergessen zu haben. Eine Weile lag ich still im Dunkeln und grübelte, was es sein könnte. Durch das zerschlissene Gespinst meiner Kopfschmerzen hindurch zwang ich meinen Verstand zu arbeiten. Bruchstücke eines zähen Albtraums kehrten langsam vom Rand des Vergessens zurück. Eine Katze – ich war eine Katze gewesen? Wie in den schlimmsten der Märchen von der Alten Macht, in denen der Zwiehafte nach und nach unter den Einfluss seines Geschwistertiers gerät, bis er eines Tages als Gestaltwandler erwacht, dazu verdammt, in Tiergestalt umzugehen, auf ewig den bösartigsten Gelüsten seines Geschwisters ausgeliefert. In meinem Traum war ich eine Katze gewesen, aber in einem menschlichen Körper. Auch eine Frau war da gewesen, die mit mir das Bewusstsein der Katze teilte, mit dieser so eng verquickt, dass ich nicht zu sagen vermochte, wo einer begann und der andere aufhörte. Beunruhigend. Der Traum hatte mich gepackt, wie mit Krallen festgehalten und in die Tiefe gezogen. Doch ein Teil von mir hatte ... etwas gehört? Wispern? Das leise Klingeln von Zaumzeug? Das Knirschen von Stiefeln und Hufen im Sand?

Ich setzte mich auf und bemühte mich, etwas zu erkennen. Das Feuer war zu einem dunklen Fleck auf dem Boden zusammengefallen. Sehen konnte ich nichts, aber ich war überzeugt, dass der Gefangene sich davongemacht hatte.

Irgendwie musste er sich der Fesseln entledigt haben, und nun war er unterwegs, um seine Freunde zu warnen. Ich schüttelte den Kopf, um die Nebel der Schlaftrunkenheit zu vertreiben. Wahrscheinlich hatte er sich zu allem Überfluss mein Pferd genommen. Meine Schwarze war als Einzige von den dreien dumm genug, sich stehlen zu lassen, ohne zu protestieren.

Erst jetzt schlug ich Alarm. »Euer Gnaden! Wacht auf! Unser Gefangener ist entflohen.«

Ich hörte das Rascheln, als er sich aus seiner Decke schälte, kaum mehr als eine Armeslänge neben mir. Im Dunkeln ein Scharren und Kratzen, dann wurde eine Handvoll Späne in die Glut geworfen. Erst glommen sie rötlich, dann zuckte eine kleine Flamme auf. Sie hielt nicht lange, doch was sie mir zeigte, genügte, um mich zu verwirren. Nicht nur unser Gefangener war verschwunden, sondern es fehlten auch Laurel und Weißschopf.

»Sie verfolgt ihn«, sagte ich töricht.

»Sie sind zusammen geflohen.« Der Narr hatte den klareren Blick. Allein mit mir, verzichtete er auf Fürst Leuenfarbs Stimme und Gehabe. Im verdämmernden Feuerschein saß er auf seiner Decke, das Kinn auf den hochgezogenen Knien und die Arme um die Beine geschlungen, während er schilderte, wie er sich den Hergang dachte. Er schüttelte den Kopf über seine eigene Dummheit. »Nachdem du eingeschlafen warst, bestand sie darauf, die erste Wache zu übernehmen. Sie versprach, mich zu wecken, damit ich sie ablöste. Wenn ich nicht von deinem Benehmen so verwirrt gewesen wäre, hätte ich vielleicht gemerkt, wie seltsam ihr Angebot war.« Sein waidwunder Blick in meine Richtung war fast ein Vorwurf. »Sie hat ihm die Fesseln abgenommen, und dann haben sie sich grußlos empfohlen. So leise, dass nicht einmal Nachtauge etwas gehört hat.«

Die Frage sprach aus seinen Worten, nicht dem Tonfall. »Er ist nicht bei Kräften«, sagte ich und verkniff mir die zweite mögliche Erklärung. Hatte der Wolf mich absichtlich in tiefem Schlaf gehalten und ihnen ermöglicht, sich davonzustehlen? Er schlief neben mir, den schweren, zähen Schlaf der Erschöpfung und Krankheit. »Welchen Grund könnte sie gehabt haben, mit ihm zu fliehen?«

Das Schweigen dauerte zu lange. Dann sagte der Narr widerwillig: »Vielleicht dachte sie, du würdest ihn töten, und wollte es verhindern.«

»Ich hätte ihn nicht getötet«, entgegnete ich gereizt.

»Ach? Wie schön, dass wenigstens einer von uns das mit Überzeugung behaupten kann. Denn offen gesagt, ich hegte die gleiche Befürchtung wie Laurel.« Im matter werdenden Schein der Glut trafen sich unsere Blicke, und er gestand mit entwaffnender Offenheit: »Du hast mich gestern Abend in Angst und Schrecken versetzt, Fitz. Mir kamen Zweifel, ob ich dich wirklich kenne.«

Ich wollte nicht über gestern Abend diskutieren. »Glaubst du, er könnte sich selbst befreit und Laurel dann gezwungen haben mitzukommen?«

Wieder schwieg er eine Weile, dann akzeptierte er meinen Themenwechsel. »Die Möglichkeit besteht, aber nur sehr entfernt. Laurel ist – äußerst energisch. Sie hätte einen Weg gefunden, Lärm zu machen. Auch wüsste ich nicht, zu welchem Zweck er sie mitnehmen sollte.« Er runzelte die Stirn. »Findest du nicht auch, dass sie sich merkwürdig angesehen haben? Fast als ob sie ein gemeinsames Geheimnis hätten?«

War mir da etwas entgangen? Ich grub in meinen Erinnerungen, dann gab ich es als hoffnungslos auf und schob widerwillig die Decke von meinen Beinen. Ich sprach leise, um Nachtauge nicht zu wecken. »Wir müssen hinterher.

Jetzt sofort.« Die vom Abend vorher nassen und schmutzigen Kleider scheuerten klamm und steif auf meiner Haut. Nun, wenigstens musste ich mich nicht erst anziehen. Ich stand auf. Als ich den Schwertgurt umlegte, konnte ich ihn ein Loch enger zuschnallen. Dann stutzte ich und schaute auf die Decke.

»Ich habe dich zugedeckt«, erklärte der Narr gelassen. Er fügte hinzu: »Lass Nachtauge schlafen, wenigstens bis es hell wird. Im Dunkeln können wir ihren Spuren ohnehin nicht folgen.« Nach einer kleinen Pause sagte er: »Du willst hinter ihnen her, weil – ja, warum? Weil du annimmst, dass er dorthin fliehen wird, wo der Prinz ist? Denkst du, er wird Laurel dorthin mitnehmen?«

Ich biss eine lose Ecke von meinem Daumennagel ab. »Ehrlich gesagt weiß ich selber nicht genau, was ich denke.«

Eine Zeitlang hingen wir in Stille und Dunkelheit jeder den eigenen Gedanken nach. Schließlich holte ich seufzend Atem. »Wir müssen den Prinzen zurückholen. Nichts darf uns davon abhalten. Ich schlage vor, dass wir zu der Stelle zurückreiten, wo wir gestern von der Fährte abgewichen sind, und versuchen, sie wiederzufinden, sofern es nach diesem Regen noch möglich ist. Nur von diesem Weg können wir ganz sicher sein, dass er uns zu Pflichtgetreu führt. Kommen wir dort nicht weiter, weichen wir auf die Spur von Laurel und dem Gescheckten aus und hoffen, dass sie uns zu dem Prinzen führen.«

»Einverstanden.«

Fast plagten mich Schuldgefühle wegen der ungeheuren Erleichterung, die mich überkam. Nicht allein deshalb, weil er meinem Plan zugestimmt hatte, nicht allein, weil der Gescheckte außerhalb meiner Reichweite war, sondern weil wir, endlich unbeobachtet, das Schauspielern bleiben lassen konnten und wieder einfach wir selbst waren. »Ich habe dich vermisst«, sagte ich einfach und wusste, er verstand, was ich damit ausdrücken wollte.

»Ich dich auch.« Seine Stimme kam aus einer neuen Richtung. Er war aufgestanden und bewegte sich lautlos und geschmeidig wie eine Katze durch die Dunkelheit. Das rief mir meinen Traum ins Gedächtnis. »Ich glaube, der Prinz könnte in großer Gefahr sein«, sagte ich zu der Stelle hin, wo er eben gewesen war.

»Auf die Idee kommst du erst jetzt?«

»Eine Gefahr von anderer Art, als ich erwartete. Ich nahm an, die Zwiehaften hätten ihn mit dieser Katze, seinem Geschwistertier, als Köder von Kettricken und Bocksburg weggelockt, damit sie ihm vormachen könnten, sie wären seine wahren Freunde, und ihn für ihre Ziele einspannen. Doch heute Nacht träumte mir ... es war ein böser Traum. Von dem Prinzen, der nicht er selbst war, von der Katze, die ihn so beherrscht, dass er nicht mehr weiß, wer oder was er ist.«

»So etwas kann geschehen?«

»Ich wünschte, ich wüsste es mit Sicherheit. Die ganze Angelegenheit war äußerst merkwürdig. Es war seine Katze, und doch war sie es nicht. Da war eine Frau, aber ich bekam sie nie zu Gesicht. Als ich der Prinz war, liebte ich sie. Und die Katze, die Katze liebte ich auch. Die Katze, glaube ich, liebte mich, aber es war schwer zu sagen. Die Frau stand – zwischen uns.«

»Als du der Prinz warst.« Sein Tonfall verriet mir, dass er nicht einmal wusste, wie er die Frage formulieren sollte.

Mittlerweile war der Höhleneingang ein heller Fleck in der Schwärze. Nachtauge schlief noch tief und fest. Ich stolperte durch den Versuch einer Erklärung. »Manchmal, nachts – es ist nicht eigentlich ein Hinausgreifen mit der Gabe. Es ist auch nicht ganz die Alte Macht. Ich fürchte, selbst was meine magischen Sinne angeht, bin ich ein Bastard zweierlei Erbes. Vielleicht ist das der Grund, weshalb der Gebrauch der Gabe für mich mit solchen Schmerzen verbunden ist. Vielleicht habe ich nie gelernt, richtig damit umzugehen. Vielleicht hatte Galen recht mit seiner Meinung über mich …«

»Als du der Prinz warst«, brachte er mich energisch zum Thema zurück.

»In den Träumen bin ich er. Manchmal erinnere ich mich, wer ich wirklich bin. Manchmal lebe ich ganz in ihm und weiß, wo er ist und was er tut. Ich teile seine Gedanken, hingegen ist er sich meiner Anwesenheit nicht bewusst, und ich kann auch nicht zu ihm sprechen. Oder vielleicht kann ich es. Ich habe es nie probiert. In den Träumen fällt mir nie ein, das zu versuchen, ich bin einfach er und bewege mich mit ihm.«

Von dem Narren hörte ich ein leises Geräusch, wie ein gedankenvolles Ausatmen. Der Morgen kam mit der für den Wechsel der Jahreszeiten typischen Plötzlichkeit, Tintenschwarz verwässerte im Handumdrehen zu Perlgrau. Ich wusste sofort, dass der Sommer nun vorbei war, vom Gewitter der vergangenen Nacht ertränkt und weggespült, und der Herbst seine Herrschaft antrat. Die Luft roch nach Blättern, die bald fallen würden, nach Pflanzen, die ihr Grün sterben ließen, um in den Wurzeln schlummernd den Winter zu überdauern, und sogar nach geflügelten Samen, die verzweifelt nach einem Fleckchen suchten, um dort niederzufallen und in die Erde zu sinken, bevor der Winterfrost sie tötete.

Ich drehte mich um und sah, wie der Narr, bereits mit sauberen Kleidern angetan, die letzten Habseligkeiten in unseren Packen verstaute. »Von unserem Proviant sind nur noch ein Kanten Brot und ein Apfel übrig«, gab er bekannt. »Und ich glaube nicht, dass Nachtauge Wert auf den Apfel legt.«

Er warf mir das Brot zu. Als das Morgenlicht seinen Kopf erreichte, regte sich Nachtauge. Er vermied es sorgfältig, an irgendetwas zu denken, während er sich erhob, vorsichtig streckte und dann in den Hintergrund der Höhle stakte, um aus der Pfütze Sickerwasser dort seinen Durst zu stillen. Dann kam er zurück, ließ sich neben mir fallen und nahm das Brot, das ich für ihn in Stücke brach.

Also, wie lange sind sie weg?, fragte ich ihn.

Du weißt, dass ich sie gehen ließ. Was fragst du?

Ich schwieg eine Zeitlang. *Ich hatte meinen Entschluss geändert. Konntest du das nicht spüren? Ich hatte beschlossen, ihm kein Haar zu krümmen, geschweige denn, dass ich noch die Absicht hatte, ihn zu töten.*

Wandler, letzte Nacht hast du uns beide zu nah an einen sehr gefährlichen Ort geführt. Keiner von uns war sich sicher, was du wirklich tun würdest. Ich hielt es für besser, sie entfliehen zu lassen, statt abzuwarten und es herauszufinden. War das falsch?

Was sollte ich sagen? Ich wusste es nicht. Das war das Erschreckende, dass ich es nicht wusste. Ich mochte ihn nicht darum bitten, mir bei der Suche nach Laurel und dem Gescheckten zu helfen, stattdessen fragte ich: *Glaubst du, wir können die Spur des Prinzen wiederfinden?*

Ich habe dir versprochen, dass ich ihn für dich aufspüre, etwa nicht? Lass uns einfach tun, was wir tun müssen, und dann nach Hause gehen.

Ich neigte den Kopf. Sein Vorschlag klang gut.

Der Narr hatte, solange Nachtauge fraß, mit dem Apfel jongliert. Jetzt nahm er ihn in beide Hände und drehte sie mit einem Ruck gegeneinander. Der Apfel zerbrach glatt in zwei Hälften, deren eine er mir zuwarf. Ich fing sie auf und schüttelte grinsend den Kopf. »Jedes Mal, wenn ich denke, ich kenne alle deine Tricks …«

»… merkst du, du hast falsch gedacht«, beendete er den

Satz für mich. Er verspeiste seine Hälfte mit wenigen Bissen, den Griebs gab er Malta, und ich tat das Gleiche für Meine Schwarze. Die hungrigen Pferde waren nicht begeistert von der Aussicht auf einen neuen Tag voller Strapazen auf leeren Magen. Ich strich beiden notdürftig das verklebte Fell glatt, bevor ich Meine Schwarze den Sattel und unsere Packen aufbürdete. Dann führten wir sie hinaus und den Abhang hinunter, der vom Regen aufgeweicht und rutschig war. Der Wolf folgte uns steifbeinig.

Wie so oft nach einem reinigenden Gewitter war der Himmel blau und klar. Die höher steigende Sonne begann zu wärmen, und würzige Gerüche stiegen aus dem dampfenden Erdreich. Vögel sangen. Über unseren Köpfen flog im hellen Morgenlicht ein Strich Enten nach Süden. Am Fuß des Hanges saßen wir auf. *Wirst du Anschluss halten können?*, fragte ich Nachtauge besorgt.

Das solltest du hoffen, denn ohne mich hast du keine Chance, dein Prinzlein zu finden.

Eine einzelne Hufspur führte den Weg zurück, den wir gekommen waren. Tief eingeprägte Abdrücke – Weißschopf ging unter doppelter Last, und dazu ließ man ihn Trab laufen. Wohin waren sie unterwegs? Dann schlug ich mir Laurel und den Gescheckten aus dem Kopf. Es war der Prinz, den wir suchten.

Weißschopfs Hufspuren kehrten dahin zurück, wo wir tags zuvor in den Hinterhalt geraten waren. Im Vorbeireiten bemerkte ich, dass der Gescheckte sich seinen Bogen wiedergeholt hatte. Dann waren sie zurück zur Straße geritten. Weißschopf trat immer noch schwer auf, also waren sie nach wie vor zu zweit.

Sie hatten nicht als Einzige frische Spuren bei dem Baum hinterlassen. Zwei andere Pferde waren seit dem nächtlichen Unwetter hergekommen und wieder weggegangen.

Ihre Hufabdrücke überdeckten die von Laurels schwer beladenem Wallach. Ich runzelte die Stirn. Das waren nicht die Verfolger aus dem Dorf. Sie hatten den Weg hierher nicht gefunden, jedenfalls bis jetzt nicht. Ich beschloss, der Hoffnung Raum zu geben, dass der Tod ihrer Freunde und das schlechte Wetter sie zur Umkehr bewogen hatten. Diese frischen Spuren kamen von Nordwesten, machten kehrt und führten dorthin zurück. Ich überlegte eine Minute, dann sprang das Offensichtliche mich an: »Aber natürlich. Unser Bogenschütze hatte kein Pferd. Die Gescheckten haben jemanden losgeschickt, um nachzusehen, was aus ihrem Ausguck geworden ist.« Ich grinste verlegen. »Wenigstens haben sie uns eine Spur hinterlassen, der selbst ein Blinder folgen könnte.«

Ich schaute zu dem Narren hinüber, aber sein Gesicht war ausdruckslos. Er teilte meine Begeisterung nicht.

»Was ist los?«

Er lächelte schief. »Ich habe mir gerade vorgestellt, wie uns zumute wäre, wenn du diesen Burschen gestern Nacht totgeschlagen hättest, um aus ihm herauszubekommen, wohin sie mit dem Prinzen wollten.«

Ich hatte kein Bedürfnis, mir das vorzustellen, und ich wollte auch nicht darüber sprechen, deshalb konzentrierte ich meine Aufmerksamkeit auf die Hufabdrücke. Nachtauge und ich führten, der Narr folgte. Die Pferde waren hungrig, und Meine Schwarze war besonders ungnädig deswegen. Sie rupfte bei jeder Gelegenheit gelb geäderte Weidenblätter und trockene Grasbüschel ab, und ich ließ sie gewähren. Wäre es mir möglich gewesen, meinen Hunger auf diese Weise zu stillen, hätte ich mich ebenfalls am Herbstlaub gütlich getan.

Während wir in flottem Tempo weiterritten, las ich aus der Fährte die Eile des Reiters, der sich sputete, seinen

Leuten die Nachricht zu bringen, dass ihr Ausguck spurlos verschwunden war. Er ritt auf dem Weg des geringsten Widerstandes, wo er das Pferd laufen lassen konnte, eine Berglehne hinauf, durch eine Waldzunge. Der Tag war noch jung, als wir auf die Reste eines Lagers unter dem Laubdach eines Eichenwäldchens stießen.

»Sie dürften eine nasse, stürmische Nacht hinter sich haben«, äußerte der Narr, und ich nickte. Die Feuerstelle war eine schwarze Pfütze mit angekohlten Holzstücken, von dem Wolkenbruch ertränkt und nicht wieder angezündet. Eine Wolldecke hatte ihre Umrisse in das vollgesogene Erdreich eingeprägt; jemand hatte sich dort feucht gebettet. Der Boden war von Fuß- und Hufabdrücken wie umgepflügt. Hatte ein weiterer Trupp Gescheckter hier gewartet? Die weiterführenden Spuren überdeckten sich gegenseitig. Reine Zeitverschwendung, sie auseinanderklamüsern zu wollen.

»Wären wir gestern weitergeritten, nach dem Hinterhalt bei den Bäumen, hätten wir sie hier erwischt«, sagte ich zerknirscht. »Ich hätte es mir denken können. Sie haben den Burschen dort postiert, weil sie wussten, dass sie nicht mehr viel weiter reiten würden. Er hatte kein Pferd. Es ist so offensichtlich. Verdammt, der Prinz war gestern so nah, wir hätten nur die Hand auszustrecken brauchen …«

»Dann kann er heute auch nicht weit sein. Es ist besser so, Fitz. Das Schicksal hat uns in die Hände gespielt. Zu zweit sind wir schneller und beweglicher, und wir können noch hoffen, sie zu überrumpeln.«

Stirnrunzelnd studierte ich die Spuren. »Nichts deutet darauf hin, dass Laurel und ihr Schützling hier vorbeigekommen sind. Man hat also einen Mann losgeschickt, um ihren Posten abzuholen, doch er kam allein zurück, mit der Nachricht, dieser sei verschwunden. Was sie sich dabei gedacht haben, ist schwer zu sagen, aber eindeutig sind sie in größter Eile aufgebrochen, ohne sich um das Schicksal ihres Bogenschützen zu kümmern. Sie werden jetzt doppelt auf der Hut sein.« Ich kaute auf meiner Unterlippe. »Sie werden den Prinzen nicht kampflos hergeben.« Mein nächster Gedanke gefiel mir nicht, trotzdem sprach ich ihn aus. »Wir müssen davon ausgehen, dass sich auch der Prinz zur Wehr setzen wird. Selbst wenn er gutwillig mitkommt, große Hilfe können wir von ihm nicht erwarten. Gestern Nacht war er so unbestimmt …« Ich schüttelte den Kopf und schob meine Bedenken vorerst beiseite.

»Wie sieht also unser Plan aus?«

»Wir überrumpeln sie, wenn sich die Gelegenheit bietet, schlagen mit aller Härte zu, nehmen, weswegen wir gekommen sind, und geben Fersengeld. Und reiten nach Bocksburg wie die Wilde Jagd, weil wir erst dort in Sicherheit sind.«

Er dachte den Gedanken bis zu dem Punkt weiter, vor dem ich zurückgescheut war. »Meine Schwarze ist stark und schnell. Zögere nicht, auf der Flucht mit dem Prinzen Malta und mich zurückzulassen, wenn wir euch aufhalten.«

Und mich.

Der Narr schaute zu Nachtauge hinunter, als ob er ihn gehört hätte.

»Ich glaube nicht, dass ich das tun kann«, antwortete ich vieldeutig.

Keine Angst. Ich werde ihn beschützen.

Eine schwere Last senkte sich auf meine Seele. Ganz tief in meinem Innern verschloss ich die bange Frage: *Aber wer wird dich beschützen?* Es würde nicht dazu kommen, gelobte ich mir. Ich würde keinen von beiden zurücklassen.

»Ich habe Hunger«, bemerkte der Narr. Es war keine Beschwerde, nur eine Feststellung, trotzdem wünschte ich, er hätte es für sich behalten. Manche Dinge lassen sich leichter ertragen, wenn man sie einfach hinnimmt und nicht darüber spricht.

Wir nahmen die Verfolgung wieder auf, und in der feuchten Erde war es ein Kinderspiel, die Fährte des großen Reitertrupps zu erkennen. Sie hatten ihren Mann abgeschrieben und ihren Weg ohne ihn fortgesetzt, genau wie sie einen der Ihren dem sicheren Tod überlassen hatten, als sie aus dem Weiler flüchteten. Diese kalte Entschlossenheit sprach Bände. Der Prinz war ihnen wichtiger als alles andere; sie waren entschlossen, bis zum Tod um ihn zu kämpfen. Möglicherweise töteten sie ihn lieber, als ihn sich entreißen zu lassen. Die Tatsache, dass wir so gut wie nichts über ihre Motive wussten, zwang uns zu gleicher Kompromisslosigkeit. Ich verwarf die Idee, erst den Versuch zu machen, mit ihnen zu verhandeln. Die Aussichten standen gut, dass ihre Antwort die gleiche sein würde, die ihr Bogenschütze gestern für uns gehabt hatte.

Sehnsüchtig dachte ich an die Zeit zurück, als ich Nachtauge losgeschickt hätte, um den Weg für uns auszuspähen. Jetzt, die überdeutliche Fährte vor Augen, war der schwerfällig trabende Wolf eine Behinderung. Auch er wurde sich dessen bewusst, denn plötzlich setzte er sich neben dem Pfad hin. Ich zügelte Meine Schwarze, und der Narr hielt mit Malta neben mir.

Mein Bruder?

Reitet ohne mich weiter. Die Jagd gehört den Flinken und Starken.

Soll ich denn ohne meine Augen und Nase sein?

Und ohne dein Hirn, leider. Mach dich davon, kleiner Bruder, und wende deine Schmeicheleien an jemanden, der sie für bare Münze nimmt. Eine Katze vielleicht. Er stand auf, und ungeachtet seiner Mattigkeit war er nach wenigen Schritten auf seine unnachahmliche Weise mit dem Gras und den Sträuchern verschmolzen und unsichtbar. Der Narr warf mir einen schrägen Blick zu.

»Wir reiten ohne ihn weiter«, erklärte ich sachlich und ließ die Besorgnis in seinen Augen unkommentiert. Meine Schwarze fiel in Trab, und wir setzten unseren Weg fort, schneller als vorher. An einem Bach ließen wir die Pferde saufen und füllten unsere Wasserschläuche. Es gab Brombeeren, hart und sauer, weil im Schatten gereift. Wir aßen sie trotzdem gierig, allein weil es guttat, etwas zu kauen und zu schlucken. Nur ungern ließen wir Früchte an den Büschen hängen und stiegen in den Sattel, sobald die Pferde ihren Durst gelöscht hatten. In scharfem Trab ging es weiter.

»Nach meiner Zählung sind es sechs«, äußerte der Narr.

Ich nickte. »Mindestens. Am Bachufer waren Abdrücke von Katzenpfoten. Zwei verschiedene Größen.«

»Wir wissen, dass einer ein Kriegspferd reitet. Sollten wir mit wenigstens einem Hünen rechnen?«

Ich rollte zweifelnd die Schultern. »Ich empfehle, dass wir auf alles Mögliche vorbereitet sind. Unter anderem könnte es sein, dass wir zu guter Letzt mehr als sechs Gegner haben. Sie sind auf dem Weg zu irgendeinem sicheren Ort. Vielleicht eine Niederlassung derer vom Alten Blut oder ein Stützpunkt der Gescheckten. Und vielleicht werden wir die ganze Zeit beobachtet.« Ich blickte zum Himmel. Mir war kein Tier aufgefallen, das uns ungebührliche Aufmerksamkeit schenkte, aber das durfte uns nicht in Sicherheit wiegen. Bei den Leuten, mit denen wir es zu tun hatten, war es angezeigt, jeden kreisenden Vogel, jeden schnüffelnden Fuchs mit Misstrauen zu betrachten. Wir mussten auf der Hut sein.

»Wie lange geht das schon so mit dir?«, erkundigte sich der Narr beim Weiterreiten.

»Dass ich in den Träumen des Prinzen zu Gast bin?« Ich hatte nicht die Kraft, um den heißen Brei herumzureden. »Ach, schon einige Zeit.«

»Lange vor der Nacht, in der dir geträumt hat, er wäre in Tosen?«

»Jahre davor hatte ich hin und wieder merkwürdige Träume. Mir war nicht klar, dass es sich um die des Prinzen handelte.«

»Das ist bei meinem Besuch nicht zur Sprache gekommen – nur dass du von Burrich und Nessel geträumt hättest.« Er hüstelte und fügte hinzu: »Aber Chade hat mit mir über seine diesbezüglichen Vermutungen gesprochen.«

»Hat er das?« Ich war nicht erfreut, das zu hören. Die Vorstellung, dass Chade und der Narr hinter meinem Rücken über mich redeten, gefiel mir gar nicht.

»War es immer der Prinz? Oder gibt es noch andere Träume?« Der Narr bemühte sich, seine Fragen beiläufig klingen zu lassen, aber ich kannte ihn schon zu lange.

»Noch andere als die, von denen du schon weißt?« Ich überlegte. Nicht, ob ich ihn belügen, sondern wie viel von der Wahrheit ich preisgeben sollte. Dem Narren Sand in die Augen streuen zu wollen war vergeudete Liebesmüh. Er hatte stets gemerkt, wenn ich ihn beschwindelte, und daraus auf die Wahrheit geschlossen. Ihm nicht alles zu sagen war die bessere Taktik. Und ich hatte keine Skrupel deswegen, denn es war nichts anderes, als ihn mit seinen eigenen Waffen zu schlagen. »Du weißt, dass ich von dir geträumt habe. Auf diesem Schiff. Und, aber das weißt du auch schon, ich hatte einmal einen sehr deutlichen Traum von Burrich, so deutlich, dass ich zu ihm hingehen wollte. Ich würde sagen, das sind Träume von der gleichen Art wie die von Prinz Pflichtgetreu.«

»Dann träumst du nicht von … Drachen?«

Ich glaubte zu wissen, worauf er anspielte. »Von Veritas-als-Drache? Nein.« Ich schlug vor seinem scharfen sonnengelben Blick die Augen nieder. Die Trauer um meinen König war immer noch groß. »Sogar als ich den Stein berührte, in den er eingegangen war, konnte ich ihn nicht fühlen. Nur dieses feine Summen der Alten Macht, wie ein Wespennest tief unter der Erde. Nein. Selbst in meinen Träumen kann ich ihn nicht erreichen.«

»Dann hast du bestimmt niemals Drachenträume?«, wiederholte er beharrlich.

Ich seufzte. »Nicht mehr als du, nehme ich an. Oder als jeder andere, der sie in dem Sommer damals über den Himmel der Sechs Provinzen fliegen sah. Wer könnte einen solchen Anblick erleben und nicht immer wieder davon träumen?« Und welcher der Gabe verfallene Bastard konnte zuschauen, wie Veritas seinen Drachen aus dem Fels meißelte und mit seiner Seele darin Wohnung nahm, und nicht davon träumen, auf die gleiche Weise zu enden? Selbstverständlich träumte ich manchmal davon, ein Drache zu sein. Ein Gefühl sagte mir, dass ich, wenn das Alter nahte, eine vergebliche Pilgerfahrt in die Berge zu dem Steinbruch der Uralten unternehmen würde. Doch wie Veritas würde auch ich keine Kordiale haben, um mir bei der Erschaffung meines Drachen zu helfen. Irgendwie störte es mich nicht, dass ich um die Vergeblichkeit des Unterfangens wusste. Ich konnte mir keine andere Art zu sterben vorstellen als bei dem Versuch, einen Drachen zu erschaffen.

Grübelnd ritt ich weiter und gab mir Mühe, die seltsamen Blicke zu übersehen, die der Narr von Zeit zu Zeit in meine Richtung warf. Wenig später wurde mir ein Glück zuteil, das ich nicht verdient hatte, aber trotzdem dankte ich dem Schicksal dafür. Auf dem oberen Rand einer kleinen Senke angelangt, gewährte eine Besonderheit des Geländes mir einen

Blick auf die Gescheckten, die wir verfolgten. Das enge Tal war bewaldet, aber mitten hindurch lief ein Bach, von den Regenfällen der vergangenen Nacht zu schäumender Wildheit angeschwollen. Die Gescheckten waren im Begriff, ihn zu durchfurten. Ich hielt an, bedeutete dem Narren, ein Gleiches zu tun, und schweigend beobachteten wir die Gruppe unten im Tal. Sieben Pferde, eins reiterlos. Ich zählte zwei Frauen und drei Männer, einer auf einem Riesengaul. Es waren drei Katzen, nicht zwei, doch um meinen Fähigkeiten als Spurenleser Gerechtigkeit widerfahren zu lassen: Zwei waren gleich groß. Alle drei Katzen hatten ihren Platz auf einem Polster hinter dem Sattel des Reiters; die kleinere saß hinter einem Knaben, dunkelhaarig, mit einem sich bauschenden Umhang in Weitseherblau. Der junge Prinz. Pflichtgetreu.

Der Abscheu seiner Katze vor dem Wasser, das um sie schäumte, zeigte sich in ihrer angespannten Haltung und daran, wie sie sich im Polster festkrallte. Beim Anblick der beiden überkam mich ein leichter Schwindel. Eine Sekunde, dann waren sie hinter Bäumen verschwunden. Den Abschluss bildete eine Frau, die ihr Pferd aus dem Bachbett die lehmige Böschung hinauflenkte. Während auch sie im Wald verschwand, fragte ich mich, ob sie des Prinzen Herzliebste war.

»Das war ein großer Mann auf dem großen Pferd«, bemerkte der Narr düster.

»Hm. Und sie werden gemeinsam kämpfen. Sie sind verschwistert, die beiden.«

»Woher weißt du das?«

»Einfach so«, antwortete ich aufrichtig. »Es ist, als ob man auf dem Markt ein altes Ehepaar sieht. Niemand braucht es einem zu sagen, dass sie verheiratet sind. Man merkt es einfach an den eingespielten Bewegungen, an der Art, wie sie miteinander sprechen.«

»Ein Pferd. Nun, das könnte eine Herausforderung sein, mit der ich nicht gerechnet hatte.« Ich schaute ihn fragend an, doch er wich meinem Blick aus.

Bei der weiteren Verfolgung ließen wir größte Vorsicht walten, um nicht entdeckt zu werden. Da wir nicht wussten, wohin die Gescheckten unterwegs waren, konnten wir sie nicht überholen, um einen Hinterhalt zu legen, auch wenn das raue und unwegsame Gelände uns die Möglichkeit geboten hätte. »Am besten warten wir, bis sie ihr Nachtlager aufgeschlagen haben, und versuchen dann, uns des Prinzen zu bemächtigen«, schlug der Narr vor.

»Zwei Fehler«, erwiderte ich. »Erstens, bis zum Abend haben sie möglicherweise den Ort erreicht, zu dem sie wollen. Wenn wir Pech haben, ist es eine befestigte Siedlung, oder sie treffen dort den Rest ihrer Verbündeten. Zweitens, selbst wenn sie noch einmal lagern, werden sie Wachen aufstellen, wie letztens auch. An denen müssten wir erst vorbei.«

»Und wie sieht dein Plan aus?«

»Warten, bis sie heute Abend ihr Lager aufschlagen, falls sich nicht vorher eine aussichtsreichere Gelegenheit bietet.«

Je weiter der Nachmittag voranschritt, desto mehr schwand meine Hoffnung auf einen halbwegs leichten und glücklichen Ausgang unseres Unternehmens. Der Pfad, dem wir folgten, war kein reiner Wildwechsel, er wurde von Menschen benutzt und führte irgendwohin, zu einer Stadt, einem Dorf oder wenigstens einem Thingplatz. Wir durften nicht wagen, den Abend abzuwarten und ein kaum noch wahrscheinliches Nachtlager.

Folglich rückten wir auf. Das zerklüftete Terrain war uns dienlich, denn sobald sie den Kamm einer Anhöhe überquert hatten und talwärts ritten, konnten wir ein weiteres Stück aufschließen. Einige Male mussten wir den Pfad verlassen, um die Deckung der Kammlinie auszunutzen, aber die Gescheckten vor uns schienen überzeugt zu sein, dass sie sich jetzt auf sicherem Boden befanden. Sie schauten nicht oft über die Schulter. Wenn sie zwischen den Bäumen zum Vorschein kamen, studierte ich ihre Marschordnung. Der Mann auf dem Streitross ritt an der Spitze, gefolgt von den beiden Frauen; die zweite führte das ledige Pferd. Der Prinz ritt an vierter Stelle, hinter ihm kamen die beiden anderen Männer. Ihr Tempo war das von Leuten, die vor Anbruch der Dunkelheit noch eine Strecke Wegs hinter sich bringen wollen.

»Er sieht aus wie du als Junge«, sagte der Narr, als wir wieder einmal aus der Deckung beobachteten, wie sie einer nach dem anderen unserem Blick entschwanden.

»Mich erinnert er an Veritas«, widersprach ich. Es stimmte. Der Junge sah aus wie Veritas, aber noch größere Ähnlichkeit hatte er mit dem Porträt meines Vaters. Ob er aussah wie ich im selben Alter, konnte ich nicht beurteilen. Er hatte dickes schwarzes Haar, störrisch wie das von Veritas und mir. Flüchtig ging mir durch den Sinn, ob auch mein Vater sich zu Lebzeiten zähneknirschend den Kamm durch den ungebärdigen Schopf hatte ziehen müssen. Ich kannte ihn nur von seinem Konterfei, und darauf war er tadellos frisiert. Pflichtgetreu hatte den Körperbau meines Vaters, größer und feingliedriger als der untersetzte Veritas. Noch wirkte er schlaksig, doch mit den Jahren würde er Muskeln ansetzen. Sein Sattelsitz war ausgezeichnet. Und wie ich es bei dem Hünen und dem großen Pferd gemerkt hatte, konnte ich bei ihm die Verbundenheit mit der Katze erkennen, die hinter ihm auf dem Pferd saß. Den Kopf hielt Pflichtgetreu stets ein wenig zurückgeneigt, um sich der Nähe seines Geschwistertiers bewusst zu sein. Seine Nebelkatze war die kleinste von den dreien, doch größer als ich erwartet hatte.

Hochbeinig. Lohfarbenes Fell mit einer wellenförmigen Zeichnung aus hellen und dunklen Streifen. Auf ihrem Sattelpolster sitzend, die Krallen in das Leder gegraben, reichte sie dem Prinzen bis zum Nacken. Ihr Kopf drehte sich von einer Seite zur anderen, sie registrierte aufmerksam jede Kleinigkeit der vorbeiziehenden Umgebung. An ihrer Haltung konnte man erkennen, dass sie es leid war, getragen zu werden, und sich lieber selbst ihren Weg gesucht hätte.

Ihn und das Tier zu trennen mochte sich als der schwierigste Teil unserer »Rettungsmission« erweisen, trotzdem zog ich nicht für einen Moment in Erwägung, sie beisammenzulassen. Zu seinem eigenen Besten musste Pflichtgetreu von seinem Geschwistertier getrennt werden, wie Burrich seinerzeit mich und Naseweis auseinandergerissen hatte.

»Die Verschwisterung ist nicht, wie sie sein soll. Eher scheint es, als wäre er eingefangen worden. Umgarnt. Die Katze beherrscht ihn. Doch … es ist nicht die Katze. Eine dieser Frauen ist darin verwickelt, vielleicht eine Lehrerin der Alten Macht, wie der schwarze Rolf es für mich gewesen ist, die ihn ermuntert, sich rückhaltlos auf diese Verschwisterung einzulassen. Und der Prinz ist so betört, dass er sich hingibt, mit Haut und Haaren, Herz und Verstand. Das bereitet mir große Sorgen.«

Ich schaute den Narren an. Ich hatte laut ausgesprochen, was mir durch den Kopf ging, ohne erklärende Einleitung, doch wie es bei uns oft der Fall zu sein schien, hatten seine Gedanken die gleiche Richtung genommen. »Was denkst du, wird leichter sein, die Katze von ihrem Sitz zu stoßen und den Prinzen samt Pferd ins Schlepptau zu nehmen oder den Prinzen aus dem Sattel zu reißen und mit auf Meine Schwarze zu setzen?«

Ich schüttelte den Kopf. »Das wird sich herausstellen, wenn es so weit ist.«

Es war eine unsägliche Geduldsprobe, Meile um Meile hinter ihnen herzureiten, in der vagen Hoffnung auf eine günstige Gelegenheit, unsere Mission auszuführen. Ich war müde und hungrig, und ein Schatten der Kopfschmerzen vom Abend zuvor hatte mich den ganzen Tag über begleitet. Ich hoffte, dass Nachtauge etwas zu fressen gefunden hatte und sich ausruhte. Ich sehnte mich danach, zu ihm hinzuspüren, wagte es aber nicht, da ich die Gescheckten nicht auf uns aufmerksam machen wollte.

Inzwischen befanden wir uns in den zerklüfteten Ausläufern der Berge. Die sanfte Ebene des Bocksflusses lag hinter uns. Als erste Abendkühle die Hitze des Tages unterwanderte, erkannte ich unsere höchstwahrscheinlich einzige und unwiederbringliche Chance. Die Reihe der Gescheckten zog als Silhouette auf einer Anhöhe entlang. Ihr Kurs wies zu einem halsbrecherischen Saumpfad, der steil an einer blanken Felswand abwärtsführte. In den Steigbügeln aufgerichtet und mit zusammengekniffenen Augen durch den emporsteigenden Abenddunst spähend, kam ich zu dem Schluss, dass man dort im Gänsemarsch hintereinanderreiten musste. Ich machte den Narren darauf aufmerksam.

»Wir müssen sie eingeholt haben, bevor der Prinz auf dem Pfad ist«, erklärte ich ihm. Es würde knapp werden. Wir hatten, um eine Entdeckung zu vermeiden, den Abstand fast zu groß werden lassen. Jetzt stieß ich Meine Schwarze die Hacken in die Weichen, und sie sprang davon, dichtauf gefolgt von der kleineren Malta.

Manche Pferde sind nur auf einer geraden, ebenen Strecke schnell. Meine Schwarze erwies sich in schwierigem Gelände als ebenso brauchbar. Die Gescheckten hatten die leichteste Route genommen, oben auf dem Kamm entlang. Eine steile Schlucht, ausgekleidet mit Strauchwerk und Bäumen, klaffte zwischen uns und bot sich als – nicht ungefährliche – Abkürzung an.

Ich nahm Meine Schwarze zwischen die Schenkel, und sie pflügte durch das Gestrüpp hangabwärts, durchwatete den Wasserlauf am Grund und arbeitete sich dann in kraftvollen Sätzen den gegenüberliegenden Hang hinauf, moosiger, mulchiger Boden, der unter den Hufen wegrutschte. Ich schaute nicht zurück, wie Malta und der Narr zurechtkamen, unter anderem, weil ich mich tief auf den Hals der Stute beugen musste, um nicht von Ästen aus dem Sattel gefegt zu werden.

Sie hörten uns kommen. Wie auch nicht? Das Getöse, das wir veranstalteten, ließ wahrscheinlich eher eine Herde Elche vermuten oder einen ganzen Trupp Bewaffneter als nur einen einzelnen Reiter, der auf Biegen und Brechen darauf bedacht war, sie einzuholen. Sie ergriffen die Flucht, und fast wäre ich trotz allem zu spät gekommen. Drei von ihnen befanden sich bereits auf dem jähen, schmalen Felsband. Das führende Pferd tastete sich Schritt für Schritt bergab. Drei Katzenreiter warteten noch am Anfang des Pfades darauf, dass sie an die Reihe kamen. Der letzte drehte sich mit einem Aufschrei herum, während sein Vordermann den Prinzen drängte weiterzureiten, auf den gefährlichen Steig hinaus, wo er für den unvermuteten Angreifer so leicht nicht zu erreichen war.

Ich prallte gegen den Schlussmann, mehr durch Zufall als aus einem bestimmten Plan heraus. Der Bergpfad war übersät mit tückischem Geröll, man konnte leicht ins Rutschen kommen und stürzen. Als Meine Schwarze mit der Schulter das kleinere Pferd rammte, sprang die Katze zornig maunzend von ihrem Kissen, landete unterhalb von uns auf dem Pfad und brachte sich mit geduckten Sätzen vor den stampfenden Pferdehufen in Sicherheit.

Das blanke Schwert in der Faust, spornte ich Meine Schwarze vorwärts, und sie hatte keine Mühe, ihren Widerpart beiseitezuschieben. Im Vorbeireiten stach ich nach dem Reiter, der sich mühte, ein hässliches gezacktes Messer zu ziehen. Meine Klinge fuhr ihm tief in den Leib, er schrie auf und die Katze mit ihm. Nur aus den Augenwinkeln sah ich, wie er sich zur Seite neigte und aus dem Sattel kippte, denn schon riss sein Vordermann sein Pferd herum und wollte uns den Weg versperren. Ich hörte verwirrtes Rufen von Frauenstimmen, und über uns kreiste laut krächzend eine Krähe. Der schmale Saumpfad hatte eine lotrechte Felswand an einer Seite, an der anderen einen steilen Hang, bedeckt mit losem Geröll. Der Hüne auf dem Kriegspferd brüllte Fragen, die zu beantworten keiner Muße und Atem hatte, und forderte immer wieder, man solle ihm den Weg freimachen, damit er in den Kampf eingreifen könne. Für eine Kehrtwende war kein Platz. Ich erhaschte einen Blick auf das Streitross, das rückwärtsdrängte, während die Frauen auf den leichteren Pferden nach vorn wollten, um dem Scharmützel hinter ihnen zu entkommen. Das ledige Pferd befand sich zwischen den Frauen und dem Prinzen. Eine Frau rief über die Schulter Pflichtgetreu zu, er solle sich beeilen, während gleichzeitig der Hüne verlangte, sie sollten weichen, weichen! Der riesige Gaul schien der gleichen Meinung zu sein; stur rückwärtstretend sah es aus, als sei er entschlossen, jedes Hindernis einfach niederzuwalzen. Jemand würde den Platz räumen müssen, und es ging nirgendwohin als abwärts.

»Prinz Pflichtgetreu!«, brüllte ich, eben als Meine Schwarze mit der Brust gegen die Kruppe des zweiten Pferdes prallte. Pflichtgetreu wandte sich im Sattel um, schaute, wer seinen Namen rief. Die Katze des Reiters vor uns fauchte und schlug nach Meine Schwarze. Diese, entrüstet und erschreckt, bäumte sich auf. Ganz knapp konnte ich ausweichen, als sie den Kopf zurückwarf. Im Niedergehen schrammten ihre Hufe über die Hinterhand des anderen Pferdes, richteten keinen großen Schaden an, aber die erboste Jagdkatze sprang von ihrem Kissen. Der Reiter drehte sich im Sattel so weit herum wie möglich, doch mit seinem kurzen Schwert erreichte er mich nicht. Vor ihm war der Prinz eingekeilt, konnte nicht weiter, weil ihm vom Pfad her alles entgegendrängte, konnte nicht zurück, weil sein Freund, Weggefährte oder Bewacher, was auch immer, und ich den Weg versperrten. Das ledige Pferd zwischen ihm und den beiden Frauen fing an zu bocken. Seine Katze fauchte und knurrte gereizt, aber da war kein Gegner, um sich auf ihn zu stürzen. Ich schaute sie an und erlebte eine bestürzende Doppelsichtigkeit. Unterdessen hatte der Hüne auf dem Kriegspferd nicht aufgehört zu brüllen und zu fluchen und verlangte mit überschnappender Stimme, dass man ihm Platz machte, doch selbst mit dem besten Willen war es seinen Gefährten nicht möglich, ihm zu gehorchen.

Der Mann vor mir hatte es geschafft, sein Pferd auf der kleinen ebenen Fläche am Anfang des Saumpfades zu wenden, doch beinahe wäre ihm dabei seine Katze unter die Hufe geraten. Das Tier spuckte und fauchte und hieb mit der Pranke nach Meine Schwarze. Es wirkte eingeschüchtert; mein Pferd und ich waren unzweifelhaft um einiges größer als seine gewöhnliche Beute. Ich nutzte den Moment der Unschlüssigkeit und trieb Meine Schwarze mit Hackenschlägen vorwärts. Die Katze trat den Rückzug an, ausgerechnet zwischen die Beine des Pferdes ihres Verschwisterten, und dieses, um nicht auf den Gefährten langer Ritte zu treten, drängte zurück und damit das Reittier des Prinzen weiter auf den Saumpfad hinaus.

Weiter vorn schrie ein Pferd in Todesangst, fast einstimmig mit dem gellenden Schreckensruf seiner Reiterin, als es bei dem Bemühen, nicht von dem Streitross vom Pfad gedrängt zu werden, ins Wanken geriet und stürzte. Die junge Frau befreite sich aus den Steigbügeln und drückte sich mit dem Rücken gegen die Felswand, während ihr Pferd bei den panischen Versuchen aufzuspringen stolperte und über die Kante geriet. Die nach einem Halt wühlenden und rudernden Hufe brachten das Geröll in Bewegung, in dessen Sog gefangen es, langsam zuerst, hangabwärts schwamm. Spindelige Schösslinge, die in der kärglichen Humusschicht in Ritzen und Spalten Wurzeln geschlagen hatten, knickten und brachen unter dem schweren Leib. Das Tier schrie grauenerregend, als einer dieser Speere sich tief in seinen Rumpf bohrte und es aufgespießt festhielt, bis es sich losgekämpft hatte und blutend weiter in die Tiefe rutschte.

Hinter mir ertönten andere Geräusche. Ich begriff, ohne mich umzuschauen, dass der Narr gekommen war und dass er und Malta mir die andere Katze vom Leib hielten. Ihr Verschwisterter, da war ich mir sicher, stellte vorläufig keine Gefahr mehr dar. Mein Schwertstoß war ihm tief in die Seite gedrungen.

Das Geplänkel dauerte mir zu lange. Ich konnte den Reiter vor mir nicht mit meinem Schwert erreichen, aber seine Katze befand sich durchaus innerhalb meiner Reichweite. Ich beugte mich aus dem Sattel und führte einen Hieb nach ihr. Das Tier schnellte geschmeidig zur Seite, aber meine Klinge hinterließ eine lange flache Schmarre an ihrer Flanke. Wut- und Schmerzgeheul aus einer tierischen und einer menschlichen Kehle belohnte mich. Der Schmerz seines Geschwistertiers ließ den Mann im Sattel wanken, und für einen schwindelnden Augenblick spürte ich die von der Alten Macht beflügelten Verwünschungen, die beide mir entgegenschleuderten. Ich schloss meine Mauern, setzte die Hacken ein. Meine Schwarze tat einen Satz nach vorn, und die beiden Pferde stießen mit Wucht zusammen. Ich schwang die Klinge gegen den Gescheckten, und bei dem Versuch, sich zu ducken, rutschte er aus dem Sattel. Reiterlos und verstört ergriff sein Reittier, kaum dass es eine Lücke erspähte, an Meine Schwarze vorbei die Flucht. Sogleich gab das Pferd des Prinzen dem Gedränge vor ihm nach und schob sich rückwärts auf den kleinen Felstisch am Einstieg des Pfades.

Die Nebelkatze des Prinzen kauerte mit gesträubtem Fell auf ihrem Polster und fauchte mich an. Etwas stimmte nicht mit ihr. Sie war entstellt, auf eine äußerlich nicht sichtbare Art, die mich abstieß. Noch während ich zu ergründen versuchte, was es sein könnte, wendete Pflichtgetreu sein Pferd, und ich fand mich Auge in Auge mit Kettrickens und Veritas' Sohn.

Ich habe Leute den Moment in ihrem Leben schildern hören, als sie glaubten, die Zeit bliebe stehen. Wäre es doch für mich so gewesen. Ich sah mich urplötzlich einem jungen Mann gegenüber, der bis zu dieser Sekunde für mich nur ein Name gewesen war, eine Idee.

Er hatte mein Gesicht. Er hatte so genau mein Gesicht, dass ich die kleine Stelle unter seinem Kinn wusste, wo das Haar gegen den Strich wuchs und schwer zu rasieren sein würde, wenn er erst alt genug war, um sich zu rasieren. Er hatte meine Kinnpartie und meine Nase – die Nase, wie sie gewesen war, bevor Kujon in Edels Kerker die Faust ausrutschte. Und wie man es mir nachsagte, wenn die Raserei des Kampfes mich packte, fletschte er die Zähne in einer Grimasse mörderischer Wut. Veritas' Seele hatte in seine junge Gemahlin den Samen für das Gemüt dieses Jünglings gepflanzt, aber sein Fleisch war aus meinem Fleisch gezeugt. Ich schaute in das Gesicht meines Sohnes, den ich nie gesehen und nie als meinen Sohn betrachtet hatte, und wie mit einem einzigen tönenden Hammerschlag war das Band zwischen uns geschmiedet.

Hätte die Zeit für mich stillgestanden in jenem Moment, wäre ich vorbereitet gewesen auf den gewaltigen Schwerthieb, den er in weitem Bogen gegen mich führte, denn mein Sohn teilte nicht meinen Augenblick betäubten Wiedererkennens. Wie ein Berserker ging er auf mich los, und sein Kampfschrei war das kehlige, an- und abschwellende Heulen einer aufs Äußerste gereizten Katze. Ich beugte mich, um der Klinge auszuweichen, so weit zurück, dass ich um ein Haar aus dem Sattel gefallen wäre, trotzdem schlitzte sie mein Hemd auf und zog eine Bahn aus brennendem Schmerz quer über meine Brust. Als ich mich wieder aufrichtete, sprang die Katze mich an, kreischend wie ein Weib. Ich riss den Arm hoch, um sie abzuwehren, und schrie vor Abscheu, als sie gegen mich prallte. Bevor sie sich an mir festkrallen konnte, schleuderte ich sie mit einer heftigen Drehung dem Katzenreiter entgegen, den ich eben aus dem Sattel befördert hatte. Aufjaulend stürzte sie mit ihm zu Boden, wobei sie unter ihn zu liegen kam, kroch hervor und rettete sich hinkend vor den stampfenden Hufen von Meine Schwarze. Der Blick des Prinzen folgte seiner Katze, und auf seinen Zügen zeichnete sich Entsetzen ab.

Eine bessere Gelegenheit brauchte ich nicht. Ich schlug ihm das Schwert aus der gelockerten Faust. Pflichtgetreu war darauf vorbereitet, gegen mich zu fechten, aber er hatte nicht damit gerechnet, dass ich seine Zügel ergriff und ihm die Gewalt über sein Pferd entriss. Ich stemmte das Knie gegen die Schulter von Meine Schwarze, und, o Wunder, sie gehorchte und machte auf der Hinterhand kehrt. Ich setzte die Hacken ein, und sie warf sich in einen ungestümen Galopp. Des Prinzen Pferd folgte bereitwillig. Es war froh, dem

Lärm und Getümmel zu entkommen, und hinter einem Artgenossen herzulaufen passte ihm ausgezeichnet. Wenn ich mich recht entsinne, schrie ich dem Narren zu, er solle fliehen. Auf eine für mich nicht erkennbare Weise schien er die bekrallten Zwiehaften in Schach zu halten. Der Mann auf dem Streitross heulte, dass wir den Prinzen entführten, aber das Knäuel aus ineinander verkeilten Menschen, Pferden und Katzen war handlungsunfähig. Das blanke Schwert in der Faust, ergriff ich die Flucht.

Ich konnte es nicht wagen, einen Blick zurückzuwerfen und mich zu vergewissern, ob der Narr uns folgte. Das Pferd des Prinzen musste sich gewaltig strecken, um mit Meine Schwarze mitzuhalten. Ich verließ den Pfad, und wir preschten in vollem Lauf einen steilen Abhang hinunter und weiter querfeldein. Es ging durch peitschendes Buschwerk, hangauf und hangab und über Gelände, wo jeder vernünftige Mensch abgestiegen wäre und sein Pferd geführt hätte. Für den Prinzen wäre es einem Selbstmord gleichgekommen, sich während dieses Gewaltritts vom Pferd zu werfen. Mein einziges Sinnen und Trachten ging dahin, so viel Entfernung wie nur möglich zwischen Pflichtgetreus Freunde und uns zu legen.

Als ich mich das erste Mal kurz nach ihm umschaute, klammerte er sich verbissen fest, den Mund wütend verzerrt, die Augen blickten ins Leere. Irgendwo, das spürte ich, lief eine zornige Katze auf unserer Spur. Als wir in kurzen, schlitternden Sprüngen einen steilen Hang hinuntersetzten, hörte ich über uns das Buschwerk rascheln und rauschen. Ich vernahm einen anfeuernden Ruf und erkannte die Stimme des Narren, der Malta zu schnellerem Lauf ermunterte. Mir fiel ein Stein vom Herzen, dass er den Gescheckten hatte entkommen können. Am Fuß des Hügels zügelte ich Meine Schwarze einen Augenblick. Das Pferd des Prinzen war schweißnass, weißer Schaum troff ihm vom Gebiss. Hinter uns parierte der Narr Malta.

»Alles heil?«, erkundigte ich mich atemlos.

»Scheint so.« Er zog den Hemdkragen zusammen und knöpfte ihn zu. »Und der Prinz?«

Wir schauten beide auf Pflichtgetreu. Ich war auf Wut und Trotz vorbereitet gewesen, stattdessen schwankte er im Sattel, und sein verschleierter Blick wanderte von mir zu dem Narren und wieder zu mir. Seine Augen krochen über mein Gesicht, und seine Stirn zog sich in Falten, als sähe er dort etwas Rätselhaftes. »Mein Prinz?«, sprach der Narr ihn besorgt an, und für diesen Moment war sein Tonfall wieder der von Fürst Leuenfarb. »Fühlt Ihr Euch wohl?«

Ein, zwei Atemzüge schaute er uns nur an, dann belebte sich sein Gesicht. »Ich muss zurück«, schrie er plötzlich wild. Er schickte sich an, die Füße aus den Steigbügeln zu nehmen. Ich ließ Meine Schwarze die Hacken spüren, und weiter ging die wilde Jagd. Durch das Getrommel der Hufe erreichte mich sein erschreckter Aufschrei, und als ich zurückblickte, klammerte er sich am Sattel fest und bemühte sich, wieder festen Sitz zu finden. Dichtauf gefolgt von dem Narren flüchteten wir in die Dämmerung hinein.

Kapitel 22

ENTSCHEIDUNGEN

Die Legenden vom Weißen Propheten und seinem Katalysten haben ihren Ursprung nicht in den Sechs Provinzen. Auch wenn einige unserer Gelehrten im Kanon jener Tradition bewandert sind, liegen ihre Wurzeln doch in den Ländern weit im Süden, noch jenseits von Jamaillia und den Gewürzinseln. Es handelt sich nicht im engeren Sinne um eine Religion, sondern um ein aus Geschichte und Philosophie zusammengesetztes Konzept. Laut den Anhängern dieser Lehre hat man sich die Zeit als ein großes Rad vorzustellen, welches sich in dem Gleis vorbestimmter Ereignisse dreht. Sich selbst überlassen, dreht das Rad sich endlos, und die Welt ist dazu verdammt, den Kreislauf der Ereignisse zu wiederholen und so die Menschheit immer tiefer in Finsternis und Würdelosigkeit zu führen. Die Adepten des Weißen Propheten sind des Glaubens, dass in jedem Zeitalter einer geboren wird, dem die Weitsicht gegeben ist, Zeit und Weltenlauf auf eine bessere Bahn umzulenken. Derjenige ist kenntlich durch seine weiße Haut und farblosen Augen. Es heißt, dass das Blut des vergangenen Geschlechts der Weißen sich in dem Weißen Propheten manifestiert. Zu jedem Weißen Propheten gehört ein Katalyst. Nur der Weiße Prophet des jeweiligen Zeitalters kann erkennen, wer sein Katalyst ist. Der Katalyst ist von Geburt an in der einzig-

artigen Lage, vorherbestimmte Ereignisse zu ändern, und sei es noch so geringfügig, die ihrerseits Anstoß geben zu immer weiteren Veränderungen. Zusammen mit diesem Katalysten strebt der Weiße Prophet danach, das Rad der Zeit in ein neues Gleis zu lenken.

KATZENHÖH: »PHILOSOPHIEN«

Selbstverständlich konnten wir die Pferde nicht endlos im Galopp weiterjagen. Lange bevor ich mich sicher fühlte, mussten wir ihnen eine Atempause gönnen. Von den Verfolgern war nichts zu hören oder zu sehen; ein Kriegspferd ist kein Renner. Während es um uns langsam dunkelte, ritten wir im Schritt in einem gewundenen Flussbett entlang. Die Stute des Prinzen konnte kaum noch den Kopf hochhalten. Sobald die Pferde sich abgekühlt hatten, mussten wir eine längere Rast einlegen. Ich saß gebückt im Sattel, um nicht von überhängenden Zweigen der Weiden am Ufer getroffen zu werden. Hinter mir ritt Pflichtgetreu, und der Narr bildete den Abschluss unserer kleinen Kavalkade. Ich hatte befürchtet, der Prinz würde versuchen zu fliehen, sobald wir die Pferde langsamer gehen ließen, doch machte er diesbezüglich keinerlei Anstalten. Er kauerte in mürrischem Schweigen auf seiner Stute, die ich hinter mir herzog.

»Achtung«, warnte ich meine Hintermänner, als ein tiefhängender Zweig, unter dem Meine Schwarze sich hindurchschob, gegen mich schnappte. Ich hielt ihn fest und führte ihn an mir vorbei, damit er dem Prinzen nicht ins Gesicht schnellte.

»Wer bist du?«, verlangte dieser plötzlich feindselig zu wissen.

»Erkennt Ihr mich nicht, Hoheit?«, fragte Fürst Leuenfarb

bekümmert. Ich begriff, dass er sich bemühte, die Aufmerksamkeit des Prinzen von mir abzulenken.

»Ich meine nicht Euch. Ihn da. Wer ist er? Und weshalb habt ihr beide mich und meine Freunde heimtückisch überfallen?« Sein Tonfall stempelte uns zu mordlustigen Wegelagerern. Plötzlich richtete er sich im Sattel kerzengerade auf, als wären ihm sein Zorn und seine Empörung erst jetzt zu Bewusstsein gekommen.

»Ducken«, warnte ich, als wieder ein Ast nach hinten schnellte. Er tat es.

Fürst Leuenfarb mischte sich ein. »Das ist mein Leibdiener, Tom Dachsenbless. Wir sind gekommen, um Euch heim nach Bocksburg zu bringen, Hoheit. Die Königin, Eure Mutter, ist in größter Sorge Euretwegen.«

»Ich wünsche aber nicht heimzukehren.« Mit jedem Satz fand der Jüngling mehr zu sich selbst. Er sprach diese Worte mit Würde. Ich wartete auf Leuenfarbs Entgegnung, aber das dumpfe Platschen der Hufe im Wasser und das Rauschen und Knacken der Zweige, die links und rechts an uns entlangstreiften, waren das einzige Geräusch. Rechter Hand öffnete sich unvermutet eine weite, grasbewachsene Lichtung. Einige gezackte schwarze Baumstümpfe kündeten von einem Jahre zurückliegenden Waldbrand; jetzt befehdeten sich hohe Interimsgräser und Weidenröschen mit geplatzten, wollig beschopften Samenkapseln auf dem frei gewordenen Territorium. Ich lenkte die Pferde aus dem Bach und ins Freie hinaus. Ein Blick zum Himmel zeigte mir eine Handvoll früher Sterne. Der Mond nahm ab und würde erst zu fortgeschrittener Stunde sichtbar werden. Die sich verdichtende Dunkelheit laugte die Farben aus dem Tag, verwandelte den Wald ringsum in einen undurchdringlichen Verhau aus Schwärze.

Ungefähr in der Mitte der Wiese, weit genug entfernt vom

Waldrand, machte ich halt. Angreifer würden deckungsloses Gebiet durchqueren müssen, bevor sie uns erreichten. »Am besten rasten wir hier, bis der Mond aufgeht«, bemerkte ich zu Fürst Leuenfarb. »Auch dann wird es nicht besonders hell sein, und wir müssen langsam reiten.«

»Können wir es wagen?«, fragte er.

Ich zuckte die Achseln. »Uns bleibt nichts anderes übrig. Die Pferde sind am Ende ihrer Kräfte, und es wird dunkel. Ich denke, wir haben einen guten Vorsprung herausgeritten. Dieses Kriegspferd ist stark, aber weder besonders schnell noch wendig. In dem Gelände, das wir durchquert haben, wird es Mühe haben. Und die Gescheckten müssen entweder ihre Verwundeten zurücklassen oder können uns nur langsam folgen. Uns bleibt eine kleine Galgenfrist.«

Ich schaute mich nach dem Prinzen um, bevor ich abstieg. Er saß mit hängenden Schultern auf seiner Stute, aber der schwelende Zorn in seinen Augen verriet, dass er sich noch lange nicht geschlagen gab. Ich wartete, bis er sich bequemte, mich anzusehen, dann erst sprach ich ihn an. »Es liegt bei Euch. Entweder wir vertragen uns und reiten in aller Einigkeit zusammen nach Bocksburg zurück. Oder Ihr benehmt Euch wie ein trotziges Kind und versucht, zu Euren zwiehaften Freunden zurückzulaufen. Dann werde ich Euch einfangen und in Fesseln nach Bocksburg bringen. Entscheidet Euch.«

Er schaute mich an, mit einem starrenden, herausfordernden Blick, die größte Unhöflichkeit, die ein Tier dem anderen erweisen kann. Er blieb stumm. Sein Verhalten beleidigte mich in so mannigfacher Hinsicht, dass ich mich kaum beherrschen konnte.

»Gebt Antwort.«

Er machte schmale Augen. »Wer bist du denn, dass du es wagst, so zu mir zu sprechen?« Sein Tonfall war noch beleidigender als die Worte allein.

In all den Jahren, die Harm bei mir vom Knaben zum Jüngling herangewachsen war, hatte er mich nie derart in Rage gebracht wie dieser naseweise Bengel innerhalb eines Augenblicks. Ich zog Meine Schwarze herum. Ohnehin größer als der junge Prinz, zudem auf dem größeren Pferd sitzend, konnte ich aus einschüchternder Höhe auf ihn herabblicken. Ich beugte mich über ihn und musterte ihn auf die Art eines Wolfs, der einen unbotmäßigen Welpen auf seinen Platz verweist. »Wer ich bin? Ich bin der Mann, der Euch nach Bocksburg zurückbringt. Auf die eine oder andere Art. Fügt Euch darein.«

»Dachsenble…«, begann Leuenfarb, doch es war zu spät. Der Ansatz einer Bewegung, ein kaum wahrnehmbares Muskelzucken, hatte mich gewarnt. Ohne zu überlegen, warf ich mich vom Sattel aus auf den Prinzen und riss ihn vom Pferd mit mir zu Boden. Wir landeten im hohen Gras, zum Glück für Pflichtgetreu, denn ich kam auf ihn zu liegen und klemmte ihn unter mir ein, ganz so, wie ich es mir vorgestellt hatte. Beide Pferde schnaubten und scheuten, aber sie waren zu müde, um wegzulaufen. Meine Schwarze trabte ein paar Schritte, schnaubte einen weiteren Tadel in meine Richtung und steckte den Kopf ins Gras. Des Prinzen Stute, die heute schon so lange in ihrem Schlepptau gelaufen war, tat es ihr gleich.

Ich setzte mich rittlings auf den Brustkorb des Prinzen und drückte seine Arme auf den Boden. Geräusche verrieten mir, dass der Fürst aus dem Sattel stieg, aber ich schaute mich nicht um, sondern blickte schweigend auf Pflichtgetreu hinunter. An dem mühsamen Heben und Senken seiner Brust erkannte ich, dass der Sturz ihm den Atem verschlagen hatte, doch gab er keinen Laut von sich, wollte mich auch nicht ansehen, nicht einmal, als ich ihm den Dolch wegnahm und in den Wald schleuderte. Er starrte angestrengt an mir vorbei zum Himmel, bis ich sein Kinn packte und ihn zwang, mir ins Gesicht zu blicken.

»Entscheidet Euch!«

Er schaute mir in die Augen, zur Seite und wieder mich an. Als er das zweite Mal den Blick abwandte, spürte ich, wie etwas von seiner zornigen Spannung sich löste. Sein Gesicht verzerrte sich kummervoll. »Aber ich muss zurück zu ihr«, brach es aus ihm heraus. »Ich erwarte nicht, dass du mich verstehst. Du bist nicht mehr als ein Hund, der ausgeschickt wurde, mich aufzuspüren und zurückzubringen. Alles andere kümmert dich nicht. Aber ich muss zu ihr. Sie ist mein Leben, mein Atem, nur mit ihr bin ich ganz. Wir gehören zusammen.«

Tja, ihr werdet lernen müssen, ohne einander auszukommen. Um ein Haar wären mir diese Worte entschlüpft, doch ich konnte sie gerade noch zurückhalten. Lakonisch erwiderte ich: »Ich verstehe durchaus. Aber das ändert nichts an dem, was ich tun muss. Es ändert auch nichts an dem, was Ihr tun müsst.«

Fürst Leuenfarb trat zu uns, und ich erhob mich. »Dachsenbless, dies ist Prinz Pflichtgetreu, der Thronerbe aus dem Hause der Weitseher«, ermahnte er mich streng.

Ich beschloss, den Ausweg zu nehmen, den er mir anbot, und wieder in die alte Rolle zu schlüpfen. »Und nur deshalb hat er noch alle seine Zähne, Euer Gnaden. Die meisten Burschen, die mit dem Messer auf mich losgegangen sind, mussten für den Rest ihrer Tage das Brot in die Suppe tunken.« Ich bemühte mich, den grimmigen Bärenbeißer zu geben. Sollte der Bursche denken, dass mein Herr mich an der kurzen Leine hielt. Sollte er annehmen, dass mein Herr mich nicht immer bändigen konnte. Wenn er Angst vor mir hatte, war das durchaus von Vorteil.

»Ich werde mich jetzt um die Pferde kümmern«, knurrte

ich und ließ den Worten die Tat folgen, aber mit einem Auge und Ohr war ich bei dem Narren und Pflichtgetreu, während ich Sättel schleppte, Trensen abnahm und die Pferde mit Grasbüscheln notdürftig trockenrieb. Pflichtgetreu sah über des Fürsten hilfreich ausgestreckte Hand hinweg, stand vom Boden auf und klopfte sich ab. Nach seinem Befinden gefragt, erwiderte er mit steifer Förmlichkeit, es ginge ihm so gut wie unter den Umständen zu erwarten. Leuenfarb trat ein paar Schritte abseits, um den Nachthimmel zu bewundern und dem jungen Prinzen Gelegenheit zu geben, sich mit seinem verletzten Stolz zu arrangieren.

Nach kurzer Zeit weideten die Pferde so gierig, als hätten sie in ihrem ganzen Leben noch niemals Gras gesehen. Ich hatte die Sättel in einer Reihe nebeneinandergelegt, holte das Bettzeug aus den Taschen und fing an, Schlafstätten herzurichten. Falls irgend möglich, wollte ich versuchen, eine Stunde die Augen zuzumachen. Der Prinz schaute mir zu. Nach einer Weile fragte er: »Machst du kein Feuer?«

»Und für Eure Freunde leichter, uns zu finden? Nein.«

»Aber …«

»So kalt ist es nicht. Und zu kochen gibt es auch nichts.« Ich schüttelte die letzte Decke aus. »Habt Ihr Bettzeug in Euren Satteltaschen?«

»Nein.«

Ich teilte die Decken neu auf, sodass sie für drei Schlafplätze reichten. Man sah ihm an, dass er über etwas nachdachte, dann schien er einen Entschluss zu fassen. »Ich habe Proviant. Und Wein.« Er atmete tief ein. »Scheint mir ein gerechter Tausch für eine Decke.«

Ich hatte ein wachsames Auge auf ihn, als er herankam und anfing, seine Satteltaschen auszupacken.

»Hoheit, was haltet Ihr von uns!«, erregte sich Fürst Leuenfarb. »Nicht im Traum würden wir daran denken, Euch auf der nackten Erde schlafen zu lassen.«

»Ihr vielleicht nicht, Fürst. Ihm aber traue ich es zu.« Er bedachte mich mit einem bitterbösen Blick. »Euer Diener bezeigt mir nicht einmal die einfachste Höflichkeit, die ein Mensch dem anderen schuldet, geschweige denn den Respekt, den ein Untertan seinem Souverän entgegenbringen sollte.«

»Er ist ein Raubein, Hoheit, aber deswegen doch ein treuer Diener.« Leuenfarb schaute mich warnend an.

Ich senkte den Blick, brummte aber: »Einen Souverän respektieren? Vielleicht. Aber nicht ein grünes Bürschchen, das wegläuft und sich vor seiner Arbeit drückt.«

Pflichtgetreu holte tief Luft, als wollte er aufbrausen, dann aber stieß er sie zischend wieder aus und antwortete sehr beherrscht. »Du weißt gar nichts«, sagte er kalt. »Ich bin nicht weggelaufen.«

Leuenfarbs Ton war diplomatisch. »Vergebung, Hoheit, aber so muss es uns scheinen. Die Königin fürchtete zuerst, Ihr könntet entführt worden sein, doch es wurden keine Lösegeldforderungen erhoben. Sie wollte vermeiden, die Edlen zu beunruhigen, und auch nicht die Delegation der Fernholmer brüskieren, die in Kürze eintreffen wird, um Euer Verlöbnis mit der Narcheska zu besiegeln. Eure Abwesenheit bei dieser Zeremonie wäre ein Eklat sondergleichen, mit unübersehbaren politischen Folgen. Eure Mutter konnte nicht glauben, dass es Eure Absicht gewesen sein sollte, sie vor der Gesandtschaft zu beschämen und die Friedensverhandlungen zu gefährden. Dennoch sandte sie nicht ihre Leibgarde aus, um Euch zurückzuholen. Um einen Skandal zu vermeiden, bat sie mich, auf die Suche nach Euch zu gehen und Euch wohlbehalten nach Hause zu bringen. Und nichts anderes wollen wir tun.«

»Ich bin nicht weggelaufen«, wiederholte Pflichtgetreu stur, und ich merkte, dass der Vorwurf ihn tiefer getroffen hatte als gedacht. »Dennoch habe ich nicht die Absicht, nach Bocksburg zurückzukehren.« Er hatte eine Flasche Wein zutage gefördert und packte nun den Proviant aus. Räucherfisch, in ein Leinentuch eingeschlagen, mehrere Scheiben Honigkuchen mit kandierter Kruste und zwei Äpfel: nicht der übliche Reiseproviant, sondern Leckereien, mit denen loyale Gefolgsleute einen Prinzen verwöhnten. Er legte das Tuch ausgebreitet ins Gras und begann die Speisen mit katzenhafter Delikatesse in drei gleiche Teile zu teilen. Die einzelnen Portionen ordnete er jede für sich auf dem Tuch an. Nobel gehandelt, fand ich. Unser zukünftiger König bewies Haltung in einer unangenehmen Situation. Er entkorkte den Wein und stellte ihn in die Mitte, dann lud er uns mit einer Handbewegung zum Mahl, und wir ließen uns nicht zweimal bitten. Auch wenn es für jeden nur wenig gab, es war ein Fest. Der Honigkuchen war süß und schwer von Rosinen. Ich steckte mir das ganze Stück in den Mund und bemühte mich, sehr langsam zu kauen, obwohl der Hunger in meinem Magen tobte wie ein reißendes Tier. Während wir uns über das Essen hermachten, hielt der Prinz, in den letzten Tagen reichlicher verköstigt als wir und deshalb weniger hungrig, sein Plädoyer in eigener Sache.

»Wenn ihr mich zwingt, mit euch zurückzureiten, bringt ihr euch nur in Gefahr. Meine Freunde werden kommen, um mich zu befreien. Und *sie* wird nicht einfach so von mir lassen – wie ich nicht von ihr. Und ich möchte nicht, dass jemand zu Schaden kommt. Nicht einmal du.« Er schaute mich an. Erst dachte ich, es sollte eine Drohung sein, doch es klang aufrichtig, als er fortfuhr: »Ich muss mit ihr gehen. Ich bin kein Knabe, der vor seinen Aufgaben davonläuft. Ich drücke mich nicht vor unangenehmen Dingen. Nein, ich habe mich denen angeschlossen, zu denen ich gehöre – durch mein Blut.« Seine bedächtige Art, die Worte zu setzen, erinnerte mich an Veritas. Seine Augen wanderten zwischen Leuenfarb und mir hin und her. Er schien einen Verbündeten zu suchen oder wenigstens Verständnis. Nach einer kurzen Pause leckte er sich über die Lippen, wie jemand, der im Begriff ist, ein großes Risiko einzugehen. Sehr leise fragte er: »Kennt ihr die Geschichte vom Gescheckten Prinzen?«

Wir blieben beide stumm. Ich schluckte, was ich im Mund hatte, ohne etwas zu schmecken. War der Junge übergeschnappt? Dann nickte Fürst Leuenfarb einmal schwer.

»Ich bin von seinem Blut. Wie es im Geschlecht der Weitseher von Zeit zu Zeit geschieht, wurde ich mit der Alten Macht geboren.«

Ich wusste nicht, ob ich seine Ehrlichkeit bewundern oder mir die Haare raufen sollte wegen seiner Einfalt, sich ohne Not mit solch einem Bekenntnis selbst die Schlinge um den Hals zu legen. Während ich eine ausdruckslose Miene aufsetzte und mich bemühte, nicht durch einen Blick zu verraten, was ich dachte, fragte ich mich bang, ob er zu anderen in Bocksburg ebenso offen gewesen war.

Ich glaube, dass wir uns gar keine Reaktion anmerken ließen, brachte ihn mehr aus der Fassung als alles, was wir hätten sagen oder tun können. Wir saßen beide nur da und blickten ihn an. Er holte Atem wie ein Glücksspieler vor einem hohen Einsatz. »Dann versteht ihr jetzt, weshalb es für alle am besten wäre, wenn ihr mich gehen lasst. Die Sechs Provinzen werden keinen König dulden, der ein Zwiehafter ist, und ebenso wenig kann ich von mir abtun, womit ich geboren bin. Ich werde nicht leugnen, was mein Erbe ist, das wäre feige und Verrat an meinen Freunden. Wenn ich zurückkehre, ist es nur eine Frage der Zeit, bis alle von meiner Alten Macht wissen. Unfrieden und Zwist unter den Edlen werden die Folge sein. Ihr solltet mich gehen lassen und meiner Mutter berichten, dass ihr mich nicht finden konntet. Das wäre für alle am besten.«

Den Blick auf mein letztes Stück Fisch geheftet, fragte ich ruhig: »Gesetzt den Fall, wir kämen zu dem Schluss, es wäre für alle am besten, wenn wir Euch töten? Euch aufhängen, vierteilen und die Stücke dort am Bachufer verbrennen? Und dann der Königin berichten, wir hätten Euch nicht gefunden?« Ich schämte mich wegen der wilden Angst in seinen Augen, die ich verschuldet hatte, doch jemand musste ihn lehren, vorsichtiger zu sein. Nach einer Weile fügte ich die Moral von der Geschichte hinzu: »Nehmt Euch Zeit, Menschen kennen zu lernen, bevor Ihr Eure größten Geheimnisse mit ihnen teilt.«

Oder eine frisch geschlagene Beute. Er kam zu mir lautlos wie ein Schatten, sein Gedanke streifte mich windhauchleicht. Nachtauge ließ ein Kaninchen, etwas ramponiert vom Transport, neben mir auf den Boden fallen. Die Innereien hatte er sich bereits einverleibt. Ohne Umstände pflückte er mir das Stück Räucherfisch aus den Fingern, schlang es herunter und streckte sich dann schwer seufzend an meiner Seite aus. Er bettete den Kopf auf die Vorderpfoten. *Das Kaninchen ist mir fast ins Maul gesprungen. Ich habe niemals leichtere Beute gemacht.*

Der Prinz riss die Augen so weit auf, dass die ganze Iris von einem weißen Ring umgeben war. Sein Blick flog zwischen Nachtauge und mir hin und her. Ich glaube nicht, dass er unsere Gedanken mithören konnte, doch er wusste Bescheid. Mit einem Wutschrei sprang er auf. »Du solltest es verstehen! Wie kannst du mich nicht nur von meinem Geschwistertier wegreißen, sondern auch von der Frau, die gleich mir vom Alten Blut ist? Wie kannst du einen deinesgleichen verraten?«

Ich hatte eigene wichtige Fragen. *Wie hast du uns so schnell einholen können?*

Auf die gleiche Art wie seine Katze und aus mehr oder weniger dem gleichen Grund. Ein Wolf kann den geraden Weg nehmen, wo ein Pferd einen Bogen schlagen muss. Seid ihr darauf vorbereitet, dass sie kommen? Durch meine Hand, die auf seinem Rücken lag, fühlte ich die Müdigkeit in seinem Körper summen. Er schüttelte meine Besorgnis ab wie lästige Fliegen auf seinem Fell. *Ich bin noch nicht ganz zahnlos. Ich habe dir Fleisch gebracht,* wies er mich zurecht.

Du hättest es selbst fressen sollen.

Ein Aufflackern von Belustigung. *Habe ich. Das erste. Du glaubst doch nicht, ich wäre dumm genug, mit leerem Magen hinter euch herzulaufen? Dieses zweite ist für dich und den Geruchlosen. Und für den Welpen, wenn du denkst, er hat es verdient.*

Ich bezweifle, dass er rohes Fleisch isst.

Ich bezweifle, dass es Sinn hat, auf ein Feuer zu verzichten. Sie werden kommen, und sie brauchen kein Licht, um euch zu finden. Der Welpe ruft sie, es ist wie ein Atem, der in ihn ein- und ausgeht. Er sendet es aus wie einen Paarungsruf.

Ich merke nichts davon.

Deine Nase ist nicht der einzige deiner Sinne, der weniger scharf ist als meine.

Ich stand auf und stieß das ausgeweidete Kaninchen mit der Fußspitze an. »Ich werde Feuer machen und es braten.« Der Prinz beobachtete mich schweigend. Er wusste genau, dass eine Unterhaltung stattgefunden hatte, von der er ausgeschlossen geblieben war.

»Wird uns das nicht die Verfolger auf den Hals hetzen?«, gab Fürst Leuenfarb zu bedenken. Trotz seiner Frage wusste ich, er hoffte insgeheim auf den Luxus eines Feuers und eines heißen Bratens.

»Dafür sorgt er bereits.« Ich deutete mit dem Kinn auf den

Prinzen. »Ein Feuer, um ein Stück Fleisch zu braten, ruft sie auch nicht schneller herbei.«

»Wie kannst du helfen, die zu verfolgen, mit denen du von einer Art bist?« Zum zweiten Mal schleuderte Pflichtgetreu mir diesen Vorwurf entgegen.

Ich hatte mir in der Nacht zuvor eine Antwort darauf zurechtgegrübelt. »Meine Loyalität in dieser Sache ist geteilt, aber nicht jeder Teil wiegt gleich schwer. An erster Stelle schulde ich dem Haus Weitseher Treue und Gefolgschaft. Wie Ihr auch.« Er war mehr von meiner Art, als ich den Mut hatte, ihm zu sagen, und mir blutete seinethalben das Herz. Doch wie ich an ihm handelte, das war in meinen Augen kein Verrat. Vielmehr setzte ich ihm Grenzen, zu seiner eigenen Sicherheit. Wie Burrich es einst bei mir getan hatte, dachte ich reuevoll.

»Was gibt dir das Recht, mir zu sagen, wem ich Treue schulde und in welchem Maße?«, begehrte er auf. Der Zorn in seiner Stimme verriet mir, dass ich einen wunden Punkt getroffen hatte.

»Es stimmt. Ich habe nicht das Recht, Prinz. Prinz Pflichtgetreu. Dennoch will ich Euch daran erinnern, dass man von Euch erwartet, Eurem Namen Ehre zu machen. Ich werde jetzt Feuerholz sammeln. Ihr könnt derweil überlegen, was aus dem Thron der Weitseher wird, wenn Ihr Euch weigert, die Aufgabe zu übernehmen, für die Ihr geboren seid, und einfach verschwindet.«

Seiner Müdigkeit zum Trotz rappelte der Wolf sich auf und trottete hinter mir her. Wir gingen zurück zum Bachufer, um dort nach totem Holz Ausschau zu halten, das, vom Hochwasser angeschwemmt, den ganzen Sommer Zeit gehabt hatte zu trocknen. Erst tranken wir uns satt, dann betupfte ich den Schmiss an meiner Brust, den ich der Klinge des Prinzen verdankte. Ein neuer Tag, eine neue

Narbe. Oder vielleicht auch nicht. Es hatte kaum geblutet. Ich machte mich auf die Suche nach Brennmaterial. Nachtauges scharfes Sehvermögen unterstützte meine weniger gut ausgebildeten Sinne, und bald hatte ich einen Armvoll Holz beisammen. *Er hat viel von dir,* bemerkte der Wolf, als wir den Rückweg antraten.

Familienähnlichkeit. Er ist Veritas' Erbe.

Nur weil du dich geweigert hast, es zu sein. Er ist von unserer Art, kleiner Bruder. Deiner und meiner.

Das verschloss mir eine Zeitlang den Mund. Dann meinte ich: *Du machst dir viel mehr Gedanken um menschliche Belange als früher. Ich erinnere mich an Zeiten, da hast du von solchen Dingen keine Notiz genommen.*

Wahr. Und der schwarze Rolf warnte uns beide, dass wir uns zu sehr ineinander verstrickt hätten, dass ich zu sehr Mensch wäre und du zu sehr Wolf. Wir werden dafür büßen, kleiner Bruder. Wir hätten es nicht vermeiden können, trotzdem werden wir leiden müssen dafür, dass unsere Naturen sich so eng verquickt haben.

Was versuchst du mir zu sagen?

Du weißt es.

Ich wusste es. Wie auch ich war Pflichtgetreu unter Menschen ohne die Alte Macht aufgewachsen. Und wie ich war er, von niemandem gewarnt, nicht nur am Rand dieses Drachenteichs herumgetappt, sondern hatte sich kopfüber hineingestürzt. Ich hatte mich seinerzeit, unbelehrt, viel zu eng verschwistert. Mein erstes Geschwistertier war ein Hund gewesen, zu einer Zeit, als wir beide noch zu jung waren, um zu erkennen, worauf wir uns einließen. Burrich hatte uns auseinandergerissen. Damals hatte ich ihn dafür gehasst, viele Jahre lang. Jetzt schaute ich den Prinzen an, förmlich besessen von dieser Katze, und schätzte mich glücklich, dass es bei mir nur der Welpe gewesen war. Irgendwie hatte sich seine Verschwisterung mit der Katze auf eine junge Frau vom Alten Blut ausgeweitet. Wenn ich ihn nach Bocksburg zurückbrachte, verlor er nicht nur sein Geschwistertier, sondern überdies eine Frau, die er zu lieben glaubte.

Welche Frau?

Er spricht von einer Frau, einer vom Alten Blut. Vermutlich eine von denen, die mit ihm geritten sind.

Er spricht von einer Frau, aber er riecht nicht nach einer Frau. Findest du das nicht seltsam?

Auf dem Weg zurück zum Lager dachte ich darüber nach.

Dort angekommen, ließ ich das Holz kreuz und quer auf den Boden fallen. Während ich mein Brennmaterial zurechtlegte und einen dünnen Zweig für Zunder spänte, beobachtete ich den Jungen. Er hatte das Leintuch weggepackt, die Weinflasche aber stehen lassen. Jetzt saß er trübsinnig auf einer Decke, das Kinn auf den angezogenen Knien, und starrte in die tiefer werdende Nacht.

Ich öffnete alle Barrieren und spürte zu ihm hin. Der Wolf hatte recht. Er rief nach seinem Geschwistertier, aber ich glaube nicht einmal, dass er sich dessen bewusst war. Es war ein kummervolles Fragen, das er aussandte, wie ein verirrter Welpe, der nach seiner Mutter fiept. Nachdem ich es einmal wahrgenommen hatte, konnte ich es nicht mehr ausschließen, und es zerrte an meinen Nerven. Nicht nur, weil er seinen Freunden den Weg zu uns wies. Was mich störte, war die Weinerlichkeit. Es juckte mich in den Fingern, ihm eine Kopfnuss zu verpassen, aber stattdessen fragte ich in vielsagendem Ton, während ich mit Schlageisen, Feuerstein und Zunder hantierte: »Denkt der junge Herr an sein Liebchen?«

Verdutzt drehte er sich zu mir um. Leuenfarb war sichtlich echauffiert über die dreiste Frage. Ich beugte mich tiefer herab, um behutsam auf den winzigen Funken zu blasen, den ich hervorgebracht hatte. Er glühte, wuchs zu einem wabernden Flämmchen.

Der Prinz bemühte sich um ein gewisses Maß an Würde. »Meine Gedanken sind immer bei ihr«, erwiderte er leise.

Ich stellte dünne Zweige zu einem Zelt über meinem neugeborenen Feuer zusammen. »Bravo. Wie sieht sie denn aus?« Die Redeweise hatte ich in Bocksburg bei zahllosen gemeinsamen Mahlzeiten mit den Soldaten gelernt. »Ist sie …«, ich machte die unmissverständliche, universelle Gebärde, »zu gebrauchen?«

»Schweig!« Er spuckte mir das Wort entgegen.

Ich zwinkerte meinem Herrn verschwörerisch zu. »Aha, wir beide wissen, was das heißt. Es heißt, er weiß es nicht. Wenigstens nicht aus erster Hand. Oder vielleicht ist es nur die Hand, die weiß.« Ich hockte mich auf die Fersen und grinste ihn herausfordernd an.

»Dachsenbless!«, rief der Fürst. Es schien mir wahrhaftig gelungen zu sein, ihn zu schockieren.

Ich stellte mich taub. »Tja, immer die alte Leier, stimmt's? Er schwärmt und schwärmt, aber er hat sie nie auch nur geküsst, erst recht nicht …« Ich wiederholte die Geste.

Die Stichelei zeigte den gewünschten Effekt. Während ich die Flammen mit größeren Holzstücken fütterte, erhob sich der Prinz beleidigt. Im Feuerschein glühte sein Gesicht hochrot, die Nasenflügel waren vor Wut eingekniffen. »So ist es nicht«, stieß er heiser hervor. »Sie ist keine … Aber du kennst natürlich nichts anderes als Huren! Sie ist eine Frau, auf die zu warten sich lohnt, und wenn wir uns schließlich einander öffnen, wird es eine erhabenere und süßere Erfahrung sein, als du dir vorstellen kannst. Ihre Liebe ist von der Art, die man sich verdienen muss, und ich werde mich ihrer würdig erweisen.«

Das alte Lied und doch immer wieder neu. Die Schwärmerei eines Knaben, genährt von höfischen Balladen, idealisierende Vorstellungen von etwas, das er nie erlebt hatte. Die unschuldige Leidenschaft loderte in seinem Blut, und hehre Erwartungen leuchteten in seinen Augen. Ich versuchte, mir eine zynische Erwiderung einfallen zu lassen, der Rolle gemäß, die ich mir ausgesucht hatte, brachte sie aber nicht über die Lippen. Der Narr rettete mich.

»Dachsenbless«, rügte Fürst Leuenfarb seinen frechen Diener streng. »Genug davon. Kümmere Er sich um den Braten!«

»Sehr wohl, Euer Gnaden.« Ich fügte mich, aber mit einem hämischen Grinsen mitten in Pflichtgetreus Gesicht, das er vorzog zu ignorieren. Als ich das steife Kaninchen und das Messer zur Hand nahm, wandte der Fürst sich versöhnlicher an den Prinzen.

»Hat sie einen Namen, diese Dame, die ihr so verehrt? Kenne ich sie womöglich? Von einem Ball, einer Gesellschaft?« Bei ihm war es nicht Neugier, sondern warme, menschliche Anteilnahme, wohltuend und schmeichelhaft. Pflichtgetreu war augenblicklich beruhigt, trotz des vorausgegangenen hässlichen Wortwechsels mit mir. Er hatte nun Gelegenheit, sich als wohlerzogener Edelmann zu zeigen, meine ordinären Verunglimpfungen zu übergehen und mit solch höfischem Anstand zu antworten, als wäre ich Luft.

Er lächelte, als er auf seine Hände niederschaute, das Lächeln eines Knaben mit einer geheimen Herzensdame. »O nein, Ihr könnt sie nicht bei Hofe getroffen haben, Fürst. Solche wie sie findet man dort nicht. Sie ist eine Königin des wilden Waldes, eine Jägerin und Hegerin. Sie stickt nicht Taschentüchlein sommers im Garten und sitzt nicht drinnen am Ofen, sobald die ersten kalten Lüfte wehen. Sie ist ein Geschöpf der weiten Welt, Sturmwind in den Haaren, und ihre Augen sind erfüllt von den Mysterien der Nacht.«

»Ich verstehe.« Aus Leuenfarbs Stimme sprach das Verständnis des Weltmanns für eines Jünglings erste Romanze. Er setzte sich auf seinen Sattel, neben dem Prinzen und doch etwas erhöht. »Und hat dieser Ausbund an Tugend einen Namen? Oder einen Stand?«, erkundigte er sich väterlich.

Pflichtgetreu schaute zu ihm auf und schüttelte müde den Kopf. »Da habt Ihr's. Deswegen bin ich des Lebens bei Hofe so überdrüssig. Herkunft, Vermögen, was kümmert's mich! Sie ist es, die ich liebe.«

»Aber einen Namen wird sie doch haben«, beharrte Leuenfarb, während ich die Messerklinge unter das Kaninchenfell schob, um es abzulösen. »Denn was sonst willst du den Sternen zuflüstern, wenn du des Nachts von ihr träumst?« Wie ich dem Kaninchen das Fell herunterzog, entkleidete Fürst Leuenfarb die Romanze des Jungen Schicht um Schicht ihrer Geheimnisse. »Heraus damit. Wie habt Ihr sie kennen gelernt?« Leuenfarb nahm die Weinflasche, trank vornehm einen Schluck und reichte sie an den Prinzen weiter.

Pflichtgetreu drehte sie gedankenverloren hin und her, schaute in des Fürsten wohlwollend lächelndes Gesicht und trank. Dann saß er da, die Flasche locker in den Händen; ihr Hals wies zu dem kleinen Feuer, das die Umrisse seiner Züge aus dem Dunkel hob. »Meine Katze hat mich zu ihr geführt«, sagte er schließlich. Er nahm noch einen Schluck. »Ich hatte mich wieder einmal nachts hinausgeschlichen, um mit ihr zu jagen. Manchmal muss ich einfach für mich allein sein. Ihr wisst, wie es bei Hofe zugeht. Wenn ich sage, ich reite bei Tagesanbruch aus, stehen sechs Höflinge bereit, mich zu begleiten, und ein Dutzend Fräulein, um uns Lebwohl zu winken. Wenn ich nach dem Essen im Garten spazieren gehe, treffe ich hinter jedem Baum und Strauch eine Dame, die Verse schreibt, oder einen Edlen, der mich ersucht, bei meiner Mutter ein gutes Wort für ihn einzulegen. Es ist erdrückend. Ich kann nicht begreifen, weshalb so viele Leute sich danach drängen, am Hof zu leben. Könnte ich wählen, ich ginge fort.« Plötzlich reckte er sich in die Höhe und schaute sich um wie befreit. »Ich habe es getan«, verkündete er, fast als wäre er überrascht. »Ich bin frei, erlöst von der ganzen Heuchelei und den Intrigen. Und ich bin glücklich. Vielmehr, ich *war* glücklich, bis ihr gekommen seid, um mich in den Käfig zurückzuschleppen.« Und er funkelte mich an, als wäre alles mein Werk und der Fürst ein unschuldiger Mitläufer.

»Nun, Ihr wart also auf der Jagd, eines Nachts, mit Eurer Katze, und diese Dame ...« Geschickt nahm Fürst Leuenfarb den Faden wieder auf, der uns beide interessierte.

»Ich war auf der Jagd mit meiner Katze und ...«

Der Name der Katze?, fragte Nachtauge plötzlich drängend.

Ich knurrte spöttisch. »Scheint mir, dass die Dame und die Katze denselben Namen haben. ›Verrat-mich-nicht‹.« Ich spießte das Kaninchen auf mein Schwert. Gewöhnlich vermied ich es, die Klinge als Bratspieß zu missbrauchen, es beeinträchtigt die Härte, doch für einen grünen Zweig hätte ich meinen Platz verlassen und zum Waldrand gehen müssen und den Rest der Geschichte verpasst.

Der Prinz hatte meine Bemerkung gehört und antwortete mit unverhohlener Verachtung: »Man sollte meinen, dass du als ein Gescheckter weißt, dass Tiere ihren geheimen Namen haben und diesen erst dann preisgeben, wenn ihnen der Zeitpunkt richtig erscheint. Meine Katze hat mir ihren geheimen Namen noch nicht gesagt. Wenn ich mir ihr Vertrauen verdient habe, werde ich ihn erfahren.«

»Ich bin kein ›Gescheckter‹«, berichtigte ich ihn.

Er beachtete mich nicht, sondern wandte sich tiefernst an Fürst Leuenfarb. »Und das Gleiche gilt für meine Herrin. Ich brauche ihren Namen nicht zu wissen, wenn es ihr Wesen ist, das ich liebe.«

»Aber ja, selbstverständlich.« Leuenfarb rückte näher an den Prinzen heran. »Aber ich möchte von Eurer ersten Begegnung mit der geheimnisvollen Schönen hören. Ich gebe es nicht gern zu, aber tief in meinem Innern bin ich nicht weniger romantisch als jedes Fräulein, dem das Lied eines Spielmanns bei Hofe heiße Tränen entlockt.« Er redete, als wäre das, was Pflichtgetreu eben gesagt hatte, nicht besonders wichtig, ich aber fühlte mich merkwürdig befremdet. Auch Nachtauge hatte mir nicht gleich seinen wahren Namen anvertraut, aber die Katze und der Knabe waren seit Monaten zusammen. Als ich das Schwert drehte, rutschte das Kaninchen, dessen leere Körperhöhle für die Klinge zu groß war, zurück und blieb mit der bereits angeschmorten Seite über den Flammen hängen. Murrend zog ich es heran und steckte es fest, wobei ich mir die Finger verbrannte. Dann hielt ich es wieder über das Feuer und ließ es weiterbraten.

»Unsere erste Begegnung«, wiederholte Prinz Pflichtgetreu sinnend. Ein verlegenes Lächeln spielte um seinen Mund. »Ich fürchte, die steht uns noch bevor. Doch in allem, worauf es ankommt, kenne ich sie bereits. Die Katze hat sie mir gezeigt, oder vielmehr, sie offenbarte sich mir durch die Katze.«

Fürst Leuenfarb neigte den Kopf zur Seite und schenkte dem Jüngling einen faszinierten, aber auch fragenden Blick. Das Lächeln des Jungen wurde breiter.

»Man kann es nur schwer jemandem erklären, der von der Alten Macht nichts versteht. Aber ich will es versuchen. Durch die Alte Macht weiß ich die Gedanken der Katze und sie die meinen. Ich habe Teil an ihren scharfen Sinnen. Manchmal liege ich nachts wach in meinem Bett, öffne ihr mein Bewusstsein und werde eins mit ihr. Ich sehe, was sie sieht, fühle, was sie fühlt. Es ist wundervoll, Fürst. Nicht schmutzig und tierhaft, wie man Euch vielleicht hat glauben machen wollen. Die Welt ist dadurch für mich vielfältig und lebendig geworden. Gäbe es eine Möglichkeit, wie ich diese Erfahrung mit Euch teilen könnte, würde ich es tun, um Euch begreiflich zu machen, wovon ich rede.«

Der treuherzige Ernst des Jungen war entwaffnend. Ich bemerkte das kurze Aufflackern von Belustigung in Leuenfarbs Augen, der Prinz aber, davon bin ich überzeugt, sah nichts als aufrichtige Anteilnahme. »Ich werde mich damit begnügen müssen, es mir vorzustellen«, meinte Leuenfarb bedauernd.

Prinz Pflichtgetreu schüttelte den Kopf. »Ach, aber das könnt Ihr nicht. Niemand vermag es sich vorzustellen, dem diese Magie nicht innewohnt. Das ist der Grund, weshalb man uns verfolgt. Da vielen diese Fähigkeit mangelt, werden sie von Neid ergriffen, und dieser wandelt sich zu Hass.«

»Ich möchte behaupten, Furcht hat auch etwas damit zu tun«, brummte ich, aber der Narr warf mir einen Blick zu, der mich aufforderte, den Mund zu halten. Schuldbewusst widmete ich mich wieder meiner Arbeit und drehte das brutzelnde Kaninchen über dem kleinen Feuer.

»Ich denke, ich kann mir deine Kommunikation mit der Katze ausmalen. Wie wundersam es sein muss, die Gedanken eines solch edlen Geschöpfs zu teilen, wie erfüllend, die Nacht und die Erregung der Jagd in Gemeinschaft mit einem Geschöpf zu erleben, welches so eingebunden ist in die Natur. Doch ich gebe zu, ich verstehe nicht, wie sie Euch diese zauberhafte Dame zeigen konnte – außer sie hat Euch zu ihr geführt?«

Wie wundersam und erfüllend fürwahr, zu erleben, wie ihre tückischen Krallen dir den Bauch aufschlitzen!

Pst!

Katzen edle Geschöpfe? Fauchende und spuckende, Fäulnis atmende Schleicher.

Mit Mühe überhörte ich Nachtauges Kommentare und konzentrierte mich auf die Unterhaltung, während ich mir den Anschein gab, vollkommen von der Zubereitung des Bratens in Anspruch genommen zu sein. Der Prinz lächelte und schüttelte den Kopf über Fürst Leuenfarb, der Wirklichkeit entrückt, da er nun endlich von seiner Liebe sprechen durfte. War ich jemals so jung gewesen?

»So war es nicht. Eines Nachts, als die Katze und ich durch einen Wald schwarzer Bäume liefen, die im Licht des Mondes silbern glänzten, spürte ich, dass wir nicht allein waren. Es war nicht dieses unbehagliche Gefühl, beobachtet zu werden, sondern mehr wie … Stellt Euch vor, der Wind wäre der Atem einer Frau in Eurem Nacken, der Duft des Waldes ihr Parfum, das Glucksen eines Bächleins ihre Heiterkeit. Da gab es nichts, was ich nicht hundertmal gesehen und gehört und gefühlt hatte, und doch war alles in jener Nacht reicher, unbeschreiblich vielfältiger. Erst glaubte ich, es wäre Einbildung, und dann, durch die Katze, erfuhr ich mehr über sie. Ich spürte ihre Augen auf mir, wenn wir jagten, und ihre Zustimmung. Wenn ich mit der Katze das rohe Fleisch einer Beute teilte, spürte ich, dass die Frau mit uns die Mahlzeit genoss. Die Sinne der Katze schärfen meine eigenen, wie ich Euch gesagt habe. Doch plötzlich sah ich meine Umgebung nicht mit den Augen der Katze oder meinen eigenen, sondern mit den ihren. Ich sah, wie die eingestürzte Stelle in einer alten, bemoosten Mauer der Rahmen für einen sich in die Höhe kämpfenden Schössling war; ich sah das immer neue Muster im Spiel des Mondlichts auf den Stromschnellen; ich sah – ich sah die nächtliche Welt als ihre Poesie.«

Prinz Pflichtgetreu stieß einen langgezogenen Seufzer

aus. Er war versunken in seinen Roman, aber mir sandte ein langsam in meinem Kopf Gestalt annehmender Verdacht einen kalten Schauer über den Rücken. Ich fühlte die gespitzten Ohren des Wolfs und die Spannung in seinen Muskeln – er teilte meine böse Ahnung.

»So hat es angefangen. Gemeinsame Blicke auf die Schönheit der Welt. Ich war so töricht. Anfangs dachte ich, sie müsse in der Nähe sein, dass sie uns aus einem Versteck heraus beobachtete. Ich bat die Katze, mich zu ihr zu bringen, und sie tat es, aber nicht auf die Art, wie ich es erwartet hatte. Es war, als näherte man sich in dichtem Nebel einer Burg. Nacheinander hoben sich die Schleier, gaben mehr und mehr von dem preis, was sich dahinter verbarg. Je näher ich kam, desto stärker wurde meine Sehnsucht, sie in Fleisch und Blut vor mir zu sehen. Doch sie lehrte mich, es wäre erhabener, darauf zu warten. Erst muss ich meine Lektionen in der Alten Macht beherrschen. Ich muss lernen, meine Grenzen und mein Selbst aufzugeben und mit der Katze zu verschmelzen. Wenn ich die Katze in mich hineinlasse, wenn ich ganz und gar die Katze bin, dann ist meine Herrin mir am nächsten. Denn wir sind beide mit demselben Geschöpf verschwistert.«

Ist das möglich? Ungläubig und scharf die Frage des Wolfs.

Ich weiß nicht. Aber ich bezweifle es.

»Das ist unmöglich«, sagte ich laut. Ich bemühte mich, leichthin zu sprechen, damit die Worte nicht beleidigend oder drohend klangen, aber ich wollte, dass der Narr Bescheid wusste. Dennoch hob der Prinz wütend die Stimme und funkelte mich an.

»Nennst du mich einen Lügner?«

Ich benahm mich meiner Rolle als ungehobelter Schlagetot entsprechend. »Wenn ich Euch einen Lügner heißen wollte«, ich gab meiner Stimme einen seidenweichen Klang,

»hätte ich gesagt: ›Ihr seid ein Lügner.‹ Das habe ich nicht getan. Ich sagte: ›Das ist unmöglich.‹« Ich zeigte lächelnd die Zähne. »Versteht Ihr nicht, dass ich damit sagen wollte, ich glaube, Ihr habt keine Ahnung, wovon Ihr redet? Dass Ihr nur nachplappert, was jemand anders Euch eingetrichtert hat?«

»Zum letzten Mal, Dachsenbless, halt Er den Mund. Dies ist eine faszinierende Geschichte, und weder Seine Hoheit noch mich kümmert es, ob Er sie glaubhaft findet oder nicht. Ich habe den Wunsch zu hören, wie sie endet. Nun, wann habt Ihr Euch endlich gegenübergestanden?« Des Fürsten Tonfall verriet höchste Gespanntheit.

Pflichtgetreus eben noch träumerische Stimme erstickte plötzlich in unsäglichem Kummer. »Gar nicht. Noch nicht. Ich war zu ihr unterwegs. Sie rief mich zu sich, und ich verließ Bocksburg. Sie versprach mir, sie würde mir Führer entgegenschicken, die mich zu ihr bringen sollten. Und so geschah es. Sie versprach mir, je vollkommener ich meine Magie beherrschte, je mehr meine Verbindung mit der Katze sich vertiefte und festigte, desto näher würde ich ihr kommen. Natürlich müsse ich mich erst würdig erweisen. Meine Liebe würde auf die Probe gestellt, wie auch meine aufrichtige Bereitschaft, mich denen vom Alten Blut anzuschließen. Ich würde lernen müssen, alle Mauern zwischen mir und der Katze einzureißen. Sie sagte, es wäre ein mühevoller Weg, und sie warnte mich, ich würde meine Ansichten über viele Dinge ändern müssen. Doch wenn ich endlich bereit wäre«, und trotz der Dunkelheit konnte ich sehen, wie dem Prinzen die Röte in die Wangen stieg, »versprach sie, dass wir vereint sein würden, endgültiger und vollkommener als alles, was ich mir vorstellen könne.« Bei diesen letzten Worten schlug seine junge Stimme um und wurde rau.

Ein dumpfer Zorn begann, in mir zu gären. Mir war

klar, was er erwartete, und genauso sicher wusste ich, dass das, was sie für ihn bereithielt, nichts damit zu tun hatte. Er glaubte, sein Traum von Liebe würde sich erfüllen. Ich fürchtete, es würde ein Albtraum sein.

»Ich verstehe«, sagte der Fürst mit einem Anflug von Mitleid in der Stimme. Ich für meinen Teil war überzeugt, dass er nichts verstand.

Pflichtgetreu schöpfte Hoffnung. »Dann begreift Ihr jetzt, weshalb Ihr mich gehen lassen müsst? Ich muss zurückkehren! Ich verlange nicht, dass Ihr mich begleitet. Ich weiß, meine Freunde sind erzürnt und wären eine Gefahr für Euch. Ich bitte nur darum, dass Ihr mir mein Pferd gebt und mich unbehelligt reiten lasst. Ihr habt keinen Schaden davon. Kehrt nach Bocksburg zurück und meldet, Ihr hättet mich nicht gefunden. Niemand wird wissen, wie es wirklich gewesen ist.«

»Ich wüsste es«, gab ich liebenswürdig zu bedenken und nahm das Kaninchen vom Feuer. »Der Braten ist gar.«

Verbrannt bis auf die Knochen.

Der Blick, den der Prinz mir zuwarf, war pures Gift. Fast glaubte ich, auf seiner Stirn geschrieben zu sehen, was er dachte. *Töte den Diener. Bring ihn zum Schweigen.* Ich hätte wetten mögen, dass Kettrickens Sohn nichts von solchen Brachiallösungen gewusst hatte, bevor die Gescheckten ihn damit vertraut machten. Dennoch erwies er sich damit als ein echter Weitseher. Unsere Blicke trafen sich, und ich krümmte einen Mundwinkel zur Andeutung eines boshaften Lächelns. Ich sah, wie seine Muskeln sich spannten, und dann sah ich, wie seine Schultern herabsanken und seine Haltung sich lockerte. Bewunderungswürdige Selbstbeherrschung. Unwillkürlich fragte ich mich, ob er versuchen würde, mich im Schlaf zu ermorden.

Ich schaute ihn unverwandt an, während ich das Kaninchen in dampfende Stücke riss, forderte ihn heraus, mit mir die Blicke zu kreuzen. Mit fettigen, rußigen Fingern reichte ich dem Narren eine Keule, die er mit aristokratischer Zimperlichkeit entgegennahm. Da ich wusste, wie hungrig er schon den ganzen Tag gewesen war, erkannte ich seine Ziererei als bloßes Theater.

»Ein Stück Braten, Hoheit?«, wandte er sich an den Prinzen.

»Nein, vielen Dank.« Des Prinzen Stimme klang eisig. Er war zu stolz, um etwas von mir anzunehmen, denn ich hatte ihn verspottet.

Nachtauge wollte keinen Anteil von dem durchgebratenen Fleisch, also vertilgten der Narr und ich das Kaninchen bis auf das blanke Gerippe. Der Prinz saß abseits, während wir schmausten, und starrte in die Dunkelheit. Nach einer Weile legte er sich auf seine Decke. Ich spürte, wie sein Gedankenruf lauter wurde.

Leuenfarb brach den Knochen durch, den er zurückbehalten hatte, saugte das Mark heraus und warf die Stücke in die Glut. Über ihren rötlichen wabernden Schein hinweg sah er mich mit den Augen des Narren an. Sein Blick enthielt eine seltsame Mischung aus Mitgefühl und Vorwurf, und ich wusste nicht, was ich dazu sagen sollte. Wir schauten beide hinüber zu dem jungen Königssohn.

»Ich werde nach den Pferden sehen«, sagte ich schließlich.

»Ich will mich selbst überzeugen, wie es Malta geht.« Wir erhoben uns beide. Mein Rücken protestierte, als ich mich aufrichtete; ich war nicht mehr an diese Art Leben gewöhnt.

Ich werde ein Auge auf ihn haben. Nachtauge erhob sich schnaufend von seinem Ruheplatz und ging steifbeinig hinüber zu den Decken, Sätteln und dem schlafenden Prinzen. Unfehlbar wählte er die Decke, die ich für mich ausgebreitet hatte. Er scharrte sie zu einem bauschigen Hügel zusammen, auf dem er sich niederließ, dann blinzelte er mir einmal zu und richtete den Blick auf unseren Schützling.

Die Pferde waren in guter Verfassung, wenn man bedachte, wie rücksichtslos wir sie gehetzt hatten. Malta kam dem Narren freudig entgegen und rieb den Kopf an seiner Schulter, während er sie streichelte. Meine Schwarze, die so tat, als hätte sie meine Anwesenheit nicht bemerkt, brachte es nichtsdestoweniger fertig, jedes Mal auszuweichen, wenn ich mich ihr nähern wollte. Die Stute des Prinzen zeigte weder Freude noch Ablehnung, sie ließ sich ohne eine sichtbare Gemütsbewegung von mir streicheln. Plötzlich war Meine Schwarze hinter mir. Sie stieß mich an, und als ich mich zu ihr umdrehte, gestattete sie, dass ich ihr den Hals klopfte und sie unter den Kinnbacken kraulte. Der Narr sprach leise, mehr zu Malta als zu mir.

»Es muss schwer für dich sein, ihn unter diesen Umständen zum ersten Mal zu treffen.«

Ich wollte ihm keine Antwort geben. Ich wusste keine. Dann hörte ich mich zu meiner eigenen Überraschung sagen: »Er gehört nicht wirklich zu mir. Er ist Veritas' Erbe und Kettrickens Sohn. Mein Fleisch war dort, aber nicht ich. Veritas trug meinen Körper.«

Ich bemühte mich, meine Gedanken von dieser Erinnerung abzulenken. Als Veritas mir sagte, es gäbe eine Möglichkeit, seinen Drachen zu wecken, und dass mein Leben und meine Kraft der Schlüssel wären, glaubte ich, mein König bäte mich darum, ihm mein Leben zu geben. Als sein Vasall und weil ich ihn liebte, hätte ich es ihm bereitwillig geschenkt. Stattdessen hatte er von der Gabe Gebrauch gemacht, um sich meines Körpers zu bemächtigen, und ließ mich gefangen in seinem gebrechlichen, ausgebrannten Leib zurück, während er in meiner Gestalt zu seiner jungen Frau ging und mit ihr einen Erben zeugte. Ich hatte keine Erinnerung an ihre Stunden zusammen; ich erinnerte mich nur an eine lange Nacht als alter Mann. Nicht einmal Kettricken wusste genau, was geschehen war. Einzig der Narr teilte mein Wissen über die Umstände von Pflichtgetreus Empfängnis. Jetzt riss seine Stimme mich aus meinem schmerzlichen Grübeln.

»Er sieht dir so ähnlich, als du in seinem Alter warst, dass es mir ans Herz greift.«

Dazu gab es nichts zu sagen.

»Wenn ich ihn sehe, will ich ihn festhalten und beschützen. Beschützen vor all den schrecklichen Dingen, die dir im Namen des Hauses Weitseher angetan wurden.« Er stockte. »Ich habe gelogen«, bekannte er dann. »Ich möchte ihn beschützen vor all den schrecklichen Dingen, die dir angetan wurden, weil ich dich als meinen Katalysten benutzt habe.«

Die Nacht war zu schwarz und unsere Feinde zu nahe, als dass ich mehr davon hätte hören wollen. »Ich schlage vor, dass du neben ihm schläfst, dicht beim Feuer. Der Wolf wird bei euch bleiben. Halte dein Schwert griffbereit.«

»Und du?«, fragte er nach einem Moment des Schweigens. War er enttäuscht, dass ich einfach das Thema gewechselt hatte?

Ich zeigte mit dem Kopf auf die Bäume, die das Bachbett säumten. »Ich werde auf einen von denen da steigen und Wache halten. Du solltest versuchen, derweil zu schlafen. Wenn sie uns überfallen wollen, müssen sie die ganze Wiese überqueren. Im Feuerschein kann ich sie rechtzeitig sehen, um etwas zu unternehmen.«

»Was zu unternehmen?«

Ich zuckte die Achseln. »Sind es wenige, kämpfen wir. Sind es viele, geben wir Fersengeld.«

»Meisterhafte Strategie. Chade hat dich viel gelehrt.«

»Ruh dich aus, solange du kannst. Wir reiten bei Mondaufgang.«

Als wir uns trennten, hatte ich das ungute Gefühl, dass zwischen uns etwas ungesagt geblieben war, etwas Wichtiges. Nun ja. Ein andermal.

Wer glaubt, es sei einfach, im Dunkeln einen guten Kletterbaum zu finden, ist nie in der Verlegenheit gewesen. Bei meinem dritten Versuch fand ich einen, der einen dicken, als Sitzgelegenheit geeigneten Ast mit Blick auf unser Lager zu bieten hatte. Als Zeitvertreib bot sich an, über ein Schicksal nachzudenken, dessen Launen ich verdankte, dass ich zwei Kinder hatte, einen Sohn und eine Tochter, und doch kein Vater war. Ich beschloss jedoch, mir stattdessen Sorgen um Harm zu machen. Chade würde sein Wort halten, was die Lehrstelle anging, kein Zweifel, aber ob Harm fähig war, seinen Teil der Abmachung zu erfüllen? Hatte ich ihn gut genug vorbereitet? Würde er mit dem Herzen bei der Arbeit sein? Würde er auf den Meister hören und Tadel widerspruchslos ertragen?

Die Nacht war pechschwarz. Ich hielt vergeblich nach der Mondsichel Ausschau; mit ihr und ihrem schwindenden Licht war erst gegen Mitternacht zu rechnen. Vage konnte ich bei dem schwarzroten Auge des Lagerfeuers die Umrisse von Fürst Leuenfarb und dem Prinzen in ihren Decken erkennen. Die Zeit verging. Ein freundlicher Zweigstumpf bohrte sich in mein Kreuz und verhinderte, dass ich mich allzu behaglich fühlte.

Komm herunter.

Ich war eingedöst. Zwar konnte ich Nachtauge nicht sehen, aber ich wusste, er stand in dem tintigen Schatten am Fuß meines Baumes. *Was ist?*

Komm herunter. Leise.

Herunter kam ich, aber nicht so leise, wie ich gehofft

hatte. Mit den Händen an meinem Ast hängend, ließ ich mich fallen, ohne zu ahnen, dass sich genau an dieser Stelle eine Mulde im Waldboden befand. Der Fall war tiefer als gedacht; beim Aufkommen schlugen mir die Zähne zusammen, und meine Wirbelsäule wollte oben zum Schädeldach hinaus. *Ich bin zu alt für solche Späße.*

Nein. Das wünschst du dir nur. Komm.

Ich folgte ihm hinkend. Er führte mich geräuschlos zurück zum Lager. Der Narr erwachte bei meinem Kommen und richtete sich auf. Selbst im Finstern konnte ich seine fragende Miene erkennen. Ich legte Schweigen heischend den Finger an die Lippen.

Der Wolf ging dorthin, wo der Prinz zusammengerollt wie ein Kätzchen auf seiner Decke lag. Er schob die Schnauze an Pflichtgetreus Ohr. Ich gab ihm ein Zeichen, er solle den Jungen nicht wecken, aber er schenkte mir keine Beachtung. Mehr noch, er schob die Nase unter des Prinzen Wange und gab ihm einen Schubs. Der Kopf des Jungen rollte schlaff herum wie der eines Toten. Mein Herz stand still, dann hörte ich das raunende Ein und Aus seiner schlafträgen Atemzüge. Der Wolf stieß ihn noch einmal an. Immer noch wachte er nicht auf.

Ich erwiderte den bestürzten Blick des Narren, dann kniete ich neben dem Jungen nieder. Nachtauge schaute mir ins Gesicht.

Er hat nach ihnen gespürt und nach ihnen gegriffen, und dann war er auf einmal fort. Ich kann ihn nicht mehr spüren. Nachtauge war beunruhigt.

Er ist weit, weit weg. Ich überlegte. *Dies ist nicht die Alte Macht.*

»Halte du Wache«, bat ich den Narren, dann legte ich mich neben Pflichtgetreu auf den Boden und schloss die Augen. Als bereitete ich mich darauf vor, in tiefes Wasser zu tauchen, atmete ich bewusst ein und aus, passte mich dem Rhythmus von Pflichtgetreus Atemzügen an. *Veritas,* dachte ich, aus keinem anderen Grund, als dass es mir half, mich zu konzentrieren. Ich zögerte, dann tastete ich nach des Prinzen Hand und griff danach. Ich hielt sie in der meinen und fühlte mit einer unvernünftigen Freude die Schwielen in seiner Handfläche. Noch einmal holte ich tief Atem und stürzte mich in den Strom der Gabe. Da wir so dicht beieinanderlagen, fand ich den Prinzen sofort.

Ich machte mein Bewusstsein an ihm fest und ließ mich mit ihm treiben, als blinder Passagier. Auf diese Art, wurde mir plötzlich klar, hatte Galens Kordiale seinerzeit König Listenreich bespitzelt. Damals hatte ich diese Heimtücke verachtet, jetzt aber machte ich bedenkenlos davon Gebrauch und folgte dem Prinzen.

Das Gefühl des Wiedererkennens, das mich getroffen hatte wie ein Schlag, als ich dem Jungen zum ersten Mal ins Gesicht sah, die bis ins Mark gespürte Verwandtschaft war nichts verglichen mit dem, was ich jetzt erlebte. Wie gut kannte ich das kühne Suchen des Jungen, seinen kunstlosen, furchtlosen Gebrauch der Gabe. Genau wie es bei mir damals gewesen war, ein wildes Hinausgreifen, ohne zu wissen, wie ich es bewerkstelligte, oder eine Ahnung von der Gefahr, in der ich schwebte. Er spürte hinaus mit der Alten Macht, doch gleichzeitig gebrauchte er die Gabe. Bestürzt erkannte ich, dass, wie bei mir, seine Gabenmagie von der Alten Macht verfälscht war. Nachdem er sich an diese Methode gewöhnt hatte, könnte er dann jemals lernen, nach den Regeln mit der Gabe umzugehen?

Plötzlich wurden diese Überlegungen vollkommen verdrängt. Eingehüllt in die Gabe, beobachtete ich seine Alte Macht und war entsetzt.

Prinz Pflichtgetreu war die Katze. Nicht genug, dass er

mit dem Tier verschwistert war, er ging völlig darin auf, bewahrte nichts von sich selbst. Nachtauge und ich hatten unsere Bewusstseine gefährlich eng verwoben, aber das des Prinzen löste sich in seiner Verschwisterung auf.

Schlimmer noch war die Bereitwilligkeit, mit der die Katze die Unterwerfung des Prinzen hinnahm. Dann fiel es mir wie Schuppen von den Augen, und ich erkannte, es war gar keine Katze. Die Katze war nur eine dünne Hülle. Es war eine Frau. Ich geriet vor Verwirrung ins Trudeln und hätte um ein Haar meinen Halt an dem Prinzen verloren. Die Alte Macht wirkte nicht zwischen Mensch und Mensch, das war die Eigenschaft der Gabe. Griff er denn mit der Gabe hinaus zu der Frau? Nein. Diese Verbindung kam nicht mittels der Gabe zustande. Ich bemühte mich, den Knoten zu lösen, und konnte es nicht. Ich konnte die Frau nicht von der Katze trennen, und Pflichtgetreu war in beiden enthalten. Es ergab keinen Sinn. Die Frau zapfte das Bewusstsein des Jungen an. Nein. Sie war hier, floss in seinen Körper wie kaltes, öliges Wasser. Ich fühlte, wie sie ihn durchströmte, die Gestalt seines Fleisches erkundete. Sie war ihr noch fremd. Es lag eine merkwürdige Erotik in dieser fremdartigen, innerlichen Berührung. Ihre Verbindung in der Katze war noch nicht vollkommen, aber bald, bald, versprach sie ihm, würde er sie ganz erkennen. Hilfe war unterwegs, raunte sie, und sie wusste, wo er war. Ich war Zeuge, wie er ihr alles mitteilte, was er über Fürst Leuenfarb und mich wusste, über die Ausdauer und den Zustand unserer Pferde, den Wolf, der zu mir gehörte, und ich spürte ihren Zorn und Abscheu gegenüber einem vom Alten Blut, der seinesgleichen in den Rücken fiel.

Sie kamen. Ich sah mit den Augen der Katze und erkannte die Gescheckten, mit denen wir vor etlichen Stunden gekämpft hatten. Die Katze lief, obgleich hinkend, an der

Spitze. Der große Mann folgte ihr langsam, er führte seinen mächtigen Gaul am Zügel durch den nachtdunklen Wald. Die zwei Frauen ritten langsam hinter ihm, der zerkratzte Mann mit der verwundeten Katze bildete den Schluss. Zwei Pferde gingen ledig, also hatten wir einen von ihnen entweder schwer verletzt oder getötet. *Wir kommen, mein Liebster. Und ein Vogel wurde ausgesandt, um Verstärkung herbeizurufen. Bald wirst du wieder bei uns sein,* versicherte sie ihm. *Wir geben dich nicht verloren. Sobald die anderen in der Nähe sind, werden wir angreifen und dich befreien.*

Werdet ihr Fürst Leuenfarb und seinen Diener töten?, erkundigte sich der Prinz angstvoll.

Allerdings.

Ich wünschte, ihr würdet den Fürsten am Leben lassen.

Er muss sterben. Ich bedaure es, doch es geht nicht anders, denn der Fürst ist zu tief in unser Territorium eingedrungen. Er hat die Gesichter der unseren gesehen und ist auf unseren Wegen geritten. Er muss sterben.

Könnt ihr ihn nicht verschonen? Er ist unserer Sache gewogen. Wenn er unsere Stärke sieht, ist er vielleicht einverstanden, zurückzureiten und der Königin zu melden, dass er …

Wo ist deine Loyalität? Wie kannst du so rasch Vertrauen zu ihm fassen? Hast du vergessen, wie viele unserer Getreuen unter der Herrschaft der Weitseher ermordet worden sind? Oder willst du alle von unserer Art sterben sehen?

Die Frage hatte die Schärfe eines Peitschenhiebs, und erschüttert merkte ich, wie Pflichtgetreu sich davor duckte. *Mein Herz ist bei dir, Liebste, nur bei dir,* beeilte er sich zu versichern.

Gut. Das ist gut. Dann hab Vertrauen zu mir und lass mich tun, was ich tun muss. Du brauchst dir keine Gedanken zu machen. Du brauchst dich nicht dafür verantwortlich zu fühlen, was diese Leute selbst auf sich herabbeschwören. Du hast nichts damit zu tun. Du hast dich bemüht fortzugehen, ohne Aufsehen zu erregen. Sie sind diejenigen, die dich verfolgt haben und über uns hergefallen sind. Denk nicht mehr daran.

Dann hüllte sie ihn in Liebe, in eine Woge aus inniger Zuneigung, die jeden eigenen Gedanken hinwegspülte, den er vielleicht hatte. Aber sie schien nur an den Rändern dieses Stroms zu existieren. Es war Katzenliebe, die heftige Zähne-und-Krallen-Liebe einer Katze. Das Gefühl erschöpfte mich, und trotz meiner Wachsamkeit wäre ich ihm beinahe ebenfalls erlegen. Ich fühlte, wie der Prinz sich damit abfand, dass sie tun würde, was sie tun musste. Sie tat es um ihrer beider willen, damit sie zusammen sein konnten. War irgendein Preis dafür zu hoch?

Sie ist tot.

Nachtauges Gedanke tönte wie eine Stimme im Zimmer eines Schlafenden. Für einen Moment nahm ich sie als ein Element meiner Träume, dann traf mich der Sinn wie ein Schlag in den Magen. *Natürlich. Sie ist tot. Sie haust in der Katze.*

Und in diesem unbedachten Augenblick des Zusammendenkens mit dem Wolf wurde sie meiner gewahr.

Was ist das? Ihre Angst und ihre Empörung waren nicht so groß wie ihre maßlose Verblüffung. So etwas war ihr noch nie widerfahren. Es lag vollkommen außerhalb ihrer Magie, und in der Schrankenlosigkeit ihrer Überraschung verriet sie viel von sich selbst.

Ich zog mich zurück, sofort und vollkommen, bevor sie mehr herausfinden konnte, als dass jemand sie heimlich belauscht hatte, und merkte noch, wie sie den Griff um ihre Beute festigte. Es gemahnte an eine große Katze, die eine Maus zwischen die Zähne nimmt und mit einem Biss bewegungsunfähig macht. Es war genau dieses Gefühl von Besitzen und Verschlingen. In einem Winkel meines Bewusstseins hoffte ich, dass der Prinz sie ebenso deutlich sah wie ich. Er war ein Spielzeug für sie, Eigentum und Spielzeug. Sie empfand keine Liebe für ihn.

Aber die Katze liebt ihn, gab Nachtauge zu bedenken.

Und diese verdrehte Ungleichheit nahm ich mit zurück in mich selbst.

Es erinnerte mich an meinen verunglückten Sprung von dem Baum. Zurückgeschleudert in meinen eigenen Körper, fuhr ich in die Höhe, nach Atem ringend, als ob ein Alb mir die Brust zusammendrückte. Der Prinz neben mir regte sich nicht, Nachtauge aber war sofort bei mir und schob seinen großen Schädel unter meinen Arm. *Fehlt dir etwas, kleiner Bruder? Hat sie dir etwas angetan?*

Bevor ich auch nur daran denken konnte, ihm zu antworten, explodierte der Gabenkopfschmerz hinter meiner Stirn, und ich beugte mich stöhnend vornüber, blind, isoliert in einer schwarzen, von grellweißen Lichtschlangen durchzuckten Nacht. Ich versuchte, die gleißende Helligkeit wegzublinzeln; sie zerbarst in Farben, die mir Übelkeit verursachten. Mit hochgezogenen Schultern, das Gesicht in den Händen vergraben, wiegte ich mich vor und zurück.

Jemand legte mir ein kaltes Tuch in den Nacken. Ich ahnte den Narren neben mir, schweigend zum Glück. Erst nach mehrmaligem Schlucken und einem tiefen Atemzug wagte ich es, den Mund aufzumachen und zu sprechen. »Sie kommen. Die Gescheckten, gegen die wir heute gekämpft haben, und Verstärkung. Durch den Prinzen wissen sie, wo wir sind. Er ist wie ein Leuchtfeuer für sie. Wir können uns nicht verbergen, und sie sind zu zahlreich, als dass wir hoffen könnten, bei einem Kampf mit dem Leben davonzukommen. Unser Heil liegt in der Flucht. Wir können nicht warten, bis der Mond aufgeht. Nachtauge wird uns führen.«

»Soll ich den Prinzen wecken?« Der Narr dämpfte seine

Stimme, als wüsste er, dass jedes laute Geräusch mir wie Posaunen in den Ohren dröhnte.

»Spar dir die Mühe. Er ist weit weg, und ich bezweifle, dass sie ihm ausgerechnet jetzt erlauben wird, in seinen Körper zurückzukehren. Wir müssen ihn als Ballast mitnehmen. Würdest du die Pferde satteln?«

»Natürlich. Fitz, kannst du in deinem Zustand reiten?«

Ich machte die Augen auf. Schwimmende Lichtsplitter zerstückelten mein Blickfeld, aber ich konnte dahinter die im Dunkeln liegende Wiese erkennen. Ich zwang ein Lächeln auf mein Gesicht. »Ich werde reiten müssen, genau wie mein Wolf laufen muss. Und du wirst vielleicht gezwungen sein zu kämpfen. Es mag uns nicht gefallen, aber wir können es uns nicht aussuchen. Nachtauge, ich bitte dich, vorauszulaufen und für uns einen Fluchtweg zu suchen. Ich weiß nicht, aus welcher Richtung mit der Verstärkung zu rechnen ist. Sei unser Kundschafter.«

Du willst mich wegschicken, aus der Gefahrenzone. Der Gedanke klang vorwurfsvoll.

Das würde ich tun, wenn ich es könnte, aber die Wahrheit ist, dass ich dich möglicherweise mitten in den Rachen der Gefahr sende, als unseren Späher. Geh jetzt.

Er stand schwerfällig auf, reckte und schüttelte sich und trottete davon. Außerhalb des mageren Lichtkreises unseres zu reiner Glut heruntergebrannten Feuers fiel er in seinen Meilen zehrenden Trab und war sofort unsichtbar, der graue Wolf aufgesogen von der grauen Wiese. *Gib Acht auf dich, Bruder,* dachte ich hinter ihm her, aber leise, leise, damit er nicht wusste, wie schwer mir das Herz um ihn war.

Ich erhob mich sehr vorsichtig, als wäre mein Kopf ein übervolles Glas. Natürlich glaubte ich nicht wirklich, dass mir das Gehirn aus dem Schädel schwappen würde, wenn ich nicht aufpasste, aber fast hoffte ich es. Ich nahm das feuchte Tuch des Narren vom Nacken und drückte es mir eine Zeitlang gegen Stirn und Augen. Als ich noch einmal auf den Prinzen hinunterschaute, hatte er sich immer noch nicht bewegt; eher sah es aus, als wäre er noch enger in sich zusammengekrochen. Ich hörte den Narren mit den Pferden kommen und drehte mich sehr langsam zu ihm herum.

»Kannst du mir erklären, was mit ihm los ist?«, fragte er halblaut, und mir wurde klar, wie wenig er wusste. Umso erstaunlicher, dass er ohne zu fragen meine Anweisungen ausführte.

Ich atmete ein. »Er bedient sich der Gabe und der Alten Macht. Da er weder in der einen noch in der anderen eine Unterweisung erfahren hat, ist er verletzlich, äußerst verletzlich. Jung wie er ist, kann er sich die Gefahren nicht vorstellen, denen er ausgesetzt ist. Jetzt ist sein Bewusstsein mit dem der Katze verbunden. Genau genommen *ist* er die Katze.«

»Aber er wird erwachen und in seinen Körper zurückkehren?«

Ich zuckte die Achseln. »Ich weiß es nicht. Wir können nur hoffen. Und das ist noch nicht alles. Eine weitere Person ist mit der Katze verschwistert. Nachtauge und ich vermuten, dass es sich um die vorherige Verschwisterte der Katze handelt.«

»Vorherige? Ich dachte, Zwiehafte würden sich für das ganze Leben mit ihren Tieren verschwistern.«

»So ist es auch. Sie ist tot. Aber ihr Bewusstsein lebt in der Katze, benutzt die Katze.«

»Aber ich dachte, der Prinz …«

»Ja. Der Prinz ist auch da. Meines Erachtens weiß er nicht, dass die Frau, die er liebt, nicht mehr in menschlicher Gestalt auf Erden wandelt. Jedenfalls ahnt er nicht, welch große Macht sie über ihn hat. Und über die Katze.«

»Was können wir tun?«

Das Pochen in meinem Kopf verursachte mir Übelkeit bis zum Erbrechen, vielleicht fiel meine Antwort deshalb brutaler aus als beabsichtigt. »Den Prinzen von der Katze trennen, gewaltsam. Die Katze töten und hoffen, dass der Junge nicht stirbt.«

»Fitz!«

Keine Zeit für Beschwichtigungen. »Sattle nur zwei Pferde, deins und meins. Ich nehme den Jungen vor mich auf Meine Schwarze. Wir haben keine Zeit zu verlieren.«

Ich tat nichts, während der Narr die Pferde reitfertig machte, packte nicht zusammen, weil ich nicht vorhatte, Gepäck mitzunehmen. Stattdessen saß ich nur still da und versuchte, meinen Kopf zu überreden, dass er Ruhe gab. Zu allem Übel kam hinzu, dass ich immer noch durch die Gabe mit dem Jungen verbunden war. Ich fühlte mehr seine Abwesenheit als sein Vorhandensein. Ich spürte, wie etwas Fremdes sich in ihm regte, doch vermochte ich nicht zu beurteilen, ob sie hinausspürte, um mehr über mich zu erfahren, oder ob sie ihre Krallen ausstreckte, um den Körper des Jungen in ihren Besitz zu nehmen. Ich ließ mich nicht aus der Reserve locken, sie wusste schon durch die vorangegangene flüchtige Berührung genug über mich. Also saß ich da, den Kopf in den Händen, und betrachtete Kettrickens Sohn. Wie Veritas es mich vor langer Zeit gelehrt hatte, errichtete ich mit großer Sorgfalt meine Gabenmauern, diesmal so, dass sie den Jungen zu meinen Füßen mit umschlossen. Ich dachte nicht darüber nach, vor was oder wem ich ihn zu schützen versuchte, sondern konzentrierte mich einzig darauf, den Raum offen zu halten, der sein Bewusstsein war, damit er jederzeit dorthin zurückkehren konnte.

»Fertig«, meldete der Narr halblaut, und ich stand auf. Ich stieg auf Meine Schwarze, die erstaunlich ruhig verharrte, als der Narr den Jungen zu mir hinaufstemmte. Wieder einmal verblüffte mich die Kraft dieses grazilen Körpers. Ich rückte mich und den Prinzen so zurecht, dass ich ihn mit einem Arm festhalten konnte und eine Hand für die Zügel frei hatte. Es musste gehen. Im Nu war der Narr auf Malta neben mir. »Welche Richtung?«, fragte er.

Nachtauge? Ich dachte es so klein und unauffällig wie möglich. Vielleicht spürten sie die Schwingungen unserer Kommunikation, aber soweit ich das beurteilen konnte, half ihnen das nicht herauszufinden, wo wir uns befanden.

Bruder. Seine Erwiderung erfolgte ebenso verstohlen. Auf einen Schenkeldruck hin trug Meine Schwarze uns über die Wiese zu einem Punkt am Waldrand. Ich hätte niemandem beschreiben können, wo Nachtauge sich befand, aber ich wusste, dass ich mich in seine Richtung bewegte. Schon jetzt war der schlaffe Körper an meiner Brust eine mit jedem Schritt des Pferdes haltlos schlenkernde, unbequeme Bürde. Zermürbt von den rasenden Kopfschmerzen und diesem zusätzlichen Ärgernis schüttelte ich den jungen Prinzen grob. Er gab einen schwachen Protestlaut von sich, oder vielleicht war es auch nur ein Atemstoß, der ihm entfuhr.

Eine ganze Strecke ritten wir durch Wald, mussten uns unter Ästen ducken und brachen durch verfilztes Unterholz. Des Prinzen Pferd, ungezäumt, folgte uns. Wir konnten nur Schritt reiten, der Waldboden war tückisch, und die Bäume standen dicht. Ich folgte der Gedankenwitterung des Wolfs in eine Schlucht hinunter. Die Pferde polterten über glitschige Felsen durch einen schäumenden Bach. Die Schlucht wurde ein Tal, das Tal öffnete sich weit, und wir ritten über eine mondbeschienene Wiese. Aufgeschreckte Rehe ergriffen vor uns die Flucht. Wieder tauchten wir in ein Waldstück, die Hufe pochten gedämpft auf der dicken Schicht des Herbstlaubs vieler Jahrzehnte. Dann kamen wir zu einem steilen Anstieg, an den ich mich nicht erinnerte, doch oben angekommen, entließ uns die Nacht auf einen gebahnten Weg. Die Route des Wolfs hatte quer durch die pfadlose Wildnis geführt und uns zu derselben Straße gebracht, auf der wir am Morgen entlanggeritten waren. Ich zügelte Meine Schwarze und ließ sie verschnaufen. Vor uns, auf der nächsten Anhöhe, umfloss das karge Licht der Mondsichel die Silhouette eines Wolfs, der auf uns wartete. Sobald er uns erspäht hatte, drehte er sich um, trabte über den Kamm und verschwand. *Die Luft ist rein. Beeilt euch.*

»Jetzt im Galopp«, warnte ich den Narren. Ich beugte mich vor und sagte Meine Schwarze das Gleiche, während ich sie mit einem kräftigen Schenkeldruck vorwärtstrieb. Als sie sich nur widerwillig in Bewegung setzte, gab ich ihr mit der Alten Macht zu verstehen: *Verfolger sind uns auf den Fersen. Sie kommen schnell.*

Ihre Ohren drehten sich einmal kurz nach hinten. Ich glaube, sie war ein wenig skeptisch, dennoch trabte sie an. Als Malta uns zu überholen drohte, fühlte ich, wie ihre kraftvollen Muskeln sich spannten, und dann streckte sie sich unter mir, und wir galoppierten. Behindert von dem doppelten Gewicht und müde von den Anstrengungen des vorigen Tages, lief sie schwerfälliger als sonst. Malta hielt wacker mit und spornte sie dadurch immer wieder an. Die Stute des Prinzen blieb zurück. Der Wolf lief uns voraus, und ich heftete den Blick auf ihn als meine letzte Hoffnung. Es schien, als hätte er irgendwie die Last der Jahre abgeworfen; er hetzte wie ein Jährling in weiten Sätzen vor uns her.

Linker Hand wurde der Horizont sichtbar, als die Morgendämmerung ihr zaghaftes Wachstum in den Tag hinein begann. Ich begrüßte die zunehmende Helligkeit, die für unsere Pferde die Gefahr verringerte fehlzutreten, auch wenn ich andererseits fluchte, weil wir nun für unsere Verfolger leichter zu entdecken waren.

Vom Morgen in den Vormittag hinein bemühten wir uns, soseher uns auch die Zeit auf den Nägeln brannte, mit den Kräften unserer Pferde zu haushalten, und ritten abwechselnd Schritt, Trab und Galopp. Die letzten beiden Tage waren für die Tiere eine schwere Prüfung gewesen. Wenn wir sie rücksichtslos jagten, bis sie zusammenbrachen, schadeten wir uns selbst.

»Wann ist es sicher genug, einmal haltzumachen?«, fragte der Narr, während wir die Pferde langsam gehen ließen, damit sie verschnaufen konnten.

»Innerhalb der Burgmauern. Vielleicht.« Ich verzichtete darauf zu erwähnen, dass der Prinz erst in Sicherheit war, wenn ich mich noch einmal auf den Weg gemacht und die Katze getötet hatte. Wir hatten nur seinen Körper in unserer Hut. Die Gescheckten besaßen seine Seele.

Der Vormittag war ungefähr zur Hälfte verstrichen, als wir an dem Baum vorbeikamen, in dessen Krone uns der Bogenschütze aufgelauert hatte. Mir wurde bewusst, wie groß mein Vertrauen zu Nachtauge war. Er hatte entschieden, dass diese Straße sicher war, und ich folgte ihm, ohne zu zweifeln.

Sind wir nicht ein Rudel? Natürlich musst du deinem Leittier folgen. Die Neckerei konnte seine Müdigkeit nicht ganz verdecken.

Wir waren alle müde, Menschen, Wolf und Pferde. Ein etwas beschleunigter Schritt war das Äußerste, was ich aus Meine Schwarze noch herausholen konnte. Pflichtgetreu wurde immer schwerer in meinem Arm; dauernd musste ich ihn hochhieven und zurechtrücken, wenn er mir, von den zockelnden Bewegungen des Pferdes hin und her geschüttelt, zu entgleiten drohte. Mein Rücken und meine Schultern schmerzten von der dadurch erzwungenen verkrampften Haltung im Sattel, und dazu gesellte sich das unablässige dumpfe Pochen in meinem Kopf. Der Narr saß noch gut im Sattel, machte aber keinen Versuch, ein Gespräch anzufangen. Sein Angebot, den Prinzen eine Weile zu sich auf sein Pferd hinüberzunehmen, hatte ich abgelehnt. Es hatte nichts damit zu tun, dass ich es ihm oder Malta nicht zutraute. Ich konnte mir selbst nicht genau erklären, weshalb ich das Gefühl hatte, Pflichtgetreu bei mir behalten zu müssen. Dass er so lange ohne Besinnung blieb, machte mir Sorgen. Irgendwo, das wusste ich, arbeitete sein Verstand, sah er mit den Augen der Katze, fühlte mit ihrem Körper. Früher oder später würde er erkennen …

Der Prinz regte sich in meinen Armen. Ich verhielt mich ruhig und wartete ab. Er brauchte eine Weile, um zu sich zu kommen. Zuckungen schüttelten ihn, was mich unangenehm an meine eigenen Krampfanfälle erinnerte. Dann fuhr er nach Luft ringend jäh in die Höhe. Gierig saugte er einen Atemzug nach dem anderen in seine Lunge, während er wild den Kopf von einer Seite zur anderen warf und versuchte, sich über seine Lage klar zu werden. Ich hörte ihn schlucken. Mit einer kraftlosen, brüchigen Stimme fragte er: »Wo sind wir?«

Lügen war sinnlos. Auf dem Hügel über uns warfen Laurels geheimnisumwitterte Menhire ihre Schatten. Er würde sie sicher wiedererkennen. Ich machte mir nicht die Mühe, ihm zu antworten. Fürst Leuenfarb schloss zu uns auf.

»Hoheit, seid Ihr wohlauf? Ihr wart lange ohne Besinnung.«

»Ich bin … wohlauf. Wohin bringt ihr mich?«

Sie kommen!

Innerhalb eines Lidschlags war alles anders. Ich sah, wie der Wolf in langen Sätzen zu uns zurückjagte. Hinter ihm waren auf der Straße plötzlich Reiter aufgetaucht. Fünf zählte ich auf den ersten Blick. Zwei Jagdhunde, Zwiehafte, liefen neben ihnen her. Ich wandte mich im Sattel um. Zwei Bodenwellen hinter uns erschien ein weiterer Trupp Berittener. Einer hob den Arm und winkte der Gruppe vor uns triumphierend zu.

»Sie haben uns in der Zange«, sagte ich zu dem Narren. Er wurde bleich.

»Auf den Hügel. Wir nehmen an einem der Hünengräber Rückendeckung.« Ich trieb Meine Schwarze vom Weg hinunter und den Hang hinauf. Der Narr folgte mir.

»Lasst mich gehen!«, forderte Pflichtgetreu. Er schlug um sich, doch nach der langen Bewusstlosigkeit war er schwach. Es war nicht leicht, ihn festzuhalten, aber wir hatten nicht weit zu reiten. Bei dem Grabhügel und dem daneben stehenden Steinpfeiler angelangt, parierte ich Meine Schwarze durch und rutschte aus dem Sattel, wenig graziös, aber ich zog den Prinzen mit mir herunter. Meine Schwarze trat müde beiseite und warf mir über die Schulter einen vorwurfsvollen Blick zu. Der Narr war bereits bei uns. Ich wich durch einen raschen Schritt zur Seite Pflichtgetreus Boxhieb aus, ergriff sein Handgelenk, schwenkte ihn herum, drehte ihm den Arm auf den Rücken, packte seine andere Schulter und hielt ihn so fest. Ich war nicht brutaler als nötig, aber er sträubte sich verbissen. »Ein gebrochener Arm oder eine ausgekugelte Schulter werden dich nicht umbringen«, ermahnte ich ihn barsch. »Aber du könntest dann eine Zeitlang keine Sperenzchen mehr machen.«

Vor Schmerz ächzend, gab er nach. Nachtauge war ein grauer Strich, der sich den Hang hinauf in unsere Richtung verlängerte. »Was jetzt?«, fragte mich der Narr, der sich mit weit aufgerissenen Augen umschaute.

»Jetzt stellen wir uns zum letzten Gefecht.« Die Reiter unter uns schwärmten aus. Der Grabhügel hinter uns taugte so gut wie gar nicht als Schutz gegen einen Angriff von hinten, er gab den Feinden sogar die Möglichkeit, sich ungesehen heranzupirschen. Nachtauge stand keuchend zwischen uns.

»Ihr werdet hier sterben«, stieß der Prinz zwischen zusammengebissenen Zähnen hervor. Ich hatte meinen Griff nicht nennenswert gelockert.

»Sehr wahrscheinlich«, stimmte ich zu.

»Ihr werdet sterben, und ich werde mit ihnen weiterreiten.« Seine Stimme klang gepresst, er hatte Schmerzen. »Seid nicht dumm. Lasst mich frei. Ich verspreche, ich werde sie bitten, euch freien Abzug zu gewähren.«

Über den Kopf des Jungen hinweg tauschten der Narr und ich einen Blick. Ich wusste, wie meine Antwort auf dieses Angebot lautete, war mir aber auch im Klaren darüber, welchem Schicksal ich den Prinzen auslieferte, wenn ich ihn denen da unten überließ. Eventuell bot sich, falls wir hier mit dem Leben davonkamen, die Gelegenheit zu einem zweiten Befreiungsversuch, aber ich bezweifelte es. Die Katzenfrau würde dafür sorgen, dass man uns jagte und aus dem Weg räumte. Kämpfend sterben oder sterben auf der Flucht. Ich wollte nicht für meine Freunde zwischen zwei Übeln entscheiden müssen.

Ich bin zu müde, um zu fliehen. Ich erwarte den Tod hier.

Der Blick des Narren flog zu Nachtauge. Ich weiß nicht, ob er den Gedanken auffing oder ob er einfach nur die abgrundtiefe Mattigkeit des Wolfs erkannte. »Standhalten und kämpfen«, sagte er schwach. Er zog das Schwert aus der Scheide. Ich wusste, er hatte nie in seinem Leben einen Waffengang getan. Er hielt die Klinge wie etwas Fremdes, mit dem er nichts anzufangen wusste, dann holte er tief Atem und setzte die Miene von Fürst Leuenfarb auf. Gleichzeitig wurde seine Haltung straffer, und ein Ausdruck kalter Entschlossenheit trat in seine Augen.

Er ist kein Kämpfer. Sei nicht albern.

Die Reiter kamen auf uns zu. Sie ließen ihre Pferde Schritt gehen, nahmen sich Zeit, gaben uns Gelegenheit, unserem Tod entgegenzusehen. *Weißt du eine andere Möglichkeit?*

»Du kannst mich nicht festhalten und gleichzeitig kämpfen!« Pflichtgetreus Stimme klang triumphierend. Offenbar glaubte er, seine Seite hätte bereits gesiegt. »Sobald du mich loslässt, werde ich fliehen. Ihr sterbt für nichts! Lasst mich jetzt gehen, lasst mich ein gutes Wort für euch einlegen. Vielleicht kann ich euch das Leben retten.«

Du darfst ihn ihr nicht überlassen. Töte ihn, wenn es anders nicht geht.

Ich kam mir vor wie ein großer Feigling, trotzdem dachte ich es zu ihm hin. *Ich weiß nicht, ob ich dazu fähig bin.*

Du musst es tun. Wir beide wissen, was sie vorhaben. Wenn du es nicht über dich bringst, ihn zu töten, dann nimm ihn mit in den Pfeiler. Der Junge hat die Gabe, und du warst schon einmal mit dem Geruchlosen durch die Gabe verbunden. Es könnte gelingen. Nimm sie mit dir.

Die Reiter unten beratschlagten kurz, dann kamen sie in gefächerter Formation weiter auf uns zu. Wie die Katzenfrau versprochen hatte, überließen sie nichts dem Zufall. Sie grinsten, gut gelaunte Rufe flogen hin und her. Wie der Prinz glaubten auch sie den Tag gewonnen.

Es kann nicht gelingen. Erinnerst du dich nicht? Ich brauchte meine ganz Kraft, um dich während der Passage nicht zu verlieren, und wir waren eng verbunden. Vielleicht wäre ich stark genug, den Jungen vor den Kräften darin zu bewahren, oder dich, aber nicht euch beide. Und ich weiß nicht, ob ich den Narren mit hineinziehen könnte. Unser Gabenband ist alt und dünn. Ich könnte euch alle verlieren.

Du brauchst nicht zu wählen. Ich werde nicht mit dir gehen. Ich bin zu müde. Aber ich werde hierbleiben und jene dort so lange zurückhalten, wie es mir möglich ist, während ihr euch in Sicherheit bringt.

»Nein!«, stöhnte ich im selben Moment, als der Narr plötzlich sagte: »Der Pfeiler! Du hast gesagt, der Junge besitzt die Gabe. Könntest du nicht …«

»Nein!«, rief ich aus. »Ich werde Nachtauge nicht allein sterben lassen! Wie kannst du es wagen, mir so etwas zuzumuten?«

»Allein?« Der Narr schaute verwundert, dann zog ein seltsames Lächeln um seinen Mund. »Aber er wird nicht allein sein. Ich werde bei ihm sein. Und« – er richtete sich zu voller Höhe auf, straffte die Schultern – »ich werde sterben, bevor ich zulasse, dass man ihn tötet.«

Oh, das ist ungemein beruhigend. Jedes Haar an Nachtauges Körper war gesträubt, während er die näher rückende Phalanx von Männern und Pferden beobachtete, aber seine Augen signalisierten zwinkernde Heiterkeit.

»Schickt den Jungen zu uns herunter!«, rief ein hochgewachsener Mann. Wir ignorierten ihn.

»Glaubst du, das macht es mir leichter?«, fuhr ich den Narren an. Sie waren verrückt, alle beide. »Ich könnte es schaffen, durch den Pfeiler zu gehen. Ich könnte es sogar fertigbringen, den Jungen mitzuschleppen, auch wenn ich nicht garantieren kann, dass er drüben als derselbe herauskommt, der er hier war. Aber du wärst einer zu viel, Narr. Und Nachtauge weigert sich mitzukommen.«

»Wohin mitkommen?«, verlangte Pflichtgetreu zu wissen. Er versuchte, sich meinem Griff zu entwinden, und ich zog ihm den Arm weiter zur Schulter. Er hielt still.

»Zum letzten Mal, ergebt ihr euch?«, rief der hochgewachsene Reiter.

»Ich bemühe mich, ihn zur Vernunft zu bringen!«, rief Fürst Leuenfarb zurück. »Gib mir etwas Zeit, Mann!« Er ließ in seiner Stimme einen Unterton von Panik mitschwingen. »Mein Freund.« Der Narr legte mir die Hand auf die Schulter. Sanft, aber entschieden schob er mich rückwärts zu dem Pfeiler hin. Ich gab nach und zog Pflichtgetreu mit. Der Narr hielt meinen Blick fest, während er zu mir sprach, ruhig und besonnen, als hätten wir alle Zeit der Welt. »Ich weiß, dass ich dich nicht begleiten kann. Es betrübt mich, dass Nachtauge es nicht will. Trotzdem sage ich dir, dass du gehen und den Jungen mit dir nehmen musst. Verstehst du nicht? Dies ist der Moment, für den du geboren wurdest, der Grund, weshalb du in all diesen Jahren am Leben geblieben bist, entgegen aller Wahrscheinlichkeit. Weshalb ich dich gezwungen habe, am Leben zu bleiben, trotz allem, was du erdulden musstest. Das Geschlecht der Weitseher muss einen Erben haben. Wenn du Pflichtgetreu rettest und in die Königsburg zurückbringst, ist alles, wie es sein sollte. Wir halten die Zukunft auf der Bahn, die ich für sie bereitet habe, selbst wenn die Geschichte ohne mich ihren Fortgang nimmt. Doch sollten wir scheitern, sollte er sterben ...«

»Wovon redet ihr?«, fragte der Prinz aufgebracht.

Der Narr ließ den angefangenen Satz unvollendet. Er starrte den Hang hinunter auf die Gescheckten, die gemächlich näher rückten, aber sein Blick schien durch sie hindurchzugehen. Mein Rücken stieß fast an den Monolithen. Pflichtgetreu hörte auf, sich gegen meinen Griff zu sträuben, wie gebannt von der halblauten Stimme des Narren. »Sollten wir alle hier den Tod finden«, fuhr dieser fort, »dann ist es – zu Ende. Für uns. Doch ist das nicht die einzige Veränderung, die wir bewirkt haben, und der Strom der Zeit wird sich seinen Weg bahnen, unerbittlich alle Hindernisse hinwegspülen. Folglich findet das Schicksal – sie. In allen Zeiten streiten die Mächte des Schicksals gegen den Fortbestand des Geschlechts der Weitseher. Hier und jetzt beschützen wir Pflichtgetreu. Doch wenn wir fallen, wenn Nessel das einzige Objekt jenes Widerstreits wird …« Er blinzelte einige Male und holte stockend Atem, bevor er sich wieder mir zuwandte, wie von einer weiten Reise zurückgekehrt. Mit unendlich gütiger Stimme sprach er das Furchtbare aus. »Ich konnte keine Zukunft finden, in der Nessel lebt, nachdem der Prinz gestorben ist.« Sein Gesicht wurde grau, und seine Augen wirkten alt, als er hinzufügte: »Und nirgends ist ihr ein schnelles, gnädiges Ende vergönnt.« Er sah mich beschwörend an. »Wenn du auch nur das geringste Vertrauen zu mir hast, dann tu, was ich gesagt habe. Nimm den Jungen. Sorge dafür, dass er am Leben bleibt.«

»Aber …« Ich war betäubt, wie gelähmt. Die vielen Opfer, die ich gebracht hatte, um sie zu schützen? Alles für nichts? Meine Fantasie vervollständigte das Bild. Burrich, Molly und ihre Söhne würden zu ihr stehen, mit ihr sterben. Ich hatte das Gefühl zu ersticken.

»Geh«, sagte der Narr beschwörend.

Ich hatte keine Ahnung, was der Junge sich bei unserem Gespräch dachte. Er war nur ein Gewicht, das ich eisern festhielt, während sich in meinem Kopf die Gedanken überschlugen. Es gab kein Entkommen aus diesem Labyrinth, in welches uns hineinzusetzen dem Schicksal gefallen hatte. Nachtauge übernahm es, mir die grausame Logik klar und deutlich vor Augen zu halten. *Wenn du hierbleibst, werden wir dennoch sterben, alle. Sollte der Junge überleben, nehmen ihn die Zwiehaften mit und benutzen ihn für ihre Zwecke. Der Tod wäre gnädiger. Uns kannst du nicht retten, aber du kannst den Jungen vor ihnen in Sicherheit bringen.*

Unmöglich, ich kann dich nicht zurücklassen. Wir können nicht so enden, du und ich. Tränen blendeten mich ausgerechnet jetzt, wo es besonders wichtig war, klar zu sehen.

Wir können nicht nur, es ist unvermeidlich. Das Rudel stirbt nicht, solange der Welpe lebt. Sei ein Wolf, mein Bruder, dann ist alles viel einfacher. Überlass es uns zu kämpfen, während du den Welpen rettest. Und durch ihn Nessel. Lebe gut, für uns beide, und eines Tages kannst du Nessel Geschichten von mir erzählen.

Und dann war die Galgenfrist abgelaufen. »Ihr habt eure Chance vertan!«, schrie ein Mann zu uns herauf. Die Reihe Berittener hatte sich zu einem Halbkreis formiert, der uns einen Ausbruch nach vorn oder zur Seite verwehrte. »Schickt uns den Jungen, und wir machen ein schnelles Ende! Wenn nicht ...« Er lachte laut auf.

Keine Sorge unseretwegen. Ich werde sie zwingen, uns rasch zu töten.

Der Narr rollte die Schultern. Er fasste das Schwert mit beiden Händen, schwang es einmal probeweise durch die Luft und hielt es dann mit angewinkelten Armen senkrecht vor sich. »Beeil dich, Herzlieb.« In seiner Fechterpose sah er aus wie ein Tänzer, nicht wie ein Kämpfer.

Ich hatte die Wahl: entweder mein Schwert ziehen oder den Prinzen festhalten. Der Menhir befand sich genau hinter mir. Ich warf einen hastigen Blick über die Schulter, vermochte aber die verwitterte Glyphe nicht zu deuten. Auch gut. Jeder Bestimmungsort musste mir recht sein. Mit einer mir selbst fremden Stimme verlangte ich von der Welt zu wissen: »Wie kann das Schwerste, was ich je in meinem Leben getan habe, zugleich auch das Schändlichste sein?«

»Was hast du vor?«, fragte der Junge plötzlich. Er merkte, dass etwas bevorstand, und obwohl er nicht ahnen konnte, was es war, fing er an, sich heftig gegen mich zu wehren. »Helft mir!«, rief er den Gescheckten zu. »Kommt und befreit mich!«

Der Donner galoppierender Hufe war seine Antwort.

Mir kam eine Idee. Während ich den sich wütend aufbäumenden Prinzen zu bändigen versuchte, sagte ich zu dem

Narren: »Ich komme zurück. Ich bringe ihn hindurch und komme wieder.«

»Du darfst keinesfalls den Prinzen in Gefahr bringen!« Der Narr war entsetzt. »Bleib bei ihm und beschütze ihn. Wenn du zurückkommst und mit uns getötet wirst, wäre er allein in – wo auch immer. Geh jetzt! Geh!« Das Abschiedslächeln, das er mir schenkte, war das alte Lächeln des Narren: zittrig und zugleich der Welt, die ihn verletzen wollte, ein Rübchen schabend. In seinen goldenen Augen loderte eine Wildheit, die nicht Angst vor dem Tode war, sondern dessen bewusste Hinnahme. Ich konnte es nicht ertragen, ihn anzusehen.

Der Halbkreis der Reiter zog sich enger. Der Narr schwang sein Schwert, und es ritzte einen blinkenden Bogen in den blauen Tag. Dann stürmte ein Gescheckter zwischen uns, brüllend, die Kriegskeule erhoben. Ich tat einen Schritt rückwärts und zog den Prinzen mit.

Das Bild, das ich mit mir nahm, war der Narr, der über dem Wolf stand und zum ersten Mal, seit ich ihn kannte, sein Schwert so hielt, als hätte er tatsächlich vor, es zu gebrauchen. Ich hörte das Klirren von Stahl auf Stahl und das anschwellende Knurren des Wolfs, der nach dem Bein eines Reiters sprang.

Der Prinz schrie gellend, ein wortloser, wütender Protest, der mehr Katze war als menschlich. Ein nächster Reiter preschte geradewegs auf uns zu, aber ich spürte den ragenden schwarzen Stein im Rücken. »Ich komme zurück!«, versprach ich ihnen. Dann umschlang ich den Prinzen mit einem Arm, drückte ihn fest an mich und sagte ihm ins Ohr: »Halte das fest, was du bist!« Besser warnen konnte ich ihn nicht. Ich drehte mich um und legte die Hand auf das eingeschnittene Symbol.

Kapitel 23

DER STRAND

Die Gabe ist unendlich groß und gleichzeitig unendlich klein. Groß wie die ganze Welt und der Himmel darüber und klein wie das Geheimnis in eines Menschen Herz. Der Strom der Gabe ist so beschaffen, dass man darin mitschwimmen oder sein Fließen vom Ufer beobachten oder ihn zur Gänze im eigenen Selbst bewahren kann. Immer bleibt das Gefühl der Unmittelbarkeit.

Das ist der Grund, weshalb einer, um die Gabe zu meistern, erst Meister seiner selbst sein muss.

HAGELFEUER, GABENMEISTER VON KÖNIGIN KARGE

Dunkelheit und der Verlust der Orientierung, damit hatte ich gerechnet. Dass die Gabe an mir zerrte und ich kämpfen musste, um den Prinzen und mich selbst vor der Auflösung zu bewahren. Ihn innerhalb meiner Gabenmauern zu halten ließ sich mit dem Versuch vergleichen, in einer Sintflut eine Handvoll Salz festhalten zu wollen. Es war das gleiche Gefühl: dass, wenn ich den Griff auch nur ein wenig lockerte, er mir im wahrsten Sinne des Wortes entrinnen würde. All das war wie erwartet – hinzu kam das unvernünftige Gefühl, nach oben zu fallen. Ich drückte Pflichtgetreu an mich und tröstete mich damit, dass dieser Zustand nicht lange zu dauern pflegte. Ich war nicht darauf vorbereitet, aus dem Pfeiler in eisiges Meerwasser zu fallen.

Das mir bittersalzig in Mund und Nase schwappte, als ich erschrocken nach Luft japste. Wir trudelten aneinandergeklammert durch trübes Flaschengrün. Meine Schulter stieß gegen etwas Hartes. Pflichtgetreu zappelte wild, und fast hätte ich ihn losgelassen. Die Strömung zog an uns, und dann, eben als ich bei einer Drehung Licht sah und erkannte, wo oben war, packte uns eine Welle und schleuderte uns gegen ein felsiges Gestade.

Der Prinz wurde mir aus den Armen gerissen. Eingeschlossen in den Wasserschwall, wurden wir den Strand hinaufgeschwemmt, über Steine und scharfkantige Muscheln. Beim Zurückfluten der Welle hielten sie mich fest, verhakten sich in meinem Schwertgurt, und das Wasser ließ mich dort liegen. Ich hob den Kopf, würgte und spuckte aus, was ich von der Brühe geschluckt hatte. Blinzelnd hielt ich nach meinem Schützling Ausschau und entdeckte ihn ein Stück hinter mir, wo es noch tiefer war. Er lag bäuchlings am Ufer und versuchte, sich an den Steinen festzuhalten, während die zurücklaufende Welle an ihm zerrte. Endlich fand er einen Halt und lag keuchend still. Ich pumpte Luft in meine Lunge.

»Steh auf!«, schrie ich. Es war ein heiseres Krächzen. »Bevor die nächste Welle kommt. Steh auf!«

Er gaffte mich verständnislos an. Ich rappelte mich hoch, taumelte zu ihm hin und schleifte ihn am Hemdkragen über die Stoff und Haut zerschleißenden Muscheln höher an den Strand hinauf. Eine Welle holte uns ein und warf mich um, hatte aber nicht mehr Kraft genug, uns mitzuziehen. Als sie zurücklief, gelang es Prinz Pflichtgetreu, auf die Füße zu kommen. Uns gegenseitig stützend, stolperten wir über den Geröllstreifen hinweg und über den anschließenden Bereich aus schwarzem Sand, bedeckt mit einem Gewirr aus grünlichem Tang und Algen. Als wir tiefen, trockenen Sand erreichten, ließ ich den Prinzen los. Er tat vielleicht noch drei weitere Schritte, dann fiel er hin. Eine Weile lag er nur da und rang mit offenem Mund nach Luft. Dann setzte er sich hin, spie Sand aus und wischte sich mit dem nassen Ärmel durchs Gesicht. Verständnislos schaute er sich nach allen Seiten um, und als seine Augen zu mir zurückkehrten, lag darin ein Ausdruck kindlicher Ratlosigkeit.

»Was ist passiert?«

Bei jeder Mundbewegung knirschte Sand zwischen meinen Zähnen. Ich spuckte aus. »Wir sind durch einen Gabenpfeiler gegangen.« Ich spuckte nochmals aus.

»Einen was?«

»Einen Gabenpfeiler.« Ich blickte zurück, weil ich ihm zeigen wollte, was ich meinte.

Da war nichts, nur der Ozean. Wieder rauschte eine Welle heran, weiter auf den Strand herauf als die vorherige. Schmieriger weißer Schaum marmorierte den Sand, als das Wasser sich zurückzog. Ich erhob mich schwerfällig und starrte auf die steigende Flut. Nichts als Wasser. Das Auf und Ab von Wellen. Schreiende Möwen über den glitzernden Gischtkämmen. Kein Gabenpfeiler aus schwarzem Stein durchbrach diese wogende grüne Fläche. Nichts verriet, an welchem Punkt da draußen er uns ausgespien hatte.

Kein Weg zurück.

Ich hatte meine Freunde im Stich gelassen. Ungeachtet der Ermahnungen des Narren war ich entschlossen gewesen, sofort durch den Pfeiler zurückzukehren. Ich wäre gar nicht erst gegangen, auch nicht um dem Haus Weitseher den Thronerben zu erhalten, wenn ich nicht überzeugt gewesen wäre, gleich wieder bei ihnen zu sein. Schön, aber deshalb fühlte ich mich nicht ein Jota weniger feige und schäbig.

Nachtauge! Ich rief mit aller Kraft meiner Alten Macht nach ihm.

Keine Antwort.

»Narr!« Das Wort gellte aus mir heraus, ein vergeblicher Aufschrei, getragen von Alter Macht, Gabe und Stimme. Ferne Möwen schienen ihn spöttisch nachzuäffen. Meine Hoffnung verging mit ihren leiser werdenden Schreien über dem windgepeitschten Meer.

Wie gelähmt starrte ich aufs Wasser hinaus, bis eine auflaufende Welle über meine Füße leckte. Der Prinz hatte sich nicht geregt, außer dass er wieder umgefallen war und auf der Seite im nassen Sand lag. Er starrte mit leeren Augen vor sich hin und zitterte. Langsam wandte ich mich von dem trostlosen Panorama ab und musterte die Umgebung. Vor uns ragten schwarze Klippen auf. Die Flut stieg. Mein Verstand setzte die Teile zusammen.

»Steh auf. Wir müssen weg hier, bevor uns die Flut den Weg abschneidet.«

Ein Stück nach Süden hin traten die Felsen zurück und machten Platz für einen Halbmond aus schwarzem Sand. Ein grasbewachsenes Tafelland schloss sich daran an. Ich bückte mich und griff nach des Prinzen Arm. »Auf!«, wiederholte ich. »Außer du hast den Wunsch, hier zu ertrinken.«

Der Junge gehorchte widerspruchslos. Verfolgt von den sich überholenden Wellen stapften wir durch den Sand. Verzweiflung machte mir die Beine bleischwer. Ich wagte nicht, auf das zurückzuschauen, was ich eben getan hatte. Es war zu monströs, um darüber nachzudenken. Während ich über diesen Strand wanderte, floss ihr Blut von Schwertklingen? Ich stellte meine Fantasie ab. Als ginge es darum, einen Gedankenspäher auszuschließen, errichtete ich Mauern gegen meine eigenen Empfindungen. Ich hörte auf zu denken und wurde Wolf, ausschließlich mit dem »Jetzt« befasst.

»Was war das?«, fragte Pflichtgetreu plötzlich. »Das ... Gefühl. Das Ziehen ...« Ihm fehlten die richtigen Worte. »War das die Gabe?«

»Ein Teil davon«, antwortete ich schroff. Er zeigte mir ein zu großes Interesse an der jüngst gemachten Erfahrung. Hatte sie ihn so stark beeindruckt? Die Lockung der Gabe war eine schreckliche Falle für den Unvorsichtigen.

»Ich ... Er hat versucht, mich darin zu unterrichten, aber er konnte mir nicht sagen, wie es sich anfühlt. Ich wusste nicht, ob ich es richtig machte, und er auch nicht. Aber das!«

Er erwartete eine Reaktion auf seine Begeisterung. Ich enttäuschte ihn. Die Gabe war das Letzte, worüber ich jetzt reden wollte. Ich wollte überhaupt nicht reden. Ich wollte den Kokon aus Taubheit, der mich umgab, nicht durchbrechen.

Oberhalb der Flutlinie angelangt, ließ ich Pflichtgetreu weitermarschieren. Seine nassen Kleider flatterten im Wind, und er schlang frierend die Arme um seinen Leib. Ich lauschte auf seine bibbernden Atemzüge. Ein grünlicher Schimmer auf dem Sand verriet den Lauf eines Süßwasserrinnsals über den Strand zum Meer. Ich lotste ihn daran entlang zu einem Feld harter Gräser bis zu einer Stelle, wo das Rinnsal tief genug war, um mit der Hand daraus schöpfen zu können. Bevor ich trank, spülte ich mir erst gründlich den Mund aus und wusch den Sand aus Augen und Ohren. Der Prinz unternahm einen zweiten Vorstoß.

»Was ist aus Fürst Leuenfarb und dem Wolf geworden? Wo sind sie? Was ist ihnen zugestoßen?« Er blickte übers Meer, als rechnete er damit, sie dort auftauchen zu sehen.

»Sie konnten nicht mitkommen. Inzwischen, nehme ich an, werden deine Freunde sie abgeschlachtet haben.«

Ich war erstaunt, dass ich es so ungerührt aussprechen konnte. Keine tränenerstickte Stimme, kein Schluchzen und Schlucken. Die Vorstellung war zu schrecklich. Ich durfte mich nicht darauf einlassen. Lieber schlug ich ihm die dürren Worte ins Gesicht, in der Hoffnung, ihn zurückprallen zu sehen, doch er schüttelte nur den Kopf, als ergäben sie für ihn keinen Sinn. Dann fragte er benommen: »Wo sind wir?«

»Wir sind hier.« Ich lachte. Ich hatte nicht gewusst, dass Wut und Verzweiflung einen Menschen zum Lachen bringen konnten.

Es war kein angenehmes Geräusch, und der Prinz duckte sich im ersten Moment erschreckt, dann richtete er sich kerzengrade auf und stach einen anklagenden Zeigefinger in meine Richtung. »Wer bist du?«, fragte er scharf, als hätte er ganz plötzlich das eine entscheidende Geheimnis hinter all seinen Fragen entdeckt.

Am Boden hockend, schaute ich zu ihm auf, dann beugte ich mich wieder über das Wasser und trank noch einmal, bevor ich mich bequemte, ihm zu antworten. »Tom Dachsenbless.« Mit den nassen Händen strich ich mir das Haar aus dem Gesicht. »Deswegen. Ich wurde mit dieser weißen Strähne an der Schläfe geboren, und danach haben meine Eltern mich benannt.«

»Lügner!« Er sprach das Wort mit unverhohlener Verachtung. »Du bist ein Weitseher. Du hast vielleicht nicht das Aussehen eines Weitsehers, aber du besitzt die Gabe, die in der Familie erblich ist. Wer bist du? Ein entfernter Cousin? Die Frucht eines Seitensprungs?«

Ich war in meinem Leben oft Bastard genannt worden, aber nie von jemandem, den ich mit einiger Berechtigung meinen Sohn hätte nennen können. Ich schaute auf zu Pflichtgetreu, Veritas' und Kettrickens Erbe aus dem Samen meines Körpers. Tja, wenn ich ein Bastard bin, was bist dann du? Aber ich dachte es nur und sagte stattdessen: »Ist das wichtig?«

Während er sich noch bemühte, darauf eine Antwort zu finden, versuchte ich mir ein genaueres Bild von den örtlichen Gegebenheiten zu machen. Ich saß hier mit ihm fest, wenigstens bis zur nächsten Ebbe. Hatte ich Glück, gab sie den Pfeiler frei, der uns hergebracht hatte, und meiner Rückkehr stand nichts mehr im Wege. Hatte ich Pech, zog sich das Wasser nicht weit genug zurück, und dann musste ich irgendwie herausfinden, in welche Weltengegend es uns verschlagen hatte und ob es eine Möglichkeit gab, nach Bocksburg zurückzugelangen.

Pflichtgetreu überspielte seine plötzliche Verunsicherung mit prinzlicher Gereiztheit. »Wir können nicht so weit von den anderen entfernt sein. Es hat nur einen Lidschlag gedauert, dann waren wir hier.«

»Für die Magie, die wir benutzt haben, bedeutet Entfernung nichts. Möglicherweise befinden wir uns nicht einmal mehr in den Sechs Provinzen.« Und mehr, beschloss ich, brauchte er nicht zu erfahren. Was immer ich ihm erzählte, kam vermutlich auch der Katzenfrau zu Ohren. Je weniger gesprochen wurde, desto besser.

Er ließ sich langsam zu Boden sinken. »Aber ...«, fing er an und verstummte. Der Ausdruck auf seinem Gesicht war der eines verschreckten Kindes, das sich angstvoll bemüht, an etwas Vertrautem Halt zu finden. Doch nichts davon bewirkte, dass mir das Herz aufging und ich das Bedürfnis verspürte, ihm Trost zu spenden. Im Gegenteil. Ich unterdrückte den Drang, ihm einen gehörigen Klaps auf den Hinterkopf zu geben. Für diesen weinerlichen, egoistischen Bengel hatte ich das Leben meines Wolfs und meines Freundes eingetauscht. Der jämmerlichste Handel, den ich je gemacht hatte. Es ging auch um Nessel, sagte ich mir. Solange er lebte, war sie in Sicherheit. Erbe der Weitseher oder nicht, es war der einzige Wert, den ich momentan in ihm erkennen konnte.

Ich bin enttäuscht von meinem Sohn.

Ich überprüfte diesen Gedanken und musste mich berichtigen. Pflichtgetreu war nicht mein Sohn, und da ich mich nie an seiner Erziehung beteiligt hatte, hatte ich auch nicht das Recht, im Zusammenhang mit ihm Enttäuschung oder Stolz zu empfinden. Ich stand auf und ging davon. Ich überließ dem Wolf in mir das Regiment, und er erinnerte mich an die Notwendigkeit, für die grundlegenden körperlichen Bedürfnisse zu sorgen. Der Wind vom Meer war böig und kalt und schlug mir die nassen Kleider um die Glieder. Holz suchen, ein Feuer in Gang bringen, wenn möglich. Trocknen. Gleichzeitig nach Essbarem Ausschau halten. Sich mit schwarzen Gedanken zu quälen, was Nachtauge oder dem Narren widerfahren sein mochte, war sinnlos. Wir hatten immer noch auflaufendes Wasser, die nächste Ebbe fiel also in die Nachtstunden, und mit der darauf folgenden war erst irgendwann am nächsten Vormittag zu rechnen. Ich musste mich damit abfinden, dass ich fast einen ganzen Tag würde warten müssen, bis ich – vielleicht – die Gelegenheit fand, zu meinen Freunden zurückzukehren. Bis dahin hieß es, Kräfte sammeln und ausruhen.

Ich schaute über das grasbewachsene Tafelland zu dem Wald dahinter. Die Bäume waren noch sommergrün, dennoch hatte ich den Eindruck eines ungastlichen Ortes ohne Leben. Ich beschloss, dass es Zeitverschwendung war, den weiten Weg zu machen, nur um vielleicht festzustellen, dass es dort kein Wild gab. Und selbst wenn, hatte ich nicht das Herz, etwas zu jagen und totzuschlagen. Das kleine Strandgetier würde für unsere Mahlzeit herhalten müssen.

Nicht der weiseste Entschluss bei steigender Flut. Wenigstens gab es Treibholz, von einer früheren Sturmflut hoch auf den Strand geworfen, weit oberhalb der normalen Flutgrenze. Miesmuscheln und andere Schalentiere waren aller-

dings schon vom Wasser bedeckt. Ich wählte einen Platz, wo die Klippen in die Ebene übergingen, einen einigermaßen windgeschützten Fleck, und brachte ein kleines Feuer in Gang. Sobald es brannte, entledigte ich mich der durchweichten Stiefel, zog mir Socken und Hemd vom Leib und wrang alles gründlich aus. Ich hängte die Kleidungsstücke auf ein improvisiertes Gerüst dicht beim Feuer und steckte die Stiefel zum Trocknen auf zwei in den Boden gerammte Stöcke. Das getan, saß ich am Feuer und schlang mir gegen die schleichende Kälte des sich neigenden Tages die Arme um den Leib. Ohne viel Hoffnung spürte ich wieder hinaus.
Nachtauge?

Keine Antwort. Das wollte nichts heißen, beruhigte ich mich. Falls es ihm und dem Narren gelungen war zu entkommen, würde er sich hüten, mir zu antworten und womöglich die Gescheckten auf sich aufmerksam zu machen. Es sagte mir also lediglich, dass er bewusst schwieg. Oder es sagte mir, dass er tot war. Ich umarmte mich fester. Nicht an so etwas denken, wenn mir nicht vor Gram das Herz zerspringen sollte. Der Narr hatte mir aufgetragen, dafür zu sorgen, dass Prinz Pflichtgetreu am Leben blieb. Das würde ich tun. Und die Gescheckten konnten nicht wagen, meine Freunde zu töten. Sie würden erfahren wollen, welche Zauberei ihnen den Prinzen entführt hatte, wie es möglich war, dass er vor ihren Augen verschwand.

Was würden sie dem Narren antun, um die gewünschte Auskunft zu erhalten? Nicht daran denken!

Widerwillig stand ich auf, um nach dem Jungen zu sehen.

Er hatte sich nicht von der Stelle gerührt, seit ich weggegangen war. Ich trat von hinten an ihn heran, und als er es nicht einmal für nötig hielt, den Kopf zu wenden, stieß ich ihn grob mit dem Fuß an. »Ich habe Feuer gemacht!«, sagte ich schroff.

Er reagierte nicht.

»Prinz Pflichtgetreu?« Ich konnte die Häme nicht aus meiner Stimme heraushalten.

Keine Bewegung.

Ich ging neben ihm in die Hocke und legte ihm die Hand auf die Schulter. »Pflichtgetreu.« Ich beugte mich vor, um ihm ins Gesicht zu schauen.

Er war nicht da.

Seine Züge waren schlaff, die Augen leer. Sein Mund stand ein wenig offen. Ich tastete nach unserem dünn gewordenen Gabenband. Es war, als holte man eine gerissene Angelschnur ein. Kein Widerstand oder auch nur das Gefühl, dass am anderen Ende einmal jemand gewesen war.

Das furchtbare Echo einer vor langer Zeit gelernten Lektion hallte durch meinen Kopf. »Lässt du dich von der Gabe überwältigen, widerstehst du nicht ihrer Verlockung, dann kann die Gabe sich deiner bemächtigen und wird dein Selbst aufzehren, und du wirst ein lallender Idiot, der nichts sieht, nichts hört ...« Mir sträubten sich die Nackenhaare. Ich schüttelte den Prinzen, aber mit dem einzigen Erfolg, dass sein Kopf haltlos hin und her pendelte. »Verdammt möge ich sein!«, schrie ich zum Himmel hinauf. Ich hätte vorhersehen müssen, dass er versuchen würde, zu der Katze hinauszugreifen. Ich hätte wissen müssen, dass so etwas passieren könnte.

Ruhe bewahren. Ich stand auf, bückte mich, nahm seinen Arm und zog ihn mir um die Schultern. Dann legte ich meinen Arm um seine Taille und hievte ihn hoch. Auf dem Weg den Strand entlang zogen seine Stiefelspitzen Furchen in den Sand. Neben dem Feuer ließ ich ihn zu Boden gleiten. Er kippte zur Seite.

In den folgenden Minuten beschäftigte ich mich damit, die Flammen mit in der Nähe liegendem Treibholz zu schüren, bis sie heiß und hoch in die Dämmerung schlugen. Zum Teufel damit, wen oder was sie vielleicht anlockten. Mein Hunger und meine Erschöpfung waren vergessen. Ich zerrte dem Prinzen die Stiefel von den Füßen, schüttete sie aus und stellte sie umgekehrt zum Trocknen hin. Ich schälte ihm das nasse Hemd vom Körper und hängte es auf. Währenddessen redete ich auf ihn ein, beschimpfte und verfluchte ihn zuerst, doch nicht lange, und ich beschwor ihn, mir zu antworten. Er ließ mit keiner Miene erkennen, dass er mich überhaupt hörte. Seine Haut fühlte sich kalt an. Ich bugsierte ihn irgendwie in mein angewärmtes Hemd hinein und massierte seine Arme, aber seine Regungslosigkeit lud die Kälte förmlich ein, von seinem Körper Besitz zu ergreifen. Mehr und mehr schien sie das Leben aus ihm zu verdrängen. Mit der Alten Macht war er immer weniger wahrzunehmen, als ob er sich von mir entfernte.

Schließlich setzte ich mich hinter ihn, lehnte ihn an meine Brust und legte die Arme um ihn, in dem vergeblichen Bemühen, ihn zu wärmen. »Pflichtgetreu«, sagte ich an seinem Ohr. »Komm zurück, Junge. Komm zurück. Da ist ein Thron, der auf dich wartet, und ein Königreich, das regiert sein will. Du kannst dich nicht einfach so davonschleichen. Komm zurück. Es kann doch nicht alles umsonst gewesen sein. Der Narr und Nachtauge gestorben für nichts. Was soll ich Kettricken sagen? Was wird Chade zu mir sagen? Gute Götter, was würde Veritas zu mir sagen, wenn er hier wäre?«

Es war nicht so sehr, was Veritas zu mir gesagt haben würde, sondern was er für mich getan hätte. Ich hielt seinen Sohn eng an mich gedrückt und legte mein Gesicht an seine bartlose Wange. Ich nahm einen tiefen Atemzug und senkte all meine Schutzwehren. Ich schloss die Augen und glitt auf der Suche nach ihm in den Gabenfluss.

Fast hätte ich mich selbst verloren.

Zu manchen Zeiten hat die Gabe sich mir entzogen, verweigert; zu anderer Zeit, an anderem Ort erlebte ich sie als einen brausenden Strom der Macht, wild und unwiderstehlich. In meiner Jugend wäre ich einmal fast von dem Strom mitgerissen worden und darin vergangen, nur Veritas' Eingreifen bewahrte mich vor diesem Schicksal. Seither war ich stärker und sicherer geworden. Hatte ich geglaubt. Diesmal fühlte es sich an, als tauchte ich in eine reißende Strömung der Gabe. Nie zuvor hatte ich sie so stark und lockend gespürt. In meiner gegenwärtigen Gemütsverfassung erschien sie mir als die perfekte und vollkommene Antwort auf alles. Lass einfach los. Hör auf, diese Person Fitz zu sein, gefangen in einem von Kämpfen zernarbten Körper. Hör auf, dich mit Reue über den Tod deiner engsten Freunde zu geißeln. Die Gabe offerierte mir die Möglichkeit einer Existenz, ohne zu denken. Es war nicht die Versuchung des Selbstmörders, der enden will und die Welt für sich zum Stillstand bringen. Dies war viel verführerischer. Verändere die Form deines Seins und lass all diese Sorgen hinter dir. Werde eins mit dem Fließen, vergehe im Strom.

Hätte ich nur an mich selbst zu denken gehabt, wäre ich der Versuchung erlegen. Aber der Narr hatte mir aufgetragen, dafür zu sorgen, dass sein Tod nicht vergeblich wäre, und mein Wolf hatte mich gebeten, für ihn weiterzuleben und eines Tages Nessel von ihm zu erzählen. Kettricken hatte mich angefleht, ihr den Sohn wiederzubringen. Chade vertraute auf mich. Und Harm. Deshalb kämpfte ich in den brodelnden Strudeln darum, ich selbst zu bleiben. Ich weiß nicht, wie lange. Zeit hat keine Bedeutung an jenem Ort. Schon allein darin liegt eine der Gefahren der Gabe. In einem Winkel meines Gehirns wusste ich, dass ich einen gefährlichen Raubbau mit meinen Kräften trieb, doch unter dem Bann der Gabe ist es schwer, in Begriffen der Wirklichkeit zu denken.

Nachdem ich mir meiner selbst wieder sicher war, griff ich vorsichtig hinaus, tastete nach Spuren von Pflichtgetreu.

Ich hatte angenommen, es wäre leicht, ihn zu finden. In der Nacht zuvor war es mir ganz ohne Mühe gelungen. Ich hatte nur seine Hand berührt, und schon konnte ich ihm auf seinen Gabenpfaden folgen. Diesmal, obwohl ich wusste, dass ich irgendwo seinen kältestarren Körper umfangen hielt, konnte ich ihn nicht entdecken. Die Art, wie ich nach ihm suchte, ist schwer begreiflich zu machen. Die Gabe ist nicht wirklich ein Ort oder eine Zeit. Existenz ohne die Grenzen eines Selbst: So, glaube ich manchmal, könnte man den Zustand beschreiben. Zu anderen Zeiten erscheint mir die Definition zu beschränkt, denn »Selbst« ist nicht der einzige Rahmen für unseren Begriff von Sein.

Ich öffnete mich der Gabe und ließ sie durch mich hindurchströmen wie Wasser durch ein Sieb, und immer noch entdeckte ich keine Spur des Gesuchten. Ich streckte mich unter den Strom der Gabe wie ein Wiesenhang voller kleiner Gräser im Sonnenschein und ließ sie über jeden meiner Halme streichen, und immer noch konnte ich ihn nicht spüren. Ich sandte tausend Ranken aus, durchwob die Gabe wie Efeu, und immer noch konnte ich den Prinzen nicht aus dem Strom der anderen filtern.

Er hatte eine Ahnung von sich hinterlassen, doch im Sog der Gabe verwehten diese Spuren zu namenloser Spreu. Ich sammelte davon so viel ich fassen konnte, aber es war ebenso wenig Prinz Pflichtgetreu, wie der Duft einer Blume die Blume ist. Dennoch haschte ich die Partikel, die ich erkannte, und hielt sie verbissen fest. Je länger das ging, desto schwerer fiel es mir, mich daran zu erinnern, wie die Essenz des Prinzen beschaffen war. Ich kannte ihn erst seit kurzem und nicht besonders gut, und der Körper, den mein Körper festhielt, verlor rapide die Verbindung zu dem Geist, der ihn beseelte.

In dem Bemühen, den Jungen zu finden, löste ich mich von allen Sicherungen, an die ich mich sonst beim Gebrauch der Gabe geklammert hatte. Es war ein unheimliches Gefühl. Ich war ein Drachen, der mit gerissener Schnur durch den Himmel taumelte, ein winziges Boot ohne eine Hand, die das Ruder führte. Ich hatte nicht das Wissen um mein Selbst verloren, aber ich opferte die Garantie, den Weg in meinen Körper wiederzufinden. Doch es half mir nicht bei der Suche nach Pflichtgetreu, mir wurde nur die Unermesslichkeit bewusst, in der ich schwebte, und die Hoffnungslosigkeit meines Unterfangens. Es wäre einfacher gewesen, mit einem Netz den Rauch eines gelöschten Feuers einzufangen, als den Jungen wieder vollständig zu machen.

Und während der ganzen Zeit zupfte die Gabe an mir, raunte und wisperte Versprechungen. Sie war nur kalt und unbeherrschbar, solange ich ihr widerstand. Sobald ich mich ergab, würde sie mir Wärme sein, Trost und Heimat. Wenn ich mich ihr unterwarf, erwartete mich eine friedvolle Existenz ohne individuelles Bewusstsein. Was war daran so schrecklich? Nachtauge und der Narr waren dahin. Mit meiner Mission, Kettricken den Sohn zurückzubringen, war ich gescheitert. Molly brauchte mich nicht; sie hatte ein neues Leben und eine neue Liebe gefunden. Harm, erinnerte ich mich und versuchte, ein Gefühl der Verantwortung in mir zu wecken. Was sollte aus Harm werden? Doch ich wusste, Chade würde sich um ihn kümmern, anfangs weil er mir sein Wort gegeben hatte, späterhin um des Jungen selbst willen.

Aber Nessel. Was war mit Nessel?

Die Antwort war niederschmetternd. Ich hatte ihr Schicksal schon besiegelt. Pflichtgetreu war mir entglitten, und ohne ihn war sie verloren. Wollte ich zurückkehren und Zeuge ihres Verderbens sein? Konnte ich mit diesem Wissen weiterleben, ohne den Verstand zu verlieren? Plötzlich kam mir ein noch grauenhafterer Gedanke. An diesem zeitlosen Ort war alles bereits geschehen. Jetzt, in diesem Moment, war sie tot.

Damit war es entschieden. Ich ließ die gesammelten Partikel von Pflichtgetreu los, und sie flogen fort von mir. Wie das beschreiben? Als stünde ich auf einem sonnigen Hügel und entließe einen Regenbogen aus meiner geschlossenen Hand. Als er davontrieb, erkannte ich, dass seine Partikel sich mit welchen von mir verquickt hatten, meine Essenz verströmte mit der seinen. Es berührte mich nicht. Fitz-Chivalric Weitseher floss von mir weg, Länge um Länge; das Garn meines Selbst festgehakt und das Gewirk im Strom der Gabe aufgesogen.

Einst hatte ich Erinnerungen in einen steinernen Drachen gegossen. Dankbar hatte ich Schmerz und hoffnungslose Liebe und ein Dutzend anderer Erfahrungen hergegeben, damit der Drache genug Substanz hatte, um zum Leben zu erwachen. Diesmal war es anders. Man kann es sich vorstellen wie einen Blutverlust, der sich angenehm anfühlt und dennoch zum Tode führt. Passiv verfolgte ich mein Ausbluten.

Nun ist es genug mit den Dummheiten. Warme, weibliche Belustigung in der Stimme, die meinen Kopf erfüllte. Ich konnte nicht verhindern, dass sie den Faden meines Selbst um mich schlang, als wickelte sie loses Garn auf eine Spule. *Ich hatte ganz vergessen, wie überschwänglich dramatisch ihr Menschen in eurer Unvernunft sein könnt. Kein Wunder, dass wir solchen Spaß an euch hatten. So temperamentvolle kleine Schoßtierchen.*

Wer? Ich konnte die Frage nicht genauer stellen. Das Glücksgefühl ihrer Gegenwart war überwältigend.

Und das hier gehört auch zu dir, nehme ich an. Halt, nein, das ist ein anderer. Zwei von eurer Art hier, gleichzeitig und in Auflösung begriffen. Habt ihr euch verirrt?

Verirrt. Ich dachte den Gedanken zu ihr zurück, unfähig zu einer eigenen Vorstellung. Ich war ein verhätscheltes Kleinkind, angebetet für mein bloßes Vorhandensein und darob hilflos vor Wonne. Ihre Liebe erfüllte mich mit Wärme. Mir widerfuhr etwas, das ich mir nie hatte vorstellen können: Ich wurde genug geliebt und genug geachtet, und ich brauchte nicht mehr als das, was ich schon hatte. Dieses Genug war mehr als Viel, größerer Reichtum als eines Königs gleißender Hort. Niemals zuvor in meinem ganzen Leben hatte ich ein solches Gefühl erfahren dürfen.

Zurück mit euch. Seid beim nächsten Mal vorsichtiger. Die meisten der anderen würden nicht einmal bemerken, dass sie euch angezogen haben.

Als würde sie sich eine Klette vom Gewand pflücken, dachte ich betrübt. Während sie mich noch hielt, war ich allzu trunken vor Glückseligkeit, um ihr zu widersprechen, obwohl ich wusste, sie war im Begriff, das Undenkbare zu tun. *Warte warte warte,* brachte ich zustande, aber der Gedanke hatte kein Gewicht, und sie achtete nicht darauf. Für das Zehntel eines Lidschlags war ich mir Pflichtgetreus neben mir bewusst.

Dann befand ich mich wieder in der Folterkammer meines elenden kleinen Körpers. Er hatte Schmerzen, er fror, er war beschädigt, alte Blessuren, neue Blessuren, von Anfang an hatte er zu wünschen übrig gelassen, und schlimmer als alles andere, er hatte nicht genug von irgendwas. Wie ein Kleidungsstück von Motten war er zerfressen von Mängeln und großen klaffenden Bedürfnissen. In ihm gefangen hatte ich nie, würde ich nie genug an Liebe erfahren oder Respekt oder …

Ich *drängte* wieder hinaus.

Es geschah nichts weiter, als dass ein heftiger Ruck das verschmähte Gehäuse durchfuhr und ich platt in den Sand fiel. Ich konnte meinen Körper nicht verlassen. Ich steckte verkrampft und beengt in dem schlecht zugeschnittenen Fleisch, das mich umhüllte und einschnürte, und ich fand keinen Weg hinaus. Das Missbehagen war heftig und erschreckend, in etwa als würde einem ein Arm oder Bein ausgerenkt oder der Hals zugedrückt. Je mehr ich tobte, desto tiefer sank ich in meine zappelnde Körperlichkeit, bis ich hoffnungslos in mein schwitzendes, zitterndes Selbst eingebettet war. Ich gab auf, fühlte die trostlose Bürde einer materiellen Existenz. Sand im Taillenbund meiner Hose, Sand in einem Augenwinkel und in meiner Nase. Durstig. Hungrig. Zerschlagen und zerschunden.

Ungeliebt.

Ich richtete mich langsam auf. Das Feuer war fast aus, ich musste eine ganze Zeit abwesend gewesen sein. Steifbeinig erhob ich mich und warf das letzte Stück Holz in die über der Glut zuckenden Flämmchen. Die Welt ordnete sich um mich herum. Meine Verluste umgaben mich so lückenlos wie die Nacht, die herabgesunken war. Ich stand vollkommen still, betrauerte den Narren und Nachtauge, doch herzzerreißender noch als dieser Schmerz war mein Kummer darüber, weggeschickt worden zu sein von – wer immer sie gewesen sein mochte. Es war nicht wie das Erwachen aus einem Traum. Eher das Gegenteil. In ihr war Wahrheit gewesen und Unmittelbarkeit und die Einfachheit des Seins. Danach erschien mir diese Welt als ein verworrenes Netz aus Ablenkungen und Ärgernissen, Illusionen und Täuschungen. Es war kalt, und meine Schulter tat weh, und das Feuer ging aus, und all diese Verdrießlichkeiten peinigten mich wie Nadelstiche. Meine Sorgen wuchsen düster und bergehoch vor mir empor: der junge Prinz als Klotz an meinem Bein und wie wir nach Bocksburg zurückkommen sollten und das ungewisse Schicksal Nachtauges und des Narren.

Gleichzeitig beschlich mich das Gefühl, mir würden diese Dinge absichtlich vor Augen gehalten, um meinen Blick von der unfassbaren Wirklichkeit dahinter abzulenken. Diese meine irdische Existenz setzte sich zusammen aus banalen Unpässlichkeiten und unbeschreiblichen Folterqualen, und jede einzelne war nur eine weitere Maske zwischen mir und dem Antlitz des Ewigen.

Aber die Schichten der Maske waren wieder an Ort und Stelle und mussten gelebt werden. Mein Körper fröstelte. Die Flut ging zurück. Außerhalb des Feuerscheins war die Nacht tiefschwarz, aber ich hörte es an dem Rhythmus der hintereinander zurückbleibenden Wellen. Der unverwechselbare Geruch der Ebbe nach Tang und Muscheln hing in der Luft.

Der Prinz lag auf dem Rücken und starrte in den Himmel. Ich schaute auf ihn herab und dachte erst, er wäre besinnungslos. Im zuckenden Schein des ersterbenden Feuers sah ich nur schwarze Gruben, wo seine Augen hätten sein sollen. Dann machte er den Mund auf. »Ich habe geträumt.« Staunen und Verwirrung färbten seine Stimme.

»Wie schön für dich.« Es war neutraler Spott. Ich fühlte mich unbeschreiblich erleichtert, dass er in seinen Körper zurückgekehrt war und sprechen konnte. Dessen ungeachtet hasste ich die Tatsache, dass ich wieder in meinem eigenen Körper gefangen war und ihm zuhören musste.

Er schien meine Gehässigkeit nicht zu bemerken. »Ich hatte noch nie einen Traum wie den. So wirklich, dass ich alles fühlen konnte. Ich träumte, dass mein Vater mich umfangen hält und mir sagt, dass alles gut werden wird. Weiter nichts. Aber seltsam, es war genug.« Pflichtgetreu richtete lächelnd den Blick in mein Gesicht. Es war ein besonderes Lächeln, weise und jung. Er sah aus wie Kettricken.

»Wir brauchen Feuerholz«, sagte ich endlich. Ich drehte

der Helligkeit den Rücken zu und dem Feuer und dem lächelnden Knaben und ging in die Dunkelheit hinein.

Ich suchte nicht nach Feuerholz. Der eben erst von den Wellen freigegebene und noch mit Wasser vollgesogene Sand war kalt und bretthart unter meinen bloßen Füßen. Eine dünne Mondsichel stand über dem Horizont. Ich ließ von ihr ausgehend den Blick am Himmel hinaufwandern, und mir sank der Mut. Nach den Sternen zu urteilen befanden wir uns weit südlich von den Sechs Provinzen. Von den Gabenpfeilern wusste ich, dass sie eine mehreren Tagesreisen entsprechende Wegstrecke ersparen konnten. Dieser Beweis ihrer Macht war nicht ermutigend. Falls bei Ebbe morgen nicht der Pfeiler auftauchte, stand uns eine lange Heimreise bevor, ohne Proviant, ohne das kleinste Stückchen hilfreicher Ausrüstung. Außerdem erinnerte der Mond mich daran, dass unsere Frist ablief. In acht Nächten, bei Neumond, sollte Prinz Pflichtgetreus Verlobungszeremonie stattfinden. Würde der Prinz neben der Narcheska stehen? Seltsam, aber es ließ mich im Grunde völlig kalt.

Zu manchen Zeiten erfordert es ein Höchstmaß an Konzentration, nicht zu denken. Ich weiß nicht, wie weit ich gegangen war, bevor ich darauf trat. Es bewegte sich im nassen Sand unter meinem Fuß, und im ersten Moment glaubte ich, ich wäre auf eine Messerklinge getreten, die flach auf dem Boden lag. Es war zu dunkel, um etwas sehen zu können; ich bückte mich und tastete nach dem Ding. Ich hob es auf. Es war ungefähr so lang wie die Klinge eines Fleischermessers und hatte fast die gleiche Form. Es fühlte sich hart und kalt an, Stein oder Metall, ich konnte nicht sagen, was. Aber es war kein Messer. Ich strich vorsichtig mit dem Finger daran entlang. Keine Schneide. In der Mitte eine Längsrippe, im Winkel davon ausgehend beidseitig fein geriffelt. An einem Ende lief es zu einer Art Röhre zusammen. Es war schwer, jedoch nicht so schwer, wie es, sagte mir ein Gefühl, hätte sein sollen. Ich stand da, wog den Gegenstand in der Hand und wusste, dass ich wusste, was es war, aber mein Gedächtnis ließ mich im Stich. Er fühlte sich vertraut an, auf eine seltsame Art, als hätte ich etwas aufgehoben, das vor langer Zeit einmal mein Eigentum gewesen war.

Das Rätsel dieses Fundstücks war eine willkommene Ablenkung von meinen anderen Schwierigkeiten. Ich trug es in der Hand, während ich weiter am Strand entlangwanderte. Ich war noch keine zwölf Schritte weit gekommen, als ich wieder auf etwas trat. Ich hob es auf und befühlte die beiden Gegenstände, um sie zu vergleichen. Sie waren ähnlich, aber nicht vollkommen identisch; der eine war etwas länger als der andere.

Der dritte Fund war schon keine echte Überraschung mehr. Ich klaubte ihn aus dem Sand und wischte ihn ab. Dann stand ich still, wie erstarrt. Mich beschlich eine unheimliche Ahnung, von einer beobachtenden, wartenden Präsenz. Sie verharrte wesenlos, unfähig, ohne mein Zutun Gestalt anzunehmen. Ich hatte das Gefühl, am Rand einer Klippe zu stehen. Ein Schritt, und entweder stürzte ich mich zu Tode oder entdeckte, dass ich fliegen konnte.

Ich trat zurück. Ich drehte mich um und kehrte zu dem heruntergebrannten Lagerfeuer zurück. Im Näherkommen erkannte ich Pflichtgetreus Silhouette, die sich vor den Flammen bewegte, und sah die Funkengarben aufstieben, als er neues Holz ins Feuer warf. Großartig. Wenigstens so weit war er imstande, für sich selbst zu sorgen.

Es kostete mich Überwindung, in den Lichtkreis zu treten. Ich wollte mich nicht mit ihm auseinandersetzen, wollte seine Fragen oder seine Vorwürfe nicht hören. Mir war nicht danach, die Bürde meines Lebens wieder zu schultern. Doch als ich beim Feuer ankam, hatte Pflichtgetreu sich daneben ausgestreckt und stellte sich schlafend. Er hatte sein eigenes Hemd an, meins hing zum Wärmen und Trocknen auf dem provisorischen Gestell. Ich zog es kommentarlos an. Als ich den Kragen hochschlug, streiften meine Finger Jinnas Amulett. Aha. Das erklärte sein Lächeln und die freundlichen Worte. Bevor ich die Augen zumachte, betrachtete ich die drei Gegenstände, die ich gefunden hatte. Es waren Federn. Aus Stein oder Metall, das ließ sich immer noch nicht sagen. Im trügerischen Feuerschein waren sie dunkelgrau. Ich wusste sofort, wozu sie gehörten. Wie die Dinge standen, würden sie nie wieder an ihren angestammten Platz zurückkehren. Ich legte sie neben mir auf den Boden, schloss die Augen und flüchtete mich in Schlaf.

Kapitel 24

KONFRONTATIONEN

Kommt Hans da anmarschiert, mit gewaltig großen Schritten, und stellt sich vor den Anderen hin, so frischweg und kühn, dass er von den Fersen auf die Zehen wippt und wieder zurück. »Oho«, sagt er und hält den Beutel mit den roten Kieseln hoch, die er gesammelt hat. »Alles, was an diesem Strand liegt, ist also dein Besitz? Tja, dazu kann ich nur sagen, was ich aufgehoben habe, gehört mir, und wer etwa Lust hat, mir wegzunehmen, was mir gehört, wird es nicht kriegen, ohne dass er mir zum Tausch einen gehörigen Bissen von seinem Fleisch lässt.« Und Hans zeigt dem Anderen seine sämtlichen Zähne, von den weißen vorn bis zu den schwarzen hinten, und auch seine Faust, dick und knorrig wie ein Astknoten. »Die geb ich dir zu schmecken«, sagte er, »und die Ohren reiße ich dir vom Kopfe, alle zwei beiden.« Und auf mein Wort, er hätte nicht lange gefackelt und es getan, nur dass die Anderen so wenig Ohren haben wie Frösche und Kröten, was jedes Kind weiß.

Doch wie dem auch sei, der Andere wusste, er würde den Beutel mit den roten Kieselsteinen nicht ohne einen Kampf in seinen Besitz bringen. Und hast du nicht gesehen, rüttelte und schüttelte er sich und roch auch nicht mehr nach totem Fisch, sondern war umhüllt vom Duft der lieblichsten Sommerblumen. Er machte, dass ein Schauder über seine Haut lief, ein Schimmern und Flimmern, und vor Hans' Augen stand plötzlich ein feines Mägdelein, nackend wie ein junges Blatt am Busch, und leckte sich die Lippen, als schmeckte es Honig dort.

ZEHN REISEN MIT HANS: DIE 4. REISE

Eine Zeitlang muss ich traumlos geschlafen haben, müde genug war ich auf jeden Fall. Viel zu viel war geschehen und alles viel zu schnell. Schlaf war ebenso Flucht vor dem Denken wie Erholung für den Körper. Doch nach einiger Zeit kamen Träume und zogen mich mit. Ich erklomm die Stufen zu Veritas' Turmgemach. Er saß mit dem Rücken zu mir am Fenster und dachte hinaus mit der Gabe. Mein Herz tat einen Freudensprung bei seinem Anblick, doch als er sich zu mir umwandte, war sein Gesicht bekümmert. »Du bist meinem Sohn kein Lehrer gewesen, Fitz. Dafür muss ich dir deine Tochter nehmen.« Sowohl Nessel als auch Pflichtgetreu waren Figuren auf einem Spielbrett, und mit einer einzigen Handbewegung vertauschte er ihre Plätze. »Du bist am Zug«, sagte er. Doch ehe ich etwas tun konnte, kam Jinna und schob sämtliche Figuren vom Brett herunter in ihre hohle Hand. »Ich mache ein Amulett daraus«, versprach sie mir. »Eins, welches die ganzen Sechs Provinzen beschützen wird.«

»Tu es weg«, bat ich sie, denn ich war der Wolf und das Amulett wirkte gegen Raubtiere. Allein es anzusehen schwächte und ängstigte mich. Es war mächtig, weit mächtiger als jedes der anderen Amulette, die sie mir gezeigt hatte. Es war Zauberei reduziert auf ihre primitivste Form, jeder menschlichen Regung entkleidet. Es war Magie aus einer anderen Zeit, von einem anderen Ort, umwittert von einer Ahnung fernster Vergangenheit. Magie, die sich nicht um Menschen scherte. Sie war ebenso unerbittlich wie die Gabe. Sie schnitt wie tausend Messer und brannte wie Gift. »Tu es weg!«

Er konnte mich nicht hören. Er hatte mich nie hören können. Der Geruchlose trug es um seinen Hals, und er hatte den Kragen weit auseinandergeschlagen, um es zu entblößen. Ich musste mich zwingen, auszuharren und seinen Rücken zu bewachen. Selbst hinter ihm stehend, konnte ich die verderbliche Ausstrahlung spüren. Ich witterte Blut, seins und meins. Noch immer fühlte ich Blut an meiner Flanke hinunterrinnen, und meine Kräfte schwanden.

Ein grimmiger Mann mit einem winselnden Hund bewachte uns. Hinter ihm brannte ein Feuer, um das schlafend die Gescheckten lagen. Dahinter gähnte das Maul des Schlupfwinkels, und man sah einen dünnen Streifen Morgenlicht am Himmel. Es schien sehr weit entfernt zu sein. Das Gesicht unseres Bewachers war verzerrt, nicht nur vor Wut, sondern auch vor Angst und Missmut. Er hätte uns gern gequält, wagte sich aber nicht weiter heran. Es war kein Traum. Es war die Alte Macht, und ich war bei Nachtauge, und er lebte. Das Glücksgefühl, das in mir aufwallte, belustigte ihn, aber nur für einen flüchtigen Moment. *Dass du dies miterlebst, macht es nicht leichter, für keinen von uns. Du hättest wegbleiben sollen.*

»Bedecke das verdammte Ding!«, fuhr der Bewacher ihn an.

»Zwing mich!«, forderte der Geruchlose ihn auf. Ich hörte des Narren kecke Erwiderung mit den Ohren des Wolfs und erkannte den Natternbiss seiner verwegenen Spottlust von ehedem. Ungeachtet seiner Angst genoss er diese Geste des Widerspruchs. Das Schwert hatte man ihm abgenommen, doch er saß trotzig aufrecht und zeigte an dem entblößten Hals ein Amulett mit sengender uralter Magie. Er hatte sich zwischen den Wolf und seine Henker gesetzt.

Nachtauge ließ mich einen Raum sehen, Wände aus Stein, erdiger Boden. Eine Höhle vielleicht. Er und der Narr waren in einem hinteren Winkel untergebracht. Eine Gesichtshälfte des Narren trug einen Überzug aus Blut. Die getrocknete Schicht hatte Risse bekommen, sodass er aussah wie ein schlecht glasierter Topf. Sie waren Gefangene, allem Anschein nach mit Gewalt niedergerungen, aber man hatte sie am Leben gelassen – den Narren, weil man hoffte, dass er wusste, wohin der Prinz verschwunden war, und den Wolf wegen seiner Verbindung zu mir.

Das haben sie herausgefunden, dass wir verschwistert sind?

Dazu bedurfte es keiner herausragenden Intelligenz.

Von irgendwoher tauchte die Nebelkatze auf. Sie kam auf uns zugeschritten, ihre Schnurrhaare bebten, ihr durchbohrender Raubtierblick war auf Nachtauge gerichtet. Als der Hund des Postens sich nach ihr umschaute, fauchte sie und schlug nach ihm. Er sprang aufjaulend zurück, und die Miene des Mannes wurde noch finsterer, doch sowohl er als auch sein Hund machten ihr Platz. Sie wanderte steifbeinig vor uns hin und her und belauerte den Narren aus den Augenwinkeln, während eine heisere Drohung aus ihrer Kehle grollte. Der lange Schweif schwebte elegant hinter ihr her.

Das Amulett hält sie auf Abstand?

Ja, aber nicht mehr für lange, fürchte ich. Der nächste Gedanke des Wolfs erstaunte mich. *Die Katze ist eine bedauernswerte Kreatur, durchseucht von der Frau, wie ein Reh durchseucht von Würmern. Sie geht umher, und ein Mensch schaut aus ihren Augen. Nicht einmal ihre Bewegungen sind mehr die einer wirklichen Katze.*

Die Katze hielt abrupt inne und öffnete das Maul, wie um unsere Witterung aufzunehmen. Dann warf sie sich plötzlich herum und trabte zielstrebig davon.

Du hättest nicht kommen sollen. Sie spürt deine Gegenwart. Sie will den großen Mann holen. Er ist mit einem Pferd verschwistert. Das Amulett wirkt nicht gegen Beutetiere oder ihre Verschwisterten.

Der Gedanke des Wolfs war voller Verachtung für Grasfresser, doch auch Angst schwang darin mit. Ich dachte darüber nach. Das Amulett des Narren wirkte abschreckend auf Raubtiere, logischerweise war der mit einem Streitross verschwisterte Mann unempfänglich dafür.

Bevor ich den Gedankengang zu Ende denken konnte, kam die Katze wieder, mit dem Hünen im Gefolge. Sie setzte sich neben ihn, jeder Zoll unerträgliche Selbstzufriedenheit, und fixierte uns mit einem ganz und gar nicht katzenhaften Blick. Der große Mann schaute nicht auf den trotzigen Narren, sondern an ihm vorbei auf den Wolf.

»Da bist du endlich. Wir haben auf dich gewartet«, sagte er gedehnt.

Nachtauge erwiderte seinen Blick nicht, aber die Worte des großen Mannes erreichten mich durch seine Ohren. »Ich habe deine Freunde hier, die du im Stich gelassen hast, du trauriger Wicht. Wirst du sie verleugnen, wie du dein Altes Blut verleugnet hast? Ich weiß, du hast dich mit dem Prinzen irgendwo verkrochen. Es interessiert mich nicht, wie du es bewerkstelligt hast, mit ihm zu verschwinden, ich sage dir nur das eine: Gib ihn heraus, oder diese beiden sterben eines langsamen Todes.«

Der Narr stand zwischen dem Mann und dem Wolf. Ich wusste, er sprach zu mir, als er sagte: »Hör nicht auf ihn. Bleibt, wo ihr seid. Hüte ihn gut.«

Ich konnte nicht an ihm vorbeisehen, aber der Schatten des hünenhaften Gescheckten wuchs an der Höhlenwand hinauf. »Dein Krudhexenamulett beeindruckt mich nicht, Fürst Leuenfarb.«

Dann prallte der Körper des Narren gegen den geschundenen Wolf, und meine Verbindung mit ihm zerriss.

Ich erwachte mit einem Ruck, sprang auf, doch alles, was ich sah, waren der morgengraue Himmel und der öde Strand. Kreischende Möwen kreisten über dem Meer. Im Schlaf hatte ich mich wärmesuchend zusammengerollt, aber jetzt schüttelte mich etwas, das nichts mit Kälte zu tun hatte. Ich war nass geschwitzt und hörte mich selbst keuchend atmen. An Schlaf war nicht mehr zu denken. Noch ganz in meinem Traum befangen, richtete ich den Blick aufs Meer hinaus. Ich zweifelte nicht, dass er mir die Wirklichkeit gezeigt hatte. Allmählich beruhigte sich mein trommelnder Herzschlag. Es herrschte wieder Flut, aber sie hatte noch nicht ihren Höchststand erreicht. Vergeblich hielt ich nach irgendetwas Ausschau, das einen Gabenpfeiler unter den anrollenden Wogen vermuten ließ. Mir blieb nichts anderes übrig, als bis zum Nachmittag zu warten, bis das Wasser bei Ebbe seinen Tiefststand erreicht hatte. Nicht daran denken, wie es dem Narren inzwischen ergehen mochte. Wenn das Glück mir hold war, gaben die Wellen den Gabenpfeiler frei, der uns hergebracht hatte, und ich konnte ihnen zu Hilfe eilen. Pflichtgetreu musste eben zusehen, wie er allein zurechtkam, bis ich Gelegenheit fand, ihn nachzuholen.

Wenn der Pfeiler nicht auftauchte … aber mit dieser Möglichkeit wollte ich mich jetzt nicht befassen. Lieber konzentrierte ich mich auf die handfesten Probleme, die ich hier und jetzt lösen konnte. Essbares finden und den Hunger stillen. Bei Kräften bleiben. Nicht zu vergessen, der Macht der Katzenfrau über den Prinzen entgegenwirken. Ich drehte mich zu dem noch schlafenden Jungen um und stieß ihn energisch mit dem Fuß an. »Steh auf!«

Nach meiner Erfahrung war nicht damit zu rechnen, dass beim Aufwachen sein mit der Alten Macht gewobenes Band mit der Katzenfrau zerriss, aber es wurde schwieriger für ihn, sich ausschließlich darauf zu konzentrieren. Als Halbwüchsiger hatte ich im Schlaf davon »geträumt«, mit Nachtauge zu jagen. Im Wachen war ich mir des Wolfs immer noch bewusst gewesen, doch füllte er nicht mehr mein gesamtes Denken aus. Als Pflichtgetreu sich ächzend herumwälzte und trotzig noch tiefer in seine Träume wühlte, bückte ich mich, packte ihn beim Kragen und stellte ihn auf die Füße.

»Aufgewacht!«

»Lass mich in Ruhe, du hässlicher Bastard«, fauchte und funkelte er mich an wie eine gereizte Katze, mit schräg geneigtem Kopf und geöffnetem Mund. Fehlte nur noch, dass er mich anzischte und kratzte. Mir riss der Geduldsfaden. Ich schüttelte ihn heftig und stieß ihn dann von mir weg, sodass er nach hinten taumelte, strauchelte und um Haaresbreite in die Glut des Feuers gefallen wäre.

»Nenn mich nicht so«, warnte ich ihn. »Untersteh dich, mich je wieder so zu nennen!«

Im Sand sitzend, schaute er mit großen, erstaunten Augen zu mir auf. Wahrscheinlich hatte in seinem ganzen Leben noch nie jemand in einem solchen Ton zu ihm gesprochen, geschweige denn ihn gepackt und geschüttelt. Es gefiel mir nicht, dass ich derjenige sein musste, der den Nimbus seiner prinzlichen Unantastbarkeit zerstörte. Ich wandte mich ab und sagte über die Schulter: »Bring das Feuer wieder in Gang. Ich werde sehen, ob die Tide etwas Essbares freigegeben hat, bevor das Wasser es wieder zudeckt.« Dann ging ich, ohne mich noch einmal nach ihm umzudrehen.

Schon nach drei Schritten hätte ich gern meine Schuhe gehabt, aber ich wollte nicht umkehren. Je größer der Abstand zwischen uns, desto besser, wenigstens bis ich mich abgekühlt hatte. Noch war mein Ärger auf ihn zu groß, meine ohnmächtige Wut auf die Gescheckten zu stark.

Die Flut hatte die sandige Zone noch nicht erreicht. Ich bewegte mich mit vorsichtigen Schritten über den schwarzen Fels, um nicht auf die Entenmuscheln zu treten. Ich sammelte Miesmuscheln und Seetang als Hülle, um sie darin eingepackt zu garen. Eingekeilt unter einem Felsvorsprung entdeckte ich eine große grüne Krabbe. Sie kniff mir mit der Schere in den Finger, als ich nach ihr griff. Es tat weh, aber ich fing sie trotzdem und tat sie zu den Muscheln in mein als Tragetasche benutztes Hemd. Die Nahrungssuche führte mich ein gutes Stück am Strand entlang. Die Morgenkühle und die anspruchslose Arbeit der Nahrungsbeschaffung beruhigten mein aufgewühltes Gemüt. Der Junge in seiner Naivität wurde benutzt, sagte ich mir, von Menschen, die es besser wissen sollten. Das gemeine Tun der Frau bewies, dass diese Leute keine Moral hatten. Es war ungerecht, Pflichtgetreu Vorwürfe zu machen. Er war jung, nicht dumm oder böse. Nun, vielleicht jung und dumm, aber war ich das nicht auch einmal gewesen?

Auf dem Rückweg zum Lagerplatz trat ich auf die vierte Feder, und als ich mich danach bückte, sah ich ein Stück weiter die fünfte im Sonnenlicht funkeln. Sie schillerte in allen Regenbogenfarben, doch als ich hinkam, bemerkte ich, dass ein Zusammenspiel von Licht und Feuchtigkeit mich getäuscht haben musste, denn sie war ebenso glanzlos und grau wie ihre Schwestern.

Der Prinz war nicht beim Feuer, aber wenigstens hatte er Holz nachgelegt und es ordentlich geschürt. Ich legte die beiden Federn zu den drei anderen, die ich in der Nacht gefunden hatte, dann schaute ich mich nach dem Jungen um und sah ihn kommen. Er war am Bach gewesen, denn sein Gesicht glänzte feucht, und das Haar war mit Wasser und den zehn Fingern nach hinten gekämmt. Er blieb eine Weile neben mir stehen und schaute zu, wie ich die Krabbe tötete und zusammen mit den Muscheln in die flachen Wedel des Seetangs einwickelte. Mit einem Stock schob ich das brennende Holz auseinander und platzierte dann mit spitzen Fingern das Päckchen in die Glut. Es zischte. Er beobachtete, wie ich die übrige Glut darüber aufhäufte. Als er endlich den Mund aufmachte, sagte er, was er zu sagen hatte, in einem so gleichmütigen Ton, als redete er über das Wetter.

»Ich habe eine Botschaft für dich. Wenn du mich nicht vor Sonnenaufgang zurückgebracht hast, werden sie beide töten, den Mann und den Wolf.«

Ich ließ mir nicht anmerken, dass ich seine Worte gehört hatte. Den Blick auf unser Frühstück geheftet, schob ich die Glut von allen Seiten dichter heran. Als ich antwortete, war meine Stimme ebenso kalt. »Vielleicht, wenn sie den Mann und den Wolf nicht vor Mittag freilassen, töte ich dich.« Ich hob den Kopf und sah ihn mit den Augen dessen an, der das Morden als Geschäft gelernt hat. Er trat einen Schritt zurück.

»Aber ich bin der Prinz!«, rief er aus. Gleich darauf verzerrte ein Ausdruck abgrundtiefer Scham sein Gesicht. Doch er konnte die Worte nicht zurücknehmen, sie hingen vibrierend zwischen uns in der Luft.

»Das wäre nur von Bedeutung, wenn du dich benehmen würdest wie ein Prinz«, bemerkte ich ungerührt. »Aber tust du das? Nein. Du bist ein Werkzeug und weißt es nicht einmal. Schlimmer, du bist eine Waffe, die man nicht nur gegen deine Mutter richtet, sondern gegen die gesamten Sechs Provinzen.« Ich richtete den Blick an ihm vorbei, während ich seinen Träumen den Todesstoß versetzte. »Du weißt nicht einmal, dass die Frau, die du anbetest, nicht mehr existiert. Jedenfalls nicht mehr in Menschengestalt. Sie ist tot, Prinz Pflichtgetreu. Doch als sie starb, statt loszulassen, nistete sie sich im Bewusstsein ihrer Katze ein, um dort weiterzuleben. Sie missbraucht ihr Geschwistertier, eine schändliche Handlung für einen vom Alten Blut. Und sie hat die Katze benutzt, um dich zu verlocken und mit Worten von

Liebe zu betören. Ich kann mir nicht denken, worauf sie am Ende hinauswill, aber sie führt nichts Gutes im Schilde. Und meine Freunde kostet es das Leben.«

Ich hätte wissen müssen, dass sie bei ihm war. Ich hätte wissen müssen, dass sie mir nicht erlauben konnte, ihm die Augen zu öffnen. Ein katzenhaftes Fauchen drang aus seinem Mund, als er auf mich lossprang, und es diente mir als Warnung. Ich beugte mich zur Seite, drehte mich hinter ihm her, krallte die Hand in den Rücken seines Hemdes und riss ihn zu mir zurück, umschlang ihn von hinten mit beiden Armen und drückte ihn fest an mich. Er warf den Kopf zurück, um mich im Gesicht zu treffen, erwischte aber nur mein Kinn. Mit diesem Trick konnte mich niemand überraschen, er gehörte zu meinem eigenen Standardrepertoire.

Es war kein Zweikampf, der die Bezeichnung verdiente. Pflichtgetreu befand sich in dem Stadium des Wachstums, wenn der Körper in die Höhe schießt, Arme und Beine viel zu lang scheinen und nichts recht zusammenpassen will, und er kämpfte mit der planlosen Hitzigkeit der Jugend. Ich hingegen war mit meinem Körper vertraut, hatte den Vorteil des größeren Gewichts und verfügte zudem über jahrelange Erfahrung. Da ihm die Arme an den Leib gepresst waren, konnte er nicht viel mehr tun, als mit dem Kopf zu stoßen und mit den Füßen zu treten. Ich begriff, dass er noch nie auf diese Art mit jemandem gekämpft hatte. Natürlich nicht. Ein Prinz wurde in der Fechtkunst unterwiesen, nicht darin, sich mit den Fäusten zu prügeln. Er kannte auch nicht die Raufereien unter Brüdern, keinen Vater, der den Sohn ab und zu etwas rauer anfasste. Er hatte keine Ahnung, wie man sich gegen einen Angriff wie den meinen zur Wehr setzte. Er *stemmte* sich gegen mich, das Äquivalent eines mentalen Rammstoßes mit der Alten Macht. Wie Burrich es bei mir getan hatte – Götter, wie lange war das her! –, ließ ich es von mir abprallen und zu ihm zurück. Er erschrak, doch im nächsten Moment verdoppelte er seine Anstrengungen. Ich spürte die Wut, die in ihm kochte. Es war, als würde ich gegen mich selbst kämpfen, und ich wusste, er würde vor nichts zurückschrecken, um mich zu verletzen. Zu meinem Glück verausgabte sich seine blinde Raserei an seiner Unerfahrenheit. Er versuchte, sich mit mir hinzuwerfen, aber ich hielt ihn gut im Gleichgewicht. Seine Bemühungen, sich aus meiner Umschlingung zu winden, bewirkten lediglich, dass ich die Arme noch fester um ihn schloss. Sein Kopf war hochrot, als er sich plötzlich vornübersinken ließ. Einen Moment hing er schlaff und nach Atem ringend in meinem Griff, dann flüsterte er dumpf: »Genug. Du hast gewonnen.«

Ich ließ los und rechnete damit, dass er in den Sand fallen würde. Stattdessen wirbelte er herum, mein eigenes Messer in der Hand und stieß es mir in den Bauch. Zumindest war das seine Absicht. Die Schnalle meines Schwertgurts fing den Stoß ab, die Klinge rutschte am Leder des Gürtels entlang, stieß an mir vorbei ins Leere und verhedderte sich in meinem Hemd. Der blanke Stahl so dicht an meinem Fleisch machte mich ernsthaft wütend. Ich packte sein Handgelenk, riss es scharf nach oben, und das Messer flog davon. Ein Faustschlag gegen die Halsseite warf ihn auf die Knie. Er stieß ein kätzisches Heulen aus, bei dem sich mir die Haare sträubten. Der hassfunkelnde Blick, den er auf mich richtete, war nicht der des Prinzen, sondern eine grausige Kombination aus Katze, Knabe und einer Frau, die sie beide auslöschen würde. Ihr Wille war es, der ihn dazu brachte, aufzuspringen und sich wieder auf mich zu stürzen.

Ich bemühte mich, ihn abzufangen und zu bändigen, aber er kämpfte wie eine Furie, kratzte und spuckte und riss an meinen Haaren. Ich schlug ihm die Faust mitten auf die Brust, was ihn zumindest hätte aufhalten sollen, doch er ging sofort wieder auf mich los, blindwütig, toll. Da wusste ich, dass sie ihn vollkommen in ihrer Gewalt hatte und dass ihr die Schmerzen gleichgültig waren, die ich ihm zufügte. Ich hätte ihn ernsthaft verletzen müssen, um ihn außer Gefecht zu setzen, und selbst in dieser Lage konnte ich mich nicht überwinden, das zu tun. Deshalb warf ich mich ihm entgegen, nahm ihn in die Arme und stieß ihn mit meinem Gewicht zu Boden. Wir landeten ziemlich dicht neben dem Feuer, aber ich war oben und entschlossen, dort zu bleiben. Unsere Gesichter waren nur einen Fingerbreit voneinander entfernt, als ich ihn in einen Fesselgriff nahm. Er warf den Kopf wild hin und her, benutzte seine Stirn als Rammbock. Die Augen, die sich in meine bohrten, waren nicht die des Prinzen. Sie, die Frau, spuckte mich an und verfluchte mich. Ich hob ihn an den Schultern hoch und stieß ihn wieder in den Sand. Ich sah, wie sein Kopf vom Boden zurückprallte. Er hätte wenigstens benommen sein müssen, doch er schnappte geifernd nach meinem Arm. Ich spürte einen Zorn in mir aufwallen, der von so tief innen kam, dass es schon außerhalb von mir war.

»Pflichtgetreu!«, brüllte ich. »Hör auf, dich mir zu widersetzen!«

Er erschlaffte ruckartig. Die Katzenfrau stierte mich wütend an, dann verblasste sie und schwand aus seinen Augen. Prinz Pflichtgetreu schaute entsetzt zu mir auf. Dann verging auch das. Sein Blick war leer wie der eines Toten. Blut umrahmte seine Zähne. Ich ließ ihn los und erhob mich langsam und keuchend. »Eda und El, seid gnädig«, betete ich, wie ich es selten tat, aber die Götter verspürten keine Neigung, meine Tat ungeschehen zu machen.

Was ich getan hatte, wusste ich nur allzu gut, hatte es schon einmal getan, früher, absichtlich und kalten Blutes. Ich hatte mittels der Gabe meinem Vaterbruder, Prinz Edel, den Befehl eingebrannt, von Stund an ein getreuer Freund und Vasall Königin Kettrickens zu sein und des Kindes, welches sie unter dem Herzen trug. Dieser Gabenbefehl sollte dauerhaft sein, und tatsächlich wirkte er bis zu dem überraschenden Tod von Prinz Edel nur wenige Monate später, doch wie lange die Wirkung andernfalls angehalten hätte, blieb dadurch leider unerforscht.

Diesmal hatte ich im Zorn gehandelt, impulsiv, ohne über den Moment hinauszudenken. Der wütende Befehl, den ich ihm gegeben hatte, hatte sich mit der vollen Wucht der Gabe in sein Bewusstsein geprägt. Er hatte nicht aus freiem Willen aufgehört zu kämpfen. Ein Teil von ihm hatte vermutlich immer noch den Wunsch, mich zu töten. Sein verdutzter Blick sagte mir, dass er nicht verstand, was ihm geschehen war. Genau genommen verstand ich es selbst nicht.

»Kannst du aufstehen?«, fragte ich ihn ahnungsvoll.

»Kann ich aufstehen?«, wiederholte er tonlos. Mir wurde flau. Er sprach undeutlich. Seine Augen rollten hin und her, als suchte er eine Antwort in sich selbst, dann kehrte sein Blick zu mir zurück.

Ich versuchte es anders. »Du kannst aufstehen.«

Und nachdem ich es gesagt hatte, konnte er es.

Er rappelte sich schwerfällig auf, torkelnd, wie nach einem Kinnhaken. Die geballte Macht meines Befehls schien den Bann der Katzenfrau gebrochen zu haben, jedoch den einen Zwang durch einen anderen abgelöst zu haben und war in meinen Augen kein Triumph. Er stand mit leicht nach vorn gebogenen Schultern vor mir, als forsche er nach einem Schmerz irgendwo in seinem Innern. Nach einer Weile hob er den Blick und sah mich an. »Ich hasse dich«, erklärte er mit völlig gleichgültiger Stimme.

»Das ist verständlich«, hörte ich mich antworten. Gelegentlich teilte ich sein Gefühl.

Es war mir unangenehm, ihn anzusehen. Ich suchte mein Messer, hob es auf und steckte es zurück in die Scheide. Er ging schlurfend um das Feuer herum und ließ sich auf der gegenüberliegenden Seite nieder. Ich beobachtete ihn unauffällig. Er wischte sich über den Mund und betrachtete dann seine blutige Handfläche. Den Mund leicht geöffnet, tastete er mit der Zunge über seine Zähne. Ich fürchtete, er würde einige ausspucken, aber es schien noch einmal glimpflich abgegangen zu sein. Er äußerte kein Wort der Klage. Vielmehr sah er aus wie jemand, der sich angestrengt an etwas zu erinnern versucht. Gedemütigt und verwirrt starrte er ins Feuer. Ich fragte mich, welche Gedanken ihn bewegten.

Auch ich saß eine Weile still da und spürte all die neuen kleinen Schmerzen, die ich ihm verdankte. Viele davon waren nicht körperlich. Ich bezweifelte, dass sie vergleichbar waren mit dem, was ich ihm angetan hatte. Mir fiel nichts ein, was ich zu ihm hätte sagen können, deshalb stocherte ich in der Glut nach dem Essenspaket. Der Seetang war in der Hitze geschrumpft und getrocknet und wurde langsam schwarz. Ich schob das Päckchen mit dem Ast aus dem Feuer. Im Innern hatten die Muscheln sich geöffnet, und das Krebsfleisch hatte sich von glasig zu weiß verfärbt. Gar genug für mich.

»Essen ist fertig!«, verkündete ich.

»Ich habe keinen Hunger.« Stimme und Blick des Prinzen waren abwesend.

»Iss trotzdem, solange es etwas zu essen gibt.« Ich sagte es im Ton einer beiläufigen Anordnung.

Schwer zu sagen, ob es mein Gabenbefehl war oder sein eigener gesunder Menschenverstand, doch nachdem ich mich von den Meeresfrüchten bedient hatte, kam er um das Feuer herum und nahm sich seinen Anteil. In gewisser

Weise erinnerte er mich an die erste Zeit mit Nachtauge. Der Welpe war misstrauisch und aggressiv gewesen, doch gleichzeitig pragmatisch genug, um zu erkennen, dass er wohl oder übel Futter von mir annehmen musste, wenn er am Leben bleiben wollte. Und der Prinz war sich vermutlich im Klaren darüber, dass er ohne mich kaum Aussichten hatte, in die Bocksmarken zurückzukehren, jedenfalls nicht in absehbarer Zeit und halbwegs lebendig.

Oder mein Gabenbefehl hatte sich derart fest in ihn eingebrannt, dass sogar ein Vorschlag von mir unbedingt befolgt werden musste.

Das Schweigen währte so lange wie die Mahlzeit, sogar noch darüber hinaus. Schließlich brach ich es. »Letzte Nacht habe ich mir die Sterne angesehen.«

Der Prinz nickte. Es dauerte etwas, bis er sagte: »Wir sind weit weg von zu Hause.«

»Unter Umständen steht uns eine lange Reise bevor, ohne irgendwelche Ausrüstung. Weißt du, wie man sich in der Wildnis durchschlägt und unterwegs nur von dem ernährt, was man am Wegrand findet?«

Erneut folgte meinen Worten ein Schweigen. Sein Stolz verbot ihm, mit mir zu reden, aber ich verfügte über Wissen, das er dringend brauchte. Ich hörte, welche Überwindung es ihn kostete, die Frage zu stellen. »Und der Weg, auf dem wir hergekommen sind? Ist er uns verschlossen?« Eine Falte grub sich zwischen seine Augenbrauen. »Wo hast du diese Art der Zauberei gelernt? Ist es die Gabe?«

Ich brach ein kleines Stück Wahrheit ab und fütterte ihn damit. »König Veritas hat mich in der Gabe unterwiesen. Das ist lange her.« Damit er nicht weiterfragen konnte, fuhr ich schnell fort: »Ich habe vor, die Klippen am Ende des Strandes zu ersteigen und mich umzuschauen. Womöglich befinden wir uns ganz in der Nähe einer menschlichen Ansiedlung.« Wenn ich den Jungen hierlassen musste, wollte ich alles tun, um ihn an einem sicheren Ort unterzubringen, wo er auf meine Rückkehr warten konnte. Und falls der Gabenpfeiler nicht aus dem Wasser auftauchte, mussten wir uns auf einen langen Marsch nach Hause einstellen. Was das anging, war mein Entschluss eisern. Ich würde in die Bocksmarken zurückkehren, und wenn es auf allen vieren war. Und dann – dann würde ich jeden einzelnen dieser Gescheckten aufspüren und ihnen einen langsamen Tod bereiten. Dieser Vorsatz wirkte als Ansporn, mich endlich in Bewegung zu setzen. Ich zog Strümpfe und Stiefel an. Die Federn lagen noch im Sand. Ein Fingerschnippen beförderte sie in meinen Hemdärmel. Später musste ich sie besser verstecken, denn ich hatte keine Lust, mir für den Prinzen langatmige Erklärungen auszudenken. Pflichtgetreu sagte nichts zu meinem Vorhaben, doch als ich aufstand und mich auf den Weg machte, schloss er sich mir an. An dem Süßwasserrinnsal machte ich halt, um mich zu waschen und meinen Durst zu löschen. Der Prinz beobachtete mich, und als ich fertig war, kniete er sich etwas oberhalb von mir hin, um ebenfalls zu trinken. Während er beschäftigt war, band ich mir einen Streifen von meinem Hemd um den Unterarm und steckte die Federn dahinter. Als er zurückkam, waren sie wieder von meinem Ärmel verdeckt. Zusammen setzten wir unseren Weg fort. Das Schweigen fühlte sich an wie eine schwere Last, die wir zwischen uns trugen. Ich spürte, wie er über das nachdachte, was ich ihm über seine Angebetete erzählt hatte. In mir stauten sich Worte, es drängte mich, ihm einen Vortrag zu halten, ihm in grellen Farben auszumalen, was diese Frau mit ihm vorhatte, bis er es wirklich begriff. Und ich wollte ihn fragen, ob sie immer noch in seinem Bewusstsein war und lauschte. Doch ich biss mir auf die Zunge und fasste mich in Geduld. Er war nicht dumm. Ich hatte ihm gesagt, wie es war. Jetzt musste ich ihm Gelegenheit geben, sich darüber klar zu werden, welche Konsequenzen er daraus ziehen wollte.

Zu meiner Erleichterung fanden wir keine weiteren Federn. Aber auch sonst entdeckten wir nichts Brauchbares, obwohl das Gestade mehr als die übliche Menge an Treibgut abzubekommen schien. Da gab es verrottete Tauenden und von Würmern zerfressene Plankentrümmer; die Überreste einer Spinnenjungfer lagen nicht weit von einer Dolle. Nach und nach wuchsen die schwarzen Klippen vor uns in die Höhe, bis sie hoch über uns aufragten und einen guten Rundblick versprachen. Als wir näher kamen, sah ich, dass die Wand von Löchern zernarbt war. In Sandstein hätte ich Schwalbennester vermutet, aber nicht in diesem schwarzen Fels. Die Löcher kamen mir zu gleichmäßig vor, die Anordnung zu exakt, als dass man ihre Entstehung Wind und Wetter zuschreiben konnte. In einigen von ihnen weckte das Sonnenlicht ein geheimnisvolles Glitzern. Ich wurde neugierig.

Die Wirklichkeit war noch seltsamer als meine Spekulationen. Aus der Nähe entpuppten sich die Löcher als Nischen unterschiedlicher Größe. Nicht alle, aber die meisten enthielten einen Gegenstand. Sprachlos und staunend wanderten der Prinz und ich an der untersten Reihe entlang. Das bunte Gemisch der Stücke ließ mich an die Schatzkammer eines wahnsinnigen Königs denken. Eine Nische enthielt einen juwelenbesetzten Kelch, die nächste eine Porzellantasse von durchscheinender Zartheit. In einer großen Aushöhlung befand sich etwas, das aussah wie ein hölzerner Helm für ein Pferd, nur dass die Augen eines Pferdes seitlich am Kopf sitzen und nicht vorn. Ein Netz aus Goldketten, mit tiefblauen Saphirsplittern besetzt, lag über einem etwa frauenkopfgroßen Stein. Ein Kästchen aus glänzendem Holz mit Blumenintarsien, eine Lampe aus einem schimmernden grünen Stein, eine dünne Metallplatte mit eingravierten fremdartigen Schriftzeichen, eine zierliche Steinblume in einer Vase – jedes steinerne Fach barg ein neues Wunder.

Ich war überwältigt. Wer kam auf den Gedanken, als Kabinett für seine Kostbarkeiten eine Regen, Sturm und Fluten ausgesetzte Klippe zu wählen? Jeder Gegenstand glänzte wie poliert. Nicht ein Hauch von Trübung auf dem Metall, keine Salzablagerungen auf dem Holz. Wem gehörten diese Schätze, wie waren sie hergekommen und weshalb hier ausgestellt? Ich schaute zurück, den Strand entlang, entdeckte aber keinen Hinweis auf Eingeborene. Keine Fußspuren außer unseren eigenen waren in den Sand geprägt. Diese Sammlung von Schätzen hatte keinen Wächter. Die Versuchung war zu groß: Ich streckte den Finger aus, um die steinerne Blume zu berühren, doch unerwartet stieß ich gegen einen Widerstand. Es fühlte sich an, als wäre die Öffnung mit einer Scheibe aus biegsamem Glas verschlossen. Nun erst recht neugierig, drückte ich fester, aber desto unnachgiebiger wurde die unsichtbare Barriere. Es gelang mir, die Blume mit der Fingerspitze anzustoßen; sie bewegte sich, und ganz leise erreichte ein zartes Klingeln der Blütenblätter meine Ohren. Doch nur ein stärkerer Mann als ich wäre imstande gewesen, tief genug in die Nische einzudringen, um die Blume zu ergreifen. Als ich die Hand zurückzog, kribbelte sie unangenehm, wie nach der Berührung einer Brennnessel, nur hielt das Gefühl weniger lange an.

Der Prinz hatte mich beobachtet. »Dieb«, bemerkte er ruhig.

Ich kam mir vor wie ein Kind, das man bei etwas Verbotenem ertappt hat. »Ich wollte sie nicht stehlen. Ich wollte sie nur anfassen.«

»Aber sicher.«

»Du kannst denken, was du willst.« Ich wandte den Blick von den Schätzen ab und ließ ihn an den Felsen hinaufwandern. Eine Reihe vertikal angeordneter Löcher hatte mehr Ähnlichkeit mit einer Leiter als mit einer Fortsetzung des Kuriositätenkabinetts. Ohne den Prinzen in meine Entdeckung einzuweihen, ging ich hin und betrachtete mir die Stufen näher. Sie waren für einen größeren Mann als mich bemessen, aber ich dachte, dass ich damit zurechtkommen könnte.

Pflichtgetreu verfolgte mein Tun aufmerksam, aber ich beschloss, dass er keine Erklärung verdient hatte. Ich nahm die Kletterpartie in Angriff. Um mit der Hand weiterzugreifen, musste ich mich gehörig strecken, um den Fuß in die nächste Trittmulde zu setzen, das Knie fast bis zur Brust heben. Nach dem ersten Drittel der Strecke wurde mir bewusst, was für eine Plackerei mir bevorstand. Die frischen Blessuren, die ich dem Prinzen verdankte, pochten dumpf. Hätte ich nicht einen Zuschauer gehabt, ich hätte vermutlich aufgegeben.

So aber kletterte ich weiter, obwohl die alte Pfeilwunde im Kreuz jedes Mal protestierte, wenn ich mich nach der nächsten Mulde reckte. Als ich endlich oben anlangte, klebte mir das Hemd schweißnass auf der Haut. Ich stemmte mich über die Kante und blieb eine Minute auf dem Bauch liegen, um wieder zu Atem zu kommen. Der Wind wehte freier hier oben und kälter. Langsam stand ich auf und ließ den Blick umherschweifen.

Wasser. Große Wasserflächen. Die Küste felsig und schroff. Abweisend. Hinter mir Wald, Wald auch jenseits der Tafelebene, die an unseren kleinen Strand anschloss. Entweder hatte es uns auf ein Eiland verschlagen oder auf eine Halbinsel. Kein Hinweis auf eine menschliche Ansiedlung, keine Boote auf dem Meer, nicht einmal ein Rauchfaden, der sich irgendwo in den Himmel kräuselte. Falls wir gezwungen waren, die Heimreise auf Schusters Rappen in Angriff zu nehmen, blieb uns nur der Weg durch den Wald. Die Vorstellung bereitete mir Unbehagen.

Nach einer Weile drang ein dünnes Geräusch in mein Bewusstsein. Ich trat an den Klippenrand und blickte nach unten. Prinz Pflichtgetreu hatte den Kopf in den Nacken gelegt und rief etwas zu mir hinauf, aber nur die fragende Betonung erreichte mich. Ich antwortete mit einer nichtssagenden Handbewegung. Wenn er unbedingt wissen wollte, was es hier oben zu sehen gab, sollte er sich gefälligst selbst heraufbemühen. Meine Gedanken waren mit anderen Dingen beschäftigt. Jemand hatte diese Nischen ausgehöhlt und die Schätze zusammengetragen. Nach aller Logik müssten in der näheren Umgebung Anzeichen zu entdecken sein, die darauf hinwiesen, dass hier Menschen lebten. Schließlich erspähte ich weit hinten am Strand etwas, das wie ein Fußpfad aussah. Er querte das Tafelland und verschwand unter den Bäumen. Es wirkte nicht, als würde er viel begangen, vielleicht handelte es sich nur um einen Wildwechsel. Trotzdem prägte ich mir seine Lage ein, für den Fall, dass wir darauf zurückgreifen mussten.

Anschließend richtete ich meinen Blick auf das ablaufende Wasser und suchte nach allem, was auch nur annähernd wie behauener Stein aussah. Noch war nichts aufgetaucht, aber eine Stelle erschien mir vielversprechend. Bei jeder zurückflutenden Welle erhaschte ich einen Blick auf, wie ich erkennen zu können glaubte, mehrere schwarze Steine mit geraden Kanten. Sie befanden sich noch unter Wasser. Ich hoffte, dass es sich nicht um eine geologische Kuriosität handelte. Zusammengeschwemmtes Treibholz lag dort am Strand, ein mit Seetang behangener Ast zeigte auf die schwarzen Steine. Ich merkte ihn mir als Wegweiser. Möglicherweise gab die Ebbe die Steine nicht vollkommen frei, doch sobald das Wasser seinen Tiefststand erreicht hatte, war ich entschlossen, mir die Sache näher anzusehen.

Zu guter Letzt legte ich mich auf den Bauch, schob seufzend die Beine über die Kante und suchte mit dem Fuß nach dem ersten Tritt. Hinunter war noch um einiges mühsamer als hinauf, denn ich musste mich blind Stufe um Stufe nach unten tasten. Im letzten Drittel zitterten meine Beine vor Anstrengung. Ich sparte mir die letzten beiden Stufen, sprang und wäre fast eingeknickt und hingefallen.

»Sag schon, was hast du gesehen?«, bestürmte mich Pflichtgetreu.

Ich ließ ihn warten und nahm mir die Zeit, die ich brauchte, um zu verschnaufen. »Wasser. Felsen. Bäume.«

»Kein Dorf? Keine Straße?«

»Nein.«

»Und was tun wir jetzt?« Es klang ungehalten, als wäre alles nur meine Schuld.

Ich wusste, was ich tun wollte. Ich wollte durch den Gabenpfeiler gehen, selbst wenn ich tauchen musste, um ihn zu finden. Doch zu ihm sagte ich: »Was ich dir erzähle, hört auch sie. Richtig?«

Das ließ ihn verstummen. Mit hängenden Armen stand er da und schaute mich an. Als ich mich auf den Weg den Strand hinunter machte, stapfte er hinter mir her, ohne zu ahnen, wie viel Autorität über sich er mir eingeräumt hatte.

Es war nicht besonders warm, aber Gehen im Sand ist anstrengender als auf festem Boden. Die Kletterpartie steckte mir in den Knochen, und ich war mit meinen eigenen Sorgen beschäftigt, deshalb machte ich keine Anstalten, eine Unterhaltung anzufangen. Es war Pflichtgetreu, der das Schweigen brach. »Du hast behauptet, sie wäre tot«, sagte er plötzlich anklagend. »Das ist unmöglich. Wenn sie tot ist, wie kann sie dann zu mir sprechen?«

Ich atmete ein, seufzend wieder aus und überwand mich dann, doch zu antworten. »Als einer mit der Alten Macht verschwisterst du dich einem Tier. Verschwistert sein ist mehr als nur der Austausch von Gedanken, es ist geteiltes Sein. Nach einer Weile sieht man durch die Augen des Tieres, erlebt sein Leben, erfährt die Welt, wie sie sich dem Tier darstellt. Es ist mehr als …«

»Das *weiß* ich alles. Ich bin ein Gescheckter, wie du weißt.« Er tat meine Ausführungen mit einem geringschätzigen Schnauben ab.

Ich konnte mich nicht entsinnen, dass mich eine Unterbrechung je mehr geärgert hätte. »Altes Blut«, berichtigte ich ihn scharf. »Rede mir noch einmal davon, dass du ein Gescheckter bist, und ich prügle dir den Unfug aus dem Kopf. Ich habe keine Achtung davor, wie sie ihre Magie missbrauchen. Nun. Seit wann ist dir bewusst, dass du mit der Alten Macht begabt bist?«

»Ich – warum …« Meine Drohung gab ihm zu denken. Sie war ernst gemeint, das wusste er. Er gab sich einen Ruck. »Seit ungefähr fünf Monaten. Seit man mir die Katze zum Geschenk gemacht hat. Genau in dem Moment, als ihre Leine in meine Hand gegeben wurde, fühlte ich …«

»Hast du gefühlt, wie eine Falle zuschnappte, eine, die zu erkennen du zu dumm warst. Die Katze hat man dir geschenkt, weil andere erkannten, dass du ein Zwiehafter bist, lange bevor du selbst es wusstest. Du hast die entsprechenden Signale gegeben, ohne es zu merken. Jemandem ist es aufgefallen, jemand hat beschlossen, dich zu benutzen. Man hat dir ein Tier zugespielt, mit dem du dich verschwistern solltest. Das ist nicht der übliche Brauch, musst du wissen. Eltern mit der Alten Macht pflegen ihrem Sprössling nicht einfach ein Tier zu geben und zu sagen, hier, dies ist dein Partner für den Rest von euer beider Leben. Nein. Üblicherweise unterweist man das Kind in den Traditionen der Alten Macht und ihren Konsequenzen, bevor es sich bindet. Üblicherweise begibt der Suchende sich auf eine Art Queste, um ein gleichgesinntes Tier zu finden. Wenn es richtig gemacht wird, ist es wie eine Brautschau und das Finden wie eine Vermählung. Bei dir ist es nicht auf die richtige Art geschehen. Du bist nicht von sorgenden Menschen behutsam in die Alte Macht eingeweiht worden. Eine Gruppe Zwiehafter erkannte die Gelegenheit und nutzte sie. Die Katze hat dich nicht gewählt. Das allein ist schlimm genug. Doch ich glaube, die Katze hatte auch nicht die Möglichkeit, sich für die Frau zu entscheiden. Sie muss das Tier als Junges der Mutter gestohlen und die Verschwisterung erzwungen haben. Dann starb die Frau, aber sie lebt in der Katze weiter.«

Seine Augen schauten groß und dunkel zu mir auf, dann ruckte sein Blick eine Winzigkeit zur Seite, und ich spürte das stille Wirken der Alten Macht.

»Ich glaube dir nicht. Sie sagt, sie kann alles erklären und dass du nur versuchst, mich ihr abspenstig zu machen.« Er haspelte die Worte heraus, als versuchte er, sich dahinter zu verstecken.

Ich schaute aus den Augenwinkeln zu ihm hin. Zweifel und Verwirrung hatten sein Gesicht verschlossen.

Ich machte eine Faust in der Tasche, und es gelang mir, ruhig zu bleiben. »Sieh mal, ich kenne nicht alle Einzelheiten, aber ich kann Vermutungen anstellen. Mag sein, sie wusste, dass sie sterben musste – vielleicht hat sie aus Angst vor dem Tode eine hilflose Kreatur erwählt und die Verschwisterung erzwungen. Ist eine Verschwisterung ungleich, wie in diesem Fall anzunehmen, kann der stärkere Partner den schwächeren unterdrücken. Sie konnte das Jungtier beherrschen, ihm ihren Willen aufzwingen, den Körper der Katze mitbenutzen, sich ihrer ganz nach Wunsch bedienen. Und als sie starb, statt mit dem letzten Atemhauch zu vergehen, nahm sie den Körper der Katze in Besitz.« Ich blieb stehen und wartete, bis Pflichtgetreu nicht mehr anders konnte, als den Blick zu heben und mir in die Augen zu sehen. »Du bist der Nächste«, sagte ich ruhig.

»Du bist verrückt. Sie liebt mich!«

Ich schüttelte den Kopf. »Ich spüre großen Ehrgeiz in ihr. Sie wird wieder einen Menschenkörper haben wollen, nicht auf Dauer eine Katze sein und nicht sterben, wenn die Lebenszeit der Katze abgelaufen ist. Sie musste jemanden finden, dessen Körper sie übernehmen konnte, jemanden, der der Alten Macht teilhaftig war, ohne es zu wissen. Weshalb nicht jemanden, der wichtig ist, bedeutend, von hohem Rang? Weshalb nicht einen Prinzen?«

Widerstreitende Gefühle irrten über sein Gesicht. Ein Teil von ihm wusste, dass ich die Wahrheit sagte, und er schämte sich, dass man ihn so leicht hinters Licht hatte führen können. Er kämpfte darum, seinen Unglauben aufrechtzuerhalten. Als ich weitersprach, gab ich mir Mühe, ihm die bittere Erkenntnis zu versüßen.

»Ich denke, sie hat dich ausgesucht. Du hattest gar keine Wahl, nicht mehr als die Katze. Die Katzenfrau ist es, mit der du verschwistert bist, nicht das Tier selbst. Und es geschah nicht aus Liebe zu dir, ebenso wenig wie sie die Katze geliebt hat. Nein. Irgendwo hat irgendjemand einen ausgeklügelten Plan, und du bist nur ein Werkzeug. Ein Werkzeug in der Hand der Gescheckten.«

»Ich glaube dir nicht! Du bist ein Lügner!« Seine Stimme, mit jedem Wort lauter und schriller geworden, brach.

Ich sah, wie ein tiefer Atemzug seinen Brustkorb und die Schultern hob. Beinahe fühlte ich, wie mein Gabenbefehl ihn daran hinderte, wieder auf mich loszugehen. Eine Weile schwieg ich mit Bedacht. Als ich annahm, dass er sich gefasst hatte, sagte ich sehr ruhig: »Du hast mich einen Bastard geschimpft, einen Dieb und jetzt einen Lügner. Ein Prinz sollte seine Zunge besser im Zaum halten, falls er nicht glaubt, dass sein Rang allein ausreicht, ihn vor den Folgen unbedachter Rede zu schützen. Hier ist eine Beleidigung für dich und eine Warnung. Versteck dich hinter der Königlichen Hoheit, während du mir Schimpfnamen gibst, und ich nenne dich einen Feigling. Das nächste Mal, wenn du mir frech kommst, wird deine Herkunft meine Faust nicht aufhalten.« Ich hielt seinen Blick fest, bis er die Augen niederschlug, der Welpe vor dem Altwolf. Absichtlich leise sprach ich weiter, damit er gezwungen war, aufmerksam zuzuhören. »Du bist nicht dumm. Du weißt, ich lüge nicht. Sie ist tot, und du wirst benutzt. Du willst nicht, dass es wahr ist, aber das ist nicht dasselbe, wie mir nicht zu glauben. Du wirst vermutlich hoffen und beten, dass etwas geschieht, wodurch sich herausstellt, dass ich unrecht habe. Vergebens.« Ich zuckte die Achseln. »Der einzige Trost, den ich dir bieten kann, ist der, dass du eigentlich nichts dafür kannst. Jemand hätte dich vor so etwas beschützen müssen. Jemand hätte dir, schon als du noch klein warst, vom Alten Blut erzählen müssen.«

Ich konnte nicht zugeben, nicht vor ihm und nicht vor mir selbst, dass ich dieser Jemand war. Dieselbe Person, die ihn mit der Alten Macht bekannt gemacht hatte, durch Gabenträume, als er vier Jahre alt war.

Eine Zeitlang gingen wir nebeneinanderher, ohne zu sprechen. Ich behielt mein mit Seetang behangenes Stück Treibholz im Blick. Wenn ich den Prinzen erst allein hier zurückgelassen hatte, war nicht abzusehen, wie lange ich fort sein würde. Konnte er für sich selbst sorgen? Die Schätze in den Felsenfächern beunruhigten mich. Solcher Reichtum hatte einen Besitzer, und diese Person war unter Umständen nicht erfreut über einen Fremden, der sich an seinem

Strand herumtrieb. Wie dem auch sei, mitnehmen konnte und wollte ich ihn nicht, er wäre mir nur im Weg. Eine Zeit des Alleinseins, nur auf sich selbst angewiesen, tat ihm womöglich gut, entschied ich. Und wenn ich bei dem Versuch, Nachtauge und den Narren zu retten, ums Leben kam? Nun, wenigstens war es den Gescheckten dann verwehrt, den Thronerben der Sechs Provinzen für ihre scheußlichen Pläne zu missbrauchen.

Mit zusammengebissenen Zähnen stapfte ich durch den Sand und behielt meine grimmigen Gedanken für mich. Wir waren fast bei dem Wegweiser angekommen, als Pflichtgetreu das Wort ergriff. Seine Stimme war sehr leise. »Du sagst, mein Vater hätte dich in der Gabe unterwiesen. Hat er dich auch gelehrt zu ...«

Dann stolperte er und fiel hin, und dabei verfing sich seine Stiefelspitze in den Schlingen einer goldenen Kette, die im Sand begraben lag. Fluchend setzte er sich hin und beugte sich vor, um seinen Stiefel loszumachen. Als er nach und nach die Kette in ihrer ganzen Länge aus dem Sand befreite, gingen mir fast die Augen über. Es war ein kompliziert geflochtener Strang aus Goldfäden von der Dicke eines Pferdehaars. Er ließ sie in seine Handfläche gleiten, wo sie sich schwer und üppig zusammenringelte, ein goldenes Schlangennest. Mit einem festen Ruck zog er die letzte Windung heraus und förderte den an der Kette befestigten Anhänger zutage, eine Figurine, etwa so lang wie ein kleiner Finger und in leuchtenden Farben emailliert.

Es war eine Frauengestalt. Wir schauten in das stolze Gesicht. Der Künstler hatte ihr schwarze Augen gegeben, das dunkle Gold als Hautton gelassen. Ihr Haar war ebenfalls schwarz, gekrönt von einem blauen Diadem. Das um die Gestalt drapierte Gewand ließ eine Brust entblößt. Unter dem Saum lugten zarte goldene Füßchen hervor.

»Sie ist wunderschön«, sagte ich. Pflichtgetreu blieb stumm, er drehte das Figürchen herum und strich über das lange schwarze Haar auf ihrem Rücken.

»Ich weiß nicht, woraus sie gemacht ist. Sie wiegt fast gar nichts.«

Wir hoben beide im selben Moment den Kopf.

Vielleicht war es die Alte Macht, die uns die Gegenwart eines anderen Lebewesens meldete, aber ich bezweifle es. Mir jedenfalls war eine ekelhaft faulige Witterung in die Nase gestiegen. Doch seltsam, in dem Moment, als ich den Kopf wandte, um die Quelle des Gestanks auszumachen, glaubte ich fast, es wäre ein betörendes Parfum. Fast.

Manche Dinge vergisst man nie. Das verstohlene Tasten und Bohren wie von tausend fremden Gedankenfühlern im eigenen Kopf zu spüren ist eins davon. Mich durchzuckte ein eisiger Schreck, und ich riss die Schilde rings um mein Bewusstsein hoch, ein Reflex, den ich vergessen geglaubt hatte. Der Erfolg bestand darin, dass ich den Pesthauch in seiner ganzen reifen Fülle wahrnahm, als ich die Alptraumkreatur vor mir sah.

Sie war so groß wie ich, aber dabei handelte es sich nur um den aufgerichteten vorderen Teil ihres Körpers. Ich konnte nicht entscheiden, ob sie mich an ein Reptil oder an einen Meeressäuger gemahnte. Die nach vorn schauenden flachen Flunderaugen wirkten unnatürlich in ihrer Ausrichtung. Die Stirnwölbung des Schädels erschien übergroß, wie ein geschwüriger Auswuchs. Ihre Kinnlade fiel herunter, während sie uns anglotzte; das Maul hätte ein ganzes Kaninchen verschlucken können, auf einen Bissen. Eine steife, fischige Zunge reckte sich hervor, schnellte zurück, und die Kiefer schlugen zusammen.

Zu meinem Schrecken lächelte der Prinz die Kreatur wie ein verliebter Hanswurst an. Er tat einen unsicheren Schritt auf sie zu. Schleunigst legte ich ihm die Hand auf die Schulter und grub die Finger in sein Fleisch. Ich bemühte mich, den Gabenbefehl zu nutzen, den ich ihm eingebrannt hatte, ohne meine eigene Abschirmung zu öffnen. »Komm mit mir«, sagte ich mit fester Stimme. Ich zog ihn zu mir zurück, und wenn er auch selbst nichts dazu tat, wenigstens sträubte er sich nicht.

Das Wesen reckte sich noch höher empor. An beiden Seiten des Halses blähten sich Luftsäcke, als es stummelige Gliedmaßen hob und riesige flossenähnliche Hände spreizte. Krallen wie die Stacheln von Welsen bogen sich an den Spitzen der Fingerglieder. Dann hob es an zu sprechen, wenn man es so nennen kann, als wären seine Stimmwerkzeuge nicht für menschliche Laute ausgebildet. Die gurgelnd und rülpsend hervorgestoßenen Worte prallten gegen mich wie Kieselsteine. »Ihr seid nicht auf dem Pfad gekommen. Wie kamt ihr?«

»Wir sind …«

»Schweig!«, warnte ich den Prinzen und schüttelte ihn grob. Ich bewegte mich Schritt für Schritt rückwärts und zog Pflichtgetreu mit, aber die Kreatur wuchtete ihre ungeschlachten Massen hinter uns her. Woher war sie so plötzlich aufgetaucht? Ich schaute mich nach allen Seiten um, in der Angst, noch weitere dieser Scheusale zu entdecken, aber sie war allein. Unvermittelt buckelte sie erschreckend schnell vorwärts und brachte ihren gewaltigen Leib zwischen das Tafelland und uns. Ich reagierte, indem ich mich in Richtung des Wassers zurückzog. Das war ohnehin mein Ziel gewesen, der einzig aussichtsreiche Fluchtweg. Ich flehte zu den Göttern, dass die Ebbe den Gabenpfeiler freigeben möge.

»Ihr dürft es nicht behalten!«, schnaubte die Kreatur uns an. »Was das Meer an den Kleinodienstrand spült, muss hierbleiben, für alle Zeit. Gebt zurück, was ihr gefunden habt!«

Der Prinz öffnete die Hand. Das Figürchen entfiel ihm, aber die Kette blieb an seinen kraftlosen Fingern hängen, und daran baumelte es wie eine Marionette.

»Gebt es zurück!«, wiederholte die Kreatur fordernd.

Ich beschloss, auf diplomatische Feinheiten zu verzichten, und zog das Schwert, ungeschickt mit der linken Hand, weil ich nicht wagte, den Prinzen loszulassen. »Komm nicht näher«, warnte ich. Meine Stiefel knirschten auf der Muschelschicht des zerklüfteten Felsengrunds. Ich riskierte einen Blick über die Schulter. Dahinten waren meine rechtwinkligen Quader, aber sie schauten nur so eben aus dem Wasser heraus. Die Kreatur deutete meinen Blick falsch.

»Euer Schiff hat euch hier ausgesetzt! Da draußen ist nichts als das weite Meer. Gebt die Kette zurück!« Das Zischen, das die Worte begleitete, war im höchsten Maße beunruhigend. Wie eine Eidechse hatte das Scheusal keine Lippen, aber die Zähne, die das klaffende Maul sehen ließ, waren zahlreich und spitz. »Die Schätze an diesem Gestade sind nicht für Menschen bestimmt. Was das Meer hierherbringt, soll für die Menschheit verloren sein. Sie hat sich der Kleinodien nicht würdig erwiesen.«

Seetang schmatzte bei jedem Schritt. Der Prinz rutschte aus; ich grub die Finger in seine Schulter und hielt ihn fest, sonst wäre er gestürzt. Noch ein, zwei, drei Schritte, und Wasser leckte um meine Knöchel.

»Ihr könnt nicht hoffen, euch schwimmend zu retten!«, warnte die Kreatur. »Der Strand wird zum Grab werden für eure Gebeine.«

Wie einen Wind von fern her fühlte ich schwach die Böen von Angst, die sie gegen uns sandte. Das Bewusstsein des Prinzen war ungeschützt, er stieß einen entsetzten Schrei aus. »Ich will nicht ertrinken!«, rief er. »Hilfe, ich will nicht ertrinken!« Er starrte mich mit weit aufgerissenen Augen an, die dunkle Iris war von einem weißen Ring umgeben. Ich hielt ihn deswegen nicht für einen Feigling. Ich wusste aus eigener Erfahrung, wie es war, wenn das schutzlose Bewusstsein von außen mit Todesangst überschwemmt wurde.

»Pflichtgetreu, du musst mir vertrauen! Vertrau mir!«

»Ich kann nicht!«, schrie er, und ich glaubte ihm. Er fühlte sich hin- und hergerissen: Mein Gabenbefehl, der strikten Gehorsam forderte, stritt wider die Wogen der Furcht, die die Kreatur gegen ihn branden ließ. Unerbittlich zog ich ihn weiter mit in tieferes Wasser. Es reichte uns jetzt bis zu den Knien, jede vorbeirollende Welle versetzte uns einen Stoß. Die wabbelnde Kreatur zögerte nicht, uns zu folgen; nach dem Äußeren zu urteilen war Wasser ihr eigentliches Element. Ich wagte einen zweiten Blick nach hinten. Der Gabenpfeiler musste ganz nah sein. Ich merkte es an der unbestimmten Verwirrung, die der schwarze Gedächtnisstein mir unfehlbar verursachte. Wie seltsam, sich in der Hoffnung auf Rettung dem Chaos auszuliefern.

»Gebt mir das Kleinod!«, verlangte die Kreatur, und giftig grüne Tropfen schillerten plötzlich an der Spitze der Flossendorne, die sie drohend erhob.

In einer fließenden Bewegung warf ich das Schwert in die Scheide, umschlang den Prinzen mit dem linken Arm und ließ mich mit ihm rücklings ins Wasser fallen. Als die Kreatur sich hinter uns in die Wellen stürzte, glaubte ich ein Aufblitzen plötzlichen Begreifens in den nichtmenschlichen Augen zu erkennen, doch es kam zu spät. Wir fielen der Länge nach in die kalten Salzfluten, und meine tastenden Finger suchten und fanden die schräge Oberfläche des umgestürzten Gabenpfeilers. Keine Zeit für eine Warnung, bevor er uns verschluckte …

… und in einen fast warmen Nachmittag entließ. Der Prinz entglitt mir und sank in einem Schwall Salzwasser, das die Reise mit uns gemacht hatte, kraftlos auf eine kopfsteingepflasterte Straße. Ich holte schnaufend Atem und schaute mich um. »Falsches Zeichen!« Ich hatte gewusst, dass diese Gefahr bestand, doch im Eifer der Flucht vor der Kreatur am Strand hatte ich darüber nicht nachgedacht. Jede Flanke eines Gabenpfeilers trug ein Runenzeichen, an welchem der Reisende erkennen konnte, wohin es ihn bringen würde. Ein wunderbares System, vorausgesetzt, man wusste die Zeichen zu deuten. Siedend heiß wurde mir bewusst, was für ein Risiko ich eingegangen war. Was, wenn dieser Pfeiler unter einem Erdrutsch oder Ähnlichem begraben gewesen wäre oder in tausend Stücke zerbrochen? Ich wagte nicht, mir auszumalen, was aus uns geworden wäre. Fröstelnd starrte ich auf das fremde Panorama. Wir standen in den windgepeitschten Ruinen einer Stadt der Uralten. Etwas rührte an meine Erinnerung, und ich fragte mich, ob es dieselbe Stadt war, in die mich vor Zeiten ein anderer Gabenpfeiler gebracht hatte. Doch es war nicht der Augenblick für Sentimentalitäten oder Spekulationen. Alles war schiefgegangen. Mein ursprünglicher Plan hatte vorgesehen, dass ich allein durch den Pfeiler zurückkehrte, um meinen Freunden in der Gefahr beizustehen. Doch ich konnte den Prinzen nicht halb betäubt und allein in dieser Ruinenwüstenei zurücklassen, und auch unser Strand hatte sich als ungeeigneter Zufluchtsort erwiesen. Ich musste ihn wohl oder übel mitnehmen.

»Wir müssen noch einmal zurück«, erklärte ich ihm. »Wir müssen auf demselben Weg in die Bocksmarken zurückkehren, auf dem wir gekommen sind.«

»Das hat mir nicht gefallen.« Seine Stimme bebte, und ich wusste instinktiv, dass er nicht die Kreatur am Strand meinte. Die Passage durch einen Gabenpfeiler war eine gespenstische Erfahrung für einen ungeschulten Verstand. Edel hatte rücksichtslos Gebrauch von den Pfeilern gemacht, um seine jungen Gabenkundigen zu transportieren, und sich nicht darum geschert, wie viele dabei den Verstand verloren. Ich wollte meinen Prinzen nicht einer solchen Gefahr aussetzen – nur hatte ich keine andere Wahl und keine Zeit.

»Ich weiß«, sagte ich sanft. »Aber wir können nicht bleiben, sonst steigt die Flut zu hoch.« Er schaute mich verständnislos an. Ich wog es gegeneinander ab, seinen unversehrten Verstand und das Wissen, welches die Katzenfrau durch ihn erlangte. Dann verwarf ich diese Bedenken. Er musste es verstehen, wenigstens ansatzweise, oder ich würde den Pfeiler mit einem sabbernden Idioten verlassen. »Wir müssen zurück zu dem Pfeiler am Strand. Wir wissen, auf einer der Seiten ist ein Symbol, das uns wieder in die Bocksmarken bringt. Wir müssen herausfinden, welches es ist.«

Der Junge gab ein leises würgendes Geräusch von sich. Er kauerte auf dem Kopfsteinpflaster und drückte die Handballen gegen seine Schläfen. »Ich glaube nicht, dass ich das überlebe«, sagte er matt.

Sein Elend schnitt mir ins Herz. »Durch Warten wird es nicht leichter. Ich werde Euch schützen, so gut ich kann, aber wir dürfen nicht säumen, Hoheit.«

»Das Ding wartet vielleicht auf uns!«, rief er wild, aber ich glaube, er fürchtete die Passage mehr als jedes lauernde Ungeheuer.

Ich bückte mich, legte die Arme um ihn und schleppte ihn trotz seiner Gegenwehr mit zu dem Pfeiler.

Noch nie hatte ich einen Pfeiler zweimal so kurz hintereinander benutzt. Ich war nicht vorbereitet auf das Gefühl sengender Hitze. Als wir herauskamen, zog ich aus Versehen warmes Salzwasser in die Nase. Ich stand auf und hielt den Kopf meines Schützlings über die Wellen. Die Hitze des Pfeilers brachte das Wasser zum Sieden. Und

Pflichtgetreu hatte recht gehabt. Vom Strand her ertönte überraschtes Gegrunze. Nachdem ich mir die triefenden Haarsträhnen aus dem Gesicht geschüttelt hatte, sah ich, dass mittlerweile vier der ungeschlachten Kreaturen dort versammelt waren. Unser ansichtig geworden, buckelten sie über den Sand und glitten ins Wasser. Keine Zeit, um abzuwägen, nachzuschauen oder auszuwählen. Der Prinz lag an meiner Brust wie eine leblose Gliederpuppe. Ich ging das Wagnis ein, meine Schilde zu senken, um seinen Verstand beisammenzuhalten. Während eine anrollende Woge mich auf die Knie stieß, schlug ich die flache Hand auf die Seite des Gabenpfeilers. Er saugte mich ein.

Diesmal erschien mir die Passage unerträglich. Ich nahm einen merkwürdigen Geruch wahr, irgendwie vertraut und dennoch abstoßend. *Pflichtgetreu. Prinz Pflichtgetreu. Erbe der Weitseher. Sohn von Kettricken.* Ich hüllte seine zerflatternden Gedanken in die meinen und nannte ihn bei jedem Namen, der mir einfallen wollte.

Dann kam ein Moment, als ich seine Erwiderung spürte. *Ich kenne dich.* Das war alles, aber danach hielt er sich an sich selbst fest und an mir. Eine seltsame Passivität bestimmte unsere Verbindung, und als wir schließlich auf grünem Gras unter einem wolkenverhangenen Himmel landeten, fragte ich mich, ob nur der Prinz oder auch sein Verstand die Flucht vom Strand der verlorenen Schätze heil überstanden hatte.

Kapitel 25

EINTAUSCH

An folgenden Zeichen mag man erkennen, ob einer die Anlage zur Gabe besitzt:

Ein Kind von der Gabe teilhaftigen Eltern.

Ein Kind, welches bei Spielen, die körperliches Geschick erfordern, oft Sieger bleibt, während seine Gegner straucheln, den Mut sinken lassen oder eine schlechtere Leistung zeigen, als es ihrem Vermögen entspricht.

Ein Kind, welches über Erinnerungen verfügt, die es der Natur nach nicht besitzen dürfte.

Ein Kind, welches träumt, und seine Träume sind bunt und voll von Dingen, die über des Kindes eigene Erfahrung hinausgehen.

DUN NADELSSOHN, GABENMEISTER VON KÖNIG HERRSCHER

Das Hünengrab duckte sich über uns auf die Hügelkuppe. Es regnete, ein feines, aber Dauer versprechendes Geniesel. Das Gras war hoch und nass. Plötzlich hatte ich nicht mehr die Kraft, auf den Beinen zu stehen, erst recht nicht, den Prinzen aufrecht zu halten. Gemeinsam sanken wir auf die Knie, und ich legte ihn behutsam auf den Boden. Seine Augen waren offen, aber glasig. Nur sein rasselnder Atem verriet mir, dass er lebte. Wir befanden uns wieder in den Bocksmarken, aber unsere Lage hatte sich nur andeutungsweise verbessert.

Beide waren wir nass bis auf die Haut. Nach einer Weile fiel mir ein seltsamer Geruch auf, und ich merkte, dass der Pfeiler hinter uns Hitze verströmte. Der Geruch kam von der Feuchtigkeit, die aus dem Stein verdunstete. Ich beschloss, lieber zu frieren, als mich an diesem Ofen zu wärmen. Der Prinz hatte noch die Kette mit dem Anhänger in der Hand. Ich zog sie zwischen seinen Fingern hervor und verstaute sie in meinem Beutel. Der Prinz reagierte nicht. »Pflichtgetreu?« Ich beugte mich über ihn und blickte forschend in seine weit offenen Augen. Sie boten sich ohne ein Wimpernzucken dem niederstäubenden Regen. Ich versetzte ihm einen leichten Schlag gegen die Wange. »Prinz Pflichtgetreu? Hört Ihr mich?«

Seine Lider schlossen und hoben sich langsam. Es war keine Antwort, aber besser als nichts.

»Ihr werdet Euch bald besser fühlen. Bleibt eine Weile liegen und ruht Euch aus.« Leere Floskeln, aber etwas Gescheiteres fiel mir nicht ein. Jedenfalls ließ ich ihn erst einmal im nassen Gras liegen und stieg auf die Kuppe des Grabes. Es gab nicht viel zu sehen, nur welliges Grasland und vereinzelte Baumgruppen. Ein Spatzenschwarm stob vom Boden hoch, kreiste, senkte sich wieder. Offenbar zankte man um einen ergiebigen Futterplatz. Hinter dem Grasland Wald. Nirgends etwas, das nach einer Bedrohung aussah, aber auch nirgends Hoffnung auf Essen, Trinken, Unterkunft. Ich war ziemlich sicher, dass diese drei Dinge Prinz Pflichtgetreu guttun würden, und fürchtete, er könnte, wenn er weiterhin hungern und frieren musste, der Wirklichkeit noch weiter entrückt werden. Ein anderes war mir noch wichtiger. Ich wollte wissen, ob meine Freunde lebten. Ich wollte, wider alle Vernunft, hinausgreifen nach meinem Wolf. Ich wollte nach ihm heulen, mit aller Kraft meiner Liebe und Sorge. Gleichzeitig wusste ich, genau das wäre das Dümmste und Schädlichste, was ich tun konnte. Nicht nur würde ich sämtliche Zwiehafte in der Umgebung von meiner Anwesenheit in Kenntnis setzen, sondern zudem die Gescheckten warnen, dass ich zurückgekehrt war.

Mit Mühe gelang es mir, meine Gedanken zu ordnen. Ich brauchte einen Zufluchtsort, und zwar schnell. Höchstwahrscheinlich spürten sowohl die Katze als auch die Frau unaufhörlich nach dem Prinzen. Möglicherweise waren sie gerade jetzt unterwegs, um ihn zu holen. Der Nachmittag dämmerte bereits dem Abend entgegen. Pflichtgetreu hatte mir ausgerichtet, die Gescheckten würden Nachtauge und den Narren bei Sonnenuntergang töten, falls ich ihn bis dahin nicht an sie übergeben hatte. Irgendwie musste ich den Prinzen an einen sicheren Ort schaffen, bevor die Frau uns finden konnte, und mich dann allein aufmachen, um zu erkunden, wo die Gescheckten meine Freunde gefangen hielten und welche Möglichkeit es gab, sie zu befreien. Vor Sonnenuntergang. Ich zermarterte mir das Gehirn. Das nächstgelegene Gasthaus, von dem ich wusste, war der Gescheckte Prinz. Ich bezweifelte, dass Pflichtgetreu dort freundliche Aufnahme finden würde. Zwischen Bocksburg und uns jedoch lagen ein mehrtägiger Fußmarsch und eine Flussüberquerung. Ich grübelte, aber ein anderes Refugium fiel mir nicht ein. Hier allein lassen konnte ich ihn nicht, und noch ein Gang durch einen Gabenpfeiler würde seinem Verstand den Rest geben, selbst wenn wir körperlich unversehrt am Ziel ankamen. Noch einmal ließ ich den Blick über die menschenleere Landschaft schweifen. Widerstrebend musste ich mir eingestehen, dass ich zwar einige Alternativen hatte, zwischen denen ich wählen konnte, aber eine taugte so wenig wie die andere. Kurzerhand beschloss ich, dass ich uns in Marsch setzen und darauf vertrauen würde, dass mir unterwegs etwas Besseres einfiel.

Bevor ich wieder nach unten stieg, sah ich mich ein letztes Mal um, und dabei erregte etwas meine Aufmerksamkeit, nicht eine Gestalt, sondern eine Bewegung zwischen den Bäumen eines kleinen Wäldchens. Ich hockte mich hin und starrte mit schmalen Augen auf diesen Punkt, um mir darüber klar zu werden, was ich gesehen hatte. Nach einer Minute kam das Tier zum Vorschein. Ein Pferd. Schwarz und groß. Meine Schwarze. Sie witterte mit erhobenem Kopf zu mir hin. Langsam richtete ich mich auf. Die Entfernung war zu groß für einen Versuch, sie einzufangen. Offenbar war sie geflohen, als die Gescheckten Nachtauge und den Narren gefangen nahmen. Was war aus Malta geworden? Ich beobachtete sie noch einen Moment, aber sie stand nur da und beobachtete mich ihrerseits. Ich wandte mich ab und stieg zu meinem Sorgenkind hinunter.

Pflichtgetreu war immer noch nicht ansprechbar, doch er lag jetzt zusammengerollt da und zitterte, also hatte er wenigstens den Regen und die Kälte wahrgenommen. Meine Sorge um ihn vermischte sich mit einer schuldbewussten Hoffnung. Vielleicht war er in seinem jetzigen Zustand nicht fähig, zu den Gescheckten hinzudenken, wo wir uns befanden. Ich legte ihm die Hand auf die Schulter und sagte mit, wie ich hoffte, aufmunternder Stimme: »Steht auf, Prinz, wir gehen gemeinsam ein Stück. Durch die Bewegung wird uns warm.«

Ich weiß nicht, ob meine Worte für ihn einen Sinn ergaben. Er stierte ausdruckslos vor sich hin, als ich ihn vom Boden hochzog. Nachdem er aufrecht stand, krümmte er sich über den vor der Brust verschränkten Armen zusammen. Das Zittern ließ nicht nach.

»Kommt«, forderte ich ihn auf, doch er bewegte sich nicht von der Stelle, bis ich einen Arm um ihn legte und im Befehlston sagte: »Kommt! Geht mit mir!« Da gehorchte er, aber sein Gehen war ein stolperndes, strauchelndes Schlurfen. Im Schneckentempo wanderten wir im Regen den Hang hinunter.

Nach einiger Zeit drang Hufschlag in mein Bewusstsein, der uns folgte.

Ein Blick zurück zeigte mir Meine Schwarze, die hinter uns hertrottete, doch in großem Abstand, und als ich stehen blieb, machte auch sie halt. Der Prinz glitt mir aus dem schmerzenden Arm und sank zu Boden, und sofort erwachte das Misstrauen der Stute. Ich hievte ihn wieder auf die Füße. Während wir unseren mühsamen Weg fortsetzten, folgte uns wieder ihr hinkender Hufschlag.

Ich ignorierte sie, bis sie uns fast eingeholt hatte, dann setzte ich mich hin, Pflichtgetreu an die Schulter gelehnt, bis die Neugier ihre natürliche Vorsicht überwog. Ich tat so, als bemerke ich sie nicht, bis ich ihren warmen Atem im Nacken spürte. Auch dann drehte ich mich nicht nach ihr um, sondern tastete verstohlen hinter meinem Rücken nach ihren herabhängenden Zügeln.

Ich hatte den Eindruck, sie war ganz froh, ihrer Freiheit beraubt zu sein. Langsam, jede hastige Bewegung vermeidend, erhob ich mich und klopfte ihr den Hals. Getrockneter Schaum verklebte ihr Fell, Sattel- und Zaumzeug waren durchnässt. Sie hatte um die Trense herum gegrast. An einer Seite waren Sattelblatt, -decke und -gurt matschverkrustet von dem Versuch, sich zu wälzen. Ich führte sie langsam im Kreis herum und sah meine Befürchtung bestätigt. Sie lahmte. Etwas, die zwiehaften Hunde möglicherweise, hatte Jagd auf sie gemacht, doch aufgrund ihrer Schnelligkeit war sie entkommen. Ich fand es erstaunlich, dass sie in der Gegend geblieben und sogar zu mir gekommen war, als sie mich entdeckte. Doch vorbei die Hoffnung, in wildem Galopp hohnlachend der Gefahr zu entrinnen. Das Äußerste, was ich Meine Schwarze abverlangen konnte, war ein langsamer Schritt.

Ich vergeudete einige Zeit damit, den Prinzen durch gutes Zureden bewegen zu wollen, in den Sattel zu steigen. Erst als ich die Geduld verlor und ihn anblaffte, er solle sich gefälligst bewegen und auf den verdammten Gaul setzen, gehorchte er. Ich erkannte, wie tief mein Gabenbefehl sich eingeprägt hatte und wie fest wir verbunden waren. »Hör auf, dich mir zu widersetzen!«, hatte ich ihn angefahren, und sein Verstand begriff es als Verpflichtung zu widerspruchslosem Gehorsam.

Auch mit seiner Unterstützung war es ein schweres Stück Arbeit, ihn aufs Pferd zu bekommen. Als ich ihn hochstemmte, hatte ich einen Moment Angst, er könnte auf der anderen Seite wieder herunterfallen. Ich selbst versuchte gar nicht, hinter ihm aufzusteigen, Meine Schwarze hätte es nicht geduldet. Stattdessen nahm ich die Zügel und führte sie. Ihr Hinken stieß den Prinzen im Sattel hin und her, aber er hielt sich fest. Er sah furchtbar aus. Sämtliche Züge beginnender Mannesreife waren aus seinem Gesicht getilgt, und übrig blieb ein krankes Kind mit großen, dunkel umschatteten Augen. Ein vielleicht todkrankes Kind. Die volle Bedeutung dieser Möglichkeit packte mein Herz wie eine eisige Faust. Der Prinz tot. Das Ende der Weitseherkönige und der Zerfall der Sechs Provinzen. Ein blutiger, qualvoller Tod für Nessel. Ich konnte es nicht zulassen. Wir betraten einen Streifen lichten Waldes, und eine Krähe flog auf, krächzend wie ein Prophet des Untergangs. Ein schlechtes Omen.

Beim Gehen redete ich auf den Prinzen und Meine Schwarze ein und ertappte mich dabei, dass ich Burrichs sonoren, singenden Tonfall nachahmte, die Worte sagte wie er damals, das gleiche tröstliche Ritual, dessen ich mich aus Kindertagen erinnerte. »Nun, nun, den Kopf nicht hängen lassen. Nur Mut, das wird schon wieder. Das Schlimmste haben wir hinter uns, bald wird alles wieder gut.«

Anschließend fing ich an zu summen, ebenfalls eine Weise, die ich von Burrich gehört hatte, wenn er verletzte Pferde behandelte oder bei einer fohlenden Stute saß. Ich glaube, die vertraute Melodie beruhigte mich mehr als den Prinzen oder Meine Schwarze. Zu guter Letzt hielt ich eine Art Vortrag, ihnen ebenso wie mir selbst. »Tja, es sieht aus, als hätte Chade recht gehabt. Du wirst von der Gabe Gebrauch machen, ob man es dich lehrt oder nicht. Und ich fürchte, das Gleiche stimmt für die Alte Macht. Es liegt dir im Blut, Junge, und im Gegensatz zu manchen anderen glaube ich nicht, dass man es aus dir herausprügeln kann. Ich finde auch nicht, dass man es versuchen sollte. Doch man darf sich auch nicht Hals über Kopf hineinstürzen, wie du es getan hast. Sie ist genau genommen nicht so verschieden von der Gabe, die Alte Macht. Ein Mann muss sich Grenzen setzen, in allen Dingen, auch im Gebrauch seiner magischen Kräfte. Das gehört dazu, ein Mann zu sein. Falls wir also aus dieser Klemme lebend und mit heiler Haut herauskommen, werde ich dich unterrichten. Wie ich es sehe, unterrichte ich mich gleich mit. Vermutlich höchste Zeit für mich, einen Blick in die alten Schriften zu werfen und herauszufinden, was eigentlich genau darin steht. Auch wenn mir nicht ganz wohl dabei ist. In den letzten beiden Jahren ist die Gabe in mir wieder erwacht wie ein sich ausbreitendes Geschwür. Ich weiß nicht, wohin das führen wird. Und ich fürchte, was ich nicht weiß. Das ist der Wolf in mir, nehme ich an. Bei Edas Odem, lass ihn in Sicherheit sein und den Narren! Gib, dass sie nicht Schmerzen leiden oder sterben, nur weil sie mich gekannt haben. Wenn ihnen etwas zustößt – es ist seltsam, nicht wahr, dass man immer erst merkt, wie viel einem jemand bedeutet, wenn man fürchten muss, ihn zu verlieren. Und dann glaubt man, dass man selbst nicht weiterleben kann, aber das Schreckliche ist, dass man natürlich weiterleben wird, weiterleben muss. Nur kann man nicht vorhersehen, wie man sich verändern wird. Wer werde ich sein, wenn Nachtauge von mir gegangen ist? Nimm zum Beispiel Kleines Frettchen, damals. Es hat zu Ende gebracht, was seinem Verschwisterten das Leben kostete, auch wenn es nur noch einen einzigen Gedanken in seinem kleinen Gehirn hatte, nämlich Edel zu töten …«

»Was ist mit meiner Katze?«

So dünn seine Stimme klang, mir wurden die Knie weich vor Erleichterung, dass er wenigstens so weit bei Verstand geblieben war, um sprechen zu können. Gleichzeitig überdachte ich hastig meine unbesonnene Suada und hoffte, dass er ihr keine Beachtung geschenkt hatte.

»Wie fühlt Ihr Euch, Hoheit?«

»Ich kann meine Katze nicht spüren.«

Ein langes Schweigen folgte, und schließlich sagte ich: »Ich kann auch meinen Wolf nicht spüren. Manchmal hat er das Bedürfnis, mich aus seinem Bewusstsein auszuschließen.«

Er schwieg so lange, dass ich fürchtete, er wäre in seinen vorherigen abwesenden Zustand zurückgefallen, dann meinte er: »So fühlt es sich nicht an. Sie trennt uns. Es kommt mir vor, als sollte ich bestraft werden.«

»Bestraft für was?« Ich gab meiner Stimme bewusst einen leichten, beiläufigen Ton, als redeten wir übers Wetter.

»Weil ich dich nicht getötet habe. Weil ich nicht einmal versucht habe, dich zu töten. Sie versteht nicht, weshalb ich es nicht tue. Ich kann nicht erklären, weshalb ich es nicht tue. Aber darum zürnt sie mir.« Die Schlichtheit seiner Rede, die von Herzen kommenden Worte machten den Eindruck, als hätte ich es mit der Person hinter Standesdünkel und höfischer Etikette zu tun. Ich spürte, dass unsere Reisen durch den Gabenpfeiler viele Lagen Künstlichkeit über seinem eigentlichen Charakter abgeschliffen hatten. Er war jetzt äußerst verletzlich. Solche tiefernste Offenheit erlebt man bei Soldaten, die auf dem Schlachtfeld schwere Wunden davongetragen haben, oder bei Fieberkranken. All seine Schutzwehren waren weit geöffnet. Es schien, als ob er Vertrauen zu mir gefasst hätte, dass er von diesen Dingen sprach. Ich warnte mich, nicht darauf zu hoffen, nicht daran zu glauben. Nur die Mühsal, die er durchlitten hatte, machte ihn so zugänglich. Nur das. Ich wählte meine Worte mit Bedacht.

»Ist sie in diesem Moment bei Euch? Die Frau?«

Er nickte langsam. »Sie ist jetzt immer bei mir. Sie will nicht, dass ich eigene Gedanken habe.« Er schluckte und fügte zögernd hinzu: »Sie will auch nicht, dass ich mit dir spreche. Oder dir zuhöre. Es ist schwer. Sie bedrängt mich.«

»Habt *Ihr* den Wunsch, mich zu töten?«

Wieder ließ er sich mit der Antwort Zeit, beinahe als müsste er die Worte, nachdem er sie gehört hatte, einzeln nehmen, von allen Seiten betrachten und wieder einordnen. Und ich bekam doch keine Antwort auf meine Frage, denn mit seiner nächsten Bemerkung wechselte er das Thema.

»Du hast gesagt, sie wäre tot. Das hat sie sehr erzürnt.«

»Weil es die Wahrheit ist.«

»Sie sagte, sie würde es erklären. Später. Sie sagte, das müsse mir genügen.« Er schaute mich nicht an, doch als ich den Blick auf ihn richtete, drehte er den Kopf ganz zur Seite, wie um sicherzugehen, dass seine Augen nicht unwillkürlich zu meinem Gesicht irrten. »Dann war … dann war sie ich. Und sie hat dich mit dem Messer angegriffen. Weil ich … es nicht getan hatte.« Ich konnte nicht beurteilen, ob er verwirrt war oder beschämt.

»Mich nicht getötet hattest?«, soufflierte ich das Wort.

»Nicht wollte«, erklärte er und nickte.

Ich staunte, mit welcher Dankbarkeit ich dieses kleine Stückchen Wissen aufnahm. Er hatte sich geweigert, mich zu ermorden, während ich glaubte, allein mein Gabenbefehl wäre das Hindernis gewesen. »Ich habe mich ihr widersetzt. Schon einige Male habe ich sie enttäuscht, aber diesmal ist sie wirklich zornig auf mich.«

»Und als Strafe für Euren Ungehorsam stößt man Euch weg und schließt Euch aus.«

Er bewegte einmal langsam und entschieden den Kopf von einer Seite zur anderen. »Nein. Die Katze kümmert es nicht, ob ich dich töte oder nicht. Sie wäre immer bei mir. Aber die Frau … sie ist enttäuscht über meinen Mangel an Ergebenheit. Deshalb … trennt sie uns. Mich von der Katze. Die Frau denkt, ich hätte freudig ihrem Wunsch willfahren müssen. Wie können sie mir vertrauen, wenn ich nicht bereit bin, in allen Dingen meine Loyalität zu beweisen?«

»Und Ihr beweist Eure Loyalität, indem Ihr tötet, wenn man Euch befiehlt zu töten?«

Er schwieg lange, und ich hatte Muße, eigenen Gedanken nachzuhängen. Ich hatte getötet, wenn man mir befahl zu töten. Absoluter Gehorsam gehörte zu meinem dem König geleisteten Vasalleneid, war Teil des mit meinem Großvater geschlossenen Handels. Er versprach, mir eine Erziehung zu geben, wenn ich ihm Ergebenheit gelobte.

Ich stellte fest, dass ich nicht wollte, dass Kettrickens Sohn jemandem auf diese Art ergeben war.

Er seufzte. »Es war … sogar noch mehr als das. Sie will die Entscheidungen treffen. Alle Entscheidungen. Immer. Genau wie sie der Katze sagt, was sie jagen soll, und ihr dann die Beute wegnimmt. Wenn sie uns … zu sich nimmt, fühlt es sich an wie Liebe. Aber sie kann sich auch von uns entfernen, und dennoch stehen wir unter ihrem Bann …« Er konnte mir ansehen, dass ich nicht verstand, was er erklären wollte. Nach einer Weile fügte er bedrückt hinzu: »Es gefiel mir nicht, als sie meinen Körper benutzte, um dich anzugreifen. Auch wenn es nicht darum gegangen wäre, dich zu töten, hätte es mir nicht gefallen. Sie stieß mich einfach zur Seite, genau wie …« Es wollte ihm nicht über die Zunge. Ich rechnete ihm hoch an, dass er sich endlich doch überwand, es auszusprechen. »Genau wie sie die Katze weggestoßen hat, wenn sie keine Lust hatte zu tun, was Katzen gern tun. Wenn sie es satthatte, gebürstet zu werden, oder nicht mehr spielen mochte. Der Katze gefällt es auch nicht, aber sie weiß nicht, wie man sich wehrt. Ich weiß es. Ich wehrte mich, und das missfiel ihr. Es missfiel ihr auch, dass die Katze mitbekam, wie ich es tat. Ich glaube, das ist der Hauptgrund für meine Bestrafung: dass ich mich tatsächlich gewehrt habe.« Er schüttelte den Kopf, selbst verwundert, und sagte dann: »Sie ist so wirklich. Wie kannst du überzeugt sein, dass sie tot ist?«

Ich konnte ihn nicht anlügen. »Ich fühle es. Nachtauge ebenfalls. Er sagt, die Katze ist innerlich zerfressen von ihr wie von Würmern, die sich durch ihr Fleisch bohren. Er hatte Mitleid mit der Katze.«

»Oh.« Es klang sehr klein. Ich warf einen Blick zu ihm hinauf und fand, dass er jetzt mehr grau als blass aussah. Sein Blick wurde abwesend, folgte seinen Gedanken in die Vergangenheit. »In der ersten Zeit, als sie bei mir war, liebte sie es, gebürstet zu werden. Ich pflegte ihr Fell, bis es weich war wie Seide und glänzte. Doch nachdem wir Bocksburg verlassen hatten – nun, manchmal war es so, dass die Katze gebürstet werden wollte, aber die Frau sagte immer, dafür wäre keine Zeit. Die Katze wurde dünner, und ihr Fell war stumpf. Ich machte mir Sorgen, aber die Frau sagte, dazu bestünde kein Grund, es wäre nur die Rolligkeit, und es ginge vorüber. Und ich glaubte ihr. Obwohl die Katze sich wünschte, gebürstet zu werden.« Seine Miene war bedrückt.

»Es hat mir kein Vergnügen bereitet, dir das zu sagen.«

»Ich nehme an, das ist jetzt nicht mehr wichtig.«

Anschließend schwiegen wir beide geraume Zeit, während ich versuchte herauszufinden, was er mit seinen letzten Worten gemeint haben könnte. Nicht wichtig, dass es mir leidtat, oder nicht wichtig, dass sie tot war?

»Ich habe so viele Dinge geglaubt, die sie mir erzählt hat. Aber ich wusste schon, dass – sie kommen jetzt. Die Krähe hat sie gerufen.« Ein Unterton von Bedauern schlich sich in seine Stimme, und die nächsten Worte kamen stockend. »Sie wussten, dass man den Obelisken bewachen musste, nach den vielen Sagen, die sich darum ranken. Aber sie hat nicht zugelassen, dass ich dich warne. Bis jetzt. Nachdem es nicht mehr darauf ankommt. Jetzt findet sie es sogar amüsant.« Plötzlich richtete er sich aus seiner gebeugten Haltung auf. Ein Leuchten trat auf sein Gesicht. »Oh, Katze«, hauchte er.

Panik flammte in mir auf. Ich kämpfte dagegen an. Ein hastiges Absuchen des Horizonts zeigte mir niemanden, nichts. Doch er hatte behauptet, sie kämen, und ich war überzeugt, dass er nicht log. Solange er bei mir war und mit der Katze verbunden, konnte ich nicht hoffen, unentdeckt zu bleiben. Auch wenn ich mich hinter ihm auf Meine Schwarze warf und sie jagte, bis sie tot zusammenbrach, ein Entkommen war unmöglich. Bocksburg war zu weit entfernt, und einen anderen sicheren Ort gab es nicht, nirgends Verbündete. Und eine Krähe war ihr Kundschafter. Ich hätte es mir denken können.

Ich ließ alle Vorsicht fahren und griff hinaus nach meinem

Wolf. Wenigstens wollte ich wissen, ob er noch am Leben war.

Ich berührte ihn. Schmerz brach über mich herein wie eine Feuerwoge. Mir widerfuhr das Einzige, was noch schlimmer war, als nicht zu wissen, wie es um ihn stand. Ich wusste nun, dass er lebte und litt, und immer noch schloss er mich aus seinem Bewusstsein aus. Ich warf mich gegen seine Mauern, aber sie gaben nicht nach. So ehern war seine Abwehr, dass ich mich fragte, ob er sich meiner überhaupt bewusst war. Ich fühlte mich an einen Soldaten erinnert, der verwundet niedergestreckt sein Schwert umklammert hält, das zu gebrauchen er nicht mehr die Kraft hat, oder an Wölfe, die ineinander verbissen sich gegenseitig erwürgen.

In der Frist dieses Augenblicks, der Dauer eines gequälten Atemzugs, waren die Gescheckten da, erschienen auf dem Hügelkamm über uns, kamen aus dem Wäldchen linker Hand zum Vorschein. Ein Trupp näherte sich von hinten, auf der Grasebene, sechs Mann, wenn ich richtig zählte. Der Hüne auf dem Streitross war bei ihnen. Die Krähe flog über uns hinweg, und diesmal tönte ihr Krächzen spöttisch. Vergeblich suchte ich nach einer Lücke in der Umzingelung. Es gab keine. Bis ich auf Meine Schwarze gestiegen und angaloppiert wäre, konnte man mir ohne Mühe jeden Fluchtweg versperren. Aus jeder Richtung ritt der Tod auf mich zu. Ich blieb stehen und zog mein Schwert, dabei kam mir der törichte Gedanke, dass ich es vorgezogen hätte, mit Veritas' Klinge in der Hand zu sterben, statt mit diesem gebrauchten Katzbalger. Ich wartete.

Oh, sie hatten es nicht eilig. Im Schlenderschritt kamen sie näher; mir erschien es wie das langsame, aber stetige Zuziehen einer Würgeschlinge. Vielleicht wollten sie auskosten, wie das gestellte Wild seine aussichtslose Lage erkannte und verzweifelte. Mir blieb viel zu viel Zeit zum

Nachdenken. Ich schob das Schwert zurück in die Scheide und nahm stattdessen das Messer zur Hand. »Steig ab«, forderte ich Pflichtgetreu auf. Er schaute mich verständnislos an. »Absteigen«, wiederholte ich im Befehlston, und er gehorchte, allerdings musste ich zugreifen und ihn halten, weil er einknickte und zu stürzen drohte, während sein linker Fuß noch im Steigbügel hing. Als er auf dem Boden stand, schlang ich einen Arm um seine Brust und setzte ihm vorsichtig das Messer an die Kehle. »Es tut mir leid«, sagte ich und meinte es ernst. Entschlossenheit strömte wie Eiswasser durch meine Adern. »Aber besser tot als das, was die Frau mit dir im Sinn hat.«

Er hielt vollkommen still. Ich wusste nicht, ob er Angst hatte, sich zu wehren, oder ob es ihm nicht der Mühe wert zu sein schien. »Woher weißt du, was sie mit mir im Sinn hat?«, fragte er gelassen.

»Ich weiß, was ich tun würde.«

Die Behauptung entsprach nicht ganz der Wahrheit, sagte ich zu mir selbst. Nie und nimmer würde ich eines anderen Menschen Körper und Verstand usurpieren, nur um mein Leben zu verlängern. Um so etwas zu tun, war ich zu edel gesinnt. So edel gesinnt, dass ich nicht zögerte, meinen zukünftigen König zu töten, um zu verhindern, dass man ihm ein solches Schicksal bereitete. So edel gesinnt, dass ich bereit war, ihn zu töten, obwohl ich wusste, dass ich damit auch das Schicksal meiner Tochter besiegelte. Es war besser, nicht genauer über diese Logik nachzudenken. Also hielt ich mein Messer an die Kehle von Veritas' einzigem Erben und schaute den Gescheckten entgegen. Ich wartete, bis sie in Rufweite waren, dann erhob ich die Stimme. »Wenn ihr näher kommt, töte ich ihn.«

Der Hüne auf dem Streitross war ihr Anführer. Er hob die Hand, um seinen Gefährten Halt zu gebieten, doch er selbst ritt langsam weiter, wie um meine Entschlossenheit auf die Probe zu stellen. Ich ließ ihn nicht aus den Augen und umschlang Pflichtgetreu noch fester. »Es braucht nur ein Zucken meiner Hand, und der Prinz ist tot«, warnte ich ihn.

»Nun, nun, sei nicht albern«, erwiderte er und ließ sein Pferd weitergehen. Meine Schwarze sandte dem schweren Streiter ein fragendes Wiehern entgegen. »Was willst du tun, wenn wir tatsächlich alle haltmachen? In der Mitte stehen und langsam verhungern?«

»Lasst uns gehen, oder ich töte ihn«, erweiterte ich meine Forderung.

»Nicht weniger albern. Wo liegt dabei der Nutzen für uns? Wenn wir ihn nicht haben können, kann er genauso gut tot sein.« Seine Stimme war tief und volltönend. Er hatte ein gebräuntes Gesicht mit angenehmen Zügen und saß zu Pferde wie ein Kriegsmann. Zu einer anderen Zeit, an einem anderen Ort, hätte ich ihn angesehen und gedacht, er sei jemand, der meiner Freundschaft würdig sein könnte. Hier und jetzt lachten seine Gefolgsleute über meinen armseligen Versuch, ihm die Stirn zu bieten. Sein Pferd trug ihn stetig näher heran. Das mächtige Tier ging in erhabenem Schritt, und in seinen Augen glänzte das Licht ihrer Verschwisterung. »Und bedenke, was geschieht, wenn du ihn tötest, weil ich deiner Aufforderung nicht nachkomme. Wenn er erst tot ist, werden wir alle sehr zornig auf dich sein. Und immer noch bist du ohne Aussicht auf ein Entrinnen. Ich bezweifle ernsthaft, dass es dir gelingen wird, uns zu überreden, dich schnell zu töten. Nun wohl, hier mein Gegenangebot. Gib uns den Knaben, und ich bereite dir ein gnädiges Ende. Du hast mein Wort darauf.«

Ein wahrhaft großherziges Angebot. Seine feierliche Miene und wohlgesetzte Rede überzeugten mich, dass er gedachte, sein Wort zu halten. Ein schneller, gnädiger Tod erschien mir sehr verlockend, wenn ich die Alternative bedachte. Aber es missfiel mir, dass ich sterben sollte, ohne das letzte Wort zu haben.

»Einverstanden«, sagte ich, »aber es kostet euch mehr als mein Leben. Lasst den Wolf frei und den goldenen Mann. Dann gebe ich euch den Prinzen, und ihr könnt mich töten.«

Der Prinz stand regungslos im Bogen meines Armes und Messers. Kaum, dass ich ihn atmen fühlte, aber ich konnte merken, wie er lauschte, als sickerten meine Worte in ihn hinein wie Wasser in trockene Erde. Das feine Gespinst der Gabe zwischen uns warnte mich, dass unterschwellig etwas im Gange war. Mit seiner unheiligen Verknüpfung von Alter Macht und Gabe dachte er zu jemandem hin. Ich spannte die Muskeln, für den Fall, dass die Frau ihm die Herrschaft über seinen Körper entriss.

»Lügst du?«, fragte Pflichtgetreu mich so leise, dass ich ihn kaum verstehen konnte. Wollte er es wissen oder die Katzenfrau?

»Ich sage die Wahrheit«, log ich im Brustton der Aufrichtigkeit. »Wenn man Fürst Leuenfarb und den Wolf freilässt, kannst du gehen.« In den Tod. Und die zweite Kehle, die ich durchschneide, ist meine.

Der große Mann auf dem großen Pferd lachte in sich hinein. »Zu spät, fürchte ich. Sie sind bereits tot.«

»Nein, sie leben.«

»Ach ja?« Er kam näher.

»Ich wüsste es, wenn der Wolf tot wäre.«

Der Abstand zwischen uns hatte sich mittlerweile so weit verringert, dass es nicht mehr nötig war, die Stimme zu erheben. Er sprach zu mir wie einer, der es gut mit jemandem meint. »Genau das ist der Grund, weshalb es so unnatürlich ist, dass du dich gegen uns stellst. Ich gebe zu, allein deine Antwort auf diese eine Frage ist für mich Anlass, deinen Tod zu verschieben.« Ein warmer Glanz trat in seine Augen, und der Ton seiner Stimme verriet aufrichtige Neugier. »Warum im Namen von Eda und El, die Leben und Tod in sich vereinen, wendest du dich gegen uns, die wir von deiner Art sind? Heißt du gut, was man uns antut? Das Auspeitschen, das Hängen, das Vierteilen und Verbrennen? Weshalb unterstützt du diese Abscheulichkeiten?«

Ich sprach laut und richtete meine Worte an sie alle. »Weil es unrecht ist, was ihr diesem Jungen antun wollt! Was die Frau ihrer Katze angetan hat, ist unrecht! Ihr nennt euch nach dem Gescheckten Prinzen und behauptet, stolz auf euer Erbe zu sein, und doch handelt ihr gegen die Lehren des Alten Blutes. Wie könnt ihr gutheißen, dass sie sich, um nicht sterben zu müssen, wie eine Zecke an ihrem Geschwistertier festgesetzt hat, ganz zu schweigen davon, was sie mit dem Prinzen vorhat?«

Das Licht in den Augen des Hünen wurde kalt. »Er ist ein Weitseher. Kann man ihm etwas antun, das er nicht verdient, tausend- und abertausendfach?«

Bei diesen Worten erstarrte der Prinz in meinem Arm. »Lutwin, denkst du wirklich so von mir?« Die Jugend und der Unglaube in Pflichtgetreus Stimme waren herzzerreißend. »Du hast anders zu mir gesprochen, als wir zusammen geritten sind. Du hast gesagt, ich könnte eines Tages der König sein, der sein ganzes Volk unter einem gleichen Gesetz für alle vereint. Du hast gesagt …«

Lutwin schüttelte den Kopf über Pflichtgetreus Einfalt. »Ich hätte alles gesagt, um zu erreichen, dass du willig mitkommst. Ich wollte Zeit gewinnen, bis die Bindung stark genug ist. Durch die Katze habe ich Zeichen bekommen, dass es nun so weit ist. Peladine kann dich jederzeit übernehmen. Wäre nicht das Messer an deiner Kehle, hätte sie es bereits getan. Doch sie hat nicht den Wunsch, die Erfahrung des Sterbens zu wiederholen. Einmal hat ihr durchaus genügt. Sie ist langsam dahingeschwunden, von blutigem Husten gequält und mit der ständigen Angst zu ersticken. Sogar meiner Mutter war ein schnellerer Tod beschieden. Man hat sie gehängt, müsst ihr wissen, aber sie war noch nicht ganz tot, als man sie in vier Teile schnitt, um das Feuer zu nähren. Und mein Vater, nun, ich bin überzeugt, die Zeit, die Edels Schergen brauchten, um meine Mutter zu ermorden, wird ihm wie eine Ewigkeit vorgekommen sein.« Er schenkte Pflichtgetreu ein unangenehmes Lächeln. »Du siehst also, die Beziehung meiner Familie zu den Weitsehern ist lang und innig. Uns verbindet eine große Blutschuld. Ich glaube, die einzige Freude, die Peladine in ihrem letzten Jahr hatte, waren die Stunden, die wir damit verbrachten, dieses Schicksal für dich zu planen. Es ist nur angemessen, dass ein Weitseher mir ein Leben wiedergibt, für die anderen, die mir genommen wurden.«

Da war sie wieder einmal aufgegangen, die Saat des Hasses, von Edel ausgestreut. Die Weitseher brauchten nicht lange zu suchen, um zu erfahren, weshalb man ihnen nicht hold war. Der Prinz hatte sich in einem Netz verfangen, welches aus seines Oheims Hochmut und Grausamkeit gewoben war. Hass war Edels Hinterlassenschaft auch an mich, aber ich wehrte mich gegen das Verständnis, das in mir aufkeimen wollte. Die Gescheckten waren meine Feinde. Ganz gleich, was sie gelitten haben mochten, es gab ihnen kein Recht, dieses junge Leben zu verderben. »Und was war Peladine für dich, Lutwin?«, fragte ich. Natürlich hatte ich eine Vermutung, jedoch überraschte er mich.

»Sie war meine Schwester, mein Zwilling, mir so gleich, wie eine Frau einem Mann nur gleich sein kann. Nach ihrem Tod bin ich der letzte Spross meiner Familie. Genügt dir das als Rechtfertigung?«

»Nein. Aber dir genügt es. Du würdest alles tun, um deine Schwester wieder in menschlicher Gestalt zur Seite zu haben. Du wirst ihr helfen, den Körper dieses Jungen zu stehlen, damit sie darin Wohnung nehmen kann, obwohl solches Tun ein Verstoß gegen jede Regel des Alten Blutes ist, die zu achten man uns gebietet.« Ich gab meiner Stimme einen Klang gerechter Empörung. Falls meine Worte den einen oder anderen seiner Gefolgsleute berührten, verbargen sie es gut.

Eine Schwertlänge vor uns zügelte Lutwin sein Ross. Er beugte sich aus dem Sattel und fixierte mich mit einem harten Blick. »Es steht mehr auf dem Spiel als die Trauer eines Bruders um die tote Schwester. Zerbrich die Sklavenketten, die dich an das Geschlecht der Weitseher fesseln, und denke an dich selbst. Denk an die von deiner Art. Vergiss unsere alte Gewohnheit der Selbstbeschränkung im Gebrauch unserer Magie. Die Alte Macht ist ein Geschenk Edas, und wir sollten sie nutzen! Hier bietet sich uns eine große Chance, uns allen, die wir vom Alten Blut sind. Wir haben die Möglichkeit, uns Gehör zu verschaffen. Sollen die Weitseher endlich zugeben, dass Wahrheit ist, was die Sage von jeher behauptet: Die Alte Macht ist ebenso dick in ihrem Blut wie die Gabe. Der Junge wird eines Tages König sein. Wir können ihn zu einem der Unseren machen. Wenn er den Thron besteigt, wird er die Verfolgung beenden, unter der wir schon so lange leiden.«

Ich kaute auf der Unterlippe, als hätten seine Worte mir zu denken gegeben. Lutwin hatte keine Ahnung, welche Entscheidung mich wirklich bewegte. Wenn ich sein Angebot annahm, hatten die Weitseher immer noch ihren Erben, wenigstens seine äußere Hülle. Nessel konnte in Ruhe ihr Leben leben, unbelästigt von des Schicksals verworrenen Fäden. Und es kam vielleicht sogar etwas Gutes dabei heraus, für die vom Alten Blut und die Sechs Provinzen. Ich brauchte nichts weiter zu tun, als Pflichtgetreu einem Leben voller Qualen auszuliefern. Freiheit für den Narren und meinen Wolf, ein freies Leben für Nessel und die vom Alten Blut vielleicht endlich erlöst von der Geißel der Verfolgung als böswillige Hexer. Sogar ich durfte mein Leben behalten. Einen halbwüchsigen Jungen opfern, den ich kaum kannte, um all das zu gewinnen. Ein einziges Leben aufgerechnet gegen all diese anderen.

Ich traf meine Entscheidung.

»Wenn ich glauben könnte, dass du die Wahrheit sprichst ...« Ich hielt inne und schaute Lutwin nachdenklich an.

»Würdest du dich uns anschließen?«

Er wähnte mich gefangen zwischen dem sicheren Tod und der Notwendigkeit eines Kompromisses. Ich ließ meine Augen für einen Sekundenbruchteil abirren und nickte dann einmal, schnell und kurz. Mit einer Hand griff ich an meinen Hemdkragen und zog ihn auseinander. Jinnas Amulett lugte hervor. Du magst mich, beschwor ich ihn stumm. Schenk meinen Worten Glauben. Könnten wir nicht Freunde werden?

Dann versuchte ich mich in der Rolle des Feiglings. »Ich könnte euch von Nutzen sein, Lutwin. Die Königin erwartet, dass Fürst Leuenfarb ihr den Sohn wiederbringt. Tötest du ihn, und der Prinz kehrt allein zurück, wird man sich wundern und nachforschen, was ihm zugestoßen sein könnte. Lasst ihr uns am Leben und wir begleiten den Prinzen, nun, dann kann ich die Änderungen in seinem Verhalten erklären und herunterspielen. Man wird ihn aufnehmen, ohne Fragen zu stellen.«

Er musterte mich abschätzend von oben bis unten. Ich beobachtete, wie er in Gedanken das Für und Wider abwog. »Und Fürst Leuenfarb würde mittun?«

Ich stieß einen geringschätzigen Laut aus. »Er besitzt nicht die Alte Macht. Er hat nur seine Augen, die ihm sagen, dass man uns den Prinzen lebend und unversehrt übergeben hat. Seine Gedanken werden vorauseilen zu dem triumphalen Empfang, der ihn als heldenhaften Retter in Bocksburg erwartet. Er wird glauben, dass es mir durch Verhandeln gelungen ist, den Prinzen freizubekommen, und sich dankbar bei Hofe das Verdienst anmaßen. Oder lasst ihn Augenzeuge sein. Reiten wir dorthin, wo ihr ihn gefangen haltet. Spielen wir ihm eine Komödie vor. Lasst ihn frei, ihn und meinen Wolf, und versichert ihm, dass der Prinz und ich ihm auf dem Fuße folgen werden.« Ich nickte bekräftigend. »Genau genommen ist es gut, wenn er ein großes Stück voraus ist. Er sollte nicht miterleben, wie die Frau den Jungen in Besitz nimmt. Sein plötzliches wunderliches Gebaren könnte ihn argwöhnisch machen. Ja, so ist es am klügsten. Lasst Fürst Leuenfarb vorausreiten.«

»Du scheinst sehr um seine Sicherheit besorgt zu sein.«

Ich zuckte die Achseln. »Er bezahlt mich sehr gut für sehr wenig Arbeit. Und er duldet meinen Wolf. Wir kommen beide langsam in die Jahre. Ein ähnlich bequemer Dienst findet sich so leicht nicht wieder.«

Lutwin grinste, doch in seinen Augen las ich Verachtung für meine Lakaienmentalität. Ich öffnete den Kragen noch etwas weiter.

Er sah Pflichtgetreu an. »Da wäre ein Problem«, bemerkte er nüchtern. »Der Junge hat keinen Vorteil von unserem Handel. Er könnte ihn an Fürst Leuenfarb verraten.«

Ich fühlte, wie Pflichtgetreu sich anschickte, etwas zu sagen, und verstärkte meine Umklammerung, Schweigen fordernd, während ich überlegte, doch er ließ sich nicht hindern. »Ich will leben«, sagte er bestimmt. »Auch wenn es noch so ein erbärmliches Dasein ist. Und ich will meine

Katze haben. Denn sie ist mir so treu, wie ich von deiner Schwester schmählich hintergangen wurde. Ich werde ihr die Katze nicht überlassen. Und wenn sie mir meinen Körper nimmt, ist das vielleicht der Preis, den ich dafür zahlen muss, dass ich mich von euch Gescheckten zum Narren habe machen lassen, mit der Vorspiegelung von Freundschaft. Und Liebe.« Seine Stimme war fest und laut genug, um bis zu dem Kreis der Wartenden zu tragen. Über Lutwins Schulter hinweg sah ich zwei Reiter die Köpfe zur Seite wenden, als ob Pflichtgetreus Worte sie getroffen hätten. Doch niemand ergriff das Wort oder sprach zu seinen Gunsten.

Lutwins Mundwinkel zuckten. »Dann gilt der Handel.« Er streckte mir die Rechte entgegen, als wollte er die Abmachung per Handschlag besiegeln, dazu lächelte er entwaffnend. »Nimm das Messer vom Hals des Jungen.«

Ich bedachte ihn meinerseits mit einem wölfischen Lächeln. »Noch nicht. Du hast gesagt, diese Peladine kann jederzeit in ihn hineinschlüpfen? Nun, falls sie es tut, denkst du vielleicht, dass du mich nicht mehr brauchst. Du könntest mich töten und ihn, nachdem deine Schwester sich in dem Jungen häuslich eingerichtet hat, Fürst Leuenfarb übergeben, auf dass er die befreite Geisel nach Hause geleiten möge. Nein. Wir machen es auf meine Art. Außerdem könnte der Junge seine Meinung ändern und plötzlich nicht mehr so erpicht sein, deiner Schwester in sich Unterschlupf zu gewähren. Das Messer hilft ihm, sich zu erinnern, dass mein Wille geschieht.« Ich fragte mich, ob Pflichtgetreu den Hintersinn meiner Worte verstand. Ich schaute Lutwin zwingend an, während ich weitersprach. »Zeigt mir Fürst Leuenfarb frei und zu Pferde und meinen Wolf an seiner Seite. Dann, wenn ich sehe, dass du es wirklich ehrlich meinst, gebe ich uns beide in deine Hand.«

Oh, auf welch wackligen Beinen mein Plan stand! In

Wirklichkeit wollte ich nichts weiter, als sie veranlassen, mich zu Nachtauge und dem Narren zu führen. Ich konzentrierte mein Lächeln und meinen Blick auf Lutwin, doch immer war ich mir der anderen bewusst, die langsam näher rückten. Die Messerklinge am Hals des Prinzen bebte nicht. Irgendwann hatte Pflichtgetreu die Hand gehoben und meinen Unterarm umfasst. Es sah aus, als versuchte er sich der Klinge zu erwehren, doch so war es nicht, im Gegenteil, er stützte meine Hand und half, das Messer an seine eigene Kehle zu drücken.

Lutwin gab nach. »Wir tun es auf deine Art.«

Aufs Pferd zu kommen und Pflichtgetreu dabei weiter mit dem Messer zu bedrohen erforderte akrobatische Geschicklichkeit, doch wir brachten es fertig. Pflichtgetreu war beinahe zu gefügig, und ich fürchtete, Lutwin könnte es merken. In dieser Situation hätte ich viel darum gegeben, wenn der Prinz im Gebrauch der Gabe geschult worden wäre. Unsere Verbindung war zu fein, als dass ich seine Gedanken lesen konnte, und er wusste nicht, wie er seine Wahrnehmung auf mich ausrichten sollte. Ich spürte nur seine Angst und Entschlossenheit. Worauf diese Entschlossenheit sich richtete, vermochte ich nicht zu erkennen. Meine Schwarze war nicht erfreut über die Zumutung, zwei Reiter zu tragen, und mir schlug das Gewissen. Nicht allein bestand die Gefahr, dass ihre Lahmheit sich verschlimmerte und zu einer dauernden Behinderung wurde, sondern falls wir fliehen mussten, war sie bereits müde und nicht mehr fähig, weit und schnell zu galoppieren. Jeder Stoß, der mir, wenn sie auftrat, ins Kreuz fuhr, war ein Vorwurf. Doch mir blieb keine andere Wahl. Wir ritten los, hinter Lutwin, während die anderen nach und nach einschwenkten und uns in die Mitte nahmen. Sie zeigten uns keine freundlichen Mienen. Ich erkannte eine Frau, die bei dem Zusammenstoß am Saumpfad dabei gewesen war. Von den Männern sah ich keinen. Dem Prinzen begegneten dieselben Leute, die tagelang mit ihm geritten waren und ihn hofiert hatten, ohne die mindeste Spur von Kameradschaft oder Anteilnahme. Er schien sie gar nicht zu sehen, sondern blickte starr nach vorn, die Spitze meines Messers zwischen den Rippen.

Wir machten kehrt und ritten über die lang gestreckten Hügelrücken, vorbei an dem Hünengrab und auf den Wald zu. Der Boden war eigenartig buckelig und gewellt, und ich kam zu dem Schluss, dass die Gegend in grauer Vorzeit besiedelt gewesen sein musste. Gras und Wald hatten das Land wieder in Besitz genommen, aber Erde, die einst den Pflug gekannt hat, behält ihre Narben. Moos überzog die als Acker- oder Weidegrenzen aufgeschichteten Feldsteinmauern; oben wuchs Gras zwischen Disteln und Dornenranken, die solches Mauerwerk zu lieben scheinen. »Kein Leben währt ewig«, schienen die Mauern zu sagen. »Vier aufeinandergelegte Steine werden all eure Träume überdauern und noch stehen, wenn eure Nachfahren längst vergessen haben, dass ihr je hier gelebt habt.«

Pflichtgetreu sprach während des ganzen Ritts kein Wort. Ich drückte ihm das Messer zwischen die Rippen. Bei dem geringsten Anzeichen, dass die Frau versuchte, sich seines Körpers zu bemächtigen, hätte ich ihm die Klinge ins Herz gestoßen. Sein Geist schien sehr weit weg zu sein. Ich nutzte die Zeit, um unsere Häscher zu zählen. Zusammen mit Lutwin waren sie ein rundes Dutzend.

Zu guter Letzt gelangten wir zu einer Höhle in einer Hügelflanke. Vor langer Zeit hatte jemand davor aus Feldsteinen eine Umfriedung gebaut, um mehr Platz zu haben. Die Überreste eines hölzernen Tors hingen schief in den Angeln. Schafe, dachte ich. Ein guter Platz, um Schafe für die Nacht unterzubringen. Bei schlechtem Wetter konnten sie in der Höhle Schutz suchen. Meine Schwarze hob den Kopf und wieherte eine Begrüßung zu Malta hin.

Insgesamt waren es also fünfzehn Gescheckte, viel zu viele, um es mit ihnen aufzunehmen, selbst wenn ich nicht ganz allein gewesen wäre.

Ich stieg mit den anderen aus dem Sattel und zog den Prinzen hinter mir vom Pferd. Er ging in die Knie, und ich fing ihn auf. Seine Lippen bewegten sich, als führte er ein lautloses Selbstgespräch, aber zu hören war nichts. Seine Augen wirkten glasig und abwesend. Ich drückte ihm das Messer fest an die Kehle. »Falls sie versucht, ihn zu übernehmen, ehe die anderen beiden frei und unterwegs sind, töte ich ihn trotz unserer Abmachung«, warnte ich.

Lutwin schien von meiner Drohung überrascht zu sein, dann wandte er sich ab und bellte: »Peladine!« Sofort kam eine Nebelkatze aus der Höhle gesprungen. Sie fixierte mich mit einem hasserfüllten, starren Blick. Wie sie langsam schreitend auf mich zukam, das war der Gang einer Frau, deren Willen man durchkreuzt hat, nicht das Schleichen einer Katze.

Der Prinz schaute ihr entgegen. Er sagte nichts, aber ich fühlte, wie er gepresst ausatmete. Lutwin ließ sich vor ihr auf ein Knie nieder. »Ich habe einen Tauschhandel abgeschlossen«, erklärte er halblaut. »Wenn wir seine Freunde freilassen, gibt er uns den Prinzen unversehrt. Mehr noch, er begleitet dich zurück nach Bocksburg und wird dafür sorgen, dass niemand auf den Gedanken kommt, dem Prinzen könnte etwas Sonderbares widerfahren sein.«

Ich weiß nicht, ob zwischen ihnen eine Verständigung stattfand oder ob Lutwin ihre Zustimmung einfach voraussetzte. Er stand wieder auf und sagte zu mir gewandt: »Geh hinein. Deine Freunde sind dort.«

Es kostete mich ungeheure Überwindung, ihm in diese

Höhle zu folgen. Draußen im Freien gab es die – wenn auch verschwindend geringe – Hoffnung auf Flucht. Drinnen waren wir gefangen. Ich konnte nichts weiter tun, als mir das Versprechen zu geben, dass sie Pflichtgetreu nicht bekommen würden. Ihm die Kehle durchzuschneiden wäre das Werk eines Sekundenbruchteils. Ich war nicht so sicher, dass ich imstande war, mir selbst einen schnellen Tod zu geben, ganz zu schweigen von Nachtauge und dem Narren.

Im Innern der Höhle brannte ein kleines Feuer, und bei dem Geruch von bratendem Fleisch beschwerte sich mein vernachlässigter Magen. Man hatte sich anscheinend bemüht, eine Art militärisches Lager zu errichten, aber für mich sah das Ganze mehr nach dem Schlupfwinkel einer Räuberbande aus. Möglicherweise war es besser, nicht darauf zu vertrauen, dass Lutwin seine Leute fest an der Kandare hatte. Dass sie sich ihm angeschlossen hatten, musste nicht bedeuten, dass sie bereit waren, ihm bedingungslos zu gehorchen.

Von dieser Erkenntnis beglückt, durchforschte ich mit Blicken das halbdunkle Innere der Höhle, während Lutwin noch mit seinen Leuten redete, die er als Aufpasser zurückgelassen hatte. Uns hatte er keinen Bewacher zugewiesen. Alle Blicke waren auf ihn gerichtet, und ich nutzte die Gelegenheit, mich von der Gruppe zu entfernen. Einige wurden aufmerksam, aber niemand gebot mir Einhalt. Jinnas Amulett lugte noch aus meinem Hemdausschnitt, und ich lächelte harmlos. Man sah, dass ich tiefer in die Höhle hineinging und nicht Richtung Ausgang. Ein weiteres Indiz dafür, wie lax Lutwins Stellung als Befehlshaber war. Meine Befürchtung, dass es sich bei den Gescheckten um eine veritable Armee der Zwiehaften handeln könnte, wandelte sich zu der hässlichen Ahnung, dass sie in Wirklichkeit nichts anderes waren als eine Bande Unruhestifter.

Mein Herz fand meine Freunde früher als meine Augen. Ganz hinten erspähte ich zwei dunkle Bündel, dicht nebeneinander auf dem Boden liegend. Ich fragte nicht erst um Erlaubnis. Das Messer nach wie vor an Pflichgetreus Kehle, bugsierte ich uns darauf zu.

Zum Ende der Höhle senkte sich die Decke, und die Wände rückten zusammen. In dieser engen Tasche aus Stein lagen sie und schliefen. Ihr Bett war der Umhang des Narren, soweit man das einstige Prunkstück noch erkennen konnte. Nachtauge lag auf der Seite, in tiefem Erschöpfungsschlaf, neben ihm der Narr, schützend um den Wolf herumgebogen. Beide waren entsetzlich schmutzig. Der Narr trug einen Stofffetzen als Verband um die Stirn. Der Goldton seiner Haut war verblasst, und eine Seite seines Gesichts trug die Spuren von Schlägen. Man hatte ihm die Stiefel weggenommen, seine schmalen weißen Füße sahen zerschunden und sehr verletzlich aus. An der Kehle des Wolfs war das Fell mit Blut und Geifer verklebt, sein Atem ging pfeifend.

Ich wollte mich neben ihnen auf die Knie werfen, aber ich wagte nicht, das Messer von Pflichtgetreus Kehle zu nehmen.

»Wacht auf«, flüsterte ich drängend. »Wacht auf, ihr zwei. Ich bin gekommen, um euch zu holen.«

Nachtauges Ohren zuckten, dann ging ein Auge auf. Er regte sich, versuchte den Kopf zu heben, und die Bewegung weckte auch den Narren. Er schlug die Augen auf und starrte mich ungläubig an. Resignation spiegelte sich in seinen Zügen.

»Ihr müsst aufstehen«, erklärte ich hastig. »Ich habe eine Abmachung mit den Gescheckten getroffen, aber ihr müsst aufstehen und euch zum Aufbruch bereitmachen. Könnt ihr marschieren?«

Der Narr hatte den eulenhaften Blick eines Kindes, das

man mitten in der Nacht aus dem Schlaf reißt. Steif setzte er sich auf. »Ich … Was für eine Abmachung?« Sein Blick fiel auf das Amulett an meinem Hals. Er stieß einen gedämpften Laut aus und schaute hastig zur Seite. Ich zog den Kragen zusammen. Kein Zauber sollte seinen Verstand verwirren, keine künstliche Zuneigung ihn daran hindern, mich und den Prinzen hier zurückzulassen.

Lutwin kam auf uns zu, begleitet von Pflichtgetreus Nebelkatze. Offenbar ärgerte er sich, dass ich mit seinen Gefangenen geredet hatte, ohne dass er dabei war. Mit erhobener Stimme, so, dass er es hören konnte, sagte ich: »Ihr und der Wolf kommt frei, oder ich töte den Prinzen, das ist der Handel. Sobald Ihr in sicherer Entfernung seid, werden der Prinz und ich nachkommen. Vertraut mir.«

Die Gelegenheit, uns unbelauscht abzusprechen, war vorüber. Der Wolf stemmte schwerfällig den Oberkörper hoch und erhob sich schwankend. Als er stand, wollten seine Hinterläufe einknicken, und er taumelte einen Schritt zur Seite, bevor er sich fangen konnte. Er stank nach geronnenem Blut, Urin und Eiter. Ich hatte keine Hand frei, um ihn zu berühren; ich durfte das Messer nicht von Pflichtgetreus Hals nehmen. Er kam und lehnte sich gegen mein Bein, und unsere Gedanken gingen hin und her. *Ach, Nachtauge.*

Kleiner Bruder, du lügst.

Ja. Ich führe sie alle an der Nase herum. Kannst du den Geruchlosen an meiner statt nach Bocksburg zurückbringen?

Wahrscheinlich nicht.

Dich das sagen zu hören macht mir das Herz leicht. Viel besser als: Wir werden alle hier den Tod finden.

Ich würde lieber bleiben und an deiner Seite sterben.

Ich möchte das lieber nicht erleben. Es würde mich von dem ablenken, was ich tun muss.

Und was soll aus Nessel werden?

Ihm diesen Gedanken zu vermitteln war nicht so einfach. *Ich kann nicht einem Unschuldigen das Leben stehlen um des anderen willen. Dazu habe ich nicht das Recht. Wenn wir alle sterben müssen, dann …* Meine Gedanken machten einen Sprung. Die seltsame Begegnung mit jener rätselhaften Macht im Gabenstrom kam mir in den Sinn. Ich griff nach diesem Strohhalm. *Vielleicht irrt der Narr, und der Lauf der Welt lässt sich nicht verändern. Vielleicht ist alles schon bestimmt, bevor wir geboren sind. Oder vielleicht wird der nächste Weiße Prophet einen besseren Katalysten wählen.*

Ich fühlte, wie er meine philosophischen Betrachtungen beiseiteschob. *Dann gib ihm einen sauberen Tod.*

Ich werde es versuchen.

Diese Gedanken strömten sacht von einem zum anderen, gefiltert durch seine Schmerzen und Vorsicht. Es war wie ein Regen nach langer Dürre. Ich verfluchte mich wegen all der Jahre, die wir diese Nähe gehabt hatten, und ich glaubte, mich nach der Gabe verzehren zu müssen. Erst jetzt, wo der Abschied bevorstand, erfasste ich den ganzen Reichtum dessen, was uns verbunden hatte. Mein Wolf war einen oder zwei wankende Schritte vom Tode entfernt. Die Aussichten standen gut, dass ich, noch vor dem Abend, entweder durch eigene Hand oder mit freundlicher Nachhilfe der Gescheckten aus diesem Leben befördert wurde. Für das Dilemma, was derjenige von uns tun würde, der nach dem Tod des anderen übrig blieb, hatte sich eine schlichte Lösung gefunden. Keiner würde den anderen überleben. Jedenfalls nicht für lange.

Der Narr hatte die Kraft gefunden aufzustehen. Seine goldenen Augen forschten eindringlich in meinem Gesicht, doch ich wagte nicht, ihm ein Zeichen zu geben. Er richtete sich stolz auf, und während Lutwin zu sprechen anhob, verwandelte er sich in Miene und Haltung wieder zu Fürst

Leuenfarb. Die Stimme des Anführers der Gescheckten war volltönend und geschmeidig, seine Macht der Überzeugung gleich einem wärmenden Mantel. Seine Gefolgsleute sammelten sich hinter ihm, um zu lauschen.

»Euer Diener hat es für Euch zusammengefasst. Ich habe ihn überzeugen können, dass es niemals in unserer Absicht lag, den Prinzen zu verletzen, sondern wir ihm nur zeigen wollten, dass wir, die ihr Zwiehafte nennt, keine Unholde sind, die man austilgen muss, sondern menschliche Wesen wie alle anderen, mit einer uns von Eda gegebenen besonderen Fähigkeit. Wir bedauern das Ausmaß unseres Missverständnisses und dass Ihr im Verlauf der Aufklärung desselben großes Ungemach erlitten habt. Aber nun seid Ihr frei. Der Wolf ebenfalls. Euer Diener hier und der Prinz werden Euch in Kürze folgen. Alle mitsammen werdet ihr nach Bocksburg zurückreiten, und wir hoffen, dass dort Seine Hoheit bei Ihrer Majestät, der Königin, und vor dem Rat unser Fürsprecher sein wird.«

Fürst Leuenfarbs Augen wanderten von Lutwin zu mir und wieder zurück. »Und der Grund für das Messer ist welcher?«

Lutwins missbilligendes Lächeln sprach Bände. »Euer Diener hat wenig Vertrauen zu uns, fürchte ich. All unseren Beteuerungen zum Trotz glaubt er, den Prinzen bedrohen zu müssen, bis er sicher sein kann, dass Ihr tatsächlich in Freiheit seid. Ich gratuliere Euch zu einem derart ergebenen Knecht.«

Man hätte einen hoch beladenen Heuwagen durch die Lücke in seiner Logik fahren können. Ein leichtes Flackern in Leuenfarbs Augen verriet mir seine Zweifel, doch auf mein knappes Nicken hin neigte er gleichfalls zustimmend den Kopf. Auch wenn er nicht wusste, was gespielt wurde, er vertraute mir. Bevor der Tag zu Ende war, würde er sich dafür verfluchen. Ich zwang mich, nicht daran zu denken. Dieser klägliche Handel war das Beste, was ich für uns hatte herausschlagen können – nun musste ich dabei bleiben bis zum bitteren Ende. »Euer Gnaden, wenn Ihr meinen treuen Hund nehmt und vorausreitet, werden der Prinz und ich Euch binnen kurzem folgen.«

»Ich bezweifle, dass wir in den wenigen noch verbleibenden Stunden Tageslicht weit kommen werden. Wie Er gewiss sehen kann, ist sein Hund ernsthaft verletzt.«

»Es besteht kein Grund zur Eile. Ich werde Euch bald eingeholt haben, und wir können den Weg gemeinsam fortsetzen.«

Fürst Leuenfarb vermochte eine leichte Beunruhigung nicht ganz zu verbergen, dennoch waren seine Züge ein Muster an aristokratischer Beherrschung. Wahrscheinlich wusste nur ich um den Kampf in seinem Innern. Die Situation ergab für ihn keinen Sinn, doch ganz offensichtlich legte ich großen Wert darauf, dass er mit Nachtauge diesen Ort verließ. Ich glaubte zu fühlen, wie er seine Entscheidung traf. Er bückte sich, hob seinen kostbaren, jetzt von Flecken übersäten Umhang auf, schüttelte ihn aus und schwang ihn sich um die Schultern, als hätte er noch den früheren Glanz. »Ich erwarte, dass man mir mein Schuhwerk zurückgibt. Und mein Pferd.« Der ahnenstolze Edelmann, hoch erhaben über das dreiste Gesindel, welches ihn zu belästigen gewagt hatte, sprach wieder aus seiner Stimme.

»Selbstverständlich«, erwiderte Lutwin, aber ich bemerkte etliche finstere Mienen in den Reihen seiner Leute. Malta war ein erstklassiges Pferd, eine wertvolle Beute für denjenigen, der den Fürsten überwältigt hatte.

»Dann werden wir eure Gastfreundschaft nicht länger in Anspruch nehmen. Dachsenbless, ich erwarte von Ihm, dass Er uns beizeiten folgt.«

»Sehr wohl, Euer Gnaden.«

»Mit Seiner Hoheit.«

»Ich werde den Prinzen nicht allein gehen lassen«, versicherte ich ihm mit Nachdruck.

»Ausgezeichnet.« Der Fürst nickte mir zu, aber die Augen des Narren sahen mich voll banger Sorge an. Der Blick, den er anschließend auf Lutwin richtete, war frostig. »Mir ist es hier nicht besser ergangen als in der Gewalt gewöhnlicher Strauchdiebe und Wegelagerer. Ich werde kaum in der Lage sein, die Spuren der erlittenen Misshandlungen vor der Königin und ihrer Leibgarde zu verbergen. Ihr könnt Euch in der Tat glücklich schätzen, dass ich und mein Leibdiener Dachsenbless willens sind zu bestätigen, dass Ihr die Ungehörigkeit Eures Handelns eingesehen habt. Andernfalls würde sie nicht zögern, auf mein Wort ihre Truppen auszusenden, um Euch und Eure Spießgesellen zu jagen wie Ungeziefer.«

Er war perfekt als der animose Edelmann, doch am liebsten hätte ich ihn angebrüllt, den Mund zu halten und sich mit Nachtauge davonzumachen, solange sie noch die Gelegenheit dazu hatten.

Die ganze Zeit über fixierte die Nebelkatze Pflichtgetreu wie eine Hauskatze ein Mauseloch. Man fühlte beinahe körperlich die Gier der Frau, ihn endlich in Besitz zu nehmen. Ich glaubte nicht daran, dass sie sich von Lutwins Zusage gebunden fühlte, ebenso wenig wie der Rest seiner Bande jugendlicher Rebellen. Falls sie Miene machte, sich seines Körpers zu bemächtigen, falls Pflichtgetreu erkennen ließ, dass sie in ihn eindrang, musste ich ihn töten, ob der Narr und Nachtauge entkommen waren oder nicht. Ich wünschte mir inbrünstig, sie wären endlich fort. Mit einem Lächeln, von dem ich hoffte, dass es nicht allzu sehr nach einem Zähnefletschen aussah, schaute ich zu, wie Fürst Leuenfarb Lutwin mit den Augen förmlich erdolchte. Dann besaß er die Unverfrorenheit, diesen goldenen Blick über die versammelten Gescheckten schweifen zu lassen. Ich konnte nicht wissen, was sie dachten, während er bei jedem Gesicht verweilte, wie um es sich unauslöschlich einzuprägen, aber im Gefolge dieser Musterung sah ich in manchem Auge Mordlust funkeln.

Währenddessen stand der Prinz stumm und regungslos in der Beuge meines Arms und spürte mein Messer an der Kehle. Ich fühlte, wie er atmete, aber sonst nichts, als hätte er sich ganz tief in sein Inneres zurückgezogen. Er und die Katze blickten sich unverwandt in die Augen. Ich wagte nicht, mir vorzustellen, was zwischen ihnen vorging, auch nicht, als die Katze den Kopf zur Seite wandte und angelegentlich an ihm vorbeischaute.

Lutwins Züge versteinerten für einen Moment, aber gleich hatte er den Anflug von Unmut wieder überwunden. »Selbstverständlich müsst Ihr der Königin berichten. Doch wenn sie von ihrem Sohn eine Schilderung seiner Erfahrungen vernimmt, wird sie uns vielleicht größeres Verständnis entgegenbringen.« Er winkte, und nach kurzem Zögern teilten sich die Reihen seiner Getreuen. Ich beneidete weder den Narren noch den Fürsten um seinen Gang durch dieses Spalier der Feindseligkeit.

Ich senkte den Blick zu Nachtauge. Er lehnte an meinem Bein und drückte sich für die Dauer eines Lidschlags fest dagegen. Ich formte meinen Gedanken dünn und scharf wie eine Nadelspitze. *Verbergt euch, sobald sich eine Gelegenheit bietet. Verlasst den Weg und schlagt euch seitwärts in die Büsche.*

Was für einen leidenden Blick er mir zuwarf. Dann waren wir getrennt. Nachtauge trottete hinter dem Narren her, steifbeinig, aber würdevoll. Ich wusste nicht, wie weit seine Kräfte reichen würden, aber wenigstens starb er nicht in diesem Felsenloch, umgeben von Hunden und Jagdkatzen, die ihn hassten. Der Narr würde bei ihm sein. Darin bestand mein einziger Trost.

Der Höhleneingang war ein Bogen aus Licht. In diesem Glanz sah ich, wie man dem Narren Malta zuführte. Er nahm die Zügel, stieg aber nicht in den Sattel, sondern führte die Stute in langsamem Schritt, sodass Nachtauge mithalten konnte. Ich schaute ihnen nach, ein Mann, ein Pferd und ein Wolf, die sich von mir entfernten. Ihre Gestalten schrumpften, und ich zog mich zurück in meinen eigenen kleinen Kosmos des Todes. Pflichtgetreu stand still und schweigend in meiner Umarmung. Unser Herzschlag war wie eins, sein Atem ging mit meinem ein und aus.

»Es tut mir leid«, flüsterte ich an seinem Ohr. »Ich mache es kurz und schmerzlos.«

Er wusste Bescheid. Die Entgegnung meines Sohnes war nicht mehr als ein Hauch. »Warte. Ein kleiner Winkel gehört noch mir. Ich kann sie noch eine Weile abwehren, glaube ich. Geben wir ihnen so viel Vorsprung wie möglich.«

Kapitel 26

OPFER

Obwohl man es im allgemeinen Sprachgebrauch das Bergreich nennt oder das Königreich in den Bergen, entsprechen weder das Land noch seine Herrscher den in den Sechs Provinzen gängigen Vorstellungen davon, wie ein Königreich beschaffen sein sollte. Man denkt gewöhnlich an ein einziges Volk innerhalb gemeinsamer Grenzen, regiert von einem Monarchen. Auf das Bergreich passt keine der drei restriktiven Definitionen. Anstelle eines einzigen Volkes gibt es die freien Jäger, die wandernden Hirten, Händler und Reisende mit einem Netz festgelegter Wege, neben solchen, die auf weit verstreuten Höfen den Boden bestellen. Man kann leicht begreifen, dass diese verschiedenen Gruppen kaum gemeinsame Interessen haben.

Vor dem eben geschilderten Hintergrund versteht sich von selbst, dass der Herrscher dieser Stämme kein König im herkömmlichen Sinn ist. Vielmehr begann die Dynastie mit einem Mediator, einem weisen Mann, der sich darauf verstand, die Streitigkeiten zu schlichten, die unvermeidlich zwischen Völkerschaften mit derart unterschiedlicher Lebensweise auftreten mussten. Die Sagen von den »Chyurdakönigen« berichten von Herrschern, die willens waren, sich selbst als Geisel anzubieten, nicht allein ihren Besitz, sondern auch das eigene Leben für ihr Volk hin-

zugeben. Aus dieser Tradition erklärt sich der Ehrentitel, den die Bergstämme ihren Herrschern verliehen haben. Nicht König oder Königin nennen sie ihren Souverän, sondern Opfer.

CHIVALRIC WEITSEHER: »VOM KÖNIGREICH IN DEN BERGEN«

Sie rückten näher, trieben heran wie Sand, bis Lutwins Leute dunkel zwischen dem Licht und mir standen. Vor dem hellen Hintergrund war es schwer, ihre Züge zu erkennen, doch nachdem meine Augen sich umgewöhnt hatten, unterzog ich jedes einzelne Gesicht einer genauen Musterung.

Es waren hauptsächlich junge Männer, dazwischen vier junge Frauen, alle mehr oder weniger in Lutwins Alter. Keiner von den Eltren vom Alten Blut hier, die Gescheckten waren ein Ideal der jungen Generation. Vier der Männer hatten die gleichen quadratischen Zähne: Brüder oder wenigstens Vettern. Manche wirkten fast neutral, aber keiner schien Sympathien für den Prinzen oder mich zu hegen. Wenn ich bei einem ein Lächeln sah, war es schadenfroh. Ich öffnete wieder den Kragen. Falls Jinnas Amulett seine Wirkung entfaltete, merkte ich nichts davon. Ich fragte mich, ob mir Verwandte des Mannes gegenüberstanden, den ich am Saumpfad getötet hatte. Tiere waren auch da, allerdings weniger, als ich erwartet hätte. Zwei Hunde, eine Katze, und ein Mann trug einen Raben auf der Schulter.

Ich schwieg. Ich hatte keine Ahnung, wie es weitergehen sollte. Die Katze des Prinzen, die vor uns auf dem Boden kauerte, hatte sich nicht von der Stelle gerührt. Einige Male hatte ich bemerkt, wie sie den Blick abwandte, weil etwas ihre Aufmerksamkeit erregte, aber jedes Mal richtete sie ihn gleich wieder auf den Jungen, mit einer brennenden Intensität, die den Katzenaugen einen menschlichen Ausdruck verlieh.

Lutwin kam vom Höhleneingang zurück, wo er mit verlogener Herzlichkeit von Fürst Leuenfarb Abschied genommen hatte. Jetzt trat er zuversichtlich lächelnd vor uns hin.

»Ich denke, auf dein Messer können wir jetzt verzichten«, bemerkte er. »Ich habe meinen Teil der Abmachung erfüllt.«

»Vielleicht wäre das zu früh«, warnte ich, und dann musste ich wieder Zuflucht zur Lüge nehmen. »Eben erst wollte der Junge sich losreißen, und nur das Messer hat ihn bewogen, es sich anders zu überlegen. Ich werde es ihn als Ermahnung weiter spüren lassen, bis sie« – ich suchte nach Worten – »vollständig in ihn eingedrungen ist.« Ein, zwei Gesichter verzogen sich unbehaglich. Ganz bewusst wiederholte ich es noch einmal, mit anderen, unmissverständlichen Worten: »Bis Peladine seinen Körper ganz und gar in Besitz genommen hat.« Ich sah eine Frau krampfhaft schlucken.

Lutwin schien nicht zu merken, dass einigen seiner Gefolgsleute nicht ganz wohl in ihrer Haut war. Sein Benehmen blieb unverändert leutselig. »Ich bin anderer Meinung. Es missfällt mir, eine Kehle bedroht zu sehen, die in Kürze einem Mitglied meiner Familie gehören wird. Dein Messer, guter Mann. Du befindest dich hier unter deinesgleichen. Du hast nichts zu fürchten.«

Erfahrung hatte mich gelehrt, dass Leute, die mir am ähnlichsten waren, für mich die größte Bedrohung darstellten. Dem zum Trotz ließ ich ein langsames Lächeln über mein Gesicht wandern und nahm tatsächlich das Messer von Pflichtgetreus Hals, doch statt es Lutwin zu geben, steckte ich es zurück in den Gürtel. Eine Hand ließ ich auf des Prinzen Schulter liegen und hielt ihn neben mir fest. Hier an dieser engen Stelle der Höhle konnte ich ihn, falls sich die

Notwendigkeit ergab, blitzschnell hinter mich schieben. Aber die Notwendigkeit würde sich wohl nicht ergeben. Ich hatte vor, ihn selbst zu liquidieren. Vor zwanzig Jahren hatte Chade mich in vielerlei Methoden geschult, einen Menschen mit bloßen Händen umzubringen. Es gab die leisen Methoden und die schnellen Methoden und Methoden, bei denen es bis zum Erfolg etwas länger dauerte. Ich hoffte, dass ich heute noch genauso präzise und behände war wie damals. In unserem Fall empfahl es sich zu warten, bis die Frau den Körper des Jungen übernommen hatte, und dann Pflichtgetreu so schnell zu töten, dass die Frau mit ihm starb, ohne die Möglichkeit, wieder im Körper ihrer kleinen Katze Zuflucht zu suchen. Ob mir anschließend noch Zeit blieb, mich selbst in Sicherheit zu bringen, bevor man sich auf mich stürzte? Kaum. Aber lieber nicht darüber nachdenken.

Unerwartet ergriff der Prinz das Wort. »Ich werde keinen Widerstand leisten.« Er schüttelte meine Hand ab und richtete sich so hoch auf, wie die schräge Felsendecke es erlaubte. »Ich bin dumm gewesen. Vielleicht verdiene ich dieses Schicksal für meine Torheit. Aber ich dachte …« Sein Blick wanderte über die Gesichter, die uns umringten, und schien zu wissen, wo er verweilen musste. Hie und da wurden Augen niedergeschlagen, malte sich Unsicherheit auf manchen Zügen. »Ich dachte, dass ihr mich wirklich in eure Gemeinschaft aufgenommen hättet. Euer Willkommen und eure Hilfsbereitschaft erschienen mir so aufrichtig. Mein Bund mit der Katze – ich hatte nie zuvor etwas Ähnliches empfunden. Und als die Frau in meinen Gedanken auftauchte und sagte … als sie sagte, dass sie mich liebt …« Seine Stimme drohte zu brechen, doch er gab sich einen Ruck und sprach weiter. »Ich dachte, ich hätte etwas gefunden, das echt und wahr ist, mehr wert als meine Krone oder meine Familie oder sogar meine Verpflichtung gegenüber meinem Volk. Ich war ein Narr. Nun wohl. Ihr Name war also Peladine? Sie hat mir ihren Namen nicht sagen wollen, und natürlich habe ich nie ihr Gesicht geschaut.« Er beugte die Knie und ließ sich mit gekreuzten Beinen auf dem Boden nieder, dann breitete er vor der ihn starr musternden Katze die Arme aus. »Komm, Katze. Du wenigstens hast mich um meiner selbst willen geliebt. Ich weiß, dir gefällt das hier ebenso wenig wie mir. Bringen wir es beide hinter uns.« Er schaute zu mir auf, in seinem Blick eine Botschaft, die ich nicht zu entschlüsseln vermochte. Mir wurde kalt. »Verachtet mich nicht für meine Willfährigkeit. Die Katze liebt mich, und ich liebe die Katze. Das zumindest ist echt und wahr.«

Ich wusste, wenn er das Tier in die Arme nahm, stärkte die körperliche Nähe den Bund; die Frau könnte ganz leicht in ihn hinüberwechseln. Seine dunklen Augen blickten unverwandt in die meinen. Plötzlich sah ich Kettricken in seinen Zügen, in seiner Haltung fatalistischer Schicksalsergebenheit. Seine Worte waren für mich bestimmt. »Wenn ich die Katze erlösen könnte, indem ich die Frau in mich aufnehme, täte ich es mit Freuden. Stattdessen teile ich ihre Sklaverei. Wir sind dann zwei, mit denen sie sich verschwistert hat, nur um sich unserer Körper zu bedienen. Sie hatte niemals eine Verwendung für unsere Herzen, außer um sie als Waffe gegen uns zu benutzen.«

Pflichtgetreu Weitseher wandte sich von mir ab und schloss die Augen. Er neigte den Kopf zu dem herankommenden Tier. Es herrschte Totenstille, nicht ein Atemzug war zu hören. Alle schauten, alle warteten. Einige Gesichter waren weiß und angespannt. Ein Mann kehrte dem Geschehen schaudernd den Rücken, als die Katze Pflichtgetreu auf den Schoß stieg. Sie drückte die getigerte Stirn gegen die des Prinzen, markierte ihn nach Katzenart. Während sie die Wange an seiner rieb, traf mich ihr grün funkelnder Blick.

Töte mich. Jetzt.

Der Gedanke fuhr in mein Bewusstsein wie ein Pfeil und derart unerwartet, dass ich vor Verblüffung nicht wusste, was tun.

Was hatte Jinnas Finkel mir gesagt? Dass alle Katzen sprechen können, aber sie entscheiden, wann und mit wem. Ich starrte die kleine Jagdkatze an wie gelähmt. Sie sperrte die Kiefer auf, ohne jedoch einen Laut von sich zu geben, als wäre ein Schmerz, der zu groß war, um ihm Ausdruck zu verleihen, durch sie hindurchgegangen. Dann schüttelte sie heftig den Kopf.

Dummer Bruder-von-einem-Hund! Du vergeudest unsere Chance! Töte mich! Jetzt!

Diese Botschaft traf mich wie ein Fausthieb. »Nein!«, schrie Pflichtgetreu, und ich begriff, dass ihre ersten Worte an ihm vorbeigegangen waren. Er suchte sein Geschwistertier festzuhalten, aber sie schnellte vom Boden auf seine Schulter und stieß sich ab, um mich anzuspringen, ohne Rücksicht darauf, wie tief ihre Krallen sich dabei in sein Fleisch bohrten. Ich sah sie durch die Luft auf mich zufliegen, die Pranken mit den blanken Krallen vorgereckt, das Maul weit aufgerissen. Was ist so weiß wie die Zähne einer Katze vor dem Blutrot ihres Rachens? Ich griff nach dem Messer, aber sie war zu schnell. Sie prallte wuchtig gegen meine Brust, schlug die Krallen der Vordertatzen wie Enterhaken in mein Fleisch, während die hinteren meinen Bauch zerfleischten. Sie drehte den Kopf zur Seite, und ich sah nichts mehr als die verzerrte Dämonenfratze, die sich auf mein Gesicht herabsenkte, während ich rücklings in die enge Nische stürzte.

Stimmen tönten durcheinander. »Peladine!«, hörte ich Lutwin brüllen und den verstörten Aufschrei des Prinzen: »Nein, nein!«, aber ich war damit beschäftigt, meine Augen zu schützen. Mit einer Hand drückte ich die Katze von mir weg, während ich mit der anderen den Messergriff zu fassen suchte, aber sie hockte auf mir wie ein Inkubus und ließ sich nicht von der Stelle bewegen. Instinktiv hatte ich, als sie mich ansprang, den Kopf zur Seite geworfen, und dadurch war meine Kehle ihrem Biss preisgegeben. Sie ergriff die Gelegenheit, buchstäblich. Ich fühlte die nadelspitzen Zähne in mein Fleisch dringen, durch Jinnas Amulett hindurch, gleichzeitig gelang es mir irgendwie, an das Messer zu kommen und es aus der Scheide zu ziehen. Ich wusste nicht, ob ich gegen die Frau kämpfte oder gegen die Katze, auf jeden Fall wollte die Furie mich umbringen. Nicht dass es mir einerlei war, die Frau hätte ich mit Wonne getötet, um die Katze tat es mir leid, aber mein Leben stand auf dem Spiel, und ich durfte nicht zögern. In der Haltung, in der sie auf mir kauerte, war es schwierig, ihr Herz zu treffen, zweimal wurde die Klinge abgelenkt, von Wirbelsäule und Rippen, beim dritten Mal endlich gelang es mir, den Stahl tief in ihren Leib zu rammen. Sie ließ von meinem Hals ab, um ihren Todesschrei auszustoßen, ihre Krallen aber gruben sich noch tiefer in meine Brust, und die Hinterpranken hatten mein Hemd zerfetzt. Mein Bauch trug ein Streifenmuster aus Feuer. Ich zerrte den bepelzten Kadaver von mir herunter, doch als ich ihn wegschleudern wollte, riss Pflichtgetreu ihn mir aus den Händen.

»Katze, meine Katze!«, rief er und drückte den leblosen Körper an sich, als wäre es sein Kind. »Du hast sie ermordet!«, schrie er mich an.

»Peladine?«, fragte Lutwin wild. »Peladine!«

Mag sein, wenn nicht gerade sein Geschwistertier getötet worden wäre, hätte Pflichtgetreu die Geistesgegenwart besessen, so zu tun, als befände sich die Frau bereits in seinem Körper. Doch überwältigt von Trauer, dachte er nicht daran, und bevor ich noch Zeit gefunden hatte, mich vom Boden aufzuraffen, sah ich Lutwins Stiefel auf meinen Kopf zufliegen. Zur Seite werfen, herumrollen, aufspringen, alles in einer fließenden Bewegung – ein Stück Akrobatik, das des Narren würdig gewesen wäre, als er ehedem auf König Listenreichs Tafel zur Belustigung der Hofgesellschaft Kobolz schlug. Mein Messer stak noch im Leib der Katze, aber das Schwert hing an meinem Gürtel. Ich riss es aus der Scheide und stürzte mich auf Lutwin.

»Lauf!«, brüllte ich den Prinzen an. »Lauf weg! Sie hat dir mit ihrem Leben die Freiheit erkauft. Lass es nicht vergebens gewesen sein!«

Lutwin war größer als ich, und mit dem Schwert, nach dem er jetzt griff, war er mir an Reichweite erheblich überlegen. Ich holte aus und schlug ihm den Unterarm ab, bevor die Klinge aus der Scheide war. Er fiel schreiend auf die Knie und umklammerte den Stumpf, aus dem das Blut schoss wie aus einem zum Trinkspruch erhobenen Becher. Bestürzung lähmte die anderen einen Moment, kaum Zeit genug für mich, zwei Schritte zu tun und Pflichtgetreu hinter mir in die Nische zu drängen. Er war nicht geflohen, und nun war es zu spät. Vielleicht war es von Anfang an zu spät gewesen. Er lag auf den Knien, die Katze in den Armen. Ich schwang meine Klinge wie ein Tobsüchtiger und hielt die Meute zurück. »Steh auf!«, schrie ich über die Schulter. »Nimm das Messer!«

Ich sah ihn nicht, spürte nur, wie er aufstand. Konnte nicht wissen, ob er das Messer aus dem Kadaver gezogen hatte. Flüchtig kam mir der Gedanke, ob er vielleicht Lust hatte, es mir in den Rücken zu stoßen. Der Haufen der Angreifer drängte heran, manche nicht freiwillig, sondern von denen in der hinteren Reihe weitergeschoben. Zwei Mann packten Lutwin und zogen seinen zusammengekrümmten Körper aus der Reichweite meiner Klinge. Einer sprang an ihnen vorbei und ging auf mich los. Die Enge erlaubte nur Metzgerhandwerk. Mein erster Seitwärtshieb schlitzte ihm den Bauch auf und zog mit dem restlichen Schwung einem zweiten Angreifer einen tiefen Schmiss quer durchs Gesicht. Das hielt sie auf, aber dann wogten alle auf einmal heran und behinderten sich dabei gegenseitig. Ich musste zurückweichen, fühlte den Prinzen beiseitetreten, und plötzlich standen wir beide mit dem Rücken zur Wand. Der Prinz beugte sich an mir vorbei, um nach einem Mann zu stechen, dem es gelungen war, durch meine Deckung zu schlüpfen, fuhr dann zur anderen Seite, als dort jemand auftauchte. Er begleitete den Stoß nach seinem Angreifer mit einem Kreischen wie von einer Wildkatze, und der Getroffene antwortete mit einem Schmerzensschrei.

Ich wusste, wir waren verloren, deshalb erschreckte es mich nicht sonderlich, als ein Pfeil an meinem Ohr vorbeiflog und hinter mir an der Wand zersplitterte. Irgendjemand stieß, aus welchem Grund auch immer, in ein Horn. Ich ignorierte es, wie ich die Schreie der Männer ignorierte, die vor mir niedersanken. Einer starb, seinem Nebenmann schnitt ich im Rückschwung den Lebensfaden ab. Ich führte wilde Schläge, und – kaum zu glauben – die Gescheckten wichen zurück. Mit triumphierendem Gebrüll sprang ich in die Lücke und konnte so Pflichtgetreu wieder mit meinem Körper Deckung geben. »Kommt her und sterbt!«, schrie ich in ihre bleichen Gesichter und winkte einladend mit der freien Hand.

»Waffen nieder!«, befahl eine tönende Stimme.

Ich machte wieder einen Ausfall, aber meine Gegner schien der Kampfgeist verlassen zu haben, und sie warfen die Schwerter auf den Boden. Eine Gasse tat sich auf, für einen Bogenschützen, der langsam auf mich zukam. Weitere Bogenschützen gaben ihm Deckung, aber sein an die

Sehne gelegter Pfeil zielte mitten auf meine Brust. »Weg mit dem Schwert!«, befahl er. Es war der junge Gescheckte, der uns aufgelauert und Laurel verwundet hatte und dann mit ihr geflohen war. Während ich dastand und überlegte, ob ich ihn zwingen sollte, mich zu töten, trat Laurel hinter seinem Rücken hervor und sprach mich an. Sie bemühte sich um einen beschwichtigenden Tonfall, aber ihre Stimme schwankte.

»Steck das Schwert weg, Tom Dachsenbless. Du bist unter Freunden.«

Im Kampf wird die Welt klein, schrumpft alles Leben auf die Länge deiner Schwertklinge. Ich brauchte eine Weile, um wieder zur Besinnung zu kommen, und glücklicherweise ließ man mir diese Zeit. Ich starrte auf die Szene vor mir, bemühte mich, aus dem, was ich sah, klug zu werden: der Bogenschütze und Laurel und die Leute, die mit gespanntem Bogen hinter ihr standen. Neue Gesichter, ältere Leute als Lutwins Gescheckte. Sechs Männer und zwei Frauen. Die meisten waren mit Pfeil und Bogen bewaffnet, einige hatten nur lange Wanderstäbe. Einige der Pfeile waren auf Lutwins Getreue gerichtet. Sie hatten die Waffen fallen lassen und wurden ebenso in Schach gehalten wie ich. Lutwin lag auf der Erde, rollte sich hin und her und hielt immer noch seinen Armstumpf umklammert. Zwei Schritte, und wenigstens ihn konnte ich mitnehmen. Ich packte den Schwertgriff fester. Dann spürte ich Pflichtgetreus Hand an meinem Oberarm, er drückte ihn energisch nach unten. »Lass das Schwert, Tom«, sagte er ruhig, und für einen Moment glaubte ich Veritas' beschwichtigende Stimme an meinem Ohr zu hören. Die Kraft verließ meinen Arm, und die Schwertspitze sank herab, bis sie zu Boden deutete. Jeder keuchende Atemzug, den ich einsog, rann wie ein Feuerstrom durch meine ausgedörrte Kehle.

»Fallen lassen!«, kommandierte der Bogenschütze erneut. Er trat einen weiteren Schritt näher, und ich vernahm die leisen Geräusche eines straffer gezogenen Bogens. Mein Herz fing wieder an zu rasen. Ich kalkulierte die Entfernung, die ich überwinden musste, um ihn zu erreichen.

»Halt!«, ließ sich plötzlich Fürst Leuenfarb vernehmen. »Gebt ihm einen Augenblick, um zu sich zu kommen. Die Kampfeswut hat ihn gepackt, und er ist nicht er selbst.« Er kam, drängte sich zwischen den Bogenschützen hindurch und trat zwischen sie und mich, unter völliger Nichtachtung der Pfeile, die nun auf seinen Rücken zeigten. Ebensolche Nichtachtung erwies er den Gescheckten, die sich widerstrebend teilten, um ihn durchzulassen. »Ruhig, Tom.« Er sprach zu mir wie zu einem vor Angst wild gewordenen Pferd. »Es ist vorbei. Es ist alles vorbei.«

Er kam heran und legte mir die Hand auf den Arm, und ich hörte ein Raunen durch die Menge laufen, als hätte er etwas ungeheuer Mutiges getan. Bei seiner Berührung lösten sich meine Finger vom Schwertgriff, und die Waffe entfiel meiner Hand. Neben mir sank Pflichtgetreu plötzlich auf die Knie. Ich schaute auf ihn hinunter. Seine Hände und das Hemd waren voller Blut, aber anscheinend war es nicht seins. Er ließ mein Messer fallen und hob den schlaffen Körper der Nebelkatze vom Boden auf. Er drückte sie an die Brust wie ein totes Kind und wiegte sich klagend vor und zurück. »Mein Katze, meine Schwester.«

Ein Ausdruck schmerzlichen Mitgefühls trat auf des Fürsten Gesicht. »Mein Prinz.« Er wollte sich niederbeugen und ihm die Hand auf die Schulter legen, aber ich hielt ihn zurück.

»Lass ihn in Ruhe«, mahnte ich leise. »Gib ihm Zeit zu trauern.«

Dann kam mein Wolf humpelnd durch die Menge auf

mich zu. Als er bei mir anlangte, überkam auch mich eine große Schwäche, und ich sank neben ihm auf die Knie.

Danach vergaß man Tom Dachsenbless und seinen Wolf eine Zeitlang. Man ließ uns in Ruhe, während man Lutwins Anhänger von dem Prinzen wegführte. Uns war es recht, denn so konnten wir einfach nur zusammen sein, und ich hatte Gelegenheit zu verfolgen, was sich um uns herum abspielte. Die meiste Aufmerksamkeit schenkten wir dem Prinzen. Der Bogenschütze, Rehgesell, hatte eine betagte Heilerin mitgebracht. Sie legte ihren Bogen zur Seite und trat auf Pflichtgetreu zu. Ohne ihn zu berühren oder anzusprechen, setzte sie sich neben ihn auf den Boden und hielt mit ihm Totenwache. Nachtauge und ich wachten auf der anderen Seite. Einmal schaute sie mich an. Als unsere Blicke sich trafen, waren ihre Augen alt, müde und krank vor Trauer. Ich fürchte, sie sah in meinen Augen das Gleiche.

Die Leichen derer, die ich getötet hatte, wurden hinausgetragen und auf ihre Pferde gebunden. Zu spät hörte ich den sich entfernenden Hufschlag und merkte, dass man den Gescheckten freien Abzug gewährt hatte. Ich biss die Zähne zusammen. Ich hätte es nicht verhindern können. Lutwin war der Letzte in der Reihe gewesen, nicht länger der Erste und Anführer; schwankend saß er im Sattel seines schäumenden Rosses, gestützt von einem jungen Burschen hinter ihm. Der Gedanke an ihn beunruhigte mich am meisten. Nicht nur hatte ich ihm den Prinzen entrissen, sondern auch das Tier erschlagen, in welchem die Seele seiner Schwester wohnte, und ihn selbst verstümmelt. Ich brauchte nicht noch mehr Feinde, als ich schon hatte, aber es lag nicht in meiner Macht, daran etwas zu ändern. Er war fort, und ich hoffte, ich würde es nicht eines Tages bereuen.

Die Heilerin gab dem Prinzen Zeit, um sein Geschwistertier zu betrauern, bis die Sonne den Horizont berührte, dann schaute sie auf mich. »Nimm ihm das Tier aus den Armen«, forderte sie mich auf.

Ich wollte es nicht, aber ich tat es dennoch.

Es war schwer, ihn dazu zu bewegen, dass er den erkaltenden Körper der Katze hergab. Ich wählte meine Worte mit großer Sorgfalt. Dies war nicht der Augenblick, mit dem Gabenbefehl zu erzwingen, was er von sich aus nicht bereit war zu tun. Als er mir endlich erlaubte, die Katze von seinem Schoß zu nehmen, staunte ich, wie leicht das Tier war. Gewöhnlich scheint ein toter Körper, schlaff und schlenkernd, mehr zu wiegen als zu Lebzeiten, aber in diesem Fall offenbarte der Tod den jammervollen Zustand des kleinen Geschöpfs. »Als würde sie innerlich von Würmern zerfressen«, hatte Nachtauge gesagt und gar nicht unrecht gehabt. Die Nebelkatze war ein ausgemergeltes kleines Wesen, das hübsche Fell struppig und glanzlos, und ich konnte fühlen, wie die Knochen der Wirbelsäule durch ihre Haut stachen. Die Flöhe verließen den toten Wirt; es waren viel zu viele für ein gesundes Tier. Als ich der Heilerin die Katze in die Arme legte, sah ich in ihrem Gesicht Zorn leuchten. Sie sprach sehr leise, sodass Pflichtgetreu wahrscheinlich nicht verstehen konnte, was sie sagte, aber ich. »Nicht einmal, dass die Katze sich nach Katzenart pflegt, hat sie geduldet. Sie hat sie gänzlich beiseitegedrängt und wollte eine Frau in einem Katzenfell sein.«

Peladine hatte der Nebelkatze menschliche Lebensart aufgezwungen. Sie versagte ihr das ausgiebige Schlafen und Dösen, das Sattfressen an der Beute und die genussvolle Körperpflege, die das naturgegebene Recht einer geschmeidigen kleinen Raubkatze sind. Solches war die Art der Gescheckten, die Alte Macht eigensüchtig zu gebrauchen, nur für ihre eigenen, menschlichen Zwecke. Mir drehte sich der Magen um.

Die Heilerin trug die tote Katze nach draußen; der Prinz und ich gingen hinter ihr her, Nachtauge zwischen uns. Ein halb fertiger Grabhügel erwartete den kleinen Leichnam. Sämtliche Leute, die Rehgesell mitgebracht hatte, versammelten sich, um der Bestattung beizuwohnen. In ihren Augen stand Trauer, aber Mienen und Haltung verrieten tiefen Respekt.

Die Heilerin übernahm es zu sprechen, weil Pflichtgetreu zu tief in seinen Kummer versunken war. »Sie ist gegangen, fort von dir, auf einem Weg, den sie allein beschreiten muss. Sie starb für dich, um euch beiden die Freiheit wiederzugeben. Halte in Ehren die Katzenspuren, die sie in deine Seele geprägt hat. Tu von dir ab das Menschsein, welches du mit ihr geteilt hast. Ihr seid nun getrennt.«

Der Prinz taumelte, als man die letzten Steine auf die Katze legte und das totenstarre, grimmige Zähnefletschen zudeckte. Ich legte ihm die Hand auf die Schulter, um ihn zu stützen, aber er schüttelte die Berührung ab, als hätte ich die Pest. Ich nahm es ihm nicht übel. Sie hatte mir befohlen, sie zu töten, hatte getan, was sie konnte, um mich zu der Tat zu zwingen, und dennoch, ich erwartete nicht, dass er mir je verzeihen konnte, ihr Henker gewesen zu sein. Gleich nach dem Ende der Zeremonie brachte die Heilerin dem Prinzen einen Trunk. »Dein Teil an ihrem Tod«, sagte sie, als sie ihm den Becher reichte, und er hatte ihn hinuntergestürzt, ehe Fürst Leuenfarb oder ich es verhindern konnte. Dann bedeutete sie uns, dass ich ihn zurück in die Höhle führen sollte. Dort legte er sich an der Stelle hin, wo seine Katze gestorben war, und erneut übermannte ihn der Jammer.

Ich weiß nicht, was die Heilerin ihm für einen Trank bereitet hatte, aber das herzzerreißende Schluchzen des Jungen ging irgendwann über in den rauen Atem eines ohnmachtsähnlichen Schlafs. Wenn ich ihn anschaute, wie er dalag, sah er mir nicht ruhig und gelöst aus, nicht wie jemand, der sich gesund schläft. »Ein kleiner Tod«, hatte sie erklärt und mir große Angst eingejagt. »Ich gebe ihm seinen eigenen kleinen Tod, eine Zeit der Leere. Er ist gestorben, musst du wissen, als die Katze getötet wurde. Er braucht diese leere Zeit, um mit ihr tot zu sein. Betrüge ihn nicht darum.«

Tatsächlich war sein Schlaf so tief, dass er ihn bis an die Schwelle des Todes führte. Die Heilerin bettete ihn auf eine Lagerstatt und ordnete seine Glieder wie die eines Verstorbenen. Dabei schimpfte sie: »Sieh sich einer die Blutergüsse an seinem Hals und Rücken an. Wie kann man ein halbes Kind nur so misshandeln?«

Ich schämte mich zuzugeben, dass die Prügelmale von mir stammten, deshalb stand ich schweigend daneben, während sie ihn kopfschüttelnd warm zudeckte. Endlich wandte sie sich von ihm ab und winkte mich schroff zu sich, um ihr meine Blessuren zu zeigen. »Der Wolf auch. Nachdem der Junge nun versorgt ist, kann ich mich um euch kümmern. Seine Verletzung ist um vieles schlimmer als alles, was blutet.«

Sie wusch unsere Wunden mit warmem Wasser und bestrich sie mit einer fettigen Salbe. Nachtauge ließ alles über sich ergehen, ohne sich zu rühren. Ich spürte kaum, dass er da war, so fest schottete er sich gegen die Schmerzen ab. Während sie die Kratzer auf meiner Brust und meinem Bauch behandelte, warf sie mir gelegentlich in strengem Ton eine Bemerkung hin. Ich schrieb es der Wirkung von Jinnas Amulett zu, dass sie sich überhaupt herabließ, mit einem Abtrünnigen wie mir zu sprechen.

Aber das Einzige, was sie zu dem Amulett sagte, war, dass es mir vermutlich das Leben gerettet hatte. »Die Katze wollte dich töten, daran besteht kein Zweifel«, erklärte sie. »Aber es war nicht ihr Wille und nicht ihre Schuld, gewiss nicht.

Und es ist auch nicht die Schuld des Jungen. Schau ihn dir an. Er ist nach unseren Bräuchen immer noch ein Kind, bei weitem zu jung, um sich zu verschwistern«, tadelte sie mich vorwurfsvoll, als wäre es meine Schuld. »Er weiß nichts von unseren Regeln, und sieh doch, wie er darum leiden muss. Ich will dich nicht belügen. Es ist gut möglich, dass er an dem Verlust stirbt oder eine Verdüsterung des Gemüts erfährt, die bis ans Ende seiner Tage nicht von ihm weicht.« Mit einem Ruck zog sie den Verband um meinen Bauch stramm. »Jemand sollte ihn die Wege des Alten Bluts lehren. Die richtige Art, mit seiner Magie umzugehen.« Sie hob die Augenbrauen und blickte mich abwartend an, aber ich blieb stumm. Als sie sich umdrehte und wegging, schnaubte sie verachtungsvoll.

Nachtauge hob müde den Kopf und legte ihn auf mein Knie. Ich war mit Salbe und geronnenem Blut verschmiert. Er richtete den Blick auf den schlafenden Jungen. *Wirst du sein Lehrer sein?*

Ich bezweifle, dass er Wert darauf legt, von mir etwas zu lernen. Ich bin der Mörder seines Geschwistertiers.

Wenn nicht du, wer dann?

Ich ließ die Frage offen und streckte mich im Dunkeln neben ihm aus. Wir lagen zwischen dem Erben der Weitseher und dem Rest der Welt.

Nicht weit von uns, im mittleren Bereich der Höhle, saß Rehgesell mit Fürst Leuenfarb am Feuer in einer Runde, zu der auch Laurel gehörte, die Heilerin und zwei weitere Eltren. Ich beobachtete sie zwischen den Wimpern hindurch. Die anderen unserer Retter schienen mit den üblichen Verrichtungen beschäftigt zu sein, die beim Kampieren zum Abend anfallen. Einige hatten es sich hinter Rehgesell auf ihren Deckenrollen bequem gemacht. Sie schienen es zufrieden zu sein, den jungen Mann für sich sprechen zu lassen, doch ein Gefühl sagte mir, dass es sich bei ihnen möglicherweise um diejenigen handelte, die in der Gruppe das Sagen hatten. Einer rauchte eine langgestielte Pfeife. Ein anderer mit Bart war hingebungsvoll damit beschäftigt, sein Gürtelmesser zu schärfen. Das Schaben des Wetzsteins war eine monotone Untermalung des Stimmengemurmels. Ihrer lässigen Pose zum Trotz spürte ich, wie gespannt sie auf das lauschten, was am Feuer geredet wurde. Rehgesell mochte für sie sprechen, aber ich fühlte, sie achteten genau darauf, dass er das sagte, was er sagen sollte.

Natürlich dachte man nicht daran, Tom Dachsenbless mit in die Runde zu bitten, um auch ihm zu erklären, wofür er seinen Kopf hingehalten und sein Blut vergossen hatte. Was war denn Tom Dachsenbless anderes als ein Abtrünniger von seinesgleichen, ein Lakai der Krone? Er war um vieles verachtenswürdiger als Laurel, denn obwohl aus dem Schoß einer Familie vom Alten Blut geboren, hatte sie die Magie nicht geerbt. Man erwartete von ihr, dass sie wie auch immer ihren Weg in der Welt machte, auf ewig halb blind und taub für das Leben, das um sie herum blühte, summte und brodelte. Keine Schande für sie, dass sie Jagdmeisterin der Königin war. Ich spürte sogar einen verqueren Stolz bei denen vom Alten Blut, dass eine von ihnen, ihrer Behinderung zum Trotz, so hoch hatte steigen können. Ich jedoch leugnete absichtlich mein Blut, und alles zwiehafte Volk machte einen großen Bogen um mich.

Einer kam mit Fleisch auf Spießen und hängte es übers Feuer. Der Geruch erinnerte mich an etwas.

Hunger?, fragte ich Nachtauge.

Zu müde zum Essen, lehnte er ab, und ich schloss mich ihm an. Davon abgesehen scheute ich mich, Leute um Essen zu bitten, die uns unverhohlen aus ihrer Gemeinschaft ausschlossen. Es hatte sein Gutes, wir ruhten ungestört im äußeren Kreis der Dunkelheit. Ich schluckte noch daran, dass der Narr nur wenige Worte an mich gerichtet hatte. Ein Fürst Leuenfarb hatte eben nichts mit den Schrammen eines Dieners zu schaffen, ebenso wenig wie es Tom Dachsenbless anstand, Aufhebens um die Launen seines Herrn zu machen. Wir mussten auch weiterhin unsere Rollen spielen. Folglich stellte ich mich schlafend, doch unter gesenkten Lidern beobachtete ich die Runde am Feuer und hörte zu, was gesprochen wurde.

Anfangs drehte sich die Unterhaltung um allgemeine Dinge; ich schnappte das ein oder andere auf und zog daraus meine Schlussfolgerungen. Rehgesell berichtete Laurel, was es in der Familie eines gemeinsamen Ohms Neues gab. Das Übliche, Söhne, die groß geworden waren und nun selbst Gatten und Väter. Aha. Vetter und Base, seit Jahren getrennt und einander fremd geworden. Ja, das passte. Sie hatte erzählt, dass Verwandtschaft von ihr in dieser Gegend ansässig war, und so gut wie eingestanden, dass sie über die Alte Macht verfügten. Der Rest ergab sich, als er Fürst Leuenfarb schilderte, wie alles gekommen war.

Rehgesell und Arno waren nur einen Sommer mit Lutwin geritten. Beide waren zornig und empört darüber gewesen, wie die vom Alten Blut behandelt wurden. Nachdem Lutwins Schwester gestorben war, hatte er sich der Sache seines Volkes verschrieben und nach und nach Anhänger um sich geschart. Er hätte nichts als das eigene Leben zu verlieren, und Veränderung, hatte er ihnen erklärt, war nur durch Opfer zu erreichen. Es wäre an der Zeit, dass die vom Alten Blut den Platz einnahmen, der ihnen rechtmäßig zustand. Er gab ihnen das Gefühl, stark und kühn zu sein, diesen Söhnen und Töchtern vom Alten Blut, die sich stolz erhoben, um dreist zu nehmen, wonach ihre Eltern sich fürchteten zu greifen. An ihnen war es, die Welt zu verändern. Zeit war es, hohe Zeit, wieder als geeinte Volksgruppe in eigenen Gemeinden zu leben: Zeit, dass ihre Kinder offen ihre Magie zeigen konnten. Zeit für Veränderung. »Aus seinem Mund klang alles so vernünftig. Und so ehrenhaft. Richtig, wir würden zu extremen Mitteln greifen müssen, aber schließlich forderten wir nicht mehr als unser gutes Recht. Ein Leben in Frieden und Anerkennung als Bürger dieses Landes, das war alles. Ist das zu viel verlangt?«

»Das Ziel scheint mir gerecht«, bemerkte der Fürst. »Doch seine Mittel, es zu erreichen, sind ...« Er überließ es ihnen, den Satz zu beenden. Abscheulich. Grausam. Unmoralisch. Allein, dass man nach Worten suchen musste, brachte die ganze Erbärmlichkeit ihres Tuns zu Bewusstsein.

Einen Moment herrschte Stille. »Ich wusste nicht, dass Peladine in der Katze war«, verteidigte sich Rehgesell. Er schaute sich beinahe ärgerlich nach den Eltren um. »Ich weiß, ihr denkt, ich hätte es spüren müssen, aber ich habe es nicht gemerkt. Vielleicht bin ich nicht so gut unterwiesen worden, wie es nötig gewesen wäre. Oder vielleicht war sie geschickter darin, sich zu verbergen, als ihr euch vorstellen könnt. Aber ich schwöre, ich wusste nichts von ihr. Arno und ich brachten die Katze zu den Bresingas. Dort wusste man, es war ein Geschenk von uns vom Alten Blut, für Prinz Pflichtgetreu bestimmt, um ihn unserer Sache gewogen zu machen. Doch ich gelobe bei meinem Alten Blut, das war alles, was sie wussten. Oder ich. Andernfalls hätte ich mich nicht dafür hergegeben.«

Die alte Heilerin schüttelte den Kopf. »Das sagen viele, nachdem ihr unrechtes Tun entdeckt wurde«, äußerte sie bedeutungsvoll. »Eins verstehe ich nicht. Du weißt, eine Nebelkatze muss als Junges der Mutter weggenommen werden, und dass sie nur für den jagt, der sie aus dem Bau genommen hat. War das für dich nicht Anlass, dich zu wundern?«

Rehgesell schoss das Blut ins Gesicht. »Ich wusste nicht, dass Peladine in der Katze war«, beharrte er. »Ja, sie waren verschwistert gewesen. Aber Peladine war tot. Ich dachte, die Katze wäre einsam, und schrieb ihr merkwürdiges Verhalten der Trauer zu. Was sollte aus ihr werden? Sie konnte nicht allein in den Hügeln umherstreifen, sie wusste nichts vom wilden Leben. Deshalb brachte ich sie zu den Bresingas, als Geschenk für einen Prinzen. Ich hielt es für möglich ...«, und ein kurzes Stocken verriet ihn, »dass sie sich vielleicht erneut verschwistern wollte. Das war ihr Recht. Doch als der Prinz zu uns stieß, dachte ich, es wäre aus dem Grund, den Lutwin uns nannte. Dass er aus freien Stücken zu uns käme, um unsere Sitten und Gebräuche zu lernen. Glaubt ihr, ich hätte geholfen, ihn zu entführen? Glaubt ihr, Arno hätte sein Leben geopfert für Peladine?«

Manche, denke ich, müssen seine Geschichte ebenso fadenscheinig gefunden haben wie ich. Doch es war nicht die Zeit für Beschuldigungen. Alle ließen es auf sich beruhen, und er fuhr fort:

»Arno und ich ritten mit Lutwin und den Gescheckten, als Eskorte für den Prinzen. Unsere Absicht war, ihn nach Sefferswald zu bringen, wo er unter Gescheckten wohnen könnte und sehen, wie sie leben. Das wurde uns von Lutwin gesagt. Als Arno in Hallerby vor dem Gescheckten Prinzen von der Menge ergriffen wurde, war uns klar, dass wir um unser Leben reiten mussten. Es brach mir das Herz, ihn im Stich zu lassen, aber das war der Eid, den wir als Gescheckte geleistet hatten, dass wir, sollte es nötig sein, unser Leben hingeben, um die Kameraden zu retten. Mein Herz war voller Hass, als wir kehrtmachten und uns in den Hinterhalt legten, für die Feiglinge aus dem Dorf, die uns verfolgten. Um keinen von denen tut es mir leid. Arno war mein Bruder! Dann ritten wir weiter, und als wir wieder zu einer geeigneten Stelle kamen, hieß Lutwin mich auf den Baum steigen. ›Halte sie auf‹, sagte er zu mir. ›Und wenn es dich das Leben kosten sollte, dann sei es.‹ Und ich stimmte ihm zu.« Er hielt in seinem Bericht inne, und sein Blick suchte Laurel. »Ich schwöre, ich habe dich nicht erkannt, Kusine. Nicht einmal, als mein Pfeil dir in die Schulter drang, erkannte ich dich. Ich konnte an nichts anderes denken, als alle zu töten, die geholfen hatten, Arno zu ermorden. Erst nachdem ich von dem Baum herunter war und dir ins Gesicht schaute, wurde mir klar, was ich getan hatte. Noch mehr vom Blut meiner Familie vergossen.« Er schluckte und verstummte.

»Ich vergebe dir!« Laurels Stimme war leise, aber sie trug bis zu uns. Sie blickte auf die vom Alten Blut, die um das Feuer saßen. »Alle hier sollen Zeuge sein. Rehgesell hat mich ohne böse Absicht verletzt, und ich vergebe ihm. Zwischen uns soll keine Schuld sein, und kein Blutgeld wird gefordert. Als es geschah, ahnte ich nichts von Lutwin und was mit dem Prinzen geschehen sollte. In mir war nur der Gedanke, dass ich als Kind bei euch schon verachtet war und du mich nun als wohlfeiles Ziel für deinen Pfeil betrachtet hattest.« Ein Lachen schraubte sich aus ihrer Kehle. »Erst als Dachsenbless dich misshandelte und davon sprach, dich zu foltern, merkte ich, dass der alte Groll nicht wichtig war.« Unvermittelt drehte sie den Kopf und schaute ihm geradewegs ins Gesicht.

Rehgesell, schamrot, hielt tapfer ihrem zwingenden Blick stand.

»Wir sind von einem Fleisch und Blut«, sagte sie ernst. »Was wir gemeinsam haben, wiegt weit schwerer als das, was uns trennt. Ich hatte Angst, er könnte dich umbringen, indem er versucht, dir zu entreißen, wohin ihr den Prinzen bringt. Und ganz gleich, was du getan hattest, sogar ungeachtet der Liebe zu meiner Königin, das konnte ich nicht zulassen. Deshalb erhob ich mich nachts, während die anderen schliefen, und stahl mich mit meinem Vetter davon.« Ihr Blick schwang herum zu Fürst Leuenfarb. »Als ich mich eine Weile vorher darüber beschwert hatte, dass Ihr Euch unter vier Augen mit Dachsenbless beratschlagt und ich davon ausgeschlossen bliebe, sagtet Ihr zu mir, ich müsse Euch vertrauen. Ich war der Meinung, ich hätte das Recht, auch Vertrauen von Euch zu verlangen. Also ließ ich Euch schlafen und tat, was ich für geboten hielt, um meinen Prinzen zu retten.«

Leuenfarb senkte einen Moment den Kopf und nickte ihr dann gutheißend zu.

Rehgesell rieb sich die Augen. Er schien ihre an Fürst Leuenfarb gerichteten Worte nicht gehört zu haben. »Du irrst dich, Laurel. Ich stehe in deiner Schuld, und ich werde es nie vergessen. Als Kinder haben wir dich nie sehr freundlich behandelt, wenn du bei der Familie deiner Mutter zu Besuch warst. Nie haben wir dich mitspielen lassen. Sogar dein eigener Bruder nannte dich den Maulwurf, blind im Dunkeln tastend, wo wir anderen sehend und frei umherstreiften. Und ich hatte dich mit meinem Pfeil verwundet. Ich hatte nicht das Recht, Hilfe von dir zu erwarten. Dennoch hast du dich meiner erbarmt. Du hast mir das Leben gerettet.«

Laurels Stimme klang reserviert. »Arno«, sagte sie. »Arnos wegen habe ich dir geholfen. Er war ebenso blind und taub wie ich für diese Familienmagie, die uns zu Außenseitern stempelte. Er allein spielte mit mir, wenn ich zu Besuch kam. Doch er liebte dich, unerschütterlich, und am Ende muss er gedacht haben, du wärst es wert, dass er sein Leben für dich hingibt.« Sie schüttelte den Kopf. »Ich wollte nicht, dass sein Opfer vergebens war.«

Zusammen hatten sie sich in jener Nacht aus der Höhle

geschlichen. Sie hatte ihn davon überzeugt, dass die Entführung des Prinzen schlimme Folgen für die vom Alten Blut haben würde, und verlangt, dass er Eltren suchte, die Einfluss hatten und von Lutwin verlangen konnten, den Prinzen herauszugeben. Königin Kettricken, erinnerte sie ihn, hatte bereits bei Strafe verboten, dass man die Zwiehaften verfolgte und ermordete. Wollte er mithelfen, dass man sich die Sympathie dieser Königin verscherzte, die seit Generationen von Herrschern als Erste gewillt schien, denen vom Alten Blut Rechte zuzubilligen und Schutz zu gewähren? Nein. Und wenn die Gescheckten den Prinzen entführt hatten, mussten die vom Alten Blut, die redlichen Sinnes waren, ihn befreien und zurückbringen. Das war die einzig mögliche Form der Wiedergutmachung.

Sie wandte sich von Rehgesell an Fürst Leuenfarb. Ihre Stimme klang bittend. »Wir haben uns bemüht, so schnell wie möglich Hilfe zu holen; es ist nicht die Schuld vom Alten Blut, dass sie weit verstreut und im Verborgenen wohnen müssen. Wir sind von Hof zu Hütte geritten und haben die Eltren gesammelt, die willens waren, ihren Einfluss geltend zu machen und Lutwin zur Vernunft zu bringen. Es war schwierig, denn jemandem Vorschriften zu machen, was er tun und lassen soll, ist nicht Sitte bei denen vom Alten Blut. Bei ihnen ist jeder Mann sein eigener Hüter, jeder Haushalt regiert sich selbst. Nur wenige wollten Lutwin gegenübertreten und von ihm verlangen, dass er von seinem Plan ablässt.« Ihr Blick richtete sich auf die Menschen, die in der Höhle versammelt waren. »Euch allen, die ihr gekommen seid, sage ich Dank. Und wenn es euch recht ist, möchte ich der Königin eure Namen nennen, damit sie weiß, bei wem sie in der Schuld steht.«

»Und wohin sie den Strick und das Schwert schicken soll?«, fragte die Heilerin nüchtern. »Nein, Kindchen, noch sind die Zeiten nicht danach, dass man Namen preisgeben könnte. Wir kennen deinen. Wenn wir das Ohr der Königin erreichen wollen, wenden wir uns an dich.«

Die Leute, die Laurel und Rehgesell zusammengeholt hatten, waren vom Alten Blut, aber weder nannten sie sich die Gescheckten, noch fanden deren Methoden ihre Zustimmung. Sie hielten an den alten Lehren fest, erklärte Rehgesell dem aufmerksam lauschenden Fürsten. Er schäme sich, dass er auf Lutwins tönende Reden hereingefallen war. Der Zorn hatte ihn dazu gebracht, versicherte er, nicht ein Verlangen, Tiere zu beherrschen und auszunutzen, wie die Gescheckten es taten. Zu oft hatte er in den letzten zwei Jahren erleben müssen, wie Altes Blut gehängt und gevierteilt worden war, ein Übermaß an Gräueln, sodass ein Mann vor Hass blind werden konnte. Doch er hatte eingesehen, dass der Weg der Gescheckten der falsche war, Eda sei Dank. Und Dank auch an Laurel, und er hoffe, seine Base würde ihm die Grausamkeiten der Kindertage vergeben.

Die Unterhaltung schwappte gegen mich wie gleichmäßiger Wellenschlag. Ich gab mir Mühe, wach zu bleiben und zu begreifen, was geredet wurde, aber wir waren so müde, mein Wolf und ich. Nachtauge lag neben mir, und ich konnte nicht unterscheiden, wo seine Schmerzen aufhörten und meine anfingen. Es störte mich nicht. Selbst wenn Schmerz das Einzige gewesen wäre, was wir noch teilen konnten, hätte ich es hingenommen. Wir waren zusammen und hatten einander.

Der Prinz war weniger glücklich. Ich drehte den Kopf, um ihn anzusehen, doch er schlief tief und fest. Sein Atem ging seufzend ein und aus, als verfolgte der Kummer ihn bis in seine Träume.

Ich fühlte mich zwischen Wachen und Schlafen auf und ab gewiegt. Der tiefe Schlummer des Wolfs zog an mir, ein verführerisches Locken. Schlaf ist der große Heiler, hatte Burrich immer gesagt. Ich betete, dass er damit recht hatte. Wie die Töne einer Musik aus weiter Ferne spürte ich Nachtauges Träume vom Jagen, aber noch durfte ich meinem Verlangen, sie zu teilen, nicht nachgeben. Der Narr mochte Laurel und Rehgesell und ihren Gefährten vertrauen, ich tat es nicht. Ich gedachte, wachsam zu bleiben.

Ich drehte mich ein wenig wie im Schlaf, um sie zu beobachten. Mir fiel auf, dass Laurel, zwischen Rehgesell und Fürst Leuenfarb, dichter bei dem Fürsten saß als bei ihrem Vetter. Man schien inzwischen von Erklärungen zu Verhandlungen übergegangen zu sein. Ich lauschte aufmerksam den maßvollen, bedächtigen Worten des Fürsten.

»Ich fürchte, man ist sich hier nicht ganz darüber im Klaren, in welcher Position die Königin sich befindet. Selbstverständlich kann ich nicht behaupten, in ihrem Namen zu sprechen. Ich bin ein Gast am Königshof, ein Neuankömmling und dazu noch ein Fremdländer. Doch möglicherweise hilft gerade das mir zu erkennen, wofür ihr durch Gewohnheit blind geworden seid. Die Krone und der Name Weitseher werden Prinz Pflichtgetreu nicht davor schützen, dass man ihn als einen Zwiehaften verfolgt. Vielmehr wird es sein, als gösse man Öl ins Feuer: Es wird ihn erst recht verzehren. Ihr gebt zu, dass Königin Kettricken mehr als ihre Vorgänger unternommen hat, um die Verfolgung, der ihr ausgesetzt seid, als Gesetzesverstoß zu brandmarken. Doch erklärt sie öffentlich, dass ihr Sohn ein Zwiehafter ist, läuft sie nicht allein Gefahr, dass man sie vom Thron stürzt, sondern das Bemühen, euch Gerechtigkeit widerfahren zu lassen, wird man ihr als Versuch auslegen, ihr eigen Fleisch und Blut zu schützen.«

»Die Königin hat per Dekret verboten, dass man uns unserer Magie wegen verfolgt, soweit habt Ihr recht«, wandte

Rehgesell ein, »aber darum hat das Sterben kein Ende. Die Wirklichkeit sieht anders aus. Diejenigen, die sich vorgenommen haben, uns auszutilgen, täuschen einen Schaden vor, erfinden ein beliebiges Unrecht, das wir ihnen zugefügt haben sollen. Ein Mann lügt, ein anderer beschwört's, und ein Vater, eine Schwester vom Alten Blut wird gehängt und gevierteilt und verbrannt. Wenn aber nun die Königin die gleiche Gefahr für ihren Sohn fürchten muss wie mein Vater für seinen, wird sie dann nicht vielleicht mehr tun, um dem Treiben Einhalt zu gebieten?«

Ein Mann hinter Rehgesell nickte beifällig.

Fürst Leuenfarb breitete anmutig die Hände aus. »Ich werde tun, was in meiner Macht steht, mein Wort darauf. Die Königin wird hören, wie Altes Blut den Prinzen aus der Hand eines Schwärmers und Rebellen gerettet hat. Und Laurel ist mehr als nur der Königin Jagdmeisterin; Ihre Majestät betrachtet sie auch als Freundin und Vertraute. Sie wird der Königin berichten, wie ihr geholfen habt, den Prinzen zu befreien. Mehr kann ich nicht tun. Ich kann nicht im Namen der Königin Versprechungen machen.«

Der Mann hinter Rehgesell, der eben genickt hatte, beugte sich vor und gab ihm mit den Fingerknöcheln einen Stüber gegen die Schulter, eine Aufforderung: *Mach weiter.* Dann lehnte er sich wieder zurück und wartete.

Auf Rehgesells Miene spiegelte sich Unbehagen, dann räusperte er sich. »Wir werden die Königin beobachten und die Ohren offen halten, was sie zu ihren Beratern sagt. Wir können besser als jeder andere beurteilen, in welcher Gefahr Prinz Pflichtgetreu schwebt, sollte bekannt werden, dass er Altes Blut in seinen Adern hat. Es sind die gleichen Gefahren, denen wir tagtäglich ausgesetzt sind. Wir möchten, dass es damit ein Ende hat. Wenn die Königin es sich angelegen sein lässt, die Hand über uns zu halten und die

Unsrigen vor Verfolgung zu schützen, dann werden wir vom Alten Blut das Geheimnis ihres Sohnes bewahren. Doch wenn sie unserer Not keine Beachtung schenkt, wenn sie das Morden weiter duldet – nun …«

»Ich verstehe«, fiel ihm Fürst Leuenfarb rasch ins Wort. Sein Ton war kühl, aber nicht schroff. »Unter den gegebenen Umständen kann man vermutlich nicht mehr von euch erwarten. Ihr habt den Thronfolger gerettet. Das wird nicht unwesentlich dazu beitragen, die Königin eurer Sache geneigt zu machen.«

»Das erwarten wir«, sagte Rehgesell, und die Männer hinter ihm nickten ernst.

Schlaf wollte mich übermannen. Nachtauge war bereits in seine dunklen Gründe hinabgesunken. Sein Pelz war mit Salbe verkleistert, wie auch meine Brust und mein Bauch. Es gab fast keine Stelle an unseren Körpern, die nicht schmerzte, aber ich vergrub mein Gesicht an seinem Nacken und legte einen sorgenden Arm über seine Schulter. Sein Fell klebte an meiner Haut. Das Stimmengemurmel am Feuer rückte in weite Ferne und wurde unwichtiger, je mehr ich mich ihm öffnete. Ich sank unter die roten Schmerzen, die ihn umhüllten, bis ich die Wärme und den Humor seiner Seele fand.

Katzen. Schlimmer als Stachelschweine.

Viel schlimmer.

Aber der Junge liebte die Katze.

Die Katze liebte den Jungen. Armer Junge.

Arme Katze. Die Frau war selbstsüchtig.

Schlimmer als selbstsüchtig. Böse. Ihr eigenes Leben war ihr nicht genug.

Es war eine tapfere kleine Katze. Sie hat nicht nachgelassen und die Frau mitgenommen.

Tapfere Katze. Eine Pause. *Glaubst du, die Zeit wird jemals kommen, wenn Zwiehafte sich offen zu ihrer Magie bekennen können?*

Ich weiß nicht. Es wäre gut, nehme ich an. Denk nur, wie die Heimlichtuerei und Verrufenheit unser Leben beeinflusst haben. Aber … es war auch gut so, wie es war. Unser Leben. Deins und meins.

Ja. Lass uns jetzt ausruhen.

Ausruhen.

Ich vermochte nicht auseinanderzuhalten, welches meine Gedanken waren und welche die des Wolfs. Wozu auch? Ich sank mit ihm in seine Träume, und wir träumten gut zusammen. Pflichtgetreus Verlust war es vielleicht, der uns besonders eindringlich bewusst machte, was wir immer noch besaßen und was wir gehabt hatten. Wir träumten von einem Welpen, der unter dem vermoderten Bretterboden einer alten Scheune Ratten jagte, und wir träumten von einem Mann und einem Wolf, die gemeinsam einen mächtigen Keiler zur Strecke brachten. Wir träumten davon, dass wir im tiefen Schnee uns gegenseitig beschlichen, balgten, jaulten und jauchzten. Rehblut, heiß im Mund, die fette Leber, um sich darum zu zanken. Und dann sanken wir unter diese Jugenderinnerungen in vollkommene Ruhe und Stille. Heilung nimmt in solchem tiefen Schlaf ihren Anfang.

Er regte sich zuerst. Ich erwachte halb, als er aufstand, sich vorsichtig schüttelte und dann mit größerem Selbstvertrauen streckte. Sein scharfer Geruchssinn verriet mir, dass der Morgen nahe war. Eben erst begann die fahle Sonne, das taufeuchte Gras zu streicheln, weckte die Gerüche der Erde. Das Wild rührte sich. Es war die Stunde der Jagd.

Ich bin so müde, jammerte ich. *Ich kann nicht glauben, dass du aufstehst. Schlaf noch. Wir jagen später.*

Du bist müde? Ich bin so müde, dass Schlaf mich nicht erquickt. Nur die Jagd vermag das. Seine feuchte Nase stieß gegen meine Wange. *Kommst du nicht mit? Ich war sicher, dass du mit mir kommen wolltest.*

Ja, das will ich. Aber nicht so früh. Lass mich noch ein kleines bisschen schlafen.

Nun gut, ein kleines bisschen. Folge mir, wenn dir danach ist.

Doch mein Bewusstsein ließ sich von ihm tragen und begleitete ihn, wie schon so oft. Wir verließen die von Menschengestank durchwaberte Höhle und trabten am Grabhügel der Nebelkatze vorbei. Wir witterten ihren Tod und auch den Fuchs, der von dem Geruch angelockt worden war, aber umkehrte, als ihm der Rauch des Lagerfeuers entgegenwehte. Bald hatten wir das Lager hinter uns gelassen. Nachtauge wählte das offene Grasland statt des bewaldeten Tals. Der Himmel über uns war blau und tief, die letzten Sterne verblassten. In der Nacht schien ein erster Frost über das Land gezogen zu sein. Reif säumte noch manche Halme, doch wenn die aufgehende Sonne ihn berührte, verdampfte er und war fort. Was blieb, war die klare Frische der Luft, jeder Geruch scharf wie ein Messerschnitt. Mit der Nase des Wolfs witterte ich alles, kannte alles. Die Welt war unser.

Die Zeit der Veränderung, sagte ich zu ihm.

Genau. Zeit, sich zu verwandeln, Wandler.

Fette Mäuse sammelten im hohen Gras eifrig die Samen als Wintervorrat. Wir beachteten sie nicht. Oben auf der Anhöhe machten wir halt. Wir spazierten auf dem Kamm entlang, hielten die Nase in den Morgen, schmeckten den ersten Hauch des jungen Tages. Am Grund der dicht bewaldeten Schluchten ging das Rotwild zum Äsen. Feist war es jetzt vor dem Winter, gesund und stark, eine Herausforderung für jedes Rudel, erst recht für einen einzelnen Wolf. Ohne mich konnte er nicht hoffen, einen Riss zu machen. Er musste später noch einmal wiederkommen. Dessen ungeachtet blieb er am Schluchtrand stehen. Die morgendliche

Brise zauste sein Fell, während er mit nach vorn gespitzten Ohren hinunterschaute, dorthin, wo wir das Wild in der Deckung der Bäume wussten.

Gute Jagd. Ich gehe nun, mein Bruder. Er sprach mit großer Entschiedenheit.

Allein? Du kannst allein keinen Bock reißen! Ich seufzte ergeben. *Warte auf mich. Ich stehe auf und komme zu dir.*

Auf dich warten? Schwerlich! Immer habe ich vor dir herlaufen müssen und dir den Weg zeigen.

Gedankenschnell hatte er sich mir entzogen und glitt den Hang hinunter wie ein Wolkenschatten an einem stürmischen Tag. Das Band zwischen uns zerfaserte, je weiter er sich entfernte, löste sich auf, schwebte, verwehte gleich Löwenzahnsamen im Wind. Statt klein und heimlich fühlte ich unser Bündnis weit werden und offenbar, als hätte er alle zwiehaften Geschöpfe der ganzen Welt eingeladen, Zeuge unserer Verschwisterung zu sein. Das gesamte Netz des Lebens ringsumher, unendlich verkettet, verflochten, verwoben, überwältigte mich mit beseligtem Staunen. Der Zauber, die Herrlichkeit drohten mir das Herz zu sprengen. Ich musste hin zu ihm, bei ihm sein. Wie sollte einer allein das Wunder dieses Morgens ertragen? Es war zu groß.

»Warte!«, rief ich und erwachte vom Klang meiner eigenen Stimme. Nicht weit von mir setzte der Narr sich auf, schlaftrunken, mit wirrem Haar. Ich blinzelte. Mein Mund war voll mit Salbe und Wolfshaar, meine Finger tief in seinem Pelz vergraben. Ich drückte ihn an mich, und meine Arme pressten ihm den letzten erstorbenen Atem aus der Lunge. Aber Nachtauge war fort. Regen stürzte in kalten grauen Schwaden vor dem Höhleneingang nieder.

Kapitel 27

LEKTIONEN

Bevor die Ausbildung in der Gabe beginnen kann, muss Widerstand gegen die Unterweisung ausgeräumt werden. Manche Gabenmeister vertreten die Ansicht, dass sie grundsätzlich einen Anwärter ein Jahr und einen Tag kennen müssen, bevor sie sich entschließen, ihn aufzunehmen. Die anderen, mochten sie auch noch so gute Anlagen gezeigt haben, werden dann in ihr altes Leben entlassen.

Andere Meister halten dagegen, diese Methode sei eine Vergeudung von Talent und Zeit. Sie vertreten einen radikaleren Weg zur Überwindung eines möglichen Widerstands von Seiten des Schülers, einen, der nicht so sehr Vertrauen schaffen will, sondern vielmehr die Unterwerfung des Schülers unter den Willen des Lehrers zum Ziel hat. Strikte Übungen in Askese und Selbstkasteiung bilden die Basis dafür. Der Schüler soll einzig danach streben, dem Meister wohlgefällig zu sein. Mittel, um eine solch demütige Geisteshaltung zu erzielen, sind Fasten, Kälte, Schlafentzug und Disziplin. Die Anwendung dieser Methode empfiehlt sich in Zeiten der Bedrängnis, wenn die Lage es erfordert, Kordialen schnell und in großer Zahl auszubilden und zusammenzustellen. Die nach diesen Regeln herangezogenen Gabenkundigen mögen nicht ein so hohes Niveau erreichen wie jene der philosophischen Schule, aber so gut wie jeder

Schüler mit einem gewissen Maß an Talent kann auf diese Weise gezwungen werden, innerhalb seiner Grenzen zu funktionieren.

WEMDEL, GESELLE VON GABENMEISTER QUILO: »BEOBACHTUNGEN«

Einen Tag und eine Nacht hielt die Heilerin vom Alten Blut Prinz Pflichtgetreu in einem dem Tode ähnlichen Zustand. Fürst Leuenfarb war in Angst um ihn, trotz Laurels Beteuerungen, sie habe das schon einmal gesehen, und die Heilerin täte nur, was notwendig sei. Was mich anging, ich beneidete Pflichtgetreu. Mir wurde keine derartige Zuflucht angeboten, überhaupt richtete man kaum das Wort an mich. Zum Teil mochte es demonstrative Nichtachtung sein: Wenn man sich seiner Verpflichtungen gegenüber einer Gemeinschaft entzieht, hat man auch das Anrecht auf Schutz und Fürsorge dieser Gemeinschaft verwirkt. Ich glaube nicht, dass es ausschließlich kaltherzige Gleichgültigkeit war. Ich war sowohl ein Erwachsener als auch ein Außenstehender; man erwartete von mir, dass ich den Verlust auf meine eigene Weise bewältigte. Was sollten sie als Fremde zu mir sagen? Und es gab absolut gar nichts, was sie tun konnten, um mir zu helfen.

Ich war mir des Mitgefühls von Seiten des Narren bewusst, aber es berührte mich nur am Rande. Als Fürst Leuenfarb musste er Abstand wahren. Nachtauges Tod hatte mich einsam gemacht und in mehr als einer Hinsicht betäubt. Der Verlust seiner Nähe, Wärme und Freundschaft war schlimm genug, aber mit ihm hatte ich auch den Zugang zu seinen schärferen Sinnen verloren. Was ich hörte, roch, schmeckte, alles war flach und fad. Für mich hatte die Welt ihren Glanz verloren. Er war fortgegangen, und ich war dazu verdammt, an einem schalen grauen Ort zurückzubleiben, allein.

Ich errichtete einen Scheiterhaufen und verbrannte meinen toten Freund. Die vom Alten Blut sahen es mit Missfallen, aber es war meine Art der Trauer, und ich hielt daran fest. Ich schnitt mir mit dem Messer die Haare ab und verbrannte sie mit ihm, dicke weiße und schwarze Strähnen. Dazu gesellte sich eine lange, verspielte Locke von lohfarbenem Gold. Wie Burrich es einst für Hexe getan hatte, bewachte ich das Feuer den ganzen Tag, kämpfte gegen den Regen, der es zu ersticken drohte, und legte Holz nach, wann immer die Flammen in sich zusammenfielen, bis selbst die Gebeine des Wolfs zu Asche geworden waren.

Am zweiten Morgen erlaubte die Heilerin dem Prinzen zu erwachen. Sie saß neben ihm und beobachtete, wie er langsam wieder zu sich kam. Ich stand etwas abseits, hatte aber ebenfalls ein Auge auf ihn. Das Bewusstsein kehrte stufenweise zurück, erst in seine Augen, dann in sein Gesicht. Seine Hände machten kleine, unruhig knetende Bewegungen, aber die Heilerin bedeckte sie mit den ihren und hielt sie fest. »Du bist nicht die Katze. Die Katze ist tot. Du bist ein Mensch, und du musst weiterleben. Der Segen des Alten Blutes ist, dass sie ihr Leben mit uns teilen. Der Fluch besteht darin, dass dieses Leben nur selten so lange währt wie das unsere.«

Damit stand sie auf und ging und überließ es ihm, über ihre Worte nachzudenken. Kurz darauf stiegen Rehgesell und seine Gefährten zu Pferde und ritten davon. Ich merkte, dass er und Laurel einen Moment Zeit fanden, um unter vier Augen miteinander zu sprechen. Vielleicht knüpften sie zerrissene Familienbande neu. Bestimmt würde Chade mich fragen, was sie sich zu sagen gehabt hätten, aber ich konnte nicht die Energie aufbringen, sie zu belauschen.

Die Gescheckten hatten bei ihrem Abzug einige Pferde zurückgelassen. Eins davon überließen die vom Alten Blut dem Prinzen als Reittier. Es war ein kleiner mausgrauer Wallach, vom Temperament her ebenso stumpf wie sein Fell. Dem Prinzen war es genau recht, ebenso wie der unaufhörliche Nieselregen. Vor Mittag stiegen wir auf und machten uns auf den Rückweg nach Bocksburg.

Ich ritt auf Meine Schwarze neben dem Prinzen. Von ihrer Lahmheit war kaum noch etwas zu merken. Laurel und Fürst Leuenfarb ritten vor uns. Sie unterhielten sich, aber es war mir beim besten Willen nicht möglich, ihrem Gespräch zu folgen. Nicht dass sie flüsterten oder die Köpfe zusammensteckten, vielmehr war es eine Folge der Erstorbenheit meiner Welt. Ich fühlte mich – halbiert. Um einen wesentlichen Teil gemindert. Ich wusste, dass ich lebte, weil meine Wunden schmerzten und der Regen kalt war, aber der ganze Rest der Welt – Sinneseindrücke und Empfindungen – erreichte mich nur wie durch einen dichten Schleier. Vorbei die Zeit, als ich furchtlos durch die Dunkelheit wanderte. Der Wind kündete nicht mehr von einem Kaninchen am Hang oder einer Ricke, die eben den Pfad gekreuzt hatte. Das Essen hatte jeden Geschmack verloren.

Dem Prinzen ging es wenig besser. Er bewältigte seinen Kummer mit ebenso viel Anstand wie ich, verschlossen und schweigend. Unausgesprochene Vorwürfe standen wie eine Mauer zwischen uns. Wäre er nicht gewesen, würde mein Wolf noch leben oder hätte zumindest einen weniger elenden Tod gehabt. Andererseits hatte ich seine Katze getötet, vor seinen Augen. Verschlimmert wurde die Situation dadurch, dass uns noch immer ein feines Gespinst der Gabe verband. Ich konnte ihn nicht ansehen, ohne seine tiefe Traurigkeit zu spüren. Und er fühlte wahrscheinlich meine stumme Anklage. Natürlich war es nicht gerecht, aber ich litt zu sehr, um gerecht zu sein. Hätte der Prinz nicht seine Herkunft vergessen und seine Pflichten, wenn er in Bocksburg geblieben wäre, wäre seine Katze noch am Leben und auch mein Wolf. Ich sprach es nicht aus. Es brauchte nicht ausgesprochen zu werden.

Der Ritt nach Bocksburg verlief für uns alle wenig erquicklich. Als wir die Straße erreichten, wandten wir uns nach Norden. Keiner hatte Lust auf ein Wiedersehen mit Hallersby und dem Gasthaus Zum Gescheckten Prinzen. Ungeachtet Rehgesells Beteuerungen, Fürstin Bresinga und ihre Familie hätten nichts mit der Verschwörung gegen den Prinzen zu tun gehabt, hielten wir sorgfältig Abstand zu ihren Ländereien und Burg Tosen. Herbstregen setzte ein. Die vom Alten Blut hatten uns von ihrem Proviant abgegeben, was sie entbehren konnten, aber es war bitter wenig. In dem ersten kleinen Dorf, in das wir gelangten, gönnten wir uns eine Übernachtung in der mehr als dürftigen Herberge. Fürst Leuenfarb berappte eine erkleckliche Summe für einen Boten, der auf schnellstmöglichem Wege seinem »Vetter« in Burgstadt ein Schreiben überbringen sollte. Wir selbst ritten querfeldein in Richtung der nächsten Fähre über den Bocksfluss. Der Umweg kostete uns zwei zusätzliche Tage. Wir kampierten im Regen, aßen unsere kärglichen Rationen und schliefen in Nässe und Kälte. Ich wusste, der Narr zählte besorgt die weniger werdenden Tage bis zum neuen Mond und der Verlobungszeremonie des Prinzen. Trotzdem drängte er nicht auf einen Gewaltritt, weshalb ich vermutete, dass er seinem Boten Zeit verschaffen wollte, um die Burg zu erreichen und die Königin über die Umstände unserer Ankunft in Kenntnis zu setzen. Möglich auch, dass er sowohl dem Prinzen als auch mir ermöglichen wollte, über unseren Verlust hinwegzukommen, bevor wir in das Getriebe der Königsburg zurückkehrten und Pflichtgetreu seiner Mutter und der Hofgesellschaft unter die Augen treten musste.

Stirbt ein Mensch nicht an einer Wunde, dann heilt sie irgendwann, und genauso verhält es sich, wenn jemand stirbt, den man geliebt hat. Nach dem ersten scharfen Schmerz des unmittelbaren Verlustes kamen die grauen Tage hilfloser Bestürzung und des Wartens. So habe ich Trauer stets empfunden, eine Zeit des Wartens, nicht darauf, dass der Schmerz vergeht, sondern dass man sich an ihn gewöhnt.

Meine Laune wurde nicht dadurch gehoben, dass Fürst Leuenfarb und Laurel die Reise augenscheinlich weniger ermüdend und trist fanden als der Prinz und ich. Sie ritten vor uns, Bügel an Bügel, und auch wenn sie nicht lauthals lachten oder fröhliche Wanderlieder sangen, unterhielten sie sich doch beinahe pausenlos, und man hatte den Eindruck, dass sie großen Gefallen an ihrer gegenseitigen Gesellschaft fanden. Ich hielt mir vor, dass ich schwerlich ein Kindermädchen brauchte und dass es stichhaltige Gründe gab, weshalb der Narr und ich unsere alte Freundschaft vor Laurel und Pflichtgetreu verbergen sollten. Doch ich fühlte mich zerfressen von Einsamkeit und Kummer, und Groll war die am wenigsten schmerzhafte Empfindung, die ich in mir wachrufen konnte.

Drei Tage vor dem für die Verlobung angesetzten Termin erreichten wir Neufurt. Der Name beschrieb den Ort: eine Furt und Fähre, die noch nicht da gewesen waren, als ich das letzte Mal hier vorbeikam. Es gab eine große Werft, und eine ansehnliche Flotte flachbödiger Flussschiffe lag dort vertäut. Die dazugehörige Siedlung war frisch aus dem Boden geschossen, mit ihren noch Harz absondernden Holzhütten und Lagerschuppen. Ohne uns aufzuhalten, ritten wir zum Anleger hinunter und warteten im Regen, bis die Abendfähre zur Abfahrt bereit war.

Der Prinz hielt die Zügel seines Mausgrauen und starrte schweigend über das Wasser. Der Regen der letzten Tage hatte den Fluss anschwellen lassen, er floss schnell und trübe, aber ich konnte nicht einmal mehr genug Liebe zum Leben in mir erwecken, um den Tod zu fürchten. Das Schlingern und Krängen der Fähre, während die Knechte gegen die Strömung ankämpften, erschien mir nur als eine weitere lästige Verzögerung. Verzögerung?, fragte ich mich sarkastisch. Wohin konnte ich es denn nicht abwarten zu kommen? Zu Heim und Herd? Weib und Kind? Harm, erinnerte ich mich, er war mir noch geblieben, doch kaum gedacht, wusste ich schon, ich machte mir etwas vor. Harm war ein junger Mann, der seinen eigenen Lebensweg antrat. Wenn ich mich jetzt an ihn klammerte, ihn zum Mittelpunkt meines Daseins machte, handelte ich nach der Art eines Blutegels. Und wer war ich nun, allein, ohne all die anderen? Eine schwierige Frage.

Bockend scharrte der Kahn über kiesigen Grund, dann zogen Männer ihn höher aufs Ufer. Wir waren auf der anderen Seite. Bocksburg war nur noch einen Tagesritt entfernt. Irgendwo über der dichten Wolkendecke hielt sich noch die Sichel des alten Mondes. Wir würden rechtzeitig zu Pflichtgetreus Verlobung eintreffen. Wir hatten es geschafft. Doch ich spürte kein Gefühl der Erleichterung oder der Freude. Ich wollte nur diese Reise hinter mich bringen.

Als wir anlegten, regnete es noch immer in Strömen, und der Fürst entschied, dass wir an diesem Abend nicht weiterreiten würden. Das Gasthaus hier war älter als das Dorf auf der anderen Seite des Flusses. Der Regen verschleierte die übrigen Gebäude des Weilers, aber ich glaubte einen Mietstall zu erkennen und dahinter verstreut einige Hütten. Das Herbergsschild zeigte ein gemaltes Ruder, an den Hauswänden kam unter dem teils heruntergewaschenen Kalkanstrich das grau verwitterte Holz zum Vorschein. Das schlechte Wetter hatte der Herberge einen ungewöhnlich großen Andrang beschert. Abgerissen wie Fürst Leuenfarb und seine Begleiter aussahen, wurden sie nicht mit der einem adligen Herrn gebührenden Ehrerbietung empfangen; glücklicherweise verfügte der Fürst über genug Barschaft, um sich sowohl die Achtung als auch die Dienstfertigkeit des Wirts zu sichern. Kaufmann Krähenfalk, wie er sich vorstellte, konnte zwei Schlafkammern für uns ergattern, davon war eine allerdings kaum mehr als ein Verschlag unter dem Dach. Diese, erklärte seine »Schwester« kurzerhand, sei genau das, was sie wolle, ihr Herr Bruder und die beiden Knechte sollten sich die größere Kammer teilen. Der Prinz trug es mit Fassung, dass man ihn als Knecht ausgab. In Umhang und Kapuze stand er tropfend neben mir auf dem Vorbau, bis ein Hausknecht kam, um zu bestellen, dass die Kammer unseres Herrn gerichtet sei.

Als ich ins Haus trat, hub im Schankraum eine Frauenstimme an zu singen. Aber natürlich, dachte ich. Natürlich. Wer konnte besser in einem Gasthaus auf bestimmte Reisende warten, ohne Verdacht zu erwecken, als eine fahrende Sängerin. Merle sang die alte Ballade von den zwei Liebenden, die von zu Hause fortlaufen, wo man ihre Liebe nicht dulden will, und von einer Klippe gemeinsam in den Tod springen, um nimmermehr getrennt zu sein. Ich warf nicht einmal einen Blick durch die halb offene Tür, Laurel aber blieb stehen, um zu lauschen. Der Prinz folgte mir lustlos die Stiege hinauf in einen großen, aber kahlen und schmucklosen Raum.

Fürst Leuenfarb erwartete uns bereits. Ein Junge machte Feuer, zwei andere stellten eine Badewanne und einen Wandschirm auf. Zwei große Betten standen in der Kammer, und neben der Tür hatte man eine Pritsche aufgeschlagen.

An der Giebelseite befand sich ein Fenster. Der Prinz ging hin und blickte starr hinaus in die Nacht. Beim Kamin stand ein Schragen, und ganz meiner Rolle entsprechend nahm ich dem Fürsten seinen durchnässten und schmutzigen Umhang ab. Ich schüttelte meinen eigenen ebenfalls von den Schultern und drapierte beide Mäntel zum Trocknen über den Bock, dann zog ich Seiner Gnaden die Stiefel von den Füßen, während ein Strom von Knechten und Mägden in die Kammer hineinwogte und wieder hinaus; sie brachten heißes Wasser und Fleischpasteten, Obstkompott, Brot und Bier. Ich musste an einen kunstvollen Reigentanz denken oder an eine Gauklertruppe, so schwungvoll und wie einstudiert ging alles vonstatten. Als die Schar wieder einmal hinausgeströmt war, machte ich energisch hinter ihnen die Tür zu. Das heiße Wasser in der Wanne erfüllte den Raum mit aromatischem Kräuterdampf, und ich hätte nichts lieber getan, als mich hineingleiten und meine Schmerzen an Körper und Seele lindern zu lassen.

Fürst Leuenfarbs Worte riefen mich in die Wirklichkeit zurück. »Hoheit, Euer Bad ist bereit. Wünscht Ihr, dass man Euch aufwartet?«

Der Prinz drehte sich um. Mit einer Schulterbewegung entledigte er sich seines Umhangs, der nässeschwer auf den Boden klatschte. Einen Moment hielt er sinnend den Blick darauf gesenkt, dann hob er ihn auf, trug ihn zu dem Schragen und hängte ihn ausgebreitet zum Trocknen neben die anderen, alles mit der Miene eines jungen Mannes, der gewohnt ist, für sich selbst zu sorgen. »Danke, ich brauche keine Aufwartung«, erwiderte er. Er schaute zu dem gedeckten Tisch. »Greift ruhig zu. Ich lege keinen Wert auf Formalitäten. Ich sehe keinen Sinn darin, dass ihr hungert, während ich bade.«

»Darin seid Ihr Eures Vaters Sohn«, bemerkte Fürst Leuenfarb beifällig.

Der Prinz dankte ihm für das Kompliment mit einem ernsten Neigen des Kopfes, äußerte sich aber nicht dazu.

Leuenfarb wartete, bis Pflichtgetreu hinter den Wandschirmen verschwunden war. Er hatte sich vom Wirt Papier, Tinte und Feder geben lassen und ließ sich nun an einem Tischchen nieder und begann zu schreiben. Ich nahm mir derweil eine Pastete, stellte mich mit dem Rücken vor den Kamin und aß, während das Feuer die Feuchtigkeit aus meinen Kleidern dampfte. Als seine Feder einen abschließenden Strich über das Papier kratzte, richtete Fürst Leuenfarb das Wort an seinen treuen Diener. »Nun, Dachsenbless, wenigstens haben wir heute Nacht ein Dach über dem Kopf. Wir wollen einen guten Schlaf tun und morgen unsere Reise fortsetzen, aber nicht gleich beim ersten Hahnenschrei, sondern zu einer freundlicheren Stunde. Ist Ihm das genehm?«

»Wie Ihr wünscht, Euer Gnaden.«

Er blies über das Geschriebene, rollte den Brief zusammen und umwickelte ihn mit einem Faden aus seinem einst prachtvollen Mantel. Dann hielt er ihn mir hin und schaute mich mit einer hochgezogenen Augenbraue an.

Ich verstand, was er meinte. »Ich würde lieber nicht gehen«, sagte ich sehr leise.

Er stand auf und ging zu dem Tisch, auf dem der Imbiss angerichtet war. Dort klapperte er absichtlich laut mit Tellern und Schüsseln, während er sich von den Speisen bediente. Seine Stimme senkte er so weit, dass selbst ich ihn kaum noch verstehen konnte. »Und mir wäre lieber, ich müsste es nicht verlangen. Aber ich kann nicht gehen. Derangiert wie mein Äußeres zurzeit ist, könnten doch Gäste unten sein, die Fürst Leuenfarb erkennen und sich über sein Interesse an der Vagantin ihre eigenen Gedanken machen. Ich habe mich auf dieser Reise bereits reichlich mit Skandalen umwittert. Hast du meine Entgleisung in Burg Tosen vergessen? Für all das muss ich launige Erklärungen finden, wenn wir wieder in Bocksburg sind. Dass Pflichtgetreu den Gang übernimmt, ist unmöglich, und soweit ich weiß, ist Laurel nicht in diese Verbindung eingeweiht. Merle kennt sie möglicherweise, aber sie wäre gekränkt, aus ihrer Hand eine Nachricht zu erhalten. So bleibst nur du, fürchte ich.«

Ich fürchtete das Gleiche und fürchtete noch mehr jenen verräterischen Teil meines Ichs, der nichts lieber tun wollte, als die Stiege hinunterzugehen und den Blick der Vagantin auf mich zu lenken. In einem kleinen, geheimen Winkel seines Herzens fürchtet sich jeder Mann davor, verlassen zu werden, einsam zu sein. Es ist ein anderes Gefühl als bloße Feigheit, denn ich habe erlebt, dass auch Männer mit dem Mut eines Löwen nicht dagegen gefeit waren, schmachvolle Dinge zu tun, nur um einen anderen Menschen an sich zu binden. Außerdem argwöhnte ich, dass der Narr mich mit Hintergedanken zu ihr hinunterschickte. Schon früher einmal, als ich an meiner Einsamkeit zu verzweifeln drohte, hatte er ihr verraten, wo sie mich finden konnte. Es war ein falscher Trost, den ich in ihren Armen fand. Ich gab mir das Versprechen, dass ich diesen Fehler nicht noch einmal begehen würde.

Widerwillig nahm ich das Röllchen aus seiner Hand und schob es mit der Fingerfertigkeit vieler Jahre der Übung in meinen Hemdärmel. Auch die Federn vom Gestade der verlorenen Schätze bewahrte ich dort auf, fest und sicher an meinen Oberarm gebunden. Dieses Geheimnis wenigstens gehörte noch mir allein, und ich gedachte, es für mich zu behalten, bis wir einmal allein und unbelauscht waren, ohne Maske, ohne Tand und Flitter, nur der Narr und Fitz.

Laut sagte er: »Ich kann sehen, dass Er unruhig ist, trotz des anstrengenden Tages, der hinter uns liegt. Es sei Ihm erlaubt, sich zu entfernen. Der Prinz und ich können einen

Abend lang allein wirtschaften, und Er hat sich ein Liedchen und ein kühles Bier verdient. Trink er es auf das Wohl Seiner Hoheit und auf das seines Herrn. Nun spute Er sich, bevor man unten den Hahn am Fass zudreht.«

Ich fragte mich, wem er etwas vormachen wollte. Der Prinz musste wissen, dass in meinem Herz für nichts anderes Raum war als für Trauer. Im Lager der Gescheckten hatte er miterlebt, wie Fürst Leuenfarb einem von mir gegebenen Befehl Folge leistete und mit dem Wolf die Höhle verließ. Dennoch dankte ich meinem Herrn für seine Güte und ging hinaus. Vielleicht war es eine Farce, die wir alle füreinander aufführten. Langsam ging ich die Stiege hinunter. Laurel kam mir entgegen. Sie sah mich merkwürdig an. Ich wollte ein paar Worte sagen, aber mir fiel nichts ein, und so ging ich stumm an ihr vorbei, ohne die Absicht, sie zu beleidigen, aber auch ohne die Kraft, mir Gedanken darüber zu machen, ob sie sich vor den Kopf gestoßen fühlen könnte. Ich hörte, wie sie ein paar Stufen über mir stehen blieb, als wollte sie mich ansprechen, aber ich ging weiter nach unten.

Die Schankstube war brechend voll. Einige der Gäste mochten wegen der Musik gekommen sein, denn Merle hatte inzwischen einen großen Namen, aber die meisten sahen mir aus wie Leute, die wegen des Unwetters hier festsaßen und sich keine Kammer leisten konnten. Sie würden, wenn die Musik zu Ende war, die restlichen Stunden bis Tagesanbruch auf Tischen und Bänken verdösen.

Nachdem ich hoch und heilig versprochen hatte, dass mein Herr am Morgen dafür zahlen würde, gab man mir einen gefüllten Teller und einen Krug Bier. Ich ging damit zu dem Ende des Raums, wo das Feuer brannte, und quetschte mich hinter einen Ecktisch, dicht bei Merles Ellbogen. Ihre Anwesenheit war natürlich kein Zufall. Sie sollte nach uns ausschauen, und wahrscheinlich verfügte sie über ein oder zwei Brieftauben, um jede Nachricht uns betreffend sofort nach Bocksburg zu schicken. Deshalb war ich nicht verwundert, dass sie mir kein Zeichen des Erkennens gab und mit ihrem Vortrag fortfuhr.

Nach drei weiteren Liedern erklärte sie, sie müsse ihrer Stimme etwas Erholung gönnen und ihre Kehle ölen. Der Schankbursche brachte ihr einen Becher Wein, den er auf meinem Tisch abstellte. Als sie sich neben mich setzte, um zu trinken, steckte ich ihr unter dem Tisch die Botschaft des Fürsten zu. Dann nahm ich den letzten Schluck aus meinem Krug und ging nach draußen, um dem Abort einen Besuch abzustatten.

Sie wartete auf mich unter dem Dachüberstand des Hauses, von dessen Kante der Regen tropfte. »Der Brief ist unterwegs«, begrüßte sie mich.

»Ich werde es meinem Herrn ausrichten.« Ich wollte an ihr vorbeigehen, aber sie griff nach meinem Ärmel. Ich blieb stehen.

»Erzähl's mir«, bat sie leise.

Vorsicht, in Fleisch und Blut übergegangen, hinderte mich daran, der Versuchung zu erliegen. Ich wusste nicht, wie weit Chade sie ins Vertrauen gezogen hatte. »Wir haben unseren Auftrag ausgeführt.«

»Das habe ich mir gedacht«, erwiderte sie bissig. Dann seufzte sie. »Und ich weiß, dass es sinnlos ist, dich zu fragen, was es für ein Auftrag war. Aber erzähl mir von dir. Du siehst schrecklich aus – die Haare und die zerlumpten Kleider. Was ist passiert?«

Von allem, was ich durchgemacht hatte, war nur ein Ereignis mein eigen, über das ich reden oder schweigen konnte, wie ich es für richtig hielt. Ich sagte es ihr. »Nachtauge ist tot.«

Regengeprassel füllte ihr Schweigen. Dann schlang sie

tief aufseufzend die Arme um mich. »Oh, Fitz«, sagte sie leise. Sie lehnte den Kopf an meine zerkratzte Brust. Ich sah den hellen Scheitel in ihrem schwarzen Haar und roch ihren Duft und den Wein, den sie getrunken hatte. Ihre Hände strichen sanft, beruhigend an meinem Rücken hinauf und hinunter. »Wieder allein. Das ist nicht gerecht. Das hast du wirklich nicht verdient. Um dich spinnt sich das traurigste Lied, das ich je gehört habe.« Windböen fegten ums Haus, peitschten den Regen unter unseren schützenden Dachvorsprung, aber sie hielt mich fest, und ein Nest aus Wärme bildete sich zwischen uns. Sie schwieg lange Zeit. Ich hob die Arme und legte sie um ihren schlanken Körper. Genau wie damals schien es unvermeidlich. Sie sprach an meiner Brust. »Ich habe eine Kammer nur für mich. An der Flussseite der Herberge. Komm zu mir. Ich weiß ein Mittel gegen deine Schmerzen.«

»Ich ... danke dir.« Das wird die Wunde nicht heilen, wollte ich ihr sagen. Hätte sie mich je gekannt, wüsste sie das. Aber Worte konnten ihr nicht begreiflich machen, was sie nicht selbst spürte. Auf einmal wusste ich das Schweigen und die Zurückhaltung des Narren zu schätzen. Er hatte es gewusst. Keine andere Form von Nähe konnte mich für den Verlust meines Wolfs entschädigen.

Immer noch fiel der Regen. Sie lockerte ihre Umarmung und schaute mir ins Gesicht. Ein Kerbe grub sich zwischen ihre schön geschwungenen Augenbrauen. »Du wirst heute Nacht nicht zu mir kommen. Habe ich recht?« Es klang ungläubig.

Seltsam. Ich war in meinem Entschluss schwankend geworden, aber die Art, wie sie fragte, half mir die richtige Antwort zu finden.

Ich schüttelte bedächtig den Kopf. »Ich weiß die Einladung zu schätzen. Aber es würde nicht helfen.«

»Glaubst du wirklich?« Sie bemühte sich um einen leichten, tändelnden Ton, aber es gelang ihr nicht ganz. Sie bewegte sich, sodass ihre Brüste mich streiften, wie zufällig, aber es war kein Zufall. Ich trat einen Schritt zurück und ließ die Arme fallen.

»Ich weiß es. Ich liebe dich nicht, Merle. Nicht auf die richtige Art.«

»Mir scheint, dass du das schon einmal zu mir gesagt hast, vor langer Zeit. Aber viele Jahre lang hat es geholfen. Es war gut.« Ihre Augen forschten in meinem Gesicht. Sie lächelte siegesgewiss.

Nein. Ich wollte nur glauben, dass es hilft. Das hätte ich ihr antworten können, aber es wäre unnötige Offenheit gewesen. Deshalb sagte ich nur: »Der Fürst erwartet mich. Ich muss hinaufgehen.«

Sie schüttelte langsam den Kopf. »So ein trübseliger Schluss für eine traurige Geschichte. Und ich bin die Einzige, die sie von Anfang bis Ende kennt, und trotzdem ist es mir nicht erlaubt, davon zu singen. Was für eine Ballade sich daraus machen ließe! Der Sohn eines Königs, der für das Wohl seiner Familie und des Reiches sein eigenes Glück opfert, um schließlich als der geknechtete Diener eines dünkelhaften fremdländischen Edelmanns zu enden. Er kleidet dich nicht einmal angemessen. Die Demütigung muss doch kaum zu ertragen sein.« Sie blickte mir tief in die Augen und suchte – was? Groll? Zorn?

»Eigentlich stört es mich nicht sehr«, erwiderte ich verwirrt. Dann, als hätte jemand einen Vorhang aufgezogen und Tageslicht in einen dunklen Raum gelassen, begriff ich. Sie wusste nicht, dass Fürst Leuenfarb in Wirklichkeit der Narr war. Sie sah mich wirklich nur als seinen Diener, der ihr in seinem Auftrag eine Nachricht überbracht hatte. Ungeachtet all ihrer Vagantenschläue schaute sie ihn an und sah nur den reichen jamaillianischen Edelmann. Ich kämpfte gegen das Lächeln an, das auf mein Gesicht drängte. »Ich bin zufrieden mit meiner Stellung bei ihm und dankbar, dass Chade sie mir beschafft hat. Ich bin zufrieden damit, Tom Dachsenbless zu sein.«

Im ersten Moment malte sich blanke Fassungslosigkeit auf ihrem Gesicht, die sich zu Enttäuschung wandelte. Enttäuschung über mich. Sie schüttelte den Kopf. »Ich hätte wissen müssen, dass du nach nichts anderem strebst. Das hast du immer gewollt, stimmt's? Dein eigenes kleines Leben. Keine Verantwortung für deine Familie oder was bei Hofe geschieht. Zu den einfachen Leuten gehören, die für den Lauf der Geschichte ohne Bedeutung sind.«

Weshalb, in Edas Namen, hatte ich mich bemüht, ihre Gefühle zu schonen? »Ich muss gehen«, wiederholte ich.

»Ja, lauf nur zu deinem Herrn und Meister.« Sie ließ mich los. Ihre geschulte Stimme war auch eine Waffe, und Verachtung tanzte darin mit dem Stachel eines Skorpions.

Dank einer immensen Willensanstrengung gelang es mir, nichts darauf zu antworten. Ich kehrte ihr den Rücken und ging zurück ins Haus. Über die Gesindetreppe stieg ich zu unserem Zimmer hinauf, klopfte an und trat ein. Pflichtgetreu hob den Kopf vom Kissen und schaute mir entgegen. Sein schwarzes Haar war mit Wasser nach hinten gekämmt, die Haut vom Bad gerötet. Er sah aus wie der Junge, der er eigentlich noch war. Das zweite Bett war leer.

»Hoheit«, grüßte ich ihn, dann fragte ich in Richtung der abgeschirmten Badewanne: »Euer Gnaden?«

»Der Fürst ist weggegangen.« Pflichtgetreu ließ den Kopf wieder aufs Kissen fallen. »Laurel hat an die Tür geklopft und bat, ihn unter vier Augen sprechen zu dürfen.«

»Aha.« Ein Lächeln zupfte an meinen Mundwinkeln. Wenn das nicht ein Leckerbissen für Merle gewesen wäre!

»Er hat mir sehr ans Herz gelegt, seinen Diener Tom Dachsenbless darauf hinzuweisen, dass man das Badewasser für ihn stehen hat lassen. Und du sollst deine Kleider vor die Tür legen. Er hat veranlasst, dass ein Knecht sie wäscht und morgen früh zurückbringt.«

»Vielen Dank, Hoheit. Es ist außerordentlich gütig von Euch, mir das auszurichten.«

»Du sollst die Tür zuschließen. Er sagte, er würde klopfen und dich wecken, wenn er wiederkommt.«

»Wie Ihr wünscht, Hoheit.« Ich ging zur Tür und schloss ab. Vor Morgengrauen würde der Narr gewiss nicht zurückkehren. »Wünscht Ihr noch etwas, bevor ich mein Bad nehme, Hoheit?«

»Nein. Und rede nicht so mit mir.« Er drehte mir den Rücken zu und wühlte sich in die Kissen.

Ich zog mich aus. Als ich mir das Hemd vom Körper streifte, achtete ich sorgfältig darauf, dass die Federn aus meinem Ärmel verborgen blieben. Um die Stiefel auszuziehen, setzte ich mich kurz auf die Pritsche und wusste es so einzurichten, dass die Federn vom Kleinodienstrand aus dem Hemdärmel unter das dünne Laken glitten. Ich nahm das Amulett ab und legte es auf das Kopfkissen. Dann stand ich auf, legte mein Kleiderbündel vor die Tür, schloss wieder ab und trat hinter die Wandschirme. Pflichtgetreus Stimme folgte mir in die Wanne. »Willst du mich nicht fragen, wieso?«

Das Badewasser war nur mehr lauwarm, aber sehr wohltuend nach dem kalten Regen draußen. Ich wickelte den Verband der Heilerin von meinem Hals. Die Schrammen an meinem Bauch und meiner Brust brannten, als ich mich ins Wasser senkte, aber der Schmerz ließ schnell nach. Ich rutschte tiefer in die Wanne, um auch den Hals einzuweichen.

»Ich habe gesagt, willst du mich gar nicht fragen, wieso?«

»Ich nehme an, dass Ihr nicht wollt, dass ich Euch mit Hoheit anrede, Hoheit.« Die Salbe löste sich im Wasser auf und verbreitete einen aromatischen Duft. Gelbwurz. Myrrhe. Ich machte die Augen zu und tauchte unter. Nachdem ich wieder hochgekommen war, bediente ich mich aus der kleinen Schale mit Seife. Ich knetete sie in das, was von meinem Haar noch übrig war, und schaute zu, wie der Schaum, braun gefärbt, ins Wasser flockte. Ich tauchte wieder unter, um die Seife auszuspülen.

»Du solltest mir nicht danken müssen und mir aufwarten und vor mir dienern. Ich weiß, wer du bist. Dein Blut ist so blau wie meins.«

Der Wandschirm verbarg meine erschütterte Miene vor seinen Augen. Ich plätscherte im Wasser herum, während mir alle möglichen Gedanken durch den Kopf schossen, und hoffte, er würde annehmen, ich hätte ihn nicht verstanden.

»Chade hat mir immer Geschichten erzählt. Geschichten von einem Jungen, der früher einmal sein Adept war, wie dickköpfig er gewesen sei und wie schlau. ›Als mein Adept damals in deinem Alter war‹, fing er an, und dann folgte eine Anekdote, wie du den Waschfrauen Streiche gespielt oder die Schere der Schneidermeisterin versteckt hast, um sie zu ärgern. Du hattest ein zahmes Wiesel, stimmt's?«

Schleicher war Chades Wiesel gewesen. Mamsell Hurtigs Schere hatte ich auf seinen Befehl hin gestohlen, als Teil meiner Ausbildung zum Meuchelmörder. Dieses Gewerbe erforderte auch eine gewisse Fertigkeit als Dieb und Einbrecher. Das hatte Chade dem Prinzen vermutlich nicht auf die Nase gebunden. Mein Mund war trocken. Ich hantierte unter lautem Wassergeplansche mit Seife und Lappen und wartete.

»Du bist sein Sohn, hab ich recht? Chades Sohn und damit mein – wäre das ein Vetter zweiten Grades? Aus einer unstandesgemäßen Verbindung, aber trotzdem ein Blutsverwandter. Und ich glaube, ich weiß, wer deine Mutter war. Eine Dame, von der am Hof immer noch viel gemunkelt wird, obwohl niemand etwas Genaues über sie zu wissen scheint. Hochdame Quendel.«

Ich lachte laut auf und täuschte dann rasch einen Hustenanfall vor. Der Sohn von Chade und Hochdame Quendel. Na, das war ein passender Stammbaum für mich! Hochdame Quendel, die giftige alte Schreckschraube, war eine Erfindung von Chade, sein Alter Ego, wenn er unerkannt zu reisen wünschte. Ich überwand meinen Heiterkeitsausbruch und räusperte mich. »Nein, Hoheit, mit dieser Vermutung befindet Ihr Euch, fürchte ich, sehr im Irrtum.«

Er schwieg, während ich mein Bad beendete. Ich stieg aus der Wanne, trocknete mich ab und kam hinter den Schirmen hervor. Auf der Pritsche lag ein Nachthemd. Wie gewöhnlich hatte der Narr an alles gedacht. Als ich es über meinen feuchten, struppigen Kopf zog, bemerkte der Prinz: »Du hast eine Menge Narben. Woher?«

»Ich habe zum Jähzorn neigenden Leuten bohrende Fragen gestellt. Hoheit.«

»Du redest auch genau wie Chade.«

Das war das Unliebenswürdigste und Unzutreffendste, was man je über mich gesagt hatte! Ganz sicher! Ich konterte mit: »Und seit wann seid Ihr so redselig?«

»Seit niemand mehr in der Nähe ist, der uns belauscht. Du weißt, dass Fürst Leuenfarb und Laurel Spitzel sind? Er spioniert für Chade und sie für meine Mutter.«

Er hielt sich für so pfiffig. Er würde lernen müssen, vorsichtiger zu sein, wenn er im Schlangennest der Hofgesellschaft überleben wollte. Ich drehte mich zu ihm um und fixierte ihn mit einem scharfen Blick. »Und was bringt Euch zu der Auffassung, dass ich nicht auch ein Spitzel bin?«

Er stieß ein skeptisches Lachen aus. »Du bist unhöflich. Dir ist es egal, ob ich dich mag oder nicht, du versuchst nicht, dir mein Vertrauen zu erschleichen oder meine Gunst. Du hast keinen Respekt vor mir. Du erzählst mir keine Schmeicheleien.« Er verschränkte die Hände und legte sie hinter den Kopf, dann schenkte er mir ein seltsames halbes Lächeln. »Und du scheinst dir keine Sorgen darüber zu machen, dass ich dich aufhängen lassen könnte. Wegen Hochverrats. Weil du auf dieser Insel Hand an deinen zukünftigen König gelegt hast. Nur ein Blutsverwandter würde so etwas tun und sich keine Gedanken über die Folgen machen.« Er schaute mich erwartungsvoll an, und ich erkannte in seinen Augen, was ich am meisten fürchtete. Hinter seinen Spekulationen verbarg sich blanke Einsamkeit.

Als Burrich es seinerzeit für geboten hielt, mich gewaltsam von dem Tier zu trennen, mit dem ich mich verschwistert hatte, hatte ich mich stattdessen an ihn gehängt. Ich fürchtete den Stallmeister und hasste ihn, aber mehr als alles andere brauchte ich ihn. Ich brauchte das Gefühl, mit jemandem verbunden zu sein, der immer da war und immer für mich erreichbar. Man hat mir versichert, dass alle Kinder solche Bedürfnisse haben, aber ich denke, bei mir war es mehr als der einfache Wunsch nach Sicherheit. Nachdem ich das vollkommene Einssein mit der Alten Macht erfahren hatte, konnte ich es nicht mehr ertragen, in mir allein zu sein. Ich sagte mir, dass Pflichtgetreus plötzliche Hinwendung zu mir wahrscheinlich mehr mit Jinnas Amulett zu tun hatte als mit einer aufrichtigen Sympathie für meine Person. Dann fiel mir auf, dass das Amulett noch auf meinem Kissen lag.

»Ich stehe in Chades Dienst.« Ich sagte es kurz und bündig, ohne Beschönigungen. Keine Vorspiegelung falscher Tatsachen. Ich wollte nicht, dass er sich mir anschloss, weil er glaubte, ich sei jemand, der ich nicht war.

»Aber natürlich. Er hat nach dir geschickt. Meinetwegen.

Du musst der sein, den er als Hofmeister für mich haben wollte. Der Mann, der mich besser in der Gabe unterweisen kann als er.«

Wahrhaftig, Chade war auf seine alten Tage recht geschwätzig geworden.

Pflichtgetreu setzte sich im Bett auf und begann seine Argumente an den Fingern abzuzählen. Ich musterte ihn derweil kritisch. An den dunkel umschatteten Augen und eingefallenen Wangen konnte man sehen, wie sehr er gelitten hatte, doch irgendwann im Lauf des letzten Tages musste ihm bewusst geworden sein, dass er weiterleben würde. Er hielt einen Finger hoch. »Deine Züge tragen den Stempel der Weitseher. Die Augen, das Kinn – nicht die Nase. Ich weiß, wo du den Knick her hast, das liegt nicht in der Familie.« Er hielt den zweiten Finger hoch. »Die Gabe ist die Erbmagie der Weitseher. Mindestens zweimal habe ich gespürt, wie du Gebrauch davon gemacht hast.« Ein dritter Finger. »Du nennst Chade einfach ›Chade‹ und nicht ›Fürst Chade‹ oder ›Kanzler Chade‹. Und einmal habe ich gehört, wie du von meiner Mutter als Kettricken gesprochen hast. Nicht einmal Königin Kettricken, sondern nur Kettricken. Als wärt ihr zusammen Kinder gewesen.«

Vielleicht waren wir das. Was meine Nase anging, nun, in gewisser Weise trug doch ein Weitseher dafür die Verantwortung. Sie war eine dauerhafte Erinnerung an die Tage, die ich als Gast in Edels Kerker hatte verbringen dürfen.

Ich trat zu dem Leuchter auf dem Tisch und blies die Kerzen aus, bis auf eine. Pflichtgetreus Blick folgte mir, als ich zu meiner Pritsche zurückging und mich hinsetzte. Sie war kurzbeinig und hart und dicht bei der Tür: der Platz eines Dieners, der seine gnädigen Herren beschützt. Ich streckte mich darauf aus.

»Nun?«, drängte er.

»Ich werde jetzt schlafen.« Mein Ton ließ keinen Zweifel daran, dass für mich das Gespräch beendet war.

Er schnaubte geringschätzig durch die Nase. »Ein wirklicher Diener hätte erst um Erlaubnis gefragt, bevor er die Kerzen löscht. Und ob er sich zu Bett begeben darf. Gute Nacht, Tom Dachsenbless Weitseher.«

»Schlaft wohl, Eure Königliche Hoheit.«

Noch ein Schnauben von ihm. Dann Stille, bis auf das Trommeln des Regens auf dem Dach und das fette Pladdern der Tropfen in den aufgeschwemmten Morast im Hof. Stille, abgesehen vom leisen Knistern des Feuers und der gedämpften Wein- und Bierseligkeit aus der Schankstube. Stille, bis auf trunkene Schritte, die an unserer Tür vorbeistolperten. Doch am schrecklichsten und am tiefsten erschien mir die Stille in meinem Herzen, wo viele Jahre lang Nachtauges Bewusstsein ein Licht in meiner Dunkelheit gewesen war, ein Quell der Wärme in meinem Winter, ein Leitstern in meiner Nacht. Nach ihm waren meine Träume dünne, zerfahrene, menschliche Gebilde, die mit dem Erwachen zerstoben. Tränen quollen warm unter meine geschlossenen Lider. Ich drehte mich auf den Rücken und bemühte mich, lautlos durch den offenen Mund zu atmen.

Ich hörte, wie der Prinz sich im Bett herumwarf, einmal, zweimal. Schließlich stand er auf, leise, und ging zum Fenster. Dort stand er eine Weile und blickte in die Nacht und den Regen hinaus. »Geht es vorbei, irgendwann?« Er sprach leise, wie zu sich selbst, aber ich wusste, die Frage war an mich gerichtet.

Ich holte tief Atem und bemühte mich, meiner Stimme einen festen Klang zu geben. »Nein.«

»Niemals?«

»Eines Tages findest du vielleicht ein neues Geschwistertier. Aber das erste vergisst man nie.«

Er rührte sich nicht, schaute weiter starr nach draußen. »Wie viele Geschwistertiere hast du gehabt?«

Erst wollte ich nicht antworten, aber dann sagte ich es doch: »Drei.«

Schemenhaft erkannte ich, dass er den Kopf drehte und zu mir hersah. »Wird es auch für dich einen neuen Bund geben?«

»Ich bezweifle es.«

Er ging vom Fenster weg und stieg wieder ins Bett. Es raschelte, als er die Decken hochzog und sich hineinwickelte. Ich dachte, er würde einschlafen, doch offenbar lag ihm noch etwas auf dem Herzen. »Wirst du mich auch in der Alten Macht unterweisen?«

Irgendjemand sollte dir jedenfalls etwas beibringen, und sei es nur, nicht so schnell Vertrauen zu fassen. »Ich habe nicht gesagt, dass ich dich überhaupt unterweisen werde.«

Er schwieg eine Weile, und es klang fast eingeschnappt, als er murmelte: »Es wäre besser, wenn mir irgendjemand irgendetwas beibringen würde.«

Ein langes Schweigen folgte, und ich hoffte, er wäre eingeschlafen. Mir gefiel nicht, wie seine Worte in meinem Kopf nachhallten. Regen schlug gegen die dicken Butzenscheiben des Fensters, und Dunkelheit strömte in den Raum. Ich schloss die Augen und brachte mich ins Gleichgewicht. Behutsam, als wollte ich Glasscherben aufheben, griff ich nach ihm.

Er war da, still und gespannt wie eine lauernde Katze. Ich spürte ihn, wartend und auf der Hut und doch nicht ahnend, dass ich am Rand seines Bewusstseins stand. Sein Gabensinn war ein krudes, ungeschliffenes Werkzeug. Ich zog mich ein wenig zurück und studierte ihn von allen Seiten, wie ein Fohlen, das ich zureiten wollte. Seine Wachsamkeit war eine Mischung aus Angst und Aggression, ebenso

Waffe wie Schild, noch ungeschickt gehandhabt. Und es war auch nicht reine Gabe. Es ist schwierig zu beschreiben, aber seine Gabe glich einem weißen Lichtstrahl mit Rändern aus waldgrüner Dunkelheit. Er spürte nach mir mit der Alten Macht. Die Alte Macht verbindet nicht einen Menschen mit einem anderen, aber sie kann mir das Tier bewusst machen, mit dem dieser andere Mensch verschwistert ist. So verhielt es sich mit Pflichtgetreu. Seiner Katze beraubt, auf die seine Alte Macht sich richtete, war diese ein weit ausgeworfenes Netz, das neue Verschwisterung suchte. Wie die meine auch, wurde mir plötzlich bewusst.

Ich prallte vor dieser Erkenntnis zurück und fand mich in meinem eigenen Körper wieder. Sogleich schloss ich meine Schutzwälle gegen das ungeübte Tasten seiner Gabe. Doch noch während ich damit beschäftigt war, musste ich erkennen, dass es zwei Tatsachen gab, die ich nicht leugnen konnte. Das Band der Gabe, das mich mit Pflichtgetreu verband, wurde stärker mit jedem Mal, da ich es benutzte. Und ich hatte keine Ahnung, wie ich es durchtrennen, geschweige denn meinen Gabenbefehl von ihm nehmen konnte.

Die dritte Tatsache war ebenso bitter wie die beiden anderen beunruhigend. Ich suchte. Bewusst hatte ich nicht den Wunsch, ein neues Geschwistertier zu finden, doch ohne Nachtauge, der sie auf sich zog, breitete meine Alte Macht sich aus, in immer weiteren Kreisen, streckte suchende Fühler in alle Welt. Vorhin hatte ich einen Hunger in den Augen des Prinzen gesehen, ein verzweifeltes Sehnen nach Zugehörigkeit und Gemeinschaft. Strahlte ich die gleiche Bedürftigkeit aus? Ich verschloss mein Herz und zwang mich, still zu sein. Geduld. Zeit heilt alle Wunden. Diese Lüge wiederholte ich in Gedanken, bis der Schlaf mich übermannte.

Ich erwachte, als Helligkeit vom Fenster her mein Gesicht

berührte. Zwar schlug ich die Augen auf, rührte mich aber sonst nicht. Das Unwetter schien abgezogen zu sein; Morgenlicht erfüllte die Kammer wie klares, leuchtendes Wasser eine verwunschene Quelle. Ich fühlte mich eigenartig leer, ein Zustand wie nach langer Krankheit, wenn die Krise überstanden ist und die Genesung beginnt. Träge griff ich nach einem entschwindenden Traumgesicht, bekam aber nur einen letzten Zipfel zu fassen, die Ahnung eines Sommermorgens, unter mir das Meer und salziger Wind im Gesicht.

Der Schlaf war geflohen, aber mir war nicht danach, aufzustehen und dem Tag die Stirn zu bieten. Ich fühlte mich wie im Innern einer unsichtbaren schützenden Kapsel, und wenn ich mich nicht rührte, konnte ich noch ein Weilchen in diesem Zustand inneren Friedens verharren. Ich lag auf der Seite, Hand und Arm unter dem flachen Kissen. Irgendwann wurde mir bewusst, dass ich die vom Kleinodienstrand mitgebrachten Federn unter den Fingern spürte.

Ich hob den Kopf, um einen Blick darauf zu werfen, aber plötzlich drehte sich die Kammer um mich, als hätte ich zu viel getrunken. Die Wirklichkeiten des bevorstehenden Tages – der lange Ritt zurück zur Burg, anschließend die Begegnungen mit Chade und Kettricken, das Wiederaufnehmen meines Daseins als Tom Dachsenbless – stürzten auf mich ein. Ich setzte mich langsam auf.

Der Prinz schlief noch. Vorsichtig drehte ich den Kopf und entdeckte den Narren, der mich unter halbgesenkten Lidern hervor beobachtete. Er lag im Bett auf der Seite, das Kinn auf die Faust gestützt. Er sah müde aus, aber auch unausstehlich zufrieden mit sich und der Welt.

»Ich habe nicht damit gerechnet, dich heute Morgen in deinem Bett zu finden«, begrüßte ich ihn und musste dann einfach fragen: »Wie bist du hereingekommen? Ich hatte abgeschlossen.«

»Ach ja? Interessant. Aber du kannst schwerlich überraschter sein, mich in meinem Bett zu finden, als ich es bin, dich in deinem zu sehen.«

Ich ließ die Spitze an mir abprallen. Mein Bart juckte, und ich kratzte mich an der Wange. »Höchste Zeit für eine Rasur«, sagte ich vor mich hin. Der Gedanke rief keine Begeisterung in mir hervor. Seit unserem unrühmlichen Abschied von Burg Tosen hatte kein Rasiermesser mehr mein Gesicht berührt.

»Dieses Vorhaben findet meine Zustimmung. Ich möchte nicht, dass wir wie drei Lumpensammler in der Burg Einzug halten.«

Ich nickte, hatte dabei aber mein von Katzenkrallen zerschlissenes Hemd vor Augen. Dann erinnerte ich mich an die Federn. »Ich habe etwas, das ich dir zeigen möchte«, begann ich und griff unter das Kissen, aber genau in diesem Moment tat der Prinz einen tiefen Atemzug und schlug die Augen auf.

Fürst Leuenfarb schaute zu ihm hin. »Guten Morgen, Hoheit.«

»Guten Morgen«, erwiderte er müde. »Fürst Leuenfarb, Tom Dachsenbless.« Er wirkte etwas erholter als bei unserer Ankunft gestern. Mir gegenüber legte er ganz die frühere Förmlichkeit an den Tag. Ich war erleichtert.

»Guten Morgen, Hoheit«, sagte ich mit einer Verneigung.

Und so begann der Tag. Wir nahmen das Frühstück in unserer Kammer ein; nach den Speisen brachte man unsere gereinigte und geflickte Kleidung. Fürst Leuenfarb glänzte fast in seiner alten Pracht, und der Prinz sah ordentlich aus, wenn auch nicht königlich. Wie befürchtet waren meine Kleider durch das Waschen nicht vorzeigbarer geworden. Ich erbat mir von dem Hausknecht Nadel und Faden, unter dem Vorwand, ich wolle einen Abnäher in den Hemdärmel machen. In Wirklichkeit wollte ich eine Tasche hineinnähen. Fürst Leuenfarb musterte mich und seufzte. »Ihn meinem Stand gemäß staffiert zu halten, Dachsenbless, könnte sich leicht als der größte Posten Seines Unterhalts erweisen. Nun sehe Er zu, was Er an dem Rest Seiner Person verbessern kann.«

Ich war der Einzige, der sich rasieren musste. Fürst Leuenfarb ließ heißes Wasser, Rasiermesser und Spiegel bringen, und während er sich ans Fenster setzte und auf den kleinen Fährflecken hinunterschaute, begann ich mit meinem Verschönerungswerk. Gleich fiel mir auf, dass der Prinz wie gebannt jede meiner Bewegungen verfolgte. Eine Weile ignorierte ich sein Starren. Als ich mich zum zweiten Mal schnitt, verschluckte ich einen Fluch, dafür entfuhr mir schroff die Frage: »Was ist? Habt Ihr noch nie gesehen, wie ein Mann sich rasiert?«

Eine leichte Röte stieg ihm ins Gesicht. »Nein.« Mit abgewandtem Blick fügte er hinzu: »Ich habe nicht viel Zeit in der Gesellschaft von Männern verbracht. Oh, ich habe mit den Vornehmen am Hof gespeist und der Beizjagd gefrönt und mit den anderen Knaben von Geblüt meine Fechtübungen absolviert. Aber …« Er schien plötzlich nicht weiterzuwissen.

Ebenso plötzlich erhob sich Fürst Leuenfarb von seiner Fensterbank. »Ich denke, ich werde einen kleinen Gang durch dieses bezaubernde Örtchen unternehmen, bevor wir ihm den Rücken kehren. Mit Eurer Hoheit Erlaubnis.«

»Selbstverständlich, Fürst. Ganz nach Eurem Belieben.«

Ich nahm an, dass der Prinz ihn begleiten würde, doch er blieb. Er schaute mir zu, wie ich mich fertig rasierte, und als ich mir den Rest Seife von dem brennenden Gesicht spülte, erkundigte er sich neugierig: »Ist Rasieren schmerzhaft?«

»Brennt etwas. Aber nur, wenn man zu hastig zu Werke geht, was ich immer tue, und sich dabei schneidet.« Mein zum Zeichen der Trauer gekapptes Haar sträubte sich in wilden Büscheln nach allen Richtungen. Merle hätte es ordentlich geschnitten, dachte ich und schalt mich einen Gauch und Gimpel und klebte es mir mit Wasser glatt an den Kopf.

»Es wird nicht unten bleiben. Sobald es getrocknet ist, steht es wieder hoch«, bemerkte der Prinz altklug.

»Ich weiß, Hoheit.«

»Hasst du mich?«

Die Frage, aus heiterem Himmel kommend, brachte mich für einen Moment aus dem Gleichgewicht. Ich legte das Handtuch weg und begegnete seinem ernsten Blick. »Nein, ich hasse Euch nicht.«

»Weil ich es verstehen könnte. Wegen deines Wolfs und überhaupt.«

»Nachtauge.«

»Nachtauge.« Er wiederholte den Namen langsam und sorgfältig. Dann wandte er plötzlich den Blick von mir ab und zur Seite. »Den Namen meiner Katze habe ich nie erfahren.« Man hörte an seiner Stimme, dass ihm die Kehle eng wurde. Ich schwieg und harrte der Dinge, die noch kommen mochten. Schließlich holte er tief Atem. »Ich hasse dich auch nicht.«

»Das ist gut zu wissen.« Ich hielt es für richtig hinzuzufügen: »Die Katze hat mir gesagt, ich soll sie töten.« Obwohl ich nicht das Gefühl hatte, mich rechtfertigen zu müssen, hörte es sich an wie eine Rechtfertigung.

»Ich weiß. Ich habe sie gehört.« Er schniefte, versuchte es mit einem Hüsteln zu überspielen. »Und sie hätte dich in jedem Fall dazu gebracht, dass du sie tötest. Sie war fest entschlossen.«

»Was ich bezeugen kann.« Unwillkürlich fuhr meine Hand zu dem frischen Verband am Hals. Der Prinz lächelte, und ich merkte, dass ich das Lächeln erwiderte.

Die nächste Frage sprudelte er hervor, als wäre sie ganz besonders wichtig, so wichtig, dass er die Antwort fürchtete. »Wirst du bleiben?«

»Bleiben?«

»In der Burg.« Plötzlich setzte er sich mir gegenüber an den Tisch und schaute mir mit Veritas' offenem Blick in die Augen. »Tom Dachsenbless, willst du mein Lehrer sein?«

Chade, mein alter Mentor, war mit der Bitte zu mir gekommen, den jungen Prinzen zu unterrichten, und ich hatte die Kraft gefunden, nein zu sagen. Der Narr, mein ältester Freund, hatte mich gebeten, nach Bocksburg zurückzukehren, und ich hatte abgelehnt. Der Königin selbst hätte ich ein Nein zur Antwort gegeben. Das Beste, was ich diesem jüngsten Spross meiner Familie gegenüber an Verweigerung zustande brachte, war: »Ich habe nicht besonders viel zu lehren. Was Euer Vater mir an Unterweisung hat zukommen lassen, fand im Geheimen statt, und überdies hatte er nur selten Zeit dafür.«

Sein Blick wurde kritisch. »Gibt es jemanden, der mehr von der Gabe versteht als du?«

»Nein, Königliche Hoheit.« Er brauchte nicht zu wissen, dass ich selbst sämtliche in Frage kommenden Kandidaten getötet hatte. Übrigens hätte ich nicht erklären können, weshalb ich ihn plötzlich anredete, wie es einem Prinzen aus regierendem Hause zustand. Etwas in seiner Haltung verlangte es.

»Dann bist du von jetzt an Gabenmeister. In Ermangelung von Alternativen.«

»Nein.« Mit diesem Wort war meine Zunge so schnell wie der Gedanke. Ich holte tief Luft. »Ich bin bereit, Euch zu unterweisen, doch in der gleichen Weise, wie Euer Vater es mit mir getan hat. Wann ich kann und was ich kann. Und im Geheimen.«

Wortlos streckte er die Rechte über den Tisch, um die Abmachung zu besiegeln, doch als unsere Hände sich berührten, forderte er: »Die Alte Macht und die Gabe«, und der Gabenfunke zwischen uns sang.

Bitte.

Hingeschrieben wäre es ein Krakel gewesen, der erste ungelenke Versuch eines Schulanfängers mit Feder und Tinte, und befördert wurde es von der Alten Macht, nicht von der Gabe. »Wir werden sehen«, sagte ich laut und bereute es schon. »Du könntest deine Meinung bald ändern. Ich bin weder ein guter Lehrer noch besonders geduldig.«

»Aber für dich bin ich ein Mensch, nicht ›der Prinz‹. Als wären deine Erwartungen an einen Menschen höher als an einen Prinzen.«

Ich sagte nichts und schaute ihn stattdessen abwartend an.

Er sprach zögernd weiter, es schien ihm peinlich zu sein. »Für meine Mutter bin ich ein Sohn. Und ich bin immer Opfer für mein Volk. Und für alle anderen bin ich immer der Prinz. Immer. Ich bin niemandes Bruder. Ich bin keines Mannes Sohn. Ich bin keines Menschen bester Freund.« Er lachte, ein kurzes, gepresstes Lachen. »Die Leute sind sehr zuvorkommend zu mir als ›der Prinz‹. Aber da ist stets eine Mauer. Niemand redet zu mir als, nun, einfach als Mensch.« Er hob eine Schulter und ließ sie wieder fallen, ein Mundwinkel verzog sich zu einem seltsamen Lächeln. »Niemand außer dir hat je zu mir gesagt, ich sei dumm, auch dann nicht, wenn ich mich ganz unübersehbar aufführte wie ein Dummkopf.«

In diesem Moment wurde mir klar, wieso die Gescheckten ihn so leicht für sich hatten gewinnen können. Geliebt werden, auf eine vertrauliche, furchtlose Art. Jemandes bester Freund sein, selbst wenn dieser Jemand eine Katze ist. Ich konnte mich an eine Zeit in meinem eigenen Leben erinnern, als ich glaubte, das könne nur Chade mir geben. Ich erinnerte mich, wie groß die Angst, diesen Schatz zu verlieren, gewesen war. Ich wusste, dass jeder Knabe, Bettler oder Prinz, so etwas brauchte, ein Gegenüber, um sich hinzuwenden und angenommen zu werden. Nur war ich nicht überzeugt, für diesen Zweck die rechte Wahl zu sein. Chade, weshalb hatte er sich nicht Chade ausgesucht? Darüber dachte ich noch nach, als es an der Tür klopfte.

Ich öffnete und sah mich Laurel gegenüber. Unwillkürlich schaute ich an ihr vorbei, in der Erwartung, Fürst Leuenfarb zu sehen. Er war nicht da. Sie blickte mit einem leichten Stirnrunzeln über ihre eigene Schulter, dann wieder in mein Gesicht. »Ist es gestattet einzutreten?«

»Selbstverständlich, Jagdmeisterin. Ich dachte nur …«

Ich ließ sie vorbei und schloss die Tür hinter ihr. Sie blieb stehen und musterte den Prinzen, dann flog etwas wie Erleichterung über ihre Züge, und sie verbeugte sich mit einem Lächeln. »Guten Morgen, Hoheit.«

»Guten Morgen, Jagdmeisterin.« Seine Erwiderung klang steif, aber wenigstens hatte er etwas erwidert. Ich schaute den Jungen an und erkannte, was sie gesehen haben musste. Der Prinz war wieder er selbst. Sein Gesicht war ernst, die Augen verhangen, doch er war wieder bei uns. Er blickte nicht länger nach innen, in eine Ferne, die niemand außer ihm wahrnehmen konnte.

»Es ist eine Freude, Euch so gut erholt zu sehen, Hoheit. Ich komme, um zu erfahren, wann Hoheit aufzubrechen wünschen. Die Sonne ist aufgegangen, und es verspricht ein schöner Tag zu werden, obzwar kalt.«

»Ich bin bereit, mich darin nach unserem guten Fürsten Leuenfarb zu richten.«

»Eine sehr kluge Entscheidung.« Ihr Blick flog durch die Kammer. »Der Fürst ist nicht hier?«

»Er sagte, er wolle ausgehen«, erklärte ich.

Hätte einer der Stühle das Wort an sie gerichtet, hätte sie nicht überraschter sein können. Siedend heiß wurde mir mein neuerlicher Fauxpas bewusst. In Gegenwart des Kronprinzen hatte ein gemeiner Diener wie ich in demütigem Schweigen zu verharren, bis man ihm gestattete, sich zu äußern. Ich senkte den Blick auf die Stiefelspitzen, um den Verdruss in meinen Augen zu verbergen. Wieder einmal nahm ich mir fest vor, mich besser auf meine Rolle zu konzentrieren. War mir denn die ganze bei Chade gelernte Disziplin abhandengekommen?

Sie schaute Pflichtgetreu an, doch als er nicht gesinnt schien, meinen Worten etwas hinzuzufügen, meinte sie nur gedehnt: »Ich verstehe.«

»Selbstverständlich seid Ihr herzlich eingeladen, hier seine Rückkehr abzuwarten, Jagdmeisterin.« Seine Worte sagten das eine, der Tonfall etwas anderes. Seit dem alten König Listenreich hatte ich es nicht so fein abgewogen gehört.

»Vielen Dank, Hoheit. Doch wenn es gestattet ist, würde ich mich gern zurückziehen und in meiner Kammer warten, bis man mich ruft.«

»Selbstverständlich ist es Euch gestattet, Jagdmeisterin.« Er hatte sich umgedreht und blickte aus dem Fenster.

»Ergebenen Dank, Hoheit.« Sie verneigte sich vor seinem Rücken. Auf ihrem Weg zur Tür trafen sich für einen kurzen Moment unsere Blicke, aber ich konnte nichts darin lesen. Als die Tür hinter ihr zuklappte, drehte sich der Prinz wieder zu mir herum.

»Da! Verstehst du jetzt, was ich meine?«

»Sie war nicht unfreundlich zu Euch, Hoheit.«

Er winkte mich zum Tisch, und als ich mich hingesetzt hatte, sagte er: »Sie war gar nichts zu mir. Sie behandelte mich, wie alle anderen es tun. ›Ergebenen Dank, Hoheit.‹ Doch in den gesamten Sechs Provinzen habe ich nicht einen einzigen echten Freund.«

Ich atmete lautlos ein, dann fragte ich: »Was ist mit Euren Altersgenossen? Den jungen Herren, die mit Euch reiten und jagen?«

»Von denen umgeben mich viel zu viele. Ich muss jeden einen Freund nennen und darf keinen bevorzugen, damit nicht der Vater eines anderen sich gekränkt fühlt. Und Eda möge verhüten, dass ich eine junge Dame anlächle. Sofort wird sie aus meiner Nähe entfernt, damit es nicht heißt, ich mache ihr den Hof. Nein, ich bin einsam, Tom Dachsenbless. Auf ewig einsam.« Schwer aufseufzend, senkte er den Blick auf seine Hände, die die Tischkante umfassten. Die Szene war arg dramatisch für dieses noch bartlose Milchgesicht.

Meine Zunge war schneller als mein Verstand. »Ach, der arme, um die Freuden des Lebens betrogene Knabe.« Sein Kopf flog hoch, und er funkelte mich an. Ich erwiderte den Blick gelassen.

Ganz langsam breitete sich ein Lächeln über sein Gesicht. »Gesprochen wie ein echter Freund«, sagte er.

Im nächsten Augenblick trat Fürst Leuenfarb ein. Mit einem flinken Spiel seiner grazilen Finger zeigte er mir die Hülse, worin Brieftauben die ihnen anvertrauten Nachrichten transportieren. Im nächsten Augenblick war sie in seinem Ärmel verschwunden. Natürlich. Er war zu Merle gegangen, um nachzusehen, ob schon Antwort aus Bocksburg eingetroffen war. Und es war tatsächlich eine gekommen. Unzweifelhaft hatte Chade alles für unsere Ankunft vorbereitet. Schon war des Fürsten Blick weitergeflogen zu Pflichtgetreu am anderen Ende des Tisches. Falls er es merkwürdig fand, den Thronfolger mit mir, einem Diener, am selben Tisch sitzen zu sehen, wo er zuschaute, wie ich mein Hemd ausbesserte, verbarg er es meisterlich.

Nicht das winzigste Flackern seines Blicks verriet, dass er mich zuerst begrüßt hatte – seine gesamte Aufmerksamkeit schien ausschließlich dem Prinzen zu gelten. »Ich hoffe, Ihr nehmt es mir nicht übel, Hoheit, aber ich habe mir die Freiheit genommen, die monetären Angelegenheiten unseres Aufenthalts in diesem Hause zu regeln. Wenn es Euch angenehm ist, können wir nunmehr sofort aufbrechen.«

Der Prinz atmete tief ein. »Es wäre mir angenehm, Fürst.«

Jetzt erst nahm der Fürst offiziell meine Anwesenheit zur Kenntnis und zeigte mir ein Lächeln, wie ich es seit Tagen nicht mehr auf seinem Gesicht gesehen hatte. »Er hat unseren Prinzen gehört, Dachsenbless. Ermanne Er sich und packe unsere Habseligkeiten. Und Er kann aufhören mit seiner Flickarbeit, wenigstens vorläufig. Man soll mir nicht nachsagen können, dass ich ein knauseriger Herr bin, auch nicht einem so ungehobelten Diener gegenüber, wie Er einer ist. Bedecke Er sich hiermit, auf dass er uns keine Schande mache, wenn wir in die Burg einreiten.« Er warf mir ein verschnürtes Bündel in den Schoß. Wie sich herausstellte, war es ein Kittel aus Leinenstoff, derber und haltbarer als mein alter, an dem herumzuflicken ich vorgab. Vorbei war's mit der Tasche im Ärmel, um darin verborgen die Federn zu tragen.

»Vielen Dank, Euer Gnaden«, erwiderte ich mit angemessener Demut. »Ich werde mich bemühen, auf diesen besser achtzugeben als auf die drei letzten.«

»Das hoffe ich. Nun seh Er zu mit seiner Toilette und spute sich, die Jagdmeisterin Laurel zu unterrichten, dass wir in Bälde aufzubrechen gedenken. Dann sag Er im Stall Bescheid, dass man die Pferde reitfertig macht, und in der Küche soll man uns einen Imbiss für unterwegs richten.

Zwei, drei gebratene Vögelchen, eine Fleischpastete, zwei Flaschen Wein und etwas von dem frischen Brot, dessen Werden meine Nase mir vermeldete, als ich ins Haus trat.«

»Sehr wohl, Euer Gnaden. Es soll alles pünktlich besorgt werden.« Halb in dem neuen Kittel steckend, hörte ich den Prinzen in ungehaltenem Ton sagen: »Fürst, seid Ihr es, der glaubt, ich wäre ein Kretin, dass Ihr diese Komödie für mich aufführt? Oder geschieht es auf Wunsch von Tom Dachsenbless?«

Ich steckte hastig den Kopf durch die Kragenöffnung, um den Ausdruck auf des Fürsten Gesicht nicht zu verpassen. Doch es war der Narr, der mit einem strahlenden Lächeln nach Vagantenart einen schwungvollen Kratzfuß vollführte und seinen nicht vorhandenen Hut vor den Knien schwenkte.

Im Aufrichten warf er mir einen triumphierenden Blick zu. Ich wusste nicht, was ich davon halten sollte, aber sein Grinsen steckte an, und deshalb grienten wir wie zwei Verschworene bei einem Schelmenstreich, während er antwortete: »Hoheit, weder ist es mein Wunsch noch der von Tom Dachsenbless, sondern Fürst Chade hat es uns auferlegt. Er wünscht, dass wir bei jeder Gelegenheit unsere darstellerischen Fähigkeiten üben, denn schlechte Schauspieler wie wir brauchen zahlreiche Proben, um das Publikum überzeugen zu können.«

»Fürst Chade. Ich hätte wissen müssen, dass ihr beide seine Zuträger seid.« Er verriet nicht, dass ich es bereits ausgeplaudert hatte, wie ich beifällig vermerkte. Wenigstens lernte er Verschwiegenheit. Er schaute den Narren durchdringend und voller Argwohn an, dann wanderten seine Augen ein wenig zur Seite, um mich in die Musterung miteinzubeziehen. »Aber wer seid ihr?«, fragte er mit gesenkter Stimme. »Wer seid ihr, alle beide?«

Unwillkürlich tauschten der Narr und ich einen Blick. Dass wir uns erst miteinander verständigten, bevor wir antworteten, erregte den Unmut des Prinzen. Man sah es daran, wie seine Wangen sich röteten. Hinter dem Ärger, verborgen in der Tiefe seiner Augen, saß die Angst eines Knaben, dass er sich mir gegenüber lächerlich gemacht hatte. War alles ein abgekartetes Spiel gewesen, um sich sein Vertrauen zu erschleichen? War meine Freundschaft bereits vergeben, an den Narren, und er ging leer aus? Ich sah, wie er sich zu verschließen begann, wie er sich hinter die Fassade des Königssohns und Thronfolgers zurückzog. Rasch beugte ich mich über den Tisch und verstieß gegen jegliche höfische Etikette, indem ich mich seiner Hand bemächtigte. Ich ließ Aufrichtigkeit durch diese Berührung fließen, überzeugte ihn mit der Gabe, genau wie Veritas einst das Vertrauen seiner Mutter gewonnen hatte.

»Er ist ein Freund, Hoheit. Der beste Freund, den ich jemals hatte, und er wäre gern auch der Eure.« Ohne den Blick vom Gesicht des Prinzen abzuwenden, streckte ich die freie Hand nach dem Narren aus. Ich hörte, wie er herankam und sich neben den Prinzen stellte. Einen Augenblick später spürte ich den Druck seiner Hand. Ich führte sie zur Mitte der Tischplatte, wo ich die Rechte des Prinzen umfasst hielt, und seine schmalen weißen Finger, die sich über unsere legten, besiegelten den Bund.

»Wenn Ihr mich haben wollt«, erklärte der Narr feierlich, »werde ich Euch dienen, wie ich Eurem Vater gedient habe und Eurem Großvater vor ihm.«

Kapitel 28

HEIMKEHR

Schon aus unseren frühesten Überlieferungen geht hervor, dass die Beziehungen zwischen den Sechs Provinzen und den Äußeren Inseln einmal kriegerischer und dann wieder kaufmännischer Natur waren. Dem Wechsel von Ebbe und Flut vergleichbar, haben wir Handel getrieben und Ehebande geknüpft und dann Krieg geführt und unser eigen Fleisch und Blut erschlagen. Was den Krieg der Roten Schiffe aus dieser langen und blutigen Tradition heraushebt, ist die Tatsache, dass zum ersten Mal in ihrer Geschichte die Fernholmer unter einem einzigen Anführer vereint waren. Kebal Raubart war sein Name. Wie es bei solchen Gestalten zu sein pflegt, vermischen sich in den Berichten über seine Person Mythos und Wahrheit, aber nach den meisten Schilderungen begann er seinen Weg als Pirat und Plünderer. Er war ein herausragender Seemann und furchtloser Kämpfer, und die Männer, die ihm folgten, profitierten sehr davon. Meldungen von erfolgreichen Raubzügen und reicher Beute veranlassten Männer vom gleichen Schlage, sich ihnen anzuschließen. Bald kommandierte er eine ganze Flotte von Piratenschiffen.

Ungeachtet dessen wäre er vielleicht doch nur als ein ungewöhnlich erfolgreicher Seeräuber in die Geschichte eingegangen, der zu seiner Zeit die Meere unsicher machte, aber dann begann er systematisch sämtliche der Äußeren Inseln unter seine Herrschaft zu zwingen. Die Form der Überredung, der er sich zu dem Behufe bediente, hatte große Ähnlichkeit mit dem Entfremden, welches er wenig später als Waffe gegen die Bevölkerung der Sechs Provinzen gebrauchte. Überdies verlangte er, dass die Rümpfe aller Schiffe unter seinem Kommando blutrot gestrichen werden sollten, und bestimmte ausschließlich die Küste der Sechs Provinzen zum Ziel seiner Überfälle. In diesem Zusammenhang ist von Interesse, dass etwa zu der gleichen Zeit, als Kebal Raubart seine Flotte in der oben geschilderten Weise neu organisierte, man in den Sechs Provinzen zum ersten Mal Gerüchte von einer Fahlen Frau an seiner Seite zu hören begann.

FEDWREN: »EINE CHRONIK DES KRIEGS DER ROTEN SCHIFFE«

Wir erreichten Burgstadt, als der Nachmittag sich schon zum Abend zu neigen begann, viel später als nötig, aber, wie ich vermutete, einem Plan des Narren entsprechend, denn er schien unterwegs keine Eile zu kennen. Zum Beispiel hatten wir sehr lange an einem sandigen Uferstreifen Rast gemacht, um unsere Mahlzeit einzunehmen. Vielleicht wollte er dem Prinzen noch einen Tag der Erholung verschaffen, bevor er wieder vom Wirbel des Hofes verschlungen wurde. Keiner von uns hatte das Chaos und die Lustbarkeiten erwähnt, die anlässlich der Verlobungsfeierlichkeiten in der Neumondnacht zu erwarten waren. Inzwischen fand der Prinz Gefallen an unserer Komödie, und auf der letzten Etappe unserer Reise ließ er seinen Grauen neben Malta gehen. Wie es sich für einen vornehmen jungen Herrn geziemte, sah er über den grobschlächtigen Diener des Fürsten hochmütig hinweg. Er gestattete Fürst Leuenfarbs aristokratischem

Geplauder von Jagden und Bällen und Reisen in exotische Länder, ihn zu amüsieren, ohne seine prinzliche Haltung zu kompromittieren. Laurel ritt an des Fürsten anderer Seite, schwieg aber die meiste Zeit. Ich denke, der Prinz genoss seine neue Rolle. Man konnte seine Erleichterung spüren, dass wir ihn jetzt in das Spiel einbezogen. Er musste sich nicht mehr schämen, dass er wie ein ungezogener Junge von seinen Aufpassern zur Mutter zurückgebracht wurde, sondern er kehrte heim als ein junger Mann nach einem unglückseligen Abenteuer, begleitet von Freunden. Seine verzweifelte Einsamkeit erfuhr eine gewisse Linderung. Dennoch spürte ich seine wachsende Bangigkeit, je näher wir unserem Ziel kamen. Sie pulsierte durch das Gabenband zwischen uns, und wieder fragte ich mich, ob er sich dessen im gleichen Maße bewusst war wie ich.

Ich glaube, die arme Laurel war verblüfft über die Veränderung in dem Jüngling. Er schien wieder gänzlich wohlauf zu sein und erholt von seinen hässlichen Erlebnissen bei den Gescheckten. Ich kann nicht sagen, ob sie den gezwungenen Unterton in seinem Lachen hörte oder bemerkte, wie geschickt der Fürst die Unterhaltung in Gang hielt, wenn der Prinz in abwesendes Schweigen versank. Mir entging es nicht. Ich war froh, dass der Junge bei dem Fürsten Anschluss suchte. Derweil ritt ich allein, doch am frühen Nachmittag zügelte die Jagdmeisterin ihren Wallach, lenkte ihn neben Meine Schwarze und überließ den Prinzen und Fürst Leuenfarb ihrer neu gefundenen Kameradschaft.

»Er erscheint mir wie verwandelt«, bemerkte sie in vertraulichem Ton.

»Allerdings«, pflichtete ich ihr bei, ohne auch nur einen Hauch von Sarkasmus in der Stimme. Weil sie bei dem Prinzen und Fürst Leuenfarb derzeit das dritte Rad am Wagen war, hatte sie sich meiner entsonnen. Im Grunde konnte man ihr keinen Vorwurf daraus machen, dass sie klug darauf achtete, mit wem sie Umgang pflegte und wem sie ihre Zuneigung schenkte. Dass Fürst Leuenfarb sie seiner Aufmerksamkeit würdigte, war für sie ein gesellschaftlicher Triumph. Ich fragte mich, ob sie daran dachte, nach unserer Rückkehr diese Liaison fortzusetzen. Der blanke Neid der hochwohlgeborenen Damen bei Hofe wäre ihr gewiss. Ich hätte auch gerne gewusst, wie es mit seiner Zuneigung zu ihr bestellt war. Stand mein Freund im Begriff, ernsthaft sein Herz an sie zu verlieren? Ich betrachtete ihr stilles Profil, während sie schweigend neben mir herritt. Er könnte es schlechter treffen. Sie war gesund und jung und eine gute Jägerin. Plötzlich bemerkte ich das Echo von Nachtauges Kriterien in meinen Gedanken. Ich hielt einen Moment den Atem an, dann ließ ich den Schmerz aus mir herausströmen.

Sie bewies größeren Scharfsinn, als ich ihr zugetraut hatte. »Es tut mir leid.« Sie sagte es sehr leise, ich musste genau hinhören, um die Worte zu verstehen. »Du weißt, ich selbst habe keinen Teil an der Alten Macht. Irgendwie hat sie mich verschmäht und wurde nur an meine Brüder und Schwestern weitergegeben. Trotzdem kann ich ahnen, was du leidest. Ich erinnere mich gut, was meine Mutter durchmachte, als ihr Ganter starb. Der Vogel war vierzig Jahre alt und hatte meinen Vater überlebt … Um die Wahrheit zu sagen, deswegen glaube ich, dass die Alte Macht mehr Fluch ist als Segen. Und ich gebe zu, wenn ich die Gefahr bedenke und den Schmerz, begreife ich nicht, wie man sich dieser Magie ausliefern kann. Wie kann man sein Herz so sehr an ein Tier hängen, wenn ihre Leben so kurz bemessen sind? Was gewinnst du, das den Schmerz aufwiegt, jedes Mal, wenn dein Geschwistertier stirbt?«

Darauf wusste ich keine Antwort. Oh, es war ein dornenreiches Mitgefühl, das ich von ihr bekam.

»Es tut mir leid«, wiederholte sie, nachdem einige Minuten verstrichen waren. »Du musst mich für herzlos halten. Wie mein Vetter Rehgesell. Doch ich konnte ihm nur sagen, was ich dir gesagt habe. Ich begreife es nicht. Und ich kann es nicht gutheißen. Ich werde immer der Meinung sein, dass die Alte Macht eine Magie ist, auf die man sich nicht einlassen sollte.«

»Hätte ich die Wahl, würde ich vielleicht genauso denken wie du«, erwiderte ich. »Aber ich bin so, wie ich geboren wurde.«

»Wie unser Prinz«, sagte sie nach längerem Sinnen. »Eda sei uns allen gnädig und bewahre sein Geheimnis.«

»So sei es!«, sagte ich mit Nachdruck. »Und das meine ebenfalls.« Ich schaute aus den Augenwinkeln zu ihr hin.

»Ich kann mir nicht vorstellen, dass Fürst Leuenfarb dich verraten würde. Er hält die größten Stücke auf seinen Diener Tom Dachsenbless«, antwortete sie. Es war die Versicherung, dass sie nicht im Entferntesten daran dachte, ich könnte glauben, sie selbst wüsste ihre Zunge nicht im Zaum zu halten oder dächte daran, mich anzuschwärzen. Im nächsten Moment lenkte sie meine Gedanken auf ein anderes Gleis, als sie diskret hinzufügte: »Und möge auch meine Herkunft nicht allgemein bekannt werden.«

Ich antwortete auf die gleiche Art wie sie. »Ich bin überzeugt, dass Fürst Leuenfarb die höchste Wertschätzung für dich hegt, sowohl als Freundin wie auch als Jagdmeisterin Ihrer Majestät. Ihm würde nicht ein Wort über die Lippen kommen, das dich gefährden oder deinen Ruf beschädigen könnte.«

Sie blickte mich von der Seite an, dann fragte sie scheu: »Seine Freundin? Hältst du das für möglich?«

Irgendetwas in ihren Augen und ihren Mundwinkeln warnte mich davor, die Frage leichtfertig zu beantworten. »Für mich hat es den Anschein«, erwiderte ich etwas steif.

Ihre Schultern hoben sich, als hätte ich ihr ein großes Geschenk gemacht. »Und du kennst ihn lange und gut«, schmückte sie meine kargen Worte aus. Ich hütete mich, ihre Spekulation zu bestätigen. Sie hielt eine Weile das Gesicht von mir abgewendet, und danach sprachen wir nicht mehr viel miteinander, aber sie summte beim Reiten vor sich hin. Sie schien bester Laune zu sein. Als ich meine Aufmerksamkeit auf unsere Vordermänner richtete, merkte ich, dass die Stimme des Prinzen verstummt war. Fürst Leuenfarb plauderte unverdrossen weiter, aber Pflichtgetreu hielt den Blick in die Ferne gerichtet und schwieg.

Die Burg erhob sich auf den schwarzen Felsen als düsterer Schattenriss vor einer schweflig geränderten Wolkenbank, als wir uns der um ihren Sockel gewucherten Stadt näherten. Der Prinz hatte sich die Kapuze tief ins Gesicht gezogen und ritt wieder neben mir, während Laurel an die Seite des Fürsten zurückgekehrt war und ob des Wechsels sehr zufrieden schien. Pflichtgetreu und ich wechselten kaum ein Wort, jeder war mit seinen eigenen Gedanken beschäftigt.

Unser Ziel war das weniger benutzte Westtor der Burg – wie der Aufbruch, so die Rückkehr. Wieder kamen wir durch die Ansammlung verstreuter Hütten am Fuß der Klippe. Als ich die ersten grünen Girlanden an einem Türsturz sah, dachte ich an einen festfrohen Bürger, der die Zeit nicht abwarten konnte, aber dann sah ich eine zweite, und ein Stück weiter trafen wir auf eine Gruppe von Handwerkern, die einen Willkommensbogen aufstellten. Leute aus dem Dorf beeilten sich, Efeu mit Heffelweiß zu verflechten, um den Bogen damit zu schmücken. »Ein bisschen früh, findet ihr nicht?«, rief Fürst Leuenfarb ihnen leutselig zu, als wir vorüberritten.

Ein Soldat spuckte aus und lachte laut auf. »Früh, Euer Gnaden? Eher zu spät! Alle dachten, der Sturm würde das Verlobungsschiff aufhalten, aber die Fernholmer scheinen ihn benutzt zu haben, um hierherzufliegen. Die Geleitboote sind am Mittag eingetroffen, mit der Ehrengarde der Prinzessin. Es heißt, ihr Schiff wird anlegen, bevor die Sonne untergeht, und bis dahin muss alles bereit sein.«

»Wie aufregend!«, begeisterte sich der Fürst. »Keinesfalls darf ich mich zu den Festlichkeiten verspäten.« Er wandte sich mit einem Lächeln an Laurel. »Meine Liebe, ich fürchte, wir müssen reiten, was wir können. Ihr Burschen folgt uns, wie es eben geht.« Damit stieß er Malta die Fersen in die Weichen, und sie fiel leichtfüßig in Galopp. Laurel blieb an seiner Seite. Der Prinz und ich trabten gemächlich hinterher. Während wir uns noch auf dem kurvenreichen Karrenweg befanden, hatten Fürst Leuenfarb und Laurel bereits das Tor erreicht und ritten hindurch.

An einer Stelle, wo dichter Wald bis an die Straße reichte, lenkte ich Meine Schwarze vom Weg herunter und winkte dem Prinzen, es mir gleichzutun. Durch wucherndes Unterholz auf einem längst überwachsenen Pfad, an den ich mich kaum noch erinnerte, folgten wir dem Verlauf der äußeren Burgmauern bis zu der Stelle, die der Wolf mir vor all den Jahren gezeigt hatte. Dichtes Distelgestrüpp überwucherte die alte Bresche in der Mauer, aber ich traute dem Frieden nicht. Wir stiegen ab.

»Was ist dies für ein Ort?« Pflichtgetreu schob die Kapuze zurück und schaute sich neugierig um.

»Ein Ort, um zu warten. Ich will nicht das Risiko eingehen, mit Euch an einem der Tore Einlass zu begehren. Chade wird jemanden schicken, der uns abholt und auf einem sicheren Weg in die Burg hineinbringt, damit es aussieht, als hättet Ihr sie nie verlassen. Ihr habt Euch die Freiheit genommen, diese letzten Tage in tiefer Meditation zuzubringen, und nun kommt Ihr aus der Klausur, um Eure zukünftige Gemahlin zu begrüßen. Mehr braucht niemand zu wissen.«

»Ich verstehe«, erwiderte er leise. Am Himmel ballten sich die Wolken, und der Wind frischte auf. »Und was tun wir bis dahin?«

»Wir warten.«

»Warten.« Er seufzte. »Wenn ein Mann in einer Kunst vollkommen werden kann, indem er sie beständig übt, müsste ich inzwischen vollkommen sein im Warten.«

Er klang müde und über seine Jahre alt.

»Wenigstens seid Ihr jetzt zu Hause«, versuchte ich ihn zu trösten.

»Ja.« Es hörte sich alles andere als glücklich an. Nach einer Weile fügte er hinzu: »Es kommt mir vor, als wäre ein Jahr vergangen, seit ich die Burg verlassen habe, und dabei ist es nicht einmal ein ganzer Monat. Ich erinnere mich, wie ich auf meinem Bett lag und die Tage zählte, bis zum Neumond und dieser schrecklichen Zeremonie. Dann – eine Zeitlang glaubte ich, es bliebe mir erspart. Den ganzen Tag heute war es ein seltsames Gefühl zu wissen, dass ich im Begriff bin, in mein altes Leben zurückzukehren, dass ich all die losen Enden wieder aufnehmen werde, an Gewesenes anknüpfen, als wäre nie etwas geschehen. Es ist niederschmetternd. Auf dem ganzen Ritt hierher versprach ich mir einen ruhigen Tag oder zwei, etwas Zeit für mich allein, um herauszufinden, wie sehr ich mich verändert hatte. Und jetzt – schon heute Abend trifft die Gesandtschaft von den Äußeren Inseln ein, um die Verlobung zu besiegeln. In dieser Nacht entscheiden meine Mutter und die Edlen der Fernholmer über den weiteren Verlauf meines ganzen restlichen Lebens.«

Ich versuchte mir ein Lächeln abzuringen, aber mir war

zumute, als brächte ich ihn zu seiner Hinrichtung. Um Haaresbreite war ich seinerzeit einem ähnlichen Schicksal entgangen. Was gab es Ermutigendes zu sagen? »Ihr könnt es bestimmt kaum noch erwarten, Eure Braut kennen zu lernen.«

Er warf mir einen Blick zu, der Bände sprach. »Es ist erschreckend, dem Mädchen gegenüberzutreten, das man zur Gemahlin nehmen wird, wenn man weiß, dass die eigenen Vorlieben nicht den geringsten Einfluss auf die Sache haben.« Er stieß ein kurzes grämliches Lachen aus. »Auch wenn ich zugeben muss, dass ich mich ziemlich töricht angestellt habe, als ich nach eigener Wahl mein Herz verschenkte.« Er seufzte. »Sie ist elf. Elf Sommer alt.« Er schaute zur Seite. »Worüber soll ich mit ihr sprechen? Puppen? Nähen und Sticken?« Er verschränkte die Arme vor der Brust und lehnte sich gegen die kalte Mauer. »Ich glaube nicht, dass man die Frauen auf den Äußeren Inseln überhaupt das Lesen lehrt. Männer auch nicht, was das angeht.«

»Hm.« Ich überlegte angestrengt, aber mehr fiel mir nicht ein. Zu erwähnen, dass vierzehn nicht sehr viel älter war als elf, hätte ihn unnötig verletzt. Wir warteten schweigend.

Ohne die geringste Vorwarnung öffnete der Himmel seine Schleusen, und Regen stürzte herab wie aus Kübeln. Das ohrenbetäubende Prasseln machte ein Gespräch unmöglich, und ich war nicht böse darum. Wir verkrochen uns in unsere Umhänge, während die Pferde schicksalsergeben mit hängenden Köpfen den Wolkenbruch über sich ergehen ließen.

Nach einer Ewigkeit, wie es mir vorkam, tauchte Chade auf, um den Prinzen auf geheimen Wegen in die Burg zu geleiten. Er sagte nicht viel, eine hastige Begrüßung im Regenrauschen, das Versprechen, man werde sich bald sehen, und dann waren sie fort. Allein in Kälte und Nässe zurückgelassen, grinste ich säuerlich in mich hinein. Genau wie ich es erwartet hatte. Der alte Fuchs hatte sein Schlupfloch noch in Gebrauch, aber nicht einmal mir wollte er den Eingang zeigen. Ich holte tief Atem. Auch gut. Ich hatte meine Pflicht getan. Ich hatte den Prinzen heil und gesund und rechtzeitig zu seinem Verlöbnis nach Hause gebracht. Ich probierte verschiedene Gefühle aus. Triumph. Freude. Jubel. Nein. Nass, ausgelaugt, hungrig. Durchgefroren bis ins Mark. Allein.

Leer.

Ich stieg auf Meine Schwarze und ritt durch die himmlischen Sturzfluten, den Mausgrauen des Prinzen zog ich hinter mir her. Es dämmerte, und die Hufe der Pferde rutschten auf der dicken Schicht aus nassem Laub, die den Waldboden bedeckte. Es ging nur im Schritt voran. Das Gesträuch, durch das wir uns einen Weg bahnen mussten, war regenschwer. Ich hatte nicht geglaubt, dass man nasser werden konnte als nass, wurde nun aber eines Besseren belehrt. Endlich am Rand der Straße zur Burg hinauf angelangt, fand ich sie verstopft mit Menschen, Pferden und Sänften. Da ich zu bezweifeln wagte, dass man mir Platz machen oder gar erlauben würde, mich in die Prozession einzureihen, hielten wir drei bescheiden auf dem Bankett, der kleine Mausgraue, Meine Schwarze und ich, und schauten zu, wie die Menge vorüberzog.

Erst kamen die Fackelträger, um den Weg zu erleuchten. Ihnen folgte auf Atlasschimmeln die Leibgarde der Königin in Purpur und Weiß und mit dem Fähenwappen, sehr prächtig und triefend nass. Nachdem sie vorüber waren, kam eine interessante Mischung aus der Leibgarde des Prinzen und dem Kriegsvolk der Fernholmer. Die Männer des Prinzen waren in Weitseherblau gekleidet, mit dem Hirschwappen der Weitseher, und sie gingen zu Fuß, als höfliche Geste, nahm ich an, gegenüber den Gästen. Die Fernholmer, die man zum Geleit der Narcheska ausgewählt hatte, waren Seefahrer und Kämpfer, aber keine Reiter. Pelze und Lederzeug tropften, und ich malte mir aus, wie heute Abend der Gestank von Tierfell, das in der Wärme der Feuer zu trocknen begann, in Schwaden durch die Große Halle zog. Reihe um Reihe marschierten sie vorbei, mit dem wiegenden Gang von Männern, die lange auf See gewesen sind und immer noch bei jedem Schritt erwarten, dass sich ihnen der Boden entgegenhebt. Sie trugen ihre Waffen als ihren Reichtum und ihren Reichtum als Waffen. Edelsteine funkelten an Schwertgurten, und ich sah mit Gold umwundene Axtstiele. Man konnte nur hoffen, dass es zwischen den verschiedenen Parteien heute Nacht nicht zu Auseinandersetzungen kam. Noch marschierten sie gemeinsam, Veteranen von beiden Seiten der Piratenkriege.

Die Edlen der Fernholmer kamen als Nächstes. Sie ritten auf geliehenen Pferden, und man merkte ihnen an, wie unbehaglich sie sich fühlten. Begleitet wurden sie von einer Empfangsgruppe aus Herzögen und Fürsten der Sechs Provinzen. Ich erkannte sie mehr an ihren Wappen als an ihren Gesichtern. Der Herzog von Tilth war erheblich jünger, als ich erwartet hatte. Zwei junge Frauen ritten unter dem Banner von Bearns, und obwohl ich die charakteristischen Züge der Familie in ihren Zügen fand, waren sie mir fremd. Und immer noch zogen die Reihen vorüber, festlich wie auch kriegerisch, und ich saß im Regen auf meinem Pferd als einer der vielen Zuschauer des Spektakels.

Schließlich kam die Sänfte von des Prinzen kindlicher Braut. Sie schwebte über dem Festzug wie eine vom Himmel herabgeholte Wolke, riesig und weiß, getragen auf den Schultern von des Königs Garde. Die jungen Fürstensöhne, die mit Fackeln nebenher marschierten, waren nass und bis an die Knie mit Matsch bespritzt. Der Schmuck aus Blumen und Girlanden war vom Regen zerschlagen und vom böigen Wind zerzaust. Man hätte es für ein böses Omen nehmen können, dieses schwankende, zerbrechliche Gebilde im Regensturm unter einem schwarzen Himmel, wäre nicht das Mädchen darin gewesen. Statt die Vorhänge gegen das raue Wetter zu schließen, waren sie weit geöffnet. Die drei Ehrenfräulein aus den Sechs Provinzen sahen betrübt aus mit ihren verwehten, ruinierten Frisuren, aber das kleine Mädchen in ihrer Mitte genoss das Unwetter sichtlich. Ihr rabenschwarzes Haar war lang und ungebändigt. Regennass lag es ihr glatt am Kopf wie Seehundfell, und auch ihre Augen gemahnten mich an die eines Seehunds, riesengroß, schwarz und feucht. Sie schaute in meine Richtung, als sie vorüberschwamm, ich sah ihre Zähne weiß zwischen den zu einem Lächeln geöffneten Lippen schimmern. Sie war, wie der Prinz gesagt hatte, ein Kind von elf Jahren, ein kräftiges kleines Ding mit flächigen Wangen und geraden Schultern, und offenbar entschlossen, sich keinen Moment ihrer Reise zu der Burg auf dem Felsen entgehen zu lassen. Wahrscheinlich zu Ehren ihres zukünftigen Gemahls trug sie Weitseherblau und dazu ein seltsames blaues Ornament im Haar, aber ihr Überwurf mit hohem Kragen war aus feinem weißem Leder, in Gold mit springenden Narwalen bestickt. Ich starrte sie an und dachte, ich müsste sie schon einmal gesehen haben oder jemanden aus ihrer Familie, doch ehe ich die Erinnerung fassen und festhalten konnte, war die Sänfte vorbei und schwankte weiter den Berg hinauf. Und immer noch musste ich warten, denn ihr folgten noch weitere Scharen ihres Gefolges und unserer Männer als Ehrengeleit. Hinter den letzten Nachzüglern ließ ich Meine Schwarze mit einem Schenkeldruck auf die wie umgepflügte Straße treten. Wir gerieten in einen Strom von Kaufleuten, Händlern und ihren Knechten, die im Sog des Festzugs zur

Burg hinaufwanderten. Einige trugen ihre Waren auf der Schulter, mit Wachs umhüllte Käseräder oder Fässchen mit edlem Likör, andere gingen neben Eselskarren. Ich trieb mit dem Strom durch das Haupttor der Burg, ohne dass jemand mir einen zweiten Blick gegönnt hätte.

Stallburschen standen bereit, um die Pferde zu übernehmen, sie hatten Mühe, der Masse der Tiere Herr zu werden. Ich gab ihnen den Mausgrauen des Prinzen, sagte aber, dass ich Meine Schwarze selbst versorgen wolle, und sie waren froh darüber. Man könnte sagen, dass ich ein unnötiges Risiko einging, immerhin bestand die Möglichkeit, dass ich Flink über den Weg lief und er mich durch irgendeine Fügung erkannte, doch in dem Gewimmel der vielen Fremden und der zusätzlichen Tiere, für die Raum gefunden werden musste, war die Gefahr gering. Man wies mich mit Meine Schwarze zum »alten Stall«, der für die Reittiere des Gesindes bestimmt war. Ich stellte fest, es war der Stall meiner Kindheit, in dem einst Burrich regiert und ich als seine rechte Hand fungiert hatte. Die altvertrauten Verrichtungen, um die Stute zu versorgen, bevor ich sie in ihrer Box allein ließ, brachten meinem Herzen ein gewisses Maß an Frieden. Heimeliger Stallgeruch, der gedämpfte Schein der in Abständen aufgehängten Laternen und die Laute der Tiere, die sich für die Nacht einrichteten, wirkten ungemein beruhigend. Ich fror, ich war nass und müde, aber hier im Bocksburger Stall war ich so sehr zu Hause wie seit langem nirgends mehr. Mochte die Welt draußen sich verändert haben, hier war die Zeit stehen geblieben.

Der Gedanke folgte mir durch den geschäftigen Hof und die Gesindepforte. In der Burg hatte vieles sich verändert, und doch war mehr oder weniger alles beim Alten. Wie immer die Hitzeschwaden und das Geklapper und Geschnatter aus der Küche, wie immer der Fliesenboden vor der Wachstube dreckig vom Hin und Her lehmiger Stiefel, und wie früher quoll der Mief von nasser Wolle, schalem Bier und Kochfleisch heraus. Aus der Großen Halle trieb Musik heran, Lachen, Stimmengewirr, die Geräusche fröhlich tafelnder Menschen. Vornehme Damen rauschten an mir vorbei, und ihre Zofen funkelten mich an; ihre Blicke warnten mich, ich solle es ja nicht wagen, ihren Herrinnen mit meinen nassen, schmutzigen Kleidern zu nahe zu kommen. Vor dem Eingang zur Großen Halle neckten zwei Jünglinge einen dritten wegen eines Mädchens, das er nicht anzusprechen wagte. Die Ärmel des einen Knaben waren mit schwarzspitzigen Hermelinschwänzen verbrämt, und der hohe Kragen eines anderen war so dicht mit silbernen Ringen besetzt, dass er kaum den Kopf drehen konnte. Ich erinnerte mich an die modischen Ausartungen, mit denen Mamsell Hurtig mich einst gepiesackt hatte, und konnte die beiden nur bemitleiden. Mein Leinenkittel mochte derb und schmucklos sein, aber wenigstens konnte ich mich frei bewegen.

Früher einmal würde man von mir erwartet haben, bei einem solchen Fest zu erscheinen, auch wenn ich nur der Bastard der Familie war. Während der Zeit, als Veritas und Kettricken am Hohen Tisch residierten, war mein Platz manchmal ziemlich weit über dem Salz gewesen. Fitz-Chivalric Weitseher labte sich an raffiniert zubereiteten Delikatessen, pflegte Konversation mit hochedlen Damen und lauschte den besten Musikanten der Sechs Provinzen. Doch heute Abend war ich Tom Dachsenbless, und nur ein noch größerer Narr als ich hätte bedauert, unerkannt durch diese Lustbarkeiten zu wandeln.

In Erinnerungen an früher befangen, hätte ich beinahe den Weg zu meiner alten Kammer eingeschlagen, aber ich merkte es noch rechtzeitig und stieg zu Fürst Leuenfarbs

Gemächern hinauf. Ich klopfte und trat ein. Er war nicht da, hatte aber deutliche Spuren einer wirbelsturmartigen Anwesenheit hinterlassen. Er hatte gebadet und frische Kleider angelegt, alles offenbar in großer Eile. Eine Schmuckschatulle stand offen auf dem Tisch; bei der hastigen Suche nach etwas Bestimmtem war anderes herausgefallen und lag auf der glänzenden Holzplatte verstreut. Vier Hemden waren anprobiert, für nicht gut befunden und aufs Bett geworfen worden; verschmähte Schuhe hatte fürstlicher Unmut unter das Bett und in die Ecken befördert. Seufzend machte ich mich daran, Ordnung zu schaffen, quetschte zwei Hemden in den übervollen Schrank, packte zwei andere in eine Truhe und schloss die Türen vor überquellenden Stoffmassen und Schuhstapeln. Ich schürte das Feuer, steckte frische Kerzen auf, damit mein Herr, wenn er zu später Stunde heraufkam, nicht im Dunkeln stand, und fegte den Platz vor dem Kamin. Dann schaute ich mich um. Der behagliche Raum wirkte plötzlich bedrückend leer. Ich hielt den Atem an und erforschte noch einmal den Platz in meinem Bewusstsein, wo der Wolf nicht mehr war. Eines Tages, sagte ich mir, würde es ganz normal sein, dort eine Lücke zu finden. Doch gerade jetzt mochte ich nicht mit mir allein sein.

Ich nahm eine Kerze und trat in meine eigene stockfinstere Kammer. Alles war genau so, wie ich es verlassen hatte. Ich schloss die Tür sorgfältig hinter mir, schob den Riegel vor, betätigte den Schnapper und begann den mühsamen Aufstieg zu Chades Refugium.

Halb hatte ich damit gerechnet, ihn dort anzutreffen, wie er begierig darauf wartete, dass ich ihm Bericht erstattete. Natürlich war er nicht da, sondern bei den Feierlichkeiten unten, aber wenn schon nicht er selbst, so hieß der Raum mich willkommen. Eine Sitzwanne stand neben dem Kamin, und ein großer dampfender Wasserkessel hing über dem

Feuer. Der Tisch war gedeckt mit erlesenen Speisen aus wahrscheinlich denselben Schüsseln, aus denen der Adel unten sich bediente, dazu eine Flasche Wein. Ein Teller, ein Glas. Fast hätte ich mich dem Selbstmitleid ergeben, doch mit dem nächsten Blick bemerkte ich, dass jetzt neben dem seinen ein zweiter bequemer Sessel vor dem Kamin bereitgestellt war. Auf diesem Sessel harrten meiner ein Stapel Handtücher und ein wollener blauer Hausmantel. Außerdem hatte Chade Leinen und Verbandsstoff herausgelegt, gekrönt von einem Topf scharf riechender Salbe. Inmitten der vielen Dinge, um die er sich zweifellos kümmern musste, hatte er an mich gedacht. Ich wusste es zu schätzen, auch wenn mir klar war, dass er die vielen Eimer Wasser nicht selbst heraufgetragen hatte. Hm. Sein Diener also, oder sein Adept? Ein Geheimnis, welches noch zu lüften war.

Ich goss das heiße Wasser in die Wanne und fügte kaltes hinzu, bis die Temperatur mir behagte. Dann belud ich einen Teller mit Leckerbissen und stellte ihn nebst der geöffneten Flasche Wein in Reichweite neben die Wanne. Nach diesen Vorbereitungen ließ ich meine durchweichten Kleider auf den Boden fallen, wo ich stand, legte Jinnas Amulett auf den Tisch und verbarg die Federn in Chades staubigster Schriftrolle. Ich wickelte den Verband von meinem Hals, stieg in die Wanne, senkte mich nach und nach in das heiße Wasser und lehnte mich bequem zurück. Während meine sattelmüden Glieder sich entspannten, aß ich etwas, trank ein Glas Wein und wusch mich lustlos. Langsam wich die Kälte aus meinen Knochen. Die Traurigkeit, die blieb, war eine saure, sattsam vertraute Last, die mir das Herz beschwerte. Ich fragte mich, ob Merle in der Großen Halle sang und spielte. Ich fragte mich, ob Fürst Leuenfarb Laurel zum Tanze führte. Ich fragte mich, was Prinz Pflichtgetreu über die Kindfrau denken mochte, die das stürmische Meer an seine Schwelle gespült hatte. Ich rutschte tiefer in die Wanne und trank Wein aus der Flasche, und wahrscheinlich bin ich eingenickt.

»Fitz?«

Die Stimme des alten Mannes klang besorgt. Ich erwachte mit einem Ruck, fuhr hoch, und eine Wasserwelle schwappte über den Wannenrand. Verschwommen merkte ich, dass ich den Hals der Weinflasche noch umklammert hielt. Er griff danach, bevor ich sie fallen lassen konnte, und stellte sie mit Nachdruck auf den Tisch. »Alles in Ordnung?«, fragte er.

»Ich muss eingeschlafen sein.« Benommen starrte ich ihn an, wie er in seinem Staatsgewand vor mir stand, Juwelengeglitzer an den Ohren und am Hals. Er kam mir vor wie ein Fremder, und ich schämte mich plötzlich, schlafend, nackt und halb betrunken in einer Wanne mit lauwarmem Wasser ertappt worden zu sein. »Lass mich raussteigen«, murmelte ich.

»Nur zu.« Er legte Holz nach, während ich aus dem Wasser stieg, mich abtrocknete und in den blauen Hausmantel wickelte. Von dem langen Einweichen im Wasser waren meine Hände und Füße runzlig geworden. Er füllte einen kleineren Kessel, hängte ihn über das frisch geschürte Feuer und holte dann Teekanne und Becher von einem Regal. Ich schaute zu, wie er Teeblätter aus mehreren mit Korken verschlossenen Dosen mischte.

»Wie spät ist es?«, fragte ich kraftlos.

»So spät am Abend, dass Burrich sagen würde, es sei früh am Morgen«, antwortete er, setzte den Tisch zwischen die Sessel vor dem Kamin und stellte die Teekanne und die zwei Becher dort ab. Schließlich nahm er Platz und wies einladend auf den zweiten Sessel. Ich setzte mich und unterzog meinen alten Mentor einer verstohlenen Musterung. Er war die ganze Nacht auf gewesen, und doch wirkte er nicht müde, sondern im Gegenteil frisch und munter. Seine Augen blickten hell, seine Hände waren ruhig. Jetzt faltete er sie im Schoß und schaute eine Weile schweigend darauf nieder. »Es tut mir leid«, sagte er dann, hob den Kopf und begegnete meinem Blick. »Ich werde nicht behaupten, dass ich deinen Verlust vollkommen nachempfinden kann. Er war ein wertvoller Mitstreiter, dein Wolf. Ohne ihn hätte Königin Kettricken damals nicht vor Edels Schergen aus der Burg entkommen können. Und oft hat sie mir erzählt, wie er auf dem langen Ritt durch das Bergreich euch alle mit Wildbret versorgt hat.« Er schüttelte leicht den Kopf. »Hast du je überlegt, dass, wenn der Wolf nicht gewesen wäre, keiner von uns so gemütlich hier sitzen würde?«

Ich wollte jetzt nicht über Nachtauge sprechen und mir auch nicht die schmeichelhaften Erinnerungen, die andere an ihn hatten, erzählen lassen. »Also«, sagte ich nach einem Moment befangenen Schweigens, »ist heute alles wunschgemäß verlaufen? Die Verlobungszeremonie und so weiter?«

»Oh, das war nur ein Willkommensfest. Das förmliche Verlöbnis wird nicht vor dem neuen Mond stattfinden. Übermorgen Nacht. Erst müssen auch sämtliche Herzöge eingetroffen sein, um den Bund zu bezeugen. Die Burg wird bis unter das Dach vollgepackt sein mit Gästen und die Stadt ebenfalls.«

»Ich habe sie gesehen. Die Narcheska. Sie ist nur ein Kind.«

Ein seltsames Lächeln erschien auf Chades Gesicht. »Wenn du sagst, sie ist ›nur‹ ein Kind, bezweifle ich, dass du sie wirklich gesehen hast. Sie ist … eine angehende Königin, Fitz. Ich wünschte, du könntest sie kennen lernen und mit ihr sprechen. Durch eine glückliche Fügung, wie man sie nicht erwarten konnte, haben die Fernholmer unserem

Prinzen eine Braut zugesellt, wie sie exquisiter nicht sein könnte.«

»Und ist der Prinz auch dieser Meinung?«, forschte ich.

»Er ...« Chade wuchs in seinem Sessel ein Stück in die Höhe. »Oh, was ist das? Seinen Meister aushorchen wollen? An dir ist es, Bericht zu erstatten, junger Möchtegern!« Sein Lächeln nahm den Worten den Stachel.

Ich gehorchte. Das Wasser begann zu sprudeln, Chade goss den Tee auf, und nachdem er gezogen hatte, schenkte er ihn ein, bitter und stark. Ich kannte das Geheimnis seiner Mischung nicht, aber der Schleier aus Müdigkeit und Weindunst hob sich von meinem Verstand. Ich berichtete ihm alles, was geschehen war, bis zu unserer Ankunft in der Herberge am Fähranleger. Falls irgendetwas von dem, was er zu hören bekam, ihn erschütterte oder bestürzte, verbarg er es gut. Nur einmal zuckte er zusammen, als ich erzählte, wie ich Pflichtgetreu am Kleinodienstrand zu Boden geschleudert hatte. Als ich fertig war, atmete er schnaufend ein. Er stand auf und wanderte zweimal langsam rund um das Gemach. Im Anschluss kam er zurück und ließ sich wieder in die Polster fallen.

»Dann ist unser Prinz also ein Zwiehafter«, sagte er gedehnt.

Von allen Kommentaren, die er zu dem Gehörten hätte abgeben können, überraschte mich dieser am meisten. »Hast du daran gezweifelt?«

Er schüttelte kaum merklich den Kopf. »Ich hoffte, wir hätten uns geirrt. Dass diese Leute vom Alten Blut wissen, dass er ihr Erbe in sich trägt, ist wie ein Dolch in unserer Seite. Jederzeit könnten die Gescheckten sich entschließen, ihn uns ins Herz zu stoßen, nur indem sie ihr Wissen verbreiten.« Sein Blick wandte sich nach innen. »Auf die Bresingas wird man ein Auge haben müssen. Ich denke, dass Ihre

Majestät Fürstin Bresinga bitten wird, eine gewisse junge Dame, die ihr am Herzen liegt, bei sich aufzunehmen und zu erziehen, eine Tochter aus guter, aber verarmter Familie. Und ich werde mir auch Laurels Verwandtschaft genauer ansehen. Ja, ich weiß, was du davon hältst, aber wir können gar nicht vorsichtig genug sein, wenn es um den Prinzen geht. Zu schade, dass du die Gescheckten abziehen lassen musstest, aber ich sehe ein, dass du in deiner Lage nichts anderes tun konntest. Wären es nur einer oder zwei, meinetwegen auch drei, könnten wir die Gefahr aus der Welt schaffen, aber nicht nur ein Dutzend derer vom Alten Blut, sondern auch diese Gescheckten wissen Bescheid.« Er überlegte. »Kann man ihr Schweigen erkaufen?«

Es gefiel mir nicht zu hören, wie er seine Intrigen spann, andererseits – es war seine Natur. Ebenso gut hätte man ein Eichhörnchen dafür verurteilen können, dass es Nüsse versteckte. »Nicht mit Geld«, antwortete ich. »Mit Taten vielleicht. Indem wir ihren Forderungen nachkommen. Zeige guten Willen. Veranlasse die Königin, strikt gegen die Verfolgung der Zwiehaften vorzugehen.«

»Aber das tut sie bereits«, verteidigte er sich. »Um deinetwillen hat sie die Stimme erhoben, und mehr als einmal. In den Sechs Provinzen ist es per Gesetz verboten, dass ein Zwiehafter hingerichtet wird, nur um seiner Alten Macht willen. Man muss ihm nachweisen, dass er ein Verbrechen begangen hat.«

»Hm. Und wird nach diesem Gesetz gehandelt?«

»Der jeweilige Herzog ist der oberste Gerichtsherr in seiner Provinz, und ihm obliegt es, dafür zu sorgen, dass in seiner Provinz dem Recht Genüge getan wird.«

»Und hier bei uns?«

Chade ließ sich Zeit mit der Antwort. Stumm kaute er an seiner Unterlippe, und seine Augen schauten tief in irgendein unergründliches Nichts. Abwägend. Schließlich fragte er: »Du glaubst, das würde sie zufriedenstellen? Striktere Einhaltung der Gesetze zum Schutze derer mit der Alten Macht in den Bocksmarken?«

»Es wäre ein Anfang.«

Er holte tief Atem und stieß ihn seufzend wieder aus. »Ich werde es der Königin vortragen. Es wird keiner großen Überredung von meiner Seite bedürfen. Um die Wahrheit zu sagen, ich habe bisher die entgegengesetzte Rolle gespielt und sie gedrängt, die Traditionen des Volkes zu achten, dessen Herrscherin sie durch Heirat geworden ist, denn sie ...«

»Traditionen?«, platzte ich heraus. »Mord und Folter als ›Traditionen‹?«

»Denn sie muss alles tun, um eine prekäre Allianz zusammenzuhalten«, schloss er in festerem Ton, als er begonnen hatte. »Seit dem Ende der Piratenkriege ist das Regieren ein Balanceakt zwischen den verschiedenen Fraktionen. Es braucht viel Fingerspitzengefühl, Fitz, und das Gespür, wann es klug ist, den Standpunkt der Krone durchzusetzen, und in welcher Sache man Zugeständnisse machen sollte.«

Ich dachte an den Brand- und Leichengeruch, der über dem Fluss gehangen hatte, und das am Ast im Wind schwingende abgeschnittene Seil. »Glaub mir, in dieser Sache wäre es klug, den Standpunkt der Krone durchzusetzen.«

»In den Bocksmarken.«

»Zumindest in den Bocksmarken.«

Chade legte die Hand über den Mund und zupfte dann an seinem Kinn. »Abgemacht«, sagte er schließlich, und jetzt erst ging mir auf, dass ich mit ihm gefeilscht hatte. Nicht besonders geschickt, musste ich mir eingestehen, aber ich war auch in keiner Weise darauf vorbereitet gewesen. Doch um ehrlich zu sein: Von wem hatte ich eigentlich erwartet, dass er sich zum Fürsprecher derer vom Alten Blut machte? Fürst Leuenfarb? Jagdmeisterin Laurel, die lieber nicht mit ihrer Verwandtschaft in Verbindung gebracht werden wollte? Ich wünschte, ich wäre rigoroser gewesen, aber eine Chance hatte ich noch, wenn Königin Kettricken mich zur Audienz empfing.

»Gut. Was denkt die Königin von der Braut ihres Sohnes?«

Chade bedachte mich mit einem langen Blick. »Verlangst du von mir, dass ich dir Bericht erstatte?«

Ein besonderer Ton in seiner Stimme ließ mich stutzen. Eine Falle? War dies eine seiner Fangfragen? »Ich war nur neugierig. Ich habe nicht das Recht …«

»Aha. Dann hat der Prinz sich geirrt, und du hast nicht eingewilligt, sein Lehrer zu sein?«

Ich hielt die beiden Dinge gegeneinander, drehte und wendete sie, um zu sehen, wie sie zusammenpassten. Dann gab ich auf. »Und wenn doch?«

»Wenn doch, dann hättest du nicht nur ein Recht auf die Information, sondern du wärst darauf angewiesen. Als der Hofmeister des Prinzen musst du über alles Bescheid wissen, was ihn betrifft. Doch wenn du nicht sein Lehrer sein willst, wenn du vorhast, dich wieder in deine Eremitei zu verkriechen, wenn du nur fragst, um deine müßige Neugier zu befriedigen …« Er ließ den Satz in der Luft hängen.

Es war einer seiner alten Tricks. Man lasse einen Satz unvollendet, und irgendjemand wird es sich nicht verkneifen können, den Abschluss beizusteuern, und damit womöglich preisgeben, was er insgeheim denkt. Ich saß nur da, schaute in meinen Teebecher und kaute an meinem Daumennagel, bis Chade sich über den Tisch beugte und mir aufgebracht die Hand herunterschlug. »Nun?«, fragte er.

»Was hat der Prinz dir erzählt?«

Nun war er derjenige, der sich in Schweigen flüchtete. Ich wartete, mit der Geduld eines Wolfs.

»Nichts«, gestand er schließlich. »Ich habe nur auf den Busch geklopft.«

Ich lehnte mich zurück. Als mein Rücken das Polster berührte, zuckte ich leicht zusammen. »Oh weh, alter Mann.« Ich schüttelte den Kopf, und dann musste ich lächeln, trotz allem. »Ich dachte, die Jahre hätten deine Ecken und Kanten etwas abgeschliffen, aber da habe ich mich offenbar geirrt. Weshalb machst du es uns so schwer?«

»Weil ich jetzt der Ratgeber der Königin bin und nicht mehr dein Mentor, Söhnchen. Und weil, fürchte ich, es Tage gibt, an denen, wie du es ausdrückst, meine Ecken abgenutzt sind und ich Dinge vergesse und all die sorgfältig geordneten Fäden sich plötzlich in meiner Hand verheddern. Aus diesem Grund bemühe ich mich, doppelt vorsichtig zu sein in allem, was ich sage und tue.«

»Was war in dem Tee?« Ganz plötzlich interessierte es mich brennend.

»Einige neue Kräuter, die ich ausprobiere. Sie wurden in den Gabenschriften erwähnt. Keine Elfenrinde, sei beruhigt. Ich würde dir nichts verabreichen, was deine Fähigkeiten beeinträchtigen könnte.«

»Doch sie ›schärfen‹ den Verstand?«

»Richtig, aber man muss dafür bezahlen, wie du bereits vermutet hast. Nichts ist umsonst, Fitz, wir beide wissen das. Du und ich werden den heutigen Nachmittag im Bett verbringen, glaub mir, aber vorläufig sind wir munter und wach. So weit, so gut. Nun erzähle.«

Ich zögerte und überlegte, wie ich es formulieren sollte. Ich hob den Blick zu seinem Kaminsims und dem Messer, das er seit damals in dem Balken hatte stecken lassen. Mancherlei ging mir durch den Sinn, und ich wog es gegeneinander ab: Ehrlichkeit und argloses Vertrauen und alles, was ich einst König Listenreich gelobt hatte. Chades Blick folgte dem meinen.

»Es war einmal«, begann ich leise, »da wolltest du meine Treue zu unserem alten König auf die Probe stellen und gabst mir den Auftrag, etwas aus seinen Gemächern zu entwenden, einen beliebigen Gegenstand, nur so zum Spaß. Du wusstest, dass ich dich liebte. Also hast du diese Liebe gegen die Treue zu meinem König in die Waagschale geworfen. Erinnerst du dich?«

Er nickte ernst. »Ich erinnere mich. Und ich bedaure es bis heute.« Wieder seufzte er. »Aber du hast die Prüfung bestanden. Nicht einmal aus Liebe zu mir warst du bereit, deinen König zu hintergehen. Ich weiß, es war eine Feuerprobe, Fitz-Chivalric. Aber es war mein König, der verlangte, dass ich dich prüfe.«

Ich nickte. »Ich verstehe das. Heute. Auch ich habe dem Haus Weitseher meinen Lehnseid geleistet, Chade. Genau wie du. Du hast nicht mir Gefolgschaft geschworen, und ich nicht dir. Zwischen uns ist Liebe, aber kein Vasalleneid.« Er hielt die Augen unverwandt auf mein Gesicht gerichtet; zwischen seinen weißen Brauen stand eine tiefe Kerbe. Ich fing seinen Blick ein und hielt ihn fest. »Meine Treue gehört meinem Prinzen, Chade. Ich denke, er sollte entscheiden, was er dich wissen lassen will.« Mit großem Bedauern trennte ich einen Teil meines Lebens ab. »Wie du gesagt hast, alter Freund. Du bist jetzt der Ratgeber der Königin und nicht mehr mein Mentor. Und ich bin nicht mehr dein Adept.« Ich schaute auf den Tisch und sammelte meine Kraft. Zu sagen, was ich sagen musste, fiel mir unsäglich schwer. »Der Prinz wird entscheiden, was ich für ihn sein soll. Aber nie wieder werde ich dir berichten, was der Prinz und ich unter vier Augen gesprochen haben.«

Er stand auf, mit einem Ruck. Zu meinem Entsetzen sah ich Tränen in seinen scharfen grünen Augen glänzen. Seine Lippen bebten. Er kam um den Tisch herum, nahm meinen Kopf zwischen die Hände, bückte sich und drückte mir einen Kuss auf die Stirn. »Eda und El seien gepriesen«, flüsterte er rau. »Du bist sein. Und ich weiß ihn in guten Händen, auch wenn ich einmal nicht mehr bin.«

Ich brachte vor Erstaunen kein Wort heraus. Schweren Schrittes kehrte er zu seinem Sessel zurück und ließ sich hineinfallen. Er nahm die Kanne, goss unsere Becher voll, drehte sich zur Seite, um sich die Augen zu wischen, und blickte dann wieder zu mir. Er schob mir den Becher hin und sagte: »Nun gut. Soll ich jetzt Bericht erstatten?«

Kapitel 29

BURGSTADT

Ein schönes Beet mit Finkel ist eine segensreiche Ergänzung für jeden Kräutergarten. Es ist nur darauf zu achten, dass er sich nicht zu sehr ausbreitet. Man schneide ihn in jedem Herbst zurück und sammle die Früchte, bevor die Vögel Gelegenheit haben, sie durch den ganzen Garten zu tragen, oder man hat das nächste Frühjahr damit zu tun, die zarten, gefiederten Wedel auszuzupfen. Man kennt den süßen Geschmack dieser Pflanze, aber sie besitzt überdies medizinische Eigenschaften. Sowohl Samen als auch Wurzel der Staude fördern die Verdauung. Einem Säugling mit aufgeblähtem Leib gebe man einen Tee von Fenchelsamen, und es wird ihm wohltun. Ein Umschlag von demselben stärkt die Haut. Als Gebinde überreicht bedeutet Finkel je nach Auslegung »Kraft« oder »Schmeichelei«.

FREUDENBOCKS HERBARIUM

Wie Chade prophezeit hatte, verschlief ich nicht nur den Nachmittag, sondern auch noch den frühen Abend. Ich erwachte in der Schwärze meiner fensterlosen Kammer, allein mit der Leere und Stille in meinem Herzen, und auf einmal packte mich die Angst, ich wäre gestorben. Ich sprang aus dem Bett, tastete mich blind zur Tür, riss sie auf und warf mich hindurch. Licht und Luft prallten mir entgegen. Fürst Leuenfarb, tadellos gekleidet und frisiert, saß an seinem Pult. Bei meinem explosiven Erscheinen hob er milde erstaunt den Kopf. »Ah, endlich erwacht«, bemerkte er trocken. »Wein? Gebäck?« Er wies auf einen Tisch und Polsterstühle vor dem Kamin.

Augenreibend ging ich hin und schaute, was es gab. Duftende Pasteten und hübsch garnierte Häppchen luden ein, sich zu bedienen. Ich ließ mich auf den nächsten Stuhl fallen. Meine Zunge fühlte sich pelzig an, meine Augen waren verklebt. »Ich habe keine Ahnung, woraus Chade seinen Tee zusammenbraut, aber ich glaube nicht, dass ich ihn noch einmal versuchen möchte.«

»Ich meinesteils habe keine Ahnung, wovon die Rede ist, aber was macht's.« Er erhob sich, trat an den Tisch, schenkte Wein ein und musterte mich dann missbilligend von oben bis unten. Er schüttelte den Kopf. »Er ist ein hoffnungsloser Fall, Dachsenbless. Schau Er sich nur an. Den ganzen lichten Tag verschlafen und dann ungekämmt, in einem schäbigen Hausmantel zum Vorschein kommen. Einen schlechteren Diener hat noch kein Edelmann gehabt.« Er nahm auf dem zweiten Stuhl Platz.

Ich wusste nichts darauf zu sagen und nippte dankbar an meinem Weinglas. Die Speisen, so verlockend sie aussehen und duften mochten, konnten mich nicht reizen. »Wie war dein Abend? Hast du ein Tänzchen mit der Jagdmeisterin Laurel gewagt?«

Er hob eine Augenbraue, wie verwirrt und verdutzt ob meiner Frage. Von einer Sekunde zur anderen, mit dem schalkhaften Lächeln, das seinen Mund umspielte, war er wieder mein alter Freund, der Narr. »Ach Fitz, mittlerweile solltest du gelernt haben, dass mein ganzes Leben ein Tanz ist. Und mit jedem Partner geht es in einem anderen Schritt und Takt.« Dann wechselte er geschickt wie immer das Thema und fragte: »Und dir geht es gut heute Abend?«

Ich verstand, was er meinte. »So gut, wie man erwarten kann.«

»Hm. Ausgezeichnet. Dann wirst du in den Ort hinuntergehen?«

Er wusste Bescheid, noch bevor ich selbst mir über meine Wünsche klar wurde. »Ich würde gern nach Harm sehen und mir berichten lassen, wie es mit seiner Lehre geht. Außer Ihr bedürft Eures Dieners Dachsenbless.«

Er hielt den Blick auf mein Gesicht gerichtet, als wartete er darauf, dass ich noch etwas hinzufügte. Dann sagte er: »Geh in die Stadt. Ich halte es für eine ausgezeichnete Idee. Selbstverständlich sind für heute Nacht weitere Lustbarkeiten vorgesehen, aber ich werde es mir angelegen sein lassen, meine Vorbereitungen ohne Hilfe zu bewerkstelligen. Du wiederum solltest es dir angelegen sein lassen, dich etwas artiger herzurichten, bevor du meine Gemächer verlässt. Fürst Leuenfarbs Reputation hat in jüngster Zeit genug gelitten, ohne dass man ihm überdies nachsagen muss, sein Gesinde sähe aus wie von Motten zerfressen.«

Ich schnaubte. »Ganz wie Euer Gnaden wünschen.« Ich erhob mich schwerfällig, mein Körper hatte seine Schmerzen und Schwächen wiederentdeckt. Der Narr schmiegte sich tiefer in den Sessel und streckte seine langen Beine dem Feuer entgegen. An der Tür zu meiner Kammer holte seine Stimme mich ein.

»Fitz, du weißt, dass ich dich liebe, nicht wahr?«

Ich blieb stehen wie angewurzelt.

»Es würde mir Kummer bereiten, dich töten zu müssen«, fuhr er fort. Ich erkannte seine meisterhafte Nachahmung meiner eigenen Stimme und Redeweise. Verblüfft wandte ich den Kopf und sah ihn an. Er richtete sich auf und schaute mich über den oberen Rand der Sessellehne hinweg mit einem gequälten Lächeln an. »Versuch nie wieder, meine Kleidung wegzuräumen«, sagte er mahnend. »Veruleanische Seide wird auf einem Bügel hängend aufbewahrt, nicht zusammengeknüllt in einem Kasten.«

Ich neigte demütig den Kopf. »Es wird nicht wieder vorkommen.«

Er setzte sich wieder bequem in die Polster und griff nach seinem Weinglas. »Gute Nacht, Fitz«, verabschiedete er mich ohne weiteren Kommentar.

In meiner Kammer kramte ich einen meiner alten Kittel und eine Hose hervor. Ich zog mich an und blickte stirnrunzelnd an mir hinunter. Die Hose saß in der Taille viel zu weit, die Entbehrungen und Anstrengungen unserer Mission hatten jedes Quäntchen Fett von meinem Körper gezehrt. Ich strich den Kittel glatt und ärgerte mich über die Flecken. Er hatte sich seit meinem Eintreffen in der Burg nicht verändert, aber mein Blick dafür. Für mein Eremitendasein war er gut genug gewesen, aber wenn ich hier am Hof bleiben wollte, als Instruktor des Prinzen, musste ich mich wieder städtisch kleiden. Es war eine reine Vernunftsache, und trotzdem hatte ich das Gefühl, auf meine alten Tage eitel zu werden. Ich wusch mir das Gesicht mit dem abgestandenen Wasser aus der Kanne. In meinem kleinen Spiegel bemühte ich mich vergeblich, mein Haar zu bändigen, dann gab ich es auf und warf mir den Umhang über. Ich löschte die Kerze.

Fürst Leuenfarbs Gemach, das ich auf leisen Sohlen durcheilte, war nur noch von flackerndem Feuerschein erleuchtet. Ich warf ein leises Gute Nacht in die Richtung seines Sessels vor dem Kamin. Keine Antwort, nur eine weiße Hand erhob sich, und der vorschnellende Zeigefinger wies mich zur Tür. Ich schlüpfte hinaus, und dabei war mir, als hätte ich etwas vergessen.

Im Palas herrschte festliche Atmosphäre; überall traf man Vorbereitungen für eine weitere Nacht voller Tafelfreuden, Musik und Tanz. Girlanden schmückten die Türbogen, und viel mehr Volk als sonst wimmelte durch die Flure. Aus dem kleineren Saal tönte der Gesang eines Vaganten herauf, und drei junge Herren in den Farben Farrows standen plaudernd bei der Tür. Meine abgetragenen Kleider und das schlecht gestutzte Haar zogen einige verwunderte Blicke auf sich, aber im Großen und Ganzen blieb ich unbemerkt zwischen den Neuankömmlingen und ihren Dienern, und niemand hielt mich auf oder stellte Fragen, als ich durch das Tor ging und mich auf den Weg hinunter in den Ort machte. Auf der steilen Straße herrschte noch reger Verkehr. Jedes Ereignis oben in der Burg wirkte belebend auf Handel und Wandel in der Stadt unten, und die Verlobung des Prinzen war ein Ereignis, wie es seit langem keins mehr gegeben hatte. Ich suchte mir einen Weg zwischen Kaufherren, Kleinkrämern und Laufburschen hindurch. Edelleute zu Pferde und Damen in Tragsesseln strebten den abendlichen Lustbarkeiten im Palas entgegen. In der Stadt selbst wogten Menschenscharen durch die Gassen. Die Schänken waren zum Bersten voll, Musik drang heraus, um Passanten anzulocken, und Kinder wuselten durch das Gedränge, rotbackig vor Aufregung über so viele Fremde und so viel Neues. Die festliche Stimmung war ansteckend; auf dem Weg zu Jinnas Laden ertappte ich mich dabei, wie ich lächelte und völlig Unbekannten einen schönen Abend wünschte.

Doch in einem Torweg, an dem ich vorbeikam, beobachtete ich einen jungen Mann, der ein Mädchen zu überreden versuchte, noch etwas zu bleiben und mit ihm zu plaudern. Ihre Augen glänzten, und um ihre Lippen spielte ein schelmisches Lächeln, während sie verneinend die schwarzen Locken schüttelte. Regentropfen funkelten auf ihren Umhängen wie Stickereien. So ernst und so jung sah er aus in seiner flehenden Gebärde, dass ich den Blick abwandte und eilig weiterging. Das Herz tat mir weh, wenn ich daran dachte, dass Pflichtgetreu niemals einen Augenblick wie diesen erleben würde, nie die Süße eines gestohlenen Kusses empfinden oder das sehnende Warten auf einen Blick der Liebsten, ein Zeichen. Nein. Seine Gemahlin war von anderen für ihn ausgewählt worden, und die frischesten Jahre seiner Mannbarkeit musste er damit vergeuden, darauf zu warten, dass sie zur Frau heranreifte. Ich wagte nicht zu glauben, dass ihnen beschieden sein könnte, glücklich miteinander zu werden. Das Äußerste, wozu ich mich versteigen mochte, war die Hoffnung, dass sie lernten, Freunde zu sein, und sich nicht gegenseitig das Leben vergällten.

Solches waren meine Gedanken auf dem Weg durch die schmale, gewundene Gasse, die zu Jinnas Tür führte. Davor angelangt, ergriff eine plötzliche Befangenheit von mir Besitz. Die Tür war geschlossen, man hatte die Fensterläden vorgelegt. Kerzenschein sickerte durch eine Ritze, aber er wirkte nicht einladend, vielmehr verkündete er mir die Geborgenheit des Heims hinter diesen Mauern und dass ich nicht dazugehörte. Es war später, als ich gedacht hatte, ich kam als Störenfried. Ich strich mir fahrig über das borstige Haar und nahm mir fest vor, an der Schwelle stehen zu bleiben und nur nach Harm zu fragen. Wir konnten in eine Schänke gehen, auf ein Bier und ein Gespräch unter Männern. Eine gute Idee, sagte ich mir, eine gute Gelegenheit, ihm zu zeigen, dass ich ihn nun als Erwachsenen betrachtete. Ich ermannte mich und klopfte.

Drinnen hörte ich das Scharren von Stuhlbeinen und das gedämpfte Plumpsen einer Katze, die zu Boden sprang. Dann fragte Jinnas Stimme durch den geschlossenen Fensterladen: »Wer ist da?«

»Fit… Tom Dachsenbless.« Ich verfluchte meine unbedachte Zunge. »Es tut mir leid, dass ich zu so später Stunde noch störe, ich komme von einer Reise zurück und wollte …«

»Tom!« Fast hätte die auffliegende Tür mich getroffen. »Tom Dachsenbless, komm herein, komm herein!« Jinna hielt in einer Hand die Kerze, mit der anderen ergriff sie meinen Ärmel und zog mich über die Schwelle. Die Wohnstube lag im Halbdunkel, nur vom Kaminfeuer erleuchtet. Vor dem Kamin standen zwei Lehnstühle mit einem niedrigen Tischchen dazwischen. Eine Teekanne dampfte neben einer leeren Tasse. Auf einem der Stühle lag Strickzeug, mit den Nadeln zusammengesteckt. Jinna zog hinter mir die Tür ins Schloss und wies mich zum Kamin. »Vor einer Minute habe ich Holundertee aufgegossen. Möchtest du eine Tasse mittrinken?«

»Das wäre – ich wollte nicht stören, ich wollte nur fragen, wie es Harm geht und wie …«

»Nichts da, gib mir deinen Umhang. Oh, er ist pitschnass! Ich hänge ihn hierhin, da kann er trocknen. Setz dich, setz dich hin, du wirst warten müssen, der kleine Tunichtgut ist nicht hier. Um die Wahrheit zu sagen, ich habe mir gedacht, je eher du wiederkommst und ein Wörtchen mit dem Burschen redest, desto besser. Nicht dass ich ihn anschwärzen will, aber er braucht jemanden, der ihn an die Kandare nimmt.«

»Harm?«, fragte ich ungläubig. Ich trat einen Schritt zum Feuer hin, aber ihr Kater fand genau diesen Moment geeignet, sich um meine Knöchel zu winden, und hätte mich beinahe zu Fall gebracht. Nur mit Mühe konnte ich vermeiden, auf ihn zu treten.

Mach einen Schoß. Beim Feuer.

Das selbstbewusste Stimmchen schnurrte durch mein Bewusstsein. Ich schaute zu ihm hinunter, und er schaute zu mir hinauf. Unsere Blicke trafen sich für den Bruchteil einer Sekunde, dann schauten wir beide mit instinktiver Höflichkeit zur Seite. Doch es hatte ihm genügt, die Wüstenei meiner Seele zu erkennen.

Er rieb seine Wange an meinem Bein. *Nimm die Katze. Es hilft.*

Das glaube ich kaum.

Er drückte den Kopf fester gegen mein Bein. *Nimm die Katze.*

Ich habe keine Lust, die Katze zu nehmen.

Plötzlich stellte er sich auf die Hinterbeine und hakte die dornenspitzen Krallen seiner Vorderpfoten in Hosenstoff und lebendes Fleisch. *Keine Widerrede! Nimm die Katze auf den Arm.*

»Finkel, lass das sein! Wo sind deine Manieren?«, schalt Jinna. Sie bückte sich nach dem ingwerfarbenen Quälgeist, und ich beugte mich ebenfalls hinunter, um seine Krallen aus meiner Haut zu lösen. Bevor ich mich wieder aufrichten konnte, sprang mir der Kater mit einem Satz auf die Schulter. Ungeachtet seiner Größe war Finkel sehr behände. Er landete nicht schwer, sondern es fühlte sich an, als hätte mir jemand eine große, warme, freundliche Hand auf die Schulter gelegt.

Streichle die Katze. Du fühlst dich besser.

Ihn zu stützen, während ich mich aufrichtete, war einfacher, als ihn herunterzupflücken. Jinna schnalzte unwillig und wollte mir besorgt zu Hilfe eilen, aber ich versicherte ihr, alles wäre in Ordnung. Sie zog einen der Stühle vor dem Kamin zurück und klopfte das Kissen auf. Als ich mich setzte, wippte er unter mir nach hinten. Es war ein Schaukelstuhl. Kaum hatte ich mich eingerichtet, stieg Finkel auf meinen Schoß hinunter und rollte sich zu einem warmen Hügel zusammen. Demonstrativ faltete ich meine Hände auf ihm, um keinen Zweifel daran entstehen zu lassen, dass ich nicht die Absicht hatte, ihn zu streicheln. Er schenkte mir ein schmaläugiges Katzengrinsen. *Sei nett zu mir. Sie liebt mich am meisten.*

Ich brauchte einen Moment, um meine Gedanken zu ordnen. »Harm?«, fragte ich nochmals.

»Harm«, bestätigte sie. »Der längst im Bett sein sollte, denn sein Meister erwartet ihn vor Sonnenaufgang morgen früh. Und wo steckt er? Scharwenzelt draußen um Mamsell Hirschhorns Tochter herum, die viel zu kokett ist für ihre jungen Jahre. Sie ist eine Ablenkung für ihn, diese Svanja, und sogar ihre eigene Mutter sagt, sie sollte lieber im Haus bleiben, bei der Arbeit, und ihr eigenes Handwerk lernen.«

Sie fuhr fort zu schimpfen, halb verärgert, halb belustigt. Das Ausmaß ihrer Anteilnahme erstaunte mich, und ich verspürte einen Stich der Eifersucht. War Harm nicht *mein* Ziehsohn und um ihn besorgt zu sein *meine* Aufgabe? Während sie redete, stellte sie mir eine Tasse hin, goss Tee ein, nahm das Strickzeug zur Hand und setzte sich. Nachdem sie die Nadeln herausgezogen und die Maschen geordnet hatte, schaute sie mich an, und zum ersten Mal, seit ich an ihre Tür geklopft hatte, trafen sich unsere Blicke. Sie stutzte, beugte sich weiter vor, und ihre Augen forschten in meinem Gesicht.

»Oh, Tom!«, rief sie teilnahmsvoll. »Du Ärmster, was ist dir zugestoßen?«

Leer wie ein hohler Stamm, nachdem die Mäuse gefressen sind.

»Mein Wolf ist tot.«

Ich war erschüttert, mich das Furchtbare so lapidar aussprechen zu hören. Jinna schwieg, sah mich nur an. Sie konnte es nicht verstehen. Ich erwartete nicht, dass sie es verstand. Dann aber, als ihr hilfloses Schweigen dauerte, begann ich zu glauben, sie könnte es vielleicht doch verstehen, denn sie nahm keine Zuflucht zu leeren Worten. Unvermittelt ließ sie das Strickzeug in den Schoß sinken, beugte sich über den Tisch und legte mir die Hand auf den Arm.

»Wirst du darüber hinwegkommen?« Es war keine Floskel, sie wartete mit aufrichtiger Anteilnahme auf meine Erwiderung.

»Mit der Zeit«, antwortete ich, und zum ersten Mal gestand ich mir ein, dass es so war. Auch wenn es sich anfühlte wie Verrat, ich wusste, irgendwann würde die Wunde heilen. Und in diesem Moment spürte ich zum ersten Mal, was der schwarze Rolf versucht hatte, mir zu erklären. Der wölfische Teil meiner Seele regte sich und: *Ja, du wirst darüber hinwegkommen, und das ist, wie es sein soll,* hörte ich fast so deutlich, als hätte Nachtauge es wirklich zu mir gedacht. Wie Erinnerung, aber inniger, hatte Rolf es beschrieben. Ich saß still, rührte mich nicht und ergab mich dem Gefühl. Dann war es vorüber, und ich fröstelte.

»Trink deinen Tee; es sieht aus, als wäre eine Erkältung im Anzug.« Jinna griff in den Scheitekorb und warf ein neues Stück Holz ins Feuer.

Ich befolgte ihren Rat. Als ich die Tasse absetzte, fiel mein Blick auf ein Amulett über dem Kaminsims. Der unstete Flammenschein tauchte die Perlen abwechselnd in Gold und Schatten. Gastfreundschaft. Der Tee war heiß, süß und tröstlich, der Kater schnurrte auf meinem Schoß, und eine Frau schaute mich freundlich an. Lag es nur an der Wirkung des Amuletts an der Wand? Wenn es so war, mir sollte es recht sein. Die gespannte Feder in meinem Innern löste sich um eine weitere Raste. *Die Katze kraulen steigert das Wohlbefinden,* verkündete Finkel selbstgefällig.

»Es wird dem Jungen das Herz brechen, wenn er das hört. Er wusste, der Wolf würde nicht hierbleiben. Als er verschwand und einfach nicht wiederkam, machte ich mir Sorgen, aber Harm sagte zu mir, hab keine Angst, er ist zu Tom gelaufen. Oh, mir graut vor dem Moment, wenn du es ihm sagen musst.« Plötzlich schien sie sich selbst zur Ordnung zu rufen. Sie verstummte einen Moment, dann erklärte sie resolut: »Aber auch er wird darüber hinwegkommen mit der Zeit. Er ist ein guter Junge, auch wenn er noch immer nicht den Heimweg gefunden hat. Was wirst du tun, um ihm Benimm beizubringen?«

Ich dachte an mich selbst, vor all den vielen Jahren, und an Veritas und sogar an Pflichtgetreu, von seinem eigenen Namen beim Wort genommen. Ich dachte an die vielen Arten, wie Pflicht uns geformt, uns versklavt und unsere Herzen in Ketten gelegt hatte. Richtig, der Schlingel sollte zu Hause sein, in seinem Bett und schlafen, um morgen in der Frühe ausgeruht bei seinem Meister zu erscheinen. Lehrjahre sind keine Herrenjahre, und seine Zukunft war längst noch nicht gesichert. Es stand ihm nicht zu, mit Mädchen anzubandeln. Ich konnte ihn ins Gebet nehmen und ihn an seine Pflichten erinnern. Er würde auf mich hören. Aber Harm war kein Königssohn, nicht einmal ein königlicher Bastard. Harm durfte frei sein. Ich lehnte mich zurück, und der Stuhl schaukelte sacht. Geistesabwesend begann ich den Kater zu streicheln. »Nichts«, sagte ich. »Ich glaube, ich werde gar nichts tun. Ich glaube, ich werde ihm seine Torheiten gönnen. Soll er sein Herz verlieren und länger draußen bleiben als erlaubt und morgen Blut und Wasser schwitzen, wenn er zu spät kommt und von seinem Meister mit einem Donnerwetter empfangen wird.« Ich wandte den Kopf, um Jinna anzusehen. Der Feuerschein tanzte über ihr freundliches Gesicht. »Ich glaube, ich werde den Jungen einfach jung sein lassen.«

»Denkst du, das ist klug?«, fragte sie, aber sie lächelte dabei.

»Nein.« Ich schüttelte langsam den Kopf. »Ich denke, es ist dumm und wundervoll.«

»Ah. Gut dann. Hast du noch Zeit für eine zweite Tasse Tee? Oder musst du dich eilen, wieder hinauf in die Burg zu kommen, wo dein eigener Herr dich erwartet?«

»Ich bin heute Nacht von meinen Pflichten entbunden. Man wird mich nicht vermissen.«

»Schön.« Die Hurtigkeit, mit der sie mir einschenkte, war schmeichelhaft. »Dann bleibst du also noch ein Weilchen. Wo man dich vermisst hat.« Sie trank. Über den Rand der Tasse hinweg lächelten ihre Augen mich an.

Finkel auf meinem Schoß tat einen Schnaufer und begann tief und wohlig zu schnurren.

Epilog

Es gab eine Zeit, als ich mir vorstellte, mein Lebenswerk sollte eine von mir verfasste Chronik der Sechs Provinzen sein. Mehrmals habe ich damit begonnen, den Entschluss in die Tat umzusetzen, doch jedes Mal schweifte ich von den großen und bedeutenden Ereignissen ab zu den Tagen und Belangen meines eigenen kleinen Lebens. Je gründlicher ich die Zeugnisse anderer studierte, sei es in geschriebener Form oder was man mir erzählte, desto mehr wollte mir scheinen, dass uns die Geschichtsschreibung nicht dazu dient, Wissen über die Zeitläufte zu bewahren, sondern die Vergangenheit in geordneter Form ein für alle Mal festzulegen. Wie eine Blume, die wir pressen und trocknen und unter Glas legen, um sagen zu können, schau, sie ist genau wie an dem Tag, als ich sie pflückte. Doch wie die Blume kann auch die Vergangenheit nicht auf diese Weise konserviert werden. Sie verliert ihren Duft und ihre Lebendigkeit, was Zartheit war, wird mürbe, und ihre Farben verblassen. Und holt man die Blume wieder einmal hervor, um sich an ihr zu erfreuen, erkennt man, das war nicht, was man festzuhalten suchte, und jener Augenblick ist unwiederbringlich dahin.

Ich schrieb meine Fakten und Beobachtungen auf. Ich legte meine Gedanken und Erinnerungen auf Pergament und Papier nieder. So vieles hortete ich und glaubte, es wäre mein. Ich glaubte, wenn ich es in das geschriebene Wort fasste, könnte ich aus dem, was geschehen war, den Sinn herauskristallisieren, Ursache und Wirkung müssten deutlich werden und der Grund für jedes Ereignis mir klar vor Augen treten. Vielleicht trieb mich das unbewusste Bestreben einer Rechtfertigung vor mir selbst, nicht nur dessen, was ich getan hatte, sondern auch des Menschen, zu dem ich geworden war. Jahre hindurch schrieb ich getreulich fast jeden Abend, erklärte mir selbst haarklein meine Welt und mein Leben. Ich legte die Schriftrollen nebeneinander auf ein Regal und vertraute darauf, dass ich den Sinn meiner Tage in des Wortes Bedeutung fassbar gemacht hatte.

Dann aber kehrte ich eines Tages zurück und fand all meine akribischen Aufzeichnungen als durchweichte Fetzen Papier in einem zertrampelten Hof liegen, während nasser Schnee auf sie fiel. Ich saß auf meinem Pferd, schaute darauf hinunter und wusste, diesmal wie künftig hatte die Vergangenheit sich meinem Bemühen entzogen, sie zu definieren und zu begreifen. Die Geschichte ist ebenso wenig starr und tot wie die Zukunft. Die Vergangenheit ist nicht weiter entfernt als dein letzter Atemzug.

Die Sechs Provinzen
Packeis
Grenze
Türme
Eisfelder
Weißes Meer
Packeis
Kräheninsel
Fischbucht
Bärenfluss
Tilth
Vin
Bergreich
Jhaampe
Kalt
Blauer See
Glimmer
Regenwildnis
Regenfluss
Chalced
Bingstadt
Händlerbucht

Weiße Insel
Nahe Inseln
Skua
Kalte Bucht
Hakeninsel
Holüber
Seehund-
bucht
Besham
N
V
O
S
Bock
Hohenheide
Schmiedetal
Geweihinsel
Klaueninsel
Halligen
Linnen-
insel
Guthaven
Rippon
Ödholm
Südbucht
Eierhallig